AtV

LION FEUCHTWANGER wurde 1884 in München geboren. Nach vielseitigen Studien gab er die Kulturzeitschrift „Der Spiegel" heraus, schrieb Theaterkritiken und arbeitete an Siegfried Jacobsohns „Schaubühne" mit. Bei Ausbruch des ersten Weltkrieges wurde Feuchtwanger in Tunis interniert, konnte jedoch fliehen. In München vom Wehrdienst suspendiert, nahm er die Übersetzung und Bearbeitung indischer, griechischer und spanischer Dramen wieder auf, zudem entstanden eigene Stücke und Antikriegsdichtung. 1918/19 begann die freundschaftliche Zusammenarbeit mit Brecht. Die historischen Romane „Die häßliche Herzogin" und „Jud Süß" brachten Feuchtwanger Weltruhm. 1925 siedelte er nach Berlin über. Als die Nazis die Macht übernahmen, befand er sich auf einer Vortragsreise in den USA. Seine Bücher wurden verboten, Haus und Vermögen konfisziert. Sanary-sur-mer, Feuchtwangers neuer Lebensort, war zeitweilig ein Zentrum deutscher Emigranten. Hier vollendete er u. a. die „Wartesaal"- und die „Josephus"-Trilogie. 1940 internierten ihn die Franzosen. Ab 1941 lebte er in Kalifornien, wo weitere große historische Romane, Erzählungen, Stücke und Essays entstanden. Feuchtwanger starb 1958 in Pacific Palisades.

Pierre Caron de Beaumarchais, Waffenlieferant an die dreizehn unabhängigen Staaten von Amerika und Autor des vom König zunächst verbotenen Lustspiels „Die Hochzeit des Figaro", erlebt die Aufführung seines Theaterstücks:
„Er saß wie im Traum. Er hatte nicht gewußt, daß das, was er getan hatte, so innig verknüpft war mit dem, was er schrieb. Er hatte nicht gewußt, daß es das gleiche Gefühl war, das ihn getrieben hatte, Waffen für Amerika zu liefern und den Monolog des Figaro zu dichten. Der Sieg von Saratoga und dieser Sieg hier in Paris waren Früchte des gleichen Baumes. Er hatte es nicht erkannt. Jetzt lehrte es ihn das Volk. Aber wenn er's nicht gewußt hatte, so hatte er doch diesem Abend mit seinem ganzen Wesen zugestrebt von Anfang an. ‚Durch Lachen verändere ich die Welt', zweimal hatte er einem Werk dieses Motto vorgesetzt. Jetzt erfüllte sich ihm seine Bestimmung. Jetzt hatte er das Größte erreicht, was ein Mann erreichen konnte: er veränderte die Welt durch sein Wort. Er war der Erbe Voltaires. Dieses Auditorium, das Volk von Paris, bestätigte es ihm durch seine Begeisterung: mehr noch als durch seine Waffen bewirkte er durch sein Lachen."

Lion Feuchtwanger

Die Füchse im Weinberg

Roman

Dritter Teil: Der Preis

Aufbau Taschenbuch Verlag

Mit einem Nachwort des Autors von 1952

Nachbemerkung: Gisela Lüttig

Feuchtwanger, Füchse 1–3
ISBN 3-7466-5013-5

1. Auflage 1997
Aufbau Taschenbuch Verlag GmbH, Berlin

Umschlaggestaltung Torsten Lemme
Druck Elsnerdruck GmbH, Berlin
Printed in Germany

Inhalt

Dritter Teil

Der Preis

Erstes Kapitel

Voltaire

Am gleichen Tage, an dem der Vertrag unterzeichnet wurde, trat ein sehr alter, kleiner, ungeheuer häßlicher Herr eine größere Reise an, von der Ortschaft Ferney aus, die an der Schweizer Grenze gelegen war. Um den geräumigen, altmodischen Reisewagen, der vor dem Tor des schloßartigen Hauses hielt, hatte sich die Dienerschaft versammelt. Mühsam, von rechts und von links unterstützt, stieg der Alte in den Wagen. Die Leute ringsum schienen bewegt. Aus dem Fenster des Wagens ermahnte sie der Herr, sich nicht so zu haben. Sie täten ja, als gelte es einen Abschied fürs Leben. Aber seine Reise werde nicht lange dauern, keinesfalls länger als sechs Wochen; er habe seine ganze Schreiberei auf seinem Tisch liegenlassen, mitten im Wort, weil er sich sehr bald wieder daransetzen werde. Dann fuhr der Wagen an.

Doch schon auf dem Hauptplatz des Dorfes wurde er aufgehalten. Beinahe die ganze Bevölkerung war zusammengelaufen, um dem Reisenden adieu zu sagen. Die Ortschaft Ferney war, als der Alte sich dort niedergelassen und das Schloß aufgebaut hatte, ein kleiner, schmutziger Weiler gewesen. Dann hatten sich, auf Aufforderung des Alten, aus der nahen Stadt Genf immer mehr Leute hergeflüchtet, weil sie der puritanischen Strenge und der Verfolgungen der kalvinistischen Geistlichkeit müde waren; der Alte hatte ihnen Unterkunft und Arbeit gegeben, er hatte eine umfangreiche Industrie aufgebaut, man fabrizierte Uhren, Spitzen, andere Textilien, und nun war Ferney ein großes, blühendes Dorf, eines der wohlhabendsten in Frankreich.

Der Alte – sein Name war François Arouet, die Welt

kannte ihn unter dem Namen Voltaire – reiste nach Paris. Das Théâtre Français bereitete die Aufführung seines letzten Stückes vor, der Tragödie „Irène“, und er wollte die Proben leiten.

Er hatte seine Vaterstadt lange nicht mehr gesehen, siebenundzwanzig Jahre lang nicht. Es war ihm das Betreten der Stadt Paris nicht ausdrücklich verboten; doch hatte der letzte König, der Fünfzehnte Louis, erklärt, er wünsche diesen Mann nicht mehr in seiner Hauptstadt zu sehen. Jetzt indes war seit Jahren ein neuer König da, ein Sechzehnter Louis, und Toinette und der Fliederblaue Klüngel bewunderten den Alten.

Trotzdem hatte er lange geschwankt, ehe er sich auf den Weg machte. Sein treuer Freund und Sekretär, Wagnière, der ihn jetzt begleitete, hatte dringlich abgeraten. Der Dreiundachtzigjährige lebte und arbeitete ausgezeichnet in seinem Ferney: was suchte er in Paris? Was immer er sich von Paris erwarten konnte, brachte man ihm ohnedies nach Ferney. Wen immer er haben wollte, der suchte ihn auf. Mündlich und schriftlich teilte man ihm mit, was sich in Paris ereignete, und alle geheimen Motive dazu. Er konnte in seinem Ferney die französischen und die Welthändel besser übersehen als die Minister des Königs in ihrem Versailles. Wozu also wollte der Alte das geregelte Leben seines Landsitzes mit dem aufreibenden, gehetzten Aufenthalt in Paris vertauschen?

Voltaire gestand dem Freunde zu, daß er recht habe. Auch die Ärzte hatten Bedenken. Aber Madame Denis, seine Nichte und Vertraute, stellte ihm vor, er sehne sich nun doch nach Paris, er wünsche sich seit langem, wieder einmal selber eines seiner Stücke auf einer großen Bühne zu inszenieren, er möge sich diese wunderbare Gelegenheit nicht entgehen lassen. Ein anderer Hausgenosse, der Mann von Voltaires Adoptivtochter, der Marquis de Villette, lag ihm mit ähnlichen Argumenten in den Ohren. Voltaire ließ sich gern zureden. Indes verschloß er sich auch nicht den Gründen Wagnières. So schwankte er hin und her, und wenn er in der Stille der Nacht beschloß, keinen Unsinn zu machen und in seinem schönen Ferney zu bleiben, dann sagte er sich des Morgens, er dürfe diese Tragödie „Irène“, an der sein Herz hing, nicht Schauspielern überlassen, die nur sich zur Geltung bringen wollten, nicht sein Stück.

Seinem treuen Wagnière erklärte der Alte, er gehe nach Paris vor allem, um eine Versöhnung mit Versailles herbeizuführen und so die Verbreitung seiner Werke zu fördern. Er sprach ihm wohl auch beweglich von seiner brennenden Sehnsucht nach Paris. Er hatte nun mehr als ein Vierteljahrhundert in Einsamkeit verbracht. Es war eine belebte Einsamkeit gewesen, zugegeben, aber immerhin Einsamkeit, und er wollte, bevor er starb, noch einmal die Buntheit und den Lärm seiner Vaterstadt um sich spüren. Er kannte Paris, er hatte Gedächtnis und Phantasie und wußte: das Paris seiner Vorstellung war schöner, farbiger, lebendiger als das wirkliche. Gleichwohl drängte es ihn, dieses wirkliche Paris zu sehen, zu hören, zu riechen, um sich zu spüren.

Aber Wagnière kannte seinen Herrn, seine Größe und seine Schwächen, und er wußte, daß die letzte Ursache dieser unvernünftigen Reise nicht Voltaires Sehnsucht war, sondern Voltaires Eitelkeit.

Der Alte verachtete die Eitelkeit. Er war übersättigt mit Ruhm. Ferney war das geistige Zentrum der Welt, von seinem Landsitz aus regierte Voltaire die Republik der Geister unumschränkter als irgendein absoluter Monarch seine Untertanen. Wer immer in Europa Anspruch auf geistigen Rang hatte, suchte ihn auf, schrieb ihm, bat um Rat und Meinung. Auch zwei große Herrscher taten das, Friedrich von Preußen und Katharina von Rußland; sie erachteten Voltaire als gleichberechtigte Großmacht. Der Alte spottete über diesen seinen Ruhm, über all das Schellengeklingel. Er wußte, und immer wieder sagte es ihm die Welt, daß er sich ein Monument errichtet hatte, dauernder als Erz, daß die Wertung seiner Leistung längst nicht mehr abhing von der Zustimmung oder der Ablehnung der Zeitgenossen, daß sie nur mehr dem Urteil der Späteren, der Geschichte unterlag. Trotzdem trieb es diesen alten Mann, den Ruhm von heute einzukassieren. Er wollte ihn leibhaft um sich spüren, ihn einschlürfen, wollte umbraust sein vom Lärm des Erfolges. Es dürstete ihn, Ehrungen einzuheimsen in der Stadt, die ihn davongejagt hatte. Er wollte seine Leistung noch einmal bestätigt hören, laut, mit Gedröhn, in der Stadt seiner Geburt.

Darum also fuhr der sehr große alte Mann gegen den Rat des treuesten Freundes, der Ärzte und der eigenen Vernunft aus dem behaglichen, befriedigenden Leben seines Landsitzes. durch das winterliche Frankreich in das lärmende, strapaziöse Paris.

Er hatte viele Titel und Würden, er hieß Graf de Tournay, Seigneur de Ferney, Kammerherr des Königs, vor allem aber hieß er Voltaire. Doch auf dieser Reise gebrauchte er keinen seiner Namen, er wollte auf der Fahrt und während der ersten Pariser Tage inkognito bleiben.

Er hatte nicht damit gerechnet, daß sein Gesicht bekannt war wie der Kopf des Königs auf den Münzen. Wo er erschien, war er umströmt von Verehrung. Die sonst so hochnäsigen Postmeister mühten sich, ihm ohne Aufenthalt gute Pferde zu beschaffen. Hatte er irgendwo Aufenthalt, so lief die Kunde seiner Anwesenheit durch den Ort wie der Wind, und die Leute versammelten sich, um einen Blick auf sein Gesicht zu erhaschen. Nirgends konnte er die kleinste Mahlzeit einnehmen, ohne daß sich die Stube gefüllt hätte. In Dijon, im Hôtel Croix d'Or, wo er einen Nachmittag und eine Nacht blieb, fiel ihm auf, wie ungeschickt er bedient wurde; es erwies sich, daß seine Aufwärter junge, wohlhabende Bürgersöhne waren, welche die Kellner spielten, um mit ihm in Berührung zu kommen.

In Moret, kurz vor Paris, wurde er von dem Marquis de Villette eingeholt. Dieser junge Herr, der Jahre hindurch als einer der wüstesten Lebemänner von Paris gegolten hatte, war seinerzeit nach Ferney gekommen, um dem größten Schriftsteller der Epoche seine Verehrung zu bezeigen, wie das die Mode verlangte. Vorher hatte er seinen Freunden mehrmals angedeutet, Voltaire sei mit seiner Mutter sehr vertraut gewesen, und wenn er sich von dem Alten so tief angezogen fühle, so geschehe das vielleicht aus sehr natürlichen Gründen. Voltaire hatte ihn gut aufgenommen, und der junge Marquis war in Ferney geblieben; übrigens hatte er Ursache gehabt, sich in Paris eine Zeitlang nicht sehen zu lassen, er war dort von einer Tänzerin öffentlich geohrfeigt worden.

Nun war damals unter den Bewohnern des Schlosses von Ferney ein Fräulein gewesen, Reine de Varicourt, ein hübsches, ungewöhnlich gutartiges, natürliches Mädchen. Voltaire hatte sie vor dem Eintritt ins Kloster bewahrt, er nannte sie nur die „Schöne und Gute“ und hielt sie wie seine Tochter. Es schien Voltaire, es sei ihm geglückt, den jungen Lebemann endgültig zum Geiste zu bekehren, der Marquis gefiel sichtlich dem jungen Mädchen, Voltaire stiftete gern Ehen, er verheiratete die beiden. So war der Mann, der vielleicht der Vater des Marquis war, offiziell so etwas wie sein Schwiegervater geworden.

Der junge Herr hatte das Seine getan, Voltaire zu der Reise nach Paris zu bewegen; auf die Dauer war ihm Ferney zu eintönig geworden. Er war mit der Schön und Guten und mit Voltaires Nichte, Madame Denis, nach Paris vorausgefahren, er hatte sein Haus großartig für den Empfang des Alten gerüstet, und nun also holte er ihn ein, begierig, seinen Freunden seine Beziehungen zu dem berühmtesten Manne der Epoche augenscheinlich vorzuführen.

An der Stadtgrenze wurde Voltaire gefragt, ob er Verbotenes bei sich habe. Er grinste und erwiderte: „Höchstens mich selber.“ Der Beamte beschaute ihn, rief: „Mein Gott, das ist ja der Herr Voltaire.“ Sofort liefen die Leute zusammen. Der Marquis de Villette fühlte sich wichtig und freute sich.

Das Haus des Marquis lag in einem vornehmen Viertel, es bildete die Ecke des Quai des Théatins und der Rue de Beaune. Voltaire wurde von der ungeheuer dicken Madame Denis wortreich begrüßt. Die Schön und Gute führte ihn in seine Zimmer. Sie waren dunkel und nicht so behaglich wie seine Räume in Ferney, das Haus war altmodisch.

Mit Hilfe des Kammerdieners zog sich Voltaire um, nahm den gewohnten Schlafrock über, schlüpfte in die Pantoffeln, hüllte den Schädel in die liebe Nachtmütze. Er hatte der

Schön und Guten versprochen, ein wenig zu ruhen. Es gelang ihm nicht. Es waren ihm neue Ideen gekommen zur Verbesserung der „Irène". Er fing an, Wagnière zu diktieren.

Er diktierte nicht lange. Wiewohl man übereingekommen war, Voltaire die ersten beiden Tage Ruhe zu gönnen, hatte Villette ein paar Dutzend Freunden vertraulich erzählt, wer an diesem Freitag, dem 10. Februar, bei ihm eintreffen werde. Da kamen denn sogleich die Besucher. Als einer der ersten der Herzog von Richelieu, ein uralter Lebemann, der vor achtundsechzig Jahren Voltaire in die Welt der Pariser Genüsse eingeführt hatte. Die beiden hatten einander lange nicht gesehen. Sie fanden, sie hätten sich nicht verändert, sie hätten schon vor dreißig Jahren genauso ausgesehen wie jetzt.

Und mehr Gäste kamen und immer mehr, ein Strom von alten Bekannten. So hatte sich's Voltaire gewünscht, Menschen, Menschen. Er empfing in Schlafrock, Zipfelmütze und Pantoffeln. Er hatte ein vortreffliches Gedächtnis, er erinnerte sich jedes einzelnen, auch wenn er ihn Jahrzehnte nicht gesehen hatte, und hatte für jeden ein hübsches, gescheites, persönliches Wort.

Unter den Kömmlingen war auch Monsieur de Beaumarchais.

Die Nachricht vom Eintreffen Voltaires hatte ihn aufgerührt. Er spürte, der respektlose Pierre, vor diesem alten Manne Ehrfurcht und Bewunderung. Der hatte seine dreiundachtzig Jahre so gelebt, wie sich Pierre sein eigenes Leben wünschte. Hatte alle seine Tage angefüllt mit Leidenschaft, großer Literatur, kleinen Intrigen, mit Ruhm, Erfolg, Theater, Geld und mit sieggekrönten Kämpfen für Freiheit und Vernunft. Nun lebte er als Schloßherr, umgeben von seinen Untertanen, eine Kaiserin und ein großer König behandelten ihn als gleichen, sein Name klang über die Länder und die Meere. Seine Erfolge im Kampf gegen das Unrecht und gegen die privilegierte Dummheit waren Geschichte. Dieser Greis durfte sich sagen: wenn die Welt jetzt, da er sich anschickte, sie zu verlassen, ein wenig gescheiter und gerechter war als zu der Zeit, da er sie betreten hatte, so war dies zu einem großen Teil sein Verdienst.

Es war erhebend, daß Pierre seit Jahren von diesem Manne als gleichwertig geschätzt und geehrt wurde. Voltaire hatte in seinem Privattheater in Ferney den „Barbier" spielen lassen, und er hatte Pierre über seine „Mémoires" höchst Schmeichelhaftes geschrieben.

Auch jetzt ehrte ihn der Alte vor den andern. Durch die Menge der Gäste, die ehrfürchtig Platz machten, ging er auf ihn zu, begrüßte ihn: „Mein sehr lieber Freund und Kollege", umarmte ihn. Pierre geleitete ihn behutsam und verehrungsvoll zurück zu seinem Lager. „Wissen Sie, mein Lieber", erzählte ihm Voltaire, „daß ich ohne Sie meine ‚Irène' kaum geschrieben hätte? Es war der Erfolg Ihres ‚Barbiers', der mich angestachelt hat, meine alte Hand einmal wieder zu versuchen. Freilich auch hat mir Ihr vortreffliches Werk einigen Kummer bereitet. Sie werden in meinem Stück einen Priester namens Léonce finden. Dieser Mann hat ursprünglich Basile geheißen. Aber seitdem Ihr Basile auf den Brettern erschienen ist, weckt der Name Vorstellungen, die sich nicht vertragen mit dem finstern Wesen meines alten Priesters. Der Name Basile gehört Ihnen, mein Freund, für die nächsten Jahrhunderte." Pierre, der sonst so Wortgewandte, war verlegen um eine Antwort. Voltaires Anblick ergriff ihn. Da hockte der unglaubhaft magere Alte, umbauscht von dem viel zu weiten Schlafrock, das häßliche Gesicht grotesk von der Zipfelmütze umrahmt, aber daraus strahlten gescheit, gütig und ungeheuer lebendig die Augen, und dieses Häuflein Knochen und pergamentene Haut war der Sitz des stärksten Geistes, der heute auf dem Planeten dichtete und dachte.

Und es kam eine Abordnung der Akademie, Voltaire zu begrüßen. Und es kamen die Mitglieder des Théâtre Français. Auch die Schauspieler, abgebrühte Herren und Damen, waren bewegt, da sie diesen ihren Dichter, der für sie beinahe eine Legende war, lebendig unter sich sahen. Der Mann hatte das Stück, das sie jetzt spielen sollten, als Zweiundachtzigjähriger begonnen, hatte die Arbeit, als sie ihn ermüdete, beiseite gelegt und ein neues Stück angefangen, einen „Agathokles", hatte dann das erste, eben die Tragödie „Irène“, wieder vorgenommen, sie vollendet und sie angefüllt mit dem gleichen, gewaltigen Haß gegen das Vorurteil wie seine früheren Stücke. Sie, die Schauspieler, da sie diese Tragödie eingehend studierten, wußten es: die Kraft des Alten hatte nicht nachgelassen. Der verschrumpfte, zahnlose Mann war heute noch wie vor Jahrzehnten ein Bündel Energie, ein einziger, großer, zorniger Brand gegen das Böse.

Eifrig diskutierte er mit ihnen, hörte sich ihre Urteile über die Tragödie an, ging auf ihre Wünsche ein oder wies sie zurück. Man beschloß, die Proben bei ihm abzuhalten, da er nicht kräftig genug war, sich ins Theater zu begeben. Zunächst, am Tage darauf, wollte er ihnen das ganze Stück vorlesen. Jetzt schon sprach er ihnen einzelne Stellen vor, und trotz des Schlafrocks und der Nachtmütze taten die Verse, wie sie aus seinem zahnlosen Munde kamen, starke Wirkung.

Neue Gäste erschienen. Berichteten, die ganze Rue de Beaune und der Quai des Théatins seien voll von Neugierigen. Und die sich draußen angesammelt hätten, seien nicht etwa nur Literaturbeflissene oder Liebhaber des Theaters, es seien vielmehr zum größern Teil Leute aus den Werkstätten, den Läden, aus den Cafés und den Kneipen, es sei das Volk von Paris. Und diese Leute sagten nicht: Wir wollen den Mann sehen, der die Henriade geschrieben hat oder den Candide und die Mérope und die Zaïre; sie sagten: Wir wollen den Mann sehen, der gekämpft hat für die unschuldige Familie Calas und für die Sirvens und für Madame de Bombelles und für den armen Martin und seine Leute und für den ungerecht verurteilten Montbailli und seine Frau und sein ungeborenes Kind, und der geeifert hat gegen die Schändung des Leichnams der Schauspielerin Adrienne Lecouvreur, und der auf seinen Gütern und auf seinem Dorf die niederträchtigen Steuern abgeschafft hat, und der alle, die in seinem Ferney sitzen und arbeiten, klüger gemacht hat, wohlhabender, glücklicher.

Pierre konnte sich nicht losreißen von dem Schauspiel des hofhaltenden Voltaire. Gegen seine Gewohnheit gab er sich bescheiden; er mischte sich nicht in die Beratung Voltaires mit den Schauspielern ein, wiewohl er da einiges hätte beisteuern können, noch in die Unterhaltungen der Besucher. Schweigend und ehrerbietig stand er am Rande des Zirkels, der Voltaire umgab, und sah und hörte. Was der kleine Tempel in seinem Garten gleichnishaft zum Ausdruck brachte, war die reine Wahrheit: die Feder hatte diesem Greis eine Fülle des Ruhmes und der Macht verschafft wie kaum je einem Monarchen seine Krone. Und Pierre war selig, ihm durch Schicksal verbunden zu sein und durch Verwandtschaft im Geiste.

Am Tage darauf empfing Voltaire dreihundert und wieder am Tage darauf vierhundert Menschen. Es kam Necker, und es kam Madame Dubarry. Es kamen Condorcet und Turgot. Es kam der Ritter von Gluck, der große Musiker, er war ein sehr stolzer Mann, aber er hatte seine Abreise nach Wien verschoben, um der Ehre und des Glückes teilhaftig zu werden, Voltaire zu sehen. Wenige Stunden später kam Glucks großer Gegner und Rivale, Piccini. Es kamen der Marquis de Vaudreuil und Gabriele Polignac und Diane Polignac. Es kamen die Dichter und Schriftsteller von Paris, „der ganze Parnaß von seinem Schlamm bis zu seinem Gipfel“, wie einer dieser Herren sich ausdrückte. Es kam der Bildhauer Pigalle; er hatte von Monsieur d'Angivillers Auftrag, aus besonders kostbarem Porphyr die Statuen zu schaffen des größten Soldaten des Jahrhunderts, des Marschalls von Sachsen, und seines größten Denkers und Dichters, Monsieur de Voltaires.

Es kam auch Doktor Franklin.

Er kam voll Neugier und Bewunderung. Er und Voltaire hatten seit Jahrzehnten freundliche Botschaften ausgetauscht. Voltaire hatte ihn und seine Sache stets gepriesen und ihn in seinem „Philosophischen Wörterbuch“ hoch gerühmt, weil er den Blitz bezwungen, dessen Gesetze erforscht und so einen wichtigen Beitrag geleistet habe zu der Besiegung des Aberglaubens, der seit den ältesten Zeiten verknüpft gewesen sei mit Blitzen und Gewittern. Vor allem aber hatte dieser Voltaire mehr als jeder andere beigetragen zur Verbreitung der Ideen, auf denen das freie Amerika errichtet war. So fand sich Franklin, begleitet von William, in beinahe festlicher Stimmung bei seinem großen Kollegen ein.

Es waren an die zwanzig Menschen in Voltaires Zimmer. Voltaire lag auf seinem Ruhebett, er hatte leichtes Fieber, die Augen in ihren tiefen Höhlen über der großen spitzen Nase glänzten noch lebhafter als sonst aus dem entfleischten Gesicht. Er wollte sich erheben, doch Franklin ließ es nicht zu, er trat sogleich an sein Lager und drückte ihn mit sanfter Gewalt zurück.

Voltaire sagte, er freue sich, Franklin persönlich Glück zu wünschen zu den Siegen, die seine Truppen erfochten hätten. Er sprach englisch. Franklin erwiderte, wer sich in Amerika mit Literatur befasse, sehe in Voltaire den Vater der amerikanischen Republik. „Wäre ich so jung wie Sie, verehrter Mann“, antwortete Voltaire, „dann reiste ich übers Meer, um mir Ihr glückliches Land anzuschauen.“ Und er zitierte aus dem Gedächtnis Verse aus Thomsons „Ode an die Freiheit“, die vor vierzig Jahren große Mode gewesen war und an die sich Franklin undeutlich erinnerte. Voltaires Nichte, im Namen der übrigen Anwesenden, beklagte sich, daß die Unterhaltung englisch geführt werde und niemand sie verstehe. „Ich bitte um Verzeihung“, sagte Voltaire, „daß ich der eiteln Genugtuung nachgab, dieselbe Sprache zu sprechen wie Doktor Franklin.“

William Temple war in hübscher Bescheidenheit unter die andern zurückgetreten. Franklin rief ihn und stellte ihn Voltaire vor. William neigte sich tief. Voltaire, mit seinen starken, eindringlichen Augen, betrachtete ihn lange. „Sie sind glücklich, mein lieber Junge“, sagte er dann, französisch. „Ihnen wird es vergönnt sein, in einem großen Land in einer glücklichen Zeit zu leben. Neigen Sie sich tiefer“, bat er, und er legte ihm die uralte Hand aufs Haupt und sagte englisch: „Gott und die Freiheit.“ Dann wiederholte er's französisch. Alle waren ergriffen.

Eine Stunde später empfing Voltaire den englischen Botschafter, Lord Stormont.

Und es kamen Leute und immer mehr Leute, und Voltaire

plauderte, und Voltaire hielt Proben seines Stückes ab, und Voltaire arbeitete leidenschaftlich an der Verbesserung seines Stückes, und Voltaire las Briefe und diktierte ausführliche Antworten, und Voltaire entwarf Pläne.

Der treue Wagnière fühlte sich inmitten dieses gehetzten Treibens von Tag zu Tag weniger wohl. Nicht nur quälte ihn die Furcht um die Gesundheit seines Herrn, der sichtlich verfiel. Noch mehr fast drückte ihn eine andere Sorge. Wagnière war ein leidenschaftlich strenger Anhänger der Vernunft, ein unerbittlicher Bekenner. Voltaire aber hatte wenig Sinn für Würde. Einer seiner Grundsätze war, es komme nicht darauf an, sich zum Märtyrer zu machen, sondern man solle die Wahrheit auch mit zweideutigen Mitteln verbreiten. Er trug kein Bedenken, seine Werke schamlos zu verleugnen, ja, er griff sie schamlos an, wann immer das Bekenntnis der Urheberschaft ihm Schaden gebracht hätte. Hier in Paris nun, fürchtete Wagnière, könnte sich sein Herr zur Verleugnung nicht nur einzelner, sondern seiner gesamten Werke und Grundwahrheiten bewegen lassen.

So leichtsinnig sich nämlich Voltaire gab und so frei von Vorurteilen er war, es quälte ihn die Vorstellung, seine Leiche als die eines Ketzers könnte wie seinerzeit die der Schauspielerin Adrienne Lecouvreur auf den Schindanger geworfen werden. In Ferney hätte es wohl Mittel gegeben, das zu vermeiden. Aber wenn er hier in Paris in seinem jetzigen ungläubigen Stande verlöschen sollte, würde ihm die Kirche ein anständiges Begräbnis verweigern, und Wagnière war gewiß, Voltaire war zu großen Opfern bereit, auch zu einem Widerruf all seiner Prinzipien, wenn er nur dadurch seinen Leichnam vor Verunglimpfung würde schützen können.

Seine Befürchtungen verstärkten sich, als sich immer mehr Schwarzröcke an den großen Ketzer heranmachten, getrieben von dem Ehrgeiz, ihn zu bekehren. Es kam stattlich und würdig der Domherr von Saint-Sulpice, Monsieur de Tersac. Es redete sacht, doch beständig Voltaires Neffe auf ihn ein, der Abbé Mignot. Es kam, gestützt auf Empfehlungen, ein Abbé Gaultier. Mit ihm unterhielt sich Voltaire lang und zunehmend vergnügt. „Das ist ein guter Mann“, sagte er dann zu Wagnière, „der ist freundlich und einfältig, der macht mir, wenn es soweit ist, Beichte und Widerruf billig. Den merken wir uns vor."

„Ecrasez l'Infame – Schlagt die Niedertracht tot", war die ganzen letzten Jahrzehnte hindurch Voltaires Wahlspruch gewesen, und unter der „Infame", der „Niedertracht", wollte er den Fanatismus des Vorurteils verstanden haben, die Intoleranz, die Kirche. Und im Kampf gegen das Vorurteil, den sein Herr so leidenschaftlich, groß und selbstlos geführt hatte, sah Wagnière sein höchstes Verdienst. Er litt also unter den Reden, die der alte Apostel der Vernunft jetzt führte; denn so scherzhaft sie klangen, er fürchtete, sie seien ernstgemeint und Voltaire sei nicht abgeneigt, in seinen letzten Tagen die Grundidee seines Lebens abzuleugnen.

Er beschwor Voltaire, der möge eine Erklärung niederschreiben, welche, die Kirche mit klugen Wendungen abspeisend, gleichwohl die Prinzipien der Philosophie nicht verrate. Wenn er das nicht beizeiten tue, dann werde sich bestimmt in seiner letzten Stunde, da er vielleicht nicht mehr im Vollbesitz seines wunderbaren Geistes sei, die Kirche an ihn heranmachen, seine Schwäche mißbrauchen und ihn zu Bekenntnissen verführen, die weit über das Maß des von ihm Gewollten hinausgingen. Voltaire grinste. „Sie können Ihre Erklärung sogleich haben, mein Lieber", sagte er. Und er setzte sich hin und schrieb mit seiner reinen, deutlichen Schrift: „Ich sterbe in Verehrung Gottes, in Liebe zu meinen Freunden, ohne Haß gegen meine Feinde und in Verabscheuung des Aberglaubens." Freudig nahm Wagnière das Schriftstück an sich.

Wenige Tage später, zwei Wochen nach seiner Ankunft in Paris, wurde er wirklich, während er diktierte, von einem heftigen Bluthusten überfallen. „Jetzt ist es Zeit für unsern guten Abbé Gaultier", stöhnte er, keuchte er, grinste er, und das Blut kam dick aus Mund und Nase. Bald war der Abbé zur Stelle. Wagnière mußte ihm das Bekenntnis zeigen, und Voltaire fragte, ob es genüge, ihm ein ehrliches Begräbnis zu sichern. Ängstlich schaute er auf das Gesicht des Abbés, ob der auch töricht genug sei. Aber: „Leider nein", sagte der

Abbé. „Wir müssen unser kleines Geschäft schon auf gründlichere Art verrichten."

Voltaire, auf Verlangen Gaultiers, beichtete ihm. Dann, in Gegenwart seines Neffen, des Abbés Mignot, eines zweiten Weltgeistlichen und des Sekretärs Wagnière, stellte Voltaire ein Schriftstück aus, er habe dem Abbé Gaultier gebeichtet und sterbe in der katholischen Religion, in welcher er geboren sei.

Abbé Gaultier überlas das Schriftstück. „Ich denke, das genügt", meinte schlau und ängstlich Voltaire. Doch der Abbé schüttelte den Kopf und sagte: „Leider nein, mein verehrter Herr." – „Was soll ich denn noch schreiben?" fragte Voltaire. „Schreiben Sie", befahl sanft, doch autoritativ der Abbé, „schreiben Sie: ‚Und wenn ich die Kirche gekränkt haben sollte, so bitte ich Gott und sie um Verzeihung.'" Wagnière knirschte. „Muß ich das schreiben?" fragte Voltaire. „Schreiben Sie ruhig, lieber Meister", redete freundlich der Priester ihm zu. „So ein Dokumentchen tut keinem weh."

Voltaire schrieb. Wagnière sah auf die magere, schreibende Hand, die Worte wollten Voltaire nicht recht aus der Feder. „Und nun, meine Herren", wandte sich der Abbé an die andern, „bezeugen Sie, bitte, durch Ihre Unterschrift, daß unser Monsieur Voltaire diese Erklärung eigenhändig, freien Willens und bei vollem Bewußtsein niedergeschrieben hat." Die beiden Weltgeistlichen unterzeichneten, Wagnière lehnte finster ab.

Als Voltaire mit dem treuen Sekretär allein war, versuchte er, sich zu rechtfertigen. „Sie müssen doch begreifen", setzte er ihm auseinander, „daß es eine unbehagliche Vorstellung ist, auf den Schindanger geworfen zu werden. Ich weiß natürlich, es ist ein Vorurteil, aber ich hab es nun einmal, und so halten mich die Pfaffen gewissermaßen in der Hand. Dabei werde doch zuletzt ich lachen, beziehungsweise meine Leiche. Es ist nämlich ein recht gutes Geschäft, das ich da mit der Kirche mache. Fünfzigtausend Seiten hab ich geschrieben, und für jede einzelne möchte mich die Geistlichkeit auf den Schindanger werfen, und mit drei kleinen Zeilen zwinge ich sie, mich anständig zu begraben." Und da diese Rechnung keinen Eindruck auf Wagnière machte, fuhr Voltaire fort: „Wenn Sie einmal so alt sind wie ich, mein Lieber, werden Sie es verstehen, daß Heinrich der Große recht hatte und daß Paris eine Messe wert ist.“ Allein Wagnière blieb bekümmert.

Abbé Gaultier mittlerweile eilte mit seinem kostbaren Dokument zu seinem Obern, dem Domherrn von Saint-Sulpice. Dieser, erbittert, daß die Bekehrung des Ketzers dem kleinen Abbé geglückt war und nicht ihm, dem Domherrn, fand, die Erklärung sei zu flau und wässerig, um als Widerruf von soviel blanker Ketzerei und gewaltigem Ärgernis angenommen zu werden. Sie genüge nicht, Voltaire die Wiederaufnahme in den Schoß der Kirche zu verschaffen. Der Abbé, verärgert und beharrlich, lief zurück in das Haus des Kranken, um aus ihm eine stärkere Erklärung herauszuquetschen.

Der aber fühlte sich jetzt besser und ließ ihn nicht vor. Und als der Unermüdliche am nächsten Tag von neuem vorsprach, fühlte sich Voltaire noch wohler, und abermals mußte er unverrichteterdinge abziehen. Am dritten Tage gar fühlte sich der Kranke so gut, daß er dem um Einlaß Flehenden sagen ließ, er sei während der nächsten Monate beschäftigt und habe keine Zeit für ihn.

Voltaire erholte sich erstaunlich schnell. Bald sah er wieder Menschen, immer mehr, genau wie früher, schrieb, diktierte, probierte mit den Schauspielern, arbeitete sich ab.

Und wieder ein paar Tage später stand er von seinem Krankenlager auf und ging aus, einige der Besuche zu erwidern, die man ihm gemacht hatte.

Altmodisch und prunkvoll angezogen, den schmächtigen Leib in Tücher und Pelze gehüllt, ließ er sich in einer Sänfte durch seine Stadt Paris tragen. Es war ein strahlender, sehr kalter Tag. Trotzdem ließ er die Vorhänge der Sänfte zurückschlagen; er wollte die Straßen sehen, die Menschen sehen, Paris sehen. Überall erkannte man ihn, die Leute blieben stehen, zogen tief Hüte und Mützen, jubelten ihm zu. Wenn er in einem Hause verschwand, sammelten sich dicke Scharen von Neugierigen und warteten auf sein Wiedererscheinen. Mit Blitzeseile verbreitete es sich durch Paris: Voltaire ist sichtbar, und die Leute liefen auf die Straße wie bei einer der großen Prunkzeremonien des Hofes.

Als er zurückkehrte, standen die beiden Seinebrücken, der Quai des Théatins und die Rue de Beaune voll von Menschen, so dicht, daß an kein Durchkommen zu denken war. Polizisten mußten mit Bitten und Gewalt der Sänfte den Weg bahnen. So wurde Voltaire zurückgetragen durch ein Spalier von Huldigenden, und seine Wangen waren gefärbt von Kälte und von Freude.

Toinette, die sich seit ihrer Begegnung mit Franklin berufen glaubte, alles Fortschrittliche zu protegieren, hätte gern eine sensationelle Zusammenkunft mit Voltaire veranstaltet. Der ganze Fliederblaue Klüngel teilte die modische Begeisterung für den großen Schriftsteller, und dieser hatte sich seit Jahren bemüht, freundliche Beziehungen zu Toinette herzustellen. Er hatte ein kleines Festspiel für sie geschrieben und ihr in seinen Werken in deutlichen Anspielungen Schmeichelhaftes gesagt. Toinette war für diese Aufmerksamkeit nicht unempfindlich. Aber es war ihr klar, daß ganz Europa es als politische Demonstration auffassen würde, wenn man Voltaire offiziell in Versailles empfing.

Die kluge Diane Polignac fand einen Ausweg. Könnte man nicht, meinte sie, Voltaire im Théâtre Français die Loge der Kammerherren vom Dienst zur Verfügung stellen? Da diese Loge neben der Toinettes lag, ließe sich so ohne Mühe ein zwangloses, unverfängliches Gespräch arrangieren.

Louis indes, als ihm Toinette von diesem Projekt sprach, geriet in Wut. „Ich verbiete Ihnen, Madame", rief er, „hören Sie, ich verbiete Ihnen, mit dem Erzketzer in irgendeine Berührung zu treten. Ein Gespräch mit ihm wäre Befleckung." – „Monsieur de Voltaire", antwortete Toinette, „ist der größte Schriftsteller Ihres Landes, Sire, und vermutlich der Welt." – „Und vermutlich hat er auch Musik in sich", höhnte Louis. „Aber ich verbiete Ihnen, diese Musik zu hören."

Ein wenig ruhiger geworden, begründete er seinen Zorn. „Unser Bruder Josef ist gewiß kein Freidenker. Aber sogar er hat die Berührung mit diesem schillernden Wegwurf vermieden." Und voll rachsüchtiger Genugtuung erzählte er, was Toinette längst bekannt war: „Der Alte hat geglaubt, der Kaiser werde ihn bei der Durchfahrt durch Ferney besuchen. Er hat sein Dorf und sein Schloß festlich geschmückt und Ehrenpforten errichten lassen. Aber er hat sich geschnitten. Unser Josef hat den weisen Rat der erlauchten Frau Mutter befolgt und ist mit erhobener Nase an dem Ketzer und seinem Firlefanz vorbeigefahren. Und jetzt wollen Sie im Theater, vor den Augen der ganzen Welt, mit dem Gottesleugner ein Gespräch führen? Niemals. Ich verbiete. Niemals."

Am gleichen Tage fragte in Maurepas: „Ist es Ihnen bekannt, Sire, daß sich Monsieur de Voltaire in Ihrer Hauptstadt aufhält?" – „Ich dachte", antwortete kühl Louis, „der Herr hat Stadtverbot." – „Es ist nicht eben ein Verbot", erläuterte Maurepas. „Es war ein Wunsch des hochseligen Königs, der wohl mit dem hochseligen König gestorben ist." – „Der Wunsch lebt in mir fort", antwortete trocken Louis. „Aber auch Sie, Sire", meinte der Minister, „werden es wohl nicht für angemessen halten, den alten Herrn mit Gewalt aus seiner Heimatstadt zu entfernen." – „Das dürfte leider untunlich sein", gab traurig Louis zu. „Ich frage mich sogar", fuhr Maurepas fort, „ob es nicht angebracht wäre, dem Manne, der immerhin Europas verehrtester Schriftsteller und sehr alt ist, auch in seinem Heimatland eine kleine Ehrung zu erweisen." – „Nein", antwortete brüsk Louis. „Es ist mein Beruf, den Glauben und die Moral zu schützen. Eigentlich sollte ich den alten Blasphemisten mit Schande aus meiner Hauptstadt hinausjagen. Mir scheint, wenn ich seine Anwesenheit nicht bemerke, so ist das Gnade und Ehrung genug für die Literatur."

Louis' Zorn war größer, als seine Worte zeigten. Düster, nachdem Maurepas gegangen war, betrachtete er die Bücher und Broschüren Voltaires, die er in seinem Giftschrank stehen hatte. Es waren ihrer viele. Sie waren gedruckt in Amsterdam und in Leyden und in Hamburg und in London, aber sie flogen in sein Frankreich herein, die Grenzen boten so wenig Schutz gegen sie wie gegen die Winde. Es war eine

Mahnung, es war eine Züchtigung Gottes, daß der Urheber dieser Schriften unmittelbar nach dem Abschluß des Vertrages mit den Rebellen nach Paris gekommen war. Jetzt also hatte er die beiden bösen Greise auf dem Nacken, Franklin und Voltaire. Frech und schamlos hockten sie mitten in seiner Stadt, Baal und Beelzebub, und seine eigene Frau und seine Minister brachten ihnen Verehrung dar.

Voltaires Anwesenheit machte Louis noch schwieriger in der amerikanischen Frage. Franklin hatte den französischen Herren geraten: „Gehen Sie gegen Ihre Feinde so vor wie diese im Jahre fünfundfünfzig gegen Sie. Lassen Sie Ihre Schiffe angreifen ohne lange diplomatische Ankündigung. Schicken Sie eine Flotte übers Meer und schneiden Sie das Geschwader des Admirals Howe ab, das sich in die Mündung des Delaware vorgewagt hat. Dann ist es immer noch Zeit, den Krieg zu erklären." Auch viele der französischen Minister und Generale fanden, man solle, da doch nun der Vertrag unterzeichnet sei, dem Gegner zuvorkommen und losschlagen. Der ungeduldige Vaudreuil, alle Mitglieder des Fliederblauen Klüngels drängten auf Aktion. Doch als Vergennes dem König von Franklins Vorschlag sprach, verwahrte sich Louis entrüstet: „Da sei Gott davor, daß ich eine solche Perfidie beginge." Immer noch hoffte er, den Krieg zu vermeiden. Er hielt hartnäckig an der Fiktion fest, der Pakt bestehe nicht, solange keine Nachricht da sei von seiner Ratifizierung durch den amerikanischen Kongreß, und er bestand darauf, freundliche Beziehungen mit England zu wahren.

Allmählich indes bedrückte ihn die Zweideutigkeit seiner Haltung. Es schien dem ehrlichen Manne unanständig, daß er mit dem englischen Botschafter freundliche Worte wechselte, nachdem er Verträge gegen sein Land unterzeichnet hatte. Er entschloß sich, dem König von England offiziell mitteilen zu lassen, daß Frankreich die Unabhängigkeit der Vereinigten Staaten anerkannt habe, und er beauftragte Vergennes, diesen Schritt in einer amtlichen Note zu begründen.

Nun erinnerte sich Vergennes, daß Ende Oktober Beaumarchais eine Denkschrift überreicht hatte, welcher das Konzept einer Erklärung beigefügt war, wie er, Beaumarchais, sie erließe, wenn er der König von Frankreich wäre. Vergennes ließ die Denkschrift heraussuchen und fand die von Beaumarchais erlassene Kundgebung sehr geeignet. Sie war schwungvoll und klang sachlich. Der Minister trug keinen Anstand, einen großen Teil der Sätze Pierres zu verwenden für die Erklärung, die er dem König unterbreitete. Louis las, seufzte, unterschrieb. Das Schriftstück ging nach London, und Graf Noailles, der französische Botschafter beim Hofe von Saint James, überreichte dem britischen Ersten Minister die Note Monsieur de Beaumarchais'.

London berief daraufhin seinen Botschafter ab. Versailles folgte. Es geschah dies am 13. März.

Am gleichen Tag teilte Vergennes dem Doktor Franklin mit, daß von nun an der Hof von Versailles die Abgesandten des Kongresses als bevollmächtigte Vertreter der Dreizehn Vereinigten Staaten von Amerika ansehe, und er bat um die Ehre, die Herren in dieser Eigenschaft der Allerchristlichsten Majestät vorstellen zu dürfen.

Diese Einladung bereitete den Delegierten bei aller Freude Kopfzerbrechen. Die Tracht, in der man bei Hofe zu erscheinen hatte, war umständlich und prunkvoll, und es war nur eine Woche Zeit, sie anfertigen zu lassen. Franklin seinesteils wollte in dem braunen Rock erscheinen, den man sicher auch bei dieser Gelegenheit von ihm erwartete. Doch ließ er sich herbei, eine Perücke zu bestellen. Aber alle Perücken, die man ihm anpaßte, erwiesen sich als zu klein. „Nicht die Perücke ist zu klein, Monsieur", rief schließlich verzweifelt der Friseur, „Ihr Kopf ist zu groß." Und ganz Paris lachte wohlwollend. „Sein Kopf ist zu groß." Franklin aber kümmerte sich nicht weiter um die Anweisungen der Kämmerer und Zeremonienmeister, sondern beschloß, sich schlicht anzuziehen, würdig und ohne höfischen Firlefanz. Vielleicht war das eine Dreistigkeit; wahrscheinlicher war, daß gerade solche Simplizität Eindruck machen werde.

Am 20. März also ging Benjamin Franklin, Seifensieder, Buchdrucker, Buchhändler, Schwimmlehrer, Trödler, Verleger, Sklavenhändler, Physiker, Kaufmann, Ehrendoktor, Erfinder, Banknotenzeichner, Schriftsteller, Philosoph, Delegierter der Vereinigten Staaten von Amerika, zu Louis von Bourbon, König von Frankreich.

Die Zufahrtstraßen und der weite Vorhof von Versailles waren voll von Neugierigen. Sie waren gespannt, ob Franklin es wagen werde, in seiner gewohnten Tracht zu erscheinen; sie wären enttäuscht gewesen, wenn er's nicht getan hätte. Als er aber wirklich ohne Perücke und ohne Degen kam, in seinem braunen Rock mit der braunen Hose, die eisengerahmte Brille auf der Nase, das weiße, sorgfältig gekämmte Haar auf den Rock fallend, „à la Quaker", waren sie doch fasziniert von soviel Kühnheit und Würde. Es war wohl das erstemal, daß ein Mann in schlichter Bürgertracht zu Hofe ging. Es war freilich auch das erstemal, daß ein Vertreter von Rebellen von einem Allerchristlichsten König empfangen wurde.

Vergennes übernahm die Führung. Er erstieg mit den Delegierten die große Freitreppe. Die Trommeln schlugen, die Wachen präsentierten, die Flügeltüren zu den Gemächern des Königs öffneten sich, und der Oberst der hundert Schweizer Garden meldete: „Die Herren Gesandten der Dreizehn Vereinigten Staaten von Amerika." Hofherren, Bischöfe, Diplomaten, hohe Juristen füllten das innere Vorzimmer. Sie machten einen Weg frei für Franklin und seine Begleiter und verneigten sich. Auch die Damen erhoben sich, während Franklin vorbeiging, und knicksten tief.

Die Delegierten wurden in das Schlafzimmer des Königs geführt. Louis, dem dieser Empfang widerwärtig war, saß an seinem Toilettentisch, einen Schlafrock überm offenen Hemd, absichtlich schlampig. Der Friseur war um ihn bemüht. Die sechs Herren vom innern Dienst standen da, einer hielt Louis zeremoniös die Hose hin, ein anderer die Strümpfe.

Vergennes stellte dem König die Delegierten vor. Louis schaute abgleitenden Auges über sie hin. Der Große, Massige da, das war also der Führer der Rebellen. Er ließ sich, dieser berüchtigte Franklin, das Teuflische nicht anmerken, das er im Herzen trug, aber wie frech und rebellisch bürgerlich angezogen war er, und wie unverlegen stand er da, ganz als ob es ihm natürlich wäre und ihm zugehörte, der Toilette des Allerchristlichsten Königs beizuwohnen.

Louis schnaufte ein wenig, schaute die Gesandten nicht an und sagte: „Nun ja, nun schön. Das wäre also das. Versichern Sie dem Kongreß meine gnädige Gesinnung, Messieurs. Ich bin nicht unzufrieden mit der Art, wie Sie sich bisher in meinem Land aufgeführt haben." Er sprach undeutlich und hob nicht die Stimme, trotzdem verstand ein jeder seine Worte, denn es war völlig still im Saal, niemand regte sich, der eine Kammerherr hielt Louis starr die Hose hin, der andere steif die Strümpfe.

Franklin beschaute ruhig den in unschöner Haltung dahockenden, dicken jungen Herrn, welcher der König von Frankreich war. Der Doktor war ein guter Beobachter. Er nahm wahr, wie seltsam sich im Gesichte dieses Königs die einzelnen Züge widersprachen; der junge Herr mit der kühnen Nase sah aus wie ein echter Bourbon, wie sie sich auf den Münzen präsentierten, und gleichzeitig unentwickelt wie ein Säugling. Seine Verfettung war unnatürlich, krankhaft; offenbar war der Blutumlauf oder eine andere innere Funktion gestört. Dumpf, ungelenk schien dieser Sechzehnte Louis, doch nicht unintelligent. Ein großer Redner war er nicht, das war gewiß, und was er sagte, klang nicht sehr freundlich; doch im ganzen war es das, was bei dieser Gelegenheit zu sagen war. Daran hielt sich Franklin. Er verneigte sich und erwiderte: „Ich danke Ihnen, Sire, im Namen meines Landes. Zählen Sie, bitte, auf die Erkenntlichkeit des Kongresses und darauf, daß er die Verpflichtungen treulich halten wird, die er auf sich genommen hat." – „Schön, Messieurs", erwiderte Louis, und damit war der Empfang zu Ende.

Vergennes gab den Delegierten ein großes, offizielles Essen. Der ganze Adel Frankreichs nahm teil; nun Franklin vom König empfangen war, drängten sich alle, seine Bekanntschaft zu machen. Zur Tischdame hatte er die alte, hochangesehene Marquise de Créquy. Sie nahm mit Befremden die Einzelheiten seiner Kleidung wahr, alles an ihm war braun, Rock, Weste, Hosen, auch die Hände, und er trug eine Krawatte aus Leinen. Am seltsamsten aber waren seine Eßsitten: er aß den Spargel mit der Hand und die Melone mit dem Messer. Auch schlug er sich Eier in einen Becher, tat Butter, Salz, Pfeffer und Senf dazu und löffelte das Ganze aus. Da er ein berühmter Philosoph war, fragte sie, ob er an einen persönlichen Gott glaube und an die Unsterblichkeit der Seele. Er, während er sein sonderbares Gericht schlürfte, bejahte mit Nachdruck. Sie erzählte später, der Quaker habe die Manieren eines Hinterwäldlers, aber eine anständige Weltanschauung.

Louis verbrachte den Abend dieses Tages im Trianon bei Toinette. Nun hatte er sein Versprechen bis ins letzte erfüllt und sogar die Demütigung auf sich genommen, in Gegenwart des Hofes mit eigener Zunge das Wort an den Rebellen zu richten. Da wollte er sich wenigstens seinen Dank holen bei der Urheberin dieser Widerwärtigkeiten und sich eine frohe Nacht machen.

„Ich höre mit Bedauern, Sire", sagte Toinette, „daß Sie den Doktor Franklin besonders unwirsch empfangen haben." – „Nicht einmal eine Perücke hat er sich aufgesetzt, Ihr alter Rüpel", antwortete Louis. „Plump und nackt hat er mir seinen frechen Schädel hingehalten. Sollte ich da auch noch lächeln?" – „Ich werde morgen um so freundlicher zu ihm sein", erklärte Toinette, „verlassen Sie sich darauf." – „Ich kann Sie daran nicht hindern", entgegnete mürrisch Louis. „Das ganze Versailles ist mir verleidet", brach er aus, „seitdem der Rebell dort ein und aus geht, als wäre er zu Hause." – „Ja", sagte süß und triumphierend Toinette, „jetzt habe ich ein bißchen frische Luft hereingebracht."

Doch Louis war nicht zänkisch, er war nicht hierhergekommen, um sich mit Toinette zu streiten. Er aß und trank mit Behagen, seine schöne Frau gefiel ihm, er blieb, wie er sich's vorgenommen, die Nacht über im Trianon und erlustigte sich im Angesicht der österreichischen Verwandten, die in mönchischer Tracht ihre Gräber gruben.

Unter den amerikanischen Delegierten gab es inzwischen neue Differenzen. Arthur Lee hatte es von Anfang an für einen schweren Fehler gehalten, daß Franklin, sich über das Zeremoniell des Hofes hinwegsetzend, mit seinem nackten, schorfigen Schädel vor dem König erschienen war. Bestärkt in dieser Meinung hatte ihn die ablehnende Haltung Louis'; sie war nur die Antwort gewesen auf Franklins Nichtachtung. Trotzdem empfand es Arthur Lee als kränkend, daß Louis die amerikanische Delegation so grob abgefertigt hatte, und er weigerte sich, am andern Tag, wie das der Brauch erforderte, abermals nach Versailles zu gehen, um nun der Königin aufzuwarten.

Franklin nahm an Stelle Arthur Lees seinen Enkel William mit, und zu dreien, er, William und Silas Deane, fanden sie sich in Versailles ein.

Liebenswürdig, ein wenig kokett, königlich und gleichwohl die Dame mit der blauen Maske, mit einem kleinen Blinzeln des Einverständnisses empfing ihn Toinette. Er hatte seinen Spaß an dem prächtigen, zeremoniösen und damenhaft anmutigen Hin und Her, das mit dem Lever der Königin verbunden war, und es belustigte ihn, daß er nun in offizieller Eigenschaft der Toilette dieser hübschen Dame beiwohnte, mit welcher er eine so erfreulich folgenreiche Konversation geführt hatte.

Diese Unterhaltung setzten sie jetzt fort. Mit gutgespielter Unschuld fragte sie ihn, welchen Eindruck er von ihrem Mann, dem König, habe. „Er ist ein gütiger, sehr vielversprechender Monarch", sagte mit Überzeugung Franklin. Toinette ihresteils versicherte ihm: „Er hat Sie hoch gerühmt, Monsieur, er schätzt und liebt Sie außerordentlich", und sie schaute ihm treuherzig in die Augen. Dann stellte sie ihm einige vorbereitete Fragen über seine elektrischen Experimente und hörte ihm mit aufmerksamem Gesicht und mit abwesenden Gedanken zu.

Des Abends, nach Tafel, mußte er ihrem Spiel beiwohnen, sie forderte ihn auf, hinter ihrem Stuhl zu stehen. Sie gewann. „Sie bringen mir Glück, mein elektrischer Gesandter", sagte sie. „Setzen Sie doch auch." Er tat es und gewann siebzehn Louis. Dann aber begann Toinette, hoch zu spielen, sie vergaß ihn, und er benutzte die Gelegenheit, sich vergnügt mit Silas Deane, William und den gewonnenen siebzehn Louis zu entfernen.

Für Silas Deane waren diese Stunden in Versailles die letzte gute Zeit. Sein Nachfolger war schon in Frankreich, es war John Adams, ein bekannter Politiker, ein sehr tätiges Mitglied des Kongresses, und ihm, Silas Deane, blieb nichts übrig, als zurück nach Amerika zu fahren. Er schied schweren Herzens. Nicht nur zehrte es an ihm, daß man ihn so schmählich und undankbar behandelte, er ließ auch seine besten Freunde hier zurück, Männer, die genau wußten, welche Verdienste er sich um sein Land erworben hatte, und drüben wird er nur Leute finden, die aufgehetzt waren, voll Vorurteil und Mißgunst.

Franklin war es leid, daß Silas Deane ging. Er hatte oft seine liebe Not mit ihm gehabt, aber der Mann mit der beblümten Atlasweste war wohlmeinend und ein Patriot und hatte sich zuletzt immer der bessern Einsicht gefügt. Franklin versprach, ihn in seiner Sache mit dem Kongreß nach besten Kräften zu unterstützen, und erklärte, er werde oft an ihn denken, schon durch den lieben Anblick der Encyclopédie. Silas Deane lächelte in seinem Kummer, sagte adieu und nochmals adieu und konnte sich kaum trennen.

Sich von Arthur Lee zu verabschieden, hatte Silas Deane nicht die Absicht, doch zu seiner Überraschung suchte Arthur Lee ihn auf. Arthur Lee kam voll gewaltigen Ärgers. Der Hof von Versailles hatte Monsieur Gérard zu seinem Gesandten beim amerikanischen Kongreß ausersehen, und man hatte bei Franklin und Silas Deane angefragt, ob diese Wahl genehm sei, nicht aber bei ihm, Arthur Lee. Er vermutete hinter dieser Brüskierung finstere Manöver der beiden Kollegen.

Wenn er aber diesen Verdacht nicht schlüssig beweisen konnte, so hatte er solide Unterlagen für eine andere Beschwerde: unter den Akten, die ihm Deane übergeben hatte, fehlten Dokumente von hoher Wichtigkeit. Finster und anklägerisch fragte er, was es damit auf sich habe. Silas Deane antwortete, es handle sich um Schriftstücke, die er dem Kongreß vorlegen wolle, zu seiner Rechtfertigung; denn er habe

Grund zu der Annahme, daß gewisse Leute ihn in Philadelphia verleumdet hätten.

„Übrigens haben sich", fuhr, ohne auf Mr. Deanes Erwiderung einzugehen, Arthur Lee fort, „auch in den Aktenstücken, welche zurückzulassen Sie die Freundlichkeit haben, schon bei flüchtiger Durchsicht dunkle Posten gefunden. Da figurieren zum Beispiel unter den Ausgaben der Delegierten tausendvierhundertsiebzig Livres für Anschaffung der ‚Encyclopédie des Arts et des Métiers', ausgehändigt an Doktor Franklin. Ich bitte um Aufklärung." – „Die gebe ich Ihnen gerne", antwortete höflich Silas Deane. „Wir haben, Sie und ich, dieses große Werk dem Doktor Franklin zu seinem Geburtstag geschenkt." – „Sie haben sich erdreistet", sagte mit seiner flackernden Stimme Arthur Lee, „ohne mich zu fragen, haben Sie sich erdreistet, ein so kostspieliges Geschenk in meinem Namen zu machen? In einer Zeit, da man in Amerika für einen kupfernen Penny beinahe einen Kongreß-Dollar zahlen muß, schenken Sie auf Kosten des Landes dem Doktor Franklin Bücher für tausendvierhundertsiebzig Livres?" – „Ich habe Sie nicht gefragt", antwortete mit streitbarer Ruhe Silas Deane, „weil Sie ja doch nein gesagt hätten. Ich fühle mich gedeckt vor dem Kongreß, da die Encyclopédie mit Mehrheitsbeschluß angeschafft worden ist." – „Wieso?" fragte entgeistert Arthur Lee. „Ich habe zwar den Doktor Franklin auch nicht gefragt", erläuterte Silas Deane, „aber mit der gleichen Sicherheit, mit der ich weiß, daß Sie abgelehnt hätten, wage ich zu behaupten, daß er ja gesagt hätte." – „Mit solchen französischen Sophistereien", erklärte heftig Arthur Lee, „haben Sie die ganzen Jahre hindurch das Ansehen Amerikas geschändet." – „Mit solchen französischen Sophistereien", antwortete Silas Deane, „hat Doktor Franklin Amerika vor dem Untergang gerettet." Arthur Lee verschränkte die Arme und stieß die Stirn vor. „Man wird Ihnen drüben zeigen, Herr", drohte er, „wie Amerika über Sie denkt."

Monsieur de Beaumarchais aber, als sich Silas Deane von ihm verabschiedete, forderte ihn auf: „Sagen Sie dem Kongreß Ihre Meinung frei heraus, in Ihrem und in meinem Namen. Sagen Sie den Herren ins Gesicht, wie kleinlich und wie undankbar sie sich benehmen. Fürchten Sie nichts, verehrter Mr. Deane. Frankreich läßt keinen im Stich, dem es Hilfe versprochen hat. Vertrauen Sie auf den König und auf das Haus Hortalez und Compagnie."

Arthur Lee, wenig befriedigt von seiner Unterredung mit Deane, schrieb einen langen, bittern Brief an Franklin. Zählte alle die Unbilden auf, die er erfahren zu haben vermeinte. Er habe sich, schrieb er, bereits mehrmals beschwert, doch Franklin pflege seine Briefe nicht einmal zu erwidern. „Wäre ich", fuhr er fort, „der schlimmste Feind Amerikas, Sie könnten mich kaum anders behandeln. Ich habe ein Recht, die Gründe Ihres Verhaltens kennenzulernen. Wenn Sie mir etwas vorzuwerfen haben, dann sagen Sie es offen, damit ich mich rechtfertigen kann. Wenn nicht, warum verletzen Sie Ihre Pflicht gegen Ihr Land und gegen mich? Nennen Sie das Ordnung, Anstand, Zusammenarbeit, Gerechtigkeit?"

Franklin seinesteils setzte sich hin und erwiderte: „Ich habe einige Ihrer Briefe nicht beantwortet, das ist richtig. Ich antworte nicht gern auf Briefe, die im Zorn geschrieben sind. Ich bin ein alter Mann, ich habe kaum mehr lange zu leben, ich habe viel zu tun und keine Zeit für Gezänk. Wenn ich auf Ihre ständigen Zurechtweisungen und Ihre ewige Schulmeisterei geschwiegen habe, dann deshalb, weil ich die Würde und den Erfolg unserer Mission nicht gefährden wollte. Ich liebe den Frieden, ich habe Achtung vor Ihren guten Eigenschaften und Mitleid mit Ihrem kranken Geist, der sich immerzu abquält mit Eifersucht, Argwohn und der Vorstellung, andere wollten Ihnen übel und mißachteten Sie. Wenn Sie nicht bald gegen dieses Ihr geistiges Leiden etwas unternehmen, dann werden Sie sicherlich im Wahnsinn enden. Ich kenne die Symptome, die sich an Ihnen zeigen, aus ähnlichen Fällen. Gott bewahre Sie vor einem so schrecklichen Los, und um seinetwillen lassen Sie mich gefälligst in Frieden."

Franklin überlas, was er geschrieben hatte, er kratzte sich, sein Schorf belästigte ihn in letzter Zeit wieder mehr. Er fand, sein Brief sei die richtige Antwort, und sandte ihn nicht ab.

Arthur Lee aber hörte nicht auf mit seinen Klagen und Beschwerden. Er wurde darin bestärkt von zwei andern Abgesandten des Kongresses, die sich mittlerweile in Paris eingestellt hatten, von seinem Bruder William Lee und von Mr. Ralph Izard.

Ralph Izard war fünfunddreißig Jahre alt, reich und verwöhnt. Er hatte in England studiert und sich mit führenden englischen Staatsmännern und Schriftstellern angefreundet. Der junge Herr aus den Kolonien hätte damals auch dem König von England vorgestellt werden sollen, aber da das Zeremoniell die Kniebeugung verlangte und Ralph Izards Prinzipien es ihm verboten, vor einem Sterblichen die Knie zu beugen, hatte er die Einführung bei Hofe abgelehnt. Als später der Konflikt mit den Kolonien zum offenen Ausbruch kam, war er nach Amerika zurückgekehrt und hatte sich der Sache der Aufständischen mit Feuer angeschlossen. Jetzt war er vom Kongreß zum Gesandten beim Hofe von Toskana bestellt worden. Da aber dieser Hof die Vereinigten Staaten noch nicht anerkannte, hatte ihn der Kongreß beauftragt, vorläufig in Paris zu bleiben und Franklin und Lee an die Hand zu gehen.

Der andere neue Gesandte, Arthurs Bruder William, war ein rechter Abkömmling des hageren, begabten, mißtrauischen, streitsüchtigen Geschlechtes der Lee. Ihn hatte der Kongreß zum Repräsentanten in Berlin ernannt. Doch dieser Hof anerkannte den Kongreß sowenig wie Toskana, und so erhielt auch William Lee Weisung, Franklin mit Rat und Tat zu unterstützen.

Die neuen Kömmlinge machten sogleich gemeinsame Sache mit Arthur Lee. Sie waren alle drei jung und temperamentvoll, und Franklins milde Art schien ihnen Trägheit, Schwäche, Senilität. Nun der Vertrag geschlossen sei, müsse man, fanden sie, von der französischen Regierung nachdrücklich mehr verlangen und immer mehr, Geld, Truppen, Schiffe. Daß sich Franklin dagegen sträubte, erachteten sie für verbrecherische Lässigkeit.

Mitten hinein in ihre ersten unerquicklichen Auseinandersetzungen mit Franklin kam der Mann, welchen der Kongreß zum Nachfolger Silas Deanes ausersehen hatte, John Adams.

Franklin und John Adams hatten Jahre gemeinsamer Arbeit hinter sich, sie waren beide an der ersten Redaktion der Unabhängigkeitserklärung beteiligt gewesen. Sie anerkannten ein jeder die guten Eigenschaften des andern, aber sie liebten einander nicht. Der fünfundvierzigjährige John Adams war Anwalt von Beruf und pflegte seine Meinung klingend herauszusagen, mit vielen Vergleichen aus der Bibel und aus dem Altertum. Groß geworden in den Jahren des Krieges mit den Franzosen und Indianern, war er ein leidenschaftlicher Patriot. Wenn es den Amerikanern gelänge, hatte er damals erklärt, diese streitsüchtigen Gallier von dem Kontinent zu vertreiben, dann würden sie binnen eines Jahrhunderts alle andern Völker an Zahl übertreffen und den alten Erdteil in Schatten stellen. Europa schien John Adams dekadent, und von Jugend an nährte er den Traum von einem gewaltigen, auf der Tugend begründeten amerikanischen Imperium.

John Adams konnte sich auf große staatsmännische Erfolge berufen; wenn die Unabhängigkeitserklärung Beschluß geworden war, so trug er daran starken Anteil. Der Kongreß schätzte den unermüdlich tatkräftigen Mann hoch, und als die sehnlichst erwartete Nachricht von der Allianz mit Frankreich zögerte und nicht kam, ernannte man an Stelle Silas Deanes ihn zum Delegierten, damit er den Pakt unter Dach bringe.

Nun aber fand Mr. Adams den Vertrag unterschrieben vor und hatte somit in Europa nichts Rechtes mehr zu suchen. Doch sein wilder Tatendrang ließ ihn nicht ruhen. Er machte sich über die Akten der Delegation her.

Mr. Adams war ein kleiner, beleibter, temperamentvoller Herr mit einem kahlen, breiten Kopf, dessen Breite noch unterstrichen wurde durch mächtige Schöpfe Haares auf beiden Seiten. Diesen Kopf konnte er, wenn er die Akten der Delegation studierte, immer nur schütteln. Er machte sich daran, Ordnung in den heillosen Wirrwarr zu bringen. Da er Franklin mild und ein wenig belustigt lächeln sah, setzte er ihm auseinander: „Nennen Sie meine Methoden Bürokratie; die Römer nannten sie Disziplin. So viel ist gewiß: ohne solche ‚Bürokratie' kann Großes nicht erreicht werden. Wie sollen wir ein großes Reich aufbauen, das die andern überflügelt, wenn wir unser kleines Haus in Passy nicht in Ordnung halten können?"

Mr. Adams wohnte in Passy, im Hause Franklins, das als der Sitz der amerikanischen Delegation galt. Er konnte also Franklins Lebensweise aus der Nähe beobachten. Die beiden Herren behandelten einander mit großer Höflichkeit, doch in seinem Innern mißbilligte John Adams des Doktors Führung von Tag zu Tag mehr. Mit seinen Zweiundsiebzig und trotz seiner Gicht aß dieser Mann üppig und trank nicht wenig. Während man alle Ursache hatte, sparsam zu sein, hielt er sich einen luxuriösen Wagen, beschäftigte viel Dienstpersonal und bewohnte ein reich eingerichtetes Haus. Trotz seines Alters schwänzelte er um die Frauen herum wie nur je ein Welscher. Nehmt alles nur in allem: er war ein Epikureer.

Mr. Adams wohnte erst wenige Tage in Passy, als unangemeldet Franklins Freundin zu Besuch kam, Madame Helvetius. Sie trat ins Zimmer, als wäre sie zu Haus. Sie war die Ruine einer schönen Frau, unordentlich angezogen und frisiert, um den kleinen Strohhut hatte sie ein schmutziges Tuch gebunden, um die Schultern trug sie einen schwarzen Schal, der ihr immer wieder herunterfiel. In Gegenwart Mr. Adams' küßte sie Franklin auf die Wangen und auf die Stirn. Während des Essens saß sie zwischen den beiden, oft hatte sie die Arme um die Stuhllehnen beider, mehrmals umarmte sie den Doktor. In einem ausführlichen Brief schilderte das Mr. Adams seiner vergötterten Mrs. Abigail Adams, mit der er in züchtiger, inniger Verbundenheit lebte.

Mr. Adams vermied es, den Doktor in bittern Reden anzugreifen, wie die jüngeren Herren das taten. Er vermittelte und milderte. Aber wenn es um ernstere Dinge ging, dann stärkte er durch Stillschweigen die Opposition der Lees und Izards.

So bei der Auseinandersetzung über William Temple.

Es ergab sich nämlich bei der methodischen Ordnung des Aktenbestandes, daß jener Brief über die Melasse, welchen Monsieur Gérard auf Verlangen Arthur Lees als ergänzenden integrierenden Bestandteil des Handels- und Freundschaftsvertrags hatte schreiben müssen, verlorengegangen oder verlegt war. Nun bezweifelte niemand, daß der Kongreß den Pakt in der vorliegenden Form ratifizieren werde oder bereits ratifiziert hatte, und das verlorene Dokument besaß also lediglich akademischen, historischen Wert. Trotzdem – und das setzten jetzt die Herren Arthur und William Lee und Ralph Izard dem Doktor Franklin mit Nachdruck auseinander –, trotzdem war ein Mensch, der ein solches Dokument zu Verlust gehen ließ, nicht geeignet zum Sekretär der Gesandtschaft. Von Anfang an war ein Junge von siebzehn Jahren nicht der rechte Mann für ein solches Amt gewesen. Und hatte er sich nicht schon früher saumselig und nachlässig gezeigt? Hatte er nicht zum Beispiel den Entwurf des Allianzvertrages vor indiskreten französischen Augen herumliegen lassen?

„Und mußte man überhaupt", setzte Ralph Izard den Vorwürfen der andern die Krone auf, „mußte man überhaupt zum Sekretär der Gesandtschaft gerade Mr. William Temple Franklin bestellen?" Er unterstrich den Vornamen des jungen Mannes, und jeder wußte, was er sagen wollte. In der letzten Zeit hatten die englischen Zeitungen viel Rühmens gemacht von dem Gouverneur William Franklin, dem Vater des jungen William, der trotz aller Quälereien von seiten der Meuterer seinem König treu geblieben sei, und sie hatten sich höhnisch ausgelassen über den großen Rebellen Franklin, der nicht einmal den eigenen Sohn von der Güte seiner Sache zu überzeugen vermocht habe.

Doktor Franklin hatte die Vorwürfe seiner jungen Kollegen bisher mit Ruhe angehört. Als indes dieser letzte Einwand vorgebracht wurde, ergrimmte er. „Sollte ich den Jungen in der Umgebung seines Vaters lassen?" fragte er. Das war keine Widerlegung, aber es klang durch seine Worte so viel Schmerz und Zorn, daß die andern schwiegen.

Und nun endlich griff John Adams ein. „Sie sind zu weit gegangen, Mr. Izard", tadelte er, und Ralph Izard entschuldigte sich auch sogleich: „Ich bedaure, wenn ich Doktor Franklin sollte gekränkt haben."

Der Zwischenfall endete damit, daß Franklin fortan das Gehalt William Temples aus der eigenen Tasche bezahlte und einen weiteren Sekretär anstellte, der von den andern Herren vorgeschlagen war, einen Franzosen, einen Monsieur de la Motte. Das schien ein gewissenhafter und der Sache Amerikas ergebener Mann, doch fühlte sich Franklin ständig von ihm beaufsichtigt.

Seit dem Abschluß der Allianz hieß es überall in Paris: „Franklin, Franklin", und Pierres Verdienste gerieten in Vergessenheit. Das wurmte den treuen Philippe Gudin. Er hüllte sich in den Schlafrock, den ihm Pierre geschenkt hatte, setzte sich in die Rundung seines kostbaren Schreibtisches und schrieb. Verfaßte einen Essay, eine Denkschrift: „Vorläufiger Abriß des Lebens eines großen Zeitgenossen." Ohne einen Namen zu nennen, stellte er die staatsmännischen, kaufmännischen und literarischen Verdienste seines Freundes um die Sache Amerikas und der Freiheit auf solche Art dar, daß jeder Kundige erkennen mußte, um wen und was es sich handelte. Die Verdienste des „Alten im Garten" wurden gewürdigt, doch wurde in dunkeln Worten hingedeutet auf gefährliche Eigenschaften dieses Alten. Später wurden die Leistungen des „Alten im Garten" verglichen mit denen des großen Zeitgenossen, von dem die Denkschrift handle, und da schnitt der „Zeitgenosse" besser ab als der „Alte". Der Tag werde kommen, schloß das kleine Werk, da die Weltgeschichte Licht und Schatten gerechter verteilen werde.

Philippe Gudin überlas, was er gemacht hatte, und war zufrieden. Zwar hatte er notgedrungen dunkel bleiben müssen wie Heraklit oder Lukrez, und die düstere Gewalt dieser beiden war ihm nicht gegeben, aber gleichwohl, fand er, nahm es sein Opusculum auf mit den Historien etwa eines Rollin.

Er bedachte, daß Pierre vielleicht die Veröffentlichung seines „Vorläufigen Abrisses" nicht gutheißen werde; denn

Pierre war edelmütig und wollte wahrscheinlich dem „Alten im Garten" die Bloßstellung ersparen. So ließ Gudin seine Broschüre hinter dem Rücken des Freundes drucken, auf eigene Kosten und Verantwortung, und übersandte sie denjenigen, die daran interessiert sein mochten, auch dem „Mann im Garten".

Dann, stolz und glücklich, überbrachte er das Büchlein ihm, dem zu Ehren es geschrieben war.

Pierre blätterte und las. Es wärmte ihm das Herz, daß da endlich einer seine Verdienste aufzählte und rühmte, in mancherlei Verhüllungen zwar, mit viel Griechisch und Latein und mit wenig Schwung, doch dem Wissenden deutlich genug. Auch freuten ihn die Anspielungen auf die Überschätzung des „Alten im Garten". „Das hätte ich nicht gedacht", sagte er und drohte mit dem Finger, „daß Sie hinter meinem Rücken so gefährliche Dinge trieben." Gudin lächelte und erwiderte: „Einer muß es doch schließlich sagen. Und da von unsern Plutarchen keiner seine Pflicht tat, mußte eben ein kleiner Mann ans Werk."

Pierre war gerührt; aber er sagte sich, daß auch eine verhüllte Darstellung der Tätigkeit des Hauses Hortalez für ihn nur unangenehme Folgen haben könne, und er schlug vor, die Schrift vorläufig in der Schublade zu halten. Aber: „Ich habe Vorsorge getroffen", antwortete Gudin, „daß Ihnen Ihre Bescheidenheit nicht wieder einen Streich spielt. Die es angeht, haben die Denkschrift bereits in Händen", und sein gutmütiges Gesicht strahlte Stolz und Genugtuung über seine Schlauheit und Menschenkenntnis. Pierre klopfte ihm den Rücken, zuckte die Achseln, gab sich zufrieden.

Bald darauf lief in Lorient eines von Pierres Schiffen ein, die „Gloire de France". Sie brachte aus Amerika eine Ladung von Reis und Indigo. Der begleitende Frachtbrief war ausgestellt an die Herren Franklin, Silas Deane und Arthur Lee. Die Ladung war indes zweifellos für die Firma Hortalez bestimmt, es war die von Paul längst angekündigte Sendung. Und wenn sie an die amerikanischen Delegierten adressiert war, dann sicherlich nur, damit nicht bei einer allenfallsigen Kaperung des Schiffes durch die Engländer die Firma Hortalez von neuem kompromittiert werde; die „Gloire de France“ war abgegangen, bevor die französisch-amerikanische Allianz jenseits des Ozeans bekannt war.

Arthur Lee aber roch Unrat und verlangte, daß, solange nicht Aufklärung geschaffen sei, die Ladung den Adressaten zur Verfügung gestellt werde, das heiße den Delegierten und niemand sonst. Die Angelegenheit verwickelte sich. Der Kapitän des Schiffes lehnte es ab, die Ladung den Kommissaren auszuhändigen. Die berieten. Arthur Lee forderte in heftiger Rede seine Kollegen auf, sich nicht länger von dem berüchtigten Monsieur de Beaumarchais auf der Nase herumtanzen zu lassen. Wahrscheinlich seien schon frühere Ladungen, welche der Kongreß auf Schiffen Beaumarchais' der Delegation geschickt habe, von Mr. Deane dem Hause Hortalez zugeschanzt worden. Diesmal seien erfreulicherweise die Frachtbriefe in die rechten Hände gelangt. Er beantragte, den Kapitän, der offenbar im Komplott mit Beaumarchais sei, durch Gerichtsbeschluß zur Auslieferung der Ladung zu zwingen.

Wäre die Sache eine Woche früher zur Sprache gekommen, so hätte sich wohl Franklin einem solchen Schritt widersetzt. Nun aber war ihm in diesen Tagen eine Broschüre zugesandt worden: „Vorläufiger Abriß des Lebens eines großen Zeitgenossen“. Darin machte irgendein gelehrter Esel unter Anwendung vieler Zitate hämische Anmerkungen gegen den „Mann im Garten“ und schrieb in gravitätischen Wendungen das Hauptverdienst an dem Sieg von Saratoga und an der Allianz dem gewissen Monsieur Caron zu. Franklin nahm gemeinhin Schmähschriften nicht sehr ernst. Aber dieser Autor besaß eine auffallend genaue Kenntnis vieler Einzelheiten, er wußte um Daten, die er nur von Monsieur Caron selber oder seinen nächsten Vertrauten erhalten haben konnte. Es war also die Veröffentlichung der Broschüre eine feindselige Handlung von seiten Monsieur Carons, und Franklin fühlte sich nach dieser Kampfansage nicht bemüßigt, Monsieur Caron seinesteils gegen die andern in Schutz zu nehmen. Er stellte zusammen mit Lee Antrag an das Seegericht von Lorient, dieses möge den Kapitän der „Gloire de France" anweisen, seine Ladung den rechtmäßigen Adressaten auszufolgen, den Herren Franklin und Lee.

Pierre wurde blaß vor Überraschung und Wut. Er hatte erwirkt, daß dieser alte Mann als Gesandter der Vereinigten Staaten anerkannt wurde, und seine erste Amtshandlung war, daß er ihm sein Eigentum raubte. Niemals war ihm die Niedertracht so schamlos nackt entgegengetreten. Vor diesem Bonhomme Richard verblaßte Tartüff.

Und warum hatte der Alte das gemacht? Wozu? Gut, die Amerikaner hatten kein Geld. Aber so wenig Geld hatten sie doch nicht, daß sie diese Ladung, das Lämmlein des Armen, hätten stehlen müssen. Es mußte persönlicher Haß sein, der Franklin trieb.

Die Broschüre war daran schuld, das unglückselige, langweilige Erzeugnis dieses Philippe. Alle wirkten sie zusammen, ihm zu schaden, seine Freunde und seine Feinde. Und sein Zorn und seine Enttäuschung entluden sich über den Kopf Philippe Gudins.

Man war in dem prunkvollen Arbeitszimmer Pierres, und Pierre, während er seine Anklagen auf Philippe niedersausen ließ, lief stürmisch hin und her. Philippe hörte zunächst geduldig zu. Dann aber riß es ihn hoch, auch er lief hin und her, schweren Schrittes, laut atmend. „Sitzen Sie wenigstens still, wenn ich rede", schrie ihn Pierre an. Gudin blieb stehen. „Ich bin bereit", antwortete er, „stillzuhalten, meinen Kopf hinzuhalten, alle Lanzen in meiner Brust einzusammeln wie jener Schweizer. Aber Sie tun mir unrecht. Es bedurfte nicht erst meines bescheidenen Werkes, um diesen Franquelin zu Ihrem grimmigen Feind zu machen. Er war es von je. Ich habe in meinem ‚Vorläufigen Abriß' einen Vers aus der ‚Antigone' auf ihn angewandt, jenen Vers von dem ‚Mann mit dem tückevollen Mund', als welchen Sophokles den Tyrannen Kreon kennzeichnet. Aber der ‚Alte im Garten' ist niedriger als Kreon, ich sage Ihnen, er ist der geborene Thersites. Er ist von allen Verleumdern und Verkleinerern der schwärzeste. Er hat — aber nein, ich schüre Ihren Zorn nicht noch mehr. Fahren Sie fort, zu glauben, daß es meine schwachen

Worte waren, welche die Rachsucht jenes ränkevollen Greises entzündet haben. Glauben Sie es weiter."

Aber: „Was wissen Sie?" herrschte ihn Pierre an. Gudin schwieg, gekränkt, verstockt. „Was hat dieser Franklin schon früher Schmähliches gegen mich gesagt oder getan?" erregte sich Pierre. „Beruhigen Sie sich", bat Gudin. „Verlangen Sie nicht, daß ich Ihnen jene schwarzen Worte wiederhole." – „Was hat er . . .?" bestand Pierre, die Stimme versagte ihm. „Er hat Sie", offenbarte, beinahe flüsternd, Gudin, „verglichen mit der Fliege aus den Fabeln des Lafontaine, mit jenem kleinen, lästigen und eiteln Insekt." – „Mit der Fliege?" fragte Pierre. „Mit der Fliege von der Kutsche?" – „Sie haben es gesagt", antwortete Gudin.

Pierre mußte sich setzen, er fühlte sich schwach und taumelig. Er hatte Jahre seines Lebens und sein Vermögen hingegeben für Amerika, hatte die Waffen hinübergeschickt für Saratoga, hatte diesem Alten die Begegnung mit der Königin erwirkt und den Pakt. Und der hatte für ihn nichts als billigen, lausejungenhaften Hohn. Die Fliege und die Kutsche. Er schüttelte den Kopf, langsam, erschüttert.

Niemals hatte Gudin den Freund so gesehen; es zerriß ihm die Brust. Schweigend und jämmerlich stand er und schaute immer nur auf Pierre. „Ich begreife es nicht", sagte der nach einer Weile, mit einer sonderbar stillen Stimme, „immer noch begreife ich es nicht. Was hab ich ihm denn getan? Ich habe doch wirklich für zehn Millionen Waffen nach Amerika geschickt und nichts dafür gekriegt." Er schüttelte immer noch den Kopf.

Als er Therese von dem Vorgefallenen erzählte, verfinsterte sie sich. Ihr eignete ein brennender Sinn für Gerechtigkeit, es kränkte sie, daß Pierres Verdienste um Amerika und die Freiheit so bitter verkannt wurden und daß gerade der große und ehrwürdige Franklin ihn und seine Leistung so abtat.

Ohne Pierre davon zu sprechen, fuhr sie nach Passy.

Franklin hatte sein Vorgehen schon den Tag darauf bereut. Es war keine Frage, daß die Entscheidung des Gerichtes für den Franzosen ergehen werde und gegen die Gesandtschaft. Er hatte sich benommen wie ein Arthur Lee und sich von billigen Regungen hinreißen lassen, statt der Vernunft zu folgen. So kam es ihm gelegen, daß er sich vor Madame Beaumarchais rechtfertigen konnte.

Sie habe sich, sagte nach kurzer Einleitung Therese, noch nie in die Geschäfte ihres Mannes eingemischt, aber in diesem Falle gehe es wohl um mehr als ein Geschäft. Sie bedaure, daß die Abgesandten eines Landes, dem Monsieur de Beaumarchais so starke Beweise seiner Freundschaft gegeben habe, ihrerseits so unfreundlich gegen ihn vorgegangen seien. Es werde viele Franzosen wundernehmen und betrüben, daß man nicht, ehe man die Gerichte anrief, versucht habe, sich freundschaftlich zu verständigen.

Franklin betrachtete sie aus seinen gewölbten, ruhigen, alten Augen. Er hatte sich die Frau dieses Monsieur Caron sehr anders vorgestellt, keineswegs so schlicht und sympathisch, und es wäre ihm lieb gewesen, wenn sie mehr seiner Vorstellung entsprochen hätte. In seinem Innern gab er ihr recht. Er hatte sich oft geärgert über die täppische, voreingenommene Art, wie seine Landsleute mit Ausländern umgingen, und nun hatte er selber aus seinem Geblüte heraus gehandelt statt aus seinem Verstand.

Er erwiderte, der leidige Fall wäre vermieden worden, wenn nicht Monsieur Deane, der die Verhandlungen mit Monsieur de Beaumarchais geführt habe, hätte nach Amerika zurückkehren müssen. Die Angelegenheit sei verwickelt, Monsieur Deanes Nachfolger habe die Akten noch nicht durcharbeiten können, und in Amerika sei man gewohnt, in unklaren Fällen die Gerichte anzurufen. Keineswegs sei es die Absicht der Delegierten oder gar die seine gewesen, Monsieur de Beaumarchais Feindseligkeit oder auch nur Unfreundlichkeit zu bezeigen. Er unterschätze durchaus nicht die Dienste, die Monsieur den Vereinigten Staaten geleistet habe, und soviel ihm bekannt sei, habe auch der Kongreß Monsieurs Leistungen in einem schmeichelhaften Brief anerkannt. Doch Geschäft sei Geschäft, und Ziffern und Buchstaben hätten kein Herz und keine Höflichkeit. Im übrigen habe er den Eindruck, daß Monsieur in der fraglichen Angelegenheit recht behalten werde, und niemand würde sich darüber mehr freuen als er, Franklin. Die ganze Zeit über beschaute er Therese mit gelassenem Interesse, und er sprach höflich und respektvoll. Aber er war sich bewußt, daß gegen seinen Willen seine Rechtfertigung frostig klang.

Als Therese zurückfuhr, war sie sicher, daß Pierres Waren bald freigegeben würden, vermutlich noch vor dem Spruch des Gerichtes; doch ebenso gewiß war sie, daß Franklins Widerwille gegen Pierre unbesiegbar sei.

Franklin seinesteils saß noch eine Weile und überlegte. Es war seltsam, daß dieser windige Monsieur Caron, der ihn abstieß, die Fähigkeit hatte, Menschen anzuziehen von solcher Gediegenheit wie diese Frau oder wie jenen jungen Mann, der seinethalb nach Amerika gegangen war.

Er rieb und drückte seinen gichtischen Fuß. Das Gespräch mit Madame Beaumarchais hatte ihm den Tag verdorben. Trotz der vielen Freunde, mit denen er kluge und scherzhafte Gespräche führte, trotz Madame Helvetius und der andern Frauen, die sich zärtlich an ihn drängten, trotz des leichtfertigen und gutanzuschauenden William, den er liebte, fühlte er sich manchmal sehr einsam, und Frankreich wurde ihm zum fremden Land.

Er vermißte sehr seinen alten Dubourg. Er nahm das „Eulogium Linnaei" zur Hand, die Hinterlassenschaft seines Freundes. Es war ein guter Aufsatz, Dubourg war ein rechter Wissenschaftler gewesen, der die Erkenntnis um ihrer selbst willen liebte. Er, Franklin, hatte sich denn auch mit Eifer bemüht, den Aufsatz gut zu übertragen. Er ging hinüber in seine Druckerei und machte sich daran, das Manuskript zu setzen.

Voltaire hatte nach seinem triumphalen Umzug durch Paris einen Rückfall gehabt und war nun wieder ans Bett gefesselt. Das hinderte ihn nicht, die Proben zur „Irène" fortzusetzen. Die Proben enttäuschten ihn. In den Jahren, da er Paris ferngeblieben war, hatte sich ihm die Pariser Bühne verklärt, nun fand er die Mehrzahl der Schauspieler hölzern, und es gelang ihm nicht, aus ihnen herauszuholen, was ihm vorschwebte. Er arbeitete mit doppeltem Eifer und feuerte sie an, bald durch Schmeichelei, bald durch Hohn. Sich zwischen seinen Kissen hochrichtend, zahnlos, in höchster Passion, sprach er ihnen seine Verse vor, nochmals und nochmals; doch wenn sie zurückkamen, dann, in den meisten Fällen, klangen sie zwar edel, doch leblos.

Auf die Dauer hielt seine geschwächte Gesundheit die Proben nicht aus. Er mußte die Schauspieler sich selber überlassen. Und es war nicht daran zu denken, daß er der Erstaufführung der „Irène“ hätte beiwohnen können.

Auch ohne ihn wurde die Aufführung zum Ereignis. Der ganze Hof war anwesend, mit Ausnahme des Königs. Das Publikum war fest gewillt, sich begeistern zu lassen. Mit ihm Toinette und der Fliederblaue Klüngel.

Da waren Verse, die Toinette in der Tat das Herz rührten. Wenn Zoë das harte Los ihrer Kaiserin beklagte, waren diese Klagen nicht auf sie selber gemünzt? „Zur Sklaverei bist du geboren. Dein Glanz und deine Herrlichkeit, was ist es sonst als ewiges Leiden, ewiger Zwang? Wohl bist du Herrscherin, doch nur der Name eignet dir, und deiner Würde höchst gefährliche Last hält dich in elender Gefangenschaft. Des Volkes Meinung, Brauch und Tradition, sie fesseln härter dich, als ein Tyrann es könnte.“ Toinette, diese Verse hörend, atmete stärker, spürte stärker die Gegenwart Vaudreuils, der hinter ihr stand. Er war ein großer Dichter, Voltaire; da sprach er von der Bühne her ihre heimlichsten Gefühle aus.

Man tat ihm bitteres Unrecht. Hatte er, der Vielverlästerte, nicht sogar Sinn für die Würde und Größe der Kirche und der Priesterschaft? Sie mußte die Verse im Gedächtnis behalten, welche jetzt der Mönch Léonce sprach: „Es legt die Religion den heiligen Zügel auch Fürsten an und zwingt sie in die Knie. Und meine Kutte, die der Fürst verachtet, siegt über seinen Purpur.“ – „Merken Sie sich diese Verse, meine Damen“, befahl sie. „Notieren Sie sich diese Verse auf. Ich muß sie dem König vorsprechen.“

Freilich kamen gleich darauf Verse, welche den Frommen

Ärgernis geben mußten. Der Feldherr Alexis nämlich, der neue Kaiser, den der Mönch bedrohte, schlug furchtbar zurück. Er wütete: „Ich reiß ihn nieder, deinen Tempel, wo man's wagt, mich zu beleidigen. Ich schmettre ihn in Stücke, den Altar, der immerzu wetteifert mit dem Thron. Was ist er andres, dein Altar, als Instrument der wüsten Leidenschaft, verderbenbringend, schwerbeladen mit dem Gold der Völker, geschweißt mit ihrem Blut, gebaut aus Raub und Plünderung?" Und das ganze Publikum brach in wilden Beifall aus.

Inmitten der Menge war Pierre. Er hielt sich bescheiden im Parterre, er war gekommen, nicht um gesehen zu werden, sondern um zu sehen. Empfänglich für jedes große Schauspiel, ließ er sich hinreißen von den Geschehnissen im Zuschauerraum nicht weniger als von denen auf der Bühne. Der Anblick Toinettes und des Hofes, die dem Genius Voltaires huldigten, und Irènes tragischer Konflikt mischten sich ihm. Er vergaß alle kritischen Einwände gegen die Vorgänge des Stückes, gegen seine Menschen, gegen das Spiel der Darsteller. Nichts mehr war in ihm als die tönenden Verse der Irène und der ungeheure Applaus, der sie wieder und wieder unterbrach. Der Wirbel des Vorurteils, der über Irène hereinbricht, der Kampf des Alexis gegen Tyrannei und herrschsüchtigen Priesterwahn, der tosende Jubel der Zuschauer, die Seligkeit über die Wirkung der Literatur, all der Lärm und Glanz versetzten Pierre in Taumel.

Und dieser Taumel reifte in ihm ein Projekt, das ihm vag die letzten Tage hindurch vorgeschwebt war. Frankreichs größter Verleger nämlich, Monsieur Pancoucke, hatte sich lange mit der Idee getragen, eine Gesamtausgabe der Werke Voltaires zu publizieren. Das war ein kostspieliges und riskantes Unternehmen, und gerade während der Anwesenheit Voltaires in Paris wurde es klar, daß bei der hartnäckigen Gegnerschaft des Königs die Verbreitung einer solchen Gesamtausgabe in Frankreich auf Jahre hinaus so gut wie unmöglich sein werde. Deshalb hatte Monsieur Pancoucke seine Absicht endgültig aufgegeben. Wenn aber, hatte sich Pierre gesagt, kein Verleger den Mut fand, die Opera Omnia des größten französischen Schriftstellers zu publizieren, so mußte eben ein anderer diesen Mut aufbringen, und jetzt, berauscht vom Glanz der „Irène"-Aufführung, erkannte und beschloß er: *er* war dazu berufen; ihm, keinem andern als ihm, oblag es, in einer endlosen Reihe herrlicher Bände das Werk dieses Voltaire aufzurichten als ein nationales Monument.

Voltaire lag derweilen in seinem Bett, schwitzend und hustend. Er versuchte Gleichmut zu heucheln, aber er war erregt wie ein junger Autor bei der ersten Aufführung seines ersten Stückes. Ein Bote nach dem andern kam aus dem Theater und brachte Meldung, wie die einzelnen Szenen aufgenommen worden waren. Er konnte seinen Gleichmut nicht festhalten, er wollte mehr wissen und immer mehr und erkundigte sich eifrig, wie diese Stelle aufgenommen worden sei und wie jene. Und als man ihm sagte, daß die Verse gegen den Priesterwahn: „Ich reiß ihn nieder, deinen Tempel", hatten dreimal wiederholt werden müssen, kicherte er glückselig: „Ich wußte es, ich kenne meine Pariser. Ecrasez l'Infame."

Nach Schluß der Vorstellung eilten die nächsten Freunde, unter ihnen Pierre, in das Haus des Kranken, um ihm zu erzählen und ihn zu beglückwünschen. Sie ließen sich nicht halten, sie drangen in sein Zimmer.

Es ging Voltaire sichtlich nicht gut. Aber grinsend unter seiner Nachtmütze schlürfte er die begeisterten Lobsprüche ein. Er rief Pierre zu sich heran und sagte: „Sie sind der beste Kenner in diesem Lande, mein Freund, Sie müssen mir erzählen", und er tätschelte Pierres Hand. Der berichtete, und er ließ winzige Einwände einfließen, welche das Lob nur erhöhten. Der Alte strahlte: „Da Sie es sagen, muß es wahr sein."

Da zähmte sich Pierre nicht länger. Begeistert bat er Voltaire um die Erlaubnis, die Opera Omnia herauszugeben. „Seien Sie überzeugt, großer Mann", versicherte er, „ich werde keine Mühe scheuen und kein Geld. Ich werde mir für die Mitarbeit an der Redaktion die besten Geister Frankreichs bestellen, und ich werde Lettern fabrizieren lassen, wie sie dieses Land noch nicht kennt."

Voltaires lebendige Augen leuchteten stärker. Mit den dürren Armen umfaßte er Pierre. „Mein Guter", nannte er ihn, und: „Nun kann ich ruhig sterben", verkündete er, „nun weiß ich mein Werk in den zartesten und kräftigsten Händen."

Pierre schlug das Herz hinauf in den Hals. Weit hinten im Dämmer verlöschten die Beleidigungen, die ihm der Mann im Garten angetan hatte, weit hinten versanken die Sorgen, die ihm die bösartig säumigen Schuldner jenseits des Meeres bereiteten. Der größte Genius des Jahrhunderts hatte ihn als seinen Bruder und Erben bezeichnet, und ganz Paris war dabeigestanden und hatte es gehört.

Nun aber, da sich Voltaires Befinden weiter verschlechterte, erklärte sein alter Arzt Tronchin, er schaue diesem ausgedehnten Selbstmord nicht länger zu. Er bestand darauf, daß Voltaire sogleich nach Ferney zurückkehre.

Théodore Tronchin war mit Voltaire seit Jahrzehnten befreundet. Er stammte aus einer uralten, ernsthaften Schweizer Familie, er war jetzt in seinem siebzigsten Jahr, und der hochgewachsene Mann hatte von jeher auf den schmächtigen Schriftsteller, dieses ewige kleine Kind, mit Liebe, Zärtlichkeit, Bewunderung und Verachtung herabgesehen. Vieles an diesem von der Welt und dem Schicksal so unerhört verwöhnten Menschen schien Doktor Tronchin äffisch bis zur Verrücktheit, mehrmals war es zwischen dem kalvinistisch strengen Doktor und seinem frivolen Patienten zu heftigen Auseinandersetzungen gekommen. Doch die Freundschaft hatte standgehalten, und als der große Arzt einen Ruf nach Paris annahm, hatte Voltaire das von Herzen bedauert. Schon am ersten Tage, da Voltaire in Paris eingetroffen war, hatte ihn Tronchin in klobigen Worten beschimpft. Es sei unglaublich töricht, hatte er ihm gesagt, es grenze an Wahnsinn, daß sich der schwächliche Greis den Strapazen des Pariser Aufenthalts aussetze.

Jetzt bestürmte er ihn von neuem. „Statt von Ihren Zinsen zu leben", erklärte er ihm grimmig, „zehren Sie von Ihrem Kapital, und glauben Sie, da ist noch viel vorhanden? Um ein

Leben auszuhalten, wie Sie es hier führen, müßte man einen Körper aus Stahl haben", und: „Gehen Sie zurück nach Ferney", befahl er, „solang es noch Zeit ist." Und er schrieb selber nach Ferney, man möge sogleich Voltaires Reisewagen und Bedienung für die Rückreise nach Paris schicken.

Der treue Sekretär Wagnière war glücklich; er freute sich von Herzen darauf, seinen Voltaire wieder zurück in Ferney zu haben, inmitten richtiger Arbeit und eines halbwegs vernünftigen Lebens. Aber der Marquis de Villette suchte die Rückkehr Voltaires mit allen Mitteln zu verhindern. Er strahlte Genugtuung, daß jetzt sein Haus das Zentrum von Paris war; man sah ihm die Freude darüber so meilenweit an, daß sich der alte Maurepas zu einem Epigramm veranlaßt fühlte. „Kleiner Villette", dichtete er, „ja, jetzt bist du sehr berühmt; es ist der Ruhm eines Zwergs, der einen Riesen vorführt."

Vor allem aber widerstrebte Madame Denis, die fette Nichte, einer Rückkehr nach Ferney. Sie haßte das Leben auf dem Land, sie liebte den Wirbel ihrer Stadt Paris. Sie gab zu, der Aufenthalt in dem Hause Villettes biete dem verehrten Oheim nicht genügend Ruhe und Behagen. Doch das lasse sich leicht ändern; ein besser geeignetes Haus sei nicht schwer zu finden. Und schon verhandelte sie über den Ankauf eines Hauses an der Rue Richelieu.

Voltaire selber war hin und her gerissen. Er sehnte sich nach seinem Ferney. Er wußte, Tronchin hatte recht, Paris verkürzte den kurzen Rest seines Lebens. Aber da gab es Arbeiten, die er nur hier erledigen konnte. Gerade erst hatte ihn die Akademie zu ihrem Präsidenten gewählt; das war eine herrliche Gelegenheit, einen geliebten alten Plan zu verwirklichen, die Erneuerung des „Wörterbuchs der französischen Sprache". Und mußte er nicht mit diesem großartigen Freund und Mitarbeiter Beaumarchais zahllose Einzelheiten bereden über die Publikation der Opera Omnia? Und mußte er nicht von den Tausenden, die ihn zu sprechen begehrten, wenigstens hundert oder zweihundert sehen, denen er und die ihm Ernstliches zu sagen hatten? „Gehen Sie", drängte Tronchin, „oder es ist Ihr Tod." – „Bleiben Sie", drängten

Villette und Madame Denis, „es ist das letztemal, daß Sie in Ihrer Stadt sind." – „Wir können Sie hier nicht entbehren", drängten Philosophen, Dichter, Politiker, Schauspieler.

Voltaires Reisewagen traf ein, seine vertrauten alten Diener, seine Hündin Idamée. Die Diener, als sie ihm die Hand küßten, hatten Tränen in den Augen, die Hündin wußte sich nicht zu lassen vor Freude. „Es scheint, sie sehnen sich nach mir in Ferney", sagte Voltaire. Er entschloß sich, zurückzufahren.

Da aber bekam er Nachricht von einem neuen Vorstoß, den der Führer der Klerikalen, der Abbé Beauregard, gegen ihn unternommen hatte. Nachdem er vorher schon in der Kathedrale von Notre-Dame gegen ihn geeifert, hatte der große Kanzelredner jetzt auch in der Schloßkapelle von Versailles den Kreuzzug gegen ihn verlangt. „Alle Werke der sogenannten Philosophen", hatte er vor König und Hof verkündet, „zielen nur dahin, Thron und Kirche zu stürzen. Aber diese Produkte sind unweise erlaubt und bringen ihren Urhebern Huldigung an Stelle von Strafe. Die Eule der heidnischen Minerva hat sich in Paris niedergelassen und thront schamlos und empfängt den unheiligen Weihrauch ihrer Verehrer. Offen in der Sänfte wird das Idol der Ketzerei durch die Straße der Hauptstadt des Allerchristlichsten Königs getragen. Offen von der Bühne her", ereiferte er sich mit deutlicher Anspielung auf die Verse aus der „Irène", „verkünden es die Philosophen, daß sie die Tempel des Herrn niederreißen wollen. Sie halten in ihrer verbrecherischen Hand Hammer und Axt bereit und warten nur auf den günstigen Moment, Thron und Altar zu zerstören. Haben diejenigen, die es angeht, vergessen, daß auch die Nachsicht ihre Grenzen haben muß? Und daß Güte Schwäche wird, wenn sie die Lästerung nicht straft?"

Als Voltaire von dieser Predigt hörte, widerrief er seinen Entschluß. Die Priester wollten ihn aus Paris verjagen? Nein, er wich nicht zurück vor ihrem Hohn. Ein großer Zorn erfüllte ihn. Ecrasez l'Infame. Nun gerade blieb er, trotz der Beschwörungen Doktor Tronchins und trotz der inständigen Bitten Wagnières. Und er unterzeichnete den Vertrag über den Kauf des Hauses an der Rue Richelieu. „Jetzt hat der alte Narr sein Todesurteil unterschrieben", sagte Doktor Tronchin.

Da sich in Ferney dringliche Geschäfte gehäuft hatten, schickte Voltaire den treuen Sekretär zurück. Es war kein leichter Abschied.

Nachdem Wagnière fort war, gab es keinen mehr, der den Alten zurückgehalten hätte. Unablässig empfing er Besucher, nahm Ehrungen entgegen, machte Ausfahrten.

Jetzt erfüllte er auch die Bitte seines Freundes Beaumarchais, ihm einen Besuch abzustatten. Was sich Pierre wünschte, war, daß der Vertrag über die Opera Omnia in seinem Haus an der Rue Saint-Antoine unterzeichnet werde.

Der Besuch Voltaires erregte ihn tief. Er empfing den Gast an der Grenze seines Besitzes. Er hielt eine Sänfte bereit, und während der Alte behaglich in der Sänfte saß, schritt er ihm ehrfürchtig zur Seite und erläuterte ihm Hof und Garten. Lächelnd und ergriffen nahm Voltaire Kenntnis von der Gleichnishaftigkeit des Tempels, der seinen Namen trug. Wind ging, und die Erdkugel bewegte sich, gesteuert von dem Federkiel. Pierre war erfüllt von Demut und Stolz.

Dann stellte er seinem Gast Therese vor und seinen Neffen Félicien.

Félicien schwieg. Er schaute den Alten immer nur an mit seinen dringlichen Augen. Doch Voltaire fühlte sich nicht gedrängt, ihn zu segnen wie seinerzeit den Enkel Franklins. Es ging etwas Forderndes und bei aller Bewunderung Kritisches von dem jungen Menschen aus.

Auch Therese sprach wenig. Doch ihr Gesicht und ihre Haltung zeigten die tiefe Ehrfurcht, die sie vor dem Manne empfand, der sein Leben hindurch für die Gerechtigkeit gekämpft hatte, heftiger, glühender als irgendein anderer, selbst als ihr Pierre. Die Namen derer, die er befreit oder deren Andenken er gereinigt hatte, standen wie Ehrentafeln die ganze Straße seines Lebens entlang. Therese neigte sich in Bewunderung.

Und dann bat Beaumarchais Voltaire, den Vertrag zu unterschreiben über die Rechte und Pflichten des Herausgebers der Opera Omnia Voltaires. Es war ein kurzer Vertrag, aber er legte eine schwere Last auf Pierres Schultern. Voltaire nahm sein Lorgnon und las genau. „Ein guter, klarer Vertrag“, sagte er.

Flüchtig dachte Pierre daran, daß Maigron errechnet hatte, er werde mehr als eine Million Livres in dem Unternehmen investieren müssen. Aber: Der Bruder und Erbe Voltaires, dachte er, und: Nachdem ich dem undankbaren Amerika und seinem Franklin so ungeheure Opfer gebracht habe, soll ich davor zurückscheuen, eine schäbige Million zu wenden an das größte geistige Erzeugnis des Jahrhunderts? Und er ergriff den Federkiel und unterzeichnete. Und dann unterschrieb der Alte, und da stand es nebeneinander: „Beaumarchais – Voltaire.“

Groß und grau schaute zu dem weiten Fenster die Bastille herein, in welcher Voltaire zweimal gesessen hatte und die den Drucker seiner Werke bedrohte.

Weder die Abwesenheit seines Wagnière noch seine ausgedehnte Geselligkeit hielten Voltaire von seiner literarischen Arbeit ab. Sowie er sich wieder regen konnte, hatte er sich das Manuskript geben lassen, welches der Aufführung der „Irène“ zugrunde lag, und war in wüste Wut verfallen über die Änderungen, welche man in den letzten Proben vorgenommen hatte. Jetzt stellte er selber eine letzte Fassung der Tragödie her, änderte, verbesserte. Auch begann er von neuem mit den Schauspielern zu probieren. Und rastete nicht, bevor er aus ihnen alles herausgeholt hatte, was sie geben konnten, und bevor aus seinem Werk und ihnen eine neue Einheit entstand.

Der Aufführung dieser letzten endgültigen Fassung der „Irène“ wohnte er selber bei.

Klein, dürr, altmodisch und pompös angezogen, gehüllt in den Zobelpelz, den ihm die Kaiserin Katharina übersandt hatte, fuhr er ins Théâtre Français in seinem blauen, sterngesprenkelten Wagen, überall mit Ehrfurcht und Jubel begrüßt. Die Vorhalle und die Korridore des Theaters waren voll zum Ersticken. Mühsam bahnte man ihm den Weg zu seiner Loge.

Man küßte ihm die Hände, riß, zum Andenken, die Haare seines Pelzes aus. Als er endlich seine Loge betrat, sprang das ganze Publikum hoch und schrie, klatschte, trampelte, daß sich der Raum mit einer dicken Wolke Staubes füllte.

Und nun begann die Vorstellung, derenthalb er nach Paris gekommen war. Sie bedeutete mehr, als er erwartet hatte; denn seit der kriegerischen Predigt des Abbé Beauregard hatten die schmetternden Verse des Feldherrn Alexis gegen Thron und Altar eine neue, noch gewichtigere Meinung angenommen. Sie waren die Antwort der Vernunft auf die Anklagen und Beschimpfungen, mit denen die Kirche und der Aberglaube sie bedroht hatten. Und so empfanden es auch die Hörer. Stürmisch begrüßten sie die klingenden Verse, und nach Schluß blieb das ganze Publikum in dem von Staub und schlechter Luft erfüllten Hause, um dem Vertreter der Vernunft zu huldigen. Der Vorhang ging abermals hoch; auf der Bühne, inmitten des kaiserlichen Saales von Byzanz, stand auf einem Sockel die Büste Voltaires, und die Schauspieler, noch in ihren Kostümen, bekränzten sie. Gewaltige Wellen von Beifall stiegen hoch, schwollen ab, wieder an, wollten nicht verebben. So hatte sich's Voltaire erträumt; es war mehr, als er sich erträumt hatte. Er lachte und weinte vor Freude. Und spürte dabei Ödnis und Enttäuschung. War das alles? Deshalb war er hergekommen? Deshalb hatte er sein Leben verkürzt? Und er sehnte sich nach Ferney und nach seinem Wagnière und entbehrte es schmerzlich, daß er ihm nicht ein paar stolze und ironische Verse diktieren konnte.

Noch schneidender mischten sich in ihm Triumph und ironisch resignierte Erkenntnis von der Eitelkeit des Erfolges wenige Tage später, als er zum Louvre fuhr, um die Präsidentschaft der Akademie zu übernehmen.

Auch diesmal hatten sich mehrere tausend Menschen eingefunden, um ihm zuzujubeln, und weit über die Seine hallte ihr Freudengeschrei. Die Mitglieder der Akademie kamen ihm in feierlichem Zug entgegen in den großen Hof, eine Ehrung, wie sie noch keinem Fürsten erwiesen worden war. So geleiteten sie ihn in den Saal.

Auch Doktor Franklin war anwesend. Er hatte seinen Kollegen John Adams mitgebracht, der unter den Zuhörern saß. D'Alembert rühmte in einer schönen Rede Voltaire. Der dankte und verneigte sich gegen Franklin, der sich lebhaft am Applaus beteiligte.

Stimmen wurden laut, die beiden großen Männer sollten zusammen auf dem Podium erscheinen. Sie taten es. „Sie müssen sich umarmen", rief man ihnen zu, „Sie müssen sich umarmen und küssen, wie es französische Sitte ist."

Die beiden Greise zögerten. Beide wußten sie, daß Theater, tönende Worte und starke Gesten zu jedem Ruhm gehörten, aber Franklin war groß und beleibt, Voltaire klein und überaus mager, beide scheuten sie das Lächerliche. Aber beide empfanden sie auch die Berechtigung des Verlangens. Beide hatten sie ihr gut Teil dazu beigetragen, den Weg zu bahnen, der zur amerikanischen Revolution geführt hatte. Sie fügten sich. Umfaßten einander, küßten sich die vertrockneten Wangen.

Was für Schauspieler wir sind, dachte Voltaire. Aber es ist eine gute Szene, voll innerer Bedeutung. Ähnlich dachte Franklin. Voltaire hatte die Vorurteile niedergerissen, welche der Aufrichtung der Vereinigten Staaten entgegengestanden waren; er hatte sehr früh die Prinzipien ausgesprochen, von denen die amerikanische Revolution ausging, und er hatte sie so wirksam formuliert, daß die ganze Welt davon ergriffen war. Flüchtig ging dem Doktor durch den Sinn jene dreiste Äußerung des Monsieur Caron, wenn Frankreich der Geist der Freiheit sei, so sei Amerika ihre Faust. So standen sie auf dem Podium, Voltaire und Franklin, und alle im Saale applaudierten, und man rief: „Seht sie beide vereint, Solon und Sophokles."

John Adams sah und hörte, und er dachte: Die Popularität dieses Doktor h. c. ist der stärkste Kreditposten Amerikas in Europa. Und er dachte: Die Welt will betrogen sein. Da bin *ich* im Saale, und die Welschen erblicken in diesem alten Epikureer den Repräsentanten arkadischer Tugend.

„Sie dürfen, lieber Mr. Adams", erklärte auf der Nachhausefahrt Franklin, „den Parisern ihre übertriebenen, extravaganten Huldigungen nicht übelnehmen. Es ist nun einmal ein Volk, großgezogen in monarchischen Ideen; deshalb muß sich ihnen das Große in einem einzigen Namen personifizieren. Sie wollen immer, daß ein einzelner alles getan haben soll, und sie begreifen nicht, wie viele wackerer Männer zusammenwirken mußten, um so etwas zustande zu bringen wie unser Amerika."

Für einen Augenblick war John Adams betroffen von dieser Bescheidenheit, und er fragte sich, ob er an Stelle Franklins solche Erwägungen angestellt hätte.

Des Abends, in einem ausführlichen Brief, erzählte er seiner Abigail von Franklins Popularität. „Sein Ruhm", schrieb er, „ist größer als der eines Leibniz, Newton, Friedrich oder Voltaire. Es gibt keinen Handwerker, keinen Kutscher, keine Waschfrau, es gibt keinen Menschen in der Stadt oder auf dem Lande, dem sein Name nicht vertraut wäre. Man betrachtet ihn als einen Freund der ganzen Menschheit und erwartet sich von ihm die Herbeiführung des Goldenen Zeitalters. Sein Gesicht und sein Name sind bekannt wie der Mond." Dann schilderte er die Szene, die sich am Vormittag in der Akademie abgespielt hatte. „Wahrhaftig", schrieb er, „sie umarmten einander und drückten und küßten und schaukelten sich, zwei alte Komödianten auf der großen Bühne der Philosophie und des Zynismus."

Vor Pierres altem Haus an der Rue de Condé hielt ein Wagen. Ein junger Herr in Reisekleidung fragte den Diener: „Ist Monsieur de Beaumarchais zu Hause?" Der Diener gab hochmütig Bescheid, Monsieur de Beaumarchais wohne jetzt in dem Haus an der Rue Saint-Antoine. „Ach ja", antwortete der Fremde, „das hätte ich mir sagen müssen." Inzwischen war die neugierige Julie herbeigekommen. „Das sind Sie, Monsieur Paul", rief sie. Ein kleines Erschrecken ging über ihr Gesicht, doch sie wischte es schnell fort. „Sie wohnen natürlich hier", bestimmte sie, „und ich schicke sogleich nach Pierre." Sie führte Paul ins Haus, wies ihm sein Zimmer an, sorgte um sein Gepäck.

Paul sah zum Erbarmen aus. Wohl strahlten noch die großen, braunen Augen voll des alten Glanzes, doch der übrige Körper war schlotterig und abgezehrt. Dabei war Paul überraschend lebhaft, er sprach und erzählte ohne Aufhören. Er hatte natürlich Pierre von seinem Kommen benachrichtigt, aber die Post war wohl von den Engländern abgefangen worden.

Auch Pierre erschrak beim Anblick des veränderten Freundes und hatte Mühe, sich zu meistern. Paul erzählte, jetzt, nach Abschluß der Allianz, habe es drüben für ihn wenig mehr zu tun gegeben, so habe er geglaubt, er könne der Firma Hortalez hier in Paris nützlicher sein. Das war Unsinn, und alle wußten es. Paul war zurückgekehrt, weil er nicht unter den Menschen des Westens sterben wollte, sondern in seinem Paris.

Vielleicht um die Gedanken davon abzulenken, redete und erzählte Paul. Er berichtete von dem Einfluß, welchen die Lees und ihr Anhang im Kongreß und im ganzen Lande hätten. Paul fürchtete, Silas Deane werde vor den Intrigen dieser Leute nicht bestehen können. Auch die Firma werde noch manche Schwierigkeiten durchzukämpfen haben. Immerhin seien jetzt viele Mitglieder des Kongresses über Pierres Leistung aufgeklärt, und zuletzt würden bestimmt die Ansprüche der Firma gedeckt werden; freilich werde es seine Weile dauern. Dann sprach er ausführlich über die politischen und ökonomischen Verhältnisse der Vereinigten Staaten.

Pierre hörte zu. Paul schien viel größeren Anteil zu nehmen an der Politik Amerikas als an den Interessen des Hauses Hortalez. Auch war es Pierre leid, daß Paul so gar nicht danach fragte, was sich in der Zwischenzeit hier in Paris ereignet hatte. Ihm, Pierre, war das Herz voll von Dingen, die er Paul erzählen wollte, von all dem Großen und Klugen, was er hier in der Zwischenzeit vollbracht hatte, von dem Arrangement der Begegnung Franklins mit Toinette, von der Vollendung seines neuen Hauses, auch von den gefährlichen Widerwärtigkeiten, in welche die Kleinlichkeit des Kongresses ihn brachte, und vor allem von der Niedertracht und dem Undank des eifersüchtigen Franklin. Doch Paul schien angefüllt von seinen eigenen Geschehnissen und Gesichten.

Zum Ärger Julies verfügte Pierre, Paul solle in das Haus an der Rue Saint-Antoine übersiedeln, und zwar schon heute.

Am Nachmittag suchte Paul seinen alten Pariser Arzt auf, den Doktor Lafargue. Der meinte, Pauls Zustand habe sich verschlechtert durch die Anstrengungen der Reise, das habe er ihm ja vorhergesagt. Doch jetzt sei er glücklicherweise in guter Obhut, und man werde ihn schnell wieder hochbringen. Der Doktor sprach mit viel Autorität, und Paul glaubte kein Wort.

Dann, und das war der Zweck, zu dem er hergekommen war, ging er allein durch die Stadt Paris. Er traf manchen Bekannten, aber er wollte mit keinem sprechen, und er verbarg sich in der Menge; er hätte es kaum nötig gehabt, denn schwerlich hätte man ihn erkannt. Er stellte sich eine Zeitlang auf den Pont-Neuf und auf die Place Louis-Quinze, wo der Verkehr am dichtesten war, und ließ sich stoßen und beschimpfen und freute sich. Er setzte sich in ein rauchiges Café, und er setzte sich in die Taverne des Gevatters Ramponneau. Die Leute tranken und lachten und sangen, alte Lieder und neue, sentimentale und fröhlich unanständige, und lächelnd hörte er, daß sie noch immer das Eingangslied aus dem „Barbier“ pfiffen und sangen. Und sie grölten, und sie rauchten, und einige wurden lästig und wurden hinausgeworfen, und die andern faßten sich unter und schunkelten hin und her und sangen im Kanon: „Bruder Jacques, Bruder Jacques, Digu, Dingu, Dong.“

Dann ging er wieder durch die Straßen, und er hörte das Geschrei der Hausierer. Die Salatweiber schrien: „Brunnenkresse, es gibt nichts Gesünderes, kleine Chicorée, kleine, wilde Chicorée.“ Und der Käseverkäufer schrie: „Guten, reifen, stinkenden Livaro, Camembert, reif und richtig.“ Und die Stuhlflechter schrien: „Geben Sie Ihren Stuhl zum Ausbessern, kleine Frau, wozu wollen Sie sich auf den Boden setzen?“ Und die Blumenmädchen riefen: „Wie sie duften, unsere Veilchen, wie sie duften. Duften Sie auch, schöne Dame.“ Und Paul sah die Männer von Paris, die immer in Eile waren, und er sah die Frauen von Paris, die immer noch Zeit hatten, einen Blick zu erwidern, und er hörte und sah und spürte all das Leben, und eine kleine, törichte Hoffnung stieg ihm hoch, daß Doktor Lafargue vielleicht nicht gelogen habe, und es war doch undenkbar, daß dieses alles sein und er nicht mehr sein sollte.

Dann, unvermittelt, fühlte er sich unendlich schwach, und er nahm einen Mietwagen und fuhr in die Rue Saint-Antoine zum Hause Pierres.

Pierre hatte mittlerweile Therese von Pauls Rückkehr erzählt. Er hatte ihr nicht verhehlt, daß der Junge zum Erschrecken aussehe und daß er kaum mehr lange werde zu leben haben. „Dieses Amerika ist ihm nicht gut bekommen", sagte er, und in seinen Worten war alles, was zu sagen war: seine Schuld, seine Reue, seine Verteidigung. Er hoffte, Therese werde nicht noch einmal über all das reden, und sie redete nicht.

Paul, nach der ersten Begrüßung, mußte sich niederlegen. Dann, vor dem Essen, zeigte ihm Pierre ein wenig von seinem Haus. Doch Paul war bald erschöpft, man konnte keinen rechten Rundgang machen, auch zeigte er keine rechte Anteilnahme. Nicht einmal das große Projekt der Voltaire-Ausgabe schien ihn zu enthusiasmieren. Wohl aber hatte er ein brennendes, freundschaftliches Interesse für alles, was mit Pierres Beziehungen zu der großen historischen Situation zusammenhing. Und sehr erregte er sich, als ihm Pierre von der unbegreiflichen Feindseligkeit Franklins erzählte. Später aber, als ihm Pierre Näheres von der Verworrenheit seiner Geschäfte berichtete, versank er wieder in sich selber. Einmal raffte er sich auf, und unerwartet warf er ein, er mache sich keine Sorge um den Freund, er sei sicher, daß Pierre alles gut ausgehen werde. Dieser Satz klang, als ob er einen Strich setze unter alles, was Pierre gesagt hatte, und offenbar fiel es ihm schwer, fortan auch nur ein aufmerksames Gesicht zu machen. Und ganz plötzlich erkannte Pierre, daß dieser junge Mensch mit sehr vielen Dingen abgeschlossen hatte, so daß sie tot für ihn waren und er tot für sie, und daß zu diesen Dingen zum Beispiel auch die Geschäfte der Firma Hortalez gehörten. Und Pierre spürte, was das hieß, und er erschrak.

Am Tag darauf, ohne dem andern etwas zu sagen, fuhr Paul nach Passy. Während der Fahrt fühlte er sich sehr schwach, und der Gedanke, es sei zudringlich, wenn er unangemeldet zu Franklin komme, bedrückte ihn so, daß er versucht war, umzukehren.

Dann aber fuhr er ein in den „Garten". Monsieur Finck kam, musterte den Fremden und sagte: „Der Herr Doktor philosophieren." Paul stand unschlüssig. „Da fahre ich wohl am besten wieder zurück", meinte er. Monsieur Finck schaute ihn nochmals an und sagte dann, wohl getroffen von dem Ton seiner Worte: „Ich kann ja den Versuch machen, Sie zu melden."

Franklin empfing ihn im Freien, unter der Buche. „Ich störe Sie", sagte Paul. Aber: „Setzen Sie sich neben mich", antwortete Franklin mit ruhiger, beinahe heiterer Miene, gerade weil der Anblick des gezeichneten Gesichtes ihn bewegte. Und: „Bringen Sie uns doch, bitte, etwas Madeira", beauftragte er Finck.

Da saßen sie zusammen, der Alte und der Junge, zu ihren Füßen senkte sich der schöne Park hinab zur Seine, sie schauten auf den Fluß und auf die Stadt Paris, die silbriggrau am andern Ufer lag. Durch das junge Laub der großen Buche kam milde Sonne, Franklin hatte die Brille abgenommen und spielte mit seinem Stock. Sie saßen nebeneinander, sie schauten sich nur selten an, aber sie spürten stark ein jeder des andern Gegenwart.

Franklin forderte Paul auf, ihm von seinen Eindrücken in Amerika zu berichten. Paul sprach offen von den mancherlei Enttäuschungen, welche ihm die Roheiten und Rauheiten des jungen Landes bereitet hätten. Nicht nur seien die amerikanischen Tories zahlreicher, als er angenommen habe, es seien unter ihnen auch so viele, die Gelegenheit gehabt hätten, sich Bildung anzueignen und verfeinerte Gesittung. Die Republikaner hätten also nicht nur gegen die Engländer, sondern gegen eine starke einheimische Allianz von Bildung und Besitz zu kämpfen. Paul sprach in einem langsamen, doch klaren und sichern Englisch. Jetzt unterbrach er sich. „Mais ça ira", sagte er mit einem kleinen Lächeln. „Und unsereiner, ein Bewohner dieses Kontinents", fuhr er fort, „kann sich, solange er es nicht gesehen hat, kaum vorstellen, was es bedeutet, in einem Erdteil zu leben, der nicht belastet ist mit den Traditionen vieler Jahrhunderte. Dieses Amerika hat nicht nur keine alten Schlösser und Burgen, es hatte schon vor der Revolution soviel weniger Privilegien- und Kastenwesen. Das wußten wir natürlich, aber als ich es drüben erlebte, hat es mich doch jeden Tag neu gepackt. Der Ton, in welchem Ihre Bürger mit den Behörden und Ihre Soldaten mit den Offizieren verkehren, das war für mich ein Wunder, mit dem ich mich noch jetzt kaum abfinde. Und noch eines: wenn man von hier hinüberkommt, dann spürt man erst, wie weit und leer dieses Amerika ist mit seinen drei Millionen. Unser Europa ist so übersät mit Menschen, Fürsten, Völkern, Privilegien. Wir hier haben zwar die Forderung aufstellen und begründen können, einen Staat auf den Prinzipien der Vernunft aufzubauen. Aber einen solchen Staat wirklich machen, das konnte man nur in Ihrem Lande. Ich habe gespürt, was Leibnizens Ausspruch sagen will: ‚Dieses Land ist ein unbeschriebenes Papier, auf das man alles schreiben kann.'"

Paul sprach langsam, nicht immer fand er das rechte Wort. Franklin hörte aufmerksam zu; zuweilen nippte er an seinem Madeira, zuweilen zeichnete er mit seinem Stock im Sand. Zuweilen, immer zuhörend, betrachtete er Paul von der Seite und beobachtete die Zeichen des Verfalls, und dann betrachtete er seine eigenen Hände, die braun waren und verwittert, und dachte nach über den Verfall des eigenen Körpers, und daß jedes Leben von Anfang an ein langsames Sterben ist, und wieviel man redet über das Wesen des Alterns und wie wenig man weiß. Er müßte darüber einmal mit seinem Freunde Ingenhousz korrespondieren; der hatte ihm mancherlei Kluges gesagt über die Verlangsamung des Blutkreislaufes in den späteren Jahren.

Mittlerweile war Paul zu Ende gekommen. „Sie haben richtig beobachtet, mein Freund", antwortete Franklin. „Unsere Tories sind zahlreich, und sie finden sich zumeist unter den Gebildeten. Doch noch gefährlicher sind jene lauen Bürger, die weder Freunde sind noch Feinde. Für uns Amerikaner, die wir nicht nur zu beobachten haben, sondern zu kämpfen, gibt es da nur *einen* Weg: uns nicht verwirren lassen von dem vielfältigen Aspekt der Dinge. Hier in Paris ist es erlaubt, Sinn zu zeigen für die feineren Verästelungen einer jeden Frage; aber wer sich in einem Kampfe behaupten will wie dem unsern, der muß Simplizität des Denkens anstreben. Ich bin nicht immer" – er lächelte mit den Winkeln des langen Mundes – „der bäuerliche Philosoph, den man hierzulande in mir erblickt. Aber wenn ich mir die Gesamtsituation Amerikas klarmachen will, dann bemühe ich mich, einfach zu sehen und in großen Linien." Er hatte ihm den mächtigen Schädel zugewandt, und die weiten, gewölbten Augen schauten ruhig, beinahe streng.

Es war Paul eine Genugtuung, daß Franklin zu ihm wie zu einem Vertrauten sprach. Und unvermittelt dachte er laut: „Warum haben Sie die Waren Monsieur de Beaumarchais' beschlagnahmen lassen, Doktor Franklin?"

Paul war erschreckt über die eigene Kühnheit, und es wallte auch Zorn auf in Franklin gegen diesen jungen Menschen, der es wagte, ihn zur Rede zu stellen. Doch noch ehe dieser Zorn die Züge seines weiten Gesichtes erreicht hatte, verebbte er. Er hatte den andern durch die eigene Offenheit ermutigt, und wenn irgendwer, dann war dieser Moriturus, der um Amerikas und um jenes Monsieur Caron willen sein Leben verkürzt hatte, zu seiner Frage berechtigt. Der Junge verstand es nicht, wie ein Mann, der für weise galt, so unweise hatte handeln können. Er selber verstand es nicht. „Was ich getan habe", bekannte er, „war übereilt. Es kam aus dem Geblüt."

Was Franklin da und wie er es sagte, wärmte Paul das Herz. Daß der große Mann aus einer Laune heraus, daß er ohne Vernunft gehandelt hatte, hob ihn herunter aus der Höhe, in der er nicht mehr erreicht werden konnte, und machte ihn zu einem Wesen der eigenen Art. Aus einer Statue, die man bewunderte, war er zu Fleisch und Blut geworden. Schmerzhaft deutlich aber zur gleichen Zeit erkannte Paul, daß von Pierre zu Franklin kein Weg ging. Dessen Abneigung „kam aus dem Geblüt", da half keine Mahnung des Verstandes. Überwogen aber wurden diese Gefühle und Betrachtungen Pauls von einer großen Dankbarkeit. Er war diesem alten Manne tief dankbar, daß er ihn hatte hineinschauen lassen in die dunkeln Regungen seiner Brust, und er spürte sich ihm nahe.

Franklin selber blieb geteilten Gefühles zurück. Es tat gut, in der milden Sonne zu sitzen und hinüberzuschauen auf das schöne Paris. Wenn man bedachte, daß dieser junge Monsieur Théveneau nächstes Jahr nicht mehr dasein wird, wohl aber man selber mit seiner Gicht und seinem Schorf, dann erregte einem das Gefühle, die sonderbar aus Pein und Lust gemischt waren.

Er verscheuchte die makabern Gedanken und sann nach über seine merkwürdige Antipathie gegen Monsieur Caron. Er wußte genau, was alles dieser Monsieur Caron für die Vereinigten Staaten getan hatte und daß er's nicht nur um des Profites willen getan hatte, und daß es ein Unrecht war, wenn ihm der Kongreß das wohlverdiente Geld vorenthielt, und daß er, Franklin, besondere Ursache hatte, dem Monsieur dankbar zu sein. Doch diese Erwägungen halfen nichts; der so überaus französische Monsieur Caron mit seiner Gewecktheit und seinem übertriebenen Gerede blieb ihm zuwider.

Er versuchte sich lustig zu machen über diese seine Antipathie und dachte an eine Anekdote, die er unlängst geformt hatte. Trifft da der Marchese Gorgonzola den Vicomte de Roquefort. „Er mag ja seine Verdienste haben, dieser Gorgonzola", erzählt hernach Monsieur de Roquefort, „aber ich weiß nicht, es geht ein so sonderbarer Geruch von ihm aus."

An einem der nächsten Tage bat Therese, nun möge Paul ihr einmal lange und ganz aufrichtig von Amerika erzählen. Félicien war zugegen, und die beiden jungen Menschen, Paul und Félicien, lebten auf, Paul, weil er sprechen, Félicien, weil er hören sollte.

Pauls Rückkehr und seine Anwesenheit unter *einem* Dach mit ihm selber erregten Félicien. Weder Pierre noch Therese hatten ihm von der wahren Bedeutung der Reise Pauls nach Amerika gesprochen, doch hatte er durch eigenes Nachdenken herausgefunden, daß Paul wissentlich einen Teil seines kurzen Erdendaseins daran gegeben hatte, dieses Neue, dieses Amerika zu erleben. Wenn einer den Tod dafür zu zahlen willens war, dann mußte solches Erleben sehr kostbar sein. Félicien ging herum wie in einem leichten Rausch, da er Gelegenheit hatte, Paul zu sehen und von ihm zu hören.

Félicien, als Paul nun erzählte, hing an seinen Lippen, und es war, als ob diese glühende Teilnahme Paul stachelte. Er sprach in einfachen, doch starken Worten. Verbarg nichts von den Widerwärtigkeiten, die ihm begegnet waren. Sprach von den endlosen Schwierigkeiten, welche die Leute drüben zu überstehen hätten. Berichtete, wie die vielen Fehlschläge schließlich auch ruhige Menschen gereizt und unleidlich machten. Überdies hätten von den Leuten dort drüben die meisten nicht gelernt, böse Anwandlungen unter guten Manieren zu verstecken. Die Selbstsucht mache sich nicht die Mühe, sich zu verkleiden, sie zeige sich schamlos nackt und häßlich. Das sagte er in vielen Wendungen und tat es dar an vielen kleinen Erlebnissen.

Aber, fuhr er fort, aus den vielen, oft jämmerlichen Einzeldingen entstehe zuletzt doch ein erhabenes, faszinierendes Ganzes. Die Leute seien klein, aber sie würden, ob sie's wollten oder nicht, getrieben von der großen Sache, von dem Willen zur Vernunft, der das Beste an diesem Jahrhundert sei, von dem Streben nach einer vernünftigen Ordnung des Staates. Und so kläglich sich der einzelne zuweilen benehme, das Volk als Ganzes zeige allen schweren Schlägen zum Trotz eine hartnäckige Zuversicht, eine ruhevolle, bewundernswerte Beharrlichkeit.

„Immer wieder war ich erstaunt", sagte er, „wenn ich mit einem zänkischen, mißtrauischen Kongreßmann verhandelte oder wenn ich mit einem schimpfenden Soldaten des Generals Washington sprach, daß so kleine Leute es vermochten, eine so große Sache auf die Beine zu stellen wie diese Republik der Freiheit und Vernunft, und daß sie sie aufrechterhalten können. Aber wenn ich in einer ihrer Versammlungen war, dann hab ich es begriffen. Wenn man in England oder in Frankreich inmitten einer Menge Volkes ist, dann fühlt man sich, vielleicht, warm und behaglich, doch niemals mehr. Aber in Amerika, da gibt es in einer solchen Menge immer einen Moment, wo etwas Großes aufzündet. Mit einer Masse größer werden, als man selber ist, hochgerissen werden, Teil einer Masse sein und sich nicht schämen, solch ein Teil zu sein, das kann man heute nur in Amerika. Wir Franzosen", schloß er, „haben große Männer, wir haben unsere Montesquieu und Helvetius und Turgot und Voltaire und Jean-Jacques und wohl auch meinen Freund Beaumarchais. Aber alle unsere Helden und Dichter und Philosophen haben Frankreich nicht aus seinem jämmerlichen Zustand herausreißen können, während diese einfachen Bürger und Bauern ihre englischen Ausbeuter abgeschüttelt haben."

Es war im Garten, nicht weit vom Voltaire-Tempel, daß ein letzter Blutsturz Paul ereilte. Doktor Lafargue erklärte, er werde den Tag nicht überleben. Wiewohl Pierre und die Seinen einen solchen Ausgang hatten voraussehen müssen, traf sie das Ereignis wie etwas fürchterlich Neues.

Paul war in seinen letzten Stunden bei vollem Bewußtsein. Pierre, Therese und Félicien waren um ihn. Pierre mußte sich sehr zusammennehmen, um nicht laut herauszuheulen. Paul sagte: „Wenigstens wissen jetzt in Amerika einige, daß ohne Ihre Hilfe die Vereinigten Staaten nicht hätten siegen können." Später sagte er: „Es war gut, daß ich nach Amerika gegangen bin, und niemand soll darum klagen."

Auch sagte er: „Doktor Franklin hat es bereut, daß er Ihre Waren hat beschlagnahmen lassen." Pierre starrte ihn entgeistert an. „Sie waren bei Franklin?" fragte er. Paul nickte, und der Schatten eines listigen Lächelns ging über sein Gesicht.

Der große, stattliche Pierre weinte haltlos vor der Leiche; sich zu beherrschen, hatte er nie gelernt. Ihm war, als habe er in diesem jungen Menschen den besten Teil seines Selbst verloren. Er vergaß Therese. Nie mehr wird er einen solchen Freund finden. Keinen gab es, der, alle seine Schwächen kennend, so überzeugt ja zu ihm gesagt hätte. Laut und hemmungslos jammerte er, und in überschwenglichen Worten klagte er sich an, daß er Pauls Ausfahrt nach Amerika nicht verhindert habe.

Félicien schaute auf den Toten mit sonderbar saugenden Blicken, als wollte er dieses Gesicht für immer in sich eintrinken. Er sah, wie er so stand und schaute, viel älter und erwachsener aus als seine Jahre.

Nach einer Weile geschah es, daß Pierres beträntes Auge den Jungen traf und daß er sich des Gegensatzes bewußt wurde zwischen seiner eigenen Haltung und der des Knaben. Er brach mitten in seinem Jammern ab. Beinahe mit Furcht sah er auf Félicien. Dann, unvermittelt, verließ er das Zimmer.

Er wusch sich, setzte sich an seinen Schreibtisch. Die Hündin Caprice betrachtete ihn aufmerksam, befremdet, verständnislos. Er dachte nach. Es beschäftigte ihn, daß Pauls letzter Ausgang dem Doktor Franklin gegolten hatte. Paul hatte es um seinetwillen getan; dennoch kränkte es ihn. In ihm und um ihn war eine Leere, Kälte, Armut, wie er sie vorher nie gespürt hatte.

Er wollte eine großartige Leichenfeier für Paul rüsten. Doch Therese riet ab. Ihre Worte waren gelinde, ihr Gesicht war so, daß Pierre seinen Plan aufgab. Er teilte nicht vielen mit, wann die Beerdigung stattfinden werde.

Die Nachricht mußte sich aber doch schnell verbreitet haben. Zahlreiche Wagen nahmen an dem Leichenzug teil, unter ihnen der Wagen Doktor Franklins.

Félicien hatte schon zu der Zeit, da er den Quälereien des Collège Montaigu ausgesetzt war, den Plan gefaßt, hinüberzugehen nach Amerika. Die Männer des Westens kämpften für alle Rechtlosen gegen die Privilegierten, sie rächten auch ihn für die Demütigungen des Collèges. Der Sieg von Saratoga gab seinem Projekt neue Nahrung. Er hatte auf Pierres Wunsch das Studium der Rechte begonnen, es war trocken, es sagte ihm nicht zu. Er wollte nach Amerika, es zog ihn hinüber, er spürte, dort wartete seine Bestimmung auf ihn. Hier in Europa war das Leben wie abgestandenes Wasser; in der Neuen Welt war ein Leben möglich gemäß den Prinzipien Voltaires und Jean-Jacques', gemäß den Prinzipien der Vernunft und der Natur.

Der Tod Pauls machte Féliciens Vorsatz zum festen Entschluß. Er hielt es für seine Pflicht, dort weiterzuarbeiten, wo Paul hatte aufhören müssen. Die Ideen Europas waren übers Meer hinübergesprungen und hatten dort gezündet: jetzt war es die Mission der Gutgesinnten, das Feuer zu schüren und es schließlich herüberzuholen für den alten Kontinent.

Solange sein Plan nur eine vage Idee gewesen war, hatte Félicien keinem davon gesprochen. Auch als sein Entschluß feststand, fiel es ihm nicht leicht, zu reden. Er überlegte, wem er sich eröffnen sollte, Therese oder Véronique. Er entschied sich für Véronique.

Véroniques Gegenwart ließ ihn die ganze Größe seines Opfers empfinden, doch sein Entschluß wurde nicht wankend. Zuerst stockend, dann immer enthusiastischer sprach er. Er sagte nicht: „Ich will", er sagte: „Ich werde."

Véronique geriet in Panik, aber man konnte ihrem magern Gesicht mit den großen Augen nichts anmerken. Sie wußte, daß ihr Freund Félicien sie liebte und daß er, wenn er jetzt nach Amerika fuhr, in Gefahr geriet, sehr nahe war die Möglichkeit, daß sie ihn für immer verlor, und der Gedanke zerriß ihr das Herz. Aber sie verstand, daß er verpflichtet war zu gehen. Denn was wäre das für eine Tugend, für die man nicht hoch hätte zahlen müssen?

Sie hatte unlängst in einer Aufführung der Elevinnen ihres Klosters die Bérénice des Racine gespielt. Dort war Titus vor dem gleichen moralischen Problem gestanden wie jetzt Félicien. Er wie dieser hatte Opfer zu bringen für das Wohl des Staates, der Menschheit. Und die Geliebte, die Liebende hatte zu leiden. Sie traute sich zu, daß sie, wenn sie es darauf anlegte, Félicien wankend machen und ihn hierhalten könnte. Aber der große Dichter zeigte ihr, was sie zu tun hatte. Sie überwand die Versuchung. Sie sagte sich, sie sollte sich glücklich preisen, sie mehr als andere, daß das höchste Wesen ihr ein so schmerzhaftes Opfer auferlegte.

Denn sie war mehr als andere verpflichtet, für die Tugend zu opfern. Langsam hatte sie begriffen, daß die Amtsführung ihres Vaters keineswegs edel und gerecht war und wenig geeignet, dem Lande und der Menschheit Nutzen zu bringen. Nun war es an ihr, Véronique, das gutzumachen.

Sie betrachtete mit inniger Beharrlichkeit das harte, eckige Gesicht Féliciens, seine großen, ernsthaften Augen. Er schien ihr sehr männlich, und sie liebte ihn. Sie saßen im Garten des Hôtels Montbarey, sie hielten sich an den Händen, und Véronique sagte: „Ja, Félicien, was Sie da tun wollen, ist schwer und groß." Mit Überwindung setzte sie hinzu: „Schwer auch für mich." Und dann, hart, beinahe gewalttätig, befahl sie: „Tun Sie es."

Als er Pierre von seinem Vorhaben sprach, wurde dieser nachdenklich. Für Pierre war der Begriff Familie in einem sehr weiten Sinn etwas Naturgegebenes, und mit der gleichen Selbstverständlichkeit fühlte er sich als Haupt der Familie. Er war der absolute Herrscher über seine Schwestern, Neffen, Nichten, Schwäger, Vettern, Basen, und er war verantwortlich für sie, verantwortlich auch für Félicien. Er hatte keine nahen Beziehungen zu Félicien, der Junge war ihm immer ein bißchen unbehaglich gewesen, aber er war der Sohn seiner toten Schwester, er liebte ihn auf seine Art, und jedenfalls war er für ihn verantwortlich.

Daß der gründliche, ernsthafte Félicien auf einmal eine solche Neigung zu großen Abenteuern zeigte, überraschte Pierre. Offenbar zog die Idee der Freiheit alle Mitglieder seiner Familie auf unheimliche Weise an. Das traf ihn, das rührte ihn, doch erbitterte es ihn auch. Er selber hatte sein Vermögen und seine besten Jahre verloren im Kampf für die amerikanische Freiheit, sein Neffe, Louis de Fleury, war in der Schlacht am Brandywine verwundet worden, sein nächster Freund, Paul, war für Amerika gestorben, und nun wünschte dieser sein Neffe Félicien, hinüberzuziehen in das Land der danklosen Opfer.

Nein, das wird er nicht zugeben. Er hat jetzt wahrhaftig genug für die Freiheit getan. Er gibt nicht auch noch diesen Jungen daran.

Er sagte ihm, sein Entschluß sei edelmütig, und niemand verstehe ihn besser als er, der selber manchen kühnen Entschluß gefaßt und durchgeführt habe. Aber der Plan sei voreilig und bei der Jugend Féliciens unvernünftig. Félicien möge sein Unternehmen verschieben. Er solle weiterstudieren, und in einem Jahr oder in zweien, wenn er dann noch darauf bestehe, werde er ihn gern hinüber nach Amerika schicken. „Dann werden die Amerikaner keine Freiwilligen mehr brauchen", antwortete Félicien. „Hoffentlich", sagte heiter Pierre. Félicien schwieg und schaute den Oheim mit seinen unbehaglichen Augen an, machte eine ungelenke Verbeugung, sagte: „Danke für die Unterredung", ging.

Er dachte nicht daran, seinen Vorsatz aufzugeben. Er liebte Ordnung und Methode, doch jetzt sah er sich aus moralischen Erwägungen gezwungen, ins Abenteuerliche hineinzugehen, und daß ihm die Ausübung der Tugend erschwert wurde, machte ihn nur starrsinniger. Er erörterte mit Véronique Gründe und Gegengründe, und sie kamen zu dem Schluß, sein Gefühl sei richtig, es wurzle in der Vernunft, er sei verpflichtet, seine Familie zu verlassen und heimlich davonzugehen.

Véronique als erste erwähnte einen wichtigen Punkt. „Sie brauchen Geld, Félicien", sagte sie. Félicien hatte schon daran gedacht. Er hatte etwas wie einen Ausweg gefunden; doch auch da erhoben sich Bedenken, ob sein Plan vereinbar sei mit den Forderungen der Tugend.

In Pierre Beaumarchais' verschwenderischem Haushalt lag Geld, wenn welches da war, für die Familienmitglieder immer bereit. Und zwar lagen Livres, Tournois, Ecus und manchmal auch Louisdore hinter jeweils einem bestimmten der schweren Bände der Encyclopédie. In diesem Monat zum Beispiel lag das Geld hinter dem Band „Nature–Pompéi". Onkel Pierre hatte Félicien mehrmals aufgefordert, sich in dringlichen Fällen aus diesem Vorrat zu bedienen, und war wohl ein Fall denkbar, der dringlicher gewesen wäre? Andernteils aber sah der Oheim, nachdem er ihm diese Reise verboten hatte, den Fall offenbar nicht als dringlich an, und war es dann nicht Diebstahl, wenn Félicien nach dem Gelde griff? Véronique widersprach. Wenn Monsieur de Beaumarchais Féliciens Abreise nach Amerika nicht wünschte, dann nur, um ihm Gefahren fernzuhalten, nicht um Geld zu sparen. Nachdem Monsieur de Beaumarchais, wie alle Welt wußte, Millionen für Amerika geopfert hatte, konnte ihm nichts daran liegen, wenn sein Neffe für den gleichen Zweck aus der gemeinsamen Kasse ein paar Ecus mehr spendete. Nach mancherlei Gewissensskrupeln entschloß sich Félicien.

Aber es lag hinter dem Bande „Nature—Pompéi“ ein einziger schäbiger Livre. Er ließ ihn liegen.

Er erzählte Véronique nichts von diesem Fehlschlag. Doch als er, im Begriff, sich auf die Reise zu machen, ein letztes Mal mit ihr zusammenkam, fragte sie, wie es um sein Reisegeld bestellt sei. Er wollte nicht mit einer Lüge von ihr gehen und sagte ihr, daß er nicht mehr besaß als vier Livres und sieben Sous. Doch das schade nicht viel, meinte er; er werde eben zu Fuß gehen, bis er einen der nördlichen Häfen erreichte. Von dort führen jetzt, nach Abschluß der Allianz, viele Schiffe nach Westen. Er werde sicher Mittel und Wege finden, hinüberzukommen. Véronique aber, die bei dem ganzen Unternehmen große Umsicht bewies, hatte einen nicht unansehnlichen Betrag bei sich, drei Louisdore, und bat ihn, das Geld zu nehmen. Er weigerte sich. Sie bestand nicht.

Er sprach wieder von den großen Dingen, die ihn drüben erwarteten. Dort seien in idealer Verbindung verwirklicht die Träume Jean-Jacques' und die logischen Forderungen Voltaires, und er setzte ihr auseinander, wie er das meine. Sie aber hörte nur mit halbem Ohr hin. Seitdem Félicien Jean-Jacques erwähnt hatte, gingen ihr durch den Kopf jene alten, populären Verse, die Jean-Jacques vertont hatte. „Fröhliche Vögel, verliebte Scharen, habt Mitleid mit mir, singt nicht, singt nicht. Der Liebste, der mich glücklich machte, ging fort in ein anderes Land. Für die Schätze der Neuen Welt läßt er die Liebe und trotzt er dem Tod. Warum sucht er überm Ozean das Glück, das er hier schon hat?“

Dann sagten sie einander adieu. Er wollte ihre Hand küssen, sie aber, scheu, doch dringlich, umarmte ihn. Er drückte sie linkisch an sich, er spürte ihren Körper, sie küßten einander lange, zitternd, sich dicht umfangen haltend.

Als er auf dem Wege war, sah er, daß sie ihm, wohl während er von Voltaire und Jean-Jacques erzählte, das Geld zugesteckt hatte.

Vaudreuil spielte mit dem Prinzen Karl Tennis; er hatte die Tennishalle seines Landsitzes Gennevilliers ausbauen und modernisieren lassen.

Vaudreuil spielte in der letzten Zeit viel Tennis, überhaupt trieb er viel Sport in diesen Wochen. Wenn er ritt, wenn er jagte, wenn er um die Tennisbälle lief, wurde er am leichtesten die Unrast los, die ihn verzehrte. Der Krieg, der kommen mußte, war sein Krieg, er hatte ihn gemacht, und nun sollte der Krieg schon beginnen, er wollte fort, wollte an diesem Krieg teilnehmen. Louis aber tat alles, den Ausbruch der Feindseligkeiten hinauszuziehen.

Das Warten zerrieb Vaudreuil die Nerven. Er hatte Versailles und den Hof satt bis zum Halse. Die Idee, mit Toinette zu schlafen, hatte ihren Reiz verloren, das Trianon und der Fliederblaue Klüngel schienen ihm abgestanden. Das ganze, preziöse, verkünstelte Gewese ödete ihn an. Er bemühte sich kaum mehr, Unmut und Ungeduld hinter der früheren überlegenen Liebenswürdigkeit zu verbergen.

Prinz Karl, der Vaudreuil in allen Dingen nachahmte, machte auch seine Passion für das Tennisspiel mit und trainierte eifrig. Nun war Vaudreuil kräftig und geschickt und ihm weit überlegen. Solange er den Prinzen brauchte, hatte er ihn oft gewinnen lassen. Neuerdings zeigte er ihm mit bösartiger Rücksichtslosigkeit, wie stümperhaft er spielte.

Désirée schaute der Partie von der Galerie zu, und vielleicht trug ihre Gegenwart die Schuld, daß Vaudreuil heute mit dem Prinzen besonders hochmütig umsprang.

Stärker und stärker in dieser letzten Zeit fesselte ihn Désirée. Er brauchte viele Frauen, Frauen der verschiedensten Art, so entsprach es seiner Neigung, und ursprünglich hatte er Désirée als eine dieser vielen betrachtet. Doch je mehr er Toinette und Versailles satt bekam, so mehr zog Désirée ihn an. Mit ihr langweilte er sich nicht. Ein kräftiges, vulgäres Korn Natur war in allem, was sie tat und was sie sagte. Überdies hatte sich das Gerücht verbreitet, sie habe einen Heiratsantrag Lenormants abgelehnt. Es war dem Marquis nicht unlieb, wenn man ihn als den offiziellen Liebhaber Désirées betrachtete.

Der Prinz war verwundert, daß er heute keinen Ball nach Hause bringen konnte. Die Scherze Vaudreuils überhörte er; daß es jemand ernstlich wagen sollte, ihn zu hänseln, konnte sich der junge, gutaussehende, verwöhnte Herr nicht vorstellen. Doch da sah er, als ihm wiederum ein scheinbar sicherer Ball mißlang, Vaudreuil aus einem Mundwinkel lächeln, und es kam ihm gegen seinen Willen die Erinnerung an ein kleines Erlebnis aus der ersten Zeit ihrer Bekanntschaft. Damals pflegte er, wenn er an der Büste Louis' des Fünfzehnten im Boskett vorbeikam, ihm mit der Hand zu winken und zuzurufen: „Guten Morgen, Großpapa." Als er es das fünfte- oder sechstemal so machte, antwortete die Büste: „Halt's Maul, du Lausejunge", und ihm war damals gewesen, als spräche der hochselige Großvater mit der Stimme Vaudreuils. Diese Erinnerung kam ihm jetzt. Er warf den Schläger weg und sagte: „Geben wir's auf, wir sind heute beide schlecht in Form."

Beim Essen dann sprach Prinz Karl von den Vorbereitungen der Liebhaberaufführung im Trianon, und da verschwand Vaudreuils Unmut. Es war jetzt nämlich soweit, Toinette wollte schon in der allernächsten Zeit in ihrem Theater auftreten, und diese Aufführungen des Trianon waren unter allem, was es in Versailles gab, das einzige, woran Vaudreuil noch ernsthaften Anteil nahm. Er hatte seinen Ehrgeiz darangesetzt, daß diese Vorstellungen Format haben sollten.

Man arbeitete an den Proben von sechs kleinen Stücken, von denen je zwei für einen Abend bestimmt waren. Vaudreuil hatte sich noch nicht schlüssig gemacht, mit welchen Stücken er sein „Theater der großen Herren" eröffnen wollte. Die Wahl der Stücke sowohl wie die Besetzung sollten ihre geheime, pikante Bedeutung haben. Er stieß indes auf Schwierigkeiten, und die beiden Herren trugen keine Scheu, diese Schwierigkeiten vor Désirée zu erörtern.

Da hatte zum Beispiel Toinette die Idee gehabt, Madame Joséphine müsse mitspielen, die Gemahlin des Prinzen Xavier; sie war so entsetzlich plump und unbegabt, und alle hätten ihren Spaß daran gehabt, dieses Stück Unglück sich auf der Bühne abzappeln zu sehen. Aber Madame Joséphine hatte Unrat gewittert, sie weigerte sich, und sie hatte die Unterstützung des Prinzen Xavier, wiewohl sich dieser selber für einen guten Schauspieler hielt und gerne auftrat.

Toinette ihresteils, darin waren sich beide Herren einig, probierte überaus beflissen. Prinz Karl freilich meinte, leider genüge das nicht, es fehle an Technik, und die beiden alten Schauspieler, welche ihr die Rollen beizubringen suchten, seien nicht das Rechte. „Sie, Désirée, sollten sich meiner Frau Schwägerin ein wenig annehmen", meinte er scherzend.

Désirée beschränkte sich darauf, zu lächeln. Aber die spaßhafte Anregung Karls traf sie. Sie hatte durch Vaudreuil und ihre andern Freunde aus dem Fliederblauen Klüngel viel von Toinettes Passion für ihr Liebhabertheater gehört, und sie hatte zuweilen daran gedacht, auf dem Wege über diese „Truppe der großen Herren" in den Kreis Toinettes einzudringen. Doch es war ihr klar gewesen, daß dazu verwickelte Intrigen nötig waren und daß vor allem die Anregung nicht von ihr selber ausgehen durfte. Nun Prinz Karl von der Idee gesprochen hatte, lockte sie die Aussicht mit neuer Kraft.

Es hatte Désirée Schwierigkeiten gekostet, sich zur „Sociétaire du Théâtre Français" heraufzuarbeiten. Sie war klein von Wuchs, ihre Kunstart sprengte den klassischen Stil des Ensembles, vielen war sie zu „modern". In der letzten Zeit verschärfte sich der Kampf um sie. Der Schauspieler Lekain, der immer ihre Partei genommen hatte, war gestorben, und der Herzog von Fronsac, der Intendant, dem das Théâtre Français unterstand, auf dessen Unterstützung sie bisher hatte zählen können, kehrte sich mit einemmal gegen sie. Sie ahnte, wer diesen Wandel verschuldet hatte. Sie hatte sich die neuen Widerwärtigkeiten selber zuzuschreiben. Monsieur Lenormant war befreundet mit dem Herzog von Fronsac; er war es, der ihn aufhetzte.

Wenn es ihr gelänge, die Freundschaft der Königin zu gewinnen, dann könnte sie über diese Angriffe lachen. Gegen Toinette kam Charlot mit seinem Herzog von Fronsac nicht auf. Die Worte des Prinzen Karl waren ein Scherz gewesen, doch nur ein halber Scherz. Désirée nahm sich vor, der Königin Schauspielstunden zu geben. Sie wird das noch heute abend durchsetzen.

Désirée hatte Vaudreuil gern. Er hatte mehr Geist als die andern Aristokraten ihrer Bekanntschaft, sein Hassen und Lieben war weniger dünn, seine wilden Launen waren reizvoll, er verstand es, mit selbstverständlicher Geste zu verschwenden. Aber auch er, wie die andern Aristokraten, wandelte inmitten einer dicken Wolke von Dünkel und Vorurteil. Den Streich zum Beispiel, den sie und Pierre ihm gespielt hatten, als sie damals die Begegnung Franklins mit Toinette durchsetzten, hatte er bestimmt nicht durchschaut. Er konnte sich einfach nicht vorstellen, daß man sich über ihn, den Marquis de Vaudreuil, Großfalconier des Königs, Intendanten der Königin, lustig machen könnte. Gerade darum lockte es sie, ihre bürgerliche, eigengewachsene Überlegenheit über seinen Aristokratenhochmut zu spüren und ihn als unwillentliches Werkzeug zu benutzen.

So viel war gewiß, daß er, wenn sie ihn bat, ihr bei Toinette zu helfen, es ohne weiteres ablehnen würde. Sie mußte erreichen, daß er selber ihr das Angebot machte. Das bedurfte gewundener Umwege.

Glücklicherweise begann er, als Karl gegangen und sie mit ihm allein war, von neuem über sein „Theater der großen Herren“ zu reden. Er setzte ihr auseinander, daß er am ersten Abend, dem Louis bestimmt beiwohnen werde, Stücke spielen lassen wolle, welche elegant bösartige Anspielungen auf den König enthielten, deren Absicht klar und doch nicht nachweisbar sein sollte. Zu diesem Zweck werde er Sedaines „Unvorhergesehene Wette“ zusammenspannen mit „König und Bauer“. Désirée meinte leichthin, es sei ein Jammer, daß die Auswahl der Stücke für das Trianon so beschränkt sei; so würden wohl oder übel seine Aufführungen den üblichen langweilig höfischen Anstrich haben. Vaudreuil, ein wenig empfindlich, antwortete, er finde es keineswegs langweilig, sondern recht gewürzt, wenn sich Louis vor Zuhörern bösartige Anspielungen auf seine Leidenschaft für die Schlosserei und aufklärerische, freimaurerische Wahrheiten müsse ins Gesicht sagen lassen.

„Gewiß", antwortete Désirée, „das sind politische Späßchen, über die man lächelt. Aber sind die nicht etwas dünn? Bleiben sie nicht Limonade, wenn man sie vergleicht mit dem Champagner, der anderorts serviert wird?" – „Wo?" fragte Vaudreuil. „Nun", erwiderte Désirée, „mein weiland Freund Lenormant zum Beispiel schenkt in seinem Theaterchen erheblich stärkere Getränke aus als Sie in dem Ihren."

Es bewirkte aber die Erwähnung Lenormants, daß sich die dicken, tiefschwarzen Brauen Vaudreuils erschreckend zusammenzogen. Keine der großen Damen, die mit ihm befreundet waren, hätte sich erdreistet, eine Unternehmung von ihm mit der eines früheren Liebhabers zu vergleichen. Er dachte daran, die Dame durch seinen Kammerdiener Baptiste vor die Tür begleiten zu lassen. Doch im gleichen Augenblick sagte er sich, daß Désirée nicht die Frau war, später einmal durch diese Tür zurückzukehren; das hatte sie gerade im Falle Lenormant bewiesen.

Im übrigen war, was sie sagte, nicht ohne ein Körnchen Salz. Seine Darsteller, die großen Herren und Damen, hatten eine fatale Neigung, ins Konventionelle zu fallen, er selber fühlte sich als Regisseur seiner Technik nicht ganz sicher, kurz, die Umstände waren dazu angetan, der Bühne des Trianon trotz der politischen Anspielungen einen leisen, faden Lavendelduft zu geben. Und wenn *ein* Mensch ihm helfen konnte, diesen Duft zu vertreiben, dann war das Désirée. Er bezwang sich also, zuckte die Achseln und bat, die tiefe, geschmeidige Stimme dämpfend: „Seien Sie friedlich, Désirée." Und ohne Übergang, vertraulich, fuhr er fort: „Ich spanne die ‚Unvorhergesehene Wette' mit ‚König und Bauer' deshalb zusammen, weil ich auch meinen Privatspaß haben möchte. Meine Skala ist nicht klein, und ich finde es amüsant, wenn ich in dem ersten Stück dem Dicken als großer Herr meine Meinung sage, in dem zweiten als einfacher Saubauer." Er nahm die Haltung des Bauern Richard an, der den König nicht erkennt. „‚Wissen Sie, Monsieur'", sagte er breit im Ton eines Schauspielers, der einen Bauern darstellt, „‚da haben wir von einem König geredet. Ich aber habe was gesehen, was ein König nie zu sehen kriegt.' – ‚Und das wäre?'" fragte er im Tone des Königs und beantwortete sich selber die Frage, breit ausladend und pfiffig, im Tone des Bauern: „‚Menschen.' Mir scheint, das bringe ich nicht schlecht."

Désirée überlegte eine winzige Weile und sagte: „Für einen Dilettanten nicht schlecht. Michu hat es seinerzeit bei uns nicht viel besser gemacht."

Vaudreuil schluckte. Er hatte an der Rolle mit Michu gearbeitet, der hatte ihn ungeheuer gerühmt. Aber er selber, Vaudreuil, wiewohl er der Wirkung des Satzes gewiß war, hatte das leise Gefühl, irgend etwas an seiner Wiedergabe stimme nicht ganz. „Was finden Sie denn dilettantisch an dem Satz?" fragte er.

Sie versuchte zu erklären. „Sie legen den Satz hin", sagte sie, „wie seinerzeit unser guter alter Michu, breit, fett, so daß jede Ratte im Zuschauerraum ihn verstehen muß. Ich würde den Satz fallen lassen, ich würde die etwas heikle Pointe: ‚Menschen' sachlich bringen, nicht unterstrichen", und sie sprach den Satz.

Vaudreuil sah, daß mit einemmal alles stimmte. „Als Bauer Richard sind Sie großartig, Désirée", anerkannte er ehrlich. Und: „Hören Sie", fuhr er fort, „die Idee, die da unserm Freunde Karl kam, ist vielleicht gar nicht so übel. Wie wäre es, wenn Sie ein wenig mit Toinette arbeiteten?"

Jetzt hab ich es, sang es in Désirée, ça y est. Laut sagte sie, nachdenklich: „Mit Ihnen könnte ich vielleicht arbeiten, François. Sie sind begabt, und wenn Sie nicht François Vaudreuil wären, dann wären Sie heute wahrscheinlich ‚Sociétaire du Théâtre Français'. Aber mit der Österreicherin?" Sie zog ihr berühmtes, krauses, sinnierendes Gesicht. „Ist sie nicht ungeheuer launisch? Und ungeheuer hochmütig? Und wenn sie was nicht fertigbringt, wird sie es dann mir persönlich übelnehmen?“ Doch Vaudreuil antwortete ungeduldig: „Ach was. Seien Sie nicht so bedenklich.“

Aber Désirée, innerlich schmunzelnd, zierte sich weiter und sagte: „Und Madame wird doch sicher die Marquise spielen. Die liegt mir nicht, und da kann ich ihr nicht helfen. Die Rolle ist einfach zu langweilig, daraus kann eine Schauspielerin nichts machen, geschweige denn eine Dilettantin. Die Rolle der Zofe ist fünfmal kleiner, aber ich habe die Molé nie beneidet um die Marquise.“

„Wer sagt Ihnen denn“, ereiferte sich Vaudreuil, „daß Toinette die Marquise spielen wird? Ich überlege seit langem, ob ich ihr nicht die Zofe geben soll. Es wäre viel pikanter.“

Das war mehr, als Désirée erwartet hatte. Da spottete der Herr Marquis seiner selbst und wußte es nicht, und sie, Désirée, verteilte die Rollen für die „Bühne der großen Herren“. Aber sie zeigte auch nicht die Spur ihres Triumphes.

Vaudreuil wurde dringlicher. „Sie müssen das machen, Désirée“, beschwor er sie. „Sie müssen mit Toinette arbeiten. Sie müssen mir die Liebe tun. Und ich gebe Toinette die Zofe.“

Désirées Augen schielten nachdenklich nach ihrer Nase, sie war eine vorbildliche Zögernde. „Aber Sie müssen Ihrer Toinette klarmachen“, verlangte sie, „daß sie ernsthaft arbeiten muß. Und Sie müssen uns Zeit lassen, ihr und mir. Wenn Sie mir das versprechen, dann will ich es versuchen, Ihnen zuliebe.“

Toinettes Beziehungen zu Vaudreuil waren jetzt weniger bitter. Zwar hatten sie oft heftiges Gezänk, aber sie hatten ein gemeinsames Ziel: die Aufführungen des Trianon sollten für immer verzeichnet bleiben in der Geschichte der französischen Bühne.

Toinette war nicht unbegabt und nahm ihr Probieren ernst. Sie debattierte lebhaft und nicht ohne Sachverstand mit Vaudreuil und andern Mitgliedern der „Truppe der großen Herren“. Sie arbeitete täglich stundenlang mit den Schauspielern Michu und Caillot. Langsam lernte sie ihr widerspenstiges „R“ beherrschen, aber sie sah ein, daß die Damen des Théâtre Français und der Comédie des Italiens ihr einiges voraushatten.

Als Vaudreuil ihr vorschlug, sie solle mit Désirée arbeiten, stieg ihr eine kleine Röte in die hellen Wangen. Schnell wechselnd zeigte ihr ausdrucksvolles Gesicht Verlegenheit, Begierde, Hochmut. Sie wußte natürlich, daß die Mesnard eine Freundin Vaudreuils war, und sein Vorschlag empörte sie. Es war schon nicht ganz leicht, Gabriele immer um sich zu haben, wissend, daß François und Gabriele ihre, Toinettes, Angelegenheiten im Bett diskutierten. Es war eine Frechheit, wenn er ihr jetzt auch noch die Gemeinschaft mit seiner Mesnard zumutete. Andernteils war sie sich klar darüber, daß der ganze Fliederblaue Klüngel dergleichen spießbürgerliche Bedenken verhöhnt hätte. Vor allem aber schätzte sie die Kunst der Schauspielerin Mesnard; deren Darstellungsart sagte ihr viel mehr zu als der veraltete Stil der Herren Michu und Caillot, und die Aussicht, mit ihr zu studieren, lockte sie.

„Meinen Sie ernstlich, François, ich kann mit Mademoiselle Mesnard arbeiten?“ fragte sie, und gegen ihren Willen legte sie einen kleinen Ton auf das „ich“. Vaudreuil hörte alles heraus, was in der Frage lag: Ich, die Tochter Maria Theresias, Königin von Frankreich, soll *eine* Luft atmen mit deiner Hure. Er verfinsterte sich. „Als Ihr Intendant, Madame“, erklärte er, „habe ich Ihnen eine Mitteilung zu machen. Ich muß mich endlich entschließen, wer die Marquise spielen soll und wer die Zofe. Die Zofe ist die dankbarere Rolle, aber die schwierigere, und Madame de Polignac ist ihr weniger gewachsen als Sie. Aber eine Madame de Polignac, die mit Mademoiselle Mesnard probiert, wird trotzdem eine bessere Besetzung sein als die Königin, wenn sie mit Monsieur Michu arbeitet. Die Entscheidung steht bei Ihnen.“ Und: „Ich lasse mir diese mühevolle Aufführung nicht verderben“, brach er plötzlich los, „durch zimperliche Bedenken.“

Toinette senkte den Kopf. Am nächsten Morgen teilte der Intendant der Schauspiele und Vergnügungen der Königin Mademoiselle Mesnard mit, sie werde aufgefordert, sich am

Dienstagmorgen um zehn Uhr dreißig in der Orangerie in Versailles einzufinden.

Das Schreiben war beinahe unhöflich, ein Befehl mehr als eine Bitte. Vaudreuil wollte offenbar nicht mehr wahrhaben, wieviel ihm an ihrer Mitwirkung lag, und nicht zeigen, welche Mühe es ihn gekostet hatte, den Auftrag für sie zu erlangen. Sie nahm es ihm nicht übel. Was sie da erreicht hatte, war ein Triumph. Daß die Königin sie berief, stärkte ihre Stellung im Théâtre Français und machte sie unverletzlich gegen die Angriffe Lenormants. Nur klug mußte sie sein und nicht, wie Pierre, übermütig. Ob Toinette sich stolz gab oder freundlich, sie durfte ihrem Gefühl nicht nachgeben, sie mußte kalt und rechenhaft bleiben.

Am Dienstagmorgen, in der Orangerie, hatte Désirée zunächst lange zu warten. Als Toinette endlich kam, entschuldigte sie sich obenhin und war liebenswürdig herablassend.

Toinette hatte Sedaines Komödie „Die unvorhergesehene Wette" genau studiert, sie hatte die Aufführung des Théâtre Français besucht und die der Comédie des Italiens, sie hatte gut aufgepaßt, sie glaubte jedes Wort und jeden Satz zu kennen, aber jetzt merkte sie, wieviel ihr entgangen war. Désirée erklärte ihr, warum dieser Satz stärker wirkte, wenn man ihn fallen ließ, und jener, wenn man ihn „brachte". Toinette begriff schnell, sie war begeistert und bewunderte kindlich Désirées Kunst und Technik. Désirée dankte höflich und verbarg nicht, daß sie an solche Huldigungen gewöhnt war.

Sie zeigte ihr, wie sie sich über diese Schwierigkeiten weggeholfen hatte und über jene. Sprach einen Satz vor, zehnmal, zwanzigmal, geduldig, und ließ ihn Toinette wiederholen, zwanzigmal, fünfzigmal. Toinette, da der Satz nicht gelingen wollte, lachte verärgert. „Wir sind schließlich Dilettanten", sagte sie. „Befehlen Eure Majestät, daß ich Sie als Dilettantin behandle?" fragte höflich Désirée. „Ich muß es kriegen, ich werde es kriegen", bestand Toinette und wippte mit dem Fuß.

Désirée blieb auch in den nächsten Tagen die beflissene Lehrerin, die alles Persönliche vermied. Mehrmals kam es vor, daß Toinette sie lange warten ließ und sie lange über die vereinbarte Zeit dabehielt. Einmal machte Désirée darauf aufmerksam, daß, wenn sie jetzt nicht aufbreche, heute abend an ihrer Stelle Madame Molé spielen werde. „Man wird Sie entschädigen, meine Liebe“, sagte Toinette. „Das kann man nicht, Madame“, erwiderte liebenswürdig und trocken Désirée.

Bei alledem fuhr Toinette fort, der Schauspielerin anmutig, unverhohlen und naiv zu zeigen, wie sehr sie ihre Kunst bewunderte. Aber Désirée liebte Toinette nicht um ihre Freundlichkeit und haßte sie nicht um ihren Hochmut.

Manchmal machte es ihr Spaß, der Königin zu zeigen, was Arbeiten heißt. Sie ließ sie etwa einen Satz zehnmal wiederholen, um endlich zu konstatieren, der Wortlaut sei anders. Toinette suchte in ihrem Gedächtnis nach dem Wortlaut, gab es schließlich auf und fragte: „Ist es denn so wichtig, ob es ‚also‘ heißt oder ‚und so‘?“ – „Ja“, antwortete entschieden Désirée, „der Wortlaut des Autors ist heilig.“ – „Des Autors Sedaine?“ fragte Toinette. „Gewiß, auch des Autors Sedaine“, entgegnete Désirée.

„Wie haben Sie es nur angestellt“, fragte Toinette, „Ihr Gedächtnis so zu schärfen?“ – „Ich habe“, erwiderte Désirée, „als ich Elevin war, täglich fünfzig Verse Corneille, Racine oder Molière auswendig lernen müssen.“ – „Ihre Zeit, meine Liebe“, sagte seufzend Toinette, „war nicht so ausgefüllt mit Zeremoniell.“ – „Nein, Madame“, antwortete Désirée, „ich war Ausläuferin im Spitzengeschäft der Madame Meunier. Monsieur Robecque gab mir Stunden umsonst und aus Freundlichkeit. Wir hatten beide nicht viel Zeit, ich war oft müde, er gereizt. Er konnte sehr unangenehm werden, wenn ich meine fünfzig Verse nicht richtig gelernt hatte.“ – „Er hat Sie bestraft?“ fragte Toinette. „Ich mußte dann“, entgegnete Désirée, „an Stelle der fünfzig Verse für den nächsten Tag hundert lernen, und manchmal hat er mir wohl auch eine feste heruntergehaut.“ Nicht erzählte Désirée, daß mit ihrer Lehrzeit für die Bühne auch andere Unannehmlichkeiten verknüpft waren. Daß sie mit ihrem Lehrer schlafen mußte, war ihr selbstverständlich erschienen; das Peinliche war, daß Madame Robecque eifersüchtig war und sie zerkratzte und an den Haaren riß. Auch ihre Mutter, die moralisch war, verprügelte sie, wenn sich Monsieur Robecque Freiheiten erlaubte. „Dafür scheint sich aber auch Ihr Gedächtnis ungewöhnlich gut entwickelt zu haben", anerkannte mittlerweile Toinette, und: „Ich werde auch mein Gedächtnis üben", beschloß sie. „Ich werde täglich zwanzig Verse Racine oder Corneille lernen."

Désirées gesunder Menschenverstand hatte ihr immer gesagt, daß eine Frau auch mit einer Krone auf dem Kopf eine Frau bleibt. „Es gibt Stellen", hörte man häufig in den Kneipen Frankreichs, „wo sich eine Königin nicht von einem Dienstmädchen unterscheidet." Und seitdem Désirée der Zusammenkunft Franklins mit der Dame in der blauen Maske beigewohnt, war ihr vollends klargeworden, daß diese Königin bei aller natürlichen Liebenswürdigkeit eine recht törichte Frau war und besessen von einem Hochmut, der ihr geradezu stupid schien. Immerhin hatte sich Désirée nicht ganz befreien können von dem Gefühl der Scheu und Ehrfurcht, das sich infolge der Bemühungen der Kirche, der Behörden und der Schulen mit dem Begriff „König", „Hof", „Versailles" verband. Jetzt indes, da sie das Wesen und Treiben des Fliederblauen Klüngels so lange und aus nächster Nähe beobachten konnte, erkannte sie immer deutlicher, daß es bei Hofe viel simpler und kindisch-menschlicher zuging, als sie vermutet hatte.

Da war zum Beispiel das Streitgespräch zwischen der Königin und Madame Joséphine, der Gemahlin des Prinzen Xavier. Toinette hatte ihr launisches Projekt, die plumpe, unbegabte Frau auf der Bühne dem Spott der Familie bloßzustellen, noch immer nicht aufgegeben, und mit viel List hatte sie die Schwägerin dazu vermocht, sich ihr kleines Theater, nun es endgültig fertiggestellt war, wenigstens anzuschauen. Wirklich kam Madame Joséphine. Toinette probierte gerade aud der Bühne, Désirée schaute von einer der dunkeln Logen aus zu. Toinette bemächtigte sich sogleich der Schwägerin, und ohne sie auf die Anwesenheit der Schauspielerin aufmerksam zu machen, führte sie ihr die erfindungsreichen Einrichtungen der kleinen Bühne vor. Dann bat sie sie von neuem, doch keine Spielverderberin zu sein und auch eine Rolle zu übernehmen. Doch Joséphine blieb fest. In ihrem dumpfen, italienisch gefärbten Französisch erklärte sie sich bereit, allenfalls mitzutun, wenn man in Versailles um den Tisch herum ein Stück mit verteilten Rollen lese; aber sich auf die Bretter eines Theaters zu stellen, vor Zuschauern, das mache sie nicht. „Das ist meiner ganz und gar unwürdig", erklärte sie böse und entschlossen. „Aber da ich, die Königin, es tue", antwortete lebhaft Toinette, „brauchen Sie doch keine Skrupel zu haben." Joséphine entgegnete hart: „Wenn ich nicht Königin bin, so bin ich doch aus dem Holz, aus dem man Königinnen macht." – „Gewiß", antwortete süß Toinette. „Aber auch Sie werden zugeben, daß das kaiserliche Haus von Österreich dem königlichen von Savoyen ebenbürtig ist. Oder nicht, meine Liebe?"

Hatte Désirée ihren Spaß daran, die Königin von Frankreich die Zofe spielen zu lassen, so hatte Toinette noch größere Freude, die Zofe zu spielen. Es war wirklich so, daß sie in dem kleinen Part der Zofe ihre Freundin Gabriele in der großen Rolle der Marquise mühelos ausstechen konnte. Und es war unterhaltlich, durch die Darstellung der Zofe zu zeigen, daß sie nicht etwa nur die Huldigungen der Franzosen entgegennahm, sondern daß sie die Lebensweise des Volkes verstand und zu ihm gehörte.

Sie bemühte sich um Naturwahrheit. Sie hatte auf der Bühne zu servieren, sie hatte die Hosen des Kammerdieners Lafleur zu bügeln. Sie ließ sich von ihrer Zofe zehnmal zeigen, wie man bügele, wie man serviere. Die Vorstellung, daß sie, Abkömmling Rudolfs von Habsburg, Königin von Frankreich, beflissen bügelte, servierte, Zofe war, machte ihr außerordentliches Vergnügen. Stolz führte sie Désirée ihre Fertigkeit vor und war enttäuscht, als diese keineswegs zufrieden war. Désirée setzte ihr geduldig auseinander, daß es auf der Bühne nicht darauf ankomme, daß man richtig bügelte, sondern darauf, daß man glaubhaft bügelte, daß man den Anschein erweckte zu bügeln. Und Toinette begriff.

Vaudreuil sah gierig zu, wie Désirée mit Toinette arbeitete. Nun strebte er mit doppeltem Ehrgeiz nicht nur nach

Wirkung, sondern auch nach Glaubhaftigkeit. Er wollte im ersten Stück ein glaubhafter großer Herr, im zweiten ein ebenso glaubhafter Bauer sein. Désirée lobte ihn auf kluge, spärliche Art.

Ihr grimmiges Vergnügen an diesem „Theater der großen Herren" wuchs mit jeder Probe. Wie sie schwitzten, wie sie sich anstrengten, und wie dilettantisch sie waren. Dieser François Vaudreuil. Da vergaß er sein brennendes Verlangen, der Liebhaber der Königin zu sein, da vergaß er seinen Traum, die französischen Armeen nach England zu führen, und war lieber ein mittelmäßiger, peinvoll bemühter Schauspieler. Und erreichte doch in seinen besten Momenten nicht, was der schlechteste Schauspieler des Théâtre Français in seinen schwächsten. Wie blind sie waren, diese Königin und diese großen Herren und Damen.

Ein wenig von dem, was in Désirée vorging, ahnte Vaudreuil. Er spürte ihr geheimes Lächeln, und es verlangte ihn, die Sprödigkeit dieser Frau zu brechen, sie in Wahrheit zu gewinnen, sie ihres Geheimnisses zu berauben.

Daß sich Désirée auf ihre Stellung als Schauspielerin beschränkte und nichts sprach, was nicht mit ihrem Amt zusammenhing, wirkte auf Toinette so, wie Désirée wollte: es machte Toinette neugierig. Mademoiselle Mesnard war merkwürdig unzugänglich, man konnte mit ihr von nichts reden als von dem nackten Unterrichtsstoff, sie hatte sich eigentlich Vaudreuils Freundin anders vorgestellt. Gabriele, als Toinette ihr davon sprach, meinte, es sei wohl die Scheu vor der Königin, welche das Mädchen so zurückhaltend machte. Toinette beschloß, diese Verkrustung aufzubrechen. Sie fragte Désirée nach kleinen Dingen aus dem Leben ihrer Kollegen, nach Theaterklatsch. Auch da blieb Désirée reserviert. Das lockte Toinette, und sie warb mit immer größerer Mühe um Désirées Freundschaft.

Graf Mercy berichtete über die neue Liebhaberei Toinettes nach Schönbrunn. Die alte Kaiserin war nicht allzu bekümmert. Sie schrieb zurück, Toni werde wohl mit dieser neuen Betätigung nicht viel Unglück anrichten. Bestimmt sei es weniger kostspielig, wenn sie Theater als wenn sie Pharao spiele und wenn sie den Polignacs Rollen gebe anstatt Ministerposten.

Louis selbst war interessiert an Theaterdingen und legte dem neuen Zeitvertreib Toinettes nichts in den Weg. Er erschien sogar auf Proben.

Vor der Probe gewisser Szenen indes bat ihn Vaudreuil, sich zu entfernen, da es sich um Überraschungen für ihn handle. Da war die eine Szene, in welcher der Marquis über seiner Freude an der Schlosserei seine Eifersucht vergißt und die man Louis erst am Abend der Vorstellung zeigen wollte. Und aus ähnlichen Gründen wollte man ihn noch nicht wissen lassen, welche Lieder eingelegt wurden. Louis verstand, daß man sich einige Rosinen für den Abend zu reservieren wünschte, und erklärte, als man ihn hinauswies, gutmütig: „Schön, ich gehe zurück an meine Arbeit. Aber *eine* Bedingung stelle ich, mein lieber Marquis. Wenn Sie schon Lieder singen, dann müssen Sie auch mein Lieblingslied steigen lassen." Es wußte aber der ganze Hof, daß Louis' Lieblingslied das „Lied von der Ziege" war.

Und man arbeitete und plagte sich ab. Toinette kämpfte mit ihrem „R", Vaudreuil holte sich bei Pierre Ratschläge wegen kleiner Textänderungen. Die ersten Musiker des Königreiches setzten die Musik für das Kammerorchester, welches die Lieder zu begleiten hatte. Für das Türschloß, das in der „Unvorhergesehenen Wette" eine solche Rolle zu spielen bestimmt war, holte man sich den sachverständigen Rat des Schlossers Gamain, damit Louis unter keinen Umständen was zu tadeln finde.

Dann gab es noch eine letzte Schwierigkeit. Den geprellten und nichtgeprellten Marquis spielte Jules Polignac, und es lag eine gewisse Pikanterie darin, daß auf der Bühne vorgegeben wurde, Vaudreuil habe ihn nicht gehörnt. Jules spielte die Rolle gern. Aber er verlangte, daß er das „Kreuz des Großen Louis" tragen durfte. Nun war es aber nicht erlaubt, französische Orden auf der Bühne zu tragen. Jules indes wollte nicht darauf verzichten, schon um nicht für einen Schauspieler gehalten zu werden. Vergebens sagte ihm Vaudreuil, er laufe da keine Gefahr; Jules Polignac bestand auf seinem „Kreuz des Großen Louis". Toinette mußte einen günstigen Moment abwarten, um Louis ein Edikt abzuschmeicheln, welches für diesen speziellen Fall das Verbot aufhob.

Und nun war alles probiert und bereit. Ein letztes Mal ging Toinette mit Désirée die Rolle durch. „Ich habe unendlich viel von Ihnen gelernt", anerkannte glücklich Toinette und legte Désirée in einer raschen, aufrichtigen Wallung den Arm um die Schulter, wie sie ihn sonst nur um die Schulter ihrer Freundin Gabriele legte.

Das hinderte nicht, daß sie den einzigen Wunsch vergaß, den Désirée ausgesprochen hatte, den Wunsch, den Autor zuzuziehen.

Michel Sedaine nämlich, der Autor der beiden Stücke, hatte es nicht leicht gehabt. Jetzt zwar wurde er als großer Schriftsteller gerühmt; aber er hatte sich gegen heftige Widerstände durchsetzen müssen, er war Maurerlehrling gewesen und gezwungen, sich die Zeit zum Schreiben abzustehlen, und er war nur mit schwerer Mühe vorgedrungen zu den Männern, die eine Aufführung seines Stückes erwirken konnten. Gerade darum wollte Désirée es ihm ermöglichen, die beiden Komödien dargestellt zu sehen von der „Truppe der großen Herren". Nun kannte sie den Hochmut Toinettes und wußte, daß es ausgeschlossen gewesen wäre, Sedaine zum Abend der Aufführung einzuladen. Doch wenigstens der Generalprobe seiner Stücke sollte er beiwohnen dürfen, und das hatte ihr Toinette auch nach kurzem Zögern zugesagt. Aber Toinette vergaß, und Désirée fand den Anlaß nicht wichtig genug, es auf eine Probe ihres Einflusses ankommen zu lassen. Sedaine wurde nicht geladen.

Es waren alles in allem dreiundzwanzig Gäste, die sich am Abend der Aufführung in dem zierlichen Theater versammelten. Graf Mercy wäre gern dabeigewesen, um der erlauchten Frau Mama zu berichten, aber Toinette wollte nur vor Zuschauern prinzlichen Geblütes spielen, sie hatte nur die Angehörigen der königlichen Familie zugelassen, und sie konnte nicht wohl eine Ausnahme machen.

Der kleine Raum sah jetzt, da die Decke von Lagrenée ausgemalt und die Beleuchtung verbessert war, noch schöner aus als damals bei der Einweihung mit dem „Barbier". Prunkvoll und trotzdem diskret schimmerte der weiß und goldene Saal im Licht der zahllosen Kerzen, zärtlich und zeremoniös luden Logen und Gestühl, sich behaglich zurechtzusetzen, und die Löwenköpfe an den Pfeilern, die den Balkon trugen, deuteten an, daß man im Hause der Königin war.

Da saßen die Gäste und warteten angeregt und ein wenig skeptisch vor dem Vorhang, der, schwer, aus kostbarem, golddurchwirktem blauem Samt, den Saal von der Bühne trennte. Das kleine Orchester, gebildet aus den besten Musikern des Königs, war bereit; die Zuschauer wechselten mehrmals die Plätze, gingen von einer Loge in die andere, unterhielten sich gedämpft, warteten.

Hinter dem Vorhang war Lampenfieber. Prinz Karl trank ziemlich stark, auch Toinette nahm gegen ihre Gewohnheit ein Glas Champagner. „Fühlen Sie, wie kalt meine Hand ist", sagte sie mehrmals zu Vaudreuil. Plötzlich erklärte sie, die Leere des Theaters mache sie nervös; auch habe der Raum, wenn er nicht gefüllt sei, nicht die rechte Akustik. „Das hätten Sie sich vorher überlegen sollen, Madame", sagte Vaudreuil, der in seiner blau und roten Oberstenuniform noch anziehender und gewalttätiger aussah als sonst. Aber: „Ich wünsche, daß das Theater gefüllt wird", erklärte die Zofe Nanine, jetzt keineswegs zofenhaft. „Geben Sie Order, daß Schweizer Garden und Leute vom Personal die leeren Plätze besetzen." – „Sie haben erklärt, Madame", antwortete ärgerlich Vaudreuil, „daß Sie außer der Familie keine Zuschauer haben wollen." – „Schweizer Garden und Dienstpersonal sind keine Zuschauer, sondern Volk", tat Toinette seinen Einwand ab. „Da hat Toinette recht", sagte sanft die Marquise Clainville, gemeinhin Gabriele Polignac, und Jules Polignac stimmte empört zu: „Zuschauer, diese Typen, ces espèces." Vaudreuil selber hatte Befürchtungen wegen der Akustik, er fügte sich und gab Auftrag.

Mittlerweile ließ er die Ouvertüre spielen. Dann aber gab es wieder eine lange Pause, und nun wurden die geladenen

Gäste ungeduldig. Louis, gut gelaunt, er hätte am liebsten selber mitgespielt, spielte jetzt wenigstens einen ungeduldigen Zuschauer, klatschte in die Hände, trampelte und rief lärmend: „Anfangen, anfangen." Die andern beteiligten sich an dem fröhlichen Gelärm.

Gabriele trat vor den Vorhang und erklärte, sie bitte um wenige Minuten Geduld, man wolle nur noch die Akustik des Hauses verbessern.

Da trampelten auch schon unter der Führung eines Offiziers die Schweizer Garden in den Raum. Sie standen stramm beim Anblick des Königs. Aber: „Rührt euch, Platz nehmen, marsch", befahl der Offizier, und die Soldaten, verlegen, bemüht, wenig Lärm zu machen, setzten sich klirrend mit ihren kräftigen Hintern in das delikate Gestühl. Zwischen ihnen drängten sich Zofen und Hausmädchen.

Dann klopfte der Stock auf, der Vorhang teilte sich, und auf der Bühne stand, in einem zierlichen, ausgeklügelten, zofenhaften Kostüm, das die Knöchel und die halben Waden frei ließ, Marie-Antoinette, Königin von Frankreich, eine zu bügelnde Hose über dem nackten Arm, und sagte zu ihrem Schwager Karl, dem Kammerdiener Lafleur: „Da beklagen wir Dienstboten uns immerzu", aber sie konnte nicht darlegen, worüber sie sich beklagte, sie wurde unterbrochen durch die dröhnende Lache Louis'. „Großartig, Madame", rief er und klatschte. „Sie sehen aus und sprechen wahrhaftig wie eine wirkliche Zofe. Großartig, bravo", und er wandte sich an die andern: „Finden Sie nicht auch, meine Herren und Damen? Großartig. Noch einmal."

Da aber ging der Vorhang empört wieder zu. Vaudreuil trat vor und sagte zornig, doch höflich beherrscht: „Meine Herren und Damen, wir beginnen von neuem. Ich muß Sie aber ernstlich ersuchen, das Spiel nicht zu unterbrechen." Louis, aus seiner Loge, antwortete gut gelaunt: „Schon recht, Vaudreuil, und nichts für ungut. Aber Madame hat mir eben so besonders gefallen. Und jetzt werde ich bestimmt nicht mehr stören, das verspreche ich Ihnen."

Der Vorhang teilte sich nochmals. Diesmal rollte die Aufführung weiter, und alles ging, wie es gehen sollte. Bald sahen die fürstlichen Zuschauer in Jules und Gabriele Polignac und in dem Prinzen Karl und in Vaudreuil und Toinette nicht mehr Jules, Gabriele, Karl, Vaudreuil und Toinette, sondern den Marquis und die Marquise Clainville und den Kammerdiener Lafleur und den Oberst d'Etieulette und die Zofe Nanine, und sie interessierten sich nur mehr für das kleine Abenteuer des Ehepaars Clainville. Louis indes, wiewohl er den ernstlichen Vorsatz hatte, sich zu beherrschen, verursachte eine zweite Störung. Als Jules Polignac das Türschloß untersuchte und sachgemäß analysierte, hielt er nicht an sich, sondern rief: „Das müssen Sie mich hernach genau sehen lassen, Jules", und der Marquis de Clainville wurde plötzlich wieder zu Jules Polignac.

Die Soldaten, Lakaien und Hausmädchen, welche der Vorstellung zuschauten, waren von der plötzlichen Einladung so überrascht, daß sie eine Zeitlang kein rechtes Aug und kein rechtes Ohr hatten für die Vorgänge auf der Bühne. Sie waren benommen und mußten sich erst zurechtfinden; denn was da mit ihnen und was da auf der Bühne geschah, war befremdlich. Es war sehr merkwürdig, daß sich die Königin so anstrengte, eine Zofe zu machen; es war tief ungehörig, daß sich die Königin und der Bruder des Königs aufführten wie Komödianten und Hanswürste. Allmählich aber schmolz ihre Befangenheit, und sie hatten ihren Spaß an der Sache. Es fiel ihnen nicht ganz leicht, dem eleganten Dialog des Stückes zu folgen; so viel aber hörten sie heraus, daß sich da ein Autor, der dem Volke mehr wohlwollte als den Adeligen, lustig machte über die dummen Tändeleien, mit denen sich die gelangweilten Privilegierten die Zeit vertrieben. Die Frechheit der Zofe Nanine und die Frechheit des Kammerdieners Lafleur sagte ihnen zu, das war ihre eigene Frechheit, und daß diese Frechheit aus dem Munde der verkleideten Königin und des verkleideten Prinzen kam, würzte den Spaß. Aber immer noch nicht wagten sie, ihr Vergnügen zu zeigen, ihr Lachen klang unbeholfen, und sie erstickten es gleich wieder; wer wußte, ob nicht auf einmal die großen Herren die Laune verloren und überm Kirschenessen ungnädig wurden?

Dann aber trat Vaudreuil an die Rampe und sang. Ja, er hatte sich entschlossen, das gewagte Lied zu singen. Mit seiner tiefen, wohlklingenden Stimme sang er es, das Matrosenlied, das ihnen allen bekannt war und das jetzt, da der englische Krieg über Nacht ausbrechen konnte, seinen guten politischen Sinn hatte. Er sang von der englischen Fregatte, die, während sie auf der Fahrt nach Breslau ist, am 31. August, von einem französischen Schiff gesichtet wird. Der französische Kapitän fragt sogleich seinen Leutnant: „Leutnant, fühlst du dich fähig, das Schiff zu entern?“, und der stolz und kühne Leutnant antwortet: „Jawohl, Kapitän“, und sie drehen bei und bringen mit Piken und Musketen und Enterhaken den Engländer zur Vernunft. „Und jetzt“, sang frech und kühn dieser Marquis de Vaudreuil, Großfalconier des Königs und Intendant der Königin, die Schlußstrophe, „und jetzt trinken wir einen Schluck auf den Kapitän, und einen auf den Leutnant, und noch einen auf alle Verliebten, und noch einen auf den König von Frankreich. Und Scheiße auf den König von England, der uns den Krieg erklärt hat.“

Die geladenen Gäste in den Logen waren betroffen. Man war nicht im Krieg mit England, und es war merkwürdig, daß Monsieur de Vaudreuil dieses alte, derbe Volkslied im Theater der Königin sang. Die Soldaten aber, das Volk, ces espèces, diese Typen, hielten sich jetzt nicht mehr, sie klatschten, sie riefen: „Bravo“, und: „Noch einmal.“

Vaudreuil schaute nach der Loge, in welcher der König saß. Er war froh, daß er sich zu dem Lied entschlossen hatte, er hatte bis zum letzten Augenblick nicht gewußt, ob er sich entschließen werde, er schaute frech und vergnügt, es war ein kühner, geistreicher, großartiger Streich, den er da diesem ewig unentschlossenen Sechzehnten Louis spielte; und es war eine gute Idee gewesen, daß man das Volk hereingeholt hatte, so wird sich die Kunde von seinem Spaß noch heute nacht über ganz Paris verbreiten, und schließlich wird er, François Vaudreuil, es sein, der England den Krieg erklärt hat.

Louis' gute Laune entwich, als der freche Vaudreuil das Matrosenlied begann. Das Lied war schon dumm gewesen damals, als es entstand, im letzten Krieg. Denn erstens hatten wir leider nur sehr wenige englische Schiffe genommen und durchaus keine Ursache, zu jubeln und zu trinken, und sodann bewies es ungewöhnliche Ignoranz, wenn der Verfasser das englische Schiff nach Breslau fahren ließ. Heute aber war das Lied nicht nur dumm, es war auch höchst anstößig. Und es war grob ungehörig, daß sich dieser Vaudreuil hinstellte und das Lied grölte.

Verdrossen hockte Louis und rutschte auf seinem blauen Sessel herum. Als gar das Volk anfing zu jubeln und das Lied nochmals verlangte, wurde er traurig. Die armen Narren, sie wollten den Krieg. Er sah sie, die jetzt prall lebendig dasaßen, wie sie in die Bäuche von Schiffen gestopft wurden und wie sie ertranken oder wie sie in den Wäldern dieses rebellischen Landes bei Ortschaften, die nicht einmal auf der Karte verzeichnet waren, jämmerlich verwesten und verrotteten. Und nun lächelte auch noch Vaudreuil höhnisch zu ihm herauf und schaute ihm gerade ins Gesicht mit seinen insolenten Augen. Für einen Augenblick drängte es Louis zu schreien: Halt. Vorhang. Ich erlaube nicht, daß weitergespielt wird. Aber er sagte sich, wenn er das tue, mache er aus der kindischen Angelegenheit einen Skandal, und er beschloß: Nun gerade nicht. Ich nehme dieses dumme Lied nicht als ein politisches Ereignis. Wir sind unter uns, in der Familie, ich höre nur die Musik, ich wünsche nicht, daß irgendwer irgendeine Bedeutung dahinter sieht. Da ein Schiff nicht nach Breslau fahren kann, kann man es auch nicht kapern, und das Ganze ist einfach fröhlicher Unsinn. Er saß also da und lächelte dümmlich, und Vaudreuil verbeugte sich vor den Bravorufern und sang das Lied noch einmal.

Die „Unvorhergesehene Wette" ging weiter, der Zwischenfall wurde vergessen. Auch Louis beschloß, ihn zu vergessen, und er vergaß ihn. Als das erste Stück unter großem und ehrlichem Beifall zu Ende gegangen war, begab er sich auf die Bühne, drückte mit vielen Worten und Gesten seine Befriedigung aus und störte sehr, denn die Damen und Herren hatten sich umzuziehen. Er stieß Vaudreuil, der sich aus dem Marquis in den Bauern Richard verwandelte, vor den

Bauch und sagte ihm: „Hab ich es Ihnen nicht gesagt, Monsieur? Sie sind der geborene Intendant. Und da haben Sie sich von mir so lange bitten lassen, bevor Sie Ihre wahre Bestimmung erkannten." Vaudreuil dankte kühl. Es verdroß ihn, daß der Dicke das Lied mit guter Miene hingenommen hatte. Aber wenigstens wird er ihm im nächsten Stück als Bauer Richard seine Meinung in das fette, faule Gesicht sagen können.

Doch Louis ließ sich auch diesmal die Freude nicht verderben. Alles an dieser Komödie „König und Bauer" gefiel ihm, die Jagdkostüme, die fröhliche Hifthornmusik, seine Toinette, die ihr Bauernmädchen so charmant und deftig spielte, sein Bruder Karl, der als tölpischer Flurwächter die Jagdgesellschaft, den König und sein ganzes Gefolge verhaftete. Und Vaudreuil war als Saubauer einfach großartig. Als er seinen berühmten Satz brachte: „Ich habe aber was gesehen, was ein König nie zu sehen kriegt: Menschen", da rief Louis schallend: „Sehr gut, ausgezeichnet", und wiederum war Vaudreuil enttäuscht. Das Volk indes freute sich, doch diesmal wagten die Leute nicht zu klatschen, sondern sie schauten nur freundlich auf ihren guten König Louis.

Und dann hatte Louis seinen Hauptspaß. Man legte wirklich das Lied ein, das er sich gewünscht hatte, „Das Lied von der Ziege". Prinz Karl sang es, der tölpische Flurwächter, er sang es sehr wacker. „Wir hatten eine Ziege", sang er, „eine Ziege von vierzehn Jahren. Sie machte sich über den Kohl her, den Kohl von Jean Bertrand. Sie hat Verstand, unsre Ziege, sie hat Verstand. Jean Bertrand ertappte sie, packte sie und ließ sie verhaften durch achtzig Gendarmen. Sie hat Verstand, unsre Ziege, sie hat Verstand. Sie erschien vor Gericht, hob zierlich den Schwanz und setzte sich auf ihre Bank. Sie hob ihren Schwanz, sie saß auf der Bank und ließ einen fahren in die Nase des Herrn Präsidenten. Sie hat Verstand, unsre Ziege. Und kleine Rosinen, einen ganzen Korb, hat sie gemacht für die Herren Beisitzer und Schöffen. Und sie stieß ihr Horn in den Hintern des Herrn Vorsitzers und Präsidenten. Sie hat Verstand, unsre Ziege, sie hat Verstand."

Das also sang der prinzliche Flurwächter. Wie er aber so

sang, kam über die Leute aus dem Volk wieder jene Befangenheit, die sie zuerst verspürt hatten. Das Lied von der alten, klugen Ziege war ein gutes Lied, es sagte gute Wahrheiten, aber im Theater der Königin war es nicht angebracht, und höchst unziemlich war es, daß ein Prinz von Geblüt es sang. Und daß er es ihnen vorsang, das war eigentlich ganz undenkbar. Und genau das ereignete sich. Die Leute saßen und hörten, aber sie wollten es nicht glauben. Und sie wollten es nicht glauben, als sie sahen und hörten, wie sich Louis freute und wie er den Refrain zuerst mitsummte und dann ganz laut mitsang.

Vaudreuil war sehr befriedigt, mehr als das, beschwingt. Er fand sich in beiden Rollen höchst glaubwürdig und die Aufführung beider Stücke sehr geglückt. Aber er tat, als sei er durch die Dickfälligkeit Louis' um seinen Lohn geprellt. Er gab sich verärgert und sagte grimmig zu Toinette: „Wir hätten ihn nicht hereinlassen sollen. Es war ein Skandal, wie er sich benommen hat. Zweimal hat er die Vorstellung gestört, immer hat er an der falschen Stelle gelacht, ich habe mich geschämt vor meinem Kammerdiener Baptiste."

Toinette begriff nicht, was François wollte. Sie war glücklich erregt, sie hatte alles großartig gefunden, es hatte keinen toten Moment gegeben, sie war mit ihrer Wirkung sehr zufrieden, die Gäste waren wunderbar mitgegangen, Vaudreuil hatte sich selber übertroffen, er mußte doch gemerkt haben, daß jedes Wort von ihm eingeschlagen hatte. Langsam, vor ihrer sichtlich aufrichtigen Lobpreisung, gab Vaudreuil seinen gespielten Unmut auf.

Später, tief in der Nacht, bemerkte er das unterstrichen beschäftigte Gesicht des Kammerdieners Baptiste, der ihm beim Auskleiden half. „Was hast du, Baptiste, gibt es etwas?" fragte er.

Baptiste reichte ihm das gewärmte Nachthemd und antwortete enthusiastisch und ehrerbietig: „Verzeihen Sie, Monsieur, aber ich muß es sagen: Monsieur waren herrlich." – „Schon gut", winkte gnädig Vaudreuil ab. In der Dämmerung aber, hinter den zugezogenen Bettvorhängen, lächelte er.

Toinette lag auf dem Bett, Doktor Lassone untersuchte sie. Obgleich der Doktor trotz seines Alters als ein Mann galt, der die Frauen liebte und von ihnen verwöhnt wurde, bemühte sich Toinette, ihn ausschließlich als Arzt zu betrachten. Aber sie konnte ein peinliches Gefühl nicht loswerden. Seine kalten, prüfenden Augen und seine geübten Hände bereiteten ihr ein mit Kitzel gemischtes Unbehagen; dunkel empfand sie, wie er ihren nackten Leib mit den Körpern anderer Frauen verglich, und gleichzeitig wartete sie mit einer schier unerträglichen Spannung auf das, was er sagen werde. Schon vor einigen Tagen hatte sie eine erste leise Hoffnung verspürt, sie hatte sie aber damals nicht einmal dem Arzt anzuvertrauen gewagt.

Doktor Lassone streifte ihr jetzt mit sanfter Bewegung das Hemd wieder über den Leib und trat zurück. Sie schaute ihn nicht an, fragte nicht. Er aber verneigte sich tief und sagte: „Meine untertänigste Gratulation, Madame."

Es riß Toinette den Kopf hinüber zu ihm, sie schaute ihn an, es verschlug ihr die Stimme. „Und es ist kein Zweifel, Doktor?" fragte sie. „Es ist kein Zweifel, Madame", bestätigte er, und er wiederholte: „Meine untertänigste Gratulation." Toinette wagte es noch nicht zu glauben. „Und ich kann es nach Wien schreiben?" fragte sie. „Ich kann es Louis sagen?" Es war das erstemal, daß sie den König in seiner Gegenwart „Louis" nannte. „Es ist kein Zweifel, Madame", wiederholte ein wenig stärker Doktor Lassone.

Als er gegangen war, lag Toinette lange allein, mit geschlossenen Augen, in glücklicher Benommenheit. Eine ungeheure Last war von ihr genommen, alles Kleine, Kümmerliche war fortgespült, sie fühlte sich ganz leicht und hoch, sie spürte eine restlose, selige Erfüllung. Habsburg, Frankreich, das alles war sie, in ihr war die Vergangenheit und die Zukunft dieser Länder.

Sie war mitteilsam von Natur, aber jetzt blieb sie allein, lange, sie konnte es keinem sagen, es war zu groß, zu herrlich. Endlich läutete sie, und noch ehe sie sich ankleiden ließ, schickte sie nach Mercy.

Während sie auf ihn wartete, schrieb sie ihrer Mutter, in

einem Gemisch von Deutsch und Französisch. „Wie bin ich Ihnen dankbar“, schrieb sie, „daß Sie mich geboren haben. Ich hätte es niemals für möglich gehalten, daß es solche Glückseligkeit auf Erden gibt. Ich wollte Ihnen schon vor Tagen schreiben, und jetzt bedaure ich, daß ich es nicht tat. Aber ich fürchtete, Ihr Kummer werde zu groß sein, falls sich meine Hoffnungen nicht erfüllten.“

Mercy kam. Er war, als ihn Toinettes Aufforderung erreichte, tief erschrocken; kaum je war es vorgekommen, daß Toinette mit solcher Dringlichkeit nach ihm verlangt hätte, im Gegenteil, gewöhnlich ging sie ihm aus dem Weg, sie mußte etwas Fürchterliches angestellt haben. Aber dann sah er sie, ihr Gesicht war verändert, weich, sonderbar gelöst, und es war, als werde sie gleich zu weinen anfangen. Und schon während er ihr die Hand küßte, sagte sie zu ihm: „Ich muß es Ihnen als dem ersten sagen. Sie sind der nächste, Sie sind Wien“, und: „Ich krieg ein Kind, Mercy“, sagte sie auf deutsch, „ich bin schwanger“, und: „Ich werde einen Dauphin haben“, setzte sie französisch hinzu, und sie umarmte den alten Mercy, der selber, der Abgebrühte, kaum die Tränen zurückhalten konnte. Gleichzeitig überlegte er schon, welchen besonders schnellen Kurier er nach Wien schicken könnte. Sie inzwischen sprach weiter: „Jetzt müssen Sie sehr auf mich achtgeben“, bat sie, glücklich. „Jetzt hängt das Schicksal Frankreichs davon ab, daß ich keine falsche Bewegung mache. Sagen Sie, das Reiten werde ich wohl besser aufgeben?“ Er aber dachte, er habe Vorsichtsmaßnahmen ganz anderer Art zu treffen, Vorsichtsmaßnahmen gegen den tückischen Prinzen Xavier, dessen Hoffnungen durch Toinettes Schwangerschaft verdämmerten.

Dann, als schon der Kurier sich bereit machte, mit ihrem Brief und mit Mercys Depesche nach Wien zu rasen, ging sie hinüber in Louis' Gemächer. Er war aber nicht da, er war in seiner Schmiede, unterm Dach, und hatte Weisung gegeben, er wollte nicht gestört sein.

Dort, allein mit seinem Gamain, stand er breitbeinig und arbeitete mächtig, und es war grobe Arbeit. Er war finster gelaunt; die bayrischen Verwicklungen, die drohende Wahrscheinlichkeit, daß die Feindseligkeiten mit England trotz allem in den nächsten Tagen ausbrechen würden, grämten und erbitterten den gutmütigen Mann. Er machte sich Luft in körperlicher Betätigung. Im Hemd stand er da, mit gelockerter Hose, verrußt, und schwang mit dickem, kräftigem Arm den Hammer und schlug auf das Eisen ein. Oh, wäre das Franklin. Oh, wäre das Josef. Er schwang und schlug, und sein feistes Gesicht war finster und erfreut, weil er drauflosschlagen durfte.

Toinette hörte schon von ferne den pöbelhaften Lärm. Sie war ein einziges Mal hier oben gewesen, vor Jahren, als Louis ihr das erstemal seine Schmiede gezeigt hatte, seither hatte sie den häßlichen Ort nicht mehr betreten. Im Fliederblauen Klüngel pflegte man Witze zu machen und geistreiche Verse über Vulkan und Venus, und sie selber hatte wohl schon dergleichen geäußert. Doch heute stieg nicht der leiseste Schimmer solcher Gedanken in ihr hoch. Sie machte die Tür auf, eine schwere, niedrige Tür, und vor ihr war der kleine, heiße, nach Arbeit und Sachlichkeit riechende Raum, sehr anders als die Stätten, in denen sie sich ihrer ländlichen Arbeit hinzugeben pflegte. Louis stand da, schmutzig, Gesicht, Hände und Hemd verrußt, schwitzend, finster, ein richtiger Arbeiter, daß man sich fragte, ob ihm wohl die Gabe der Sprache verliehen sei.

Er schaute hoch, und da stand Toinette in dem dämmerigen Raum, ein wenig überflackert vom Schein seines Feuers. Wäre sie zu einer andern Zeit gekommen, dann hätte er sich wohl gefreut, obgleich sie, wenn sie ihn ungerufen aufsuchte, beinahe immer etwas von ihm zu verlangen pflegte. Aber heute war er mit Körper und Seele bei seiner Arbeit und seinem Eisen, und er dachte langsam, und es war zunächst in ihm nichts als Ärger und Verdruß, daß er gestört wurde, wo er doch befohlen hatte, man solle ihn in Ruhe lassen.

„Guten Tag, Louis“, sagte Toinette. „Was gibt es, Madame?“ antwortete er, und: „Sie sehen, ich arbeite“, konnte er sich nicht enthalten, unwirsch hinzuzufügen. „Schicken Sie Ihren Mann fort“, verlangte Toinette. „Kann ich nicht unsere Arbeit erst fertigmachen?“ fragte er. „Ich brauche noch zehn Minuten.“ Aber: „Nein, Sire“, erklärte Toinette, „keine Minute länger geb ich Ihnen“, und Gamain mußte sich zurückziehen.

„Was also gibt es, Madame?“ fragte mürrisch Louis. Toinette sah ihn an, strahlend. „Ich komme nicht allein, Louis“, sagte sie. Louis schaute mißtrauisch. „Wen haben Sie denn noch mitgebracht?“ fragte er. Toinette aber brach aus: „So wie ich hier stehe, bin ich zu zweit“, und da er ein dickes, dummes Gesicht machte, fuhr sie fort: „Erraten Sie denn immer noch nicht?“ Er dachte nach, und dann, zögernd, fragte er: „Sie sind schwanger, Madame?“ – „Ja, ja, ja“, jubelte sie. „Sie sind wirklich schwanger?“ fragte er, immer noch ganz dumm. „Lassone sagt, es ist kein Zweifel möglich“, erklärte sie.

Und da endlich glaubte er. Ein großer Schein ging über sein Gesicht, die weit auseinanderstehenden, braunen Augen blinzelten, die dicken Wangen zuckten, das kleine Doppelkinn zitterte, er warf klirrend den Hammer fort und schlug sich klatschend auf die Schenkel. „Wir kriegen ein Kind“, schrie er heraus, die Stimme schlug ihm über, er haute sich noch einmal den Schenkel, er klatschte Toinette mit der schweißigen, rußigen Hand den Rücken. „Ein Kind“, schrie er, „Sie und ich, einen Dauphin“, und er lachte seine grobe Lache und stampfte hin und her und tanzte und packte sie und küßte sie und sagte in seinem mühsamen Deutsch: „Toni, Toni.“ Er ging um sie herum, betrachtete ungläubig ihren weiten Rock, deutete mit dem dicken Finger darauf hin und sagte, breit schmunzelnd: „Louis der Siebzehnte.“

Lange saßen sie zusammen, glücklich, und sie achtete es nicht, daß jetzt auch ihre Haut und ihr Kleid über und über schwarz wurden. „Jetzt müssen Sie sich aber in acht nehmen“, ermahnte er sie wichtig. „Täglich baden, nicht zu heiß und nicht zu kalt. Und nicht zu lange aufbleiben. Keine Erregung. Nichts vom Krieg, nichts von Ihrem Budget. Immer nur an das Kind denken, an den Dauphin.“ – „Und ob“, versicherte sie. „Da brauchen Sie nicht lange auf mich einzureden.“

Dann erzählte sie ihm, sie habe nachgedacht, wann sie empfangen habe; das müsse gewesen sein an dem Tag, da er den Doktor Franklin so schlecht behandelt habe und dann reuig zu ihr ins Trianon gekommen sei. „Ist das nicht ein Zeichen?“ fragte sie. „Ist das nicht eine ungeheure Bestätigung, daß ich alles recht gemacht habe und Gott zu Gefallen? Denn wie hätte er sonst eine solche Fülle Seligkeit über mich ausgeschüttet?“ Louis erwiderte nichts und tätschelte nur weiter ihren nackten Rücken und machte ihn noch schwärzer. Sie aber sagte: „Und zu denken, daß damals, als Sie bei mir waren, meine alten Onkel zugeschaut haben von ihrem Bild. Das ist alles sonderbar und erfreulich und hat sicher seine Bedeutung.“ Er aber ging nicht weiter darauf ein, sondern sagte, er wolle gleich der Frau Mutter schreiben. „Eigenhändig“, fügte er stolz hinzu, „und auf deutsch. Und ich weise zehntausend Livres an für die Armen.“

Dann verkündete Toinette das Ereignis ihren Nächsten. Gabriele teilte das Glück der Freundin, aber sie war schweigsam; sie brauchte ihre Zeit, um fertig zu werden mit den mancherlei Hoffnungen und Befürchtungen, die sich an dieses Geschehnis knüpften.

Und dann sprach Toinette mit Vaudreuil. Unbefangen und strahlend erzählte sie ihm, daß sie jetzt den Dauphin gebären werde, auf den Frankreich und die Welt warteten. Sie war so erfüllt von der Bedeutung ihres Berichtes, daß sie ihre Beziehungen zu Vaudreuil und ihr Versprechen völlig vergaß. Sie hielt es für selbstverständlich, daß ein jeder, daß im Wortsinn das ganze Land teilhabe an ihrer Freude.

Vaudreuil brachte es über sich, ihr ruhig mit seiner tiefen Stimme zu sagen: „Meine herzlichsten Glückwünsche, Madame.“ Er aber war kalt verärgert, und es verschwand in diesem Augenblick der letzte Rest seines Verlangens nach ihr. Der tölpische Louis hatte es also doch geschafft. Und diese Toinette freute sich über ihren entstehenden Bauch wie nur eine Kleinbürgerin, welche über die Sous verfügte, ihrem Kind eine Amme zu halten. Es wurde wirklich Zeit, daß er den Krieg in Schwung brachte und diesen Hof verließ. Er mußte es tun, solange Toinette noch nicht zu dick und widerwärtig war, auf daß er sich seiner und ihrer nicht zu sehr zu schämen habe.

Er erzählte Désirée von seinem Entschluß, und wie sehr Versailles ihn anöde; das Gewese, welches man jetzt um die Schwangerschaft Toinettes machen werde, verleide ihm das Leben dort noch mehr.

Désirée zog ihr krauses, nachdenkliches Gesicht. „Da wird wohl Madame aufhören", meinte sie spöttisch und bedauernd, „ihre täglichen zwanzig Verse Racine zu lernen." Der Ton aber, in welchem sie das sagte, bewirkte, daß Vaudreuil sehr heftig daran dachte, daß von den sechs Stücken, die man für das Trianon probierte, vier noch immer nicht gespielt waren und daß in jeder dieser vier Komödien eine sehr reizvolle Rolle auf ihn wartete. „So schnell", erwiderte er, „wird es nun auch wieder nicht gehen. Ich glaube, Désirée, Sie werden noch Muße haben, mit Toinette weiter zu probieren."

Unglaubhaft schnell traf Maria Theresias Antwort ein auf die gesegnete Nachricht. Drei Briefe brachte ihr Kurier aus Wien, einen gerührt glücklichen an Toinette, einen würdig glücklichen an Louis und einen höchst besorgten an Mercy. „Ich muß Ihnen sagen", schrieb sie ihrem alten, vertrauten Freund, „ich bin in größter Angst für Mutter und Kind. In einem Land, in welchem die Freigeisterei solche Blüten treibt wie in Frankreich, schrickt man vor den schwärzesten Verbrechen nicht zurück. Ich fürchte die Intrigen des Prinzen Xavier und seiner welschen Frau. Wenn ich nicht wüßte, mein lieber Mercy, daß Sie um meine Tochter sind und um sie sorgen, wäre ich noch mehr in Angst. So suche ich die vielen Beispiele schauerlicher Verbrechen zu vergessen, welche die Geschichte Frankreichs bietet, und vertraue auf Gottes gütige Vorsehung. Ihre wohlaffektionierte Maria Theresia."

Schon zwei Tage später schrieb die Kaiserin einen weiteren Brief an Toinette; sie gab ihr hygienische Ratschläge nicht nur für die Zeit der Schwangerschaft, sondern auch schon für die Wochen nach der Geburt. „Folge ja dem Doktor in allen Dingen", schrieb sie. „Säuglinge sollten nicht zu eng gewickelt sein, auch nicht zu warm gehalten. Vor allem aber tu Dich jetzt schon um nach einer guten, gesunden

Amme. So eine ist in Paris gar nicht zu finden, und nur schwierig auch auf dem Lande, infolge der korrupten französischen Moral."

Ganz Versailles nahm an, daß nun, durch ihre Schwangerschaft, Toinettes politischer Einfluß steigen werde. Man behandelte infolgedessen die Repräsentanten Habsburgs, Mercy und den Abbé Vermond, mit doppelter Aufmerksamkeit. Der Abbé Vermond sah bei seinem Lever noch mehr Würdenträger um sich als früher. Als der Marquis d'Aubespine ihn aufsuchte, um seine Vermittlung zu erbitten für gewisse Verhandlungen, die er mit Toskana führte, gestattete sich der Abbé, ihn im Bade zu empfangen, und der Marquis schien sich darüber nicht einmal zu verwundern. Der Abbé Vermond dachte an seinen Vater, den kleinen Handelsmann in Sens, und bedauerte, daß er das nicht mehr erlebte.

Wenige Tage später wurde ihm noch größere Genugtuung. Der gutmütige Louis, in seinem Glück, gab seine starre Haltung vor dem Abbé auf. Zum erstenmal seit langen Jahren sah er nicht an Vermond vorbei, als sich dieser, wie er vorüberging, schief und tief vor ihm neigte. Er überwand sich und richtete das Wort an ihn. „Wie geht es Ihnen, Herr Abbé?" fragte er. Der Abbé erwiderte strahlend: „Ich bin glücklich über das Glück der Majestät." – „Danke, Herr Abbé", sagte Louis.

Die gnädige Laune Louis' wirkte sich auch dahin aus, daß er den Urteilsspruch in dem Wiederaufnahmeverfahren des Prozesses Lally beschleunigte.

Um die Affäre Lally stand es so. Thomas-Arthur Graf Lally, Abkömmling einer irischen Familie, hatte sich als General der französischen Armee höchlich ausgezeichnet, und beim Ausbruch des Siebenjährigen Krieges übergab man ihm den Oberbefehl in Französisch-Indien. Der Gouverneur aber und der Admiral der im Fernen Osten operierenden Flotte sowie die leitenden Beamten der Ostindischen Compagnie verstanden sich schlecht mit dem sehr eigenwilligen und groben Offizier; zudem bestand eine alte, latente Feindschaft zwischen der Regierung und der Ostindischen Compagnie.

Jetzt, während der Kriegszeit, waren die Herren dem General Lally unterstellt, doch sie leisteten ihm Hilfe nur halben Herzens. Er hielt mit seinem Urteil nicht zurück und bezeichnete die Herren in seinen Briefen an den König, die Minister und die Pariser Direktoren der Compagnie als feig und korrupt. So fühlte man in den indischen Direktionsbüros der Compagnie bei aller Betrübnis Genugtuung, als sich herausstellte, daß General Lally gegen das Genie seines englischen Gegners, Clive, nicht aufkam, und man beschleunigte die unvermeidliche Niederlage. Der Schatzmeister der Compagnie hielt die Löhnung für die nicht sehr zuverlässigen einheimischen Truppen zurück, der französische Admiral ließ englische Schiffe durchschlüpfen, man behinderte General Lally in jeder seiner Unternehmungen. Bis er schließlich Pondichéry verlor und selber in englische Gefangenschaft geriet.

Der Verlust Indiens erregte in Paris stürmische Empörung. Lally hatte in seinen Berichten nicht zu Unrecht den Hauptteil der Schuld seinen Untergebenen zugeschrieben. Die ihrerseits erklärten, Lally habe sich von den Engländern kaufen lassen und ihnen Französisch-Indien verräterisch in die Hände gespielt. Lally kehrte freiwillig aus der englischen Sicherheit nach Frankreich zurück und verlangte Gericht und Urteil. Das Oberste Tribunal war voreingenommen; unter seinen Mitgliedern waren persönliche Feinde Lallys. Die Herren der Ostindischen Compagnie suchten alle Schuld auf ihn zu wälzen; denn wenn er nicht schuldig war, dann waren sie es. Die öffentliche Meinung war der Regierung feind, und der gewalttätige Lally galt als eine Kreatur der Regierung und war nicht populär. Bei alledem war es nicht leicht, eine Anklage auf todeswürdige Verbrechen gegen den General zu konstruieren. Man mußte ihn beinahe zwei Jahre in der Bastille gefangenhalten, ehe man die hundertneunundfünfzig Anklagepunkte zusammengebastelt hatte, derenthalb man ihn prozessierte. Der Prozeß war ein schmachvolles Spektakel. Es wurde dem General kein Verteidiger zugestanden, seine Schriftsätze wurden unterdrückt, es wurde in unwürdiger Hast verhandelt und jeweils so lange, daß der erschöpfte Angeklagte sich nicht verteidigen konnte. Gleichwohl waren noch am Tage vor der Urteilsfällung von den fünf Richtern nur zwei für ein Todesurteil zu haben, und die zwei mußten auf die drei stundenlang einreden, ehe einer von den dreien zu ihnen übertrat mit den Worten: „Schön, soll der Mann dran glauben, damit wir endlich zum Schluß kommen." Die Exekution selber wurde auf besonders erniedrigende Art vorgenommen. Der vierundsechzigjährige General, der sechsmal im Dienste Frankreichs verwundet worden war, wurde nicht, wie das der Brauch war, in seinem eigenen Wagen zur Richtstätte gefahren mit einem Gefolge seiner Freunde, sondern auf einem Schinderkarren, die Arme hinter dem Rücken zusammengeschnürt, den Mund geknebelt. Die Direktoren der Ostindischen Compagnie wohnten der Hinrichtung bei.

Diese Hinrichtung hatte stattgefunden am 6. Mai 1766. Voltaire kannte den General Lally persönlich und hatte seinen Prozeß mit Spannung verfolgt und mit steigendem Ingrimm. Er hielt den Spruch für einen Justizmord. Viele hielten ihn für einen Justizmord. Aber: „Das Schlimme an den anständigen Leuten ist", fand Voltaire, „daß sie so feig sind; sie schimpfen über das Unrecht, machen das Maul wieder zu, essen zu Abend, gehen schlafen und vergessen." Er vergaß nicht. „Man hält unser Jahrhundert für lächerlich", schrieb er einem Freunde, „aber es ist grausig." Einem andern schrieb er, daß Lally und die früheren Opfer der französischen Justiz ihm in seinen Träumen erschienen. Allein er wußte, daß die öffentliche Meinung gegen den General noch zu sehr aufgehetzt war, als daß man sie in direktem Angriff hätte gewinnen können, und er beschränkte sich vorläufig darauf, in seine „Geschichte Louis' des Fünfzehnten" eine grimmig sachliche Darstellung der Verdienste General Lallys einzufügen.

Dann aber sandte ihm Lallys junger Sohn die Denkschriften des Generals, welche das Gericht unterdrückt hatte, und umfängliches Material, welches die Unschuld des Hingerichteten dartat. Voltaire war damals achtzig Jahre alt und sehr krank. Aber er ging sogleich ans Werk. Der Prozeß lag nun geraume Zeit zurück, doch Voltaire wußte, daß er auch jetzt noch Umwege werde machen müssen und daß, wenn er ein Buch zur Rehabilitierung des toten Generals schrieb, das keine leichte Arbeit werden konnte; denn das Buch mußte amüsant sein, um die Affen zu fesseln, welche die eine Hälfte der Nation bildeten, und es mußte pathetisch und rührend werden, um die Herzen der Tiger zu bewegen, aus denen die andere Hälfte bestand. Aber er nahm es auf sich, er arbeitete Tag und Nacht, und es entstand ein wunderbar spannendes Buch, voll von farbigen Schilderungen Indiens und voll von witzigen und tiefen Anmerkungen über die Geschichte, die Anschauungen, die Sitten und Gebräuche seiner Völker, und einstreute er in diese Schilderungen und Reflexionen eine zornig kalte Darstellung der kläglichen und erregenden Schicksale des Generals Lally und jenes schmählichen Gerichtsverfahrens, das sie beschloß. Und er nannte sein Werk: „Fragmente aus der Geschichte Indiens und des Generals Lally."

Als dieses Buch erschien, war der General so gut wie vergessen. Aber nun erinnerten sich Tausende und Zehntausende, und sie nahmen Anteil an dem, was ihm geschehen war, und sie empörten sich über die Schändlichkeit seines Prozesses. Die gleiche öffentliche Meinung, die damals soviel dazu beigetragen hatte, den General zu verurteilen, verlangte jetzt seine Rehabilitierung.

Louis selber, sonst um Gerechtigkeit bemüht, schob das Studium der peinlichen und umständlichen Akten des Falles Lally von sich. Er ließ auch das Buch Voltaires ungelesen. Im Gegenteil, daß nun der Name Lally verknüpft war mit dem des verhaßten Erzketzers, brachte ihn gegen den toten General auf. Er wollte nicht darüber belehrt werden, daß das Urteil hätte ungerecht sein können.

Nun aber beschäftigte man sich seit Voltaires Ankunft in Paris mit seinen Schriften noch eifriger als früher. Immer mehr Leute nahmen Anteil an der Affäre Lally. Immer mehr dringliche Aufforderungen, den Toten zu rehabilitieren, flogen in das Kabinett des Justizministers und auf den Schreibtisch Louis'.

Und jetzt, in der glücklichen Stimmung, mit welcher die Aussicht auf den Erben ihn erfüllte, las Louis diese Bittschriften, und er las sie aufgeschlossenen Herzens. Er gab Weisung, daß der Fall des Generals neu untersucht werde, und das Höchste Gericht des Königreichs, das „Tribunal der Zweiundsiebzig", nahm die Verhandlungen auf.

Voltaire, vielleicht um die Reue zu übertäuben, daß er nicht nach Ferney zurückgekehrt war, arbeitete mit verdoppeltem Eifer. Zwar behinderte ihn die Abwesenheit seines vertrauten Helfers Wagnière; aber er biß die Lippen zusammen, trank noch mehr Kaffee als sonst, schrieb und diktierte.

Nicht nur arbeitete er an der Tragödie „Agathokles", auf welche das Théâtre Français wartete und an der noch immer einige Szenen fehlten, sondern es beschäftigte ihn auch ein neuer Plan von sehr viel höherem Ehrgeiz.

Voltaire und die französische Sprache waren eines. Sie war das Werkzeug, mit dem er arbeitete, sie war der Boden, aus dem er seine Nahrung zog, sie war ihm eine Geliebte, die einzige, die er niemals satt bekam. Nun hatte er der Akademie vorgeschlagen, den veralteten Dictionnaire der französischen Sprache gründlich zu erneuern. Die Mitglieder hatten seinem Antrag nur lauwarm zugestimmt. Was von ihnen verlangt wurde, war schwere, danklose Arbeit. Wenn die Herren solchen Mutes an die große Aufgabe herangingen, dann konnte sie nie gelingen.

Um ihren Enthusiasmus zu entfachen, machte er sich daran, ein Manifest zu schreiben, das dartun sollte, welch wichtige Funktion ein solcher moderner Dictionnaire im Leben der Nation zu erfüllen habe. Auch zeigte er die Methode, wie die Modernisierung des großen Werkes zu organisieren sei. Und darüber hinaus, um Beispiele zu geben, wie die einzelnen Artikel auszusehen hätten, begann er die Bearbeitung des umfangreichen und schwierigen Buchstabens „A". Er schrieb mit Leidenschaft. Sein Manifest und seine Artikel mußten so werden, daß sie die andern mitrissen, daß sie auch die Trägen und Stumpfen begeisterten für die Kraft und die Feinheit des französischen Wortes.

Inmitten all dieser Arbeit fand er immer noch Zeit, Besuche zu empfangen und abzustatten. Er wohnte den Sitzungen der Akademie bei, er sah sich im Théâtre Français sein Stück „Alzire“ an und unterzog sich der Anstrengung, die Ovationen des Publikums entgegenzunehmen.

Er hatte der Akademie versprochen, ihr das Manifest zum Dictionnaire in der Sitzung vom 11. Mai vorzulesen. Doch am 11. Mai fühlte er sich zu schwach, auszugehen, er mußte sich zu Bett legen, die Vorlesung wurde um eine Woche verschoben.

Am Tag darauf, am 12. Mai, verschlechterte sich sein Befinden. Sein Diener und Pfleger Morand wollte Doktor Tronchin rufen; doch der Kranke ließ es nicht zu, er hatte Unbehagen vor dem Anblick des Arztes, der so offenbar recht behielt. Mittlerweile kam Voltaires Freund, der uralte Herzog von Richelieu. Als er Voltaire sich unter Schmerzen krümmen sah, empfahl er ihm, ein gewisses Opiat zu nehmen, das ihm selber in ähnlichen Fällen zu helfen pflege. Der immer gierige Voltaire nahm eine sehr große Dosis, und seine Schmerzen verstärkten sich. Er verfiel in eine Art Delirium und rief nach Wagnière. „Wagnière ist nicht in Paris“, unterrichtete ihn sanft Madame Denis, „Sie haben ihn nach Ferney geschickt.“ Aber: „Wagnière, Wagnière“, rief Voltaire, „wo bleiben Sie denn?“

Nun mußte man doch Tronchin holen. Der gab dem Kranken ein Gegenmittel gegen das Opiat. Voltaire, wieder bei Sinnen, meinte traurig: „Sie haben recht gehabt, mein Freund, ich hätte nach Ferney zurückfahren sollen.“

Als sich Tronchin entfernte, erklärte er den Angehörigen, Voltaire sei nicht zu retten, er habe nur mehr wenige Wochen zu leben.

Am 17. Mai ließ die Akademie anfragen, ob sie für den nächsten Tag mit Voltaires angekündigtem Vortrag über den Dictionnaire rechnen dürfe. „Verschieben Sie mein Referat um eine Woche, auf den Fünfundzwanzigsten“, gab Voltaire Weisung.

Am 25. Mai erklärte Tronchin, es sei ausgeschlossen, daß Voltaire die Woche überlebe.

Am 26. Mai traf die Meldung ein, daß das Höchste Gericht das Urteil über den General Lally für nichtig erklärt habe, mit allen zweiundsiebzig Stimmen. Voltaire lebte auf. Er diktierte einen Brief an den jungen Lally: „Der Sterbende erwacht zum Leben, da er die große Meldung erhält. Zärtlich umarmt er Monsieur de Lally. Er sieht, daß trotz allem noch Gerechtigkeit in der Welt ist, und stirbt in Frieden." Und mit eigener zitternder Hand auf einen großen Bogen schrieb er: „Am 26. Mai wurde das mörderisch falsche Urteil, gefällt gegen den Mann Lally, für nichtig erklärt vom Tribunal der Zweiundsiebzig mit zweiundsiebzig Stimmen gegen keine." Diesen Bogen ließ er so über seinem Bett anbringen, daß er selber und jedermann, der zu ihm kam, ihn immer vor Augen hatte.

Voltaires Angehörige bemühten sich, ihm jenes würdige Begräbnis zu sichern, für welches er soviel Entwürdigung auf sich genommen hatte. Sie verheimlichten, wie schlecht es um Voltaire stand, um zu verhüten, daß die obersten Kirchenbehörden Weisungen gegen die Bestattung der Leiche ergehen ließen.

Mittlerweile verhandelte Voltaires Neffe, der Abbé Mignot, Titularinhaber der Abtei Scellières, ein angesehener Herr, vertraulich mit dem zuständigen Priester, Monsieur de Tersac, dem Domherrn von Saint-Sulpice. Er bat ihn, dem Sterbenden, der ja ein christliches Glaubensbekenntnis abgelegt habe, die letzten Tröstungen zu spenden. Der Domherr erwiderte trocken, er habe bereits erklärt, daß er sich mit dem ihm vorgelegten sogenannten Glaubensbekenntnis nicht zufriedengeben könne. Weder könne er daraufhin dem Sterbenden die letzten Tröstungen bewilligen noch dem Toten ein christliches Begräbnis. Abbé Mignot erwiderte, Monsieur de Tersac bekunde da eine sehr strenge und wohl auch enge Auffassung, die er vor dem Erzbischof und dem Obersten Tribunal werde zu verteidigen haben. „Seien Sie überzeugt", sagte er, „daß ich an diese Instanzen appellieren werde." – „Halten Sie das, wie Sie wollen, Monsieur", antwortete der Domherr.

Abbé Mignot begab sich darauf zu dem freundlichen und einfältig verschmitzten Abbé Gaultier. Vielleicht konnte dieser aus dem Sterbenden eine umfassendere, präzisere Erklärung herausholen, welche den Ansprüchen der Kirche genügte. Der geschmeichelte Abbé versprach sein Bestes.

Der Domherr aber hatte sich gleich nach der Unterredung mit Mignot des großen und peinlichen Aufsehens erinnert, welches seinerzeit die Verweigerung des Begräbnisses der Schauspielerin Lecouvreur erregt hatte. Er fürchtete, es könnte, wenn gerade ein ungünstiger freidenkerischer Wind blase, der Erzbischof ihn im Stich lassen, und er bereute seinen Mut. Er bat den Abbé Mignot nochmals zu sich.

Der berichtete ihm, daß Gaultier versuchen wolle, ein mehr ins Detail gehendes Bekenntnis Voltaires beizubringen. Der Domherr schwieg eine Weile; dann erklärte er mit höflicher Sachlichkeit, er sehe sich zwar durch klare Vorschriften gezwungen, Monsieur de Voltaire eine christliche Beerdigung in seinem eigenen Bezirk zu verweigern, er werde aber von seinem Recht, die Leiche zurückzuhalten, keinen Gebrauch machen. „Heißt das", fragte Mignot, „daß ich die Leiche an anderer Stelle würdig bestatten kann?" – „Darüber zu befinden ist nicht meines Amtes", antwortete der Domherr. „Aber Sie geben mir die Erlaubnis, die Leiche aus Paris fortzutransportieren?" fragte Mignot. „Ja, Monsieur", antwortete der Domherr. „Würden Sie die Güte haben", vergewisserte sich Mignot, „mir diese Erlaubnis schriftlich auszustellen?" – „Wenn Sie es wünschen", antwortete etwas empfindlich der Domherr, und er schrieb.

Er überlegte, daß dieser Abbé Gaultier immerhin einen gewissen Erfolg bei Voltaire gehabt hatte, und er besorgte, es möchte dem schlauen und einfältigen Manne doch noch gelingen, aus dem Sterbenden ein großes, sensationelles Bekenntnis herauszuholen: denn Sterbende reden manches, und mit den Dummen ist häufig das Glück. Ohne falsche Rücksicht auf seine Würde entschloß sich also der Domherr, seiner früheren Erklärung zum Trotz selber einen letzten Versuch zu machen, den großen Ketzer mit der Kirche zu versöhnen. In sehr großen Buchstaben schrieb er nieder:

„Ich, Voltaire, glaube an die Göttlichkeit Christi." Dieses Schriftstück wollte er dem Sterbenden vor Augen halten und sich zufriedengeben, wenn der es mit einem einfachen „V" in Gegenwart von Zeugen signierte. In aller Eile sodann berief er Mignot und Gaultier, und die drei geistlichen Herren fuhren zu dem Haus, in welchem Voltaire mit seinem Sterben beschäftigt war. „Ein einfaches ‚V', Messieurs", erklärte auf der Fahrt der Domherr den beiden andern, „ein Strich herunter und ein Strich hinauf: da kann niemand sagen, die Kirche sei nicht tolerant."

Voltaire war längst jenseits all dieser Sorgen. Furchtbarer Schmerz in seinen Eingeweiden zwickte ihn, brannte ihn, zersägte ihn. Dann wieder tauchte er in eine freundliche Bewußtlosigkeit; doch hielt sie ihn nicht lange. Doktor Tronchin fragte sich, ob er ihm nicht ein Betäubungsmittel geben solle. Er wünschte dem Freund keinen gräßlich schmerzhaften Tod. Andernteils nahm er an, daß ein Mann, der zeitlebens alles, was ihm zustieß, Gutes und Böses, willkommen geheißen hatte, seine letzten Stunden nicht werde verlieren wollen, wie immer die sein mochten. Auch hoffte Doktor Tronchin, daß dieser Gottlose und Spötter infolge seiner Schmerzen vielleicht doch noch Reue empfinden werde über sein törichtes Leben. Wenn freilich die Schmerzen nachließen, dann sah zur Enttäuschung des Arztes das uralte, vertrocknete Antlitz Voltaires keineswegs reuig und von innerer Qual verzerrt aus, vielmehr schaute der Verlöschende mit einer gewissen Freude hinauf zu der Inschrift über seinem Bette, die verkündete, daß er für den toten General späte Gerechtigkeit ersiegt habe. Und mit unbehaglichem Staunen mußte der Arzt den Wortfetzen des Lallenden entnehmen, daß dieser, statt sich seiner Sünden zu erinnern, mit letztem Leben tote Freunde scherzhaft zynisch ansprach oder tote Feinde boshaft verhöhnte oder auch an seinem Artikel arbeitete über die Wendung „ad.patres" für den Dictionnaire; es wurde aber diese Wendung gebraucht für einen, der sich zu seinen Vätern versammelt hatte und also tot war.

Als der Domherr und die beiden Abbés eintrafen, waren um den Verlöschenden versammelt Doktor Tronchin, der

Diener und Pfleger Morand, der Marquis und die Marquise Villette und Madame Denis. Der Domherr trat an das Bett und sagte: „Monsieur de Voltaire, es ist an dem. Bereuen Sie? Glauben Sie an die Göttlichkeit Jesu Christi?“ Der Sterbende sah ihn mit klaren Augen an, aber er schwieg. Da neigte sich der Domherr tiefer zu ihm, und Voltaire hob einen unendlich schwachen, unendlich dürren Arm. Der Domherr hatte ein kleines, beglücktes Lächeln; er glaubte, der Ketzer hebe den Arm reuig, zur Begrüßung. Mit seiner geübten Stimme, leise, doch sehr deutlich, wiederholte er seine Frage: „Monsieur de Voltaire, glauben Sie an Jesus Christus?“ Da aber wurde die Armbewegung des Sterbenden so, daß alle erkannten, es war Abwehr. Und Voltaire sank zurück und flüsterte barsch: „Lassen Sie mich in Frieden sterben.“

Im Hinausgehen sagte der Domherr grimmig zu dem Marquis de Villette: „Warum hat sich Abbé Mignot hineingemischt? Warum haben Sie den einfältigen Gaultier bemüht? Hätten Sie mich allein machen lassen, ich hätte alles großartig arrangiert.“

Noch zwei Stunden standen die Hausgenossen um das Lager Voltaires. Der rief noch mehrere Male nach seinem Wagnière. Um 11 Uhr 4 Minuten sagte er zu seinem Diener: „Adieu, mein lieber Morand, ich sterbe.“ Um 11 Uhr 13 starb er.

Mit ihm hinab sanken zahllose ungeborene Dramen und Epen und wunderbare Essays. Mit ihm hinab sank ein Verstand von blitzender Schärfe, eine grenzenlose Begier und Kunst, zu spotten, ein unbezwinglicher, kindisch naiver Geltungsdrang. Mit ihm hinab sank ein Geist, der in vielen kleinen Dingen über alles Maß hinaus selbstsüchtig verlogen war und in allen großen Dingen kämpferisch aufrichtig ohne Maß. Mit ihm hinab sank ein Wesen, gemischt aus schäbigstem Geiz und blinder Verschwendung, schamlos habsüchtig und großartig wohltätig. Mit ihm hinab sank ein ungeheures Wissen und die erstaunlichste Fähigkeit, Brücken zu schlagen von einem Gebiet des Geistes zum andern. Mit ihm hinab sank ein brennendes Verlangen, Erkenntnis über die

Welt zu verbreiten, ein flammender Haß gegen Intoleranz, Aberglauben, Unwissenheit, Ungerechtigkeit. Mit ihm hinab sank ein Geist, gemacht, zu wirken in die weiteste Weite und in die fernste Zeit. Jetzt, an diesem 30. Mai um 11 Uhr 13, schrumpfte dies alles zusammen zu einer winzigen Leiche.

Als dieses winzige, verschrumpfte Etwas noch denken und schreiben konnte, hatte es geschrieben: „Ich habe einen Mann gekannt, der fest überzeugt war, daß das Summen einer Biene nach ihrem Tode nicht fortdauert. Er verglich den Menschen mit einem musikalischen Instrument, das keinen Ton mehr gibt, wenn es zerbrochen ist. Er behauptete, augenscheinlich sei der Mensch, wie alle andern Tiere und alle Pflanzen, gemacht, um zu sein und nicht mehr zu sein. Auch pflegte dieser Mann, nachdem er so alt geworden war wie Demokrit, es ebenso zu halten wie Demokrit und über alles zu lachen."

Jetzt dachte dieser Mann nicht mehr und lachte nicht mehr und achtete dessen nicht mehr, was mit ihm geschah.

Wohl aber achteten des die andern. Der Domherr von Saint-Sulpice hatte es für seine Pflicht gehalten, dem Erzbischof sogleich Bericht zu erstatten. Der vermutete, die Angehörigen würden Voltaires Leiche nach Ferney bringen, und der zuständige Bischof erhielt Weisung, eine christliche Beerdigung auch in Ferney zu untersagen.

Das aber hatte der Abbé Mignot vorausgeahnt und einen Plan ersonnen, seinem toten Oheim das Begräbnis zu sichern, das dieser sich gewünscht hatte, und den Erzbischof zu prellen. Es wurde also Voltaires Tod nach wie vor geheimgehalten. Ein vertrauter Arzt und zwei Helfer balsamierten die Leiche ein und schminkten und richteten sie so her, daß sie den Schein des Lebens vortäuschte. Des Nachts setzte man den Toten in einen Reisewagen und brachte ihn in eine bequeme Stellung. Und so, einem Schlafenden gleich, still und heimlich, fuhr der große Voltaire aus der Stadt Paris, die er lärmend und glanzvoll betreten hatte. Mit ihm fuhren ein Diener, der ihn in der rechten Stellung hielt, und der Abbé Mignot. Sie fuhren in aller Eile durch die Nacht, in südöstlicher Richtung, sie fuhren hundertzehn Meilen weit, nach Romilly an der Seine, wo die Titular-Abtei des Abbés, Scellières, gelegen war.

In Scellières setzte der Abbé Mignot dem Prior des Klosters auseinander, er habe den Leichnam seines Onkels dessen Wünschen gemäß nach Ferney bringen wollen, um ihn dort zu bestatten; doch scheine die Leiche die lange Reise nicht zu überstehen. Er bitte deshalb um die Erlaubnis, den Toten hier in der Kirche bestatten zu dürfen. Der geschmeichelte Prior, nachdem er Einsicht genommen hatte in das vor dem Abbé Gaultier abgelegte Glaubensbekenntnis, gab ohne weiteres seine Zustimmung, und man traf die notwendigen Vorbereitungen. Des Nachmittags wurde der Tote im Chor der Kirche ausgestellt, und es wurden Leichenmessen gesungen. Die Nacht über verblieb der Körper in der Kirche, von Fackeln beleuchtet, von Verehrern bewacht. Am nächsten Morgen, am 2. Juni, wurde Voltaire in Gegenwart vieler geistlicher und weltlicher Würdenträger mit allem kirchlichen Gepränge beerdigt, in geweihter Erde, wie er sich's verschmitzt und kindisch gewünscht und gerichtet hatte.

Drei Stunden später erhielt der Prior von Scellières ein Schreiben seines Vorgesetzten, des Bischofs von Troyes, das ihm verbot, die Leiche Voltaires zu bestatten.

Louis hatte natürlich trotz der Anstrengungen der Familie von Voltaires Tod schon am nächsten Tage erfahren. Er billigte durchaus die Weigerung der Kirche, den Ketzer zu beerdigen. Die Schriften der Freidenker und insbesondere diejenigen dieses Voltaire waren voll von gleisnerischen Sprüchen über Toleranz. Er aber, Louis, hatte für dieses süße Geschwätz, welches das Verbrechen der Lauheit mit schönen Worten verkleidete, nichts als Zorn und Ekel. Er war entschlossen, eisern intolerant zu bleiben; der Thron wollte dem Altar nicht nachstehen.

Er wünsche, erklärte er streng dem Polizeipräsidenten Lenoir, daß jede Ehrung des verstorbenen Ketzers unterbleibe. Den Zeitungen wurde verboten, Nachrufe zu bringen, sie durften Voltaires Tod nicht einmal erwähnen. Der Akademie wurde untersagt, eine Totenfeier abzuhalten, den

Theatern, Stücke von Voltaire zu spielen, den Schulen, Werke des Toten zu lesen.

Doch hatten diese Maßnahmen wenig Erfolg. Paris ließ es sich nicht nehmen, des stärksten Genius zu gedenken, den das Frankreich dieses Jahrhunderts hervorgebracht hatte, und der Versuch, sein Andenken zu ächten, erregte Empörung. Hunderte von Flugblättern wurden verbreitet, eine Flut von Erbitterung und Hohn ergoß sich über die Behörden, die den Unsterblichen totschweigen wollten. Niemals vorher waren Voltaires Werke mit so glühender Teilnahme gelesen worden wie jetzt. Gerade weil es verboten war, lernten in diesen Wochen der Intoleranz Tausende von Jünglingen auswendig jenes Gebet, das Voltaires „Traktat über die Toleranz" beschließt: „An dich richte ich meine Bitte, Gott aller Wesen, aller Welten, aller Zeiten. Du hast uns Herzen gegeben, nicht damit wir uns hassen, und Hände, nicht damit wir uns erwürgen. Gib, daß die winzigen Unterschiede in den Kleidern, die unsern gebrechlichen Leib bedecken, in unsern unzulänglichen Sprachen, in unsern lächerlichen Bräuchen, in unsern unvollkommenen Gesetzen, in unsern sinnlosen Überzeugungen, gib, daß alle diese winzigen Unterschiede, die uns so ungeheuer groß erscheinen und die nichtig sind vor dir, gib, daß sie nicht zu Signalen des Hasses und der Verfolgung werden. Gib, daß die Menschen Tyrannei über die Seelen genauso verabscheuen und in Bann tun wie Raub und Gewalt. Und wenn Kriege unvermeidlich sind, dann gib, daß wir uns wenigstens nicht auch mitten im Frieden hassen und zerreißen, sondern unsere Existenz dazu verwerten, in tausend Sprachen, doch in *einem* Gefühl, von Siam bis nach Kalifornien, deine Güte zu preisen, die uns den kurzen Augenblick geschenkt hat, den wir Leben nennen."

Die Priester ihrerseits ergingen sich in wüsten Angriffen auf den Toten. „In seinem greulichen Wahnsinn", schrieb einer, „nannte sich dieser unverschämte Gotteslästerer den persönlichen Feind des Heilands. Er tauchte in den Schlamm, wälzte sich im Schlamm, erfreute sich des Schlammes. Seine Phantasie entzündete sich an der Hölle, und die

Hölle gab ihm die Kraft, das Böse bis an seine letzte Grenze zu durchschreiten."

War es den Parisern verboten, öffentliche Feiern für den Toten abzuhalten, so ehrte ihn um so mehr die übrige Welt. Schwärmerisch betrauerte ihn Katharina von Rußland. „Nun er tot ist", klagte sie, „ist die Welt leer des Geistes und des wahren Witzes", und: „Alles, was ich denken kann, danke ich ihm", bekannte sie. König Friedrich von Preußen, Präsident seiner eigenen Akademie, veranstaltete eine Feier und hielt selber die Totenrede. Sie war voll von Verachtung für die enghirnigen und engherzigen Pfaffen von Paris, und sie flog über die ganze Welt. Auch ordnete der König an, daß in allen katholischen Kirchen seines Landes Messen für den Toten gehalten würden.

Schneller als man erwartet hatte, war Versailles gezwungen, die Verbote gegen den toten Voltaire aufzuheben. Das Théâtre Français spielte seine hinterlassene Tragödie „Agathokles". Das Publikum erschien in Trauerkleidern, man klatschte nicht und entfernte sich schweigend. Ähnlich verhielt man sich bei der Gedächtnisfeier der Akademie. Tausende von Menschen in Trauerkleidern sammelten sich im Hofe des Louvre und erfüllten die Straßen rings um das Gebäude, und sie standen schweigend, barhäuptig, im Regen, während d'Alembert die Trauerrede hielt.

Zweites Kapitel

Das Verbot

Pierre war, als sich die Nachricht von Voltaires Tod durch Paris verbreitete, mitten in einer Konferenz mit Maigron gewesen; es ging um eine wichtige geschäftliche Transaktion, um ein Darlehn, welches die Société Industrielle de Chinon der Firma Hortalez gewähren sollte.

Die Firma Hortalez bestand im wesentlichen aus Pierre Beaumarchais, die Société Industrielle de Chinon bestand aus Pierre Beaumarchais allein. Die Société Industrielle verfügte über reichen Waldbestand und einträgliche Sägemühlen, sie war niemand verschuldet, sie war unter Pierres Aktivposten der solideste. Die Transaktion war riskant, weil sie Gläubigern der Firma Hortalez Ansprüche verschafft hätte auf Werte, die bisher ihrem Zugriff entzogen waren. Aber Pierre war die ewigen Scherereien satt; er wollte sich Ruhe schaffen, wenigstens auf eine Weile. Maigron wies hin auf die Gefährlichkeit der Maßnahme, riet dringlich ab. Pierre wollte nicht hören. Maigron blieb hartnäckig.

Mitten in dieser Diskussion erhielt Pierre die Nachricht von Voltaires Tod. Er hatte fünf Tage lang umsonst im Hôtel Villette vorgesprochen, er hatte seinen großen Freund und Kollegen nicht zu sehen bekommen, das hatte ihn nachdenklich gemacht. Trotzdem traf ihn die Nachricht als ein schwerer Schlag. Er ließ Maigron ohne Bescheid stehen und eilte nach Hause.

Dort erfuhr er von Gudin, wie man die Leiche heimlich hatte fortschaffen müssen, um zu verhüten, daß sie von den Behörden geschändet werde. Ein ungestümer Zorn packte Pierre. Er wollte sogleich zu Maurepas. Der mußte dem Klerus eine unvergeßliche Lehre erteilen. Voltaires Leiche mußte nach Paris zurückgeschafft und im Mittelpunkt der Stadt beerdigt werden, auf dem Pont-Neuf, zu Füßen der Reiterstatue Heinrichs des Großen. Voltaire hatte das Epos dieses Königs geschrieben, Frankreichs größter Schriftsteller und Frankreichs größter Herrscher gehörten zusammen. Schon rief Pierre nach seinem Diener Emile, um sich für den Besuch bei Maurepas anziehen zu lassen; nur mit Mühe konnte ihn Gudin zurückhalten.

Nach diesem ersten, tatenlustigen Ausbruch überkam Pierre eine empfindsame pathetische Stimmung. Er gedachte seines letzten Zusammenseins mit dem kleinen, doch so gewaltigen Greis, es hielt ihn nicht mehr im Hause, er stürmte hinaus in den Garten. Gudin folgte ihm, beschwerlich eilend. Es hatte kurz vorher geregnet, die Luft war frisch, die Erde roch stark und lieblich. Ohne Rücksicht auf die Feuchtigkeit setzte sich Pierre auf die Stufen des Voltaire-Tempels, versunken, hinüberstarrend zu der Bastille, die sich mächtig und regennaß jenseits des Platzes erhob.

Lange wagte Gudin nicht, das Schweigen des Freundes zu stören. Dann, leise, sagte er: „Ich verstehe, daß dieser Tod Sie mehr berührt als uns andere; denn Sie waren dem Toten tiefer verbunden.“ Pierre sah hoch. Er erinnerte sich der erhabenen Minute, da er und Voltaire im Angesicht der Bastille den Vertrag über die Herausgabe der Opera Omnia unterzeichnet hatten. Es war richtig, was Philippe da sagte; so wie auf dem Vertrag, der nun in seiner Truhe lag, die beiden Namen eng verknüpft waren, so mußten er und Voltaire für alle Zeiten verbunden auf *einem* Sockel stehen. Gerade daß die Behörden dem Toten eine anständige Bestattung versagten, spornte ihn, die Herausgabe der Opera Omnia mit aller Kraft zu betreiben. „Verlassen Sie sich darauf“, sagte er finster und entschlossen, „ich werde Voltaire das Monument errichten, das ihm Hof und Kirche verweigert haben.“

Aber: „Das meinte ich nicht, Pierre“, antwortete Gudin. Und heiser vor Bewegung fuhr er fort: „Der Autor der ‚Mérope‘ ist tot, der Autor des ‚Figaro‘ lebt. Nun sind Sie der Genius Frankreichs, Pierre.“

Schwer von Bedeutung, groß und wohltuend drangen diese Worte in Pierre ein. „Ja“, erklärte er ungewohnt langsam und versonnen, „nun habe ich neue Verpflichtungen, schwerere; soweit haben Sie recht, mein Philippe. Nach dem Tode und der Schändung Voltaires müssen diejenigen, welche Kraft und Atem haben, noch mutiger eintreten für die Freiheit. Jetzt *muß* ich den ‚Figaro‘ spielen lassen. Und wenn der Erdkreis in Stücke bricht“, setzte er lateinisch hinzu.

Zunächst, mit stürmischer Energie, ging Pierre an die Publizierung der Opera Omnia. Er gründete eine „Société Littéraire, Typographique et Philosophique“, die wiederum nur aus ihm bestand. In England ließ er die Typen der berühmten Druckerei des John Baskerville ankaufen, aus Holland ließ er besonders kunstfertige Schriftgießer kommen, im Rheinland gründete er neue Papiermühlen. Voltaires Werk auf französischem Boden zu drucken, daran durfte man nicht denken. So pachtete die Société Typographique dem Markgrafen von Baden das alte, verlassene Städtchen Kehl ab, das unmittelbar an der französischen Grenze gelegen war, und richtete sich dort ein. Es machte Pierre Spaß, das Werk des Erzketzers im Angesicht der französischen Festung Straßburg zu drucken.

Sogleich und von allen Seiten setzten Angriffe ein. Der Fürsterzbischof von Straßburg, Kardinal Rohan, einer der bekanntesten Lebemänner Frankreichs, beschwor seinen „Vetter", den Markgrafen, die Tätigkeit eines so zweideutigen Subjektes wie des berüchtigten Beaumarchais nicht auf seinem Gebiete zu dulden; er, der Fürsterzbischof, fürchte für das Seelenheil seiner Straßburger, wenn die giftigen Erzeugnisse des toten Ketzers in solcher Nähe gedruckt würden. Um die gleiche Zeit ließ ein Mitglied des Pariser Obersten Gerichts eine Kampfschrift erscheinen: „Schreit und heult." Sie denunzierte den toten Voltaire als den triumphierenden Antichrist und Pierre Beaumarchais als dessen ersten Apostel, der nun darangehe, ihm einen Thron zu errichten.

War die Publikation der Opera Omnia ein riskantes, kostspieliges und kompliziertes Unternehmen, so verwickelten sich auch Pierres übrige Geschäfte und wurden immer gefährlicher. Der Besitz der Forsten und Sägemühlen aus der Erbschaft seiner toten Frau hatte ihn zur Gründung von Werften veranlaßt, zur Finanzierung der Werften hatte er eine Diskontbank errichtet, diese Diskontbank finanzierte eine Gesellschaft zur Herstellung moderner Feuerspritzen und ähnliche Compagnien. Die von der Firma Hortalez kontrollierten Reedereien hatten jetzt, nach Abschluß der Allianz, große Lieferungen und Transporte für die Regierung übernommen, besonders nach Westindien. Pierres Geschäfte griffen nach allen Seiten ins Weite. Der einzige, der sich noch darin zurechtfand, war Monsieur Maigron. Trüb und trocken rechnete er seinem Chef vor, daß dessen Unternehmungen allein in den letzten drei Jahren einen Umsatz von 54044191 Livres gehabt hätten.

Pierre sagte sich, ein Mann, durch dessen Hände solche

Summen gingen, dürfe nicht kleinlich sein, und er half überall, mit Geld, mit Rat, mit Einsatz seiner ganzen Person. Er gewährte verschuldeten Aristokraten Anleihen und gab Erfindern die Möglichkeit, ihre Patente auszunützen. Er leistete Leuten Beistand, die er unschuldig verfolgt glaubte, er erwirkte für die kalvinistischen Kaufleute von Bordeaux und La Rochelle die Erlaubnis, in die Handelskammern einzutreten. Er setzte sich im Théâtre Français und bei den Italienern für begabte Schauspielerinnen ein. Er befürwortete bei den geistlichen Behörden das Gesuch des Prinzen von Nassau, der seine Ehe mit einer geschiedenen polnischen Dame legalisiert wünschte.

Pierres größtes Unternehmen, Amerika, brachte ihm auch weiter nicht nur keinerlei Gewinn, sondern wachsende Schulden. Dafür brachte es ihm Ehre. Ein Mr. William Carmichael, offenbar ein angesehener amerikanischer Staatsmann, erkundigte sich in einem ausführlichen Brief nach dem Schicksal Theveneaus. Mr. Theveneau, schrieb er, habe ihn überzeugt, daß die Ansprüche des Hauses Hortalez voll gerechtfertigt seien, und er werde sein Bestes tun, um die Begleichung der Forderungen durchzusetzen. Auch ein Mr. Thomas Jefferson – Pierre glaubte, den Namen in irgendeinem Zusammenhang mit der Unabhängigkeitserklärung gehört zu haben – schrieb ihm, er bedaure, daß der Firma Hortalez aus der Säumigkeit des Kongresses und der Entwertung des amerikanischen Geldes Schaden erwachse. Denn gerade Monsieur de Beaumarchais habe sich besondere Verdienste um Amerika erworben; er habe sich durch seine Bemühungen um die Menschenrechte, durch sein Genie und seine literarische Leistung die tiefste Verehrung Amerikas gesichert.

Pierre freute sich dieser Briefe. Es ergriff ihn, daß sich Pauls Tätigkeit noch nach seinem Tode auswirkte.

Aber es verdroß ihn, daß ein anderer es verschmähte, ihm Nachricht zu geben, sein Neffe Félicien. Der hatte Therese geschrieben, es tue ihm leid, daß er sich ohne Abschied von ihr habe entfernen müssen, er lebe und es gehe ihm nicht schlecht. Ihm selber, Pierre, hatte er nicht geschrieben. Dabei hatte Pierre, nachdem Félicien nun einmal drüben war, seinen amerikanischen Agenten angewiesen, ihn mit Geld, Rat und Empfehlungen zu unterstützen. Doch Félicien hatte kein Geld genommen, sondern war als Freiwilliger und gemeiner Soldat in die Armee Washingtons eingetreten.

Monsieur Lenormant ging nach wie vor bei Pierre ein und aus. Er hatte sich als Désirées Nachfolgerin eine andere Schauspielerin des Théâtre Français ausersehen, die junge, hübsche Sophie Olivier. Pierre hatte ein paar Wochen lang eine ziemlich heftige Freundschaft mit dieser Mademoiselle Olivier unterhalten; auch Doktor Lassone hatte sich eifrig, doch erfolglos um sie bemüht. Sowohl des Arztes mißglückte wie Pierres geglückte Bewerbungen um Sophie machten Charlot stolz darauf, daß nun er ihr erklärter Freund war. Es kam vor, daß Mademoiselle Olivier um Rollen kämpfte, die ihm Besitz Désirées waren; und Charlot setzte sich dann mit naiver Frechheit für Mademoiselle Olivier ein.

In geschäftlichen Dingen blieb der Ton zwischen den Freunden der alte, scherzhafte, leise gefährliche, freundfeindliche. Oft und mit kameradschaftlicher Ironie erkundigte sich Lenormant, wann denn nun Pierre größere Zahlungen aus Amerika erwarte. Pierre erwiderte mit immer der gleichen Zuversicht: „In längstens einem halben Jahr." – „Ihre Monate haben viele Tage", antwortete dann wohl Lenormant, und auf seinem Gesicht erschien die Andeutung jenes fatalen Lächelns. Pierre aber sagte: „Sie selber haben mir zugegeben, daß niemand die Entwicklung der amerikanischen Ereignisse so klar und präzis vorausgesagt hat wie ich. Glauben Sie wirklich, daß ein Mann, der politische Dinge so scharf zu beurteilen weiß, in seinen eigenen Geschäften völlig blind ist?" – „Das kommt vor", meinte Charlot und lächelte besinnlich; Pierres Reden festigten seine Überzeugung, daß ihm die Firma Hortalez doch noch in die Hände fallen werde.

Wenn Pierre seiner Freundin Désirée von solchen Gesprächen mit Lenormant erzählte, hörte sie ihn ruhig an. Mit ihrem guten Weltverstand fand sie es richtig, daß sich Pierre, wiewohl sie mit Charlot gebrochen hatte, dessen Freundschaft erhalten wollte. Die Unsinnige war sie gewesen, die um Pierres willen Lenormants Antrag abgelehnt hatte. Sie war sich in jenen entscheidenden Minuten darüber klar gewesen, daß sie eine solche Chance kein zweites Mal haben werde und daß sie durch ihre Ablehnung einen einflußreichen Freund in einen beharrlichen Hasser verwandelte. Und dennoch hatte sie ihre gigantische Dummheit gemacht, sie, die kluge, welterfahrene, mit allen Wassern gewaschene Désirée Mesnard, und würde sie heute genauso machen.

Sie schüttelte den Kopf über sich. Sie hatte sich daran gewöhnt, zwischen Bühne und Leben einen scharfen Trennungsstrich zu ziehen, und gerade weil man rühmte, niemand könne auf der Bühne so überzeugend „J'aime" sagen wie sie, schien es ihr läppisch, im Leben dergleichen zu spüren. Die ganze Zeit über hatte sie ihre Verbundenheit mit Pierre für nichts anderes gelten lassen wollen als gute Kumpanei und gelegentlichen Sinnenreiz. Und jetzt mußte sie sich verwirrt, verlegen und belustigt eingestehen, daß es mehr war.

Dabei war er lächerlich, ihr Pierrot, mit seiner hausbackenen Liebe zu Therese und mit seiner hemmungslosen Eitelkeit. Er hatte große historische Leistungen vollbracht, er hatte Stücke geschrieben, die neben denen Voltaires bestehen konnten. Aber statt sich damit zu begnügen, daß andere seine Leistung rühmten, blies am stärksten die Trompete er selber, und die Welt fand das lächerlich, und die Welt hatte recht. Und seine Üppigkeit war lächerlich, in deren Mitte die brave, bürgerliche Therese saß. Und am komischsten blieb, daß sein Haus und sein ganzes Gewese nichts war als ein ewiger, vergoldeter Bankrott.

Aber es half Désirée nichts, daß sie das alles mit Schärfe sah. Schon in dem Augenblick, da Pierre sie verließ, sehnte sie sich nach dem nächsten Mal, da er sich mit all seinen Schwächen vor ihr spreizen werde.

Doktor Franklin, in seiner Druckerei in Passy, setzte eine seiner „Bagatellen". Die Akademie in Brüssel hatte eine komplizierte geometrische Preisfrage gestellt und dazu bemerkt, daß die Lösung dieses Problems die Grenzen unseres Wissens ausdehnen und somit nicht unnützlich sein werde. Diese Anmerkung reizte Franklins Spottlust; so offen er den Nutzen als das letzte moralische Prinzip anerkannte, es schien ihm oberflächlich, die Forschung auf das Gebiet des Platt-Nützlichen einschränken zu wollen. Da arbeitete er also an der Drucklegung eines deftig scherzhaften Antwortbriefes an die Brüsseler Akademie.

„Wie allgemein bekannt ist", hieß es in diesem Opusculum, „wird bei der Verdauung unserer Nahrung in den Eingeweiden eine große Menge Windes erzeugt, und das Entweichen dieser Luft ist unangenehm für den Entweichenlassenden sowohl wie für alle in der Nähe Befindlichen infolge des dabei entstehenden übeln Geruches. Um diese Unannehmlichkeit zu vermeiden, halten wohlerzogene Leute den natürlichen Drang, sich von den erwähnten Winden zu befreien, gewaltsam zurück. Solche Zurückhaltung ist nicht nur schmerzhaft, sie wird auch zuweilen zur Ursache von Krankheiten. Wäre es nicht wegen des peinlichen Geruches, so würden sich vermutlich manierliche Leute auch in Gesellschaft des Entlassens ihrer Winde so wenig schämen wie des Spuckens oder des Schneuzens. Meine Preisaufgabe also sollte anregen die Entdeckung eines Mittels, welches, unserer Nahrung beigemischt, die natürliche Entlassung unserer Winde nicht nur nicht widerwärtig, sondern angenehm wie Parfüm machte. Wieviel wichtiger wäre die Lösung eines solchen Problems als die meisten philosophischen Systeme, die ihren Urhebern zu ewigem Ruhm verholfen haben. Oder sind heute in Europa auch nur zwanzig Menschen glücklicher infolge einer Erkenntnis, die sie dem Aristoteles entnahmen? Und schaffen die ‚vortices', die ‚Wirbel' des Cartesius einem Manne Erleichterung, wenn er Wirbel in seinen Eingeweiden spürt? Welche Wonne aber, wenn man siebenmal täglich nach Belieben den Wind aus seinen Eingeweiden lassen und dabei sicher sein kann, seinen Gefährten nur Freude zu verschaffen. Ist die Freiheit, sich ohne Anrüchigkeit auszudrücken, für das menschliche Wohlbefinden nicht wichtiger als jene Freiheit, sich auszudrücken, für welche in Kampf und Tod zu gehen das englische Volk von jeher willens war?"

Vive la bagatelle, hatte Franklin gedacht und hatte die Briefschaften, die gehäuft auf seinem Schreibtisch lagen, liegenlassen und war herüber in die Druckerei gegangen, um seinen lustig unflätigen Unsinn zu setzen und zu drucken. Doch die unmutigen Gedanken ließen sich nicht vertreiben. Er gab die Arbeit in der Druckerei auf und ging zurück in die Bibliothek.

Dort saß der Sekretär de la Motte, beschäftigt mit der Sichtung der Post. Viele französische Briefe waren seit langem unerledigt; dazu war gestern amerikanische Post eingetroffen. Es waren zumeist verdrießliche Sachen, die politischen sowohl wie die privaten, die französische Post wie die amerikanische.

Da war zunächst eine Fülle von Kleinkram, manches traurig, manches komisch, alles lästig. Eine Reihe von Zuschriften feierte die Sache der amerikanischen Freiheit in gereimten und ungereimten Versen. Die Dichter erwarteten sich je nach der aufgewandten Kunst Remunerationen im Betrag von zwei bis zehn Livres. Der Herzog von Burgund beklagte sich in einem höflichen, doch ziemlich energischen Brief über die Schwierigkeiten, welche er infolge des latenten Kriegszustandes habe, sich aus England gewisse Hunde zu beschaffen, ohne welche ihm seine Jagd keine Freude mache; er hoffe, Doktor Franklin bei seinen sicherlich nach wie vor guten Beziehungen zu einflußreichen englischen Persönlichkeiten werde ihm da helfen können. Ein Physiker, ein gewisser Jean-Paul Marat, schickte einen verworrenen, doch anscheinend nicht uninteressanten Essay über das Wesen des Feuers und der Elektrizität und bat um Beachtung und Empfehlung. Amerikanische Matrosen, die in Marseille wegen allerlei Unfugs von der Polizei festgehalten wurden, verlangten, Franklin solle für sie finanzielle Bürgschaft stellen; wenn sie dann erst frei seien, würden sie sich davonmachen. Ein holländischer Philosoph übersandte Vorschläge zur Herbeiführung des ewigen Friedens, ein Schweizer Richter erbot sich, nach dem Vorbild der Verfassung der Dreizehn Eidgenössischen Kantone eine juristische stichhaltige Konstitution für die Dreizehn Vereinigten Staaten zu entwerfen. Monsieur de la Guarde, Oberst im Ruhestand, schickte ein Projekt, wie tausend Husaren, als Touristen verkleidet, sich einer feindlichen Stadt bemächtigen könnten; die Franzosen seien für derartige kühne Ideen zu bedenklich, doch ein junges Volk wie das amerikanische könne sie bestimmt mit Nutzen ausführen. Der Marquis de Mortagne aus der gleichnamigen Stadt im Gouvernement Perche schickte aus seiner Kelterei ein Faß Apfelwein und wies darauf hin, daß Amerika auf die Dauer nicht imstande sein werde, ohne einen Monarchen auszukommen. Eine autoritative Stelle müsse dasein, die letzten Entscheidungen zu treffen, wenn sich der Kongreß nicht einigen könne. Er sei bereit, das Amt des Monarchen zu übernehmen. Er stamme in gerader Linie von Wilhelm dem Eroberer und sei willens, sich mit dem Titel eines Königs und einer Apanage von fünfzehntausend Livres zu begnügen.

Dann legte Monsieur de la Motte ein kleines Buch vor, ein unbekannter Mr. Ritchie schickte es aus Philadelphia, es war die Biographie des Reverends William Smith, geschrieben von dessen Sohn. Dieser Reverend Smith war ein Führer der Partei der Großgrundbesitzer gewesen, die Franklin befehdeten. Immer und überall hatte es zwischen den beiden Männern scharfe Differenzen gegeben, und der weiland Doktor Smith war gern persönlich geworden. Er hatte zum Beispiel aus der Luft behauptet, Franklin habe seine Idee über Elektrizität einem gewissen Ebenezer Kinnersley gestohlen. Franklin war in diesen Streitereien maßvoll geblieben, sachlich. Einmal aber hatte der Verewigte eine von Humanität triefende Broschüre veröffentlicht über die Segnungen der Wohltätigkeit und Güte, und Franklin hatte sich nicht enthalten können, auf diese Broschüre ein paar Verse des Dichters Whitehead anzuwenden:

„So mancher tückische und neidisch böse Geist
Spukt heimlich durch sein Tun, und während er
Die Güte selbst für alle Menschheit ist,
Schlägt seinen Nächsten hart er ins Gesicht."

Jetzt also blätterte Franklin in der Biographie, welche Smith junior über den Reverend Smith geschrieben hatte, und er sah: Smith junior schlug weidlich zurück. „Doktor Benjamin Franklin", hieß es in dem Büchlein, „hat der Welt in Versen erzählt, was seiner Meinung nach mein Vater war. Ich will in Prosa erzählen, was mein Vater nicht war; kein billiger Kalenderschreiber, kein Quacksalber, kein Seifenschläger, kein Atheist. Und alle seine Kinder waren ehelich gezeugt. Vielleicht wird man dem Doktor Franklin ein Denkmal errichten und meinem Vater nicht. Aber meines Vaters Kinder brauchen dafür nicht zu hören, daß er Tag für Tag erklärt wird als ein Hurer, ein Heuchler, ein Gottloser."

Während Franklin in der Biographie des Reverends Smith blätterte, las ihm de la Motte das Begleitschreiben des unbekannten Mr. Ritchie vor, der sich auch als ein Geistlicher erwies. Reverend Ritchie machte Franklin bösartig und besorgt darauf aufmerksam, daß die Behauptungen des Mr. Smith junior leider nicht übertrieben seien, vielmehr sei in der Tat überall in Amerika unangenehmes Gerede darüber, wie üppig der Vertreter der Vereinigten Staaten in Paris lebe, während seine Landsleute in Valley Forge hungerten und frören. Doktor Franklin, heiße es, wohne in einem luxuriösen Palais, schwelge an überreich bestellter Tafel, sein Haus wimmle von Dienerschaft, er fahre vierspännig durch die Straßen. Auch sei er Tag und Nacht von Damen umgeben, deren Sitten amerikanischen Anschauungen über die Tugend nicht entsprächen. Er selber, der Briefschreiber, sei von der Lügenhaftigkeit dieses Geredes überzeugt. Aber im Interesse der Vereinigten Staaten, der Tugend und der Freiheit wäre es wünschenswert, wenn Doktor Franklin die bösen Gerüchte an Hand von Tatsachen dementierte.

Die Worte des Geistlichen klangen doppelt falsch und absurd, wie de la Motte sie vorlas, schnell, mit unbeteiligter Stimme, mit leicht französischem Akzent. Franklin hörte nur mit halbem Ohr hin. Das war nicht der erste Brief solcher Art. Und auch in den Briefen, in denen Franklins wahre Freunde ihm über die Stimmung berichteten, war oft die Rede davon, daß sich in der Heimat immer mehr Haß und Mißtrauen gegen ihn zusammenbraue. Es mehrten sich in Amerika diejenigen, die es ihm nicht verziehen, daß er der Vater seines William war, des Verräters, und daß er im Ausland berühmt war, und daß er sich den Sitten des Auslandes anpaßte, und daß er den Sonntag nicht heilig hielt.

Der Sekretär war zu Ende. „Was erwidern wir dem Reverend Ritchie?" fragte er. „Ich denke, mein Freund", sagte Franklin, „das überlasse ich Ihnen. Danken wir ihm höflich und unverbindlich für seinen freundlichen Rat."

Der junge William kam. Er war in Paris gewesen, bei dem Bildhauer Houdon. Der hatte Franklin gebeten, ihm zu sitzen, er wollte die Büste den Amerikanern anläßlich des zweiten Jahrestages der Unabhängigkeitserklärung zum Geschenk machen. Franklin verstand nicht viel von Kunstdingen, aber das Angebot des großen Bildhauers bedeutete etwas. Eine Büste von Houdon wird sicher eine gute Büste werden. Und eine Büste von Houdon, das mußte sogar in Amerika Eindruck machen.

Der junge William erzählte, Houdon habe ihn mit besonderer Liebenswürdigkeit aufgenommen. Er hatte die Stunden der einzelnen Sitzungen mit ihm vereinbart; Houdon glaubte, er werde nicht viele Sitzungen benötigen.

William brachte des weiteren aus der Buchhandlung ein paar Werke mit, die dort für Franklin eingetroffen waren, dazu einen Stich, den man seit gestern verkaufte. Der Stich stellte Voltaires Grab dar. Auf der einen Seite des Grabes stürmte die Unwissenheit vor, verkörpert durch eine kräftige, üppige Frauensperson mit einer Binde vor den Augen; an den Schultern hatte sie riesige Fledermausflügel, mit der Rechten schwang sie einen Feuerbrand. Auf der andern Seite des Grabmals aber stand kampfbereit die Intelligenz der vier Weltteile, und Amerika war repräsentiert durch Franklin. Franklin war ziemlich nackt, doch er trug seine Pelzmütze und auch sonst etwas Pelz. In der Hand hielt er etwas, das eine Rute sein mochte oder ein Palmzweig, und hob es drohend gegen die üppige Unwissenheit. Lächelnd, seufzend, betrachtete Franklin die starken Arme und Schenkel, welche ihm der Künstler verliehen hatte, und rieb seinen gichtischen Fuß.

„Wir müssen den Stich in die Mappe tun", sagte William zu de la Motte. „Was für eine Mappe?" fragte Franklin. „Was habt ihr euch da wieder ausgedacht?" De la Motte schaute lächelnd, fragend, auf William. „Ja", antwortete der, „jetzt ist die Mappe voll genug, jetzt können wir sie dem Großvater zeigen."

Franklin hatte zuerst gefürchtet, die jungen Leute würden schlecht miteinander auskommen, doch vertrugen sie sich ausgezeichnet. Er selber hatte seinen französischen Sekretär liebgewonnen. Zuerst war er mißtrauisch gewesen vor der ihm von seinen Kollegen aufgeschnallten Hilfe. Monsieur de la Motte war sichtlich gewohnt an Arbeitsmethoden, wie sie John Adams und Arthur Lee anzuwenden pflegten, und hatte sich kaum bemüht, sein Befremden über Franklins Trägheit und Schlamperei zu verbergen; ja, er war in den ersten Wochen ein einziger stummer Vorwurf gewesen: marsch, Alter, keine Faulheit, an die Arbeit. Allmählich aber hatte er erkannt, wieviel Weisheit und Überlegenheit hinter Franklins gelassener, etwas nachlässiger Art stak und wieviel stille, humoristische Menschenfreundlichkeit. Er gab seinen Widerstand auf und zeigte dem Doktor bei jedem Anlaß, wie tief er ihm ergeben war.

Jetzt also schleppten die beiden jungen Leute stolz, wichtig, lächelnd eine große Mappe herbei.

Es enthielt aber diese Mappe zahllose Bilder Franklins, gute und schlechte, würdige und unwürdige; auf diesem schaute er aus wie ein braver, behäbiger Bürger, und auf diesem wie ein Held, und auf jenem wie ein schlauer Geschäftsmann, und dann wieder wie ein Genießer, und dort wie ein Philosoph. Aber alle die Bilder hatten wohl den Zweck, ihn zu ehren.

Da war das Porträt des Duplessis. Und da war das der Madame Filleul und das des Charles-Nicholas Cochin mit der Pelzkappe und das des Greuze und das des Jean-Martin Renaud und das des Carmontelle und das schwere, kalte, gravitätische des de l'Hospital und das schillernde, seltsame, reizvolle des Fragonard mit dem schiefen Mund und mit der Umschrift: „Der amerikanische Sokrates." Die meisten dieser Porträts hatten Verse zur Umrahmung oder zur Unterschrift, sehr übertriebene Verse gewöhnlich. Und da war ja auch der Stich des Martinet, zu welchem seinerzeit der wakkere Dubourg Verse beigesteuert hatte, maßlos prahlerische Verse, über die Franklin auch heute den Kopf schüttelte:

Er raubte dem Himmel den Blitz; in den Ländern
der Wilden
Ließ er die Künste erblühn. An die Spitze der Weisen
Stellt Amerika ihn.
Hätte er in Hellas geblüht, so hätte man dorten
Beigezählt ihn den Göttern.

Ja, ja, ein wenig überschwenglich war er, der gute Dubourg. Ein Bild um das andere nahmen die jungen Leute aus der Mappe, es ihm zu zeigen, und nach den Porträts kamen die symbolischen und allegorischen Darstellungen. Da war ein Holzschnitt; auf ihm sah man den Globus, und deutlich eingezeichnet war Amerika, und der Globus trug eine Büste Franklins, und groß schwebte die Freiheit herbei und bekränzte die Büste. Und da war ein Stich, auf dem sah man Diogenes, und in der Linken hielt er seine Laterne, mit der Rechten aber wies er auf ein schöngerahmtes Porträt des „Menschen", den er sein Leben lang gesucht und nun endlich gefunden hatte, und siehe, der „Mensch" war Benjamin Franklin.

William und de la Motte, als sie Franklin alles das vorwiesen, lächelten ein wenig belustigt, aber gleichzeitig begeistert von soviel Ruhm. Offenbar hatten sie die kindische und rührende Sammlung angelegt, weil sie empört waren über den dummen Undank, welchen Franklin in der Heimat fand. Und wenn sie ihre Sammlung gerade heute vorwiesen, dann deshalb, weil die letzten Nachrichten aus Amerika gezeigt hatten, mit welch hämischer Torheit so viele seiner Landsleute es Franklin vergalten, daß er sich's erlaubte, ein großer Mann zu sein. Und dem Doktor, während er die Bilder beschaute, wurde das Herz warm bei dem Gedanken, daß die Jugend an ihm hing, die Jugend Amerikas und Frankreichs.

Aber jetzt sei es genug, meinte William; der Großvater müsse sich noch ein wenig ausruhen. Für den Nachmittag hatten sich die andern Delegierten angesagt, um die amerikanische Post zu besprechen.

Franklin aber fühlte sich nicht müde. Und statt sich hinzulegen, suchte er, nachdem die beiden jungen Menschen ihn allein gelassen hatten, einen Brief aus Wien her, einen Brief seines Freundes Ingenhousz, den er schon seit einer Woche beantworten wollte. Es hatte ihm aber Doktor Ingenhousz über gewisse neue Erfindungen und Experimente berichtet. Und er hatte in Kontrast zu der wissenschaftlichen List dieser Experimente die Dummheit und Trägheit der Massen gestellt. Und er hatte von dem Krieg mit Preußen gesprochen, den er zu seinem Schmerz für unvermeidlich hielt.

In Franklin wurden, als er diesen Brief von neuem überlas, Gedanken wach an den Reverend Ritchie und an den toten Doktor Smith und an den lebendigen Arthur Lee und an seinen Sohn William, den Verräter. Und er setzte sich hin und schrieb seinem Freunde Ingenhousz: „Die schnellen Fortschritte der Wissenschaft lassen es mich manchmal bedauern, daß ich so früh geboren wurde. Es ist gar nicht auszudenken, welche Macht über die Materie der Mensch noch erreichen kann. Vielleicht bekommen wir es fertig, schwerem Stoff seine Schwere zu nehmen und ihn zu Zwecken leichten Transports unschwer zu machen. Vielleicht kann die Landwirtschaft die Mühe und Arbeit, mit der sie heute verquickt ist, ungeheuer vermindern und ihre Produkte vervielfachen. Vielleicht werden wir fähig sein, unsere Krankheiten, das Alter nicht ausgenommen, durch zuverlässige Mittel zu verhüten oder zu heilen und unser Leben nach Belieben zu verlängern. Daß wir doch imstande wären, Moral und Gewissen gleicherweise zu erhöhen, daß die Menschen aufhörten, einer des andern Wolf zu sein, und daß sie endlich jene Eigenschaft erlernten, die sie heute höchst unpassend ‚Menschlichkeit' nennen."

Die Sitzung des Nachmittags mit John Adams, den Brüdern Lee und Ralph Izard fand in der „Braunen Bibliothek“ statt, das war der Raum, den Franklin am wenigsten liebte. Hier waren die Akten der Delegation verwahrt und jene Bücher, an denen Franklin nichts gelegen war. Seit einigen Wochen hing hier auch ein Gemälde, welches der Maler Prunier der Delegation als Geschenk übersandt hatte und das den General Washington darstellte; er stand auf einem mit vielen Toten und vielen Kanonen überstreuten Schlachtfeld vor einer sehr blutigen Sonne. Wiewohl dem Doktor das Gemälde nicht gefiel, hatte er es aufhängen lassen; denn sonst hätten die andern nach Philadelphia geschrieben, aus Eifersucht auf den General Washington lasse Doktor Franklin die Ehrengaben französischer Maler auf dem Speicher verstauben und kränke sowohl die patriotischen Gefühle Amerikas wie die gallische Kunst.

Die Delegierten hatten bekümmerte Mienen. Der Winter hatte sich weiß Gott nicht so gut angelassen, wie nach dem großen Siege zu erwarten war. Der offizielle Bericht des Kongresses, so dürre, vorsichtige Wendungen er gebrauchte, war ernst, und die Meldungen, welche die Herren in ihren privaten Briefen erhalten hatten, zeigten noch deutlicher, wie übel es stand.

In vielen Teilen des Landes weigerte man sich, das vom Kongreß und den einzelnen Staaten ausgegebene Papiergeld überhaupt noch zu nehmen. Die Marktleute, hatte Mrs. Abigail Adams ihrem Manne geschrieben, hätten das Kongreßgeld einfach zurückgewiesen, und Ralph Izard hatte Nachricht, daß sein Vater für ein paar Pantoffeln einen Silberschilling und drei Papierdollar hatte zahlen müssen.

Das schlimmste war, wie infolge der Teuerung die Armee verkam. Franklin hatte einen anschaulichen Bericht von einem guten Bekannten, dem Armeearzt Doktor Waldo. Die Lieferungen für die Truppen blieben aus, der Sold blieb aus. Die Winterquartiere in Valley Forge waren elend, die Soldaten hungerten und froren erbärmlich. Sie schliefen nicht, denn es gab keine Betten und nur wenig Decken. Sie hatten keine Seife, aber sie hatten auch nichts, was sie hätten waschen können, sie gingen in Lumpen. Nur wenige hatten Schuhe. Seuchen gingen um, und es gab keine Medizin. Es gab in Valley Forge nichts als Hunger, Kälte, Krankheit, Tod, Meuterei und Desertion. Und der Kongreß schuf keine Abhilfe, der Kongreß versagte.

Arthur Lee verteidigte den Kongreß. „Die ganze Schuld", ereiferte er sich, „liegt hier, liegt an Frankreich. Mit ein paar Millionen wäre uns geholfen. Aber diese Nation ist so knikkerig, wie sie reich ist."

Und da war man beim Thema der heutigen Sitzung. Denn das war der Kern aller Schreiben aus Amerika: man brauchte Geld. Wenn man gutes französisches Geld hätte, etwa fünfundzwanzig Millionen, dann wäre man aus allen Übeln heraus. Das war nun freilich eine riesige Summe, und der Kongreß überließ es den Delegierten, wieviel sie und wann sie es verlangen wollten. Aber Geld brauchte man, eine Anleihe brauchte man. Die nüchternen Mitglieder des Kongresses wurden poetisch, wenn sie schilderten, wie dringend man eine Anleihe benötigte. Man brauchte sie „wie das dürre Feld den Regen", man schrie danach, „wie der Hirsch nach Wasser schreit".

Die Berichte aus Amerika zeigten, daß man dort den Sinn und das Wesen des französischen Paktes nicht recht begriff oder doch nicht begreifen wollte. Wohl hatte man in Amerika, als die Nachricht vom Abschluß der Allianz eintraf, tief aufgeatmet, den Vertrag gefeiert und große Reden gehalten. Aber – das erhellte deutlich aus den Berichten – eine starke Partei im Kongreß fand es demütigend, daß man bei Frankreich Hilfe hatte suchen müssen. Diese Herren überschätzten den Pakt und unterschätzten ihn zur gleichen Zeit. Sie verhöhnten und beschimpften den Allianzpartner und erwarteten dabei von ihm Unmögliches.

Franklin hielt es für unklug, gerade jetzt eine Anleihe zu verlangen. Es gab viele kleine Ereignisse, welche die Pariser Begeisterung für Amerika merklich abgekühlt hatten. Der Chevalier du Buysson, der enthusiastisch nach Amerika gegangen war, um dort Kriegsdienst zu nehmen, war sehr ernüchtert zurückgekehrt und erzählte viele lächerliche und ärgerliche Dinge über den Kongreß, die Armee und die Bürger. Mehrere reiche französische Herren hatten der Yale-Universität die Mittel angeboten, einen Lehrstuhl für Französisch und eine französische Bibliothek zu gründen. Doch der Präsident der Universität, Doktor Stiles, bedrängt von einflußreichen puritanischen Geistlichen, hatte gezögert, das papistische Angebot anzunehmen; nun waren die französischen Herren verärgert. Vor allem aber hatte Franklin sichere Nachricht, daß der König selber voll schwerer Sorge war über die unerwartet hohen Rüstungsausgaben und kaum geneigt, den „Rebellen" eine größere Anleihe zu gewähren. Doch Franklin war sich auch klar darüber, daß sich seine Kollegen solchen Argumenten verschließen würden. Sie waren sichtlich erregt durch die amerikanischen Berichte, und er fürchtete, ihre Logik werde in ihrem Gefühl ertrinken.

Schon begannen die Lees, Versailles anzuklagen. Die französischen Herren, fanden sie, hätten beleidigend taube Ohren gehabt, wenn man diskret darauf hingewiesen habe, welche Hilfe eine Anleihe gerade jetzt bedeute. Es sei gut, daß man klipp und klar erklären könne, man habe Weisung vom Kongreß, die Anleihe zu verlangen. „Wir werden so", sagte triumphierend Ralph Izard, „unsern zweideutigen Vertragspartner zwingen, sich endlich unumwunden zu äußern." Und Arthur Lee meinte finster: „Frankreich hat die Pflicht, uns die Anleihe zu geben. Aber es sollte mich nicht wundern, wenn Versailles sich drückt. Frankreich hat schließlich gerade dadurch, daß es uns anerkannte und mit uns den Vertrag schloß, seine Verträge mit England gebrochen. Ein solches Land wird ohne viel Federlesens auch uns betrügen, wenn es sich daraus Vorteil verspricht."

Franklin hatte Mühe, vor so querer Logik seine Ruhe zu bewahren. Um sich das zu erleichtern, schaute er auf das Bild, das ihm gegenüberhing, und suchte, wie er das von Jugend auf gewöhnt war, sich seinen Inhalt nüchtern klarzumachen. Was war das für eine Sonne, vor der Washington stand. Ging sie auf oder ging sie unter? Das war nicht recht klar. Er mußte einmal Monsieur Prunier fragen, den Maler.

Sachte begann er, das unsinnige Gerede der Kollegen zu

entkräften. „Denken Sie doch daran, meine Herren", bat er, „zwischen was für Partnern der Vertrag geschlossen wurde. Auf der einen Seite ein Land von fünfundzwanzig Millionen, das eine mächtige Flotte und die beste Armee Europas hat und eine Diplomatie, die berühmt ist wegen ihrer außerordentlichen Gewandtheit; auf der andern Seite ein Land von noch nicht drei Millionen Einwohnern, zur Hälfte vom Feinde besetzt, ohne Handel und ohne Industrie und mit einer schwachen Regierung. Man kann nicht sagen, daß Vergennes unsere ungünstige Situation ausgenützt hätte. Sie müssen zugeben, meine Herren, daß wir auch schlechtere Bedingungen unterzeichnet hätten. Ich finde, Frankreich hat uns generös behandelt, großherzig."

Keineswegs gebe er das zu, ereiferte sich Arthur Lee, Frankreich habe den Vertrag aus rein selbstischen Gründen abgeschlossen, und bald war man inmitten einer allgemeinen Erörterung über das Wesen der Franzosen und ihrer Politik. Ralph Izard und die Brüder Lee argwöhnten hinter allem, was Frankreich tat, Habsucht, leeres Gerede, Schein und Trug. Franklin erwiderte, er sei tief überzeugt, daß die Begeisterung der Pariser für die Sache Amerikas echt sei. „Und dieser Enthusiasmus", sagte er, „hat sein gut Teil dazu beigetragen, Widerstände zu überwinden und die Abschließung des Vertrags zu ermöglichen." Arthur Lee erklärte energisch: „Ohne unsern Sieg bei Saratoga wäre der Vertrag nie zustande gekommen." – „Vergessen wir nicht", mahnte Franklin, „daß der Sieg von Saratoga nicht hätte erfochten werden können ohne französische Waffensendungen."

John Adams hatte bisher geschwiegen; doch hatte ihm Franklin angesehen, daß er eine größere Rede vorbereitete. Jetzt hielt er sie. Gewiß, man könne in Paris viele schöne Sätze hören über Amerika und die Freiheit. Aber das französische Gerede sei etwas sehr anderes als die große, glühende Begeisterung, die saeva indignatio der Amerikaner. Was man hier in Paris zu hören bekomme, das sei im Grunde nichts als Mäkelsucht und stichelnde Aufsässigkeit. Wie könne es auch anders sein? Die französische Nation sei verrottet durch und durch.

„Da habe ich zum Beispiel“, führte er aus, „Gelegenheit gehabt, Einblick zu nehmen in die Statistiken über den Bevölkerungszuwachs. Die Ziffern sind erschreckend, meine Herren. Es wurden im vergangenen Jahr, im Jahre siebenundsiebzig, in der Stadt Paris 19855 Kinder geboren. Und wissen Sie, wie viele davon ausgesetzt wurden? 6918. Mehr als der dritte Teil. Stellen Sie sich das vor. 6918 Kinder ausgesetzt, 6918 Findelkinder in einer einzigen Stadt. Niemals werden Sie mich glauben machen, Doktor Franklin, daß ein Land, dessen Hauptstadt so viele Kinder aussetzt, in Wahrheit erglüht für die Freiheit und für die Tugend. Zugegeben, die Franzosen haben Boden vorbereitet, auf dem wir gebaut haben, zugegeben, sie haben gewisse Vorurteile niedergerissen, die uns im Wege standen: aber sie haben sehr viel Gutes mit niedergerissen. Was sie getan haben, das war Zerstörung, nichts als Zerstörung. Dieser Mann, der jetzt gestorben ist, Ihr Monsieur Voltaire, Doktor Franklin, was hat er sein ganzes Leben lang getan? Zerstört und zerstört. Aufgebaut haben wir. Er konnte nichts als verneinen. Lassen Sie uns mit Stolz aussagen, was ist, meine Herren. Es gibt heute eine große Bejahung in der Welt. Sie heißt: Amerika.“

Die jüngeren Herren, die begeistert zugehört hatten, saßen ergriffen und schwiegen.

Franklin erwog, wie tief ein Mann mit solchen Ansichten alles an ihm, Franklin, mißbilligen mußte, seine Moral und sein Leben. Er hatte, während die wohlgebildeten Sätze aus dem wohlgebildeten Munde Mr. Adams’ kamen, den breiten Kopf des Mannes mit den gewaltigen seitlichen Schöpfen genau betrachtet, und er überlegte, ob wohl einmal eine Zeit kommen werde, da man aus der Form des Schädels schlüssige Folgerungen ziehen könne auf seinen Inhalt.

Dann, nachdem Mr. Adams zu Ende war, wartete Franklin ein weniges. Er betrachtete nachdenklich den gemalten General Washington, mit dem er sich einig wußte, und die leibhaften Herren Räte und Kollegen, mit denen es so schwer war, sich zu verständigen, und er sprach: „Erlauben Sie mir, Ihnen eine kleine Geschichte zu erzählen. Saß da unlängst ein Mann auf dem Pont-Neuf und wollte Goldmünzen verkaufen, Louisdore, alte und neue, jeden Louis für zwei Livres das Stück, zum zehnten Teil des Wertes. Viele blieben stehen, sie prüften die Louis, sie klangen echt, aber der Mann konnte keinen einzigen seiner Louis absetzen, kein Käufer wollte seine sichern zwei Livres an den Louis wagen." – „Und?" fragte ablehnend Ralph Izard. „Was soll das?" – „Die Louis waren echt", sagte Franklin. „Es handelte sich um eine Wette. Der Mann, der gewettet hatte, die Leute seien so mißtrauisch, daß sie echtes Gold nicht nehmen, wenn man es ihnen billig gibt, hatte gewonnen." – „Ich verstehe noch immer nicht", sagte Ralph Izard. Doch Arthur Lee sagte: „Sie nehmen wirklich an, Doktor Franklin, die französische Freiheitsbewegung sei goldecht?" Franklin wandte ihm sein großes, ruhiges Gesicht zu. „Ja, Mr. Lee", antwortete er, „das nehme ich an." – „Nehmen Sie auch an", fragte herausfordernd William Lee, „daß ein Volk mit soviel Findelkindern gesund ist, nicht dekadent?" – „Das französische Volk", antwortete Franklin, „ist genauso gesund und genauso dekadent wie jedes andere." Und in die stumme, empörte Ablehnung der andern hinein sagte er weiter: „Es ist durchaus nicht ausgeschlossen, es ist sogar wahrscheinlich, daß in den nächsten Jahren die Zahl der Findelkinder steigen wird. Ich bin so gut wie sicher, daß eine direkte Proportion besteht zwischen der Höhe der Steuern und der Zahl der Findelkinder. Wenn Sie mir mit Ziffern kommen, antworte ich Ihnen mit Ziffern. Monsieur Necker hat mir erklärt, daß der Krieg, den die Franzosen führen, zumindest auch in unserm Interesse führen, wenn er nicht binnen zwei Jahren beendet ist, an die tausend Millionen kosten wird. Tausend Millionen. Da wird die Zahl der Findelkinder steigen." – „Es ist leicht", sagte, ohne Franklin anzuschauen, Arthur Lee, „in Paris ökonomisch philosophische Anmerkungen zu machen, während in Valley Forge unsere Leute verhungern." Franklin sagte langsam, gelassen: „Sie halten die Franzosen für egoistisch, meine Herren, und ihre Gesinnung für leeren Wortschwall. Nicht wenige unter den Franzosen werden ihresteils finden, wir hier schmarotzten in

Paris und beuteten Frankreich aus. Wir verlangen Geld, Waffen, Schiffe, sehr viel Geld, sehr viel Schiffe. Und was bieten wir dafür?"

John Adams sagte: „Wir bieten das größte moralische Schauspiel, welches der Globus je zu sehen bekommen hat." Und, nicht laut, doch mit starker Betonung des Versmaßes, fuhr er fort: „Die Welt im Osten stirbt, ihr Ruhm verklingt. / Das Reich ersteht dort, wo die Sonne sinkt."

Franklin hätte gern erwidert, vorläufig brauche das im Westen erstehende Reich eine Anleihe von dem sterbenden Osten. Aber er unterdrückte diese Anmerkung; er hatte erkannt, daß er die Hinauszögerung des Anleihegesuches nicht werde erreichen können. „Kommen wir zur Sache, meine Herren", sagte er.

„Der Kongreß beauftragt uns", sagte trocken Arthur Lee, „eine Anleihe von fünfundzwanzig Millionen zu verlangen." – „Von bis zu fünfundzwanzig Millionen", korrigierte Franklin. William Lee meinte: „Da der Krieg ohnedies tausend Millionen kostet, kann es Monsieur Necker auf fünfundzwanzig Millionen mehr nicht ankommen."

„Wenn Sie auf mich hören", sagte Franklin, „dann verschieben wir das Gesuch. Erinnern Sie sich, bitte, an die böse Abfuhr, die wir uns holten, als wir die vierzehn Millionen verlangten. Die öffentliche Meinung ist auch diesmal unserer Forderung nicht günstig. Versailles hat ungeheure Ausgaben für die Rüstung. Man hat erst vor drei Wochen neue Steuern ausgeschrieben. Wir werden auch diesmal nichts erreichen und lediglich das Kabinett verstimmen, wenn wir jetzt auch noch eine Anleihe verlangen, von der jedermann weiß, daß sie ein Geschenk ist." – „Da Frankreich", antwortete Arthur Lee, „seine Menschen und seine Schiffe zurückhält und es uns zuschiebt, den Krieg zu führen, sollte es uns wenigstens die paar Säcke Goldes geben, die, weiß Gott, die Ströme Blutes nicht aufwiegen, die wir zu opfern haben. Ich glaube, das müßte den französischen Herren begreiflich gemacht werden können. Ich stimme dafür, daß wir die Anleihe jetzt verlangen." – „Auch ich", sagte Ralph Izard. „Und ich", erklärte William Lee. „Und Sie, Mr. Adams?" fragte Franklin.

„Wenn Doktor Franklin Gewicht darauf legt“, antwortete John Adams, „habe ich nichts dagegen einzuwenden, daß man das Gesuch um zwei Wochen verzögert.“ – „Mit zwei Wochen ist wenig getan“, sagte Franklin.

„Es wird wohl das Richtige sein“, meinte sachlich Arthur Lee, „wenn wir mit der Führung der Anleihegeschäfte Mr. Adams betrauen.“ Die drei Herren sahen sich an, ohne zu sprechen; um Franklins Lippen war ein winziges Lächeln. „Die Herren sind einverstanden?“ fragte Arthur Lee. Die Herren waren einverstanden.

Nach dieser Sitzung schrieben die beiden Brüder Lee, John Adams und Ralph Izard lange Briefe an ihre Freunde in Amerika, und ein jeder gab der Meinung Ausdruck, daß ein weiteres gedeihliches Zusammenwirken mit dem Doktor h. c. schwer möglich sei. Es war nicht so sehr die Debatte über die Anleihe als vielmehr die Diskussion über den moralischen Zustand Frankreichs, welche in den Herren das Gefühl erweckt hatte, mit einem Manne von so widerwärtig anderer Anschauung könne man nicht zusammenarbeiten. Sie schlugen also, ein jeder auf seine Art, vor, man solle an Stelle der drei Kommissare einen einzigen bevollmächtigten Vertreter der Vereinigten Staaten am Hofe von Versailles ernennen. John Adams hielt es für selbstverständlich, daß die Wahl auf ihn fallen werde; Arthur Lee war sicher, Amerika wisse jetzt, daß nur er für diesen Posten taugte.

Franklin sagte sich, daß sie fortan in Philadelphia um sein Amt raufen würden wie die Hunde um den Knochen. Aber er griff nicht ein. Er wartete ab, gelassen, bereit, hinzunehmen, was kommen werde.

Louis hatte einen angenehmen Frühsommer. Toinette vergaß über ihrer Schwangerschaft die Politik, und er teilte beflissen ihre unablässige Sorge um ihre eigene und des werdenden Dauphins Gesundheit. Zahllose Symptome fielen ihm auf, die keine waren, und er befragte Doktor Lassone um ihre Bedeutung. Auch mit der alten Kaiserin in Wien korrespondierte er über das, was Toinette nützen oder schaden könnte, und außer den Versailler Ärzten mußte Maria

Theresias Doktor Ingenhousz wieder und wieder seine Meinung abgeben.

Louis war glücklich. Er schob die Gedanken an die Politik so weit von sich wie möglich, er las in seinen historischen und geographischen Büchern, übersetzte, besuchte seine Porzellanmanufaktur, ritt auf die Jagd und kümmerte sich um seine liebe Frau.

Der frühe Sommer brachte ihm eine weitere Freude: es starb Jean-Jacques Rousseau, der Philosoph, der Aufrührer. Am Tisch seiner Bibliothek saß Louis, vor den großen, toten Dichtern, den Lafontaine, Boileau, Racine, La Bruyère, deren Statuetten er in Sèvres hatte herstellen lassen. Das waren Schriftsteller nach seinem Herzen; sie hatten gewirkt und wirkten fort im Glauben an Gott und die von ihm eingesetzte Ordnung. Es war ein Jammer, daß es große Schriftsteller solcher Art nicht mehr gab. Aber wenigstens waren von den drei gefährlichen, die ihm das Leben sauer machten, von den Aufrührern Voltaire, Rousseau und Beaumarchais, zwei jetzt hin und verdorben.

Hinter den Freuden, welche Louis' frühen Sommer ausfüllten, stand freilich immer die Sorge. Der Krieg, mit welchem er, verführt von seinen Ministern, ein so gefährliches Spiel trieb, konnte von einem Tag zum andern beginnen. Wohl sagten ihm alle, und er selber sagte sich's, der Abbruch der diplomatischen Beziehungen sei eine Art Kriegserklärung gewesen; aber er machte die vertracktesten Drehungen und Windungen, um den tatsächlichen Ausbruch des Krieges vielleicht doch noch zu verhüten. Auf dem Umweg über Spanien versicherte er London, die Anerkennung der Vereinigten Staaten sei nicht als politische Maßnahme gedacht gewesen, sondern nur als kommerzielle, und wiewohl der Hof von Saint James verächtlich schwieg, ließ er ihm einen umständlichen Nichtangriffspakt vorschlagen.

Jetzt war er froh, daß er den Prinzen Montbarey zum Kriegsminister gemacht hatte; denn der half ihm bei seinem zähen passiven Widerstand. Auch konnte er sich auf Montbarey berufen, wenn er sich beharrlich weigerte, dem „Brausekopf" Vaudreuil ein Kommando zu übertragen. In dieser ernsten Zeit vertraute er die entscheidenden Befehlsstellen nur solchen Männern an, die bekannt waren um ihrer Bedächtigkeit willen.

Stets von neuem nahm er mit der Linken zurück, was er mit der Rechten gab. Auf das Drängen seiner Herren ließ er eine starke Flotte nach Amerika auslaufen und an den Küsten Frankreichs eine Armee aufstellen. Aber er gab Order, sich nicht provozieren zu lassen und unter keinen Umständen den ersten Schuß zu tun. Pläne für eine Invasion Englands wurden ausgearbeitet. In der Normandie und in der Bretagne träumten die Offiziere davon, daß sie Jersey und Guernsey nehmen würden, morgen wollten sie die Insel Wight und den Hafen Portsmouth erobern, übermorgen in Harwich landen. Doch kein Befehl kam aus Versailles. Louis' Leibregiment sollte Order erhalten, sich marschfertig zu machen, der Marquis de Biron, der Kommandant, wurde gefragt, ob er seine Leute binnen zwei Wochen marschfertig haben könnte. Er zog seine Uhr. „Es ist jetzt ein Uhr", erklärte er, „um vier Uhr werden sie marschieren." Sie marschierten aber nicht, und Louis wußte es einzurichten, daß sie auch zwei Wochen später nicht marschierten.

Dann brach das Unheil dennoch los.

Als Louis den ersten, vagen Bericht erhielt, es habe zwischen englischen und französischen Schiffen ein Treffen stattgefunden, hockte er lange in dumpfer Benommenheit. Krieg, dachte es in ihm. Nun hat alles nichts genützt. Wir haben Krieg. Ich bin im Krieg. Dann aber kamen genauere Berichte, und er hellte sich auf. Er war unschuldig, seine Leute waren unschuldig, die Engländer hatten den ersten Schuß getan, hatten sein gutes Schiff, die „Belle-Poule", frech überfallen, sein Kapitän hatte sich ausgezeichnet verhalten, friedfertig und doch mutig. Die „Belle-Poule" hatte sich gegen eine ungeheure Übermacht behauptet und ehrenvoll den Hafen Brest erreicht. Gott hatte in diesem ersten Treffen seine Kanonen gesegnet. Der Geist der Bourbonen kam über ihn. Ich bin im Krieg mit England, dachte er, und ich habe einen ersten Sieg.

Auch die nächsten Wochen waren gute Wochen. Die

Macht seiner Schiffe und seiner Armeen erregte Furcht in England, die Bewohner von Devonshire und Cornwall flüchteten von den Küsten ins Innere. Sein Vetter Georg mußte noch gewaltigere Schulden aufnehmen als er selber, und die englische Staatsrente sank noch schneller als die seine.

Gott war mit dem Allerchristlichsten König. Gott, der in die Herzen schaute, wußte, daß er, Louis, sein Bestes tat, die Flut der rebellischen, gottlosen Gesinnung einzudämmen.

Aber die Welt wußte es nicht. Mit dumpfer Wut mußte er wahrnehmen, daß man ihn als Schutzherrn der Rebellen feierte. Er fand auf seinem Tisch einen Holzschnitt, betitelt: „Frankreichs König anerkennt die Freiheit der Vereinigten Staaten“. Das primitive Machwerk stellte ihn dar, Louis, jung, heldisch, in Rüstung, tretend auf zerbrochene Ketten. Einige plumpe Männer in bäuerlicher Tracht hoben die Hände zu ihm empor, er reichte ihnen eine Rolle, und auf ihr stand: „Freiheit“. Eine stattliche Frau aber mit einer phrygischen Mütze kam von hinten auf ihn zu und wollte ihn bekränzen. Außerdem waren noch einige bewimpelte Schiffe zu sehen, eine Palme und ein paar Soldaten, die sich eilig und bestürzt davonmachten, sichtlich Engländer.

Louis' schräge, fliehende Stirn runzelte sich, seine dicken Wangen zuckten. Er wollte sich nicht von der bemützten Frauensperson kränzen lassen, er wollte nicht als Protektor des Lumpengesindels gelten, er wollte nicht, daß die Welt ihm die Schuld zuschrieb an diesem dummen, selbstmörderischen Krieg. Er gab Vergennes Auftrag, ihn zu rechtfertigen und darzutun, daß Frankreich mit seiner amerikanischen Politik von Anfang an kein anderes Ziel verfolgt habe als den Schutz der Freiheit der Meere.

Vergennes und seine Herren arbeiteten ein Manifest aus. Louis, als ihm Vergennes das Exposé vorlegte, war enttäuscht. Alles klang schief, nichts überzeugte. Er setzte sich hin und übersäte den breiten Rand des langen Schriftstücks mit umständlichen, verdrießlichen Bemerkungen. Er schrieb: „Es hat keinen Sinn, zu erklären, daß Frankreich an den Wirren in den englischen Kolonien keinen Anteil habe. Wir sollten besser diesen kitzligen Punkt nicht berühren. Wir sind nun einmal schuld an der Unabhängigkeit der Vereinigten Staaten, und ohne unsere Anerkennung könnte die nationale Existenz Amerikas nicht verwirklicht werden." Er schrieb: „Monsieur de Vergennes liebt Worte wie: infam, perfid, heuchlerisch. Ein solches Vokabular zu gebrauchen, entspricht nicht der französischen Höflichkeit." Er schrieb: „Die Ermordung Karls des Ersten und Maria Stuarts zu erwähnen, kann höchstens dazu dienen, unsere eigenen Mißvergnügten anzustacheln, unsere Protestanten, unsere Separatisten in der Bretagne. Und streichen Sie das Wort Cromwell. Die Engländer sind im Recht, wenn sie uns noch heute vorwerfen, daß wir die Regierung dieses schlechten Mannes anerkannt haben." Er überlas seine Anmerkungen und sah, daß er nur weggenommen hatte, nicht zugefügt. Er dachte nach, wie er wohl am wirksamsten England vor den Augen der Welt ins Unrecht setzen könnte, und schrieb: „Wenn ich sehe, wie meine Untertanen in Indien und sogar in Europa von Engländern vergewaltigt werden, körperlich gezüchtigt, gepeitscht, dann habe ich die Pflicht, England dafür zu bestrafen. Solche Argumente müssen Sie bringen, mein lieber Vergennes, solche Argumente machen Eindruck. Als die Spanier einmal einem englischen Fischer die Ohren abschnitten, geriet ganz Europa in Wut."

Trotz der von Louis verlangten Milderungen machte das Manifest Eindruck. Man ließ sich gerne überzeugen.

Da aber schlug England zurück. Edward Gibbon, der große Historiker, machte sich zum Fürsprech seines Königs.

Louis verehrte Gibbon, er hatte selber Teile seines großen Geschichtswerkes ins Französische übersetzt. Langsam und gründlich las er diese „Erwiderung", diese „Rechtfertigungsschrift". Immer niedergeschlagener wurde er. Was ihm der Mann da vorwarf, das war alles richtig, das saß und traf und zeigte, wie fadenscheinig seine eigenen Argumente waren. In klaren, großen Sätzen, die von einem antiken Schriftsteller hätten sein können, legte dieser Historiker Edward Gibbon dar, daß sich der Hof von Versailles hinweggesetzt habe über alle feierlichen Versicherungen und Verpflichtungen, daß er eine falsche, heimtückische Politik getrieben habe, welche das Licht des Tages nicht habe vertragen können, daß er das Völkerrecht verletzt habe und den Frieden gebrochen. Er brachte Beweise, dieser Edward Gibbon, er zählte die heimlichen Waffenlieferungen auf, die Versailles gemacht oder zumindest wissend geduldet hatte, es war ein langes Register, welches ihm der Chronist vorhielt. Er sprach zu ihm große, anklägerische Worte, auf die es keine Erwiderung gab, er sprach so, wie der Prophet Samuel zu Saul oder der Prophet Nathan zu David gesprochen haben mochte. Was für ein Glück hatte sein Vetter in England. Nicht nur hatte er die bessere Sache, er hatte auch einen großen Mann, sie zu vertreten. Wen hatte er, Louis, zum Sachwalter? Einen alten, schlauen, in Ränken und gewundenen Worten erfahrenen Beamten.

Das Manifest Edward Gibbons, in herrlichem Französisch geschrieben, wurde in Paris nicht verboten. Alle lasen es.

Auch Pierre las es. Der Sieur de Beaumarchais wurde in der Denkschrift mit Namen genannt, von seiner Firma Hortalez und Compagnie war die Rede, von seiner Flotte, von seinen gewaltigen Vorratshäusern. Pierre lächelte stolz und tief. Nun konnte die Welt es lesen, nun hatte der größte Geschichtsschreiber der Epoche es in klassischen Wendungen festgestellt, daß der Sieur de Beaumarchais den Rebellen die Waffen geliefert hatte, die allein ihnen den Widerstand gegen ihren König ermöglichten. Jetzt waren seine Verdienste um die Sache Amerikas für immer in die Tafeln Klios eingeschrieben.

Pierre ließ alle andern Geschäfte liegen. Die Denkschrift Monsieur Gibbons machte es ihm zur willkommenen Pflicht, Amerika nicht nur mit den Waffen zu verteidigen, sondern auch mit der Feder. Das war er Voltaire schuldig und sich selber, der französischen Literatur, der Neuen Welt und der Freiheit.

Er schrieb, und sein Herz schrieb mit. Die Engländer wagten, von Perfidie zu reden. Ein Historiker erdreistete sich, zu behaupten, Frankreich habe die Kolonien zum Abfall bewogen. Als ob nicht einzig und allein die freche Dummheit der englischen Minister Amerika veranlaßt hätte, sich von der englischen Krone loszusagen. Pierre, immer voll Bewunderung für den großen Schriftsteller Gibbon, enthüllte die erhabene Heuchelei, die sein Manifest durchdrang. Mit der Verve des geborenen Dramatikers, mit der Beredsamkeit des geborenen Advokaten, mit dem Feuer des geborenen Frondeurs schrieb Pierre eine Geschichte der Beziehungen Englands zu Amerika, wie sie so scharf und klar und geistreich vorher niemals geschrieben worden war. Er nannte aber sein kleines Werk: „Anmerkungen zu der Rechtfertigungsschrift des Hofes von London. Von Pierre-Augustin de Beaumarchais, Reeder und französischem Bürger."

Die Streitschrift hatte stürmischen Erfolg. Begeisterte Briefe aus allen Teilen des Landes und von jenseits der Grenze überschwemmten Pierre. Hatte ihn Gudin bisher mit Plautus und Aristophanes verglichen, so verglich er ihn jetzt mit Tacitus.

Louis las aufmerksam. Mehrmals nickte er befriedigt mit dem dicken Kopf. Er konnte schreiben, dieser Bursche, das mußte man ihm lassen. Louis selber mußte lächeln über die Frechheit und Eleganz, mit welcher der Sieur Caron die gesamte Verantwortung für seine Waffenlieferungen auf sich nahm. Mit spitzbübischer Unschuld erklärte er, als französischer Bürger und redlicher Kaufmann habe er sich eine Ehre daraus gemacht, die Sache der Freiheit zu fördern und den französischen Handel an den britischen Piraten zu rächen.

Dann aber bedachte Louis, daß diese Behauptung des Sieur Caron eine glatte, bewußte Lüge war. Hatte nicht er selber, Louis, dem freiheitsliebenden Bürger seine ehrenvolle Leistung mit zwei Millionen Livres Subvention aufwiegen müssen? Langsam drängten sich ihm die großen, marmornen Wendungen Edward Gibbons vor die schmissigen, advokatischen des Sieur Caron. Dumpfe Wut stieg auf in Louis gegen den Lumpen Beaumarchais, der ihn in dieses ganze Abenteuer hineingehetzt hatte. Denn der amerikanische Aufstand wäre in seinen Anfängen zusammengebrochen, wenn sich nicht dieser Geschäftemacher hineingemengt und die Rebellen unterstützt hätte.

Es kam Louis gelegen, als auch andere Pierre angriffen und der Lüge bezichtigten. Pierre hatte sein Werk in Eile hinwerfen müssen, es waren ihm Flüchtigkeiten unterlaufen. Er hatte, als er die schmachvollen Bedingungen des letzten Friedens aufzählte, geschrieben, England habe sich das Recht vorbehalten, die Zahl der französischen Kriegsschiffe zu begrenzen. Das war unrichtig, und Monsieur de Choiseul, der im Jahre dreiundsechzig Ministerpräsident gewesen und für jenen Frieden verantwortlich war, wütete. Er verbat sich die Verleumdung, er verlangte, daß Pierres „Anmerkungen" verboten würden. Vergennes versuchte, die gute, wirksame Streitschrift zu retten. Aber Louis fuhr ihm zornig über den Mund. Wie sorgfältig und abgewogen war jeder Satz in dem Manifest Gibbons, und dieser Caron log plump und leichtfertig daraufIos. Choiseul war im Recht. Dieser Caron war der geborene Schwindler. Er konnte kein wahres Wort schreiben. Unter seiner Feder wurde alles zur Lüge, die beste Sache zum Unrecht.

Die „Anmerkungen des Reeders und Bürgers Beaumarchais" wurden verboten.

Pierre war gewohnt, Unrecht zu leiden, er trug es gemeinhin mit Humor. Aber hier hatte er eine Tat getan, deren patriotische Wirksamkeit das ganze Land rühmte, hatte die innerste Meinung des französischen Volkes so klar und stark ausgedrückt, wie es selten glückte, und nun stopfte man ihm einfach den Mund. Man war mitten im Kriege mit England, französische Männer starben unter den Kugeln Englands, und da durften Worte gegen England, die allen aus dem Herzen kamen, nicht gedruckt werden, weil eine alte, abgelebte Tante, eine Mumie von einem Minister, einen halben Satz übelnahm. Freilich war es ein Aristokrat, der übelnahm, und derjenige, von dem er sich gekränkt fühlte, war ein gewöhnlicher Bürger.

Pierre warf den Kopf zurück. Die Denkschrift hatten sie verboten. Die Denkschrift war bestimmt gewesen, eine Woche zu leben oder einen Monat. Der „Figaro" wird nicht morgen veralten und nicht über einem Jahr. Den „Figaro" ließ er sich nicht aus der Hand schlagen. Jetzt gerade wird er die Aufführung erzwingen.

Er veranlaßte die Mitglieder des Théâtre Français, dem Polizeipräsidenten das Manuskript einzureichen und die Erlaubnis zur Aufführung einzuholen. Noch in der gleichen Woche erhielten sie Bescheid, die Aufführung könne nicht gestattet werden.

Pierre hatte mit dem Verbot gerechnet. Auch Désirée hatte damit gerechnet. Beinahe freute sie sich. Jetzt oblag es ihr, die Aufführung zu erkämpfen. Denn jetzt gab es nur mehr den Weg über Toinette.

Mit Geduld und List hatte Désirée erreicht, daß ihre Verbindung mit Toinette immer enger wurde. Sie hatte Toinette werben lassen, war ihr langsam unentbehrlich geworden. Toinette spürte in Désirée das Fremde, Höhnische, Gefährliche. Gerade das reizte sie. Désirée war ihr ein Teil jenes „Volkes", nach dessen Ovationen sie sich sehnte, so lächerlich sie ihr schienen.

Nach wie vor, trotz ihrer Schwangerschaft, wohl weil sie Désirée möglichst viel um sich haben wollte, trieb Toinette ihre Schauspielstudien. Gewissenhaft, wenn ihr Gedächtnis versagte, lernte sie, so wie das seinerzeit Désirée hatte tun müssen, ihre zwanzig Verse Corneille oder Racine auswendig. Jetzt schlug ihr Désirée vor, anstatt der klassischen Verse moderne Prosa zu lernen; das sei schwerer, doch auch nützlicher. Toinette ging sogleich darauf ein und lernte auf Désirées Rat zunächst die Partie der Rosine aus dem „Barbier". So schaffte sich Désirée Gelegenheit, von der „Hochzeit des Figaro" zu sprechen. Sie erzählte, es seien drei Frauenrollen in dem Stück, eine schöner als die andere. Ihr selber habe der Autor die Zofe Suzanne bestimmt, aber sie frage sich, ob sie nicht den Pagen Cherubin vorziehen solle. Toinette, geschmeichelt von dem ungewohnten Vertrauen der Schauspielerin, nahm heftigen Anteil. „Sie müssen mir das Stück zu lesen geben, meine Liebe", bat sie, „Sie müssen mir erlauben, Ihnen zu raten." – „Nichts wäre mir lieber, Madame", antwortete Désirée, „als Rat zu erhalten von einer Kennerin, von der ich weiß, daß sie mir wohlwill."

Toinette las das Stück, sie begeisterte sich für die Rollen, für beide. Mademoiselle Bertin mußte Kostüme entwerfen.

Toinette konnte sich nicht schlüssig werden, welches Kostüm Désirée besser stehe, welche Rolle ihr besser liege.

Da aber meinte Désirée, sie habe leider Zeit, sich das Problem zu überlegen, denn die Aufführung stoße auf Schwierigkeiten. „Auf Schwierigkeiten?" fragte Toinette und zog die Augenbrauen hoch. „Ja", antwortete beiläufig Désirée. „Wie ich höre, haben einige Bürokraten Bedenken. Es gibt da Zensurschwierigkeiten oder dergleichen, ich weiß nicht genau."

Toinette lächelte und freute sich ihres Standes. „Sie werden diese Suzanne oder diesen Cherubin spielen können, meine Freundin", sagte sie liebenswürdig, „wann immer es Ihnen beliebt. Ich denke, die Bürokraten werden verstummen, wenn ich das Stück zu sehen wünsche." – „Wenn Sie der Komödie auf die Bühne helfen, Madame", antwortete Désirée, „werden Sie dem französischen Theater einen Dienst für alle Zeiten erwiesen haben." – „Es freut mich, Désirée", sagte Toinette, und sie nannte sie zum erstenmal bei ihrem Vornamen, „daß ich Ihnen einen Dienst erweisen kann."

Sie erzählte Louis, Monsieur de Beaumarchais habe ein neues Stück geschrieben. „Es soll außerordentlich gut sein", sagte sie. „Im Théâtre Français hält man das Stück für die beste Komödie Ihres Zeitalters, Sire." Louis meinte trocken: „Schauspieler neigen zur Übertreibung. Meine Herren sagen mir, die Komödie Monsieur de Beaumarchais' sei unziemlich. Monsieur Lenoir hat sie verboten." Toinette tat betroffen. Schwieg eine Weile. „Wir sollten uns vielleicht die Komödie vorlesen lassen, Sire", meinte sie dann. „Es soll ein großartiges Stück sein, und Monsieur Lenoir ist manchmal überbedenklich." – „Ich habe wenig Zeit, Toinette", antwortete unbehaglich Louis. „Der Krieg ..." – „Ich möchte mir das Stück gerne vorlesen lassen, Louis", beharrte Toinette, „und ich möchte es nicht allein hören. Tun Sie mir schon den Gefallen in meinem Zustand. Sicher wird Monsieur de Beaumarchais glücklich sein, es uns vorzulesen." – „Ich will von diesem Manne nichts vorgelesen haben", sagte schnell und böse Louis. „Wenn Sie glauben, Sire, ihm dadurch zu weit entgegenzukommen“, schlug Toinette vor, „dann könnten doch andere uns das Stück vorlesen, mein Vaudreuil zum Beispiel und Mademoiselle Mesnard.“

Louis wand sich unglücklich, aber er wollte die Mutter seines Kindes nicht aufregen. „Nun ja, nun schön“, sagte er schwunglos.

Désirée, als ihr Toinette triumphierend berichtete, der König wünsche, daß Vaudreuil und sie ihm Monsieur de Beaumarchais’ Komödie vorläsen, strahlte Glück. Der Gedanke, daß sie vor dem mächtigsten Manne des Landes ihre Stimme für ihren Freund und sein bestes Werk erheben sollte, begeisterte sie. Auch Vaudreuil empfand es als angenehme Unterbrechung seines ungeduldigen Müßigganges, dem Dicken ins Gesicht den „Figaro“ vorzulesen.

Sie probierten, Désirée und Vaudreuil. Es ging darum, bei der Vorlesung über die gefährlichen, rebellischen Stellen der Komödie wegzuhuschen und statt ihrer die listige Verschlungenheit der Intrige zu betonen. Aber wenn das gelingen sollte, wenn die frondierende Frechheit des Stückes nicht nackt und bloß hervortreten sollte, dann brauchte man mehr Stoff, sie zu verkleiden.

Es war kein Schade, fand Désirée, daß Pierre genötigt war, den „Figaro“ nochmals zu überfeilen. Denn die Désirée, die jetzt an dem Werke probierte, war eine andere als jene, die bei der ersten Lesung seine elegante, streitbare Vernunft mit solchem Entzücken genossen hatte. Die erstaunte Erkenntnis, daß sie ein Herz besaß, hieß sie jetzt mehr verlangen. Das Stück sollte ein Meisterwerk sein, etwas Vollendetes. Es sollte seiner Vernunft, seiner Frechheit, seinem Spaß noch Gefühl zufügen, Musik, Poesie.

Es gelang ihr, Pierre zu überzeugen. Er erkannte, es war zuviel Anklage in der Komödie und zuwenig Dichtung. Sie machten sich an die Arbeit.

Er hatte die Menschen und die Begebenheit seiner Komödie in Spanien angesiedelt, aber die Kostümierung war oberflächlich. Jetzt erinnerte er sich seiner spanischen Zeit, es war eine gute Zeit gewesen, und er holte aus der Erinnerung

Farbe, Musik, Geleuchte. Aus einem Schloß, das überall in der Welt stehen konnte, machte er den Landsitz Aguas Frescas bei Sevilla. Aus Figuren, die überall in der Welt zu Hause sein konnten, machte er spanische Menschen. Und den großen Monolog Figaros machte er aus einer Einlage, zu sprechen von einem beliebigen Schauspieler an der Rampe einer beliebigen Bühne, zu einem Stück Handlung. Jetzt erging sich ein spanischer Figaro voll Erwartung, Hoffnung und Furcht in einem Hain riesiger, gepflegter Edelkastanien, einem Hain, den Pierre sehr wohl kannte; er lag in der Tat nicht weit von Sevilla, und Pierre hatte dort eine erfüllte Stunde der Hoffnung und der Furcht erlebt.

Auch Vaudreuil, der an der Arbeit der beiden teilnahm, kam jetzt auf seine Rechnung. Zuerst hatte es ihn verdrossen, daß er den Figaro nicht mit der ganzen Verve und Frechheit des rebellierenden Kammerdieners sollte ausstatten dürfen; denn er traute sich schauspielerisches Talent genug zu, auch rebellierenden Pöbel zu gestalten. Jetzt aber begann er sich mit dem Grafen Almaviva zu identifizieren. Denn wenn Pierre ursprünglich in diesem großen Herrn Almaviva nichts hatte darstellen wollen als die ganze, aufgeblasene Frechheit der Aristokraten, wenn er sich, ihn schaffend, nur den Ärger über die Vergennes und Lenormant und wohl auch die Vaudreuil von der Seele hatte spülen wollen, so machte er jetzt, angesichts des begierig hilfsbereiten Vaudreuil, den Grafen Almaviva rund und menschlich. Gab ihm zu seinem Hochmut und zu seiner Lüsternheit ein gut Teil sieghaft liebenswerter Eleganz. Gab ihm Würde und Takt noch in der Enttäuschung der Niederlage. Vaudreuil sah, wie sich der Graf Almaviva wandelte, das Porträt schmeichelte ihm, er sagte aus vollem Herzen ja zu dem Grafen. Mehr und mehr wurde „Die Hochzeit des Figaro" eine Komödie, die er, Vaudreuil, geschaffen hatte und die er nun großmütig von seinem Schützling Beaumarchais signieren ließ.

Wenn Désirée Toinette gesagt hatte, sie schwanke, ob sie die Zofe Suzanne spielen solle oder den Pagen Cherubin, so war das mehr gewesen als taktisches Gerede. Wohl hatte sie sich zuerst nur als jene weltkundige Zofe Suzanne gesehen, an deren Schöpfung sie selber mitgewirkt hatte; jetzt aber lockte sie viel stärker der Part des Knaben Cherubin. Noch waren von dieser Figur nur vage Umrisse da, aber sie sah den Pagen vor sich, wie sie ihn spielen wollte, einen Knaben, der zum Leben erwacht, voll von Regungen, die er selber nicht versteht, angelockt von jeder Frau, naiv von einer zur andern taumelnd.

Pierre, als sie ihm ihren Vorschlag machte, war verblüfft. Er schaute sie an, wie sie vor ihm stand, schlank, klein, anmutig, spitzbübisch mit der vorwitzig etwas nach oben gebogenen Nase, und er sah in ihr nichts als die Zofe Suzanne. Aber dann spielte sie ihm vor, was sie meinte, und die Augen gingen ihm auf. Theatermann, der er war, erkannte er alle Möglichkeiten der Rolle des Cherubin; es war selbstverständlich, daß der nur von einem Mädchen, daß er nur von Désirée gespielt werden konnte. Und Dichter, der er war, begriff er das ganze verworrene Leben, das Désirée in den Knaben hineinträumte. Aber nichts sah er, auch jetzt sah er nichts von der innern Désirée, er sah nur die Schauspielerin, die ihm den Pagen Cherubin spielen sollte.

Ach, wie dumm sind manchmal die gescheiten Leute, dachte Désirée einen Satz des Figaro.

Voll bitterer, mit Ironie gesprenkelter Freude machte sie sich daran, gemeinsam mit ihrem Dichter den Pagen Cherubin neu zu schaffen. Und Cherubin wurde so, wie sie ihn gesehen hatte; naive Heiterkeit und ursprüngliche Wirrnis sehr jungen Gefühles war in ihm und eine zarte, anmutige Frivolität war um ihn. Und dann fiel Pierre für den Cherubin jenes kleine, volkstümliche Lied ein, nach dem er immer gesucht hatte und das Sinn hatte, nur wenn es aus dem Munde Cherubins kam. Sehr einfache Verse sollten es sein, und es wurden sehr einfache Verse. Die Romanze mußte jedem eingehen, sie kam aus dem Volk, sie zeigte, daß Pierre bei all seinen Weltmannsmanieren aus dem Volke kam. Désirée nahm Pierres Gitarre und klimperte und sang, und alles fügte sich wie von selber:

„Mein Rößlein, sollst mich tragen
Ach, mein Herz, mein Herz tut mir schlagen
Durch Berg und Tal zu jagen
Wohl über Stock und Stein."

Und dann fiel Pierre eine weitere Strophe ein, und Désirée fand das fehlende Wort, und ihm kam eine neue Strophe.

Es sollten aber Pierres Worte gesungen werden auf die Melodie des Liedchens: „Malbrough s'en va-t-en guerre"; es war diese Melodie, die Pierre seine Verse finden ließ. Das alte Kriegslied war wieder in Schwang gekommen durch den Krieg in Amerika, und lächelnd erwog Pierre, daß somit Amerika wenigstens auf diese Weise zurückzahlte, was er für Amerika getan hatte.

Die Vorlesung fand statt in Toinettes Gelbem Salon.

Désirée und Vaudreuil waren sich bewußt, daß das Unternehmen ein Wagnis war. Es war sehr wohl möglich, daß man gerade durch die Vorlesung den argwöhnischen Louis gegen die Komödie aufbrachte. Trotzdem waren sie zuversichtlich. Louis stand allein gegen drei enthusiastische Anhänger des Stückes, und er hatte Rücksicht zu nehmen auf Toinettes Zustand.

Louis selber war guter Laune und angeregt gespannt. Er hatte beschlossen, seiner lieben Frau eine Freude zu machen und das Stück, falls es sich nicht als gar zu lästerlich erweisen sollte, durchgehen zu lassen, schon um nicht durch Verärgerung Toinettes den werdenden Dauphin zu gefährden. Um sich während der Lektüre bei gutem Humor zu halten, hatte er beizeiten reichlich gegessen und sich noch ein Stück kalter Hasenpastete hinstellen lassen, auch einiges Konfekt.

Es war ein Sommerabend und noch hell, aber man hatte die Vorhänge zugezogen und Kerzen angezündet. Louis half Toinette, sich bequem zurechtzusetzen, setzte sich selber breit in seinen breiten Sessel und sagte: „Und nun legen Sie los, Monsieur und Madame." Vaudreuil und Désirée begannen zu lesen. Sich an ihren Plan haltend, glitten sie fort über alles, was anstößig hätte scheinen können, und der lange erste Akt ging gut vorbei. Als man im zweiten Akt an die Romanze des Cherubin kam, wurde Louis sogar aufgeräumt. Er summte mit, und als Désirée mit dem Lied zu Ende war und, als Gräfin, dazu bemerkte: „Es ist naiv und hat Gefühl", anerkannte er ungewohnt lebhaft: „Richtig, sehr richtig. Es ist allerliebst, es gefällt mir." Er wiederholte die durchgehende Verszeile: „Que mon cœur, mon cœur a de peine", wandte sich an Toinette und sagte überzeugt: „Das müßten Sie singen, Toinette."

Während des ganzen zweiten Aktes hielt sich Vaudreuil im Zaum, „brachte", wie es verabredet war, nur den Grafen und unterschlug den Elan des Figaro. Désirées Zuversicht stieg.

Doch im dritten Akt fiel es Vaudreuil zusehends schwerer, sich an die Weisungen Désirées zu halten. Es wurde ihm auf die Dauer leid, die hübschen, geistreichen Sätze des Figaro blaß und farblos herunterzuleiern; schließlich stand er hier als Schauspieler und hatte das Recht auf seine Wirkungen. Er gedachte seiner hellen Freude, als Pierre das Stück das erstemal vorgelesen hatte, und er empfand es als geschmacklos, der Komödie ihre Würze zu nehmen; die bestand nun einmal in der frechen Intelligenz des Figaro. Er wollte sie nicht fallenlassen, er wollte sein Kind nicht verleugnen. Auch schmeckte Vaudreuil mehr und mehr den Reiz der Situation. Dem phlegmatischen Dicken gewisse Wahrheiten ins Gesicht zu sagen, solch ein Amüsement gab es kein zweites Mal in der Welt. Tief eingeprägt hatte sich in Vaudreuil und lebte fort in ihm der Tonfall, in welchem ihm Pierre damals, das erstemal, den oder jenen Satz des Figaro gelesen hatte. Dieser Tonfall drängte sich ihm mehr und mehr vor den erklügelten, den ihm Désirée beigebracht hatte. Er begann, die Sätze zu akzentuieren, wie Pierre sie betont hatte, so daß sie ihre ursprüngliche Farbe annahmen.

Louis wurde unruhig. Zuweilen nahm er ein Stück seiner Hasenpastete und kaute und schluckte, um seinen Ärger hinunterzuschlingen. Er hatte sich vorgenommen, duldsam zu sein. Es gab hübsche Stellen in dem Stück, und diese Mesnard war eine gute Schauspielerin, daran hielt er sich. Übrigens war es auch eindrucksam, wie Vaudreuil den Grafen

Almaviva las. Die Rolle war freilich ein wenig übertrieben. Dieser Vaudreuil selber mochte so frech und gewalttätig sein wie sein Almaviva, doch glücklicherweise war die Mehrzahl seiner Edelleute anders. Übrigens war auch das Recht der ersten Nacht abgeschafft.

Allmählich aber, gegen seinen Willen, nahm Louis größeren Anteil am Wesen und Schicksal des Kammerdieners Figaro als an dem des Grafen. Gewiß, es war nicht angenehm, wenn einem ein anderer zu der Frau ins Bett steigen wollte, in der ersten Nacht, noch bevor man selber mit ihr geschlafen hatte. Aber wenn der Graf in seiner Sinnengier und Gewalttätigkeit unsympathisch war, so war es der dreiste, rebellische, verschlagene Kammerdiener noch viel mehr. Was er trieb und sagte, entbehrte der Anmut der Komödie, es war schlechthin impertinent. Dieser Bursche verhöhnte jede Autorität. Und in ihm, hinter ihm stak natürlich Monsieur Caron selber.

Désirée versuchte, Vaudreuil durch Blicke und kleine Gesten zu zähmen. Der aber hatte nun Feuer gefangen, und als er sah, daß sich Louis erregte, vergaß er den Zweck der Vorlesung über der Lust, den Dicken nur mehr und mehr in Rage zu bringen.

Toinette sah es mit Unbehagen. Dabei empfand sie an diesem Abend seit langer Zeit zum erstenmal wieder den Reiz Vaudreuils. Wie zuckte und blitzte es über sein Gesicht, wie gefährlich drohten seine dicken Brauen und seine kühnen Augen, wie gescheit war alles, was er sagte und wie er's sagte. Was war er für ein Schauspieler und für ein Mann, er war der Graf und Figaro in einem, und wenn sie erst den Dauphin geboren hat, wird sie seiner und wird sie ihres Versprechens gedenken.

Désirée war empört über die Unbeherrschtheit des Aristokraten, welche die ganze Veranstaltung sinnlos machte. Aber sie hörte durch Vaudreuils Sätze immer wieder den Tonfall Pierres, und in all ihrem Ärger bedachte sie amüsiert, daß also nun ihr Pierre dem König durch den Mund seines Ersten Edelmannes seine und der Stadt Paris Wahrheit in das dicke Gesicht sagte.

Louis wurde immer grimmiger. Er nahm, um sich zu beruhigen, ein Stück Konfekt, legte es ungegessen zurück auf den Teller, steckte es dann doch in den Mund. Stand auf. Kauend ging er auf und ab, schüttelte den fleischigen Kopf, sagte halblaut: „Das ist ganz schlecht", dann wieder: „Ungeheuer übertrieben", dann wieder: „Geschmacklose Karikatur." Désirée hörte auf zu lesen. Louis setzte sich wieder hin, doch diesmal auf einen kleinen goldenen Stuhl, über dessen Sitz sein Hinterer massig hinausragte. Er fragte Toinette: „Fühlen Sie sich auch wohl, meine Liebe?" Und als sie nickte, sagte er zu Désirée, höflich und bestimmt: „Lesen Sie weiter, Madame."

Man las weiter, und während die tiefe Stimme Vaudreuils und die helle Désirées in seine Ohren drangen, dachte Louis an den sicheren Monsieur Caron, und ein dumpfer Groll erfüllte ihn. Es wäre Wahnsinn gewesen, die Pariser dieses Stück sehen zu lassen. Es genügte wahrhaftig, daß eine unselige politische Verkettung ihn zwang, an der Seite der westlichen Rebellen Krieg zu führen; er brauchte nicht auch noch rebellische Gesinnung von der Bühne her in seiner Hauptstadt verkünden zu lassen. Dieser Caron ging offenbar darauf aus, hier in Paris der Catilina und Gracchus zu werden, zu dem sich in Philadelphia der Doktor Franklin gemacht hatte. Sie arbeiteten sich in die Hände, die beiden, sie wollten England umstürzen und Frankreich. Grimmig bedachte er, was alles ihm dieser Mensch schon angetan hatte. Aufrührerische Denkschriften gegen seine Justiz hatte er publiziert. Den Rebellen hatte er die Waffen geliefert für ihren verdammten Sieg bei Saratoga. Er war es gewesen, dieser Caron, dieser impertinente rebellische Kammerdiener, dieser Figaro, der ihn gegen seinen Willen in das amerikanische Abenteuer hineingehetzt hatte. Und nun wagte es dieser Mensch, ihn zu verhöhnen in Gegenwart seiner Königin.

Der vierte Akt war zu Ende. Louis hielt sich mit Mühe auf seinem kleinen Stuhl. Er schnaufte stark. Bezwang sich. „Ich finde nicht, daß man dieses Stück spielen kann", sagte er gefährlich ruhig. Niemand sprach. Man hörte nur das Schnaufen Louis'. „Hören Sie erst zu Ende", bat nach einer Weile Toinette. Louis hatte ihre Schwangerschaft ganz vergessen. Er nahm sich zusammen. „Wie Sie befehlen", sagte er.

Désirée begann den letzten Akt zu lesen. Und nun setzte Vaudreuil ein, und jetzt wird gleich der große Monolog kommen. Diesen Monolog hatten sie zwinkernd auf ein paar kurze Sätze zusammengestrichen. Aber als jetzt Vaudreuil den Monolog begann, erwog er, daß ja doch alles verloren sei, und nun wollte er wenigstens seinen Spaß haben. Dreist legte er das Manuskript zur Seite, und aus dem Gedächtnis sprach er den Monolog, so wie Pierre ihn geschrieben hatte, „brachte" ihn, Pointe um Pointe. Funkelnd kamen sie, die scharfen, geschliffenen Sätze: „Mein Buch wurde verboten, und während man die Tür meines Verlegers zusperrte, machte man mir die Tür der Bastille auf. Sechs Monate wurde ich dort frei verpflegt, und diese Ersparnis war der einzige finanzielle Ertrag, den die Literatur mir einbrachte." Und: „Nur kleine Geister fürchten kleine Bücher." Und: „Weil Sie ein großer Herr sind, Herr Graf, bilden Sie sich ein, Sie seien ein Genie. Adel, Reichtum, Titel, Ämter, das macht stolz. Bitte, was haben Sie verrichtet als Gegenleistung für diese Annehmlichkeiten? Sie haben sich die Mühe gemacht, geboren zu werden."

Louis schleifte durchs Zimmer, schwer, erregt. Er schnaufte so stark, daß Vaudreuil die Stimme heben mußte, um das Schnaufen zu übertönen. Désirée sah, daß man nicht nur nichts erreicht, sondern alles und für immer verdorben hatte. Trotzdem saß sie entspannten Gesichtes, und hinter Vaudreuil sah sie ihren Pierre und hinter Vaudreuils Stimme hörte sie die freche, lachende, glorreiche Stimme ihres Pierre, die dem König ins Gesicht warf, was er von ihm und seinem Hofe hielt.

„Ich dagegen", sagte jetzt Pierre-Vaudreuil, „der ich aus der namenlosen Menge stamme, ich habe, verdammt noch eins, bloß um meine Existenz zu fristen, mehr List und Wissen aufwenden müssen, als die Regierung Spaniens seit hundert Jahren aufgewandt hat, um das Land . . ."

Er sprach den Satz nicht zu Ende. Louis klopfte scharf mit

seinem Ring auf den Kaminmantel. „Ich danke“, sagte er. „Es ist genug. Ich bin im Bilde.“

Toinette war lässig dagesessen, doch hatte sie sich, als Vaudreuil mit solcher Passion den Monolog sprach, höhergerichtet. „Das Stück gefällt Ihnen nicht, Sire?“ fragte sie süß. „Es ist abscheulich“, erklärte Louis, „es ist unziemlich vom ersten bis zum letzten Wort“, und er richtete seine vorstehenden Augen zornig auf Vaudreuil, dann auf Toinette, dann wieder auf Vaudreuil. „Es ist aber sehr geistreich“, meinte Toinette. „Ja“, antwortete giftig Louis, „es hat Musik in sich. Aber ich wünsche nicht, daß man sich mit dieser Musik befaßt. Ich will nicht, daß jemand auf diese Musik hereinfällt. Ich bin ein kleiner Geist, und ich mag nicht die kleinen Bücher. Ich sage Ihnen, Madame, ich erlaube nicht, daß dieses Stück gespielt wird. Es ist genug mit den Konzessionen“, schrie er auf einmal in der Fistel, „und mit den Kompromissen. Die Bastille. Er wagt es, meine Bastille zu verhöhnen, dieser Bursche. Eher lasse ich sie niederreißen, die Bastille, als daß ich dieses Stück erlaube.“

Schweigen war. Vaudreuil klappte dreist geräuschvoll sein Manuskript zu. Louis aber, höflich und mit einer Ironie, die ihm sonst fremd war, sagte: „Ich danke Ihnen, mein Herr Marquis. Sie haben sehr gut gelesen. Und Sie, Madame Mesnard, sind eine große Künstlerin.“

Pierre war von dem Mißerfolg weniger enttäuscht als die andern. Es war nun einmal so eingerichtet, daß ihm nichts leicht gemacht wurde; das Schicksal hatte ihn zum Kämpfer bestimmt.

Zunächst galt es, die Welt auf die Komödie neugierig zu machen. Vom Fliederblauen Klüngel aus verbreitete sich erstauntes, empörtes Gerede, der König selber habe das neue Stück Monsieur de Beaumarchais', eine entzückende Sache, aus purer, übellauniger Prüderie verboten.

In den Gesellschaften, welche Vaudreuil, die Polignacs und andere Mitglieder und Freunde des Fliederblauen Klüngels gaben, bat man Pierre, von seinem berühmten Stück zu erzählen, daraus vorzulesen. Pierre ließ sich lange bitten. Dann ergab sich, daß er sein Manuskript im Wagen hatte. Es wurde herbeigeholt, es war schmuck und elegant anzuschauen, gebunden in kostbares, blaues Leder, zusammengehalten durch silberne Bänder. Pierre setzte sich zurecht, verlangte aber mit liebenswürdiger Dringlichkeit, es möge, wer gerade am Spieltisch beschäftigt oder in einer Unterhaltung begriffen sei, sich nicht stören lassen. Dann, inmitten der Geräusche eines Gesellschaftsabends, inmitten leise klirrender Münzen und gedämpften Lachens und Schwatzens las er eine Szene, und dann noch eine. Er verstand es, sich in seine Hörer einzufühlen, sie auf immer wechselnde Art zu packen. Bald verließen die Spieler den grünen Tisch, die Liebespaare unterbrachen ihr galantes Geschwätz, alle sammelten sich um den Lesenden. Und wenn dann die heitere Spannung am höchsten gestiegen war, sagte wohl Pierre lächelnd: „Nun aber ist es genug", und er schlug sein Manuskript zu, knüpfte mit den gepflegten, geschickten Fingern die blauen Seidenbänder seiner Mappe, und nichts konnte ihn zum Weiterlesen bewegen. „Eine Komödie gehört auf die Bühne, meine Herren und Damen", sagte er, „oder nicht? Ich habe dieses Stück geschrieben, nicht daß es gelesen, sondern daß es gespielt werde." Und alle waren empört über den König, der aus plumpem, mürrischem Eigensinn heraus dem Hof und der Stadt verwehrte, sich an dieser hübschen, geistreichen Komödie zu ergötzen.

So las Pierre einige Szenen des „Figaro" im Salon der Madame de Genlis und einige andere bei der Prinzessin Lamballe und wieder einige bei der Prinzessin Rohan. Und immer brach er ab, wenn die Hörer auf den Geschmack der Komödie gekommen waren und mehr, mehr, mehr verlangten.

Eine Szene aber las er überall, die vierte des zweiten Aktes, er nannte sie „Konversation in Spanisch" nach dem hübschen Bilde Vanloos. Es war die Szene, in welcher Cherubin die Romanze singt. Pierre sang die Romanze, er summte sie, er unterstrich sie mit Mienen und Gesten, sie riß die Hörer mit.

Aus den Salons der großen Herren und Damen verbreitete

sich die Romanze über die Stadt und mit ihr der Name und Ruhm des neuen Stückes. „Was ist das?" fragte man, und: „Das ist aus dem neuen Stück des Monsieur de Beaumarchais, dem ‚Figaro'", sagten die Kammerdiener, und die Hausierer sagten: „Das ist aus dem ‚Figaro' des Monsieur de Beaumarchais, den der König verboten hat", und in den Kneipen und Kaffeehäusern sagte man: „Das ist aus dem ‚Figaro', den uns der König nicht sehen lassen will." Und: „Que mon cœur, mon cœur a de peine", summten die Pariser, und: „Figaro", sagten sie, und: „Beaumarchais", sagten sie, und: „Man hat ihn uns schon wieder verboten."

Als Pierre bei der Herzogin von Richelieu eingeladen war – es war die dritte Frau des uralten Herzogs, sie war jung, und er hatte sie geheiratet, vor allem um seinen Sohn zu ärgern –, waren dort inmitten der zahlreichen Gesellschaft mehrere hohe geistliche Würdenträger. Die Herzogin bat Pierre in schmeichelhaften Worten, er möge doch aus seiner vielbesprochenen Komödie ein paar Szenen vorlesen. „Die Konversation in Spanisch", bat sie, „und die Szene, in welcher der Page sich versteckt. Der Herzog von Guines erzählt mir, er müsse jetzt noch lachen, wenn er nur daran denke." Pierre widerstrebte. Wies hin auf den Erzbischof und die andern Prälaten, die er vielleicht vertreibe. Aber Monsignore de Virieu fragte mit liebenswürdiger Entrüstung, ob sich denn Monsieur unter den geistlichen Herren dieses Jahrhunderts lauter härene Säulenheilige vorstelle. Habe sich nicht der Kardinal Bibbiena von Macchiavell die Mandragola vorlesen lassen? Und sei nicht der päpstliche Legat Chigi dagewesen, als Molière den „Tartuffe" vortrug? So las also Pierre, und die Prälaten hörten mit nicht geringerem Spaß als die andern, und sie lachten und klatschten wie die andern, und sie summten: „Que mon cœur, mon cœur a de peine." Monsignore Virieu drohte Pierre mit dem Finger: „Sie sind ein Schalk, mein Lieber", und alle waren sie verwundert, daß Louis das anmutige Stück der Bühne fernhalten wollte. Er sei zu streng, der junge König, meinte Monsignore de Govone, er habe keinen Sinn für die Schwächen des Fleisches.

Um diese Zeit befand sich in Paris der russische Thronfolger, Großfürst Paul. Er und seine Frau, eine württembergische Prinzessin, reisten inkognito, als Graf und Gräfin du Nord. Sie wurden in Versailles sehr gefeiert. Es fiel Vaudreuil und den Seinen nicht schwer, die russischen Herrschaften auf Beaumarchais neugierig zu machen. Sie hatten den „Barbier" in St. Petersburg gesehen, die Großfürstin hatte mit Vergnügen Monsieur de Beaumarchais' Denkschriften gelesen.

Ein Zusammentreffen wurde arrangiert im Salon Gabriele Polignacs. Die Russen waren entzückt von Pierre. Die Großfürstin und ihre Erste Dame und Freundin, auch sie eine Deutsche, schwärmten. Die Schriftsteller, die man ihnen bisher vorgeführt hatte, waren zumeist ungefüg gewesen, verlegen und in der Konversation schwer beweglich. Dieser Mann, der als einer der größten lebenden Autoren galt, war amüsant und sah gut aus, er benahm sich höfischer als der beste Hofmann, er wußte auf alles eine hübsche, galante Antwort. Nicht das leiseste Rüchlein verriet, daß er im Komplott war mit dem Führer der amerikanischen Rebellen. Sie baten und bedrängten Pierre, ihnen vorzulesen. Leider hatte er sein Manuskript nicht bei sich. Aber es bestand eine Möglichkeit, daß es im Wagen war. Man schickte, suchte, fand. Die Damen waren hingerissen, noch ehe Pierre begann. Sie hörten entzückt zu, ihr Lachen übertönte das der andern, sie weinten vor Vergnügen.

Die Erste Dame der Großfürstin, eine Baronin Oberkirch, erzählte Pierre, sie habe in Deutschland die Vorstellung eines Stückes gesehen, dessen Held er sei, Monsieur de Beaumarchais. Der Schauspieler, der ihn darstellte, sei freilich, verglichen mit dem Original, recht hölzern gewesen, doch das Stück als Ganzes habe sie gepackt. Es habe zum Gegenstand jenes Abenteuer, welches Monsieur de Beaumarchais mit dem Spanier Clavijo bestanden und in seinen „Denkwürdigkeiten" so farbig geschildert habe. Hergestellt sei das Stück von einem jüngeren Schriftsteller, der jetzt in Deutschland Aufsehen errege, Goethe sei der Name. Pierre dachte ein wenig nach, erinnerte sich höflich, von einer solchen

Dramatisierung gehört zu haben, verschwieg, daß er das Machwerk kannte und verachtete.

Großfürst Paul hatte eine Idee. Wie wäre es, wenn man Pierres Stück, da es in Paris auf Schwierigkeiten stoße, in St. Petersburg aufführte? Auf alle Fälle werde er dem Intendanten, Monsieur de Bibikoff, von der neuen Komödie erzählen und ihn anweisen, sich wegen der Aufführung mit Monsieur de Beaumarchais ins Benehmen zu setzen.

Pierres Brust hob sich. Es traf sich gut, daß der Großfürst ihm das Angebot machte in Gegenwart der Kollegen Chamfort, Marmontel, Sedaine. Jetzt zeigte sich, daß sein wackerer Gudin recht hatte; er, Pierre, verbreitete Frankreichs Ruhm über den Erdkreis, bis zum Nordpol, er war in Wahrheit der Erbe Voltaires.

Meldung traf ein von einer Seeschlacht, die an der bretonischen Küste stattgefunden hatte bei einer Insel, welche die Franzosen Ouessant, die Engländer Ushant nannten. Zuerst hieß es, es sei ein großer Sieg, dann, die Schlacht sei unentschieden gewesen, dann stellte sich heraus, daß sie eher eine Niederlage gewesen war als ein Sieg.

Es gab in Versailles zwei Theorien, wie der Krieg geführt werden sollte. Die eine befürwortete eine Invasion Englands, die andere die Entsendung eines Expeditionskorps nach Amerika. Louis war beiden Projekten abgeneigt, doch vermochte er sich mit der geplanten Expedition in das ferne Land noch leichter abzufinden als mit dem Plan der Invasion. Der verpaßte Sieg von Ouessant machte ihm das Experiment der Invasion noch widerwärtiger.

Vaudreuil war ein unbedingter Anhänger der Theorie der Invasion und glaubte sich berufen, eine solche Unternehmung zu leiten. Die Fehler und Dummheiten, welche die Helden von Ouessant gemacht hatten, steigerten seine Empörung darüber, daß er verurteilt war, sinnlos hier herumzuhocken. Vor allem wütete er gegen den Minister Montbarey. Dessen Unfähigkeit, kühne Entschlüsse zu fassen, trug die Hauptschuld an der Niederlage. Niemals wird ein Montbarey einen beherzten Mann wie ihn, Vaudreuil, mit dem erwünschten Kommando betrauen. Montbarey mußte fort.

Ihn zu stürzen, gab es einen einzigen Weg, die Intervention Toinettes.

Solange Vaudreuil Toinette begehrte, war es ihm nicht schwergefallen, von ihr Förderung zu verlangen. Nun ihn aber Toinette kaltließ, kostete es ihn Überwindung, ihr mit einer Bitte zu kommen. Das Kommando in dem großen Feldzug war solche Überwindung wert.

Seit Beginn ihrer Schwangerschaft war Toinette von der Aufgabe, sich um ihr und des Dauphins Wohl zu kümmern, so völlig beansprucht, daß sie sich nicht vorzustellen vermochte, es könnte ihr in ihrem Zustand jemand mit einem politischen Anliegen kommen. Auch jetzt, als Vaudreuil sie leise und stürmisch bat, ihm, und zwar in einem der „Nebenzimmer", eine vertrauliche Aussprache zu gewähren, glaubte sie, es gehe um eine Auseinandersetzung in Liebesdingen. Sie zögerte, ließ sich bitten, war gekitzelt, sagte sich, sie stelle in der Tat die Geduld Vaudreuils auf eine harte Probe, gab nach.

In jenem „Nebenzimmer", wo sie manche handgreifliche Werbung Vaudreuils erlebt hatte, erwartete sie ihn. Sie stand vor dem Spiegel. Ihre Freunde hatten ihr versichert, sie sei durch die Schwangerschaft nicht verändert, höchstens sehe sie gelockerter aus, glücklicher. Sie forschte, ob das wahr sei, musterte ihre Züge wie eine schwer zu entziffernde Schrift.

Im Spiegel sah sie Vaudreuil kommen. Sein mühsam beherrschtes, gewalttätiges Gesicht flößte ihr Verlangen ein, eine an Mitleid grenzende Zärtlichkeit und Furcht. Sie lächelte ihm im Spiegel entgegen, sah, wie er sich verneigte. Behutsam küßte er sie auf die gepuderte Schulter.

Endlich wandte sie sich ihm zu. „Was gibt es, François?" fragte sie mit unsicherer Stimme. Beinahe begierig wartete sie darauf, wie er sie mit ungeduldigen, verzweifelten Klagen bestürmen werde, und sie war gewillt, ihm freundliche, tröstliche Worte zu erwidern, ihm zu sagen, daß ja nun der längste Teil seiner Wartezeit vorbei sei.

„Es fällt mir nicht leicht, Madame", hob er an, „Sie aus

Ihrer glücklichen Unwissenheit aufzustören und in eine Aufregung zu versetzen, die vielleicht Ihrer Gesundheit abträglich ist." Sie war unangenehm überrascht; das klang nicht wie die Einleitung einer Liebeserklärung. „Leider aber", fuhr Vaudreuil fort, „muß ich es tun. Es handelt sich um Ihre wichtigsten Interessen, Madame." – „Ich verstehe kein Wort", entgegnete Toinette.

„Sie haben Witze gemacht über die Männer von Ouessant, Madame", erklärte Vaudreuil, „und mit Recht. Aber die Niederlage ist keineswegs nur lächerlich. Täuschen Sie sich nicht. Der Hohn und die Empörung der Pariser richtet sich nicht nur gegen die Herren, welche die Flotte befehligen, sondern vor allem gegen Sie." Doch Toinette war nicht gewillt, sich aufbringen zu lassen; sie schüttelte nur den Kopf, verwundert, gelangweilt, und wippte mit dem Fuß. „Jeden zweiten Tag", fuhr er fort, dringlicher, „erscheinen neue, bösartige Pasquille gegen Sie. Unsere schwächliche Kriegspolitik wird Ihnen zur Last gelegt. Man wirft Ihnen vor, Sie wollten die Armee zurückhalten, um sie für Habsburg einzusetzen."

Toinette zuckte die Achseln. „Ich will von dem Unsinn nichts hören, François", sagte sie gelassen, „ich bin nicht in der Stimmung dafür", und sie lächelte in sich versunken, glücklich. Aber: „Sie müssen hören, Madame", herrschte Vaudreuil sie an in dem alten, gefürchteten, geliebten, drohenden Ton. „Ich verlange, daß Sie Ihr bequemes Phlegma aufgeben."

Endlich empörte sich Toinette. „Was fällt Ihnen ein", entrüstete sie sich. „Meine Politik ist weder Österreich noch Amerika, meine Politik ist der Dauphin, und nichts sonst. Lassen Sie mich in Frieden." – „Ich denke nicht daran", antwortete Vaudreuil. „Es ist Ihr Krieg, der da geführt wird. Es ist unser Krieg, es ist der Krieg auch Ihres Dauphins. Seien Sie nicht so feig", herrschte er sie an. „Verstecken Sie sich nicht so jämmerlich vor Ihrer Wirklichkeit." Er faßte sie hart an der Hand.

Toinette fürchtete sich vor seinen Augen, vor seinen Händen. Sie weinte. „Ich glaubte", klagte sie, „wenigstens jetzt würdet ihr mich in Frieden lassen. Ich glaubte, wenigstens mein Kind würdet ihr mich in Ruhe austragen lassen."

Die Tränen standen ihr nicht. Vaudreuil betrachtete sie kritisch, ohne Mitleid. Ihre Züge wurden schwammig, sie mißfiel ihm, er begriff nicht, daß er so lange und so heftig gewünscht hatte, mit ihr zu schlafen. Ihm das Kommando verschaffen, das war das wenigste, was sie tun konnte, um sein langes, dummes Warten gutzumachen. „Dankbarkeit", sagte er bitter, „war niemals eine Tugend Ihres Hauses. Ich habe verzichtet auf meinen Traum, ins Feld zu gehen, nach Amerika zu gehen, und sei es als kleiner Oberst, Ihrethalb habe ich verzichtet, Madame. Ich habe meine soldatischen Neigungen dem Ruhm Ihres Trianon geopfert. Und Sie erfüllen mir nicht die kleinste Bitte. Begreifen Sie denn nicht, daß es um Sie selber geht, um ganz Frankreich? Sie sehen ja, wohin es führt, wenn man Schwächlinge und Idioten an die Spitze der Armee und der Flotte stellt. Die Schlacht von Ouessant. Ich kann das nicht länger mitansehen, als Mann nicht und als Franzose nicht. Ich verlange den Oberbefehl über die Streitkräfte in der Bretagne. Wenn Sie mich schon in der Liebe darben lassen", schloß er finster, „dann geben Sie mir wenigstens Gelegenheit, mich im Krieg zu bewähren."

„Sie sind ja selber an allem schuld, François", klagte Toinette. „Sie haben Saint-Germain weggeschickt und diesen Montbarey eingesetzt. Und jetzt ist es Montbarey, der Ihnen die Bretagne nicht geben will." – „Montbarey", antwortete verächtlich Vaudreuil. „Wenn solch ein Gewächs einen sticht, dann reißt man es aus." Und da Toinette schwieg, setzte er hinzu: „Ich habe nichts dagegen, wenn im Frieden Schwachköpfe in den hohen Ämtern sitzen. Aber im Krieg sollte man zum Kriegsminister nur einen Mann bestellen, der eine Landkarte von einem Teppichmuster unterscheiden kann."

Toinette raffte sich auf, entschloß sich. „Hören Sie, François", sagte sie, „ich will gerne helfen. Aber in meinem gesegneten Zustand muß ich vorsichtig sein. Fragen Sie Lassone, ich darf mich nicht aufregen. Ich will mit Louis reden, aber nur an einem Tage, da ich das Gefühl habe, daß es mir nicht schadet."

Dabei mußte er es bewenden lassen.

Wiewohl sich der Konflikt Österreichs mit Preußen wegen der bayrischen Erbfolge ständig zuspitzte, nahm man in Wien die Hilfe Toinettes nicht in Anspruch. Josef zwar hätte die Schwester gerne durch einen seiner scharfen, ironischen Briefe an ihre Pflicht erinnert, aber die alte Kaiserin verwehrte es ihm. Sie wünschte, daß man auf Toinettes Zustand Rücksicht nehme.

Dann aber fiel König Friedrich in Böhmen ein, und nun richtete Maria Theresia selber einen schmerzlichen Brief an Toinette. Sie verstehe, schrieb sie, daß ihr lieber Schwiegersohn infolge anderer Verwicklungen die österreichischen Dinge vernachlässigt habe. Aber nun sei sie ohne ihr Verschulden in einen neuen Krieg mit dem Erzfeind geraten, wieder hätten ihre Untertanen unsägliche Leiden zu erdulden, und sie könne nichts tun, als ihre Nächte mit Tränen und Gebet füllen. Ihre liebe Tochter werde es verstehen, wenn sie sich in dieser Not an sie wende.

Auch beauftragte die Kaiserin ihre Pariser Vertreter, Toinette zu ermahnen, sie möge ernsthaft und dringlich auf Louis einreden, daß dieser das Übel nicht durch schlappe Haltung noch weiter verschlimmere. Sie sollten ihr einschärfen, was sie zu sagen und was sie zu verschweigen habe. In einer Nachschrift indes bat die alte Kaiserin: „Aber reden Sie nicht zu hart mit dem Kind, mein lieber Mercy. Denken Sie an den Zustand meiner Tochter, und seien Sie sacht und vorsichtig, wenn Sie sie ermahnen."

Friedrichs Einmarsch in Böhmen hatte Toinette aufgewühlt. Schon als kleines Kind hatte sie Klagen und Flüche gehört über den preußischen Tyrannen, der soviel Unglück über die Welt und insbesondere über die habsburgischen Länder brachte. Er hätte sich zufriedengeben können, nachdem er ihrer guten Mutter Schlesien geraubt hatte. Aber nun war er in seiner unbezähmbaren Gier von neuem über die alte Frau hergefallen. Es war Toinette leid und es verletzte ihren Stolz, daß sie das nicht hatte verhindern können.

Mercy und Abbé Vermond fanden sie in Tränen. Alles, was sie gegen Josef auf dem Herzen hatte, war weggeschmolzen, voll Trauer und Mitleid gedachte sie ihres Bruders, ihres „Seppl“. „Ist es nicht schrecklich, Messieurs“, fragte sie die Abgesandten ihrer Mutter wieder und wieder, „was dieser böse alte Mann uns antut?“

Der Abbé Vermond machte den riesigen Mund auf. „Es ist an Ihnen, Madame“, führte er aus, „einzugreifen. Klärlich ist der Fall gegeben, welchen die Klausel IV des Bündnis-Paktes vorsieht: Österreich ist angegriffen worden. Sie müssen es Ihrem erlauchten Gemahl begreiflich machen, daß er als Alliierter und Partner des Familienpaktes verpflichtet ist, dem Kaiser zu Hilfe zu kommen. Der Allerchristlichste König kann nicht tatenlos zuschauen, wenn Ihre Mutter und Ihr Bruder von dem Tyrannen von Preußen überfallen werden. Der Krieg ist den Ihren aufgezwungen worden, Madame. Der Allerchristlichste König darf Sie und die Ihren nicht im Stich lassen.“ Mercy aber ermahnte Vermond, Toinette nicht aufzuregen. „Sie sehen ja, mein lieber Abbé“, sagte er, „es bedarf unserer Exhortationen nicht.“ Und väterlich besorgt riet er Toinette: „Lassen Sie sich, bitte, nicht auf lange Erörterungen ein mit Ihrem erlauchten Herrn Gemahl. Lassen Sie Ihre bloße Erscheinung, Ihren Zustand, auf den König wirken. Weinen Sie und vertrauen Sie auf das weiche Herz des Königs und auf die Vorsehung.“

Toinette gelobte, alles zu tun, was sie vermochte.

Nun hatte sie aus den Reden ihrer Freunde ersehen, daß Frankreich, vollauf beschäftigt mit dem englischen Krieg, vorläufig nicht daran denken konnte, in den preußisch-österreichischen Konflikt einzugreifen. Sie war entschlossen, ihr Bestes zu tun, aber sie fürchtete, es werde vergeblich sein, und hatte sich in ihrem Innern damit abgefunden. Doch so tief traurig das alles war, ein jedes Unglück hatte auch seine gute Seite. Wenn Louis ihr, der Mutter seines Kindes, in dieser lebenswichtigen Sache nicht helfen konnte, dann mußte er ihr andere Zugeständnisse machen. Jetzt war die Gelegenheit da, den patriotischen Wunsch François' durchzusetzen, die Abberufung dieses Montbarey.

Voll solcher Erwägungen ging sie zu Louis.

Dem war die Meldung von Friedrichs Einmarsch in Böhmen eine trübe Genugtuung gewesen. Jetzt also erntete Schwager Josef den Sturm, den er gesät hatte. Bei alledem tat ihm der Schwager leid; er hätte ihm gerne geholfen, schon aus Dankbarkeit, weil er ihm die segensreiche Operation angeraten hatte, und beinahe war er froh, daß er durch seinen eigenen Krieg an der Sendung von Truppen verhindert war.

Er hatte erwartet, daß Toinette vor ihm klagen und ihn bestürmen und beschimpfen werde, und sich vorgenommen, es still hinzunehmen. So hielt er es. Was immer sie vorbrachte, er erwiderte nur: „Was soll ich tun, was kann ich tun?" – „Alles", antwortete sie. „Es kostet Sie nur eine Unterschrift, und Ihre Truppen marschieren." Und da er sich nicht rührte, sondern immer nur unglücklich schwieg, brach sie, wie es Mercy ihr geraten hatte, in Tränen aus. Louis sah sie, die Mutter seines Sohnes, rührend und aufgelöst, und ihm selber waren die Tränen nicht fern. Aber er blieb seinem Vorsatz treu und wiederholte hilflos: „Ich habe alle Schuld, ich weiß es. Ich kann Ihnen gar nichts erwidern, aber was kann ich tun?" Und dann, sehr besorgt, bat er: „Denken Sie nicht an diesen dummen Krieg, denken Sie nur an Ihren Zustand. Sie müssen sich beruhigen. Ich schicke nach Lassone." Sie aber wies ihn ungeduldig zurück und klagte: „Sehen Sie. Nicht einmal darauf nehmen Sie Rücksicht, nicht einmal auf unser Kind. Nicht die kleinste Unterschrift geben Sie mir. Nichts tun Sie für mich und mein Kind. Dabei wäre es Ihr bestes Interesse, wenn Sie zusammen mit Josef marschierten. Meine Mutter würde Ihnen nichts zumuten, was Ihnen schaden könnte." Er schnaufte unglücklich. „Aber ich kann doch nicht, Toinette", wandte er sanft ein. „Begreifen Sie doch. Ich bin doch im Krieg mit England."

Jetzt hatte sie ihren Einsatz. „Ihr Krieg mit England", höhnte sie. „Was ist das für ein Krieg? Lauter halbherzige Maßnahmen. Lauter Niederlagen. Es kann ja auch nicht anders sein mit Ihrem Montbarey, diesem Feigling, diesem korrupten Dummkopf." – „Auch mir wäre lieber", erinnerte er sie trüb und umwegig, „wir hätten noch Saint-Germain. Aber der ist gestorben, an gebrochenem Herzen." Toinette, darüber weghörend, sagte heftig: „Wer immer, jeder ist besser als Ihr Montbarey."

Nun wurde Louis schon seit Ausbruch der Feindseligkeiten bedrängt, er möge Montbarey wegschicken. Vergennes lag ihm damit in den Ohren, die Generäle klagten, wie sehr sie durch diesen Minister behindert würden, und Monsieur Necker war empört über die Verschwendung und die Günstlingswirtschaft Montbareys. Louis hatte sich gesträubt, weil der Mann verwendbar war, den Beginn der Feindseligkeiten hinauszuzögern. Jetzt, da der Krieg nicht hatte verhindert werden können, hatte er keine Ursache mehr, sich schützend vor ihn zu stellen.

„Ich sage nicht", erklärte er vorsichtig, „daß ich Montbarey ewig halten werde. Und nun beruhigen Sie sich", bat er, da sie eifrig hochschaute, und streichelte sie täppisch. „Sie werden ihn also fortschicken?" fragte sie. „Ich werde es mit meinen Räten durchsprechen", antwortete er ausweichend. „Tun Sie das, bitte, sogleich", beharrte Toinette. „Es gibt unter Ihren Ministern nur *einen*, der an Montbarey interessiert ist. Schicken Sie hinüber zu Maurepas und befehlen Sie ihn hierher. Wir wollen hören, was er für seinen Schützling vorzubringen imstande ist."

Maurepas kam. Sie fiel sogleich über ihn her: „Ich höre, der König hat sich entschlossen, Ihren Monsieur de Montbarey wegzuschicken, wenn Sie nicht triftige Gründe für ihn anzuführen haben." Maurepas verbarg nur mit Mühe seine Bestürzung. Er hatte sich vorhergesagt, daß er Montbarey werde fallenlassen müssen, doch auf diesen plötzlichen Schlag von seiten der schwangeren Österreicherin war er nicht gefaßt. Madame de Montbarey war die Kusine und nächste Freundin der Gräfin. Maurepas stellte sich vor, wie unangenehm die Mahlzeiten mit seiner lieben Frau werden würden, wenn jetzt Montbarey gehen mußte.

„Sie wollen den Prinzen wirklich fortschicken, Sire?"

fragte er. Louis erwiderte unbehaglich: „Sie haben ja gehört, Monsieur, ich lege die Entscheidung in Ihre Hände." Da Maurepas sah, daß Louis noch schwankte, entschloß er sich, für den Schützling seiner Frau zu kämpfen. „Sie haben", sagte er, „in bewährter Friedensliebe Ihren Kriegsminister beauftragt, Feindseligkeiten mit England so lange wie möglich zu vermeiden. Ich wüßte unter Ihren Soldaten keinen zweiten, Sire, der einem Zusammenstoß mit so vorbildlicher Sorgfalt ausgewichen wäre wie Prinz Montbarey." – „Ja", ereiferte sich Toinette, „ganz Europa macht sich lustig über uns wegen der schwächlichen Kriegführung Ihres Protégés. Mir gibt man die Schuld. Es ist empörend." – „Regen Sie sich nicht auf, Toinette", bat Louis, „das ist die Sache nicht wert." Plötzlich überkam ihn Zorn über die endlosen Schwierigkeiten, Zorn über Josef, über Franklin, über Monsieur Caron, über Montbarey, und Zorn vor allem über Maurepas, der ihn vor diesem ganzen wüsten Kram nicht schützte, wie das seine Pflicht gewesen wäre. „Was haben Sie der Königin zu erwidern, Monsieur?" sagte er streng, und mit überschlagender Stimme schrie er ihn an: „Montbarey war Ihr Rat. Oder nicht?"

Maurepas erbleichte unter der Schminke. Er sagte sich: Siebenundsiebzig bin ich. Lange brauch ich's nicht mehr mitzumachen. Jetzt durchhalten bis an das kühle Grab. Wenn er wütend ist, mein Sechzehnter Louis, dann schaut er aus wie ein gutmütiger Wilder, der sich eine Kriegsmaske aufgesetzt hat, um den Feind zu erschrecken. Aber mir kann er nichts vormachen. Der Vergleich mit dem Wilden und der Kriegsmaske gefiel ihm, er gedachte ihn in seine Memoiren aufzunehmen, und das half ihm zu einer milden, skeptischen Gelassenheit. Er erkannte, daß Montbarey nicht zu halten war, und entschloß sich, ihn elegant zu verraten.

„Prinz Montbarey", sagte er, „ist ein idealer Kriegsminister für den Frieden. Als ich ihn vorschlug, Sire, waren wir im Frieden. Jetzt sind wir leider im Krieg." Er zuckte ausdrucksvoll die Achseln.

Louis hatte seine Heftigkeit sogleich bereut. Er schleifte auf Maurepas zu. „Lassen Sie mich nicht im Stich, mein

Mentor", flüsterte er ihm ins Ohr. Toinette verbarg nicht ihre Verachtung. „Sie haben also nichts für Monsieur de Montbarey vorzubringen, Exzellenz?" fragte sie und wippte mit dem Fuß. Und da er schwieg, sagte sie, sehr höflich und sehr hochmütig: „Dann teilen Sie, bitte, dem Prinzen Montbarey den Wunsch des Königs mit."

Maurepas blickte fragend auf Louis. „Nun ja, nun schön", sagte dieser. Maurepas verneigte sich. „Wie Sie befehlen, Madame", sagte er und zog sich zurück, ehrfürchtig, unbehaglich und gekränkt, um zunächst von seinem Sekretär Sallé das klägliche Terzett, das soeben er, Louis und die Österreicherin gesungen hatten, mit bösartiger Genauigkeit aufzeichnen zu lassen.

Die Gräfin Maurepas hatte verschiedene Methoden, ihrem Manne ihre Unzufriedenheit zu zeigen. Diesmal, nach der Entlassung Montbareys, wurde die lebhafte Dame einsilbig. Das war das Schlimmste, was sie dem geselligen Maurepas antun konnte. Vor allem zur Zeit des Frühstücks, die er für die liebste Stunde des Tages erklärte, vermißte er schmerzlich ihr scharfes Geplauder.

Drei Tage lang strafte sie ihn so. Am vierten tat sie den Mund auf. Unerwartet, während er trübselig sein knuspriges Hörnchen in die Schokolade stippte, sagte sie: „Wie wäre es, Jean-Frédéric, wenn ich unsern Toutou bäte, seinen ‚Figaro' bei mir vorzulesen?"

Maurepas war so überrascht, daß er das eingetunkte Hörnchen länger in der Schokolade ließ, als er vorgehabt hatte, so daß, als er es herausnahm, der aufgeweichte Teil zurückplanschte. Er wischte sich sorgfältig die Spritzer ab. Dann löffelte er das Gebäck aus der Tasse, das gab ihm Zeit, seine Antwort zu bedenken.

Seine liebe Gräfin erwartete eine Genugtuung für die Kränkung, die er ihr hatte antun müssen, und er war willens, sie ihr zu geben. Aber was sie da von ihm verlangte, war stark. Wenn die Frau des Ministerpräsidenten sich und ihren Freunden das dem König verhaßte und von ihm verbotene Stück durch den Autor selber vorlesen ließ, so bedeutete das eine Verhöhnung des königlichen Urteils. Gutgesinnte konnten es als kleinen, harmlosen Scherz auffassen, Bösartige mochten darin eine Herausforderung sehen, die an Rebellion grenzte.

Er schluckte das schokoladegetränkte Gebäck hinunter. Dann hüstelte er ein wenig. „Sie wollen sich von unserm Beaumarchais sein hübsches kleines Stück vorlesen lassen, Teuerste?“ fragte er. „Ist das nicht etwas gewagt?“ – „Ich fände es angebracht, mein lieber Jean-Frédéric“, antwortete sie, ihn mit ihren schwarzen, hurtigen Augen voll anschauend, „wieder einmal ein bißchen Salz in unsere Unterhaltungen zu streuen. Wir sind in der letzten Zeit recht saftlos geworden.“

Zu ihren Häupten, Maurepas gerade vor Augen, hing das Franklin-Porträt des Duplessis; nach abgeschlossener Allianz hatte er es hier in Versailles aufgehängt. Seine liebe Gräfin hatte in der Sache des hinterwäldlerischen Aufrührers die richtige Intuition bewiesen, wahrscheinlich wird sie auch in der Sache ihres Toutou recht behalten. Das Verbot Louis' war in der Tat zu brav ledern; es wird sich nicht aufrechterhalten lassen. Man durfte in unsern aufgeklärten Zeiten eine kleine Komödie, welche sich über eine mißglückte erste Nacht lustig machte, nicht wichtig nehmen. Er, Maurepas, war es seinem Rufe bei der Nachwelt schuldig, in dieser Angelegenheit von seinem Zögling abzurücken. Louis wird es nicht wagen, ihm das zu verdenken; nach dem Insult, den er ihm vor der Österreicherin zugefügt hatte, fühlte er sich bestimmt schuldbewußt.

Er nahm ein neues Hörnchen, hielt der Katze Gris-Gris ein Stück hin, sie schnüffelte daran und kehrte sich ab. „Sie wollen also Ihren Toutou wieder einmal ins Hôtel Phélypeau laden“, überlegte er laut. „Aber doch nicht ins Hôtel Phélypeau“, antwortete sie lebhaft. „Das alte, verstaubte Palais wäre ein schlechter Rahmen für ein Stück von Verve und Esprit. Selbstverständlich soll Toutou hier lesen. Gerade hier“, sagte sie, „da, wo Sie sitzen, mein lieber Jean-Frédéric.“

Bei meiner Seele, wenn ich eine habe, dachte Maurepas

und rückte unwillkürlich ein wenig zur Seite. Er kannte seine Gräfin und hatte von Anfang an gewußt, daß sie die Komödie gerade hier vorgelesen haben wollte, in unmittelbarer Nähe des ledernen jungen Monarchen. „Sie haben immer so originelle Ideen“, seufzte er. „Ich wußte, daß meine Idee Ihnen gefallen wird“, antwortete sie. „Ich bin sicher, Sie werden einen vergnügten Abend haben.“ Der Alte erschrak. „Wie, Madame?“ fragte er. „Sie rechnen auf meine Gegenwart? Würde das der Allerchristlichste nicht als Vermessenheit deuten müssen?“ – „Es ist Ihr Wagemut, Monsieur“, erwiderte sie liebenswürdig, „um dessentwillen die Welt und ich Sie schätzen.“ Er küßte ihre Hand. „Wenn meine Arbeit es gestattet, Madame“, sagte er, „werde ich mir die Freude machen, auf ein Viertelstündchen zu erscheinen.“

Als Pierre die Aufforderung erhielt, sein Stück in Versailles vorzulesen, im Dunstkreis des verbietenden Königs, wußte er sich vor Freude nicht zu lassen. Auch Vaudreuil und Désirée fanden, diese Vorlesung bedeute einen weiten Schritt nach vorn. Pierre war sicher, er werde so gut lesen wie niemals vorher. Er wünschte, daß sein Chronist Gudin Zeuge seiner Meisterleistung sei, und während er es sonst vermied, Angehörige oder Freunde in die großen Häuser, deren Gast er war, mit einzuschmuggeln, bat er diesmal die Gräfin, Philippe Gudin mitbringen zu dürfen.

Er las denn auch mit Schwung und wußte seine Komödie so deutlich zu machen, daß man sie vor sich sah wie auf einer Bühne. Mit Ton und Gesten malte er die Situationen, und jeder seiner Menschen lebte sein besonderes Leben. Die Hörer waren hingerissen, sie klatschten, sie riefen ihm zu, und er hatte für jeden Zuruf eine witzige, treffende Antwort.

Gudin nahm alles in sich auf, trunken von Begeisterung, und große Sätze entstanden in ihm für seine „Geschichte des Dichters und Staatsmannes Beaumarchais“. Welch ein Dichter, welch ein Geist, welch ein Schauspieler. So mußte es gewesen sein, wenn der Rhapsode Homer seine Gesänge den Bewohnern der griechischen Insel vorlas, so, wenn Horaz den Freunden seine ewigen Oden rezitierte.

Maurepas zeigte sich erst, als die Vorlesung längst begonnen hatte. Er war sorgfältig hergerichtet, aber im Schlafrock, und tat überrascht. „Ich wollte dir nur gute Nacht sagen, Teuerste", erklärte er, „ich wußte nicht, daß du Gäste hast." Dann ließ er sich überreden, zu bleiben, hörte zu, schnalzte leicht mit der Zunge, klatschte andeutend in die dürren Hände, sagte: „Allerliebst, das haben Sie sich allerliebst ausgedacht, mein lieber Pierre." Er war ein leidenschaftlicher Anhänger des Theaters, er verstand es, Pierres geschliffene Leistung zu schätzen. Er fühlte sich zurückversetzt in seine Jugend, in die Epoche der Regentschaft, da man Geist, Frivolität und Komödie auf eine Art zu mischen wußte, von der das rohere, abergläubischere Heute keine Ahnung mehr hatte. Aber nicht doch, dieser Pierre hatte eine Ahnung. Er hätte es verdient, in jener guten alten Zeit zu leben. Dann freilich wäre er jetzt wohl tot; denn aus dieser Zeit lebten nur mehr er selber und der alte Richelieu.

Je länger Pierre las, um so tadelnswerter schien dem Minister das Verhalten seines Zöglings. Dieser Sechzehnte Louis war gutmütig und folgsam, aber dann wieder unerwartet schwerfällig und zäh. Da verbiß er sich in einen moralisierenden Groll gegen dieses hübsche Stück und machte ihn, Maurepas, vor der Nachwelt lächerlich, statt froh zu sein, daß seine Regierungszeit eine solche Komödie hervorbrachte. Nein, dieses Verbot durfte nicht bestehenbleiben. Eine Weile noch mochte in Gottes Namen Louis, da er sich's einmal in den dicken Kopf gesetzt hatte, das Stück der Bühne fernhalten. Aber nicht sehr lange; denn er, Maurepas, war fest entschlossen, der Aufführung dieser allerliebsten Komödie im Théâtre Français noch beizuwohnen.

Die Gräfin hatte mit Vergnügen wahrgenommen, wie sehr Pierres Vorlesung ihren Maurepas anregte. Zusammen mit Pierre trat sie an ihn heran und fragte: „Finden Sie nicht auch, Jean-Frédéric, diese ausgezeichnete Komödie gehört auf die Bühne?" Maurepas fühlte sich kühn und jung wie zu der Zeit, da er, knapp siebzig, die Ministerpräsidentschaft übernommen hatte. Wer der Pompadour die Spitze zu bieten gewagt hat, wird schließlich auch noch einen Strauß mit dem Sechzehnten Louis ausfechten können. „Madame, Sie haben recht“, sagte er galant. Er dachte einen Augenblick nach, dann wandte er sich an Pierre und sagte schlau und diplomatisch drechselnd: „Wenn zum Beispiel welche unter Ihren hochgeborenen Freunden darangingen, Ihr scharmantes Stück vor einem ausgesuchten Auditorium spielen zu lassen, so würde, glaube ich, vor einer solchen Veranstaltung die Krone grollend, aber eben nur grollend, die Augen schließen, so wie sie die Anwesenheit des Ketzers Voltaire in ihrer Hauptstadt nicht zu bemerken geruhte.“

„Sie raten mir . . .?“ fragte erwartungsvoll Pierre. Aber: „Ich rate gar nichts, Monsieur“, wies ihn Maurepas zurecht. „Was ich da äußerte, das waren vagabundierende Gedanken eines Privatmannes, der Sinn für die Grazie der Frechheit hat. Heute haben ja nur mehr wir Greise dafür Sinn. Sie erinnern sich, mein Lieber, daß ich einmal für ein Epigramm ein Vierteljahrhundert Verbannung auf mich nahm. Das waren Zeiten. Damals fanden wir, ein wenig Wagemut sei ein selbstverständliches Ingredienz aller Schriftstellerei. Ihr ‚Figaro‘ hat mich an jene Zeiten erinnert, Herr Kollege.“

Vaudreuil war mit Freuden bereit, Pierre zu helfen. Er war strahlender Laune. Der neue Kriegsminister, Graf Ségur, hatte ihm das Kommando in der Bretagne für die allernächste Zeit zugesagt, und es traf sich gut, daß er vorher noch sein Versprechen erfüllen, den „Figaro“ zur Aufführung bringen und mit einer Sensation von Paris scheiden konnte.

Der ganze Fliederblaue Klüngel machte sich mit Eifer ans Werk. Die Aufführung des „Figaro“ sollte stattfinden als private Feier anläßlich des Geburtstages des Prinzen Karl. Gabriele erreichte vom Intendanten der Oper, daß er das Hôtel des Menus Plaisirs zur Verfügung stellte, einen der schönsten Säle des Reichs; daß das kleine Palais Eigentum des Königs war, würzte den Spaß.

Pierre ließ es sich angelegen sein, nicht nur die Proben zu leiten, sondern auch für das ganze Um und Auf der Vorstellung zu sorgen. Da er einer Äußerung Vaudreuils entnahm, daß Gabriele Polignac, die als Festgeberin zeichnete, wieder einmal kein Geld hatte, zahlte er die Kosten der Proben lächelnd und stillschweigend aus der eigenen Tasche. Sie waren nicht niedrig; wenn die Mitglieder des Théâtre Français Stücke für private Aufführungen des Hofes einstudierten, erwarteten sie für jede Probe ein Honorar von fünfzehnhundert Livres.

Sogar um die Einladungskarten kümmerte sich Pierre. Er ließ sie auf edelm Bütten drucken, das seine Papiermühlen für diesen Zweck herstellen mußten. Auf der Vorderseite der Einladung sah man Figaro. Spanisch, elegant, ein bißchen närrisch und sehr lustig angezogen, verneigte er sich, am Band hatte er die Gitarre, das Haar trug er im Netz, um den Hals schlang sich lässig das rote, seidene Fichu, und heiter und höhnisch verkündete eine Unterschrift aus dem „Barbier": „Eh, parbleu, j'y suis – Potzblitz, da wär ich."

Die Einladungen wurden mit bedeutsamem Lächeln und Geheimnis überreicht, auch die Schauspieler wurden um Heimlichkeit gebeten, und das Gewese und Geraune bewirkte, was es bewirken sollte: unter allgemeinem „Pst! Pst!" wußte schnell die ganze Stadt um die Angelegenheit.

Der Polizeipräsident stand vor einem Problem. Die Aufführung entsprach, vorsichtig ausgedrückt, nicht den Wünschen des Königs, und die vorgeschriebene Erlaubnis war nicht eingeholt. Andernteils hatte der Intendant der Königin den Mitgliedern des Théâtre Français den Auftrag erteilt, und die Proben fanden statt mit Wissen und wahrscheinlich auf Wunsch der Königin. Wer in die Vergnügungen des Fliederblauen Klüngels eingriff, verbrannte sich leicht die Finger. Monsieur Lenoir hatte Sorgen. Sehr wohl war es möglich, daß, ob er erlaubte oder verbot, ein Zwist zwischen dem Königspaar durch seine Entlassung beigelegt wurde.

Er versuchte, sich bei Maurepas Rat zu holen. Er fand geringe Hilfe. „Hat denn niemand um Ihre Erlaubnis nachgesucht?" fragte mit falscher Verwunderung der Alte, und: „Die Herren machen es sich wirklich leicht", sagte er kopfschüttelnd. „Soll ich also verbieten?" fragte hoffnungsvoll Monsieur Lenoir. „Da würden Sie sich bei der Königin schön in die Nesseln setzen", antwortete Maurepas. „Eine kitzlige Situation", überlegte bekümmert Monsieur Lenoir. „Das kann man wohl sagen, mein Lieber", meinte teilnahmsvoll Maurepas. „Ich möchte nicht in Ihren Schuhen stehen."

Inzwischen probierte man in den Menus Plaisirs. Viele Herren und Damen vom Hof, die dem Fliederblauen Klüngel nahestanden, baten, einer Probe beiwohnen zu dürfen. Man probierte reichlich. In den späteren Proben wirkten viele Szenen bereits so fertig wie in der Aufführung, und die anwesenden Zuschauer applaudierten.

Auch Monsieur Lenormant schaute sich, still und versteckt, eine Probe an. Er spürte in allen Knochen den Reiz, der von dem Stück und von der Vorstellung ausging, das in jeder Hinsicht Unziemliche, Verbotene, die Sinne und den Verstand Aufrührende. Er sah Désirée in ihrer Pagentracht, weiß und silbergestickt, den hübschen, frechen, knabenhaften Kopf unterm Federhut, den leichten, blauen Mantel über der Schulter, er sah, wie sie sich in ein Mädchen verwandelte, er hörte sie die Romanze singen mit ihrer etwas spröden, ins Blut gehenden Stimme. Er kam sich läppisch vor mit seiner neuen Freundin Olivier. Wie war sie hölzern vor dieser holden und kecken, wunderbar lebendigen Désirée. Wie war sie lächerlich, wenn sie klagte, daß die unersättliche Mesnard ihr den Cherubin wegspielte, wie war er lächerlich, wenn er sich das anhörte. Er war erfüllt von einem wütenden Verlangen nach Désirée und von einer wilden Sehnsucht, hinauf auf die Bühne zu springen und sie niederzuschlagen.

Den Tag darauf ging er zu Maurepas.

Er sprach von Politik, vom Krieg, von Geschäften. Erzählte von den Proben zum „Figaro". „Es ist merkwürdig", meinte er, „wie aufregend diese Komödie von der Bühne wirkt. Gefühle, wie sie einem dieser ‚Figaro' erregt, müssen jene Meuterer in Boston verspürt haben, als sie die Teeschiffe stürmten und uns den Krieg mit England anhängten." Maurepas meckerte ein bißchen. „Ich weiß", antwortete er, „wie stark Theater auf Menschen mit Phantasie wirken kann. Aber daß diese scharmante Komödie den Fliederblauen Klüngel anstacheln sollte, Teegeschäfte zu plündern, nein, mein Lieber, das glaub ich Ihnen einfach nicht. Unser

Pierre wendet, um zu wirken, alle Mittel an, auch ein bißchen politische Pikanterie. Warum nicht? Und wenn unsere blasierten Fliederblauen ein leichtes Gruseln spüren wollen, von mir aus können sie es haben." – „Lebten wir im Frieden", antwortete Lenormant, „dann stimmte ich Ihnen zu. Aber jetzt, nach der Allianz, mitten im Krieg für Amerika, wirken diese Szenen wie ein Aufruf zur Revolution. Bitte, glauben Sie mir, Exzellenz." – „Nein", lächelte Maurepas freundlich, „das glaub ich Ihnen nicht, mein Lieber. Doktor Franklin und Figaro, der Barbier: die Verbindung ist mir zu bizarr." – „Aber die beiden gehören zusammen", bestand Lenormant. „Die Geschichte hat sie zusammengespannt. Sie gehören zusammen wie Hand und Handschuh." Und da der andere fortfuhr, höflich und ungläubig zu grinsen, setzte er ihm auseinander: „Der König fürchtet, die Allianz könnte dazu beitragen, rebellische Ideen aus dem Westen hierher zu verpflanzen. Sie selber haben mir das erzählt, Exzellenz. Wenn jetzt eine Komödie wie dieser ‚Figaro' Erfolg hat, dann wird der König darin einen Beweis für die Triftigkeit seiner Befürchtungen sehen. Ich bin sicher, Exzellenz, daß sich auch Ihnen solche Erwägungen aufdrängen, wenn Sie einer Probe beiwohnen." Maurepas schaute ihm lächelnd ins Gesicht. „Sie werden in meinen Memoiren als ein Herr von ungewöhnlicher Vorsicht erscheinen", meinte er.

Aber sein Lächeln verschwand, sowie Charlot gegangen war. Lenormants Gerede, wiewohl er's nicht hatte wahrhaben wollen, hatte ihn angerührt. Er fühlte sich frostig trotz all seiner Tücher und Schals. Schreiendes Bekennertum war vulgär. Alles, wo es hingehörte. In der Einsamkeit seines Landsitzes Pontchartrain war Mut am Platze gewesen, hier in Versailles war weise Vorsicht angebracht. Aus geziemender Vorsicht hatte er seinen Freund Turgot geopfert und seinen Freund Saint-Germain. Gemessen an solchen Opfern, was wollte es da viel besagen, wenn er die vergnügliche Pflicht, die Aufführung der Komödie zu erzwingen, auf eine Weile zurückstellte?

Andernteils war er kein Reaktionär und wollte nicht dafür gelten. Auch wäre es unanständig, wenn er sich der Aufführrung, die er selber angeregt hatte, in den Weg stellte. Ganz abgesehen von dem Verdruß, den er seiner Gräfin dadurch bereitete.

Der alte Diplomat suchte nach seinem Ausweg. Er fand ihn.

Als er Louis das nächste Mal Vortrag hielt, entschlüpfte seiner Aktentasche die Einladungskarte zu der Veranstaltung in den Menus Plaisirs. Der kurzsichtige Louis zog zerstreut die Karte an sich, spielte damit, mechanisch, betrachtete flüchtig das bunte Bild, wurde aufmerksam, beschaute die Karte näher. „Potzblitz, da wär ich", verkündete Figaro. Louis verfinsterte sich. „Was ist das?" fragte er Maurepas. „Soweit ich sehe", antwortete unschuldig der Minister, „eine Einladung zur Feier des Geburtstags des Prinzen Karl." Louis wollte etwas Heftiges sagen, schluckte es hinunter, fragte nur: „Darf ich mir die Einladung ausborgen?" – „Die Karte ist hübsch", sagte Maurepas. Er war mit sich zufrieden. Er hatte seine Pflicht getan sowohl dem Fortschritt als auch seinem jungen Monarchen gegenüber.

Louis, allein, betrachtete lange die Einladungskarte. „Die Künstler des Théâtre Français – Die Gräfin Polignac – Anläßlich der Feier des Geburtstages Seiner Königlichen Hoheit des Prinzen Karl – Im Hôtel des Menus Plaisirs – Eh, parbleu, j'y suis." Ganz genau beschaute sich der König von Frankreich und Navarra das Bild des Kammerdieners Figaro, seinen bunten, närrischen und eleganten Anzug, die Gitarre, das spanische Haarnetz, das rote, seidene Fichu, das freche, lustige Gesicht. Und in den Menus Plaisirs, dachte er, in meinem eigenen Hause. Dieses Pack. Dieser Bursche. In meinem eigenen Hause.

Er berief den Polizeipräsidenten. Hielt ihm erzürnt die Einladungskarte vor Augen. „Potzblitz, da wär ich", las Monsieur Lenoir.

Er erklärte, auch er habe Kenntnis von dem Projekt der Feier zu Ehren des Prinzen Karl. Sein erster Impuls sei gewesen, zu verbieten. Andernteils finde die geplante Geburtstagsfeier in einem engen, erlesenen Zirkel statt, und offenbar mit Billigung Ihrer Majestät der Königin, auf deren Zustand

Rücksicht zu nehmen klärlich erstes Gesetz sei. So habe er, Lenoir, sich vor einem Problem gesehen, das er nicht lösen könne. Wenn Louis ihn nicht herbeibefohlen hätte, so hätte er sich von allein erlaubt, untertänigst bei ihm Rat einzuholen.

Louis schwieg. Der Hinweis auf Toinettes Schwangerschaft war ihm nicht angenehm. „Darf ich also verbieten, Sire?“ fragte nach einer Weile der Polizeipräsident. Drei Sekunden zögerte Louis. Dann sagte er unwirsch: „Alberne Frage, Monsieur! Ich habe erklärt: Niemals. Das sollte meinem Polizeipräsidenten bekannt sein. Niemals ist niemals.“

Lenoir verneigte sich tief und wollte sich zurückziehen. Aber: „Halt, Monsieur, warten Sie“, kommandierte Louis. In meinem eigenen Hause, dachte er. „Verbieten Sie auch jetzt noch nicht“, befahl er rachsüchtig, „verbieten Sie erst im letzten Augenblick.“ – „Mit Vergnügen, Sire“, erwiderte Lenoir.

Als Lenoir sich entfernt hatte, ging Louis einige Male auf und ab, zornigen, herrscherhaften Gesichtes. Allmählich aber erschlafften seine Züge. Er setzte sich an seinen Schreibtisch, richtete einen abwesenden Blick auf die Porzellanstatuetten seiner Autoren und verkündete ihnen: „Und er wird es doch durchsetzen, dieser Caron.“

Die Neugierigen, die sich an dem Tage der Aufführung vor dem Hôtel des Menus Plaisirs sammelten, kamen auf ihre Rechnung. Eine Doppelreihe von Lakaien in der Livree der Polignacs stand vor dem Palais, am Gittertor wurden die Gäste von dem Haushofmeister Gabrieles in Empfang genommen, die Wagen waren festlich geschmückt, und die ihnen entstiegen, waren die Träger der großen, alten Namen Frankreichs.

Aus dem Spalt des Vorhangs beschaute sich Désirée das Publikum. Mit Ausnahme des Königspaares war alles gekommen, was dem Hofe Glanz verlieh. Eine Genugtuung erfüllte Désirée, daß sie die Aufführung erreicht hatte, auf vielen Umwegen und zuletzt durch Glück. Es war ein großer, festlicher Spaß, dieses Stück zu spielen für diese, gegen diese Damen und Herren.

Und stolz war Désirée, daß sie sich entschlossen hatte, Cherubin zu sein, nicht Suzanne. Sie wußte, daß heute niemand in Frankreich die bange, vage, brennende Verliebtheit des Knaben besser darstellen konnte als sie, sie wußte, wie anmutig und verlockend sie in dem Kostüm des Pagen aussah, sie wußte, daß sie es vermochte, die Prise Frechheit zuzugeben, welche die Gestalt davor bewahrte, sentimental zu werden.

In einer der Logen gewahrte sie Lenormant. Er hatte wirklich naiv und dreist die Olivier mitgebracht, die hübsche, leere, kleine Gans, er wollte zeigen, daß er sie, Désirée, verschmerzt habe. Armer Charlot, armer, bitterer, ohnmächtiger Charlot. Und sie war glücklich, daß sie damals die größte Dummheit ihres Lebens begangen hatte und nicht eingezogen war in Schloß Etioles durch das Tor mit der gemeißelten Inschrift: „Vanitas, vanitatum vanitas".

Zehn Minuten waren vorbei nach der festgesetzten Stunde des Beginns, das Publikum wurde unruhig. Offenbar wartete man noch auf den Mann, dem zu Ehren das Stück gespielt werden sollte, auf den Prinzen Karl. Da kam er, jung, lächelnd, frech, spitzbübisch. Man lachte, begrüßte ihn lärmend.

Und nun konnte der Spaß anfangen. Aber es vergingen weitere drei Minuten, fünf Minuten. Schon trampelten einige, und: „Was ist denn los, meine Lieben?" rief nun auch die helle, kecke Stimme des Prinzen.

Jetzt endlich erschien einer der Schauspieler vor dem Vorhang, Préville-Figaro, in dem Kostüm, das man von der Einladungskarte her kannte. Gab es einen Prolog? Man klatschte, wurde still.

Es war aber kein Prolog. Vielmehr erklärte Préville-Figaro mit einer geübt ruhigen Stimme, die aber tiefe Empörung nicht verbarg: „Wir bitten um Ihre Aufmerksamkeit, meine Herren und Damen. Es ist uns soeben ein schriftlicher Befehl Seiner Majestät des Königs zugestellt worden. In diesem Befehl wird uns bei Strafe der Ungnade Seiner Majestät untersagt, in irgendeiner Aufführung der Komödie ‚Der tolle Tag oder Die Hochzeit des Figaro' mitzuwirken, sei diese Aufführung veranstaltet von wem immer. Unsere Vorstellung kann also nicht stattfinden. Wir bitten um Ihre Nachsicht, meine Herren und Damen."

Einen Augenblick war tiefes Schweigen. Dann ertönte ein schriller Pfiff, er kam vom Prinzen Karl, und dann sagte eine grobe, große Stimme: „Unerhört, das ist Tyrannei", sie kam von Jules Polignac. Und dann begann das ganze Publikum, alle diese geschmückten Herren und Damen, zu johlen und zu pfeifen, und immer wieder hörte man: „Willkür, Tyrannei." Pierre aber rief in den Tumult hinein: „Beruhigen Sie sich, meine Herren und Damen. Über diesen ‚Tollen Tag' ist der Vorhang noch nicht gefallen."

Den Herzog von Richelieu hatte es Anstrengung gekostet, sich zu der Aufführung zu begeben, denn er war sehr alt. Was sich aber nun ereignet hatte, belebte ihn. Während er seine junge Frau zum Ausgang führte, sagte er zu seinem dreiundsechzigjährigen Sohne, dem Herzog von Fronsac: „Sehen Sie, mein lieber Junge, unter dem Vierzehnten Louis haben wir den Mund gehalten, unter dem Fünfzehnten haben wir leise gemurrt, unter dem Sechzehnten schreien wir."

Vor dem Theater standen noch viele Neugierige. Sie nahmen den Ruf der enttäuschten Gäste auf. Immer wieder hörte man: „Willkür, Tyrannei", und am Abend schallte es durch die Tavernen und Kaffeehäuser: „Man verbietet uns unsern Beaumarchais. Despotismus, Willkür, Tyrannei."

Drittes Kapitel

Figaro

In diesem Frühsommer machte Doktor Franklin wahr, was er sich beim ersten Anblick des Hôtels Valentinois und des „Gartens" gewünscht hatte: er nahm auch das Hauptgebäude in Besitz, so daß die behagliche Ruhe seiner Wohnstätte nicht mehr durch die Gegenwart Fremder gestört war.

Monsieur de Chaumont hatte Franklin den Flügel, den

dieser bewohnte, nicht nur mietfrei überlassen, er hatte sich auch sonst als ungewöhnlich gefälliger Hauswirt erwiesen; dadurch war Franklin gezwungen gewesen, Rücksichten zu nehmen. Wenn jetzt der Doktor auf seiner Lieblingsbank unter der großen Buche saß, wohlig auf den Fluß und auf die silbriggraue Stadt Paris schauend, brauchte er nicht mehr zu besorgen, daß ihn sein dienstwilliger Hausherr in ein langes, höflich nichtssagendes Gespräch verwickelte. Des weiteren hatte er nun Platz genug, sich, seine Bücher und die mannigfachen Dinge seines Komforts unterzubringen, wo immer es ihm paßte. Er brauchte fortan die Braune Bibliothek nur mehr bei Zusammenkünften mit den Kollegen zu betreten und konnte sich den Ärger sparen, zu anderer Zeit das schlechte Gemälde betrachten zu müssen, das seinen verehrten Freund Washington auf dem blutigen Schlachtfeld darstellte.

Monsieur de Chaumont verlangte auch für das ganze Haus nur einen billigen Mietpreis; es war leicht gewesen, sich mit ihm zu verständigen. Bedenken aber hatte Mr. Adams geäußert. Er hielt es für unangebracht, daß die Vertreter der neuen, tugendhaften Republik so large und üppig wohnten. Doch hatte er sich gefügt; denn er hatte bei aller Gegensätzlichkeit Achtung vor Franklin.

Im stillen wunderte sich Mr. Adams, daß der alte Doktor soviel Mühe daran wandte, seine Wohnstätte in Passy zu erweitern und zu verändern. Ahnte denn der Mann nicht, daß seines Bleibens in Frankreich nicht mehr lange sein wird? Aber das mußte der Alte mit sich selber ausmachen. Solange sie noch zusammen waren, bestrebte sich Adams, ein bequemer Hausgenosse zu sein; er drängte sich nicht auf und suchte Franklins Gesellschaft nur dann, wenn es nötig war.

So konnte Franklin die Annehmlichkeit seines Gartenhauses und des schönen Frühsommers in Ruhe genießen. Er saß unter seiner Buche und meditierte. Er las in seinen Büchern. Er ging mit Madame Helvetius und Madame Brillon in seinem Garten spazieren. Er erhielt lange, interessante Briefe von Erasmus Darwin, von Doktor Ingenhousz, von John Pringle, von vielen andern Freunden und erwiderte sie ausführlich. Er fand, es sei gut, auf dieser Erde zu sein, trotz der Kollegen, trotz des Kongresses, trotz der Einsichtslosigkeit und Undankbarkeit seiner Landsleute im besondern und der meertiefen Dummheit der Bewohner dieses Planeten im allgemeinen.

Die angenehme Stille und Weite des Hauses weckte in Franklin Verlangen nach der Gegenwart seines jüngeren Enkels, des kleinen Benjamin Bache. Der Rektor des Genfer Internats berichtete, der Junge gedeihe prächtig und nehme an Wissen zu. Die Briefe, die der Knabe regelmäßig in kindlichem, doch geläufigem Französisch schrieb, waren dem Alten eine rechte Freude. Jetzt, nachdem er das erweiterte Haus instand gesetzt hatte, fand er, Benjamins Aufenthalt in Genf habe lange genug gedauert, und er könne mit Vorteil hier weiterlernen. Lächelnd über die fadenscheinige Verkleidung seiner Sehnsucht, bat er den Rektor in Genf, ihm den Enkel in Begleitung eines zuverlässigen Erwachsenen zurückzuschicken.

Franklin tat in diesem Sommer viel für seine Gesundheit. Er zwang sich, die Terrassen des Gartens hinauf und hinunter zu gehen und schwamm in der Seine. Dreimal in der Woche lag er zwei Stunden lang im heißen Bad.

Dann kam wohl der junge William und setzte sich zu ihm, und sie schwatzten. Manchmal kam Monsieur de la Motte mit einer Frage herein, und auch ihn forderte er gelegentlich auf, zu bleiben. Da saßen dann die beiden jungen Leute auf der Holzdecke der Badewanne, man redete beschaulich und ein wenig hinterhältig über die Dinge des „Gartens“ und der Welt, und der Alte freute sich des warmen Wassers und des Gespräches.

Eines Abends, als William so, auf der Holzdecke der Wanne sitzend, vertraulich mit dem Großvater schwatzte, ließ er ihn merken, daß er was auf dem Herzen habe. Auf einiges Drängen gestand er, daß er Beziehungen unterhalte zu einer sehr hübschen Französin. Nun ja, meinte der Doktor, die fleischliche Begier sei von allen Trieben der stärkste. Man solle sich bezähmen, aber es sei verzeihlich, wenn man diesen Trieb nicht immer bändigen könne. Der Junge machte ein hübsches, verlegenes Gesicht und sagte zögernd, es sei nicht die Sünde allein, die ihn bedrücke; leider habe sie Folgen gehabt. Blanchette sei schwanger.

Der Mann im Bade dachte eine Weile nach. „Blanchette?" fragte er dann. „Was für eine Blanchette? Kenne ich sie?" – „Ich glaube, ja", antwortete William. „Es ist Blanchette Caillot."

Das hörte Franklin geteilten Gefühles. Monsieur Caillot, der Vater Blanchettes, war ein Angestellter des Steuerpächters Fromentin, der für Amerika lieferte. Die Caillots waren eine reputierliche Familie, und es stand zu erwarten, daß es Schwierigkeiten geben werde. Er hatte es eilig, dieser junge William. Er selber war dreiundzwanzig gewesen, als er seinen William gezeugt hatte, William etwa achtundzwanzig, als er der Vater dieses jungen Menschen geworden war. Der war noch keine neunzehn und trachtete schon, ihn zum Urgroßvater zu machen. Freilich war man in Frankreich.

Franklin hätte es nicht gerne gesehen, wenn sein sehr junger Enkel eine Französin aus nichtwohlhabender Familie geheiratet hätte, doch entschloß er sich im stillen, nachzugeben, wenn der Junge darauf bestehen sollte. „Eine unumwundene Frage", sagte er nach einer Weile. „Mußt du denn durchaus Kinder machen?" William schwieg ein weniges, dann sagte er: „Sie ist so hübsch, Großvater." Franklin wurde besorgt; es schien, der Junge wollte sie heiraten. „Und wie denkst du dir das Weitere?" fragte er. „Meinst du, ich muß sie heiraten?" fragte kläglich William. „Ich bin noch nicht neunzehn."

In seinem Innern atmete Franklin auf und billigte den Weltverstand, den da sein Enkel bezeigte. Andernteils wird die Verhütung von Skandal ein gutes Stück Geld kosten, und er hatte für die Erweiterung des Hauses viel springen lassen. „Und wie also stellst du dir das Weitere vor?" wiederholte er. „Wir dachten", sagte William, „Blanchette spricht mit ihrer Mutter. Das wird Blanchette nicht leichtfallen, aber es geht wohl nicht anders. Und dann, dachten wir, kommt Madame Caillot zu dir, und du besprichst mit ihr, was geschehen soll." – „Macht ihr es euch nicht etwas einfach, mein Junge?“ antwortete Franklin. „Ihr habt das Vergnügen, und das Weitere sollen dann Madame Caillot und ich ordnen.“ Der Junge sah verlegen aus, aber keineswegs unglücklich, ja, er lächelte. „Was kann ich tun ohne deine Hilfe?“ fragte er. „Und was kann Blanchette tun?“ Und von neuem, schwungvoll, erklärte er: „Sie ist so reizend, und sie hat auch schon ein wenig Englisch gelernt.“ – „Schick mir also Madame Caillot“, sagte Franklin seufzend. „Aber laß sie von vornherein wissen, daß ich sehr betrübt und sehr aufgebracht bin“, und er lächelte.

Als er allein war, kam über sein weitläufiges Gesicht heiter grimmige Nachdenklichkeit. Er bedachte, wie sehr die Schicksale der Franklins, des Großvaters, des Vaters und des Sohnes, einander glichen. Immer machten die Söhne den Vätern illegitimen Nachwuchs, und immer bereiteten die Söhne den Vätern Herzeleid.

Denn Herzeleid, den entscheidenden Stich Herzeleid, hatte auch William der Verräter von seinem Sohne erfahren. Es erfüllte Franklin mit böser Genugtuung, daß sein Sohn William am eigenen Kinde das gleiche hatte erleben müssen, das er ihm, Franklin, angetan. Es war dem jungen William damals, als er ihn mit sich nach Frankreich nahm, nicht leichtgefallen, sich von seinem Vater zu trennen, es waren bei dem Abschied in Perth-Amboy viele Tränen geflossen. Aber später, unmittelbar bevor man Amerika verließ, hatte der junge William aus eigenem einen klaren, entschiedenen Absagebrief geschrieben, er hatte seinem Vater den verdienten Stich Herzeleid versetzt und sich mit der gleichen Entschiedenheit von ihm losgesagt wie der Verräter William seinerzeit von ihm.

Sie hatten männliche Enkel von ihren Söhnen, die Väter Franklin, aber sonst hatten sie kein Glück mit diesen unehelichen Söhnen, auch wenn sie sie hinterher adoptierten. „Die Götter sind gerecht. / Aus unsern lustigen Sünden machen sie / Das Werkzeug unserer Strafe.“ Franklin konnte mit Shakespeare nicht viel anfangen, aber das waren gute Verse, voll von nachdenklicher Wahrheit.

Am übernächsten Tag statteten Madame Caillot und Mademoiselle Blanchette dem Doktor den vereinbarten Besuch ab. Blanchette war in der Tat ein sehr hübsches Mädchen. Auch Madame Caillot war appetitlich anzuschauen, nur war sie sehr drall. Franklin schätzte eine gewisse Fülligkeit, ihm gefiel Madame Caillot. Aber er sah die Ähnlichkeit zwischen Mutter und Tochter und war so gut wie gewiß, daß auch die schlanke Blanchette, noch bevor sie ihr dreißigstes Jahr erreichte, sehr drall sein werde. Er fragte sich, ob wohl der Enthusiasmus Williams für sie standhielte, wenn er seine, Franklins, Erfahrung besäße und aus der Ähnlichkeit von Tochter und Mutter die rechten Folgen zöge.

Madame Caillot erzählte, sie selber habe sich nach einer schweren, schlaflosen Nacht mit der Situation abgefunden; was bleibe einem auch sonst übrig? Aber sie habe noch nicht gewagt, Monsieur Caillot von dem schrecklichen Ereignis in Kenntnis zu setzen. Der Gedanke an den Zusammenbruch, den Monsieur Caillot da erleben werde, sei ihr grauenvoll. Eine liebste Hoffnung werde ihm geknickt werden, er werde abwechselnd wüten und jammern. Madame Caillots Wangen zuckten, all ihr Fett zitterte, sie weinte reichlich. Dann, bedenkend, daß Monsieur Caillot bei dem Steuerpächter Fromentin angestellt war, der große Lieferungsverträge für Amerika hatte, beeilte sie sich zu erklären, daß selbstverständlich Monsieur Caillot trotz dieses Ereignisses weiter für die amerikanische Sache erglühen werde; doch sie und Blanchette würden schwere Zeiten haben.

Vielwortig versicherte sie, wie tief es sie aufwühle, daß sie die Ehre dieses langen Gespräches mit dem großen Doktor Franquelin einem so traurigen Anlaß verdanke. Dabei könnte doch das betrübliche Ereignis ein so erfreuliches sein. Ihr scheine eine schnelle Eheschließung der Liebenden die beste Lösung. Sie würde sich über die Maßen freuen, wenn sie den jungen Monsieur Franquelin, der ein so liebenswürdiger und vielversprechender junger Herr sei, als Schwiegersohn begrüßen dürfe, und sie würde ihm seine Voreiligkeit nicht lange nachtragen. Franklin antwortete freundlich, doch entschieden, der Junge werde wahrscheinlich bald nach Amerika zurückkehren, und er, Franklin selber, möchte der liebenswürdigen Mademoiselle Caillot unter keinen Umständen zumuten, sich auf Lebenszeit von ihren Eltern zu trennen. Madame Caillot gab zu verstehen, daß sie vielleicht diesen Schmerz würde überwinden können, aber der Doktor beharrte mild, und nach einigem Widerstreben gab sie das Projekt auf. Franklin hatte den Eindruck, Madame Caillot sei eine vernünftige Frau, und ihr Schmerz werde zu einem großen Teil wettgemacht von der Sensation, daß es sein, des Doktor Franklin, Enkel war, der das Unglück verursacht hatte.

Blanchette selber sprach wenig, sie schaute den berühmten Großvater ihres Liebsten immer nur bewundernd und zärtlich an. Sie bereute sichtlich keineswegs das Vorgefallene, sie lächelte tiefvergnügt und ein wenig spitzbübisch, als ob ihr ein kühner Streich geglückt wäre.

Man kam nach manchem Hin und Her überein, daß sich Blanchette zur gegebenen Zeit, in zwei oder drei Monaten also, aufs Land zurückziehen solle. Madame Caillot hatte nicht weit von Le Havre eine Schwester wohnen, dort war Blanchette gut aufgehoben. Die Vorstellung freilich, welche Überwindung es sie kosten werde, sich ihrer Schwester zu eröffnen, machte Madame Caillot von neuem klagen und heulen. Jetzt wurde übrigens auch die einsilbige Blanchette beredt und bat schmeichelnd, Doktor Franklin möge gestatten, daß ihr William sie in ihrer Einsamkeit recht oft besuche.

Madame Caillot begann von den äußern Schwierigkeiten zu reden, welche die Situation ihr auflege. Sie sprach in geschwindem, umwegigem Französisch, von dem Franklin nur einen kleinen Teil verstand. Aber das verstand er, daß es um Geld ging, und er erklärte, er werde für das Finanzielle aufkommen. Er nehme an, die Kosten des Aufenthalts der Damen in der Normandie und der ersten drei Jahre des Kindes könnten mit etwa achthundert Livres gedeckt werden; notfalls sei er bereit, bis zu tausend Livres zu gehen. Madame Caillot klagte, daß von so materiellen Dingen zwischen ihr und dem Befreier Amerikas die Rede sein müsse.

Dann sprach sich Franklin dafür aus, daß das Kind legitimiert werde. Er habe nichts dagegen, daß einmal sein Enkel das Kind adoptiere; falls aber Mademoiselle Blanchette früher heirate, könne vielleicht ihr Mann für die Legitimierung Sorge tragen. Die Entscheidung überlasse er Madame Caillot; er freue sich, in ihr eine so verständige Dame kennengelernt zu haben.

Die Frauen blieben weit über eine Stunde. Als sie sich verabschiedeten, weinte Madame Caillot nochmals ausführlich. Mademoiselle Blanchette küßte dem Großvater ihres Liebsten zärtlich die Hand, knickste tief und voll Verehrung und sagte lächelnd und auf englisch, sie danke ihm.

Mit dem nächsten Schiff erhielt Franklin Nachricht, daß Eliza Franklin, geborene Downs, Frau seines Sohnes William, des Gouverneurs, des Verräters, gestorben sei. Sie hatte ihren Mann in den vielen Jahren seiner Gefangenschaft nicht gesehen. Es mußte bitter für William sein, daß sie nun so verlassen und verloren gestorben war.

Ihn selber, den Doktor, traf die Nachricht. Er hatte seine Schwiegertochter Eliza gern gehabt. Ihre Ehe mit seinem William war für sie kein gutes Geschäft gewesen. Sie stammte aus angesehener westindischer Familie, und sie hatte mancherlei mit in diese Ehe gebracht, ein angenehmes Aussehen, einen guten Verstand, ausgezeichnete Manieren, viel Geld. William hatte sie dafür, als er durch albern freche Haltung den Kongreß zwang, ihn gefangenzusetzen, in Not zurückgelassen. Ein wenig Geld hatte er, der Alte, ihr damals geschickt; sechzig Dollar, er erinnerte sich genau, mehr wäre zuviel gewesen und hätte böses Gerede gemacht. Auch ihres Antwortschreibens erinnerte er sich; es war ein bescheidener Brief, voll Verehrung und Dankbarkeit, voll schüchterner Bitte für ihren Mann; es war ein bewegender Brief gewesen. Und nun also war sie tot, und der gefangene William hatte keinen Menschen mehr.

William hätte es verhüten können, daß seine Frau getrennt von ihm starb. Der Kongreß hatte ihn milde behandelt aus Rücksicht auf ihn, den Doktor Franklin. Aber William hatte durch Trotz und Übermut den Kongreß zu schärferen Maßnahmen geradezu gezwungen. Hatte, auf Parole freigelassen, sich mit Gesinnungsfreunden betrunken, dummdreiste Schmähungen gegen die Dreizehn Staaten ausgestoßen und die Wächter, die ihn höflich zur Ruhe wiesen, mit dem Galgen bedroht. Und wenn er in diesen zwei Jahren nicht längst ausgetauscht war, so war auch daran einzig und allein seine halsstarrige Dreistigkeit schuld.

Das Gefängnis von Litchfield war kein angenehmer Aufenthalt, es mußten schwarze und bittere Gedanken gewesen sein, die den Jungen erfüllten, als er vom Tode seiner Frau erfuhr. Wenn er anläßlich dieses Todes Bilanz machte, dann mußte er sich sagen, er habe sein Leben verspielt und vertan. Dabei hatte er die denkbar besten Chancen gehabt, viel bessere als er, der Alte, und in sehr jungen Jahren Titel und Würden. Wenn er jetzt so schmachvoll im Dreck saß, dann durfte er sich bei niemand beklagen als bei sich selber.

Grimmig, schwer brütend saß Franklin. Williams Ehe war kinderlos geblieben; er könnte dem Sohn manche schwere Stunde erleichtern, wenn er ihm mitteilte, daß der junge William Vater werden wird. Aber er wird ihm die Freude nicht machen, er wird dem Verräter nichts leichter machen.

Benjamin Franklin war gerecht und bemüht, die Motive der andern zu wägen, auch wenn ihre Handlungen ihn ärgerten. Aber wenn es sich um Amerikaner handelte, welche zu der Partei dieses dummen Königs und seiner dummen Minister hielten, dann konnte er nicht gerecht sein. Und wenn es sein Sohn war, sein Junge, der zu dieser Partei hielt, dann wollte er erst recht nicht gerecht sein. Er war gar nicht mehr so jung, der Junge, er war jetzt nahe den Fünfzig, er hätte gescheiter sein können. Er hätte von Anfang an gescheiter sein können. Wir alle sind Menschen, wir sind dem Irrtum unterworfen, unsere Meinungen werden zumeist von unsern äußern Umständen bestimmt. Er selber, Franklin, hatte dahin gewirkt, daß der Junge zum Gouverneur des Königs ernannt worden war; es war begreiflich, daß der Junge weiter an die Sache des Mannes hatte glauben wollen, dessen Brot er aß. Aber William hätte neutral bleiben können, er hätte nicht die Waffen erheben müssen gegen seinen Vater.

Konflikte zwischen Vätern und Kindern waren in dieser Zeit nicht selten. Die Tochter seines Freundes Otis war mit einem englischen Major durchgegangen, das war auch keine leichte Sache gewesen für den alten Otis.

Es war Franklin leid um seinen Sohn William, doch Gram und Mitgefühl wurden weggeschwemmt von seinem Zorn. Er liebte seinen Sohn William, und er haßte ihn mehr als irgendeinen andern Menschen auf der Welt. Es war nicht Benjamin Franklins Art, einem Manne, der ihn zurückwies, seinen Rat aufzudrängen. Doch dem Jungen hatte er ihn aufgedrängt, er hatte sich Lippen und Zunge wund geredet mit sachlichen Gründen und gütlichen Vorstellungen und zornigen Warnungen. Aber der Junge hatte nicht gehört. Der Junge war ein Höfling durch und durch, eitel und aufgeblasen wie nur einer der Gecken von Versailles. Es war zum Lachen und es war zum Schreien: der ein Höfling, dieser William, sein William, der Sohn Barbaras, der Dienstmagd. Er hatte es verdient, der Prahlhans, der Narr, der Gockel, daß er in Litchfield saß, während seine Frau in Perth-Amboy starb. Er gönnte es seinem Sohn William, er freute sich, daß sein Sohn William das erfahren mußte.

Plötzlich sprang in seinen innern Blick das Bild seines Freundes Dubourg, wie dieser, als er einen seiner lateinischen Sprüche zitierte, plötzlich innehielt und sich naiv-erschrocken an den Mund griff. Es hatte aber der Spruch gelautet: „Acerima proximorum odia – Nichts ist bitterer als Haß unter den Nächsten."

Haßte ihn der Junge? Ja. Sonst hätte er nicht soviel Gepolter gemacht, als er sich zu den Gegnern schlug. Selbst die Verzögerung seines Austauschs hat er auf sich genommen, nur um ihn zu kränken. Er mußte wissen, daß seine Briefe aufgefangen wurden; trotzdem hat er aus der Haft überflüssige, albern trotzige Briefe hinausgeschmuggelt, welche London seiner unverbrüchlichen Treue für den König versichern sollten. Er wollte allen zeigen: ich bin anders als mein Vater, ich will nichts mit ihm zu tun haben.

Hat er, Franklin, das verdient? Er hat ihn als kleines Kind ins Haus gebracht, ihn adoptiert, ihn auf Reisen mitgenommen, ihm in England die denkbar beste Erziehung zuteil werden lassen, eine bessere, als es in Amerika möglich gewesen wäre. Hat ihm Gelegenheit gegeben, seine Titel in Oxford zu erwerben, hat ihm Ämter und Würden verschafft und mit ihm von Anfang an gesprochen nicht nur wie ein Vater mit seinem Sohn, sondern wie ein Freund mit dem Freunde.

Viele haben ihm gesagt, wie ähnlich ihm der Junge sehe, sie haben es ihm gesagt, um ihm zu schmeicheln; denn William sieht ungewöhnlich gut aus, besser, als er in seiner besten Zeit ausgesehen hat. Es eignet William eine natürliche Eleganz, die ihm, dem Alten, fehlt. Im übrigen hat die Natur und der ständige Umgang mit ihm, dem Vater, William vieles mitgegeben, was Benjamin eigentümlich ist. Selbst die gleichen Anekdoten hat William erzählt, und im gleichen Tonfall, und die zuweilen unflätigen und gewagten Geschichten haben doppelte Wirkung getan im Munde des eleganten Gouverneurs. So vieles hat William mit ihm gemein, im Gang und im Gehabe und in zahllosen kleinen Gesten und in Schwingungen der Stimme, und in so vielen geringfügigen Fragen hat sein Sohn William so gehandelt, wie er, Benjamin, es getan hätte: und im Entscheidenden hat er sich so abscheulich benommen, verräterisch, dumm, feig, niederträchtig selbstisch. Daß er ihm so ähnlich war und doch so verschieden, brachte den Doktor zwiefach grimmig gegen den Sohn auf. Er liebte nicht die großen Worte, aber: Er hat mir aufs Herz getreten, dachte er, mehrmals, und: Es geschieht ihm recht, wenn ihm selber das Herz weh tut.

An diesem Abend trank Franklin mehr als sonst, mehr, als ihm guttat; er trank, damit er schlafen könne. Doch er schlief schwer und schlecht, und am Morgen darauf plagte ihn seine Gicht. Auch daran ist William schuld, dachte er; aber als er das dachte, lächelte er bereits wieder.

Der junge William Temple kam herein, schnell, wichtig, strahlend. „Sie ist da“, verkündete er, „sie bringen sie“, und Franklin wußte: sie, das war seine Büste, die Büste Houdons.

Man schleppte das schwere Steinwerk, Büste und Sockel,

in die Grüne Bibliothek, den Lieblingsraum Franklins. Zu dreien standen sie davor, Franklin, der junge William, de la Motte. Keiner sprach ein Wort. Es hätte keinen Sinn gehabt, vor dieser Büste irgendwas zu sagen. Und leise, nach einer kleinen Zeit, wie auf Verabredung, entfernten sich die beiden Jungen und ließen Franklin allein mit dieser seiner Büste, mit seinem Ruhm.

Die Büste war nicht groß und beherrschte trotzdem das Zimmer. Sie war realistisch, der gebuckelte Schädel war da, die starken Furchen quer über der Stirn und die Nase entlang, das schwere Kinn, der große Sack des Doppelkinns, die dicken Augenbrauen, die tiefen Falten unter den Augen. Der Kopf war nicht veredelt, aber da war nichts Kleinlich-Veristisches. Es war der Benjamin Franklin, den Paris liebte und bewunderte. Nichts war in dem Werk von der gezirkelten Künstelei, die sich von Versailles aus über die Welt verbreitet hatte, jeder Zoll dieses Gesichtes war Größe, edle Einfalt.

Franklin saß in dem bequemen Sessel, er saß schlaff, er spürte in allen Gliedern, daß er in der letzten Nacht nicht geschlafen hatte. Der weiße, steinerne Schädel mit den nachdenklichen und dennoch wachsamen Augen und der braunrote, lebendige Schädel mit den trüben Augen schauten einander an. Welcher war der richtige Franklin? Der marmorne mit seiner Klarheit und Reinheit? Oder der alte, gichtische mit dem wuchernden, verwitternden Fleisch und dem Schorf und der Müdigkeit und der Wirrnis seines Innern?

Der Marmor sagte nicht die ganze Wahrheit. Der Marmor log. Der alte Benjamin Franklin war keineswegs abgeklärt, keineswegs voll Hoheit und Würde. Er war voll von trüben Süchten und Leidenschaften.

Da hatte er geglaubt, er habe die Gedanken an seinen Sohn William ein für allemal abgetan. Aber die ganze Nacht hindurch haben ihn diese Gedanken gequält, und auch jetzt, im Angesicht der Büste, geben sie keine Ruhe.

Die Jahre im Gefängnis und der Tod der Frau werden William klüger gemacht haben. Er wird sich für eine Spanne Zeit weniger insolent gebärden, und beim nächsten Gefangenenaustausch wird man ihn freilassen und auf englisches Gebiet bringen. Dann wird er mit doppeltem Feuer gegen die „Meuterer“ kämpfen, gegen ihn, den Alten. Und die englischen Zeitungen werden wieder viel zu schreiben haben, wie warm und kräftig der Gouverneur Franklin die Sache der Britischen Majestät vertrete und wie tragikomisch es sei, daß der alte Meuterer Franklin nicht einmal den eigenen Sohn für seine Sache habe gewinnen können. Und William wird seine grimmige Freude daran haben, daß er ihm das antun kann.

Aber er wird ihm nichts antun. Denn er, Benjamin Franklin, wird seinen Sohn ausgetilgt haben aus seinen Gedanken und aus seinem Herzen.

Er *hat* ihn ausgetilgt. Und mit aller Kraft müht er sich, die Gedanken an William zu verscheuchen. Er strafft sich, sein Auge schärft sich, der Mund preßt sich zusammen; ohne es zu wollen, nimmt er den Ausdruck der Büste an.

Aber das dauert nicht lange. Der Fuß schmerzt ihn. Er zieht Schuh und Strumpf ab und drückt an dem Fuß herum, leise ächzend.

Es ist sinnlos, wenn er alle Schuld an dem Geschehenen auf William abzuwälzen sucht. Nun die steinernen Augen der Büste auf ihn gerichtet sind, weiß er, er zürnt gegen sich selber, wenn er gegen William zürnt. Er hat den Jungen sehr gut behandelt, väterlich, freundschaftlich. Und er hat es gut gemeint, als er nicht zuließ, daß der Junge seine Mutter je kennenlernte. Aber das war falsch gewesen, ein schwerer Fehler.

Es war keine angenehme Erinnerung, die Erinnerung an die Mutter, an die Dienstmagd Barbara. Zehn Pfund Jahreslohn hatte die Dienstmagd Barbara erhalten, und er hatte ihr zwei Pfund zugelegt und ihr eingeschärft, daß sie unter keinen Umständen das Kind im leisesten merken lassen dürfe, daß sie die Mutter sei. Wenn er sich jetzt das Bild der Magd Barbara vor Augen hielt, dieser plumpen, unschönen, dummen Frau, dann begriff er nicht, wie er mit ihr hatte schlafen können. Er hat mit ziemlich vielen Frauen ihrer Art geschlafen, damals, getrieben von den Süchten seiner Jugend, es sind rasche, wilde und versteckte Gemeinsamkeiten gewesen, gefallen haben sie ihm nicht, diese Frauen niedriger Art, diese Dienstmädchen und Huren. An vielen Morgen hat er sich vorgenommen, nun aber werde er sich bezähmen, und am Abend ist er doch wieder zu ihnen gelaufen. Er hat sich Barbaras geschämt, weil er sich seiner selbst schämte. Er hat auch äußern Grund gehabt, seine Beziehungen zu ihr zu verstecken; wäre es nach dem Gesetz gegangen, wie es damals noch im Buche stand, dann hätte er einundzwanzig Peitschenhiebe bekommen müssen am Schandpfahl von Philadelphia. Aber auch ohne solchen Zwang hätte er die Magd Barbara im Dunkel und im Winkel gehalten; denn er ist über die Maßen stolz und insolent einhergeschritten, damals.

Es war im März des Jahres dreißig, daß Barbara empfangen hatte, er war viermal mit ihr zusammen gewesen in jenem März, und wenn er an den Dezember jenes Jahres dachte, an die Wochen vor und nach ihrer Entbindung, dann war es ein peinliches Gedenken. Barbara hatte sich nicht gegen ihn aufgelehnt, sie hätte es auch schwerlich gekonnt, sie war ganz von ihm abhängig. Sie hatte die zwei Pfund Zulage genommen und sich an seinen Wunsch, an sein Verbot, gehalten und geschwiegen. Etwas war natürlich doch laut geworden, mehrere Male hatte man ihn wegen seines Lebenswandels mit deutlichen Anspielungen angegriffen, und alles in allem war es eine Erleichterung gewesen, als die Magd Barbara starb. Er, der sonst so gern Grabschriften verfaßte, ihr hat er keine geschrieben, nicht in Vers und nicht in Prosa, er hat keinen Stein auf ihr Grab setzen lassen, sie lag in einem Stück Erde, das nicht weiter gezeichnet war, vergraben und vergessen.

Er hat verhindern wollen, daß der Sohn um seine Mutter wisse. Aber nicht verhindern konnte er, daß seine Frau Deborah dem Jungen im Zorn die gröbsten Schmähworte an den Kopf warf, ihn einen Bastard nannte, einen Bankert, und schrie, vom Sohne einer solchen Person, eines solchen Wegwurfs, eines „Mensch“ und einer Hure könne man es auch nicht anders erwarten. Es hatte sich schließlich alles gesänftigt, im Grunde ihres Herzens ist seine Deborah ja eine gute Frau gewesen, und nachdem er den Sohn erst aus dem Hause gebracht hatte, sind die beiden gut miteinander ausgekommen. Und wenn der Knabe William hat leiden und sich einen Bankert hat schelten lassen müssen, so hat er, Benjamin, das später reichlich gutgemacht: er hat bewirkt, daß König und Universität dem Jungen den frühen Schimpf durch Titel und Würden vergalten. Aber der „Bankert" hat nicht vergessen, er hat die Titel und Würden nicht mehr hergegeben, als man sie zurückverlangte, er hat sie verbissen festgehalten.

Der steinerne Franklin schaute auf den lebendigen, duldsam, patriarchalisch, weise. Dem Menschen sind seine Lüste gegeben, daß er sich ihrer erfreue, wenn dies geschehen kann, ohne daß er andere schädigt. Und ohne Erotik ist kein großer Mann denkbar, kein Staatsmann, kein Forscher. Aber wenn er vermocht hat, alles zu meistern und aufs rechte Maß zurückzuführen, diesen Trieb, der ihn von Jugend auf geplagt hat, diesen gesegneten und verfluchten Trieb hat er nicht nach Gebühr einteilen und abmessen können, und mit zweiundsiebzig Jahren hat er immer noch nicht gelernt, ihn zu zügeln. Sein großer Schädel mag manchmal ausschauen wie der marmorne Schädel da vor ihm, aber was in dem lebendigen Schädel vorgeht, ist keineswegs geeignet, der Welt gezeigt zu werden.

Bestimmt hat sich William jetzt beim Tode Elizas an den Tod seiner Stiefmutter erinnert, an den Tod seiner, des alten Benjamin, Frau. Auch sie ist allein gestorben, er, Franklin, war auf der andern Seite des Meeres. William, als er ihm damals Deborahs Tod mitteilte, hatte geschrieben: „Ich hätte sehr gewünscht, du wärest im Herbst zurückgekommen; ich glaube, die Enttäuschung, daß du nicht kamst, hat sie furchtbar hergenommen."

Er hatte Deborah aus nüchternen Gründen geheiratet; er wollte nicht länger durch lästige, unbesiegliche Wallungen des Fleisches in immer neue, schmutzige Abenteuer getrieben werden, und er wollte jemand haben, der ihm Haus und Kasse zusammenhielt. Sie haben eine gute Ehe geführt und sich ihre Fehler gegenseitig nachgesehen. Sie hat ihn Pappy gerufen, ganz Philadelphia hat ihn schließlich Pappy gerufen, doch er hat ihr niemals ein Wort darüber gesagt, wie sehr ihn das verdroß, er hat es geduldet, er hat auch andere Fehler von ihr geduldet. Anderenteils hat er ihr manches zugefügt, was ihr schmerzlich sein mußte. Sicherlich war es ihr leid, daß er manchmal so lange auf Reisen ging. Aber er hat ihr jedesmal angeboten, sie solle ihn begleiten, und wenn sie solche Furcht vor der Seekrankheit hatte, so ist das nicht seine Schuld gewesen. In seinem Innersten freilich war er froh, daß sie zu Hause blieb; repräsentativ war seine Deborah nicht, und seine Londoner und seine Pariser Geschäfte wären durch ihre Gegenwart kaum gefördert worden. Aber er hat sie von solchen Hintergedanken nicht das Leiseste merken lassen, er hat sich auf jede Art bemüht, ihr zu zeigen, daß er ihr zugetan war.

Hat er nicht sogar ein Lied für sie geschrieben? Mit einem ganz kleinen Lächeln suchte er die Verse zusammen in seinem ausgezeichneten Gedächtnis.

Fehler haben wir alle,
Und Fehler hat Debsy mein.
Aber es sind sehr geringe,
Ganz winzige Fehlerlein.

Und ich hab mich daran gewöhnet,
Und ich trage daran nicht schwer,
Und zuletzt wie meine eigenen
Seh ich sie gar nicht mehr.

Und käm eine junge Prinzessin
Mit Geld wie Sand am Meer
Und sagte: Nimm mich für Debsy,
Ich gäb meine Debsy nicht her.

Aber als er so bemüht war, seine alten Verse für Debsy zusammenzuklittern, klangen ihm andere Verse dazwischen, jene, die er auf den weiland Doktor Smith, seinen Feind, angewandt hatte: „Und während er / Die Güte selbst für alle Menschheit ist, / Schlägt seinem Nächsten hart er ins Gesicht.“ Unsinn. Er hat seiner guten Debsy niemals Grund gegeben, an der Echtheit der Gefühle zu zweifeln, die in seinen hausbackenen Versen ausgedrückt waren. Gerade wenn er fort war, hat er alles getan, ihr solche Zweifel zu nehmen, und hat sie verwöhnt mit Briefen, Geschenken, Aufmerksamkeiten aller Art. Nein, es war ausgeschlossen, daß sie je auf die Vermutung kam, er könnte sich ihrer schämen.

Es blieb merkwürdig, wie auch da das Schicksal seines Sohnes William sein eigenes wiederholte. Nun ist also Williams Eliza allein gestorben, wie seine Deborah. Der Alte gab einen kleinen, unbehaglichen, abwehrenden Laut von sich.

Da waren sie beide in der Grünen Bibliothek, der steinerne Franklin auf seinem Sockel und der lebendige in seinem Sessel, und sie schauten einander an, und der lebendige Franklin rieb und drückte sich den nackten, schmerzhaften Fuß.

„Benjamin Franklin“, stand unter der Büste, nichts sonst, der Bildhauer Houdon hatte keines von den üblichen schwulstigen Attributen beigefügt. Benjamin. „Sohn der rechten Hand, Sohn des Glückes“, bedeutete das nach der Bibel. Alle Welt glaubte, er habe seinem Namen Ehre gemacht. Er hatte wohl auch die meisten Dinge mit der rechten Hand getan, aber sein Inneres war nur in wenigen Stunden so gesegnet gewesen, wie das Steinbild vorgab.

Er war alt, Benjamin Franklin, und geplagt von kleinen Gebrechen, und er hatte sehr viel Erfolg, und er war weiser als die meisten andern Menschen und wohl auch im Weltsinne tugendhafter. Und er war lasterhafter; denn wenn er seine Laster vor sich selber kostümierte, wußte er's.

War dieses Steinbild vor ihm der wahre Franklin?

Sokrates ist bestimmt nicht immer der Sokrates gewesen, den Platon und Xenophon uns vorführen. Wenn Sokrates *zuweilen* so gewesen ist, war das schon viel. Und *wenn* er zuweilen so gewesen ist, dann ist der Sokrates des Platon und des Xenophon der wahre, und was er sonst gewesen sein mag, ist ohne Belang.

Es ist nichts untergegangen von dem, was er, Benjamin Franklin, einmal gewesen ist. Es lebt alles noch fort in seinem mürber werdenden Fleisch, in seinen brüchigeren Knochen und in seiner verwitternden Haut. Der Lüstling, der im Winkel und mit schlechtem Gewissen der Magd Barbara beilag, und der Geldgierige, der Leibeigene verhandelte, und der Fresser, der eine zweite Portion Schlagsahne fraß, wiewohl er wußte, daß sie ihm schädlich war, alle diese lebten fort in dem Weltmann und in dem gefeierten Weisen und in dem schlauen und freundlichen alten Herrn, der ein galantes Gespräch mit der Dame in der blauen Maske führte, und in dem schlichten und würdigen Gesandten, der für sein Land den großen Vertrag mit Frankreich abschloß. Aber der Schatten verdunkelte nicht das Licht, wohl aber scheint das Licht in die Finsternis. Und der lebendige Franklin braucht das Aug nicht zu senken vor dem weißen, marmornen.

Im Angesicht der Büste setzte er sich hin und schrieb sich selber eine Grabschrift.

„Der Körper
Von
Benjamin Franklin
Drucker
– Gleich dem Einband eines alten Buches
Das Buch selber ist herausgerissen
Und der Einband seiner Schrift und Vergoldung beraubt –
Liegt hier, Futter für Würmer
Aber das Werk wird nicht verloren sein
Denn es wird, wie er glaubt, nochmals erscheinen
In neuer und schönerer Ausgabe
Revidiert und verbessert
Von
Dem Autor."

Die französisch-amerikanische Allianz war sehr jung, und schon wurde sie auf eine harte Probe gestellt. Die Flotte, die Frankreich über den Ozean geschickt hatte, war zu spät gekommen, sie hatte Admiral Howes Geschwader nicht abfangen können. Die Amerikaner äußerten sich grob und bitter über das Versagen der Franzosen, es gab ständig Reibungen, und Admiral d'Estaing berichtete seiner Regierung erzürnt, mit den Amerikanern könne man nicht arbeiten.

Es traf sich unglücklich, daß nun auch noch Mr. Adams den französischen Ministern wegen seiner Anleihe in den Ohren lag. Besorgt sah Franklin die finstere Miene, mit welcher der Kollege herumging, und wartete darauf, daß er Unangenehmes werde zu berichten haben.

Bald ersuchte denn auch Mr. Adams den Doktor um eine Unterredung. „Ich habe recht gehabt", erzählte er. „Diese Franzosen sind geizige Krämer. Das habe ich Vergennes auch ins Gesicht gesagt." Franklin erschrak, doch beherrschte er sich. „Und haben Sie daraufhin die Anleihe erhalten?" fragte er. „Keineswegs", antwortete zornig und leicht verlegen Adams. „Es ist jetzt so weit, daß ich, ein Bevollmächtigter Minister der Vereinigten Staaten, am Quai des Théatins nicht mehr vorgelassen werde. Nicht einmal meine Briefe beantwortet man."

Die Unterredung fand in der düstern Braunen Bibliothek statt, und Franklin schickte einen Blick hinauf zu seinem Freunde Washington, der sich auch mit dem Kongreß herumschlagen mußte und für seine Sorgen sicher Verständnis hatte. „Es ist eine Tragödie", fuhr Adams fort zu eifern, „daß die Vereinigten Staaten gezwungen waren, ein Bündnis mit diesem Volk und diesem Hof einzugehen." Franklin antwortete darauf nicht. „Wie denken Sie sich das Weitere?" fragte er. „Das Einfachste wird sein", erwiderte Adams, „daß Sie die Verhandlungen fortführen, Doktor Franklin. Sie verstehen es besser, mit diesem Pack umzugehen." – „Ich fürchte", entgegnete Franklin, „wie die Dinge heute liegen, hat es wenig Sinn, über eine Anleihe zu verhandeln." – „Aber zumindest", sagte heftig Adams, „müssen doch diese Froschesser uns Delegierten gegenüber die elementarsten Regeln der Höflichkeit einhalten. Ich wäre Ihnen verbunden, Herr Kollege, wenn Sie dahin wirken wollten." – „Ich will mein Bestes tun", sagte Franklin.

Graf Vergennes empfing ihn freundlich. Sein Gesandter in

Philadelphia, Monsieur de Gérard, hatte ihm ausführlich über den Empfang berichtet, den ihm der Kongreß in Philadelphia bereitet hatte. Davon, leise schmunzelnd, erzählte er jetzt Franklin. Beinahe zwei Wochen lang hatte man über das anzuwendende Zeremoniell beraten. Die Kongreßmitglieder aus dem Süden hatten die Bedeutung der Tatsache, daß die größte Republik des Planeten den Repräsentanten des mächtigsten europäischen Monarchen empfing, durch große Feierlichkeit unterstreichen wollen; die Delegierten der Nordstaaten, damit man ja nicht denke, sie seien servil, befürworteten republikanische Simplizität. Man hatte sich gestritten über die Zahl der Pferde für Monsieur de Gérards Wagen, über die Zahl der Stufen für seinen Ehrensitz, über den Schnitt der Jabots, welche die ihn empfangenden Kongreßmitglieder tragen sollten.

Franklin lächelte freundlich mit und steuerte aus den Berichten, die ihm zugekommen waren, ein amüsantes Detail bei. Die Delikatessen und die Weine, die bei dem Diner zur Feier der Ankunft des französischen Botschafters serviert wurden, waren eine Festgabe Englands; sie waren ein Geschenk jener englischen Kommission, die unmittelbar nach Eintreffen der französischen Meldung von der Allianz letzte Friedensvorschläge des englischen Parlaments überbracht hatte, um den Abschluß der Allianz zu verhindern. „Auf alle Fälle, Herr Graf", sagte Franklin, „ersehen Sie aus der Aufnahme Ihres Herrn Gesandten, daß der Kongreß die Bedeutung der Allianz zu würdigen weiß."

Vergennes' Augen verschleierten sich, er nahm seine Große-Herren-Miene an. „Ich fürchte", erwiderte er, „eine solche Folgerung wäre nicht korrekt. Monsieur de Gérard hat leider nicht nur Amüsantes zu berichten. Es herrscht in Philadelphia, teilt er uns mit, Parteiung und Zersplitterung über beinahe alle Fragen der amerikanisch-französischen Politik. Viele Ihrer Herren sind keineswegs geneigt, die Generosität meines Monarchen anzuerkennen, sie sind voll von Scheelsucht und Mißtrauen. Und wenn die von uns erwartete Bitte um die Entsendung eines französischen Hilfskorps bis jetzt unterblieben ist, so ist das auf dieses Mißtrauen zurückzuführen. Was Ihre Herren von uns wollen", schloß verächtlich und voll Bitterkeit der Minister, „ist einzig und allein Geld."

„Monsieur de Gérard", erwiderte vorsichtig Franklin, „wird Ihnen sicher auch berichtet haben, daß nur ein beschränkter Teil des Kongresses so denkt. Berücksichtigen Sie, bitte, unsere drückenden Finanzsorgen. Ist es nicht begreiflich, daß diese Sorgen manchen unserer Herren das Urteil trüben?"

Vergennes schwieg eine Weile. „Der König glaubt", sagte er dann ungnädig, „für Ihr Land sehr viel getan zu haben. Ihm gerade jetzt, wo er für Amerika neue, ungeheure Lasten auf sich genommen hat, abermals mit Forderungen zu kommen, hält er für, gelinde gesagt, unbescheiden. Nun hat aber Ihr Monsieur Adams eine neue, riesige Summe von mir verlangt auf eine nicht befristete Zeit. Und er hat mir unverblümt zu verstehen gegeben, daß die Empfindungen, die Ihre Landsleute für uns hegen, sehr entfernt sind von Gefühlen der erwarteten Dankbarkeit. Nicht nur das. Er hat mich in geradezu drohendem Ton darüber belehrt, daß es einfach meine Pflicht sei, Ihrem Lande diese Millionen zu geben. Ein solches Verfahren mit dem rechten Worte zu bezeichnen, verbietet mir die französische Höflichkeit. Sagen wir, es sei schlecht am Ort gewesen, mal à propos."

Franklin schwieg. Vergennes, ein wenig versöhnlicher, fuhr fort: „Ich bin von ganzem Herzen ein Freund Ihres Landes, das wissen Sie, Doktor Franklin, und ich habe deshalb dem König nur andeutungsweise über meine unerfreulichen Unterredungen mit Mr. Adams berichtet. Aber mich selber möchte ich solchen Gesprächen nicht weiter aussetzen, die sind meiner Gesundheit abträglich. Ich habe mich daher entschlossen, für Monsieur Adams nicht mehr zu Hause zu sein."

Er danke dem Grafen herzlich für seine Offenheit, antwortete Franklin, und er bedaure die Plumpheit des Kollegen Adams. Indes sei die Anleihe für die Vereinigten Staaten von höchster Bedeutung, und er hoffe, es sei darüber das letzte Wort noch nicht gesprochen.

Vergennes spielte nachdenklich mit seinem Federkiel. Der König finde, sagte er dann, langsam, die Worte wägend, der König finde, er habe in großmütigster Weise gegeben und wolle es nun genug sein lassen. Nur allerdringlichste Vorstellungen könnten die Majestät dazu bewegen, mehr zu gewähren. Bestimmt könne er, Vergennes, in dieser Angelegenheit nichts ausrichten, er bedürfe starker Unterstützung von seiten Maurepas'. Maurepas aber, nicht geneigt, den Unwillen des Monarchen herauszufordern, nehme die unbesonnenen Reden Monsieur Adams' zum willkommenen Vorwand für seine Ablehnung. „Wie die Dinge heute liegen", schloß Vergennes, „bin ich im Kabinett der einzige, der über eine Anleihe für Amerika weiterverhandeln möchte. Auf mich, mein verehrter Doktor Franklin, können Sie zählen, obwohl Sie mit den Herren Adams und Lee behaftet sind."

Franklin, auf solche Art an Maurepas verwiesen, war sich klar darüber, daß er von ihm nichts werde erreichen können, wenn er in amtlicher Eigenschaft zu ihm käme. Er mußte versuchen, ein harmlos-geselliges Zusammentreffen herbeizuführen.

Nun war in diesen Tagen die Redoute Chinoise eröffnet worden, ein neuartiges Speise- und Vergnügungshaus, von dem ganz Paris sprach. Franklin erfuhr aus dem Kreis des alten Herzogs von Richelieu, daß Maurepas gerne hingegangen wäre, aber fürchtete, man könne es einem so betagten Herrn verübeln, wenn er sich diese neue Stätte der Lebewelt anschaue. Franklin sagte sich, er selber gelte als würdiger Greis, und glaubte, in seiner Gegenwart werde sich der alte Ministerpräsident weniger geniert fühlen. Er lud ihn ein, mit ihm in der Redoute Chinoise zu Abend zu essen. Maurepas nahm an.

„Ich hoffe", sagte de la Motte, als Franklin in den Wagen stieg, um Maurepas abzuholen, „ich hoffe, Doktor Franklin, es wird Ihnen heute glücken, wieder einzurenken, was Monsieur Malaprop verdorben hat." – „Seien Sie nicht naseweis, junger Herr", sagte lächelnd Franklin.

Die Redoute Chinoise stand auf der kleinen Bodenerhebung der Place Saint-Laurent. In den Hügel war eine künstliche Grotte eingebaut. Galerien führten die Erhöhung hinauf, und auf engem Grunde war ein erstaunlich weites Östliches Asien geschaffen. Eine Karawanserei war da, ein Basar, ein Café, es gab Baumgruppen und fremdartige Landschaften, auch ein Ringelspiel und ein kleines Theater. Chinesische Laternen verbreiteten zartes, gedämpftes Licht. Türsteher, Kellner, Aufwärter waren Chinesen, teils geborene, teils nur kostümierte, alle bezopft.

Als Maurepas, Frankreichs Nestor, und Doktor Franklin, der Patriarch der Neuen Welt, in diesem China erschienen, bemühten sich Wirt und Kellner, die distinguierten Gäste nicht zu erkennen, und das Publikum starrte sie diskret, doch intensiv an. Sie kosteten in der Karawanserei ein wenig von den chinesischen Gerichten und aßen herzhaft von den französischen, sie versuchten sich an den Eßstöckchen und benutzten die gewohnten Bestecke. Sie nippten etwas am Reiswein und an dem chinesischen Tee und tranken ausführlich Burgunder.

Dazu führten sie eine angenehme Unterhaltung. In ihrem Verlauf, gelegentlich, meinte Franklin, er hoffe nur, Monsieur de Maurepas habe die Herren Adams und Lee in seinen Memoiren nicht allzu hart abgestraft. Maurepas, sichtlich erfreut, daß Franklin die Memoiren erwähnte, lehnte sich behaglich zurück und frönte seiner Neigung, geistreich zu dozieren.

„Ihr Herren aus dem Westen“, begann er, „tretet so laut auf, immer in Horden. Wir mit unsern fünfundzwanzig Millionen haben euch einen einzigen Gesandten geschickt: ihr mit euern drei Millionen setzt uns drei Bevollmächtigte Minister auf den Nacken und dazu zwei hochbetitelte Räte. Ist das nicht ein bißchen viel?“ Franklin versuchte mit seinem Eßstöckchen einen kleinen Fleischkloß zu angeln. „Wir wollen eben mehr von euch als ihr von uns“, antwortete er mit milder Offenheit. Maurepas belehrte ihn weiter: „Es gibt viele Methoden, aus Versailles etwas herauszuholen: List, Betrug, leise Drohung, Erpressung, zäh wiederholte untertänige Bitten, freche Anmut. Aber eine Methode zieht bestimmt nicht: drohendes, tugendhaftes Geblök." – „Mein verstorbener Freund Dubourg", stimmte Franklin höflich zu, „pflegte den Aristoteles zu zitieren: ‚Zuviel Tugend ist einer Regierung genauso schädlich wie zuviel Laster.'" – „Im Ernst, Doktor Franklin", fuhr Maurepas fort, „Ihre Herren werden störend. Die Herren scheinen der Meinung zu sein, lärmende Manieren seien das wesentliche Attribut der Freiheit. Die Art der Herren, die Füße auf den Tisch zu legen, wirkt hierzulande befremdlich." Franklin schaute ihn mit den großen, gewölbten, ruhigen Augen wartend an, und Maurepas, im Bezirk dieser Augen, wurde vertraulich. „Ja, wenn wir mit Ihnen allein zu tun hätten, Doktor Franklin", sagte er, „dann könnten wir uns über manche schwebende Angelegenheit schnell verständigen. Ich muß das wissen. Denn jeden Tag, wenn ich mit meiner lieben Gräfin frühstücke, habe ich Ihr Porträt vor Augen, und immer wieder verkündet es mir: ‚Ecce vir.' Mit einem Manne aber können wir uns verständigen. Mein Kollege Vergennes teilt diese Meinung." Und beiläufig, elegant, verriet er ihm: „Wenn ich nicht irre, hat er unserm Monsieur Gérard einen Wink in dieser Richtung gegeben. Und unser Gesandter wird sicher sein Bestes tun, die Herren in Philadelphia über diese unsere Ansicht zu informieren."

Das dämmernde Licht der Redoute Chinoise half Franklin, seine Bewegung zu verbergen. Vielleicht wird man jetzt in Philadelphia verstehen, daß gewisse Delegierte anderswo besser am Platze wären als hier in Paris. Dann hätten Monsieur Malaprops Anleiheverhandlungen ein unerwartetes, aber doch erfreuliches Resultat gehabt. „Ich sehe mit Dankbarkeit, Herr Graf", antwortete er, „wie gut Sie es mit meinem Lande meinen."

Der Aufwärter fragte die Herren ehrerbietig, ob sie den Kaffee nicht in der Grotte nehmen wollten, und geleitet von einem Schwarm diensteifriger Chinesen, begaben sich der sorgfältig angezogene Maurepas und der braunberockte Franklin in die Grotte. Trotz der Anweisungen des Geschäftsführers konnte sich die Musikkapelle nicht enthalten, bei ihrem Eintritt eine kriegerische Weise anzustimmen, und alle Kaffeetrinker erhoben sich und applaudierten. Beide Herren verneigten sich, aber die Kundgebung war ihnen nicht angenehm. Auch war es kühl in der Grotte. Ein wenig verstimmt machten sie sich über ihren heißen Kaffee her, saßen eine Weile müde, einsilbig, verdauten und warteten auf die Wirkung des Kaffees.

Da trat ein Herr auf sie zu, strahlend, bester Laune: Pierre. Zwar hatte er Grund, dem Minister zu zürnen; denn der, nachdem er die Aufführung in den Menus Plaisirs angeregt, hatte ihn sitzenlassen. Aber Pierre war generös, und er hielt es auch für klüger, ihm nichts nachzutragen.

Er hatte richtig kalkuliert. Gerade nach dem Streich, den ihm der Minister hatte spielen müssen, ließ er sich's angelegen sein, ihm zu demonstrieren, wie liberal und fortschrittlich er war. „Nehmen Sie doch den Kaffee mit uns, Monsieur", forderte er ihn auf, und ein hocherfreuter Pierre nahm sogleich Platz.

„Sagen Sie selbst, Messieurs", meditierte Maurepas, in kleinen Schlucken seine zweite Tasse Kaffee schlürfend, „ist unser Frankreich nicht das toleranteste Land der Welt? Es ist eine absolute Monarchie, eine Tyrannis, wie ihr modernen Philosophen zu sagen beliebt, und da sitzen wir, Revolutionär rechts, Revolutionär links und Oberster Knecht des Tyrannen in der Mitte, und trinken friedlich schwatzend unsern Kaffee, aufmerksam bedient von Söhnen des Fernen Ostens. Und das mitten in einem mörderischen Krieg." Franklin hätte hier gern ein paar passende Anekdoten eingeflochten, aber er merkte, daß es dem Minister Spaß machte, selber zu reden, und er hielt an sich und ließ ihn gewähren.

Doch wurde Maurepas bald unterbrochen. Die chinesisch kostümierten Musikanten spielten „Malbrough s'en va-t-en guerre" und sangen dazu Pierres Romanze. „Que mon cœur, mon cœur a de peine", sangen sie. Und das ganze Publikum fiel ein, und als das Lied zu Ende war, klatschten sie Pierre zu.

Da hatte Maurepas seine Gelegenheit, sich zu rechtfertigen und groß vor Pierre dazustehen. Er klatschte mit den andern und sagte dreist: „Welch ein Jammer, mein Lieber, daß wir nicht Ihre allerliebste Romanze von der Bühne hören können. Aber daran sind einzig und allein Sie selber schuld oder doch Ihre Anhänger." Pierre, verblüfft ob solch frecher Verdrehung der klaren Fakten, schaute ihn offenen Mundes an. „Ja, ja, es ist schon so, und Sie wissen es auch ganz genau", sagte Maurepas und drohte ihm schalkhaft mit dem Finger. „Und obendrein haben Sie mich auf meine alten Tage zum falschen Propheten gemacht." – „Verehrte Exzellenz", sagte, immer noch aufrichtig verblüfft, Pierre, „ich verstehe kein Wort." Maurepas aber hatte sich seine Version des Verbotes zurechtgemacht, und die brachte er jetzt an den Mann. „Ich hatte nämlich Monsieur de Beaumarchais in Aussicht gestellt", erklärte er dem Doktor Franklin, „man werde an allerhöchster Stelle im Fall einer privaten, diskreten Vorführung seiner Komödie die Augen und Ohren nicht gebrauchen. Ich hatte für diese Annahme meine guten Gründe. Aber was glauben Sie, Doktor Franklin, tut unser jugendlicher Freund? Er kündigt jede seiner diskreten Proben mit Kanonenschüssen an. Muß da nicht auch ein Monarch, der sich beide Ohren zuhält, hinhören?"

Er belebte sich und wandte sich wieder an Pierre. „Ich habe soeben", erzählte er ihm, „unserm verehrten Doktor Franklin eine kleine Vorlesung gehalten über die Vorteile der Diskretion. Revolutionen, geistige und politische, müssen sein, und sie sind auch gar nicht so übel, vorausgesetzt, daß sie still vor sich gehen, diskret. Sacht und leise kommt man auch zum Ziel, und je besser der Läufer, auf so leiseren Sohlen rennt er. Wozu das Geschrei, Messieurs? Glauben Sie einem alten Mann: heute bei unserm Kaffee und unserm ruhigen, guten Männergespräch ist sowohl für die Vereinigten Staaten wie für den ‚Figaro' mehr erreicht worden als bei den großen Reden am Quai des Théatins und in den Menus Plaisirs."

Pierre war beglückt, daß Maurepas Amerika und den „Figaro" in *einem* Atem nannte. Man mußte es dem Alten lassen: er gab Ehre, wem Ehre gebührte. Er zeigte deutlich, daß er ihn, Pierre, genauso zu den Gründern der amerikanischen Republik zählte wie den Doktor Franklin. „Ich habe aus

Ihrem Gespräch, meine Herren", sagte er, „mehr gelernt als aus manchem dicken philosophischen Lehrbuch." Er erhob sich, verneigte sich, verneigte sich tief und zierlich und ließ die beiden allein.

Auch die brachen bald auf. Sie hatten zuletzt gefröstelt, und beide fürchteten sie leise eine Erkältung.

Maurepas, am andern Morgen, prüfte sich sorgfältig, räusperte sich, hüstelte, drückte an den rheumatischen Stellen seines Leibes. Der Befund konnte nicht besser sein. Ihm schien, der Abend in der Redoute Chinoise sei recht befriedigend verlaufen.

Er hatte wohl bemerkt, wie sehr Franklin beeindruckt gewesen war von seiner Andeutung, Gérard betreibe in Philadelphia im Auftrag der französischen Regierung seine Ernennung zum Alleinigen Bevollmächtigten. Vielleicht war es nicht ganz im Sinne Vergennes', daß er, Maurepas, dem Doktor das mitgeteilt hatte. Aber ohne seine Zustimmung hätte der Auftrag an Gérard nicht erfolgen können, und so hatte er wohl, nachdem er sich vor der Geschichte als progressiver Staatsmann bewährt hatte, das Recht, das auch vor Doktor Franklin und sich selber zu konstatieren. Längere Betrachtungen darüber diktierte er seinem treuen Sallé für seine Memoiren. Im übrigen sagte er sich, daß er nun ruhigen Gewissens abwarten dürfe, welchen Erfolg die Bemühungen seines amerikanischen Gesandten hätten, bevor er seinem unwilligen Zögling mit der Befürwortung einer amerikanischen Anleihe weiter lästig falle.

Auch Franklin fühlte sich am nächsten Morgen wohlauf. Auch er war zufrieden mit dem Ergebnis des vergangenen Abends. Je länger er Maurepas' Mitteilung über das Eingreifen Gérards bedachte, so tiefere Genugtuung erfüllte ihn. Vergennes hatte Takt gezeigt, indem er ihm, Franklin, die Verlegenheit erspart hatte, die Mitteilung gewissermaßen amtlich entgegenzunehmen. Aber einen noch größern Dienst hatte ihm durch seine spontane Vertraulichkeit Maurepas erwiesen. Franklin wußte nun aus dem Munde des leitenden Staatsmannes: die bloße Anwesenheit der Herren Lee und Adams in Paris gefährdete die Beziehungen der Vereinigten

Staaten zur französischen Krone. Wovor er bisher zurückgescheut hatte, das war jetzt seine Pflicht geworden: er mußte dahin wirken, daß der saumselige Kongreß endlich die beiden andern abberief. Oder ihn.

Er schrieb an Mr. James Lovell, der dem Komitee für Außenangelegenheiten beim Kongreß vorstand.

Berichtete zunächst über verschiedene Geschäfte der Delegierten. Fuhr dann fort: „Da ich von Delegierten im Plural spreche, frage ich mich, ob der Kongreß wirklich drei Delegierte an diesem Hofe belassen soll. Eigentlich sind wir ja unser fünfe, den Herrn eingerechnet, der für Toskana bestimmt ist und sich vorläufig noch hier aufhält, recht zornig darüber, daß er bei den Allianzverhandlungen nicht um Rat gefragt wurde, und den Botschafter für Wien, der dort nicht zugelassen wird und also auch hier bleibt. Die Kosten, uns alle halbwegs anständig zu unterhalten, sind, glauben Sie mir, recht erheblich. Ich hoffe nur, der Nutzen ist es auch. Ernstlich, die Arbeit von fünf Köpfen trägt nicht dazu bei, die Geschäfte der hiesigen Delegation zu erleichtern. Im Gegenteil, an einem Hofe, an dem jedes Wort gehört und gewogen wird, verringert es das Gewicht der Meinungen und Äußerungen der Delegierten, wenn nicht jeder die gleiche Meinung mit den gleichen Worten ausdrückt. Und wenn jeder über jedes Punctilio befragt werden muß und jeder beleidigt ist, wenn die kleinste Winzigkeit ohne seine ausdrückliche Zustimmung vorgenommen wird, dann entsteht Unfriede und Verzögerung. Diese Nachteile ließen sich verringern, wenn alle Delegierten in *einem* Hause wohnen könnten. Aber es ist beinahe unmöglich, fünf Männer zu finden, die so viel Gleichmut haben und einer des andern Gesellschaft und Lebensart und Gespräch so lieben, daß sie es fertigbringen, in Harmonie zusammen zu wohnen. In Anbetracht all dieser Umstände wünschte ich, der Kongreß würde uns trennen."

Franklin überlas, was er geschrieben hatte, und fand es maßvoll und deutlich. Sicherlich wird sich jetzt der Kongreß für die Abberufung von zwei Delegierten entscheiden, und sehr wohl möglich war es, daß man Adams oder Lee als Alleinigen Bevollmächtigten in Paris beließ. Für jeden der beiden sprach eine starke Partei und alles, was es im Lande an selbstgerechter Dummheit gab. Für ihn, Franklin, sprach nur seine Leistung und die Vernunft, Kräfte, die gewöhnlich in der Minorität bleiben. Wenigstens wird jetzt das Eingreifen des französischen Gesandten die Herren auf der Gegenseite nachdenklich machen. Er schloß und siegelte den Brief. Wofür immer man sich in Philadelphia entscheiden wird, er, Franklin, hat das Seinige getan und konnte gelassen warten.

Es war denn auch ein gelassen aufgeräumter Franklin, der am 4. Juli dieses Jahres achtundsiebzig, am zweiten Jahrestag der Unabhängigkeitserklärung, seinen Gästen entgegentrat.

Die Lage der Vereinigten Staaten war jetzt anders als im vorigen Jahr, und Franklins Sorgen waren klein, gemessen an den Sorgen jener Zeit. Wohl lag noch ein weiter Weg vor ihm, aber das stand fest: die Unabhängigkeit Amerikas war erkämpft. Ein von London abhängiges Amerika ließ sich nicht mehr denken. Sein Sohn William wird niemals mehr Gouverneur von New Jersey sein, er wird bis zu seinem Lebensende „der frühere Gouverneur" bleiben.

Die Delegierten hatten es für angebracht gehalten, den Nationalfeiertag ihres nunmehr anerkannten Landes breit und festlich zu begehen, und Doktor Franklin hatte in sein größeres Haus eine größere Schar von Gästen geladen. Alles war festlich geschmückt, man sah überall die amerikanische Fahne und die phrygische Mütze; kleine Überraschungen, hübsche Geschenke waren für jeden Gast vorbereitet. Bunt und heiter, ernsthaft und müßig plappernd, verbreitete man sich durchs Haus und über den Garten. Es gab kein Zeremoniell; denn die Feier war auch dieses Jahr von Madame Helvetius arrangiert, und wo immer sie waltete, trugen gastliche Zusammenkünfte den Aspekt ihrer eigenen Geselligkeit. Das ganze Haus hatte sogleich etwas lustig Verschlamptes, heiter Verwahrlostes angenommen, und überall hörte man ihre, ihrer Töchter, ihrer Abbés und ihrer Hunde laute, fröhliche Stimmen.

Freilich hatte sie diesmal die Anwesenheit auch anderer

Damen in Kauf nehmen müssen, und es waren darunter viele sehr hübsche. Madame Brillon fehlte nicht, die junge, schöne Prinzessin d'Enville war da, die Gräfin d'Houdetot.

Graf Vergennes hatte sich nicht entschließen können, sich einer Begegnung mit den unmanierlichen Herren Adams und Lee auszusetzen, er ließ sich durch Monsieur de Rayneval vertreten, der Monsieur de Gérards Amt übernommen hatte. Von Aristokraten hatte Franklin jene verlässigen geladen, die sich von Anfang an für die Sache Amerikas erklärt hatten, Turgot, Condorcet, de la Rochefoucauld, Noailles, die Marschallin de Mouchy. Dafür hatte er diesmal die Bürger Frankreichs gebeten, den großen Festtag Amerikas mitzubegehen. Selbst von Nantes war ein Abgesandter gekommen und einer von Marseille, ein Monsieur Marius Leroucas, ein lauter, bunter, beweglicher Herr; in Marseille, erzählte er, hattc sich cin Klub gebildet, der jeden Monat zusammenkam, um die Siege und die Tugenden der Amerikaner zu feiern, und Monsieur Leroucas hatte viele Manuskripte und Drucksachen mit, in denen diese Marseillaisen das Wesen und das Schicksal der Neuen Welt feierten. Arthur Lee hatte sich's nicht nehmen lassen, auch diesmal in Begleitung seines finstern Mr. Reed zu erscheinen, so daß also sogar das freiheitlich gesinnte England vertreten war. Am zahlreichsten aber waren die Philosophen, Gelehrten, Künstler. Houdon war da, Leroy, Duplessis, die Führer des geistigen Frankreich so gut wie alle. „Man könnte eine Sitzung der Akademie abhalten", scherzte Turgot.

Die Gäste hatten ungünstige Nachrichten aus Amerika gehört, aber sie waren zuversichtlich. Es mochte seine gute Weile dauern, ehe sich die Allianz Amerikas mit dem mächtigsten Lande der Welt auswirkte, aber durch diese Allianz war der Sieg entschieden. Franklins Gäste teilten seinen Gleichmut. „Ça ira."

Turgot vermißte seinen Freund Dubourg, mit dem er sich gerne herumgestritten hatte. Jetzt warf ihm keiner mehr vor, daß er als amtierender Minister den Amerikanern Kredite verweigert hatte, und er brauchte sich nicht zu rechtfertigen, weil er's nicht hatte zulassen wollen, daß die Reinheit der amerikanischen Sache korrumpiert werde durch das Geld der verrotteten Monarchie. Dafür hielt er jetzt den jüngeren französischen Herren eine Rede. Erklärte, daß er sich der Allianz freue, aber es auch beklage, daß das moralische Prestige der Vereinigten Staaten durch dieses Bündnis geschädigt werde. Er sei kein Mann der Kompromisse. Ihm wäre es lieber, Amerika befreite sich aus eigener Kraft. Aber nun war die Allianz einmal abgeschlossen, und es blieb nur zu hoffen, daß die Vereinigten Staaten durch die Besudelung nicht leiden würden. „Heute", ereiferte er sich, „ist das amerikanische Volk die Hoffnung des Menschengeschlechtes. Es muß ein Vorbild für die ganze Menschheit werden. Amerika muß der Welt durch die Tat beweisen, daß die Menschen frei sein können und trotzdem gelassen, stark, ruhig und beherrscht. Die Tyrannen und die Scharlatane jeden Ornats haben erklärt, die Wohlfahrt der Menschheit beruhe auf Bindungen, auf Abhängigkeiten, auf Unterwerfung unter Könige und Prälaten. Amerika muß beweisen, daß es sehr wohl möglich ist, sich von allen Ketten zu befreien und gerade dadurch zu blühen. Amerika ist es sich selbst und der Welt schuldig, das Asyl jeder Freiheit zu werden. Es muß allen Unterdrückten aller Nationen Zuflucht gewähren und so der Trost des Planeten werden. Dann wird Freiheit überall auf Erden sein; die Möglichkeit, ein solches Asyl zu nutzen und sich dem Zugriff einer schlechten Regierung zu entziehen, wird alle Regierungen zwingen zur Gerechtigkeit und zur Aufklärung."

Franklin hörte diese Rede nicht gerne. Solche Äußerungen, fürchtete er, würden die Beziehungen der Vereinigten Staaten zur französischen Regierung keineswegs verbessern. Noch weniger gerne hörte er die Reden, welche der Abgesandte von Marseille hielt, der gestenreiche Monsieur Leroucas; glücklicherweise bemühte sich Monsieur de Rayneval, der Vertreter der Regierung, von den geräuschvollen Äußerungen wegzuhören. Jetzt gar rezitierte der Marseillaise einigen jungen, fanatisch aussehenden Herren, die sich um Mr. Reed gesammelt hatten, seinen gereimten „Brief an die Boston-Leute"; Doktor Franklin hatte ihn bereits hören müssen. „Ich selber", deklamierte Monsieur Leroucas, „sehe mit Neid, wie ihr, allem Geschrei zum Trotz, jenen Cäsarismus anprangert, der uns um zweitausend Jahre rückständig macht. Ihr, unloyale und meuterische Leute, die ihr seid, ohne Papst, ohne Könige und Königinnen, ihr tanzt, während die Ketten klirren, die auf dem Menschengeschlecht lasten. Ihr zertrümmert gelassen die Tradition der andern und habt die Stirn, der ganzen Welt ins Gesicht zu lachen und frei zu sein."

Mr. Reed applaudierte voll düsterer Begeisterung, und so taten alle die Seinen. Auch Pierre applaudierte, nicht ohne wohlwollende Malice für die gutgemeinten, aber nicht immer geglückten Verse.

Ja, auch Pierre und Therese waren da. Pierre hatte, als er Franklins Einladung erhielt, eine Freude verspürt so übers Maß, daß er sich's kaum zu erklären wußte. Der Doktor hatte der hübsch gedruckten Einladung mit eigener Hand ein paar Zeilen zugefügt; er bitte Monsieur de Beaumarchais, hatte er geschrieben, seine liebenswürdige Frau Gemahlin mitzubringen. Schon seit dem Abend in der Redoute Chinoise hatte Pierre seinen Groll gegen Franklin vergessen. Jetzt hob ihn Dankbarkeit. Er hatte es von Anfang an gewußt: ein Franklin konnte nicht darauf beharren, einen Beaumarchais zu hassen.

Nach Kräften mühte er sich, dem Doktor seine tiefe, verehrungsvolle Sympathie zu zeigen. Mit Wärme fragte er, wo denn heute der nette, gescheite Junge sei, mit dem er sich voriges Jahr so gut unterhalten habe, Franklins kleiner Enkel, hieß er nicht auch Benjamin? Wiewohl sich der Alte sagte, daß Monsieur Carons Gerede nichts sei als die übliche französische Höflichkeit, so war doch dieser Caron der erste, der sich nach seinem Enkel Benjamin erkundigte, er freute sich und gab ihm ausführlich Bescheid.

Später bezeigte Franklin Madame Beaumarchais so beflissene Galanterien, daß Madame Helvetius alle lärmend darauf aufmerksam machte. Therese lächelte gelassen und freundlich, nicht sehr berührt von Franklins Bemühungen; sie wußte, wie wenig sie bedeuteten. Pierre indes war stolz und ließ Therese und den Doktor allein, damit sich Franklin nicht behindert fühle.

Er trieb sich in dem großen Hause herum. Er hatte viel von dem Hôtel Valentinois gehört, der Philosoph und Geschichtsschreiber David Hume hatte es als eines der zwölf schönsten Häuser in Paris bezeichnet. Pierre fand das Haus nicht übel, aber veraltet und vernachlässigt, und keinesfalls konnte es sich mit seinem eigenen Hause messen.

Er geriet in die Grüne Bibliothek. Sah die Büste Houdons. Sah, und alle kleinen Gedanken entflogen. Schnell wechselnd in seinen Gefühlen, ließ er sich von diesem steinernen Kopf ergreifen und bewunderte ohne Grenzen. Erkannte: er hatte in seinem ganzen Leben einen einzigen Mann getroffen, der größer war als dieser, und dieser größere war tot. Nun war Benjamin Franklin der Größte unter den Lebenden. Was immer Franklin ihm angetan hatte, es war kein Unrecht; dieser Mann konnte kein Unrecht tun.

Jäh kam ihm die Erinnerung an seine Wette mit dem Schauspieler Préville. In den nächsten Tagen wollte der Bildhauer Houdon mit den Sitzungen beginnen. War Pierre nicht vermessen, wenn er sich von dem Schöpfer dieser Büste modellieren ließ?

Mit einer Bewegung der gepflegten, fleischigen Hand wischte er die Bedenken fort. Es mochte Männer geben, die größer waren als er, aber der Autor des „Figaro" hatte die Pflicht, der Nachwelt ein Bildmal von der besten Hand zu hinterlassen.

Er ging zurück in den Hauptsaal. Wurde festgehalten in einem Kreis, der sich um Franklin gesammelt hatte. Der erklärte die Einrichtung eines Ofens, den er für diesen Saal hatte bauen lassen. Die Rede kam auf andere Erfindungen, und Pierre erzählte, wie er in sehr frühen Jahren eine Verbesserung des „Widerstands" im Uhrgetriebe erdacht habe, eine technische Verfeinerung, die man jetzt allgemein anwende. Wie immer in seinem Leben, habe er sich auch damals sogleich in Kämpfe verwickelt gesehen. Ein gewisser Monsieur Lepaute habe seine Erfindung für sich selber in Anspruch zu nehmen versucht. Es habe Prozesse gegeben,

Zeitungspolemiken, Gutachten der Akademie, ehe man ihn, Pierre, anerkannt habe.

Franklin fragte ihn nach Einzelheiten seiner Erfindung.

Damals, als Pierre sie gemacht hatte und der erste, lärmende Streit um ihn entbrannt war, hatte er sie König und Hof vorführen dürfen. Das war nun ein Vierteljahrhundert her, einundzwanzig war er damals gewesen, erfüllt von Ehrgeiz und wütender Lebenslust, und er hatte sich angestrengt, sein Bestes zu geben und auf den König Eindruck zu machen. Aber diesmal, da er sich vor Franklin bewähren sollte, spannte er sich stärker. Erklärte deutlich und interessant. Ein Sachverständiger dem andern, erläuterte er dem Doktor genau, worum es bei seiner Erfindung ging, wie der „Widerstand" früher gewesen war und was er daran verbessert hatte; an Franklins Uhr und an seiner eigenen führte er es ihm vor. Franklin war ehrlich interessiert, er stellte Fragen, er verspürte Achtung und Sympathie für diesen Uhrmacher Caron, der sein Handwerk so gut verstand. „Sie sind vielseitig, Monsieur", rühmte er ihn. „Man sagt, das seien Sie auch", antwortete Pierre. „Das mag wohl sein", sagte der Doktor. „Ich habe mich in mancherlei Berufen umgetan, ich bin Geschäftsmann gewesen und Politiker und Schriftsteller und Drucker." – „Das war ich alles auch", sagte Pierre, „und dazu Advokat und Schiffbauer und, wie gesagt, Uhrmacher und Musiker." – „Aber sind Sie auch Seifensieder gewesen?" fragte Franklin. „Und Schwimmlehrer? Und Banknotenzeichner? Sehen Sie, ich kann es mit Ihnen aufnehmen. Aber Sie sind ja noch jung."

Der Doktor begab sich zu einer andern Gruppe. Dort stand ein streitbarer Turgot einem streitbaren Mr. Adams gegenüber. „Nein", erklärte Turgot, „sie gefallen mir gar nicht, die Konstitutionen, die ihr für eure einzelnen Staaten zusammengeschustert habt. In Pennsylvanien muß einer einen religiösen Eid leisten, wenn er in das Repräsentantenhaus eintreten will. Heißen Sie das Gewissensfreiheit, Monsieur? Anderswo, ich glaube, es ist in den Jerseys, muß der Kandidat gar noch beschwören, daß er an die Göttlichkeit Christi glaube. Nein, Monsieur, so stelle ich mir die Gedankenfreiheit nicht vor. Und ihr glaubt auch gar nicht an das Volk. An die natürliche gemeine Vernunft des Volkes zu glauben, dazu fehlt euch einfach der Mut. Sonst würdet ihr nicht immer so gedankenlos die englischen Institutionen nachäffen. Warum gebt ihr nicht einer einzigen Volksvertretung die ganze Macht? Ich will es Ihnen sagen, Herr. Weil England einen König hat und ein Oberhaus und ein Unterhaus, darum, in sklavischer Nachahmung, muß jeder eurer Dreizehn Staaten seinen Gouverneur haben und seinen Senat und sein Repräsentantenhaus. Das heiße ich mir einen schönen Glauben an das Volk." Mr. Adams schickte sich an, zu erwidern, doch Turgot ließ ihn nicht zu Worte kommen. Franklin stahl sich leise fort, zu einer andern Gruppe.

Hier sprach man von Monsieur de Sartines, dem vor kurzem verstorbenen Marineminister. Monsieur de Chaumont meinte, ohne sein Organisationstalent wäre die Flotte nicht geschaffen worden, die sich jetzt im Krieg bewähre. Condorcet hingegen und de la Rochefoucauld hatten harte Worte für den Toten. Dessen Skrupellosigkeit habe bewirkt, daß der Staatsschatz so leer sei; mit der Begründung, es müßten Schiffe gebaut werden, mit welchen Mitteln auch immer, habe er profitgierigen Geschäftsleuten die Kassen des Königs leeren helfen. Monsieur de Chaumont verteidigte den Verewigten: „Aber das wichtigste ist doch, daß Schiffe da sind. Und das hat er geschafft. Und die andern, redlichen, die haben es nicht geschafft." – „Und was immer Monsieur de Sartines tat", kam ihm lächelnd Monsieur de Rayneval zu Hilfe, „tat er es nicht mit Anmut und den besten Manieren? Er war ein Edelmann, auch wenn er stahl und raubte."

„Das erinnert mich an eine Grabschrift", sagte Doktor Franklin, „die mir einmal mein Freund Erasmus Darwin in England zeigte, auf dem Friedhof von Litchfield. In den Stein war gemeißelt: ‚Hier ruht Roger Jackson, ein Politiker und ein Edelmann.' Ich fragte den Doktor Darwin: ‚Habt ihr auf diesem Friedhof so wenig Platz, daß ihr drei Tote in *einem* Grabe unterbringen müßt?'" – „Sie scheinen den Beruf, den wir beide treiben", sagte lächelnd Monsieur de Rayneval, „nicht gerade hochzuschätzen, Doktor Franklin." –

„Wenn ich ein Politiker bin", wehrte sich Franklin, „so wende ich ganz unpolitische Methoden an." Und schmunzelnd, geheimnisvoll anvertraute er ihm: „Verraten Sie's nicht, Monsieur de Rayneval. Ich sage immer nur, was wahr ist. Das glaubt dann keiner."

Er verließ die Gruppe, und da er sich abgespannt fühlte und sah, daß die Braune Bibliothek leer war, ging er hin und setzte sich in einen Sessel. Von seinem blutigen Schlachtfeld aus schaute General Washington auf ihn herunter mit dem langnäsigen, großen, sonderbar starren Gesicht, welches ihm Monsieur Prunier verliehen hatte. Franklin murrte in seinem Herzen, daß er in dem gleichen Hause, in dem die Büste Houdons aufgestellt war, diese talentlose Malerei dulden mußte. Ich stell sie auf den Speicher, beschloß er. Wenn ich erst allein bin, ist das das erste. Er machte die Augen zu. Recht müde bin ich, dachte er. Ich sollte mich eigentlich um meine Gäste kümmern. Ich tue es nicht. Ich hab ein Recht, müde zu sein. Es ist ein Jahr voll Arbeit gewesen, und an diesem Vierten Juli brauche ich keine Schwachherzigen zu trösten. Ça ira.

Leute kamen. Es waren die Brüder Lee und Ralph Izard. Es zog sie wohl in die Braune Bibliothek, wo sie so viele Stunden des Haders ausgekostet hatten.

Franklin hielt es für seine Hausherrenpflicht, ein paar Worte mit ihnen zu wechseln. Er fragte sie, ob nicht auch sie ihre Freude hätten an der zahlreichen Gesellschaft, die hier versammelt sei, um Amerikas Unabhängigkeit zu feiern.

Die Gesellschaft sei nicht klein, antwortete Ralph Izard. Aber wenn man die Namen wäge und nicht zähle, dann bemerke man mit Bedauern, wie viele der Herren aus den großen alten Häusern es vorgezogen hätten, fernzubleiben. Das bestätige seine Ansicht, wie bösartig skeptisch sich die französische Aristokratie nach wie vor von der Sache Amerikas absondere. „Da deuten Sie die Absonderung dieser Herrschaften falsch", erwiderte freundlich Franklin. „Sie sind einfach deshalb weggeblieben, weil ich sie nicht geladen habe. Nachdem die Allianz einmal abgeschlossen ist, scheint es mir wichtiger, daß die Welt wieder und wieder erfährt, Turgot bekennt sich zu uns und Condorcet und Morellet und Houdon und Duplessis und", schloß er mit einem kleinen Lächeln, „der Autor des ‚Figaro'."

Arthur Lee schlug die Arme über der Brust zusammen, stieß die Stirn vor und wollte einen seiner scharfen politischen Vorträge beginnen. Aber Franklin hielt ihn zurück. Er wies auf das Bild Washingtons und sagte freundlich wichtig: „Was denken Sie, Mr. Lee? Was finden Sie? Geht die Sonne hinter dem General Washington auf oder geht sie unter?"

Es gelang Mr. Lee nur schwer, seinen Widerwillen vor dem Doktor h. c. zu verbergen. „Entschuldigen Sie", antwortete er trocken, „aber mir scheint, die Kommissare des Kongresses der Vereinigten Staaten haben andere Probleme zu lösen."

Der Sekretär Maigron hatte sich nun lange genug von einem Tag zum andern vertrösten lassen. Heute, wiewohl Monsieur de Beaumarchais mitten im Gespräch mit Gudin war, bestand er darauf, angehört zu werden. Seufzend fügte sich Pierre. Allein: „Sie bleiben, Philippe", befahl er, „dann macht es unser Maigron kürzer."

Die Hündin Caprice knurrte, sie konnte Maigron nicht leiden. „Still, Caprice", sagte Pierre, und: „Was also haben Sie schon wieder?" fragte er, mit den Fingern trommelnd. Der Sekretär setzte ihm in trockenen Worten auseinander, die Firma Hortalez könnte die am Freitag fälligen hundertzwölftausend Livres nicht auftreiben. Die Einnahmen seien auf lange hinaus verpfändet; auf die amerikanischen Guthaben Geld zu leihen, sei unmöglich. „Ist das alles?" fragte Pierre. „Ja", sagte Maigron, und trotz seiner ausgelöschten Miene stand er da wie das Verhängnis. „Was schlagen Sie vor?" fragte Pierre. „Ich würde die Firma endlich in Bankrott gehen lassen", antwortete Maigron.

Eine ganz kurze Zeit überlegte Pierre. „Die Compagnie Industrielle de Chinon wird Ihnen die hundertzwölftausend Livres vorstrecken", entschied er dann großartig. „Das ist unratsam", antwortete Maigron. „Daß wir die Compagnie Industrielle Ihren übrigen Betrieben fernhalten, ist das einzige gesunde Prinzip, das wir konsequent durchgeführt haben. Es ist unratsam, daß wir sie jetzt hineinmengen." Er sagte das alles in der gleichen farblosen Art.

Gudin fühlte sich bemüßigt, die Situation weltanschaulich zu kommentieren. „Als der Philosoph Thales von Milet einmal sehr arm war", erzählte er, „kaufte er, wie uns Aristoteles berichtet, auf Abzahlung die gesamten Olivenpressen von Milet und berechnete dann für ihre Benutzung Monopolpreise. Wodurch er reich wurde. Er tat dies aber, um zu beweisen, daß Philosophen, wenn sie es nur wollen, sehr wohl Geld machen können und daß sie, wenn sie arm bleiben, dies freiwillig tun und nur deshalb, weil sie sich mit Besserm zu befassen haben als mit der Jagd nach Profit." – „Ihr Philosoph, Monsieur Gudin", antwortete sachlich Maigron, „war in einer günstigeren Lage als Monsieur de Beaumarchais. Ich sehe nicht, wo dieser das Geld hernehmen sollte, eine Anzahlung auf Olivenpressen zu leisten."

Pierre setzte sich hin und schrieb: „Hier", sagte er, „haben Sie Ihre hundertzwölftausend Livres. Tratte auf die Compagnie Industrielle. Und jetzt lassen Sie mich in Ruh." – „Ich habe Ihnen bereits erklärt", entgegnete Maigron, „daß eine solche Lösung unratsam wäre", und er zerriß langsam und sachlich, unbewegten Gesichtes, die Anweisung. Die Hündin Caprice knurrte.

„Ich finde, Pierre", meinte Gudin, „Sie haben zur Genüge bewiesen, daß Sie es verstehen, Geld zu machen. Sie könnten ruhig Bankrott ansagen und sich eine Zeitlang ausschließlich mit Schriftstellerei und Politik befassen." – „Aber vielleicht", sagte mit höflicher Ironie Pierre zu Maigron, „aber vielleicht werden Sie mir gestatten, mein altes Haus an der Rue de Condé zu verkaufen, um die Firma Hortalez am Leben zu erhalten." – „Ich habe mir nie erlaubt, Monsieur", antwortete Maigron, „mich in Ihre persönlichen Dinge einzumischen. Aber ich möchte Sie darauf aufmerksam machen, daß Sie durch diesen Verkauf nicht nur Geldverlust, sondern auch Ärger haben werden."

Pierre selber hörte schon im Geiste das jammervolle Geschrei seiner Schwester Julie, wenn sie das alte Haus verlassen und die Herrschaft des neuen mit Therese teilen sollte. Doch die Firma Hortalez lag ihm am Herzen, das Haus an der Rue de Condé wurde verkauft.

Julie, wie er es erwartet hatte, hub zu schreien und zu jammern an. „Das wenn unser Vater erlebt hätte“, klagte sie, „daß du mich aus dem Hause vertreibst, in dem ich ihn bis an sein Ende betreut habe.“ Er redete ihr gut zu, sie werde es in dem neuen Hause viel besser haben. Und wie schön werde es sein, wenn sie alle einträchtig unter *einem* Dache wohnten, und unter was für einem Dache, einem großen, hohen, aus edelstem Material errichteten.

Julie überlegte, daß sie Energie genug habe, um mit Therese fertig zu werden. Pierre brauchte nun einmal viel Pflege und Umsorgtheit, leichtsinnig und liebebedürftig, wie er war. Ob Therese wollte oder nicht, sie, Julie, wird sich ihres Pierre annehmen. Sie sah sich in dem Haus an der Rue Saint-Antoine herumgehen, schalten und walten; es war ein wunderschönes Haus, da hatte Pierre recht, und sehr groß. Es wird nicht allzu schwer sein, die stille Therese auf einen Teil des Hauses zu beschränken. In ihrem Innern fügte sich Julie. Doch grollte und schimpfte sie noch lange fort. „Und das schlimmste ist“, empörte sie sich, „daß ich jetzt wieder den ganzen Tag das Porträt dieser Person vor Augen haben soll, dieser Mesnard, die dir nur Unglück bringt.“

Den vielen Bewunderern Désirées hatte sich in den letzten Wochen einer zugesellt, dessen Nähe sie sich zunächst nur amüsiert, später aber mit steigender Anteilnahme gefallen ließ.

Als nämlich Toinette trotz ihrer Schwangerschaft darauf bestand, ihre Theaterproben fortzusetzen, hatte Louis angeordnet, daß Doktor Lassone den Proben beiwohne und eine Überanstrengung Toinettes verhüte. Bei dieser Gelegenheit hatte Lassone Désirée kennengelernt und über ihrer Gesellschaft Mademoiselle Olivier, die er an Charlot verloren hatte, völlig vergessen. Er fehlte bei keiner Probe, suchte nach jedem Anlaß, in Désirées Atemnähe zu sein, und gab ihr unermüdlich in pedantischen, etwas altväterischen Wendungen zu verstehen, wie sehr sie ihn fasziniere.

Der alternde Arzt interessierte Désirée mehr als mancher ihrer jungen, glänzenden Freunde. Es gingen in Paris viele Geschichten um über seinen Dünkel, seine Liebesaffären, seine Geldgier. Aber sie hatte Urteil genug, um zu erkennen, daß hinter diesen Eigenschaften, die zu verbergen er sich kaum mühte, ein überlegener Verstand waltete. Es machte ihr Spaß, daß sich dieser große Rationalist vergeblich gegen die Bezauberung wehrte, die von ihr ausging. Sie nahm keinen Anstoß an seinen alten, herrschsüchtigen Augen, an seinem harten Mund, an seinen großen, knochigen, bedrohlichen Händen. Es reizte sie, den Mann mit all seinem Wissen und seinen Erfahrungen unterzukriegen, daß er knurrend tue, was sie von ihm verlangen wird.

Kalt und schamlos fragte sie ihn aus nach seinen äußeren und inneren Verhältnissen, bis er sie ihr widerwillig offenbarte. Er hatte wissenschaftliche Erfolge, welche nur die Gelehrten zu würdigen wußten, er hatte Titel und Würden, vor denen das breite Publikum sich beugte, er hatte Geld. Er war raffgierig und wollte nichts missen. Er liebte Pracht und Verschwendung und war geizig.

Désirée sah, daß er nur auf eine Aufmunterung wartete, um ihr einen Heiratsantrag zu machen. Ohne solche Aufmunterung würde er kaum sprechen; denn er war zu dünkelhaft, um sich der Gefahr einer Abweisung auszusetzen. Als sie jetzt erlebte, wie Pierre sein Haus verkaufen mußte, machte sie das nachdenklich. Wäre sie jetzt Madame Lassone, dann könnte sie vermutlich Pierres Haus erwerben und es ihm überlassen. Auch wäre, wenn sie Lassone heiratete, sie die Gebende und weniger verpflichtet, als wenn sie etwa die Werbung eines jungen aristokratischen Verehrers annähme. Ferner sagte sie sich, mit Lassone werde sie immer fertig werden. Überdies war er alt.

Mittlerweile hatte in der Karibischen See, und zwar bei La Grenade, die französische Flotte unter Führung des Admirals d'Estaing einen entscheidenden Sieg errungen, und ohne es zu wissen, hatte Pierre an diesem Siege hervorragenden Anteil.

Es hatte nämlich im frühen Juli eine Flotte des Hauses Hortalez, bestehend aus zwölf schwerbeladenen Schiffen, unter dem Geleit des Kriegsschiffes „L'Orfraye" die Karibische See erreicht. Als Admiral d'Estaing das schöne Schiff erspähte, wies er ihm sogleich einen Platz in seiner Schlachtreihe an und überließ die unglücklichen Handelsschiffe ihrem Schicksal. Die „Orfraye" bewährte sich denn auch glorreich, achtzig Kugeln durchbohrten sie, ihre sämtlichen Masten wurden zerschossen, ihr Kapitän, Montaud, getötet. Der Admiral d'Estaing selber teilte Pierre das Ereignis in einem schmeichelhaften Briefe mit, wünschte ihm Glück, daß er zum Erfolg der Waffen des Königs einen so großen Beitrag geleistet habe, und versicherte ihm, er werde dafür sorgen, daß seine Interessen nicht zu leiden hätten.

Pierre jubelte. Zärtlich betrachtete er die Nachbildung der Galion des „Seeadlers". Seine Intuition hatte sich wieder einmal als richtig erwiesen; er hatte recht getan, als er seinerzeit sein Letztes gewagt, das Schiff zu erwerben. Mut und Verstand zwingen am Ende das Glück herbei.

Er schrieb dem König, er sei erfüllt von brennendem Stolz, daß sein Schiff und sein Vermögen an der Züchtigung des übermütigen England habe mitwirken dürfen. Dem Marineminister schrieb er, er verspüre eine geradezu kindische Freude bei dem Gedanken, daß die Engländer jetzt in den gleichen Zeitungen, in denen sie ihn mit so vielen Schmähungen überhäuft hätten, berichten müßten, es sei eines seiner Schiffe gewesen, das so wesentlich zur Niederlage beitrug.

Maurepas gratulierte und fragte, welche Belohnung er erwarte. Pierre erwiderte, er bitte um eine Gedächtnisfeier für seinen gefallenen Ersten und um das Ludwigskreuz für seinen Zweiten Kapitän, und er hoffe, man werde diejenigen seiner Matrosen, die sich besonders ausgezeichnet hätten, in die Kriegsmarine übernehmen. „Sie sind billiger, als ich glaubte", sagte Maurepas. „Und von Monsieur Necker erwarte ich natürlich", fuhr Pierre fort, „daß er sich bei der Regelung meiner Schadenersatzansprüche so großzügig erweist, wie ich mich in ähnlichen Fällen zu verhalten pflege."

Der Sieg in Westindien wurde von den Parisern bejubelt,

es gab Feuerwerk und andere öffentliche Vergnügungen, und da Admiral d'Estaing nicht zur Hand war, feierte man Pierre Beaumarchais. Er hatte nicht nur die beste französische Komödie seit Molière geschrieben, er hatte nicht nur Amerika befreit, jetzt hatten seine Schiffe auch noch die Engländer entscheidend geschlagen und reichen englischen Besitz für die Krone Frankreichs erobert. Und von neuem und noch häufiger als früher pfiff und summte und sang man das zärtlich kriegerische Liedchen des Cherubin.

Pierres frisches, fülliges Gesicht mit der klaren Stirn, den lustigen, gescheiten Augen über der scharfen, geraden Nase und dem vollen, geschwungenen Mund strahlte Leben. Es traf sich herrlich, daß der Bildhauer Houdon gerade jetzt an seiner Büste arbeitete. Die Büste wurde denn auch wunderbar, und das schien Pierre recht und billig.

Er schwamm auf einer neuen, hohen Welle des Glückes. Der Schadenersatz für die „Orfraye" wird die Firma Hortalez aufrechterhalten, bis die amerikanischen Zahlungen eintreffen; einmal werden sie ja wohl kommen. Und Hof und Stadt verwöhnten Pierre wie noch nie.

Nur *eines* fehlte. Der „Figaro" konnte nach wie vor nicht gespielt werden. Das kratzte Pierre. Das Verbot durfte nicht bleiben. Wenn er jetzt, unterstützt von ganz Paris, die Freigabe der Komödie verlangte, dann konnte sich Louis nicht länger sträuben. Er wird das Verbot des Königs von Frankreich zu Fall bringen, wie er die Tyrannei des Königs von England gestürzt hat, und der Ruhm des Staatsmannes und Kriegsmannes Beaumarchais wird gekrönt werden vom Ruhme des Dichters.

Vaudreuil hatte die Nachricht vom Siege bei La Grenade geteilten Gefühles aufgenommen. Er war Patriot genug, sich des Sieges zu freuen. Aber er wartete nun seit langem voll rasender Ungeduld darauf, endlich nach der Bretagne abzugehen zu der Armee, die dort für die Invasion Englands aufgestellt und deren Führung ihm übertragen war, und nun half dieser Sieg in Westindien jenen Armee- und Flottenführern, welche statt der Invasion die Absendung eines Expeditionskorps nach Amerika befürworteten. So viel war gewiß: jetzt mußte er noch länger hier in Versailles bleiben und sich abplagen, Louis die Erlaubnis für die Invasion abzuringen.

Solcher Stimmung also war Vaudreuil, als ihm Pierre und Désirée vom „Figaro“ sprachen. Désirée hatte ihn aufgefordert, seinen Schützling zum Essen zu laden, und er hatte gerne die Gelegenheit wahrgenommen, durch Gespräch mit dem possierlichen Autor ein paar Stunden der verdrießlichen Wartezeit zu vertreiben. Als Désirée halb scherzhaft, halb betrübt davon sprach, daß der Marquis nun doch Versailles verlassen werde, ohne die Aufführung des „Figaro“ durchgesetzt zu haben, empfand er das nicht als insolente Mahnung an sein Versprechen. Im Gegenteil, die Erinnerung kam ihm gelegen. Er war kein Kleinbürger und also kein Mann von Wort. Aber er hatte vielen erklärt, er werde den „Figaro“ spielen lassen, gerade weil Louis ihn verboten habe; die Aufführung war seine eigene Sache geworden, und da er ohnedies genötigt war, noch Tage und Wochen in Versailles zu bleiben, hatte er kaum Besseres zu tun, als die Aufführung des „Figaro“, seines „Figaro“, zu erzwingen. So wird er sich, bevor er seine glänzende Laufbahn in der Bretagne antritt, in Versailles einen glänzenden Abgang schaffen. „Seien Sie unbesorgt, Désirée“, sagte er, „und Sie, Pierre. Ich habe über dem Angriff auf England den ‚Figaro‘ nicht vergessen.“

Er ging zu Toinette. Er war völlig erkaltet vor ihr; die Zeichen ihrer Schwangerschaft, der schwere Gang, das schlaffere, verschwommene Gesicht flößten ihm geradezu Widerwillen ein. Er freute sich darauf, von ihr fortzukommen. Er wollte nichts mehr zu tun haben mit dieser Frau, die an ihrem Kinde, an ihrem und des Dicken Kind, Freude hatte wie nur je ein Krämerweib. Er begriff nicht mehr, daß er eine Zeitlang für sie entflammt gewesen war.

Aber er verbarg sorglich seine Abneigung. Verhalten erklärte er, wie schwer es ihm falle, von ihr wegzugehen, meinte dann, mit sachtem Übergang, nicht einmal seine Aufgabe als ihr Intendant habe er bis zum Ende durchgeführt. Erreichen habe er wollen, daß sie als Gönnerin der französischen Bühne in der Geschichte fortlebe. Aber nur ein Teil des Weges sei zurückgelegt. Gerne hätte er gesehen, daß unter ihren Auspizien die Aufführung des „Figaro" stattgefunden hätte. Es sei nicht geglückt. Er habe nur sich selber kompromittiert dadurch, daß er ihrethalben so stolz und zuversichtlich erklärt habe, die Komödie werde gespielt werden.

Sie erwiderte zögernd, er wisse ja, was für dumme Hindernisse der Aufführung im Wege stünden. Er zwang seinem Gesicht Empfindung auf. Immerhin wäre es schön, entgegnete er, wenn die Jahre ihres Zusammenseins durch eine solche gemeinsame Tat gekrönt würden. Er neige nicht zur Sentimentalität, aber ausgemacht sei es nicht, daß er zurückkehre. „Reden Sie doch nicht solchen Unsinn, François", ereiferte sie sich mit zuckenden Lippen.

Er lachte und sagte leichtsinnig: „Kein Heil ohne ‚Figaro'. Mir scheint, einen letzten Versuch wäre die Sache wert. Einen bessern Anlaß für unsern neuen Vorstoß als den Sieg der ‚Orfraye' können wir uns gar nicht wünschen. Ganz Paris verlangt stürmisch die Aufhebung des läppischen Verbots. Machen Sie sich zur Wortführerin der Pariser, der Dicke wird schwerlich auf seinem Nein bestehen."

Toinette hörte aufmerksam zu. Sie antwortete nicht, aber er war gewiß, daß sie seine Worte aufgenommen hatte, und er sprach nicht weiter vom „Figaro", sondern wurde wieder traurig und zärtlich.

Noch am gleichen Tage ging Toinette zu Louis.

Louis hatte den Bericht über den Sieg von La Grenade mit bourbonischem Stolz gelesen. Vor allem freute ihn, daß durch diesen Sieg die Argumente derjenigen, die eine Invasion Englands befürworteten, geschwächt wurden; denn da jetzt seine Minister und Generäle die Expedition nach Amerika werden beschleunigen wollen und da man nur eine der beiden großen Unternehmungen wagen konnte, wird man die Invasion auf unbestimmte Zeit verschieben müssen. Und wenn ihm der Gedanke, daß seine Franzosen in Amerika kämpfen sollten, widerwärtig war, so war ihm der Gedanke an die Invasion zehnmal mehr verhaßt. Richtige Kriege konnten nur in Europa stattfinden, und solang er seinem Europa ernsthafte militärische Zusammenstöße fernzuhalten vermochte, war es noch kein wahrer Krieg. Er nahm also die Nachricht von La Grenade mit Stolz auf und mit innigem Behagen.

Ein wenig Bitterkeit freilich mischte sich ihm auch in diese Freude. Es verdroß ihn, daß das Schiff, welches der berüchtigte Monsieur Caron ihm abgeschwindelt hatte, so hervorragend an der Schlacht beteiligt gewesen war. Mit Unmut las er im Polizeibericht, daß die Romanze aus dem „Figaro" zu einer Art Nationalhymne werde, die ausziehenden Truppen sängen Monsieur de Beaumarchais' Text, und es gingen Gerüchte, die Matrosen der „Orfraye" seien mit diesem Lied auf den Lippen gestorben.

Doch die kleinen Mißhelligkeiten verminderten sein Vergnügen nur um ein Geringes, und als jetzt Toinette bei ihm erschien, fand sie ihn heiter und aufgeräumt. Breit lächelnd beschaute er die Zeichen ihrer Schwangerschaft, konstatierte voll Genugtuung, man sehe ihr die Hoffnung schon sehr an, und streichelte sie täppisch. Sie erwiderte, es könne ihr gar nicht besser gehen. Freilich mache es sie ein wenig traurig, daß in der nächsten Zeit einer ihrer liebsten Freunde sie verlassen werde, ihr Intendant Vaudreuil. Louis antwortete trocken, wenn er sich recht erinnere, dann habe doch sie selber dringlich das Kommando für Vaudreuil verlangt. Sie erwiderte, es sei selbstverständlich, daß sie, wenn es um die Interessen Frankreichs gehe, auch mit ihren besten Freunden nicht geize. Übrigens habe sie ihrem Vaudreuil einen letzten Wunsch gewährt und hoffe, er, Louis, werde sie an der Erfüllung ihres Versprechens nicht hindern. Der Marquis wünsche seine Intendantentätigkeit mit einer Aufführung des „Figaro" zu beschließen.

Louis schwieg verdüstert. Wieder zerren und ziehen sie alle an mir, meditierte er, genau wie vor der Allianz. Und wie ich mich damals vergeblich gegen jenen Franklin sträubte, so hat es jetzt keinen Sinn, wenn ich mich gegen diesen Caron wehre. Niemals, habe ich gesagt, und vor mir selber habe ich mich an diesem Niemals gefreut und war stolz darauf. Aber wahrscheinlich habe ich schon damals in meinem Tiefsten gewußt, daß es doch sein wird. Sie sind eben allesamt blind und graben an ihrem Grabe, und ich kann sie nicht hindern.

„Vaudreuil", führte mittlerweile Toinette aus, „steht nicht allein mit seinem Wunsch. Die Flotte Monsieur de Beaumarchais' hat einen so glorreichen Sieg errungen, und ganz Paris möchte jetzt sein Stück sehen." Louis schnaubte zornig. „Das ist es ja", sagte er. „Wenn es nur um eine Aufführung in Versailles ging, das machte mir wenig Sorge; an meinen Herren und Damen ist nichts zu verderben. Aber die Pariser sollen das unanständige Stück nicht zu sehen bekommen. Ich habe schon gewußt, warum ich damals sagte: niemals." Er suchte autoritär zu sprechen.

Toinette schmollte. „Vielleicht haben Sie schon einmal gehört", sagte sie, „daß schwangere Frauen ihre Launen haben. Wenn man diesen Launen nicht nachgibt, ist es schädlich. Doktor Lassone wird Ihnen das bestätigen. Es ist nicht recht, Louis, daß Sie den Dauphin gefährden wollen. Ich hab mir's nun einmal in den Kopf gesetzt, meinem Vaudreuil diese letzte Freude zu machen."

Louis, nach einer Weile, sagte schwach und zornig: „Und wo will er denn spielen, Ihr Herr Intendant? Wieder in meinen Menus Plaisirs? Oder vielleicht im Trianon?" Er schaute sie herausfordernd an. „Nein, nein", beeilte sie sich zu erwidern. „Ganz privat, nur für die Intimsten. In Gennevilliers, denke ich."

Louis saß da, die Stirne faltig vor Nachdenken. „Aber hören Sie, Toinette", sagte er dann, „es wäre wirklich nicht angängig, es wäre höchst anstößig, wenn sich die Königin von Frankreich diese Komödie anschaute, nachdem ich mehrmals erklärt habe: niemals." – „Wenn Sie es nicht wünschen, werde ich nicht hingehen", sagte Toinette, und: „Vaudreuil kann also spielen?" fragte sie geradezu. „Nun ja, nun schön", sagte Louis.

Aber sogleich engte er ein: „Unter der Bedingung, daß man aus der Komödie alle unziemlichen Stellen herausstreicht, und unter der Bedingung, daß sie ein einziges Mal gespielt wird, und zwar in Gennevilliers, und nur vor den intimsten Freunden des Marquis de Vaudreuil, und unter der

Bedingung, daß Sie, Madame, der Aufführung fernbleiben, und unter der Bedingung, daß dann niemals mehr von diesem ‚Figaro' die Rede ist." – „Einverstanden", sagte Toinette.

Und süß und strahlend fügte sie hinzu: „Ich wußte, daß Sie die Wünsche der Mutter Ihres Sohnes erfüllen, mein lieber Louis."

Der Tag der Aufführung war sehr heiß. In dem kleinen Theater von Gennevilliers, dem gleichen, in dem Désirée seinerzeit vor Franklin und Toinette Tells Knaben gespielt hatte, war es unerträglich schwül; denn der Saal war gestopft mit Menschen, sie standen in allen Gängen und Korridoren.

Bisher hatte es Pierre widerspruchslos hingenommen, wenn gewisse Aristokraten ihn ohne seine Angehörigen einluden; diesmal hatte er verlangt, daß auch Therese und sein Freund Gudin der Aufführung beiwohnen sollten. Sie saßen in einer der kleinen Logen, sehr sichtbar. Therese, das große, lebendige Gesicht mit dem geschwungenen Mund und den hohen, kühnen Brauen voll ruhiger Erwartung, Brust und Schultern in mattem, blaßbräunlichem Glanz aus dem blauen, schlichten Kleid heraustauchend, erregte viel Aufmerksamkeit; in dieser Gesellschaft kannte jeder jeden, aber wenige kannten Therese. „Das ist Madame de Beaumarchais", hieß es, und viele erinnerten sich verwundert: Figaro hatte eine Frau.

Wieder, aus dem Spalt des Vorhangs, beschaute sich Désirée in ihrem Pagenkostüm die Versammlung. Nun hatte sie es geschafft, trotz Charlots, trotz Louis', und kein zweites Mal wird sie im letzten Augenblick um ihren Cherubin und um die Frucht all ihrer Listen und Demütigungen geprellt sein.

Sie sah in der Loge Therese. Pierre stand hinter ihr und beugte sich zu ihr herunter. Es war merkwürdig und ein wenig lächerlich, daß ihr Pierrot, der bei all seinem Idealismus so zynisch war, im Grunde seiner Seele nur diese Therese liebte. Er gehörte dieser Therese wie ein großer, treuer Hund. Sie, Désirée, hatte seine Begabung entfesselt, daß er das drängende Gefühl des Knaben Cherubin Wort und Gestalt werden lassen konnte, aber dieses Gefühl galt nicht ihr, sondern eben der Frau in der Loge.

Der Stock klopfte auf, der Vorhang teilte sich. Préville-Figaro stand auf der Bühne, maß ab und sagte: „Neunzehn zu sechsundzwanzig."

Pierre saß und sah und hörte, er war wie im Traum und gleichzeitig überwach. Der „Figaro" wurde gespielt. Es *war* so: „Der tolle Tag oder Die Hochzeit des Figaro" wurde gespielt. Schon einmal hatte sich der Hochadel Frankreichs versammelt, sein kühnes Spiel anzuschauen. Damals hatte der König wütend eingegriffen. Aber nun hatte er, Pierre, gesiegt, die Wut Louis' von Bourbon erwies sich als ohnmächtig, und ein zweites Mal waren sie gekommen, alle diese Prinzen und Herzöge und Grafen und Marquis. Und jetzt gab Suzanne ihre erste lustige Replik, und jetzt lachten sie, und es war ein langes, gutes Lachen, und es *war* so: der „Figaro" wurde gespielt. Er sagte ihnen seine Sätze ins Gesicht, genau wie er sich's geträumt hatte, und sie hörten sich's an und ließen sich's gefallen. Von keinem andern hätten sie sich's gefallen lassen. Ihn baten sie darum, bestürmten sie darum; denn sie mußten ihm zugeben, daß kein zweiter es so leicht und weltmännisch hätte tun können, daß kein zweiter heute in Frankreich mit so viel Witz von der Bühne sprach wie er. Und er saß in der Loge mit seiner schönen, geliebten Frau, und auf der Bühne redete und agierte seine vielbewunderte, blitzend gescheite Freundin, und Frankreichs große Herren und Damen hörten ihm zu.

Wenn diese großen Herren und Damen ursprünglich nur gekommen waren, um lachend gegen den König zu frondieren, der ihnen einen Spaß verbieten wollte, so vergaßen sie schnell diese ihre Absicht und gaben sich ohne Vorbehalt dem Entzücken hin über die Anmut und Fülle des Stückes. Sie hatten Geschmack, sie hatten Geist, sie hatten Sinn fürs Theater. Sie freuten sich der gescheiten Impertinenz Figaro-Prévilles, der nobeln, leicht angekränkelten Eleganz Almaviva-Molés, und sie waren erstaunt und gerührt über diese Désirée Mesnard. Das hätten sie ihr doch nicht zugetraut, daß sie als der liebenswerte, verliebte Junge so echt und anmutig und bewegend sein werde. Sogar die Romanze, die doch ein jeder hundertmal gehört hatte, war etwas Frisches, Unerhörtes, nun sie von der Bühne aus dem Munde dieser Mesnard kam.

Im Parterre, wo es nur Stehplätze gab, stand eingekeilt Doktor Lassone, und so jung er sich gemeinhin fühlte, es war sicherlich nicht gut für einen Mann in seinem Alter, sich solchen körperlichen und geistigen Anstrengungen auszusetzen. Er sah Désirée, er sah und spürte, wie alle Männer in diesem Saale sie begehrten und wie wohl auch die meisten Frauen den Knaben Cherubin begehrten, und er atmete stark. Er sagte sich: Es ist eine Dummheit, aber ich werde sie heiraten. Sie liebt nur diesen Windhund Caron, und auch diesen eiteln Hahn Vaudreuil zieht sie mir bei weitem vor. Und sie wird mich in allen Richtungen der Windrose betrügen und mich erniedrigen und mich mein ganzes Geld kosten. Es ist eine ungeheure Dummheit, wenn ich sie heirate, aber es ist die letzte Dummheit, die ich machen kann, und es ist eine Dummheit, die der Mühe wert ist.

Auch Vaudreuil spürte den starken Zauber, der von Désirée ausging. Sie gehörte ihm. Alles gehörte ihm. Es war für Vaudreuil ein guter Abend, er verbrückte eine glänzende Vergangenheit mit einer noch glorreicheren Zukunft. Im Begriffe, Versailles zu verlassen, sah er Versailles mit freundlichen Augen. Was daran schön und lebendig gewesen war, verdichtete sich ihm zu diesem einen Abend. Er hatte durch seinen Schützling Pierre dieses Stück geschaffen, er hatte dem Dicken diese Aufführung abgezwungen, er schenkte diese Komödie dem französischen Volk, so wie der Vierzehnte Louis Molières Komödie den Franzosen geschenkt hatte. Ihm gehörte der Mann, der diese blitzenden Sätze erdacht und gefügt hatte, ihm die Frau, die jetzt von der Bühne her alle hinriß, ihm die Königin, die das Ganze beherrschte. Und die Würze war: ihm lag nichts an alledem, er ließ es liegen und ging fort.

In einer der Logen saß Maurepas. Er fühlte sich progressiv, weil er die Aufführung der Komödie seines Leibnarren erwirkt oder doch zumindest zugelassen hatte, und er genoß den frechen Witz des Stückes. Aber einmal, und zwar bei der Stelle: „Was ist die Kunst des Höflings? Empfangen, nehmen, fordern“, überkam ihn jäh der Gedanke, daß sie alle, die sie in diesem Theater versammelt waren und sich freuten, wieder einmal einen gewaltigen Schnitt sägten in den Ast, auf dem sie saßen, und für einen Moment hatte er ein unbehagliches Gefühl im Magen. Dann aber sagte er sich, es werde ja, solange er lebe, der Ast noch halten, und für den Rest des Abends blieb seine Freude an dem allerliebsten Spiel ungeschmälert.

Die andern, dieser ganze, große Adel Frankreichs, schienen unberührt von den Bedenken, welche Maurepas gestreift hatten. Sie lachten und ergötzten sich, als sie ihr wahres Gesicht sahen, ihre Verspieltheit, ihre sehr guten Manieren und die freche Ödnis und Leere ihrer Hirne und ihrer Herzen. Am stärksten wirkten jene nicht gesprochenen Sätze, welche Pierre lustig durch Gesten und lange, bedeutungsvolle Pausen ersetzen ließ; denn viele im Publikum kannten die gestrichenen Worte. Sie klatschten und riefen: „Nochmals, nochmals“, und zehn und zwanzig und hundert Stimmen sprachen die gestrichenen Sätze. Und es stieg die Begeisterung, ungeheuer jubelten die großen Herren und Damen, mit prasselndem Beifall dankten sie Figaro, daß er ihnen ins Gesicht sagte, was sie waren.

Einige wenige Schriftsteller und Philosophen waren auserlesen, der Vorstellung beizuwohnen, und sie formulierten im Zwischenakt die Meinungen, welche am nächsten Tag Paris nachsprechen sollte. Es sei eine wahrhaft enzyklopädische Komödie, dekretierte Chamfort. Und besonders begeistert äußerte sich Baron Grimm. Der gefürchtete Kritiker hatte die ersten Stücke Pierres mit bösartigem Spott abgetan. Aber nun sah er, wie ehrlich enthusiasmiert dieses einflußreiche Publikum war, und er beschloß, sich geirrt zu haben, und gestand diesen Irrtum in geschliffenen Worten ein. Das Stück, erklärte er, sei ein kühnes und geistvolles Gemälde der Sitten und Meinungen der herrschenden Klasse, gemalt von einem Manne, der seine Farben zu mischen und seinen Pinsel zu führen wisse wie kein zweiter. Sein Stück bestehe aus nichts als dem Kampf um eine Liebesnacht und sei gleichwohl ein Spiegel der ganzen Epoche; es sei also notwendig die Schöpfung eines Genies.

Man hatte gefürchtet, daß vielleicht der zweite Teil der sehr langen Komödie das launische Publikum ermüden werde. Doch trotz der Hitze blieben die Gäste frisch und aufnahmefähig wie zu Beginn. Mit Spannung folgten sie den komplizierten Windungen der Handlung und begriffen und genossen jede leise angedeutete Pointe.

Und nun kam der letzte Akt mit dem großen Monolog. Um diesen Monolog hatte es auf den Proben viele Zweifel und Diskussionen gegeben. Noch niemals war auf der französischen Bühne ein so langer Monolog gesprochen worden. Durfte man Zuschauern, die ermüdet waren von beinahe vier Stunden Witz und Wirbel und Handlung, noch einen solchen Monolog zumuten? Sogleich wird es sich zeigen, sogleich wird sich entscheiden, ob das Publikum die langen Betrachtungen hinnehmen, oder ob das kühne Experiment die Komödie am Ende doch noch zu Fall bringen wird.

Figaro ging auf und ab unter spanischen Kastanien. Bald setzte er sich vorn auf eine Bank und redete in den Zuschauerraum hinein, bald wieder stand er auf und lief hin und her, gestikulierend, voll Temperaments, dann wieder setzte er sich vorn hin und meditierte. Und sprach und sprach und sprach. Aber siehe, die Zuschauer blieben gespannt, sie hüstelten nicht und wurden nicht unruhig, sie folgten aufmerksam den Sprüngen und Wendungen des längsten Monologs, der jemals auf der französischen Bühne gesprochen worden war.

Désirée stand in der Kulisse. Sie trug ihr Offizierskostüm, sie wußte, wie frech und hinreißend sie aussah, aber sie vergaß es. Sie wartete auf die wunderbaren Sätze, die nun sogleich den Monolog abschließen werden und in denen Figaro-Pierre von seinem Leben sagen wird, treffender, als seine Neider und seine Bewunderer davon sagen konnten. Jetzt kamen sie, diese Sätze.

„Da laufe ich meine Straße", sagte Figaro-Préville, er

wagte es, leise zu sprechen, und trotzdem, nach vier Stunden Hitze und anstrengenden Zuhörens, lauschten die Leute atemlos, „da laufe ich meine Straße; ich habe sie betreten und hab nicht gewußt, wie ich sie verlassen werde, und ich hab es nicht gewollt. Und solang ich sie gehe, bestreu ich sie mit soviel Blumen, wie mein Humor es mir erlaubt. Ich sage: *mein* Humor und weiß doch nicht, ob es mein Humor ist, sowenig ich weiß, was eigentlich dieses Ich ist, mit dem ich da befaßt bin: ein Ungestaltetes aus Vielerlei. Jetzt ein armseliger Dummkopf, ein kleines, leichtfertiges Tier, ein Bursche, der glühend dem Vergnügen nachrennt. Heute Herr, morgen Knecht, wie es trifft. Ehrgeizig aus Eitelkeit, arbeitsam aus Not, faul mit Wonne, Redner, je nachdem die Gefahr es verlangt, Poet zur Erholung, Musikus bei Gelegenheit, Liebhaber in jähen Wallungen. Nichts gibt es, was ich nicht gekostet, nichts, was ich nicht getan, nichts, was ich nicht genutzt und genossen hätte."

Und dann ging das Stück zu Ende. Und in die frechen Strophen des abschließenden Vaudevilles hinein, in das Schlußballett hinein schlugen die Wellen des Beifalls, daß Musik und Verse darin ertranken. Die Schauspieler verneigten sich. Man klatschte ihnen zu, klatschte hinauf zur Loge des Autors. Auch er verneigte sich, oft und abermals, doch nicht, wie andere Autoren das taten, mit gespielter Blasiertheit: er zeigte seine strahlende Freude.

Désirée war stolz. Sie hatte ihrem Pierre diesen Sieg erlistet und erspielt. Doch mit einem kleinen ironischen und bittern Lächeln sah sie, daß Pierre zwar ihr und den andern Schauspielern zuklatschte, daß er sich aber inmitten des allgemeinen Jubels immer wieder zu seiner Therese hinunterneigte, zärtlich, seine Zärtlichkeit betonend.

Später, in Désirées Garderobe, sagte Vaudreuil zu Pierre: „Das hätten wir jetzt geschafft, mein Lieber. Und morgen fahre ich in die Bretagne und schlage England."

Die etwa vierhundert Amerikaner, welche in London in elender Gefangenschaft gehalten wurden, sandten dringliche Klagerufe an Doktor Franklin, und die Delegierten beschlossen, ihnen Geld und sonstige Hilfe zu schicken. Der Mann, den sie mit dieser nicht ungefährlichen Mission betrauten, mußte zuverlässig sein und sehr gewandt. Franklin hatte zwei Kandidaten vorzuschlagen. Persönliche Erfahrungen mit ihnen hatte er nicht gemacht, doch sprachen für sie Zeugnisse würdiger Männer und ihre Gesichter. Arthur Lee hingegen empfahl einen Herrn, den er seit Jahren kannte, einen gewissen Mr. Digges, einen Geschäftsmann aus Maryland; mit dem gewohnten düstern Ungestüm erklärte er, er verbürge sich für die Ehrlichkeit und das Geschick dieses Herrn. Der Doktor fand Mr. Digges wenig angenehm; der redete ausführlich und etwas ölig und hatte ausweichende Augen.

Als in einer Konferenz der drei Delegierten Arthur Lee auf die Anstellung seines Mr. Digges drängte, machte Franklin ein ablehnendes Gesicht. „Was haben Sie gegen Mr. Digges einzuwenden?" fragte Mr. Adams. „Er gefällt mir nicht", sagte schlicht Franklin. „Ich verbürge mich für den Mann", wiederholte Arthur Lee. Mr. Adams war gerecht. Da Arthur Lee sich für Mr. Digges verbürgte und Doktor Franklin gegen ihn nichts vorzubringen hatte als den wenig günstigen Eindruck seines Gesichtes, stimmte auch er für Mr. Digges, und man schickte ihn nach London.

Franklin wußte schon seit langem, daß er Mr. Adams unschmackhaft war, aber er wußte auch, daß sich dieser bestrebte, sachlich und gerecht zu sein. Um so peinvoller überraschte es den Doktor, als er wahrnehmen mußte, daß die giftige Atmosphäre dieser Wartezeit sogar einen John Adams zu Niedrigkeiten verleitete.

Auf dem Umweg nämlich über seinen Sekretär de la Motte erfuhr er, daß sich Mr. Adams besonders unfreundlich über ihn ausgesprochen hatte, und zwar vor Monsieur Marbois; es war aber Monsieur Marbois einer der Sekretäre Vergennes'. Mr. Adams hatte sich erbittert darüber lustig gemacht, daß Paris in dem Doktor Franklin den großen Gesetzgeber Amerikas verehre. In ganz Europa nehme man an, Franklin mit seiner Elektrizität habe die amerikanische Revolution gemacht. Das sei Unsinn. Nicht einmal die, übrigens miserable, Konstitution seines Heimatstaates Pennsylvania habe er zustande gebracht. Auch von Franklins unehelichen Kindern war die Rede gewesen, und Mr. Adams hatte erklärt, man dürfe über Franklins außerordentlichen Fähigkeiten als Schriftsteller, Schöngeist und Gelehrter seine großen Fehler nicht übersehen.

So vertraut Franklin mit der Schwäche der Menschen war, er hatte sich einer solchen Erfahrung von seiten John Adams' nicht versehen. Es ärgerte und bekümmerte ihn, daß ein Delegierter des Kongresses, ein ehrenwerter Mann, einen Kollegen vor einem hohen französischen Beamten auf solche Art schlechtmachte.

Er sehnte sich danach, die andern los zu sein. Er warnte sich selber vor falschen Hoffnungen, aber setzte sich nicht drüben der französische Botschafter für ihn ein? Und in seinem Innersten rechnete er damit, man werde ihn zum Alleinbevollmächtigten ernennen.

Da fiel über seine Aussichten der Schatten seines Sohnes.

William hatte sich in der Tat während der letzten Monate ruhig verhalten, er war ausgetauscht und auf englisches Gebiet gebracht worden. Da saß er in New York, präsidierte einer Vereinigung der „Loyalen Amerikaner", beriet die englischen Beamten und Offiziere und hielt pompöse Reden, der größte Teil der Einwohner der Kolonien sei unverdorben und stehe in unverbrüchlicher Treue zu der Britischen Majestät. An sich war das alles so unschädlich, wie es überflüssig war. Leider aber glorifizierten, genau wie es Franklin erwartet hatte, die englischen Zeitungen Williams Geschwätz in pompösen Aufsätzen und spielten die Treue des Sohnes gegen die Tücke des rebellischen Vaters aus. Und bestimmt kamen diese englischen Artikel seinen Feinden in Philadelphia gelegen, und bestimmt werden viele jetzt in ihm nicht den Mann sehen, der geholfen hat, die französische Allianz zustande zu bringen, sondern nur den Vater des Verräters. Und nun haben sie neue Argumente gegen ihn und der Kongreß einen neuen Vorwand, seine Entscheidung hinauszuzögern.

Der junge William und de la Motte schalten in heftigen

Worten über die Zaudertaktik, über die verbrecherische Langsamkeit des Kongresses. Franklin aber hatte dafür nur milde Ironie und verschloß Unmut und Ungeduld tief in seiner Brust.

Da lag er wohl in seiner Badewanne, und die jungen Herren saßen auf der Holzdecke und waren voll Bitterkeit, weil das gestrige Schiff noch immer keine Nachricht vom Kongreß gebracht hatte. Er aber, der Alte, ließ sich heißes Wasser nachgießen und erzählte ihnen die Geschichte vom Kaninchen und der Schildkröte.

Hatte sich da das Kaninchen ein Bein gebrochen. „Tu mir den Gefallen", sagte es zu seiner Freundin, der Schildkröte, „lauf zum Doktor und hol mir ein paar Heilkräuter." Die Schildkröte nickte. Das Kaninchen hatte Schmerzen und lag und wartete. Das Kaninchen wartete lange. Endlich, am nächsten Tage, des Abends, kam die Schildkröte. „Konntest du denn nicht früher zum Doktor?" jammerte das Kaninchen. „Wenn du mir so kommst", antwortete die Schildkröte, „dann geh ich überhaupt nicht."

In all dem Gewarte und den Unerquicklichkeiten hatte Franklin eine große Freude. Der kleine Benjamin Bache kam zurück, und der Rektor des Genfer Internats hatte nicht gelogen: er war prächtig gediehen. Der Doktor hörte mit Vergnügen, wie hübsch und geläufig der Kleine französisch parlierte, er hatte offene Augen für alles und ein kluges Urteil, kein vorwitziges, frühreifes. Auch bezeigte er reges Interesse für Franklins Druckerkünste und faßte schnell auf, was er ihm beibrachte. Madame Helvetius schloß den Knaben sogleich in ihr Herz und wies lärmend und immer wieder darauf hin, wie ähnlich sich Großvater und Enkel sähen.

Der kleine Benjamin erinnerte Franklin an seinen Sohn Francis, seinen Liebling, der mit vier Jahren gestorben war. Das war nun auch schon zweiundvierzig Jahre her. Der Doktor scherzte oft darüber, wie blind Eltern vor ihren Kindern sind, aber sein kleiner Franky war in der Tat ein außergewöhnlich hübscher Junge gewesen, so gescheit und so gut anzuschauen mit seinen blonden Locken und seinen großen Augen, ein Kind, wie man wahrhaftig seinesgleichen selten sah.

Es geschah nicht oft, daß Franklin träumte, er hatte eigentlich nur zwei Träume, sie kamen immer wieder. In dem einen hatte er sich fest vorgenommen, nicht zu schwitzen, damit die andern seine Angst nicht sähen, aber er war in seinem blauen schweren Manchesteranzug, und er saß nahe dem Feuer und konnte nicht wegrücken, und er mühte sich mit aller Kraft, keinen Schweiß zu vergießen, aber der Schweiß brach ihm dennoch aus, und er schwitzte immer stärker, und er durfte doch nicht. In dem andern Traume aber hob er seinen kleinen Sohn Franky hoch über den Kopf, und der Kleine jauchzte und krähte, und er war ungeheuer leicht, und Franklin freute sich, daß er so leicht war, und er wurde immer leichter, und auf einmal war er nicht mehr da, und Franklin stand und schaute in die Luft, dumm und bestürzt.

In diesen Wochen, wohl infolge des Anblicks seines Enkels Benjamin, kam ihm dieser zweite Traum häufig, und er hätte nicht sagen können, ob er sich darauf freute oder davor fürchtete. Auch tagsüber dachte er oft an seinen Sohn Franky.

Und oft auch dachte er an Frankys Mutter, an Deborah, seine tote Frau.

Deutlich mit seinem innern Auge sah er sie. Ein stolzes und verlegenes Lächeln über dem dicken, runden, weißen und rosigen Gesicht stand sie und schaute auf ihn. Sie hatte ihn zum Frühstück gerufen, und da war auf einmal für seine Milch eine Porzellanschale und ein silberner Löffel. Bis jetzt hatte er mit einem Zinnlöffel gegessen und aus einer irdenen Zwei-Pence-Schale. Sie hatte das kostbare Geschirr hinter seinem Rücken gekauft, dreiundzwanzig Schillinge hatte es gekostet, und nun er ein wenig brummte, sagte sie, sie könne nicht einsehen, warum nicht ihr Mann ebensogut einen Silberlöffel und eine Porzellanschale haben sollte wie seine Nachbarn. Robust stand sie da, ein bißchen rustikal, gewiß, aber was für ein stattliches, resolutes Stück Frau war sie, und wer im Grund verstand sich auf seine vielen kleinen Wünsche besser als sie? Wie war er stolz damals, zu Zeiten des Stempelgesetzes, als er von Kopf zu Fuß in Wolle und Leinen gekleidet war, das sie mit den eigenen Händen angefertigt hatte. Und wenn sie für seine Papierfabrik Lumpen einkaufte, wie scharf konnte sie da handeln und feilschen. Er hatte Sparsamkeit gepredigt, aber seinem wahren Wesen lag Sparsamkeit nicht, und wenn sie das Geld nicht zusammengehalten hätte, er hätte es immer wieder hinausgeworfen.

Es wäre gut, jemand zu haben wie Deborah. Monsieur Finck war ein tüchtiger Butler, aber man konnte sich das Haus freundlicher gehalten vorstellen. Ein Leben ohne Frauen taugte nichts. Das spürte er heute mit zweiundsiebzig genauso, wie er es mit siebzehn gespürt hatte. Der Trieb war einem nun einmal vom höchsten Wesen eingepflanzt, und wenn es Stunden gab, da man ihn als etwas Erniedrigendes empfand, dann empfand man falsch. Lächelnd gedachte er der guten, derben Scherze, in denen er sich zuweilen seiner Kraft und seiner Lust gefreut hatte, jenes deftigen Briefes zum Beispiel, mit dem frech verdrehten Latein des Thomas a Kempis. „In angulo cum puella, beziehungsweise in angulo puellae." Auch sein Essay über die Gründe, aus denen eine ältere Geliebte einer jüngeren vorzuziehen sei, hatte seine Logik und seine Meriten. Er glaubte nicht an romantische Liebe, aber an platonische noch weniger.

Ein einzelner Mann ist ein unfertiges Lebewesen; er gleicht der einen Hälfte einer Schere. Franklin fühlte sich müde und allein. Wenn er aber in die Heimat zurückgerufen werden sollte, in eine Heimat, in der er als Hurer, Heuchler und Gottloser galt, wird er dort nicht noch mehr allein sein?

Hier in Frankreich liebte und verehrte man ihn. Die Jungens hatten bereits die dritte dicke Mappe angelegt mit Lobpreisungen in Versen und Prosa und mit panegyrischen Zeichnungen. Er wollte hierbleiben, und es tat wohl gut, sich beizeiten Gründe zu suchen für den Fall, daß ihm der Kongreß seine Gründe nehmen sollte.

Den Abend verbrachte er in Auteuil bei Madame Helvetius. Er fühlte sich an ihrem üppig und schlampig gedeckten Tisch wohler als bei sich zu Hause. Hier kümmerte man sich liebevoll um seine Bedürfnisse, Schwächen, Wünsche. Während man den andern Gästen Kalbsbraten vorsetzte, servierte man ihm ein schmackhaftes Gericht aus gehacktem Hühnerfleisch, wie es seinen spärlichen, empfindlichen Zähnen angepaßt war. Und zu Obst und Kuchen gab es Schlagsahne, wie er sie liebte, süß und steif.

Nach dem Essen sangen die Demoiselles Helvetius seine schottischen Lieblingslieder, die Abbés machten behagliche Witze, er erzählte mehrere Anekdoten, und jeder hatte seine Freude an den andern und an sich selber.

Später im Verlauf des Abends schwatzte er mit Madame Helvetius am Kamin, allein, wie sie das gewohnt waren. Füllig saß sie in ihrem Sessel, überquellend, eine Dame hoch in den Fünfzig, weiß und rosig, sorglos geschminkt, das verwitternde Blond des Haares nachlässig gefärbt. Aber für den Doktor prangte sie in ihrem früheren vielbewunderten Glanz. Sie schwatzte drauflos, vergnügt und ihrer Wirkung sicher, und ihre laute, fröhliche Stimme, ihr impulsives Gehabe, ihr ganzes Sein und Scheinen erregte sein inniges Wohlgefallen. Sie war eine wunderbare Vereinigung dessen, was er an seiner heimisch behaglichen Deborah und an seiner pariserisch verfeinerten Madame Brillon schätzte.

Ohne seines schmerzenden Fußes zu achten, stand er auf, trat hinter sie, lehnte sich über ihren Sessel. Flüchtig, halb heiter, halb verlegen, dachte er daran, daß er und Madame Helvetius, sie ihr Hündchen auf dem Schoß, er sich über sie beugend, eine Gruppe abgeben mochten wie auf einem der vielen galanten Stiche, die hier herumhingen.

„Wie wäre es, Marie-Félicité“, sagte er unvermittelt, „wenn man ein wenig heiratete?“

Sie schaute hoch, ihr großes Erstaunen nicht verbergend. „Reden Sie im Ernst?“ fragte sie. Franklin, die französischen Worte mit Mühe suchend, antwortete: „Wenn Sie es nicht wollen, rede ich nicht im Ernst; wenn Sie es wollen, ist es Ernst.“

Sie schwieg, das große, verschminkte Gesicht sonderbar verträumt, und streichelte mechanisch das Hündchen auf ihrem Schoß. Er beschaute ihren hübschen, vollen Arm, die kleine, immer noch kindliche Hand. Beiläufig, leise, sachlich, gegen seine Gewohnheit fast verschämt, setzte er ihr seine Situation auseinander. „Wenn ich, wie es sehr wohl möglich ist“, sagte er, „in naher Zeit von meinem Posten abberufen werde, dann stehe ich vor einem schweren Problem. Soll ich nach Philadelphia zurück? Soll ich ein Land verlassen, in dem ich soviel Verständnis gefunden habe, so viele Annehmlichkeiten, äußere und innere, die mir das Herz wärmen? Das Land, in dem Sie leben, Marie-Félicité? Mit einem einzigen kleinen Ja von Ihrer Seite wäre mein Problem gelöst.“

Sie streifte langsam das Hündchen von ihrem Schoß und stand auf. Mit einer Verlegenheit, die sie sehr viel jünger machte, lächelnd und sichtlich tief angerührt, deutete sie auf eines der vielen Porträts ihres Claude-Adrien Helvetius.

Franklin, lebhafter als er sonst sprach, sagte: „Er war ein großer Mann, Ihr Gatte, mein Freund Helvetius. Wenn einer, dann würde er es verstehen, warum ich mich sehne, mit Ihnen zusammen zu leben. Er würde es billigen, mit seiner ganzen Philosophie. Und haben Sie mir nicht selber gesagt, Marie-Félicité, daß er Ihnen zuletzt noch ans Herz gelegt hat, Sie sollten Ihr Leben genießen?“ Sie, immer lächelnd, ohne ihn anzuschauen, sagte: „Sprechen Sie ruhig weiter, lieber und verehrter großer Mann. Ich höre Ihnen sehr gerne zu.“ In leichten, galanten, vernünftigen Worten stellte er ihr vor, wie sie die gleichen Dinge liebten, die gleichen Menschen, die gleiche Art, das Leben zu führen. Ein wenig ungeduldig unterbrach er sich, klagte: „Jetzt bedaure ich mehr als sonst mein armes Französisch. Ich möchte Ihnen das alles in viel besseren Worten sagen, weniger plump.“ – „Ihr Französisch ist gar nicht schlecht“, antwortete sie. „Ihre Madame Brillon hat Ihnen ein recht gutes Französisch beigebracht“, und zögernd, tiefer lächelnd, die Silben auskostend, nannte sie ihn das erstemal bei seinem Vornamen: „Benjamin.“ Es hatte ihn aber noch niemals jemand auf französisch so genannt, und er hatte Mühe, seinen Namen zu verstehen. Ihr Gesicht gar und ihre Haltung sagten mehr als ihre Worte, und er glaubte, sie schon gewonnen zu haben. Innig, ein wenig gravitätisch führte er ihre Hand zu seinem Munde.

Ihr Herz schlug höher bei dem Gedanken, daß sie diesen Mann, den ihre Freunde unter den heute Lebenden am höchsten schätzten, so tief hatte bezaubern können. „Das alles hört sich wunderbar an, mein Freund“, sagte sie, „und es gefällt mir über die Maßen, ich gebe es zu. Aber ich weiß Bescheid, Sie verschmitzter alter Herr. Sie können – Sie haben es mir oft gesagt – Ihre Worte, ohne gerade zu lügen, so setzen, daß sie dem andern eingehen. Deshalb muß ich alles gut erwägen, und Sie müssen mir Bedenkzeit lassen.“

Sie fuhr zu ihrem Freunde Turgot und erzählte ihm von Franklins Antrag. „Das ist einer seiner Späße“, sagte sogleich entschieden und mißbilligend Turgot. „Aber nein doch, Jacques-Robert“, sagte lebhaft Madame Helvetius. „Er hat es ganz und gar ernst gemeint.“ Turgot dachte daran, wie sie ihn selber abgewiesen hatte, ein erstes Mal, als er jung und ohne Geld, ein zweites Mal, als er reich und berühmt war. Es schmerzte den heftigen und empfindlichen Herrn noch heute. „Und was haben Sie erwidert?“ fragte er, sein schönes, starkfaltiges Gesicht wurde noch finsterer. „Ich habe mir Bedenkzeit ausgebeten“, berichtete sie. „Was?“ rief er zornig. „Sie haben ihm nicht sogleich eins auf den Kopf gegeben? Bedenkzeit? Sind Sie verrückt geworden?“ – „Sie sind immer gleich so grob, Jacques-Robert“, beklagte sie sich kindlich. „Es ist doch ehrenvoll und verlockend, wenn einen der Doktor Franklin heiraten will.“ – „Ehrenvoll? Verlokkend?“ brach er aus. „Abgeschmackt ist es, Wahnsinn. Vollkommen unsinnig ist es. Und wenn Ihnen ein anderer, der so herschaut wie er, mit so was käme, ein gewöhnlicher Mr. Brown oder Mr. Smith, dann würden Sie einfach lachen.“ – „Er ist aber kein Mr. Brown“, antwortete sie, „er ist eben der Doktor Franklin.“

Turgot ging zornig hin und her. „Wenn ich Sie so reden höre“, sagte er, „dann verstehe ich nicht, daß ich manchmal den Versuch mache, mit Ihnen ein vernünftiges Gespräch zu führen. Sehen Sie denn nicht von alleine, wie aberwitzig es ist, an einen solchen Antrag auch nur ein Wort zu wenden? Aber“, schloß er bitter, „Sie lassen sich eben blenden von Geld und Ruhm.“ – „Das dürfen Sie nicht sagen, Jacques-

Robert", antwortete sie. „Mit allen Ihren Vorurteilen können Sie nicht leugnen, daß mein Claude-Adrien nicht nur reich und berühmt war, sondern vor allem der scharmanteste Mann Frankreichs."

Er schwieg eine Weile. „Und es ist doch so", sagte er. „Weil Sie erst den Mann geheiratet hatten, den Sie für den berühmtesten Philosophen der Welt hielten, wollen Sie jetzt den berühmtesten Staatsmann der Welt heiraten. Machen Sie doch die Augen auf, Marie-Félicité. Ihre Urteilslosigkeit und Ihre kindliche Freude an Lärm und Glanz wird Ihnen noch den Lebensabend verderben." Füllig und kleinlaut und recht jung saß sie da. „Ich habe gefürchtet", gab sie zu, „daß irgend etwas gegen diese Heirat spricht. Aber ich möchte so gern mit ihm zusammen leben. Erklären Sie mir doch, Jacques-Robert, warum das ein solcher Unsinn sein soll."

„Ich verehre Franklin und liebe ihn und bin sein Freund", sagte er nachdenklich. „Es trifft sich unglücklich, daß ich in Dingen, die ihm am Herzen liegen, nein sagen muß, nicht das erstemal. Er nicht, aber viele andere nehmen es mir heute noch übel, daß ich seinerzeit kein Geld für die Amerikaner hergab. Aber ich durfte doch keines geben", ereiferte er sich. „Amerika mußte ..." – „Das haben Sie mir schon oft erklärt", suchte sie ihn zur Sache zurückzubringen. Er verstummte. Dann, mit erzwungener Geduld, wie zu einem Kinde, sagte er: „Wenn Sie ihn heiraten, werden Sie Ihr ganzes Leben ändern müssen. Haben Sie das bedacht?" – „Aber wieso denn", fragte sie bestürzt zurück. „Er hat die gleichen Menschen gern wie ich, die gleiche Art zu leben." – „Der amerikanische Botschafter", erläuterte er ihr, „kann, auch wenn er so wenig auf Würde hält wie Franklin, sehr viele Leute nicht in sein Haus einladen, an denen Ihnen liegt, und muß sehr viele Leute empfangen, die Sie nicht haben wollen. Sie werden auf viele und auf vieles verzichten müssen, Marie-Félicité. Sie werden sich und ihn auf Schritt und Tritt fragen müssen, ob das angebracht ist oder nicht. Eine so eigenwillige Dame wie Sie wird es nicht leicht haben, wenn ihr Salon zur Europa-Agentur der Vereinigten Staaten wird." Sie überlegte. „Vielleicht wird der Doktor abberufen", sagte sie dann, hoffnungsvoll. „Und wenn sein Amt unsern Neigungen wirklich in die Quere kommt, kann er ja auch freiwillig zurücktreten.“ – „Was faseln Sie jetzt wieder zusammen“, fuhr er sie an. „Glauben Sie, ein Franklin würde, vor die Wahl gestellt zwischen Ihnen und Amerika, auch nur einen Augenblick zögern? Wenn man über siebzig ist, dann ist man kein Romantiker mehr. Und Benjamin Franklin war in seiner frühesten Jugend nicht so jung, daß er den Sinn seines Lebens für eine Frau preisgegeben hätte.“

Sie schwieg, schmollend, doch sichtlich beeindruckt. Er redete weiter auf sie ein. „Auch Ihr Helvetius“, sagte er, „hätte aus Gründen plattester Vernunft eine solche Heirat aufs äußerste mißbilligt. Und Franklin selber bereut wahrscheinlich schon heute, was er Ihnen gestern abend sagte. Wenn nicht überhaupt Sie ihn mißverstanden haben und das Ganze doch einer seiner vertrackten Scherze war.“

Madame Helvetius, zurück in Auteuil, ging herum zwischen den Bildern ihres Helvetius, der ebenso vernünftig gewesen war wie lebenslustig, was sogar Jacques-Robert zugeben mußte. Doktor Franklin, Benjamin, hatte viel Ähnlichkeit mit ihm; es wäre schön, mit ihm zusammen zu leben. Aber sie und Claude-Adrien waren jung gewesen, und es war ihnen nicht schwergefallen, sich einander anzupassen. Doktor Franklin galt als ein Mann, der bei aller Sanftheit zuletzt seinen Willen durchzusetzen wußte. Sie bedachte, daß der „amerikanische Botschafter“ sie manchmal um das bitten werde und manchmal um jenes, was ihr nicht gefiel. Sie stand vor dem Spiegel. Sie fühlte sich jung: aber war sie jung genug, schmiegsam genug, sich einem andern anzupassen? Sie hatte nun viele Jahre einzig und allein das getan, was ihr behagte. Wenn sie den ungestümen Jacques-Robert abgewiesen hatte, dann war es geschehen aus Furcht für ihre Unabhängigkeit. Benjamin war weniger ungestüm, aber kaum weniger eigenwillig und zäh. Sie seufzte.

Setzte sich an ihren Schreibtisch. Schrieb ihrem Benjamin einen heiter ernsthaften Brief. Wenn einer, schrieb sie, ihren Entschluß, ihrem geliebten toten Mann zu Ehren allein zu bleiben, wankend machen könnte, dann wäre das Benjamin

Franklin. Aber ihr Entschluß sei unverbrüchlich und halte selbst dieser Versuchung stand. Sie weinte ein bißchen, faltete den Brief, siegelte ihn und schickte ihn ab.

Auch Franklin hatte mittlerweile hin und her überlegt, was Gutes und was weniger Gutes eine Ehe mit Marie-Félicité mit sich bringen mußte. Er sah sie vor sich, füllig und erfreulich und soviel anmutiger als die zwar wenig bekleideten, doch strengen Frauenspersonen, die auf den ehrenvollen Stichen auf ihn zuzukommen pflegten, um ihn zu bekränzen. Dann wieder dachte er daran, wie eigenwillig Marie-Félicité war und wie lärmend, und daß er noch viel weniger Stunden der Lektüre und des beschaulichen Nachdenkens haben würde. Aber dann erinnerte er sich, wie sie kindlich und errötend vor ihm gestanden war und ihn beim Vornamen genannt hatte. Benjamin, dachte er in französischen Lauten, Benjamain, wie er es manchmal geschrieben las, und ihre Haltung und ihre Stimme war auch in der Erinnerung höchst anziehend. Doch dann wieder erwog er, daß sich die temperamentvolle Marie-Félicité viel stürmischer in seine Angelegenheiten werde einmischen wollen, als das seine Debsy getan hatte. Es sprach ebensoviel für die Heirat wie dagegen, und wie immer Madame Helvetius' Entscheidung ausfallen wird, er wird sie philosophisch hinnehmen und das Gute daran auskosten.

Und so hielt er es, als ihr Brief eintraf. Er war zufrieden, daß er diese Ehe angestrebt hatte, und er war zufrieden, daß sie ihm nun erspart blieb.

Marie-Félicités Brief gefiel ihm sehr. Er bemerkte die zahlreichen grammatikalischen und orthographischen Fehler und erwog, daß auch das ein Zug war, den Madame Helvetius mit seiner Deborah gemein hatte. Auch schmeichelte es ihm, daß der Verzicht sie offenbar schweren Kampf gekostet hatte. Es hatte sich wieder einmal alles herrlich gefügt, und er freute sich auf das nächste Zusammensein. Sie an zwei oder drei Tagen der Woche zu sehen, war alles in allem schöner, als sie sieben Tage in der Woche um sich zu haben, und für die andern Tage mußte er sich eben mit den ehrenvollen allegorischen Damen der Stiche begnügen.

Er schrieb ihr seine Antwort.

„Ihr Entschluß, meine Teure, zu Ehren Ihres lieben Gatten für den Rest Ihres Lebens allein zu bleiben, hat mich tief getroffen und mich den größern Teil der Nacht über wach gehalten. Als ich endlich einschlief, suchte mich ein Traum heim. Ich sei tot, träumte ich, und im Paradiese. Man fragte mich, ob ich irgendwelche bestimmten Persönlichkeiten sehen wollte, und ich verlangte nach den Philosophen. ‚Zwei wohnen gleich nebenan; sie halten beste Nachbarschaft und sind eng befreundet.‘ – ‚Wer sind sie?‘ – „Sokrates und Helvetius.‘ – ‚Ich verehre beide. Aber ich möchte gern zuerst Helvetius sehen. Französisch kann ich ein bißchen, aber gar kein Griechisch.‘

Helvetius empfing mich sehr freundlich. Er fragte mich nach tausend Dingen, wie der Krieg gehe, und wie es jetzt in Frankreich um die Religion stehe und um die Freiheit und um die Regierung. ‚Und nach Ihrer lieben Freundin, nach Madame Helvetius‘, sagte ich, ‚fragen Sie mich nicht? Dabei liebt sie Sie über die Maßen. Ich war gerade bei ihr.‘ – ‚Ach‘, sagte er, ‚Sie erinnern mich an mein früheres Glück. Lange Jahre konnte ich an nichts denken als an sie, aber schließlich habe ich mich getröstet und eine andere Frau genommen, die ihr ähnlichste, die ich fand. So schön freilich ist sie nicht, aber guten Verstand hat sie auch und Humor, und ihr einziges Bestreben ist, es mir angenehm zu machen. Sie ist gerade unterwegs, um für heute abend das Beste an Nektar und Ambrosia aufzutreiben. Bleiben Sie zum Essen und Sie werden sehen.‘ – ‚Ihre frühere Gefährtin‘, erwiderte ich, ‚ist treuer als Sie. Man hat ihr mehrere verführerische Heiratsanträge gemacht, sie hat sie alle abgelehnt. Ich selber, ich gesteh es Ihnen offen, war wahnsinnig in sie verliebt.‘ – ‚Das tut mir ehrlich leid für Sie‘, sagte er, ‚Ihrethalb, sie ist eine gute Frau und verdient jede Liebe.‘

Während wir so sprachen, kam die neue Madame Helvetius mit dem Nektar, und stellen Sie sich meine Überraschung vor: es war meine alte amerikanische Gefährtin, Mrs. Franklin. Ich reklamierte sogleich. Aber sie sagte kalt: ‚Ich war Ihnen eine gute Freundin für neunundvierzig Jahre und vier Monate, beinahe ein halbes Jahrhundert. Das muß Ihnen genügen. Jetzt habe ich hier eine neue Verbindung geschlossen für die Ewigkeit.'

Ich war sehr ärgerlich über diese Ablehnung von seiten meiner Eurydice, und ich verließ sofort die undankbaren Schatten und kehrte zurück in diese gute Welt, um die Sonne und Sie wiederzusehen. Hier bin ich, Madame, lassen Sie uns Rache nehmen."

Franklin überlas seinen Brief, schmunzelte, lachte: „Vive la bagatelle", und war noch tiefer überzeugt. Es war gut, daß er seinen Antrag gemacht, und es war sehr gut, daß sie ihn abgelehnt hatte.

Am Abend war er Gast bei Madame Brillon. Er war aufgeräumt, und die Erwägung, daß er als Gatte der Madame Helvetius sicherlich nicht so oft zu seiner liebenswürdigen Lehrerin des Französischen hätte gehen können, hob seine Laune noch höher.

Auf zehn Uhr hatte Madame Brillon ihr Bad angeordnet, aber man war mitten im Gespräch, und sie ließ ihn nicht fort. Noch beinahe zwei Stunden saß er auf der Holzdecke ihrer Badewanne und schwatzte mit ihr.

Vaudreuil war unmittelbar nach der Aufführung des „Figaro" an die Küste gefahren, um das Kommando der Invasionsarmee zu übernehmen. Er fand die Truppen in sehr schlechter Verfassung, zermürbt durch das lange Warten. „Sterben wäre nicht schlimm", klagten ihm in tausend Variationen die Offiziere, „sich schlagen wäre großartig, sich langweilen ist entsetzlich."

Vaudreuil wollte den Befehl zum Angriff erzwingen. Manchmal sandte er am gleichen Tage zwei Kuriere nach Versailles. Aber es ging dem heftigen, energischen Vaudreuil nicht besser als seinem Vorgänger, dem alten, gelassenen Marquis de Castries. Versailles fand tausend Vorwände, den Angriff hinauszuzögern, wies hin auf die Notwendigkeit, das Expeditionskorps auf See zu bringen, auf ein neues Projekt, eine Armee nach dem Senegal zu senden. Vaudreuil schimpfte, drohte, flehte. Nichts half. Die geschmeidigen

Herren in Paris und Versailles ließen ihn sich abarbeiten. Er saß in der Bretagne, dort mochte er sich die Finger wund schreiben.

Die Offiziere, um der tödlichen, gespannten Langeweile zu entgehen, trieben immer tolleren Unfug. Man spielte höher als in Versailles, es gab wüste Orgien jeder Art, die Gerichte bekamen zu tun. Vaudreuil beteiligte sich selten an diesen Unterhaltungen. Er hatte in der Nähe von Brest ein Landhaus bezogen. Dort, mit seinen besten Offizieren, arbeitete er an den Plänen für die Invasion und ersann immer neue Änderungen im Exerzierreglement, um die Truppen zu beschäftigen.

An einem Mittag im Spätsommer erreichte ihn in seinem Landhaus die Nachricht, französische Schiffe auf der Fahrt nach Brest seien von einem englischen Geschwader überrascht worden, und es sei zu einer großen Schlacht gekommen. Aber die französischen Schiffe seien der Übermacht entronnen und würden bald in Brest einlaufen. Besonders ausgezeichnet habe sich die Fregatte „La Surveillante", sie habe das Schlachtschiff „Quebec" versenkt.

Vaudreuil, mit Hilfe seines Kammerdieners Baptiste und einer Ordonnanz, warf sich sogleich in Gala und stieg zu Pferde, um nach Brest zu eilen und die Seehelden zu empfangen. Es war eine halbe Stunde scharfen Rittes, und in Brest selber kam er nur langsam durch die steilen, gewundenen Straßen. Es herrschte Erregung, man berichtete Wundermären über die Taten der französischen Schiffe, alles, Truppen und Bevölkerung, drängte zum Hafen.

Endlich gelangte Vaudreuil zu dem Kai. Dort hielt er, zu Pferde, die Menge überragend, und spähte nach den Schiffen. Es war schwül, Roß und Reiter schwitzten heftig. Es hieß, die „Surveillante" habe die „Quebec" in die Luft gesprengt, doch habe sie selber Feuer gefangen, und ihr Kapitän, der Chevalier de Couëdic, sei schwer verwundet.

In der Ferne jetzt gewahrte man die „Surveillante", sie kam heran, langsam, umgeben von Rauch, Schleppschiffe trafen Anstalt, ihr zu Hilfe zu kommen. Wie langsam alles vor sich ging, auch hier. Vaudreuil wollte nicht länger warten, er wollte dem siegreichen Geschwader, das seinen Hoffnungen neue Nahrung gab, entgegen. Das eine Schleppschiff war im Begriff abzustoßen. Er ritt heran und schaute um sich, wem er sein Pferd anvertrauen könnte. Er stieg ungern vom Pferde. Er dachte an die schöne Reiterstatue seines Onkels, des Marschalls Vaudreuil. Er dachte daran, wie unlängst Gabriele, als er mit dem Dicken auf die Jagd ritt, ihm zugeflüstert hatte: „Zu Pferde sehen Sie aus wie der leibhaftige Mars", er hielt es für unmilitärisch, die Sieger anders zu empfangen als zu Pferde, er lenkte sein Pferd auf das Schiff. Die Leute riefen: „Es lebe Vaudreuil."

Die Luft war schwer, schwül und still. Langsam bewegte sich der Schlepper auf die „Surveillante" zu, die, groß und plump in ihrer Wolke von Rauch, kaum näher zu kommen schien. Vaudreuil, immer zu Pferde, spähte aus. Fernher kam eine schwere Detonation, das Pferd, von Anfang an unruhig, bäumte. Vaudreuil zwang es zur Ruhe. Da hielt er, männlich, prächtig, jedermann im Wege. Er wandte den Kopf und schaute nordwärts, wo die Küste Englands lag. Jetzt, nach diesem Sieg, wird ihm der Dicke das große Unternehmen nicht länger verwehren können. Er wird an der Spitze seiner Armee in England einfallen.

Der Schall einer neuen Explosion kam, diesmal viel näher. Das Pferd setzte mit einem jähen Sprung über die Reling in die See.

Wie Vaudreuil, ein guter Schwimmer, zu Tode gekommen sein mochte, darüber wurden später viele Vermutungen aufgestellt. Er war behindert durch die Reitstiefel und den schweren Stoff der Staatsuniform; vielleicht hatte ihn ein Hufschlag des mit den Wassern kämpfenden Pferdes getroffen, die Matrosen, die ihm sogleich nachgesprungen waren, konnten ihm nicht helfen. Für eine Weile schwammen sein Hut und sein Handschuh auf dem Wasser, während die brennende „Surveillante" langsam näher kam.

Die Nachricht von dem seltsamen Ende des Marquis de Vaudreuil erregte Bestürzung in Paris und in Versailles. Es war kurz vorher ein anderer angesehener französischer Offizier durch einen ähnlichen Unfall umgekommen, der Generalmajor du Coudray. Er war von Silas Deane für Amerika angeworben worden und hatte sich dem Kongreß in Philadelphia vorgestellt, der seine Ernennung bestätigte; als er sich daraufhin ins Hauptquartier hatte begeben wollen, war er bei der Überfahrt über den Fluß Schuylkill nicht vom Pferde gestiegen, das Pferd war von der Fähre in den Fluß gesprungen, und er war ertrunken.

Als Vaudreuil den alten General Castries im Kommando ablöste, hatten viele gehofft, jetzt werde Frankreich Ernst machen und über den Erbfeind herfallen, und sie waren betreten über das groteske Ende des stolzen Mannes und ihrer Hoffnung.

Pierre war betrübt. Vaudreuil war unter den vielen Hochmütigen, die er kannte, der Hochmütigste gewesen, aber er hatte ihn trotzdem gern gehabt. Es hatte ihm Kitzel und Befriedigung verschafft, den Grafen Almaviva zu verspotten, aber er hatte auch viel Glanz um ihn gewebt, und mit Überzeugung. Es war Pierre ehrlich leid um seinen geliebten und gehaßten, bewunderten und verachteten Freund Vaudreuil.

Er war überrascht, wie kühl Désirée das Ereignis aufnahm. Einen Augenaufschlag lang, als er's ihr mitteilte, war sie betroffen. Dann meinte sie sachlich: „Es wäre aus seiner Invasion ja doch nichts geworden", und sie hielt ihm einen nüchternen Nachruf: „Es war ein netter Mensch für einen Hocharistokraten, weniger dumm als die andern, aber noch eingebildeter. Als Liebhaber war er nicht angenehm; er tat, als sei es eine Gnade. Er starb zur rechten Zeit. Seine Funktion war erfüllt: der ‚Figaro' ist gespielt, und er selbst lebt als Almaviva weiter."

Der Fliederblaue Klüngel fühlte sich verwaist. Prinz Karl, dem nicht leicht etwas zu Herzen ging, war tief niedergeschlagen. Er hatte einen Freund verloren, wie er keinen zweiten mehr finden wird. François Vaudreuil hatte ihm als Spiegel der Mode, der Galanterie, der wahrhaft aristokratischen Lebensart gegolten; er war ein Mann gewesen, dessen Rat man blind befolgen durfte. Fortan hatte er, Prinz Karl, allein und ohne Vorbild den Adel Frankreichs und die adelige Lebensart zu repräsentieren.

Niedergeschmettert war Gabriele Polignac. Sie war lässig von Wesen, ihr Blut kam nicht leicht in Wallung. Doch dieser François hatte vermocht, sie zu erregen; sein schönes, wildes Gesicht, die Eleganz seines Körpers, seiner Bewegungen, seiner Sprechweise, sein überlegener Witz, seine ganze, gepflegte Männlichkeit, sein Geruch, seine bloße Gegenwart hatten sie entzückt. Solange Vaudreuil auf der Welt war, hatte sie gewußt, was Liebe ist. Sie weinte lang, still, endlos. Und ihr Mann, Jules Polignac, verstand sie. „Wir haben viel verloren", sagte er, spürte er.

Ein schweres Problem war zu lösen. Wie sollte man der schwangeren Toinette, ohne sie zu gefährden, die gräßliche Nachricht beibringen? Diane Polignac beriet mit Doktor Lassone. Sie fürchtete, wenn Gabriele, die selber so befreundet mit dem Toten gewesen war, ihr die Kunde übermittelte, so würde ihr Schmerz die Erregung Toinettes noch steigern. Lassone dachte nach. Hatte eine Idee. Wie wäre es, wenn man Mademoiselle Mesnard mit der Aufgabe betraute? Sie stand der erlauchten Schwangeren nahe und gleichwohl fern; es war besser, wenn sie die Meldung durch Mademoiselle Mesnard erfuhr als durch einen Fremden oder einen Zufall.

Doktor Lassone selber, im Namen der Freunde der Königin, bat Désirée um die Gefälligkeit. Der Auftrag lockte sie; beinahe freute sie sich darauf, Toinette den Tod des gemeinsamen Freundes mitzuteilen. Sie waren auf seltsame Art verbunden, Toinette, sie selber, die Gräfin Polignac und der Tote. Es erwies sich, daß sogar Doktor Lassone in diesen Zirkel gehörte; denn er zog sehr persönliche Folgerungen aus dem Tode Vaudreuils. Er nahm an, Désirée habe fest an Vaudreuil gehangen und es sei mit ihm das Haupthindernis verschwunden, das seinen Wünschen im Wege stand. Kaum hatte er Désirée gedankt für den Dienst, den sie den Fliederblauen erweisen wollte, da trug er ihr mit einer Mischung von Gravität, Verlegenheit und Schalkhaftigkeit seine alte Hand an.

Désirée war darauf vorbereitet, sie hatte gewußt, daß er das einmal tun werde, und daß gerade das groteske Ende Vaudreuils ihm den Anlaß gab, machte sie beinahe lachen.

Doch sie beherrschte sich, spielte die Überraschte, Gerührte und erbat sich Bedenkzeit. „Bedenkzeit wie lange?“ fragte Lassone. „Wenn Sie drängen, mein lieber Herr“, antwortete Désirée und schaute ihn an, „dann zwingen Sie mich leider, nein zu sagen.“ – „Ich dränge nicht“, beeilte sich Lassone zu versichern.

Toinette, als ihr Désirée von Vaudreuils Ende berichtete, erblaßte. „Entsetzlich“, sagte sie, „grauenvoll.“ Doch Désirée, gewohnt, die Gefühle der andern zu durchschauen, erkannte, daß das Ereignis Toinette weniger tief anrührte, als die Fliederblauen befürchtet hatten. Ja, sie glaubte wahrzunehmen, daß Toinette etwas wie Erleichterung empfand.

So war es. Wohl trauerte Toinette tief über den Heldentod ihres François, aber in ihrem Innern, ohne sich's zuzugeben, dankte sie der Fügung Gottes. Sie war willens gewesen, ihrem Versprechen getreu den Wünschen François' nachzugeben. Sie hatte sich gesagt, ein Ehebruch, begangen an dem schwachen und bemitleidenswerten Louis, sei eine geringere Sünde als ein Bruch des Versprechens, der diesen glänzenden Soldaten und Edelmann in Verzweiflung und vielleicht zum Selbstmord triebe. Nun hatte Gott sie aus diesem bittern Konflikt der Pflichten gerettet und sie, die Mutter des Dauphins, davor bewahrt, Ehebrecherin zu werden. Ein Jammer war es immerhin. Sie dachte an den feurigen Kitzel, den sie gespürt hatte, wenn Vaudreuil sie so beglückend und frech angepackt hatte, und Tränen kamen ihr.

„Wie schrecklich“, meditierte sie laut. Und: „Was für ein tapferes, heldisches Ende“, sagte sie, und: „Was verlieren wir alle in ihm, was für einen Feldherrn, was für einen Edelmann, was für einen Künstler. Finden Sie nicht auch, Désirée?“ – „Gewiß, Madame“, sagte trocken Désirée. Toinette aber beschloß: „Er muß ein Staatsbegräbnis haben. Ich gehe sogleich zu Louis.“

Auch Louis hatte, als er vom Tode Vaudreuils erfuhr, darin den Finger Gottes gesehen.

Der schmähliche Friede des Jahres dreiundsechzig mußte zunichte gemacht werden, gewiß, und die Gelegenheit des amerikanischen Konflikts war günstig. Aber er hegte keinen

Haß gegen seinen Vetter in Saint James, und ihn in seinem England zu überfallen, hielt er für unanständig. Es schien ihm ritterlicher, den Streit in fernen Weltteilen auszutragen. Andernteils stand es dem König von Frankreich nicht an, ohne weiteres nein zu sagen, wenn seine Generäle ihn bestürmten, er möge eine Landung in England befehlen. Jetzt war Vaudreuil, der heftigste Fürsprech der Invasion, ins Meer gefallen und mit ihm seine Pläne. Jetzt wird man langsam das Expeditionskorps nach Amerika abgehen lassen, und die an den Nordküsten gesammelten Truppen wird man nach Afrika schicken, nach dem Senegal, und diese beiden Expeditionen werden in einer würdigen Art das Britische Imperium auf das rechte Maß reduzieren.

Auch Louis hatte sich Sorge gemacht, wie Toinette wohl das Ende ihres Freundes aufnehmen werde, und als sie jetzt zu ihm kam und eine nicht überschwengliche Trauer an den Tag legte, atmete er auf. Sie sprach davon, wie tröstlich es sei, daß Vaudreuil einen so heldischen Tod gefunden habe auf der Kriegsfahrt nach England, von der er immer geträumt. Louis, im stillen, dachte: Wer hat ihm befohlen, zu Pferd aufs Schiff zu steigen? Aber er hütete sich, diesen Gedanken laut werden zu lassen. Vielmehr streichelte er Toinette und sagte: „Ja, es ist schade um unsern Vaudreuil."

Dann meinte Toinette, er werde wohl dem Toten den Cordon Bleu und ein Staatsbegräbnis zuerkennen. Louis fand das übertrieben, ja lächerlich; doch er wollte die Trauernde nicht aufregen und erwiderte: „Ja, Madame. Das ist ein guter Vorschlag, Madame."

Die Beerdigung fand statt mit dem ganzen Prunk, den Versailles aufbieten konnte. Der Hof nahm teil, alle Minister und Gesandten. Viele Frauen weinten hemmungslos, auch Gabriele Polignac bezeigte mehr Schmerz, als die gute Sitte zuließ. Prinz Karl, gegen seinen Willen, hatte eine ergriffene Miene, und Jules Polignacs Gesicht war überströmt mit Tränen.

Maurepas und Franklin begrüßten sich würdig und traurig, wie es der Anlaß verlangte. Es hatte aber Maurepas ein Epigramm auf den Toten und Franklin eine Grabschrift auf ihn verfaßt, beide Opuscula waren in manche Ohren geflüstert worden, und Maurepas fand seine Verse besser als Franklins Prosa. Die beiden Herren blinzelten einander zu in unmerklichem, fast belustigtem Einverständnis.

Es waren zehn Schiffe gewesen, welche dem Schutze der „Orfraye" anvertraut waren, als diese damals von Admiral d'Estaing requiriert wurde. Alle zehn Fahrzeuge waren, nachdem sie ihr Geleitschiff eingebüßt hatten, den Engländern in die Hände gefallen. Übereinstimmung herrschte, daß der Firma Hortalez aus diesem Verlust Schadenersatzansprüche an die Regierung zustanden, aber keineswegs einig war man sich über die Höhe des Verlustes. Mehrere der Schiffe hatten einen Teil ihrer Ladung in Westindien gelöscht, auch hätte die „Orfraye" nicht jedes einzelne Schiff auf der ganzen Reise begleiten können. Mit solchen Argumenten hielten die Beamten des Finanzministeriums Pierre hin.

Pierre argwöhnte, daß hinter den immer neuen Ausflüchten eine Weisung von oben stehe. Als er Maurepas geradezu fragte, antwortete der lächelnd, er habe ihm ja schon anläßlich ihrer angenehmen Zusammenkunft in der Redoute Chinoise mitgeteilt, daß er seinerzeit durch sein unangebrachtes Lärmen die Krone verstimmt habe; er dürfe sich also jetzt nicht wundern, wenn ihm die Krone ihr Geld nicht nachschmeiße.

Es wurde schließlich eine Kommission von drei Generalsteuerpächtern eingesetzt, die feststellen sollten, wie hoch die Verluste und die Ansprüche der Firma Hortalez seien. Die Herren hatten es nicht eilig. Sie verlangten Unterlagen, die aus Westindien oder gar aus Amerika beigebracht werden mußten, sie stellten Rückfragen, die wiederum nur durch Auskünfte aus Westindien oder aus Amerika beantwortet werden konnten. Es war vorauszusehen, daß unter diesen Umständen die Kommission Monate, vielleicht Jahre brauchen werde, um zu einer Entscheidung zu kommen. Pierre bat um eine Abschlagszahlung. Doch das Finanzministerium des Königs von Frankreich, ganz ähnlich wie der Kongreß in Philadelphia, stellte sich auf den Standpunkt: solange nicht die Höhe der gesamten Ansprüche festgestellt sei, zahle man gar nichts. Vergennes wies schließlich Pierre einen Vorschuß von lächerlichen hundertfünfzigtausend Livres an.

Geheimnisvolle Gegner waren am Werke, die Stadt jede Einzelheit von Pierres Schwierigkeiten wissen zu lassen. Die Gläubiger drängten hart. Mit Mühe frettete sich die Firma Hortalez von einem Tag zum andern durch. Maigron verlangte dringlich eine Konferenz mit Pierre. Pierre wich aus. Maigron stellte sich in dem Haus an der Rue Saint-Antoine ein und ließ sich nicht abweisen.

Die prunkvolle Firma Hortalez, setzte er Pierre zum zwanzigsten Male auseinander, habe von Anfang an nur dadurch gehalten werden können, daß Pierre große Beträge aus seinen andern Geschäften hineinwirtschaftete. Auf diese Art arbeiteten jetzt auch diese andern an sich soliden und lukrativen Unternehmungen mit Defizit. Mehr und mehr werde die Firma Hortalez zu einem Geschwür, welches langsam sämtliche Unternehmungen Pierres auffresse. „Es ist närrischer Idealismus“, erklärte mit ungewöhnlich starken Worten Maigron, „wenn Sie weiterliefern für die Leute überm Meer, die nicht daran denken, zu bezahlen. Nehmen Sie Vernunft an, Monsieur. Geben Sie die Firma Hortalez auf. Lassen Sie mich den Bankrott der Firma Hortalez anmelden.“

Nun hatte sich Pierre selber eine Frist gesetzt. Er wollte die Firma Hortalez aufrechterhalten bis zum 1. September. Sollte bis dahin weder vom Kongreß in Philadelphia noch von der Krone Frankreichs eine größere Zahlung eingetroffen sein, dann wollte er aufgeben. Der 1. September war vorbei. Es war auf das, was der verlässige, ihm tief ergebene Maigron vorbrachte, nichts zu erwidern. Er hatte grundfalsch daran getan, soviel Geld in die Firma zu stecken; sie länger zu halten, war Wahnsinn. „Lassen Sie mich den Bankrott anmelden“, drängte auf seine stille, beharrliche Art Maigron.

Pierre, mit ungeheurer Anstrengung, das Gesicht abgewandt, sagte: „Ich will es mir bis morgen überlegen.“

Maigron war erschüttert. Er hatte damit gerechnet, Pierre werde, wie stets, nein sagen und ihn beschimpfen. Es war in den langen Jahren ihrer gemeinsamen Arbeit das erstemal, daß der glänzende, ewig gutgelaunte Chef an seinem Glück irre wurde. Maigrons hölzernes Gesicht zuckte, nervös spielte er mit seinem Bleistift. „Es wird noch alles gut werden, Monsieur", brachte er hervor.

Doch Pierre hatte alle Haltung verloren. „Seien Sie klug, Maigron", drängte er mit einer Ironie und Verzweiflung, die dem andern das Herz zerschnitt. „Es gibt in Paris keinen zweiten, dem ein großer Unternehmer seine Geschäfte mit solcher Ruhe anvertrauen kann wie Ihnen. Ich weiß, daß man Ihnen von allen Seiten Angebote macht. Gehen Sie zur Compagnie des Indes. Gehen Sie zu Lenormant. Verlassen Sie mein Schiff, das kein Segel mehr hat und keinen Mast. Sie sind überall besser aufgehoben. Ich danke Ihnen, Maigron. Suchen Sie sich einen gescheiteren Herrn."

Maigron schaute ihn böse an. „Reden Sie keinen Unsinn", sagte er und entfernte sich.

Allein, saß Pierre eine Weile an seinem wunderbaren Schreibtisch, dem von Meister Lalonde gefertigten, dem schönsten des Königreiches, den Kopf in die Hände gestützt. Die Hündin Caprice schmiegte sich an ihn, er merkte es nicht. Er war leer und müde wie noch nie. Er spürte: in dem Augenblick, da er nicht mehr überzeugt war, die ganze Welt gehöre ihm, war er verloren. Er sah sein Gesicht im Spiegel, und zum erstenmal wurde ihm bewußt, daß er nicht mehr jung war. „Ich versinke", sagte er vor sich hin, „ich versinke, ich bin schon untergegangen."

Gudin kam. Er erschrak, als er den Freund sah. „Was gibt es denn um Gottes willen?" fragte er. Es belebte Pierre, daß einer da war, dem er seine Verzweiflung vorführen konnte. „Es gibt nichts als das Übliche", antwortete er mit kaltem Spott. „Jemand hat der Welt einen ungeheuren Dienst geleistet, dafür stößt sie ihn in den Dreck." – „Gewiß ist das das Übliche", erwiderte der Historiker Gudin, „und die Stunde reichte nicht aus, wenn man nur die Namen der so Gekränkten anführen wollte, von Demosthenes und Perikles bis herunter zu Voltaire und Ihnen. Aber was hat man Ihnen jetzt wieder getan, Pierre?" – „Ich bin bankrott", sagte Pierre. Gudin war enttäuscht. „Das waren Sie doch immer", sagte er. „Aber jetzt bin ich es wirklich", ereiferte sich Pierre. „Ich habe keinen Sou. Der Stuhl, auf dem ich sitze, der Ring an meinem Finger gehören mir nicht. Ich bin arm wie eine Maus."

Gudin begriff nicht recht. Ein Geschäftsmann war heute oben, morgen unten, das war das Wesen der Profession. Es mußte ein anderer, ein moralischer Grund sein, der heute den immer zuversichtlichen Freund so tief erschütterte. Sicher hatten ihm diese niederträchtigen Amerikaner einen neuen Schlag versetzt. Gudins Gesicht wurde teilnahmsvoll.

„Ich habe", sagte immer mit der gleichen stillen, kalten Bitterkeit Pierre, „einiges für Amerika geleistet, oder irre ich mich? Die ‚Ferragus', die ‚Eugénie', die ‚Therese', die ‚Heureux', die ‚Mercure', die haben doch Waffen nach Amerika gebracht, Waffen und Material, das mich sechs Millionen Livres gekostet hat, oder hab ich das geträumt? Für die Staaten Virginia, New Hampshire, North Carolina habe ich nochmals für drei Millionen geliefert, oder bilde ich mir das nur ein? Und die ‚Orfraye' hat sich beteiligt an der Schlacht von La Grenade, oder ist auch das eine Täuschung? Und was ist mein Lohn? Man zieht mir das Dach überm Kopf weg."

Bei aller Teilnahme befriedigte es Gudin, Zeuge einer großen historischen Szene zu sein, welche eine wunderbare Seite abgeben wird in seinen „Aufzeichnungen über das Leben und die Meinungen Caron de Beaumarchais'". Mit Wärme sagte er: „Sie haben bewirkt, Pierre, daß noch Freiheit in der Welt ist. Das kann Ihnen niemand abstreiten. Das ist Geschichte. Sie haben in Ihrer Truhe das große Dankschreiben des Kongresses, und sogar der neidische, giftige Tacitus Gibbon hat, gegen seinen Willen, Ihr Verdienst anerkannt. Sie haben die Freiheit gerettet, Pierre", schloß er, stark. „Und ich gehe dabei vor die Hunde", antwortete Pierre.

Dann aber, mit jähem Wechsel, wurde sein Gesicht wieder das alte, lebendige, gutmütig humoristische. „Machen wir uns nichts daraus, mein Philippe", sagte er. „Was bleibt einem schon auf dieser Welt? Man kann nur lachen oder verzweifeln. Lachen wir."

Doch als Gudin gegangen war, lachte er nicht. Er holte aus seiner Truhe hervor jene Dokumente, die ehrenvollen Zeugnisse seiner Taten, das Gerichtsurteil, das ihn von dem „Makel" befreite, den Dankbrief des Kongresses, die Manuskripte der „Denkschriften", des „Barbiers", des „Figaro". Aber der Anblick seiner Dokumente vermochte ihn nicht zu trösten. An die achtundvierzig Jahre war er jetzt, und den größern Teil seines Lebens hatte er angefüllt mit Mühe und Arbeit, mehr im Interesse der andern als in seinem eigenen, und nun stand er wieder vor dem völligen Zusammenbruch. Wohl konnte er triftig beweisen, daß dieser Zusammenbruch verursacht war einzig und allein durch die Schuld der Alliierten, der Vereinigten Staaten. Aber wenn auch die Geschichte das anerkennen wird, er lebte heute, und der Gedanke an Ehrungen durch die Späteren machte die Schmach nicht süßer, die er jetzt auf sich nehmen mußte. Denn der Bankrott der Firma Hortalez wird mit erniedrigenden Formalitäten verknüpft sein, er wird von neuem die bösen Erfahrungen der „Bemakelung" machen müssen. Die großen Herren werden ihm auf die Schulter klopfen und sich amüsieren, sein Lever wird betrüblich einsam sein, und wenn ihm Charlot aus Mildtätigkeit ein ausgesuchtes Diner vorsetzt, wird er den großen Kopf schütteln und ihn mit seinem fatalen Lächeln erinnern: „Hab ich es Ihnen nicht vorausgesagt?"

Am nächsten Morgen kam Maigron und brachte ausgefüllt die Formulare mit, welche zur Anmeldung des Bankrotts unterzeichnet werden mußten. Schon griff Pierre zum Federkiel, da sagte Maigron: „Ich muß Ihnen doch noch von einer Unterredung berichten, die ich heute nacht mit Monsieur Brunelet hatte, Sie wissen, dem Brunelet, der manchmal als Strohmann des Marquis d'Aubespine agiert." Pierre hatte den Gänsekiel sogleich weggelegt. „Sie können Geld von ihm bekommen?" fragte er aufleuchtend. „Er wäre bereit", informierte ihn Maigron, „auf das Haus an der Rue Saint-Antoine eine Hypothek zu geben."

Pierre war enttäuscht. Man hatte Versuche gemacht, das Haus zu beleihen, hatte aber nur niedrige und riskante Angebote erhalten. „Das wird uns nicht viel nützen", sagte er. „Monsieur Brunelet", berichtete zögernd Maigron, „wäre bereit, sechshunderttausend Livres zu geben." – „Sechshunderttausend?" strahlte Pierre. „Gemacht."

„Warten Sie", dämpfte ihn Maigron. „Das Angebot riecht faul. Monsieur Brunelet will das Geld nur auf zwei Monate leihen. Und der gesamte Inhalt des Hauses soll dafür stehen, Mobiliar, Kunstwerke, alles. Es ist klar: Monsieur Brunelet und sein Hintermann rechnen damit, das Haus an sich zu bringen." – „In zwei Monaten", sagte stürmisch Pierre, „hab ich das Geld dreimal herein, aus Amerika, aus den Schadenersatzansprüchen. Zwei Monate, sechzig Tage, einundsechzig Tage, und da zögern Sie? Sie sind ein Lahmarsch, Maigron. Treu wie Gold, aber ein Lahmarsch. Ich würde die Hypothek aufnehmen, und wenn sie auf einen einzigen Monat befristet wäre."

Die Hypothek wurde aufgenommen. Von den sechshunderttausend Livres schickte Pierre sogleich fünfundzwanzigtausend als Honorar an den Bildhauer Houdon.

Louis besichtigte die Ausstellung im Salon. Geführt von den Künstlern Greuze und Duplessis, inmitten einer ehrfurchtsvollen Menge, beschaute er die Gemälde und Skulpturen. Er war nicht sehr interessiert an Kunst, aber das Stoffliche vieler Werke erregte seine Teilnahme. Da waren Genreszenen seiner Künstler von Sèvres, an denen er sich aufrichtig ergötzte. Auf einem Bilde Pourrats fiel eine alte Frau von einem mit Hausrat hochbepackten Wagen auf die Landstraße. „Die arme Alte", freute sich Louis, und seine Fuhrmannslache machte die Leinwand des Bildes beben. Auch gewisse Landschaften interessierten ihn, und aus der Fülle seines geographischen Wissens unterrichtete er die ihn führenden Künstler über die Bevölkerungsziffern dieser Landschaften oder über Handel und Gewerbe, die dort blühten.

Man gelangte in ein kleines Kabinett, in dem nichts stand außer drei Büsten. „Und hier", erklärte Monsieur Greuze,

„ist das, was unser Praxiteles, Monsieur Houdon, in diesem Jahre beigesteuert hat." Monsieur Houdon hielt sich bescheiden wartend im Hintergrund.

Louis sah und verdüsterte sich. Da standen in kleinem Halbkreis weiß und marmorn die dreie, die er unter allen Menschen der Welt am meisten haßte: Voltaire, Franklin, Beaumarchais. Und die drei sahen keineswegs her wie Ketzer und Aufrührer, im Gegenteil, sie sahen würdig und tugendhaft aus, man hätte sie für Heroen des Altertums nehmen können. Aus den blitzenden Augen Voltaires sprach schalkhafte Güte, Franklins Kopf war voll Einfachheit und Weisheit, das Gesicht Beaumarchais' zeigte Humor und überlegen gutmütigen Verstand. Louis schnaufte stark. Um seinen Ärger zu verbergen, trat er ganz nahe an die Büsten heran, sie kurzsichtig anblinzelnd.

Sein Schweigen wurde unbehaglich. „Unser Monsieur Houdon", rühmte Monsieur Greuze, „ist der erste Mensch auf der Welt, der es zuwege gebracht hat, steinerne Augen lebendig zu machen." Und der bäuerlich verlegene Duplessis raffte sich auf und sagte: „Ja, Sire, jetzt hat der größte Künstler Ihres Reiches die drei größten Schriftsteller modelliert, die Ihre Hauptstadt beherbergte."

Diese Äußerungen wühlten Louis noch tiefer auf. Aber er mußte sich bezähmen, er mußte etwas sagen. „Ich weiß", wandte er sich an Houdon, „Sie sind ein vortrefflicher Künstler. Ich war auch mit meiner Büste sehr zufrieden. Und viele Sitzungen haben Sie auch nicht gebraucht. Nun ja, nun schön", sagte er und wandte sich, um den Rundgang fortzusetzen.

Auf der Nachhausefahrt war er versunken in böse Gedanken. Wenn der größte Künstler seiner Zeit, sein Praxiteles, sich die besten Köpfe suchte, um sie zu modellieren, dann fand er diese drei. „Die drei größten Schriftsteller Ihrer Stadt Paris." Und sein Hofmaler Duplessis rühmte die drei in seiner Gegenwart, naiv, schamlos, ohne an ihrer Gesinnung Anstoß zu nehmen. Es stand schlecht um sein Regime, wenn man in diesen dreien die Repräsentanten seiner Epoche sah. Es bedeutete, all sein redliches Bemühen war ohne Frucht geblieben.

An diesem Tage hielt ihm der Herzog von Fronsac, Intendant des Théâtre Français, Vortrag über die Angelegenheiten seines Ressorts. Der russische Thronfolger hatte damals Pierre keine leeren Komplimente gemacht. Er hatte nach seiner Rückkehr die hübsche Komödie nicht vergessen; vielleicht auch hatten seine entzückten Damen ihn an den amüsanten Autor erinnert. Jedenfalls wollte jetzt der Großfürst die Komödie „Der tolle Tag oder Die Hochzeit des Figaro" in St. Petersburg aufführen, und der russische Botschafter hatte im Auftrag seiner Regierung den Intendanten des Théâtre Français gebeten, einige seiner Künstler zu diesem Zweck zu beurlauben. Monsieur de Bibikoff, der Intendant der Kaiserlichen Hoftheater, warte nur die Zusage ab, um sich auf den Weg nach Paris zu machen.

Louis schnaubte. Unter den drei Rebellen, deren Köpfe er hatte beschauen müssen, ohne sie in Trümmer schlagen zu können, war dieser Caron der schlimmste. Nicht nur war er am Leben, er war auch verhältnismäßig jung. Und Louis fühlte sich von ihm vergewaltigt und betrogen. Der Mensch hatte ihm auf dem Umweg über seine schwangere Königin die Erlaubnis dieser Vorstellung in Gennevilliers abgeschwindelt. Louis hatte sich ausdrücklich ausbedungen, daß nach Gennevilliers von dem rebellischen, zuchtlosen Stück nicht mehr die Rede sein dürfe. Und nun hatte der unverschämte Bursche eine neue Intrige angezettelt und sich hinter die Röcke Katharinas von Rußland gesteckt.

„Das ist unangenehm", stieß er hervor, „das ist eine Zumutung. Was bilden sich diese Eskimos ein? Soll ich mein Théâtre Français zusperren, damit sie sich an dem schweinischen Stück amüsieren?" – „Was befehlen Eure Majestät, daß ich dem Großfürsten erwidere?" fragte der Herzog von Fronsac. „Die Petersburger sollen mich am Arsch lecken", gab Louis ungnädig Weisung, „drücken Sie das auf höfliche Art aus." – „Das ist nicht leicht, Sire", seufzte der Intendant. „Ich weiß", gab Louis zu. „Es ist eine widerwärtige Situation, in die uns dieser Caron gebracht hat." – „Wir könnten", schlug Monsieur de Fronsac vor, „ohne im leisesten in den Geruch der Unhöflichkeit zu kommen, die Forderung der Russen ablehnen, wenn wir die Komödie selber spielten. Der Großfürst wird es begreifen, daß wir dann unsere Künstler selber brauchen." – „Ich möchte nicht zu so drastischen Mitteln greifen, nur um höflich zu erscheinen", antwortete zornig Louis. „Belieben Sie sich zu erinnern, Herr Herzog, daß ich gesagt habe: Niemals." Monsieur de Fronsac verneigte sich.

Schon am nächsten Tag kam dem König Monsieur Caron von neuem in die Quer. Diesmal mit seiner Voltaire-Ausgabe. Während andere verbotene Werke stillschweigend geduldet wurden, ärgerte Louis diese Ausgabe besonders, und so stieß Pierres Société Littéraire et Typographique auf die größten Schwierigkeiten. Nicht nur in Paris, überall im Lande traf die Polizei strengste Maßnahmen, um die Verbreitung des Werkes zu unterbinden. Pierre aber verpflichtete immer neue Agenten, denen er ungewöhnlich hohe Provisionen zubilligte. Diesmal mußte Louis im Polizeibericht lesen, daß in Paris allein an einem einzigen Tage drei fliegende Händler festgenommen worden seien, welche die Häuser wohlhabender Bürger aufgesucht hätten, um ihnen Subskriptionen der verbotenen Voltaire-Ausgabe aufzuhängen.

Louis nahm die Sache selber in die Hand. Er gab Monsieur Lenoir Weisung, die Straffälligen nicht, wie das üblich war, auf drei Tage einzusperren, sondern auf fünf Wochen, mit einem Fasttag in der Woche. „Ich werde Monsieur Caron und seinem Gesindel beibringen", verkündete er erbost, „daß die Zensurvorschriften der Krone keine Farce sind. Ich lasse mir nicht auf dem Kopf herumtanzen. Ich bin unzufrieden mit Ihnen", tadelte er seinen Polizeipräsidenten. „Sie sind zu lax, Monsieur." Lenoir wies darauf hin, die genehmigten Beträge genügten nicht, die Zensurvorschriften nach Gebühr zu überwachen. „Ich genehmige hunderttausend Livres mehr", erklärte hitzig Louis. „Ich wünsche, daß diese Laxheit aufhört", schrie er in der Fistel. „Bin ich verstanden, Monsieur?"

Dann schlug er plötzlich um. „Meine Beamten haben kein Mark in den Knochen", klagte er. Und trübe verkündete er seinem verblüfften Polizeipräsidenten: „Sie werden sehen, Lenoir, es wird noch so weit kommen, daß dieser Beaumarchais und sein ‚Figaro' stärker sind als Ihr Verbot."

Wieder zwei Tage später kam Vergennes in seinem Vortrag auf den verhaßten Monsieur Caron zu sprechen. Der hatte mit Rücksicht auf die bedrängte Lage der Firma Hortalez gebeten, ihm auf seine Schadenersatzansprüche einen Vorschuß von einer halben Million zu gewähren. Diesmal, setzte der Minister auseinander, stehe es in der Tat sehr schlimm um die Firma, und falls sie Bankrott ansagen müsse, dann sei zu befürchten, daß Monsieur Caron Paris und der Welt erzählen werde von den Verknüpfungen der Firma mit der Regierung schon in den Zeiten vor der Allianz; eine solche Erklärung aber käme den Engländern sehr gelegen, als Beweis dafür, daß Versailles die Neutralität schon seit Jahren gebrochen hatte. Im übrigen sei nicht zu leugnen, daß der Firma Hortalez in Westindien große Verluste entstanden seien. Resümierend befürwortete der Minister Pierres Gesuch.

Aber: „Ich habe die ewigen Betteleien Ihres Caron satt", beschied ihn übellaunig Louis. „Von einem Geschäftsmann, der auf so ungeheure Gewinne spekuliert, kann man verlangen, daß er auch ein Risiko auf sich nimmt. Das könnte Monsieur Caron passen, daß er die Gewinne einstreicht und ich die Verluste zahle. Ich bin kein Trottel, der sich von jedem Hochstapler ausplündern läßt. Und wenn uns der Bursche mit Drohungen kommt, so hat die Krone schließlich noch Mittel und Wege, mit unbotmäßigen Untertanen fertig zu werden."

Daß der „Figaro", wiewohl noch nicht aufgeführt, von soviel Ruhm umstrahlt war, rief Neid und Anfeindung hervor. Flugblätter gegen den Autor erschienen, selbst der Erzbischof von Paris fand in einem Hirtenbrief Worte heiligen Zornes gegen die Komödie. Der erbittertste Gegner aber war Abbé Suard, ein begabter, einflußreicher Schriftsteller, ein Mitglied der Akademie. Zunächst sprach er vor den Unsterblichen über die billige Erotik des modernen Theaters, dabei häufig und unmißverständlich auf den „Figaro" anspielend. Dann attackierte er die Komödie in seinem angesehenen „Journal de Paris" in zwei langen, anonymen, sorgfältig geschriebenen Aufsätzen.

Als ein dritter Artikel erschien, wiederum nur gezeichnet „Ein Abbé", konnte sich Pierre nicht mehr bezähmen. Er erwiderte dem Anonymus, hinter dem er den Abbé Suard vermutete, in einem offenen Brief, den er im „Mercure" veröffentlichte. „Was alles", höhnte er, „gibt sich heutzutage nicht für einen Priester aus? Früher schmückte ein solcher Titel nur weise, abgeklärte Männer. Heute muß man jedem Lumpen und Dummkopf zurufen: ‚Still, Abbé, marsch, fort, Abbé.' Was beabsichtigen Sie eigentlich mit der Publikation Ihrer Albernheiten, meine Herren Anonymi? Wollen Sie mich, der ich, um eine Aufführung meines Stückes zu erreichen, den Kampf mit Löwen und Tigern nicht scheute, zu dem Geschäft einer Dienstmagd verurteilen, die mit dem Flederwisch winzige Wanzen totschlägt?"

Wenn Pierre von „winzigen Wanzen" sprach, so dachte er an den zwerghaft kleinen Abbé Suard. Der Artikel aber, gegen den er eiferte, jener dritte, letzte Artikel, war nicht von dem kleinen Abbé geschrieben, sondern von einem sehr dikken, umfangreichen Herrn, dem Prinzen Xavier.

Prinz Xavier, sonst seinem Bruder Louis sehr unähnlich, haßte wie dieser den Autor des „Figaro". Prinz Xavier hielt es nicht für ausgeschlossen, daß der Vater des werdenden Dauphins, der ihn um die Krone zu bringen bestimmt war, Vaudreuil gewesen sei. Vaudreuil war tot und der Züchtigung entzogen, aber viele seiner Geschöpfe lebten. Des Prinzen Xavier Haß erstreckte sich auch auf den Autor der zuchtlosen Komödie, welche der Tote in seiner verbrecherisch leichtfertigen Torheit hatte aufführen lassen. Prinz Xavier erbat sich von Monsieur Lenoir den Text des Stückes, und da er literarische Ambitionen hatte, schrieb er zunächst gegen das Werk im „Journal" des Abbé Suard.

Jetzt also mußte er sich im „Mercure" eine „winzige Wanze" nennen lassen. Er beschloß, das dem frechen Beleidiger heimzuzahlen.

Louis und seine Brüder waren beinahe täglich zusammen, einander stichelnd, höhnend, sich vertragend, von neuem stichelnd. Diesen Abend spielte Louis mit Xavier eine Partie jenes Kartenspieles, das man in den letzten Jahren „Boston" zu nennen pflegte; Louis freilich war die Erinnerung an Boston und die Rebellen unangenehm, und er nannte das Spiel beharrlich weiter „L'Hombre". Louis und Graf Gramont bildeten die eine Partei, Xavier und sein Erster Kammerherr, Monsieur d'Arnoult, die andere. Louis war sehr guter Laune. Das L'Hombre-Spiel war eine der wenigen Gelegenheiten, bei denen er seinem Bruder Geld nicht zuzahlte, sondern abnahm, und wenn auch sein Associé Gramont kein guter Spieler war, so war Xaviers d'Arnoult ein noch viel schlechterer und außerdem sehr feig, so daß er nicht wagte, von ihm, Louis, Geld zu gewinnen.

„Sie schulden mir jetzt einen Louis sechs Livres und drei Sous, Messieurs", sagte Louis vergnügt. „Mm", antwortete Xavier, „Sie haben Glück heute abend, Sire." – „Ich spiele nicht schlecht", sagte Louis. Jetzt hielt es Xavier für an der Zeit, von dem unverschämten zoologischen Artikel Carons zu sprechen. Klüglich erwähnte er nicht sein eigenes Referat, nahm auch nicht Anstoß an der Wanze, wohl aber gab er der Vermutung Ausdruck, daß Caron mit dem Löwen den König und mit dem Tiger ihn, Xavier, im Auge gehabt habe; es sei aber auch möglich, daß der Tiger die Königin bedeuten sollte.

Louis dachte grimmig an Carons amerikanische Geschäfte, an die Voltaire-Ausgabe, an die Büsten Houdons. Jetzt verdarb ihm der Bursche auch noch diese Partie L'Hombre, an der er seine Freude hatte. Doch beherrschte er sich, er spielte ruhig weiter und notierte die Punkte, die gewonnen und verloren wurden, wie zuvor. Er begann aber jetzt zu verlieren. „Sie schulden mir nur mehr acht Livres und vier Sous", sagte er. Sie spielten weiter, und er verlor stärker. Als sie zu Ende waren, rechnete er zusammen. „Sie haben Glück gehabt, Xavier, und Sie, Monsieur d'Arnoult", sagte er. „Sie bekommen zwei Louis drei Livres acht Sous", und er zahlte.

Er war in großer Wut. Er war diesem Paar Xavier–d'Arnoult mehr als gewachsen, und wenn die Partie schließlich verlorengegangen war, so war es einzig und allein der Gedanke an diesen Caron, der ihn zerstreut hatte. „Haben Sie gehört, was ich Ihnen von dem Artikel dieses Caron erzählte?" fragte Xavier. „Ja, Monsieur", antwortete Louis. „Und werden Sie etwas gegen den Herrn unternehmen?" fragte Xavier. „Darauf können Sie sich verlassen, Monsieur", antwortete Louis, und er richtete die gern wandernden, weit auseinanderstehenden Augen auf ihn, trüb und entschlossen. Er dachte aber daran, wie ihm dieser Caron keine Ruhe ließ mit seinem schamlosen, niederträchtigen Stück; sogar die Russen hatte er ihm auf den Hals gehetzt, das grenzte schon an Hochverrat. „Ich bin neugierig auf Ihre Entschlüsse, Sire", sagte Xavier. „Sie werden nicht lange zu warten haben, Monsieur", sagte Louis.

Er nahm die Abrechnungstabelle für sein L'Hombre-Spiel. Zwei Louis drei Livres acht Sous Verlust. „Sie werden Augen machen, Monsieur", verkündete er. Und auf die Rückseite der Abrechnungstabelle schrieb er: „An den Herrn Polizeipräsidenten. Wollen Sie, bitte, unmittelbar nach Erhalt dieses Schriftstücks Order geben, den Sieur de Beaumarchais in die Bastille zu bringen." Er hatte es gewagt, dieser Bursche, sogar an die Bastille zu rühren, an seine Bastille. Er war des Aufenthalts in der Bastille nicht wert. Louis durchstrich die Worte „in die Bastille" und schrieb darüber: „nach Saint-Lazare". Es war aber Saint-Lazare eine Korrektionsanstalt für verlotterte Priester und jugendliche Taugenichtse aus bürgerlichen Häusern, und eines der gebräuchlichsten Hausmittel dort war die Rute; sowohl für die Einlieferung wie für jeden Bruch der Hausordnung war eine Tracht Prügel vorgeschrieben.

Triumphierend hielt Louis das Blatt seinem Bruder Xavier hin. Dann schloß er formelhaft: „Denn so ist es Unser Wille", unterzeichnete, faltete, tröpfelte säuberlich Lack, siegelte mit seinem Ring, sandte das Blatt ab.

In sein Tagebuch trug er ein: „13 Hasen erlegt, 18 Fasanen, 32 Rebhühner. Am Gibbon übersetzt, Band II, Seite 118 bis 120. 33 317 436 Livres für die Armee bewilligt. Den unbotmäßigen Untertan Caron gezüchtigt."

Monsieur Lenoir schaute betreten auf die königliche Order. Es hätte Aufsehen genug erregt, wenn man Beaumarchais in die Bastille gebracht hätte; aber den Befreier Amerikas, den gefeiertsten Autor des Landes, den Helden der Schlacht von La Grenade nach Saint-Lazare zu schicken, das war nicht weise von dem Allerchristlichsten König, das wird der Majestät noch viel Kopfzerbrechen machen, und ihm selber auch. Aber der Befehl war klar und unmißverständlich.

Am folgenden Tage also, des Abends um neun, stellte sich der Polizeikommissar Chenu im Hause an der Rue Saint-Antoine ein. Pierre saß bei Tisch mit Therese; der alte Herzog von Richelieu war da, der Prinz von Nassau, Doktor Lassone, Désirée. Kommissar Chenu ließ Pierre in den Vorraum bitten und eröffnete ihm, daß er ihm zu folgen habe. Pierre überlegte, was er wohl wieder angestellt haben könnte, es fiel ihm nichts ein, er kehrte zurück zu seinen Tischgenossen und erklärte, er müsse sie leider allein lassen, er werde dringlich in Versailles benötigt. Dann begab er sich zurück zu dem Polizeikommissar und sagte, er stehe zu seiner Verfügung. Chenu fragte höflich, ob Monsieur nicht seinen Wagen befehle. Pierre erwiderte lächelnd, deshalb habe er ja sein Haus hierher an die Place Saint-Antoine gebaut, weil er keinen weiten Weg zur Bastille haben wollte. Der Polizeioffizier antwortete, es handle sich leider nicht um die Bastille, sondern um Saint-Lazare. Da erbleichte Pierre und sagte: „Darauf war ich nicht gefaßt."

Inzwischen waren auch die andern herausgekommen. Sie sahen Pierres Verwirrung, sie merkten, worum es ging. Der alte Richelieu fragte den Polizeioffizier, der Haltung angenommen hatte, was denn los sei. Chenu, zögernd, gab Auskunft. Richelieu sagte kopfschüttelnd und voll Ärger: „Ich bin neunundachtzig, aber so was hab ich noch nicht erlebt." Doch Désirée, blaß und zitternd, rief geradezu: „Das ist eine Gemeinheit." Chenu, ernst und leise, wies sie zurecht: „Das will ich nicht gehört haben, Madame. Es ist Befehl Seiner Majestät."

Therese umarmte Pierre, sie weinte nicht. Dann wurde er, in seiner stolzen Karosse, in die Korrektionsanstalt Saint-Lazare gebracht. Während der Fahrt konnte er sich nicht beherrschen, ein nervöses Schluchzen schüttelte ihn. „Nehmen Sie sich zusammen, Monsieur", tröstete der Polizeikommissar. „Monsieur Lenoir hat Weisung gegeben, Sie gut zu behandeln. Sicherlich bleibt Ihnen das Schlimmste erspart."

Gudin schrieb noch in der Nacht in feurigen Worten nieder, wie jetzt eine neue Verfolgung seines großen Freundes eingesetzt und wie würdig er auch dieses Martyrium auf sich genommen habe.

Doch am nächsten Tag erlebte Gudin eine Enttäuschung. Er hatte erwartet, ganz Paris werde empört sein und für seinen größten Sohn demonstrieren. Aber die Pariser fanden es komisch, daß der beinahe fünfzigjährige Beaumarchais in einer Anstalt mit verlotterten Priestern und jungen Taugenichtsen zusammen saß. Sie lachten, die unberechenbaren Pariser, sie lachten schallend. Es erschienen zahllose Karikaturen und Spottverse. Ein Holzschnitt stellte dar, wie der Lausejunge Caron von einem Laienbruder durchgeprügelt wird.

Die Hypothek auf das Haus an der Rue Saint-Antoine war fällig. Geld war nicht da. Darlehen auf die Ansprüche an die französische Krone oder auf die amerikanischen Guthaben waren weniger zu haben als je; denn in beiden Fällen war die Firma Hortalez angewiesen auf den guten Willen des Königs, und nichts konnte deutlicher dessen Ungnade beweisen als Pierres Verhaftung.

Da in Saint-Lazare Besucher nicht zugelassen wurden, beriet Maigron mit Therese und Gudin. Er legte dar, daß, falls man nicht zahle, das Haus übermorgen versiegelt und drei Wochen später versteigert werde. Die Beschlagnahme werde der Firma Hortalez einen weiteren schweren Schlag versetzen. Verhüten könne man die Beschlagnahme, wenn man die Société Industrielle de Chinon aufgebe, auf die ein Preis weit unterm Wert geboten sei.

Gudin hielt es nicht auf seinem Stuhl; aufgeregt, geröteten

Gesichtes, lief der beleibte Mann hin und her. Vielleicht habe der Zwang, die Geschäfte zu liquidieren, sein Gutes, sprudelte er dann heraus. Das Schicksal mahne Pierre, sich für eine Weile auf die Dichtkunst zu konzentrieren. Sokrates habe sich unter anderm auch als Soldat ausgezeichnet, aber nicht seine militärische Tätigkeit sei es gewesen, die ihn unsterblich gemacht habe. So könne auch Pierre Beaumarchais seine Unsterblichkeit fester untermauern, wenn er, ein paar Jahre auf seine Geschäfte verzichtend, in seinem schönen Hause unter seinen Büchern und Kunstwerken mit seiner Muse zubringe. Er, als Pierres Freund und Historiograph, stimme dafür, die Société Industrielle fahrenzulassen und das Haus an der Rue Saint-Antoine zu retten.

Therese saß da, reglos, das schöne Gesicht mit den hohen, kühnen Brauen sehr finster. Das neue wüste Unrecht, das man Pierre antat, hatte sie aufgewühlt. Sie hatte nicht ausfindig machen können, warum man Pierre so plötzlich in dieses schmähliche Gefängnis gesperrt hatte, aber sie war gewiß, daß die letzte Ursache nichts anderes war als Pierres Eifer für die Freiheit und für die menschliche Wohlfahrt. Aber da waren die Gewalthaber an den Unrechten gekommen. Pierre war nicht der Mann, unter diesem neuen Schlag zu ducken und sein amerikanisches Unternehmen aufzugeben. Sie durfte nicht zulassen, daß er seine Firma Hortalez verlor, weil er eingesperrt war und sich nicht um seine Geschäfte kümmern konnte. „Ich glaube", sagte sie mit ihrer tiefen, ruhigen Stimme, „es wäre nicht im Sinne Pierres, die Société Industrielle zu liquidieren." – „Sie ziehen es also vor, Madame", vergewisserte sich der sachliche Maigron, „sich das Haus wegnehmen zu lassen?" – „Ja", sagte Therese.

Zwei Tage später erschien Monsieur Brunelet, der Inhaber der Hypothek, mit einem Polizeikommissar und zwei Gerichtsvollziehern. Monsieur Brunelet war ein kleiner, unscheinbarer Herr. Er bat, Madame de Beaumarchais seine Aufwartung machen zu dürfen, brachte eine dicke Liste zum Vorschein, das Inventar des Hauses, und ersuchte Therese höflich, ihm bei der Nachprüfung an die Hand zu gehen, da, wie er zu seinem Bedauern höre, Monsieur de Beaumarchais durch unvorhergesehene Umstände daran verhindert sei. Therese fügte sich, schickte aber nach Maigron. Auch Gudin stellte sich ein; er wollte den schmählichen Akt mit eigenen Augen sehen, um sein Herz mit der nötigen Bitterkeit für die Beschreibung zu füllen.

Zunächst wurden die Siegel am Hauptportal angebracht, das große Siegel des Königs und das kleine Monsieur Brunelets. Bei dem Rundgang durch den Garten konnte sich Gudin sarkastischer Bemerkungen nicht enthalten. „Vergessen Sie nicht, dem Gladiator Ihr Siegel aufzudrücken, Messieurs", sagte er etwa, oder: „Wie wäre es, wenn Sie den Voltaire-Tempel versiegelten? Sonst könnte einer der Millionen Anhänger Monsieur de Beaumarchais' den Tempel heimlich in die Tasche stecken und forttragen." Monsieur Brunelet zuckte immer nur die Achseln und versicherte: „Es ist mir sehr schmerzlich, Madame", oder: „Es drückt mir das Herz ab, aber ich bin Geschäftsmann."

Monsieur Brunelet, seine Polizisten und die Vertreter Pierres begaben sich in das Innere des Hauses. Dort stürzte ihnen schreiend und schäumend Julie entgegen. „Genügt es nicht", schrie sie, „daß ihr den edelsten, besten Mann dieses Landes in euer Rattenloch steckt? Müßt ihr ihm auch noch sein Haus rauben, seine letzte Zuflucht, wenn er krank und gemartert zurückkommt?" – „Es ist mir selber sehr schmerzlich", antwortete Monsieur Brunelet, „aber Monsieur de Beaumarchais ist Geschäftsmann, er würde mich verstehen." – „Sie verhöhnen mich auch noch", wütete Julie. „Niemals hat Pierre einer Witwe oder Waise weh getan. Niemals hat er dem Armen die Hütte versteigert." Sie ereiferte sich derart, daß der Polizeikommissar einzuschreiten drohte. Gudin gelang es schließlich, die Heulende in ihr Zimmer zurückzubringen.

Im Arbeitszimmer Pierres wollten die Beamten die Truhe mit seinen Dokumenten versiegeln und die Schubladen mit seinen Schriftstücken. „Ich wäre Ihnen verbunden, wenn Sie das unterließen", sagte Therese. Maigron, mit seiner farblosen Stimme, verwahrte sich: „Ich bezweifle die Gesetzmäßigkeit Ihres Vorgehens. Die Manuskriptbehälter sind im Inventar angeführt, nicht aber die Manuskripte." – „Sind Sie sich klar darüber", drang Gudin auf Monsieur Brunelet ein, „daß, was Sie da vornehmen, das schlimmste Verbrechen ist, das ein Sterblicher begehen kann, Schändung der Kunst?" – „Ich mache darauf aufmerksam", protestierte Maigron weiter, „daß ich Schadenersatzklage gegen Sie anstrengen werde, wenn Sie Gegenstände beschlagnahmen, die nicht im Inventar aufgeführt sind. Ich bin bevollmächtigt, in Abwesenheit Monsieur de Beaumarchais' seine Geschäfte wahrzunehmen. Das wird mir unmöglich gemacht, wenn ich zu wichtigen Dokumenten keinen Zutritt habe."

Der Polizeikommissar schaute fragend auf Monsieur Brunelet. „Warten Sie", sagte dieser. „Ich will die Sache mit einem Geschäftsfreund besprechen." Er fuhr fort. Kam zurück mit Monsieur Lenormant.

Charlot hatte diesen Tag mit vielen verwickelten Listen vorbereitet. Er hatte sich darauf gefreut, den Gladiator und den Kaminmantel und das Porträt Désirées in Besitz zu nehmen und Pierre freundlich zu erklären: „Hab ich Ihnen das nicht vorausgesagt, mein Alter?" Vielleicht sogar hätte er sich nur dieser drei Gegenstände bemächtigt und Pierre das Haus belassen. Nun hatte die törichte Verfügung des Dicken alle seine Pläne über den Haufen geworfen. Die Begegnung mit Pierre war es, die Begegnung mit Pierre in seinem bankrotten Geschäfts- oder in seinem bankrotten Privathaus, die Lenormant herbeigesehnt hatte. Das war ihm jetzt vereitelt worden, es war ihm nur die Übernahme des Hauses geblieben, und er hatte sich gefragt, ob er überhaupt hingehen und sein Herz weiden solle an dem Akte der Versiegelung. Es war überflüssig und konnte im Grunde nur schaden. Er war denn auch der Beschlagnahme ferngeblieben; doch er hatte sich eine Tür offengelassen und seinen Strohmann Brunelet angewiesen: „Falls sich Schwierigkeiten ergeben sollten, aber nur dann, rufen Sie mich." Nun hatten sich Schwierigkeiten ergeben, das war ein Wink des Schicksals, er hatte der Versuchung nicht länger widerstanden, da war er.

Mit altväterischer Höflichkeit versicherte er Therese, es sei ihm inmitten all der Trauer eine kleine Genugtuung, daß es ihm vergönnt sei, ihr behilflich zu sein und das Haus seines Freundes Pierrot vor plumpen Übergriffen zu schützen. Er begegnete den trocken höhnischen, sachlichen Bemerkungen Maigrons und den wütenden Anrempelungen Gudins mit stiller, überlegener Ironie. Nach kurzer Zeit erklärte er, der Inhalt des Hauses sei in den Händen Madames in bester Obhut, er selber übernehme dafür die Bürgschaft, und er verhinderte, daß weitere Siegel angelegt wurden.

Allein er empfand nichts von der grimmigen Freude, die er sich von dieser Stunde versprochen hatte. Aus dem Rahmen ihres Porträts schaute Désirée auf ihn herunter, kühl, spöttisch, lustig, und auf dem Rahmen glänzte das Siegel seines Monsieur Brunelet. Da hatte er also das Bild, ein schönes Bild, eine großartige Leinwand des großartigen Malers Quentin de Latour. Was für ein kahler, ärmlicher Triumph, und wie sinnlos hatte er ihn überzahlt mit dem Verluste der lebendigen Désirée.

Als sich Lenormant und die traurige Gesellschaft der Beamten entfernt hatten, gesellte sich Julie zu den andern. Verweint und zornig wies sie auf das Porträt Désirées. „Ich bin überzeugt", sagte sie, „auch hinter dieser Verhaftung und hinter diesem schwarzen Tage steckt das verdammte Weibsbild." Maigron aber erwiderte trocken: „Da irren Sie, Mademoiselle. Dies alles danken wir Amerika."

Doktor Franklin hörte mit Mißbehagen, daß der Inhaber der Firma Hortalez nun wirklich am Ende sei und daß seine Gläubiger sein Privathaus beschlagnahmt hätten. Überall in Paris hieß es, die Säumigkeit des amerikanischen Kongresses trage die Schuld an dem Unglück ihres größten Lieferanten.

Franklin beriet mit seinen Kollegen. Mr. Adams erklärte kühl, unmittelbare Ursache des Zusammenbruchs sei ja wohl Beaumarchais' Verhaftung, und auch der erbittertste Feind Amerikas könne daran dem Kongreß nicht die Schuld zuschieben. „Immerhin läßt sich nicht leugnen", antwortete Franklin, „daß Monsieur Caron noch im Besitz seines Hauses wäre, wenn der Kongreß seine Zahlungen beschleunigt hätte. Auf alle Fälle wäre es eine wirksame Geste, wenn man dem Manne jetzt das Geld zur Verfügung stellte, sein Haus zu retten."

Arthur Lee, in seinem Innern, war empört über die Zumutung des Doktor h. c. Er nehme an, führte er aus, sowohl die Verhaftung wie die Beschlagnahme sei nichts als ein neues Schwindelmanöver des berüchtigten Hochstaplers, der mit seinen gefälschten Aufstellungen dem Kongreß und der Delegation genug zu schaffen mache. Franklin erwiderte mild, er könne sich nicht vorstellen, daß jemand nach Saint-Lazare gehe, um sich finanzielle Vorteile zu verschaffen. Lee meinte hartnäckig, es sei sehr wohl denkbar, daß ein Franzose und Skribent, der so versessen auf Wirkung sei wie Monsieur Caron, sich Vorteil davon verspreche, wenn er sich einem komödiantischen Märtyrertum unterziehe. „So viel ist gewiß", erklärte er, „daß nun auch die französische Regierung in diesem Menschen den Schwindler erkannt und gebrandmarkt hat. Das müßte uns, scheint mir, Anlaß geben, seine Rechnungen doppelt genau anzuschauen, nicht ihm Geld hinzuwerfen."

Mr. Adams meinte säuerlich, nach den Erfahrungen, die er habe machen müssen, seien die Franzosen ungewöhnlich empfindliche Leute. Wenn man Monsieur Beaumarchais nun gerade jetzt, nach seiner Verhaftung, Geld anwiese, so könnte der immer beleidigte Vergennes darin ein unbefugtes Eingreifen der amerikanischen Delegierten in französische Regierungsmaßnahmen, ja, eine Provokation des Königs erblicken.

Franklin seufzte, und da man sowieso kein Geld hatte, ließ er den Gegenstand fallen.

Um die gleiche Zeit erhielt Désirée ein Schreiben Maigrons. Es werde sie vielleicht interessieren, teilte er ihr mit, daß die Hypothek, deren Nichtzahlung die Beschlagnahme des Hauses an der Rue Saint-Antoine bewirkt habe, auf den Betrag von sechshunderttausend Livres laute. Falls dieser Betrag binnen weiteren zwanzig Tagen nicht erlegt werde, sei das Haus verfallen.

Désirée hatte sich die ganze Zeit über den Kopf zermartert, wie sie die Freilassung Pierres erreichen könnte. Zu diesem Zweck mußte sie vor allem ausfindig machen, wessen eigentlich man ihn bezichtigte; doch niemand wußte Genaues, nicht einmal der Polizeipräsident, da die Herren Gramont und d'Arnoult, die einzigen, die es hätten sagen können, ängstlich schwiegen. Jetzt also wollte dieses Schwein Charlot die Verhaftung noch dazu ausnützen, Pierres Haus zu stehlen. Da sollte er sich schneiden.

Es floß Désirée von vielen Seiten viel Geld zu, doch sie war verschwenderisch und ließ es zerrinnen. Sie hatte die sechshunderttausend Livres nicht, und die hohe Summe schnell aufzutreiben, war nicht leicht. Sie wandte sich an ihren Doktor Lassone.

Der große Arzt erblaßte. All sein Stolz und all sein Geiz empörten sich. Wie naiv schamlos sie war. Weil es ihr Spaß machte, zuweilen mit diesem Windhund Caron zu schlafen, sollte er, Josèphe-Marie-François Lassone, den Ertrag zehn- oder fünfzehnjähriger Mühen hinwerfen. Aber wenn er's ihr abschlug, der frechen, verdammten, geliebten Hure, dann wird sie freundlich knicksen, sie wird nicht viele Worte machen, aber sein Heiratsantrag war dann für immer in ihren großen Korb gefallen. Und er wollte sie doch heiraten, die Hündin. Dabei fiel es ihm verdammt schwer, das Geld flüssigzumachen; denn um sich selber einen Damm zu setzen, hatte er den größern Teil seines Vermögens so festgelegt, daß es umständlicher Kündigungen bedurfte, ehe er an die Summen heran konnte. Die sechshunderttausend Livres werden ihn sechshundertzehntausend oder gar sechshundertzwanzigtausend kosten. Alles für diese und für diesen.

„Ich habe Sie was gefragt, Herr Doktor", sagte süß und spitzbübisch Désirée. Lassone schluckte. „Bis wann benötigen Sie die Summe, Madame?" fragte er. Désirée nahm den Brief Maigrons aus dem Busen. „Binnen zwanzig Tagen, schreibt mir der Mann", antwortete sie. „Aber davon sind schon zwei Tage vergangen." – „Sechshunderttausend Livres sind viel Geld", sagte Lassone, „und achtzehn Tage sind eine kurze Frist." Désirée erwiderte nichts, sie begnügte sich, dazustehen, liebenswürdig, spöttisch, reizend.

Doktor Lassone nahm einen großen Anlauf. „Der Betrag

wird binnen achtzehn Tagen zu Ihrer Verfügung stehen, Madame", erklärte er heiser. Désirée lächelte freundlich. „Ich wußte es, Herr Doktor", antwortete sie, „Sie sind großzügig trotz allem, was man sagt. Schönen Dank." Lassone küßte ihr die Hand.

Er wußte, daß, was er jetzt zu tun im Begriffe stand, falsch war, aber er konnte sich nicht bezähmen. Er lächelte ein wenig verzerrt und sagte: „Ich habe die Ehre gehabt, Madame, Sie um Ihre Hand zu bitten." – „Ich erinnere mich", antwortete Désirée, „und ich habe nicht nein gesagt. Ich sage noch immer nicht nein; denn Sie haben sich großzügig gezeigt", und sie neigte spröd und lächelnd den Kopf, daß er sie auf den Nacken küsse.

„Noch eines", sagte sie, wieder hochtauchend. „Versuchen Sie doch herauszubekommen, warum man unsern Freund Beaumarchais eingesperrt hat. Wenn er rechtzeitig frei wird, spart Ihnen das vielleicht Ihre Sechshunderttausend."

Pierre mittlerweile saß in Saint-Lazare.

Unter dem gutmütigen Louis hatte man eine Reform der Pariser Gefängnisse in Angriff genommen, aber auf die Korrektionsanstalt Saint-Lazare hatte sie sich noch nicht erstreckt. Monsieur Lepin, der Hausvater, ein Veteran mit einem Holzbein, hatte ein starkes, grobes und gerechtes Herz. Er hatte es mit seinen jungen Galgenvögeln nicht leicht. Dreimal hatten sie ihn umbringen wollen; einmal hatte er sich nur dadurch gerettet, daß er einem mit seinem Holzbein den Schädel einschlug.

An den Umgang mit einem Philosophen und Staatsmann vom Range Monsieur de Beaumarchais' war Lepin nicht gewöhnt. Da er von Monsieur Lenoir Weisung erhalten hatte, seinen neuen Häftling gebührend, doch gut zu behandeln, ersparte er ihm die körperliche Züchtigung, unterwarf ihn aber im übrigen der Hausordnung.

Pierre schlief auf verwesendem Stroh zusammen mit fünfzehn übelaussehenden und nicht wohlriechenden jungen Burschen in einem engen, niedrigen Raum. Ratten und Ungeziefer gab es die Menge, zu essen gerade das Notwendigste.

Die zerlumpten jugendlichen Tunichtgute waren erstaunt, den angejahrten, eleganten, wohlriechenden Herrn unter sich zu sehen. Das mußte ein ganz Gerissener sein, der sich zu solch einer Kluft zu helfen gewußt hatte. „Was hast du denn gedreht?“ fragten sie ihn. Er erwiderte nicht. Dem Gesprächigen war nicht nach Sprechen zumute, der Humorist sah in seiner Situation keinen Humor. Und: „Wer bist du? Wie heißt du?“ fragten sie weiter. Er schwieg beharrlich. Einer, ein Aufgeweckter mit einer sehr hellen Stimme, meinte, er habe ein ähnliches Gesicht schon auf Bildern gesehen. „Jetzt weiß ich“, sagte er, „an wen der Neue mich erinnert: an den Zeitungsschreiber Beaumarchais“, und er begann, die Romanze des Cherubin zu pfeifen; die andern pfiffen mit. Da konnte Pierre nicht mehr an sich halten, und er sagte kurz und ablehnend: „Ich bin Pierre Beaumarchais.“ Die Tunichtgute aber schauten sich an und stießen einander an und begannen zu kichern, und schließlich brachen sie in ein schallendes Gelächter aus. Daß sich dieser Mensch bei ihnen mit dem guten Witz einführte, er sei Beaumarchais, versprach Unterhaltung auch für die Folge.

Pierre aber lag die schwarze, stinkende Nacht hindurch in Verzweiflung. So weit hatte er's gebracht mit beinahe fünfzig Jahren. Da hockte er und verkam inmitten dieser Lausejungen, hilfloser als je in seinem Leben. Er hatte alles falsch gemacht. Wer hatte ihn geheißen, sich um die Menschheit kümmern? Wer hatte ihn geheißen, Amerika und die Freiheit retten? Wer hatte ihn geheißen, Flugschriften schreiben und Stücke voll Aufruhr gegen das Unrecht? Hätte er freche erotische Possen verfaßt und riesige Schwindelgeschäfte getätigt und Amerika und die Menschheit sich selber überlassen, dann säße er jetzt dick in Gold und Ehren. Ein Narr war er, ein gigantischer Esel.

Er zerbrach sich den Kopf, wer ihn denunziert haben könnte und um was. Das einzige, was er wußte, war, daß der Befehl, den der Polizeikommissar vorgezeigt hatte, unmittelbar von der Hand des Königs kam, es war eine Lettre de Cachet gewesen. Er fragte sich, wodurch er wohl Louis so in Rage versetzt habe. Überprüfte, was er in den letzten Wochen getan hatte. Fand nichts. Und niemand wurde zu ihm gelassen, den er hätte fragen können. Das Rätsel, wer oder was sich hinter diesem Schlage verbarg, zehrte an ihm.

Er verlangte den Hausvater. Monsieur Lepin kam sogleich und erkundigte sich höflich: „Womit kann ich Ihnen dienen, Monsieur?" Pierre fragte, warum er eigentlich hier sei. „Wegen allgemeiner schlechter Erziehung, Monsieur", erwiderte höflich Monsieur Lepin, „mehr ist mir leider nicht bekannt." – „Kann ich nicht einen meiner Freunde sprechen", drängte Pierre, „den Herrn Ministerpräsidenten oder Monsieur de Vergennes oder wenigstens meinen Anwalt? Oder kann ich jemand schreiben?" – „Die Hausordnung erlaubt das nicht vor vier Wochen", antwortete Monsieur Lepin.

Auf Sauberkeit hielt der alte Veteran nicht viel. Pierre verkam rasch. Der elegante Anzug, in welchem er mit Désirée und dem Herzog von Richelieu zu Abend gegessen hatte, verschmutzte und zerschliß, bräunliches Gezottel, untermischt mit gräulichem, wuchs ihm um Wangen, Mund und Kinn, und vor seinem eigenen Gestank merkte er nicht mehr, daß die andern stanken. So lebte er weiter mit den fünfzehn Tunichtguten, beinahe erstickt vom Gefühl seiner Ohnmacht.

Um diese Zeit hatte sich ein gewisser Abbé da Ponte das Manuskript der Komödie „Die Hochzeit des Figaro" verschafft und daraus ein Opern-Libretto zurechtgemacht, und ein Musiker namens Mozart schrieb Musik zu diesem Libretto.

Monsieur Lenoir erkundigte sich bei dem Hausvater von Saint-Lazare nach dem Befinden und dem Gehabe des neuen Insassen. Der alte Soldat berichtete, Monsieur de Beaumarchais gebe zu besonderen Klagen keinen Anlaß; er führe sich so wie seine andern Pflegebefohlenen und sehe auch aus wie diese, ein wenig schäbig und ein wenig vernachlässigt. „Hm", sagte der Polizeipräsident und erkundigte sich nach Einzelheiten.

Er erzählte, was er gehört hatte, dem Grafen Maurepas, der verzog den Mund. „Ich glaube nicht, daß das im Sinne des Königs ist", sagte er. „Bräunliches und gräuliches Gekräusel um die Wangen und ums Kinn? Ich bin sicher, das ist nicht im Sinne der Majestät. Geben Sie doch Weisung, daß man unsern Pierrot ordentlich hält."

Fortan schlief Pierre allein. Auch wurde er gut, ja üppig verköstigt. Monsieur Lepin fragte, ob er nicht einen Barbier befehle. Pierre lehnte ab.

Dann wurde ihm das Recht zugestanden, zwei Herren zu berufen, mit denen er seine Angelegenheiten beraten könnte. Er verlangte nach Gudin und nach Maigron.

Sie kamen. Sie erschraken, als sie ihn sahen. Gudin hielt die Tränen nicht zurück. „Reden wir nicht darüber, meine Freunde", sagte Pierre mit einer Lustigkeit, welche Gudin schaurig anmutete. „Machen sie viele Witze über mich in Paris? Erzählt mir doch einige."

Dann berichtete Maigron von der Pfändung des Hauses, und daß offenbar Monsieur Lenormant der wahre Inhaber der Hypothek sei. Gudin schilderte farbig Einzelheiten der Pfändung. Pierre stöhnte. Er beschimpfte Maigron, daß er nicht die Société Industrielle veräußert habe, um ihm diese letzte Schmach zu ersparen. Maigron betrachtete mit seinen unerschütterlich ruhigen Augen den zornigen, verdreckten Mann und sagte: „Ich habe Grund zu der Annahme, daß das Haus auch ohne Preisgabe der Société Industrielle Ihr Besitz bleiben wird. Es hat sich eine Dame gefunden, welche die sechshunderttausend Livres rechtzeitig erlegen will." Pierre starrte verblüfft, auch Gudin war tief erstaunt. „Eine Dame?" fragte Pierre. „Reden Sie doch, Mensch", fuhr er auf Maigron los. „Wer hat Ihnen das Geld angeboten? Die Baronin d'Houdetot? Madame de Clonard?" Er nannte noch mehrere seiner aristokratischen Freundinnen. „Die Dame wünscht nicht, daß ihre Hilfeleistung bekannt werde", erwiderte Maigron. „Wie kam sie zu Ihnen? Reden Sie doch", drängte Pierre. „Ich habe mich an die Dame gewandt", gab zögernd der redliche Maigron zu. „Sie wagen es, in meinem Namen Frauen anzubetteln?" empörte sich Pierre. „Der Erfolg scheint mir recht zu geben", entgegnete sachlich der Sekretär. Im stillen freute sich Pierre, daß Maigron auf diesen Ausweg gekommen war; immer in Fällen höchster Not hatten sich edle Frauen seiner angenommen. Aber er ließ von seiner Befriedigung nichts merken. „Wer ist es, zum Teufel?" donnerte er. „Mademoiselle Mesnard", bekannte Maigron. „Potzblitz", sagte Pierre. Er wunderte sich über sich selber: niemals fiel ihm seine beste Freundin ein. „Woher sie nur das Geld hat?" fragte er. Gudin aber sagte: „Unsere Künstlerinnen. Die Kunst erweicht die Herzen."

Pierre erhielt Erlaubnis, Mitglieder seiner Familie und nächste Freunde zu sehen. „Madame de Beaumarchais wünscht Sie zu besuchen, Monsieur", eröffnete ihm Monsieur Lepin. Doch Pierre ließ Therese nicht vor. Er wollte sich nicht trennen von dem bräunlich gräulichen Gezottel, dem Zeichen seiner Schmach und seines Martyriums, aber er wollte sich auch nicht so häßlich und ältlich vor Therese sehen lassen; denn er liebte Therese.

Wohl aber wünschte er Désirée zu sehen. Sie kam. Jung, sehr hübsch angezogen, strahlend betrat sie die elenden Räume. Sie sah Pierre und sie erschrak. Es war nur für einen Augenaufschlag, und er nahm es nicht wahr; denn er war zu sehr beschäftigt, ihr seine Schmach vorzuführen.

Nach der Begrüßung sagte er, herzlich und doch ein wenig beiläufig: „Ich danke dir übrigens, Désirée. Ich höre, du hast dich wieder einmal großartig benommen. Ich glaube ja, ich hätte mir auch sonst herausgeholfen; denn wenn eine von meinen Frauen mir treu ist, dann ist es Fortuna."

Sie saßen nebeneinander auf der elenden Pritsche, die zierliche, elegant geschmückte Désirée und der zerlumpte Mann, und im stillen lächelte sie; aber sie spottete nicht über seine Worte, wie sie es sonst wohl getan hätte. Sie war glücklich, daß sie es war, die hier neben ihm saß, und nicht Therese, wiewohl sie die wahren Gründe ahnte.

„Ich werde vermutlich Lassone heiraten", erzählte sie ihm, „hab ich es dir schon gesagt?" – „Den alten Lassone?" empörte sich Pierre. „Das hast du doch nicht nötig, Désirée." – „Er ist sehr bequem", setzte sie ihm auseinander, „und er ist rasend verliebt, und ich habe Spaß an ihm." Pierre dachte nach. Er rückte ihr näher. „Ist er es", fragte er dann vertraulich und geschmeichelt, „der dir das Geld für mich geben will?" Désirée schwieg, aber ihr Gesicht sagte ja. „Ich werde es dir bestimmt sehr bald zurückzahlen können", tröstete Pierre sich und sie. „Das glaubst du selber nicht", sagte Désirée. „Dabei ist es diesmal wahrscheinlich sogar richtig. Ich kann dir nämlich etwas Sonderbares berichten, etwas Erfreuliches, finde ich. Ich hätte es nicht ermittelt ohne meinen Lassone." Und sie erzählte ihm, was seine Verhaftung verursacht hatte. Monsieur d'Arnoult nämlich, der Partner des Prinzen Xavier bei jenem L'Hombre-Spiel, war erkrankt, Patienten sind geschwätzig, er hatte Doktor Lassone erzählt.

Das war erfreulich. Daß ein so nichtiger Anlaß den König dazu verführt hatte, eine so ungeheuerliche Züchtigung über ihn zu verhängen, erfüllte Pierres bewegliches Gemüt mit überschwenglicher Hoffnung. Auch Désirée nahm an, daß der unsinnige Verdacht leicht entkräftet werden könne. Sie hatte um Audienz bei Toinette gebeten, sie wird morgen mit ihr zusammenkommen. „Ich glaube, ich werde deine Freilassung rasch durchsetzen", meinte sie.

Doch Pierre war schon viel weiter. „Freilassung?" fragte er höhnisch. „Rehabilitierung. Ich verlange Rehabilitierung. Und ich kriege sie." Auf und ab lief der verwahrloste Mann in seinem schmutzigen, verschlissenen Anzug, jung, belebt. „Nein, jetzt brauch ich dein Geld nicht mehr", jubelte er. „Die Sechshunderttausend schaff ich mit der linken Hand."

Durch Désirée und ihre Freunde verbreitete sich über ganz Paris die Kunde, unter welch albernen Anschuldigungen der König den Autor des „Figaro" nach Saint-Lazare hatte bringen lassen, und der Spott der Pariser über Pierre wandelte sich jäh in Empörung gegen Louis. Wenn jemand vom Rang und Verdienst eines Beaumarchais so schmählich in übelste Haft genommen wurde, weil eine harmlose Äußerung von ihm dumm und feindselig mißdeutet wurde, wer überhaupt war dann noch sicher, daß man ihn nicht des

Nachts in seinem Bette überfiel? Von neuem widerhallte Paris von dem Ruf: „Willkür. Tyrannei."

Louis erfuhr aus dem Polizeibericht von dieser Mißstimmung. Er hatte schon vorher zu zweifeln angefangen, ob seine Verfügung gerecht sei. Maurepas hatte ihm jenen Artikel gebracht, der Pierre zu seinem offenen Brief veranlaßt hatte, und Louis sah ein, daß der Sieur Caron seine zoologischen Vergleiche nicht in der Absicht angestellt hatte, ihn oder die Königin zu kränken. Als er gar erfuhr, daß der Autor jenes Artikels im „Journal de Paris" nicht der Abbé Suard war, sondern Xavier, wurden ihm alle Zusammenhänge klar. Er ärgerte sich und schämte sich. Er hatte sich wieder einmal von dem hinterlistigen Bruder hereinlegen und zu einer übereilten Handlung verführen lassen. Wenn er auch im Prinzip recht hatte und der Sieur Caron in der Tat nichts anderes war als ein alternder Nichtsnutz und Lausejunge, so hatte er doch im besondern Falle dem Manne unrecht getan.

Und nun drängte auch noch Toinette auf ihn ein und klagte und war entrüstet. Désirée hatte ihr Bestes getan, sie aufzustacheln, und vor allem ihre anschauliche Schilderung, wie Pierre verwahrloste und verkam, hatte Toinette ergriffen. Erbittert und gerührt jetzt, ließ sie sich vor Louis darüber aus. Dann machte sie sich lustig über die Begründung der übeln Züchtigung. „Wer Sinn für Dichtkunst hat", erklärte sie, „kann keinen Anstoß daran nehmen, daß man ihn mit einem Löwen oder einem Tiger vergleicht. In unsern verschiedenen Wappen sind eine ganze Menge solcher Tiere. Wegen eines solchen Vergleichs einen großen Dichter nach Saint-Lazare zu schicken, das ist nicht königlich, Sire."

Louis wand und drehte sich schuldbewußt. „Nun ja, nun schön", brummelte er. „Man hatte mich leider falsch unterrichtet. Regen Sie sich nicht weiter auf, Toinette. Ich werde alles in Ordnung bringen."

Er gab Weisung, Pierre sogleich zu entlassen und ihm zu eröffnen, daß er wiedereingesetzt sei in die Rechte, Titel und Ämter, die mit seiner Verbringung nach Saint-Lazare verfallen waren. „Denn so ist es Unser Königlicher Wille“, schrieb er und unterzeichnete und setzte sein Siegel hin.

Der Hausvater Lepin legte seine Galauniform aus der Zeit des Siebenjährigen Krieges an, auch seine verschiedenen Medaillen und Orden, und begab sich, gewichtig mit seinem Holzfuße klappernd, zu seinem Häftling, um ihm den Willen der Majestät zu eröffnen. Der bebartete Pierre hörte ihn düster an und erwiderte nichts. „Sie sind entlassen, Monsieur“, sagte unbehaglich der alte Soldat, und da Pierre noch immer schwieg, fügte er hinzu: „Soll ich Ihnen einen Friseur schicken? Befehlen Sie Ihren Wagen?“

Pierre schüttelte den Kopf. „Ich habe nicht die Absicht“, sagte er, „mich so mir nichts, dir nichts von hier wegschicken zu lassen. Man hat sich noch nicht einmal die Mühe gemacht, mir zu eröffnen, was eigentlich man mir zur Last legt. Ich denke, man ist mir Genugtuung schuldig.“ Monsieur Lepin wußte nicht, was er hierauf erwidern sollte, ohne den König oder diesen schwerverständlichen Schriftsteller zu kränken. Er sagte: „Ich habe Ihnen mitgeteilt, was ich Ihnen mitzuteilen hatte, Monsieur. Das übrige steht bei Ihnen.“ Er entfernte sich und erstattete dem Polizeipräsidenten Report.

Die Erregung der Pariser Bevölkerung hatte sich gesteigert. Demonstrationen fanden statt vor dem Hause Pierres, vor Saint-Lazare. Der fortgesetzte Aufenthalt Pierres in der Korrektionsanstalt wurde zum öffentlichen Skandal.

Monsieur Lenoir bat die Herren Gudin und Maigron zu sich und ersuchte sie, sie möchten Monsieur de Beaumarchais bewegen, Saint-Lazare sogleich zu verlassen. Es verstoße gegen jede Bürgerpflicht, dem Willen des Königs auf solche Art zu trotzen. Selbst wenn Monsieur de Beaumarchais Unbill sollte widerfahren sein, tue er klüger, den König nicht weiter zu reizen, sondern sich seiner Gerechtigkeit und Gnade anzuvertrauen.

Gudin und Maigron fuhren nach Saint-Lazare. „Ich komme zu Ihnen, Pierre“, sagte strahlend Gudin, „wie die Abgesandten des Römischen Senats zu Coriolan, um Sie demütig und feierlich aufs Capitol zurückzuholen.“ – „Wollen Sie sich nicht etwas weniger bilderreich ausdrücken?“ forderte Pierre ihn auf. „Sie sollen hier heraus", sagte Maigron, „Sie sollen nach Hause." Und Gudin sagte: „Der König ersucht Sie, dieses Haus der Schmach zu verlassen. Der König bittet Sie dringlich, ihm Ihre bewährten Dienste nicht zu versagen." – „Das könnte ihm so passen", sagte Pierre. Er begeisterte sich an der Schmach, mit der man ihn überhäuft hatte. „Sehen Sie mich an, meine Freunde", sagte er. „In diesen Zustand hat man mich versetzt. Zum letzten der Menschen hat man mich gemacht, zu den verlorensten Geschöpfen hat man mich heruntergestoßen, und dann kommt dieser König und sagt einfach: ‚So, jetzt können Sie gehen.' Nein, Sire. Ich gehe nicht. So läßt sich Pierre Beaumarchais nicht nach Hause schicken."

„Was wollen Sie tun?" fragte Maigron. „Ich werde dem König schreiben", verkündete Pierre. „Ich werde ihm meine Meinung sagen. Ich werde ihm meine Forderungen stellen. Ich verlange Genugtuung."

Er diktierte den Freunden einen Brief an den König von Frankreich und Navarra. Zunächst setzte er auseinander, wie unverständlich die Anschuldigung sei, er habe den Allerchristlichsten König beleidigen wollen. Er habe den kläglichen Angriff eines kleinen Kritikasters zurückweisen wollen und nichts sonst. Ihm zu unterstellen, er habe in einem offenen Brief die Majestät beschimpft, und das in einem Augenblick, in dem er wegen seiner Schadenersatzansprüche noch mehr als sonst auf die Gnade des Königs angewiesen sei, heiße offenbar, ihn für verrückt erklären. Nun man ihn aber nach Saint-Lazare gebracht habe und nicht in die Irrenanstalt, müsse er um ein Gerichtsverfahren in aller Form bitten, damit er seine Ehre wiederherstellen könne. „Ich kann meine Hofämter nicht wieder aus Ihrer Hand annehmen, Sire", schrieb er, „denn vorläufig bin ich durch das mir angetane Unrecht weggestrichen von der Liste Ihrer Bürger. Wenn mir nicht Gerechtigkeit wird, Sire, bleibe ich geächtet. Meine Ehre ist besudelt, meine Stellung in der Gesellschaft erschüttert. Und solange nicht die Wolke verschwindet, die vor der Nation, vor Europa und Amerika meine Person verdunkelt, ist auch mein Kredit erschüttert. Damit aber ist nicht nur mein Vermögen vermindert und gefährdet, sondern auch das der fünfzig mir verbundenen Geschäftsfreunde."

„Welch ein Meisterwerk ist Ihnen da wieder geglückt", schwärmte Gudin. „Es gibt zu diesem Briefe würdigen Flehens ein einziges Gegenstück in der Literatur: jenen letzten Gesang der Ilias, in welchem der alte Priamos den Achilleus anfleht um die Freigabe der geschändeten Leiche seines Sohnes Hektor." Auch der sachliche Maigron war befriedigt. „Ich glaube", konstatierte er, „da muß der König klein beigeben, und Monsieur Necker wird einige Sous springen lassen müssen."

Die Art, wie ihm dieser Caron zu schmecken gab, daß ihm Unrecht geschehen war, kratzte und peinigte den König. Er beriet mit Maurepas und Vergennes. Die Herren meinten, man werde gut daran tun, dem begabten und um vieles wissenden Monsieur de Beaumarchais Genugtuung zu geben; man habe ihn wirklich etwas grob angefaßt. Louis, trüben Gesichtes, sagte: „Ich fürchte, Sie haben recht, Messieurs", und versprach, die Angelegenheit andern Tages in Ordnung zu bringen.

Beide Herren waren erstaunt, als sie erfuhren, welche Fülle von Gnaden der König über den Häftling von Saint-Lazare auszuschütten willens war.

Wiederum waren die Herren Gudin und Maigron ausersehen, Pierre die Entschlüsse des Allerchristlichsten Königs mitzuteilen. „Sursum corda – die Herzen himmelwärts", begann Gudin seine Mitteilung. Dann zählte er die Gnadenbeweise auf: „Der König weist Ihnen zum Zeichen seiner Huld aus seiner Privatschatulle eine Jahrespension von tausendzweihundert Livres an. Der König hat den Zensurbehörden Order erteilt, der Veröffentlichung des Buches von ‚Figaros Hochzeit' keine weiteren Schwierigkeiten in den Weg zu legen." Maigron aber, voll Ärger über den Philosophen, der sich so lange bei diesen Kleinigkeiten aufhielt, fiel ihm ins Wort: „Der König ist bereit, unsere Schadenersatzansprüche anzuerkennen in der Höhe von zwei Millionen einhundertfünfzigtausend Livres."

Pierre saß offenen Mundes. „Was sagten Sie?" fragte er.

„Haben Sie sich versprochen? Sagten Sie: eine Million einhundertfünfzigtausend?" – „Nein", antwortete Maigron. „Ich sagte zwei Millionen einhundertfünfzigtausend. Monsieur Necker wird sich schön ärgern", setzte er sachlich hinzu. „Der König ist offenbar verrückt geworden."

Désirée ließ es sich angelegen sein, Pierres Entlassung zu einem großen Volksschauspiel zu machen. Tausende standen vor Saint-Lazare, die Polizei wagte nicht, einzuschreiten.

Das Tor öffnete sich, und vorbei an dem salutierenden Monsieur Lepin trat, geleitet von Gudin und Maigron, Pierre ins Freie. Da stand er, schmutzig und bebartet, und blinzelte in der Sonne, und die Menge war lautlos. Denn um ihn war ein großes, unsichtbares Geleite, Figaro und Almaviva und Rosine und Cherubin und zahllose Matrosen, welche Schiffe mit Waffen nach Amerika brachten. Eine halbe Minute war Stille. Dann brach die Menge in ein wildes Geheul aus, trug Pierre in seinen Wagen und brachte ihn nach Hause.

Der Wagen hielt vor dem Gitter des Parks an der Rue Saint-Antoine. Man schickte sich an, das Gittertor zu öffnen. Aber Pierre stieg aus, er wollte seinen Garten mit seinen Füßen betreten. Er stand vor dem Tor, doch er ließ noch nicht öffnen, er stand und beschaute das Siegel des Königs und das Monsieur Brunelets, die am Gitter angebracht waren. Dann endlich schritt er dem Hause zu, vorbei an dem Voltaire-Tempel, vorbei an dem Gladiator. Er fühlte sich schwach in den Knien und konnte die Unterstützung Maigrons und Gudins gut gebrauchen.

Aus dem Hause, lachend, schreiend, heulend, stürzte Julie und warf sich ihm an den Hals. In der Tür aber stand Therese, und Pierre sah sie an, und sie sah ihn an, und sie kamen einander entgegen, langsam, und jetzt bereute Pierre, daß er sich nicht gesäubert und sich das Gezottel des Bartes nicht hatte abnehmen lassen. Therese sagte nichts, und er sagte nichts, und sie kannten einander bis ins Innerste, sie wußten beide, daß er lächerlich war und großartig, und sie umarmten sich, beinahe schamhaft, aber es war nicht Scham darüber, daß es in Gegenwart anderer geschah, und sie waren voll von einer großen Liebe, der eine zum andern.

Da aber stürzte die Hündin Caprice herbei, jaulte, bellte, sprang hoch an Pierre, warf ihn beinahe um, leckte ihn ab. Pierre schluckte, hatte Mühe, nicht zu weinen.

Pierre badete. Emile, ein wenig zaghaft, fragte, ob er ihm den Bart abrasieren dürfe. Pierre antwortete böse: „Nein." Man setzte sich zu Tisch, er aß mit gutem Appetit, aber er sprach fast nichts. Viele Besucher fuhren vor, doch empfing er niemand. Er erklärte, er fühle sich noch schmutzig und überdeckt mit Schmach und wolle sich vor niemand sehen lassen außer vor seinen Nächsten.

Den Tag darauf setzte er sich hin und schrieb die Vorrede für die Buchausgabe des „Figaro". Manchmal sah er auf und stand wohl auch auf und ging auf und nieder, und dann sah er im Spiegel sein verwahrlostes, geschändetes Gesicht, und dann schrieb er mit doppeltem Eifer.

Er stellte sich aber in dieser Vorrede stolz in *eine* Reihe mit Molière und Racine und verteidigte sein gutes Recht, Lumpen, Spitzbuben und große Herren auf die Bühne zu bringen. Sei eine Fabel ohne Moral, weil der Löwe wild, der Wolf raubgierig, der Fuchs verschlagen sei? Trage er die Schuld, daß die großen Herren seien, wie sie seien? Habe er sie so gemacht? War er nicht mild und gelinde, daß er seinem Grafen keine andern Fehler gab als sein Übermaß an Galanterie? War das nicht der Fehler, zu dem sich Frankreichs Aristokraten selber am liebsten, beinahe geschmeichelt, bekannten? „Ich liebe den Grafen Almaviva", schrieb er, „denn ich liebe meinen klugen, geschmeidigen Figaro. Und je glänzender das Wesen des Grafen, je imposanter seine Machtfülle, um so glorreicher ist der Sieg Figaros und seines Mutterwitzes. Mein Thema ist das Thema so mancher Tierfabeln: der siegreiche Kampf der List und des Witzes gegen die brutale Gewalt." Und: „Ich schreibe", schloß der bärtige, die Spuren elender Haft noch tragende Mann, „ich schreibe diese Blätter nicht für meine gegenwärtigen Leser. Aber nach achtzig Jahren werden Schriftsteller ihr Schicksal mit dem unsrigen vergleichen, und aus meiner Darstellung werden die Späteren sehen, welchen Preis es kostete, ihren Vorfahren die Zeit zu vertreiben."

Es wurde ihm leichter, als er sich das vom Herzen geschrieben hatte, doch er schmollte weiter.

Dann aber kam das Geld zur Begleichung seiner Schadenersatzansprüche. Es kam in Gold und in Schatzwechseln, es flutete herein in einer Menge, wie er sie noch nie gesehen hatte: zwei Millionen einhundertfünfzigtausend Livres. Und da konnte Pierre die Maske des Märtyrers nicht länger festhalten, und der Spiegel, der tausend Bilder Pierres aufgefangen hatte, den leichtsinnigen Pierre und den komödiantischen und den begeisterten und den schöpferischen und den verzweifelten und den zornigen, sah jetzt einen närrischen Pierre. Ja, Pierres Spaß daran, daß sein tiefstes Unglück zu seinem höchsten Glück ausgeschlagen, war beinahe noch größer als sein Triumph. In jähem Wechsel wurde der tragisch erniedrigte Mann der Hanswurst, als der er geboren war, der Hanswurst, dem es bestimmt ist, immer von neuem mit tausend Possen Tod und Teufel zu besiegen. Um den Tisch mit all dem Geld herum tanzte der bärtige, alternde Pierre und streckte die Zunge heraus und rief seinem Spiegelbild zu: „Potzblitz, da wär ich."

Jetzt ließ er sich rasieren, und für den Abend lud er seine Nächsten und Freunde zu einem Festessen. Und alle kamen sie, seine Schwester Tonton und ihr Mann, der Gerichtsrat, und der uralte Herzog von Richelieu, und der Prinz von Nassau, und Désirée brachte ihren Doktor Lassone mit, der stolz war, weil er kommen durfte, und gedemütigt, weil er kommen mußte, und es war eine riesige Tafel, beladen mit allen Köstlichkeiten, und tausend Kerzen brannten, und alle aßen und tranken und waren fröhlich, und Pierre hatte für jeden Herzlichkeit und Scherz und ein gutes Wort, und niemals noch hatten Pierres Tischgenossen ihn so lustig gesehen wie an diesem Abend.

Am Tag darauf wollte Maigron Monsieur Brunelet den Betrag der Hypothek zurückzahlen. Doch Pierre verwehrte es ihm, er wollte das selber besorgen. Den Wechsel für Monsieur Brunelet in der Tasche, fuhr er nach Etioles. Doch

Charlot war nicht zu sprechen. Da überreichte Pierre den Wechsel für die Hypothek dem Sekretär Monsieur Lenormants und sagte: „Übergeben Sie, bitte, den Betrag Ihrem Herrn Chef, da ist er dann wohl in den rechten Händen. Und hier sind weitere tausend Livres für die Mahlzeiten, die ich bei Monsieur Lenormant eingenommen habe, nebst Trinkgeld.“

Viertes Kapitel

Ça ira

Die große amerikanische Fregatte „Alliance“ hatte alle Segel gehißt und kam schnell voran. Der junge Herr, sehr mager, rothaarig, langnäsig, stand an der Reling. Es war kühl, hinter dem jungen Herrn lag eine schwere Krankheit und harte Strapazen. Aber nun war er auf der Heimfahrt, schon lag sein Land vor ihm. Er schaute hingegeben zu, wie der kantige Fels, der die Einfahrt des Hafens von Brest beherrschte, mehr und mehr in Sicht kam. Jetzt erkannte er schon die Forts.

Die Überfahrt war nicht leicht gewesen. Gleich zu Beginn, in Boston, hatte es Schwierigkeiten gegeben; man hatte Mühe gehabt, das Schiff zu bemannen. Der junge Herr, Josèphe-Paul-Gilbert Marquis de Lafayette war sein Name, hatte sich dazu verstanden, eine Mannschaft aus Sträflingen und Deserteuren der englischen Armee anzuheuern. Dann hatte man einen wüsten Sturm gehabt, eine schwarze, endlose Nacht lang hatten sich alle verloren geglaubt, und der Marquis, geschwächt von der kaum überstandenen Krankheit, hatte das Schicksal verflucht, das ihn aus dem schönen, üppigen Palais Noailles in Paris auf diese wilde See geworfen und zum Fraß für die Fische bestimmt hatte. Dann, in der letzten Woche der Überfahrt, war man noch, ohne es zu ahnen, bedroht gewesen von einem Komplott des Gesindels, aus dem sich ein großer Teil der Mannschaft zusammensetzte. Die englische Regierung nämlich versuchte Schiffe der Rebellen nach England zu locken und hatte versprochen, daß Fahrzeuge, die von ihren meuternden Mannschaften dorthin gebracht würden, Eigentum dieser Mannschaften sein sollten. Die Matrosen der „Alliance“ nahmen an, sie würden, wenn sie gar den berüchtigten Lafayette mitbrächten, in jedem englischen Hafen doppelt willkommen sein, und hatten einen Plan ausgeheckt, die Offiziere zu überwältigen. In letzter Stunde hatten Glück und ein schneller Entschluß Lafayette und das Schiff gerettet. Und jetzt war Frankreich in Sicht, und die Meuterer lagen gefesselt im Kielraum.

Der junge Marquis, während sich die Küste immer deutlicher abzeichnete, dachte an den Empfang, den er finden würde. Seine Lage war nicht ganz geklärt. Er hatte seinen Posten in der französischen Armee und sein Land gegen den ausdrücklichen Befehl des Königs verlassen, er war „Deserteur“. Aber mittlerweile war die Politik, die er mit seiner „Desertion“ getrieben hatte, die offizielle Politik seines Landes geworden, der Krieg gegen England war erklärt, und er kehrte zurück, hochgepriesen für die Taten, die er in diesem Krieg vollbracht hatte.

Man gelangte in den Hafen, die Geschütze der Befestigungswerke donnerten. Sie grüßten die Flagge mit den Sternen und Streifen, die, als er ausfuhr, nicht hatte gezeigt werden dürfen. Der junge Herr bedachte, wie er sich damals heimlich auf seinem mit Monsieur de Beaumarchais' Gelde gekauften Schiff aus dem spanischen Hafen hatte fortstehlen müssen und wie er jetzt zurückkam, begrüßt vom Salut seines Königs, und ihm hob sich das Herz.

Er raste nach Paris, in die Rue Saint-Honoré, ins Hôtel Noailles. Zitternd umarmte ihn seine Frau, die neunzehnjährige Adrienne. Der Kriegsminister kam, der alte Ségur, reichte ihm die trockene Wange zum Kuß, tätschelte ihn und verkündete ihm seine Strafe. Eine milde Strafe: eine Woche Arrest, zu verbringen im Palais Noailles.

Aus seiner Haft heraus schrieb der Marquis einen demütigen Brief an den König. „Fern liegt mir die Kühnheit“, schrieb er, „meinen Ungehorsam rechtfertigen zu wollen, ich bereue ihn tief. Immerhin berechtigt mich das Wesen meines Vergehens zu der Hoffnung, daß mir die Möglichkeit gegeben wird, es wiedergutzumachen. Vielleicht verschafft mir die Gnade Eurer Majestät das Glück, mein Vergehen dadurch auszutilgen, daß ich Eurer Majestät diene, wo immer und wie immer Eure Majestät zu befehlen geruhen."

Schon für den nächsten Tag wurde der Marquis nach Versailles befohlen, um den Tadel des Königs entgegenzunehmen. Louis empfing ihn in der Bibliothek. Blinzelnd betrachtete der dicke, junge Monarch seinen mageren, jungen Offizier und sagte ungelenk: „Eigentlich hätten Sie das nicht tun dürfen, Monsieur." Dann, nachdem Lafayette eine halbe Minute schuldbewußt vor sich hin geschaut hatte, forderte Louis ihn lebhaft auf: „Und jetzt, mein lieber Marquis, sagen Sie mir einmal genau, wo liegt eigentlich dieses Saratoga, es ist auf keiner Karte eingezeichnet", und bald waren die beiden Herren in einem angeregten Gespräch über geographische Dinge.

Nachdem dieser Gegenstand erschöpft war, erklärte Lafayette: „Ich habe die Ehre, Eurer Majestät einen Brief des Kongresses der Vereinigten Staaten zu überbringen." Louis nahm und las. Das Schreiben hub an: „Unserm großen, getreuen und lieben Verbündeten und Freund, Louis dem Sechzehnten, König von Frankreich und Navarra", und es rühmte den edlen Jüngling, den Überbringer des Schreibens, der sich im Beratungszimmer klug, auf dem Schlachtfeld tapfer, in den Mühsalen des Krieges ausdauernd gezeigt habe. Und dann bezeichneten sich die Männer des Kongresses nochmals und ein drittes Mal als „die guten Freunde und Verbündeten des Königs", und sie schlossen: „Wir bitten Gott, Eure Majestät in seiner heiligen Obhut zu bewahren."

Louis war der Tag verdorben. Diese Krämer, Bauern und Provinzadvokaten hießen ihn, den Allerchristlichsten König, „ihren lieben Freund", sie legten ihm einen französischen Offizier aus dem ältesten Adel gnädigst ans Herz. Das war genau das, was er gefürchtet hatte, der Beginn des Umsturzes, die Auflösung aller guten Ordnung. „Ich sehe, mein Herr Marquis", sagte er etwas trocken, „Sie haben sich die

Liebe dieser" – er suchte nach einem Wort –, „dieser Bürger erworben. Ich habe es nicht anders erwartet, als daß sich ein französischer Offizier unter diesen" – wieder stockte er – „Bürgern auszeichnet." Damit war die Audienz beendet.

Im übrigen war es in Versailles nicht unbekannt, daß der junge Marquis in der Tat bei den Boston-Leuten überaus populär war. „Alle Welt hier in Amerika", hatte der kühle Beobachter Gérard seinem Minister berichtet, „liebt und bewundert den Marquis. Von seinen militärischen Fähigkeiten denkt man überaus hoch. Sein ebenso vorsichtiges wie mutiges und liebenswürdiges Verhalten haben ihn dem Kongreß, der Armee und der gesamten Bevölkerung zum Idol gemacht." Vergennes dachte an den übeln Empfang, den der gleiche Kongreß dem Marquis vor nicht langer Zeit bereitet hatte, er schmunzelte, er fand, der Wankelmut der Republiken war nicht geringer als der der Despotien.

Der Hof, das Volk, vor allem die Frauen bezeigten dem jungen Helden auf jede erdenkbare Art ihre Sympathie und Anerkennung. Josèphe-Gilbert de Lafayette war ein unschöner, schlenkriger, unbeholfener Junge. Er hatte mit seinem brandroten Haar und seinen kleinen Augen bei den Frauen vor seinem Abenteuer nicht viel Glück gehabt; Toinette hatte den ungeschickten Tänzer einmal mitten im Tanze stehenlassen. Wie anders jetzt. Den Zurückgekehrten machten Ruhm und Begeisterung strahlend schön. Seine Magerkeit war Schlankheit, aus seinen entzündeten Augen strahlten Schwärmerei und Intelligenz, seine Zappelei war Ausdruck unerhörter Tatkraft. Die Frauen liebten ihn.

Er sonnte sich in seinem Erfolg. Doch andere Erfolge waren ihm wichtiger. Schon am zweiten Tage, nachdem er vom König empfangen und seines Hausarrests entbunden worden war, suchte er den Mann im Garten auf.

Doktor Franklin hatte, als Lafayette zu ihm kam, einen Vormittag des Unmuts hinter sich.

Jener Mr. Digges, der auf die warme Empfehlung Mr. Lees nach London geschickt worden war, um dort die amerikanischen Gefangenen zu betreuen, hatte von der angewiesenen Summe beinahe vierhundert Pfund unterschlagen, dreihundertachtundachtzig Pfund und vier Schillinge, um genau zu sein, und an diesem Morgen hatte darüber zwischen Doktor Franklin und Arthur Lee eine Auseinandersetzung stattgefunden.

Arthur Lee machte geltend, daß man ein abschließendes Urteil noch nicht fällen dürfe. Es sei zwar der Schein gegen Mr. Digges, doch habe dieser versichert, er werde nach Paris kommen und alles aufklären. „Die Tatsache bleibt", antwortete Franklin, „daß der Mann dreihundertachtundachtzig Pfund verausgabt hat, für die er nicht imstande ist, Belege beizubringen." Arthur Lee zuckte die Achsel und bestand darauf, man müsse abwarten, bis Mr. Digges nach Paris komme. „Ich fürchte", erwiderte Franklin, „darauf werden Sie lange warten müssen." Arthur Lee rötete sich. „Ich bin kein reicher Mann", sagte er, „aber wenn wirklich die Gefangenen durch Mr. Digges' Schuld um Geld gekommen sein sollten, dann werde ich aus meiner Tasche fünfzig Pfund beisteuern, um einen Teil des Verlustes zu decken." Und da Franklin schwieg, fuhr er heftig fort: „Und nun bitte ich Sie, von dieser Angelegenheit nicht mehr zu reden. Und vor allem muß ich mich entschieden dagegen verwahren, daß Sie daraus Schlüsse ziehen auf meine Sach- und Menschenkenntnis." – „Eines aber werden Sie mir erlauben", entgegnete ruhig Franklin, „nämlich: Schlüsse zu ziehen auf den Charakter Ihres Mr. Digges. Wer einen reichen Mann um eine Guinee beraubt, der ist, das werden Sie zugeben, ein schlichter Lump. Was für eine Bezeichnung aber, Mr. Lee, haben Sie für einen, der einen armen Gefangenen um seine achtzehn Cent Unterstützung bringt? Und das nicht einmal, sondern einen ganzen kalten Winter hindurch, Woche um Woche? Und der das nicht *einem* Gefangenen antut, sondern sechshundert? Wie nennen Sie einen solchen Menschen, Mr. Lee?" – „Wir alle haben uns schon getäuscht", antwortete hochfahrend Arthur Lee. „Ich könnte eine lange Liste aufstellen der Leute, in denen Sie sich getäuscht haben, Doktor Franklin." – „Sie haben also auch kein Wort für einen

Kerl wie den von Ihnen empfohlenen Digges", sagte mit mühsam unterdrücktem Zorn Franklin. „Es wird Ihnen auch keines einfallen, unsere Sprache hat kein Wort für solche Gemeinheit. Wenn so einer nicht in die Hölle gehört, dann war es nicht der Mühe wert, den Teufel zu erfinden." – „Ich sehe", antwortete Arthur Lee, „dieser Mr. Digges kommt Ihnen sehr gelegen." – „Schweigen Sie, Herr", sagte Franklin, nicht laut, doch so, daß der andere zurückwich.

Diese Unterredung also hatte an dem Tage stattgefunden, da Lafayette den Doktor aufsuchte. Der hatte seinen Besuch erwartet, aber er war ihm gerade heute nicht sehr willkommen. Er war nicht der Mann, sich von der Sensation blenden zu lassen, die den Marquis umgab, und viele hatten ihm erzählt, Lafayette sei nichts als ein wichtigmacherischer Junge. Er begrüßte also seinen Gast höflich, doch ohne viel Erwartung.

Lafayette indes erwies sich als ein angenehmer, intelligenter junger Herr ohne falsche Bescheidenheit, aber auch ohne Anmaßung. Er sprach zu Franklin mit höchster Achtung, doch ferne war ihm jene nichtssagende, allgemeine Liebenswürdigkeit, die den Alten manchmal an Franzosen verdroß.

Er höre zu seinem Bedauern, sagte er, daß viel Post von den Engländern aufgefangen werde; um so mehr freue er sich, dem Doktor einen Brief des Kongresses heil übergeben zu können, und er reichte ihm das Schreiben. Errötend und mit einem hübschen Lächeln fuhr er fort, falls der Brief Sätze enthalten sollte, die von ihm, Lafayette, handelten, so bitte er den Doktor, schnell darüber wegzulesen; man habe ihn in Amerika maßlos verwöhnt und rühme ihn dort weit über Verdienst.

„Ich freue mich", erwiderte Franklin und legte den Brief ungelesen auf den Tisch, „daß man sich bestrebt hat, den übeln Empfang gutzumachen, den Sie, wie ich zu meinem Bedauern erfuhr, in Philadelphia gefunden haben." Ein Lächeln ging über das magere Gesicht Lafayettes, er lachte, er strahlte; man vergaß, wie unschön er war, wenn er so lachte. „Natürlich hab ich mich geärgert", sagte er, „über Mr. Lovells Kurzangebundenheit. Aber hinterher habe ich alles begriffen. Was sich der Kongreß damals von Frankreich erhoffte, war ein großer Sack Geld. Statt dessen kam da ein Haufe abgerissener junger Franzosen, die alle Generäle sein wollten."

Später sprach Lafayette von George Washington. Rühmte seine Ruhe in den schwierigsten Verhältnissen, seinen Gleichmut vor den ewigen Kabalen und Intrigen, die mit Duldung des Kongresses gegen ihn gezettelt würden. Das größte Glück seines Lebens sei, schloß er mit Wärme, daß er die väterliche Freundschaft dieses bewunderungswürdigen Mannes habe erwerben dürfen.

Dem Doktor gefiel der junge Herr. Freilich redete er gerne und hielt nicht zurück mit seinem Urteil. Aber er hatte für seine einundzwanzig Jahre viel Weltverstand, er konnte Menschen und Dinge sachlich sehen. Es mochte Geltungsdrang und Abenteuerlust gewesen sein und nichts sonst, was ihn nach Amerika getrieben hatte, doch war er wohl durch seine Erfahrungen und durch das Vorbild des großen, stillen, langsamen Washington gereift. Klärlich hatte Lafayette offenen Verstandes miterlebt, wie der General geduldig und unerregt die Böswilligkeit, Unfähigkeit und Profitgier gewisser Kongreßmitglieder zuschanden machte, die seiner Armee das Notwendigste verweigerten.

Ein wenig altklug und mit dem bedeutungsvollen Getue eines erfahrenen Politikers ließ sich der Marquis jetzt darüber aus, daß man leider auch schon in Frankreich um die amerikanischen Zwistigkeiten wisse und daß diese Kenntnis Versailles mißtrauisch gegen den Verbündeten mache. Er, Lafayette, suche zu beschwichtigen und stelle die amerikanische Sache im günstigsten Lichte dar. Er redete eifrig. Mühte sich, diesem alten Manne, der nächst Washington der größte Bürger Amerikas war, sein Verständnis und seinen tätigen guten Willen zu beweisen. Franklin hörte lächelnd zu. Die Begeisterung des jungen Herrn war der amerikanischen Sache nützlich, man mußte ihn nur zurückhalten, damit er nicht durch Übereifer schade.

Er habe jetzt Franklins Zeit lange genug in Anspruch genommen, sagte schließlich Lafayette und stand auf, um sich zu verabschieden. Schon in der Tür berichtete er mit halb echter, halb gespielter Schüchternheit, er habe einen zweiten Brief für Franklin mit nach Paris gebracht, einen Brief General Washingtons, den aber habe er nicht bei sich. „Warum nicht?" fragte etwas verwundert Franklin, und Lafayette, mit jenem Lächeln, das ihm so gut stand, antwortete: „Ich habe Grund, zu glauben, daß der Brief im wesentlichen von mir handelt, so hatte er keine Eile. Und ich wollte einen Vorwand haben, ein zweites Mal zu kommen." – „Sie brauchen keinen Vorwand, Herr Marquis", antwortete freundlich der Doktor. „Wann immer Ihnen danach zumute ist, dann kommen Sie, bitte, mit und ohne Brief."

Franklin, allein, bedachte das Wesen und Schicksal Lafayettes. Da entflammte sich dieser Aristokrat am Vorbild George Washingtons und setzte seine Kraft und seinen Ehrgeiz daran, das schädliche Alte zu zerstören, wiewohl seine ganze Existenz auf diesem Alten basierte. Das Gute war von ansteckender Gewalt.

Des Doktors Gedanken glitten ins Allgemeine. Was schädlich war, das waren die Gesetze der Tories, die das junge Land einschnürten. Sie sind außer Kraft gesetzt, sie werden außer Kraft bleiben. Aber es wird eine Zeit kommen, eine wahrscheinlich nicht sehr ferne Zeit, da wird die junge amerikanische Republik alt geworden sein, und vieles von dem, was sie geschaffen hat, wird mit ihr alt und unsinnig geworden sein. Und so wie heute der vierte Teil der Bevölkerung mit Opfern und harter Selbstüberwindung kämpfen muß und für das sinnvolle Neue gegen die Majorität, die träg und selbstsüchtig am unsinnigen Alten festhält, so wird dann eine regsamere, klügere, menschlichere Minorität sich wehren müssen gegen die langsame Masse, gegen die Trägen im Herzen und im Geiste. Und so wie heute diese Trägen von der guten, alten, traditionellen englischen Art daherreden, so werden sie dann schwatzen von der guten, alten, traditionellen amerikanischen Art.

Er nahm den Brief des Kongresses zur Hand, den ihm der Marquis übergeben hatte. Er vermutete, das Schreiben werde ihm Lafayette warm empfehlen. So war es auch. Der Marquis, schrieb Mr. Lovell, der Vorsitzende des Komitees für Auswärtige Angelegenheiten, habe den Vereinigten Staaten überaus nützliche Dienste erwiesen. Franklin möge ihm an die Hand gehen und ihn während seines Pariser Aufenthaltes in allen wichtigen Angelegenheiten zu Rate ziehen. Auch solle er ihm einen Ehrendegen überreichen.

Dann aber ging der Brief zu anderm über. Franklin las, richtete sich höher, seine Augen belebten sich. In trockenen Worten teilte Mr. Lovell ihm mit, der Kongreß habe beschlossen, ihn zum Alleinbevollmächtigten der Vereinigten Staaten beim Hofe von Versailles zu ernennen. Sein Beglaubigungsschreiben werde mit dem nächsten Schiff folgen. Er, Lovell, nütze die Gelegenheit, ihm die Mitteilung durch den Marquis schneller zukommen zu lassen, und wünsche ihm Glück.

Mit einer langsamen Bewegung der alten Hand legte Franklin den Brief auf den Tisch zurück.

Er hatte erwartet, daß es so kommen werde. Es hätte nicht anders kommen dürfen. Es war aber trotzdem sehr wohl möglich gewesen, daß es anders kam, und auch damit hatte er gerechnet. Es war ein schicksalsvoller Brief. Er nahm ihm eine schwere Bürde ab und legte ihm eine schwere Bürde auf. Es war nun entschieden, daß er hierbleiben wird, und vielleicht wird er seine Heimat nicht wiedersehen. Es war ein langer Weg gewesen von der Begegnung mit der Königin bis zu dieser Bestallung. Die Allianz war erreicht. Aber nun mußte er das Geld schaffen, die Anleihe, das wird wieder ein langer, mühevoller Weg sein, und dann wird es noch ein langer Weg sein bis zum Frieden. Aber er wird es schaffen, und er war fest entschlossen, am Leben zu bleiben, bis er es geschafft habe. Ça ira.

Am liebsten wäre er sogleich zu Maurepas gefahren und hätte ihn an sein Versprechen erinnert, daß man über die Anleihe verhandeln könne, sowie die Herren Lee und Adams ausgeschaltet seien. Doch noch während er's dachte, lächelte er über seine Schnellfertigkeit. Wie er seinen Maurepas kannte, wird der herzlich gratulieren und ihm auseinandersetzen, solange er nicht amtlich von der neuen, erfreulichen Wendung unterrichtet sei, könne er nur mit der Delegation in ihrer Gesamtheit verhandeln. Also mußte Franklin wohl warten.

Der sonst so gelassene Mann konnte nicht warten. Etwas mußte er tun, jetzt, sofort. Er brauchte für die Anleiheverhandlungen den Rat eines verlässigen Mannes, und da gab es nur einen, Monsieur Le Grand, den erprobten Bankier der Vereinigten Staaten; der aber saß in dem neutralen Amsterdam. Und so nahm denn der neuernannte Alleinbevollmächtigte seine erste Amtshandlung vor und schrieb mit eigener Hand an Monsieur Le Grand, der möge sogleich nach Paris kommen.

Erst als er dies getan hatte, begrübelte und fühlte er zu Ende, was die Ernennung ihm bedeutete. Er stellte sich vor, welche Wirkung die Nachricht auf die Kollegen haben werde, die nun nicht mehr Kollegen waren. Monsieur Malaprop wird wohl das Ereignis mit guter Miene hinnehmen. Was für ein Gesicht aber wird sein lieber Arthur Lee machen? Franklin lächelte mit den langen Lippen und schaute für den Bruchteil eines Augenblicks durchaus nicht weise aus, sondern recht schadenfroh.

Dann aber rief er sich zurück. Es schien ihm kleinlich, sich an der Enttäuschung der andern zu weiden. Er hatte nun seine gute Gewißheit und konnte in Ruhe warten, bis die jungen Herren die bittere Meldung durch den Kongreß bekämen. Er wird würdiger daran tun, seine Wissenschaft für sich zu behalten, und er wird seinen Spaß daran haben, zuzuschauen, wie ihn die andern während der Wochen, die ihnen noch bleiben, herrisch mit Ratschlägen und Widerreden heimsuchen.

Überhaupt war es klüger, zu schweigen und keinen Menschen was wissen zu lassen, auch die Nächsten und Freunde nicht. Was Nützliches unternehmen konnte man nicht, solange das Beglaubigungsschreiben nicht da war; sonst gab es höchstens Zweifel und Gezänk. Er selber aber hatte, gerade wenn er schwieg, seine Freude an dem Verhalten der andern.

Lange saß er mit geschlossenen Augen, geruhsam, wohlzufrieden.

Er beherrschte sich auch, wie er sich's vorgenommen hatte, und teilte keinem was mit, nicht William Temple, nicht Madame Helvetius.

So saß er eines Tages unter seiner Buche. Es war schon winterlich, und er trug seine Pelze. Doch eine freundliche Sonne schien durch die kahlen Äste, er nahm die Pelzmütze ab und setzte den spärlich behaarten Schädel der angenehmen Wärme aus. Der kleine Ben kam und fragte, ob er ihm Gesellschaft leisten dürfe. Er saß neben ihm, still, kindlich und trotzdem ungeheuer verständig. Sicherlich hätte so sein kleiner Franky ausgeschaut, wenn es ihm vergönnt gewesen wäre, älter zu werden.

Und plötzlich überkam es Franklin. „Nun wollen wir einmal sehen, mein Junge", sagte er, „ob du imstande bist, ein Geheimnis bei dir zu behalten. Glaubst du, du kannst es?" – „Ich glaube schon, Großvater", sagte begierig der Junge. „Gibst du mir dein Wort darauf", fragte der Doktor, „daß du es nicht verraten wirst, wenn ich dir etwas sehr Wichtiges und sehr Geheimes mitteile? Keinem? Auch William nicht?" – „Ich werde es bestimmt niemand sagen", versicherte der kleine Ben. „Dein Wort darauf?" fragte Franklin. „Mein Wort", sagte feierlich der Kleine. „Also höre", sagte Franklin, „dein Großvater ist Alleinbevollmächtigter geworden." Der kleine Benjamin schien ein wenig enttäuscht. Doch: „Ich gratuliere dir, Großvater", sagte er höflich, „und ich werde es auch bestimmt niemand sagen."

Franklin aber lächelte darüber, wie unweise der weise Franklin war. Und er dachte daran, daß im gegebenen Falle sein Freund Dubourg wahrscheinlich die Geschichte vom König Midas erzählt hätte. Es war aber König Midas bei dem musikalischen Wettstreit zwischen Pan und Apollon einer der Preisrichter gewesen und hatte als einziger dem Pan den Preis zuerkannt. Worauf ihm Apollon Eselsohren hatte wachsen lassen. Midas verbarg sie sorgfältig unter seiner phrygischen Mütze. Jedoch sein Barbier entdeckte sie; da er indes wußte, daß, wenn er das Geheimnis verriet, sein Leben gefährdet war, so hielt er lange an sich. Schließlich aber konnte er's nicht länger bei sich behalten, er grub ein

Loch in die Erde und flüsterte hinein: „Midas hat Eselsohren, Midas hat Eselsohren." Aus der Grube aber wuchs Schilf, und das Schilf verkündete aller Welt: „Midas hat Eselsohren."

Nun stand es ja um seinen Fall nicht so schlimm. Aber weise war es nicht, daß er den kleinen Ben eingeweiht hatte. Bereuen freilich mochte er's auch nicht, und wenn ihm fortan der Junge männlich und lustig vertraulich zuzwinkerte, dann freute er sich.

Lafayette ging in Paris herum und genoß seinen Ruhm. Man feierte den einundzwanzigjährigen Helden, wie man ein halbes Jahr zuvor den dreiundachtzigjährigen Philosophen Voltaire gefeiert hatte. Der hatte die Ideen gesät, aus denen die Unabhängigkeit Amerikas entstanden und gereift war; Lafayette hatte als erster unter den Franzosen die Allianz verwirklicht. Das stimmte wohl nicht ganz, aber man glaubte es gerne, da Lafayette jung, feurig beredt und stürmisch leutselig war.

Auch im Palais Montbarey sprach Lafayette vor. Der gestürzte Minister und seine Frau fühlten sich geehrt, und sie nahmen es nicht übel, daß sich der Held zweier Welten ungebührlich lange mit Véronique in eine Fensternische zurückzog.

Lafayette erzählte Véronique von Félicien, er überbrachte ihr einen Brief von ihm. Félicien war an der Hand verwundet worden, Lafayette hatte sich des Landsmannes angenommen und seine Beförderung zum Leutnant erreicht. Er hatte den jungen, ernsthaften Mann schätzengelernt, der sich von der manchmal abstoßenden Fremdartigkeit der Neuen Welt nicht irremachen ließ, sondern sein eigenes ruhiges Urteil bewahrte über das viele kleine Böse, das er dort antraf, und über das spärliche, doch entscheidende Gute. Er freue sich, schloß der Marquis, einer so klugen, mutigen und liebenswürdigen jungen Dame die Grüße seines Freundes Félicien Lépine zu überbringen, und er schaute sie mit einem heldischen und zudringlichen Blick auf und ab.

Als er gegangen war, zog sich Véronique mit Féliciens

Brief in den Park zurück, an die Stelle, wo sie zum letztenmal mit ihm zusammen gewesen war. Véronique durchlebte eine harte Zeit des Wartens, sie trug sie mit Geduld. Sie sah eine Art Bestätigung darin, daß ihr Vater sein Amt verloren hatte und ihm die Möglichkeit genommen war, das Land zu schädigen. Sie hatte ihren Freund und Geliebten willig in den Kampf für die Befreiung der Menschheit ziehen lassen, sie hatte die erste Prüfung bestanden.

Sie las seinen Brief. Er war geschrieben in einem Lager, aufgeschlagen in einer Gegend, die Valley Forge genannt wurde. Klaglos, doch mit erschreckender Anschaulichkeit schilderte Félicien die Nöte und Entbehrungen dieses Lagers. Das militärische Leben in der Neuen Welt schien sehr anders zu sein, als man sich's nach den Berichten der Journale und den Erzählungen der Kriegsbücher vorstellte; Félicien schrieb mit einer wilden, beinahe verzweifelten Düsterkeit. Aber er schrieb auch: „Ich hatte damit gerechnet, daß der Kampf um die Freiheit seine Dornen hat", und durch all das Finstere und Bittere seiner Worte leuchtete eine große Zuversicht.

Véronique hielt den Brief lange in der Hand und suchte seinen Geist ganz in sich aufzunehmen. Es enttäuschte sie, daß alles so anders war, als sie's geträumt hatte, so gar nicht farbig und romantisch, sondern hart, schmutzig, langweilig und elend. Sie dachte an Féliciens Verwundung; sie stellte sich seine Hand vor – leider hatte ihr der Marquis nicht sagen können, ob es die rechte war oder die linke –, die nun eine Narbe tragen wird. Sie konnte nicht verhindern, daß ihr jene alten gefühlvollen Verse durch den Kopf klangen, die von Jean-Jacques vertonten: „Der Liebste, der mich glücklich machte, ging fort in ein anderes Land. Ach, warum sucht er überm Ozean das Glück, das er hier schon hat?" Doch bald, mit finsterer Entschlossenheit, vertrieb sie ihre Trauer und tröstete sich an dem stolzen Gedanken, daß sie zu der Jugend gehörte, die sich durch Opfer eine befreite Welt verdiente.

Auch Pierre Beaumarchais wurde durch den Besuch Lafayettes ausgezeichnet. Der Marquis vergaß nicht, daß er

Pierre zu großem Dank verpflichtet war. Seine Ausfahrt wäre ohne Pierres tatkräftige Unterstützung kaum zustande gekommen, und auch aus amerikanischen Geldnöten hatte ihm Pierres Agent großzügig herausgeholfen. Der Marquis hatte sogleich nach seiner Rückkehr Monsieur de Beaumarchais den stattlichen Betrag zurückzahlen lassen, den ihm der Agent in Philadelphia vorgestreckt hatte, und nun erschien er selber im Hause an der Rue Saint-Antoine, um ihm seinen Dank abzustatten.

Nicht ganz ohne Neid schaute Pierre auf den jungen Herrn, dessen Verdienste so überschwenglich anerkannt wurden. Wäre Lafayette ein Bürgerlicher gewesen wie er, so wäre es ihm wohl anders gegangen auf dieser Seite des Ozeans und auf jener. Wohl hatte auch er, Pierre, jeden Ruhm schmecken dürfen, den die Welt zu vergeben hatte. Aber mit all seinem Ruhm konnte er's nicht erreichen, daß seine reifste Frucht, das Werk, das sein Stolz und seine große Liebe war, daß der „Figaro" nun wirklich hätte gezeigt werden dürfen. Noch immer wehrte sich Louis stumpf und zäh gegen die Aufführung.

Bei alledem verspürte Pierre große, beinahe freundschaftliche Freude über den Erfolg des andern und sprach ihm in glühenden Worten seine Bewunderung aus. Lafayette erwiderte mit ebenso überschwenglichen Sätzen der Verehrung.

Dann berichtete er von Dingen, die Pierre interessieren mußten. Erzählte anschaulich, wie traurig und hilflos Deane bei den Kongreßmitgliedern herumsaß. Die Feinde attackierten ihn mit Eifer; diejenigen, die er für seine Freunde hielt, hörtem ihm mit mühsam verhehltem Gähnen zu. Ausführlich verbreitete sich Lafayette über die Umtriebe der Lees. Er habe, versicherte er, sein Bestes getan, diese Lügen zu entkräften, und langsam, doch sicher würden sich Pierres Verdienste auch im Kongreß die gebührende Anerkennung schaffen.

Dann erzählte er noch von einem literarischen Erfolg, den Pierre, ohne davon zu wissen, in Amerika gehabt hatte. Monsieur Quesnay, der junge Philosoph, der Sohn des großen Arztes der Pompadour, war übers Meer gegangen, um dort unter liberalen Bedingungen für französische Philosophie und Kunst zu wirken. Er lebte in Philadelphia, er unterrichtete die Damen der dortigen Gesellschaft in der französischen Sprache, und er hatte es zustande gebracht, daß zu einer Zeit, in welcher Theateraufführungen als frivol verboten waren, Pierres Drama „Eugénie" gespielt wurde, französisch. „Fragen Sie mich freilich nicht", fügte lächelnd der Marquis bei, „in was für einem Französisch."

Doch Pierre sagte sich, verstanden haben werde man sein Stück. Und er freute sich kindisch, daß er die Herzen der Antipoden dem französischen Wort und der französischen Kunst erobert hatte.

Das Geschenk des Kongresses an Lafayette, der Ehrendegen, war die erste Gabe solcher Art, die Franklin in seiner Eigenschaft als Alleinbevollmächtigter herstellen zu lassen hatte. Die junge Republik sollte hier, am prunkvollsten Hofe Europas, gute Figur machen, ihre Gaben sollten hinter denen keiner andern Nation zurückstehen, und erfreulicherweise mußte sich diesmal Franklin nicht mit den Kollegen herumstreiten, welchen Preis er bewilligen dürfe. Er ließ es sich angelegen sein, Symbole, Ornamente, Spruchbänder zu ersinnen, die mit Bedeutung auch gefällig sein sollten, und beauftragte den Hofjuwelier Bassenge mit der Herstellung des Degens, Monsieur Pourrat von der Porzellanmanufaktur in Sèvres mit der Zeichnung der Reliefs und Verzierungen.

Monsieur Bassenge, irrtümlich annehmend, der Auftrag gehe von der Delegation als Gesamtheit aus, stellte eine Rückfrage an Arthur Lee. Der war empört. Der Doktor h. c. hatte einen so ungeheuern Auftrag vergeben, ohne seine Zustimmung einzuholen, er hatte wieder einmal in unverantwortlicher Weise Gelder des Kongresses verschleudert.

Zornig eilte Mr. Lee nach Passy und stellte den Doktor zur Rede. „Ich habe Grund zu der Annahme", erklärte gelassen Franklin, „daß ein solches Ehrengeschenk den Wünschen des Kongresses entspricht." – „Ich wußte nicht", höhnte Arthur Lee, „daß Sie Gedanken über den Ozean lesen können." Für einen Augenblick war Franklin versucht, den jungen Herrn darüber aufzuklären, daß seine Rolle ausgespielt war; aber er widerstand der Lockung. „Wünschen Sie", fragte er mit einer Ruhe, die Arthur Lee noch mehr aufbrachte, „daß wir den Auftrag auf den Ehrendegen zurücknehmen und Lafayette und ganz Frankreich kränken?" – „Leider dürfte dies untunlich sein", antwortete Arthur Lee, „wiewohl ich diesen unreifen welschen Aristokraten für maßlos überschätzt halte. Unter keinen Umständen aber möchte ich es ohne Protest hinnehmen, daß wir zu einer Zeit, da unser Land von den furchtbarsten finanziellen Sorgen bedrückt ist, fünftausend Livres ausgeben für eine pure Geste."

Franklin nahm seine Brille ab und richtete die weiten, gewölbten, ruhigen Augen auf den erregten Mann. Seine Brauen schienen sich noch höher zu ziehen, der lange Mund verschloß sich noch ablehnender, die großen Augen wurden strenger, es war der Franklin des Duplessis, der Arthur Lee anschaute. Dem wurde unbehaglich. Endlich tat der Alte den Mund auf. „Sie haben recht", sagte er, „fünftausend Livres sind viel Geld, man könnte viel Brot und wohl auch einigen Schinken darum kaufen für hungernde Amerikaner. Aber es schien mir nicht würdig, dem Jüngling, der unserer Sache so gewaltige Dienste geleistet und sein Leben mehrmals für uns eingesetzt hat, ein schäbiges Geschenk zu überreichen. Ich hatte daran gedacht, aus eigenen Mitteln einen Beitrag beizusteuern. Aber dann zog ich es vor, auch meinesteils fünfzig Pfund zu geben für unsere Gefangenen in England, die durch den Betrug dieses Lumpen Digges weiterhungern müssen."

Arthur Lee fand Franklins Art zu debattieren unfair. Es war unfair, daß der Alte, nur um ihn zu demütigen, einen Gegenstand heranzog, der mit dem Thema, mit der verbrecherischen Verschwendung von Staatsgeldern nicht das leiseste zu tun hatte. „Gerade nachdem wir in London auf unvorhersehbare Art Geld eingebüßt haben", erklärte er, „sollten wir jede überflüssige Ausgabe vermeiden." Und er schlug die Arme übereinander, stand starr aufrecht und stieß die Stirn vor.

Franklin wollte scharf erwidern. Aber dann dachte er: Oh, du mein armer Richard, wenn du wüßtest. Er sah die ganze tugendboldisch empörte Würde im Gesicht des andern, und er zog den Mund breit zu einem vergnügten Lächeln. Arthur Lee wußte nicht, was er davon halten sollte; es war nicht mehr beleidigend, wie sich der Alte benahm, es war verrückt. Er zuckte die Achseln und ging.

Wenige Tage später wurde er aufgeklärt, was Franklins Lächeln zu bedeuten hatte. Über Amsterdam traf mit anderer Post des Kongresses die offizielle Nachricht ein, daß Franklin zum Alleinbevollmächtigten ernannt war.

Alles Blut drängte Arthur Lee zum Herzen, ihm wurde schwarz vor Augen, er fiel um, ohnmächtig.

Er tauchte auf aus der Bewußtlosigkeit. Langsam, noch auf dem Boden liegend, überdachte er, was geschehen war. Grenzenlose Wut überwältigte ihn. Er dämmte sie zurück. Sich nicht von seinen Gefühlen hinreißen lassen, denken, logisch erwägen, das war seine Stärke, darin war er dem Doktor h. c. über.

Er stand auf, mühsam, ächzend, setzte sich in einen Sessel. Nochmals, aufmerksam, überlas er das Schreiben des Kongresses. Da war auch die Weisung, Lafayette einen Ehrendegen zu überreichen. Oben am Rande rechts stand eine 4, es war eine vierte Kopie. Drei Kopien waren verlorengegangen. Die Zähne fest aufeinanderpressend, die Lippen hochziehend, überlegte Arthur Lee. Auch die Kopien an Franklin mußten verlorengegangen sein. Der Alte mußte trotzdem von seiner Ernennung gewußt haben und auch von der Weisung mit dem Ehrendegen. Sonst hätte er ihn nicht mit so frechem, mildem Spott behandelt, sonst hätte er nicht so niederträchtig hochmütig gelächelt. Arthur Lee fühlte sich erniedrigt wie niemals in seinem Leben. Wie kläglich war er vor Franklin gestanden, ihn zurechtweisend, ihn tadelnd, und der arrogante Greis hatte es nicht einmal für der Mühe wert gehalten, ihn aufzuklären und niederzuschmettern. Wie tückisch war er, wie abgründig boshaft, der Nestor, der Patriarch, seine Tücke und sein Stolz hatten zugenommen mit den Jahren. Was war das für ein gemeiner Spaß, daß er ihm die Nachricht vorenthielt, um sich an seinem Nichtwissen zu ergötzen. Er dachte an des Doktors Lächeln, an dieses tiefe, amüsierte, unsäglich insolente Lächeln. So mochte man lächeln vor einem Affen, der possierliche Sprünge macht, um eine Frucht zu erreichen, von der er durch ein Gitter getrennt ist.

Er war ein Teufel, der Doktor h. c. Er hatte ihn von Anfang an in den Schatten zu drängen gesucht mit seiner Elektrizität, mit seinem akademischen Ruhm, und er, Arthur Lee, hatte sich gefügt. Dabei war doch er, Arthur Lee, der bei weitem bessere Staatsmann, das mußte ihm der Neid zugestehen. Aber den Alten hatte keine Duldsamkeit versöhnt. Weil er, Arthur Lee, seiner republikanisch strengen Gesinnung treu, dem Doktor Vorhaltungen gemacht hatte über seine Korruptionswirtschaft, seinen Nepotismus, seine „liberale“, das heißt gewissenlose und das ganze Vaterland brandmarkende Lebensführung, darum hatte ihn der Alte los sein wollen. Er konnte kein ehrliches Auge brauchen für seine und seiner Freunde Geschäfte. Darum hatte er sich hinter die Götzendiener gesteckt, hinter die Knechte des Despoten. Der Kongreß aber, unter dem Druck der schweren Zeit, hatte den Erbfeinden nachgeben müssen, und von nun an wird der zweideutige Mann ohne Aufsicht in Passy sitzen und dort seine zweideutigen Machenschaften weitertreiben zum Schaden Amerikas und der Freiheit.

Es stand schlimm um die Vereinigten Staaten, wenn Henry Richard Lee, der Schöpfer der amerikanischen Unabhängigkeit, es zulassen mußte, daß seinem Bruder Arthur Lee solcher Schimpf und Undank zuteil wurde.

In großer Schwäche saß er eine Ewigkeit. Dann straffte er sich, stand auf, schlug die Arme über der Brust zusammen, stieß das Kinn vor gegen den unsichtbaren Feind, den Doktor h. c. Der täuschte sich, wenn er glaubte, ein Arthur Lee werde den Kampf so bald aufgeben. Noch saß er zu Recht in Paris und keineswegs ohne Amt; denn von seinem zwiefachen Charakter blieb ihm nach wie vor der eine, noch war er bestellter amerikanischer Gesandter in Madrid. Die Instruktion, welche der Kongreß seinem Bruder William und Ralph

Izard mitgegeben hatte, galt füglich auch für ihn. Solange er nicht in Madrid zugelassen war, hatte er die Pflicht, hier in Paris zu bleiben, die Interessen des Vaterlandes wahrzunehmen, den Alten zu überwachen, ihn von verderblichen Schritten abzuhalten.

Am gleichen Tage, in Passy, erfuhr auch Mr. Adams, daß nicht er, sondern Franklin zum Alleinbevollmächtigten ernannt worden war. Für einen Augenblick wurde er finster und fand, es sei sogar in dem gelobten Amerika die Majorität der Esel eine ungeheure. Aber schnell überwand er seine Enttäuschung. Nachdem der Vertrag vor seiner Ankunft zustande gekommen, war sein Aufenthalt in Frankreich von Anfang an verfehlt gewesen; es war gut, daß er ihn abbrechen und zu seiner Abigail zurückkehren konnte. Und wenn man die Dinge sachlich anschaute, dann war es besser, wenn ein einzelner hier in Paris die Geschäfte führte, auch wenn dieser einzelne nicht eben sehr geeignet war.

Mr. Adams hatte Sinn für Fairneß und für starke Gesten. Er begab sich hinüber zu Doktor Franklin, nahm dessen alte, braune Hand in seine warme, fleischige und sagte herzlich: „Ich gratuliere Ihnen, Doktor Franklin. Ich hätte gewünscht, ich hätte die Geschäfte hier weiterführen können, ich sage es offen. Aber ich weiß, die Angelegenheiten unseres Landes sind in Ihren Händen, wenn Sie Alleinbevollmächtigter sind, besser aufgehoben, als wenn wir zu dreien daran herumwerkeln. Auch leben Sie gerne unter den Franzosen, während ich das Leben in der Heimat vorziehe. So hat die Weisheit des Kongresses doch vielleicht die beste Lösung gefunden."

Seiner Frau, Mrs. Abigail, schrieb er: „Nachdem ich Mitteilung erhielt von der Resolution, welche das Schicksal und die Einsichtslosigkeit gewisser Mitglieder des Kongresses ausgekocht hatte, bedauerte ich einesteils die neue Prüfung, die nun dem Vaterlande auferlegt ist. Andernteils schien es mir angebracht, dem Doktor, der sich im privaten Verkehr mit mir einwandfrei benommen hat, zu gratulieren, natürlich ohne meine Meinung zu verhehlen. Ich fand ihn übrigens an seinem Schreibtisch, den einen Fuß nackt und das Haar so wirr und ungekämmt, daß es mich an den Zustand seines Innern gemahnte."

Franklin selber hatte mit der gleichen Post von vertrauten Freunden genauen Bericht erhalten, wie seine Ernennung zustande gekommen war. Nachdem man sich entschlossen hatte, die Pariser Delegation auf einen Mann zu reduzieren, hatte man ein Komitee von dreizehn Mitgliedern eingesetzt, das Vorschläge machen sollte. Von diesen dreizehn hatten zuerst fünf für die Ernennung von Arthur Lee gestimmt, vier für die von Adams, zwei hatten keine Meinung, nur zwei hatten sich für Franklin erklärt. Die Freunde Arthur Lees und die Freunde Adams' konnten sich durchaus nicht einigen. Dann war der Plan aufgetaucht, alle drei Gesandten abzuberufen und einen neuen zu schicken. In der Zwischenzeit aber erklärte der französische Gesandte nachdrücklich und immer wieder, daß bei seiner Regierung einzig und allein Franklin Ansehen genug genieße, um eine Anleihe durchzusetzen. So wurde schließlich Franklin mit *einer* Stimme Majorität vorgeschlagen. In der Plenarsitzung stimmte geschlossen gegen ihn sein Staat Pennsylvanien.

Franklin war von diesem Bericht nicht groß überrascht. Es war viel Haß gegen ihn in den Vereinigten Staaten, er war der Sohn eines Talgziehers, er war in seinem Pennsylvanien Führer der Partei der kleinen Leute gewesen gegen die Partei der Grundbesitzer, und der Verrat seines Sohnes William bot bequemes Propagandamaterial. Um ein Haar also hätte man sich gegen ihn entschieden. Aber er hatte Glück gehabt, er, Benjamin, Sohn der rechten Hand, Sohn des Glückes. Denn wenn er offen mit sich selber sein wollte, dann mußte er sich's zugeben: seine Abberufung wäre ihm ein schwerer Schlag gewesen. Vielleicht hatte lediglich jenes Abendessen in der Redoute Chinoise bewirkt, daß jetzt er hierblieb und nicht Arthur Lee. Das war müßiges Geträume. Es war Sinn in den Geschehnissen, und es war Fügung, daß der bessere Vertreter der amerikanischen Sache hierblieb.

Er schmunzelte. Daß es so sein mußte, das hatte schließlich sogar der Kongreß eingesehen, freilich nur mit Hilfe des französischen Gesandten.

In Passy, in Versailles, in Paris herrschte hohe Freude über das Ereignis. Mit Stolz merkte der kleine Benjamin, daß es in der Tat eine wichtige Begebenheit gewesen war, welche der Großvater ihm allein anvertraut hatte.

Madame Helvetius gab ein Festmahl für Franklin und überwand sich, auch Madame Brillon einzuladen. Der Doktor aß übermäßig, vor allem Schlagsahne, und scheute sich auch nicht, viel Madeira zu trinken; er wollte es seiner alten Feindin, der Frau Gicht, zeigen, daß er sie nicht fürchtete.

Es war bei dieser Gelegenheit, daß Abbé Morellet ein Lied für Franklin dichtete, ein Lied voll Unsinn, voll tiefer, liebender Bewunderung, voll harmloser Fröhlichkeit und voll von schlechten, lustigen, klingelnden Reimen.

Später mag Historia
Singen Franklins Gloria.
Heute feiern wir den Mann,
Der so lustig lachen kann.
Tschin, tschin, tschin,
Lang lebe unser Benjamin.

Sperrt dem Blitz die Häuser zu,
Schafft ein großes Reich im Nu,
Lacht dabei und plaudert froh,
Trinkt Madeira und Bordeaux.
Stets Gewinn
Hat, wer's hält mit Benjamin.

Solon aus Amerika,
Philosoph und Großpapa,
Trinkt er den kathol'schen Wein.
Spaß und Weisheit im Verein,
Scherz und Sinn
Eignen unserm Benjamin.

So ging es fröhlich blödelnd sieben Strophen durch. Franklin amüsierte sich großartig; er begleitete das von den Töchtern der Madame Helvetius gesungene Lied auf dem von ihm erfundenen Musikinstrument, einer Art Harmonika. Er selber gab dann zwei traurige schottische Volkslieder zum besten, die er besonders liebte, eine Romanze über Maria Stuart und ein betrübtes Lied: „So glücklich, wie wir waren."

Den Tag darauf fuhr Franklin nach Versailles, um Vergennes und Maurepas offiziell seine Ernennung mitzuteilen. Über die Vorgeschichte dieser Ernennung waren die Herren durch den Gesandten Gérard schon lange und gut informiert. „Ich gratuliere Ihnen und mir, Exzellenz", hatte Gérard dem Grafen Vergennes geschrieben, „daß wir diesen schrecklichen Arthur Lee los sind. Der Mann hat ein aberwitziges Gewebe von Falschheit und Bitterkeit gesponnen, das jeden gefährdete, der mit ihm zu tun hatte. Ich freue mich vom Grunde meiner Seele, daß es mir vergönnt war, zu verhüten, daß dieser gefährliche und schlechte Mensch an Stelle Franklins ernannt wurde."

Vergennes scheute sich nicht, Franklin wissen zu lassen, was er über den Kongreß dachte. „Sie, Doktor Franklin", meinte er, „mißverstehen mich ja nicht, wenn ich offen mit Ihnen rede. Aber was ist das für eine sonderbare Gesellschaft, die ihr da in eure Volksvertretung gewählt habt. Wenn wir es nicht verhütet hätten, dann hätte wahrhaftig euer gottverlassener Kongreß in seiner höchsten Not seinen besten Mann abberufen."

Auch Maurepas verhehlte nicht seine Freude über Franklins Ernennung. „Ich habe", teilte er ihm schmunzelnd mit, „Meister Duplessis sogleich ein neues Porträt von Ihnen in Auftrag gegeben. Ich will das Gemälde der Königin zum Geschenk machen", verriet er ihm. „Die Majestät hat ja schon sehr früh das Vergnügen Ihrer Bekanntschaft gehabt. Wenn Madame jetzt Ihr Porträt jedem sichtbar aufhängt, so ist das also gewissermaßen die Legitimierung eines zu früh gekommenen Kindes." Später meinte er: „Auch den Monarchen werden Sie ja nun wiedersehen, wenn Sie ihm Ihr Beglaubigungsschreiben präsentieren. Langsam wird sich der Allerchristlichste an Ihren Anblick gewöhnen."

Von der Anleihe sprachen beide Minister nicht. Auch

Franklin hielt es für richtiger, die delikate Angelegenheit dieses erste Mal noch nicht zur Sprache zu bringen.

Paris freute sich aufrichtig, daß der Botschafter der Freiheit und Vernunft von neuem anerkannt und bestätigt war. Die Mappen William Temples und de la Mottes bekamen schnellen Zuwachs. Tagelang fuhren in Passy die Wagen vor mit Besuchern, die Franklin gratulieren wollten.

Unter den Gratulanten war auch Pierre Beaumarchais. Die Nachricht, daß der hinterlistige, abgründig schlechte Arthur Lee, der den Namen Amerikas schändete, gestürzt war, hatte Pierres Herz unbändig erfreut. Wieder einmal bewährte sich das Gesetz seines Lebens. Aus tiefen Schlünden wurde er immer wieder emporgerissen auf die höchsten Gipfel des Glückes. Nicht nur hatte sich das absurde Verhängnis, welches ihn unter die Taugenichtse von Saint-Lazare gestoßen, zuletzt als blendender Glücksfall erwiesen, nun wurde ihm noch die neue Genugtuung, daß der Schurke Lee fiel, der sich der Zahlung seiner Guthaben entgegengestellt hatte. Überdies verknüpfte ihn dieses Ereignis von neuem mit dem andern großen Wegbereiter der amerikanischen Unabhängigkeit, dem Patriarchen von Passy.

Überschwenglich gratulierte er Franklin. Der Doktor fühlte sich erleichtert. Er hatte, als dieser Monsieur Caron vor kurzem nicht ohne Schuld des zahlungsunwilligen Kongresses in schwere Fährnis geraten war, sich nicht gerührt und ihm nicht geholfen; nun schien das Monsieur Caron nicht weiter übelzunehmen. Strahlend und naiv sagte er: „Sie müssen sich doch auch gewaltig darüber freuen, Doktor Franklin, daß wir diese Bremse los sind, den Arthur Lee, Sie haben doch auch viel unter ihm zu leiden gehabt." Das machte nun Franklin wieder ein wenig betreten. Er gedachte Dubourgs und der „Mouche au Coche". War das eine Anspielung? Vorsichtig, etwas steif, sagte er: „Ja, man hat Ihnen viel Unrecht getan, Monsieur." – „Ihnen und mir, Ihnen und mir", versicherte eifrig Pierre. „Es ehrt mich, Doktor Franklin, daß ich dieses Schicksal mit Ihnen teile. Es ehrt mich, daß wir beide so vieles gemeinsam haben. Wir ziehen uns aus allen Unglücksfällen immer wieder heraus."

Franklin sagte sich, der Mann habe in Wahrheit für die Sache Amerikas viel geleistet, mehr als sonstwer in Frankreich, mehr als der gefeierte Lafayette, und diese Hilfe sei ihm übel bezahlt worden. Aber er konnte sich nicht helfen, Monsieur Caron blieb ihm zuwider. Er wollte nichts mit ihm gemein haben. Schulmeisterlich sagte er: „Freuen wir uns nicht zu früh. Es liegt noch ein weiter Weg vor uns." Pierre begriff zunächst nicht, welchen Bezug diese Anmerkung auf seine Worte haben könnte. Aber schnell deutete er sie in seinem Sinn. „Ja, auch darin geht es Ihnen wie mir", stimmte er eifrig bei. „Auch mir scheint jeder Erfolg immer nur wie ein Anfang, wie der Fuß eines Berges, dessen Gipfel sich in den Wolken verliert." Franklin, verblüfft über diese Interpretation, antwortete mit einem kleinen Seufzer: „Mein lieber Monsieur, so einen Wolkengipfel zu ersteigen, dürfte es mir wohl an Zeit mangeln. Wenn ich heute über den Friedhof des Innocents gehe, dann habe ich ein Gefühl, als suchte ich Wohnung." Aber Pierre tröstete ihn stürmisch. „Nichts da, verehrter Doktor, nichts da", sagte er. „Seien Sie nicht kopfhängerisch. Ich glaube an Ihr Glück wie an das meine. Wir beide werden das Ende dieses Krieges noch erleben. Das sagt Ihnen Pierre Beaumarchais."

In der Zwischenzeit war Bankier Le Grand aus Amsterdam eingetroffen, und Franklin arbeitete mit ihm an dem Memorandum, das er dem französischen Kabinett überreichen wollte, um die Notwendigkeit der Anleihe zu begründen. Immer deutlicher stellte sich heraus: die schnelle Gewährung der fünfundzwanzig Millionen, die der Kongreß verlangte, war lebenswichtig für die Vereinigten Staaten.

Trotzdem zögerte der Doktor. Es war keine günstige Zeit, eine so hohe Summe zu verlangen. Seit dem Abschluß der Allianz war der Verkehr zwischen Frankreich und Amerika dichter geworden, man war besser informiert über die Zwistigkeiten innerhalb des Kongresses und über die Situation des ganzen Landes, viele Einzelheiten waren bekannt geworden, die ein trübes Licht auf die neuen Alliierten warfen. Französische Offiziere waren mißvergnügt zurückgekehrt und erzählten Unvorteilhaftes über die amerikanischen Zustände. Kaum der vierte Teil der Amerikaner, hieß es, glaube an die Sache der Unabhängigkeit. Monsieur Laroche, einer der unzufriedenen Offiziere, hatte das böse Wort aufgebracht, es gebe mehr Freunde der amerikanischen Republik in Paris als in Amerika. Ein anderer Offizier, Monsieur de Portail, ein verwundeter Kapitän der Flotte des Admirals d'Estaing, erzählte überall herum, man könne sich mit den Amerikanern nicht verständigen und vertragen. Sie faulenzten, sie tränken Tag und Nacht Tee und Rum und rauchten und drückten sich vor den Strapazen, sie würden bestimmt auf die Dauer schlappmachen. Dazu hätten sie eine heftige Antipathie gegen die Franzosen und würden eher zu den Engländern übergehen, als gemeinsam mit den Franzosen kämpfen. Ein Beamter des Finanzministeriums, Monsieur Pellier, hatte im Auftrag Monsieur Neckers die Vereinigten Staaten bereist. Feinde Amerikas verbreiteten die Abschrift seines Reports. Die Agenten der amerikanischen Regierung, berichtete er, bezögen von den Regierungslieferungen unglaubhaft hohe Provisionen. Ein selbstischer, rechenhafter Geist herrsche überall im Lande, niemand denke daran, solche Mentalität zu verurteilen, ungeheure Profitgier bilde den am meisten charakteristischen Zug der Amerikaner, vor allem in den nördlichen Staaten.

Es schien Franklin nicht ratsam, zu einer Zeit, da die Salons und die Kaffeehäuser der Stadt Paris von solchen Erzählungen widerhallten, die ungeheure Summe zu verlangen, welche der Kongreß forderte. Zwar hatte er das Versprechen des Regierungschefs, man warte nur darauf, daß er Alleinbevollmächtigter sei, um mit ihm über die Anleihe zu verhandeln. Aber Franklin wußte aus Erfahrung, wieviel auf Versprechungen von Diplomaten zu geben war. Auch an der klarsten Zusage konnte man so lange deuteln, bis sie sich in Rauch auflöste.

In diesen Wochen hatte er mehrere Gespräche mit Lafayette. General Washington – das ging aus den Worten des Marquis klar hervor – war überzeugt, daß ohne die Hilfe einer französischen Armee und einer französischen Flotte eine entscheidende Schlacht nicht geschlagen und der Krieg nicht gewonnen werden konnte. Ein französisches Expeditionskorps war denn auch aufgestellt worden, ohne daß man große Worte gemacht hatte, und es war eine Armee, die sich sehen lassen konnte. Der Marquis hatte Order, in den nächsten Tagen nach Le Havre zu reisen, um als Vizegeneralquartiermeister die Truppen zu inspizieren. Allein, abgehen konnte die Armee nicht: der Kongreß sträubte sich, französische Truppen ins Land zu lassen. Es hatte zwischen den Amerikanern und Admiral d'Estaing böse Reibungen gegeben, und man fürchtete Schlimmeres, wenn eine ganze französische Armee im Lande stehe. „Der Kongreß", klagte Lafayette, „will keine Truppen, er will auch keine erfahrenen Offiziere, er will nichts als Geld. Helfen Sie mir, Doktor Franklin", bat er lebhaft. „Machen Sie dem Kongreß die Annahme eines französischen Hilfskorps schmackhaft. Setzen Sie den Herren auseinander, daß eine französische Armee auch französisches Geld bringen wird, das dann unter die Leute kommt. Ach, was für Krämer sind die Herren von euerm Kongreß", seufzte er. „Ich habe immer gedacht, wir Franzosen seien ein geiziges Volk; aber verglichen mit euch sind wir die reinen Verschwender." Der Autor des „Armen Richard", der seinen Lesern so dringlich Sparsamkeit ans Herz gelegt hatte, ohne selber seinen Lehren allzu ängstlich nachzuleben, schmunzelte.

Aber soviel war gewiß: auch die Absendung des französischen Hilfskorps, ohne das der Krieg nicht gewonnen werden konnte, hing ab von der Anleihe. Franklins Verstand gebot ihm, zu warten; sein Herz verlangte, daß er handle.

Und nun gar erreichte ihn noch ein Schreiben Washingtons. Es war ein kurzer Brief. Die Lage der Armee und des Landes sei dunkel, schrieb in seiner geraden, simpeln Art der General. Amerika müsse entweder Geld von Frankreich haben oder Frieden machen.

Dieses Schreiben Washingtons bewog Franklin, trotz aller Bedenken nicht länger zu zögern. Er übersandte das Memorandum, das er mit Hilfe Monsieur Le Grands verfaßt hatte, dem Grafen Vergennes, und er begleitete es mit einem sehr persönlich gehaltenen Brief. Er mahnte nicht an Maurepas' Versprechen, wohl aber schrieb er: „Ich bin alt, geschwächt durch Krankheit, und es ist unwahrscheinlich, daß ich mich noch lange mit den Geschäften werde befassen können. Ich nehme deshalb die Gelegenheit wahr, Eurer Exzellenz zu versichern: die gegenwärtige Lage ist kritisch. Es besteht Gefahr, daß der Kongreß, wenn er die notwendigen Bedürfnisse nicht mehr beschaffen kann, seine Macht übers Volk verliert. Es würde dadurch das ganze neue Regime in Amerika in Frage gestellt werden. Wenn aber die Engländer aufs neue in Amerika hochkommen, dann würde sich die Gelegenheit einer wirksamen Separation wie der gegenwärtigen auf Menschenalter hinaus nicht wieder ergeben. Und dann würde der unangestrittene Besitz des fruchtbaren, ausgedehnten Landes und der weiten Küste den Engländern durch schnelle Handelsentwicklung und durch den Zuwachs an Matrosen und Soldaten eine so breite Basis zukünftiger Größe geben, daß sie der Schrecken Europas würden und ungestraft jene freche Willkür ausüben könnten, die dieser Nation nun einmal natürlich ist und die mit dem Wachstum an Macht ungeheuer zunehmen würde."

Mittlerweile war der Ehrendegen für Lafayette fertig geworden. Mit Wohlwollen betrachtete Franklin das Meisterwerk. Der Griff und alle Verzierungen waren von purem Golde. Auf dem Griff, dem Knauf, der Scheide, dem Stichblatt, überall waren Verzierungen angebracht. Da sah man das Wappen Lafayettes und seinen kühnen Wahlspruch: „Cur non – Warum nicht?" Ein Halbmond stellte die aufsteigende Glorie Amerikas dar. Der britische Löwe lag hingestreckt unter dem Fuß Lafayettes, und Amerika reichte seinem jugendlichen Kämpfer einen Lorbeerzweig. Die Schlachten von Gloucester und Monmouth waren dargestellt und die Rückzüge von Barren Hill und Rhode Island. Eine geflügelte Fama flog der Fregatte voran, die Lafayette nach Frankreich zurückbrachte. In der einen Hand hielt sie den Kranz, den Amerika dem Helden zuerkannte, in der andern eine Trompete, um Europa seine großen Taten zu verkünden. Es war erstaunlich, was alles Franklin und Meister Pourrat auf dem Degen hatten darstellen können.

Lafayette war in Le Havre, wo er befehlsmäßig die für Amerika bestimmten Truppen inspizierte, so daß ihm der Doktor die schöne Gabe nicht persönlich überreichen konnte. Aber das hatte auch sein Gutes. Franklin hatte jetzt vortreffliche Gelegenheit, den jungen William nach Le Havre zu schicken.

Unter allen, die dem Doktor nahestanden, hatte der junge William die höchste Freude über seine Ernennung bezeigt. Seine Neigung für Blanchette Caillot ging tiefer, als er hatte merken lassen; es hätte ihn schmerzlich getroffen, wenn er sich von ihr hätte trennen und nach Amerika zurückkehren müssen. Jetzt hatte er Aussicht, noch Jahre mit ihr vereint zu bleiben.

Seit langem hatte er auf zaghafte Art gebeten, nach Le Havre reisen und seine Freundin sehen zu dürfen. Aber es gab viel zu tun, und der Doktor hielt es für richtig, dem Jungen auf jede Art klarzumachen, daß der Mittelpunkt seines Lebens sein Amt sei. Er wollte ihm also Urlaub nach Le Havre erst dann geben, wenn die Reise mit einer amtlichen Funktion verbunden werden konnte. Eine schönere amtliche Betätigung als die Überbringung des Ehrendegens konnte kaum gefunden werden.

William strahlte. Was vor ihm lag, war Seligkeit. Er sollte eine Reise machen, betraut mit einer höchst ehrenvollen Mission, er sollte dem glänzenden und bewunderten General das glänzende Geschenk überbringen, und er sollte gleichzeitig seine liebe Freundin sehen, die Mutter seines Kindes. Mit Freuden beschaute der Doktor das glückliche Gesicht seines Enkels.

Bevor er ihn entließ, entwarf er einen Brief an Lafayette. „Es sind“, schrieb er, „auf dem Degen einige der wichtigsten Kriegstaten dargestellt, durch welche Sie sich ausgezeichnet haben. Diese Darstellungen und die allegorischen Figuren scheinen mir ungewöhnlich geglückt. Es läßt sich eben mit Hilfe der ausgezeichneten Künstler Ihres Landes alles darstellen. Nicht aber darstellen läßt sich die Dankbarkeit, die mein Land und ich für Sie empfinden. Für diese sind bildliche Darstellungen so wenig ausreichend wie Worte."

Das Französisch dieses Briefes überarbeitete Franklin mit Hilfe Madame Brillons. Er überlas die endgültige Fassung des Schreibens und kicherte. Das war die rechte französische Art, dem französischen General zu danken.

Monsieur de Maurepas frühstückte allein, schon den dritten Tag. Seine Gräfin war weggefahren, nach Paris, um die letzten Arbeiten der Restaurierung des Hôtels Phélypeau selber zu überwachen.

Es war dem alten Ministerpräsidenten recht, daß die Gräfin das unwirtliche Stadtpalais wohnlich machte. Er wird fortan auch in Paris eine bequeme, nach seinem Geschmack eingerichtete Heimstätte haben. Er wird viel häufiger seine unter den seidenen Vorhängen schlafenden Bilder beschauen können. Auch wird er nicht mehr gezwungen sein, seine ganze Geselligkeit unter den Augen des Monarchen zu treiben. Aber er mußte diese zukünftigen Annehmlichkeiten mit gegenwärtigen Leiden bezahlen. Es fiel ihm schwer, seine Gräfin zu entbehren, und diese einsamen Frühstücksstunden irritierten ihn.

Er tunkte das zarte Gebäck in die Schokolade, doch er führte es nicht zum Munde, er hatte keine Freude am Essen. Bei meiner Seele, wenn ich eine habe, dachte er, ich werde alt. Er stellte sich die mannigfachen Freuden vor, mit denen er seine Tage zu füllen pflegte. Aber heute gab es nichts, was ihn hätte locken können. Er war müde. Er wünschte, der Tag wäre erst vorbei und er könnte sich ins Bett legen, sich zusammenkrümmen und schlafen.

Er, Jean-Frédéric Maurepas, hatte alles gehabt, wonach sich ein Mensch sehnen mag, Reichtümer und Frauen und Ehren. Es eigneten ihm Witz und Verstand und Geschmack und Kühnheit. Er hatte erregende Erlebnisse gehabt, sein Geltungsdrang hatte sich austoben können, er hatte jeden Hunger gestillt, und jeder Traum war ihm Wahrheit geworden. Jetzt blieb ihm ein einziges Ziel: im Amte zu sterben.

Es kostete unsägliche Anstrengung, der progressive Minister eines reaktionären Königs zu sein. Und war das der Mühe wert? Der Alte saß in seine Schals und Tücher gehüllt, klein, dürr und moros.

Jetzt wieder peinigte ihn der Kollege Vergennes mit dieser albernen Anleihe für Franklin und sein Amerika. Er hatte ihm keine Ruhe gelassen, bis er ihm zugesagt hatte, bei der ersten günstigen Gelegenheit den zögernden Louis zur Unterschrift zu bewegen. Wieviel Kampf wird das wieder kosten. Und wozu eigentlich arbeitete er sich ab? Was ging ihn Amerika an? Böse, neidisch schaute er auf das Porträt, das ihm gegenüber hing. Aus kühlen, prüfenden Augen schaute Franklin durch ihn hindurch und über ihn hinweg. Der hatte es besser. Der vertrat ein junges Land und konnte mit der Jugend gehen ohne langen Kampf und Krampf.

Die Katze Gris-Gris streckte sich, gähnte, gab einen kleinen Laut von sich. Maurepas hielt ihr ein Stückchen Gebäck hin, sie schnüffelte, kehrte sich ab. Sie mochte ihn nicht recht, die Katze Gris-Gris. Der Alte dachte an das letzte Gespräch, das er um des Tieres willen mit der Gräfin geführt hatte. Sie hatte die ganze Zeit über geschwankt, ob sie die Katze hierlassen oder mit nach Paris nehmen solle. „Ich werde sie ungeheuer entbehren“, hatte sie geklagt. „Das Frühstück schmeckt mir nicht, wenn nicht Gris-Gris um ein paar Brocken bettelt.“ – „Dann nehmen Sie sie doch mit, meine Teuerste“, hatte er geraten. „Aber sie wird sich nicht wohl fühlen in Paris, das gute Tier“, hatte sie zu bedenken gegeben. „Die zwei-, dreimal, die ich's versucht habe, war sie sehr unglücklich, und wie unbehaglich wird ihr erst in dem Wirrwarr des Umbaus sein. Hier an Versailles ist sie gewöhnt. Hier hat sie ihre Mausjagd, hier kennt sie genau jedes Mauseloch. Katzen lieben nun einmal das Haus und nicht die Menschen.“ – „Nun also, meine Liebe“, hatte er erwidert, „dann wird Sie ja der Gedanke trösten, daß sich Gris-Gris hier bei uns wohl fühlt.“ – „Aber manchmal glaube ich“, hatte sie wieder erwogen, „daß sich das liebe Tier doch nach mir sehnt, und ich bin auch nicht ganz sicher, ob Gaspard ihr die Milch immer in der rechten Temperatur gibt.“ – „Wenn Sie sich darüber Sorgen machen, meine Teuerste“, hatte er geantwortet, „dann ist es vielleicht doch besser, wenn Sie sie mitnehmen." – „Mit Ihnen ist nichts anzufangen, Jean-Frédéric", hatte sie geklagt. „Sie wissen einfach nicht, was Sie wollen. Mitnehmen, hierlassen, von Ihnen erhält man nie einen klaren, eindeutigen Rat."

Der Alte, sich dieses Gespräches erinnernd, hellte sich ein wenig auf. Der Gedanke, wie abhängig er von seiner Gräfin und wie er ihr gleichzeitig überlegen war, wärmte sein kaltes Herz. Er streichelte die Katze, die sich ungnädig wegbegab, und nickte ein.

Ein leises Geräusch ließ ihn aufwachen. Die Tür hatte sich geschlossen. Man hatte wohl ins Zimmer gesehen, um das Frühstücksgeschirr abzuräumen, und war, um nicht zu stören, wieder gegangen. Er sah nach der Uhr auf dem Kamin, einem Meisterwerk von der Hand des Falconet. Er mußte über eine Viertelstunde so gedämmert haben. Wieder eine Viertelstunde verronnen, fünfzehn Minuten, neunhundert Sekunden. Die Minuten vergingen einem, die Stunden. Bis man im Amt gestorben sein wird.

Er schellte. Ließ Sallé kommen. Die Stimmungen dieses Morgens in Worte fassend, diktierte er dem Sekretär zynisch geistreiche Betrachtungen über die Nichtigkeit des Lebens. „Lesen Sie, Sallé", befahl er. Sallé, mit seiner schollerigen Stimme, las. „Das ist gut", freute sich Maurepas. „Finden Sie nicht, Sallé, das ist gut?", und über der Erlesenheit seines Stiles vergaß er die Nichtigkeit der Welt. „Das ist beinahe so gut wie der Prediger Salomonis. Finden Sie nicht, lieber Sallé?" wollte er bestätigt haben. Und: „Lesen Sie mir doch einmal ein paar Verse aus dem Prediger, zum Vergleich", forderte er ihn auf.

Sallé nahm die Bibel und las: „Ehe die bösen Tage kommen und die Jahre hertreten, da du sagen wirst: Sie gefallen mir nicht, / Ehe die Sonne und das Licht, Mond und Sterne finster werden, und Wolken wiederkommen nach dem Regen, / Zur Zeit, da die Hüter im Hause zittern und sich krümmen die Starken, und müßig stehen die Müller, weil ihrer so wenige geworden sind, und finster werden die Fenster, / Und die Türen an der Gasse sich schließen, und die

Stimme der Mühle leise wird, und man erwacht, wenn der Vogel singt, und gedämpft sind alle Töchter des Gesanges, / Wenn der Mandelbaum blüht und die Heuschrecke beladen wird, und alle Lust vergeht, denn der Mensch fährt hin und die Klageleute gehen umher auf der Gasse, / Ehe der Silberstrick reißt und die goldene Schale zerbricht und der Eimer zerfällt am Brunnenrand. / Denn der Staub muß wieder zur Erde, wie er gewesen ist."

„Hören Sie schon auf, Sallé", unterbrach ihn übellaunig der Minister. „Er war doch der bessere Schriftsteller, dieser alte Jude. Er drückt sich für meinen Geschmack zu dunkel aus, aber er spricht offenbar von den Gebrechen des Alters, und das tut er bildhaft und eindringlich, obwohl die Übersetzung schwach zu sein scheint. Nun ja, mit dem Altwerden war es wohl vor zweitausend Jahren genau wie heute. Es ist nichts Neues unter der Sonne." Und er schickte Sallé weg und nickte wieder ein, in trüben Gedanken.

Louis saß in seiner Bibliothek und betrachtete einen Kupferstich. Spanien hatte in der Tat endlich den Krieg erklärt, und der Stich stellte voll Hohn und Jubel die politisch-ökonomische Situation dar, die sich aus diesem neuen Schlag gegen England ergab. Da war eine Milchkuh, die sichtlich den Handel Großbritanniens verkörperte. Ein Amerikaner war im Begriff, der Kuh die Hörner abzusägen, eines war schon zu Boden gefallen. Ein dicker Holländer profitierte von der Gelegenheit und melkte an der Kuh herum. Ein Franzose trug einen bereits gefüllten Milchtopf davon, und ein Spanier mit einem andern Milchtopf wartete, daß die Reihe an ihn komme. Vorne aber lag, tief eingeschlafen, der britische Löwe, ein kleines, freches Hündchen spazierte auf seinem Rücken herum, und ihm zur Seite weinte, in Trauerkleidung, ein Engländer.

Es war aber auch erfreulich, daß nun Spanien am Kriege teilnahm. Es war tröstlich, daß sich auch sein Vetter Karl in Madrid, dieser ausgezeichnete Fürst, der in seinem Reich die gottgewollte Ordnung so tatkräftig aufrechterhielt, auf die Dauer dem Bündnis mit den Rebellen nicht hatte entziehen können. Nun wird er, Louis, nicht mehr der einzige sein, der den Rebellen Geld, Schiffe und Soldaten schicken muß.

Freilich benützen seine Herren die angenehme Wendung als Anlaß, noch mehr Geld für die Rebellen aus ihm herauszuquetschen. Sie drängen darauf, daß man nun, da man einen Teil der Zahlung auf Spanien abwälzen kann, den Amerikanern die riesige Anleihe genehmige. Dabei wird unter allen Umständen er den bei weitem größern Teil berappen müssen. Was immer kam, Gutes oder Böses, er mußte zahlen, es war eine Schande. Wenigstens war Monsieur Nekker, als Protestant und Schweizer, hartnäckig, er half ihm gegen die andern und sträubte sich, mit den Millionen herauszurücken.

Gestern, als Maurepas und Vergennes gar nicht abließen mit ihren Argumenten, hatte Necker eine erschreckende Ziffer in die Debatte geworfen. Die Ausgaben für den Krieg, hatte er behauptet, betrügen jetzt schon über fünfhundert Millionen. Er, Louis, hatte geglaubt, hatte gehofft, das sei eine Übertreibung, Necker habe die Ziffer nach oben abgerundet, nur um sich gegen die Anforderungen der andern zu wehren. Aber auch als die andern gegangen waren und er Necker vertraulich befragte, hatte dieser steif und fest erklärt, es sei so, die Ausgaben betrügen bereits über fünfhundert Millionen, und er hatte versprochen, heute in einer ausführlichen Bilanz die genaue Ziffer vorzulegen. Louis erwartete diese Aufstellung; er hatte Weisung gegeben, sie ihm sogleich nach Einlauf vorzulegen.

Er drängte die verdrießlichen Vorstellungen zurück und dachte an die große Freude, die ihm bevorstand. Jetzt wird es nur mehr Wochen dauern, bis es mit Toinette soweit sein wird. Mitte Dezember wurde ihre Entbindung erwartet. Er hatte sich etwas ausgedacht, womit er alle Welt überraschen wird. Sein Dauphin wird natürlich Louis-Auguste heißen wie er selber, aber er wird ihm, seinem Ältesten, dem Siebzehnten Louis, einen neuen Namen geben, wie ihn noch kein französischer König getragen hat. Gerade weil er, Louis, gezwungen war, die Allianz mit den Rebellen einzugehen, wird er in der Namensgebung seines Dauphins seinen guten Willen, sein Gottvertrauen betonen und ihn Adeodatus, Dieudonné heißen. Da war ihm etwas Gutes, Frommes eingefallen. Da wird er staunen und sich ärgern, sein Mentor, der heimliche Ketzer. „Bei meiner Seele, wenn ich eine habe." Er, Louis, hat es wohl gehört. Aber gerade darum wird er seinen Dauphin Dieudonné heißen. Und der Alte wird nichts einzuwenden wagen.

Ja, Louis wird einen guten Winter haben, allen Ketzern und Rebellen zum Trotz. Nur eines war schade: er wird infolge der bevorstehenden Niederkunft Toinettes für dieses Jahr auf seine Porzellan-Auktion verzichten müssen.

Leise und ehrerbietig kam Monsieur de Sept-Chênes herein, legte ein Schriftstück auf den Tisch, entfernte sich sogleich wieder. Aha, das Memorandum Monsieur Neckers. Sich die dicken Finger befeuchtend, kurzsichtig, aufgeregt, blätterte Louis in dem Dokument herum, um die Endziffer zu finden. Da war sie. Er lief rot an, schnaufte hart, es wurde ihm eng um den Leib, er mußte sich den Gürtel öffnen. 532 Millionen.

Maurepas und Vergennes hatten einfach gelacht, wenn Necker mit düsterer Miene vorausgesagt hatte, der Krieg werde 1000 Millionen kosten. Und er selber, wenn er auch tat, als glaubte er Necker, hatte ihm in Wahrheit nie geglaubt. Er hatte gerne den Vertröstungen der andern zugehört, der Krieg werde kurz dauern. England werde rasch gezwungen sein, Frieden zu machen, oder es werde zusammenbrechen. Aber Necker hatte es wiederholt, oft und abermals mit seiner scharfen, schullehrerhaften Stimme, die Louis an die Stimme seines alten Hofmeisters Vauguyon gemahnte: 1000 Millionen. 1000 Millionen.

Da lag dieser Stich, der den Zusammenbruch Englands darstellte. Die Hörner abgesägt. Und hier lag die Bilanz, welche der Protestant mit bösartiger Genauigkeit ausgearbeitet hatte. 532 Millionen Schulden, das war die Milch, das war die Realität. Der Stich war eine Phantasie, ein Traum, den er und alle seine Franzosen träumten, ein Wunsch, ein Nebel. 532 Millionen. Ihm selber, seinem Frankreich sind die

Hörner abgesägt. Er packte den Stich, zerriß ihn, schmiß die Fetzen auf den Boden, trat darauf herum.

Und da wollten sie noch eine Anleihe. Nochmals 25 Millionen. Dann springt die Ziffer auf 557, mit einem einzigen Federstrich. Alles für diesen Nimmersatt, den Franklin.

Es hielt ihn nicht länger in der Bibliothek. Zornig, ohne sich erst lange umzuziehen, watschelnd, stampfend, lief er über die Korridore und Treppen hinauf in die Schmiede. Er mußte sich kräftige Bewegung machen, mußte draufloshauen.

Die schwere, niedrige Tür war verschlossen. Er trug den Schlüssel immer bei sich. Er öffnete die Tür. Ein unerwarteter Laut klang ihm entgegen, ein langsames, klägliches und gleichzeitig erfreutes Mauzen. Dort oben, auf dem Werkzeuggestell, kauerte die Urheberin des Geräusches, eine Katze. Laudry oder Gamain waren also so pflichtvergessen, daß sich ein Tier in seine letzte Zufluchtsstätte hatte einschleichen können, und er hatte ihnen doch Gewissenhaftigkeit streng ans Herz gelegt. Hier, in seiner Schmiede, wollte er für sich sein, allein, hier duldete er keinen Menschen und kein Tier.

Er machte sich daran, die Katze zu jagen. Sie saß ganz oben auf dem Gestell, er erstieg einen Hocker. Sie sprang über ihn hinweg, herunter, er jagte sie täppisch, sie sprang auf den Werktisch, einiges fiel mit großem Geklirr, er wurde immer wütender, öffnete die Tür, jagte die Katze, sie flüchtete in den entgegengesetzten Winkel. Er packte eine Zange, schmiß sie nach ihr. Sie heulte kläglich auf, hinkte jämmerlich hinaus. Er schloß die Tür, grimmig befriedigt. Jetzt war er allein und hatte seine Ruhe.

Er zog sich aus bis auf Hemd und Hose, fachte die kunstvoll gehaltene Glut an, machte sich mit seinem Eisen zu schaffen, schwang seinen Hammer. Schlug und schwang und schwang und schlug.

Gamain kam. „Hast du die Katze hereingelassen?“ fuhr ihn Louis an, in der Fistel schreiend. „Welche Katze, Sire?“ fragte bestürzt der Bursche. „Du weißt es ganz genau“, wütete Louis. Gamain wußte nichts und verteidigte sich tapfer. „Wenn eine Katze hier war“, erklärte er, „muß sie hereingewischt sein, als ich wegging. Oder vielleicht ist sie unbemerkt durchs Fenster gekommen. Ich hatte es eine Zeitlang offen, weil es übermäßig heiß war." – „Ich will keine Katzen hier", ereiferte sich Louis. „Merk dir das, du Bastard, du Hurensohn. Ich lasse mir nicht von euch allen auf dem Kopf herumtanzen."

Noch eine Weile schimpfte er unflätig weiter. Dann, immer noch grollend und schimpfend, ging er zurück zu seinem Eisen. Schimpfte, schlug, schwang. Beruhigte sich. Und als er die Schmiede verließ, hatte er sich mit den Kosten des Krieges abgefunden.

In einer Hutschachtel brachten der Kammerdiener Gaspard und die Beschließerin Séraphine dem alten Maurepas die tote Katze Gris-Gris. Der Anblick erschütterte Maurepas tiefer als jemals ein politisches Ereignis. Er war kein Feigling; doch mit einer Furcht, die ihm das Mark durchkältete, dachte er an den Gram und die Empörung seiner Gräfin.

Er war ein maßvoller Mann, der selten laut wurde. Diesmal erhob er seine alte Stimme, daß sie wüst schrillte, er schrie die Frau und den Mann, die seit Jahrzehnten in seinen Diensten standen, grimmig an und überhäufte sie mit sinnlosen Beschimpfungen. Besorgt, als er japsend und atemholend in seinen Sessel fiel, wischte ihm Gaspard den Schweiß ab und hüllte ihn in seine Tücher.

Dann, vorsichtig, schilderte er den Untergang der Katze; durch den Bericht Gamains war alles geklärt. Der Allerchristlichste König hatte Gris-Gris allein in seiner Schmiede vorgefunden. Später, das hatten viele gesehen, war sie hinkend, halbtot, jämmerlich heulend durch die Korridore von Versailles gestrichen, bis eine mitleidige Seele sie erkannte und in die Appartements zurückbrachte, in welche sie gehörte. Séraphine schickte nach dem Doktor Lassone, doch Gaspard sah gleich, daß da nichts mehr zu machen war. Bevor denn auch der Doktor kam, war die Katze tot. Und hier war sie, die Leiche, in der Hutschachtel für den großen Florentiner.

Maurepas saß lange schweigend und verzweifelt. Dann gab er Weisung, die Katze noch heute im Park von Versailles zu bestatten; er wollte nicht, daß die Gräfin den Leichnam sehe. Er selber wohnte der Bestattung bei. Den Tag darauf sandte er Gaspard und Séraphine nach Paris, um die Gräfin behutsam zu informieren.

Die Gräfin ließ im Palais Phélypeau alles stehen und liegen und kam mit den Domestiken zurück. Sie, die sonst in jeder Situation ein skeptisches, überlegenes Wort fand, hatte diesmal die Fassung verloren. Ihre Katze, ihre Gris-Gris. Und schuld an allem war, wie immer, Jean-Frédéric, der alte Narr. Eine innere Stimme hatte ihr geraten, die Katze mitzunehmen, aber Jean-Frédéric hatte sie daran verhindert. Und dann hatte er die Katze diesem Tölpel und Barbaren in die Hände fallenlassen, diesem König von Gottes Zorne.

In unmißverständlichen Worten sagte sie Maurepas ins Gesicht, was sie über ihn und seinen jungen Schüler dachte. „Ich mache das nicht länger mit, Monsieur", erklärte sie, die schwarzen, flinken Augen kalt und drohend auf ihn gerichtet. „Mögen Sie sich Ihren Lebensabend durch Ihren leeren Ehrgeiz verderben. Ich stehe noch im Mittag, und ich mache nicht länger mit. Ich begreife es nicht, wie ein Mann, der seinen Verstand zusammen hat, sich aufreiben kann im Dienste dieses Barbaren und Tölpels." Dem Alten verschlug es die Sprache. „Aber ich muß doch respektvoll bitten, Liebste", stammelte er schließlich, „Sie sprechen vom König von Frankreich und Navarra." – „Ja, Monsieur", antwortete die Gräfin, „genau von diesem Barbaren und Tölpel spreche ich. Von Ihrem Schüler, von Ihrem Télémaque. Etwas Schönes haben Sie da herangezogen. Sie Mentor, Sie Aristoteles. Einen blutrünstigen Schwachkopf, der alles verfolgt, was liebenswert ist." – „Ich hatte gehofft", sagte zaghaft Maurepas, „es sei Ihnen ein kleiner Trost, daß die Katze von der Hand der Majestät gefallen ist." Die Gräfin hörte nicht auf ihn. „Was hat meine Gris-Gris Ihrem Louis getan?" klagte sie. „Glühende Zangen nach Katzen werfen, das hat er gelernt, Ihr Schüler, nichts sonst. Eine edle Frucht ist da herangereift unter Ihrer Wartung. Sie können stolz sein auf die Leistung Ihres Zöglings. Er hat meinem Franklin jedes Hindernis in den Weg gelegt, er hat meinen Toutou eingesperrt und die beste Komödie Frankreichs verboten, er hat meine Gris-Gris umgebracht. Was soll er denn noch anstellen, Ihr Schüler, ehe Ihnen die Augen aufgehen?" Sie richtete sich höher. „Wenn Sie eine Spur Würde in sich haben, Jean-Frédéric", forderte sie, „dann verlangen Sie Ihre Entlassung und gehen fort von diesem Hof, wo man unschuldige Tiere umbringt. Gehen wir nach Paris, wo wir nicht unter einem Dach mit dem Tyrannen wohnen. Aber vorher gehen wir nach Pontchartrain. Ich brauche Einsamkeit, um über das alles wegzukommen."

In Pontchartrain hatte Maurepas die langen Jahre des Exils verbracht. Die Erinnerung daran stimmte ihn noch trüber. Er hatte eine klägliche Nacht.

„Große Zeitung, Exzellenz, große Zeitung", verkündete am nächsten Morgen strahlend Vergennes. „Haben die Spanier einen Sieg?" fragte teilnahmslos Maurepas. „Etwas viel Wichtigeres, viel Glücklicheres", jubelte Vergennes. „Die Österreicher geben klein bei", und er schwang einen Brief und berichtete. Monsieur de Breteuil, der französische Botschafter in Wien, teilte vertraulich mit, Maria Theresia lasse im Namen auch ihres Sohnes den Allerchristlichsten König bitten, Frieden mit Preußen zu vermitteln. Habsburg sei bereit, auf alle Ansprüche aus dem bayrischen Vertrag zu verzichten und sich mit der Abtretung eines winzigen Gebietes, des Inn-Viertels, zufriedenzugeben.

Das war allerdings eine große Nachricht. Frankreichs Stellung wurde viel stärker, wenn der österreichische Verbündete den unglücklichen, verlorenen Krieg aufgab und die Hände frei bekam. Louis, dem der österreichische Krieg die Seele belastete, wird eine ungeheure Erleichterung verspüren und bereit sein, in andern Fragen Zugeständnisse zu machen. Bestimmt wird man jetzt die Unterschrift unter die amerikanische Anleihe von ihm erhalten können.

„Sie müssen gleich mit mir hinüber, Exzellenz", drängte fröhlich Vergennes. Aber: „Gehen Sie allein, mein Freund", antwortete trüb Maurepas. „Ich bin heute nicht in der Stimmung, das Angesicht der Majestät zu sehen." So erfüllt von seinen Mitteilungen war Vergennes gewesen, daß er jetzt erst wahrnahm, wie traurig bewegt sein Kollege war. „Was hat sich denn ereignet, um Gottes willen?“ fragte er. Maurepas erzählte. Vergennes war erleichtert, doch zeigte er Mitgefühl und sprach dem Kollegen in vielen Worten seine Teilnahme aus.

Aber er war Diplomat und wendig und erkannte schnell die guten Seiten auch jedes Unglücks. In behutsamen Sätzen deutete er an, daß Maurepas gerade jetzt nach der Unbill, welche die Krone ihm angetan hatte, sehr viel aus ihr herausholen könne.

Louis kam frostgerötet und fröhlich von der Jagd zurück, als Vergennes ihm mit der guten Nachricht aufwartete. Sein dickes, gutmütiges Gesicht glänzte vor Vergnügen. Das war ja großartig, daß der Schwager, der Römische Kaiser, zur Vernunft gekommen war. Also mit dem Inn-Viertel wollte er sich zufriedengeben. Das war maßvoll, das war gescheit. Das Inn-Viertel war ein winziges Gebiet, es war wirklich nur eine symbolische Eroberung, die Friedrich von Preußen dem Schwager bestimmt vergönnen wird. „Das Inn-Viertel“, erläuterte er geschäftig, stolz auf sein Gedächtnis, „hat einen einzigen Ort, der in Frage kommt. Auch der ist ganz unbedeutend, er hat ein paar hundert Einwohner, bestimmt keine tausend, es ist eine kleine Stadt, Braunau heißt sie.“ Er lief sogleich nach seinen Karten und freute sich unbändig, als die Karten ihn bestätigten.

Den Frieden vermitteln, das war so recht des Sechzehnten Louis Sache. Vor sich hin, zur Verblüffung seines Ministers, summte er ein altes Lied, das vor vierzig Jahren, zur Zeit des Friedensschlusses von 1735, in den Hallen populär gewesen war.

„Da sagte der König zum Kaiser:
Marsch, raus jetzt aus meinem Land.
Es ist Friede, du alter Scheißer,
Jetzt wird nicht mehr gesengt und gebrannt.
Es ist Fried, Majestät,
Leck mich am Arsch, Majestät.
Diridam, diridum, diridumdum.“

Eine ganz kleine Schadenfreude verspürte Louis, wenn er an seinen Schwager Josef dachte, dessen Plan nun so kläglich gescheitert war. Doch sie ging auf in größeren Gefühlen. Gerade jetzt, da es nicht mehr lange dauern sollte, daß er Vater wurde, fühlte er tiefe Dankbarkeit für den Mann, der ihm die Operation angeraten hatte, und der ehrgeizige Josef, der gescheiterte Welteroberer, tat ihm leid. Aber er verspürte eine tiefe, ehrliche Befriedigung auch für Josef, daß der nun das schwere Verbrechen dieses Krieges los war. Überdies wird er ja schließlich sogar noch einen Gebietszuwachs bekommen, dieses Inn-Viertel, dieses Braunau. Vor allem aber, und das wärmte Louis das Herz, wird die erlauchte Frau Mutter die schwere Sorge des Krieges los sein.

Er war bereit, zu tun, was in seinen Kräften stand, um den Konflikt zwischen Habsburg und Preußen aus der Welt zu schaffen. Doch war er sich klar darüber, daß der jetzt sicherlich doppelt empfindliche Josef mit größter Vorsicht behandelt werden mußte. Der Frieden war nahe, aber wenn man was falsch machte, flog er sogleich wieder davon. „Welchen nächsten Schritt raten Sie, Exzellenz?" fragte er seinen Minister.

Nun wußte Vergennes genau, wie er Mercy und wie den preußischen Botschafter zu nehmen hatte. Aber er wollte die herrliche Gelegenheit dieser Friedensvermittlung unter keinen Umständen vorbeigehen lassen, ohne die Zustimmung des Königs zu der amerikanischen Anleihe zu erhalten. Er war behutsam, er wollte sichergehen, diesmal sollte ihm der bei aller Dumpfheit so schwer zu fassende Louis nicht entschlüpfen. Ihn festzuhalten, dazu brauchte er die Hilfe des gekränkten Maurepas. Er bat also, der König möchte ihm etwas mehr Zeit lassen, um diese delikate Angelegenheit zu überdenken. Er werde, wenn es genehm sei, morgen oder übermorgen gemeinsam mit seinem Kollegen Maurepas über die zu treffenden Maßnahmen Vortrag halten.

In dem Augenblick, da Vergennes den Namen Maurepas' nannte, fiel Louis auf, daß dieser nicht da war. Nachrichten von solcher Wichtigkeit pflegten ihm seine beiden Ersten Räte gemeinsam zu überbringen. „Wo bleibt denn Maurepas?“ fragte er bestürzt. „Wieso ist denn mein Mentor nicht mitgekommen? Wo haben Sie ihn gelassen?“ – „Der Graf ist sehr niedergeschlagen“, antwortete vorsichtig Vergennes. Louis blinzelte, ratlos. „Niedergeschlagen? Warum ist er denn niedergeschlagen?“ fragte er albern. Vergennes, leise und bedeutungsvoll, sagte: „Es ist wegen der Katze, Sire.“ Louis begriff nicht. „Was denn für eine Katze?“ fragte er. „Was haben denn Katzen mit dem österreichischen Krieg zu tun? Ich verstehe keine Silbe.“ – „Ich meine die Katze Gris-Gris, Sire“, gab ihm Vergennes Bescheid. „Sie war die einzige Freude der Gräfin. Man hat ihr eine Verwundung beigebracht, mit einem Schmiedeinstrument, mit einer Zange, wenn ich recht unterrichtet bin.“

Jetzt begriff Louis. „Das war Maurepas' Katze“, fragte er unbehaglich, „die in meine Schmiede eingedrungen ist? Und sie ist ernstlich verletzt?“ – „Wenn ich recht unterrichtet bin, Sire“, antwortete Vergennes, „ist die Katze gestorben.“ – „Da hab ich ja was Schönes angerichtet“, klagte Louis, er war sehr betreten. „Offen gestanden, Sire“, sagte Vergennes, „ich habe meinen Freund Maurepas noch nie so deprimiert gesehen.“ – „Das kann ich mir denken“, jammerte der reumütige Louis, „die Gräfin ist eine lebhafte Dame.“ Er dachte an seine eigenen Gefühle, wenn er etwas getan hatte, das Toinettes Mißfallen erregte. „Da hat er keine gute Zeit, der Arme“, fuhr er fort. „Das ist ja schrecklich, daß die Katze gestorben ist. Ich habe sie nur hinausjagen wollen, und nun ist das Tier gleich gestorben. Wissen Sie was, Vergennes“, sagte er, sich belebend, „ich muß das gutmachen. Ich werde gleich hinübergehen und meinem Mentor mein Bedauern ausdrücken.“

Stehenden Fußes begab er sich zu Maurepas.

Der hatte sich inzwischen überlegt, welche Buße er seinem Zögling auferlegen sollte. Er war nicht rachsüchtig, aber er wollte nicht der einzige sein, der die Folgen des Kummers der Gräfin zu tragen hatte; er war entschlossen, einen Teil davon auf Louis abzuladen. Auch war er Politiker, ein wendiger Staatsmann mit beinahe sechzigjähriger Erfahrung; es müßte mit dem Teufel zugehen, wenn er nicht aus dem Tod der Katze Nutzen für den Fortschritt der Welt sollte herausschlagen können.

Soviel war gewiß: er mußte Louis die ganze Fülle des Leides zu schmecken geben, das er angerichtet hatte, und mußte dann sogleich die Reue des jungen Monarchen ausbeuten, um die Unterzeichnung der amerikanischen Anleihe zu erwirken.

Doch das war keine hinreichende Ahndung. Vergennes hatte recht: um die fünfundzwanzig Millionen für den Doktor Franklin zu erreichen, genügte es, die günstige Schlußwendung des österreichisch-preußischen Krieges auszunutzen. Die Tötung der Katze verlangte strengere Sühne. Als seine Gräfin die Sünden des widerspenstigen Louis aufzählte, hatte sie nächst der schlechten Behandlung Franklins die Unbilden erwähnt, welche der Monarch ihrem und seinem Schützling Pierre Beaumarchais zugefügt hatte. Es ärgerte den fortschrittlichen Staatsmann Maurepas sowieso, daß er die öffentliche Aufführung des „Figaro" noch nicht hatte erreichen können. Auch die Freigabe dieser allerliebsten Komödie wird ihm Louis jetzt einräumen müssen.

Der Alte hatte also, als ein verlegener Louis bei ihm eintrat, genau überdacht, was er und wie er es von ihm verlangen wollte. Daß Louis in Person kam und so schnell, bestärkte ihn in seinem Vorhaben, sowohl auf der Unterzeichnung der Anleihe als auch auf der Freigabe des „Figaro" zu bestehen.

Umwickelt mit seinen Tüchern und Schals, erhob er sich. „Bleiben Sie doch sitzen, verehrte Exzellenz", bat Louis. Doch der Alte blieb stehen, verneigte sich tief und sagte düsteren Antlitzes: „Ich danke Ihnen, Sire, daß Sie mir die Ehre Ihres Besuches schenken. Ich höre, der Römische Kaiser bittet Sie, ihm den Frieden zu vermitteln. Meine untertänigste Gratulation, Sire." – „Danke, danke, meine liebe Exzellenz", sagte beiläufig und ungelenk Louis. „Aber nun setzen Sie sich doch, bitte", drängte er von neuem. „Ich höre zu meinem Bedauern, Sie sind nicht wohl. Ihr alter, leidiger Rheumatismus." – „Weniger das, Sire", antwortete düster Maurepas, „als der Kummer. Der Verlust der Katze ist meiner lieben Gräfin zu Herzen gegangen.“ – „Es tut mir wirklich leid“, sagte Louis, „daß das Tier hat daran glauben müssen. Sie verstehen, die Katze war auf einmal in meiner Schmiede, sie hat fürchterlichen Lärm gemacht und alles über den Haufen geworfen.“ – „Ich verstehe, Sire“, sagte Maurepas. „Gris-Gris war eine gutgezogene Katze, aber sie mag sich im fremden Raum ungebührlich aufgeführt haben. Immerhin hat sie eine solche Züchtigung wohl kaum verdient.“ – „Ich habe ihr natürlich nichts tun wollen“, sagte unglücklich Louis. „Sie kennen mich doch, und Sie werden mir das glauben. Ich habe die Katze hinausjagen wollen, das ist alles. Es tut mir schrecklich leid, daß das schiefgegangen ist.“ – „Ich danke für Ihre Teilnahme, Sire“, sagte Maurepas, „sie wird der Gräfin ein Trost sein.“ – „Ich werde selber Madame de Maurepas mein Beileid aussprechen“, erklärte Louis, „mündlich und schriftlich. Und lassen Sie der Katze ein kleines Mal setzen, auf meine Kosten.“ – „Ich kenne Ihre Großmut, Sire“, bedankte sich Maurepas.

Louis fand, er habe sich nun zur Genüge entschuldigt, und hielt sich für berechtigt, das unbehagliche Thema zu verlassen. „Was sagen Sie zu der großen Nachricht aus Wien?“ fragte er. „Ist es nicht herrlich, daß sich Josef zu so löblicher Mäßigung entschlossen hat? Vergennes hat mir versprochen, lieber Graf, sich mit Ihnen ins Benehmen zu setzen; denn Sie müssen ja wohl gleich Mercy sehen und nach Wien schreiben und nach Potsdam.“ – „Ich werde mein Bestes tun“, antwortete etwas trocken Maurepas. „Aber ich werde wohl die Hauptarbeit dem Kollegen Vergennes überlassen müssen. Denn ich fürchte, mein Bestes wird nicht sehr gut sein. Ich fühle mich müd und gedrückt. Nicht nur die Sorge meiner lieben Gräfin lastet mir auf der Seele, es deprimiert mich auch, daß sich die Frage der amerikanischen Anleihe so hinschleppt. Gerade jetzt, da wir in Wien und Potsdam unser Wort zur Geltung bringen wollen, müßten diese Höfe versichert sein, daß die Krone energisch und zielbewußt vorgeht. Aber die Art, wie wir die Angelegenheit der amerikanischen Anleihe behandeln, erweckt schwerlich diesen Eindruck. Unsere Alliierten brauchen die Anleihe, der Kollege

Vergennes und ich haben Versprechungen gegeben. Das weiß man, und daß diese Versprechungen noch immer nicht eingelöst sind, muß notwendig den Eindruck erwecken, daß die Regierung schwanke und ohne Entschlußkraft sei. Ein solcher Eindruck aber behindert die Wirksamkeit aller unserer Schritte. Auch die geplante Vermittlungsaktion wird unter diesem Zögern leiden. Denn Friedrich ist ein guter Menschenkenner, und Graf Mercy ist schlau. Es werden harte Verhandlungen werden."

Louis schwieg verdrießlich. Der alte Minister, nach einer kleinen Weile, fuhr leise, doch mit Nachdruck fort: „Ich bin nicht mehr der Jüngste, Sire. Ich kann die österreichische Angelegenheit nicht so führen, ich kann mein Amt nicht so führen, wie ich gerne möchte, wenn ich den Kopf voll habe von den amerikanischen Sorgen."

Mit hilflosem Ärger hörte Louis zu. Er spürte hinter Maurepas' klug gesetzten Worten die Drohung. Der Alte grollte, weil er ihm das mit der Katze angetan hatte. Wenn er die Anleihe nicht guthieß, dann wird der Alte demissionieren.

Louis wußte, daß er zuletzt in der amerikanischen Angelegenheit werde nachgeben müssen. Aber alles in ihm sträubte sich gegen die neue Niederlage. Tausend Millionen Schulden. Schon in den ersten Monaten des nächsten Jahres wird die ungeheure Ziffer, die nie dagewesene, erreicht sein. Hier an der Wand, im Zimmer seines Ministerpräsidenten, hing frech das verhaßte Bild des Rebellen. Wo Louis hinkam, hing es. Sein Erster Rat hatte sich nicht entblödet, es Toinette zu schenken, und nun mußte er das empörende Bild im Zimmer seiner Königin dulden. Da schaute er herunter, der nimmersatte Franklin, kühl und streng und hochmütig und siegesbewußt schaute er über ihn hin und durch ihn hindurch.

Eine große Müdigkeit überkam plötzlich den jungen, dikken Menschen, eine grenzenlose Sehnsucht, sich nicht länger straffen zu müssen, sich nicht länger wehren, nicht länger streiten zu müssen. „Nun ja, nun schön", sagte er. „Ich werde nochmals mit Necker reden. Ich werde wohl die Anleihe genehmigen. Aber erst nach der Niederkunft der Königin", setzte er schnell hinzu. „Und das Geld darf nicht an den Kongreß gehen, ich will nichts zu tun haben mit diesen Lumpen und Schiebern. Alle Anweisungen müssen auf den General Washington persönlich ausgestellt werden. Dann werden sie wenigstens für Kriegsbedürfnisse verwendet und nicht für düstere Privatgeschäfte."

„Ich danke Ihnen, Sire", sagte Maurepas. Und gleich fügte er hinzu: „Und da ich Sie in so gnädiger Stimmung finde, lassen Sie mich von der zweiten Sorge sprechen, die mir den Schlaf raubt."

Louis' Gesicht verbarg nicht seinen Unmut. Waren die fünfundzwanzig Millionen nicht genug für die tote Katze? Der Alte wurde zu anspruchsvoll.

Maurepas ließ sich nicht abschrecken. „Die Stimmung der Pariser", sagte er, „ist nicht gut. Man findet, unsere Kriegsleistungen entsprechen nicht den hohen Kriegssteuern. Wir sollten etwas tun, Sire, um die Stimmung zu heben. Seit den ältesten Zeiten gibt es für solche Zwecke nur zwei Mittel: Brot und Spiele. Da wir mehr Brot nicht geben können, sollten wir den Parisern mehr Komödien geben."

Louis erkannte sogleich, wohinaus Maurepas wollte. Es ging natürlich wieder um den aufsässigen Caron und sein unzüchtiges Stück. Erst behelligte ihn der Alte mit dem Doktor Franklin, und jetzt kam er ihm mit dem Sieur Caron. Er, Louis, war selber schuld. Nachdem er den Burschen wegen seiner Zoologie in die Korrektionsanstalt hatte sperren lassen, hätte er festbleiben und ihn nicht mehr herausholen sollen. Und schon gar nicht hätte er ihm die Buchausgabe der gemeinen Komödie erlauben dürfen.

Aber wenigstens die öffentliche Aufführung hatte er nicht konzediert. Und da wird er festbleiben, auch wenn sein alter Mentor klagt und droht. „Niemals", hatte er erklärt, und niemals wird er eine öffentliche Aufführung erlauben.

„Wenn Sie eine Aufführung des berüchtigten ‚Figaro' im Auge haben sollten, Exzellenz", sagte er steif, doch sein kleines Doppelkinn zitterte, „dann muß ich Sie darauf aufmerksam machen, daß bei der Aufführung des verstorbenen Vaudreuil lediglich Damen und Herren des Hofes zugelassen waren. An denen gab es nicht mehr viel zu verderben. Und nur deshalb habe ich die Vorstellung gestattet. Aber ich habe von Anbeginn an darauf aufmerksam gemacht, daß ich eine öffentliche Aufführung des Werkes nicht dulden werde. Ich dulde nicht, daß man mein Volk vergiftet mit frecher Aufsässigkeit und mit wiehernder Lüsternheit. Gott hat den eifrigsten Fürsprech des Stückes weggerafft, diesen Vaudreuil. Ich muß mich wundern, Exzellenz, daß jetzt Sie den Ehrgeiz haben, an seine Stelle zu treten."

So scharfe Worte hatte Louis zu seinem Mentor noch nie gesprochen; er erwartete, Maurepas werde einen schnellen Rückzug antreten. Doch dieser fand, wenn er jetzt nicht die günstige Gelegenheit ausnütze, das progressive Stück durchzudrücken, dann werde er es niemals tun und in den Augen der Nachwelt eine schlechte Figur machen. Er gab also nicht nach. Zwar widersprach er nicht, aber er saß da, in seine Tücher und Schals gewickelt, schwach, uralt, gebeugt von Gram und Kummer, und schaute seinem Monarchen traurig in das fette, erregte Gesicht, ein lebendiger Vorwurf.

Louis erschlaffte denn auch und wurde zerknirscht. Er versuchte, sich zusammenzureißen, und sprach: „Erinnern Sie sich, bitte, Exzellenz, daß ich gesagt habe: ‚Niemals.'" Aber es war keine Würde mehr und kein Mark in diesem „Niemals", und Maurepas wußte, er hatte gewonnen. „Das hätten Sie eben nicht sagen sollen, Sire", antwortete er mit sanftem Tadel, „und da Sie es sagten, müssen Sie jetzt Ihr Wort umbiegen. Es gibt Verhältnisse, die stärker sind auch als ein Königswort." Louis schnaubte ein wenig. „Das aus Ihrem Munde zu hören, Exzellenz", sagte er, „nimmt mich wunder." Maurepas aber erwiderte, ungewöhnlich männlich: „Vielleicht ist es der Gram, der mir diese Kühnheit gibt."

Louis, nochmals an seine Schuld gemahnt, hockte unglücklich in seinem Sessel. „Das Verbot des Stückes", faßte Maurepas zusammen, „verärgert die Stadt. Es verdirbt die Stimmung für den Krieg. Ziehen Sie das Verbot zurück, Sire. Bezwingen Sie sich. Der Krieg fordert Opfer von uns allen."

Louis erhob sich, ging mit seinem schleifenden Schritt auf und nieder. Dieser zynische Greis. Ins Gesicht hinein sagte er ihm, daß er, da er den Krieg zugestanden habe, nun auch den „Figaro“ konzedieren müsse. Und er hatte leider recht, der Alte. Nachdem er einmal den ersten Schritt getan hatte, mußte er weitergehen auf der abschüssigen Bahn, immer schneller. Mußte dem Doktor Franklin die Millionen in den Rachen werfen. Mußte dem aufsässigen, unzüchtigen Caron die Straße frei geben.

Zänkisch sagte er: „Aber ich verlange, daß ein zuverlässiger Zensor alle anstößigen Stellen ausmerzt.“ – „Das ist doch selbstverständlich, Sire“, antwortete bieder Maurepas. „Glauben Sie, Monsieur Lenoir würde ein zweideutiges Wort auf Ihrer Bühne sprechen lassen?“

Louis, nach einem kleinen Schweigen, sich aufhellend, vertraulich, sagte: „Sie werden es erleben, mein lieber Graf: wenn die unanständigen Stellen gestrichen sind, dann ist die Komödie so langweilig, daß sie durchfällt.“ Der Alte verzog die trockenen Lippen in einem dünnen Lächeln. „Vielleicht wird der ‚Figaro‘ durchfallen, Sire“, sagte er, „aber hundertmal hintereinander.“ Louis sah seinen Minister kopfschüttelnd an. „Es ist wunderlich“, sagte er, „wie der Bursche euch alle behext. Übrigens“, sagte er noch schnell, „werde ich auch diese Genehmigung, wenn überhaupt, dann erst nach der Entbindung der Königin erteilen.“

„Eine ausgezeichnete Idee, Sire“, anerkannte ehrerbietig Maurepas. „Keinen schöneren Gnadenbeweis können Sie anläßlich der Geburt des Dauphins Ihrer Hauptstadt geben als die Erlaubnis, jenes allerliebste Stück zu spielen, und keinen edleren den Amerikanern als jene Anleihe.“ Er erhob sich, verneigte sich tief und sagte: „Ich danke Ihnen, Sire, im Namen der Stadt Paris und der Vereinigten Staaten.“

„Und nun kommen Sie, mein lieber, junger Monarch“, drängte er. „Wir gehen zu meiner Gräfin. Sie reichen Ihr die Hand, Sie teilen ihr mit höchsteigenem Munde Ihre gnädigen Entschließungen mit, und überall ist Versöhnung und Eintracht.“

Mit seiner ganzen Tatkraft und wilden Geschäftigkeit bereitete Pierre die Aufführung vor.

Zunächst galt es, vom Text zu retten, was zu retten war.

Dem Polizeipräsidenten war die ganze Angelegenheit nicht geheuer. Louis hatte Weisung gegeben, alle anstößigen Stellen auszumerzen, und der vorsichtige Monsieur Lenoir bestellte zum Zensor einen Mann, von dem er sicher sein konnte, daß er jeden Satz auf seine Loyalität und seinen moralischen Gehalt genau prüfen werde, den Abbé Suard, Pierres schärfsten literarischen Gegner. Pierre lief sogleich zu Maurepas, und es wurde dem Abbé das Amt wieder weggenommen.

Nach vielem Hin und Her betraute Monsieur Lenoir mit der delikaten Aufgabe einen gewissen Monsieur Coquely, einen sehr pedantischen Herrn. Dem ging es darum, eine möglichst große Zahl von Worten zu streichen. Sorgfältig immerzu addierte er die ausgemerzten Worte, weniger kümmerte er sich um ihren Sinn. Pierre und Gudin feilschten mit ihm um gewisse Stellen, und Pierre bot ihm für kurze Sätze, an denen er hing, längere zur Streichung. Im übrigen war Gudin viel störrischer als Pierre. „Wenn Sie“, ereiferte er sich, „Monsieur de Beaumarchais zumuten, diesen Satz zu streichen, dann verlangen Sie, daß er sein Stück mit eigenen Händen begräbt.“ Ein anderes Mal fauchte er den Zensor an. „Wenn Monsieur de Beaumarchais diese Streichung zuließe, dann gliche er der Medea, die ihre eigenen Kinder ermordet.“ Es wurden schließlich 2022 Worte gestrichen, das war sehr viel, und Monsieur Coquely war stolz. Es waren aber unter den zahlreichen Worten nicht viele, um die es Pierre ernstlich leid tat, und so kamen alle auf ihre Rechnung.

Monsieur Lenoir las das Manuskript in der letzten, vom Zensor genehmigten Fassung. Gewiß, es waren ungewöhnlich umfangreiche Streichungen vorgenommen, 2022 Worte, aber die Komödie war nach wie vor bedenklich, es wehte durch sie ein ruchloser Wind. Monsieur Lenoir las und las und wagte nicht zu erlauben und wagte nicht zu verbieten. Er ließ eine genaue Liste der gestrichenen Stellen anfertigen, nahm das Manuskript und die Liste, faßte sich ein Herz, ging zu Louis und bat ehrfurchtsvoll, der Allerchristlichste König möge die letzte Entscheidung selber treffen.

Mit gerunzelter Stirn sah Louis auf das Manuskript und auf das Verzeichnis. Er fühlte sich müde. Das Manuskript war hübsch gebunden und die Liste sauber geschrieben. Aber er wollte seine Hände und seine Augen nicht beschmutzen, indem er die widerwärtige Handschrift anrührte und las. Er wollte von der frechen Komödie nichts mehr hören und nichts mehr sehen. Ausrichten konnte er ja doch nichts gegen die steigende Flut des Schlammes. Er hatte Monsieur Caron und seine Denkschriften und seine Stücke und seine Schiffe und seine Geschäfte satt bis an den Hals.

Aber da stand Monsieur Lenoir und wartete und wollte Bescheid haben. „Wie viele Stellen sind denn gestrichen?" fragte er faul und mürrisch. Der Polizeipräsident griff nach seinem Verzeichnis. „Es sind dreiundfünfzig Stellen gestrichen", erklärte er, „teils kurze, teils lange. Es sind insgesamt 2022 Worte gestrichen", sagte er triumphierend. „Hm", sagte denn auch wohlgefällig Louis, „2022, da hat Ihr Monsieur Coquely gründliche Arbeit geleistet." Der Polizeipräsident verneigte sich geschmeichelt. Louis aber klammerte sich an die Hoffnung, die er schon seinem Mentor ausgesprochen hatte. „Wenn 2022 Worte gestrichen sind", meditierte er laut, „2022 unanständige und aufreizende Worte, dann ist die Komödie so langweilig, daß sie bestimmt durchfallen wird." – „Darf ich Sie dahin verstehen, Sire", fragte begierig Monsieur Lenoir, „daß Sie geruhen, keine weiteren Striche anzuordnen?" – „Nun ja, nun schön", beschied ihn Louis. „Aber Sie haben nicht vergessen, Monsieur", fügte er eilends und nicht ohne Schärfe hinzu, „daß die Mitglieder des Théâtre Français mit Nachdruck darauf aufmerksam zu machen sind, daß von der geplanten Aufführung der Komödie nichts verlauten darf vor der Niederkunft Ihrer Majestät der Königin."

Während Pierres Freude durch diese kurze Verschiebung kaum gemindert wurde, ärgerte sich Désirée über diesen letzten, albernen Versuch, die Aufführung nochmals hinauszuzögern. Was in aller Welt hatte die Entbindung Toinettes mit dem „Figaro" zu tun? Dann aber brachte gerade diese

Schikane sie auf eine Idee. Wenn die Herrschaften die beiden Dinge durchaus miteinander verquicken wollten, dann konnte ihnen geholfen werden.

Es war Gepflogenheit, daß bei der ersten Ausfahrt der Königin nach der Geburt eines Prinzen oder einer Prinzessin die Theater der Hauptstadt dem Volke von Paris Freivorstellungen boten. Désirée schlug Pierre vor, die Erstaufführung des „Figaro" für diesen Tag anzusetzen als Gratisvorstellung für die Bürger und Bürgerinnen von Paris.

Pierre, an kühne Projekte gewöhnt, war überrascht von soviel Keckheit. Mit seinem schnellen Verstand erkannte er sogleich die Vorteile und Gefahren des Planes. Natürlich war es verlockend, die Erstaufführung der Komödie zu einem Volksschauspiel zu machen. Aber schließlich war der „Figaro" für Hörer geschrieben, die gewohnt waren, komplizierte Vorgänge und einen geschliffenen, geschwinden, anspruchsvollen Dialog schnell aufzufassen, und werden die Zuschauer einer Freivorstellung ein solches Stück zu schmecken wissen? Und vor allem: wird nicht der König in dem Projekt eine neue Herausforderung erblicken? Liefert man ihm nicht einen Vorwand, die Aufführung von neuem zu verbieten oder doch nochmals hinauszuzögern?

Aber gerade, daß es ein solches Wagnis war, riß Pierre hin, und nach einer Überlegung von noch nicht zwei Minuten war er entflammt von der Idee.

Den Schauspielern des Théâtre Français das Projekt schmackhaft zu machen, war nicht leicht. Aber Pierre war erfüllt davon, er redete auf die Herren und Damen ein, er fand immer neue Gründe, er widerlegte alle Einwände. Wenn der König sein Volk ins Theater lud, dann war das Beste gerade gut genug. Und was gab es Besseres als die Erstaufführung eines lange erwarteten Stückes durch die besten Schauspieler des besten Theaters der Welt? Es war nicht wohl möglich, daß man solche Argumente sollte aus dem Felde schlagen können.

Schließlich fanden die Schauspieler Gefallen an dem tollkühnen Plan, und sie kamen überein, ihn auszuführen.

Es waren sogleich nach der Geburt eines „Kindes von Frankreich“ bei Hofe vielerlei Aktionen vorzunehmen, die einem komplizierten Zeremoniell unterlagen, und es mußten anläßlich der bevorstehenden Entbindung Toinettes viele Kuriere zwischen Paris, Madrid und Wien hin und her gehen, ehe alles abgesprochen und geregelt war.

Taufpaten sollten Maria Theresia sein und König Karl von Spanien. Maria Theresia sollte sich vertreten lassen von Madame Joséphine, der Gemahlin des Prinzen Xavier; denn diese war nächst der Königin die höchstbetitelte Dame des Reiches. Geschenke mußten bereitstehen für alle, die mit der Niederkunft Toinettes zu tun hatten. Rechtzeitig schickte denn auch die Kaiserin ihrem Botschafter Mercy Geschenke aller Art, Ringe und Armbänder und Uhren und Tabakdosen, für Madame Joséphine, für die Prinzessin Rohan als die Hofmeisterin der „Kinder von Frankreich“, für Doktor Lassone, für viele andere, und sie machte genaue Angaben über die Verteilung. In der Geschäftigkeit und der Aufregung jedoch, die ihr die Friedensverhandlungen mit Preußen verursachten, traf sie über die Geschenke Dispositionen, die ihr hinterher nicht mehr gefielen. Wird Madame Joséphine als die im Range Höherstehende nicht gekränkt sein, wenn die Prinzessin Rohan genau wie sie ein Armband mit dem Porträt der Kaiserin erhält? Nein, Mercy soll Madame Joséphine nicht das eine Armband, sondern das Tabaksdöschen mit dem Porträt der Kaiserin überreichen mit dem Hinweis, daß das Porträt des Döschens von dem berühmten Maler Wertmüller angefertigt sei. So instruierte den Botschafter unmittelbar nach dem ersten Spezialkurier ein zweiter.

Das waren Ordern, die dem Grafen Mercy kein Kopfzerbrechen machten. Leider aber erwies sich ein anderer Auftrag seiner Monarchin als nicht ausführbar. Maria Theresia wollte in Wien keine überflüssige Minute auf Nachricht warten und bat Mercy, er möge seinen Bericht über die Entbindung schon im voraus niederschreiben, so daß er nur Datum und Geschlecht des Kindes einzufügen habe. Hiergegen aber protestierte Graf Vergennes. Nicht der österreichische Botschafter in Paris, sondern der französische in Wien hatte das

Privileg, dem Wiener Hofe das erfreuliche Ereignis mitzuteilen. Vergennes verlangte also, daß Mercys Kurier erst achtundvierzig Stunden nach dem seinen abgehe, und Monsieur Lenoir mußte für die Überwachung der von Paris ausgehenden Kuriere besondere Vorkehrungen treffen; denn Vergennes fürchtete, der schlaue und eifersüchtige Mercy könnte ihn sonst um sein Vorrecht betrügen.

Die ängstlich gesuchte Amme hatte man mittlerweile aufgetrieben. Sie war vom Lande und nach dem Zeugnis vieler Ärzte und Geistlichen körperlich und moralisch durchaus unverdorben. Sie hieß Madame Poitrine. Mercy berichtete der Kaiserin, sie mache einen ungewöhnlich günstigen Eindruck, und Toinette schrieb der Mutter, sie ergötze sich jetzt schon an Madame Poitrines Wiegenliedern.

Die Verfasser von Schmähschriften arbeiteten eifrig, das Kind, noch bevor es geboren war, zu verdächtigen. Flugschriften, wer wohl der Vater sei, gingen in allen Vierteln von Paris um, und Monsieur Lenoir bekam zu tun. Dem König selber wurde ein Bändchen unflätiger Gedichte ins Fenster geworfen. Eine Untersuchung wurde angestellt, doch bald wieder aufgegeben; die Spuren endeten im Schlosse selber, in den Räumen des Prinzen Xavier.

Die Kirche, die Stadt Paris, das ganze Land nahmen lebhaften Anteil an diesen letzten Wochen der Schwangerschaft Toinettes. Der Erzbischof von Paris ließ jeden zweiten Tag Gebete lesen. Aus den entlegensten Provinzen brachen Leute auf, um an den Feierlichkeiten teilzunehmen, die anläßlich der Niederkunft in Paris und in Versailles stattfinden würden. Hunderte von adeligen Familien, die sonst auf ihren Landgütern lebten, übersiedelten nach Versailles, um nicht den Tag der Entbindung zu verpassen, an dem sie Gunstbezeigungen einzuheimsen gedachten. Schon waren in der kleinen Stadt Versailles keine Wohnungen mehr aufzutreiben, und die Lebensmittelpreise stiegen. Monsieur Leboiteux, dem der Stellwagenbetrieb von Paris nach Versailles gehörte, verdichtete den Verkehr.

Man erwartete die Niederkunft für den 16. Dezember. Vom 14. an hielten sich sowohl Doktor Lassone wie die

Prinzessin Rohan und zwei andere Damen der Königin in ständiger Bereitschaft. Jetzt erfüllten jene „Nebenzimmer“, die soviel Anlaß zu Gerede gegeben hatten, ihre Bestimmung; sie dienten in diesen Nächten dem Arzt und den Damen der Königin als Schlafzimmer.

Der 16. Dezember ging vorbei, der 17. Auch am 18. legte sich Toinette ohne Anzeichen von Wehen zu Bette.

Aber in dieser Nacht, um halb zwei Uhr, überkam es Toinette, und Doktor Lassone erklärte, es sei an dem. Die Prinzessin Rohan läutete die Glocke im Vorzimmer. Pagen und Läufer rannten in alle Richtungen, nach Paris, nach Saint-Cloud, um die Prinzen königlichen Geblütes und die Mitglieder des Kronrates herbeizuholen.

Diese sowie die Ersten Edelleute des Königs, die Ersten Edeldamen der Königin, die Inhaber des Cordon Bleu und die Damen, die das Recht hatten, auf einem Taburett zu sitzen, versammelten sich im Spielzimmer Toinettes. Die andern Edelleute füllten alle Appartements der königlichen Familie.

Auf der großen Straße aber, die von Paris herführte, zogen durch die kalte Nacht immer neue Scharen. Ein alter Brauch erlaubte es jedem französischen Bürger, der Entbindung der Königin beizuwohnen. Die Bürger hatten das Recht, sich mit eigenen Augen davon zu überzeugen, daß das Kind, dem sie einmal untertan sein sollten, in der Tat dem Schoße der Königin entsprang und daß kein falsches untergeschoben wurde.

Die Administratoren des Schlosses von Versailles trafen ihre Vorkehrungen zum Empfang dieser Gäste. Sie rechneten auf Tausende. Tausende kamen, und die Lakaien und Schweizer Garden hatten eine schwere Nacht. Ketten und starke Stricke sperrten die Zugänge. Zur rechten Zeit wird der Leibarzt der Königin die offizielle Ankündigung machen: „La reine va accoucher – Die Königin ist im Begriff, niederzukommen.“ Noch keine Minute wird vergangen sein, und der Ruf wird die Korridore durchlaufen und die Höfe erreicht haben. Dann werden die sperrenden Stricke fallen und das Volk in das Zimmer Toinettes einströmen können.

In diesem Schlafzimmer standen um den Alkoven herum, in welchem das Staatsbett aufgestellt war, siebzehn Sessel für die Mitglieder des Königshauses, neun für das Haus Bourbon, acht für das Haus Orléans. Achtundfünfzig kleinere Stühle standen dahinter für die anderen Mitglieder des Hochadels und des Kronrats. Der übrige Raum – zweihundert bis zweihundertfünfzig Menschen mochten noch Platz finden, wenn sie gepreßt standen – gehörte dem niedrigen Adel und dem Volk. Louis fürchtete, es könnten in dem zu erwartenden Gedränge die Stangen und die großen Vorhänge des Alkovens heruntergerissen werden und Toinette oder das Kind zu Schaden kommen. Deshalb hatte er mit eigenen Händen Pfosten, Stangen und Vorhänge stärker befestigt.

In diesem blauen und goldenen Alkoven also, in ihrem großen, niedrigen Staatsbett, lag jetzt, halb sitzend, Toinette. Ihren Rücken hatte man mit vielen Kissen gestützt, ihre Beine waren hoch gestellt. Um sie herum waren Doktor Lassone, Gabriele Polignac und die Prinzessin Rohan.

Doktor Lassone schien beherrscht, seiner Hand und seines Handwerks unbedingt sicher. Doch unter seiner eiskalten Selbstsicherheit war Erregung. Es hing von den nächsten Stunden viel für ihn ab. Wenn der Mutter oder dem Kind, ob mit oder ohne seine Schuld, etwas zustieß, dann war er für den Rest seiner Tage ein abgetaner Mann. Wenn alles gut ging, dann stand ihm hoher Lohn in Aussicht. War das Kind eine Prinzessin, so erhielt nach der Gepflogenheit der Arzt zwölftausend Livres; war es ein Dauphin, so warteten auf den Arzt zwei hohe Adelstitel mit ihren Privilegien und eine Gratifikation von fünfzigtausend Livres. Lassone kannte seine Désirée. Es war eine glückliche Eingebung gewesen, daß er ihr damals die Sechshunderttausend ohne Zögern zur Verfügung gestellt hatte, die er dann erfreulicherweise nicht hatte zahlen müssen. Aber ganz gewonnen hatte er Désirée damit noch lange nicht. Noch immer nicht hatte er sie dazu bewegen können, den Heiratstermin anzusetzen. Wenn er jetzt Unglück hatte, dann lag der Termin dort, wo die Parallelen sich schneiden. Wenn aber die schwitzende, weißhäutige Frau hier unter seinen Händen den Dauphin gebar, dann wird er noch in diesem Winter am Ziele sein. „Geruhen Sie, Madame, sich etwas weiter zurückzulegen“, befahl er, „und pressen Sie, pressen Sie.“

Toinette preßte. Das Zimmer war heiß, alle Fensterritzen waren vergipst, damit kein Luftzug eindringe, sie lag und schwitzte in dem dumpfen, menschenvollen Raum. Immer von neuem überwölkte Röte ihr Gesicht. Sie litt große Schmerzen, doch sie bezwang sich und schrie nicht. Nur jetzt nicht Haltung verlieren, befahl sie sich. Ihre Mutter hatte solche schweren Stunden dreizehnmal durchgemacht, und alle erzählten, wie tapfer sie sich bewährt hatte. Ach, wenn die Mutter jetzt da wäre. Gabriele war eine gute Freundin, ihr besorgtes Gesicht um sich zu haben, war tröstlich. Aber die Rohan war störend, sie wünschte, sie wäre weg. Lassone war notwendig, und sicher brachte er ihr Erleichterung und Hilfe, aber er starrte so, sie hatte Angst vor ihm.

Plötzlich waren die Schmerzen fort, für eine Minute, für zwei Minuten. Sie war sehr glücklich. Sie wird einen Dauphin haben, und sie wird sein wie früher, ebenmäßig und nicht mehr plump, und sie wird Theater spielen können wie früher. Und sie wird einen Dauphin haben.

Dann setzten wieder die Schmerzen ein. Gabriele, sehr zart und voll Freundschaft und unendlichen Mitleids, legte ihr die Hand unter den Rücken. „Wie bist du tapfer, Liebste“, sagte sie. Toinette sah die blassen, großen, hysterischen Augen der Rohan und schaute gleich wieder weg. „Pressen Sie, Madame“, sagte Lassone. „Es ist alles gut, es wird bald vorbei sein.“ Er sagte es sehr autoritativ, und sie bestrebte sich, es zu glauben, aber es war nicht bald vorbei. Im Gegenteil, die Schmerzen wurden unerträglich. „Gott, o Gott“, betete sie, „mach, daß ich nicht schreie.“ Und sie schrie nicht. Sie biß sich die Lippe, daß sie blutete, und: Es ist eine Corvée, dachte sie, und: Für diese Schmerzen gibt es kein deutsches Wort. Es ist eine Corvée, es ist meine Pflicht und mein harter Dienst, und ich werde nicht schreien. Und Gabriele hielt ihr die Hand unter den Rücken, und Doktor Lassone sagte leise und befehlerisch: „Es ist bald vorbei.“

Die Prinzen Xavier und Karl saßen ganz vorne. Wenn das Kind ein Knabe war, dann verlor Prinz Xavier seine Hoffnung auf den Thron, die so nahe gewesen war, und seinen Titel Kronprinz, und dem Prinzen Karl schwand dann jede leiseste Hoffnung. Die Brüder saßen nebeneinander in ihren Sesseln und starrten und schauten zu wie im Theater. Dem Prinzen Xavier war es eine Genugtuung, daß es so lange dauerte und daß Toinette zu leiden hatte. Manchmal machte er eine bösartige Bemerkung hinüber zu seinem Bruder. „Wenigstens", sagte er etwa, „bleibt dem Vater der Anblick ihrer harten Wehen erspart. Er liegt in seinem Grab und wärmt sich an seinem Cordon Bleu." Prinz Karl sagte sich, ein kleiner Trost sei, daß Le Roi de France et l'Avare anläßlich des freudigen Ereignisses werde blechen müssen; er, Karl, wird dafür sorgen. Er bedauerte Toinette, daß sie zu leiden hatte. Wieviel hübscher war sie als seine eigene Frau. Der Dicke hatte Glück. Zuweilen gähnte der Prinz ein wenig, und die ganze Zeit hindurch sann er nach über giftige Anmerkungen, die er während der Taufe machen könnte.

Diane Polignacs schnelle, scharfe Augen gingen hin und her von der Kreißenden zu dem Prinzen Karl. Sie war nicht schön mit ihrem hagern, dunklen Gesicht und der scharfen Nase, sie war eher häßlich, aber sie war des Prinzen Karl erklärte Freundin, sie war bei weitem die Klügste im Fliederblauen Klüngel, und der Prinz brauchte sie. Er liebte es, Geist zu zeigen, und war in diesem Bestreben auf sie angewiesen. Seit dem Tode Vaudreuils war die ehrgeizige Frau durch ihren Einfluß auf den Prinzen Karl die Herrscherin des Fliederblauen Klüngels. Was in diesem Raume vor sich ging, konnte ihr nur nutzen; denn Toinettes Macht über den Dikken wird steigen, und damit ihre eigene.

Louis selber hielt sich keine Minute ruhig. Schwitzend, schlampig angezogen, stapfte und watschelte er herum. Ziellos, immer von neuem, bahnte er sich einen Weg durch die Menge seiner Gäste. Dabei sagte er wohl abwesend: „Entschuldigen Sie, mein Sohn", oder er erklärte einem, dessen Namen ihm so fremd war wie sein Gesicht: „Es dauert furchtbar lange, aber finden Sie nicht auch, sie ist ungeheuer mutig?" Dann wieder lachte er ein bißchen blöde und sagte: „Was lange währt, wird gut."

Einmal lief er hinauf in seine Schmiede. Er hatte für die Kassette des Dauphins ein Geheimschloß angefertigt und wollte es Toinette sogleich übergeben. Doch als er auf dem Weg zurück zu ihrem Schlafzimmer war, wurde ihm bange vor dem Anblick der vielen Gesichter, die seine liebe Frau so neugierig und mitleidlos anstarrten. Er lief in seine Bibliothek, das war außer der Schmiede der einzige Raum, in dem keine Menschen waren, und er hockte nieder, allein, auf eine Viertelstunde. Lautlos die Lippen bewegend, betete er: „Laß es gut werden, mein Gott, und wenn ich gesündigt haben sollte, laß es sie nicht entgelten." Dann bezwang er sich und ging zurück in das große Schlafzimmer. Die Garden und Lakaien hatten Mühe, ihm den Weg frei zu machen.

Im Schlafzimmer saßen sie noch immer wie vorher und glotzten Toinette an, und es war furchtbar heiß und dumpfig, und Toinette lag da, die Beine hoch gestellt, sichtlich in Schmerzen. Aber sie schrie nicht, nur manchmal bewegte sie die Lippen. Und voll Angst und Mitleid erkannte er, daß es deutsche Worte waren, die ihre Lippen bildeten. „O Gott", sagte sie, „o mein Gott."

Die Tausende, welche die kalten Korridore und Treppen und Vorhallen und Höfe füllten, wurden nicht ungeduldig. Aus dem langen Warten wurde ein Volksfest. Die Hausierer sorgten für immer neue warme Gerichte, die man ihnen aus den Händen riß. Auch erteilten sie, die im Schlosse genau Bescheid wußten, gegen Trinkgeld Rat, wie man, wenn erst die sperrenden Stricke fielen, am schnellsten in Toinettes Schlafzimmer gelangen könnte. Andere boten unter Gewisper die bösartigen Pamphlete an; sie waren nicht billig, aber sie fanden Absatz. Man vertrieb sich die Wartezeit, sie lesend; doch war man gut gelaunt und schimpfte nicht, sondern lachte.

Der späte Dezembermorgen graute heran. In den Höfen und Korridoren wurde es heller, aber in dem Schlafzimmer Toinettes mit den verhängten Fenstern blieb es Nacht. Die Kerzen brannten, sie waren schon das zweitemal erneuert worden, und die Luft wurde immer schwüler und schlechter. Es wurde Morgen, und man servierte den im Schlafzimmer Wartenden Kaffee und Schokolade und Gebäck. Und es wurde Vormittag, und man servierte ihnen Suppe. Und es wurde Mittag. Und es wurde zwölf Uhr dreißig, und es wurde zwölf Uhr vierzig.

Da wandte Lassone sein Gesicht den Wartenden zu und sagte heiser, doch beherrscht: „La reine va accoucher."

Der Ruf wurde im Vorzimmer wiederholt, und er lief durch die Korridore, und er lief durch die Höfe, und es begann ein wüstes Geschrei und Gestampf und Gerenne. Da halfen keine Diener und keine Garden. Die Leute überrannten einander, sie überrannten die in den Vorzimmern, und im Nu, genau wie Louis vorhergesehen hatte, war das Schlafzimmer überfüllt. Die vorne die Ehrensessel innehatten, waren aufgestanden, sie starrten auf die Frau, die in höchsten Schmerzen arbeitete. Wie sie hochmütig ausschaute, sogar jetzt mit ihrer kühnen Nase und ihrer habsburgischen Unterlippe. Die hinter ihnen waren auf ihre Stühle gestiegen; ein Stuhl mit dem Daraufstehenden fiel um. Zwei Savoyarden, Schornsteinfeger, die hier genau Bescheid wußten, hatten den Mantel des Kamins erklettert. „Ätsch, ätsch", schrien sie triumphierend, „wir haben die besten Plätze, wir sehen alles."

Und es kam die lang erwartete Minute. Aus dem Schoße Toinettes arbeitete sich das Kind heraus. Lassone, mit seinen langen, geschickten Händen, half nach. Er als erster sah: es war ein Mädchen, und achtunddreißigtausend Livres entschwanden ihm.

Madame Poitrine, die Amme, nahm das Kind und trug es ins Zimmer nebenan, um es zu baden und der Hofmeisterin der „Kinder von Frankreich" zu übergeben, der Prinzessin Rohan. Louis, voll von verwirrten Gedanken, das fette Gesicht stolz, glücklich und gleichzeitig hilflos und bestürzt, ging hinterdrein, die andern drängten nach. Niemand kümmerte sich um Toinette, nur Lassone.

Plötzlich, mit seiner scharfen, diktatorischen Stimme, rief der Arzt: „Die Königin ist ohnmächtig. Luft. Die Fenster auf. Die Königin ist in Gefahr." Toinette, nach der ungeheuren Anstrengung, sich die ganze Zeit über zu beherrschen, erstickt von der verpesteten Luft, lag in schwerer Ohnmacht. Der Ruf des Arztes riß Louis aus seiner halb seligen, halb ängstlichen Beklemmung. Mit ungewohnt schnellem Entschluß drängte er sich durch die erschreckte Menge, rücksichtslos stoßend, und schlug mit der bloßen Faust die Scheibe eines der zugegipsten Fenster ein, so daß die kalte, frische Luft hereinkam. Doktor Lassone ließ Toinette zur Ader. Nach einer Weile öffnete sie die Augen. Louis atmete auf. Lachend, verlegen, etwas blöde beschaute er seine zerschnittene, blutende Hand.

Die Lakaien mittlerweile, unterstützt von Schweizer Garden, trieben die Menge aus dem Raum und holten die sich sträubenden Schornsteinfeger vom Kaminmantel herunter.

Kuriere Vergennes' gingen ab nach Wien und Madrid. Der Marquis de Béon, Kommandant der Garde, machte sich auf den Weg, um den seit frühestem Morgen versammelten Stadtmagistrat von Paris von dem Ereignis in Kenntnis zu setzen.

Das Zeremoniell verlangte, daß die Hofmeisterin der „Kinder von Frankreich", die Prinzessin Rohan, Toinette die Meldung überbrachte, sie habe ein Mädchen geboren, und ihr das Kind präsentierte. Aber noch ehe die Rohan aus dem Nebenzimmer zurückkam, hatte Gabriele der Königin mitgeteilt, sie habe eine schöne, große, gesunde Tochter.

Toinette nahm die ungeheure Enttäuschung gelassener auf, als die Freundin erwartet hatte. Die Seligkeit, daß das Leiden überstanden war, und die Erschöpfung wirkten sänftigend. „Es ist gut auch so", sagte sie. Ich werde eben das nächste Mal den Dauphin gebären, dachte sie, sich bescheidend, und: Sie wird allen unwillkommen sein, aber mir soll sie willkommen sein. Und laut sagte sie: „Wenn es ein Sohn wäre, gehörte er dem Staat. Meine Tochter gehört mir."

Louis saß an ihrem Bett. Er hatte sich um die blutende Hand achtlos ein Tuch gewickelt, auch sein Gesicht – er war sich darübergefahren – war blutverschmiert. Lassone wollte ihn verbinden, er winkte ab. Er hielt Toinettes sehr weiße Hand in seiner blutigen, tuchumwundenen und sprach auf sie ein. „Ich bin so glücklich", sagte er, „und du hast dich so tapfer gehalten, und du bist meine geliebte, tapfere Toinette, und ich danke dir, und ich bin so froh, daß es vorüber ist." Aber in seinen Augen und in seinem Herzen war Bestürzung. Essig ist es mit dem Dieudonné, dachte er, Essig mit dem Siebzehnten Louis. Es ist eine Strafe. Es ist die Strafe, weil ich mich von diesem Franklin habe einwickeln lassen. Es ist die Strafe, weil ich mich mit den Rebellen eingelassen habe.

Mercy hatte voll Sorge und Mitleid zugesehen, wie die Tochter seiner kaiserlichen Freundin hatte leiden müssen. Wenn einer, dann hielt er auf strenge Einhaltung des Zeremoniells. Jetzt indes beriet er mit Lassone, und dann wandten sie sich beide an Louis und erklärten, es sei durchaus notwendig, daß nicht alle, die zufolge ihres Titels darauf Anspruch hätten, ins Zimmer der hohen Wöchnerin eingelassen würden. Es bestehe sonst ernstliche Gefahr. Louis stimmte eifrig zu, und es wurde beschlossen, daß Toinette in den nächsten Tagen absolute Ruhe und Einsamkeit solle genießen dürfen. Einlaß finden sollten nur diejenigen, die man durchaus nicht ausschließen konnte, die Mitglieder der königlichen Familie, die Damen des inneren Dienstes, der Arzt, der Abbé Vermond; kurz: es sollten alles in allem nur sechsundzwanzig Personen die Ruhe und Einsamkeit der erlauchten Wöchnerin teilen.

Enttäuschung und Schadenfreude herrschten in Paris, als bekannt wurde, der erwartete Dauphin sei ausgeblieben. Nach außen aber boten Hof und Stadt den Anschein freudiger Erregung. In Paris und in Versailles wurde Tedeum gesungen, auf der Place d'Armes vor dem Schlosse wurde ein riesiges Feuerwerk vorbereitet. Die beiden Präsidenten des Pariser Stadtmagistrats gingen selber in die Gefängnisse und lösten arme Schuldner aus.

Noch am Tage der Geburt wurde die kleine Prinzessin getauft, auf den Namen Marie-Thérèse-Charlotte; ihr offizieller Titel war „Madame Royale".

Wiewohl sein Bericht nicht abgehen konnte, schrieb

Mercy seiner Kaiserin unmittelbar nach dem feierlichen Taufakt. „Das kleine Gesicht Ihrer Enkelin, Madame", schrieb er, „hat anmutige und sehr regelmäßige Züge, große Augen und einen ungewöhnlich hübschen Mund. Ich habe mir erlaubt, die Haut Ihrer Königlichen Hoheit zu berühren, und ich habe den Eindruck, Ihre Königliche Hoheit ist ein durch und durch gesunder Säugling."

Noch am gleichen Tage, dem ersten ihres Lebens, hielt Madame Royale ihren ersten Empfang ab. Alle Mitglieder des königlichen Hauses, die Mitglieder des Kronrats und die beim Hofe von Versailles akkreditierten Gesandten machten der kleinen Prinzessin ihre Aufwartung. Auch Doktor Franklin erschien und verneigte sich vor dem königlichen Kinde.

Die glänzendsten Feiern wurden aufgespart für den Tag, da die Königin nach Paris fahren sollte zum Dankgottesdienst in Notre-Dame.

Louis, der seiner Toinette die Anstrengung nicht zu früh zumuten wollte, setzte diese erste Ausfahrt für den 8. Februar fest, den einundfünfzigsten Tag nach der Geburt.

Umfängliche Vorbereitungen wurden getroffen. Eine Nacht, einen Tag und noch eine Nacht sollte Paris voll sein von Musik und Tanz. Der König lud zum unentgeltlichen Genuß von Würstchen und Kuchen, aus den öffentlichen Brunnen wird Wein fürs Volk fließen, über der Seine ein wunderbares Feuerwerk abgebrannt werden.

Alle Pariser Theater kündigten Festvorstellungen an. Der Eintritt war frei. Der König zahlte.

Das Théâtre Français kündigte die Erstaufführung der Komödie „Der tolle Tag oder Die Hochzeit des Figaro" des Monsieur de Beaumarchais an. Der Eintritt war frei. Der König zahlte.

Verblüffung war ob dieser Ankündigung, Gelächter, Jubel. Daß Beaumarchais, der Befreier Amerikas, der Kriegsheld, der erste Theaterdichter des Erdkreises, den Parisern seine berühmte, vom König verbotene Komödie an diesem tollen Tag auf Kosten des Königs vorführte, das war ein Meisterwerk. Und sehr viel gespannter als auf die Prozession des Königspaares durch die Straßen von Paris wartete man auf die Aufführung des „Figaro“ im Théâtre Français.

Die Administratoren des Theaters hatten alle Hände voll zu tun. Das Volk von Paris war geladen, das Volk von Paris wird kommen, das Volk von Paris war zahlreich. Man wird nur einen winzigen Teil der Tausende einlassen können, die kommen werden. Dazu aber begehrten andere Tausende Platz, Aristokraten, Mitglieder des Hofes, Angehörige der Schauspieler, Schriftsteller, Rezensenten. Man entschloß sich, den vierten Teil der Plätze diesen Bevorzugten anzuweisen und die übrigen achthundert Sitze dem Volk von Paris frei zu halten.

Es kamen nicht Tausende, es kamen Zehntausende. Als um fünf Uhr die Tore geöffnet wurden, entstand wüstes Gedränge, Geraufe, Getrete. Die geschulten Pariser Polizisten konnten nur mit Mühe verhüten, daß Frauen und Kinder totgetrampelt wurden.

Endlich hatten alle unter Geschrei, Gejammer und Gelächter ihre Plätze eingenommen. Und nun erschienen die Ehrengäste. Ein alter Brauch erforderte, daß in diesen Freivorstellungen die besten Sitze den Damen der Halle und den Kohlenträgern reserviert blieben. Als Ehrengäste trafen, wie es sich gehörte, diese Besucher erst ein, als die andern bereits versammelt waren. Die Wachen machten ihnen Platz, und das Publikum begrüßte sie mit Jubel, als man sie zu ihren Sitzen geleitete, die Kohlenträger in die Loge des Königs, die Fischweiber in die Loge der Königin.

Hatte jemals eine Erstaufführung des Théâtre Français ein so wunderliches Publikum gesehen? Da saßen nebeneinander Damen vom Hofe und Handschuhmacherinnen, Generalsteuerpächter und Stuhlflicker, Herzoginnen und Damen der Halle, Mitglieder der Akademie und Fleischergehilfen, kurz: das Volk von Paris. Die Schauspieler waren fieberisch erregt; die meisten bereuten schon das Wagnis. Für ein solches Publikum war Monsieur de Beaumarchais' Komödie nicht geschrieben. Wir sind nicht im alten Athen, und wird dieses Publikum die frechen, geistreichen Sätze des „Figaro“ begreifen?

Und nun klopfte der Stock auf, und der Vorhang ging auseinander. Die Zuschauer schneuzten und räusperten sich und schwatzten noch eine Weile weiter. Figaro-Préville setzte ein zweites Mal an und ein drittes Mal, bis es endlich unter vielen „Pst, pst“ und: „Erzählen Sie gefälligst zu Hause zu Ende, Madame“, stille wurde. Und dann kam ein erstes, nicht unfreundliches Klatschen, und dann rief einer: „Was sagt er? Ich habe nicht verstanden“, und viele schrien: „Nochmals, nochmals“, aber es war sichtlich guter Wille da.

Und allmählich begriffen die Leute, wer diese Herren und Damen auf der Bühne waren, was sie wollten, und worum es ging, daß nämlich dieser Aristokrat mit der Frau dieses netten Mannes, der einer der Ihren war, schlafen wollte. Das war nicht ungewöhnlich und nicht weiter aufregend. Aber der Aristokrat war besonders hochmütig, und dieser Figaro, der zu ihnen gehörte, war besonders sympathisch und hatte seinen guten Kopf, und es war amüsant und was fürs Herz, wie er es dem Aristokraten gab. Bald zeigte sich, daß Pierre mit seinem sichern Sinn fürs Theater ein Stück geschrieben hatte, das vor jedem Publikum bestand.

Das gerade vor diesem Publikum bestand. Ja, Désirée hatte ihrem Pierre einen vortrefflichen Rat gegeben. Bald kamen die Zuschauer dieser Freivorstellung, das Volk von Paris, der Komödie auf den rechten Geschmack. Sie merkten, daß diese leichten, eleganten Sätze nicht so harmlos waren, wie sie klangen, sondern geladen mit dem Haß und der Verachtung, die sie selber verspürten, und daß dieser Kampf um den Platz im Bett der Zofe Suzanne keineswegs nur ein unterhaltliches Spiel war. Die Leute lachten und waren überaus vergnügt; aber es war ein wilderes, gefährlicheres Vergnügen, als man es je im Théâtre Français erlebt hatte, und diese Vorstellung, welche der König seinem Volke gab, war eine seltsame Feier zur Geburt eines Königssprossen. Sie wußten es nicht, aber sie ahnten es. Alle spürten sie es. Die anwesenden großen Herren lachten und freuten sich mit den andern, und sie spürten noch mehr als die andern den sonderbaren Kitzel.

Damals, für die Aufführung von Gennevilliers, hatte

Pierre klüglich die gestrichenen Stellen durch plötzliches Verstummen und durch Gesten ersetzen lassen. Mit solchen Listen bei dem Publikum von heute Verständnis zu finden, konnte man nicht hoffen. Désirée aber glaubte, der festliche Anlaß erlaube einigen Übermut, und sie hatte vorgeschlagen, die eine oder andere der gestrichenen Stellen kühnlich zu sprechen. Die meisten der Schauspieler waren vor so gefährlicher Frechheit ängstlich zurückgewichen. Nun indes erwies sich die Zuhörerschaft ungewöhnlich aufgelockert, alles schien möglich, und Désirée als erste sprach mutig ein paar gestrichene Worte. Madame Dugazon folgte, schließlich auch der zaghafte Préville. Der aufsichtführende Polizeikommissar wurde unruhig; dergleichen hatte sich in der hundertfünfundzwanzigjährigen Geschichte des Théâtre Français noch nicht ereignet. Aber es war eine Festvorstellung für Madame Royale, es war ein Fest, welches der König seinen Parisern gab, der Skandal einer Unterbrechung konnte unabsehbare Folgen haben. Der Beamte wagte nicht einzuschreiten. Die Schauspieler wurden kühner, immer mehr gestrichene Stellen wurden gesprochen. Verstanden. Bejubelt. Dreimal, zuweilen viermal mußten die Schauspieler die gefährlichen Stellen wiederholen.

Pierre saß in seiner Loge mit Gudin und dem Freunde und Kollegen Sedaine. Er hatte den Erfolg seines Stückes in der Phantasie oftmals vorausgekostet; nun kostete er ihn in der Wirklichkeit, doch es war eine sehr andere Art Erfolg. Dieses Publikum, das Volk von Paris, verstand den künstlerischen Reiz seiner Komödie, ihr Salz, bei weitem nicht so gut wie die Herren und Damen in Gennevilliers. Aber viel besser verstand das Volk von Paris die Wahrheiten, die sein Stück aussagte. Er erschrak, als ihm der erste der verbotenen Sätze in die Ohren klang, und er erschrak tief und glücklich, als er dann spürte, mit welch wilder Freude das Publikum gerade diese Sätze aufnahm. Zu Beginn der Aufführung hatte er kleine, blasierte, überlegene Witze gemacht; allmählich wurde er still, und schließlich versank er in sich selber und hörte und sah nur mehr, was auf der Bühne geschah, und war nichts als einer aus der Masse der Zuschauer und war doch sehr viel mehr. Habe ich das gemacht? fragte er sich. Habe ich das gewollt?

Er war betäubt. Sedaine sagte was zu ihm, er hörte nicht. Er sah und spürte, wie die Situationen, die er gefunden hatte, wie seine Menschen, seine Sätze, wie das, was er gemacht hatte und was von allein weitergewachsen war, das Volk von Paris ansprang, es in seinem Innersten packte.

Es war Seligkeit gewesen, dieses Stück zu schreiben, Seligkeit, es aufzuführen, dem versammelten großen Adel Frankreichs die Wahrheit ins Gesicht zu sagen. Aber was er jetzt erlebte, war anderes, Tieferes. In diese Stunde verdichtete sich aller Sinn seines Lebens. Diese Stunde, da sein „Toller Tag" seine Pariser nicht nur belustigte, wie kaum je ein Stück zuvor, sondern sie aufwühlte, sie zum Denken anstachelte, sie empörte, das war die beste, die er je erlebt hatte, besser als jede Liebesstunde, als jede Stunde kommerziellen oder politischen Erfolges. Was in diesen Menschen schlief, ohne daß sie es hätten sagen oder denken können, das hatte er in Worte gefaßt, daß es ihnen jetzt entgegenklang, ihnen bewußt wurde für immer.

„Minerva", sagte plötzlich Gudin zu ihm, und da er ihn nicht zu hören schien, stieß er ihn an und wiederholte: „Minerva." Einen Augenblick war Pierre ärgerlich über den Pedanten, der seine beste Stunde durch alberne Anmerkungen störte. Dann aber lächelte er und nickte dem Freunde dankbar zu. Er erinnerte sich. Gudin hatte ihm gesprochen von den zwei Arten des Erfolges, von dem Erfolg, den Merkur verleiht, der schlaue, Gold und äußere Ehren verteilende Gott, und von den innern Erfolgen, welche Minerva verleiht, die große, erhabene Göttin der Weisheit, die dem Haupte des Zeus entsprungene. Erfolge des Merkur hatte er zur Genüge gekostet. Jetzt zum erstenmal spürte er die Seligkeit des Erfolgs der Minerva. Er wußte, dies war eine Höhe, die er nicht werde halten können. Er wußte, so ein Erfolg kam nur einmal. Aber da war er, und er kostete ihn ganz aus.

Es blieben natürlich auch an diesem Abend viele, die meisten der anstößigen Stellen weg. Doch Louis hatte sich getäuscht, das Auditorium fand das Stück trotzdem keineswegs langweilig. Im Gegenteil, je weiter die Aufführung fortschritt, um so besser lebten sie sich hinein, die Leute von Paris. Jede Situation, jedes Wort, jede Geste schlug ein. Eine wilde, aufrührerische Freude füllte das Haus.

Doktor Lassone saß unter den Zuschauern. Er sah Cherubin und hörte Cherubin, und ihm waren Cherubin und Désirée eins. Die Ovationen, die man Désirée brachte, schwellten ihm das Herz. Oft hatte ihn der Gedanke, daß sie, auf der Bühne stehend, so vielen Menschen gehörte, gequält. Einmal hatte er ihr's in vorsichtigen Worten angedeutet, doch sie hatte einfach gelacht, und er hatte begriffen, daß er ihr mit solchen Andeutungen nicht nochmals kommen dürfe. Jetzt verstand er sie. Sie hatte recht: ihr wahres Leben war das Leben auf der Bühne, das gehäufte, verdichtete, vervielfältigte Dasein des Schauspielers. Er selber lebte jetzt in dem, was auf der Bühne geschah.

Doktor Lassone war alles eher als ein Revolutionär, aber er konnte nicht hindern, daß die wilde, verbotene, rebellische Heiterkeit, die von der Bühne ausging, auch ihn ergriff. Es war eine wunderliche und sicher schädliche Erregung. Sein Leben war anstrengend. Der Leibarzt des Königs von Frankreich mußte immer auf dem Posten sein, mußte sich beherrschen, ein gezirkeltes Zeremoniell beobachten und dabei sein ganzes Können immer präsent haben; übrigens hatte Doktor Lassone ernsthafte und ausgedehnte wissenschaftliche Interessen, seine Zeit war ausgefüllt, er war nicht mehr jung, und er, der Arzt, wußte, daß eine Erregung, wie er sie jetzt spürte, seine Tage verkürzen mußte. Aber er war gewillt, den Preis zu zahlen, und kostete seine rebellische, erotische Erregung aus bis ins Letzte. Mit den andern wünschte er, daß Figaros List über die Macht des Grafen siege, mit den andern freute er sich, wenn der Graf trotz all seiner Geschmeidigkeit um seine erste Nacht geprellt wurde. Doch jenseits der andern genoß er, Josèphe-Marie Lassone, er allein, die gierige, herzsprengende Vorfreude, hernach mit Cherubin zusammen zu sein.

Im Publikum saß auch Mr. John Adams. Er hatte seine

Rückreise vorbereitet, in der nächsten Woche wird er Frankreich verlassen. Aber er wollte seinen Aufenthalt bis zum letzten Tag ausnutzen, um das verderbte, versklavte Land in seiner ganzen Erbärmlichkeit kennenzulernen. So war er heute hierhergekommen, um mitanzuschauen, wie die servile Stadt Paris ihrem Despoten huldigte, weil der Vater geworden war. Nun kam freilich alles anders, als er sich's vorgestellt hatte. Aber er mißbilligte deshalb dieses französische Publikum nicht weniger. Gewiß, manchmal riß die Stimmung des Hauses auch ihn mit, und er fühlte sich bewegt wie damals im Jahre einundsechzig, als er die Rede von James Otis gehört hatte. Damals war er sich vorgekommen wie der Knabe Hannibal, dem der Vater Hamilkar den finster feierlichen Eid gegen Rom abverlangt. Damals, im Gerichtssaal, als das Kind Unabhängigkeit geboren wurde, war er bereit gewesen, gegen England zum Gewehr zu greifen, und mit ihm alle andern. Und zuweilen drohte in dieser Aufführung des „Figaro" ein ähnliches Gefühl ihn fortzuschwemmen. Doch immer wieder rief er sich zurück und machte sich mit Logik und mit Abscheu den Unterschied klar. Nein, nein. Was diesen Pöbel bewegte, der da kreischte und sich vor Lachen bog und sich die Seiten hielt, das hatte nichts gemein mit der Liebe zur Freiheit, von der die Neue Welt glühte, nichts mit jener Unabhängigkeit, die er und Jefferson in ihrer großen Erklärung verkündigt hatten; das hier war einfach Zügellosigkeit, Widersetzlichkeit gegen die Behörde, Unbotmäßigkeit, Mangel an Disziplin. Das Gesindel hier würde im Ernstfall kaum davor zurückschrecken, auch gegen wackere Bürger vorzugehen und ihre Habe zu zerstören. Aber was immer er sich vorsagte, es nützte ihm wenig, und sein Abscheu ertrank wieder und wieder in dem Taumel von Zorn und Gelächter, der alle mitriß.

Versteckt in einer Loge saß Monsieur Charles Lenormant d'Etioles. Es ziemte sich nicht, hier zu sein, und er hatte auch lange gezögert. Er hatte gefürchtet, die Gefühle, die er bei den Proben in den Menus Plaisirs und bei der Aufführung in Gennevilliers gespürt hatte, jene schwer erträglichen

Wirrungen aus Bewunderung, Haß und Verzweiflung, würden sich diesmal nur verstärken. Dann hatte es ihn doch hergetrieben. Und es geschah ihm, wie er fürchtete.

Zuerst kreiste seine brennende Anteilnahme um Désirée. Er sah sie, er liebte sie wütend, in seinem Herzen war Bitterkeit und zorniger Verzicht. Er erkannte, er hatte sein Leben vertan, er selber, durch ungeheuern Irrtum. Jeanne hätte er wahrscheinlich niemals halten können; diese Désirée, die noch würziger war als Jeanne, noch lebendiger, die so recht aus dem Volke kam, sie hätte er halten können. Doch im entscheidenden Augenblick hatte er's falsch gemacht. Hatte die größte Lust und Freude seines Lebens preisgegeben um des Reizes willen, sich an der Hilflosigkeit seines Freundes Pierrot zu weiden.

Aber der war nicht hilflos, der war unverwundbar.

Monsieur Lenormant wahrte Haltung. Er klatschte mit den andern, halb mechanisch und weil er jedes Aufsehen scheute, er schlug die Hände zusammen, lautlos, anders hatte er's nie gemacht, er hätte es anders für unvornehm gehalten. Allein in seinem Innern war Zusammenbruch. „Vanitatum vanitas." Er hatte den Spruch frech über den Eingang seines Hauses meißeln lassen, gerade weil er glaubte, er habe trotz allem aus seinem Leben das Beste gemacht. Aber der Spruch sagte die Wahrheit.

Wiederum, so genau er es kannte, riß das Stück ihn hin, er spürte die Erregung der Zuschauer, ihre Gefühle mischten sich mit seinen eigenen und mit einer grenzenlosen, die Sinne trübenden Feindschaft gegen Pierre. Der war der Feind, der ewige Vorwurf, die ewige Widerlegung dessen, wofür er stand, Charles Lenormant. Ungetrübt von allen Zweifeln warf sich dieser Pierrot mit seinem ganzen Sein in alles, was ihm begegnete, in jede Lust, in jeden Zorn. Er pfiff auf Würde, er tat und sprach, wie ihm zumute war, redete heraus, was er wollte, Edles und Gemeines, und alles ging ihm gut zu Ende, und aus allem zog er Genuß. Lenormant verzehrte sich vor Neid und vor Gier. Welche Freude mußte es sein, den andern, den Gegnern, seine Meinung so ungehemmt herauszusagen, wie dieser Bursche es tat. Es lohnte, selbst wenn sie einen dann totschlügen. Aber sie schlugen ihn nicht tot, sie bewunderten ihn, bejubelten ihn.

Charlot ertrug es nicht mehr, er wollte nach Hause gehen. Er konnte nicht. Er mußte sitzen bleiben und weiterhören und sein Herz und sein Blut weiterfüllen mit dem Gift.

Und jetzt kam der Monolog, und wiewohl Charlot schon in Gennevilliers hatte erfahren müssen, daß die Länge des Monologs die Hörer nicht hinderte, ihn zu genießen, hatte er eine leise, sinnlose Hoffnung, diesmal werde das Stück zum guten Ende doch noch zu Fall kommen.

Auch Pierre und Préville und die andern hatten gezögert und lange debattiert, ob sie den Monolog nicht für diese Vorstellung auf ein paar Sätze kürzen sollten. Denn wenn auch das raffinierte Publikum von Gennevilliers aufnahmefähig gewesen war, werden Kohlenträger und Damen der Halle bereit sein, sich nach vier oder fünf Stunden ein so langes Selbstgespräch vorsetzen zu lassen?

Sie waren bereit. Sie waren begeistert. Und den Schauspieler Préville riß die Begeisterung des Publikums über sich hinaus. Mit brennender Passion sprach er, lebte er seinen wunderbaren Monolog.

Erstaunt, empört und gleichzeitig gelockt, hörte und sah Lenormant, wie dieser Monsieur Préville, kein mutiger Mann, immer kühner wurde, leidenschaftlicher. Jetzt kam der Satz von den Gefängnissen, von der Bastille. Sollte Préville es wagen?

Préville hatte nicht daran gedacht, den überaus gefährlichen, ganz und gar verbotenen Satz zu sprechen, von dem man wußte, daß gerade er den Zorn Louis' gereizt hatte. Préville hatte den Satz nicht einmal genau im Kopf. Doch es riß ihn hin, er begann den Satz, er improvisierte ihn, Aber sogleich nach den ersten Worten, hielt er erschreckt inne. Für einen Augenblick war das Publikum überrascht und begriff nicht. Einige aber begriffen und brachen in Gelächter aus und erklärten, und dann stürmte das Gelächter weiter, und dann schrie einer: „Sag uns deinen Satz, Figaro. Heut ist ein großer Feiertag." Und mehrere wiederholten es, und: „Sag uns deinen Satz", schrie das ganze Theater. Und Préville sagte seinen Satz, den Satz von dem Gefängnis, und die Pariser jubelten und riefen kindisch entzückt: „Die Bastille, er spricht von der Bastille."

Lenormant war betäubt. Aber es war in ihm ein rasendes Gift, und er wartete darauf, fieberisch und voll Verlangen, ob der Schauspieler sich erdreisten werde, auch die nächste gebannte Stelle zu sprechen. Denn dies war der gefährlichste Satz. Ungeheuer gespannt, voll Wut und voll Verlangen, wartete Lenormant, er wünschte, daß Préville den Satz spreche, und er fürchtete sich davor.

Jetzt war es soweit. Und siehe, Préville ging ganz vor an die Rampe. Nicht in seinem Kastanienhain wollte er den Satz sprechen, nicht fallenlassen wollte er ihn; nein, jedes Wort verstehen, jede Silbe spüren sollten die Hörer. Ganz vor trat er, die Arme hob er, die Hände zu halben Fäusten rundete er, und, das Gesicht wollüstig vor Zorn und vor Begierde, sehr leise, doch überaus deutlich in das totenstille Haus, sagte er: „Oh, wenn ich einen von diesen großen Herren hier in meinen Händen hielte." Wie er das seufzte, stöhnte. Eine wüstere Aufstachelung zur Revolution konnte man sich nicht vorstellen. Und es sprang denn auch das ganze Publikum hoch. Die Fischweiber in der Loge der Königin kreischten, die Kohlenträger klatschten in ihre ungeheuern Pratzen.

Monsieur Charles Lenormant d'Etioles saß ganz still, in manierlicher Haltung. Nicht einmal auf seinem Gesicht wagte er seine grenzenlose Angst und Wut Ausdruck werden zu lassen, er verschloß sie tief in seiner Brust. Er wußte, wenn er jetzt das kleinste Wort der Opposition wagte, einen Zwischenruf, einen Pfiff, dann würden ihn die Zuschauer zerreißen. Aber hinter seiner unbewegten Stirn war Panik ohne Maß. Es waren viele seines Standes im Hause. Sie lachten mit den andern, klatschten mit den andern, freuten sich mit den andern. Sie sahen immer noch nichts, die blinden Kälber. Sie glaubten, das, was ihnen da vorgeführt wurde, seien hübsche Wasserkünste. Merkten sie nicht, daß es die Sintflut war?

Schwarze Hoffnungslosigkeit, unerträgliche Trauer

klemmte Monsieur Lenormant die Brust. Er spürte seinen Untergang und den Untergang alles dessen, was ihm und den Seinen das Leben lebenswert machte.

Und es kamen die Schlußcouplets, und dann, endlich und viel zu früh, schloß sich der Vorhang, und die Leute jubelten den Schauspielern zu. Und einige schrien: „Beaumarchais, Beaumarchais", und allmählich schrien es mehr und immer mehr, und dann drängte das ganze Publikum der kleinen Seitenloge zu, in welcher Pierre mit seinen Freunden saß.

Sedaine sagte, und sein Neid ertrank in seiner Ergriffenheit: „Ein solcher Erfolg ist seltener als ein Wunder." Gudin sagte: „In der Geschichte des Theaters gibt es nur *einen* Abend solcher Begeisterung; das war, als Paris der ‚Irène' zujubelte und Voltaire krönte. Aber das war ein Ende, und das heute ist ein Anfang." Und die Leute schrien: „Pierre Beaumarchais, unser Pierre. Es lebe unser Pierrot, der Befreier Amerikas, der Sieger von La Grenade." Und sie schrien: „Pierre, Figaro, Cherubin." Und sie schrien: „Pierre, Amerika, Pierre."

Aber Pierre hörte nicht, und Pierre rührte sich nicht. Er saß wie im Traum. Er hatte nicht gewußt, daß das, was er getan hatte, so innig verknüpft war mit dem, was er schrieb. Er hatte nicht gewußt, daß es das gleiche Gefühl war, das ihn getrieben hatte, Waffen für Amerika zu liefern und den Monolog des Figaro zu dichten. Der Sieg von Saratoga und dieser Sieg hier in Paris waren Früchte des gleichen Baumes. Er hatte es nicht erkannt. Jetzt lehrte es ihn das Volk.

Aber wenn er's nicht gewußt hatte, so hatte er doch diesem Abend mit seinem ganzen Wesen zugestrebt von Anfang an. „Durch Lachen verändere ich die Welt", zweimal hatte er einem Werk dieses Motto vorgesetzt. Jetzt erfüllte sich ihm seine Bestimmung. Jetzt hatte er das Größte erreicht, was ein Mann erreichen konnte: er veränderte die Welt durch sein Wort. Er war der Erbe Voltaires. Dieses Auditorium, das Volk von Paris, bestätigte es ihm durch seine Begeisterung: mehr noch als durch seine Waffen bewirkte er durch sein Lachen.

War je einem Manne solches Glück vergönnt? Er dachte an seinen Vater, den Hugenotten, der seine Überzeugung hatte verleugnen müssen, damit er seinen Sohn was werden lassen könne. Jetzt war sein Sohn was geworden. „Durch Lachen verändere ich die Welt." Jetzt rächte er seinen Vater an seinen Unterdrückern.

Noch am gleichen Abend beschlossen die Mitglieder des Théâtre Français, die Büste Pierre Beaumarchais' aufzustellen neben den Büsten ihrer Dichter Corneille, Racine, Molière, Voltaire.

Arthur Lee saß in der Braunen Bibliothek und wartete auf Doktor Franklin, um sich zu verabschieden. Er wollte nach Philadelphia und sich neue Instruktionen holen; er hatte sichere Aussicht, zum Gesandten auch für Holland ernannt zu werden. Dies erreicht, also wieder mit zwiefachem Charakter, wollte er rasch nach Europa zurückkehren. Und dann, nicht mehr behindert durch den größenwahnsinnigen Greis, wird er Amerika und der Welt zeigen, was zu leisten Arthur Lee imstande ist.

Er saß jetzt schon beinahe fünf Minuten hier. Man ließ ihn auch dieses letzte Mal warten. Er hatte vor seiner Abreise vielerlei Geschäfte, und es war reine Höflichkeit, wenn er dem Doktor h. c. einen Abschiedsbesuch machte. Aber Franklin war im Erfolg und also noch arroganter als bisher.

Franklin *war* im Erfolg. Versailles hatte die große Anleihe zugestanden; die Verträge waren noch nicht unterzeichnet, aber alles war abgesprochen, und man hatte das Wort des Königs. Freilich wurde die Anleihe der Armee bewilligt und ihrem Oberkommandanten, dem General Washington, nicht dem Kongreß. Er, Arthur Lee, hätte eine solche Demütigung nicht hingenommen, aber leider hatte er ja nicht mehr die Befugnis, Einspruch zu erheben.

Lange genug hatte es gedauert. Vermutlich hatte der Doktor die Unterhandlungen verschleppt, damit die Anleihe nicht zustande komme, solange er und Adams noch Kommissare waren. Franklin wollte behaupten können, die Anleihe sei lediglich seinem ungeheuern Ansehen zu danken; er wollte als der einzige Amerikaner gelten, der in Europa Erfolg hatte.

Der Doktor kam. Höflich dankte er Arthur Lee, daß dieser trotz seiner vielen Geschäfte nochmals herausgefahren sei. Mr. Lee verneigte sich steif. „Es haben sich", resümierte er, „manchmal Meinungsverschiedenheiten zwischen uns ergeben, Doktor Franklin. Aber Sie werden mir zugestehen, daß ich mich ernstlich bemüht habe, Ihrem Standpunkt Rechnung zu tragen." – „Sie haben sich bemüht", sagte Franklin. „Es wäre einfacher gewesen", fuhr Arthur Lee fort, „zu allem, was Sie vorbrachten, ja zu sagen. Doch das Interesse des Landes, das zu vertreten wir beide die Ehre haben, verlangte, daß ich meine Meinung klar und unumwunden äußerte." – „Sie haben sie klar und unumwunden geäußert", antwortete Franklin.

„Wenn Sie mir Depeschen nach Amerika mitgeben wollen", sagte Arthur Lee, „werde ich sie gerne befördern." Der Doktor dankte freundlich; im stillen beschloß er, seine Nachrichten auf zuverlässigeren Wegen zu schicken.

Arthur Lee stand auf. „Es bleibt mir noch übrig", sagte er, „Ihnen und unserm Lande gute Wünsche auszusprechen für Ihren weiteren Aufenthalt in dieser Stadt." – „Danke", sagte Franklin. „Und Ihnen gute Reise und Wind dahinter." Arthur Lee verneigte sich. „Also leben Sie wohl", sagte er. Und damit entschwand der bittere junge Herr aus der Braunen Bibliothek und aus Franklins Sicht, wie dieser hoffte, für immer.

Am Morgen darauf hörte der Doktor seinem kleinen Enkel Ben die Schulaufgaben ab. Es hatte aber Monsieur Lefèvre, der Lehrer, für den Jungen einige Sprüche aus den Klassikern zusammengestellt über Freundschaft und Feindschaft. Langsam, lateinisch und französisch, rezitierte der kleine Benjamin die zusammengestellten Zitate, und der Doktor hörte aufmerksam zu.

Da ließ etwa Plutarch seinen König Agesilaos sagen: „Auf ungerechte Art sein Wort brechen, ist ein Frevel; aber den Feind hinters Licht führen, ist nicht nur gut und ruhmvoll, sondern auch spaßhaft und nützlich." Und nachdem Xerxes in der Schlacht von Salamis besiegt war, sagte Aristides zu Themistokles: „Es scheint mir falsch, den geschlagenen König einzukreisen und durch Furcht zum Äußersten zu treiben. Denn dann wird er sich nicht mehr unter ein goldenes Dach setzen und der Schlacht gemütlich zuschauen, sondern in der Verzweiflung die besten Maßnahmen treffen und alles wagen. Anstatt also die vorhandenen Brücken abzubrechen, sollten wir womöglich noch eine dazubauen, um den Mann, je eher, je lieber, aus Europa hinauszuschaffen."

„Ja, mein Junge", sagte Franklin, „es gab weise Leute unter den alten Griechen. Aber jetzt will ich dir einmal etwas sagen." – „Ist es wieder etwas Wichtiges, Großvater?" fragte begierig der kleine Benjamin. „Muß ich es geheimhalten?" – „Nein", antwortete Franklin, „ein Geheimnis ist es nicht. Was ich dir sagen wollte, ist dies: Es ist ein Vorteil, einen Feind zu haben, der auf jeden Fehler scharf aufpaßt, so daß man sich immer in acht nehmen muß." – „Ich hab eine ganze Menge Jungens, die mich nicht leiden können", versicherte der kleine Ben, „weil ich ein Fremder bin." – „Da siehst du es", sagte der Doktor. „Da mußt du dich hier viel mehr zusammennehmen als etwa in Philadelphia." – „Wenn mich aber einer bei Doktor Lefèvre verpetzt", erklärte der kleine Ben, „dann schlag ich ihn braun und blau."

Der Gedanke an Arthur Lee stak tiefer in Franklin, als er angenommen hatte. „In letzter Zeit", schrieb er seinem Freunde Joseph Reed, „hatte ich, glaube ich, das Vergnügen, nur *einen* ernsthaften Feind zu haben, Arthur Lee. Seine Feindschaft danke ich den Franzosen, die mich zu sehr und ihn zu wenig schätzen. Was ich ertragen konnte, er aber nicht."

Und dann kam der Tag, an dem, lächelnd, der Sekretär de la Motte meldete: „Monsieur Malaprop ist in der Braunen Bibliothek und möchte sich verabschieden."

Ja, in der Braunen Bibliothek, zu Füßen des Generals Washington, ging Mr. Adams auf und ab. Er wird sich freuen, wenn die Haus- und Amtsgenossenschaft mit Doktor Franklin endlich gelöst sein wird. Sie waren höflich miteinander ausgekommen, doch das hatte sehr viel Selbstbeherrschung gekostet. Denn der Doktor hatte große Fehler, die auch den Geduldigsten reizen mußten. Der alte Herr war nun einmal groß geworden in einer Epoche laxer Moral, und niemand konnte über seinen Schatten springen. Andernteils waren ihm gewisse Verdienste nicht abzusprechen. Auch die fünfundzwanzig Millionen hatte er schließlich beschafft, wenngleich verspätet und mit demütigenden Bedingungen.

Mr. Adams hielt es für seine Pflicht, den Doktor auch in diesem letzten Gespräch auf die gefährlichen Eigenschaften der Franzosen hinzuweisen. Beredt schilderte er die tiefe und unerträglich widerwärtige Wirkung, welche die Komödie des Monsieur Caron ausgeübt habe. Jeden amerikanischen Patrioten, meinte er, müßten Vorgänge, wie sie sich bei der Aufführung dieses „Figaro" abgespielt hätten, nachdenklich machen. Er, Adams, hatte ja das Bündnis mit Frankreich von Anfang an als ein leider notwendiges Übel betrachtet. Die Behandlung, welche die Mutter England ihrer Tochter Amerika zuteil werden ließ, war wider die Natur; aber es war schmerzlich, daß sich die Tochter mit dem Erbfeind der Familie verbünden mußte. Und sein ganzer Aufenthalt in Frankreich war für Mr. Adams ein einziger Beweis gewesen, daß die Abneigung gegen dieses Land, die er mit der Majorität der Amerikaner teilte, durchaus berechtigt war. Diese Aufführung des „Figaro" war ein Beweis mehr. „Glauben Sie mir, verehrter Doktor Franklin", ereiferte er sich, „dieses ganze Frankreich, der Hof und das Volk, ist in voller Auflösung begriffen. Es ist ein Leichnam, mit dem wir uns zusammengebunden haben. Ich sage Ihnen: jam foetet – er stinkt schon."

Franklin meinte höflich: „Ich bin ein alter Mann, Herr Kollege, und vermag Ihnen nicht ganz zu folgen. Sie erzählen, daß die Aufführung einer sehr progressiven Komödie auf die Pariser überaus anregend gewirkt habe, und daraus schließen Sie, daß das ganze Land zum Untergang bestimmt sei. Würden Sie mir das, bitte, erklären?"

„Ich brauche nicht lange auf die Vorgeschichte der Aufführung einzugehen", begann lehrhaft Mr. Adams, „auf das ‚Niemals' des Königs. Das alles ist Ihnen ja bekannt. Die bloße Tatsache der Aufführung beweist also schon, wie brüchig hierzulande die Autorität ist. Und die Wirkung der Komödie beweist es noch soviel mehr. Wir sollten daraus eine Lehre ziehen für unsere französische Politik. Wir sollten einerseits aus diesem versinkenden Lande jeden Vorteil herausholen, uns aber andernteils hüten vor einer zu engen Verbindung mit einem Reich, dessen absoluter König so wenig zu sagen hat, dessen herrschende Schicht so dekadent ist und dessen Bürger so begierig sind nach Aufruhr." – „Verzeihen Sie", antwortete Franklin, „aber ich verstehe immer noch nicht recht. Wenn das Volk hier ebenso freiheitlich fühlt wie wir, dann, scheint mir, kann uns das doch nur recht sein." – „Ich bitte um Entschuldigung, Doktor Franklin", sagte Mr. Adams, „aber ich muß dagegen protestieren, daß man die Liebe der Vereinigten Staaten zur Unabhängigkeit und Selbstbestimmung in *eine* Reihe stellt mit der Neuerungslust und Zerstörungssucht des Pariser Pöbels, der sich nach Unruhen und Aufruhr sehnt nur um der Unruhen selber willen, um nämlich im trüben zu fischen. Was ich in dieser Aufführung des ‚Figaro' erlebt habe, das war nicht die Empörung eines Volkes, das gegen einen Tyrannen aufsteht aus wohlverstandenen Interessen und wegen des Bruches von Verträgen, wie wir das getan haben. Der Pöbel, den zu beobachten ich da Gelegenheit hatte, kennt keinen Zügel und würde auch vor liberalen Männern, wie wir es sind, kaum haltmachen."

„Nun", antwortete Franklin, „wenn ich recht unterrichtet bin, dann haben ja auch die Unsern nicht immer viel Federlesens gemacht, und es ist auch bei uns nicht immer ohne Gewalttätigkeit an der falschen Stelle und ohne einige Ungerechtigkeit abgegangen. Ich fürchte, Mr. Adams", fuhr er fort und richtete sich ein wenig höher, und jetzt schaute er aus wie auf dem Gemälde von Duplessis, „ich fürchte, Freiheit und eine bessere Ordnung wird sich nirgends in der Welt ganz ohne Gewalt und Unrecht herstellen lassen. Wahrscheinlich werden Sie recht behalten. Wahrscheinlich wird auch das französische Volk die Zügel einmal abwerfen, und vielleicht wird, wie Sie es voraussagen, diese Umwälzung begleitet sein von unangenehmen Krämpfen und widerwärtigen Nebenerscheinungen. Aber werden die Segnungen nicht die Schäden aufwiegen? Ich bin ein alter Mann, und ich gestatte mir zuweilen zu träumen. Ich träume von einer Zeit, da nicht nur die Liebe zur Freiheit, sondern auch ein tiefes Gefühl für die Menschenrechte in allen Nationen der Erde lebt. Ich träume von einem Zeitalter, da Leute wie wir, wohin immer auf dem Planeten wir unsere Schritte lenken mögen, sagen dürfen: Hier bin ich zu Hause. Gesetzt den Fall, es ließe sich ein solches Zeitalter herbeiführen, finden Sie, Mr. Adams, es wäre mit Blutvergießen zu hoch bezahlt?"

Mr. Adams hörte höflich zu. Doch konnte er nicht verhindern, daß sein Gesicht Unbehagen zeigte. In seinem Innern dachte er: Dieser Franklin ist ein Mann des achtzehnten Jahrhunderts und versteht nichts von dem, was im Werden ist. Dieser Franklin träumt von einer Welt, geschaffen und regiert von den Ideen der französischen Philosophen. Ich aber lebe bereits im neunzehnten Jahrhundert. Ich sehe ein *amerikanisches* Imperium, das sich ausdehnt und immer weiter ausdehnt, um die Welt zu beglücken und ihr Freiheit zu schaffen, so wie *wir* sie verstehen. Aber laut werden ließ er nichts von alledem. Es hätte keinen Sinn gehabt, und er war hierhergekommen, um in Frieden von Franklin zu scheiden. Höflich sagte er: „Diese Frage werden wir beide heute nicht mehr lösen, Doktor Franklin."

Dann zog er ein Album heraus. „Ich habe Mrs. Adams versprochen", sagte er, „die großen Männer, mit denen ich auf meiner Reise zusammenkomme, zu bitten, ihr in dieses Album Spruch und Namen einzuzeichnen. Würden auch Sie, Doktor Franklin, Mrs. Adams und mir die Freundlichkeit erweisen?" – „Aber gerne", antwortete Franklin und nahm das Stammbuch. Eine kleine Weile dachte er nach. Dann schrieb er: „Dei providentia et hominum confusione Helvetia regitur." Mr. Adams las und war verblüfft. „Durch die Vorsehung Gottes und die wirren Irrtümer der Menschen wird die Schweiz erhalten und regiert?" übersetzte er ungläubig. „Ja", sagte Franklin, „es ist ein Spruch, den unser Monsieur Nekker gerne zitiert. Der Spruch soll in der Schweiz so bekannt sein wie Wilhelm Tell. Finden Sie nicht, es ist ein guter Spruch?" Mr. Adams war die Erinnerung an Monsieur Nekker nicht angenehm. „Ja", antwortete er vag, „die Schweizer sind skeptische Leute." – „Aber optimistisch", sagte Franklin. „Sie glauben an die Vorsehung und haben eine Republik zustande gebracht, die schon eine ganze Weile hält."

Unvermittelt, als Mr. Adams bereits in der Tür war, wies Franklin auf das Gemälde, auf welchem Washington vor seiner blutigen Sonne stand. „Sie geht *auf*", sagte er. Der verblüffte Mr. Adams fragte: „Wer? Wieso?" Franklin erwiderte: „Die Sonne. Ich habe den Maler gefragt, und der muß es wohl wissen." Er lächelte. „Sie geht auf", sagte er, „trotz der Konfusion der Menschen." Mr. Adams sagte: „Also dann alles Gute", und beeilte sich, fortzukommen. Er ist doch recht senil, dachte er. Was er da zuletzt gefaselt hat, muß ich mir Wort für Wort merken und es Abigail erzählen. Sie geht auf. Es grenzt an Schwachsinn. Und er beschloß, in Philadelphia mit aller Kraft dahin zu wirken, daß nicht die französischen Geschäfte der Vereinigten Staaten den launischen, verantwortungslosen Händen dieses alten Mannes überlassen blieben.

Franklin seinesteils, nachdem Adams fort war, gab Auftrag, die Gemälde Monsieur Pruniers auf den Speicher zu bringen. Dann setzte er sich hin und schrieb einen Brief an General Washington, dem er sich tief verbunden fühlte. Er berichtete zunächst über die Anleihe und beglückwünschte den General und sich selber. Dann forderte er Washington auf, nach dem Ende des Krieges, das ja nun nicht mehr allzulange auf sich werde warten lassen, nach Europa zu kommen. „Ich wäre glücklich", schrieb er, „Sie auf einer Europareise zu begleiten. Sie würden auf dieser Seite des Meeres Ihre Freude haben an dem Ruhm, den Sie sich erwarben, eine Freude, rein und frei von den kleinen Schatten, mit welchem Neid und Eifersucht der Landsleute lebendes Verdienst zu überdecken trachtet. Hier würden Sie bei Lebzeiten erfahren und genießen, was die Nachwelt von General Washington sagen wird. Denn tausend Meilen haben beinahe die gleiche Wirkung wie tausend Jahre. Die schwache Stimme der gemeinen Leidenschaft reicht nicht so weit, weder in der Zeit noch im Raum. Jetzt genieße ich an Ihrer Stelle dieses Vergnügen. Die Generäle dieses kriegserfahrenen Landes studieren die Karten von Amerika und verfolgen auf ihnen alle Ihre Operationen. Und häufig höre ich, wie sie mit aufrichtiger Anerkennung und höchstem Lob von Ihrer Kriegführung sprechen und darin übereinstimmen, daß Sie einer der größten Heerführer der Epoche sind."

Louis wollte wieder mit ganzer Kraft an die Regierungsgeschäfte gehen, von denen ihn die Feierlichkeiten anläßlich der Entbindung Toinettes lange ferngehalten hatten. Er liebte Bilanzen und hatte von seinen Herren einen resümierenden Bericht verlangt über den Zustand Frankreichs in diesem Februar neunundsiebzig.

In der Bibliothek hörte er den Vortrag der Herren Maurepas und Vergennes. Frankreich, wie sie es an Hand umfangreicher Dokumente darstellten, bot heute, im Ausgang des fünften Jahres der Regierung Louis', das Bild einer blühenden, glücklichen Nation, der größten und mächtigsten Europas. Und sie häuften Fakten und Ziffern, diese Behauptung zu erhärten.

Louis hörte nur mit halbem Ohr hin. Der Gedanke, es sei eine Strafe Gottes, daß ihm statt seines Dauphins, statt seines Dieudonné, eine Tochter geboren war, hatte sich in ihm festgebissen und quälte ihn auch jetzt. Er hatte sein Bestes getan, seine Herrschaft zum höheren Ruhme Gottes und zum Wohl seiner Untertanen zu führen, aber es ruhte kein Segen auf ihm. Er hatte sein Land verstrickt in die heillose Allianz mit den Rebellen, und er hatte es zugelassen, daß seine Pariser durch jenes freche, aufrührerische Stück immer weitergetrieben wurden auf dem Wege der Zuchtlosigkeit und des Aufruhrs. Er war entschlossen gewesen, das Böse zu verhindern; aber alle hatten an ihm gezerrt, und er hatte nachgegeben, einmal und abermals und oft, und darum hatte ihm Gott seinen Dieudonné verweigert, den heiß ersehnten.

Er trachtete das böse Gegrübel zu verscheuchen. Sagte

sich, es sei unsinnige Hypochondrie. Er war vierundzwanzig Jahre alt, Toinette dreiundzwanzig. Die Geburt der kleinen Prinzessin hatte nur erwiesen, daß sie sehr wohl imstande waren, gesunde Kinder in die Welt zu setzen; die Hoffnung, daß ihnen die Gnade Gottes einen Dauphin bescheren werde, war mehr berechtigt denn je.

Er zwang sich, seinen Räten zuzuhören, deren Stimmen, die alte, höfliche, zynische Maurepas' und die geschmeidige, schmeichlerische Vergennes', einander ablösten. Vergennes faßte soeben die bisherigen Ergebnisse des Krieges zusammen. Es stand ausgezeichnet. Die englische Flotte, die gefürchtete, hatte keinen einzigen Erfolg erzielt, sie hatte in jedem Zusammenstoß Niederlagen erlitten. Es war nur eine Frage der Zeit, daß Gibraltar genommen wurde. Die für Amerika bestimmte Armee unter Rochambeau war so gut wie marschbereit, und es war eine Mustertruppe, die beste Armee der Welt.

Louis, nicht laut, doch mürrisch, sagte: „Natürlich verteidigen Sie die Allianz, die Sie selber zustande gebracht haben. Sie haben gut reden, Messieurs. Aber mein erstes Gefühl war richtig. Was wir da gemacht haben, das Bündnis mit den Rebellen, Ihr Bündnis, Messieurs, war und ist ein verhängnisvoller Fehler."

Er stand auf, mit ihm erhoben sich die Herren. „Bleiben Sie doch sitzen", befahl er ungeduldig. Er selber aber schleifte einige Schritte auf und ab und machte dann halt vor dem Globus, den er vor wenigen Tagen in seine vollgestopfte Bibliothek hatte bringen lassen. Es war ein großer Globus; er war angefertigt von George Adams dem Älteren, dem Hofkartenzeichner des Königs von England. König Georg hatte ihm den Globus geschickt, trotz des Krieges. Er hatte der Sendung kein Wort beigefügt, aber es war klar, daß das Geschenk als Aufmerksamkeit gedacht war anläßlich der Geburt von Madame Royale. Es war ein mit Sorgfalt, ja, mit Liebe gewähltes Präsent; sein Vetter in England wußte um seine Leidenschaft für gute Karten. Der große Globus war mit bewundernswerter Umsicht ausgeführt. Vieles war darauf verzeichnet, was Louis auf keiner andern Karte gefunden hatte; sehr deutlich zum Beispiel war der Unglücksort Saratoga angegeben. Stumm und mit Bedeutung mahnte ihn dieses Geschenk, daß die Könige vor Gott und den Menschen gerade in dieser schweren Zeit die Pflicht zur Solidarität hatten. Eindringlicher hätte ihm sein Vetter Georg kaum das Unrecht zu Gemüte führen können, das er durch den Abschluß der Allianz begangen hatte.

Vor diesem Globus also stand Louis, und über die Schulter zu seinen verstummten Ministern sagte er: „Nein, Messieurs, ich kann Ihre Hoffnungen nicht teilen. Ich kann nicht finden, daß der Verlauf der Ereignisse Ihnen recht gibt. Ich fürchte, dieser Krieg wird länger dauern, als Sie vorhersagen, und mehr kosten, als Sie annehmen. Tausend Millionen, hat Monsieur Necker erklärt, wird er kosten, wenn er kurz dauert. Und er wird nicht kurz dauern. Unser Gewinn aus der Verbindung mit den Rebellen ist kläglich, unsere Verluste, die innern und die äußern, sind erschreckend. Frankreich ist ärmer geworden in den fünf Jahren meiner Regierung. Und unsere Schuld wächst und wächst. In wenigen Monaten werden die tausend Millionen erreicht sein, und welches Land sollte solche Last aushalten?"

„Wohin verirren Sie sich, Sire?" widersprach ehrerbietig, doch lebhaft, Vergennes. „Die Friedensverhandlungen zwischen Österreich und Preußen sind so gut wie am Ziel. Das bedeutet eine außerordentliche Stärkung unseres Prestiges. Die militärische Lage ist so, daß England lieber heute als morgen mit uns Frieden machen möchte. Mit aller Sicherheit dürfen wir jetzt schon sagen: die Schmach des Jahres dreiundsechzig ist ausgetilgt. Keiner Ihrer Untertanen, Sire, niemand in Europa würde solche Ergebnisse kärglich nennen."

Maurepas nahm ihm das Wort aus dem Munde. „Die Ziffer, die Monsieur Necker in die Debatte geworfen hat", sagte er, „klingt bedrohlicher, als sie ist. Tausend Millionen", und er zuckte die Achseln, und der Betrag wurde ganz klein, wie er ihn aussprach. „Was mit diesem Geld erreicht wurde, ist ein Vielfaches mehr wert." Und mit Wärme sprach er vom Niedergang Englands und vom Aufstieg Frankreichs, welcher dieses erste Lustrum der gesegneten Regierung des jungen Monarchen charakterisiere. Er sprach von der Größe der Armee. Von dem gesteigerten Warenumsatz, dem schnelleren Geldumlauf. Vom Fortschritt der Landwirtschaft, der Industrie. Der Ertrag der Ernten sei Jahr für Jahr reicher geworden, der Preis des Getreides gesunken, die Löhne und Gehälter würden ständig erhöht, die Bevölkerung wachse, und an der Hand seiner Akten nannte er die Ziffern. „Zwölftausenddreihundertsiebenundachtzig Meilen neuer Straßen sind während Ihrer Herrschaft errichtet worden, Sire", begeisterte er sich. „Wir haben ausgebaut die Häfen von Nantes, Marseille, Bordeaux, Rouen. Die Stadt Lyon hat drei Viertel der weißen Welt unserer Schneiderei und unseren Moden gewonnen. Der Konsum Ihres Reiches hat sich erhöht, der Ertrag der Konsumsteuer ist um jährlich drei Millionen gestiegen. Ihr Volk lebt besser, Sire, als in den Jahrzehnten vor Ihrer Herrschaft."

Nur für einen Augenblick erhellten die Ziffern Louis' Gemüt; gleich wieder umwölkte er sich. Außen Glanz, innen Gestank, dachte er. Diese rühmen, wie großartig alles unter mir geworden ist. Monsieur Turgot findet es wahrscheinlich weniger großartig. Deutlich mit seinem innern Aug sah er jenen Brief Turgots: „Man hält Sie für schwach, Sire."

Die Minister sprachen jetzt von der Blüte der Künste und Wissenschaften unter dem Sechzehnten Louis. Sie warfen sich Namen zu: Lavoisier, Monge, Lagrange, Houdon, Clodion, Hubert Robert, Louis David, Marmontel, Sedaine, Beaumarchais.

Louis, als ihm dieser letzte, verhaßte Name ins Ohr klang, sah sich im Geiste wieder im Salon, in dem Kabinett mit den Büsten der drei Männer, der Gottlosen und Aufrührer, die als die erlauchten Geister seiner Epoche galten. Er hatte sich nicht verhört. Seine vertrauten Räte hatten in der Tat den Namen Beaumarchais genannt unter den großen Namen seiner Zeit, und es war ohne Ironie geschehen; sie wollten ihren König nicht verhöhnen, sie wollten ihn rühmen.

Die Künste und Wissenschaften blühen. Eine schöne Blüte. Man hatte ihm berichtet von dem, was sich in der Freivorstellung im Théâtre Français zugetragen hatte. Die

Schauspieler, die in der überhitzten Stimmung der Festaufführung die zensurierten Sätze gesprochen hatten, waren natürlich streng verwarnt worden, und seither blieben die gebannten Stellen weg. Aber auch so wirkte die Komödie und gab ihr Gift weiter; seit den Zeiten des toten Voltaire, schrieben die Zeitungen, hatte das Théâtre Français keinen solchen Erfolg erlebt.

Man hatte Louis einen Holzschnitt vorgelegt, der überall auf den Straßen von Paris verkauft wurde. Auf diesem Holzschnitt sah man Figaro als Ritter, und vor ihm ringelte sich ein Drache. Der Drache trug ein Menschenantlitz. Figaro hatte ihm den Fuß auf den Nacken gesetzt und war im Begriff, ihm den Kopf abzuhauen; auf dem Schild aber des Ritters Figaro prangte das Porträt Beaumarchais', und umschrieben war der Holzschnitt: „Figaro-Beaumarchais erschlägt die sozialen Übel." So sah sie aus, die Blüte der Künste und Wissenschaften, so sah sie aus, die Welt, die unter seinem Regime erstanden war.

Er hatte sich gefreut, daß Voltaire und Rousseau gestorben waren. Doch sie reichten einander die Hände, die toten Ketzer und Rebellen und die lebendigen. Die Kette riß nicht ab, und der gefährlichste Verbrecher, dieser Caron, der Sankt Georg des Aufruhrs, der lebte und blühte üppiger denn je. Die Wasser der Rebellion stiegen, und wenn erst die Amerikaner mit Hilfe seiner Armee und seiner Schiffe und seiner Millionen gesiegt haben, dann werden seine Soldaten als Rebellen zurückkehren, und dann werden ihn die Wellen vollends wegschwemmen.

Die Minister sprachen noch immer von dem glorreichen ersten Lustrum seiner Regierung. Handel und Industrie, Armee und Flotte, Kunst und Wissenschaft, alles war im Aufstieg. Es war eine Lust, zu leben. Es war ein Ruhm, Bürger Frankreichs und Untertan des Sechzehnten Louis zu sein. Der junge Monarch verdiente seinen zweiten Vornamen Augustus, er war in Wahrheit Mehrer des Reichs.

Louis hörte nicht mehr hin auf das Gerede der Herren, er widersprach auch nicht, es hatte keinen Sinn. Er stand im Erker, abwesend, und schaute über die Treppen und Höfe.

Gedränge und Bewegung auf der großen Freitreppe riß ihn aus seiner Dumpfheit. Er blinzelte mit den kurzsichtigen Augen, trachtete zu sehen. Man bildete eine Art Spalier, wie man es zu tun pflegte, wenn man die Ankunft oder den Weggang eines bedeutenden Gastes erwartete. Louis fragte: „Können Sie erkennen, Messieurs, was dort los ist?"

Die beiden Minister traten ans Fenster. Maurepas, stolz, daß er noch so gut sah, erklärte: „Es ist Doktor Franklin." Und Vergennes setzte erläuternd hinzu: „Er kommt wohl von Monsieur Necker. Wenn ich nicht irre, war für heute die Unterzeichnung der Verträge über die Anleihe vorgesehen." – „Ich hätte von selber daran denken können", sagte Louis, ärgerlich, daß sein schlechtes Gewissen ihn das böse Datum hatte vergessen lassen.

Er wollte Aug und Sinn abwenden von dem Schauspiel auf der großen Treppe, doch konnte er's nicht. Im Gegenteil, jetzt, da er wußte, was dort geschah, unterstützte dieses Wissen sein Aug, und er erkannte deutlich, was vor sich ging. Er sah, wie Doktor Franklin langsam hinunterstieg zwischen einem Spalier ehrfürchtig grüßender Herren und tief knicksender Damen. Franklin wurde gestützt von einem andern. Das war wohl jener junge Mensch, der Enkel. Aus dem Polizeibericht wußte Louis, daß dieser junge Franklin einer Französin ein Kind gemacht hatte. Sie streuten ihren Samen aus durch sein Reich, die Rebellen.

Louis und seine beiden Minister standen im Erker der Bibliothek und schauten hinaus auf die Freitreppe. Es war unziemlich, solche Neugier zu bezeigen, kindisch unwürdig, für den jugendlichen König sowohl wie für seine bejahrten Minister. Allein sie kamen von dem Anblick nicht los.

Louis blinzelte stärker. „Können Sie erkennen, Messieurs", fragte er, „ob er wenigstens anständig angezogen ist, Ihr Doktor Franklin, wenn er einen so wichtigen Vertrag mit mir unterzeichnet?" – „Er scheint seinen Pelz zu tragen und seine Pelzmütze", antwortete etwas zögernd Vergennes. „Er trägt die Kleidung, die man an ihm liebt", sagte Maurepas. Louis murrte: „Für ein Geschenk von fünfundzwanzig Millionen hätte er sich wenigstens anständig anziehen können."

Doch klangen seine Worte weniger grimmig als trüb resigniert.

Und er sah weiter zu, wie der alte Franklin hinunterstieg. Den mächtigen Rücken leicht gebeugt, Stufe um Stufe, langsam, schritt er hinab, und hinter ihm fiel riesig sein Schatten auf die große, beschneite, sonnbestrahlte Treppe von Versailles.

Hier endet der dritte und letzte Teil des Romans, „Die Füchse im Weinberg", auch genannt „Waffen für Amerika".

Nachwort des Autors 1952

Der Autor, der heute seinen Stoff der Geschichte entnimmt, muß gewärtigen, daß er von vielen Lesern, auch von wohlwollenden, nur zum Teil oder gar nicht verstanden wird.

Früher war das anders. Die klassische Literatur der meisten Nationen war zu einem großen Teil historische Dichtung, ohne daß ihre Schöpfer gegen enge Vorurteile hätten ankämpfen müssen. Ich glaube nicht, daß etwa Racine jemals beschuldigt wurde, er habe mit der Darstellung der bösen jüdischen Königin Athalie antisemitische Propaganda treiben wollen oder mit der Gestaltung der Königin Esther philosemitische. Und als Schiller zur Zeit, da Napoleon Europa beherrschte, die „Jungfrau von Orleans" schrieb, setzte er sich nicht dem Verdacht aus, er sei ein Propagandist des Kaisers. Schwerlich auch nahmen Goethes Leser an, er habe im „Egmont" Holland glorifizieren wollen, oder Schillers Leser, er habe den „Wilhelm Tell" zur Verherrlichung der Schweiz geschrieben.

Heute muß der Autor historischer Dichtung damit rechnen, daß schon die Wahl der Nation und der Zeit, in welcher er seine Menschen und Geschehnisse ansiedelt, voreilige Leser zu Mißdeutungen verführt. Die bloße Tatsache zum Beispiel, daß ein Roman die Amerikanische Revolution zum Gegenstand hat, erweckt in gewissen Leuten den Argwohn, das Buch sei zum höhern Ruhme des heutigen Amerika und seiner Führer geschrieben.

Noch andern, weniger plumpen, doch nicht weniger gefährlichen Mißdeutungen setzt sich ein historischer Roman aus. Viele Leser erwarten von einem solchen Roman nichts weiter, als daß er ihnen auf angenehme und spannende Art historische Fakten vermittle, eine Folge bunter, abenteuerlicher Erlebnisse, und daß er ihnen die menschlichen Eigenschaften bedeutender historischer Persönlichkeiten zeige. Wenn dann gar noch das Buch den patriotischen Bedürfnissen solcher Leser schmeichelt, sind sie höchlich zufrieden und denken nicht weiter nach. Sie bleiben am Zufälligen des Stoffes hängen, sie suchen nicht das Wesentliche, sie übersehen es, sie übersehen den Sinn hinter den Menschen und Geschehnissen.

Der Autor aber, der es unternimmt, einen ernsthaften historischen Roman zu schreiben, wird von andern Motiven bewegt. Er weiß: die Kräfte, welche die Völker bewegen, sind die gleichen, seitdem es aufgezeichnete Geschichte gibt. Sie bestimmen die Geschichte der Gegenwart ebenso, wie sie die der Vergangenheit bestimmt haben. Diese unveränderten und unveränderlichen Gesetze in ihren Auswirkungen zu gestalten, ist wohl das höchste Ziel, das ein historischer Roman erreichen kann. Ihm strebt der Autor zu, der heute an einem ernsthaften historischen Roman schreibt. Er will die Gegenwart darstellen. Er sucht in der Geschichte nicht die Asche, er sucht das Feuer. Er will sich und den Leser zwingen, die Gegenwart deutlicher zu sehen, indem er sich distanziert.

*

Seit Jahrzehnten hatte mich die merkwürdige Erscheinung beschäftigt, daß so verschiedene Menschen wie Beaumarchais, Benjamin Franklin, Lafayette, Voltaire, Ludwig der Sechzehnte und Marie-Antoinette, ein jeder aus sehr andern Gründen, zusammen helfen mußten, die Amerikanische Revolution zum Erfolg zu führen, und durch sie auch die Französische. Als das Amerika Roosevelts in den Krieg gegen den europäischen Faschismus eingriff und den Kampf der Sowjetunion gegen Hitler unterstützte, wurden mir die Geschehnisse im Frankreich des ausgehenden achtzehnten Jahrhunderts leuchtend klar und sie erleuchteten mir die politischen Geschehnisse der eigenen Zeit. So ermutigt, wagte ich mich an den Roman „Die Füchse im Weinberg". Ich hoffte gestalten zu können, was so viele verschiedene Menschen und Gruppen antrieb, mit oder ohne und sogar gegen ihren Willen in der Richtung des Fortschritts zu wirken.

Ich glaube, ich hab mein Ziel wenigstens zum Teil erreicht. Viele Leser haben den Roman in vielen Sprachen gelesen, und wenn viele ihn mißverstanden, so haben auch viele ihn begriffen. Von meinen deutschen Lesern, das bin ich sicher, werden die meisten ihn begreifen.

Sie werden ohne weiteres verstehen, daß der Held des Romans nicht Benjamin Franklin ist, auch nicht Beaumarchais, auch nicht der König oder Voltaire, sondern jener unsichtbare Lenker der Geschichte, der, im achtzehnten Jahrhundert entdeckt, im neunzehnten Jahrhundert deutlich erkannt, beschrieben und gepriesen wurde, um dann im zwanzigsten Jahrhundert bitter verleugnet und verleumdet zu werden: der Fortschritt.

Aristoteles lehrt, die Dichtung sei besser geeignet, Geschichte darzustellen, als die Wissenschaft. Der Autor des Romans „Die Füchse im Weinberg", wiewohl kein Aristoteliker, teilt diese Meinung. Er unterschreibt mit beiden Händen den Satz: Klio ist eine *Muse.*

Der Autor hofft also, daß, wer seinen Roman ohne Vorurteile liest, ein klares Bild erhalten wird der Kräfte, welche die Amerikanische und die Französische Revolution bewirkt haben.

Wer aber diese Entwicklung einmal wirklich *gesehen* hat, der begreift auch tiefer die Geschichte unserer bitteren und heldischen Gegenwart. Er begreift jenes tiefe Wort des Äschylus: „Strenge Wege geht mit uns die Gnade, die am Weltensteuer sitzt."

L. F.

Nachbemerkung

Seit mehr als zehn Jahren hatte Feuchtwanger die Absicht über den Autor des „Figaro“, Pierre de Beaumarchais, einen Roman zu schreiben. Da überließ er den französischen Dichter und Geschäftsmann zunächst einem anderen, einem politischen Gegner sogar, allerdings einem, der nicht in der Realität existierte. Erich Wiesner, eine der bemerkenswertesten Gestalten aus Feuchtwangers Roman „Exil“, Vertreter der „Westdeutschen Zeitung“ in Paris und der „angesehenste unter den nationalsozialistischen Zeitungsleuten“, fühlt sich diesem Beaumarchais verwandt: „Der hatte das Glück gehabt, daß sein Schicksal ihn immer auf die Seite der richtigen, das heißt der zukunftsträchtigen Gesinnung stellte; er hatte, obwohl im Kern gesinnungslos, mit Elan, ja mit Überzeugung Gesinnung zeigen dürfen.“ Über ihn also schreibt Wiesner eine Biographie; als literarisches Alibi sozusagen, als „augenzwinkernde Versicherung für die Späteren, daß sich Erich Wiesner jederzeit dessen bewußt war, was er tat“. Denn die Niederschrift dient ihm dazu, die Gewissensbisse abzureagieren, die ihm seine politischen Geschäfte bereiten. Einmal, spielerisch und nicht ohne Ironie, überlegt er, was wäre, wenn Beaumarchais als Deutscher und im zwanzigsten Jahrhundert geboren wäre: „Natürlich wäre er rechtzeitig zu den Nazis gegangen, er hatte immer Flair gehabt für das, was in der Luft lag, er hätte mitgeholfen, ihren Sieg vorzubereiten. Figaro wäre ein junger Sturmtruppler geworden, der Graf einer von den Weimarer Bonzen, und auf solche Art hätte Beaumarchais der Welt frech, kühn und amüsant beigebracht, was an den Theorien des Dritten Reichs gesund und zukunftsträchtig war.“ – Eine glänzende Demonstration für die subjektive Deut- und Benutzbarkeit historischer Persönlichkeiten.

Als Feuchtwanger dies seiner literarischen Figur Erich Wiesner gestattete, in den Jahren 1938/39, hatte er den Plan für einen Beaumarchais-Roman schon zum zweiten Mal zurückgestellt. Das erste Mal ungefähr zu Beginn der dreißiger Jahre. Da gelang es ihm nicht, eine Fabel zu konstruieren, die alles umfaßte, was er geben wollte: die Wechselwirkung zwischen dem fortschrittlichen Frankreich und dem Unabhängigkeitskampf der Amerikaner; die Darstellung amerikanischer Geschichte im Rahmen der Weltgeschichte. Farbe bekam die Idee wieder in der Emigration. Die räumliche Nähe ließ eine neue Beziehung zur französischen Geschichte und Mentalität wachsen. Dagegen nicht zu dem Vertreter des anderen Kontinents. Benjamin Franklin, ohne den er das Amerika nicht fassen konnte, „das damals wie ein großer, frischer Wind in die verbrauchte Luft Europas hineinblies“, blieb ihm fremd. In einem Aufsatz von 1947, „Zu meinem Roman ‚Waffen für Amerika‘“ (NDL, Juli 1954), nannte er den Grund: Er hatte Franklin nur aus europäischen Augen zu sehen vermocht. Abermals ließ Feuchtwanger das Romanprojekt fallen. Jahre später, ansässig geworden in den USA, „inmitten der amerikanischen Wirklichkeit, erlebend die zeitgenössische Geschichte, den Streit der Parteien, des Kongresses und der Regierung, der Besitzenden und der Besitzlosen“, begann er, Franklin auch mit amerikanischen Augen zu sehen. Nach vielfältigen Studien zu Leben und Werk des Amerikaners fand er in einer französischen Erstausgabe seiner Schriften einen Stich von Martinet, und: da „war er da, der Franklin, den ich brauchte“.

Als Vorstufe zu dem Roman skizzierte Feuchtwanger zwischen Dezember 1943 und April 1944 eine Szenenfolge „Waffen für Amerika“ (1960 als unverkäufliches Bühnenmanuskript gedruckt vom Berliner Henschelverlag, 1984 aufgenommen in „Dramen II“, Aufbau-Verlag Berlin und Weimar). In der Regieanweisung heißt es: „Die Handlung spielt in Versailles im Jahre 1777 und in den sieben folgenden Jahren.“ Allerdings hielt sich Feuchtwanger nicht an die historische Abfolge der Ereignisse. Die Halsbandaffäre zum Beispiel machte erst 1885/86 von sich reden. Sie wurde dann auch in den Roman nicht mehr aufgenommen. Ebenso fehlt dort Franklins 1782 mit England geschlossener Friedensvertrag. Im Schauspiel verteidigt Franklin vor dem Ministerpräsidenten Maurepas und vor Ludwig XVI. das Abkommen, das von Stückinterpreten als Analogie zum deutsch-sowjetischen Nichtangriffspakt von 1939 gedeutet wurde (siehe die Nachbemerkungen von Hans Dahlke in „Dramen II", a. a. O.).

Drei Jahre später machte Feuchtwanger in einem zweiten Drama über Frankreich im ausgehenden 20. Jahrhundert Marie-Antoinette zum Handlungsmittelpunkt: die Witwe Capet – so auch der Titel – vor dem Revolutionstribunal, ihre Verurteilung und Hinrichtung. Auch daraus wollte er anschließend einen „relativ leichten und nicht sehr umfangreichen Roman" schreiben über „die generelle Struktur der politischen Prozesse", im „speziellen Fall eines Prozesses, in welchem die Angeklagte subjektiv, die Ankläger objektiv recht haben". Der Roman kam nicht zustande; das Stück wurde zuerst 1956 im Greifenverlag zu Rudolstadt veröffentlicht, dann als Hörspiel gesendet und an einigen deutschen Bühnen aufgeführt.

Im Mai 1944 hatte Feuchtwanger die Vorarbeiten abgeschlossen und begann mit der Niederschrift des Romans, dessen Titel lauten sollte: „Waffen für Amerika". Während das gleichnamige Schauspiel einen Zeitraum von sieben Jahren umfaßt, ist er im Roman auf zwei begrenzt. Die Handlung beginnt 1776, dem Jahr der Unabhängigkeitserklärung, und endet mit Abschluß der amerikanisch-französischen Allianz 1778. Einmal gestattete sich Feuchtwanger einen zeitlichen Vorgriff: Die Aufführung von Beaumarchais' „Hochzeit des Figaro" konnte tatsächlich erst 1784 durchgesetzt werden; Feuchtwanger verlegt sie in das Jahr 1778, um deutlich zu machen: Doktor Franklin und Figaro „gehören zusammen wie Hand und Handschuh". Beides, die Allianz und der „Figaro", sollte als Resultat jenes „unsichtbaren Lenkers der Geschichte" begriffen werden, den Feuchtwanger als eigentlichen Helden seines Romans sehen wollte: den Fortschritt.

In den nächsten zweieinhalb Jahren, in denen sich in Europa die Niederlage des deutschen Faschismus anbahnte und mit dem Ende des Zweiten Weltkrieges vollzog, schrieb Feuchtwanger konzentriert an dem Roman. Er unterbrach die Arbeit nur selten für kleine Publikationen: Erinnerungen an Kurt Rosenfeld, Bruno Frank und Maxim Gorki, Geburtstagsglückwunschartikel für Egon Erwin Kisch und Heinrich Mann, Aufsätze über Jessner und sein Theater, über Thomas Mann im Exil, über Juden in der Literatur und über den Nürnberger Prozeß. Im Oktober 1945 notierte er auch den Entwurf zu einem neuen Stück: Bei seinen Studien zur Vorgeschichte der amerikanischen Unabhängigkeitsbewegung war er auf den Pastor Cotton Mather aufmerksam geworden, der, als Gegenstück zu Franklin, religiösem Fanatismus und Aberglauben verhaftet, den Hexenwahn schürte und teil hatte an den Hexenprozessen in Massachusetts. Das Drama selbst, „Wahn oder der Teufel in Boston", schrieb er erst ein Jahr später.

Am 21. Oktober 1946 hatte er, zufrieden mit dem Resultat, „Waffen für Amerika" beendet. „... der Roman ist geglückt", teilte er Arnold Zweig am 15. Dezember 1946 mit.

Nun aber begannen Schwierigkeiten vielfältiger Art. Die Herstellung des Buches – bzw. der Bücher, denn der Roman sollte wegen seines Umfangs in zwei Bänden gedruckt werden – verzögerte sich immer wieder. Fritz Landshoff vom Querido Verlag in Amsterdam hatte auf das Manuskript des ersten Teils begeistert reagiert: „Lassen Sie mich Ihnen sagen, daß ich persönlich noch nie von einem Buch von Ihnen so stark gefesselt war. Ich bin fasziniert von dem Thema und den Figuren, und ich habe die feste Überzeugung, daß dieses Buch keineswegs nur in diesem Lande einen außerordentlichen Erfolg haben wird." (22. Mai 1945) Es sollte als 17. und 18. Band der in den dreißiger Jahren begonnenen Werkausgabe erscheinen. Wegen Papiermangel und Produktionsschwierigkeiten im Nachkriegseuropa wurden die Auslieferungstermine immer wieder hinausgeschoben. Band eins erschien 1947; er enthielt den ersten und drei Kapitel des zweiten Teils. Ein Jahr später erst, 1948, lag der zweite Band vor. Diese erste Auflage von 1947/48 bei Querido wurde mit zwei unterschiedlichen Titeln gedruckt: „Waffen für Amerika" und „Die Füchse im Weinberg". Abgesehen von der Titelzeile auf Schutzumschlag, Einband und Seite 3 sowie im Vorspruch auf Seite 5 sind beide Drucke identisch. Im zweiten Band hatte man sogar vergessen, den Schlußsatz zu ändern, so daß beide Male zu lesen ist: „Hier endet der Dritte und Letzte Teil des Romans ‚Waffen für Amerika', auch genannt ‚Der Amerikanische Emissär'." In späteren Ausgaben, die mit einer Ausnahme den Titel „Die Füchse im Weinberg" tragen, wurde dieser Schlußsatz geändert (auch in der vorliegenden). „Waffen für Amerika" mit dem Zusatz „Ein Vorspiel zur Französischen Revolution" wurde lediglich für die ebenfalls zweibändige Ausgabe der Frankfurter Verlagsanstalt von 1953 benutzt.

Was den Querido Verlag oder Feuchtwanger veranlaßte, einen ersten Teil der ersten Ausgabe mit einem anderen Titel zu drucken, ist eindeutig nicht zu ermitteln. Bedenken gegen „Waffen für Amerika" hatte es nicht nur von Alfred Döblin gegeben, der Feuchtwanger am 18. Dezember 1946 schrieb: „Das Thema Ihres Buches ‚Waffen für Amerika' ist natürlich interessant. Der Titel klingt nach einer Propagandaschrift aus dem Krieg. Falls es wirklich ein Roman ist, würde ich Ihnen zu einem anderen Titel raten." Arnold Zweig, auf eine Anfrage bei Feuchtwanger wegen des Wirrwarrs, erfuhr von ihm: „Der einzige Titel ist natürlich „Waffen für Amerika", aber aus naheliegenden Gründen haben sich alle Verleger, wirklich alle, dagegen gesträubt." (2. Mai 1953) Mit den „naheliegenden Gründen" meinte er vermutlich die scharfen Angriffe aus Moskau gegen den Roman. Davon erfuhr Feuchtwanger aber erst 1949, als der zweite Titel längst auf einem Teil der Erstauflage stand. Deshalb liegt die Vermutung nahe, daß Querido erst später, als das Erscheinungsjahr ausweist, die Teilauflage mit dem neuen Titel auf den Markt brachte.

Aber auch „Die Füchse im Weinberg" fand nicht allgemeine Zustimmung. Der Titel verberge mehr, als er zeige, schrieb Arnold Zweig. Mehrfach bat er Feuchtwanger um Aufklärung; auch Lou Eisler habe nicht vermocht, das Rätsel zu lösen. Feuchtwanger beantwortete die Frage nicht (jedenfalls in keinem der Briefe, die im Briefwechsel mit Zweig von 1984 abgedruckt sind). Im Anmerkungsteil wird auf das Hohelied Salomos, 2,15, verwiesen: „Fahet uns die Füchse, die kleinen Füchse, die die Weinberge verderben; denn unsere Weinberge haben Blüten gewonnen."

Schwierigkeiten ergaben sich auch vor Erscheinen der englischsprachigen Fassung. Feuchtwanger war mit der Übersetzung von William Rose sehr unzufrieden. „Schlampig“ nannte er sie; schwierige Stellen seien ausgelassen, sehr viel Farbe weggenommen, wichtige Aktionen in Nebensätze gedrängt, schrieb er an Robert Neumann nach London. Der größte Nachteil: der englische Text des ohnehin umfangreichen Romans war zwanzig Prozent länger als der deutsche. Es sei ungefähr so, schrieb Feuchtwanger am 9. Juli 1947 an Arnold Zweig, „als ob sich jemand den Satz: ‚Sire, geben Sie Gedankenfreiheit‘, folgendermaßen übersetzte: ‚Sire, es wäre jetzt angebracht, daß Sie sich überlegten, ob es nicht vielleicht doch besser wäre, Sie erlaubten einigen Ihrer Untertanen, nach Belieben zu denken.‘“

Gemeinsam mit einem Mitarbeiter von Viking Press überarbeitete Feuchtwanger die Übersetzung in vier Wochen in New York und kürzte sie um dreißigtausend Worte. Davon distanzierte sich allerdings Rose und wählte für die amerikanische Ausgabe das Pseudonym Moray Firth. Bei Hutchinson in London erschien dagegen die Originalübersetzung von William Rose.

Dann, als der Roman in deutscher und englischer Sprache vorlag und weitere Übersetzungen vorbereitet wurden, kamen beunruhigende Nachrichten aus Deutschland. Im April 1949 schrieb Brecht: „Gestern bekam ich einen Brief von Hanns und Lou [Eisler] mit einem Zeitungsausschnitt eines linken Blattes, in dem Sie als Kosmopolit angeprangert sind und einige unverständliche Mißverständnisse über den Franklinroman stehen. Könnten Sie das nicht aufklären?“

Alfred Kantorowicz, den Feuchtwanger am 30. Mai 1949 um Aufklärung bat, vermochte die erhoffte Antwort nicht zu geben: „Der Roman ‚Waffen für Amerika‘ scheint von verschiedenen Kritikern in der Tat mißverstanden worden zu sein. Ihre Freunde hier, Zweig und Brecht und ich selbst zu einem bescheidenen Teil, versuchen, diese Mißverständnisse aufzuklären, mit dem Erfolg, daß hier meines Wissens keine Kritik an diesem Buch veröffentlicht worden ist.“

Auch aus Londoner Zeitungen erfuhr Feuchtwanger, daß er in Moskau scharf angegriffen worden sei. Und seine tschechische Übersetzerin schrieb ihm, „daß Prag das Buch, nachdem es ausgedruckt war, verboten habe“ (Brief an Weiskopf vom 6. September 1949).

Die „scharfen Angriffe“ waren eine Reaktion auf die Darstellung der Vereinigten Staaten als Hoffnungsträger einer auf Gerechtigkeit, Freiheit und Vernunft gegründeten gesellschaftlichen Ordnung. Für die Propagandisten in Stalins Machtbereich war es unerheblich, daß es sich um eine weit zurückliegende historische Epoche handelte. Amerika, als mächtigster Repräsentant des Imperialismus, galt als Tabuthema. Es spielte auch keine Rolle, daß Feuchtwanger immer wieder Sympathie für die Sowjetunion geäußert hatte. Im November 1941 hatte er zum Beispiel in einem Artikel zum Jahrestag der Sowjetunion, veröffentlicht in der amerikanischen Zeitschrift „The New Masses“, formuliert, der Kampf der SU sei die natürliche Fortsetzung aller Freiheitskriege, die die USA je zu führen hatten, und es gehe ein direkter Weg vom 4. Juli 1776 zum 7. November 1917. Die Kampagne gegen Feuchtwanger hatte bereits im Juli 1948 mit einem Artikel in der sowjetischen Zeitschrift „Nowy Mir“ begonnen, überschrieben „Kosmopoliten im ‚literarischen Hollywood‘“. Sich des Kosmopolitismus schuldig gemacht zu haben war einer der schwersten Vorwürfe, denn im Sprachverständnis jener Zeit galt Kosmopolitismus als Ideologie, die die Souveränität und Unabhängigkeit der Einzelstaaten beschränkte und die Widerstandskraft der Völker gegenüber den Weltherrschaftsplänen der USA brechen sollte.

Feuchtwanger sah sich deshalb veranlaßt, 1952 für die Ausgabe der „Füchse im Weinberg“ im Berliner Aufbau-Verlag in einem Nachwort diese Unterstellung zurückzuweisen. Zu dieser Zeit war er längst zwischen die ideologischen Fronten geraten. Senator McCarthys Komitee zur Untersuchung unamerikanischer Aktivitäten sammelte seine sowjetfreundlichen Äußerungen sorgsam. In den FBI-Akten wurde er als skrupelloser, hinterhältiger Anhänger der kommunistischen Ideologie und unerbittlicher Feind Amerikas charakterisiert. Sein Antrag auf Erhalt der amerikanischen Staatsbürgerschaft wurde Jahr für Jahr verschleppt und nie positiv beschieden.

Feuchtwangers Schriftstellerfreunde, die in Ostdeutschland bzw. in der DDR durch Veröffentlichungen dazu beitrugen, die Vorurteile gegen die „Füchse im Weinberg“ zu zerstreuen, sparten auch in persönlichen Briefen nicht mit Lob. Arnold Zweig, der wegen seines Augenleidens auf Vorlesungen angewiesen war, schrieb am 19. September 1947: „Ihr Beaumarchais hat die volle Lebendigkeit Ihres Josef Süß Oppenheimer, und den durch die Spiegelgalerie watschelnden Louis XVI. sehe ich mit Bedauern und Vergnügen ... Ich habe den Eindruck, daß Ihnen das Buch geglückt ist, Feuchtwanger ...“ Thomas Mann nannte es das beste von Feuchtwangers Büchern, „durch heiterste Beherrschung des Gegenstandes, Aufbau und Charakteristik und sprachliche Haltung. Es ist namentlich die geistige Munterkeit, die Fröhlichkeit der Gestaltung, die mich erquickt und zu der ich Sie beglückwünsche. Jugendlichkeit zusammen mit Wohlgeübtheit und Erfahrung, das ergibt natürlich ein großes Vergnügen.“ (Brief vom 9. Oktober 1947)

Die Ausgabe folgt Band 6 der Gesammelten Werke in Einzelausgaben von Lion Feuchtwanger, 4. Auflage, Aufbau-Verlag Berlin und Weimar 1987.

Gisela Lüttig

AtV

Band 5001 **Lion Feuchtwanger**
Der jüdische Krieg
Roman

438 Seiten
16,90 DM
ISBN 3-7466-5001-1

Erfüllt von dem brennenden Ehrgeiz, Mittler zu sein zwischen Ost und West, Jerusalem und Rom, gerät Flavius Josephus in die Schrecken des jüdischen Krieges, der mit der Eroberung Jerusalems und der Zerstörung des Tempels im Jahre 70 endet. Angesichts der triumphierenden Sieger und der gedemütigten Verlierer beschließt er, die Geschichte dieses Krieges aufzuschreiben, »den Heutigen zur Erinnerung, den Späteren zur Warnung.«

AtV

Band 5002 **Lion Feuchtwanger**
Die Söhne

Roman

503 Seiten
16,90 DM
ISBN 3-7466-5002-X

Unter Titus, dem neuen Kaiser, zu hohen Ehren gekommen, will Flavius Josephus beides sein, Jude und Römer, Israelit und Weltbürger. Doch die Gegensätze drohen ihn zu zerreißen. Sie zerstören seine Familie, die Söhne entgleiten ihm: Simeon, der Erstgeborene, kommt auf tragische Weise ums Leben, und Paulus, Sohn der ägyptischen Griechin Dorion, lehnt das Judentum seines Vaters ab.

AtV

Band 5003 **Lion Feuchtwanger**
Der Tag wird kommen
Roman

416 Seiten
16,90 DM
ISBN 3-7466-5003-8

Wieder ein neuer Kaiser in Rom, der Despot Domitian, der Herr und Gott, der auch das Leben des jüdischen Geschichtsschreibers Flavius Josephus bedroht. Dieser verläßt das einst so umworbene Rom und kehrt zurück an seinen Ursprung. »Er hatte die Welt gesucht, aber gefunden hatte er nur sein Land...
Der Tag war da. Es war ein anderer Tag, als er ihn geträumt hatte, aber er war es zufrieden.«

AtV

Band 5016

Lion Feuchtwanger
Die Jüdin von Toledo

Roman

468 Seiten
17,90 DM
ISBN 3-7466-5016-X

La Fermosa, die Schöne, wurde im mittelalterlichen Spanien Raquel, die Tochter des angesehenen Juden Jehuda Ibn Esra, genannt. König Alfonso VIII. von Kastilien hatte den Vater aus Sevilla als Minister an seinen Hof geholt, damit er die wirtschaftliche Zerrüttung des Landes aufhalte. Bei Alfonso erwachte bald eine tiefe Leidenschaft für die gebildete, tolerante junge Frau, und was für Raquel als politisches Opfer im Interesse der Vernunft und des Friedens begann, wächst auch bei ihr zu einer stürmischen Liebe für den kühnen, lebensfrohen König. Im Volk gilt Raquel als die eigentliche Königin, doch die wirkliche peitscht das Land in einen Krieg, für dessen verheerende Folgen schließlich die Juden verantwortlich gemacht werden.

AtV

Band 5017

Lion Feuchtwanger
Jefta und seine Tochter

Roman

277 Seiten
16,90 DM
ISBN 3-7466-5017-8

Was Jefta sich erträumte, als er voll Zorn seine Familie verließ, wurde wahr: Überall rühmt man seine Taten, und als das Land von Feinden bedroht wird, rufen ihn die Brüder zurück, als Richter und Kriegsherrn. Er, nur er allein, will den Sieg erkämpfen, und so läßt er sich hinreißen zu dem unseligen Schwur: Jahwe denjenigen zum Opfer zu bringen, der ihm nach siegreichem Feldzug zu Hause als erster entgegenkommt. Das aber ist seine schöne, von ihm so sehr geliebte Tochter.
Für seinen letzten Roman griff Feuchtwanger auf eine Geschichte des Alten Testamentes im Buch der Richter zurück, um, so schrieb er seinem amerikanischen Verleger, »einen Mann zu zeigen, der allmählich aus einem Nur-Krieger ein verantwortungsbewußtes menschliches Wesen wird«.

AtV

Band 5014

Lion Feuchtwanger
Goya
oder Der arge Weg der Erkenntnis

Roman

Mit einem Nachwort von Fritz Rudolf Fries

597 Seiten
19,90 DM
ISBN 3-7466-5014-3

Der spanischen Inquisition sind die »Caprichos« des Malers Francisco de Goya überbracht worden, ketzerische Zeichnungen, Impressionen des Schreckens, visionäre Bilder der Anklage. Brutal, barbarisch, geschmacklos – urteilt die Herzogin von Alba, die Frau, mit der Goya aufs engste verbunden ist. Don Francisco macht die Angst sichtbar, die auf dem ganzen Lande liegt, rühmt der Dichter Quintana. Es scheint eine Frage der Zeit, bis das Heilige Tribunal den Ketzer und sein Werk vernichten wird. Aber die kühne, eigenwillige Kunst Goyas triumphiert über den Geist klerikaler Willkür.

AtV

Lion Feuchtwanger wurde 1884 in München geboren. Nach vielseitigen Studien gab er die Kulturzeitschrift „Der Spiegel" heraus, schrieb Theaterkritiken und arbeitete an Siegfried Jacobsohns „Schaubühne" mit. Bei Ausbruch des ersten Weltkrieges wurde Feuchtwanger in Tunis interniert, konnte jedoch fliehen. In München vom Wehrdienst suspendiert, nahm er die Übersetzung und Bearbeitung indischer, griechischer und spanischer Dramen wieder auf, zudem entstanden eigene Stücke und Antikriegsdichtung. 1918/19 begann die freundschaftliche Zusammenarbeit mit Brecht. Die historischen Romane „Die häßliche Herzogin" und „Jud Süß" brachten Feuchtwanger Weltruhm. 1925 siedelte er nach Berlin über. Als die Nazis die Macht übernahmen, befand er sich auf einer Vortragsreise in den USA. Seine Bücher wurden verboten, Haus und Vermögen konfisziert. Sanary-sur-mer, Feuchtwangers neuer Lebensort, war zeitweilig ein Zentrum deutscher Emigranten. Hier vollendete er u. a. die „Wartesaal"- und die „Josephus"-Trilogie. 1940 internierten ihn die Franzosen. Ab 1941 lebte er in Kalifornien, wo weitere große historische Romane, Erzählungen, Stücke und Essays entstanden. Feuchtwanger starb 1958 in Pacific Palisades.

Die Unterzeichnung der Verträge über die Anerkennung Amerikas steht bevor, ein besonderer Augenblick für Benjamin Franklin: „Um dieser Minute willen hatte er die schwierige Reise über See gemacht, um dieser Minute willen hatte er vierzehn Monate hindurch die Komödie des bäuerlichen Philosophen aus dem Wilden Westen gespielt, mit Pelz und braunem Rock, hatte geduldig tausend alberne Fragen beantwortet, hatte in Gennevilliers mit der hübschen, törichten Frau in der blauen Maske eine schlaue und törichte Unterhaltung geführt. Und jetzt also [...] wird er, Franklin, unterschreiben, und dann werden viele französische Schiffe in See stechen mit vielen Kanonen und vielen Menschen, und viele Franzosen werden sterben, damit England die Unabhängigkeit Amerikas anerkenne. Der König [...] war nicht sehr gescheit, aber er hatte eingesehen, daß es gefährlich war, den Pakt zu unterzeichnen mit der jungen Republik, welche die Feindin war aller despotischen Autorität. [...]. Er war ein absoluter Monarch, der König von Frankreich, keinem Parlament verantwortlich, er konnte tun, was er wollte. Aber offenbar konnte er doch nicht tun, was er wollte, und mußte tun, was er nicht wollte. Das, was man gemeinhin Weltgeschichte nannte, war stärker als er und zwang ihn."

Lion Feuchtwanger

Die Füchse im Weinberg

Roman

Zweiter Teil: Die Allianz

Aufbau Taschenbuch Verlag

Feuchtwanger, Füchse 1–3
ISBN 3-7466-5013-5

1. Auflage 1997
Aufbau Taschenbuch Verlag GmbH, Berlin

Umschlaggestaltung Torsten Lemme
Druck Elsnerdruck GmbH, Berlin
Printed in Germany

Inhalt

Zweiter Teil
Die Allianz

Erstes Kapitel

Das lange Warten

Franklin saß lässig im Garten seines Hauses in Passy, auf der Bank unter der großen Buche. Es war früh im Jahr, das junge Laub ließ noch viel Licht durch, Franklin freute sich der Sonne, die fleckig seinen spärlich behaarten Schädel und seine alten Hände beschien.

Er hatte seine Freude daran, wie gut sich Haus und Park der freundlichen Landschaft einfügten. Das ganze, alte, weite, behagliche Hôtel Valentinois und vor allem der Flügel, den er bewohnte, waren eingebettet in Grün; die Leute sagten einfach, Franklin wohne im Garten, sie nannten ihn „den Alten im Garten – le vieux dans le jardin".

Franklin saß vornübergeneigt, die eisenumrahmte Brille hatte er abgenommen, er kratzte sich den kahlen Schädel; es war besser geworden mit dem Schorf. Überhaupt stand es besser um seine Gesundheit, seitdem er sich, nach den anstrengenden Pariser Tagen, Erholung gönnte. Zu üppige Erholung vielleicht. Er hatte mit Monsieur Jacques Finck, dem neu eingestellten Butler, genau vereinbart, was alles bei den einzelnen Mahlzeiten aufzutischen sei, es waren reichliche Menüs und seiner Gesundheit kaum zuträglich. Auch nicht seiner Kasse. Aber die elftausend und einige hundert Livres, die er vom Kongreß bezog, reichten sowieso nicht hin und nicht her.

Der Doktor saß da, das große Gesicht entspannt. Über den schönen Park, der sich in Terrassen hinunter zur Seine senkte, schaute er wohlig auf den Fluß und auf die silbriggraue Stadt Paris am andern Ufer. Er hatte sich vorgenommen, die Stufen der Terrasse mindestens zweimal des Tages auf und ab zu steigen. Gestern und vorgestern hatte er sich's erlassen. Er sollte nicht so faul sein.

Monsieur de Chaumont kam vorbei. Er grüßte höflich und verlangsamte den Schritt, darauf wartend, daß Franklin ihn anspreche. Monsieur de Chaumont zeigte bei jedem Anlaß seine Freude darüber, Franklin zu beherbergen, er erwies sich überaus gefällig, man war ihm verpflichtet. Doch der Doktor, nicht gewillt, seine behagliche Einsamkeit zu unterbrechen, erwiderte Monsieur de Chaumonts Gruß, ohne ihn anzureden, und ließ ihn vorübergehen.

Ruhe hatte er hier, herrliche, wohltätige Ruhe. Nur wenige wagten in seine Stille von Passy einzudringen, und der schlimmste Störenfried, Arthur Lee, war noch in Spanien.

Leider freilich wollte auch der andere seiner Kollegen, Silas Deane, nicht begreifen, daß die Allianz nur auf Umwegen zu erreichen war und nicht im Sturm und daß eifrige Betätigung mehr schadete als nützte. Er, Franklin, hatte sich auf das lange Warten eingerichtet. Jetzt hatte er sich in dem Gartengelaß eine Druckerpresse zurechtgemacht, primitiv und leistungsfähig, und er hatte seinen Spaß daran, Broschüren und anderes Kleinzeug selber zu setzen, mit den alten, großen Händen. William half ihm dabei, er stellte sich geschickt an; ja, für das Drucken hatten die Franklins Sinn, alle, sogar der kleine Benjamin Bache.

Er hatte es gut getroffen hier in Passy. Auch die Leute rings um den „Garten" waren angenehme Leute, mit denen sich leben ließ. Mit Doktor Leroy, dem Akademiker, und mit Doktor Cabanis hatte er eine Menge Interessen gemein, die Abbés Morellet und de la Roche waren gebildet und hatten Witz, und wenn man mit Monsieur Dussault, dem Bürgermeister von Passy, einen kleinen, gemütlichen Spaziergang machte, konnte man eine Menge Wissenswertes erfahren.

Eigentlich sollte er sich jetzt wirklich Bewegung machen und die Terrassen hinauf- und hinuntersteigen, einmal wenigstens. Aber es saß sich so warm und erfreulich unter der Buche, und wer konnte wissen, ob er morgen die gleiche schöne Sonne haben wird. Um das Versäumnis gutzumachen, faßte er den festen Vorsatz, am ersten Tag, an dem das Wasser nicht mehr zu kalt sein wird, in der Seine zu schwimmen; er war ein ausgezeichneter Schwimmer. Er schmunzelte bei dem Gedanken, wie er den Damen Helvetius und Brillon beiläufig erzählen wird, er sei heute die Seine hinüber- und zurückgeschwommen.

Er hatte vor sich selber ein wenig geheuchelt vorhin, als er im Geiste Umschau hielt unter der erfreulichen Nachbarschaft und die Abbés und den Doktor Cabanis aufzählte, nicht aber Madame Helvetius, in deren Hause diese Herren wohnten. Wahrscheinlich würde er sich in seinem Garten nicht halb so wohl fühlen, wenn nicht Madame Helvetius in unmittelbarer Nähe lebte und nicht Madame Brillon. Er hatte es immer verstanden, den Umgang mit Frauen zu genießen, aber ganz auf den Geschmack war er ihnen eigentlich erst jetzt gekommen, zu Beginn seines achten Jahrzehnts. Es hatte lange gedauert, ehe er weise geworden war, und gerade seitdem er's war, konnte er sich einen großen Mann ohne starke Erotik nicht vorstellen.

Nein, er war noch nicht alt und abgestumpft. Noch hatte er Freude an der Vielfalt des Lebens, Freude an Wissenschaft, Frauen, Erfolg, Natur, Schwimmen, Freiheit, Tugend, Freude an der Verschiedenartigkeit der Menschen, an ihren Vorzügen und an ihren Schwächen, Freude an der Einsamkeit und an der Geselligkeit.

Der junge William kam den Fußweg herüber; Franklin hatte ihm Weisung gegeben, ihn um diese Stunde zur Arbeit zu holen. Hübsch sah der Junge aus, wie er frisch und schlank durch die hellen Bäume daherkam.

Sie gingen zurück ins Haus. Machten sich an die Arbeit. Die Post hatte – das war das Übliche – manche widerwärtigen Geschäfte gebracht.

Das wichtigste war ein Brief Monsieur de Vergennes'. Es ging natürlich um die Affäre des Kapitäns Conyngham. Kapitän Conyngham war vom Schlage des Lambert Wickes, des „Seebären", doch hatte er viel größeres Format. Er hatte schlankweg das Postschiff von Harwich erbeutet mit seiner ganzen, wertvollen Ladung. Der wagemutige oder, wie es die Engländer nannten, überaus freche Streich hatte die Londoner Regierung aufs höchste aufgebracht. König Georg selber hatte sich der Sache angenommen, Vergennes hatte sich verpflichten müssen, England den Schaden zu ersetzen und den Schuldigen zu bestrafen. Conyngham war verhaftet worden, bald aber, auf Vorstellungen Franklins hin, freigelassen. Jetzt war der kühne Kapitän Befehlshaber eines neuen Schiffes, mit vierzehn Sechspfündern und zweiundzwanzig kleineren Geschützen. Die französischen Behörden wollten ihn aber nicht auslaufen lassen, wiewohl er feierlich versicherte, es gehe nur um eine Handelsfahrt, und Franklin hatte in Versailles neue Vorstellungen erhoben.

Da lag nun die Antwort, ein Brief Vergennes' an die amerikanischen Delegierten, verärgert und voll ernsten Vorwurfs. Noch einmal zählte der Minister alle die Fälle auf, in welchen amerikanische Kaperschiffe mit ihrer Beute französische Häfen angelaufen und dadurch die Regierung von Versailles in Konflikt mit London gebracht hatten. Der König, betonte noch einmal der Minister, sei fest entschlossen, die Verpflichtungen, welche ihm die Verträge mit England auferlegten, treu und peinlich zu befolgen. „Sie sind zu gute Staatsmänner, meine Herren", schrieb Vergennes, „und zu weise, um nicht zu erkennen, daß das Verhalten Ihrer Kapitäne die Würde des Königs, meines Herrn, gefährdet und daß es einen Neutralitätsbruch bedeutete, wenn wir solches Verhalten duldeten. Ich darf erwarten, meine Herren, daß Sie als die ersten das Betragen Ihrer Kapitäne verurteilen; denn es widerläuft strikt den Pflichten des Anstands und der Dankbarkeit für eine Nation, die Ihren Schiffen Gastfreundschaft gewährt. Ihr Kapitän Conyngham kann Erlaubnis zur Ausfahrt aus unsern Häfen nur unter der Bedingung erhalten, daß er auf schnellstem Weg nach Amerika zurückfährt und sich nicht abermals durch feindselige Akte gegen englische Schiffe der Notwendigkeit aussetzt, Zuflucht in unsern Häfen zu suchen. Ich muß Sie, meine Herren, um hinlängliche Garantien dafür bitten. Ich mache Sie darauf aufmerksam, daß ich diesen Brief auf ausdrückliche Anweisung des Königs schreibe, und ich empfehle Ihnen dringlich, die Stellungnahme der Regierung Seiner Majestät nicht nur dem

Kapitän Conyngham bekanntzugeben, sondern allen Seeleuten, die daran interessiert sein könnten, auf daß nicht andere Ihrer Schiffe sich und uns ähnliche Ungelegenheiten bereiten."

Franklin seufzte; wäre er an Stelle Vergennes' gewesen, er hätte wohl ähnlich geschrieben. Dann machte er sich daran, den Brief zu erwidern. In schönen, ernsten Wendungen bedauerte er das Vorgefallene und versicherte, er werde dem Kapitän Conyngham die gewünschte Anweisung geben; auch nach Philadelphia werde er im gewünschten Sinne schreiben, und er sei gewiß, daß der Kongreß schleunigst die erforderlichen Ordern erteilen werde.

In seinem Innern wußte Franklin, der Kapitän und die Leute, die hinter ihm standen, die William Hodge und die Bankiers Grand und Morel et Fils, werden sich den Teufel um seine Anweisungen kümmern, Kapitän Conyngham wird weiter seeräubern, die Bankiers werden schmunzelnd ihre Profite einstreichen, die Engländer werden neue Proteste einlegen, in Philadelphia wird man nur lächeln über die Streiche der Kaperschiffe, und er, Franklin, wird alles auszubaden haben.

Er wies William an, den Brief noch nicht abzuschicken; es war ein wichtiger Brief, er wollte ihn erst Silas Deane zeigen, und er wollte dem Kollegen ernste Vorhaltungen machen, wiewohl er von der Vergeblichkeit seiner Ermahnungen überzeugt war.

Er kramte unter der übrigen Post. Da waren schon wieder viele, welche Empfehlungen nach Philadelphia verlangten. Begeisterung für die Sache der Freiheit mochte eines der Motive sein, die diese Leute bewegten, sicher aber waren unter ihnen nicht wenige einfache Abenteurer, Tunichtgute. Eine ganze Reihe der Empfehlungsuchenden berief sich auf Leute, von denen er nie gehört hatte. Einem dieser Schreiber antwortete Franklin individuell, einem zweiten, einem dritten. Dann wurde er's überdrüssig. „Ich diktiere dir jetzt", sagte er, „einen Text, den wir künftig in allen diesen Fällen verwenden werden." Und er diktierte: „Der Überbringer dieses Schreibens geht nach Amerika und ersucht mich, ihm eine Empfehlung mitzugeben. Nun weiß ich aber von ihm nichts als den Namen. Ich muß Sie somit, wenn Sie Wesen und Verdienste des Herrn Überbringers kennenlernen wollen, an ihn selber verweisen; denn er ist damit sicherlich besser vertraut, als ich es sein kann. Auf alle Fälle ersuche ich Sie, ihm das Wohlwollen entgegenzubringen, auf das jeder Fremde Anspruch hat, von dem nichts Übles bekannt ist. Erweisen Sie ihm, bitte, alle die guten Dienste und Freundlichkeiten, deren Sie ihn bei näherer Bekanntschaft würdig finden."

Nach Abfassung dieses Briefes glaubte Franklin, für heute der lästigen Geschäfte genug erledigt zu haben; überdies hatte sich Silas Deane angesagt. Er schickte den jungen William weg und machte sich an erfreulichere Tätigkeit, an die Ordnung gewisser Schriftstücke, die er aus Amerika mitgebracht hatte; es waren das Manuskripte, Entwürfe, Notizen jeder Art, Briefe von Politikern, von Wissenschaftlern, von Freunden und von Freundinnen, die zu beantworten und zu ordnen er bei seiner eiligen Abreise aus Philadelphia keine Zeit mehr gefunden hatte. An diese zuweilen sehr intimen Dinge ließ er niemand heran, auch nicht William.

Was sich da alles angesammelt hatte, und von wie verschiedener Art es war. Da war ein Schreiben von seiner eigenen Hand, er hatte es damals nicht abgeschickt. Er erinnerte sich genau der Stunde, da er es geschrieben, es war gewesen, als er von dem Treffen von Bunker Hill gehört hatte. Damals hatte er sein Herz ausschütten müssen gegen seinen Freund und Verleger, William Strahan.

Die großen Augen des Doktors glitten über die schnellen und dennoch klaren Buchstaben. Es lautete aber der Brief: „Herr Strahan, Sie sind Mitglied des Parlaments, Sie gehören zu jener Majorität, die mein Land zur Vernichtung verurteilt hat. Sie haben begonnen, unsere Städte niederzubrennen und unsere Bürger niederzumetzeln. Schauen Sie auf Ihre Hände, sie sind befleckt mit dem Blut Ihrer Verwandten. Sie und ich, wir waren lange Freunde. Jetzt sind Sie mein Feind und ich bin der Ihre *B. Franklin.*"

In den Augen des alten Mannes, während er las, war ein

Widerschein des Grimmes, der ihn beim Schreiben des Briefes erfüllt hatte. Doch stärker als die Bitterkeit war das ruhig wägende Urteil. Er sah, wie kunstvoll verschnörkelt seine Unterschrift war. Er nahm wahr, daß er zuerst geschrieben hatte: „Ihre Hände sind befleckt mit dem Blut von Verwandten", und daß er das „Ihrer" erst später eingefügt hatte. Das war eine gute Änderung; „mit dem Blut Ihrer Verwandten" las sich zweifellos besser. Es war ein ausgezeichneter Brief, er gab haargenau wieder seinen kalten Grimm und seine Verachtung für den Mann, der die Folgen seiner Taten nicht hatte absehen können.

Er, Franklin, konnte die Folgen seiner Taten absehen. Er war zufrieden mit sich, daß er damals den Brief nicht abgeschickt hatte. William Strahan war ein guter Freund, William Strahan hielt sogar jetzt Verbindung mit ihm, trotz des Krieges. Es war vorteilhaft, Freunde in London zu haben. Es war gut, daß er sich damals in Philadelphia von seinem Zorn und von der Freude an dem wohlgeglückten Brief nicht hatte hinreißen lassen, ihn abzuschicken. Er lag jetzt gut hier in Passy, der Brief. Ein kleines Lächeln um den langen Mund, ordnete Franklin ihn sorgfältig ein in jene Schriftstücke, die zusammengefaßt waren unter der Aufschrift: „Persönliches."

Er sonderte aus die Briefe, die zu beantworten waren, legte beiseite jene, die er für erledigt hielt. Seine Tätigkeit wurde unterbrochen durch die Ankunft Silas Deanes.

Der dicke, imposante, fröhliche Herr war in der Zwischenzeit etwas weniger fröhlich geworden, die befremdliche Haltung des Kongresses, der seine und Beaumarchais' Zahlungsaufforderungen ständig überhörte, machte ihm Sorge, sein fleischiges Gesicht zeigte kleine Falten, und die geblümte Atlasweste saß nicht mehr ganz so prall um seinen Bauch. Aber er war unternehmungslustig wie immer und begann sogleich, enthusiastisch zu erzählen, wie sich ganz Paris freue über die Heldentaten des Kapitäns Conyngham, und wie außerordentlich der Überfall auf das englische Postschiff die amerikanische Sache gefördert habe.

Statt aller Antwort überreichte ihm Franklin den Brief Vergennes'. Silas Deane las; er las langsam, er hatte noch immer Mühe mit dem Französischen. Als er begriffen hatte, weigerte er sich, das Schreiben ernst zu nehmen. Derlei Mahnungen, meinte er, seien nur diplomatische Formalitäten; bestimmt habe Vergennes an der Erbeutung des englischen Postschiffs die gleiche Freude wie er selber. Franklin zuckte die Achseln. Er zeigte Silas Deane den Entwurf seiner Antwort. Der hätte es offenbar vorgezogen, wenn man dem Minister weniger ernst erwiderte, doch da er gutmütig war und voll Verehrung für den Doktor, gab er sich zufrieden. Der Kapitän werde die Ausreiseerlaubnis sicherlich erhalten, erklärte er.

Davon sei auch er überzeugt, antwortete Franklin, aber er fürchte, Conyngham werde den amerikanischen Emissären noch manche Unannehmlichkeit bereiten. Das sei möglich, erwiderte Silas Deane; doch der Stolz auf die Heldentaten des Kapitäns und ihre Wirkung überall in Europa sei reichliche Entschädigung für derlei Unannehmlichkeiten. Die englischen Versicherungsraten stiegen von Tag zu Tag, die englischen Kaufleute wagten kaum mehr, englische Schiffe für ihre Ausfuhr zu benutzen.

Der geduldige Franklin versuchte, Deane wieder einmal klarzumachen, daß die kleinen Gewinne den großen politischen Schaden nicht aufwögen, den die hemmungslose Kaperei mit sich bringe. Nicht um die Erbeutung von zwanzig- oder dreißigtausend Livres gehe es, sondern um den Handelsvertrag und um die Allianz mit Versailles. Aber Deane, beinahe beleidigt, antwortete, Beträge von zwanzig- oder dreißigtausend Livres, wenn sie jede Woche oder doch jede zweite Woche einliefen, seien bei der finanziellen Notlage des Kongresses keineswegs zu verachten. „Lieber, verehrter Doktor", bat er mit der dringlichen Beredsamkeit des Geschäftsmannes, „bedenken Sie doch, wie ungeheuer der Bedarf des Kongresses ist. Denken Sie doch, bitte, an die Liste, die uns die Herren vor drei Wochen übersandt haben."

Franklin dachte nicht gern an diese Liste. Sie war lang, sie war endlos. Ein Volk von Landleuten hatte eben einen gewaltigen Bedarf an Industriegütern, und was der Kongreß aus Frankreich zu beziehen wünschte, waren nicht nur

Geschütze, Gewehre und Uniformen, sondern auch Schafscheren, Vorlegeschlösser, Schuhmacherahlen, Nadeln für Schneider, medizinische Mittel jeder Art, Opium, Aloe und Klistierspritzen, Pferdekämme und Zelttuch, Musiknoten und Pauken. Das alles war in riesigen Mengen angefordert. Doch gerade daß dem so war, bestärkte den Doktor in seiner Meinung, man könne mit kleinen Mitteln nichts ausrichten. Bei so gewaltiger Not mußte man aufs Ganze gehen, auf die Anerkennung, den Handelsvertrag, die Allianz.

Mit vielem Aufwand an Logik mühte er sich, das dem Kollegen darzutun. Aber Deane, mit freundlicher Schlauheit, erwiderte: „Lassen Sie mich, verehrter Doktor, Franklin mit Franklin schlagen. Haben Sie nicht im ‚Armen Richard' gelehrt: Ein Ei heute ist besser als eine Henne morgen?"

Franklin gab es auf. Sprach von andern überflüssigen Unbequemlichkeiten, die ihm Silas Deane aufbürde. Da waren die Herren, die, sich auf Deane berufend, von ihm Ämter und Anstellungen in Philadelphia verlangten. Man werde, meinte er, dem Kongreß Ungelegenheiten und den Bittstellern selber nur Enttäuschungen bereiten, wenn man diese Leute nach Amerika hinüberschicke.

Silas Deane betrachtete nachdenklich seine schöne Weste. Er teilte nicht die Ansicht seines großen Freundes und Kollegen. Ihm scheine es ein Fehler, erklärte er bescheiden, doch fest, französische Offiziere zurückzuweisen, die voll glühenden Eifers für die Freiheit ihre Stellung in der Heimat und in der Armee aufzugeben bereit seien. Solche tätige Parteinahme schüre Begeisterung für Amerika überall in der Welt. „Oder hat uns nicht", schloß er, „die Ausfahrt Lafayettes einen ungeheuern Schritt vorwärtsgebracht?"

Mit diesem Lafayette hatte es folgende Bewandtnis. Der junge Marquis Josèphe-Paul-Gilbert de Lafayette hatte, nachdem ihm Silas Deane ein Patent ausgestellt, überall von seiner Absicht gesprochen, in die Armee des Generals Washington einzutreten. Die Engländer hatten vom Ausbruch des amerikanischen Konflikts an das Prinzip vertreten, jegliche Tätigkeit französischer Offiziere für die Rebellen bedeute einen Neutralitätsbruch der Versailler Regierung; sie hatten Vergennes aufmerksam gemacht auf die Absichten Monsieur de Lafayettes und den Minister aufgefordert, die notwendigen Schritte zu unternehmen. Auch der einflußreiche Schwiegervater des jungen Marquis, der Herzog d'Ayen, hatte trotz seiner Sympathie für die Amerikaner das abenteuerliche Vorhaben scharf mißbilligt. Er hatte im Verein mit Vergennes eine Kabinettsorder erwirkt, die dem jungen Mann die Ausreise ausdrücklich verbot. Die Schwierigkeiten hatten indes Lafayettes Eifer nur erhöht, und laut und hartnäckig hatte er erklärt, er werde seine Absicht durchführen. Durch alle diese Vorbereitungen war für Franklin und seine Kollegen die Einreihung Lafayettes in Washingtons Armee zu einer Prestigefrage geworden, und mit Spannung hatte man in den Salons von Paris und Versailles darauf gewartet, ob das Unternehmen des jungen Offiziers glücken werde. Es war geglückt; Lafayette hatte, mit Hilfe Beaumarchais', auf eigene Kosten ein Schiff ausgerüstet und war heimlich von einem spanischen Hafen in See gestochen.

Die Pariser hatten seine Ausfahrt mit Enthusiasmus begrüßt, und Silas Deane war im Recht, wenn er Lafayettes Unternehmen für nützlich erklärte. Auch Franklin hatte sich darüber gefreut. Leider aber war seine Freude nicht ungetrübt geblieben. Nicht nur hatte er Mühe, den Unmut des Herzogs d'Ayen zu beschwichtigen, der argwöhnte, die amerikanischen Emissäre hätten seinem unbesonnenen Schwiegersohn bei seinem Vorhaben geholfen; es hatte sich überdies herausgestellt, daß der Marquis einen ganzen Haufen französischer Offiziere mitgenommen hatte, lauter von Silas Deane angeworbene, und Franklin dachte mit Sorge an die Gesichter, welche die amerikanischen Militärs machen würden, wenn sie diesen zum Teil sehr jungen und hochnäsigen Herren unterstellt werden sollten. Er gab sich aber nicht lange damit ab, Silas Deane die Schattenseiten der Affäre Lafayette auseinanderzusetzen, sondern begnügte sich mit der Bitte, der Kollege möge nun aber bestimmt keine weiteren Offizierspatente ausstellen. Silas Deane, immer ein wenig verwundert und gekränkt, versprach es.

Dafür hatte er jetzt eine Bitte an Franklin. Wo immer sie

etwas ins Werk zu setzen hätten, sagte er, ob es nun die Beschaffung der unendlich vielen Dinge sei, die der Kongreß anfordere, oder die Ausreise Lafayettes, immer, im großen und kleinen, sei man angewiesen auf die Hilfe des erfinderischen Monsieur de Beaumarchais. Der sei bisher der einzige, der nennenswerte Quantitäten von Waffen nach Amerika transportiert habe, und niemals wäre ohne seine Hilfe Lafayette weitergekommen. Er, Silas Deane, habe aber den Eindruck, daß Franklin diesen unendlich hilfreichen Mann nicht mit der ganzen Freundlichkeit behandle, die er verdiene. Monsieur de Beaumarchais verehre Franklin, und es schmerze ihn, daß er so selten Gelegenheit habe, ihm von seiner Tätigkeit Rechenschaft abzulegen.

Silas Deane hatte recht; Franklin gab es sich in seinem Innern zu. Hatte er nicht selber seinem Enkel William erklärt, er habe diesen Monsieur Caron nicht herzlich und höflich genug behandelt? Hatte er nicht dem Enkel und sich selber die Geschichte von der Egge erzählt? So unlieb ihm der Mann war, er mußte sich dazu bequemen, ihn öfter zu sehen. „Solange ich hier noch nicht fertig eingerichtet bin", sagte er, „empfange ich nur vertraute Freunde, Sie und wenige andere. Aber später wird es mir eine Freude sein, mich einmal wieder mit Ihrem findigen Monsieur de Beaumarchais zu unterhalten. Er hat Ideen, das ist keine Frage, er ist ein Geschäftsmann, er ist ein Débrouillard, wie sie hier sagen, ein Tausendsassa. Ich unterschätze seine Dienste nicht. Sagen Sie ihm das, bitte, so herzlich, wie es Ihr Französisch zuläßt."

Er überlegte eine kleine Weile. „Wird es nicht Anfang Juli ein Jahr", sagte er dann, „daß der Kongreß die Unabhängigkeitserklärung beschlossen hat? Ich denke, ich werde unsere Freunde zu einer kleinen Feier zusammenbitten, und da wird dann natürlich auch Ihr Tausendsassa nicht fehlen." Silas Deane fand es noch ein wenig lange bis zum Juli; aber er war froh auch an dieser Zusage, dankte dem Doktor sehr herzlich und verabschiedete sich.

Später am Tage, zur Freude Franklins, kam Doktor Dubourg. Franklin hatte den würdigen, geschwätzigen, gebildeten, freundschaftlichen, wichtigmacherischen Herrn in diesen letzten Monaten immer lieber gewonnen. Franklin ließ sich von ihm bei der Überfeilung seiner französischen Briefe und kleinen Schriften helfen, hörte seine tausend großen und kleinen, manchmal recht interessanten Klatschereien an, verwendete ihn für die mannigfachsten Dienste. Auch vergaß er's ihm nicht, daß er ihn auf Passy, auf den „Garten", aufmerksam gemacht hatte. Und es belustigte den wohlausgewogenen Amerikaner immer wieder, wie sich der lebhafte französische Freund schnell in Hitze redete, in der Debatte keine Grenze kannte und höchst verwundert war, wenn der Partner seine Maßlosigkeit übelnahm.

Doktor Dubourg erzählte stolz, der Verleger Rouault werde in zwei Wochen eine vierte Neuauflage von Franklins „Bonhomme Richard" auf den Markt bringen können. Er, Dubourg, habe dieser Tage mit dem Baron Grimm von der „Encyclopédie" eine lange Diskussion gehabt über seine, Dubourgs, Übersetzung, eine, wie er sagen müsse, manchmal sehr erregte Diskussion. Der neugebackene Herr Baron habe nämlich getadelt, daß da immer wieder die Wendung „sagt der arme Richard" gebracht werde. Dabei komme die Wendung auf den achtzehn Seiten nur vierundachtzigmal vor. Er habe denn auch dem dreisten Kritiker deutlich zu verstehen gegeben, daß es nicht Aufgabe des Übersetzers sei, dem Autor ins Handwerk zu pfuschen. Ein Werk von der Bedeutung des Franklinschen müsse mit Demut, Ehrfurcht und Treue übersetzt werden, aber das seien Eigenschaften, die dem Herrn Baron Grimm wohl sehr ferne lägen.

Franklin dachte nach. Wenn er sich's reiflich überlege, sagte er dann, müsse er dem Baron Grimm recht geben. Wahrscheinlich wirke die Wendung „sagt der arme Richard" durch ihre stetige Wiederholung in dem raschen, witzigen Französisch ermüdender als im Englischen.

Doktor Dubourg sah den Freund verständnislos an. „Sie werden mich doch nicht im Stich lassen?" entrüstete er sich. „Sie werden doch nicht diesem Neugebackenen recht geben?" – „Vielleicht", überlegte Franklin, „sollte man den Versuch machen und dieses ‚sagt der arme Richard' ein paarmal streichen." Dubourg lächelte breit und verschmitzt übers ganze Gesicht. „Dann habe ich also Ihre Zustimmung, lieber Freund", freute er sich. „Ich habe nämlich, um dem Baron Grimm keinen Vorwand zu gedruckten Besserwissereien zu geben, für die Neuauflage die Wendung sechsundzwanzigmal gestrichen, so daß sie jetzt nur mehr achtundfünfzigmal vorkommt. Ich bin keine von den Korkseelen, die immerzu auf ihrer vorgefaßten Meinung schwimmen. Ich habe überhaupt die Neuauflage meiner Übersetzung einer gründlichen Überarbeitung und, wie ich glaube, Verbesserung unterzogen." Und er nahm das Manuskript und las Franklin die Verbesserungen vor. Der fand eigentlich die Unterschiede nicht beträchtlich, ja, er bemerkte sie nicht. Doch Dubourg, schnupfend, viel schmatzend, arbeitete sich ab, ihm deutlich zu machen, wie sehr das Werk durch die Überfeilung gewonnen habe, und Franklin sah es am Ende, dem bemühten Freund zuliebe, ein.

Dann erging sich Franklin in Meditationen über die Schwierigkeiten und Gefahren, denen passionierte Übersetzer zuweilen begegneten. Er erzählte von dem Schweiß und Blut, die es gekostet hatte, die großartige englische Bibelübertragung herzustellen. Er erzählte von dem Übersetzer William Tyndale, der viele schöne und volkstümliche Fassungen gefunden habe, zum Beispiel die schöne Fassung des Dreiundzwanzigsten Psalms, der aber, weil er die gemeine logische Vernunft an die Stelle der nicht immer logischen Autorität setzen wollte, schließlich verbrannt worden sei. „Ja", schloß er nachdenklich, „das Los des Übersetzers ist manchmal riskant."

Dubourg schaute ihn unsicher an und sprach von anderem. Und zwar, angeregt vielleicht von dem Worte „riskant", sprach jetzt auch er von dem Kapitän Conyngham und seinen Heldentaten. Er bezeigte eine noch größere, noch jugendlichere Freude an den Listen und Streichen der Freibeuter als Silas Deane. Auf seine naiv verschwörerische Art berichtete er von den schlauen Manövern, welche die Kaperkapitäne machten, um unter den Augen der englischen und der von diesen gehetzten französischen Behörden Beute zu erjagen und zu veräußern. Da konnten Kaperschiffe, die Befehl erhalten hatten, binnen vierundzwanzig Stunden den französischen Zufluchtshafen zu verlassen, beim besten Willen nicht auslaufen, weil ein Leck nach Sachverständigengutachten sich durchaus nicht reparieren lassen wollte. Da fuhren auf Signale hin französische Käufer hinaus auf See und übernahmen dort von den Piraten die Waren. Da verwandelten sich über Nacht Farben und Formen der Schiffe, die „Clarendon" und die „Hanover Planter" wurden zur „Hancock" und zur „Boston". Und bei aller Strenge, welche die Versailler Regierung nach außen zeigte, konnte man sich auf ihre augenzwinkernde Hilfe verlassen. Vergennes – das wußte Dubourg aus zuverlässigster Quelle – hatte, als ihm Stormont nachwies, wie Amerikaner und Franzosen bei der Weiterveräußerung der Beute zusammen gearbeitet hätten, lediglich die Augen gen Himmel gerichtet und kopfschüttelnd gejammert über die Habgier privater Unternehmer.

Übrigens, fuhr Dubourg fort, habe er eine Bitte an seinen großen Freund. Der Kapitän James Little habe unglücklicherweise einen spanischen Hafen angelaufen, den er für einen französischen hielt, und sei jetzt von den spanischen Behörden interniert. Er, Dubourg, sei an dem Fall interessiert, weil er selber ein wenig Geld in dem Unternehmen des Kapitäns Little stecken habe. Ob Franklin nicht in Madrid intervenieren könne.

Franklin beschaute Dubourg, der, leicht verlegen, mit seinem Stocke spielte. In Madrid, meinte Franklin nachdenklich, sei jetzt Arthur Lee; da könne er, Franklin, wenn er schlimme Verwicklungen vermeiden wolle, schwerlich intervenieren. Aber soviel er wisse, gebe es hier in Paris einen Mann, der viele Fäden nach Madrid laufen habe, unsern Débrouillard, unsern Beaumarchais. Dubourg schnaubte unlustig. Er möchte seinem Kapitän Little gern helfen, meinte er schließlich, aber ob er sich so weit werde demütigen können – er vollendete den Satz nicht.

Dann, neu belebt, eifrig, erzählte er, gestern habe er im Marineministerium gehört, man wolle ein Kriegsschiff außer Dienst stellen, „L'Orfraye", den „Seeadler", ein schönes, großes Schiff, von fünfzig Metern Kiellänge und mit zweiundfünfzig Kanonen. Er beabsichtige nun, ein Konsortium zusammenzubringen, um dieses Schiff zu erwerben, überholen zu lassen und auf Kaperfahrten auszuschicken. Das Unternehmen verlange eine hohe Investierung; vielleicht könnte Franklin seinen Hausherrn daran interessieren, Monsieur de Chaumont. Er könnte natürlich selber mit ihm sprechen, aber wenn der Anstoß von Franklin komme, wenn gewissermaßen der Genius der Freiheit in Person das Unternehmen beflügele, dann stehe ein ganz anderer Wind dahinter. Und: „Schiff, mein Schiff, nun wird dich neue Flut / Tragen hinaus aufs Meer", zitierte er lateinisch den Horaz.

Franklin seufzte innerlich über die Abenteuerlust des Freundes. Wenn er seinen Horaz recht im Kopf habe, antwortete er, dann sei in dieser Ode vom Schiff viel die Rede von den Sorgen, welche die Meerfahrt begleiteten. Und keinesfalls wäre es sehr dankbar, wenn er, Franklin, den hilfreichen Monsieur de Chaumont nicht nur seines schönen Hauses berauben, sondern ihm auch noch ein abgetakeltes Kriegsschiff anhängen wollte.

Dubourg war ein bißchen gekränkt. Trotzdem ließ er sich nicht lange bitten, als ihn Franklin aufforderte, zum Abendessen zu bleiben. Der Butler, Monsieur Finck, hatte, wie immer, eine gute und reichliche Mahlzeit vorgesehen, und Franklin aß mit Behagen. Aber er sah mit Bedauern, daß Doktor Dubourg den Speisen nicht mit der früheren Leidenschaft zusprach. Wieder einmal nahm er wahr, daß der Freund zusehends alterte. Nicht ohne kleinen Schrecken stellte er fest, daß er ein hippokratisches Antlitz hatte, er war gezeichnet, sein armer, lieber Freund Dubourg, er wird es nicht lange mehr machen.

Franklin selber hatte die Absicht, noch recht lange zu leben. Doch er wußte, daß es von heute auf morgen aus sein konnte, und beschäftigte sich oft mit dem Tode. Er war unsentimental. Er hatte viele Menschen sterben sehen, Freunde und Feinde. Da er Schriftsteller war von den Nieren bis an die Poren, hatte es ihn getrieben, was er von Freunden und Feinden hielt, in Worte zu fassen; er hatte zahlreiche Epitaphien geschrieben. Allmählich war es ihm zur Gewohnheit geworden, Grabschriften zu verfassen, für seine Freunde, für seine Feinde, für Tote, für Lebende, für sich selber. So jetzt, in Gedanken, während er kräftig aß, suchte er rühmende, treffende Worte zusammen für eine Grabschrift seines Freundes Dubourg.

Der, in diese Gedanken hinein, sagte unvermutet, besorgt und geschäftig: „Sie sind ja erfreulich rüstig, verehrter Freund, immerhin sehe ich nicht ohne Angst, wie üppig Sie essen. Sollte ein Mann in unserm Alter nicht vorsichtig sein? Der Pommard, den uns Ihr Monsieur Finck vorsetzt, ist ausgezeichnet. Trotzdem, und wiewohl das geradezu ein Verbrechen ist, schlag ich Ihnen vor: tun Sie Wasser in Ihren Wein."

Franklin dachte: Seltsam, daß dieser Arzt von seiner facies Hippocratica gar nichts merkt. Laut, wie Dubourg schon zur Wasserflasche griff, um ihm Wasser zuzuschenken, sagte er, die Hand über sein Glas haltend: „Die Bibel, mein Alter, zitieren Sie nicht so richtig wie Ihre Klassiker. Der Apostel Paulus hat nicht geraten, Wasser in den Wein zu tun, sondern Wein ins Wasser."

Am nächsten Tag, einem Dienstag, fuhr Franklin in Gesellschaft seines Enkels William hinüber nach Auteuil, um den Abend, wie jeden Dienstag, bei Madame Helvetius zu verbringen. Es waren wenig mehr als zwei Meilen Weges, und Franklin hatte vorgehabt, heute, der körperlichen Übung halber, die kurze Strecke zu Fuß zurückzulegen. Aber als er in das hübsche Besitztum der Madame Helvetius einfuhr, war er froh, daß er sich zuletzt doch für den Wagen entschieden hatte; es war angenehm, ausgeruht anzukommen, gleichmäßigen Atems und ohne Schweiß.

Farbig und heiter lag der Park. Das Haus selber war, wie immer, voll von Lärm; da waren Hunde, Katzen, Kanarienvögel, und Madame Helvetius' lebhafte Töchter sowie die beiden Abbés, die wie ihr Arzt, Doktor Cabanis, im Hause lebten, trugen das Ihre dazu bei, die laute Fröhlichkeit zu vermehren. Auch hatten sich, wie zu jeder Mahlzeit im

Hause der Madame Helvetius, einige Freunde eingefunden; Madame Helvetius hatte zahllose Freunde, Staatsmänner, Schriftsteller, Künstler.

Madame Helvetius begrüßte den Doktor schallend. So hatte sie ihn begrüßt, als er ihr Haus zum erstenmal betreten. Er hatte die fortschrittliche, einflußreiche Dame der Sache seines Landes noch enger verbinden wollen und sich gerne von dem früheren Finanzminister Turgot zu ihr mitnehmen lassen. Sie hatte aufgestrahlt, als er kam, hatte ihm sogleich herzlich den hübschen, vollen Arm entgegengestreckt. „Küssen Sie mir die Hand", hatte sie gerufen, „und nicht zu kurz", und sehr rasch war eine enge Freundschaft zwischen den beiden entstanden.

Auch heute mußte er sich sogleich so nahe zu ihr setzen, wie ihr weiter Rock es zuließ. Freundschaftlich und streng fragte sie ihn, ob er nicht schon wieder sein Versprechen gebrochen habe und zu Wagen gekommen sei, statt zu Fuß. Er, während er zugab, er sei auch diesmal nachsichtig mit sich selber gewesen, beschaute sie mit Wohlgefallen.

Füllig saß sie in ihrem Sessel, überquellend, eine Dame hoch in den Fünfzig, weiß und rosig, sorglos geschminkt, das Haar von etwas verwitterndem Blond nachlässig gefärbt. Er wußte, daß von den Frauen manche fanden, sie schaue aus wie die Ruinen von Palmyra. Er selber war geneigt, ihren früheren, viel bewunderten Glanz noch um sie zu sehen; ihre Herzlichkeit, ihre Impulsivität, ihr guter Verstand erregten sein inniges Wohlgefallen wie übrigens das vieler anderer Männer, und er hielt es für durchaus in der Ordnung, daß sie sich auch heute noch, nahe den Sechzig, benahm wie eine verwöhnte Frau von sieghafter Schönheit.

Auf sie herunter, während sie heiter von Belanglosem schwatzten, schaute ein Porträt des Claude-Adrien Helvetius, der vor sechs Jahren gestorben war und den Franklin bei seinem früheren Pariser Aufenthalt kennen- und schätzengelernt hatte. Die strahlendschöne Marie-Félicité hatte mit dem sehr reichen Herrn, der als Philosoph nicht weniger angesehen war denn als Steuerpächter, über dreißig Jahre einer üppigen, fröhlichen, glücklichen Ehe verbracht. Jetzt hingen Bilder des Toten überall im Haus umher, und eine Nachbildung seines Grabmals, eine Trauernde mit einer Urne, stand auf dem Kamin. Ihr geliebter Claude-Adrien hatte Madame Helvetius auf seinem Sterbebett ans Herz gelegt, ihr Leben weiter nach Kräften des Leibes und der Seele zu genießen, und so umlärmte denn ihre und ihrer hübschen Töchter Heiterkeit wunschgemäß seine Bilder und sein Grabmal.

Nach dem Essen, während Doktor Cabanis und der Abbé Morellet unter der Assistenz des Abbé de la Roche eine Partie Schach spielten und William mit den Demoiselles flirtete, saß Franklin allein mit Madame Helvetius. Sie fragte unumwunden: „Haben Sie in der Zwischenzeit Madame Brillon gesehen?" Madame Brillon, eine Dame der Nachbarschaft, war schön, zart und jung und hatte zum Gatten einen bejahrten Rat aus dem Finanzministerium. „Gewiß", antwortete ohne Zögern Franklin, und in seinem langsamen Französisch erklärte er: „Ich habe Madame Brillon gebeten, möglichst oft mit mir zusammen zu sein. Sie will sich bemühen, mein Französisch zu verbessern." – „Ihr Französisch genügt vollkommen, mein Freund", erklärte autoritativ Madame Helvetius, „und die Unterrichtsmethoden Ihrer neuen französischen Lehrerin gefallen mir gar nicht. Ich habe mir erzählen lassen, sie habe sich Ihnen vor aller Welt auf den Schoß gesetzt." – „Finden Sie was dabei?" fragte unschuldig Franklin zurück. „Haben Ihnen Ihre Berichterstatter nicht auch erzählt, daß Madame Brillon, die sehr an ihrem Vater hing, mich an Stelle dieses ihres toten Vaters adoptiert hat?" – „Sie alter Strolch", sagte schlicht und überzeugt Madame Helvetius. „Ich gebe zu", fuhr sie fort, „Madame Brillon ist hübsch. Aber finden Sie sie nicht zu mager?" – „Der Schöpfer", antwortete Franklin, „hat Schönes der verschiedensten Art hervorgebracht. Ich hielte es für undankbar, mich zu sehr zu spezialisieren." – „Ich mag keine Weiber", erklärte bündig Madame Helvetius. „Sie klatschen so gemein. Es gibt welche, die reden überall herum, ich hätte ein loses Mundwerk und die Manieren einer Waschfrau." – „Wenn die Pariser Waschfrauen", antwortete in seinem mühsamen

Französisch Franklin, „Ihre Manieren haben, Madame, dann haben sie die Manieren von Königinnen."

Später, ihm näher rückend, fragte Madame Helvetius: „Hand aufs Herz: Ihren Brief an den Abbé Morellet haben Sie doch nur geschrieben, damit er ihn mir weitersage?" Es hatte nämlich der Abbé im Auftrag der Madame Helvetius Franklin ein vereinbartes Zusammensein abgesagt, und Franklin hatte in einer langen Antwort beredt geschildert, wie sehr und warum er das bedaure. „Wenn wir alle", hatte er geschrieben, „Staatsmänner, Philosophen, Dichter, Wissenschaftler, von Notre Dame d'Auteuil" – so wurde Madame Helvetius von ihren Freunden genannt – „angezogen werden wie Strohhalme vom Bernstein, dann deshalb, weil wir in ihrer liebenswürdigen Gesellschaft Wohlwollen finden, freundschaftliche Beflissenheit, die Bereitschaft, gefällig zu sein und andere für gefällig zu halten, eine Freude aneinander, die wir keineswegs haben, wenn wir ohne Madame zusammen sind." – „Hat Ihnen der Abbé diesen Brief gezeigt?" fragte Franklin und spielte Verlegenheit. „Aber natürlich", sagte sie. Sie lachte ihr lautes Lachen und fuhr fort: „Ich wünsche Ihnen nur, Sie verschmitzter alter Herr, daß Sie bei den Ministern mit Ihren Bestechungsversuchen ebensoviel Glück haben wie bei mir."

Dergleichen Konversation machten sie stets, sie, Madame Helvetius, immer beweglich, geräuschvoll, ihn umarmend und küssend, er still, mit spärlichen Gesten, doch mit gravitätisch beflissener Ritterlichkeit. Es war ihren lauten und seinen leisen Komplimenten eine kleine ironische Übertriebenheit beigemengt, aber sie waren beide nicht darüber im Zweifel, daß unter ihren Worten eine wirkliche Neigung spann. Franklin fühlte sich angezogen von ihrer sichern, weltlichen Klugheit, von ihrem ungeheuren Appetit an Menschen und Dingen, von ihrer jugendlichen Lebensfülle, von ihrer unbekümmerten Natürlichkeit, sogar von der vulgär und königlichen Art, wie sie sich über die Regeln der Grammatik und der Rechtschreibung wegsetzte. Sie ihresteils, die sich ein Leben ohne Männer und ohne Huldigungen nicht vorstellen konnte, fand Labsal an dem Bewußtsein, daß dieser große

Mann, dessen Überlegenheit sogar von dem toten Helvetius und von ihrem Freunde Turgot anerkannt war, sie so sichtlich bewunderte und sie der jungen, magern Madame Brillon wenigstens gleichsetzte; und als er gar einmal, vor vierzehn Tagen, seine Förmlichkeit abgetan und zu ihr mit seiner wohlklingenden, schmeichelnden Stimme an Stelle von „Madame" Marie-Félicité gesagt hatte, war ihr das tief ins Blut gegangen.

Mittlerweile waren auch Dubourg und Turgot eingetroffen.

Jacques-Robert Turgot, Baron de l'Aulne, ein hochgewachsener Herr Ende der Fünfzig, sah älter aus als seine Jahre; das schöne Gesicht mit den geschwungenen Lippen und der geraden Nase zeigte starke, harte Falten herunter zu den Mundwinkeln. Turgot und Madame Helvetius waren von Jugend an befreundet gewesen. Er hatte sie, als sie noch Mademoiselle de Ligniville hieß, heiraten wollen, aber da sie beide blutarm gewesen waren, hatte sie, der Vernunft folgend, den Antrag abgelehnt. Als sie dann später den reichen, begabten, angesehenen, immer vergnügten Helvetius heiratete, hatte Turgot das stürmisch mißbilligt, doch er war Marie-Felicités Freund geblieben und hatte sie dreißig Jahre hindurch fast täglich gesehen. Als nach Helvetius' Tod sie beide reich, frei und angesehen waren, hatte Turgot seinen Heiratsantrag wiederholt. Abermals ohne Erfolg. Doch auch diese zweite Zurückweisung hielt ihn nicht ab, sie häufig zu sehen.

Der grundehrliche, leidenschaftlich der Sache der Vernunft ergebene Turgot genoß weithin Liebe und Respekt. Auch Doktor Dubourg war ihm von Herzen freund und zollte ihm hohe Verehrung. Aber er konnte es nicht lassen, ihm täppische, gutmütig polternde Vorhaltungen zu machen, daß er während seiner Amtszeit dies hätte tun und jenes hätte nicht tun sollen. Auch heute kam er mit seinem ewigen Tadel, Turgot hätte damals drei oder fünf Millionen für die Insurgenten herausrücken müssen. Turgot, zunächst beherrscht, setzte ihm das zehnte- oder zwölftemal auseinander, er hätte seine Reformen gefährdet und seinen Gegnern

Anlaß zu berechtigten Attacken gegeben, wenn er auch nur einen Sou für anderes verwendet hätte als für diese Reformen. Dubourg gab sich nicht zufrieden, er stichelte weiter, der reizbare Turgot schlug zurück. Madame Helvetius bemühte sich umsonst zu vermitteln. Turgot erklärte schließlich, man müsse seine Amtstätigkeit als Ganzes ansehen, das aber wolle Dubourg durchaus nicht begreifen. Und erbittert über die Verstocktheit des andern, fuhr er fort, immer vergesse Dubourg über den Einzelheiten das Ganze; eine solche Methode möge angebracht sein in der Philologie, aber sie tauge nicht für Staatswissenschaft. Dubourg zitierte aus einem lateinischen Philosophen, eine Summe setze sich zusammen aus lauter Summanden, das heiße Einzelposten. Er hatte eine laute Stimme, auch der erhitzte Turgot war nicht leise, die Hunde kläfften darein, es war Aufruhr.

Zuletzt forderte Turgot Franklin auf, er möge ihm bezeugen,daß er seine Handlungsweise begriffen, ja, gebilligt habe. „Gebilligt", antwortete Franklin, „das ist ein wenig viel, aber begreiflich finde ich Ihr Verhalten, das muß ich zugeben."

Dann – er hatte auf die Gelegenheit gewartet – erklärte Franklin, er habe seine beiden werten und streitbaren Freunde schon seit langem auf eine viel zuwenig bekannte Geschichte aus der Bibel aufmerksam machen wollen, und: „Lieber Abbé", wandte er sich an de la Roche, „erzählen Sie doch den beiden Herren die Geschichte von der Toleranz aus dem Ersten Buche Mosis." Der Abbé, nach einigem Nachdenken, sagte, er wisse nicht, welche Geschichte Franklin im Auge habe; auch dem Abbé Morellet war nicht gegenwärtig, worauf Franklin anspielte. Der Doktor schüttelte den Kopf und meinte, es sei seltsam, wie wenig bekannt diese Geschichte sei; dabei sei sie eine der weisesten unter den mancherlei weisen Erzählungen, welche die Bibel neben vielerlei wüsten und krausen Geschichten enthalte. Die Unduldsamkeit seiner beiden lieben Freunde kennend und das Aufleben ihres alten Streitgespräches voraussehend, habe er seine Bibel mitgebracht und bitte die Gesellschaft um Erlaubnis, das Kapitel vorlesen zu dürfen.

Aus der Rocktasche zog er eine kleine Bibel. „Es ist das

einunddreißigste Kapitel aus dem Ersten Buche Mosis", erläuterte er. Und er begann zu lesen die Geschichte, wie zu Abraham ein fremder Mann kommt, krumm vor Alter, sich stützend auf seinen Stock, aus der Wüste. „Abraham aber saß vor seinem Zelte, und er stand auf und ging dem Fremden entgegen und sagte zu ihm: ‚Komm herein, ich bitte dich, und wasche deine Füße und verweile die Nacht über, dann sollst du aufstehen, frühe des Morgens, und weitergehen.' Und der Mann sagte: ‚Nein, ich will meinen Gott anbeten unter diesem Baum.' Abraham aber bestand und drang groß in ihn, und der Mann wendete sich, und sie gingen in das Zelt, und Abraham buk Brot, und sie aßen es. Und als Abraham sah, daß der Mann keinen Dank und Segenspruch für Gott hatte, sagte er zu ihm: ‚Warum verehrest du nicht den allmächtigen Gott, Schöpfer des Himmels und der Erden?' Und der Mann antwortete und sprach: ‚Ich will deinen Gott nicht verehren, noch ihn bei seinem Namen rufen; denn ich habe für mich selber einen Gott gemacht, der weilet immer in meinem Haus und versorgt mich mit aller meiner Notdurft.' Und Abrahams Eifer entzündete sich gegen den Mann, und er stand auf und fiel über ihn her und schlug ihn und trieb ihn hinaus in die Wüste. Da erschien Gott dem Abraham und sagte: ‚Abraham, wo ist dein Gast?' Und Abraham erwiderte und sprach: ‚O Herr, er versagte es, dir Ehre zu geben, und dich bei deinem Namen zu rufen. Da habe ich ihn ausgetrieben von meinem Antlitz in die Wüste.' Und Gott sagte: ‚Habe ich ihn ertragen diese achtundneunzig Jahre hindurch und ihn genährt und ihn gekleidet, wenngleich er sein Herz verstockt hat gegen mich, und du, der du selber ein Sünder bist, konntest es nicht aushalten mit ihm eine einzige Nacht?'"

Franklin klappte das Buch zu. „Das ist keine schlechte Geschichte", sagte Doktor Cabanis. „Es ist merkwürdig", grübelte der Abbé Morellet, „ich kann mich des Kapitels nicht entsinnen." Ebenso ging es dem Abbé de la Roche. Franklin gab ihnen seine Bibel, die beiden Abbés beugten sich darüber. Da stand es klar und deutlich in altertümlichen Lettern: Genesis, Kapitel 31.

„Sagen Sie ehrlich“, sagte Madame Helvetius zu Franklin, als sie wieder allein waren, „wer hat dieses Kapitel geschrieben, der liebe Gott oder Sie?“ – „Wir beide“, erwiderte Franklin.

Turgot, im weitern Verlauf des Abends, vertrug sich gut mit Dubourg, und Franklin fühlte sich ihm sehr freund. Natürlich wäre es der amerikanischen Sache höchst nützlich gewesen, wenn Turgot seinerzeit Geld angewiesen hätte, aber Franklin achtete Turgot gerade deshalb, weil der niemals Kompromisse schloß. Praktische Politik machen konnte man freilich auf solche Art nicht, aber man stellte klare, unverrückbare Ideale hin für die Zukunft und für die Lesebücher.

Schriftsteller, der er war, suchte Franklin, was er über Turgot dachte, in einen Satz zu pressen, und während er angeregt mit Madame Helvetius flirtete, fand er die Formel: Jacques-Robert Turgot war kein Staatsmann für das achtzehnte Jahrhundert, aber der erste des neunzehnten.

Pierre saß ungewohnt nachdenklich an seinem wunderbaren Schreibtisch. Er war nicht der Mann, sich von den Sorgen des nächsten Tages anfechten zu lassen; er lebte für das Heute und für die Ewigkeit, nicht für das Morgen. Aber er verhehlte sich nicht, daß diese nächsten Tage ernsthafte Schwierigkeiten bringen würden. Als er heute von seinem Sekretär Maigron lumpige achttausend Livres aus der Kasse der Firma Hortalez verlangte, hatte der Mühe gehabt, sie zusammenzukratzen, und als er ihm schließlich das Geld übergab, war ihm das graue Gesicht des Mannes noch grauer vorgekommen. Wie soll das weitergehen in der nächsten Zeit? In drei Tagen ist der Wechsel von Testard und Gaschet fällig, am Siebzehnten muß die erste Viertelmillion an Monsieur Lenormant zurückgezahlt werden, und wenn er den Vertrag über das Kriegsschiff, über die „Orfraye“. zustande bringen will, muß er sogleich mindestens hunderttausend Livres flüssigmachen.

Für ein Butterbrot ist sie zu haben, die „Orfraye“. Soll er auf sie verzichten, bloß weil er zur Zeit dieses Butterbrot nicht bei der Hand hat? Er ist doch kein Narr. Vom ersten

Augenblick an, da er davon gehört hat, daß die „Orfraye“ aufgelegt werde, war er entschlossen, sie zu kaufen. Er hat sich verliebt in das wunderbare Schiff. Ein Dreidecker mit zweiundfünfzig Kanonen, fünfzig Meter lang. Und diese herrliche Galion. Das Herz wird ihm warm, wenn er daran denkt, wie der gewaltige krummschnäbelige Vogel seinen Transporten voranfliegen wird.

Aber er muß das Geld in den allernächsten Tagen haben, morgen muß er's haben, mindestens hunderttausend Livres, sonst schwimmt ihm das Schiff fort. Die andern, die Konkurrenten, sind scharf dahinter her, das hat ihm sein Gewährsmann im Marineministerium zuverlässig berichtet. Der Dubourg ist der Konkurrent. Aber er wird sich schneiden, der gelehrte, wichtigmacherische Esel, der nichts für sich ins Feld zu führen hat, als daß er der Freund des großen Franklin ist. Er, Pierre, weiß genau, wie er's anstellen muß, diesen „Seeadler“ zu fangen, er weiß, wo da die richtigen hohlen Hände sind.

Es ist lächerlich, daß er, der Chef der Firma Hortalez, sich den Kopf zerbrechen muß, wo er das Geld hernehmen soll, die schäbigen hundert- oder zweihunderttausend Livres. Aber wer hat auch voraussehen können, daß die Freiheitskämpfer in Amerika so miserable Zahler sein würden? Nur der ewige Pessimist Charlot hat dergleichen geunkt, und es war eine Schande und grotesk, daß vorläufig Charlot recht behielt.

Dabei hatten die Amerikaner, als die ersten drei seiner Schiffe in New Hampshire einliefen, sie mit Jubel begrüßt und mit großen Ehrungen. Aber Geld oder Wechsel hatten die Schiffe nicht zurückgebracht, sondern nur ein paar Ballen Tabak, die noch nicht acht Prozent der Rechnung des Hauses Hortalez deckten. Die Ladung, die der zweite Transport zurückbrachte, hatte gar nur vier Prozent der Rechnung gedeckt. Silas Deane, der sein Bestes tat, wand und drehte sich und meinte verlegen, schuld an der Saumseligkeit des Kongresses seien einzig und allein die bösartigen, verleumderischen Berichte des Arthur Lee, denen zufolge die Lieferungen als ein getarntes Geschenk der französischen

Regierung anzusehen seien. „Diese Amerikaner, diese Amerikaner“, sagte Pierre vor sich hin und kraulte der Hündin Caprice den Kopf.

Er hatte aber, wenn er so klagte, nur *einen* Amerikaner im Sinn, und der war nicht Arthur Lee. Dessen Angriffe wären bestimmt wirkungslos geblieben, wenn sich nur ein gewisser anderer die Mühe genommen hätte, den Mund aufzumachen. Dieser andere aber nahm sich nicht die Mühe. Dieser andere verharrte in einer unbegreiflichen, kränkenden Gleichgültigkeit. Dieser andere erklärte, die Verträge lägen vor seiner Zeit, sie seien durch Silas Deane abgeschlossen, man möge sich an Silas Deane halten. Silas Deane aber, bei all seinem guten Willen, war machtlos, wenn er nicht unterstützt wurde durch den gewissen andern.

So offenherzig Pierre gemeinhin seine Dinge mit seinen Nächsten erörterte, über seine unbefriedigenden Beziehungen zu Franklin sprach er mit niemand, nicht einmal mit Paul. Jetzt aber, vor dem Ankauf der „Orfraye“, wird er wohl die gesamte Geschäftslage mit Paul offen durchsprechen müssen, und dann wird er nicht umhinkönnen, auch die dumme Franklin-Geschichte mit ihm zu bereden.

Paul, als ihm Pierre seine Absicht eröffnete, die „Orfraye“ zu kaufen, sagte: „Sie spielen ein hohes Spiel.“ – „Soll ich den ‚Seeadler‘ den andern überlassen“, fragte Pierre zurück, „den Chaumont und Dubourg und Genossen?“ Paul verstand ihn, ohne daß er diese Vorstellung weiter hätte ausführen müssen. Es ging um mehr als um ein Schiff. Vorläufig war die Firma Hortalez unentbehrlich, vorläufig war Pierre der einzige, der über genügend viele Schiffe und Waffen verfügte, um die Amerikaner vor einer Kapitulation zu bewahren. Wenn aber diejenigen, welche ständig um Franklin waren, ihresteils Schiffe und Waffen in hinlänglicher Menge nach Amerika zu schicken imstande waren, dann werden sie ihn rasch an die Wand drücken und das Haus Hortalez zu einem Firmenschild machen mit nichts dahinter.

„Maigron ist außerordentlich“, sagte Paul. „Kein anderer hätte es zustande gebracht, daß bisher jeder Wechsel eingelöst wurde. Aber ich frage mich, wie er die Wechsel von

Testard und Gaschet und wie er Lenormants Viertelmillion zahlen will." – „Auf Silas Deane können wir uns verlassen", antwortete Pierre. „Ja, auf Silas Deane", sagte Paul. Mehr sagte er nicht, aber Pierre wußte, daß Paul im Bilde war.

Seitdem sich Paul in Nantes von Franklin verabschiedet, hatte er ihn nur zweimal in großen Gesellschaften zu Gesicht bekommen. Wiewohl sonst nicht schüchtern, hatte er nicht gewagt, sich an ihn heranzumachen; die seltsame und beleidigende Art, auf welche der Doktor seinen Freund und Chef behandelte, schmerzte ihn und machte ihn befangen. Daß der sonst so beredte Freund seine Bitterkeit in seiner Brust verschloß, zeigte Paul, wie tief Franklins Kälte ihn mußte getroffen haben. Jetzt, da Pierre sogar in der heutigen Erörterung um die schlimme Sache, die Ur-Sache aller Widerwärtigkeiten, vage herumredete, beschloß Paul, zu Franklin zu gehen, schlankwegs, ohne Pierre lange davon zu sprechen, und den Doktor zu fragen, warum er nicht mit Pierre zusammen arbeiten wolle.

Pierre seinesteils wartete darauf, daß Paul anfange, von Franklins Verstocktheit zu reden. Es verdroß ihn, daß er's nicht tat. Schließlich, ungeduldig, zornig fast, sagte er selber: „Einmal werden die amerikanischen Gelder ja hereinkommen." – „Aber kaum, bevor auch die letzte Zahlung für die ‚Orfraye' fällig wird", antwortete Paul. „Sie belieben heute besonders schwarzzusehen, mein Freund", sagte Pierre. „Ich an Ihrer Stelle", beharrte Paul, „würde keine amerikanischen Eingänge in die Kalkulation für den Erwerb der ‚Orfraye' miteinsetzen." – „Ich kann mir nicht vorstellen", sagte finster Pierre, „daß auch die nächsten fünf Transporte kein Geld zurückbringen sollten." – „Die Hoffnung ist ein schlechter Ratgeber", sagte Paul. „Sie sind sehr weise für Ihre Jahre", entgegnete Pierre. „Das Sprüchlein könnte eine der Kalenderweisheiten unseres Freundes in Passy sein, in der Übersetzung von Dubourg." – „Sie können die ‚Orfraye' nur kaufen", sagte bündig Paul, „wenn Ihnen Monsieur Lenormant neuen Kredit einräumt oder zumindest den alten prolongiert."

Im Grunde hatte Pierre vom ersten Augenblick an gewußt,

daß er, wenn er das Kriegsschiff kaufen wollte, Lenormant um Zahlungsaufschub werde angehen müssen, aber er hatte es nicht wahrhaben wollen. Jetzt, da Paul die unangenehme Tatsache knapp und klar in Worte faßte, stieg in Pierre die Erinnerung auf an die Warnung Désirées. Da Paul sah, wie peinvoll dem Freund der Gedanke an Lenormant war, erbot er sich: „Soll ich mit Monsieur Lenormant sprechen?" Pierre war versucht, den Vorschlag anzunehmen. Aber: „Nein, nein, mein Freund", sagte er, „ich spreche mit Charlot."

Monsieur Lenormant, als er sich bei ihm ansagte, lud ihn für den andern Tag zu einer Gesellschaft ein. Es war eine kleine, auserlesene Tafelrunde großer Herren und Damen, Pierre war der einzige ohne Geburtsadel. Er zeigte sich höchst aufgeräumt und hatte immer neue, lustige Einfälle. Man hatte Aug und Ohr nur für ihn, und ganz deutlich hörte er, wie der Herzog von Montmorency zu dem Hausherrn sagte: „Ihrem Beaumarchais könnte ich bis morgen früh zuhören." Monsieur Lenormant schien mit dem Erfolg seiner kleinen Gesellschaft sehr zufrieden.

Als er die Tafel aufhob, hielt ihn Pierre zurück. „Einen Augenblick, mein Alter", sagte er, sehr beiläufig, sein Glas Armagnak noch in der Hand. „Ich glaube, es wird in absehbarer Zeit einer unserer Wechsel fällig aus dem amerikanischen Darlehn. Ich nehme an, es wird Ihnen nichts ausmachen, uns den Wechsel auf ein paar Monate zu prolongieren."

Monsieur Lenormant schaute mit seinen schleierigen Augen Pierre freundlich an. Er hatte diese Bitte längst erwartet; wahrscheinlich hatte er Pierre das Darlehn nur deshalb gegeben, weil er sich ein Gespräch wie dieses davon versprochen hatte. Jetzt also war es genauso gekommen, wie er's dem andern vorausgesagt. Das Geschäft mit den Amerikanern hatte sich erwiesen als ein Unternehmen, das nur ein Mann mit einem langen Atem wagen konnte, und diesen langen Atem hatte nun einmal er, Charlot, und nicht Pierre. Da stand dieser Pierrot vor ihm, ein sehr begabter Mensch, ein liebenswerter Mensch, aber einer, dem es nicht gegeben war, zu leiden, und also auch nicht, wirkliche Erlebnisse zu haben. Die Dinge waren ihm immer leicht von der Hand gegangen, alles fügte sich ihm, er hielt es für selbstverständlich, daß die Menschen wetteiferten, ihm Gefälligkeiten zu erweisen. Da war Désirée. Er, Charlot, mühte sich um sie ab, er litt um sie, doch alles, was er erreichen konnte, war, daß sie mit ihm schlief; gehören tat sie dem andern, diesem seinem Freund Pierrot, den liebte sie, und der machte sich das nicht einmal recht bewußt. Da stand er vor ihm und verlangte, er möge ihm die Viertelmillion weiterleihen, wahrscheinlich auf Nimmerwiedersehen. Er sprach beiläufig, er zweifelte gar nicht daran, daß er, Charlot, ihm den Dienst erweisen werde. Er gönnte es Pierre, daß der so leicht mit dem Leben und mit den Menschen fertig wurde, aber es kann ihm nur dienlich sein, wenn auch er einmal ein bißchen zu zappeln hat.

Die ganze Zeit her hatte Charlot nicht gewußt, ob er, wenn es soweit sein wird, Pierres Bitte erfüllen werde oder nicht; nicht einmal, als Pierre die Bitte gestellt hatte, hatte er's gewußt. Jetzt, im Verlaufe der drei Sekunden, da er Pierre in das hübsche, jugendliche, selbstzufriedene Gesicht blickte, kam er mit sich ins reine. Seine Lippen verzogen sich zu jenem kleinen, fatalen Lächeln, welches Pierre so aufzubringen pflegte, und gleichmütig, mit seiner leisen, fettigen Stimme, erwiderte er: „Sie haben heute eine Menge ausgezeichneter Witze gemacht, Pierrot. Aber das ist der beste." Und neigte leicht den Kopf und ging seinen Gästen nach.

Pierre stand allein in dem prunkvoll und mit Geschmack eingerichteten Speisesaal, der Geruch der herunterbrennenden Kerzen und des übriggebliebenen Weines war um ihn, die Lakaien begannen, die Tafel abzudecken. Mechanisch nahm er ein Stück Konfekt aus einer Schale, knabberte daran, mechanisch.

Er war sicher gewesen, Charlot werde ihm die Prolongierung bewilligen. Er begriff nicht, was ihm da geschehen war. Er begriff nicht, warum ihm Charlot das antat. Ihm selber war Schadenfreude völlig fremd. Charlot freilich gehörte zu den großen Herren, die ihre Anfälle frechen, spielerischen Hochmuts zu haben pflegten. Vielleicht auch war er eifersüchtig.

Die Lakaien, welche die Tafel abdeckten, beschauten erstaunt den großartigen Herrn, der dastand, sichtlich erschüttert, verloren in Gedanken, an seinem Stück Konfekt knabbernd. Doch sie lachten nicht. Caron de Beaumarchais, der Dichter des „Barbiers“, war beliebt bei den kleinen Leuten. Sie verargten ihm nicht seinen Prunk, sie dankten es ihm, daß er ihre Partei nahm gegen die Privilegierten, und insbesondere die Lakaien, Kellner, Barbiere sahen in dem Schöpfer des Figaro ihren Dichter und Schutzheiligen.

Er raffte sich zusammen, fuhr nach Hause. Aufrecht saß er im Wagen, elegant, erwiderte Grüße. Aber sein Geist war abwesend. Charlot wollte ihm den Atem abschnüren. Charlot wollte Désirée und der Welt zeigen, Pierre Beaumarchais sei ein Großsprecher und Versager. Er wird ihm beweisen, daß er sich geirrt hat. Jetzt gerade wird er den „Seeadler“ kaufen und Charlot seine schäbige Viertelmillion vor die Füße werfen.

Allen wird er es zeigen, diesen verdammten, hochnäsigen Aristokraten. Auch dem Vergennes; denn der war aus dem gleichen Holz. Seitdem Franklin hier war, behandelte er ihn wie Luft. Offenbar glaubte der Graf, er könnte ihn jetzt wegwerfen wie einen abgetragenen Handschuh. Er war keineswegs abgetragen. Glaubten die Herren wirklich, der Hohlkopf Chaumont und der alte Esel Dubourg könnten ihnen ihre Geschäfte besorgen? Zu ihm, zu Pierre, hatte Dubourg laufen müssen schon wegen dieses traurigen Kapitäns Little, der ihm in Spanien gestrandet war, weil er die spanische Küste nicht von der französischen unterscheiden konnte. Wenn sie nicht einmal den flottzumachen imstande waren, wie wollten sie Schiffe und Waffen aufbringen für Amerika? Und auf solche Leute verließ sich Vergennes. Erst hetzte er ihn hinein in dieses gefährliche Unternehmen, und dann ließ er ihn im Stich wegen eines Chaumont und eines Dubourg. Glaubte, auf ihm herumtreten zu können, weil er kein Aristokrat war und kein Freund des großen Franklin. Aber er soll sich verrechnet haben, der Herr Graf de Vergennes.

Grimmig entschlossen begab sich Pierre ins Außenministerium. Nicht in das Pariser Gebäude des Ministeriums ging er, am Quai des Théatins, sondern in Versailles fuhr er vor, in großem Aufzug, mit livrierten Lakaien und seinem Negerknaben, und er verlangte, den Grafen Vergennes zu sprechen. Allein es empfing ihn nur Monsieur de Gérard und erklärte korrekt und höflich, der Minister sei sehr beschäftigt; ob nicht er entgegennehmen könne, was Pierre zu sagen habe. Nein, erwiderte mit Nachdruck Pierre, das könne er nicht. Es handle sich nicht nur für ihn selber um Leben oder Tod, es gehe auch um wichtigste Angelegenheiten der Krone. Nach einigem Hin und Her wurde er vorgelassen.

Wenn Pierre geglaubt hatte, der Minister habe vor ihm ein schlechtes Gewissen, so war das ein Irrtum. Graf Vergennes war ein freundlicher Skeptiker. Er glaubte es Monsieur Caron, daß der die Geschäfte für Amerika auch aus Interesse an der guten Sache besorgte, aber vor allem doch wohl tat er es um des eigenen Profites willen. Da der Regierung die Tätigkeit Monsieur Carons erwünscht war, hatte sie ihm einen erheblichen Beitrag zugeschossen. Ein gewisses Risiko aber, so war es von Anfang an gedacht, mußte Monsieur Caron auch selber auf sich nehmen; dafür hatte er die ungeheuern Gewinnchancen. Wenn die Amerikaner mit ihren Zahlungen im Rückstand blieben, so mußte sich Monsieur Caron schon mit eigener Kraft aus der zeitweiligen Klemme helfen. Graf Vergennes würdigte Monsieur Carons Verdienste, er hatte den witzigen, geistreichen Menschen gerne, aber keineswegs übersah er seine unangenehmen Eigenschaften; seine Großspurigkeit und Breitmäuligkeit hatten der Regierung Unannehmlichkeiten zur Genüge bereitet. Es war ein Glück, daß jetzt Doktor Franklin die amerikanischen Geschäfte übernommen hatte. Monsieur Caron war ein Windhund, den man sich gern anschaute, der Doktor Franklin ein Staatsmann und Gelehrter größten Formats und von überlegener Ruhe.

Vergennes also, wie jetzt Pierre vor ihn hintrat, schaute ihm mit klugen, runden Augen entgegen, höflich abwartend. Pierre wollte nicht sogleich von seinen Gelddingen anfangen und sprach zunächst von dem Kampf um seine Rehabilitierung. Der wohlbekannte, bürokratische Schlendrian, meinte er, zögere die Wiederaufnahme des Verfahrens endlos hinaus; er wäre dem Minister sehr verbunden, wenn der durch ein gelegentliches Wort den Schimmel in Trab setzen wollte. Vergennes erwiderte, er glaube, durch sein Schreiben an den Generalstaatsanwalt die Sache Monsieur de Beaumarchais' zur Genüge gefördert zu haben, aber er werde, wenn er den Kollegen von der Justiz treffe, ihn an diesen Brief erinnern. Pierre hörte aus den Worten des Ministers jenes leise Unbehagen heraus, das er selber verspürte, wenn er lästige Bittsteller abfertigte.

Um so grimmiger wurde seine Entschlossenheit, Vergennes aus seiner gelassenen Höhe herunterzuziehen. Wenn sich der Graf ihm gegenüber diese Geste leistete, dann sollte er zumindest dafür bezahlen. Er, Pierre, wird sein Geld herausholen aus dem Manne, der da so hochmütig und zugesperrt vor ihm saß.

Er ging ein auf seine Finanzschwierigkeiten, auf die unbegreifliche Saumseligkeit des Kongresses in der Beantwortung seiner Briefe und in der Erledigung seiner Rechnungen. Dramatisch stellte er dar, wie er in kürzester Frist mit unsäglichen Mühen größte Quantitäten Kriegsbedarfes aufgebracht und unter Gefahren, die dem Minister nicht unbekannt seien, über See und in die Hände der Insurgenten geschafft habe. Wie aber vom Kongreß außer einer dürren Bestätigung kein Sterbenswörtchen verlautet sei. Er, Pierre, stehe jetzt vor dem Äußersten. Er habe in die Lieferungen, welche die Regierung von ihm gefordert, alles investiert, sein Vermögen, seine Ehre, sein Talent, und nun sehe er sich um die Frucht seiner edelsten, schier übermenschlichen Anstrengungen gebracht.

Der Minister spielte mit seinem Federkiel und schaute Pierre mit lahmem Bedauern ins Gesicht. „Warum wenden Sie sich nicht direkt an die Amerikaner?" antwortete er schließlich. „Die haben doch jetzt hier ihre Vertreter." Auch diese Art, einen Bittsteller mit einem schwunglosen Rat abzufertigen, war Pierre nicht unbekannt, auch sie hatte er zuweilen angewandt. Aber niemals einem Manne gegenüber, dem er so verpflichtet war wie dieser Vergennes ihm. War nicht ein solcher Ratschlag der reine Hohn? Franklin sagt ihm: „Halten Sie sich an Deane." Deane sagt: „Gehen Sie zu Franklin." Und nun sagt ihm Vergennes: „Gehen Sie zu den Amerikanern."

Der Minister spielte noch immer mit dem Federkiel, und diese harmlose Bewegung brachte Pierre noch mehr auf als seine Worte. Die ganze Zeit hatte er gezögert, von seinem wirksamsten Mittel Gebrauch zu machen; es war kein vornehmes Mittel. Aber sie zwangen ihn dazu, die andern, die Aristokraten, durch ihre Niedertracht. Und wenn es kein vornehmes Mittel war: mein Gott, er war eben kein Aristokrat.

Es seien, erklärte er, nicht nur eigene Gelder, die er im Interesse des Vaterlandes in die Firma Hortalez und Compagnie gesteckt habe; vielmehr habe er, um die ungeheuern Lieferungen beschaffen zu können, auch ungeheure Verpflichtungen auf sich nehmen müssen. Ein Teil dieser Verpflichtungen werde jetzt fällig. Er wisse sich keinen Rat mehr, er stehe vor dem Ruin, es drohe ihm Bankrott und Skandal, und er werde sich schwerlich rechtfertigen können ohne unfreiwillige, sensationelle Indiskretionen.

Der Minister sah hoch; für einen Augenblick kam ein kleines, böses Flimmern in seine runden Augen. Doch sogleich nahmen sie wieder die frühere, lässige Ruhe an, er spielte mit dem Federkiel wie vorher, und: „Man wird Sie vor dem Äußersten retten, Monsieur", sagte er, dies aber in einem Tonfall, wie ihn Pierre kaum je vorher gehört und wie er ihn bestimmt noch niemals angewandt hatte. Eine untadelige Höflichkeit lag in diesem Tonfall, aber eine geringschätzige Höflichkeit, etwas wie Ekel, ein unsäglicher Hochmut, der eine scharfe Grenze zog zwischen dem Sprecher und dem Angesprochenen, ein angewidertes Rührmichnichtan.

„Man wird Sie vor dem Äußersten retten, Monsieur", sagte also in diesem höflichen, verächtlichen Tonfall Vergennes. „Wieviel verlangen Sie?"

Pierre war, als schlüge ihm der Mann mit der wohlgepflegten Hand ins Gesicht. Er schluckte. Er war hergekommen mit der Absicht, dreihundertfünfzigtausend Livres zu fordern, zweihundertfünfzigtausend für Lenormant und die hunderttausend für den „Seeadler“, und er war darauf gefaßt gewesen, daß der Minister den Betrag reduzieren werde. „Fünfhunderttausend Livres“, sagte er jetzt und war gewiß, es werde ein scharfes Feilschen anheben zwischen ihm und Vergennes.

Nichts dergleichen geschah. Vielmehr sagte der Minister, immer in demselben unnachahmlich hochmütigen, eine hohe Mauer errichtenden Tonfall: „Gut.“ Er sagte nicht einmal: „Gut, Monsieur“, er sagte schlicht, höflich und angewidert: „Gut“, und, nach einer kleinen Weile: „Sonst noch etwas?“

Nein, es gab sonst nichts mehr. „Danke, Herr Graf“, sagte Pierre; es sollte gleichmütig, sachlich klingen, doch Pierre konnte nicht verhindern, daß es demütig herauskam und sehr erleichtert. In seinem Innern, gleich darauf, dachte er etwas ungeheuer Unflätiges. Ach, wie er den Minister haßte und beneidete um seinen Tonfall.

Er ging. Er fuhr zurück mit seinem livrierten Lakaien, seinem Negerknaben und der Zusage der halben Million. Und voll von maßloser Wut.

Er hatte erreicht, was er gewollt hatte. Mehr als das. Wahrscheinlich wird sogar das Prozeßverfahren beschleunigt werden. Und bestimmt konnte er die Forderung Lenormants befriedigen und hatte die Mittel, sich den „Seeadler“ zu sichern. Aber er hatte keine Freude an dem Erreichten. „Wir sind sehr schlechter Laune, meine Freundin“, sagte er zu der Hündin Caprice.

Das französische Wort „Bagatelle“ bedeutete und bedeutet vielerlei. Es bedeutet: Kleinigkeit, Lappalie, und es bedeutet: Nebensache. Die Narrenpossen, mit denen die Gaukler ihre Spiele einleiten und umrahmen, sind „les bagatelles de la porte“, und: „Ce sont les bagatelles de la porte“ bedeutet: Das ist noch gar nichts, es kommt noch weit besser. Ferner bedeutet „Bagatelle“: Steckenpferd, Liebhaberei, und insbesondere bedeutet es: Tändelei, Liebschaft, Flirt. „Ne songer qu'à la bagatelle“ bedeutet: nur an Liebeleien denken.

Es waren zwei französische Wendungen, welche der Doktor Franklin mit Vorliebe gebrauchte. Die eine war: Ça ira, die andere: Vive la bagatelle.

In diesem frühen Sommer des Jahres siebenundsiebzig, da er in Passy saß und nichts tun konnte als warten, vertrieb er sich die Zeit mit Bagatellen. Es waren sinnvolle Bagatellen, solche, welche die Beziehungen zu seinen Freunden und Freundinnen förderten, und solche, die seine große Sache förderten.

Seit den Siegen von Trenton und Princetown hatte man wenig über die militärische Lage gehört, Franklin hatte Grund zu der Annahme, daß es nicht zum besten stehe. Die Engländer hatten große, neue Truppentransporte nach Amerika geschafft, neue Schiffsladungen von Deutschen, von „Hessen“, die von ihren Fürsten als Söldner verkauft worden waren. Das hatte Franklin angeregt zu einer seiner Bagatellen.

Da saß er unter seinen Büchern, am Schreibtisch, nakkend, am frühen Morgen, und schrieb. Arbeitete an einem Brief, an einem französischen Brief, an dem Brief eines erfundenen Absenders an einen erfundenen Adressaten.

Er überlas, was er bisher geschrieben hatte. „Der Graf von Schaumberg an den Baron Hohendorf, Kommandeur der hessischen Truppen in Amerika. Rom, 18. Februar 1777.“ Ja, das war gut, Graf Schaumberg war ein guter Name für einen jener kleinen deutschen Fürsten. Und auch das Datum war glaubwürdig gewählt. Schwerlich konnte die Nachricht der Niederlage von Trenton diesen Grafen Schaumberg vor Mitte Februar erreicht haben, und es war glaubhaft, daß der Herr, der seine Untertanen verhökerte, den Erlös nicht im rauhen deutschen Winter, sondern in dem lieblichen Italien verzehrte.

Franklin las weiter: „Mein lieber Baron, bei meiner Rückkehr aus Neapel erhielt ich hier in Rom Ihren Brief vom 27. Dezember des vergangenen Jahres. Mit großer Genugtuung erfuhr ich, welchen Mut unsere Truppen bei Trenton entfaltet haben, und Sie können sich gar nicht vorstellen, wie erfreut ich war, als ich gar noch vernahm, daß von den eintausendneunhundertfünfzig Hessen, die an der Schlacht teilnahmen, nur dreihundertfünfundvierzig entkamen. Es wurden also genau eintausendsechshundertfünf Mann getötet, und ich kann Sie nicht dringlich genug ersuchen, meinem Gesandten in London eine genaue Liste der Toten zu schicken. Diese Vorsicht ist um so notwendiger, als der offizielle Bericht an das englische Ministerium die Zahl der Toten mit nur eintausendvierhundertfünfundfünfzig angibt. Das wären vierhundertdreiundachtzigtausendvierhundertfünfzig Gulden an Stelle der sechshundertvierundfünfzigtausendfünfhundert, die ich nach unserm Abkommen zu fordern habe. Sie begreifen, mein lieber Baron, wie sehr dieser Irrtum meine Revenuen beeinträchtigt, und ich zweifle nicht, daß Sie sich die Mühe nehmen werden, dem englischen Ministerpräsidenten nachzuweisen, daß seine Liste falsch ist und die unsrige richtig."

Ein tiefes Lächeln, vergnügt und zornig zugleich, zog den langen Mund des Lesenden noch mehr in die Länge. Dann schrieb er weiter: „Die Londoner Regierung", schrieb er, „wendet ein, es seien da an die hundert Mann, die nur verwundet und somit weder in die Liste aufzunehmen noch auch bei der Zahlung zu berücksichtigen seien. Ich rechne aber damit, daß Sie die Instruktionen, die ich Ihnen vor Ihrer Abreise von Kassel erteilte, befolgt und sich nicht durch Humanitätsduselei haben verleiten lassen, das Leben jener Unglücklichen zu erhalten, deren Tage nur durch Verlust eines Beines oder eines Armes hätten verlängert werden können. Das würde sie nur zu einem traurigen Vegetieren verurteilen, und ich bin sicher, diese Leute sterben lieber, als daß sie in einem Zustand lebten, der sie für meinen Dienst unbrauchbar machte. Das bedeutet nicht etwa, mein lieber Baron, daß Sie sie umbringen sollen; wir müssen human sein. Aber Sie können den Ärzten mit dem gebührenden Nachdruck zu verstehen geben, daß ein krüppelhafter Soldat eine Schande für den ganzen Stand ist und daß, wenn ein Krieger nicht mehr kampffähig ist, nichts besser angebracht ist, als ihn sterben zu lassen.

Ich schicke Ihnen neue Rekruten. Gehen Sie mit ihnen nicht zu sparsam um. Denken Sie daran, daß das Höchste auf der Welt der Ruhm ist. Ruhm ist der wahre Reichtum, und nichts entwürdigt den Soldaten so sehr wie Geldgier. Der Krieger darf auf nichts achten als auf Ehre und Ruhm, und sein Ruhm kann nur inmitten von Gefahr erworben werden. Eine Schlacht, gewonnen ohne großen Blutverlust, ist ein unrühmlicher Erfolg, während selbst die Besiegten sich mit Ruhm bedecken, wenn sie mit den Waffen in der Hand untergehen. Erinnern Sie sich der dreihundert Lakedämonier, die die Thermopylen verteidigten. Keiner von ihnen kam zurück. Ich wäre stolz, wenn ich das gleiche von meinen tapfern Hessen sagen dürfte."

Der Alte schrieb weiter in diesem Ton. Er schrieb den Brief rasch nieder, ein Satz entstand aus dem andern, folgerichtig und giftig, er schrieb französisch, und wenn er nicht gleich das rechte Wort fand, setzte er's englisch hin.

Er sah, daß, was er geschrieben hatte, gut war, und er schmunzelte bös und erfreut. Gewissenhafter Arbeiter auch in Kleinigkeiten, schrieb er das Ganze nochmals, diesmal in sorgsamerem Französisch. Dann schloß er das Manuskript fort und ging, sein Bad zu nehmen. Lange lag er in dem heißen Wasser, zweimal heute ließ er sich heißes Wasser nachgießen, er kratzte sich und war vergnügt.

Am Nachmittag kam der Abbé Morellet herüber. Franklin, mit der Bitte um Verschwiegenheit, zeigte ihm den Brief über die „Hessen" und bat ihn, sein Französisch etwas zu überfeilen. Sie machten sich an die Arbeit, es war ein Vergnügen, mit wieviel Verständnis der Abbé auf den Spaß einging, und Franklin war mit der endgültigen Fassung des Briefes sehr zufrieden. Mit eigener Hand, ohne die Hilfe der Enkel, heimlich, setzte er das Opusculum und druckte es auf der kleinen Presse, die er sich im Gartengelaß eingerichtet hatte, in wenigen Exemplaren.

Als er den „Brief des Grafen Schaumberg" gedruckt las, wollte ihm scheinen, das Pasquill sei nun doch zu giftig ausgefallen. Das Schreiben war so gedacht, daß sich der unbefangene Leser eine kleine Weile fragen sollte, ob es echt sei oder nicht. Für solchen Zweck, fürchtete er jetzt, sei es zu bösartig geworden.

Als am Abend Doktor Dubourg kam, wollte er das mit ihm bereden. Er gab ihm einen der Abzüge, er selber nahm einen zur Hand, roch mit Behagen den Geruch des Papiers und der frischen Druckerschwärze, und während er nochmals das Werkchen überflog, beobachtete er die Miene des andern.

Doktor Dubourg las langsam, sorgfältig, sein vorgewölbter Mund formte lautlos die gelesenen Worte mit, seinem ganzen, fleischigen Gesicht sah man an, wie sehr er bemüht war, zu verstehen. „Nun", fragte Franklin, als Dubourg zu Ende war, „was sagen Sie dazu?" Der alte Dubourg schüttelte mehrmals den großen, schweren Kopf. „Ich habe ja gewußt", antwortete er, „jedermann hat gewußt, daß diese deutschen Fürsten Lumpen sind, aber für so verlumpt hätte ich sie doch nicht gehalten."

Franklin, dies hörend, freute sich seiner literarischen Geschicklichkeit. Aber leid war es ihm um seinen Freund Dubourg. Früher wäre ihm der auf seinen Spaß nicht so schnell und glatt hereingefallen. Er wurde alt, sehr alt, der arme Dubourg.

Dubourg seinesteils hatte Franklin etwas mitgebracht, ein kleines, hübsch ausgestattetes Buch, eine soeben erschienene Neuausgabe der Fabeln des Lafontaine; er hatte Franklin den Lafontaine mehrmals rühmen hören. Der hatte ehrliche Freude an dem Geschenk; er pries den schönen Druck, er pries den anmutigen Weltverstand des Autors.

Dubourg meinte, Franklin, der viel mit Lafontaine gemein habe, werde leider nicht alle Reize des Autors würdigen können; insbesondere die Feinheit gewisser sprachlicher Nuancen müsse einem Fremden entgehen, selbst wenn der den entwickelten Sprachsinn Franklins habe. „Welche Schmiegsamkeit", schwärmte er, „welche Eleganz", und er begann, aus den Versen vorzulesen.

Las eine der Fabeln, sich ergötzend an der Schärfe, Anmut und Leichtigkeit der Verse. Las eine zweite. Kam an die neunte des siebenten Buches, an die Fabel von der Kutsche und der Fliege. Schnaufend, enthusiastisch, mit der fleischigen Hand den Schwung der Verse nachahmend, las der fette

Mann, zierlich kamen die zopfig beschaulichen Zeilen aus seinem vorgewölbten Mund.

Es erzählt aber diese Fabel, wie sich sechs schwere Pferde abmühen, eine Reisekutsche einen steilen, heißen Weg hinaufzuziehen. Die Insassen sind ausgestiegen, und wer kann, hilft mit den Wagen schieben. Um die Pferde aber schwirrt eine Fliege, summt um sie herum, sticht das eine, sticht das andere, setzt sich auf die Deichsel, auf des Kutschers Nase, bildet sich ein, sie sei es, die die Kutsche weiterbringt. Beklagt sich, daß niemand außer ihr den Pferden hilft, daß man ihr allein die ganze Arbeit aufbürdet. Schwirrt hierhin, dorthin, macht sich wichtig, ist überall zugleich, und wie die Kutsche schließlich oben ist, strahlt sie: „Jetzt aber, meine lieben Pferde, ruhen wir aus, jetzt hab ich's geschafft."

Ein immer breiteres Schmunzeln ging, während Doktor Dubourg mit Ausdruck und Freude die kleine Fabel las, über das weite Antlitz Franklins. Dubourg ließ die Hand mit dem Buch sinken, und aus dem Kopf rezitierte er die Moral, welche Lafontaine seiner Fabel angehängt hat:

„Ainsi certaines gens, faisant les empressés,
S'introduisent dans les affaires.
Ils font partout les nécessaires,
Et, partout importuns, devroient être chassés."*

So langsam im Beobachten Dubourg war und so hingegeben an seine Fabel, er merkte gleichwohl, daß Franklins Entzücken nicht der Fabel allein und seinem Vortrag galt, sondern es mußte etwas jenseits der Fabel sein, was den Freund derart erheiterte. Und langsam kam ihm das Licht, und er brach aus: „Daß ich daran noch nicht gedacht habe. Wahrhaftig, Lafontaine hat ihn vorausgeahnt, unsern Wichtigmacher, unsern Monsieur Caron." Und die beiden alten Herren freuten sich ausführlich.

* Ich kenne Ähnliches von vielen, / Die immer die Geschäftigen spielen, / Sie mischen sich in alle Dinge, / Als ob es ohne sie nicht ginge — / Und sind nur ungelegen überall. / Schmeißt sie hinaus mit Knall und Fall!

Den Tag darauf stellte sich ein unerwarteter Besucher ein, Paul Theveneau.

Franklin pflegte unangemeldete Kömmlinge nicht vorzulassen. Paul Theveneau empfing er sofort. Nicht nur hatte er den anständigen, hilfsbereiten, für die Sache Amerikas begeisterten jungen Menschen gerne, es war ihm auch lieb, daß er die Vernachlässigung des Monsieur Caron durch Freundlichkeit gegen einen Angestellten des Hauses Hortalez zum Teil gutmachen konnte.

Es schien ihm, als sei der Junge, seitdem er ihn zuletzt gesehen, noch magerer geworden; der Anzug schlotterte noch kümmerlicher um ihn herum, die Augen strahlten noch größer aus dem krankhaft starkfarbigen Gesicht. Paul seinesteils war sichtlich bewegt von Franklins Anblick, und es kostete ihn Mühe, zu sprechen.

Wieder, wie schon früher, war der Doktor angenehm überrascht von Pauls klarem, gesundem Urteil. Viel deutlicher als die Herren Arthur Lee und Silas Deane hatte dieser Monsieur Theveneau begriffen, daß die Vereinigten Staaten den Endsieg nicht erreichen konnten ohne die volle Unterstützung Versailles' und der französischen Armee. Wiewohl doch im wesentlichen nur mit Lieferungen beschäftigt, hatte dieser Junge klar erkannt, daß nicht durch die Lieferungen einzelner Firmen, sondern nur durch die Allianz mit Frankreich das große politische Ziel erreicht, die Freiheit gesichert werden konnte.

Es bewegte den Doktor, mit diesem tapfern Jüngling zusammen zu sein, der die Sache Amerikas mit gutem Verstand und ganzer Seele verfocht und der noch geringere Aussicht hatte als er, der Greis, die große Sehnsucht erfüllt zu sehen.

Benjamin Franklin pflegte bei aller freundlichen Offenheit seine tiefsten Gedanken und Gefühle wohl im Herzen zu bewahren. Er zweifelte nicht am guten Ausgang des großen Kampfes, doch besorgte er, es könnte lange Jahre und viele Menschenleben kosten, ehe der Sieg erreicht wurde. Der Welt zeigte er nichts als Zuversicht, die Welt sah nichts als einen wohlhäbigen, weisen, seiner Sache sichern alten Herrn. Nicht sah sie die Sorge und Bitterkeit, die unter dieser heitern Ruhe verborgen war; kaum je sprach er von seinen Zweifeln und von dem zermürbenden Elend des ewigen Wartens.

Zu diesem jungen Soldaten der Freiheit, der nicht mehr lange leben wird, sprach er. Sprach zu ihm wie ein älterer Bruder von den gemeinsamen Sorgen. Sprach von der militärischen Überlegenheit der englischen Truppen, von der politischen Zerrissenheit der Vereinigten Staaten, von den vielen Amerikanern, die, sei es aus Geldgier, sei es aus Torheit, den Engländern anhingen, sprach von der Geldlosigkeit des Kongresses. Sprach von dem langen, harten Weg, der vor den Freiheitskämpfern lag. Sprach mit Abscheu vom Krieg. Sprach mit resignierter Beredsamkeit von seinen Anstrengungen, ihn zu vermeiden. Sprach mit Bitterkeit vom blinden Starrsinn der Männer in London, welche dieses wüste Blutvergießen dauern und dauern machten.

Gierig trank Paul die Worte Franklins ein. Es erschütterte ihn, daß der große Mann so ohne Rückhalt zu ihm redete.

Wie aber konnte er nach diesen aufwühlenden Eröffnungen von den Geldgeschäften der Firma Hortalez sprechen? Waren sie nicht läppisch angesichts der gewaltigen Dinge, mit denen sich dieser ehrwürdige alte Mann abzuschleppen hatte? Wäre es nicht eine unerhörte Dreistigkeit gewesen, ihm auch noch seine persönlichen Sorgen aufzuladen? Gleichwohl, treuer Freund, der er war, setzte Paul an, von Pierres Nöten zu sprechen. Aber die Worte wollten ihm nicht über die Lippen.

Hin und her gezerrt von solchen Erwägungen, hörte er nur mit halbem Ohr zu, während Franklin weitersprach. Er riß sich zusammen, verscheuchte die Gedanken an seine persönlichen Nöte, lauschte mit erhellter Aufmerksamkeit. Er hörte: „Wie anders sehen sich die Dinge von dieser Seite des Ozeans an, wie anders von jener."

Scharf und tief hakten diese Worte in ihn ein. Und mit einemmal kam ihm eine Idee. *Die* Idee. Er mußte selber hinüber nach Amerika.

Das war es. Anders ließen sich die Schwierigkeiten des Hauses Hortalez nicht beheben. Franklin, ohne daß er ihn hätte befragen müssen, hatte ihm Rat und Weisung gegeben. Er, Paul, mußte selber hinüber, um an Ort und Stelle, in Philadelphia, die läppischen Beschuldigungen dieses Mr. Arthur Lee zu widerlegen. Jene Männer in Amerika sahen offenbar mit andern Augen, als man hier sah. Es mußte einer kommen, mit der Sache vertraut und Pierre ergeben, um sie zu belehren. Das war seine, Pauls, Aufgabe. Und was konnte er Besseres anfangen mit den Tagen, die ihm blieben, als mitzuerleben die harten Kämpfe, unter denen die Neue Welt, die neue, vernünftige Ordnung aufgerichtet wurde?

Schnell von Entschluß, legte er sich sogleich fest. Erwiderte, er hoffe, bald selber teilzunehmen an den großen und harten Dingen, von welchen Franklin spreche. Er werde nach Amerika gehen, in Geschäften des Hauses Hortalez. Er sprach von dieser Reise nicht etwa als von einem vagen Projekt; vielmehr erklärte er bündig, er werde den nächsten Transport der Firma nach Amerika begleiten.

Aus seinen großen Augen betrachtete Franklin den schmächtigen Jungen. War er den Strapazen der Reise gewachsen und der Durchführung der schwierigen Aufgabe in dem Lande, das, wie Franklin wußte, den Franzosen im Grunde feind war? Der Junge hatte das nicht überlegt, der Junge wird das nicht überstehen. Auf behutsame Art riet Franklin ihm ab.

Paul merkte wohl, daß es die Sorge um sein Leben war, die den Alten bewegte. Aber er hatte sich in seine Idee verbissen. Er konnte die Zeit, die noch vor ihm lag, nicht schöner und edler anwenden als im Kampf für die Freiheit und für seinen Freund. Er wollte nicht sterben, ohne gesehen zu haben, wonach er sich sein Leben lang verzehrt hatte. Er antwortete bescheiden, doch entschlossen, sein Plan stehe fest, er werde fahren.

Franklin ließ ab, sprach von anderem. Hatte einen Einfall. „Lesen Sie, Monsieur“, sagte er und gab ihm das kleine Druckwerk, den „Brief des Grafen Schaumberg“. Paul las, und so wie Franklin gestern die Miene des Doktor Dubourg beobachtet hatte, beobachtete er jetzt das Gesicht Paul Theveneaus.

Um dessen Mund war vom zweiten Satz an ein böses, grimmiges, triumphierendes Lächeln. So, dachte Franklin, müsse er selber ausgeschaut haben, während er an dem Brief schrieb. „Das ist großartig", rief Paul, als er zu Ende war. „Sie haben sie wundervoll getroffen, diese Leute, Doktor." – „Wer sagt Ihnen, daß ich das geschrieben habe?" schmunzelte Franklin. Aber: „Niemand anders als Sie kann so schreiben", ereiferte sich Paul. „Nur jemand, der sein Land liebt wie Sie und diese Leute haßt und verachtet wie Sie, kann so schreiben." – „Es freut mich, daß meine Bagatelle Ihnen gefällt", sagte Franklin, „sie hat mir viel Spaß gemacht." – „Bagatelle, Spaß", entrüstete sich Paul, und: „Dieser Brief", rief er begeistert, „macht so viele Hessen unschädlich wie die Schlacht von Trenton. Dieser Brief bewirkt, daß neue Hessen gar nicht erst hinüberkommen." – „Da überschätzen Sie leider die Wirkung der Literatur", sagte Franklin.

Ein Nichtkundiger hätte finden müssen, daß es beim Lever Monsieur de Beaumarchais' jetzt genauso großartig und prunkvoll zuging wie damals, da er das Haus Hortalez und Compagnie gründete. Genauso viele Freunde und Bittsteller fühlten das Bedürfnis, Monsieur schon am frühen Morgen zu sagen, wie sehr sie ihn liebten und verehrten, Schauspieler und Sänger legten Proben ihrer Kunst ab und baten um Protektion, Kaufleute kamen, ihm erlesene Waren anzubieten. Der Sekretär Maigron, der zu dieser Stunde seinem Chef Vortrag halten sollte, konnte kaum zwei Sätze sprechen, ohne von Beflissenen unterbrochen zu werden. Pierre selber aber nahm wahr, daß sein Lever trotz des Gedränges nicht mehr den imponierenden Glanz hatte wie vor einigen Wochen. Da war kein Baron de Trois-Tours mehr und kein Monsieur Regnier vom Höchsten Gericht und kein Chevalier Clonard von der Compagnie des Indes. Man gab ihm wieder einmal zu spüren, daß er „bemakelt" war.

Pierre wußte natürlich, daß das zusammenhing mit der Kassenlage der Firma Hortalez, und er tat es stolz und mit leichter Geste von sich ab. Aber der Kammerdiener Emile, der seinen Herrn liebte und sein Gesicht und seine Bewegungen besser zu deuten verstand als irgendwer sonst, merkte, daß heimlicher Ärger an Monsieur fraß, und er bediente ihn noch sorgsamer, mit noch zarterer Einfühlung in jeden geahnten Wunsch.

Da, mit beleidigender Promptheit, traf das Geld ein, das jener stolze Hund von Vergennes versprochen hatte. Zwar verspürte Pierre nicht die himmelhohe Freude wie bei der ersten Geldsendung, immerhin füllte ihn Genugtuung, daß er, der Débrouillard, es wieder einmal geschafft hatte.

Sogleich, wiewohl es zwei Tage vor Fälligkeit war, schickte er Charlot dessen schäbige Viertelmillion. „War er erstaunt, unser Charlot?" fragte er rachsüchtig und triumphierend, als ihm Maigron die Quittung brachte. „Wenn er es war, dann hat er es nicht gezeigt", erwiderte trocken der Sekretär.

Dann begab sich Pierre in gewisse Ämter, füllte gewisse hohle Hände und erwarb sich die Sicherheit, daß der stolze „Seeadler" seinen Transporten voranfliegen werde und nicht denen eines Chaumont oder eines Dubourg.

Dies getan, atmete er auf. Jetzt erst genoß er so recht seine Wut über die großen Herren, die ihn wieder einmal, als sich das Glück auf kurze Zeit zu wenden schien, so schnöd behandelt hatten. Dieser Charlot, dieser Vergennes, diese Trois-Tours, Regnier und Clonard.

Es fühlte sich aber Pierre in jenen Jahren seiner Lebensmitte lebendiger als je, und er genoß, was immer ihm in den Weg kam. Begeisterte sich an seiner Kraft und an seinem Glück. Die Gefühle, welche die Menschen ringsum ihm bezeigten, ihre Bewunderung, ihre Liebe, ihre Freundschaft, ihr Neid, ihr Zorn und ihr Haß, der wilde Wirrwarr seiner Geschäfte, die Größe der Sache, in deren Dienst er arbeitete, die Höhe des Gewinns, der trotz allem am Ende winkte, dieser ganze Wirbel versetzte ihn in einen währenden Zustand leichten Rausches.

Er war mit seinen Fünfundvierzig nicht mehr der Figaro des „Barbiers". Wohl liebte er, wie früher, Geld und Intrige um des Geldes und der Intrige willen, aber dahinter, stärker als früher, stand die Überzeugung von der eigenen Bedeutung. Er war nicht mehr nur der Hanswurst, und wenn man ihn trat und ihn tanzen ließ, dann konnte er zwar lachen über das Schicksal und über sich selber und über das Groteske der Situation, aber viel grimmig lustiger lachte er über den dummen, verbrecherischen Hochmut jener andern, die ihn traten.

Nun er die erstickenden Sorgen des nächsten Tages los war, drängte es ihn, das auszudrücken, was ihn anfüllte. Die Herren Lenormant und Vergennes, glaubend, daß er in der amerikanischen Sache hereingefallen war, hatten ihm nicht nur nicht geholfen, sie hatten ihn obendrein verlacht. Schön, meine Herren, vielleicht werde ich in der amerikanischen Sache der zuletzt Betrogene sein. Aber wenn das ein Anlaß zum Lachen ist, dann ist Ihr Verhalten ein noch viel besserer Grund. Und wenn Sie sich erdreisten, fern, böse und aus der Höhe auf mich herunterzulächeln, dann will ich Ihnen zeigen, daß ich noch besser, schärfer und aus noch viel größerer Höhe auf Sie hinunterlachen kann.

Lange schon war ihm der Plan einer Komödie im Kopf herumgegangen, einer Fortsetzung seines „Barbiers“. Jetzt wurde ihm das Projekt Form und Figur. In seinem großen, prunkvollen Arbeitszimmer lief er hin und her, herum um den mächtigen Schreibtisch, und die feuchten Augen der Hündin Caprice folgten ihm. Er sprach vor sich hin, pfiff, summte, blieb stehen vor dem Fleck an der Wand, dem fehlenden Porträt. Er sah Figaro. Figaro ist älter geworden seither, seine Erfahrung hat zugenommen, sein Glanz ist tiefer, sein Witz bitterer. Diesen neuen, alten Figaro galt es festzuhalten. Und Pierre setzte sich nieder und schrieb, hielt ihn fest, den neuen, alten Figaro.

Schrieb nieder die Rede Figaros an die großen Herren, in deren Dienst er steht, für die er kuppelt und hundert zweideutige Geschäfte verrichtet und denen er sich hundertfach überlegen fühlt. Schrieb nieder die Geschichte Figaros, sein ganzes, eigenes, wirbelndes, listiges, glänzendes, verfluchtes, gesegnetes Leben, seine wilde Umgetriebenheit, seine traurigen, spaßhaften Kämpfe mit der Justiz und mit der Zensur, alles in heiteren, blitzenden, tänzerischen, eleganten, leicht giftigen Sätzen.

„Man sagte mir", schrieb er, „es gebe jetzt Pressefreiheit in Madrid, ich könnte alles schreiben, was ich wollte, vorausgesetzt, daß ich es von zwei oder drei Zensoren prüfen lasse und daß es sich nicht um die Regierung handelt oder um die Religion oder um die Politik oder um die Moral oder um hohe Beamte oder um große Herren." Er schrieb: „Freunde verschafften mir ein Amt bei der Regierung; man brauchte einen Mann mit Ideen. Leider hatte ich Ideen. Nach einer Woche ersetzte man mich durch einen Ballettmeister." Er schrieb: „Weil Sie ein großer Herr sind, Herr Graf, bilden Sie sich ein, Sie seien ein Genie. Adel, Reichtum, Titel, Ämter, das macht stolz. Bitte, was haben Sie verrichtet als Gegenleistung für diese Annehmlichkeiten? Sie haben sich die Mühe gemacht, geboren zu werden. Ich dagegen, der ich aus der namenlosen Menge stamme, ich habe, verdammt noch eins, bloß um meine Existenz zu fristen, mehr List und Wissen aufwenden müssen, als man seit hundert Jahren aufgewandt hat, um Spanien zu regieren mitsamt all seinen Kolonien."

Er schrieb die ganze, lange Rede in *einem* Zug. Auf ihn, während er schrieb, schauten die Büsten des Aristophanes, des Molière, des Voltaire und seine eigene, auf ihn schaute die Hündin Caprice, auf ihn schaute der leere, für das Porträt des Monsieur Duverny bestimmte Fleck, auf ihn schaute sein eigenes Bild in spanischer Tracht.

Er überlas, was er geschrieben hatte. Ja, das saß, das traf. Mechanisch streichelte er die Hündin Caprice. Lächelte. War glücklich. War hingerissen von dem, was er gemacht hatte. Er mußte es gleich jemand zeigen.

Er nahm das Blatt, auf dem die Tinte kaum getrocknet war, und lief in das Zimmer seines Vaters. Der Alte lag im Bett, unendlich mager und abgezehrt, aber aus dem hagern Gesicht unter der Zipfelhaube strahlten hell die Augen, und als er jetzt, da er seinen Pierre sah, freundlich grinste, zeigten sich weiße, starke Zähne.

„Ich habe da etwas geschrieben, Vater", sagte Pierre, „was

dir gefallen wird. Ich mache nämlich einen zweiten Teil zu dem ‚Barbier', der wird noch viel besser. Jetzt paß einmal auf, und dann sag selber: ist das nicht großartig?"

Er begann zu lesen. Der Alte hörte begierig zu. Immer stärker packten ihn die frechen, höhnischen und ach! so wahren Sätze. Er dachte an seine eigene Vergangenheit, an seine bürgerlich stolzen, hugenottischen Zeiten, er richtete sich höher, mit der hagern Hand, unwillkürlich, rückte er die Nachtmütze zurück, um besser zu hören. „Ich, aus der namenlosen Menge, habe für meine bloße Existenz mehr List und Wissen aufwenden müssen, als man seit hundert Jahren aufgewandt hat für die Regierung Spaniens und all seiner Kolonien." Der Alte trank die Worte Pierres ein, schlürfte sie in sich, genoß es ganz aus, wie sein Sohn seinen eigenen Empfindungen Wort gegeben hatte. Eine rasende, zornige Freude kreiste in ihm, eine große, wilde, grobe, höhnische Heiterkeit stieg ihm aus dem Bauch ins Herz, füllte seinen alten, magern Körper bis in die Haut, drängte herauf in seinen Mund, daß ein helles Lachen herausbrach, ein rasselndes Lachen, das ihn hob, stieß und nicht aufhören wollte. Pierre schaute auf den Alten, strahlend. Lachte mit ihm, schallend, das Lachen der beiden füllte den Raum, stürmisch. Wollte nicht enden.

Unerwartet endete es doch. Erst verwandelte sich das Lachen des Alten in ein Gurgeln, ein Stöhnen. Dann verstummte es ganz, und der Alte, zurückgesunken, rührte sich nicht mehr.

Das Blatt, auf dem Pierre die Worte seines Figaro aufgeschrieben hatte, war ihm aus der Hand gefallen. Er schaute auf seinen Vater. Eines der dünnen, behaarten Beine stak steif aus der Bettdecke heraus, die Nachtmütze war weiter heruntergeglitten und gab die kahle Stirn frei.

Pierre stand und schaute. Dann, zögernd, trat er näher, beugte sich herunter. Der Alte rührte sich nicht mehr. Atmete nicht mehr.

Pierre machte ein törichtes Gesicht, wollte es nicht glauben. Aber er mußte es wohl glauben: Vater Caron war an dem Gelächter Figaros gestorben.

In der gleichen Woche wurde Pierre von Therese ein Kind geboren, kein Alexandre, doch immerhin eine Eugénie.

Therese fühlte sich wohl, und am zweiten Tag drängte er in sie, nun aber könnten sie nicht länger getrennt bleiben, nun müßten sie heiraten und zusammenziehen. Er sprach mit Feuer.

Aus ihren klaren, grauen Augen beschaute sie ihn. Er hatte sie in den Stunden ihrer Not mit einer Zartheit betreut, wie sie keiner dem stürmischen Manne zugetraut hätte. Jetzt betrachtete er mit immer neuer, stolzer Rührung den kleinen Menschen, den sie zur Welt gebracht hatte. Sie wußte, er liebte sie, sie wußte, er hing an ihr, es war sein Ernst, er wollte mit ihr und dieser winzigen Eugénie zusammen leben, es waren keine bloßen Worte. Aber sie dachte auch daran, wie er die Heirat mit ihr befristet hatte, es kränkte sie nicht, oder doch, ein wenig kränkte es sie, und auf keinen Fall wollte sie ihm Gelegenheit geben, sich später vorzumachen, er habe sich übereilt.

Sie wolle warten bis zu seiner Rehabilitierung, antwortete sie, wie er es vorgeschlagen habe. Ohnedies werde sie sich hier draußen in Meudon künftighin in Gesellschaft ihrer kleinen Eugénie noch wohler und noch weniger einsam fühlen als bisher. Er, ein wenig betreten, redete noch eine Weile auf sie ein; aber da sie bestand, gab er nach.

Pierre war alles eher als abergläubisch. Doch hatten das seltsame Ende seines Vaters und das Zusammentreffen dieses Todes mit der Geburt seines Kindes ihn verwirrt. Der sonst so Redselige hatte sich gescheut, seinen Freunden davon zu erzählen, wie Vater Caron gestorben war. Auch den Monolog des Figaro hatte der sonst so stolze Autor niemand gezeigt. Der Tod des Vaters hatte ihn mit echtem Leid erfüllt, die Geburt des Kindes mit echtem Glück. Beinahe war er froh, daß die mancherlei Geschäfte, welche die Bestattung des Vaters und die Sorge um Therese mit sich brachten, ihn von metaphysischen Grübeleien abhielten.

Die Angelegenheiten des Hauses Hortalez ließ er treiben. Selbst mit Paul sprach er darüber nur das Allgemeinste; er sei jetzt nicht in der Stimmung, erklärte er, sich mit diesem Kleinkram zu befassen.

Paul war es recht. Er hatte dem Freunde nichts von seinem Besuch bei Franklin erzählt und nichts von seinem Entschluß, nach Amerika zu gehen. Er war noch nicht fertig mit dem, was sich in Passy ereignet hatte. Es war seltsam, daß ein Mann von der Weite, Weisheit und Erfahrung Franklins die Schwächen Pierres so gar nicht verzeihen wollte, aber es war nun einmal so, daß sich alles in Franklin gegen Pierre sträubte. Man mußte es hinnehmen, jeder Versuch, zu vermitteln, wäre sinnlos gewesen. Paul selber legte jetzt schärfere Kritik an seinen Freund, aber seine Kritik ging unter in Bewunderung. Er hatte Sinn für Pierres Glanz, seine Lebendigkeit, Beweglichkeit, für die Art, wie er allem Großen aufgetan war, er hatte Sinn auch für seine überstarken Worte und für seine Liebe zum Prunk und zu den Frauen. Er konnte die lärmende Herzlichkeit Pierres genauso würdigen wie die freundlich schalkhafte Verhaltenheit Franklins.

Indessen wurde ein neuer Transport für Amerika zusammengestellt, und man wartete nur auf die nächste Nachricht aus Philadelphia, um ihn abgehen zu lassen. Wenn Paul, wie er es dem Doktor so stolz angekündigt hatte, mit diesem Transport reisen wollte, mußte er seine Vorbereitungen treffen. Vor allem mußte er mit Pierre reden.

Er suchte den Arzt auf, der ihn seit Jahren behandelte, den Doktor Lafargue. Der hatte ihn, als er aus den nördlichen Häfen zurückgekommen war, um seiner Unbesonnenheit willen sehr getadelt; jetzt wollte er ihn für den ganzen Sommer in ein Hochtal der Alpen schicken. Paul sprach ihm davon, daß seine Geschäfte eine Reise über See erforderten. Doktor Lafargue erklärte entschieden, bei Pauls Zustand komme eine solche Reise nicht in Frage. Paul lächelte nur, verloren, ein wenig dümmlich, und bat den Arzt, seinen Freunden, insbesondere Pierre, nichts von seinem bedenklichen Zustand zu erzählen.

Er ging durch die lärmenden Straßen der Stadt Paris, starrte mit seinen überglänzenden Augen auf die lichten Frühsommerkleider der Frauen, hörte die lauten, heftigen Rufe der vielen Hausierer, das Gefluche der Lastwagenkutscher, sah die strotzende Buntheit der von Lebensmitteln überfließenden Markthallen, sah und hörte den Schimmer und den Lärm und die Fülle der größten, hellsten Stadt der Welt, seiner Vaterstadt Paris. Es gab Augenblicke, da er durchaus nicht begriff, wie er hatte erklären können, er gehe nach Amerika. Das da verlassen, sein Paris, er, der so jung war, der so wenig vom Leben gehabt hatte, der so viel vom Leben haben wollte, der Sinn und Verstand besaß wie wenige, es zu genießen, wie hatte ihm das in den Sinn kommen können? Wenn er nach Amerika fuhr, dann kam er nicht zurück; Doktor Lafargue hatte es ihm bei aller Schonung deutlich genug zu verstehen gegeben.

Er ging zu Therese. Er beschaute den Säugling Eugénie. Sie sprachen von Pierre. Sein Blick war jetzt noch schärfer als früher, er erkannte, daß auch Therese Pierre nicht ohne Kritik sah. Doch ließ sie sich durch die Erkenntnis seiner Schwächen nicht hindern, Pierre rückhaltlos zu lieben. Es schmerzte ihn, daß sie, die Pierre so gut verstand, nichts ahnte von seinen eigenen Gefühlen, nichts von dem, was er für Pierre tun wollte, nicht tun wollte, tun mußte.

Mittlerweile war aus Amerika auf dem Umweg über Holland erstaunliche Nachricht gekommen. Ein trockenes Schreiben des Bankhauses Grand in Amsterdam teilte mit, daß dieses Bankhaus vom Kongreß in Philadelphia Weisung erhalten habe, der Firma Hortalez viertausendsechsunddreißig Livres und sieben Sous auszuzahlen für Taschentücher, Knöpfe und Zwirn, welches besagte Firma dem Kongreß geliefert habe. Es war der reine Hohn. Die Firma hatte Kanonen und Mörser und Munition und Zelte und Uniformen geliefert, sie hatte eine Forderung an den Kongreß von über zwei Millionen; man zahlte viertausend Livres, und die über das Bankhaus der Konkurrenz.

Jetzt, nach dem Insult dieses Briefes, fand sogleich die Aussprache statt, die Pierre und Paul so lange hinausgezögert hatten. Im Gegensatz zu seiner Gewohnheit erging sich Pierre nicht erst in beredtem Klagen und Verwünschen, sondern er fragte seinen Freund und Ersten Gehilfen mit grimmiger Sachlichkeit: „Was wollen wir tun? Was schlagen Sie vor?“

Der Brief des Bankhauses Grand und Pierres Frage waren für Paul der letzte Anstoß. Wenn er jetzt nicht von seiner Absicht sprach, selber in Amerika nach dem Rechten zu sehen, dann wird er nie davon sprechen, dann wird er nie hinüberfahren, dann wird er vor Franklin für immer als Prahler und Großmaul dastehen.

„Ich will Ihnen etwas sagen, Pierre", erklärte er. „Es gibt ein einziges Mittel, Ihr Geld von den Amerikanern hereinzukriegen. Es muß jemand hinüber nach Philadelphia und mit den Herren von Mund zu Mund reden. Es muß jemand die Lügen Arthur Lees an Ort und Stelle und mit triftigem Material widerlegen. Es muß jemand die Ladung der Schiffe selber in Empfang nehmen und so lange in Verwahrung und unter Verschluß halten, bis Geld oder andere Waren angewiesen sind."

„Wer sollte das sein?" fragte Pierre.

„Ich", sagte Paul.

Nun hatte Pierre vom ersten Worte Pauls an begriffen, wo der hinauswollte. Er selber, Pierre, hatte zuweilen mit dem Gedanken gespielt, hinüberzufahren. Die Idee, seine Sache vor dem Kongreß mit eigener Zunge zu führen, war verlokkend. Aber so glühend sich Pierre zu der Weltanschauung und zu dem großen Unternehmen der westlichen Menschen bekannte, die Männer selber waren ihm nach der Erfahrung mit Franklin unheimlich. Er hatte sich höchst sicher gefühlt vor dem Ersten Minister des Königs von England und vor der Kaiserin Maria Theresia: vor den Menschen der Neuen Welt fühlte er sich befangen. Er fürchtete, er werde, wenn er hinüberfahre, seiner Sache mehr schaden als nützen.

Die Idee, an seiner Statt einen fähigen Repräsentanten zu schicken, lag nahe. Doch der einzige wäre Paul gewesen, und den kranken Freund über See und in den sichern Tod zu senden, das war ein Gedanke, den Pierre von sich gewiesen hatte, noch ehe er ihn recht ausgedacht. Jetzt kam ihm Paul von alleine mit dem Vorschlag, und es bewegte Pierre, daß ihm der Freund dieses Opfer anbot. Bedenkenlos, mit schönem Elan, erklärte er, niemals werde er erlauben, daß Paul nach Amerika gehe; er brauche ihn viel zu dringlich hier in

Frankreich. Paul erwiderte verbohrt, sein Entschluß stehe fest, und zwar werde er mit dem nächsten Transport fahren, mit der „Amétie". Er habe seinen Entschluß auch schon andern mitgeteilt.

„Sie haben schon mit andern gesprochen?" fragte erstaunt Pierre. „Ja", entgegnete Paul, „ich wollte mich festlegen. Ich wollte mich und Sie zwingen." – „Mit wem haben Sie denn gesprochen?" fragte Pierre, und er nahm an, der andere werde antworten: Mit Maigron, oder: Mit Gudin. – „Mit Doktor Franklin", erwiderte Paul.

Pierre fuhr zurück. Diesen jungen Menschen ließ der Amerikaner vor, ihn ermutigte er so weit, daß er seine intimsten Dinge mit ihm besprach. „Sie müssen begreifen, Pierre", sagte mittlerweile Paul, „daß ich jetzt gar nicht anders kann, als nach Amerika gehen. Ich möchte mich nicht vor Franklin lächerlich machen."

Dieser einfache Satz erbitterte Pierre noch mehr. Er, Pierre, war lächerlich vor Franklin aus Gründen, die er nicht ausfindig machen konnte, und dieser junge Mensch wollte eher den Tod auf sich nehmen, als vor Franklin lächerlich sein. „Niemals lasse ich Sie nach Amerika", rief heftig Pierre, „niemals." – „Ich werde gehen", erklärte ebenso heftig Paul und: „Wie wollen Sie denn den ‚Seeadler' bezahlen, wie wollen Sie denn die Firma aufrechterhalten, wenn niemand hingeht und Ihnen Ihre Gelder hereinholt?" – „Das lassen Sie meine Sorge sein", erwiderte barsch Pierre. Er sprach aber so barsch, weil es herrlich gewesen wäre, einen Mann wie Paul als Vertreter in Philadelphia zu haben, und weil es unmöglich war. Niemals, und wenn das Haus Hortalez zusammenbricht, wird er erlauben, daß Paul in den sichern Tod geht.

Mit vielen starken Worten setzte er ihm auseinander, daß er und wie dringlich ihn hier benötige. Paul stand da, verstockten Gesichtes.

Die „Amétie" stach in See, der Transport ging ab, ohne Paul.

Aus Aix in der Provence erhielt Pierre Nachricht, Termin sei angesetzt in jenem Appellverfahren, um welches er die langen Jahre hindurch mit so bitterer Energie gekämpft hatte. Vergennes hatte, trotz allem, Wort gehalten. Eine stürmische Freude erfüllte Pierre.

Für die Dauer des Prozesses war seine Anwesenheit in Aix notwendig. Andernteils erforderten die verwickelten Geschäfte der Firma Hortalez beinahe täglich neue Entscheidungen, die von Paris aus getroffen werden mußten, und die Überholung der „Orfraye", deren Ankauf mittlerweile vollzogen worden war, machte häufige Reisen nach Bordeaux notwendig; denn die Firma Testard und Gaschet, welche diese Überholung besorgte, wurde schwierig, sie drängte auf hohe Anzahlungen, und wenn das schöne Schiff bald in Dienst gestellt werden sollte, mußte ein kundiger, verlässiger und energischer Vertreter der Firma Hortalez in ständigem Kontakt mit der Werft bleiben. Man kam überein, daß während Pierres Abwesenheit Maigron die Pariser Geschäfte führen, Paul nach Bordeaux gehen sollte. „Da sehen Sie", sagte Pierre zu Paul, „wie gut es ist, daß Sie in Frankreich geblieben sind."

Dann machte sich Pierre auf den Weg nach Aix; auch auf diese Reise nahm er den guten Philippe Gudin mit, den vollkommenen Reisebegleiter. Hinter sich ließ er die trüben, verwickelten Geschäfte; eine Meile vor Paris hatte er sie vergessen und war fröhlichster Laune.

An sich war Pierres Rechtshandel einfach, doch war er absichtsvoll verwickelt worden. Zugrunde lagen zwei verschiedene Prozesse. In dem ersten war es um die Hinterlassenschaft von Pierres Freund und Gönner Duverny gegangen. Pierre hatte ein Dokument vorgelegt, eine Art letzter Verrechnung zwischen ihm und Duverny. Die Rechtsgültigkeit dieses Dokuments war von dem Neffen und Erben Duvernys, dem Grafen de la Blache, angestritten worden. Das Gericht hatte dem Grafen recht gegeben. Man hatte das Dokument nicht gerade für gefälscht erklärt, aber doch für ungültig, und man hatte auf diese Art Pierre nicht nur des größten Teiles seines Vermögens beraubt, sondern ihn auch mittelbar als Fälscher gebrandmarkt.

Während der Vorbereitung jenes Prozesses hatte Pierre,

wie das der Brauch war, mit Bestechungen gearbeitet. Er hatte der Frau des Richters, dem das Referat in seiner Sache übertragen war, Geschenke gemacht, damit sie ihm einen Besuch bei ihrem Manne vermittle; das alles hatte er vom Gefängnis aus tun müssen, wohin ihn jene alberne Schlägerei mit dem auf Désirée eifersüchtigen Herzog de Chaulnes gebracht hatte. Doch alle seine Bemühungen, Bestechungen, Besuche, hatten ihm so wenig geholfen wie sein gutes Recht.

Als das Urteil gefällt worden und nichts mehr zu verlieren war, hatte sich Pierre in die Öffentlichkeit geflüchtet. Hatte in brillanten Flugschriften dargestellt, wieviel Mühe und Arbeit ein französischer Bürger auf sich nehmen muß, wenn er um sein gutes Recht kämpft, und wie er dann sein gutes Recht nicht erhält. Pierre hatte in diesen Streitschriften nicht angeklagt, er hatte einfach die Geschichte seines Prozesses erzählt, aber so beredt, geistreich, tödlich witzig, daß die Korruptheit der französischen Justiz jedem in die Augen springen mußte. Die Flugschriften hatten das Land, hatten ganz Europa aufgerührt und schließlich eine Reform des französischen Justizwesens bewirkt. Ihrem Autor aber hatten die Flugschriften nur weiteres Unglück gebracht; das Oberste Pariser Gericht war eingeschritten, es hatte Pierre wegen Verächtlichmachung der Justiz prozessiert und ihm die „Rüge" aufgebrannt, ihn „bemakelt", ihm die Ehrenrechte abgesprochen.

Es war klar, daß die „Bemakelung" zu Unrecht erfolgt, daß sie ein bösartiger Racheakt war jener Richter, die sich durch die Flugschriften getroffen gefühlt hatten. Immerhin hatten sich diese Richter darauf berufen können, daß der verurteilte Autor der Streitschriften vorher schon durch rechtsgültigen Spruch als Fälscher gebrandmarkt und somit ein Mann von zweifelhafter Glaubwürdigkeit war. Pierre kämpfte also vor allem darum, jenes erste Urteil umzustoßen, und in dem Prozeß, der jetzt in Aix angesetzt war, wollte er durch neue Zeugnisse und Schlüsse erweisen, daß das Dokument, das er seinerzeit vorgelegt hatte, jener letzte Wille Duvernys, jene letzte Verrechnung, echt war. Wurde das Dokument als echt anerkannt, dann durfte er sicher sein, daß er auch die Nichtigkeitserklärung der „Rüge“, des „Makels“, erreichen werde.

Kaum in Aix angelangt, stattete Pierre dem Präsidenten und andern Mitgliedern des Appellgerichtes die üblichen Besuche ab. Nein, diesmal hatten ihn seine hochadeligen Freunde nicht im Stich gelassen. Ohne Frage hatten die Richter in Aix Winke aus Versailles bekommen und waren entschlossen, ihm zum Sieg zu verhelfen.

Seiner Richter sicher, lud Pierre diejenigen, die ihm die Nächsten waren, Therese, Julie, Paul, ein, nach Aix zu kommen und seinem Triumph beizuwohnen. Allein Therese lehnte ab; ohne die kleine Eugénie wollte sie nicht reisen, und sie wagte es nicht, das Kind den Strapazen der langen, heißen Fahrt auszusetzen. Auch Paul schrieb, er könne die Geschäfte in Bordeaux nicht unbeaufsichtigt lassen. Nur Julie kündigte ihre bevorstehende Ankunft an.

Blieben aber Pierres nächste Freunde fern, so war die Teilnahme des Landes an seinem Rechtshandel auch jetzt noch ungeschwächt. Aus allen Ecken Frankreichs fanden sich Juristen ein, um den Prozeß aus der Nähe zu verfolgen, und alle Zeitungen berichteten darüber.

Pierre hatte damit gerechnet, der Prozeß werde zwei oder drei Wochen dauern. Doch gerade weil der Ausgang feststand, hielten es die Richter, um ihre Objektivität zu beweisen, für notwendig, die Sache nochmals von allen Seiten zu beriechen. Sitzung um Sitzung wurde abgehalten, Monate vergingen, und während dieser ganzen Zeit bekämpften sich die beiden Gegner, vor Gericht in Schriftsätzen, vor der Öffentlichkeit in Flugschriften.

De la Blache hatte einen Troß von Advokaten und Finanzsachverständigen mitgebracht, Pierre war allein mit seinem Gudin und einem Anwalt. „Während mein Gegner“, schrieb er in einer seiner Flugschriften, „mich mit einer ganzen Armee gekaufter Söldner aus dem Hinterhalt anfällt, gleiche ich dem wilden Skythen, der sich auf freiem Felde zum Kampfe stellt, nur der eigenen Kraft vertrauend. Wenn dann mein Pfeil, kräftig geschnellt, die Luft durchsaust und den

Widersacher trifft, so weiß man, wer ihn abgeschossen hat. Denn dem Skythen gleich schreibe ich den Namen des Schützen auf die Pfeilspitze. Er heißt Caron de Beaumarchais." Und weiter erklärte er: „Ich bin ein friedliebender Mann. Ich trete zum Kampf an, nur wenn ich angegriffen werde. Ich bin eine Trommel, die nur erklingt, wenn man auf sie losschlägt, dann aber mächtig."

Und neue Schriftsätze wurden gewechselt, neue Sitzungen abgehalten, neue Zeugen vernommen, die Verhandlungen schleppten sich hin. Sechs Jahre hatte Pierre gewartet; gemessen an diesen sechs Jahren, war die Zeit kurz, die er noch zu warten hatte. Ihm schien sie endlos.

Alles in der Stadt Aix, dem Zentrum des juristischen Frankreich, atmete den Staub der Juristerei. Dunkel lag die uralte Siedlung mit ihren Ruinen römischer Paläste und Bäder; verfallen war die Burg der Grafen von Provence, das weite Kloster, in welchem das Tribunal seine Sitzungen abhielt, baufällig. Die düstere, melancholische Umwelt machte Pierre das Warten doppelt schwer. Wann immer er einen oder zwei Tage frei hatte, fuhr er mit seinem Gudin hinaus in die Umgebung. Durch die Berge und Hügel der farbigen Provence fuhren sie dann, durch Wälder und Haine von Oliven und Steineichen, durch endlose Weinpflanzungen. Sie bestaunten die riesigen Aquädukte, welche die Römer bei Nîmes errichtet hatten, und den gigantischen, festungsartigen Palast der Päpste in Avignon.

Inzwischen war Julie angekommen. Paul hingegen schrieb neuerdings, er könne leider nicht daran denken, Bordeaux zu verlassen. Er habe sich herumzuschlagen mit den bürokratischen Anwälten der Firma Gaschet, die jetzt so weit gingen, seine Vollmacht anzuzweifeln. Er müsse deshalb Pierre bitten, die beiliegende Generalvollmacht zu unterzeichnen, die ihn bestimmt in allen Fällen decke.

Paul war als Erster Prokurist der Firma Hortalez registriert, das war der Firma Gaschet bekannt; Pierre schüttelte den Kopf, daß auf einmal derartige bürokratische Formalitäten nötig sein sollten. Flüchtig dachte er daran, daß die Ausreise seiner Schiffe „Le Flammand" und „L'Heureux" aus

Bordeaux für die nächsten Tage geplant war. Vielleicht hatte die Werft Gaschet, um Zahlungen zu erpressen, gegen die Ausfahrt Einspruch erhoben. Er fragte sich, ob er nicht Paul, statt ihm die Vollmacht zu senden, nochmals dringlich bitten sollte, herzukommen. Dann könnte man alles durchsprechen, und er hätte den Freund gerne bei der Urteilsverkündigung an seiner Seite gehabt. Aber Paul war so entsetzlich pflichtbewußt, er wird nicht von Bordeaux weggehen. Pierre unterzeichnete die Vollmacht, sandte sie ab.

Vergaß die ganze Geschichte. Denn jetzt war es soweit. Endlich, nach neunundfünfzig Sitzungen, hatten die Richter die Verhandlung angesetzt, in welcher beide Gegner ihre Schlußreden halten sollten.

Fünf volle Stunden sprach der Graf de la Blache, Pierre eine Stunde länger. Dann zogen sich die Richter zu einer neuen, allerletzten Sitzung zurück, um das Urteil zu fällen. Diese Sitzung nahm den Rest des Tages in Anspruch und den ganzen nächsten Tag.

Viele Leute waren gekommen, um die Verkündigung des Urteils mitzuerleben. Das verfallene Kloster, in dem das Gericht tagte, war voll von Neugierigen. Die ganze Stadt wartete gespannt auf den Spruch.

Der Graf de la Blache gab sich zuversichtlich. Er hatte für seinen Aufenthalt in Aix einen der alten Paläste gemietet. Am Abend des Tages, da das Gericht über das Urteil beriet, tafelte er mit seinen Anwälten und sonstigen Beratern; alle Fenster des großen Gebäudes waren erleuchtet. Pierre verbrachte den Abend mit Gudin und Julie bescheiden in der Wohnung seines Anwalts in einer abgelegenen Seitenstraße.

Die Nacht war weit vorgeschritten, als endlich der Spruch verkündet wurde.

Vom Saale des Gerichts aus durch all die verwinkelten Straßen von Aix klang es: „Beaumarchais hat gesiegt." Die Lichter in dem Palais de la Blaches erloschen. Aber die schmale Seitenstraße, in welcher Pierre wohnte, war hell von Fackelzügen. „Beaumarchais hat gesiegt", jubelten die Fackelträger.

Pierre hatte manchen Sieg in seinem Leben erkämpft, keiner hatte ihn so beglückt wie dieser. Jetzt erst, zusammengedrängt in *einen* Augenblick, spürte er das ganze Unrecht, das man ihm angetan hatte. Er war unschuldig, jeder hatte es gewußt, seine Flugschriften hatten jeden überzeugt. Doch man hatte seinem Gegner, dem Hocharistokraten, erlaubt, ihn mit allen Tücken zu verfolgen, ihm jede denkbare Schweinerei und Gemeinheit anzuhängen, Betrug, Fälschung, Giftmord, und keiner hatte sich für ihn gerührt. Die hochgeborenen Freunde, die ihm hätten helfen können, hatten sich begnügt, ihm zu sagen, wie brillant seine Verteidigungsschriften seien, und sie hatten ihm amüsiert den Rücken geklopft. Die Schmach aber, die sehr wirkliche Schmach, hatten sie an ihm kleben lassen; da er ja als Bürger geboren war, würde er sie wohl nicht sehr spüren. Aber er hatte sie gespürt, sie hatte ihm die Schulter gedrückt und die Haut gejuckt alle die Jahre her. Jetzt hatte er ihn abgeschüttelt, den „Makel", jetzt hatte er sie in die Winde geblasen, die „Rüge". Er hatte gekämpft um Gerechtigkeit nicht nur für sich selber, sondern für alle die, welche unten geboren waren, ohne Privileg. Es war ein guter Kampf, es war ein guter Sieg, einen bessern konnte keiner erfechten.

Dies alles war in ihm, während der Schall in sein Ohr drang: „Beaumarchais hat gesiegt." Er hatte es nicht anders erwartet. Die ganzen Jahre hindurch war er überzeugt gewesen, daß er sich's so erkämpfen werde. Aber nun es Wirklichkeit wurde, konnte er's nicht ertragen. Das Übermaß des Glückes sprengte ihm die Brust, er brach zusammen, ohnmächtig.

Man rieb ihn mit Essenzen, brachte ihn ins Leben zurück, er trank ein Glas Wein. Mehr Musik zog vor seinem Haus auf, Flöten, Geigen, Tamburine. Neue Fackelzüge kamen. Eine Abordnung der Handwerker gratulierte in improvisierten provenzalischen Versen. Gudin hockte selig auf seinem Stuhl und schaute den Freund bewundernd an, Julie war die verrückteste von allen.

„Es war eine schöne Reise", sagte Pierre, als der Wagen hielt vor seinem Hause in der Rue de Condé.

Noch mehr Glanz fiel auf Pierre, als im Anschluß an den Prozeß von Aix die Verhandlung stattfand vor dem Obersten Gericht in Paris, das darüber zu befinden hatte, ob nun jene „Rüge“ annulliert werden solle.

Pierres Freunde in Versailles hatten ihm bedeutet, der Regierung wäre es erwünscht, wenn er diesmal schwiege. Demzufolge hatte er sich darauf beschränkt, in einem Flugblatt zu erklären, er werde „seine Zunge verschlucken und nur die Fakten reden lassen“. So hielt er's denn auch. Schlicht gekleidet, nur den Brillanten der Kaiserin Maria Theresia am Finger, erschien er in dem übervollen Saal, setzte sich bescheiden auf seinen Stuhl und sprach kein Wort.

Das Ganze dauerte kurz, viel zu kurz für Pierre. Der Generalstaatsanwalt beantragte in drei Sätzen die Nichtigkeitserklärung des alten Urteils. Der Senat, nach einer Beratung von fünf Minuten, verkündete die Entscheidung: Pierre Caron de Beaumarchais sei zurückzuversetzen in den gleichen Stand wie vor dem früheren Urteil, die „Rüge“ sei nichtig, er sei frei von jeder Art „Makel“, er sei zu bekleiden mit seinen früheren Ämtern und Titeln. Ohrenbetäubender Jubel brach los, während sich Pierre vor seinen Richtern verneigte. Begeisterte trugen ihn auf ihren Schultern zu seinem Wagen. Der „Märtyrer Beaumarchais“ feierte einen Triumph, wie er ihn bisher nicht einmal im Theater erlebt hatte.

Am nächsten Morgen, bei seinem Lever, waren alle die Verschwundenen wieder da. Der Baron de Trois-Tours, Monsieur Regnier vom Höchsten Gericht, der Chevalier Clonard von der Compagnie des Indes.

Eine Woche später wurde ihm das Urteil des Gerichtes von Aix zugestellt. Es war in den Einzelheiten noch günstiger, als er sich's erhofft hatte. Zwar erkannte es darauf, daß seine Flugschrift von dem Skythen mit dem Pfeil und der tönenden Trommel zu vernichten sei, da sie ungerechtfertigte Beleidigungen des Gegners enthalte. Dafür aber sprach ihm das Urteil alle die Beträge zu, die er verlangt hatte, nebst sehr hohen Zinsen. Weiter zugesprochen wurden ihm dreißigtausend Livres Entschädigung für die Unbill, die ihm durch nachlässige Verwaltung der Erbmasse des verstorbenen Duverny zugefügt worden sei. Alles in allem floß eine unerwartet hohe Summe in seine leeren Kassen.

Und dann brachte man ihm das Porträt, das ihm gleichfalls zuerkannt worden war, das Porträt Duvernys von der Hand des Malers Duplessis. Haken wurden in die Mauer geschlagen, der leere Fleck verschwand. Da hing das Bild, Gleichnis dessen, was sein zäher, energischer Optimismus vermochte, und Pierre saß davor, das Gesicht töricht vor Glück.

In all dem Wirbel, Glanz und Rausch dieser Tage hatte Pierre kaum darauf geachtet, daß seit längerer Zeit keine Nachricht mehr von Paul eingetroffen war. Leid war ihm gewesen, daß Paul auch der Verhandlung in Paris nicht beigewohnt hatte, und auffällig war, daß die letzten Berichte aus Bordeaux nicht von Paul gezeichnet waren, sondern von Monsieur Peyroux, dem ständigen Agenten der Firma Hortalez. Jetzt kam eine eilige Anfrage von Monsieur Peyroux, die ohne weitere Umstände an Ort und Stelle von Paul hätte beantwortet werden können. Beunruhigt verlangte Pierre schnellste Meldung, was mit Paul los sei. Erstaunt und mit wendender Post antwortete Monsieur Peyroux, daß sich doch Monsieur Theveneau mit dem letzten Transport nach Amerika eingeschifft habe.

Eine Ahnung, die er nicht hatte wahrhaben wollen, hatte Pierre das wissen lassen, seitdem keine Nachricht mehr von Paul eintraf. Jetzt saß er da, aufgerührt, haderte mit sich, rechtfertigte sich. Mit welch hinterlistiger Begründung hatte Paul die Generalvollmacht von ihm verlangt. Trotzdem hätte er nicht darauf hereinfallen dürfen. Er wäre auch nicht darauf hereingefallen, wenn ihn nicht der Prozeß so ganz in Anspruch genommen hätte, und damit hatte Paul gerechnet. War er, Pierre, nicht schuldlos, da der hinterhältige Paul solche Mittel gebrauchte? Hatte er nicht getan, was er konnte, um den Freund zurückzuhalten? Hatte er ihm nicht die Abreise mit starken Worten untersagt? Hatte sich Paul nicht gefügt? Wahr und wahrhaftig, er hatte es nicht gewollt, daß Paul hinüberfuhr. Nun wütete er gegen sich, gegen Paul und vor allem gegen den bösen Willen der Amerikaner.

Sogleich nach seinem Triumph im Gerichtssaal war er zu Therese gegangen und hatte ihr strahlend erklärt, jetzt also, da er rehabilitiert sei, stehe ihrer Heirat nichts mehr im Wege; er hatte das so herausgebracht, als ob sie es gewesen wäre, die die Heirat befristet hatte. Sie hatten vereinbart, daß sie noch die Rückkehr Pauls aus Bordeaux abwarten wollten; ihn wollten sie bei der Hochzeit nicht missen. Jetzt, unbehaglich, aufgebracht und doch nicht ohne Stolz, mußte er Therese von dem ebenso edeln wie unverständlichen Unternehmen des Freundes erzählen.

Sie wurde blaß, sie wurde rot, ihre großen, klaren, grauen Augen verdüsterten sich, ihre kühnen Brauen schienen noch höher. „Das hättest du nie zulassen dürfen, Pierre", sagte sie, und, nach einer Weile, „das war eine Lumperei." Sie sprach ruhiger, als er erwartet hatte, aber schärfer, abschließend.

Pierre war während seines bunten Lebens von immer neuen Wellen von Beschimpfungen überschwemmt worden; sie waren, gerecht oder ungerecht, von ihm abgeglitten, er hatte sich immer wieder aus der Flut herausgearbeitet. Was ihm jetzt diese Frau, der er sich unter allen Menschen am engsten verbunden fühlte, ins Gesicht warf, das war, gelinde gesagt, maßlos übertrieben. Er hatte im Drang seiner Rechtsgeschäfte in Aix an einen etwas merkwürdigen Brief Pauls vielleicht nicht die notwendige Aufmerksamkeit gewandt; das war alles. Und da tat Therese, als hätte er den Jungen geradezu in den Tod geschickt. Er setzte an, heftig zu erwidern. Aber er sah ihr großes Gesicht, er sah die zornige Geringschätzung darauf, er brachte kein Wort heraus. Und bevor er sich zusammenreißen konnte, hatte sie das Zimmer verlassen.

Vor dem Tisch, auf dem noch die Reste des Mahles standen, hockte Pierre, auf einmal ungeheuer vereinsamt, vor den Kopf geschlagen. Seine Niederlage schien ihm viel größer als seine Siege in Aix und in Paris, sie kam unerwartet, und von ihr, von Therese. Er hockte da, der immer Findige, ratlos. Stürzte ein Glas Wein hinunter. Dann machte er sich auf, ging ihr nach.

Er fand sie im Schlafzimmer. Er setzte sich zu ihr, er sprach kein Wort von der unseligen Angelegenheit, er wußte, Verteidigung war zwecklos. Statt dessen, behutsam, sprach er ihr von der bevorstehenden Heirat, von kleinen, praktischen Dingen. Sie schüttelte den Kopf. Er nahm sehr sacht ihre Hand, die entzog sie ihm.

Er schwieg eine Weile. Dann, trotz allem, wissend, daß das falsch war, begann er davon zu sprechen, wie heftig er Paul die Reise verboten habe. Da aber kehrte sie sich ab und sagte, nicht laut, doch so, daß kein Widerspruch möglich war: „Bitte, geh."

Er ging, tiefer geschlagen als jemals in seinem Leben.

Arthur Lee, der unverrichteterdinge aus Madrid zurückgekommen war, verurteilte in bittern, ironischen Wendungen das träge, lockere Leben, welches der Doktor honoris causa in Passy führte.

In der Tat setzte Franklin den ganzen Frühling und frühen Sommer hindurch sein heiter geselliges Leben fort, sich wenig um die Geschäfte kümmernd, überzeugt, daß jeder Versuch, die Verhandlungen mit Versailles über Anerkennung, Handelsabkommen und Allianz zu beschleunigen, nur zum Schaden ausschlagen würde. Man konnte nichts tun als warten.

Aus Philadelphia kamen wenig Nachrichten; die Schiffe, die den Engländern in die Hände fielen, waren offenbar zahlreicher als diejenigen, die heil an der europäischen Küste anlangten. So viel war gewiß, es stand nicht zum besten. Eine Zeitlang hatte man sogar Philadelphia evakuiert, und der Kongreß hatte in Baltimore getagt. Mittlerweile freilich war der Kongreß nach Philadelphia zurückgekehrt, der feindliche Vormarsch war offenbar aufgehalten worden, doch die Lage schien weiter bedrohlich. Wenn aber Arthur Lee meinte, man müsse deshalb Versailles mit doppelter Heftigkeit bedrängen, so war das sinnlos. Gerade weil man keine Siege mehr vorweisen konnte wie die von Trenton und Princetown, mußte man abwarten, bis sich die militärische Lage besserte.

Franklin war kein Krieger. In ihm lebte der tiefe Widerwille des vernünftigen, humanen Mannes gegen etwas so Überflüssiges, abgründig Törichtes, Atavistisches, wie es der

Krieg war. Während des ganzen, langen Konfliktes mit London hatte er unendliche Mühe darauf verwandt, offenen Krieg zu vermeiden, und wenn es nicht geglückt war, so trug bestimmt nicht er die Schuld. Unter den vielen dummen Spielen der Menschen schien ihm das Kriegsspiel das dümmste und kostspieligste, und es dünkte ihm Schande und Spott, daß ihn jetzt die Verhältnisse zwangen, so etwas herbeizusehnen wie ein zweites Trenton oder Princetown mit all dem Sterben und Herzeleid, das mit solchen Siegen verbunden war.

Die Herren des Kongresses waren sich offenbar nicht bewußt, daß, wie die Umstände jetzt lagen, die Allianz einfach unerreichbar war. Sie schrieben, wie Arthur Lee sprach. Am Ende ihrer Briefe stand immer wieder die dringliche Forderung, die Emissäre möchten doch um alles in der Welt den Abschluß des Handelsvertrags und der Allianz beschleunigen, man wartete darauf wie auf Regen in der Dürre.

Maurepas hatte wahrhaftig recht gehabt damals, als er sich in seiner zynischen Art lustig machte über die freche Eile, mit der man in Philadelphia vergaß. Gewisse Mitglieder des Kongresses, die jetzt mit besonderer Heftigkeit auf Abschluß des französischen Vertrags drängten, hatten vor noch sehr kurzer Zeit donnernde Reden gehalten über die alte Erbfeindschaft mit den Franzosen, den Ketzern, den Anbetern von Götzenbildern, den Sklaven des Tyrannen. Das alles war jetzt in Philadelphia vergessen. Aber nicht in Versailles.

Auch er selber, Franklin, vergaß ihn keineswegs, jenen Krieg, den die Amerikaner als den Französisch-Indianischen, die Europäer als den Siebenjährigen zu bezeichnen pflegten. Der gute Menschenkenner begriff, daß man drüben in Philadelphia Sieg und Frieden vor allem der Wirkung der englisch-amerikanischen Waffenerfolge zuschrieb. Er verstand es aber auch, wenn man hier in Paris glaubte, nur ein besonders unglücklicher Zufall habe Frankreich den sichern Sieg entrissen. Wäre damals, so hieß es hier in Paris, wäre damals, als Friedrich von Preußen so gut wie alles verloren hatte, nicht die russische Kaiserin gestorben und ihr romantisch blöder Sohn auf den Thron gekommen, dann wäre Preußen unterlegen, dann hätte Frankreich hier auf dem Kontinent den Frieden diktiert, dann hätten die beiden katholischen Mächte niemals ihre Besitzungen in Amerika preisgegeben.

Oft sinnierte Franklin über die seltsamen letzten Auswirkungen jenes englischen Sieges von 1763, und wie sich dieser Sieg nun gegen England selber kehrte. Wäre er nicht erfochten worden, dann lägen jetzt die katholischen Kolonien Frankreichs und Spaniens nach wie vor als ein erstickender Gürtel um das englische Amerika, dann wäre dieses englische Amerika, um sich gegen Frankreich und Spanien zu halten, nach wie vor angewiesen auf den militärischen Schutz des Mutterlandes, dann hätten diese Kolonien niemals daran denken können, sich für unabhängig zu erklären.

Amüsiert und trübe schaute der Doktor vor sich hin. Wenn man den Ablauf der Geschehnisse aus großer Höhe betrachtete, wie er zu Beginn seines achten Jahrzehntes es vermochte, dann sah man, daß es trotz allem mit den Menschen aufwärtsging, daß sie klüger wurden oder doch weniger dumm. Die Geschichte machte Umwege, sehr merkwürdige Umwege, man sah nicht immer, wo sie hinauswollte. Aber ein Ziel schien dazusein, und es schien ein vernünftiges Ziel. Nur warten mußte man können.

Franklin, während er dies dachte, saß vor seinem Schreibtisch, und die weise Ergebung in die Langsamkeit alles geschichtlichen Fortschrittes minderte nicht sein Unbehagen an der unangenehmen Post, die er wieder einmal sträflich hoch hatte auflaufen lassen. Mit einem kleinen Seufzer blickte er über das viele Papier. Dann, mit Entschluß, schob er's zur Seite. Er wird Mr. Arthur Lee wieder einmal Ursache zur Mißbilligung geben und die Beantwortung dieser ganzen lästigen Post ein überletztes Mal hinausschieben. Vorher wird er sich den Spaß machen, einen Brief zu schreiben an Madame Brillon.

Madame Brillon war nämlich auf Reisen, im Süden. Der Doktor dachte gerne an sie. Er sah sie jetzt, da er sich anschickte, ihr zu schreiben, deutlich vor sich, auf seinem

Schoß sitzend, sich sanft an ihn schmiegend, ihr schönes Gesicht ganz nah dem seinen. Sie war südländisch von Aussehen, blaßbräunlich, dunkel von Haar, ihre zärtlichen, großen, schwarzen Augen standen in merkwürdigem Gegensatz zu dem Flaum über der kurzen Oberlippe, der einen, kaum spürbar, mild und wärmend kitzelte. Franklin hätte nicht sagen können, wen er vorzog. Madame Helvetius oder Madame Brillon, beide nannten ihn zuweilen mit der gleichen Herzlichkeit ihren alten Schelm, er verteilte seine Zeit gleichmäßig zwischen beiden, sprach zu beiden mit der gleichen galant frivolen Gravität und hätte keine von beiden missen wollen.

„Ich komme oft an Ihrem Haus vorbei, meine sehr liebe Madame Brillon", schrieb er, „und es scheint mir verödet. Früher, im Umkreis Ihres Hauses, habe ich oft gesündigt gegen das Gebot: ‚Du sollst nicht begehren deines Nächsten Weib.' Zur Zeit tue ich das nicht. Ich muß aber gestehen, daß ich dieses Gebot immer recht lästig fand, es steht im Widerspruch zur menschlichen Natur, und ich bedaure, daß es erlassen wurde. Sollten Sie auf Ihrer Reise gelegentlich dem Heiligen Vater begegnen, wie wäre es, wenn Sie ihn ersuchten, es aufzuheben?" In diesem Sinne schrieb er noch eine Weile weiter, mit Hingabe; solche Briefe schrieb er gern.

Dann aber hatte er auch vor sich selber keine Ausrede mehr, er mußte sich seiner amtlichen Korrespondenz zuwenden. Mit einem Male wieder schmerzte ihn sein Bein, das bisher Ruhe gegeben hatte. Er zog Schuh und Strumpf ab und massierte ein wenig an den gichtischen Stellen, leicht ächzend.

Schade, daß er an William so wenig Hilfe hatte. Kaum einen der wichtigeren Briefe konnte er ihm anvertrauen. Der Junge war zwar rasch von Auffassung, aber er nahm die Geschäfte nicht ernst genug, er hatte zuviel anderes im Kopf. Er war ein reizender Bursch, seine helle, lustige Jugendlichkeit gefiel jedermann, gerade das war die Versuchung und Gefahr. Er war verschwenderisch, spielte, hatte Frauengeschichten. Wenn er dann zu ihm um Geld kam, machte er das freilich so reizend, daß er es nicht übers Herz brachte, ihm das Geld abzuschlagen. Kaum ernstlich ermahnen konnte er ihn; denn wenn seine Sprüche und Kalendergeschichten auf andere wirkten, diesem eleganten, mit sich und der Welt einverstandenen jungen Herrn gegenüber waren sie schwerlich angebracht.

Schade, daß er für seine Geschäfte nicht jemand hatte wie zum Beispiel diesen Monsieur Theveneau. Der opferte sich für seinen windigen Chef, ging für ihn nach Amerika: er, Franklin, hatte keinen einzigen richtigen Helfer.

So unzuverlässig freilich, wie Arthur Lee behauptete, waren seine Leute auch wieder nicht. Der, seitdem er aus Spanien zurück war, hatte einen neuen Spleen: er roch überall Spione. Einen jeden, der hier heraus nach Passy kam, betrachtete er mit Mißtrauen, ob das nun Bancroft war, den er, Franklin, zuweilen für gehobene Sekretariatsgeschäfte verwandte, oder der junge Geistliche John Vardill. Auch Silas Deane klagte, daß Arthur Lee seine beiden Sekretäre Joseph Hynson und Jacobus van Zandt als Spitzel bezeichnete, dabei scheine ihm, Silas Deane, Arthur Lees vertrauter Sekretär, der gewisse Mr. Thornton, keineswegs geheuer. Ja, es war schließlich zwischen den beiden Herren zu einem erregten Gezänk gekommen, und amüsiert dachte Franklin daran, wie er zwischen den Kollegen hatte vermitteln müssen.

Er wußte nicht, daß beide recht hatten. Die Helfer und Sekretäre, die sie als Spione bezeichneten, arbeiteten wirklich allesamt im Auftrag des englischen oder des französischen Geheimdienstes.

Angeregt durch die Vorstellung seiner einander beargwöhnenden Amtsgenossen, suchte Franklin aus der Masse der Briefe einen heraus, der am Tag vorher von einem Unbekannten auf geheimnisvolle Art überbracht worden war. Es machte aber in diesem Brief ein mysteriöser Baron Weißenstein den Führern der Amerikaner lockende Versprechungen für den Fall, daß sie einen Kompromißfrieden mit England befürworteten. Hohe Geldsummen, Ämter und Titel wurden insbesondere Franklin und dem General Washington in Aussicht gestellt. Franklin nahm an, daß diese Vorschläge ernstgemeint und mit Wissen des Königs Georg ergangen seien;

sogar den pedantischen Stil des Königs glaubte er zu erkennen. Er rechnete damit, daß der König selber auch die Antwort zu lesen bekommen werde, und ging daran, diese Antwort so schneidend und höhnisch zu formulieren, daß sich die Majestät darüber grün und blau ärgern sollte.

Dies getan, las er nochmals die verschwörerische Anweisung, wie die Antwort dem geheimnisvollen Baron zuzustellen sei. Es werde, hieß es da, am nächsten Montag innerhalb des Eisengitters im Chor von Notre-Dame ein Mann erscheinen, der die Empore abzeichne; er werde, um kenntlich zu sein, eine Rose im Knopfloch tragen. Dieser Bote wisse nicht, worum es sich handle; man habe ihm gesagt, es gehe um eine Liebesgeschichte. Ihm könnte die Antwort vertrauensvoll übergeben werden.

Franklin beauftragte mit der Überbringung seiner Antwort einen Burschen, von dem er vermutete, er stehe im Dienst der französischen Polizei. Es konnte nicht schaden, wenn Monsieur de Vergennes erfuhr, die amerikanischen Kommissare lehnten Geschäfte mit geheimnisvollen englischen Unterhändlern nicht von vornherein ab. Vielleicht trug das dazu bei, die Herren in Versailles ein wenig in Trab zu bringen.

Es erschien also am festgesetzten Tag zu der festgesetzten Stunde im Chor von Notre-Dame der Abgesandte Franklins, und es erschienen englische und französische Geheimagenten. Und jeder hatte was zu bestellen, und jeder hatte was zu berichten, und jeder kam sich jedem überlegen vor.

Die Pariser brachten Franklin nach wie vor Begeisterung entgegen, und der Weltweise und Staatsmann, der in seinem ländlichen Garten am Rande der Stadt und der Geschehnisse philosophisch wartete, blieb ihnen ein großes Symbol. Aber die ungünstige militärische Lage der Amerikaner ließ Franklin fürchten, daß diese Schwärmerei nicht mehr lange vorhalten werde; Begeisterung für eine Sache, die im Verlieren ist, verraucht schnell. Schon war ihm, als ob er auf den Porträts, die man nach wie vor von ihm anfertigte, weniger vorteilhaft dreinschaute. Häufig jetzt sah ihm aus diesen Bildern ein schlauer, harter, rechenhafter Bauer entgegen ohne Größe und ohne Güte.

Unter diesen Umständen war es ihm willkommen, als ihn sein Hausherr, Monsieur de Chaumont, fragte, ob er, Chaumont, durch den Maler Duplessis ein Porträt von ihm herstellen lassen dürfe; Monsieur Duplessis, der meistgeschätzte und höchstbezahlte Porträtist Frankreichs, pflegte seine Modelle auf eindrucksvolle, würdige Art wiederzugeben.

Monsieur Duplessis war ein fünfundfünfzigjähriger, linkischer Mann. In seinem provenzalischen Dialekt, den zu verstehen Franklin Mühe hatte, setzte er ihm schüchtern auseinander, er arbeite langsam und schwierig und werde Franklin um ziemlich viele Sitzungen bitten müssen. Das hörte der Doktor nicht gerne, er vertrug es nicht, lange stillzusitzen, aber ein Porträt von Duplessis war ihm der Mühe wert.

Der neugierige Franklin wollte schon in der ersten Sitzung sehen, wie das Werk voranging, doch Duplessis liebte es nicht, daß man seine Bilder beschaute, ehe sie fertig waren. Im übrigen machte Franklin sichtlich Eindruck auf Duplessis, und der Maler, dem das Wort auch sonst schwer vom Munde kam, war schweigsam. Dann aber, als Franklin ihn merken ließ, daß er ihm gefiel, ging er etwas mehr aus sich heraus. Erzählte von seinen Versuchen, gewisse Lackfarben zu verbessern, Krapp vor allem und Ultramarin. Außerdem hatte er eine neue Methode erfunden, Modellpuppen herzustellen, wie man sie in Ateliers benötigte, aus Gummi nämlich. Da der Doktor an diesen Erfindungen sichtlich interessiert war und intelligente Fragen stellte, sprach ihm der Maler auch von seinen andern Sorgen.

Es war kein einfaches Geschäft, die Mächtigen dieser Erde zu malen. Es dauerte lange, bis sie sich zu einer Sitzung entschlossen, dann änderten sie die Zeit, fünfmal, zehnmal, und auch dann waren sie häufig nicht zur Stelle, manchmal, ohne abgesagt zu haben. Was war das für ein Hin und Her gewesen, als er die Königin gemalt hatte – sie war damals noch Dauphine – für die Frau Mama, die österreichische Majestät. Zwei Sitzungen und eine halbe hatte ihm Toinette schließlich gewährt. Trotzdem, fanden die Kenner, war ihm das Bild geglückt. Doch die Wiener Majestät war unzufrieden, sie erklärte, das Bild sei nicht ähnlich genug, die Aufmachung war ihr zuwenig vorteilhaft, und überhaupt, meinte sie, sei die lebendige Toinette schöner als die gemalte. Duplessis seufzte, lächelte. Dann, halb amüsiert, halb grimmig, erzählte er von seinen Erfahrungen mit dem König. Dreimal hatte er ihn gemalt. Monsieur d'Angivillers hatte verlangt, daß die Porträts sehr königlich wirkten, sie waren für fremde Potentaten bestimmt. Damals, als die Majestät weniger Fett angesetzt hatte, war es noch nicht so schwer gewesen, dem Porträt das Königliche zu geben; Krone, Zepter, Hermelinmantel und Ordenstern taten das übrige. Aber den König zum Sitzen zu bewegen, das war immer beinahe unmöglich gewesen. Duplessis hatte ihm nachreisen müssen, zur Krönung, und noch sechs Tage vor der Eröffnung des Salons hatte ihm Louis die versprochene zweite Sitzung nicht gewährt. Später hatte er ein Bild Louis' herstellen sollen, das besonders „grandios" werden mußte; es war ein Geschenk der Compagnie des Indes an den Radscha von Carnatique. Der König sollte dargestellt werden nicht im Krönungsornat, doch mit allen andern Insignien der Macht, und das sehr schnell, da das Schiff nach Indien abging. Aber die Ämter, welche die Insignien der Macht verwahrten, waren langsam und machten bürokratische Schwierigkeiten. Am Ende, erzählte, jetzt noch voll Zorn, der sonst so ruhige Maler, hatte Monsieur d'Angivillers ihn angewiesen, seinen Kopf Louis' des Sechzehnten dem verewigten Louis dem Fünfzehnten aufzusetzen, den Van Loo gemalt hatte; der Radscha werde vermutlich so genau Bescheid nicht wissen.

Franklin vergalt die Erzählung des Malers mit einigen seiner eigenen behaglichen Geschichten. Doch waren es der Sitzungen nicht wenige, beiden lag daran, daß das Werk gelinge; ihre Sätze wurden langsamer, spärlicher, und allmählich hatten sie nichts Rechtes mehr zu reden. Da zog denn Franklin den einen oder andern seiner Freunde zu den Sitzungen zu, um mit ihm zu schwatzen oder um sich von ihm vorlesen zu lassen. Duplessis war froh um jedes Mittel, das den Amerikaner verhindern konnte, ungeduldig zu werden.

Eines Tages, unangemeldet, kam Maurepas. Er habe gehört, sagte er, Doktor Franklin unterziehe sich soeben dem Porträtiertwerden. Da habe er es für seine Pflicht gehalten, dem alten Freunde Trost zu spenden.

Franklin saß auf seinem Podium, bequem, doch würdig, die Weste gebauscht und faltig, die Haare fielen auf den Pelzkragen der Jacke. Er war sich bewußt, daß ihm diese Haltung sehr zum Vorteil war. Maurepas saß elegant ihm gegenüber, unter ihm. Er hatte sich sorgfältig zurechtmachen lassen, und der modisch angezogene, nach vielen Parfüms duftende Sechsundsiebzigjährige stach seltsam ab von dem schlicht und würdigen Einundsiebzigjährigen.

Der Doktor meinte behaglich, er habe in der letzten Zeit oft hören müssen, er sei schlau und durchtrieben; er glaube aber, auch andere Eigenschaften zu haben, von denen er hoffe, daß sie auf dem Bild unseres verehrten Duplessis zutage kommen würden, zum Beispiel Geduld. Maurepas lächelte. „Sie schlau und listig, mein lieber Doktor?" sagte er, und sprach englisch, damit ihn Duplessis nicht verstehe. „Nein", fuhr er fort, „schlau und listig sind Sie wahrhaftig nicht, bei allem Respekt vor Ihrer Weisheit. Ihr Manöver zum Beispiel mit diesem Baron Weißenstein, auf so etwas fallen wir Ihnen hier in Paris nicht herein." Franklin schmunzelte in seinem Innern. Deshalb also war Maurepas gekommen. Der Doktor war längst darauf gespannt, was man in Versailles zu seiner Korrespondenz mit dem fragwürdigen Baron sagen würde.

„Und wenn Sie's noch so sehr darauf anlegen", fuhr der Minister fort, „wir glauben Ihnen einfach nicht, daß Sie ein Fuchs und Machiavell sind. Ich habe mich sogar gefragt, ob ich Ihren Brief an diesen Weißenstein auch nur lesen solle. Ich habe von vornherein gewußt, daß Sie keinen Frieden schließen werden außer auf der Basis Ihrer Unabhängigkeit."

Franklin freute sich. Der Minister sprach genauso, wie er es gewollt und erwartet hatte.

„Verhandeln Sie also ruhig mit Ihren Engländern weiter", fuhr Maurepas fort. „Und wenn Sie Ihre Botschaften in Zukunft unauffällig weitergeben wollen, dann lassen Sie sich doch von unserer Polizei Mittel und Wege sagen, die weniger dilettantisch sind. Da könnte sich zum Beispiel ein Vertrauensmann Ihres Weißenstein als Bettler auf den Pont-Neuf hinsetzen, und Sie lassen Ihre Botschaft zugleich mit dem Sou in seinen Hut hineinfallen."

„Stört es Sie, wenn ich lächle, Monsieur Duplessis?" fragte Franklin. „Aber durchaus nicht, verehrter Doktor", antwortete beflissen der Maler, und Franklin lächelte ausführlich. „Sie müssen zugeben", sagte er dann zu Maurepas, „daß Ihre Politik uns zu Verhandlungen mit London geradezu zwingt. Sie lassen uns über Gebühr lange zappeln." – „Ein Franklin zappelt nicht", sagte liebenswürdig Maurepas. „Das Warten bekommt Ihnen nicht schlecht, man hört, Sie wissen sich die Zeit angenehm und würdig zu vertreiben. Und sicher werden Sie begreifen, daß Ihre militärische Lage es Ihren Freunden in Versailles nicht eben erleichtert, den Abschluß des Vertrages zu beschleunigen." Franklin hielt den Kopf ein wenig nach rechts geneigt, gemäß der Weisung Duplessis', doch er konnte nicht verhindern, daß seine Miene ernster, finsterer wurde, als es sich der Maler wünschte. „Aber ich bin nicht gekommen", fuhr, noch ehe er antworten konnte, Maurepas fort, „um Ihnen Ihre Sitzung zu verbittern. Lassen Sie mich Ihnen versichern: im Grunde wird Ihre Situation hier durch die ungünstigen Nachrichten aus Amerika kaum verändert. Wir werden einen Vertrag mit euch nicht überstürzen, aber wir können es uns auch nicht leisten, euch fallenzulassen. So viel ist gewiß", schloß er höflich, „nicht berührt von den Wechselfällen des Krieges wird Amerikas stärkstes Aktivum: Ihre Popularität, Doktor Franklin."

„Es wäre bedauerlich", antwortete mit seiner leisen und dennoch klingenden Stimme von seinem Podium her Franklin, „wenn eine so große Sache wie die Errichtung der amerikanischen Republik abhinge von der Popularität eines einzelnen Mannes." – „Wir sind beide alt genug, mein Verehrter", gab Maurepas zurück, „um zu wissen, welch ungeheure Rolle in der Weltgeschichte ein solcher freundlicher Zufall spielt wie der, daß das Gesicht eines Mannes einem Volke gefällt. Oder glauben Sie, daß in der Geschichte ein tieferes Gesetz regiert als das solcher Zufälle? Ich nicht. Je länger ich lebe – hören Sie ruhig zu, mein lieber Duplessis", unterbrach er sich, er sprach jetzt französisch, „Sie können von meinen Erkenntnissen nur profitieren –, je länger ich lebe, so deutlicher erkenne ich: die Weltgeschichte hat keinen Sinn. Das rollt und wellt nach allen Richtungen, und wir plätschern und werden mitgetrieben." Der freundliche Raum schien kahl zu werden und zu verwittern, als diese Sätze ihn erfüllten; sie klangen aber doppelt moros, weil sie in so freundlichem, selbstverständlichem Gesprächston vorgebracht wurden. Selbst Monsieur Duplessis ließ den Pinsel sinken und schaute unbehaglich auf den liebenswürdig lächelnden Maurepas.

Franklin, auf seinem Podium, rührte sich nicht. „Ich denke", sagte er, „wir versuchen, der Weltgeschichte Sinn zu geben." Es klang keineswegs wie eine Zurechtweisung, es klang bescheiden; gleichzeitig aber auch klang es so zuversichtlich und so überzeugt, daß die Sätze des andern mit ihrer ganzen Trübnis verwehten.

Maurepas, höflich, sagte: „*Sie* versuchen, Monsieur."

Er stand auf, rekelte sich, und, sehr gelenk für seine Jahre, ehe ihn Duplessis verhindern konnte, trat er vor das Bild. Trat ein wenig zurück, trat näher, trat wieder zurück, schaute. Belebte sich. Verglich, wieder und wieder, den Mann auf dem Podium mit dem auf der Leinwand.

„Aber das ist großartig, mein lieber Duplessis", brach er aus. „Das ist noch besser als Ihr Gluck-Porträt. Jetzt sieht man erst", wandte er sich an Franklin, „was Sie für ein Mann sind. Oder ich zum wenigsten sehe es erst jetzt. Was für eine breite, mächtige Stirn", erging er sich hemmungslos, als ob Franklin gar nicht dagewesen wäre, „man sieht ordentlich, wie die Gedanken dahinter arbeiten. Und diese Falten, sie sind tief und stark, aber da ist keine, die auf Mühe deutete oder auf Schweiß. Und was für ein Gleichmut in den Augen. Sie werden uns noch viel zu schaffen machen, mein lieber Doktor. Wieviel, das erkenne ich erst jetzt."

Von neuem vertiefte er sich in den Anblick des Bildes. „Welch ein Jammer", sagte er vor sich hin, „daß ich meinen Sallé nicht mitgebracht habe und daß mein erster Eindruck den Späteren verlorengeht." Wenigstens an den Maler hielt er eine Ansprache. „Der Mann, den Sie auf diese Leinwand gesetzt haben, der kennt keine Schwierigkeiten. Ihm fällt alles leicht. Ihm, noch im Abstieg seiner Jahre, ist die Begründung einer Republik nicht Arbeit, sondern Spiel. Alles ist ihm Spiel, die Wissenschaften, die Menschen, die Geschäfte. Par mon âme, s'il en fût en moi", zitierte er seinen Lieblingsvers, „bei meiner Seele, wenn ich eine habe: Sie wissen gar nicht, mein lieber Duplessis, was für ein Meisterwerk Sie da gemacht haben.

Entschuldigen Sie, wenn ich überschwenglich geworden bin, Doktor Franklin", wandte er sich an diesen, „aber wir Franzosen, wenn wir begeistert sind, sagen heraus, was uns auf dem Herzen liegt, eilig und hemmungslos." Und: „Wissen Sie, was Sie sind, mein verehrter Doktor Franklin", entzückte er sich weiter, „so, wie Sie dasitzen, und so, wie Sie schauen auf diesem Bilde? Sie sind ein Mann. Voilà un homme", sagte er, und: „Behold the man", versuchte er's zu übersetzen. Aber: „Das kann man nur lateinisch sagen", beschloß er. „Ecce vir."

Franklin erhob sich, dehnte sich. „Darf ich jetzt ein bißchen hin und her gehen?" fragte er den Maler, der, umflutet von den Lobsprüchen des Ministers, ungeschickt und überrötet dastand. Franklin stieg vom Podium, ging hin und her, kratzte sich. „Der Herr Graf gilt als der erste Kenner dieses Landes", sagte er zu dem Maler. „Sie müssen in der Tat ein Meisterwerk gemacht haben. Darf ich mir's anschauen?"

Von der Leinwand blickte auf ihn ein Benjamin Franklin, um den er wußte und der ihn trotzdem fremd anmutete. Die Säcke unter den Augen waren da, das Doppelkinn war da, die Falten. Die Stirn war mächtig, der Kiefer stark und energisch, die Augen streng, prüfend, höchst gerecht, der Mund war lang, geschlossen, nicht geschaffen, zu klagen oder zu verzichten. Es war ein alter Mann und dennoch nicht alt, vertraut und dennoch nicht bekannt.

Duplessis schaute ein wenig ängstlich auf Franklin. Der, unwillkürlich, hatte den streng prüfenden Ausdruck des Porträts angenommen. „Das haben Sie gut gemacht, Monsieur

Duplessis", sagte er schließlich, und diese wenigen Worte machten den Maler stolzer als die lange Lobpreisung des Ministers.

„Sie müssen auch für mich ein Porträt unseres Franklin malen", sagte Maurepas. „Ich sitze nicht nochmals", erklärte sogleich Franklin. „Das ist nicht nötig", beruhigte ihn Duplessis; „wenn ich das Porträt mit kleinen Abänderungen wiederhole, wird die zweite oder dritte Version die bessere." – „Also abgemacht", sagte Maurepas. „Aber hängen Sie mich nicht unter Ihre heimlichen nackten Damen", bat Franklin sich aus. Der Minister grübelte. „Wohin ich Sie hängen soll", sagte er, „bleibt ein Problem. Ich denke, vorläufig kommen Sie besser der Allerchristlichsten Majestät nicht vor Augen. Ich denke, vorläufig hänge ich Sie besser in Paris auf, im Hôtel Phélypeau, nicht in Versailles. Wenn aber die Zeit gekommen sein wird, dann bring ich Sie nach Versailles, im edelsten Goldrahmen. Mein junger Monarch hat wenig Sinn für weibliche Schönheit, aber er hat Sinn für Würde und Anstand. Un homme", wiederholte er, „ecce vir", und er genoß die Bedeutung des Wortes, das er für den gemalten alten Mann gefunden hatte.

Pierre konnte die Erinnerung an Thereses: „Das war eine Lumperei", und an ihr großes, zorniges, verächtliches Gesicht nicht aus dem Kopf bringen.

Er fuhr hinaus zu ihr nach Meudon. Die Zofe knickste und sagte: „Madame empfängt nicht." Er schrieb ihr, es kam keine Antwort.

Er verstand sie nicht, aber in seinem Innersten verstand er sie, und er liebte sie, weil sie war, wie sie war. Nochmals erforschte er sich, und er kam zu dem Schluß, es liege auf ihm nicht der Schatten einer Schuld.

Auch seinem Freunde Paul maß er keine Schuld bei. Die Schuld trug ein einziger: Franklin. Dessen feindselige, senile Laune brachte ihn nicht nur um den wohlverdienten Ertrag seiner ungeheuern Mühe, sondern auch um seine Geliebte und um seinen Freund.

Lange hatte er geglaubt, man habe ihn bei dem Doktor

verleumdet, irgendein Mißverständnis sei die Ursache von Franklins seltsamem Verhalten. Jetzt gab er sich keiner Täuschung mehr hin. Jetzt gestand er sich's ein: er mißfiel dem Alten, im Gegensatz zu Paul fand er keine Gnade vor seinem Angesicht. Das war unbegreiflich, dergleichen war ihm noch nie vorgekommen. Er konnte sich nicht damit abfinden. Doch brachte er's bei aller Redseligkeit nicht über sich, andern davon zu sprechen; es wäre zu demütigend gewesen.

So stand es um ihn, als aus Amerika neue, erbitternde Botschaft kam. Ein dritter Transport der Firma Hortalez war zurückgekommen, diesmal ganz ohne Waren und ohne Geld. Der Kongreß hatte einen neuen Vorwand gefunden, sich von der Zahlung zu drücken. Er lehnte es ab, sich für die Transporte irgendwelche Versicherungssummen in Rechnung stellen zu lassen, und zwar mit der von Arthur Lee gelieferten Begründung, daß Pierre diese Versicherung nicht bei einem Dritten aufgenommen habe, sondern selber trage. Solange über diese Frage kein Einverständnis herbeigeführt sei, erklärte man im Kongreß, könne irgendwelche Zahlung nicht geleistet werden.

Pierre wütete. Es war im französischen Überseehandel üblich, daß große Firmen ihre Transporte selber versicherten, das hieß, daß sie hohe Risiko-Prämien in Rechnung stellten. Andernteils wurde keine Zahlung erwartet für Transporte, welche nicht anlangten, und Pierre hatte dem Kongreß keine Lieferungen in Rechnung gestellt, die den Engländern in die Hände gefallen waren. Das alles war Franklin bekannt; es wäre seine Sache gewesen, die niederträchtigen Lügen Arthur Lees richtigzustellen. Statt dessen bestärkte das tückische Schweigen des launischen Greises die Männer in Philadelphia in ihrer Haltung gegen die Firma Hortalez.

Pierres ganze Wut richtete sich gegen den Alten in Passy. Jetzt konnte er seinen Groll nicht mehr in sich verschließen, jetzt barst ihm die Brust. Vor Julie als erster ließ er sich aus. Da sitze, wütete er, diese große, träge Spinne in ihrem Garten, sauge alle Welt aus, sauge sich voll mit allem Ruhm. Und wer sei das Opfer? Wer bezahle? Er, Pierre, der gutmütige, ewig hereingelegte Idealist. Derlei großartige Zornesreden pflegte Pierre mit einem Witzwort zu beschließen, mit einem leichtsinnigen Ach was. Diesmal, zu Julies Erstaunen, verharrte er in seinem Groll. Der Doktor Franklin mußte ihm sehr übel mitgespielt haben. Julie stimmte ein in die Verwünschungen des Bruders, bewunderte ihn vielwortig, war stürmisch überzeugt, daß er auch dieses neue Unglück überwinden und es dem schlimmen Greise zeigen werde.

Vor Gudin war Pierre vorsichtiger. Er wußte, daß der treue Freund seine Äußerungen im Gedächtnis wahrte und wohl auch aufzeichnete; denn heimlich arbeitete Gudin neben seiner „Geschichte Frankreichs" an einer „Geschichte Pierre Beaumarchais'". Vor ihm also zeigte Pierre keine Wut, sondern nur großartig ironische Resignation. Vor ihm hatte er nichts als ein verständnisvoll bitteres Achselzucken für die Freiheitskämpfer, die über ihrer großen Sache vergaßen, ihre Schulden zu bezahlen, und so ihren besten Helfer zugrunde richteten. Gudin war erschüttert. Er erkannte, daß hinter dem überlegenen Verzicht des Freundes ein wilder Unwille stand, eine „saeva indignatio". Er zitierte den „Rasenden Herakles" des Euripides: „Ich hasse jeden, dessen Dankbarkeit erlischt", er zitierte andere lateinische und griechische Autoren, und er verglich Franklin jenem Marcellinus des Plutarch, der sich von Pompejus sagen lassen muß: „Schämst du dich nicht, so gegen mich loszuziehen? Du warst stumm, und ich habe dir Sprache gegeben; du warst ein Hungerleider, und ich ließ dich so viel fressen, daß du nun speien kannst." Seinen für die Freiheit leidenden Freund aber verglich er traurig und zornig jenen Opfern, die bei der Errichtung von Tempeln lebendig in den Grundstein eingemauert worden waren.

Doch Gudins Gelehrsamkeit vermochte Pierre ebensowenig zu trösten wie die Verwünschungen, die Julie gegen den Amerikaner ausstieß. Oh, wie vermißte er seine Freundin Therese. Oh, wie vermißte er seinen Freund Paul.

An einem der nächsten Tage, beim Lever, eröffnete ihm Maigron mit seinem ewig gleichen grauen Gesicht, die flüssigen Mittel der Firma Hortalez betrügen zur Zeit dreihundertsiebzehn Francs und zwei Sous. Für den Bruchteil eines

Augenblicks wurde Pierres Gesicht töricht vor Wut, Ratlosigkeit und Verblüffung. Aber er hatte sich die Gabe bewahrt, widerwärtige Dinge nach kurzem Zorn lachend abzutun. So verlief nun einmal sein Leben, großartig und grotesk. Während er Büros und Stapelhäuser in allen Hafenstädten Spaniens und Frankreichs unterhielt, während er zehntausend Hände in Bewegung setzte, während er neunzig Prozent des Bedarfs der amerikanischen Armee beschafft hatte und verschickte, während vierzehn Schiffe von ihm auf See waren und neun andere bereit, für ihn auszufahren, mußte er seinem Kammerdiener Emile den Lohn schuldig bleiben. Er nahm es hin, er nahm es dem Schicksal nicht krumm.

Aber satt, auf einige Zeit zumindest, hatte er jetzt die verdrießlichen Geschäfte. Er wird sie beiseite schieben und sich einfach nicht mehr darum kümmern. Die wichtigste Arbeit für Amerika und die Freiheit war getan. Mochte sich Amerika ein paar Tage lang ohne ihn behelfen. Er hatte Amerika in den Sattel gesetzt, mochte es nun reiten.

Mit der leichtsinnigen Entschiedenheit, die ihm für solche Fälle zu Gebote stand, sagte er zu Maigron: „Da haben Sie ja eine wunderbare Gelegenheit, sich verdient zu machen. Ich selber kann mich in der nächsten Zeit der Geschäfte nicht annehmen. Ich habe dringliche literarische Arbeit."

In der Tat betrat er das Hôtel de Hollande nicht mehr und ließ sich auch nicht Bericht erstatten über das, was sich dort ereignete. Statt dessen ging er wieder über den Plan seiner Komödie. Er suchte hervor jenes Manuskript, den Monolog des Figaro, den er damals in der ersten Begeisterung dem Vater vorgelesen und seither, aus einer Scheu heraus, niemand mehr gezeigt hatte. Von neuem ergriff ihn die Freude, mit der er ihn damals geschrieben, und um den Monolog herum baute er die Komödie, die ihm im Sinn lag, die Fortsetzung des „Barbiers", die Geschichte des Mannes, der sich lachend und geschickt aus allen Widerwärtigkeiten herausarbeitet, des großen Débrouillards, die Geschichte des Mannes, der sich auflehnt gegen alle Dummheit und alles Vorurteil der Welt und damit auf seine Art fertig wird, die Geschichte Figaros.

Er schrieb sich von der Seele den Grimm über die Welt, die es dem dummen Privilegierten so leicht und dem begabten Unprivilegierten so schwer macht. Mit sicherm Urteil spürte er, daß da die großen Worte fehl am Platz gewesen wären, er sagte den Zeitgenossen seine Meinung auf seine besondere Art. Den Zorn, der ihm ins Blut gegangen war, setzte er um in Couplets, in scharfe, leichte, volkstümliche Liedchen. Immer war ihm die Arbeit ohne Mühe von der Hand gegangen, niemals so mühelos wie jetzt. Die Sätze kamen ihm von selber, die Repliken waren da, ohne daß er sie hätte suchen müssen. Es war eine Wiederkehr seiner besten Zeit, der Zeit in Spanien. Seine leichtsinnige Freude an der Welt, sein witziger Zorn über die Welt flog aufs Papier, lokker, anmutig, sang, lebte.

Er las das Stück seiner Schwester Julie vor. Es war bei weitem noch nicht fertig, aber das Entscheidende war da. Und es zeigte sich schon jetzt: das Stück war geglückt, war frech und wahr, gefällig und bedeutend. Julie nahm heftig Anteil und bewunderte hemmungslos.

Mit der gleichen Bewunderung und mit mehr Verständnis hörte Philippe Gudin zu. Er kostete den Witz und die Brillanz des Werkes mit dem Urteil des geübten Kritikers, er verglich den Freund mit Aristophanes und Menander, mit Plautus und Terenz, er legte kundig dar, daß und wieso Pierre die französische Komödie weit über Molière hinausgeführt habe.

Die Freude an Gudins solidem Lob wurde Pierre vergällt durch die Sehnsucht nach Therese. Mit seiner ganzen Seele sehnte er sich danach, wahrzunehmen, wie sich seine Worte spiegelten auf ihrem großen Gesicht. Und diese Therese wollte ihn nicht hören und nicht sehen.

Er saß nach der lustvollen Arbeit herum und entbehrte die Genugtuung, die er sich erhofft hatte.

Da erreichte ihn eine unerwartete Mitteilung. Aus Passy, aus dem Hôtel Valentinois, kam eine gefällig gedruckte Karte, mittels welcher Monsieur de Beaumarchais aufgefordert wurde, teilzunehmen an einer kleinen Feier, welche Monsieur Benjamin Franklin am 4. Juli anläßlich des Jahrestags der Unabhängigkeitserklärung der Dreizehn Vereinigten Staaten für einen kleinen Kreis von Freunden abzuhalten gedenke.

Eine große Welle Glückes überströmte Pierre. Wie sich jetzt alles wieder zum Guten fügte! Erst war ihm dieses wunderbare Stück geglückt, „Die Hochzeit des Figaro“, „Der tolle Tag“, und nun war auch der Alte in Passy zu der Erkenntnis gekommen, daß sich ein Amerikaner ohne die Hilfe Beaumarchais’ nicht denken ließ. Nochmals und nochmals überlas Pierre die Karte, ausgetilgt war sein Groll gegen Franklin.

Langsam dann kamen ihm Bedenken. Wollte solch eine Einladung wirklich was bedeuten? War sie mehr als reine Formalität? Sollte er sich mit einem solchen Stück Papier abspeisen lassen für die Schiffe, Waffen, Waren, für die Millionen, die er Amerika geliefert hatte? War vielleicht die Einladung nur ein listiger Versuch des Alten, ihn zu vertrösten, ihn zu sänftigen? Unentschieden hielt er die Karte in der Hand.

Jetzt brauchte er Rat. Aber da waren nur zweie, von denen er Rat hätte annehmen mögen. Der eine war in Amerika.

Er mußte Therese sehen. Sie konnte sich nicht weigern, ihm zu helfen in einer Sache, die ihm so wichtig war.

Er vertraute sich Gudin an. Es habe, sagte er ihm, ein kleines Zerwürfnis gegeben zwischen ihm und Therese. Gudin möge hinausfahren nach Meudon und Therese andeuten, ihm, Pierre, liege daran, ihre Meinung zu hören. In einer wichtigen Angelegenheit. Gudin lächelte schlau. Pierre verstand sich darauf, die Weiber zu nehmen, der Tausendsassa. „Sagen Sie ihr vielleicht“, fuhr Pierre fort, „es handle sich um meine Beziehungen zu Franklin, oder sagen Sie ihr, was immer Ihnen einfällt. Übrigens hat mich da der Alte eingeladen, zu ihm zu kommen, in seinen ‚Garten‘, nach Passy. Es scheint sich herausgestellt zu haben, daß man ohne den alten Pierre nicht fertig wird.“ – „Und Sie werden natürlich kommen“, entrüstete sich Gudin. „Sie in Ihrer unvernünftigen Großmut lassen alles vergeben und vergessen sein.“ Pierre lächelte nur. „Fahren Sie hinaus nach Meudon, mein Lieber“, bat er, „und kommen Sie mir nicht zurück, ohne was erreicht zu haben. Ich baue auf Ihre Geschicklichkeit." Geehrt und glücklich machte sich Gudin auf den Weg.

Das, was Therese in ihrem Innern Pierres Verrat an Paul nannte, war ihr, als sie in Ruhe darüber nachdachte, nicht mehr überraschend gewesen. Sie kannte Pierre ganz von innen her, was an ihm gut war und was schwach an ihm war. Nicht im leisesten bereute sie die Schroffheit, mit der sie sich von Pierre abgekehrt, auch nicht, daß sie seine Besuche und seine Briefe nicht angenommen hatte. Aber sie war sich bewußt, daß sie in dieser Haltung auf die Dauer nicht werde verharren können. Pierre, mit all seinen Schwächen, war nun einmal höchst liebenswert, sie wollte ihn nicht entbehren, er war der Sinn ihres Lebens.

In solcher Stimmung fand sie Gudin. Sie und Gudin waren gute Freunde, sie hatte den ehrlichen, redseligen, gutmütigen, gelehrten Mann gerne, und sie wußte, wie ergeben er Pierre war. Er kam sich besonders schlau vor, als er erzählte, Pierre habe Andeutungen gemacht von einem kleinen Zerwürfnis zwischen ihm und Therese, und da sei er, ihrer beider Freund, sogleich hinter Pierres Rücken herausgefahren, denn solch ein Zerwürfnis dürfe man nicht andauern lassen. Therese sah dem eifrigen, schwitzenden Mann beim ersten Worte an, daß er log. Er erzählte weit ausholend, Pierre sei in bedrängter Lage und bedürfe des Rates seiner besten Freundin. Mißtrauisch fragte sie, worin denn Pierres Nöte bestünden. Es gehe, erwiderte Gudin, um Pierres Beziehungen zu Franklin. Um die stehe es nicht zum besten. Nun seien aber doch Pierre und Franklin die Repräsentanten des Fortschritts auf diesem Kontinent, und es sei ein Jammer, daß zwischen ihnen nicht das rechte freundschaftliche Vertrauen herrsche.

Schon vorher glaubte Therese wahrgenommen zu haben, daß Pierre unter der Gleichgültigkeit Franklins litt. Als ihr das jetzt durch Gudin bestätigt wurde, kam ihr die Idee, Franklins Kälte sei eine Art Strafe dafür, daß sich Pierre so schäbig gegen Paul benommen hatte. Sogleich sagte sie sich, das sei Unsinn; Paul war nach Amerika gegangen, gerade weil Franklin Pierre im Stich ließ, und schwerlich bestrafte das höchste Wesen eine Tat, noch ehe sie getan war. Trotzdem wurde sie die Vorstellung von einem schuldhaften Zusammenhang zwischen Pierres Verrat an Paul und Franklins ablehnendem Verhalten nicht los.

Daß Pierre sie jetzt durch Gudin bitten ließ, ihn zu beraten, schien ihr eine gute Gelegenheit, einzulenken. Sie erklärte sich bereit, ihn zu sehen. Strahlend berichtete Gudin dem Freunde von dem Erfolg seiner listig durchgeführten Mission.

Als Pierre vor Therese stand, gab er sich so schlicht, wie es ihm möglich war. Mit keinem Wort erwähnte er den Zwist um Paul. Er sprach sachlich von seinen mancherlei Versuchen, eine gedeihliche Zusammenarbeit mit Franklin herbeizuführen, von der kalten, verletzenden Art, wie Franklin ihn behandle, von der hartnäckigen Weigerung des Alten, seine Forderung an den Kongreß zu unterstützen. Dann sprach er von der Einladung nach Passy und von seinen Zweifeln, was diese Einladung zu bedeuten habe; ob sie ein Friedensangebot sei oder ein Manöver, ihn zu vertrösten und von energischen Aktionen abzuhalten. Therese antwortete, die Einladung sei wohl ein Höflichkeitsakt und nichts sonst. Daß heimtückische Pläne dahinterstünden, könne sie sich nicht denken. Auch glaube sie nicht, daß Franklin Haßgefühle gegen Pierre hege. „Wahrscheinlich", sagte sie, „beschäftigt er sich gar nicht so viel mit dir, wie du annimmst. Wahrscheinlich hast du auf ihn nicht den starken Eindruck gemacht wie auf andere, das ist alles."

Pierre ging darauf nicht weiter ein. Er fragte sie, ob er die Einladung annehmen solle oder nicht. Sie an seiner Stelle, entgegnete sie, würde unter allen Umständen hingehen. Wegzubleiben scheine ihr unhöflich; es wäre eine kindische Art, Franklin offenen Streit anzusagen, und Pierre sei nicht der Mann, einen Kampf mit Franklin durchzuführen.

Er schluckte auch das. Er sah ein, daß ihr Rat vernünftig war. Auch lockte es ihn, zu diesen Amerikanern zu gehen, vor ihnen zu brillieren. Er antwortete trocken, sie habe recht und er werde ihren Rat befolgen.

Nach soviel Sachlichkeit indes bezähmte er sich nicht länger. Er brach aus in wilde Anklagen gegen Franklin. Er, Pierre, habe das große Unternehmen wahrhaftig nicht begonnen um des Lohnes und der Dankbarkeit, sondern um der Sache willen. Und es sei eine Schande, daß ihn der Doktor so schnöd im Stich lasse aus purer Nebenbuhlerschaft. Therese richtete die großen Augen auf ihn, es wurde ihm unbehaglich, er verstummte.

Sprach, nach einer kleinen Weile, von anderem. Erzählte von seiner Arbeit, vom „Figaro", und daß er glaube, es sei ihm da was Rechtes geglückt. Fragte, ob er ihr das Werk vorlesen solle, solang es noch warm sei.

Therese hatte sich vorgenommen, es zunächst bei dieser einen Zusammenkunft mit Pierre bewenden zu lassen; sie durfte es dem sorglosen, gewissenlosen Manne nicht zu leicht machen. Aber was seinerzeit, noch ehe sie ein Wort mit Pierre gesprochen, Therese hingerissen hatte, war sein literarisches Werk gewesen, jene Flugschriften, in denen er seinen großartigen, begeisternden Kampf ums Recht führte, und sie war beglückt, daß er nun offenbar in sein rechtes Klima zurückgefunden hatte, in seine Schriftstellerei. Sooft er aus seinen Werken vorgelesen, hatte es sie erregt, sie erhoben. Alles, was an ihm klein war, verflog dann, und es blieb nur das Feuer, der Geist. Er schuf, wenn er las, das Werk neu, man sah und erlebte, wie es in ihm entstand. Sie brannte darauf, die Komödie zu hören, an der er schrieb. Es kostete sie Mühe, mit Ruhe und Zurückhaltung zu sagen: „Gut, komm Ende der Woche."

Als er dann Ende der Woche mit seinem Manuskript zu ihr kam, war ihr festlich zumute, doch bestrebte sie sich, es nicht zu zeigen. Sie behielt, während er las, die kleine Eugénie im Zimmer und ließ sie in seine Sätze hineinkrähen. Es störte Pierre nicht. Er las und spielte ihr, was er gemacht hatte, mit heißer Anteilnahme vor, und bald erkannte er auf ihrem großen, schönen Gesicht, das jede Regung wiedergab, die erwünschte Wirkung. Sie lachte herzlich, strahlend, das Kind krähte mit, Pierre selber lachte glücklich über seine Witze, über seine Sentenzen, er genoß sie, sie genossen sie beide. Es war die Vernunft des Volkes, es waren Witze der Pariser, es waren keine leeren Späße, es war nicht Geist, der nur blitzte und hinter dem nichts stak, es waren Scherze, die den Nerv trafen, scharfe Wahrheiten.

Als er zu Ende war, streckte ihm Therese die Hand hin und sagte ohne Rückhalt: „Da ist dir wirklich etwas Rechtes geglückt, Pierre." Er dachte stolz: Das soll mir der alte Franklin einmal nachmachen mit seinen hausbackenen Kalendergeschichten. Aber er schluckte es hinunter. Statt dessen, kühn die Minute nützend, rief er: „Und jetzt gibt es kein Gespreize mehr, jetzt wird geheiratet."

Therese willigte in die Heirat, und Pierre war stolz, daß es sein literarisches Werk war, seine Komödie, die den Widerstand dieser spröden, schwierigen Frau gebrochen hatte.

Entschieden aber weigerte sich Therese, unter *ein* Dach mit Julie zu ziehen.

Pierre fand eine Lösung.

Wenn er sich in die von seinem Haus nicht weit entfernte Vorstadt Saint-Antoine begab, dann kam er an einem ummauerten Stück Landes vorbei, das seine Aufmerksamkeit immer von neuem anzog. Es lag am Ende des eigentlichen Paris, dort wo sich die Straße Saint-Antoine zum Platz der Bastille weitete. Es war ein großer, verwahrloster Garten, und in seiner Mitte, von der Straße her nur undeutlich sichtbar, verdeckt durch die Bäume und die hohen Mauern, ein altes Haus, einsam, halb verfallen. Zweimal hatte sich Pierre das Grundstück zeigen lassen. Haus und Garten waren verschieden von jedem andern Wohnsitz in Paris. Wenn man vom obern Stockwerk des alten Gebäudes in die Runde blickte, fühlte man sich inmitten der wimmelnden Stadt wie auf einer Insel. Auf der einen Seite lagen, immer inmitten von Gärten, stille alte Häuser, das eine hatte einst der Ninon de Lenclos gehört, das andere gehörte dem bekannten Magier Cagliostro; auf der andern Seite lag der weite Platz und an seinem Rande, finster und mächtig, die Bastille.

Pierre hatte sich durch einen Mittelsmann nach dem Preis des Hauses erkundigt. Der Besitzer, wohl wissend, daß das Grundstück einen Liebhaberwert habe, hatte eine ungeheure

Summe verlangt, dreißig- oder vierzigtausend Livres über dem Wert, so daß selbst der leichtsinnige Pierre zurückgeschreckt war. Jetzt, im Begriff zu heiraten, entschloß er sich, das Haus zu erwerben und für seine Bedürfnisse umbauen zu lassen. Er wollte sich nicht versagen, was so viele große Herren sich erlaubten, die Führung von zwei Häusern. In dem einen wird er mit Julie haushalten, in dem zweiten mit Therese und seiner Tochter.

Er kaufte das Gelände an der Rue Saint-Antoine und gab dem Architekten Le Moyne Auftrag, den Grundriß eines Hauses zu entwerfen, das noch stattlicher und sehenswerter werden sollte als das an der Rue de Condé.

Strahlend erzählte er Therese von dem abgeschlossenen Kauf. „Selbstverständlich", fügte er hinzu, „werden wir mit der Hochzeit nicht warten, bis das Haus fertig ist. Das kann Jahre dauern. Heiraten werden wir, wenn dir recht ist, nächste Woche."

So geschah es.

Zweites Kapitel

Die Begegnung

Die Gesellschaft, die sich am 4. Juli mit der Kühle des einfallenden Abends in Franklins Gartenhaus versammelte, bestand zu etwa gleichen Teilen aus Amerikanern und Franzosen. Silas Deane hatte gebeten, zwei von seinen Seebären mitbringen zu dürfen, Kapitäne von Kaperschiffen, die Herren Johnson und Smythe, verdiente Männer, welche die Gesellschaft durch Erzählung ihrer Abenteuer erheitern würden. Arthur Lee erschien in Begleitung Mr. Reeds, eines finstern Herrn aus London, der seine Achtung vor den Menschenrechten und seine Verachtung des tyrannischen Regimes von Saint James demonstrativ an den Tag zu legen wünschte; Franklin hielt im stillen den Herrn gerade wegen seines betonten Rebellentums für einen Spion, aber er hatte gegen seine Anwesenheit nichts einzuwenden. Er selber,

Franklin, hatte nicht nur den jungen William Temple um sich, er hatte sogar den kleinen Benjamin Bache aus seinem Internat herüberkommen lassen. Der Doktor fürchtete, er werde den Enkel zu sehr verwöhnen, und hatte beschlossen, ihn nach Genf zu schicken, in ein Institut, das als besonders progressiv galt. Vorher aber wollte er ihn möglichst viel um sich haben. So ging heute der Siebenjährige mit strahlenden Augen zwischen den vielen Erwachsenen umher, sich unbefangen mit jedermann unterhaltend. Der alte Doktor freute sich, daß der Junge schon jetzt einen bessern französischen Akzent sprach als er selber, und sah mit Wohlgefallen zu, wie er naschte und wohl auch ein bißchen trank. Er fühlte sich, der Alte, sehr wohl inmitten der Gäste, die da eng, heiß, laut und fröhlich in seinem Gartenhause zusammen waren, französisch und englisch parlierten, einander mißverstanden und sich bestrebten, durch Erhöhung der Stimme verständlicher zu werden.

Es war bei aller Formlosigkeit eine Gesellschaft guter Namen. Denn außer den Herren de Chaumont und Dubourg, dem Verleger Rouault, dem Akademiker Leroy waren auch anwesend der Baron Turgot, der junge Herzog de la Rochefoucauld und der von Franklin als Philosoph hochgeschätzte Marquis de Condorcet, auch er ein sehr junger Herr, ganz zu schweigen von Monsieur de Beaumarchais.

Madame Helvetius hatte es übernommen, die Honneurs zu machen. Doch hatte sie die Bedingung daran geknüpft, die einzige Dame zu sein. „Ich mag keine Weiber", hatte sie erklärt. Franklin vermutete, ihre Bedingung richtete sich hauptsächlich gegen Madame Brillon; Madame Helvetius wollte nämlich in Erfahrung gebracht haben, Madame Brillon habe sie ein „ewiges Gewitter" genannt. Der Doktor hatte es für klug gehalten, in ihr Verlangen zu willigen, und so thronte sie jetzt allein, weiß und rosig, schallend und vergnügt, nachlässig geschminkt, über der Gesellschaft.

„Stehen Sie nicht so sauer herum, Jacques-Robert", sagte sie zu ihrem alten Freunde Turgot. „Wann wollen Sie denn Ihre Trauermiene ablegen, wenn nicht heute?" Doch Monsieur Turgot blieb einsilbig. Er war erfüllt von dem Glauben, daß im Ablauf des Weltgeschehens das Gute und Nützliche siegen werde, und somit überzeugt von dem schließlichen Triumph der amerikanischen Sache. Aber er hatte am eigenen Leib zu schmerzlich erlebt, wie lang die Umwege sind, welche die Geschichte macht, und wieviel Bitterkeit und Enttäuschung der Kampf um den Fortschritt mit sich bringt. Ob ein Staatsmann, der zu wählen hat, den rechten Augenblick trifft, das entscheidet nicht nur sein wägender Verstand, sondern auch sein Glück. Wenn es in seine Hand gegeben ist, einen gewaltsamen Konflikt, der nicht vermieden werden kann, hinauszuzögern oder zu beschleunigen, dann hängt er von der Fortuna nicht weniger ab als von der Minerva. Vielleicht ist er, Turgot, wirklich zu stürmisch gewesen, vielleicht hätte er der guten Sache mehr genützt, wenn er seine Reformen nicht in so schnellem Ablauf durchzusetzen versucht hätte. Und er beneidete Franklin um seinen Gleichmut, um seine bewundernswerte Fähigkeit, zu warten.

Der Kapitän Johnson, von Doktor Dubourg zum Trinken und zum Erzählen angefeuert, berichtete, wie er auf einem englischen Frachtschiff eine Reihe von Webstühlen erbeutet hatte. Sie waren auf seinem Schiffe schwer zu verstauen, und gar nicht daran zu denken war, daß die französischen Käufer, wie sie das beabsichtigten, sie auf hoher See hätten übernehmen können. Es war ihm schließlich auf abenteuerliche Art geglückt, sein Schiff mitsamt dem erbeuteten Frachter in einen französischen Hafen zu steuern – „Ich sage nicht, wie er heißt, er beginnt mit Le H." – und die Webstühle unter den Augen der französischen Beamten und englischen Spione auszuladen und zu verkaufen. „Ist es nicht ein erhebender Gedanke", schloß er, „daß die Amerikaner durch den Kampf für ihre Freiheit der französischen Bevölkerung auf englische Kosten billige Webstühle und Bekleidungsmöglichkeiten verschafft haben?" Sein rotbraunes Gesicht grinste verschmitzt.

Mr. Smythe, der andere Kapitän, hatte zwei Rennpferde erbeutet. Sie an Land zu bringen, war nicht schwer gewesen, aber die Käufer waren bedenklich, weil die Pferde zu leicht kenntlich waren. Vorläufig waren sie übermalt, und natürlich hatten sie auch neue Namen erhalten; das eine hieß „Freiheit", das andere „Unabhängigkeit". Und beim nächsten Rennen des Prinzen Karl werden sie laufen.

Silas Deane lachte über die Geschichte, daß sein Bauch in der vielbeblumten Atlasweste zitterte. Auch Doktor Dubourg, der alles, was mit Kaperei zusammenhing, als seine eigene Angelegenheit betrachtete, freute sich und fand Silas Deane weniger widerwärtig als sonst.

Der junge William ließ sich mittlerweile von Monsieur de Beaumarchais eingehend darüber unterrichten, wie schwierig und gefahrvoll dessen Tätigkeit war. Er bemühte sich, gut zuzuhören, achtete indes bald mehr auf die eleganten Gesten des glänzenden Herrn als auf seine Worte. Er dachte daran, wie sehr der Großvater bedauert hatte, Monsieur de Beaumarchais nicht mit der gehörigen Achtung entgegengekommen zu sein; das suchte er, William, jetzt gutzumachen.

Andere gesellten sich den beiden zu, auch Benjamin Bache. Mit aufgerissenen Augen hing der Kleine an Pierres schimmerndem Anzug, an seinem Brillanten, an seinem geläufigen Munde. Pierre richtete das Wort an Benjamin, er befragte ihn über seine Schulergebnisse, er hatte die Gabe, sich schnell mit Kindern anzufreunden, der Fünfundvierzigjährige und der Siebenjährige unterhielten sich ausgezeichnet, zur Freude der Umstehenden.

Dann, beschwingt durch die Aufmerksamkeit, die er erregte, wandte sich Pierre an die andern. Er merkte, daß die meisten auch derjenigen, die nur englisch sprachen, Französisch verstanden, er glitt immer wieder ins Französische und gab sich bald, als sei er in einem französischen Salon. Er erzählte scharfzüngige Klatschgeschichten, schnellte Aphorismen ab über Frauen, über Literatur. Die andern konnten wohl nicht immer folgen, vieles, worauf er anspielte, mochte ihnen unbekannt sein, doch Pierre ließ nicht ab, zu brillieren. Wenn er hundert Perlen vor sie hinschütte, dachte er, dann würden sie immerhin fünf oder sechs erkennen, und es störte ihn nicht, daß die beiden Seebären, die mittlerweile reichlich getrunken hatten, ein Gelächter aufschlugen, von dem nicht sicher war, wieweit es seinen Witzen galt, wieweit seiner Person.

Pierre war unbehaglicher Stimmung herausgefahren, er wußte nicht, wie er unter diesen Amerikanern wirken werde. Nun er ihnen offenbar gefiel, wich die Gezwungenheit von ihm, und er glaubte sich der Aufgabe gewachsen, die er sich gestellt: dem Doktor Franklin zu zeigen, welches Unrecht man ihm tat. Er machte sich an ihn heran.

Franklin hatte sich fest vorgenommen, die Geschichte von der Egge zu beherzigen und sein Mißfallen an Monsieur Caron zu verbergen. Er kam ihm gelassen und herzlich entgegen, ohne jene geringschätzige Höflichkeit, die Pierre so tief verdrossen hatte. Es fiel wie eine Last von Pierre, als er merkte, daß sich Franklin heute nicht vor ihm verkrustete; er hörte mit betonter Aufmerksamkeit zu, als der Alte eine seiner hausbackenen Geschichten zum besten gab, lachte laut und sah ihn strahlend an. Dann ließ er sich, diskret auf Franklin anspielend, auf eine Betrachtung ein über den Unterschied zwischen Humor und Witz. Er zitierte als Beispiele Sokrates und Aristophanes – diese Wissenschaft dankte er dem Gelehrten Gudin –, und er war glücklich, als Franklin, der zuerst nicht ganz verstand, sich seine Sätze wiederholen und erläutern ließ und sie lächelnd anerkannte.

Dann aber wurde der Doktor ernst und fragte Pierre teilnahmsvoll nach seinem jungen Helfer, Monsieur Theveneau, der sich, soweit er unterrichtet sei, nach Amerika eingeschifft habe. Pierre erwiderte, er habe noch keine Nachricht von dem Transport, mit welchem Paul gereist sei, könne auch noch keine haben. Beide Männer, Franklin und Pierre, verstummten für eine kleine Weile, schauten vor sich hin.

Monsieur de la Rochefoucauld hatte die Unabhängigkeitserklärung sorgfältig übersetzt, und der Verleger Rouault hatte die Übertragung, versehen mit einem schönen, ausführlichen Vorwort, zu diesem 4. Juli erscheinen lassen. Er überreichte Franklin ein Exemplar. Während die Augen des jungen Herzogs, des Übersetzers, gierig und verehrungsvoll an ihm hingen, blätterte der Doktor in dem hübsch ausgestatteten Bändchen. Er rühmte die Übersetzung mit starken Worten; im stillen fand er, daß sich die edeln Sätze im Französischen etwas platt ausnahmen. Dann wandte er sich an Pierre und sagte, er habe gehört, welch tiefen Eindruck dessen Verlesung der Unabhängigkeitserklärung seinerzeit im Park des Schlosses Etioles gemacht habe. Pierre errötete vor Glück, das unterlief ihm selten, und er war geneigt, Franklin alles zu verzeihen, was der ihm angetan hatte. Er empfinde es, antwortete er, als Gnade des Schicksals und als dauernden Besitz, daß damals ihm als erstem auf diesem Erdteil Kunde geworden sei von dem größten Ereignis der neueren Geschichte und daß er das Privileg gehabt habe, den besten Söhnen seines Landes den Wortlaut der edeln Urkunde zu übermitteln.

Doktor Dubourg dachte verdrießlich zurück an jenes Ereignis in Etioles. Es wurmte ihn, daß Franklin den Schieber Caron so auszeichnete; auch vergaß er es dem Manne nicht, daß sich der durch Ränke und Listen des Kriegsschiffes „Orfraye“ bemächtigt hatte, während er, Dubourg, den Kampf für die gute Sache mit ungenügend gerüsteten Kaperschiffen führen mußte. Aber dann erinnerte er sich, wie herzlich Franklin über die Fabel von der Fliege und der Kutsche gelacht hatte, und nahm es seinem weisen Freunde nicht weiter übel, daß der seinen Spaß daran hatte, der Fliege Zucker zu geben.

Der Marquis de Condorcet sagte: „Mit welchen Gefühlen müssen Sie, o großer Mann, in diesem Ihrem Werke lesen, welches die Welt geändert hat.“ Franklin antwortete geduldig: „Es tut mir leid, daß sich hierzulande die Meinung verbreitet hat, die Erklärung sei von mir entworfen. Sie ist es nicht, das habe ich schon mehrmals versichert. Bitte, Messieurs, glauben Sie mir doch und nehmen Sie es zur Kenntnis; den Antrag auf die Erklärung der Unabhängigkeit hat im Kongreß Mr. Richard Henry Lee eingebracht, der Bruder dieses unseres Mr. Arthur Lee, und die Erklärung entworfen hat ein junger Kollege von mir, Mr. Thomas Jefferson. Ich habe lediglich unbedeutende Veränderungen am Text vorgenommen.“

Arthur Lees hageres Gesicht wölkte sich finster. Er ärgerte sich über Franklins hochfahrende Bescheidenheit. Pierre aber sagte mit Schwung: „Eine Veränderung, die Sie vornehmen, Doktor Franklin, ist niemals unbedeutend." Und: „Wer immer den Antrag eingebracht hat", fuhr er fort, „die Befreiung Amerikas bleibt Ihr Werk. Ihren Mr. Jeffersonne in Ehren, aber da Sie an der Erklärung mitgearbeitet haben, ist es Ihre Erklärung. Benjamin Franklins Stil verleugnet sich nicht, er spricht selbst durchs Französische."

Franklin gab es auf. Niemals wird er diesen Parisern klarmachen können, daß wirklich Thomas Jefferson der Verfasser der Erklärung gewesen war, so wenig er ihnen jemals beibringen wird, den jungen Abgeordneten „Jefferson" zu nennen und nicht „Jeffersonne".

Er überlegte, wie anders die Erklärung gelautet hätte, wäre er der Verfasser gewesen. Auch seine politischen Anschauungen basierten auf den Ideen John Lockes, Montesquieus, Vattels, und in der Sache war er mit dem gebildeten, für alles Gute glühenden Jefferson durchaus einig. Doch hätte er, Franklin, das Allgemeine sowohl wie die spezifizierten Anklagen gegen den König auf ruhigere, mehr logische Art vorgebracht. Andernteils durften wohl Schriftstücke, die für die ganze Welt bestimmt waren, allzu sachlich nicht sein. Was man damals benötigte, war Schwung, große Rhetorik. Die Erklärung war schon recht, sie war besser geeignet für die Gelegenheit als irgend etwas, das er selber hätte zu Papier bringen können, und es war ein Glück für die amerikanische Sache, daß im rechten Moment der rechte Mann für die Erklärung zur Stelle gewesen war.

Mit einem kleinen innern Lächeln dachte er zurück an die Debatten, die der Kongreß über den Wortlaut der Erklärung ausgefochten hatte. Es war ein furchtbar heißer Sommer gewesen, der Sommer vor einem Jahr in Philadelphia, des Nachmittags war es unerträglich schwül im Saale des Staatshauses, dazu stachen einen immerzu die Fliegen von den Pferdeställen nebenan, vor allem in die Beine. Jetzt noch war er leise belustigt, wenn er daran dachte, wie die eleganten und somit besonders schwer bekleideten und frisierten Herren Hancock und der eine Adams, der große, dünne, Samuel Adams, unter der Hitze hatten leiden müssen.

Er selber, Franklin, war neben Jefferson gesessen. Der war ein schlechter Sprecher, seine Stimme trug nicht, und er hatte die Verteidigung seines Wortlauts dem Kollegen Adams überlassen müssen, dem andern Adams, dem kleinen, John Adams. Er hatte seine Sache gut gemacht, der redliche Feuerkopf; wieder und wieder aufgesprungen war er, der kleine Dicke, um den Text zu verteidigen, und polternd und furchtlos hatte er Beleidigungen nach allen Seiten verschossen.

Es hatten sich aber auch viele bemüßigt gefunden, ihren Senf dreinzugeben, und nicht immer guten Senf. Wäre es nicht so heiß gewesen, dann hätte die Debatte wohl noch zwei oder drei Tage länger gedauert, und es wäre von dem ursprünglichen Wortlaut gar nichts mehr stehengeblieben.

Der junge Jefferson hatte gelitten unter den nicht immer klugen Einwänden gegen die Zweckmäßigkeit seiner Formulierungen. Das gequälte Gesicht, welches der lange, hagere, rothaarige Mensch machte, als man seinen Text so grausam und wenig verständig zerpflückte, wird ihm, Franklin, immer im Gedächtnis bleiben. Er konnte gut mitfühlen, was der begabte Junge spüren mußte, als man ihm eine Perle nach der andern aus der Krone nahm. Er hatte seine Wut verhehlt, der arme Autor, und sein Gesicht ruhig gehalten, wie es sich gehörte, aber er hatte sich gewunden und Fäuste gemacht und geschwitzt wie ein Lastträger, trotz seiner Magerkeit.

Er, Franklin, hatte, wie das seine Gewohnheit war, den Armen mit einer kleinen Geschichte zu trösten versucht. Es war eine gute, lehrreiche Geschichte, und er konnte sich nicht enthalten, sie auch dieser französischen Gesellschaft zum besten zu geben.

„Es haben übrigens“, erzählte er, „bei der Beratung eine ganze Reihe von Kongreßmitgliedern Änderungen beantragt, und der Verfasser, mein eben genannter Mr. Jefferson, war wenig erfreut. Ich saß neben ihm und versuchte, ihn zu sänftigen. ‚Ich habe mir's zur Regel gemacht‘, tröstete ich ihn, ‚keine Erklärung zu verfassen, die erst von einer Versammlung überprüft werden muß. Ich habe das gelernt von einem Hutmacher meiner Bekanntschaft. Der wollte für seinen Laden ein Schild haben mit einer guten Inschrift. Er dachte sich's so: »John Thompson, Hutmacher, fertigt und verkauft Hüte gegen Kasse«, und darüber ein gemalter Hut. Er zeigte die Inschrift seinen Freunden. Der erste fand das Wort »Hutmacher« überflüssig, weil es schon durch die Worte »fertigt Hüte« ausgedrückt sei. Mr. Thompson strich das Wort. Der zweite fand, auch das Wort »fertigt« könne gestrichen werden. Den Kunden sei es gleich, wer die Hüte fertige; wenn sie nur gut seien, würden sie sie kaufen. Mr. Thompson strich. Der dritte meinte, die Worte »gegen Kasse« seien nicht nötig, man verkaufe hierzulande doch niemals anders. Mr. Thompson strich, und jetzt hieß die Inschrift: »John Thompson verkauft Hüte.« – »Verkauft?« fragte der nächste. »Niemand erwartet, daß Sie sie verschenken.« Es wurde also auch »verkauft« gestrichen. Und zuletzt auch: »Hüte«, denn es war ja schon ein Hut auf das Schild gemalt. So blieb also nichts auf dem Schild als der Name »John Thompson« und darüber der gemalte Hut.'"

„Es wäre schade", sagte, nachdem man zur Genüge gelacht hatte, der Marquis de Condorcet, „um jedes Wort, das man aus der Erklärung striche. So wie sie da steht, ist sie ein erhabenes Manifest, die einfache und großartige Verkündigung jener Menschenrechte, die so heilig sind und so vergessen."

„Es ist mir eine Ehre", sagte Franklin, „in diesem Kreise zu betonen, wie sehr wir den Philosophen Ihres Landes verpflichtet sind für den Anteil, den sie zur Bildung unserer Weltanschauung beigetragen haben. Niemals hätte diese Erklärung verfaßt werden können ohne die Werke Montesquieus, Rousseaus, Voltaires."

Ein kleines Knirschen kam von Arthur Lee. Also auch diesen Anlaß benutzte der schamlose Greis, um den Franzosen zu schmeicheln, die für die große Sache nichts hatten als leere Reden.

Der Marquis de Condorcet aber nahm von neuem das Wort. „Es ist richtig", sagte er, „die Menschenrechte waren schon vorher aufgeschrieben in den Büchern von Philosophen und wohl auch in den Herzen redlicher Männer. Aber was half es? Jetzt stehen sie hier in dieser Erklärung, in einer Sprache, die auch die Unwissenden und Schwachen verstehen, und haben Taten bewirkt, welche die Philosophie nicht hat bewirken können." Er sprach schlicht und doch mit schönem Feuer und schaute auf Franklin. Alle schauten auf Franklin, und Arthur Lee war zerrissen von Groll, daß der Doktor h. c. nun nicht nur den Ruhm einsammelte für die Bücher Lockes und Hobbes' und David Humes, sondern auch für die Taten Richard Henry Lees und George Washingtons.

Franklin aber hob leicht den Arm und sagte: „Ich war noch nicht zu Ende, Monsieur de Condorcet. Ich hatte noch nicht genannt einen andern großen Sohn Ihres Landes, ohne den unsere Revolution nicht denkbar gewesen wäre: Claude-Adrien Helvetius. Seine Philosophie ist nicht wirkungslos geblieben, das dürfen Sie nicht sagen, Herr Marquis. Das Buch ‚De l'Esprit' klingt wider in der Erklärung meines Kollegen Jefferson. Es sind die Gedanken dieses meines toten Freundes Helvetius, die wir in Amerika in die Tat umsetzen." Man umdrängte Madame Helvetius, und sie, ohne die leiseste Verlegenheit, glücklich, sagte: „Das haben Sie gut gesagt, Doktor Franklin, das ist so", und sie reichte ihm die Hand zum Kuß.

Franklin sagte: „Wenn einer, dann hat der tote Helvetius seine Philosophie nicht nur gedacht und geschrieben, sondern auch gelebt. Er hat das Geheimnis von uns allen ausgeplaudert, daß wir nämlich alle nach nichts anderm streben als nach Glück, und diesem Lehrsatz gemäß hat er sein Leben eingerichtet. Er war unter allen Menschen, die ich kannte, der glücklichste, er hat die schönste und gescheiteste Frau errungen, und er hat die Vernunft und die Freude seiner Mitmenschen vermehrt." – „Ja", antwortete Madame Helvetius, „es ist ein Jammer, daß er den heutigen Tag nicht erlebt hat. Euch beide möchte ich hier haben, ihn und Sie."

Turgot fand das alles übertrieben und ein wenig geschmacklos. Er hatte sich niemals viel aus den Werken des Helvetius gemacht. Er hatte bedauert, daß man den unbedeutenden Mann durch die Verbrennung seiner Bücher zu einem Märtyrer gestempelt hatte, er teilte die Meinung Voltaires, daß diese Bücher voll seien von Plattheiten und daß, was darin original war, falsch sei oder problematisch. Etwas scharf und lehrhaft sagte er, er hoffe, daß nun das amerikanische Beispiel die ganze zivilisierte Welt zum Nachdenken und zur Nachahmung anregen werde. „Sie wäre wert, zugrunde zu gehen“, sagte mit Feuer Condorcet, „wenn sie sich davon nicht bewegen ließe.“

Monsieur Finck, der Butler, meldete, das Essen sei serviert. Madame Helvetius hatte ein erlesenes Mahl zusammengestellt; billig war es nicht, und Madame Helvetius hatte mit Monsieur Finck scharf um jeden Sou gefeilscht. Später hatte sich Monsieur Finck bei Franklin beklagt. Er sei ein ehrlicher Mann, hatte er mit Nachdruck erklärt. Franklin, als er's Madame Helvetius wiedererzählte, meinte: „Das sagt Monsieur Finck immer, aber ich fürchte, er irrt sich.“

So viel war gewiß, die Speisenfolge war mit Liebe und Geschmack zusammengestellt, und die Gäste wußten es zu würdigen, man aß, trank und unterhielt sich angeregt.

Viel die Rede war von dem Marquis de Lafayette, er bildete noch immer das Tagesgespräch von Paris. Nachricht von ihm hatte man noch nicht. Man hoffte, er werde diesen Tag festlich in Philadelphia begehen, man trank auf Lafayette.

Monsieur de la Rochefoucauld, ein naher Freund Lafayettes, erzählte von dessen Großherzigkeit und von seinem Leichtsinn in Gelddingen. Pierre berichtete, er sei es gewesen, der den Ankauf des Schiffes vermittelt habe, das den Marquis nach Amerika brachte. Er habe bewirkt, daß man dem Marquis keinen allzu hohen Preis abverlangte. De la Rochefoucauld meinte, er hoffe nur, der verschwenderische Freund werde auch drüben Leute finden, die ihn vor Wucherern bewahrten. Er sei so überaus sorglos, und Juden gebe es überall.

Franklin sagte, es gebe Juden jeder Art in Philadelphia, solche, die auf seiten des Königs, und solche, die auf seiten des Kongresses stünden. Sein Gesicht wurde nachdenklich;

er dachte an die jüdische Familie der Franks, von denen zwei Söhne auf seiten der Patrioten, einer auf seiten der Loyalisten kämpften, und er dachte an seinen eigenen Sohn, den Verräter. Rasch erzählte er weiter: „Ich selber habe oder vielmehr hatte meinen Leibjuden, einen gewissen Hayes. Einmal nämlich, als ich mich im Hafen von New York einbooten wollte, kenterte mein Boot, und ich fiel ins Wasser. Das Postschiff fischte mich auf. Ich war nicht in der geringsten Gefahr gewesen, der Unfall ereignete sich in unmittelbarer Nähe des Ufers, und ich bin ein guter Schwimmer. Aber da kam der Jude Hayes und erklärte, er sei es gewesen, der das Postschiff durch heftiges Winken veranlaßt habe, mich aufzufischen. Von da an betrachtete er mich als seine Haupteinnahmequelle. Wann immer er mich sah, ging er mich um Geld an, da er doch das Glück gehabt habe, mein unersetzliches Leben zu retten. Auf diese Art quetschte er mir bald einen doppelten Johannis aus, bald eine spanische Doublone, billiger tat er's nie. Jetzt ist er tot und hat mich seiner Witwe vermacht.

Fassen Sie, bitte, meine Herren", fuhr, als man lachte, Franklin fort, „diese Geschichte nicht falsch auf. Ich verallgemeinere nicht gern und halte meinen Hayes keineswegs für den typischen Juden. Ich habe mit Juden schlechte Erfahrungen gemacht und auch sehr gute. Einmal fand ich einen, einen gewissen Perez, der hockte dabei, wie andere über ihren Büchern saßen und studierten, er selber über einem Buch. Ich wußte, daß mein Perez nicht schreiben und nicht lesen konnte; sicher verstand er nicht das leiseste von dem, was die andern diskutierten. Neugierig, wie ich bin, befragte ich ihn. Er erklärte mir: ‚Es ist ein Verdienst vor Gott, sich mit Büchern zu befassen, auch wenn man nicht lesen kann.' Ich muß sagen, ich wünschte meinen Landsleuten solche Demut vor der Wissenschaft."

Gegen Ende der Mahlzeit brachte man Toasts aus auf Amerika, auf die Freiheit. Mr. Reed, Arthur Lees englischer Freund, das hagere, finstere Gesicht überzuckt von Erregung, rief fanatisch: „Möge die Freiheit und Unabhängigkeit Amerikas dauern, bis die Sonne erkaltet vor Alter und die

Erde ins Chaos zurücksinkt." Franklin, befremdet von soviel Überschwang, warf einen mißtrauischen Blick auf ihn.

„Der Beschluß, den die Männer in Philadelphia vor einem Jahr gefaßt haben", sagte Condorcet, „ist eine großartige Illustration zu dem Wort des griechischen Dichters: ‚Nichts Gewaltigeres lebt als der Mensch.' Wie großen Mut hat es erfordert, die Unabhängigkeit zu beschließen. Wir hören, daß viele der Männer wohlhabend sind, daß es ihren äußern Interessen besser entsprochen hätte, wenn sie mit ihrem Mutterland in Frieden geblieben wären. Aber sie haben ihr Hab und Gut, ja, ihr Leben aufs Spiel gesetzt um ihrer Seele willen, um der Freiheit willen. Und zu denken, daß diese Resolution einmütig gefaßt wurde, daß keiner sich ausschloß."

Franklin saß still da, das weite Gesicht freundlich und gesammelt. Was sein junger Freund gesagt hatte, stimmte, und wenn das Dokument den Titel trug: „Einstimmige Erklärung der Dreizehn Vereinigten Staaten", so war das nicht gelogen. Aber wieviel Schwierigkeiten und Kunstgriffe hatte es gekostet, diese Einmütigkeit herzustellen. Der Abgeordnete Caesar Rodney hatte aus einer Entfernung von beinahe hundert Meilen mittels Eilboten durch Sturm und Wetter herbeigeholt werden müssen, um die Stimme von Delaware zu sichern, die New-Yorker Abgeordneten hatten sich der Stimme enthalten, seine eigenen konservativen Kollegen Dickinson und Robert Morris waren bescheiden zu Hause geblieben. Es hatten in den drei Tagen, während deren man an dem Entwurf Jeffersons herumdokterte, nicht nur die Größe und Erhabenheit menschlichen Geistes eine Rolle gespielt, sondern auch Hitze, Schweiß, Fliegen, Kritikasterei, viel Kleinliches. Aber es blieb Anlaß zur Feier und zur Zuversicht, daß sich zuletzt so viele Männer bereit gefunden hatten, das große und gefährliche Dokument zu unterzeichnen. „Als wir unterschrieben", erzählte er, „sagte ich zu meinen Kollegen: ‚Jetzt, meine Herren, ist es entschieden. Jetzt hängen wir entweder alle zusammen oder jeder einzeln.'"

Noch einmal, laut, gehoben und mit Zuversicht, trank man auf die Zukunft Amerikas. Madame Helvetius umarmte Franklin. „Ich umarme in Ihnen alle vierzehn Staaten, mein

Freund", rief sie und herzte ihn und küßte ihn auf beide Backen. „Dreizehn", korrigierte er schwach, „dreizehn, meine Liebe."

Man brach auf, ehe die hohe Stimmung verflog.

Die Amerikaner aber, wie auf Verabredung, blieben allesamt zurück.

Der junge Condorcet hatte vorhin davon gesprochen, daß Lafayette sicher den heutigen Tag festlich in Philadelphia begehen werde. Alle die Amerikaner waren bei diesen Worten im Geiste in Philadelphia gewesen, aber sie waren nicht so sicher, ob heute der Kongreß in Philadelphia sein werde. Und selbst wenn man die Stadt kein zweites Mal evakuiert hatte, selbst wenn man den Jahrestag der Erklärung mit Glockengeläut und Paraden und Feuerwerk feierte, in der Zwischenzeit war es den Einwohnern bestimmt klargeworden, daß die Sicherung der Freiheit noch keineswegs erreicht war, daß sie noch viel Schweiß und Blut erfordern werde.

Vor den Franzosen hatten die Amerikaner wie in stillschweigender Übereinkunft nichts von ihren Sorgen verlauten lassen, aber allesamt hatten sie das Bedürfnis verspürt, noch zusammen zu bleiben, unter sich, ohne die Fremden, ungestört durch die Laute der fremden Sprache.

Da saßen sie jetzt, müde vom Feiern, müde vom Essen und Trinken, seltsam befangen, als schämten sie sich voreinander ihrer Bewegung. Sogar die beiden Seebären waren still geworden, und wahrscheinlich kamen ihnen ihre Leistungen weniger historisch vor.

Ohne daß man darüber sprach, waren sich alle bewußt, daß die Kämpfer durch eine harte Zeit gingen und daß eine härtere vor ihnen lag. Sie waren froh, daß sie diesen Abend nicht jeder für sich zu verbringen hatten, sie gehörten zusammen, es war gut, beieinanderzusitzen. Sie rauchten und tranken und sagten kleine, belanglose Dinge. Und nicht einmal Arthur Lee spürte Feindseliges gegen die andern.

Es war eine Erleichterung, als Franklin dessen Erwähnung tat, was sie alle bewegte. Er tat es auf seine umwegige Art und nur in zwei Worten, die überdies französisch waren. „Ça ira", sagte er.

Nur die unmittelbar Beteiligten wußten und sollten wissen von dem Entschluß Louis', sich der Operation zu unterziehen, zu der ihm Josef geraten hatte. Trotzdem war ganz Versailles unterrichtet von dem, was bevorstand, und in Wien, Madrid und London wartete man mit Spannung auf den Tag, da es soweit sein werde.

Prinz Xavier wollte sich's wegleugnen, daß er Gefahr lief, die Thronfolge zu verlieren; niemals, erklärte er, werde Louis den Mut zu der Operation aufbringen. Er steigerte sich in solche Zuversicht, daß er eine Wette von zwanzigtausend Livres anbot, noch in einem Jahre werde es nicht soweit sein. Prinz Karl hielt die Wette; wenn Louis wirklich mit Toinette schlafe, meinte er, dann werde er, Karl, wenigstens den Trost der zwanzigtausend Livres haben.

Toinette, wartend, setzte ihr gewohntes Leben fort. Tanzte, spielte, gab Feste, besuchte Feste, hetzte noch wilder als vorher durch ihre Vergnügungen, von Versailles nach Paris, von Paris nach Versailles. Wenn ihre Vertrauten, Gabriele, Vaudreuil, eine leise Anspielung auf Louis' Vorhaben wagten, schnitt sie ihnen zornig das Wort ab.

Und dann kam eine Nacht, die Nacht nach einem heißen Mittwoch im August, eine Nacht, bestimmt, mit großen Lettern verzeichnet zu werden in der Chronik von Versailles. In dieser Nacht um die elfte Stunde verließ Louis von Frankreich sein Schlafzimmer und machte sich auf den Weg zum Schlafzimmer Maria Antonias von Österreich.

Im Schlafrock schleifte er über die Korridore des riesigen Schlosses, das sein Urgroßvater hatte errichten lassen, des umfangreichsten Bauwerkes der Erde. Unter dem Schlafrock trug er ein kostbares Nachthemd, die fleischigen Füße staken in bequemen Pantoffeln. Vor ihm her, in der rot-weiß-blauen Livree, schritt ein uralter Lakai, steif, unbeteiligt und feierlich, wie er's in einem Dienst von vierzig Jahren gelernt hatte, und trug dem König einen sechskerzigen Kandelaber voran. So, über die Korridore von Versailles, segelte Louis, erregt, schwitzend, bemüht, kein Aufsehen zu machen, ungeheuer auffällig. Die Korridore waren belebt von Lakaien, von Schweizer Garden, von heimkehrenden oder ausgehenden Würdenträgern. Louis, verlegen vor ihrem Anblick, beschloß, einen Gang errichten zu lassen, der seine Zimmer mit denen Toinettes unmittelbar und unauffällig verbinden sollte. Um sich von dem Gedanken an das Bevorstehende abzulenken, überlegte er die technischen Details eines solchen Verbindungsganges; derlei interessierte ihn stets. Der Gang mußte unterirdisch geführt werden, am besten unter der Salle de l'Œil de Bœuf durch. Dies in allen Einzelheiten überdenkend, abwesenden Gesichtes, vorbei an Garden, die präsentierten, an Höflingen und Lakaien, die in Haltung erstarrten, schleppte er den ungeschlachten Leib in die Gemächer Toinettes.

Die Damen des Vorzimmers gingen, als er erschien, tief in die Knie und verbeugten sich. Louis, Verlegenheit und Stolz über dem geröteten Gesicht, sagte: „Guten Abend, meine Damen." Er fingerte herum in den Taschen seines Schlafrocks, gab dem Lakai einen Louisdor und sagte zu dem sehr Alten: „Hier, mein Sohn." An der Tür von Toinettes Schlafzimmer zu klopfen, wäre unschicklich gewesen; er nahm den Kamm, kratzte an der Tür, verschwand im Schlafzimmer.

Fünf Minuten später ging das Gewisper durch den Palast: „Der Dicke schläft mit ihr." Das Gewisper züngelte weiter, züngelte über die Korridore, durch die Gemächer, züngelte die Tore hinaus. Zehn Minuten später wußte es der österreichische Botschafter, Graf Mercy, wieder fünfzehn Minuten später der Spanier Aranda, wieder zehn Minuten später Lord Stormont, Bevollmächtigter der Britischen Majestät. Die Sekretäre wurden geweckt mitten in der Nacht. Alle diktierten sie, die Gesandten, Mercy, Aranda, Stormont. Kurierpferde wurden bereitgestellt, die Briefe hastig überlesen, versiegelt. Auf schnellstem Wege dann jagten die Boten, nach Osten, Süden, Westen, an jeder Station wurden die Pferde gewechselt.

Den Tag darauf schrieben die Nächstbeteiligten. Louis schrieb an Josef, in der Dankbarkeit seines Herzens schrieb er deutsch: „Ihnen, Sire", schrieb er, „verschulde ich dieses mein Glück." Toinette schrieb an die Kaiserin: „Dieser Tag, teuerste Mama, ist der glücklichste meines Lebens. Jetzt ist meine Ehe vollzogen worden, und der Beweis glückte. Ich bin noch nicht schwanger, aber ich hoffe es von Augenblick zu Augenblick", und sie machte einen Klecks.

Gemeinhin liebte es Toinette nicht, mit ihren Gedanken allein zu sein. Diesmal blieb sie allein, auch nachdem sie den mühsamen Brief an die Mutter vollendet hatte, und ließ niemand vor. Lässig saß sie, durchschwemmt von vagen Gedanken und Gefühlen, und überdachte, was geschehen war. Es hatte sich vollzogen in tiefem Dämmer, hinter den schweren Vorhängen, die ihr großes Bett umrahmten, von außen war schwach der Schein der Nachtlampe gedrungen; übrigens hatte Toinette die meiste Zeit die Augen geschlossen gehalten. Eine starke Sensation hatte ihr Denken weggespült; aber wenn sie gedacht hatte, dann daran, wie es wohl wäre, wenn da an Louis' Statt ein anderer läge. Sie hatte viele Erfahrungen gemacht, doch niemals die letzte; jetzt fand sie, daß es eigentlich weniger war, als sie erwartet hatte, und sie war enttäuscht. Trotzdem war sie einverstanden mit dem Geschehenen und voll von Genugtuung. Nun hatte sie ihre Bestimmung erfüllt, nun war sie in Wahrheit Königin, Herrin ihrer selbst, frei vor jedermann. Die albernen Witze über die „jungfräuliche Königin" werden aufhören, die Fischweiber werden sich nicht mehr die schmutzigen Mäuler zerreißen. Und was werden wohl ihre Nächsten sagen, Gabriele, François? Sie hatte ein bißchen Angst davor, gleichwohl wartete sie darauf nicht ohne Kitzel.

Überall im Schlosse von Versailles fragte man sich bösartig, ob, falls Toinette schwanger werden sollte, wirklich Louis der Urheber sei oder einer der zahlreichen Liebhaber aus den „Nebenzimmern". Besonders tückisch waren die Witze, die in den Gemächern des Prinzen Xavier gemacht wurden. Dabei war sich Prinz Xavier klar darüber, daß das gefürchtete Ereignis in der Tat legitim stattgefunden hatte, ja, er zahlte an den Prinzen Karl als an den Gewinner der Wette die zwanzigtausend Livres.

Der junge König selber ging herum, täppisch glücklich, und zeigte jedermann, wie zufrieden mit sich und einverstanden mit der Welt er war. Er machte noch mehr gutmütig derbe Späße als früher. Noch häufiger stieß er seine Herren vor den Bauch und haute ihnen mächtig die Schulter. Einmal, wahrnehmend, wie sich ein Lakai tief bückte, um irgendwas aufzuheben, konnte er sich nicht enthalten, ihm unter großem Gelächter einen klatschenden Schlag auf den Hintern und hernach einen Louisdor zu verabreichen.

Seiner Toinette zeigte er unterwürfige Dankbarkeit. Hinter ihrem Rücken verschaffte er sich eine Bilanz ihres Vermögens, erschrak und zahlte trotzdem wortlos ihre Schulden. Nach einigem Seelenkampf erhöhte er sogar nochmals das Budget des Trianon. Toinette ließ sich die unbeholfenen Beweise seiner Liebe und Bewunderung gefallen und behandelte ihn freundlich wie einen großen, täppischen Hund. Sie verbarg, wie sehr seine Schwäche, sein unfürstliches Gehaben, sein Mangel an Selbstgefühl sie störte.

Bisher war Louis vor den Freunden Toinettes gleichgültig gewesen, wenn nicht offen feindselig. Jetzt wurde er nachsichtig, umgänglich. Erschien in den Appartements der Prinzessin Rohan, lachte über das Gekrächz des Papageis Monsieur, gab ihm Futter und ließ sich von ihm in den Finger hacken; dann erkundigte er sich freundlich nach den lieben Toten der Prinzessin. Es störte furchtbar, und alle waren froh, wenn er wieder ging.

Ein anderes Mal neckte er wohlwollend Diane Polignac. Mit seiner groben Stimme, ihr schalkhaft mit dem Finger drohend, erklärte er, er habe gehört, sie habe eine Liebschaft mit dem alten Rebellen von Passy. Sie erwiderte kühl. Er aber gab seiner Manufaktur in Sèvres einen kostbaren Nachttopf mit dem Porträt Franklins in Auftrag und schickte ihn Diane Polignac als Geburtstagsangebinde.

Auch der Marquis de Vaudreuil konnte sich der zudringlichen Leutseligkeit des Königs nicht erwehren. Louis, ihn am Rock packend, ihm mit seinen kurzsichtigen Augen nah ins Gesicht starrend, verbreitete sich mit gnädiger Ausführlichkeit über Toinettes Vorschlag, Vaudreuil zum Intendanten ihrer Vergnügungen zu ernennen. Seine Hofhaltung, meinte er behaglich, sei zwar zur Zeit schlecht bei Kasse, aber da er in diesen letzten Wochen Ursache habe, guter Laune zu sein, habe er Toinette den Posten für ihn bewilligt. Vaudreuil, mit eisiger Höflichkeit, antwortete, er sei glücklich, daß Louis die Wahl Ihrer Majestät billige. Aber er wisse nicht, ob er der rechte Mann sei für die ihm zugedachte Ehre, und habe deshalb die Königin um eine kurze Frist zur Überlegung gebeten. Louis packte ihn freundschaftlich am Rockknopf. „Nichts da, mein lieber Marquis", sagte er, „zieren Sie sich nicht. Langen Sie zu. Es wird schon gehen. Man muß Zutrauen zu sich selber haben."

Es waren Wochen des Unmuts für den ganzen Fliederblauen Klüngel. Nur Graf Jules Polignac blieb unberührt, und sein schönes, etwas brutales Gesicht zeigte die gewohnte Selbstzufriedenheit. Die andern, nach außen hin ironisch gleichmütig, waren voll Sorge. Mußten sie nicht, nachdem Louis mit Toinette geschlafen hatte, befürchten, daß sich die beiden auch innerlich näherkamen? Und wird man dann seinen Einfluß behaupten können?

Die Klügsten unter den Mitgliedern des Klüngels, Diane Polignac und Vaudreuil, sprachen sich aus. Der ungeduldige Vaudreuil wollte es auf eine sofortige Kraftprobe ankommen lassen und Toinette zu irgendeiner politischen Handlung auffordern, die Louis' Mißfallen erregen mußte. Sträubte sie sich, dann sollten die Mitglieder des Klüngels Toinette die Freundschaft aufsagen. Diane war gegen Gewaltmaßnahmen. Sie meinte, man solle Toinette behutsam, in gelegentlichen Anmerkungen, zu verstehen geben, gerade jetzt müsse sie sich nicht nur als Gemahlin des Königs, sondern als die Königin bewähren. Vaudreuil gab verdrossen zu, daß dieser Weg der klügere sei.

Es behandelten also die Herren und Damen des Fliederblauen Klüngels Toinette zurückhaltender als früher; sie ließen sie merken, daß sie etwas getan hatte, was Schranken aufrichtete zwischen ihr und ihren Freunden.

Dem herrischen, verwöhnten Vaudreuil fiel es schwer, vor Toinette nur leicht entfremdet zu tun, statt ihr seine geringschätzige Entrüstung zu zeigen. Aber er bezwang sich und hielt es so. Dafür ließ er seinen Zorn an Gabriele aus. Zu ihr war er von so finsterer, verächtlicher Laune, daß sie, die immer Gleichmütige, zuletzt in Tränen ausbrach. Dabei verstand sie ihren François gut und wußte, daß sein mürrisches Wesen nicht ihr galt, sondern Toinette. Er liebte Toinette auf seine Art. Es kränkte ihn, daß nun der tölpelhafte Louis das genoß, was von Rechts wegen ihm gebührte. Darüber hinaus quälte ihn mehr als die andern die Sorge, der Klüngel könnte seinen Einfluß verlieren. Vaudreuils Hochmut brauchte ständige Nahrung, und es hätte ihn, den ungekrönten König des Klüngels, in der Seele getroffen, wenn der Klüngel die Herrschaft über Toinette und damit über Frankreich eingebüßt hätte.

Diane Polignacs Plan begann zu wirken. Toinette spürte die veränderte Haltung ihrer Nächsten und wurde unsicher. Sie wollte ihre Freunde, ihren lieben Fliederblauen Klüngel, nicht verlieren. Sie suchte eine Aussprache mit Gabriele, mit Vaudreuil. Beide wichen aus. Toinettes Verlangen nach der früheren Vertraulichkeit wurde stärker.

An der Art, wie sich Toinette an sie schmiegte, wie Toinette sie umarmte, erkannte Gabriele, daß Toinettes Freundschaft die gleiche geblieben war. Gabriele lag weniger als den andern an den äußern Früchten dieser Freundschaft, sie war Toinette von Herzen und mit den Sinnen zugetan. Sie als erste ließ die unbequeme Maske fallen und war zu Toinette wie früher.

Nicht so Vaudreuil. Trotz seiner Ungeduld hielt er sich zurück, und als er sich schließlich zu einer Aussprache herbeiließ, machte er's Toinette nach Möglichkeit schwer.

Die Aussprache fand in einem der „Nebenzimmer" statt. Dieser Raum, welcher der Rahmen gewesen war für manche stürmische Szene der Gewährung und der Verweigerung, schien Toinette der rechte Schauplatz.

Sie habe nun wohl, begann er, das lang begehrte Ziel erreicht, das könne man ihr vom Gesicht ablesen. Ihr ganzes Wesen strahle schamlos-kleinbürgerliches Glück aus. Toinette war nicht gekränkt; sein Zorn bewies ihr nur, wie sehr er an ihr hing. „Jetzt endlich", antwortete sie, „bin ich das läppische Hemmnis los, das mich verhindert hat, in Wahrheit Königin zu sein. Ich begreife Ihre Betrübnis, François, aber als mein guter Freund sollten Sie sich trotzdem mit mir freuen."

„Sie beurteilen die Situation sehr überlegen, Madame", entgegnete sarkastisch Vaudreuil. „Wenden Sie, bitte, das gleiche ruhige Urteil auf meine Lage an. Dann werden Sie mit mir der Meinung sein, daß ich hier nichts mehr zu suchen habe. Jetzt, Sie haben es soeben selber gesagt, sind Sie ganz die Königin und stehen also unerreichbar hoch über dem Marquis Vaudreuil. Der schaut der hohen Wolke ehrerbietig nach und entfernt sich. Ich habe die Ehre, Madame, Sie um Erlaubnis zu bitten. Ich ziehe mich zurück auf mein Gut Gennevilliers."

Toinette hatte angenommen, er werde sie wild verhöhnen, vielleicht sogar gewalttätig werden und sie wieder am Handgelenk packen wie damals; im Innersten hatte sie es so ersehnt. Nun er so eisig ironisch und finster entschlossen sprach, überfiel sie Panik. Das war kein schieres Gerede, was er da hermachte, er wollte wirklich fort, er wollte sie im Stich lassen. Sie dachte an seine stürmischen, zuweilen handgreiflichen Werbungen hier in eben diesem Zimmer, sie dachte an die hochmütige Sicherheit, mit der er sogar ihren großen Bruder Josef zu einer armseligen Figur erniedrigt hatte. Er durfte nicht fort, sie liebte ihn, sie wollte ihn nicht entbehren, unter keinen Umständen.

„Das ist doch Unsinn, François", sagte sie verwirrt, „das glauben Sie doch selber nicht, Sie können uns doch nicht verlassen. Das erlauben wir nicht. Wir gehören doch zusammen, Sie und ich und der Fliederblaue Klüngel." – „Sie irren, Madame", antwortete höflich Vaudreuil. „Ich sehne mich nach stiller Betrachtung, nach der Gesellschaft mit mir selber. Was ich hier in der letzten Zeit erlebt habe, gefällt mir nicht. Machen Sie sich nichts vor, Madame. Mein Auftritt in diesem Zimmer ist kein Schachzug in einem galanten Spiel, er ist ein Abschiedsbesuch. Erlaubt die Königin, daß ich noch einmal ihre Hand küsse?"

„So hören Sie doch auf mit Ihren bittern Späßen", flehte Toinette ihn an, jetzt ernstlich außer Fassung. „Es ist das erstemal nach ich weiß nicht wie langer Zeit, daß wir wieder allein miteinander reden können, und da quälen Sie mich so." – „Sie haben mich ganz anders gequält, Madame", gab ihr Vaudreuil zurück. „Im übrigen ist ja Gennevilliers nicht weit entfernt. Ich werde mich dort mit Literatur befassen, ich werde dort Theater machen. Vielleicht, wenn ich einmal ein besonders tugendhaftes Stück spielen lasse, werde ich die Auszeichnung haben, Sie, Madame, und den König als Gäste zu begrüßen."

Toinette hatte Tränen in den Augen. „Nehmen Sie Vernunft an, François", bat sie von neuem, „und lassen Sie nicht Ihre wilde, feindselige Laune so durchgehen. Was geschah, geschah doch auch in Ihrem Interesse. Ich hab es Ihnen so oft gesagt: von der Zeit an, da ich den Dauphin geboren haben werde, bin ich frei. Ich halte mein Wort." Vaudreuil schaute sie auf und ab. „Madame", sagte er, „die Gefühle eines Mannes sind keine eingepökelten Heringe. Kein Mann kann voraussagen, ob seine Leidenschaft vorhalten wird, bis bestimmte Bedingungen erfüllt sind. Man kann Passionen nicht an Bedingungen knüpfen", schloß er, und so leise seine tiefe Stimme war, sie klang ungeheuer heftig und füllte den Raum, als ob die Wände bersten müßten; auch war sein Gesicht überwölkt von jener Wildheit, die Toinette kannte.

Sie wich zurück, erschreckt, es war ein süßer Schrecken. So wollte sie ihn, so fühlte sie sich ihm viel näher. Sie saß nieder und begann loszuweinen. „Jetzt heult sie auch noch", sagte er verächtlich. „Ich glaubte", sagte sie, aufschnupfend, „ich hätte es so gut gemacht, für Sie und für mich. Ich fühlte mich so befreit und glücklich, und nun haben Sie alles verdorben."

Er, ohne viel auf sie zu achten, durchmaß einige Male das kleine Zimmer. Dann, etwas von ihr entfernt, blieb er stehen und betrachtete sie. „Als es geschah", fragte er, „sagen Sie, haben Sie da an mich gedacht?" Sie erwiderte nichts, sie sah zu ihm auf, scheu, mit einem ganz kleinen Lächeln. Er brach aus. „Das auch noch", empörte er sich. „Hören Sie, das verbitte ich mir. So weit geht meine Untertanenpflicht nicht. Dazu bin ich nicht da, Ihre Gefühle zu erregen, wenn Sie einen Dauphin haben wollen."

Nun aber konnte er ihr keine Angst mehr einjagen. Seitdem sie sein wildes Gesicht gesehen hatte, glaubte sie nicht mehr, daß er gehen werde. „Denken Sie doch nicht immer nur an sich selber“, bat sie. „Denken Sie auch an mich, oder besser an uns beide. Wir haben so lange gewartet. Ich habe so lange gewartet. Jetzt ist der größere, schlimmere Teil des Wartens vorbei. Gedulden Sie sich noch diese letzte Weile.“ Sie stand auf, drängte sich nahe an ihn heran. „François“, beschwor sie ihn, „bleiben Sie hier, François. Sie müssen noch mehr um mich sein als bisher, gerade jetzt. Nehmen Sie diese Intendanz an. Sie müssen sie annehmen, François.“ Mit einer gewissen süßen Bitterkeit dachte sie daran, welche Überwindung es sie gekostet hatte, das Gehalt, die sechzigtausend Livres, aus Louis herauszuholen, und nun ließ sich François so lange bitten.

„Sie verlangen viel, Toinette“, sagte er, und sie atmete auf, daß er sie endlich wieder Toinette nannte. „Das tue ich“, gab sie zu, sanft. „Aber Sie haben erklärt, Sie lieben mich. Nehmen Sie die Stelle an, François“, drängte sie.

„Ich sage nicht nein“, antwortete er, „aber ich sage auch nicht ja“, und er packte sie und küßte sie, grollend, gnädig.

Pierre saß an seinem Schreibtisch, vor ihm hing das Porträt Duvernys, das er in so hartem Kampf errungen, vor ihm stand eine verkleinerte Nachbildung der Galion der „Orfraye“, die er mit soviel List, Mut und Demütigung errungen hatte. Jetzt, seit der Feier des 4. Juli, war er sicher, auch Franklin für sich gewonnen zu haben. Wie hatte er nur daran zweifeln können, daß Männer wie er und der Doktor sich schließlich finden würden? Er kraulte der Hündin Caprice den Kopf und erzählte ihr: „Dein Herr war ein Esel, Caprice. Auch der Gescheiteste ist manchmal ein Esel.“

Der Kammerdiener Emile, als er ihm beim Auskleiden half, sagte: „Eine Zeitlang haben Monsieur nicht sehr gut ausgesehen.“ Und Pierre gab zu: „Mag sein. Ich war wohl ein wenig überarbeitet. Aber jetzt bin ich wieder der Alte, nicht wahr?“ fragte er stolz, und Emile, seinem nackten

Herrn das Nachthemd reichend, antwortete befriedigt: „Ja, jetzt sehen Monsieur wieder aus wie Dreißig."

Seine Pläne für das Haus an der Rue Saint-Antoine wurden immer ausschweifender, und wenn der Architekt Le Moyne darauf hinwies, wie teuer die Ausführung solcher Projekte kommen werde, wischte er seine Einwände mit einer Handbewegung fort.

Dabei hatte sich die Lage der Firma Hortalez keineswegs zum Bessern gewendet. Von Paul war noch immer keine Nachricht da. Zwei Schiffe der Firma hatten, nach schwieriger Reise, nur eine lächerlich geringe Ladung amerikanischer Waren mitgebracht. Doch Pierre ließ sich das nicht anfechten. Er war sicher, in nicht zu ferner Zeit Zahlung zu erhalten, und es kümmerte ihn wenig, daß wieder bösartiges Gerede über seine Finanzen umging. Auch als man ihm einen niederträchtigen Artikel des Journalisten Métra über die Kassenlage des Hauses Hortalez brachte, zuckte er nur die Achseln.

Dann aber fiel ihm ein, daß gewisse Details, auf welche der Artikel anspielte, nur auf Informationen von seiten nächster Freunde und Geschäftspartner beruhen konnten, und er wurde nachdenklich. Er überlegte, wer hinter dem Artikel stecken mochte, er ahnte es, er wußte es. Charlot war ergrimmt, daß er in der Lage gewesen war, ihm seine lumpige Viertelmillion noch vor der Fälligkeit vor die Füße zu schmeißen. Charlot war ergrimmt über die ausgezeichneten Beziehungen zwischen ihm und Franklin. Charlot war ergrimmt, daß Désirée ...

Pierre schlug sich vor den Kopf. Er hatte Désirée seit Wochen nicht gesehen, er hatte wieder einmal im Wirbel seiner Geschäfte seine beste, klügste Freundin einfach vergessen. Er begriff nicht mehr, wieso er ihr seinen „Figaro" nicht schon lange vorgelesen hatte. Weg waren alle Gedanken an Lenormant, ihn erfüllte nichts als das Verlangen, Désirée zu sehen, ihr von seinem Stück zu sprechen. Es wird darin eine Rolle für sie sein, die Zofe Suzanne, eine gute, ausgewachsene Rolle. Sie war noch nicht da, diese Suzanne, aber sie wird werden, sie wird glücken, das wußte er.

Er fuhr zu Désirée.

Sie empfing ihn, als hätte er sich gestern von ihr verabschiedet. Rotblond, sehr schlank, nicht groß, stand sie vor ihm, ihr hübsches, krauses, gewecktes Gesicht mit der etwas nach oben gebogenen Nase verhehlte nicht ihre Freude, daß er kam.

Er erzählte ihr von jener Feier bei Doktor Franklin und wie er jetzt gewiß sei, daß die Geschäfte der Firma Hortalez nicht nur politisch bedeutsam, sondern auch lukrativ sein würden. Sie hörte aufmerksam zu, die senkrechte Falte über der Nase, nicht sehr überzeugt.

Wohl aber glaubte sie ihm aufs Wort, als er ihr von seinem Stück erzählte. Er kannte keinen zweiten Menschen, der vom Theater soviel verstanden hätte wie sie. Er erzählte sachlich, setzte auseinander, was vom Grundplan da war, sprach von den Rollen, vom Technischen, erörterte das Für und Wider einzelner Phasen der Handlung, einzelner Züge der Personen.

Dann las er. Vor ihr brauchte er nur zu markieren. Sie unterbrach häufig, stellte Fragen, machte ihn aufmerksam auf einen Widerspruch, auf eine Schwäche. Erst jetzt, im Anblick Désirées und im Gespräch mit ihr, erkannte er, wie die Zofe Suzanne werden mußte: klug, frech, witzig, das rechte Gegenspiel zu Figaro. Sie sah sogleich, wohinaus er wollte, sie ergänzte, half, sie warfen sich Ideen zu, Sätze, Repliken.

Lange arbeiteten sie so. Sie verstanden sich mit halben Worten, arbeiteten aus der Fülle, schauten sich an mit lachenden Augen, entzückt einer vom Fund des andern.

Dann, als sie endlich sagte: „So, nun ist's genug", bedankte er sich nicht erst lange bei ihr, er griff einfach nach ihr, und sie warf sich ihm entgegen, sie lachten und waren glücklich.

Hernach, aber erst hernach, fiel ihm ein, daß er in dem Grafen Almaviva nicht nur den Minister Vergennes und manchen andern seiner guten Versailler Bekannten hingestellt hatte, sondern vor allem seinen lieben Freund Charles Lenormant d'Etioles.

Unvermittelt sagte er: „Ich habe Charlot sein Geld vor der

Fälligkeit zurückgegeben." Désirée, nach kurzem Schweigen, erwiderte: „Sehr gescheit war das nicht", und für eine kleine Weile war er verstimmt.

Ihre Freundschaft mit Charlot war noch vieldeutiger geworden. Nicht nur war ihr diese Beziehung wichtig, weil sie ihrer Karriere half, sie hing auch an Charlot auf ihre Art; sie litt an dem schwierigen Mann, soweit sie leiden konnte. Wäre er dumm gewesen, brutal, leer wie so manche ihrer Freunde aus dem Hochadel, dann hätte sie mit ihm geschlafen und sich sonst wenig um ihn gekümmert. So aber war sie angezogen und abgestoßen von der Menschenkenntnis und Menschenfeindschaft dieses trüben Genießers. Zweifellos liebte er sie, aber statt sich dessen zu freuen, machte er darüber kleine, zynische und melancholische Anmerkungen, und wenn er einen umarmte, seufzte er, daß er schon wieder der Schwäche seines Fleisches nachgab. Manchmal mußte sie an sich halten, um ihm nicht ihre ganze Verachtung seines komplizierten, verzärtelten Aristokratengeweses mit unflätigen Worten ins Gesicht zu keifen. Aber sie wußte, daß ihre Macht über ihn Grenzen hatte und daß der Mann, der die reuige Pompadour nicht wieder aufgenommen hatte, auch ihr gewisse Grenzüberschreitungen niemals vergeben würde.

Daß der unbesonnene Pierre den empfindlichen Stolz Charlots gereizt hatte, erfüllte sie mit Sorge. Aber sie begriff Pierre. Hatte sie nicht selber die Angélique gespielt?

Sie sprachen nicht weiter von Charlot, sie kehrten zurück zu Pierres Stück, zu diesem großartigen, farbigen Wirbel aus Liebe, Geld und Intrigen. Er, da sie die Geschicklichkeit seiner Fabel mit kundigen Worten anerkannte, gedachte wieder einmal seines Vaters. Man müsse, meinte er lächelnd, Uhrmacher gewesen sein, um alle Rädchen so ineinandergreifen zu lassen.

Sie, mit ihrem praktischen Sinn, begann nachzudenken, ob, wo und wie das Werk aufgeführt werden könnte. Sie kam rasch zum Schluß. „Ich gratuliere Ihnen, Pierre", sagte sie. „Sie haben das schönste und das frechste Stück der Welt geschrieben. Ein Jammer, daß es niemals aufgeführt werden wird."

Pierre selber hatte sich schon gesagt, daß er die Aufführung schwerlich werde durchsetzen können. Aber jetzt, da Désirée es unumwunden aussprach, wollte er's nicht wahrhaben. „Man hat mir", sagte er, „schon tausendmal entgegengeschrien: Niemals!, und die Schreier haben nur die Luft erschüttert."

Désirée hockte auf dem Tisch, klein, frech, sehr hübsch, das Gesicht kraus, spitzbübisch, und er erkannte genau, was hinter ihrer Stirn vorging. Sie hielt ihn für einen Schwadroneur, weil er, der kleine Pierre, sich vermaß, Versailles zum Trotz sein Stück zu spielen.

In dieser Minute, im Anblick von Désirées skeptischem Gesicht, beschloß Pierre: Figaro wird seinen Monolog auf der Bühne sprechen. Ich werde die Aufführung des „Figaro" durchsetzen. Ich werde darum kämpfen wie um die Rehabilitierung, wie um das amerikanische Projekt, um die „Orfraye", um den Alten in Passy. „Figaro" wird gespielt werden.

So fest stand sein Entschluß, daß er ihn nicht einmal in Worte faßte. „Wer lebt, wird sehen", war alles, was er sagte.

Sogleich aber entwarf er Pläne, wie er den Widerstand der Aristokraten brechen könnte. Es gab einen einzigen Weg. Er mußte sie zwingen, glühende Freunde dieses Stückes zu werden. „Du wirst es erleben", sagte er sieghaft, „gerade unsere Aristokraten werden mir helfen, den ‚Figaro' zu spielen. Sind nicht unter ihnen Männer von solchem Hochmut und solcher Affektation, daß sie jeden Hohn ästhetisch auskosten? Sie finden, sie stehen so hoch, daß Gelächter aus der Tiefe wie Schaum von ihnen abspritzt."

„Das ist ein hübscher Aphorismus", antwortete Désirée. „Aber kann man darauf eine solide Kampagne aufbauen?" – „Man kann", sagte Pierre, so zuversichtlich, daß sie ihm beinahe glaubte.

Einen Augenblick dachte sie nach. Dann fragte sie: „An wen haben Sie gedacht?" Er überlegte, suchte, schwieg. „An Vaudreuil?" warf sie hin. Etwas an ihrem Ton ließ ihn aufhorchen. Hatte sie sich in eine Liebschaft mit Vaudreuil eingelassen? So weit hatte sie recht: Vaudreuil war für seine

Pläne der rechte Mann. Vaudreuil war zynisch und verkünstelt genug, sich für ein Stück, gerade weil es ihn attackierte, zu interessieren, wenn dieses Stück nur Geist und Witz hatte.

„Ich danke Ihnen, Désirée", sagte Pierre, „für alles." – „Sie gefallen mir, Pierre", antwortete sie. „Sie und Ihr Stück haben angenehme, einleuchtende Ideale: Geld, Komödie, Intrige, Freiheit." – „Vergessen Sie nicht die Liebe, Désirée", sagte Pierre.

François Vaudreuil war nach seiner Unterredung mit Toinette im „Nebenzimmer" auf Tage, ja auf Wochen hinaus von grimmig fröhlicher Laune. Er hatte erreicht, was er wollte; seine Beziehungen zu Toinette waren enger, der Einfluß des Fliederblauen Klüngels stärker als je.

Er hielt es für angebracht, sich selten in Versailles zu zeigen, und verbrachte die meiste Zeit in Paris, im Verkehr mit Schriftstellern und Philosophen, die er protegierte. Er liebte die Literatur. Er schrieb auch selber. Doch pflegte er sogleich zu vernichten, was er schrieb. Es war ihm um die Lust des Schreibens zu tun; Wirkung zu haben, schien ihm vulgär. Er wollte der einzige sein, der seinen Geist genoß. Vielleicht auch war in ihm eine kleine Furcht, andere möchten seine Erzeugnisse nicht nach Gebühr schätzen.

Da man ihn in Paris wußte, drängte man sich zu seinem Lever. Einmal, bei diesem Anlaß, zeigte sich auch Pierre de Beaumarchais.

Vaudreuil freute sich, ihn zu sehen. Pierres Witz, fand er, ähnele seinem eigenen. Aber damit der Uhrmachersohn nicht zu frech werde, mußte der Abstand gewahrt werden. Heute stand Vaudreuil die Laune danach, Pierre zu zeigen, daß seine Freundschaft eine Gnade war, ein Geschenk, das jederzeit zurückgenommen werden konnte. Er begnügte sich, Pierre lässig zuzuwinken, er richtete nicht das Wort an ihn, sondern sprach zu andern, über Gleichgültiges, über ein Rennpferd, das er vom Bruder des Königs von England erstanden hatte. Schließlich drängte sich Pierre vor. Erklärte, er möchte Vaudreuil einen Vorschlag unterbreiten zur Teilnahme an einem Geschäft, dessen Erlös den Erwerb des ganzen Marstalls des englischen Prinzen ermöglichen würde. Vaudreuil sagte hochmütig in die Luft hinein: „Ich bin kein Geschäftsmann“, und sprach weiter an ihm vorbei über seine Pferde.

Pierre ließ es sich gefallen. Er wußte, Désirée hatte recht. Unter allen Mächtigen hatte Vaudreuil noch am meisten Verständnis für seine, Pierres, Leistung, für seine Prosa, für seine Repliken, für das Tänzerische seines Geistes. Nur wenn er sich jetzt demütigte, konnte sein Plan gelingen, gerade diesen reinsten Repräsentanten der Versailler Hocharistokratie seinem rebellischen Stücke vorzuspannen. Er schluckte also mit guter Miene die Erniedrigung und ließ es sich nicht verdrießen, am nächsten Morgen wiederzukommen.

Nun war dem Marquis während der Nacht ein Witz eingefallen, den er besonders gut fand, und er hatte es über sich gebracht, ihn für sich zu behalten. Er war also gnädig und vergnügt, und als ihm Pierre erzählte, er habe den größern Teil eines neuen Stückes fertig, und es wäre ihm höchste Ehre, wenn er Vaudreuil als erstem die Komödie vorlesen und ihn um seinen Rat bitten dürfte, nahm er diesen Vorschlag gerne an. Er erinnerte sich, wie frühere Vorlesungen dieses seines Hofnarren ihn entzückt hatten, er liebte Primeurs und hatte jetzt, als Intendant Toinettes, zwiefaches Interesse, das neue Stück des populären Autors als erster kennenzulernen. Er veranlaßte also Pierre, sogleich nach seinem Manuskript zu schicken, behielt ihn zum Mittagessen da, und dann, nach dem Essen, faul im Schlafrock auf dem Sofa liegend, befahl er: „Schön, Monsieur, fangen Sie an.“

Das Hochgefühl, dem stolzen, eingebildeten Aristokraten die dreistesten Wahrheiten ins Gesicht zu schmeißen, die er jemals zu hören bekommen wird, gab Pierre Feuer. Er war ein ausgezeichneter Vorleser, und heute fühlte er sich auf dem Gipfel seiner Kraft; ihm war, als schüfe er, während er las. Seine Stimme, fähig, jede Nuance auszudrücken, bog sich, spannte sich, bildete Zorn, Hohn, Erbitterung, Liebe, er las nicht, er spielte seine Personen. Die Komödie wurde klarer, bunter, als sie es auf der Bühne hätte werden können.

Vaudreuil selber hatte sich wohl manchmal über seine Klasse lustig gemacht. Aber sollte er sich’s gefallen lassen von dem Kerl da, von dem Uhrmachersohn? Sollte er nicht dem Menschen das Manuskript aus der Hand reißen und es ihm in den vorlauten Mund stopfen? Doch bevor er sich's versah, war er hingerissen in die lustige Springflut. Er hatte solche Schaumschlägerei des Geistes und des Wortes noch nie erlebt, er mußte schauen, hören, spüren, er konnte nicht anders, es war zu frech und zu amüsant.

Pierre war sich bewußt, daß sich jetzt, in diesen Stunden, da er es vorlas, das Schicksal seines Werkes entschied. Alles hing davon ab, wie der Mann da vor ihm, der Mann im Schlafrock, die Komödie aufnahm. Wenn Vaudreuil ernstlich wollte, dann bekam Paris den „Figaro" zu sehen. Wenn nicht, dann konnte Pierre das Stück nur wegsperren und auf die Nachwelt warten.

Groß vor dem Lesenden, ein wenig unter ihm, war das Gesicht des Mannes auf dem Sofa, ein gescheites, geschmäcklerisches, hochmütiges Gesicht, noch hochmütiger als gescheit. Allmählich aber verlor dieses Gesicht seinen Stolz. Vaudreuil hatte Geschmack und Sinn für gutes Theater. Er ließ seine Bedenken wegspülen und entschloß sich, ohne Hemmung zu genießen. Er richtete sich hoch, sprang auf, lief hin und her. Lachte. Spielte mit. „Nochmals, nochmals", rief er und klatschte in die Hände wie vor der Bühne. Immer häufiger ließ er sich einen Satz wiederholen, bat Pierre, ein kleines Stück zurückzugehen, gab selber die Repliken. Es war ein großartiges Fastnachtsspiel, das die beiden aufführten, sie lachten toll, keiner wußte mehr, wer des andern Hanswurst war.

„Das hast du großartig gemacht, Pierrot", sagte, noch atemlos vom Lachen, Vaudreuil. „Das wirft einen um, das wird Paris umwerfen, den Hof. Das ist das beste Stück, das ein Franzose geschrieben hat seit Molière." – „Und meinen Sie, daß man es spielen wird?" fragte Pierre. „Der Dicke kann mich nicht leiden", überlegte Vaudreuil, „der Dicke versteht nichts vom Theater und hat keinen Sinn für Humor. Es wird harte Arbeit werden. Aber gerade darum. Laß mich nur machen, mein Pierre. Verlaß dich auf mich."

Philippe Gudin verspürte tiefe Ehrfurcht vor großen Männern, er las gern in seinem Plutarch und hatte sehr darunter gelitten, daß Männer vom Format Franklins und Pierres, die für die gleiche Sache kämpften, einander nicht in Freundschaft zugetan waren. Als ihm Pierre von der Feier in Passy und von seiner Aussöhnung mit Franklin erzählt hatte, war ihm ein Stein vom Herzen gefallen.

In der Kneipe „Zur heikeln Kathrin", an einem Tisch von Schriftstellern und Philosophen, traf er den Doktor Dubourg. Dubourg gehörte zu den wenigen, die dem gutartigen Gudin nicht sympathisch waren. Nicht nur war Doktor Dubourg einem Abend ferngeblieben, an dem Gudin aus seiner „Geschichte Frankreichs" vorgelesen hatte, er nahm auch Verdienste in Anspruch, die nicht ihm, sondern Pierre Beaumarchais zugehörten. Wenn Franklin vor Pierre so lange kühl geblieben war, so trugen sicherlich Ohrenbläsereien Dubourgs mit daran die Schuld.

Gudin freute sich der Gelegenheit, es dem Kollegen Dubourg hinreiben zu können, daß sein tückisches Gerede zuletzt doch wirkungslos geblieben war. In großen Worten sprach er davon, wie enthusiastisch Pierre von der Feier in Passy erzählt habe. Es müsse, meinte er, für Dubourg ein erhebender Anblick gewesen sein, Franklin und Beaumarchais, die beiden großen Soldaten der Freiheit, so freundschaftlich vereint zu sehen.

Dubourg erinnerte sich verdrossen, daß Franklin in der Tat an jenem Abend Monsieur Caron durch unverdiente Herzlichkeit ausgezeichnet hatte. Er, Dubourg, hatte gleich vorausgesehen, daß dieser Herr und seine Freunde die Leutseligkeit Franklins mißdeuten würden. Jetzt hatte man's. In Zukunft wird man von dem Summen und Surren dieser Bremse, dieser Mouche au Coche, noch mehr belästigt werden.

Er hätte ein paar kräftige Sprüchlein gewußt, dem gelehrten Einfaltspinsel Gudin heimzuleuchten. Aber er beschloß, sich nicht zu unüberlegten Reden hinreißen zu lassen; das wäre nicht im Sinne Franklins gewesen. „Ja", erwiderte er also trocken, „ich entsinne mich, bei jener kleinen Feier auch

Monsieur de Beaumarchais bemerkt zu haben. Seine Anwesenheit, wie die so manches andern, trug dazu bei, der Größe Franklins und seiner Sache Relief zu geben."

Gudin sagte sich, die sauern Anmerkungen des ledernen Wichtigmachers bewiesen nur, wie sehr dieser seinen Pierre um Franklins vertraute Freundschaft beneidete. Behaglich saß er an dem schweren Tisch in der menschen- und lärmerfüllten Kneipe, knöpfte sich unter der Weste die Hose auf, nahm einen Schluck von dem berühmten Anjou, der in der „Heikeln Kathrin" ausgeschenkt wurde, und meinte, es sei richtig, die beiden Männer ergänzten einander, der ruhige, gelehrte Franklin und der erfinderische, immer tätige Beaumarchais. Franklin helfe der Sache Amerikas durch philosophische Betrachtungen, Beaumarchais durch kühne Taten. Franklin sei der Solon oder besser noch der Archimedes unseres Jahrhunderts, während die Nachwelt Beaumarchais wohl als den Brutus unserer Zeit bezeichnen werde. Freilich eigne Monsieur de Beaumarchais außer dem demokratischen Feuer des Brutus auch der helle, tödliche Witz des Aristophanes. In umständlichen Sätzen und mit dem Gleichmut, der dem Gelehrten anstand, doch sehr streitbar, brachte der behäbige Herr diese seine Ansicht vor.

Nun aber wurde es dem Doktor Dubourg des schellenlauten Geschwatzes zuviel, ihm entfloh die Geduld. Die schon etwas matten Augen seines verfallenden, versackenden Gesichtes belebten sich, er schnaufte, schnupfte, nahm seinesteils einen Schluck Wein und sagte sententiös: „Es kommt vor, daß ein Historiker Geschehnisse der Vergangenheit richtig zu deuten vermag, während sein Urteil erstaunlich versagt vor Ereignissen der Gegenwart. So scheint es um Sie zu stehen, Herr Doktor Gudin. Ich bin der letzte, die Verdienste Monsieur de Beaumarchais' verkleinern zu wollen. Nicht nur schreibt er wirksame Farcen voll guter Gesinnung, sondern er treibt auch gewagten Handel mit Übersee, aus welchen beiden Tätigkeiten die Dreizehn Vereinigten Staaten einigen Nutzen ziehen mögen. Aber sosehr das Monsieur de Beaumarchais zur Ehre gereicht, es scheint mir keineswegs angängig, ihn bei der Wertung der amerikanischen Geschehnisse in *einem* Atem zu nennen mit dem Staatsmann und Philosophen Franklin. Hört man so maßlose Übertreibung, dann begreift man, daß es Leute gibt, die sich bei der Nennung des Namens Beaumarchais an Lafontaines Fabel von der Fliege und der Kutsche erinnert fühlen."

Gudin glaubte, im Lärm der Kneipe nicht recht verstanden zu haben. Aber Dubourg saß da mit böseblickenden, kleinen Augen, und der vorgewölbte Mund schmatzte Triumph. Gudin fühlte, wie ihm das Blut zu Kopfe stieg. Er atmete schwer, nestelte Weste und Hose noch weiter auf, und: „Gibt es solche Leute, Monsieur?" fragte er. „Gibt es Leute, die den Dichter und Staatsmann Pierre Beaumarchais jener Fliege zu vergleichen wagen?" – „Auf eine runde Frage, Monsieur", erwiderte Dubourg, „eine runde Antwort: Ja, Monsieur."

Die beiden beleibten Herren saßen einander gegenüber, schnaufend, jeder seinen bewunderten Freund verteidigend. Die andern am Tisch waren aufmerksam geworden, doch in dem Lärm begriffen sie nicht, worum es ging. „Wollen Sie vielleicht sagen, Herr Doktor Dubourg", fuhr erbittert, doch leise, Gudin fort, „daß man sich auch in Passy an jene Fabel erinnert fühlt, wenn von Beaumarchais die Rede ist?" Einen Augenblick zögerte Dubourg, einen zweiten, dann dachte er an den „Seeadler", der ihm entflogen war, an jenen Brief, in welchem der gewisse Monsieur Caron ihn verhöhnt hatte, und er erwiderte: „Ja, Monsieur. Allerdings, Monsieur."

Gudins Rücken wurde runder. Er wollte es nicht glauben, was Dubourg da gesagt hatte, aber er sah ihm an: es stimmte. Gudin schmeichelte sich, das menschliche Herz zu kennen, er hatte im Seneca, im Cicero, bei Marc Aurel, in den Charakteren des Theophrast mancherlei kräftige Sätze gelesen über Undank, Neid, Eifersucht und über die Verkleinerung wahren Verdienstes. Er hatte selber, als ihm Pierre zum erstenmal von dem seltsamen Verhalten Franklins erzählte, hingewiesen auf die weite Verbreitung dieses abstoßenden Lasters, des Undanks. Aber wie er jetzt das feindselig triumphierende Gesicht Dubourgs vor sich sah, wie er mit eigenen Ohren hören mußte, daß wirklich Franklin seinem

Pierre so ungeheures Unrecht zugefügt hatte, erschütterte ihn das in seinen Tiefen. Doktor Franklin, auf beiden Seiten des Ozeans als Spiegel der Biederkeit und der Aufrichtigkeit verehrt, der Philosoph der Tugend und Vernunft, brachte es über sich, seinem großen Rivalen vor den Leuten Honig um den Mund zu schmieren, und dann, hinter seinem Rücken, verleumdete er ihn mit giftigen Vergleichen. Gudin saß da inmitten des fröhlichen Lärms der Kneipe, das gute, dicke Gesicht verdüstert, die Schultern schlaff, er trank, der leichte, prickelnde Wein mundete ihm nicht mehr. „Wenn der Philosoph in dem Garten von Passy" sagte er, „wenn der Sokrates aus dem Westen es wirklich sollte geduldet haben, daß man den Schriftsteller und Freiheitskämpfer Beaumarchais dermaßen verleumdete, dann – das muß ich in aller Ehrerbietung sagen – hat er sich wenig sokratisch benommen."

Dubourg bereute es schon, daß er den andern so sehr gekränkt hatte. „Es tut mir leid", sagte er, „wenn Sie den Eindruck gewonnen haben sollten, man ehre Ihren Freund nicht nach Gebühr. Aber da Sie fragten und da Sie darauf bestanden, mußte ich Ihnen wohl antworten. Und Lügen sind nun einmal nicht meine Sache. Amicus Plato, magis amica veritas."

Es war ein voller Triumph für Doktor Dubourg.

Aber er wurde dieses Triumphes nicht froh. Die ganzen nächsten Tage hindurch verfolgte ihn die Erinnerung an den gebrochen dasitzenden Gudin. Dubourg war Wissenschaftler, bemüht um Objektivität, und er konnte sich's nicht wegleugnen: in dem, was der beschränkte, aber wohlmeinende Historiker Gudin über Franklin und über Beaumarchais geäußert hatte, stak ein Körnchen Wahrheit. Sein großer Freund hatte die Grundlagen geschaffen für die Unabhängigkeit Amerikas, aber er legte, seitdem er in Passy saß, eine unbegreifliche Lethargie an den Tag, er interessierte sich nicht einmal für Kaperschiffe. Es war kein Wunder, daß solche Untätigkeit mißdeutet wurde. Wahrscheinlich stellten noch mehr Leute als Monsieur Gudin eine mißgünstige Antithese her zwischen der ewigen Geschäftigkeit Beaumarchais' und der philosophischen Lässigkeit Doktor Franklins.

Wenn sich Doktor Dubourg einmal mit einem Problem befaßte, dann dachte er's zu Ende. Allein, über einer Flasche Corton und über einem Bande Montaigne, saß er und meditierte über das Streitgespräch in der Kneipe „Zur heikeln Kathrin". Es hatte auch sein Gutes, daß dieser Gudin mit seiner pinguis Minerva, mit seinem Fetthirn, es gewagt hatte, Franklin zu verkleinern. Hell ins Licht gerückt wurde dadurch eine Tatsache, die er, der Arzt Dubourg, zwar bemerkt hatte, aber nicht hatte wahrhaben wollen: daß nämlich Franklins Tatkraft infolge Alters zu schwinden begann.

Da mußte etwas geschehen. Er, Dubourg, wiewohl kaum jünger als Franklin, war glücklicherweise noch im Vollbesitz seiner Energie. Es war an ihm, seinen großen Freund anzustacheln; das war seine welthistorische Sendung. Franklin hatte den ungeheuern Namen, die Popularität; er, Dubourg, bescheiden im Hintergrund, mußte den Freund dazu bewegen, diese Popularität für eine bedeutsame Aktion auszunutzen.

Er grübelte über eine solche Aktion, suchte nach einem großen Plan, den er Franklin unterbreiten könnte. Dies und jenes fiel ihm ein, aber es waren lahme Projekte, es war nicht das Rechte, es war nicht der Nagel. Er trank und las und sann und trank und las. Dann ging er zu Bett und hatte den Nagel nicht gefunden.

Am andern Morgen erwachte er, und siehe, da war er, der Nagel. Während er schlief, hatte ihn das höchste Wesen den großen Plan finden lassen. Welch ein Glück. Nun wird er, bevor er in die Grube fährt, Franklin und der Freiheit einen Dienst erwiesen haben, den man ihm nicht vergessen wird.

Er ließ anspannen und begab sich nach Passy.

Um diese Stunde saß Franklin in seinem Arbeitszimmer über einem Brief an seinen Freund Doktor Ingenhousz in Wien. Er gab ihm ausführlichen Bericht von einer Begegnung, die er mit dem Chemiker Lavoisier gehabt hatte. Lavoisiers Broschüre über die Oxydation eröffnete neue Ausblicke, und was ihm der junge Gelehrte ergänzend mitgeteilt hatte, verdiente höchste Aufmerksamkeit. Franklin war leidenschaftlich interessiert an der klaren, schriftlichen Formulierung wissenschaftlicher Fragen, er war diszipliniert, gewohnt, sich zu konzentrieren. Heut indes entglitten ihm die Gedanken, er ließ die Feder sinken und gab sich einer Grübelei hin, die weit ablag von der Verbindung gewisser Luftteile mit gewissen metallischen Stoffen.

Franklins körperliches Befinden war besser als seit langem, das Wetter war wunderbar, er schwamm in der Seine und machte seine körperlichen Übungen, die Terrassen hinauf- und hinuntersteigend. Auch seine Abende mit Madame Helvetius und mit Madame Brillon waren denkbar erfreulich. Trotzdem ermangelte er der gewohnten Gelassenheit.

Es war Post aus Amerika eingetroffen, und er konnte sich, endlich, ein klares Bild der Lage machen. Es war ein sehr unerfreuliches Bild. Wenn schon die amtlichen Schreiben des Kongresses sorgenvoll klangen, so waren die vertraulichen Briefe der Freunde noch viel düsterer. Der Armee Washingtons fehlte es an Menschen. Die einzelnen Staaten leisteten nicht die Beiträge, zu denen sie sich verpflichtet hatten, weder an Mannschaft noch an Material, noch an Geld. Dafür trieben viele Tausende von Bürgern auf eigene Rechnung Kaperei oder nahmen Dienst auf Kaperschiffen. Die administrativen und ökonomischen Schwierigkeiten türmten sich. Das Geld, das der Kongreß ausgab, wurde nur gegen hohes Agio oder überhaupt nicht mehr in Zahlung genommen. Die Streitigkeiten zwischen den einzelnen Staaten hörten nicht auf, das Vertrauen in den Endsieg schwand, alles zerfiel. Wenn Franklin, schrieben die Freunde, den Abschluß der Allianz nicht bald zuwege bringe, werde Hilfe zu spät kommen.

Ein Brief seiner Tochter Sally war in der Post. Als der Kongreß nach Baltimore geflohen war, hatten auch sie und ihr Mann Richard Bache sich davongemacht und seine, des Doktors, Bibliothek fortgeschafft. Mit dem Kongreß war dann auch sie zurückgekehrt und hatte die Bücher, die Bilder und die sonstige Habe, auf welche der Vater Gewicht legte, nach Philadelphia zurückgebracht, in das Haus an der Market Street. Jetzt, berichtete sie, hieß es wiederum, die Stadt sei in Gefahr. Schon höben die Tories, die Shippen, die

Kearsley, die Stansbury, von neuem die Köpfe, eine Menge von Republikanern verschleuderte ihre Immobilien weit unterm Wert, und viele bereiteten sich zu neuer Flucht oder seien bereits geflohen. Diesmal aber lasse sie sich nicht bange machen. Diesmal bleibe sie, auch des Vaters Sachen lasse sie im Haus, sie habe die Zuversicht, es werde alles gut gehen.

Franklin sah seine Tochter Sally deutlich vor sich, blond, füllig, robust, wie sie herumwerkelte mit ihren großen, kräftigen, zugreifenden Händen. Sie hatte ihren gesunden Menschenverstand, seine Tochter Sally, und furchtlos waren sie beide, sie und ihr Mann Richard Bache, sie hatten die Tapferkeit der Phantasielosen. Gerade darum bewies es wenig für die Sicherheit Philadelphias, daß sie sich entschlossen hatten, zu bleiben.

Viele seiner Freunde, schrieb Sally, verschleuderten ihre Häuser und machten sich auf die Flucht. Trauer füllte sein Herz. Vor sich sah er seine liebe Stadt. Sie war die größte in Amerika, aber sie war nicht groß, Paris war mehr als zwanzigmal größer. Sie schaute ländlich her, seine Stadt Philadelphia, sie hatte wenige gepflasterte Straßen, und es gab mehr Gärten und grünes Gelände als bebauten Grund. Aber es war eine schöne, farbige, durch und durch gesunde Stadt; die Mehrzahl ihrer Bewohner war behäbig und zufrieden, und sie zeigten es. Hier in Paris gingen viel mehr Leute herum in Seide und Brokat, aber näher hinsehen durfte man nicht, es waren zumeist die Kleider, welche die Privilegierten abgelegt und weitergeschenkt hatten. Dergleichen übertünchte Armut gab es in Philadelphia nicht. Auch weniger Kutschen gab es; wer faul war, wie er selber, bediente sich der Sänfte. Dafür gab es weniger Schmutz und Entbehrung in Philadelphia und nichts von der Enge und dem Gestank und dem wimmelnden Elend, das er in manchen Vierteln von Paris hatte wahrnehmen müssen. Dort lebte auch der Arme inmitten von Gärten wie er in seinem Passy. Es war hart für seine Freunde, ihre schöne Stadt verlassen zu müssen. Es war hart für ihn, sich vorzustellen, daß jetzt, während er hier saß, englische Offiziere in der Market Street paradieren könnten und daß vielleicht in James' Kaffeehaus, in der City

Tavern und in der Kneipe des Hotels „Zur indischen Königin" rotröckige englische Soldaten und tölpische Hessen sich breitmachten. Unmut füllte sein altes Herz, und der Gedanke an die Säcke voll Buchweizen- und voll Maismehl, welche ihm Sally für die Bereitung seines Lieblingsgerichts mitgeschickt hatte, milderte nur wenig seinen Verdruß.

Arthur Lee und Silas Deane werden sicherlich auch ihre privaten Berichte gekriegt haben. Kein Zweifel, daß sie heute noch angefahren kommen werden, eilig, indigniert, besorgt, wichtig. Sie werden unsinnige Vorschläge machen, sie werden darauf bestehen, daß etwas geschehe. Es war begreiflich, wenn sie ungeduldig wurden, es fiel ihm selber schwer, untätig hier herumzuhocken. Aber man konnte nichts anderes tun. Man war in einem übeln Zirkel. Da es um den Krieg so schlecht stand, brauchte man dringlich die französische Allianz, und Versailles konnte für die Allianz nicht gewonnen werden, solange es um den Krieg so schlecht stand.

Franklin hatte sich eingeredet, er sei im Alter weise geworden und ergeben in die Langsamkeit alles geschichtlichen Fortschrittes. Doch seine Geduld drang nicht bis ins Innerste, das lange Warten war eine lange Pein. Das Leben verrann, und die Sache, welcher er den Rest seiner Tage geweiht hatte, ging nicht voran. Er kam sich vor wie der heilige Georg auf dem Bild, der reitet und reitet und nicht weiterkommt. Gewiß, er war des Endsieges sicher. Amerikas Unabhängigkeit war von der Geschichte gewährleistet, und er hatte das Seine dazu beitragen dürfen. Er hatte das Gelobte Land gesehen. Aber er fürchtete, er werde sterben müssen, ohne es betreten zu haben.

Einen Franklin voll von solchen Erwägungen und solchem Unmut fand Doktor Dubourg, als er geschäftig eintrat, um ihm seine Idee zu unterbreiten.

Man habe, setzte er auseinander, das größte und beste Kapital, über das man verfüge, bisher völlig ungenützt gelassen. „Was wäre das für ein Kapital?" erkundigte sich Franklin. „Ihre Popularität", erwiderte triumphierend Dubourg und wies eindringlich mit seinem Stock auf Franklin. Und ohne sich um dessen skeptisches Lächeln zu kümmern, führte er aus, wenn die Allianz mit den Vereinigten Staaten noch nicht zustande gekommen sei, so liege das, wie jedermann wisse, am Widerstand des Königs. Man habe sich bisher immer nur um die Minister bemüht. Die aber könnten, obwohl guten Willens, diesen Widerstand nicht besiegen. Das vermöge nur eine einzige, die Österreicherin, Marie-Antoinette. Sie für die Sache Amerikas zu gewinnen, mit ihr zumindest zusammenzukommen, das müsse Franklin versuchen.

Der schaute dem Doktor Dubourg voll und prüfend ins Gesicht, dann erwiderte er freundlich: „Mein lieber Alter, bleiben Sie bei Ihren Kaperschiffen."

Dubourg indes, unverdrossen, legte dar, wie wohlbegründet sein Plan war. Bei aller Verehrung für den Freund habe er vor diesem eines voraus; da er sein ganzes Leben hier in Paris verbracht habe, verstehe er sich besser als Franklin auf die Mentalität Versailles'. Er wisse, wie abgöttisch der Hof und besonders der Kreis um die Österreicherin, der Fliederblaue Klüngel, die Mode verehre. „Sie sind Mode, Doktor Franklin", erklärte er mit Nachdruck. „Machen Sie einen Versuch, mit der Königin zusammenzukommen. Sie werden sehen, es lohnt", versprach er sieghaft.

„Das ist wieder so recht mein romantischer Dubourg", sagte gemütlich Franklin. „Vielleicht erinnern Sie sich, daß nicht einmal eine Begegnung mit dem liberalen Kaiser Josef zustande zu bringen war." – „Toinette ist eine Frau", ereiferte sich Dubourg, „sie glaubt nicht an die Politik, sie glaubt an die Mode." – „Die Königin sehen", schüttelte Franklin den Kopf, „das ist leicht gesagt. Die amerikanische Delegation mag in Paris beliebt sein: bei Hofe hält man sich vor uns die Nase zu. Wenn ich Monsieur de Vergennes, ja, nur Monsieur de Gérard sehen will, dann muß ich über die Hintertreppe kommen." Dubourgs altes Gesicht mit der verfältelten, sackigen Haut lächelte verschmitzt, lausbübisch. „Wie wäre es", fragte er, „wenn Sie die Königin über die Hintertreppe besuchten? Soweit ich unterrichtet bin, hat Louis seine Ehe erst jetzt vollzogen, Marie-Antoinette ist soeben erst Frau geworden. In dieser Phase", erklärte er kennerisch, versucherisch, „sind Frauen emotionell und für absonderliche Streiche zu haben. Am Hofe von Versailles ist vieles möglich. Hören Sie ein einziges Mal auf meinen Rat, verehrter Freund", beschwor er ihn. „Glauben Sie mir, es ist das klügste, die Kuh bei den Hörnern zu packen."

Kleine, verzwickte Intrigen, wie sie ihm da Dubourg vorschlug, lagen dem alten, weisen Franklin weltenfern. Er glaubte an einen großen, immanenten Sinn in der Geschichte, es schien ihm lächerlich, historische Ereignisse auslösen zu wollen durch so läppische Manöver, wie sie sich die ausschweifende Phantasie seines im Greisenalter kindisch gewordenen Dubourg ausgedacht hatte. Andernteils wußte Franklin von seinen naturwissenschaftlichen Studien her, daß manchmal ein winziges, zufälliges Erlebnis den Anstoß gab zu großen, revolutionären Erkenntnissen. Höchstwahrscheinlich war das „Projekt" Dubourgs ein müßiger Einfall, der nicht ausgeführt werden konnte und der, selbst verwirklicht, kaum weiterhalf. Aber Franklin war gewohnt, erst zu probieren und dann zu verwerfen. Was konnte es viel schaden, wenn er versuchte, mit der Habsburgerin zusammenzukommen? Auf keinen Fall freilich konnte er sie, so wie sich sein naiver Freund das vorstellte, „für die amerikanische Sache gewinnen". Aber es gab eine ganze Reihe einflußreicher Persönlichkeiten, die mit Amerika sympathisierten und ihre Sympathie nur deshalb nicht eingestanden, weil sich das Königspaar so feindselig neutral verhielt. Wenn er mit der Königin zusammentraf, mit ihr sprach, genügte vielleicht die bloße Tatsache, diese Leute etwas kühner zu machen. Und hatte nicht schon der alte Maurepas darauf hingewiesen, daß er, Franklin, den praktischen Wert seiner Popularität unterschätze? Warum wirklich sollte er nicht mit seinem Pfunde wuchern? Die andern, Lee und Silas Deane, bestürmten ihn, etwas zu unternehmen. Wenn er versuchte, die Österreicherin zu treffen, zeigte er ihnen seinen guten Willen, und sie mußten wohl eine Zeitlang Ruhe geben. Auch war die Lage der Vereinigten Staaten leider so, daß es nicht anging, ein noch so abenteuerliches Projekt ohne weiteres zu verwerfen. Man mußte nach jedem Hilfsmittel greifen, und wäre es der Schwanz des Teufels.

„Da Sie sich soviel davon versprechen, alter Freund", sagte er, „werde ich mir Ihre Anregung überlegen. Auf alle Fälle danke ich Ihnen." Dubourg strahlte über sein ganzes Gesicht, das, wie Franklin mit Bedauern wahrnahm, immer hippokratischer wurde.

Wirklich erzählte Franklin den Herren Lee und Silas Deane in Dubourgs Gegenwart von dessen Idee.

Arthur Lee lehnte sogleich heftig ab. Der Emissär eines freien Volkes, meinte er streng, dürfe sich nicht so weit erniedrigen, einer Despotin zu schmeicheln. Silas Deane aber war begeistert. Es sei unbegreiflich, fand er, daß man nicht schon längst versucht habe, auf diesem Weg Einfluß in Versailles zu gewinnen, und wiewohl er sonst an Doktor Dubourg, dem Feinde und Verleumder Beaumarchais', kein gutes Haar fand, nannte er seinen Einfall das Ei des Kolumbus.

Arthur Lee sagte verächtlich, glücklicherweise erledige sich das unwürdige Projekt von selber. Nach den Erfahrungen mit dem Wiener Pharao sehe er keinen Weg, auf dem man eine Begegnung mit der Pariser Despotin herbeiführen könne. Dubourg meinte, eine Königin, die sich inkognito unter Volk jeder Art mische, müsse einem Franklin zugänglich sein. Silas Deane aber sagte verschmitzt: „Wenn einer eine solche Begegnung zu bewerkstelligen imstande ist, dann ist es der Mann, der uns so oft aus der Not geholfen hat: unser Freund Beaumarchais."

Dubourg blies unmutig durch die Nase. So hatte er sich das nicht vorgestellt. Er, Dubourg, hatte den Weg gewiesen, wie die Kutsche aus dem Dreck geschoben werden konnte, und da kam schon wieder die Fliege. „Immer Ihr Beaumarchais", sagte er verdrießlich. „Es gibt eben keinen andern", antwortete achselzuckend Silas Deane. Arthur Lee sagte: „Da sehen Sie, meine Herren, wohin man kommt, sowie man derlei Würdelosigkeiten auch nur ins Auge faßt. Um der Despotin schmeicheln zu können, brauchen Sie die Hilfe des Schiebers." Franklin aber meinte friedfertig: „Wer einen guten beinernen Knopf drehen will, darf ein bißchen Gestank nicht scheuen."

Er nahm Silas Deane beiseite und forderte ihn auf, mit

Beaumarchais Rücksprache zu nehmen. „Lassen Sie ihn aber ja nicht wissen", bat er ihn, „daß das Ersuchen von mir ausgeht. Es wäre unangenehm, wenn nach der verunglückten Zusammenkunft mit Josef auch aus dieser Sache nichts würde, und Diskretion ist nicht Monsieur de Beaumarchais' Stärke. Es müßte ein Gefallen sein, den er Ihnen persönlich erweist. Stellen Sie das Projekt doch dar als eine Idee, die Ihnen gekommen ist." – „Aber ich schmücke mich ungern mit den Federn Doktor Dubourgs", entgegnete zögernd Silas Deane. „Doktor Dubourg hat die Bescheidenheit des Gelehrten", beruhigte ihn Franklin; „ich nehme alles auf mich." – „Schön", fügte sich Silas Deane. „Ich freue mich", konnte er sich nicht enthalten, hinzuzusetzen, „daß auch Sie jetzt unsern Débrouillard zu schätzen wissen."

Als Silas Deane am nächsten Morgen mit Pierre sprach, erriet dieser sofort, wer ihn geschickt hatte. „Sagen Sie, mein Verehrter", fragte er vertraulich und geradezu, „kommen Sie im Auftrag unseres großen Freundes von Passy?" Silas Deane errötete über das ganze Gesicht, wischte sich den Schweiß und versicherte: „Aber nein, die Idee ist von mir." – „Da haben Sie eine kühne Idee gehabt", anerkannte Pierre. „Ich danke Ihnen", sagte geschmeichelt Silas Deane.

Pierre spürte tiefe Genugtuung. Glorreich bestätigte sich jetzt, was ihm die Feier des 4. Juli gezeigt hatte. Franklin hatte eingesehen, die Unabhängigkeit Amerikas war ohne die Hilfe Pierre Beaumarchais' nicht durchzusetzen.

Die Aufgabe war reizvoll. Die Königin von Frankreich sollte gegen ihren Willen zu einer Begegnung mit dem Rebellenführer veranlaßt werden: das erforderte eine Intrige, wie er deren so manche in seinen Stücken gezettelt hatte. Schon sah er den Weg. Und wieder einmal, wie oft in solchen Fällen, lief er mit dem halbgaren Projekt zu seiner Freundin Désirée.

Da saßen sie beieinander, die beiden listigen, kräftigen Kinder der Pariser Straße, und überlegten, wie sie ihren hochmütigen Versailler Gönnern den Streich spielen könnten. Klar war, daß der nächste Weg über Vaudreuil ging.

Désirée hatte ihren Freund François gerne, er war generös und würde ihr sicherlich in jedem Zwist mit dem Théâtre Français wirksam zur Seite stehen. Aber er gab ihr manchmal seinen Hochmut rücksichtslos zu kosten, und es war spaßhaft, ihn als unwillentliches Werkzeug zu benutzen in einer großen Intrige, die sich gegen seine Klasse richtete.

Beide waren sie überzeugt, daß Vaudreuil als der erklärte Favorit der Königin, wenn er nur ernstlich wollte, sie werde bestimmen können, in die Begegnung mit Franklin zu willigen. Désirée glaubte, die Stunde sei besonders günstig, dem Marquis den Plan schmackhaft zu machen. Er war offenbar willens, die ihm angebotene Intendanz anzunehmen, und suchte nur noch nach einer Sensation, durch die er dem Hof und der Stadt zeigen könnte, er werde trotzdem der alte Vaudreuil bleiben, unabhängig, nicht gewillt, auf die Neigungen und die Politik Louis' Rücksicht zu nehmen.

Pierre also, von Désirée kräftig ermuntert, ging zu dem Marquis und erzählte ihm, seit der Arbeit am „Figaro" sei er wieder einmal besessen von der Lust am Theater, nichts anderes mehr interessiere ihn; was immer ihm unterlaufe, betrachte er als Stoff für die Bühne. Selbst um den alten Franklin herum habe er ein Stück zu bauen versucht. Der Mann im braunen Pelzrock und mit der eisengerahmten Brille sei die rechte Figur für eine Komödie, ein biederer Heldenvater, weise, rührend und ein wenig lächerlich. Nur sei es verdammt schwierig, um ihn herum die Maschinerie eines Stükkes zu bauen. Er wenigstens, doch sonst nicht blöde in solchen Erfindungen, sehe keine glaubhafte Möglichkeit, den Helden und die Gegenspieler so zusammenzubringen, daß sie witzig und kämpferisch Rede und Gegenrede tauschen könnten. Auf der einen Seite stehe der Alte aus Philadelphia, auf der andern Versailles, der Hof, und wenn auch nur wenige Meilen voneinander entfernt, seien sie doch getrennt wie durch den Ozean, sie könnten nicht in *einen* Bühnenrahmen gespannt werden. Es sei ein Jammer, daß somit die Figur des alten Franklin monologisch bleibe und daß sich keine Komödie um ihn herum ersinnen lasse.

Man saß bei Tisch, Vaudreuil aß mit lässigem Appetit

und hörte mit lässiger Aufmerksamkeit zu. Doch Pierre, der gute Beobachter menschlicher Reaktionen, nahm wahr, daß diese Lässigkeit gespielt war. Es kümmerte ihn nicht, daß der Marquis nicht auf das Thema einging. Er wußte, er hatte den Mann da, wo er ihn haben wollte.

So sicher war er seiner Sache, daß er, als er nach Hause fuhr, seiner Phantasie freien Lauf ließ. Er sah im Geiste, wie Franklin in das Haus kam an der Rue de Condé, in sein schönes Arbeitszimmer, und sich bei ihm bedankte, gravitätisch und mit leiser Mokerie, anders konnte er's nun einmal nicht, der Alte. Und dann ging ein Schreiben aus Passy hinüber an den Kongreß, und darin gerühmt wurden die Verdienste der Firma Hortalez, und darin verlangt wurde rascheste Zahlung der gerechtfertigten und überfälligen Forderungen dieser Firma. Aufgesetzt hatte das Schreiben er selber, Pierre, doch unterzeichnet war es von Benjamin Franklin. Und dann kam die Flotte des Hauses Hortalez und Compagnie zurück aus Amerika, Schiff um Schiff, und jedes brachte Wechsel, und jedes brachte Waren, eine ungeheure Fülle, den wohlverdienten Lohn seines Idealismus und seiner List.

Auch Vaudreuil war sehr vergnügt. Da hatte ihn der Uhrmachersohn, sein Hofnarr, ohne es zu wissen, auf den Einfall gebracht, auf den er so lange schon wartete. Den Amerikaner und Versailles zusammenstoßen zu lassen, das war hübsch, das war die Sensation, die er brauchte. Für einen Monsieur Caron war so was natürlich unausführbar. Der sah sich, wenn er dergleichen plante, umgeben mit lauter Mauern. Aber er, Vaudreuil, hatte die Flügel, diese Mauern zu überfliegen. Den Rebellenführer mit einer einflußreichen Persönlichkeit des Hofes zusammenbringen? Nichts leichter als das. Man mußte nur die Kühnheit und Phantasie des geborenen Aristokraten haben, dann brachte man ihn nicht mit *einer*, man brachte ihn mit *der* Persönlichkeit zusammen, mit der entscheidenden.

Frech, heiter und luftig baute sich Vaudreuil seinen Plan zusammen. Es wird ein aristophanischer Spaß sein, würdig eines Vaudreuil, ein Streich, der den Dicken ärgern und dem Hof auf Wochen hinaus zu reden geben wird.

Der Rahmen der Begegnung, soviel war klar, mußte ein Fest sein auf seiner Besitzung Gennevilliers, eine Art Maskenfest, so daß Toinette inkognito erscheinen und mit dem Rebellen sprechen konnte. Was er noch finden mußte, das war der rechte Vorwand, den Alten einzuladen. Es mußte ein Spektakel sein, ein Stück, das irgendwelchen Zusammenhang hatte mit der Rebellion der Quäker.

Er ging im Geist die Theaterliteratur durch. Suchte, fand, verwarf, fand.

Es gab da einen älteren, angesehenen Dramatiker, Antoine-Marin Lemierre. Er schrieb edle Versstücke, die etwas langweilig waren, doch ausgezeichnet durch rebellische Tiraden gegen unduldsame Priester und despotische Regenten. Gemeinhin spielten sie in abgelebten Zeiten und in weitentfernten Gegenden, im alten Persien, im alten Indien, und die Zensur hatte sie nach einigem Zögern passieren lassen. Nun aber hatte Lemierre einen „Wilhelm Tell" geschrieben, und da hatte der Zensor erklärt, rebellische Aktionen, die sich nicht in einer zeitlichen Entfernung von mindestens tausend Jahren und einer räumlichen von mindestens zweitausend Meilen abspielten, könne er auf der Bühne nicht dulden. Das Verbot hatte Aufsehen erregt, der Autor hatte an den König appelliert, Louis hatte den Beschluß seines Zensors bestätigt. Dieses Stück auf seinem Schloß vor einem kleinen, erlesenen Zirkel aufführen zu lassen, nicht durch Berufsschauspieler, sondern durch Liebhaber, durch Aristokraten, das schien Vaudreuil tapfer und pikant, ironisch und revolutionär und ein guter Vorwand, sowohl den Amerikaner einzuladen wie Toinette.

Er weihte seine Freunde, den Prinzen Karl, die Polignacs, die Rohan, in seinen Plan ein. Erklärte ihnen, wie er sich das Ganze denke, nämlich nicht als politische Kundgebung, sondern als ästhetisch-gesellschaftliche Angelegenheit. Ernst nehmen – das verstehe sich von selbst – dürfe man weder den guten Lemierre und seine wackeren Schweizer noch den biedern Partriarchen aus Quäkerland. Man klopfe den Rebellen die Schulter, verstehe sie, belächle sie. So angefaßt, mit leichter, überlegener Hand, sei die Sache ein Streich, des Klüngels würdig.

Die andern erwärmten sich für das Projekt und waren bald ebenso begeistert wie Vaudreuil selber. Man beschloß, die Veranstaltung als Maskenfest zu verkleiden, auf dem die Aufführung des „Wilhelm Tell", genau wie das Ballett oder das Feuerwerk, nur eine unter mannigfachen Darbietungen sein sollte. Die Vorbereitungen wurden geheimgehalten, damit die überraschende Wirkung um so pikanter sei. Prinz Karl hatte zunächst sowohl den Tell spielen wollen, der schießt, wie den habsburgischen Gouverneur, der erschossen wird. Man gab ihm schließlich den Tell, die Rolle des finstern Österreichers gab man dem schönen, brutalen Gra fen Jules, dem sie sehr zusagte. Gabriele Polignac freute sich darauf, als edle, freiheitliche, naturnahe Schweizerin gut auszusehen, und fing sogleich an, mit Mademoiselle Bertin zu beraten. Den einzig amüsanten Part des Stückes, Tells Knaben, dem der Apfel vom Haupt geschossen wird, übertrug Vaudreuil der Berufsschauspielerin Désirée Mesnard.

Diane Polignac übernahm es, Toinette neugierig zu machen, damit sie die Einladung um so gewisser annehme. Vertraulich erzählte sie Toinette, Vaudreuil wolle in Gennevilliers den vielberufenen „Wilhelm Tell" des Monsieur Lemierre aufführen und frage sich, ob er Toinette einladen solle. Toinette begriff, daß François auf diese Art beweisen wolle, ein wie origineller Intendant zu sein er beabsichtige, es kitzelte sie selber, den guten Louis auf harmlose Art aufzuziehen, und sie war gekränkt, daß man an ihrem Mute zweifelte.

Als sie das nächste Mal mit Vaudreuil zusammen war, fragte sie ihn scherzhaft empfindlich: „Wie ist das, François? Werde ich zu Ihrem Maskenfest eingeladen?" – „Ihre Anwesenheit, Madame", antwortete höflich Vaudreuil, „wäre eine Ehre, die ich nicht zu verlangen wage. Ich möchte Ihnen keine Kühnheiten zumuten." – „Ich erinnere mich nicht", entgegnete Toinette, „daß ich Ihnen Anlaß gegeben hätte, an meiner Tapferkeit zu zweifeln." – „Ich werde ein Stück aufführen lassen", sagte brüsk Vaudreuil, „das den Dicken sehr in Rage gebracht hat, den ‚Wilhelm Tell'. Wie Sie jetzt mit dem König stehen, weiß ich nicht, ob da Ihre Anwesenheit ratsam erscheint." – „Ich bin Ihnen verbunden", sagte

Toinette, „daß Sie auf einmal so zarte Rücksicht nehmen auf meine Beziehungen zu dem König. Ich sehe keinen Grund, Ihrem ‚Wilhelm Tell' fernzubleiben. Ich bin interessiert an der Schweiz. Es ist Ihnen nicht unbekannt, daß ich in meinem Dörfchen im Trianon eine Schweizer Meierei installiere. Ich nehme lebhaften Anteil an dem Nationalhelden der Schweizer." – „Der Autor des ‚Wilhelm Tell' wird der Aufführung beiwohnen", sagte Vaudreuil. „Und?" fragte Toinette. „Es werden noch andere interessante Gäste dasein", fuhr Vaudreuil fort, „zum Beispiel Doktor Franklin."

Toinettes hohe Brauen spannten sich noch höher, in ihr weißes Gesicht stieg eine leise Röte. „Sehen Sie", lächelte Vaudreuil, und: „Jetzt sind Sie in Wahrheit die Schwester Kaiser Josefs", sagte er.

Toinette war peinlich ratlos. Das schien allerdings gefährlicher, als sie's erwartet hatte. Sie, Maria Antonia von Habsburg, Königin von Frankreich und Navarra, und der alte Buchdrucker und Rebell: nein, und wenn sie sich noch so tapfer über jedes Zeremoniell hinwegsetzte, das ging nicht. Nicht nur wird sie Louis Ungelegenheiten bereiten, auch Josef wird ihr durch Mercy und den Abbé verdiente Vorwürfe machen lassen; denn wenn er auch vor François eine klägliche Rolle gespielt hatte, so hatte er doch recht in allem, was er über den Rebellen dachte und sagte.

Aber hatte sich nicht andernteils Josef selber mit dem Gedanken getragen, Franklin zu treffen? Und war das ihr, der Frau, nicht eher erlaubt als ihm? Und sollte es nicht ein Maskenfest sein? Wenn sie sich, das Gesicht verlarvt, mit dem Amerikaner unterhielt, war das schlimmer, als wenn sie sich, wie sie's so oft getan, auf einem Opernball von einem Fremden hatte ansprechen lassen?

Vaudreuil stand hinter ihr. Er lehnte sich über den Rücken des Stuhles vor und beschaute sie von oben. Deutlicher, als Worte es hätten tun können, drückten seine braunen Augen unter den dicken, tiefschwarzen Brauen, drückte sein ganzes männliches, spöttisches Gesicht aus, was er dachte: daß sie zwar große Reden führe, aber versage, sowie ihr Unannehmlichkeiten drohten von ihrem Mann oder von ihrem Bruder.

Nein, sie wollte nicht mutlos scheinen. Mit einemmal stand ihr ganzes Ressentiment auf gegen Josef, der sie so oft heruntergeschimpft und klein gemacht hatte, gegen den ewigen Schulmeister, der ihr Leben regeln und regieren wollte mit seinem dicken Vademecum.

Vaudreuil, ohne seine Haltung zu verändern, tat jetzt den üppigen, frechen Mund auf und sagte mit seiner tiefen Stimme, leise, sehr freundlich: „Begreifen Sie, Toinette, daß ich Ihnen diese Prüfung ersparen möchte? Wenn man mich jetzt bei meinem Feste nach Ihnen fragt, kann ich der Wahrheit gemäß erwidern: ‚Madame ist nicht eingeladen.'" Toinette war nun ernstlich beleidigt. „Sie sind sehr dreist, François", antwortete sie, „Sie trauen mir sehr wenig zu. Sie kränken mich."

Darauf hatte Vaudreuil gewartet. „Wie Sie wünschen, Madame", antwortete er. Und trat vor sie hin und verneigte sich tief, und mit ehrerbietiger Zunge und mit spöttischen Augen sagte er: „Ich bitte Sie um die Gnade, Madame, meinem kleinen Feste in Gennevilliers beizuwohnen."

Toinette biß sich die Lippe, atmete. Vaudreuil war zurückgetreten, er lehnte am Kamin und schaute ihr ins Gesicht, höflich, frech, liebenswürdig, hochmütig.

Sie war sich klar darüber, daß sie nein sagen mußte. Sie durfte nicht, nur um jetzt François den kleinen Triumph zu verderben, Louis und sich selber in Schwierigkeiten bringen und vielleicht sogar Frankreich und Habsburg schädigen. François hatte es leicht, er war Untertan. Sie war die Königin, sie hatte Verantwortung. Sie mußte nein sagen. Sie wird nein sagen.

Vaudreuil schaute sie unablässig an, sein volles, ironisches, gewalttätiges Gesicht höhnte: Die Schwester Kaiser Josefs.

„Ich werde kommen", sagte sie.

„Mein lieber Pierre", eröffnete zwei Tage später Vaudreuil seinem Freunde und Hofnarren, „ich werde bald in der Lage sein, Ihnen ein Stück vorzuspielen, das Ihrem ‚Figaro' nicht nachsteht. Es wird heißen: ‚Ein toller Tag oder Wilhelm Tell und die Königin'." Eine Welle der Befriedigung überflutete Pierre, aber er schaute Vaudreuil mit großäugigem Staunen an und antwortete: „Ich verstehe Sie nicht, mein Mäzen."

Vaudreuil erzählte ihm mit gutgespielter Beiläufigkeit, wie er die Lösung gefunden habe, nach der Pierre gesucht. Pierre werde es erleben, wie er, Vaudreuil, Pierres greisen Komödienhelden mit seiner mächtigen und anmutigen Gegenspielerin in *einen* Rahmen spannen werde. „Nur lassen Sie", forderte er Pierre auf, „Ihrem Geschäftsfreund in Passy einige behutsame Weisungen zukommen, damit er sich geziemend in das Spiel einfüge. Machen Sie, bitte, den Alten darauf aufmerksam, es werde von ihm erwartet, daß er die hochgestellte Dame, die er bei dem Feste treffen wird, nicht erkennt. Klären Sie, bitte, den Herrn aus dem Westen darüber auf, daß es sich um eine vergnügliche gesellschaftliche Veranstaltung handelt, nicht um eine politische Versammlung. Sie selber, mein Lieber", schloß er gnädig, „sind übrigens eingeladen, dem Spiele beizuwohnen."

Pierre drückte in starken Worten seine Bewunderung und Dankbarkeit aus und stellte seine Dienste bereitwillig zur Verfügung. In seinem Innern war eine große, grimmige Freude. Wenn der Herr Marquis tanzen wollte, so wird, des war Pierre sicher, der Geschäftsfreund aus dem Westen ihm dazu aufspielen, diskret und trotzdem weithin hörbar.

Wiewohl Pierre wußte, daß von dem geplanten Abend nichts verlauten dürfe, erzählte er seinen Nächsten, Therese, Julie, Gudin, vertraulich von dem bevorstehenden Ereignis und von dem großen Dienst, den er Franklin habe leisten können.

Julie jubelte, Therese blieb gleichmütig, Philippe, in seinem Innern, barst vor Wut. Es war niederträchtig, wie die Amerikaner seinen edeln, arglosen Freund ausbeuteten, nur um ihn hinter seinem Rücken zu verhöhnen. Pierre lieferte ihnen ihre Waffen für das Schlachtfeld sowohl wie für die Kabinette der Minister, er war's, der ihren Wagen in Gang hielt, und dafür nannten sie ihn die „Fliege um die Kutsche". Aber es konnte nur Unheil entstehen für Pierre und für die Welt, wenn Gudin sprach. Er bezwang sich, schwieg.

Um so ausführlicher verbreitete er sich an seinem Schreibtisch über die Ereignisse. So wie jener Prokop von Caesarea heimlich an seinem Geschichtswerk schrieb, an jener „Historia Arcana“, welche der Welt das scheußliche wahre Gesicht des in alle Himmel gerühmten Justinian zeigen sollte, so schrieb er, Philippe Gudin, die wahre Geschichte der Dreizehn Staaten und des Doktors Benjamin Franklin. In starken, bunten Farben malte er seinen Freund Pierre und dessen große Taten; um so schwärzer davon ab hob sich der Undank Amerikas und des egoistischen Patriarchen von Passy. Aus allen Klassikern suchte Gudin Zitate zusammen, um seiner Entrüstung Ausdruck zu geben über solchen Undank. Er zitierte Sophokles: „Wie schnell der Dank der Menschen doch verweht und Undank wird“, er zitierte den Cicero und den Seneca. Und wiewohl doch Pierre von dem bösen Gerede, das man über ihn machte, nichts wußte, bewunderte er ihn darum, daß er es hielt wie Plutarchs Alexander der Große: „Das ist königlich, daß man Böses über sich sagen läßt von einem, dem man Gutes getan hat.“

Solche Sprüche und Reflexionen streute der Historiker Philippe Gudin über seine Darstellung der Taten Beaumarchais' und der Untaten Franklins, und das erleichterte ihn.

Während Franklin im Bade saß, trat William ins Zimmer, sichtlich beeindruckt und vergnügt: „Sieh einmal, Großvater“, sagte er, „was da gekommen ist.“ Er setzte sich zu ihm auf die Holzdecke der Wanne und zeigte ihm eine schön gedruckte Karte. Während sich Franklin sorgsam die Hände abtrocknete, um nichts zu verwischen, erzählte der Junge weiter: „Ein Lakai in mandelgrüner Livree hat sie gebracht. Glaubst du, Großvater, daß ich auch werde hingehen können?“

Es war aber die Karte eine Einladung des Marquis de Vaudreuil, einem Maskenfest in seiner Besitzung Gennevilliers beizuwohnen. Es werde Feuerwerk geben, Ballett und die Aufführung eines Stückes. Die Devise des Festes sei: ein Abend in den Schweizer Bergen.

Franklin war gewiß, daß die Einladung zusammenhing

mit dem abenteuerlichen Projekt seines guten Dubourg. Noch am gleichen Morgen stellte sich denn auch Silas Deane ein und sprach mit breitem, verschmitztem Gesicht von der hochgestellten Persönlichkeit, welche sein verehrter Kollege auf diesem Fest des Marquis de Vaudreuil treffen, aber, bitte, nicht erkennen werde. Er sprach von der heldischen Erhebung des naturnahen Schweizer Volkes unter ihrem Washington, der Wilhelm Tell geheißen habe, und er sprach strahlend von seinem Freunde, Monsieur de Beaumarchais, dem großen Débrouillard. Franklin nickte mit dem mächtigen Kopf, kratzte sich und sagte nachdenklich: „Ja, da ist wieder einmal das Kamel durch das Nadelöhr gegangen."

Er besuchte Doktor Dubourg, der jetzt häufig das Zimmer hüten mußte, und teilte ihm das Ereignis mit. Dubourg jubelte erregt, daß es ihm noch vergönnt gewesen sei, Franklin und Amerika einen so großen Dienst zu leisten. Selber in seinen Keller lief er und brachte zutage eine verstaubte Flasche Corton 1761, er besaß nur mehr zwei Flaschen dieses edeln Jahrgangs, und wiewohl er's nicht sollte, trank er zusammen mit Franklin die Flasche leer, und dann auch noch die letzte.

Der Doktor, im stillen, belächelte nicht ohne kleine Rührung die Erregung des Freundes. Doch sah er selber der Zusammenkunft mit leisem Kitzel entgegen. Er hatte in ständigem Umgang mit Großen dieser Erde gelebt, war vom König von England empfangen worden und hatte einem offiziellen Diner des Fünfzehnten Ludwig in Versailles beigewohnt. Mehr als einmal hatte er sich über das Zeremoniell der Höfe auf seine sacht ironische Art lustig gemacht. Trotzdem spürte er jetzt, da er die Habsburgerin treffen sollte, eine kleine Unsicherheit. Mit Frauen umzugehen, hatte er nur *eine* Art, und er war nicht gewiß, ob seine umständliche, leicht ironische Galanterie dieser Königin gegenüber angebracht war.

Mochte dem sein wie immer, er hatte viele seltsame Situationen erlebt und sehr viele Menschen, und er hatte gelernt, sich anzupassen und das jeweils Beste aus Menschen und Ereignissen herauszuholen. Er hatte mit Talgziehern zu tun gehabt und mit Diplomaten, mit Buchdruckern, Gelehrten und Sklavenhändlern, mit Schriftstellern, Generalen, Bauern und Indianern und war mit allen fertig geworden. Er war nicht der Mann, sich vom Außen, vom Kostüm, beirren zu lassen, und er wird es wohl auch mit dieser Königin zu treffen wissen.

Oft hatte er sich den Spaß gemacht, im Geiste die Requisiten eines Ereignisses und die Kostüme der Menschen aus einer Zeit in die andere zu versetzen. Das tat er auch jetzt. Er nahm seine Bibel her, schlug auf das Buch Hiob und las: „6. Es begab sich aber auf einen Tag, da die Kinder Gottes kamen und vor den Herrn traten, kam der Satan auch unter ihnen. 7. Der Herr aber sprach zu dem Satan: ‚Wo kommst du her?‘ Der Satan antwortete dem Herrn und sprach: ‚Ich habe das Land umher durchzogen.‘ 8. Der Herr sprach zum Satan: ‚Hast du nicht acht gehabt auf meinen Knecht Hiob? Denn es ist seinesgleichen nicht im Lande, schlecht und recht, gottesfürchtig und meidet das Böse.‘ 9. Der Satan antwortete dem Herrn und sprach: ‚Meinst du, daß Hiob umsonst Gott fürchtet? 10. Hast du doch ihn, sein Haus und alles, was er hat, ringsumher verwahrt. Du hast das Werk seiner Hände gesegnet, und sein Gut hat sich ausgebreitet im Lande. 11. Aber recke deine Hand aus und taste an alles, was er hat: was gilt's, er wird dir ins Gesicht absagen?‘“

Und Franklin übersetzte diese Verse auf seine Art:

„6. Und da Lever im Himmel war, kam der ganze Adel des Herrn zu Hofe, um sich vor ihm zu präsentieren, und es erschien auch Satan unter den Höflingen als einer vom Dienst. 7. Und Gott sagte zu Satan: ‚Ich habe Sie seit einiger Zeit vermißt. Wo waren Sie?‘ Und Satan antwortete: ‚Ich war auf meinem Landsitz und auf einigen andern Landsitzen, um meine Freunde zu besuchen.‘ 8. Und Gott sagte: ‚Lassen Sie hören, was denken Sie vom Grafen Hiob? Ich finde, er ist mein bester Freund, ein durch und durch anständiger Mann, voll von Ehrfurcht für mich, und er vermeidet alles, was mir Ärgernis erregen könnte.‘ 9. Und Satan antwortete: ‚Glauben Eure Majestät wirklich, daß diese gute Führung lediglich aus persönlicher Zuneigung und Liebe herrührt? 10. Haben Sie ihn nicht begönnert und Gunstbeweise aller Art auf ihn gehäuft, bis er ein riesiges Vermögen zusammen hatte? 11. Stellen Sie ihn auf die Probe. Sie brauchen ihm nur Ihre Protektion zu entziehen und ihm seine Ämter und hohen Bezüge zu sperren. Dann werden Sie rasch erleben, wie er in die Opposition geht.'"

Franklin verglich seine Version mit der üblichen, alten. Er war beruhigt. Er wird dieser Königin gegenüber den rechten Ton anzuschlagen wissen.

Am festgesetzten Tage, einem warmen, doch nicht drückenden Sommertag, fuhr er in Begleitung seines Enkels William nach Gennevilliers. William, in einem Schäferkostüm à la mode, sah gut aus und war erwartungsvoll vergnügt. Franklin trug seinen braunen Rock, er war der Philosoph aus dem Westen, der Quäker, den dieses Land in ihm zu sehen wünschte.

Vaudreuil hatte sein Pariser Stadtpalais und sein kleines Haus in Versailles elegant und neu ausgestattet, aber seinen repräsentativen Stammsitz so belassen, wie er ihm überkommen. Der Park von Gennevilliers wahrte den steifen, prunkvollen, zeremoniös gezirkelten Stil, in dem ihn zur Zeit des Vierzehnten Ludwig der Urgroßvater Vaudreuils angelegt hatte. Auf den sonnigen, staubigen Wegen dieses Parkes, zwischen ängstlich gleichmäßigen Hecken und peinlich akkurat zugeschnittenen Bäumen, ergingen sich Vaudreuils Gäste.

Sowie der Hausherr Franklins ansichtig wurde, eilte er ihm entgegen und dankte ihm mit höflicher Herzlichkeit für sein Kommen. Das Erscheinen des Doktors machte die gleiche Sensation wie überall. Doch kannte Franklin hier weniger Leute als in Paris und fühlte sich weniger heimisch. Gravitätisch und fremdartig ging er herum zwischen den Schweizern und Schweizerinnen, Schäfern und Schäferinnen, Herren in Dominos und Damen in Masken und kam sich fehl am Orte vor.

Er setzte sich, leicht müde, auf eine Bank, die Schatten bot, und hätte sich gerne gekratzt. Monsieur Lenormant, im Domino, gesellte sich zu ihm und gab ihm Auskunft über diesen oder jenen Gast. Im übrigen war Monsieur Lenormant nicht redselig und wohl auch nicht vergnügt. Es war ihm von vornherein nicht lieb gewesen, daß Désirée in dem revolutionären Drama Monsieur Lemierres eine Rolle übernommen hatte: nun gar noch der Amerikaner hier in Gennevilliers auftauchte, argwöhnte er, es könnte sich um eine der dunklen Intrigen Pierres handeln.

So saßen sie denn auf ihrer Bank, Franklin und Lenormant, gesprenkelt von der Sonne, schweigsam, nachdenklich. Eine Dame kam vorbei, deren hübsches, etwas zu hageres, zerarbeitetes Gesicht mit den großen, fahrigen Augen in merkwürdigem Gegensatz stand zu dem Sennerinnenkostüm, das sie trug. Sie war begleitet von zwei Kavalieren und einer andern Dame, umsprungen war die Gruppe von zwei kläffenden Hündchen. Monsieur Lenormant erhob sich und grüßte auf seine ernsthafte, respektvolle Art, auch Franklin grüßte, da ihm die Dame bekannt vorkam. Sie gab seinen Gruß umständlich, ja bedeutungsvoll zurück. „Die Prinzessin Rohan", erklärte ihm Monsieur Lenormant, als die Gruppe vorüber war. Die Dame ging noch einige Schritte weiter. Dann machte sie plötzlich halt, drehte sich um, ihr Gesicht erstarrte zu einer frommen und gleichzeitig schreckensvollen Maske, und während die andern verstummten, flüsterte sie mit seltsam dringlicher Stimme: „Seht ihr ihn? Seht ihr ihn?" – „Wer ist es denn diesmal?" wurde sie gefragt. „Der Graf Frontenac", antwortete sie. „Er sagt nichts, aber er ist traurig und schaut uns an mit Blicken voll Vorwurfs. Wir müssen etwas getan haben, was nicht recht ist." Vaudreuil war dazugekommen. Er besänftigte die Prinzessin, führte sie fort.

Franklin hatte zwei-, dreimal derartige Anfälle beobachtet, nicht ohne wissenschaftliche Anteilnahme, doch waren sie ihm zuwider wie alles Dunkle, Nebelhafte, Unordentliche. Er erinnerte sich jetzt, daß ihm – war es nicht im Salon der Madame de Genlis gewesen? – diese Prinzessin mit Begeisterung von der amerikanischen Sache gesprochen hatte. Wenn sie jetzt glaubte, der Graf Frontenac, jener Mann, der Kanada, der Neu-Frankreich groß gemacht hatte, zürne ihr und der Gesellschaft, deutete das nicht darauf hin, daß die Begeisterung der Prinzessin und der Hofleute um sie herum nur gespielt war und daß sie in ihrem tiefsten Innern Unbehagen spürten vor dem englischen Amerika? Nein, der französische Haß gegen das Amerika englischer Zunge war keineswegs tot, und er, Franklin, wird hier eine schwere Aufgabe haben.

Vaudreuils Majordomus und andere Angestellte seines Haushalts baten die Gäste in den Theatersaal. Die Aufführung begann.

Monsieur Lemierres Drama schien Franklin eine wohlgemeinte pathetische und wirklichkeitsfremde Angelegenheit. Die Schweizer Bauern auf der Bühne, auffallend reichgekleidete Männer, rühmten in düster feurigen Versen die Freiheit und ergingen sich in wilden Anklagen gegen die Tyrannen. Franklin schienen ihre Anklagen zuwenig substantiiert; mit solchen allgemeinen Argumenten hätte man in Amerika keinen Hund hinterm Ofen, geschweige denn einen Bauern von seiner Pflugschar oder einen Handwerker von seinem Werkzeug weggelockt. Und während die Landleute auf der Bühne weiterphilosophierten und wetterten, beschloß der Doktor, nachzulesen, welche Steuern und Abgaben die wirklichen Schweizer damals dem Kaiser und seinem Gouverneur zu entrichten hatten. Da liegt nämlich der Hund begraben, mein Herr Stückeschreiber, dachte er. Eine angenehme Abwechslung in das nachgerade etwas monotone Versgewitter brachte Mademoiselle Désirée Mesnard, die Franklin schon auf der Bühne des Théâtre Français mit Wohlgefallen gesehen hatte. Sie war, als Tells Knabe, nicht nur eine Augenweide, sondern sprach auch ihre Verse munter und naiv, dabei unterstreichend, daß dieser Knabe eine Frau war. Sie sprang aus dem öden Papier des Stückes als etwas angenehm Lebendiges heraus, und als sie gegen Schluß mit deutlicher Anspielung auf Franklin in kunstvollen Alexandrinern verkündete, daß das Beispiel der Eidgenossen sicherlich auch anderswo Blitze gegen die Tyrannen lenken werde, fand sie stärksten Beifall, an dem sich der Doktor um ein Haar beteiligt hätte.

Nach der Vorstellung mischten sich die Schauspieler in

ihren Kostümen unter die Gäste. Um Franklin bildete sich eine größere Gruppe, man stellte ihm, wie er's gewohnt war, einige gescheite und viele törichte Fragen, er mußte sein Autogramm hier auf einen Fächer setzen, dort auf eine Tanzkarte, man war begeistert und verständnislos.

Bald erschien in dem Kreis um Franklin auch Tells Knabe. Franklin machte Désirée in seinem ungelenken Französisch galante und gravitätische Komplimente. Lenormant meinte trüben Gesichtes, er habe nicht ohne Sorge zugesehen, wie gewalttätig und mühevoll Prinz Karl mit Pfeil und Bogen herumgewirtschaftet habe, und er freue sich, daß alles gut abgelaufen sei. Désirée antwortete, sie sei glücklich, daß der Doktor auf seine Rechnung gekommen sei, und setzte mit einem kleinen, spitzbübischen Lächeln hinzu, sie hoffe, er werde auch im weitern Verlauf des Abends auf seine Rechnung kommen. Franklin war überrascht, daß also auch sie im Komplott war. Lenormant fand in ihren beziehungsvollen Worten eine Bestätigung seines Verdachtes, daß da eine Kabale Pierres im Werke war, und er wurde noch grämlicher.

Jetzt hatte sich der Gruppe auch Pierre zugesellt. Er rühmte in geschickten Worten das Drama, das man gesehen hatte, doch nur, um mit Schwung zu schließen: wenn indes Franklin zugegen sei, verblasse vor solcher Wirklichkeit auch ein gutes Stück wie das seines Kollegen Lemierre. Denn welches Theaterstück könne wetteifern mit dem gewaltigen Schauspiel, das Amerika der Welt biete? Franklin, mit freundlicher Bitterkeit, sagte trocken: „Leider zahlen die Zuschauer nicht dafür." Pierre aber nahm seine Worte auf und erwiderte: „Das kann man wohl sagen." Franklin ließ sich den Scherz gefallen und quittierte ihn mit Lächeln und Verständnis.

Man hatte Spieltische aufgestellt. Unter den Spielern des einen Tisches gewahrte der Doktor eine Dame in blauem Schäferinnenkostüm und mit blauer Maske, und er wußte sogleich: das ist die Königin. Wiewohl der obere Teil des Gesichtes von der Maske verborgen war, ihre kühne Nase, die volle, kurze, leicht hängende Unterlippe waren nicht zu verkennen.

Man spielte geräuschvoll an dem Tisch der Dame, man benahm sich zwanglos, die beiden Hündchen der Prinzessin Rohan kläfften den Gästen zwischen den Beinen herum. Franklin nahm wahr, daß man die Dame mit der blauen Halbmaske keineswegs mit besonderer Aufmerksamkeit behandelte; vielmehr bemühte man sich sichtlich, sie nicht zu erkennen.

Er stand auf und trat, von William geleitet, an den Spieltisch. Man bot ihm höflich einen Stuhl an; er zog es vor, zu stehen. Die Dame mit der blauen Halbmaske hatte, als er an den Tisch trat, flüchtig aufgesehen, dann schwatzte und spielte sie weiter, lässig wie vorher. Er sah mit Wohlgefallen, wie zart und weiß ihre Haut war, wie schöngebildet Arme und Hände.

Man erklärte ihm das Spiel. „Los, alter Herr", rief im Ton eines Jahrmarktschreiers der junge, freche Prinz Karl, der, noch im Kostüm des Wilhelm Tell, am Tisch saß; die Armbrust hatte er neben sich gestellt. „Versuchen Sie Ihr Glück", rief er, „spielen Sie." Franklin sah, daß die Dame mit der Halbmaske herüberschaute. Er verlangte von William Geld und setzte, gefällig, ein großes Silberstück, einen Ecu. „Sie müssen mir erlauben, Herr Doktor", sagte Diane Polignac, „Ihren Einsatz zu erhöhen; falls ein Gewinn herauskommt, verwenden Sie ihn, bitte, für Ihre große Sache", und sie fügte seinem Ecu fünf goldene Louis bei. Der Ecu und mit ihm die fünf Louis gingen verloren. Franklin sagte zu William: „Den Ecu setzen wir dem Kongreß auf Rechnung."

Er verließ den Spieltisch und ging zurück zu seinem bequemen Sessel. Man sprach von dem Apfelschuß und stellte scherzhafte Betrachtungen darüber an, welche Rolle Äpfel in der Geschichte gespielt hätten; da war der Apfel der Eva, der Reichsapfel der römischen Kaiser, Newtons Apfel, die vergifteten Äpfel der Borgia.

Das erinnerte Franklin an eines seiner Histörchen, und er gab es zum besten. Kam da ein Freund von ihm, ein schwedischer Missionar, zu den Susquehanna-Indianern, predigte und erzählte ihnen einige der Geschichten aus der Bibel, darunter die Geschichte, wie Adam den Apfel aß und unsere Voreltern dadurch das Paradies verloren. Die Indianer dachten lange nach. Dann erhob sich ihr Häuptling und sagte zu dem Missionar: „Wir sind dir außerordentlich verpflichtet, mein Bruder, daß du es nicht scheutest, das große Wasser zu überqueren, um uns die Dinge zu verkünden, die du von deinen Müttern erfahren hast. Es sind gute und richtige Dinge. Es ist wirklich schlecht, Äpfel zu essen. Es ist viel besser, Apfelwein daraus zu machen."

Während er behaglich erzählte, schaute er nach der Dame mit der blauen Halbmaske. Ihr gegenüber stand jetzt Vaudreuil, neben ihr, im Kostüm einer Schweizer Bäuerin, saß Gabriele Polignac. Die Dame mit der blauen Maske schwatzte und spielte; doch Franklin glaubte zu bemerken, daß ihre Gedanken nicht bei ihrem Spiel waren und nicht bei ihrer Unterhaltung.

Er beobachtete richtig, Toinette war nervös. Wohl hatte sie ihresteils den Mut bewiesen, den ihr François auf so herausfordernde Art abgesprochen hatte. Sie war hergekommen, hatte sich das verbotene Stück angeschaut, atmete *eine* Luft mit dem Rebellen aus dem Westen. Aber François stand ihr gegenüber, spielte unaufmerksam und schaute sie unablässig an, dreist, keineswegs gedemütigt, offenbar nicht gewillt, ihre Tapferkeit gelten zu lassen. Ohne daß er hätte Worte machen müssen, erkannte sie, daß, was sie getan hatte, nicht genügte. Es war klar, François erwartete mehr, er erwartete, daß sie das Wort an den Rebellen richte. Wenn sie das nicht tat, dann wird François sie morgen genauso grausam verhöhnen wie früher, und dieser ihr Besuch in Gennevilliers, den sie sich so mühsam abgerungen, wird umsonst gewesen sein.

Sie rührte Gabriele leicht am Arm. „Ich habe heute keinen Spaß am Spielen", sagte sie, „ich gewinne nichts, und ich verliere nichts. Gehen wir hinüber zu deinem Doktor, ich möchte ihn mir anschauen." Es kam ganz leicht heraus, Toinette war mit sich zufrieden. Gabriele, in ihrer lässigen Art, lächelte, nickte Zustimmung. Die beiden Damen standen auf, ohne Eile, gingen, ohne Eile, hinüber zu Franklin.

Man brachte ihnen Stühle, die Gruppe um Franklin war

jetzt ziemlich groß geworden. Pierre hatte wieder einmal das Wort an sich gerissen. Prinz Karl, meinte er, habe als ländlicher Revolutionär trotz offenbaren Talentes nicht ganz überzeugt, während Graf Polignac als Wüterich außerordentlich glaubhaft gewesen sei. „Wenn unser Wilhelm Tell nicht ganz glaubhaft gewirkt hat", sagte Monsieur Lenormant, „so liegt das an dem Dichter, der ihm keine durchschlagenden Argumente gab. Wir hören immerzu von Tyrannei und Unterdrückung. Dabei geht es diesem Tell und seinen Kollegen anscheinend recht gut; jedenfalls haben sie viel Zeit, politische Versammlungen abzuhalten und Mord und Aufruhr vorzubereiten." Pierre, statt einer Antwort, wandte sich an Franklin: „Glauben Sie, bitte, nicht, Doktor Franklin, daß mein Freund Charlot der Mäkler und Meckerer ist, der er scheinen will. Seine Zunge liebt es manchmal, zu sticheln, aber sein Herz schlägt für jede große Sache."

Die ringsum waren bemüht, so zu tun, als hörten sie nur auf Franklin und Beaumarchais und als kümmerten sie sich nicht um die Dame in Blau. Aber Toinette wußte, daß alle darauf warteten, ob sie und was zu Franklin sprechen werde. Sie war gewohnt, alle Blicke auf sich zu spüren, sie hatte Sicherheit gelernt. Aber heute war sie befangen wie vorher nur ein einziges Mal in ihrem Leben, damals, als sie das Wort an die Dubarry hatte richten müssen. Damals, da sie „die Hure" hatte ansprechen müssen, hatte sie sich nicht schlecht aus der Affäre gezogen. „Es sind heute viele Leute in Versailles, nicht wahr, Madame?" hatte sie geäußert, und die Dubarry hatte erwidert: „Ja, Madame." Auch heute, da sie zu dem Rebellen sprechen sollte, war es wohl das beste, wenn sie etwas möglichst Belangloses, Konventionelles äußerte. Franklin machte es ihr leicht, er schaute sie gar nicht an. So, in eine Gesprächspause hinein, sagte sie scherzhaft: „Hat es Ihnen leid getan, Doktor Franklin, wie Sie vorhin den Ecu verloren haben?"

Man lachte. Franklin wandte ihr das große Gesicht zu und betrachtete sie freundlich. „Ein alter Mann", sagte er, „sollte sich mit seinen alten Lastern begnügen und sich keine neuen zulegen. Doch als ich Ihrem Spiel zuschaute, schöne Dame, ließ ich mich von Ihrem Eifer anstecken. Es war hübsch und anregend, zu beobachten, was in Ihnen vorging, während Sie spielten."

Toinettes Befangenheit war verschwunden. Sie fühlte auf sich den prüfenden, anerkennenden, leise begehrlichen Blick Franklins. Gekitzelt dachte sie an Maskenbälle, an Tänze, da sie den Leib fremder Männer ganz nahe dem ihren gespürt hatte. Übermütig war in ihr das Gefühl: Der Herr Rebell, der mich so anschaut, ist nicht gefährlich. Mit dem kann ich machen, was ich will.

„Was ist denn in mir vorgegangen?" fragte sie.

Aus dem Schlitz ihrer Halbmaske fühlte Franklin ihren koketten Blick auf sich gerichtet. Er hatte also die rechte Taktik eingeschlagen. Sie war, diese Königin, eine Frau, wie er deren in Frankreich Hunderten begegnet war. Sie war ein bißchen töricht, sie redete Albernheiten, aber sie tat es mit Anmut. Jedenfalls wird er auch dieser Königin gegenüber weiter den alten Herrn spielen, der einer hübschen Frau halb väterlich, halb frivol, respektvoll und leicht ironisch den Hof macht.

„Es ist kein schlechtes Zeichen", verkündete er, „wenn sich eine Frau manchmal gehenläßt und ein bißchen spielt. Wer sich selber gegenüber tolerant ist, ist es sicherlich auch zu andern."

„Halten Sie mich für tolerant?" fragte Toinette.

Franklin schaute sie an, freundlich prüfend. „Menschen sind von außen so schwer zu durchschauen wie Melonen", sagte er, „besonders dann, wenn man nur das halbe Gesicht sieht. Frauen, wohl weil sie der Natur näherstehen, pflegen toleranter zu sein als Männer. Das haben sie gemein mit den sogenannten Wilden. Ich muß Ihnen da", wandte er sich behaglich an die ganze Gesellschaft, „noch eine Geschichte von meinem schwedischen Missionar erzählen. Der also predigte den Indianern lang und gründlich, nach Art der Missionare, von seinen christlichen Wahrheiten und von den Geschichten der Bibel. Die Indianer hörten ihm aufmerksam, freundlich und geduldig zu. Dann, als wohlerzogene Leute, erzählten sie ihm zum Dank welche von ihren Legenden. Ihre Erzählungen dauerten nicht so lange wie die seinen, aber kurz waren sie auch nicht. Schließlich riß meinem Freunde die Geduld. ‚Hört mir auf', ereiferte er sich, ‚was ich euch verkünde, sind heilige Wahrheiten, was ihr mir da vorredet, lauter Fabeln und Erfindungen.' Die Indianer waren gekränkt. ‚Lieber Bruder', erwiderten sie, ‚es scheint, deine verehrte Mutter hat nicht genügend Mühe auf deine Erziehung verwendet und hat dich nicht zur Genüge unterrichtet in den Regeln der Höflichkeit und der Duldung. Du hast gesehen, daß wir deine Geschichten geglaubt haben: warum glaubst du nicht die unsern?'"

„Ausgezeichnet", sagte Prinz Karl, und da er bisher vergeblich eine Gelegenheit gesucht hatte, geistreich zu sein, fügte er hinzu: „Und wer hatte die bessere Wahrheit, Doktor Franklin, Ihr Freund, der Missionar, oder die Indianer?" – „Sie hatten beide ihre guten halben Wahrheiten", antwortete Franklin.

Toinette spürte, daß er zu ihr herübersprach. Es schmeichelte ihr, wie der Rebell sie behandelte, doch ganz zufrieden war sie nicht. Wohl ließ er merken, daß er sie für eine schöne, begehrenswerte Frau hielt; doch ein wenig auch machte er sich lustig über sie. Und das duldete sie nicht. Behandeln wie ein kleines Mädchen ließ sie sich nun einmal nicht. Sie wird zeigen, daß sie ihm gewachsen ist. „Aber Sie selber, Doktor Franklin", fragte sie schalkhaft und überlegen, „Sie selber halten Ihre Wahrheit doch für eine ganze?"

Der Alte betrachtete sie väterlich milde; ihm genügte, was er erreicht hatte. Aber vielleicht konnte er aus der Zusammenkunft noch mehr herausholen. Vielleicht konnte er diese Frau, die so bestrebt war, den Verstand zu zeigen, den sie nicht hatte, zu Äußerungen verleiten, die der guten Sache nützlich waren. Dabei war sie so hübsch, daß es ihm beinahe leid tat, ihr Ungelegenheiten zu bereiten. „Es gab Zeiten", antwortete er friedfertig, „da ich mein Urteil für das einzig richtige gehalten habe. Doch je älter ich werde, um so mehr komme ich davon ab, und jetzt bin ich schon ganz weit entfernt von dem Standpunkt jener Dame, die mir einmal vorgeklagt hat: ‚Ich weiß nicht, wie es kommt, aber ich habe noch niemand getroffen, der immer recht gehabt hätte, außer mir selber.'"

Ringsum hörte man gespannt zu. Vaudreuil und Diane Polignac, Pierre und Désirée, ein jeder nahm an, er selber sei derjenige, der dieses interessante und erregende Spiel entworfen habe. Vaudreuil verfolgte mit geschmäcklerischer Freude jede Wendung in dem koketten Disput zwischen dem alten, freundlichen Rebellen und der jungen, streitbaren Königin. Gabriele Polignac spürte unbehaglich, daß Toinette dem großen, schweren, freundlichen alten Mann nicht gewachsen war; sanft wie die Tauben und klug wie die Schlangen, ging es ihr durch den Kopf. Die wenig hübsche Diane hingegen sah nicht ohne Freude zu, wie sich die schöne und von sich selbst so überzeugte Königin, der alle alles so leicht machten, Schwierigkeiten bereitete. Auch Prinz Karl hatte seinen Spaß; er gönnte es Louis, wenn ihm Toinette eine kräftige Suppe einbrockte.

Mit der Anteilnahme des Kenners beobachtete Pierre, mit welcher Sicherheit Franklin Toinette dahin lenkte, wo er sie haben wollte. Wie er freundlich mit ihr spielte, gleich einem großen Bernhardiner, der mit einem Kinde spielt, und wie doch dieses Spiel gar nicht so harmlos war, und wie sie nichts ahnte, sondern glaubte, sie spiele mit ihm. Tiefe Genugtuung füllte Pierre. Er war es, der alle diese hierhergezogen hatte und der sie nun, ohne daß sie es wußten, zu seiner Musik tanzen ließ.

Grimmiger noch war die Freude, mit welcher Désirée den Fortgang des Spieles verfolgte, das ihr lieber Freund Pierre und sie ersonnen hatten. Ihr waren nicht nur Franklin und die Königin die Spieler, ihr stand Toinette für die ganze, hochmütige, hochadelige, privilegierte Gesellschaft, und Franklin stand ihr für alle andern, für die unten, für die Nicht-Privilegierten. Sie und ihr Pierre hatten sich, um ein lebenswürdiges Leben zu führen, eingedrängt in die Kreise des Adels. Sie mußten sich, um ihren Platz zu halten, immer neuen Anstrengungen und Demütigungen unterziehen. Dabei verachtete sie die großen Herren, um deren Gunst sie buhlten. Wie waren sie dumm und blind, diese großen Herren, in ihrem

Hochmut. Da saßen sie, verlockt von Pierre und von ihr selber, und lächelten in ihrer Gier nach immer neuen Sensationen und wetteiferten, dem Feinde Waffen in die Hand zu drücken, der sie zerschmettern wird. Jung, keck, hübsch und lebendig, in ihrem Knabenkostüm, saß sie am Rande des großen Halbkreises, der sich um Franklin und Toinette gebildet hatte, und genoß das Salz und die Anmut der Sätze des alten Doktors und freute sich, daß diese stolze, lebensunfähige Königin eine so törichte Rolle spielte.

Toinette selber hatte das Gefühl, daß vorläufig Franklin besser abschnitt. Sie suchte nach einer mutigen, verblüffenden Äußerung, ihn zu schlagen. „Da Sie Ihre Wahrheiten nur für halbe Wahrheiten anschauen, Doktor Franklin", fragte sie lächelnd, herausfordernd, „halten Sie sich wohl auch nur für einen halben Rebellen?" Freundlich erstaunt, gutmütig, amüsiert, wandte sich Franklin ihr voll zu und sagte: „Ein Rebell? Ich? Schau ich aus wie ein Rebell? Wer hat Ihnen das weisgemacht?" Und ohne Übergang fuhr er fort: „Wunderbar steht Ihnen Ihre Frisur. Sie unterstreicht die Klarheit Ihrer Stirn. Belehren Sie, bitte, einen unwissenden Fremden: wie nennt man doch diese Haartracht?"

Alle atmeten auf, daß der Alte das Feuer ausgetreten hatte, bevor es um sich greifen konnte, und freuten sich seines Taktes. Noch ehe Toinette antworten konnte, antwortete Gabriele. „Man nennt diese Frisur ‚Coiffure Quès-a co', Doktor Franklin", sagte sie; es trug aber Toinette in der Tat jene Haartracht, welche ihr die Pamphletisten vorgeworfen hatten. Und Désirée erklärte: „‚Quès-a co' heißt ‚Was ist das, was soll das?', und es ist eine Wendung, mit welcher sich Monsieur de Beaumarchais in einer seiner Flugschriften lustig machte über den provenzalischen Dialekt eines plumpen Gegners." – „Danke, Mademoiselle", entgegnete Franklin, und mit einer Neigung gegen Pierre fügte er hinzu: „Ich sehe, man weiß die Literatur in Frankreich zu ehren."

Doch: So billig soll er mir nicht entkommen, dachte Toinette, und schelmisch drohend, mit kleiner, süßer Stimme fragte sie: „Aber ein bißchen haben Sie doch rebelliert gegen Ihren König? Oder bin ich da falsch unterrichtet?" Franklin, leicht und sehr höflich, antwortete: „Ich glaube, ganz richtig informiert sind Sie nicht, Madame Quès-a co. Sehr viele Leute nehmen an, der König von England habe gegen uns rebelliert, nicht wir gegen ihn."

Jetzt begann es ernstlich brenzlig zu werden. Vaudreuil schickte sich an, einzugreifen. Allein bevor er's tun konnte, hatte schon Gabriele gesagt: „Sie haben so nette Worte gehabt für Madame Quès-a cos Frisur, Doktor Franklin. Bitte, sagen Sie doch auch uns andern, was Sie über unsere Kostüme denken und über unsere Hüte."

Es nützte nichts, die verblendete Toinette kannte kein Halten. Mit keinem kleinsten Gedanken mehr dachte sie daran, daß sie die Königin war und der Alte der Rebell. Sie war nichts als eine hübsche Frau, die gemerkt hatte, daß der andere ihre Gestalt, ihr Gesicht, ihre Hände bewunderte, aber nicht zur Genüge ihren Verstand. „Sie sind ein gelehrter Mann, Doktor Franklin", sagte sie, immer ganz leise, „und können sicher jede These, die Sie wollen, ob wahr oder unwahr, besser verfechten als eine ungelehrte Frau. Aber geben Sie nicht im Innersten Ihres Herzens zu, daß der König von England schließlich das göttliche Recht hat, seinen Kolonien Befehle zu erteilen?" Jedermann sah, daß sie aus tiefster Überzeugung sprach.

Franklin hatte diese Wendung des Gespräches nicht gesucht. Er wollte die Dame mit der blauen Maske nicht zu Äußerungen verleiten, die sie hätten kompromittieren können. Es wäre undankbar gewesen und vielleicht auch nicht einmal klug, es hätte die Dame und ihren Mann vielleicht nur aufgebracht gegen die Sache Amerikas. Noch einmal wich er aus. „Madame", antwortete er, „halten Sie wirklich einen Mann, der so aussieht wie ich, für einen Rebellen?"

Aber: „Stille Wasser sind tief", sagte Toinette. „Warum drücken Sie sich vor der Antwort?"

Beide, der Doktor und die Dame mit der Maske, sprachen leicht, im Konversationston. Trotzdem war es sehr still geworden. Der junge Prinz Karl lachte etwas töricht, sagte: „Jetzt bin ich aber neugierig", und lehnte sich vor, daß die Armbrust klirrend zu Boden fiel.

„Madame“, sagte, nachdem die Armbrust verklungen war, in die Stille hinein Franklin, „ich möchte an einem so hübschen Abend und vor einer so schönen Frau nicht lehrhaft und politisch werden. Aber da Sie auf einer Antwort bestehen, lassen Sie mich Ihnen sagen: wir Amerikaner sind keine prinzipiellen Gegner des Königtums. Es gibt freilich eine Überspannung des monarchischen Prinzips, die wir nicht mitmachen. Da hat zum Beispiel ein deutscher Professor seinem Fürsten geschrieben: ‚Wenn Gott nicht Gott wäre, müßten billigerweise Eure Hochfürstliche Durchlaucht es sein.‘ Sehen Sie, Madame, das halten wir auf der andern Seite des Meeres für übertrieben. Wir nehmen an, es bestehe zwischen dem König und dem Volk so was wie ein Vertrag. Es sind Ihre Philosophen, Madame, die uns das gelehrt haben. Wir nehmen an, der König von England hat diesen Vertrag mit uns gebrochen. Wir können darauf hinweisen, daß er unsere Meere geplündert hat, unsere Küsten verheert, unsere Städte verbrannt und viele von uns getötet. Das war, finden wir, gegen den Vertrag.“ Es ging, während er das sagte, von seinem mächtigen, alten Gesicht eine überzeugende Gewalt aus, und die Worte jener „Erklärung“ kamen leicht und ohne Bitterkeit aus seinem Munde. Gerade dadurch wuchsen sie zu ihrer ganzen Größe.

Graf Jules Polignac, gewichtig dasitzend im Kostüm des ermordeten Landvogts Geßler, sagte mit seiner lauten, unbekümmerten Stimme in die Stille hinein: „Wenn das Philosophie ist, dann ist Philosophie pure Meuterei.“ – „Von dem toten Landvogt Geßler“, sagte höflich Pierre, „kann man keine andere Meinung erwarten.“

Toinette hatte, während Franklin sprach, immer nur sein Gesicht gesehen, die großen Augen mit den hohen Brauen, die ungeheure Stirn. Sie hatte mehr auf den Klang seiner Worte geachtet als auf ihren Sinn, mehr auf die umständliche, gravitätische und doch scharmante Art, wie er sie vorbrachte. Sie hatte Sinn für alles, was schön war, und somit auch für die seltsame, einmalige, mit Anmut gepaarte Gewalt des Doktors. „So einfach, mein lieber Jules“, sagte sie, „ist es wohl auch wieder nicht. Gewiß ist das, was uns Doktor

Franklin da erzählt hat, nicht ungefährlich, und eigentlich sollten wir es uns gar nicht anhören. Aber wenn man ihn anschaut und wenn man bedenkt, wieviel Musik in seinen Sätzen ist, dann kann man sich trotz allem schwer vorstellen, daß solch ein Mann sollte ein Rebell sein, auch in seinem Herzen."

Prinz Karl und der alte Lenormant schauten sie verwundert an. Es war erstaunlich, die Königin von Frankreich, die Tochter Maria Theresias, solche Worte sprechen zu hören.

Franklin aber blickte freundlich und verhehlte nicht sein großes Wohlgefallen. Wie sie sich abgemüht hatte, verwirrt und eifervoll, und wie sie jetzt darüber nachdachte, was sie nun eigentlich gesagt habe, war sie in Wahrheit schön und liebenswert. „Es ehrt mich, Madame", sagte er, „daß Sie mir nichts Schlechtes zutrauen und daß Sie ein Ohr haben für die Musik unserer amerikanischen Sätze."

Als er durch die Nacht nach Hause fuhr, überdachte er das Erreichte. Die Königin hatte gesagt, es sei Musik in der Unabhängigkcitserklärung und sie verehre amerikanische Führer. Das war allerhand. Das wird viele Bedenkliche veranlassen, ihre Sympathie für die amerikanische Sache zu äußern. So viel war gewiß: der heilige Georg war aus seinem Bild herausgeritten, Pferd und Reiter hatten angefangen, sich zu bewegen.

Er schaute auf seinen Enkel William, der neben ihm lehnte, eingeschlafen. Auch der Junge hatte einen guten Abend verbracht. Franklin dachte an sein friedliches Passy und daß er morgen niemand zu sehen brauche und daß er übermorgen mit Madame Brillon zu Abend essen werde. Er lehnte sich zurück, schloß selber die Augen und nickte ein.

Drittes Kapitel

Eine gewonnene Schlacht

Louis überprüfte die Zeichnungen der Modelle, die in der Porzellanmanufaktur von Sèvres für die Wintersaison hergestellt werden sollten. Er saß in der Bibliothek, ihm gegenüber saßen der künstlerische Leiter der Manufaktur, Monsieur Pourrat, und der Intendant des Kassenwesens, Monsieur de Laborde. Louis nahm lebhaften Anteil an seiner Manufaktur, es freute ihn, daß sie Nutzen abwarf. Die Erzeugnisse von Sèvres, von Jahr zu Jahr zahlreicher und kunstvoller, wurden vor allem als Neujahrsgeschenke gern gekauft. Louis pflegte um die Weihnachtszeit in seinen eigenen Räumen in Versailles eine große Porzellan-Ausstellung zu veranstalten und sie mit einer Auktion zu beschließen. Voriges Jahr hatte die Ausstellung zweihundertsechzigtausend Livres gebracht. „Zweihunderteinundsechzigtausendfünfhundertvierunddreißig Livres", konstatierte er mit Behagen, stolz auf diesen Ertrag sowohl wie auf sein gutes Gedächtnis; er nannte den Herren die Ziffer nicht zum erstenmal. „Dieses Jahr", fuhr er fort, „wird das Ergebnis bestimmt noch höher sein. Wir können das Geld brauchen, meine Herren", schloß er mit breitem Schmunzeln.

Vergnügt betrachtete er die hübschen Gruppen, die Monsieur Pourrat entworfen hatte; da waren Jagdszenen, eine Schäferin und ein Wildhüter, ein Literat, einem andern vorlesend. Louis schlug vor, mehr dieser Art herzustellen, etwa einen Mann, vertieft in ein großes Buch, oder vielleicht auch einen Schmied, ein Hufeisen anfertigend, kurz, Genreszenen; es müßte mit dem Teufel zugehen, wenn das keinen Erfolg haben sollte.

In seinen angeregten Verhandlungen wurde er gestört durch Monsieur de Campan. Leise teilte der Bibliothekar dem König mit, Graf Maurepas sei im Vorzimmer und bitte um eine sofortige Unterredung. Louis verdüsterte sich. Sowie er sich eine angenehme Stunde machte, wurde er gestört. Seufzend verabschiedete er die Herren.

Maurepas war in voller Gala wie immer. Er hatte am frühen Morgen von dem unglaubhaft törichten Streich Toinettes erfahren. Erst hatte er daran gedacht, zu warten, bis Monsieur Lenoir, der Polizeipräsident, den König unterrichten würde. Dann aber hatte er erwogen, es sei klüger, nichts dem Zufall zu überlassen, sondern die große Gelegenheit zu einem Vorstoß gegen die Österreicherin selber und sogleich wahrzunehmen. Trotz seiner Müdigkeit und trotz der besonderen Schmerzen, die ihm seine Gicht an diesem Morgen bereitete, trat er also jetzt vor den König, nicht traurigen, doch ernsten Gesichtes.

„Sind es wirklich so wichtige Mitteilungen, die Sie mir zu machen haben?" fragte unlustig Louis. „Leider ja, Sire", antwortete Maurepas. Aber dann gönnte er Louis noch eine kleine Frist und sprach von Gleichgültigem. Louis fragte auch nicht weiter, sondern erzählte umständlich von Sèvres und daß seine Ausstellung in diesem Dezember besonders bunt und reichhaltig zu werden verspreche. Er ließ seinen Mentor die Entwürfe Monsieur Pourrats sehen, und Maurepas bezeigte gutgespieltes Interesse.

Dann aber, bedauernd, daß er seinem mit Sorgen überbürdeten Monarchen die kurze Zeit der Erholung noch verkürzen müsse, kam er auf den Grund seines Besuches zu sprechen und berichtete von der Begegnung der Königin mit dem Rebellenführer. Er unterschlug keineswegs die mildernden Umstände, aber er benutzte sie nur, um die beispiellose Torheit Madames ehrfurchtsvoll ins hellste Licht zu rücken. Gewiß, es war nicht die Königin gewesen, die mit Doktor Franklin gesprochen hatte, sondern eine Dame in einer blauen Maske; leider aber hatte die Dame vorher der Aufführung eines verbotenen Stückes beigewohnt, so daß also Böswillige hinter der ganzen Angelegenheit Absicht vermuten könnten. Gewiß auch waren die Äußerungen, welche die Dame getan hatte, harmlos; immerhin ließen sie sich politisch interpretieren und würden bestimmt auch so interpretiert werden.

Louis bemühte sich nicht, seine Erregung zu verbergen. Mehrmals, während der Minister berichtete, zog er geräuschvoll durch die dicken Nüstern der gekrümmten Nase den Atem ein und stieß ihn wieder aus, sein feistes Gesicht zuckte, als ob er weinen wollte, und als Maurepas zu Ende war, hockte er eine lange Weile schweigend und schlaff da. Dann aber, unvermutet, brach er mit hoher, keifender Stimme aus: „Ich hab es Ihnen gleich gesagt, Ihnen und Vergennes, man soll den alten Fuchs nicht hereinlassen. Jetzt haben Sie es. Jetzt haben wir den schlimmsten unserer Feinde im Land. Ich bin schlecht beraten. Alle beraten mich schlecht. Sagen Sie was", herrschte er den Alten an, der würdig dasaß.

„Die Gründe, Sire", antwortete mit betonter Ruhe Maurepas, „welche seinerzeit für die Zulassung Doktor Franklins sprachen und welche Graf Vergennes und ich Ihnen vorzutragen die Ehre hatten, sind heute so triftig wie damals. Dem großen Gelehrten, dem Mitglied unserer Akademie, die Einreise zu verweigern, hätte eine Parteinahme bedeutet in dem Konflikt zwischen England und Amerika, es wäre in Philadelphia als feindselige Handlung betrachtet worden, es hätte böses Blut in Paris und in der ganzen Welt gemacht. Im übrigen befolgt Doktor Franklin strikt unsere Weisung, er lebt ruhig und patriarchalisch in seinem Passy und vermeidet es sorgfältig, uns Ungelegenheiten zu bereiten. Nicht er trägt die Schuld an dem unangenehmen Vorfall des vergangenen Abends."

Louis brütete böse vor sich hin. „Er mag gelehrt sein", nahm er endlich das Wort, „weise, was Sie wollen, aber er bleibt ein Rebell, und es ist sündhaft, daß ich mich mit ihm eingelassen habe." Sein Inneres war voll von vagen, traurigen Vorstellungen. Jetzt verführte der Rebell auch noch seine Frau. Es war schwere Sünde, daß Toinette mit dem Verworfenen gesprochen hatte, und nun wird sie bestimmt nicht begnadet und schwanger werden.

Maurepas mittlerweile sagte: „Er ist ein Schurke bei all seiner Ehrwürdigkeit, das muß ich zugeben." Und da die Formulierung ihm gefiel, wiederholte er: „Ja, er ist ein ehrwürdiger Schurke. Aber haben Sie Vertrauen, Sire", fuhr er fort. „Ich bin weniger ehrwürdig, aber ich bin ihm gewachsen."

Louis hockte da, tiefer niedergeschlagen, als Maurepas erwartet hatte. Er machte sich daran, ihn zu trösten. Setzte auseinander, wie er den Bestrebungen entgegentreten wolle, den Vorfall politisch auszunützen. Er zitierte Toinettes Äußerungen – seltsam ausgedörrt kamen die leichtsinnigen Worte aus seinem uralten Mund – und begann, sie zu analysieren. Wohl habe Madame erklärt, Doktor Franklin sei kein Rebell, aber kluger- und glücklicherweise habe sie diese Behauptung dahin eingeschränkt, daß er in seinem Herzen kein Rebell sei. Madame habe also kein Urteil abgegeben über die Handlungen Doktor Franklins, sondern lediglich über sein Herz, ein notwendig und bewußt unmaßgebliches Urteil, denn in eines Menschen Herz schauen könne niemand, kein Politiker und kein Journalist, niemand außer Gott. Des weiteren habe Madame Musik in den Leitsätzen der Amerikaner gefunden. Das klinge zunächst bedenklich; überlege man sich aber die Worte genauer, so blieben sie harmlos. Sie bezögen sich offenbar nur auf die Form, in welcher die amerikanischen Prinzipien ausgedrückt seien, und es stelle somit die Äußerung Madames ein ästhetisches Urteil dar, kein politisches.

Louis hörte den Erörterungen seines Mentors nur mit halbem Ohre zu. Mochte der jetzt, um ihn zu trösten, an den Worten Toinettes drehen und deuteln, soviel er wollte. Er, Louis, wußte, seitdem er diese Worte das erstemal gehört: es waren schlimme Worte. In seinem Innern beklagte er sein Los. War es nicht, als sei in Versailles er der einzige, der Augen hatte, zu sehen? Waren nicht alle andern ruchlos und verblendet? Erkannten sie denn nicht, wohin ihr freches Gerede und Gewese führen mußte? Sie lebten von der Monarchie, die Monarchie war ihr Boden und ihre Luft, und sie taten alles, sie zugrunde zu richten.

Er war erschüttert, sein kleines Doppelkinn zitterte, und plötzlich, mit schriller Stimme, sagte er: „Die Wasser der Revolution steigen und werden das Öl vom gesalbten Haupte wegschwemmen."

Maurepas war bestürzt. „Aber Sire", sagte er, „Sire, wohin verirren Sie sich? Nichts wird weggeschwemmt. Es ist doch alles ganz einfach. Sie werden Madame aufsuchen. Sie werden die Güte haben, Madame vorzustellen, sie möge sich in Zukunft erst erkundigen, wer an den Gesellschaften teilnimmt, die sie ihres Besuches würdigt. Das ist alles." Er sprach mit ungewohnter Klarheit und Entschiedenheit.

Louis, mit müdem Hohn, erwiderte: „Das ist alles. Das ist nicht so einfach, wie Sie sich's vorstellen." Er wußte, daß das Gespräch, das der Alte von ihm verlangte, notwendig war. Seitdem er Maurepas' Bericht begriffen, hatte er gewußt, daß der ein solches Gespräch von ihm fordern werde. Von Anfang an war das Gespräch vor ihm gestanden, berghoch, schwierig.

Maurepas sprach zu ihm: „Ihre Vorhaltungen werden nicht die einzigen sein, Sire. Bestimmt wird man auch von Wien aus Madame mit allem Nachdruck bedeuten, daß das, was sie getan hat, den Interessen des Familienpakts zuwiderläuft. Und was Madame von Wien aus zu hören bekommen wird, das wird erheblich schärfer klingen als alles, was Sie ihr sagen können. Das wird ein formidabler Anhauch werden aus Wien." Die Vorstellung erheiterte ihn, und da er heute müd und krank war und sich nicht so in der Gewalt hatte wie sonst, entfuhr es ihm: „Bei meiner Seele, wenn ich eine habe."

Er erschrak. Aber es schien, Louis hatte nichts gehört. Er hatte die Zeichnungen Monsieur Pourrats zur Hand genommen, mechanisch, blicklos nahm er sie auf, eine nach der andern, und legte sie wieder zurück, und er schaute nicht auf bei der gottlosen Äußerung seines Mentors.

Maurepas beruhigte sich. Er glaubte, Louis den verbrecherischen Leichtsinn der Österreicherin zur Genüge klargemacht zu haben. Bat um Urlaub. Ging. Pflegte seine Gicht.

Doch Louis hatte die ärgerliche Äußerung seines Mentors sehr wohl gehört. Er hatte seit langem gewußt, daß es übel bestellt war um die Religion seines Beraters. Er sollte ihn fortschicken. Aber er wußte keinen besseren. Trübe glotzte er vor sich hin.

Dann, nochmals, stieg eine ungeheure Wut gegen Toinette in ihm hoch. Er stand auf. Er wollte sie zur Rede stellen, sogleich, solange die große Wut in ihm war.

Doch noch ehe er die Tür erreicht hatte, sah er im Geiste Toinette vor sich stehen, wie sie ihm zuhören wird, zornzukkenden Gesichtes, nicht begreifend, was er eigentlich von ihr wollte. So viel war gewiß: nachgeben wird sie nicht. Sie hatte den starken Willen, jenes Habsburgisch-Hartköpfige, das er nicht leiden mochte, aber bewunderte.

Es hatte wenig Sinn, wenn er jetzt zu ihr ging, unvorbereitet. Er mußte sich erst genau zurechtlegen, welche Argumente auf sie wirken könnten und in welcher Reihenfolge er sie vorbringen sollte. Es war klüger, das Gespräch auf morgen zu verschieben. Heute wird er auf die Jagd gehen, wie er sich's vorgenommen hatte, und später ein bißchen lesen und nachdenken.

Ebenso dringlich wie Maurepas von Louis hatten Graf Mercy und Abbé Vermond von Toinette eine sofortige Audienz verlangt. Es geschah selten, daß die beiden Vertreter Habsburgs gemeinsam bei Toinette vorsprachen. Sie wußte natürlich, weshalb sie kamen, sie hatte sie erwartet, sie war gerüstet auf diese Unterredung.

In den ersten Minuten nach der Zusammenkunft mit Franklin hatte sie ein kleines Unbehagen gespürt. Doch das war schnell verdunstet in den Lobpreisungen des Fliederblauen Klüngels, der ihren Mut stürmisch feierte. Jetzt fühlte sie sich nicht nur im Recht, mehr als das, sie hatte eine große Tat getan.

Die beiden Herren kamen mit finstern Mienen. Dem Abbé mit seinen großen, gelben, wilden Zähnen fiel es nicht schwer, düster auszuschauen. Wohl aber dem immer verbindlichen Mercy, und nicht ohne leise Belustigung nahm Toinette wahr, welche Mühe er sich geben mußte.

Zunächst denn auch, trotz seines ernsten Gesichtes, sprach Mercy von Erfreulichem. Toinette beschäftigte sich zu dieser Zeit sehr eifrig mit dem Umbau ihres Trianon, und sie hatte Mercy davon gesprochen, wie gerne sie in ihrem Schlafzimmer einige Bilder hängen hätte, deren sie sich aus Schönbrunn erinnerte, Bilder, welche Szenen aus ihrer Kinderzeit darstellten. Mercy hatte den Wink verstanden und hatte nach Wien geschrieben. Jetzt konnte er ihr einen Brief Maria

Theresias überreichen mit der Erklärung, er habe Nachricht, daß gewisse Gemälde, zwei Gemälde, um genau zu sein, in allernächster Zeit eintreffen würden. Toinette, ehrlich erfreut, dankte herzlich.

Dann aber kam der Botschafter auf das Fest von Gennevilliers zu sprechen. Es habe sich da, meinte er, ein unliebsamer Vorfall ereignet, über den viele, wahrscheinlich übertriebene, Gerüchte im Umlauf seien. Toinettes Miene wurde sogleich abweisend, ungemein hochmütig. Doch noch ehe sie antworten konnte, tat der Abbé den riesigen, häßlichen Mund auf und sagte: „Wir wissen wahrhaftig nicht, Madame, wie wir dieses unglaubhafte Ereignis den Majestäten nach Wien berichten sollen." Toinette, entrüstet über so rücksichtslose Schelte, zog die hohen Augenbrauen noch höher. Aber Mercy griff schnell ein. „Haben Sie die Gnade, Madame", bat er, „uns die Darstellung des Falles zu geben."

Toinette, das hatte sie sich in letzter Zeit angewöhnt, wippte ein wenig mit dem kleinen Schuh, der unter dem umfangreichen Rock hervorlugte. „Des Falles?" entgegnete sie. „Welchen Falles? Ich frage mich ernsthaft, Messieurs, wovon Sie eigentlich reden. Meinen Sie das kleine Fest bei meinem Intendanten Vaudreuil?" Und da keiner der beiden antwortete und das Gesicht des Abbés nur noch strenger und finsterer wurde, sprach sie, immer mit süßer, etwas spöttischer Stimme, weiter: „Reden Sie davon, daß ich – inkognito, meine Herren, in blauer Maske – mit dem Doktor Franklin ein bißchen Konversation gemacht habe? Ich zweifle, ob er heute weiß, mit wem er gesprochen hat. Gestern hat er's bestimmt nicht gewußt." Und da die Herren nur immer schweigend einander ansahen, fuhr sie fort: „Soviel mir bekannt ist, Messieurs, hat sich mein Bruder selber, der Römische Kaiser, mit dem Gedanken getragen, den Doktor zu treffen. Ohne Maske, Messieurs. Er hat ein Zusammentreffen mit ihm vereinbart, er hat ihn nur leider verfehlt, da auch er nicht immer pünktlich sein kann. Da muß es doch mir erlaubt sein, bei einem Maskenfest mit dem alten, netten Herrn zu reden. Ich bin übrigens spielend mit ihm fertig geworden. Wenn ich nicht gewußt hätte, wer er ist, dann hätte ich hinter diesem behaglichen Anekdotenerzähler niemals einen Rebellen gesucht. Man konnte gar nicht auf die Idee kommen. Sie selber wären nicht auf die Idee gekommen", sagte sie zu Mercy, „und Sie auch nicht", sagte sie schärfer zu dem düstern Abbé.

Mercy fand, sie sehe heute besonders hübsch und liebenswert aus, und es gebe eigentlich nur ein einziges Mittel, diese ebenso törichte wie schöne Frau auf den rechten Weg zu bringen: man müßte ihr einen klugen Liebhaber beschaffen, der sich seinesteils lenken ließe. Der Abbé hingegen dachte zornig und traurig, daß also seine Mühe und Selbstbeherrschung die langen Jahre hindurch verloren gewesen sei. Nichts war erreicht. Ihm wird man die Schuld geben daran, daß diese Frau in ihrer Eitelkeit und in ihrem Leichtsinn Habsburg lauter Schwierigkeiten bereitete statt Vorteile. Dann wieder erwog er, daß ihre Schamlosigkeit und Unbesonnenheit ihm jetzt wenigstens einen triftigen Grund gab, ihr mit starken Worten zuzusetzen. Ohne auf ihre Albernheit einzugehen, erinnerte er sie streng: „Sie haben mir versprochen, Madame, vernünftig zu sein, wenn ich Ihnen nur in Ihre Amüsements nicht einredete. Sie werden zugeben, daß ich Ihren Vergnügungen zwar mit Trauer, doch ohne Tadel zugeschaut habe. Und es waren dieser Vergnügungen nicht wenige. Es waren dieser Vergnügungen genug", brach es erschreckend wild aus seinen gelben Zähnen hervor.

Die beiden Herren hatten vereinbart, es solle, wenn der Abbé allzu heftig werde, Mercy eingreifen. Das tat er jetzt. „Der Abbé denkt nicht daran, Madame", sagte er schnell und sänftigend, „Ihnen Vorwürfe zu machen. Er denkt nur, ebenso wie ich, an die Sorge und Betrübnis, welche die Meldung dieses Vorfalls in Schönbrunn hervorrufen muß." Und da sie hochmütig unbeteiligten Gesichts dasaß, ganz leise mit dem Schuh wippend, belehrte er sie: „Gerade nachdem der Kaiser ein Zusammentreffen mit dem Rebellen vermieden hat, wird es als Änderung der Habsburgisch-Bourbonischen Politik angesehen werden, wenn Sie jetzt freundliche Worte für Franklins Prinzipien haben." – „Freundliche Worte für seine Prinzipien? Ich?" empörte sich Toinette. „Wer wagt, so etwas zu behaupten?" – „Jedermann", sagte grob der Abbé. „Und Sie glauben so etwas?" zürnte Toinette. „Sie glauben wirklich, daß ich Habsburg an die Meuterer verraten habe?" – „Geruhen Sie, Madame, bei der Sache zu bleiben", wies der Abbé sie zurecht. „Sie haben Äußerungen getan, welche die Rebellen in ihrem Sinne ausdeuten können. Das ist es, was uns betrübt, den Grafen und mich." Und Mercy ergänzte: „Wir wissen, daß die alte Majestät, die Frau Mama, schwere Sorgen hat. Es fällt uns hart, sie noch tiefer zu betrüben, und das werden wir, auch wenn wir einen noch so gemilderten Bericht nach Wien schicken. Wir bitten Sie in Ehrerbietung, Madame, das zu erwägen."

Toinettes Gesicht war nachdenklich geworden; einen Augenblick schien es, als wolle sie weinen. „Ich weiß, Messieurs", sagte sie, „daß Sie dem Hause Habsburg ergeben sind." Doch sogleich wurde sie die alte. „Ich kann mir nicht vorstellen", sagte sie, „daß meine Worte üble Folgen sollten haben können. Und solange Sie mir solche übeln Folgen nicht nachweisen, müssen Sie mir schon erlauben, daß ich mich im Recht fühle, vollkommen im Recht." Die Herren wußten wenig mehr zu sagen und entfernten sich. Mercy hatte es nicht anders erwartet, der Abbé aber war enttäuscht.

Toinette, allein, schaute eine kleine Weile leeren Gesichtes vor sich hin. Sie dachte an die groben, höhnischen Ermahnungen, die sie von Josef zu hören bekommen wird, und sie ärgerte sich.

Dann nahm sie den Brief der Mutter zur Hand und öffnete ihn. „Mercy", schrieb Maria Theresia, „hat mir von Ihrem Wunsche berichtet, Bilder aus Ihrer Kinderzeit zu erhalten, an die Sie sich aus Ihrem Schönbrunner Aufenthalt erinnern, und er hat mir mitgeteilt, wie groß sie sein, wo sie hängen und wie sie belichtet sein sollen. Ich freue mich herzlich, Liebste, Ihnen einen Gefallen erweisen zu können, und ich werde Sorge tragen, Sie nicht sieben Jahre warten zu lassen, wie Sie mich mit Ihrem Porträt, das ich noch immer und mit Begier erwarte. Ich bin nicht nachträgerisch und werde die sieben Jahre Wartens sogleich vergessen, wenn ich Ihre lieben Züge im Bilde vor mir sehe."

Eine vage Trübsal füllte Toinette, wenn sie an ihre alte Mutter dachte. Man hatte damals Duplessis damit beauftragt, sie für Maria Theresia zu malen, und alle hatten erklärt, das Porträt sei gut und treu geworden, aber nachdem es der Mutter nicht gefallen, hatte sie keine Lust mehr gehabt, nochmals zu sitzen, sie hatte immer so wenig Zeit, und so hatte sie trotz der Erinnerungen Mercys die Angelegenheit verschlampt. Da Mama daran lag, so wird sie sich also wieder einmal malen lassen. Auf alle Fälle war es rührend, daß Mama ihr die Bilder sofort schickte. Sie war als Kind oft vor diesen Bildern gestanden, die sie darstellten als Zehnjährige, wie sie mit ihren Geschwistern tanzte und spielte, und sie hatte sich, als sie größer wurde, immer wieder und mit Anteilnahme verglichen mit der auf den Bildern dargestellten Maria Antonia. Sie war neugierig, welche Bilder wohl Mama ausgewählt hatte, und sie war gespannt, ob die Bilder jetzt so stark auf sie wirken würden wie damals. Das beschäftigte sie, und die unangenehmen Gedanken verwehten.

Sie erzählte ihren Nächsten von den Vorhaltungen der Österreicher. Vaudreuil, die Polignacs lachten. Natürlich waren Josefs Repräsentanten wütend, daß Toinette Rede und Gegenrede getauscht hatte mit dem Manne, den zu treffen Josef nicht mutig genug gewesen war.

Toinette lächelte. Sie stellte sich vor, wie nun bald auch Louis kommen und was für gute, geschliffene Antworten sie ihm geben wird.

Trotzdem, überlegte sie, wird es vielleicht besser sein, das Programm des 23. August ein wenig zu ändern. Es sollte nämlich an diesem Tage, an Louis' Geburtstag, unter andern Feierlichkeiten das kleine, neu errichtete Theater des Trianon eingeweiht werden, und zwar mit dem „Barbier von Sevilla" des Monsieur de Beaumarchais. Daß Louis, der den Autor und das Stück nicht liebte, sich ein wenig ärgern würde, war eine Prise Pfeffer, welche das Fest nur würzen konnte. Jetzt indes, nach der Begegnung mit Franklin, kamen Toinette Bedenken. „Soll es dabei bleiben", fragte sie, „daß wir am Dreiundzwanzigsten den ‚Barbier' aufführen?"

Sie warf die Frage spielerisch hin, nicht als Problem. Doch

Vaudreuils Gesicht verfinsterte sich über die Maßen. Er hatte die Aufführung des „Barbiers“ aus guten Gründen vorgeschlagen. Nicht nur wollte er die Intendantentätigkeit, die er an diesem 23. August offiziell übernehmen sollte, nicht mit etwas Banalem beginnen, er glaubte auch, er werde, wenn erst der „Barbier“ und bei solchem Anlaß vor dem König gespielt sei, die Aufführung auch des „Figaro“ viel leichter durchsetzen können. Mit Schärfe also erwiderte er, schon wüßten die Schauspieler um die geplante Aufführung des „Barbiers“, und wenn man nun plötzlich wieder den Mut verliere, so machten sie sich lächerlich, Toinette und auch er. Toinette gab eilig nach.

Vaudreuil indes ließ nicht so rasch ab. Gerade jetzt, erklärte er, komme es darauf an, daß Toinette keinen Zoll zurückweiche. Im Gegenteil, vorstoßen müsse sie. Wenn sie das nicht tue, dann werde ihr mutiges Verhalten vor Doktor Franklin Spielerei und leere Geste bleiben. Setze sie aber in Bälde auf ihre erste couragierte Tat eine zweite, dann erscheine die Begegnung mit Franklin als die zielbewußte Einleitung einer selbständigen Politik.

Das leuchtete Toinette ein. Sie war jetzt der Politik auf den Geschmack gekommen. Josef hatte recht gehabt: das politische Spiel war erregender als Pharao oder Lansquenet. Eifrig stimmte sie François zu und versicherte, sie werde fortan zielbewußte Politik treiben.

Aber: „Zielbewußte Politik? Wir?“ höhnte in seiner plumpen Art Jules Polignac. „Die andern treiben Politik, die Füchse, die Gegner, Maurepas, Vergennes, Necker. Die rühren sich. Die streichen uns die Mittel weg. Aber wir?“ Und da die andern einander anschauten, lächelnd über diesen unerwarteten Ausbruch, fuhr er fort: „Was haben wir gewettert gegen diesen Saint-Germain. Wir haben geredet, und er hat gehandelt. Jetzt kriegen die andern die Uniformen, das Gesindel, die Populace, die Frösche. Die werden Obersten und Generale, und wir sitzen da, nackt und bloß und ohne Gehalt.“ Alle waren erstaunt; in so zusammenhängenden Sätzen hatte sich Jules Polignac seit langem nicht geäußert.

„Das war eine gute Zeit“, erinnerte sich träumerisch Gabriele, „als wir Turgot davonjagten.“

Toinette saß da, nachdenklich, gepackt. Der Name Saint-Germain war zur rechten Zeit gefallen. Sie gedachte des vielen Bösen, das dieser Mann ihren Freunden zugefügt hatte. Sie gedachte des festen Entschlusses, den sie damals bei dem Familienessen für Josef gefaßt hatte, den aufsässigen, widerwärtigen Alten unschädlich zu machen.

Ein hübsches, böses und entschlossenes Lächeln war um ihren kleinen Mund mit der starken Unterlippe. Sie hatte das rechte Feld gefunden, sich zu betätigen. Jetzt mochte Louis kommen und ihr vorjammern, weil sie dem netten Doktor Franklin ein paar freundliche Worte gegeben hatte. Sie wird ihm beweisen, daß das nur der erste Schritt war auf einem langen Wege.

Am nächsten Morgen, in ihrem „Kleinen Empfangssaal", besichtigte Toinette das endgültige Modell des neuen Trianon. Man hatte einen Teil des Saales ausräumen müssen, um Platz für das Modell zu schaffen.

Um Toinette versammelt waren die Herren, die für den Umbau des Schlosses und die Neuanlage seiner Gärten verantwortlich waren. Da waren die Architekten Mique und Antoine Richard. Da war der Maler Hubert Robert, der gewissen Baulichkeiten im Gebiete des Trianon durch kleine, künstliche Zerstörungen das Aussehen des Natürlichen, Gebrauchten verlieh. Da waren die Gartenkünstler Bonnefoy du Plan und Morel. Da war vor allem der Marquis de Caraman, ein Dilettant, der in seiner Besitzung an der Rue Saint-Dominique den schönsten Garten von Paris angelegt hatte, jenen Garten, welcher Toinette die Anregung gegeben für die Parkanlagen des Trianon.

Toinette stand vor dem Modell, es war das achtzehnte, aber nun war es auch endgültig. Es war mit unendlicher Sorgfalt und Kunstfertigkeit ausgeführt. Der See und der Bach waren durch Spiegelglas, die Wiesen und Bäume durch gestopftes und gemaltes Moos wiedergegeben, die Baulichkeiten durch Gips und Holz. Man konnte sich von jeder Einzelheit ein deutliches Bild machen.

Toinette, an Hand der vielen Grundrisse, Zeichnungen,

kolorierten Blätter, verglich eifrig. Jetzt hatte sie es erreicht; alles war, wie sie sich's geträumt hatte, höchste Einfachheit und höchste Kunst. Ihr schönes, weißes Gesicht strahlte kindliche Freude. Oft hatten die Herren ihre Ämter verwünscht, oft und abermals; wenn Toinette immer noch nicht zufrieden war und dies und jenes und alles von neuem geändert haben wollte, waren sie im Begriff gewesen, ihre hochbezahlten Stellungen hinzuwerfen. Nun aber, vor dem vollendeten Modell, sahen sie: Mühe und Ärger waren nicht umsonst gewesen. Toinette hatte ein klares, genaues Bild gehabt dessen, was sie wollte, das Werk war gut. „Das haben Sie großartig gemacht, Messieurs", sagte Toinette. „Unser Trianon wird der Stolz Frankreichs sein. Ich danke Ihnen. Ich gratuliere Ihnen und mir." Sie sah die Herren an, jeden einzelnen, strahlend, glücklich.

„Und ich darf also damit rechnen", sagte sie leichthin, „daß alles am Dreiundzwanzigsten fertig ist." Die Herren blickten einander an, blickten Toinette an, blickten auf den Architekten Mique, den Chef des Unternehmens. „Am Dreiundzwanzigsten, Madame", sagte schließlich der Architekt, „wird das Haus bewohnbar sein und der Park so, daß man dort spazierengehen kann. Aber das Trianon wird noch nicht so sein, wie wir es Ihnen und Ihren Gästen zu präsentieren wünschen." Toinettes Brauen zogen sich hoch. „Aber Sie haben mir doch versprochen ...", entrüstete sie sich. „Madame", erwiderte der Architekt, „Sie sind für uns nicht nur die Königin von Frankreich, sondern unsere sehr geliebte und bewunderte Kollegin. Was menschenmöglich ist, geschah und wird geschehen. Wann aber das Trianon vollendet sein wird, das ist nicht nur eine Frage unseres Fleißes und unserer Kunst, das ist leider auch eine Geldfrage." Und der Gartenarchitekt Morel ergänzte: „Wir haben scharf gerechnet, Madame, und es war schwierig, Monsieur d'Angivillers zur Anweisung der nötigen Gelder zu bewegen. Mehr wird er uns bestimmt nicht bewilligen."

Louis hatte Toinettes neue, erhebliche Schulden beglichen, ohne sich darum bitten zu lassen; doch es schien ihr fraglich, ob er das nach dem Vorfall mit Franklin weiter so halten werde. Aber sie war stolz auf ihr Trianon, sie freute sich darauf, den Ihren zu zeigen, was sie da gemacht hatte, und eine bessere Gelegenheit als diesen 23. August gab es nicht. „Ich habe beschlossen", sagte sie leichthin und sehr hochmütig, „den Geburtstag des Königs in meinem Trianon zu feiern. Ich beabsichtige nicht, dem König und mir die Feier zu verderben, damit der Intendant der königlichen Bauten ein paar Livres einspart. Ich werde mit Monsieur d'Angivillers reden. Aber nun genug von diesem Kleinkram", unterbrach sie sich, „kehren wir zurück zur Arbeit", und sie sprach mit jedem der Herren über Einzelheiten, die ihn angingen, kennerisch und liebenswürdig.

Plötzlich wurde die Tür aufgerissen. Herein schleifte, das junge, feiste Gesicht verpreßt und zornig, Louis.

Es war ihm geglückt, sich auch an diesem zweiten Tage mit Wut zu füllen. Während er den unterirdischen Gang zu ihren Gemächern durchschritt, hatte er sich nochmals alle Gründe aufgezählt, die ihn zur Wut berechtigten. Hatte er nicht erwarten dürfen, daß Toinette nach vollzogenem Beischlaf weniger kindisch sein werde, mehr pflichtbewußt? Hätte sie nicht, nachdem er ihr so viele Extravaganzen verziehen, Unbesonnenheiten zumindest wie diese letzte vermeiden müssen, die an Verbrechen grenzten? Solcher grimmigen Gedanken voll war er gekommen, hatte der Dame, die ihn anmelden wollte, böse abgewinkt und war geradewegs in Toinettes Konferenz eingedrungen, gewillt, die Schuldige zu überraschen.

Da stand er und überraschte. Toinette hatte ihn wirklich gerade jetzt nicht erwartet, die Gedanken an ihr Trianon und an die Geburtstagsfeier hatten sie ganz ausgefüllt. Doch: Um so besser, dachte sie, und die Erwägung, daß er da so ungeschlacht hereinplumpte in ihre Besprechung einer Feier zu seinen Ehren, mehrte nur ihre Überlegenheit.

Sie freue sich immer, ihn zu sehen, meinte sie lächelnd, etwas verwundert. Aber er möge ihr doch sagen, ob, was er ihr mitzuteilen habe, dringlich sei. Sie sei gerade mitten in Geschäften; in Geschäften, die ihm eine, wie sie hoffe, angenehme Überraschung bringen würden.

Die Herren hatten Louis mit einer tiefen Verneigung begrüßt; jetzt standen sie respektvoll an den Wänden und lächelten in ihrem Innern. Louis, steif und finster, erwiderte: „Allerdings, Madame. Ich halte, was ich Ihnen zu sagen habe, für wichtig."

Toinette schaute im Kreise, schaute auf Louis, schaute auf das Modell und zurück auf Louis. Sagte: „Die Beschäftigung, Sire, mit der Überraschung, welche diese Herren und ich für Sie vorbereiten, erfordert unsere ganze Zeit und ungeteilte Aufmerksamkeit. Wenn also Ihre Mitteilung nicht sehr wichtig ist ...", sie betonte das „sehr", beendete ihren Satz nicht und blickte ihm liebenswürdig ins Gesicht. Er, halsstarrig, sagte mürrisch: „Es ist sehr wichtig, Madame." Toinette zuckte die Achseln, die Herren begannen sich zurückzuziehen. „Bitte, Messieurs", sagte Toinette und hob leicht die Hand, „gehen Sie noch nicht fort, warten Sie. Ich hoffe, es wird nicht allzulange dauern." Die Herren verneigten sich abermals und gingen.

Louis richtete die weitauseinanderstehenden braunen Augen auf sie, atmete stark und sagte: „Also nun – also das ist doch ..." – „Was nun? Was: also das ist doch?" fragte Toinette und wippte mit dem Fuß. „Was haben Sie getan", brach es schließlich aus ihm heraus. „Was habe ich getan", gab sie höhnisch zurück, ihn nachäffend. „Ich habe mich mit einem großen Gelehrten in ein Gespräch eingelassen, ich habe mit ihm ein paar Sätze gewechselt über harmlose Dinge, wie mit tausend anderen." Louis, gereizt durch soviel gleisnerische Verstocktheit, nahm einen neuen Anlauf zur Wut. „Bleiben Sie bei der Wahrheit!" rief er schrill. „Glauben Sie nicht, Sie könnten mich täuschen. Ich habe genauen Bericht. Sie haben mit ihm über Politik gesprochen. Sie haben seine Politik gelten lassen." – „Regen Sie sich nicht auf", gab hochmütig Toinette zurück. „Was man Ihnen weisgemacht hat, ist Unsinn. Ich habe mit Doktor Franklin über Musik gesprochen. Ich habe ihm gesagt, es sei Musik in seinen Worten. Und das war so."

Louis fühlte sich hilflos vor soviel Unlogik. Er spürte, wie seine Wut verrauchte. Er setzte sich nieder; eine wulstige

Masse Fleisches, hockte er auf dem zierlichen, goldenen Stuhl. „Werden Sie niemals einsehen, Madame“, sagte er trübe, „daß Sie kein Kind mehr sind? Sie können sich nicht jede Laune erlauben, Sie sind ...“ – „Ich weiß“, spöttelte Toinette, „ich bin die Königin.“ Beinahe hatte sie Mitleid mit dem Manne, wie er da so traurig vor ihr hockte und vermeinte, sie habe ihm unrecht getan. Sie trat zu ihm, rührte ihn an der Schulter, und: „Seien Sie vernünftig, Louis“, bat sie freundlich. „Kommen Sie, schauen Sie sich mein Trianon an“, und sie führte ihn vor das Modell.

Er stand davor, und da er Sinn für technische Fertigkeit hatte, konnte er nicht umhin, sich zu interessieren für die Kunst und Sorgfalt, mit der das zierliche, mühevolle Spielzeug hergestellt war. „Ist es nicht wundervoll?“ fragte Toinette. „Gewiß, Madame“, antwortete Louis, „es ist ungewöhnlich hübsch“, und mit dicken, doch behutsamen Fingern betastete er die Einzelheiten.

Doch er wollte sich nicht ablenken lassen. „Versprechen Sie mir wenigstens“, kehrte er zur Sache zurück, „daß Sie in Zukunft solche Unbesonnenheiten vermeiden werden.“ Sie hob ausdrucksvoll die Schultern, ging weg von ihm, setzte sich aufs Sofa, schmollte, wippte mit dem Fuß. „Begreifen Sie doch, Madame“, redete Louis auf sie ein, „daß diese Leute die Erzfeinde der Monarchie sind. ‚Ein harmloser Gelehrter‘, sagen Sie. ‚Er hat Musik in sich‘, sagen Sie. Um so schlimmer.“ Er geriet von neuem in Wut. „Dieser Mann“, schrie er in der Fistel, „schmarotzt bei uns herum. Er hat sich bei uns eingewurmt, es gibt keinen übleren Schädling. Er ist unser schlimmster Feind, der Ihre und der meine. Nicht der König von England: er, er. Mit unserm Vetter in Saint James können wir uns verständigen, mit diesem Rebellen niemals.“

Toinette schaute ihn auf und ab, wie er sich in ohnmächtigem Zorn abzappelte. Ihr Mitleid war verflogen, sie spürte nur mehr Verachtung. Der Brief, den sie der Mutter damals geschrieben hatte, nun sei sie in Wahrheit Königin und werde den Erben gebären, der Bourbon und Habsburg für immer vereinige, war voreilige Prahlerei gewesen; Louis war auch jetzt, nach der Operation, nicht imstande, ihr den Dauphin zu machen, auf den sie Anspruch hatte. Wahrhaftig, es war an der Zeit, daß sie in die Politik eingriff.

„Ich finde Ihre Haltung in der amerikanischen Frage im Prinzip unrichtig", belehrte sie ihn. Sie raffte zusammen, was sie aus Gesprächen des Fliederblauen Klüngels behalten hatte. „Natürlich werden wir vorläufig neutral bleiben", dozierte sie, „das können wir nicht anders. Natürlich werden wir unsere Sympathien für die Rebellen nicht offen an den Tag legen. Aber schließlich bleibt es doch unser wesentlichstes Interesse, England zu schwächen. Immer von neuem empört es mich, daß die Engländer noch in Dünkirchen sitzen. Haben Sie denn kein Blut in den Adern, Sire? Ich kann nicht einschlafen des Nachts, wenn ich daran denke. Sie sollten wirklich mehr auf mich hören."

Louis war verblüfft. Auf soviel Unlogik zu erwidern, war schwierig. „Wissen Sie denn überhaupt, wo Dünkirchen liegt?" fragte er. Und ehe sie antworten konnte, fuhr er fort: „Es war bisher nicht Sitte, daß sich die Königin von Frankreich in Staatsgeschäfte mischte." Er war beleidigt, er verteidigte sich mit Überzeugung. „Glauben Sie mir", sagte er, „ich weiß genau, was ich tue. Ich bedenke es nach allen Seiten, mit meinen Ministern, mit meinen Büchern, mit mir selber und im Gespräch mit Gott."

Toinette ging darauf nicht ein. „Wenn schon unsere offizielle Politik neutral bleiben muß", fuhr sie fort, ihn zu belehren, „so sollten wir den Amerikanern wenigstens menschliches Wohlwollen zeigen, so, wie ich es getan habe."

Louis versuchte weiter, ihr seine Politik zu erklären. Weder er noch König Georg wollten den Krieg. Aber die Völker seien aufgerührt, gewissenlose Hetzer reizten sie auf, Prestigefragen seien im Spiel, und wenn man nicht behutsam vorgehe, dann könne über Nacht ein Konflikt dasein, aus dem es keinen Ausweg mehr gebe. „England", setzte er ihr auseinander, „kann den Krieg nicht brauchen, es hat alle Hände voll zu tun mit seinen aufständischen Kolonien. Aber wir können ihn auch nicht brauchen. Unsere Finanzen erlauben ihn nicht. Unsere unfertige Rüstung erlaubt ihn nicht."

Sie hörte aus seinen geduldigen, logischen Erläuterungen

ein Wort heraus, das ihr gelegen kam. „Wenn wir nicht gerüstet sind“, hakte sie ein, „wessen Schuld ist das? Wessen sonst als die Ihres Kriegsministers. So lange haben Sie mir vorgeschwärmt von den Reformen dieses hartnäckigen, alten Esels. Seine Reformen haben meinen Freunden die größten Ungelegenheiten bereitet, ich selber habe mich krank darüber geärgert, und nun kommen Sie, Sire, und sagen mir: ‚Wir sind nicht gerüstet.‘ Mit all den Reformen, für die er von dem Land und von uns so viele Opfer verlangt, hat er's also nicht einmal so weit gebracht, daß wir einem Krieg mit Ruhe entgegensehen können. Finden Sie nicht, Sire, da gibt es eine einzige Konsequenz? Wegschicken den Mann, fortjagen.“

Louis hatte sich hoch aufgerichtet auf seinem kleinen Stuhl. Sein feistes Gesicht war gespannt und so finster, daß sie begriff, sie war zu weit gegangen. „Ich meine nur“, sagte sie eilig, „aber vielleicht habe ich mich nicht eingehend genug mit der Sache befaßt.“

Louis, immer mit grimmig verhaltenem Zorn, sagte: „Die Armee für einen Krieg mit England rüsten, Madame, das ist kein Kinderspiel. Das ist was anderes als das Schloß Bagatelle bauen oder auch das Schloß Trianon.“ Er sah mit Freude, daß er sie getroffen hatte. „Mit der Armee der Amerikaner“, fuhr er fort, „ist nicht viel Staat zu machen. Es ist undisziplinierte Miliz und überaus schlecht equipiert. Wenn wir mit England in Krieg geraten, dann haben wir diesen Krieg so gut wie allein zu führen. Und es wird ein Krieg sein, der sich nur zum Teil hier in Europa abspielt, er wird geführt werden müssen in fernen Ländern. Die Engländer haben in Amerika Armeen und Depots, und sie haben eine Flotte, die gerüstet ist für den Transport großer Truppenkörper. Wir – machen Sie sich das klar, Madame –, wir müssen alles, unsere Soldaten und unsern ganzen Kriegsbedarf, über ein gefährliches Meer transportieren, das beherrscht wird von einem mächtigen Feind. Soll ich mich leichtsinnig in einen solchen Krieg hineintreiben lassen? Das tue ich nicht, Madame. Niemals. Und ich erlaube niemand, auch Ihnen nicht, mich auf diesen Weg zu stoßen.“

Toinette, da sie ihren Plan, Saint-Germain davonzujagen, auf eine günstigere Stunde zurückstellen mußte, beschloß, Louis eine andere Konzession abzuzwingen. „Sie behandeln mich wie ein kleines Kind", trotzte sie auf, „dem man alles weismachen kann. Aber ich bin besser unterrichtet, als Sie glauben. Es ist nicht so, daß die Armee der Amerikaner für nichts anzusehen wäre. Die Rebellen sind tapfer und haben Siege errungen. Ich habe die Namen der Schlachten vergessen, aber ich weiß es ganz bestimmt." – „Ja, gewissermaßen", räumte der sachliche Louis ein, „bei Trenton und bei Princetown. Aber das waren keine Schlachten", beharrte er, „das waren Gefechte, Scharmützel. Auch liegen diese Ereignisse schon einige Zeit zurück, und wir haben zuverlässige Berichte, daß es seither nicht gut steht um die Armee des Generals Washington. Wenn wir nicht den Amerikanern heimlich Hilfe schickten, dann würden sie uns über Nacht zusammenbrechen."

Jetzt hatte Toinette Louis auf dem Wege, auf dem sie ihn haben wollte. Jetzt wird sie ihm eine Konzession abjagen, eine große Konzession, jetzt wird sie sich vor ihren Freunden eines viel wichtigeren Sieges rühmen können, als es die Entlassung Saint-Germains gewesen wäre. Behutsam auf ihr Ziel losgehend, fragte sie: „Also vor allem deshalb, weil die militärische Lage der Rebellen so schlecht ist, weigern Sie sich, die Schwäche Englands auszunützen?" – „Ja", gab zögernd Louis zu, „das ist einer der Hauptgründe." Und nun holte Toinette zu ihrem großen Schlage aus. „Ich sag Ihnen was, Louis", bot sie ihm an. „Ich verspreche Ihnen, in Zukunft den aufrührerischen Kolonien so viel Neutralität zu zeigen wie Sie und Josef zusammen. Dafür versprechen Sie mir: wenn sich die Lage ändert, wenn die Amerikaner einen militärischen Erfolg erringen, dann schließen Sie den Allianzvertrag mit ihnen, dann gehen Sie gegen England vor."

Louis saß da, schwitzend, unbehaglich. „Ich muß mir das überlegen", antwortete er, „Sie überrumpeln mich." Doch Toinette, sieghaft und zornig, ließ nicht locker. „Gerade haben Sie gesagt", bedrängte sie ihn, „es sei lediglich die schlechte militärische Lage der Amerikaner, die Sie verhindert, ihnen offen Hilfe zu bringen. Und jetzt wollen Sie es schon wieder nicht wahrhaben." – „Aber nicht doch", sagte unglücklich Louis, „Sie wollen nicht begreifen, Toinette." – „Ich begreife so viel", antwortete Toinette, „daß Sie nicht zu Ihren Worten stehen." – „Wenn die Amerikaner", räumte zögernd Louis ein, „einen militärischen Erfolg haben sollten, ich meine: einen wirklichen militärischen Erfolg, so würde das allerdings manches ändern." – „Heißt das", griff Toinette zu, „daß Sie dann den Allianzvertrag schließen würden?" – „Nun ja", drückte Louis herum, „dann allerdings." – „Also, abgemacht, Sire", legte ihn Toinette fest. „Und jetzt, nachdem das Politische geregelt ist, schauen wir uns in Ruhe mein Modell an."

Der 23. August war ein heißer Tag, und die nicht zahlreichen Gäste, die im Trianon den Geburtstag Louis' feierten, seufzten, als Toinette sie aufforderte, einen Rundgang durch den Park zu machen.

Bald aber vergaßen sie über der Schönheit des Parks die Mühseligkeit der besonnten Wege. Hier war nichts von dem gezirkelten Prunk der Gärten von Versailles, der mehr und mehr aus der Mode kam; hier war mit kunstvoll einfachem Geschmack jene Natur hergestellt, die diese Damen und Herren durch die Lektüre ihres Rousseau lieben gelernt hatten, und sie waren hingerissen, schwärmten.

Toinette, in schlichtem, weißem Leinenkleid, führte die Gäste. Mit ihrem wunderbar leichten Gang lief sie, schwebte sie durch die Alleen, unter dem Florentiner Strohhut hervor quoll das herrliche, aschblonde Haar, blendend weiß und edel kamen Hals, Schultern, Arme aus den zarten Spitzen. Begleitet vom Schwarm ihrer Architekten und Künstler, voll Begeisterung, zeigte sie ihre Schöpfung. Mit unverstellter, kindlicher Freude wies sie ihre Gäste hin auf das, was ihr am schönsten schien, und forderte ihre Sachverständigen auf, die Besonderheiten jedes Details zu erklären. Achthundert Arten von Bäumen und Sträuchern enthielt ihr Park, aus allen Winkeln der Erde hatte man sie zusammengeholt. Da gab es Rotbuchen aus Deutschland, Zypressen aus Kreta, Edeltannen aus Armenien, Kirschlorbeer aus den Pyrenäen und Kirschlorbeer aus China, Taxodium aus Louisiana, Robinien aus Virginia, niemals hatte man sie vorher in Frankreich gepflanzt. Zweihundertneununddreißig verschiedene Bäume und Sträucher, erläuterte der Botaniker Morel, hatte allein Nordamerika beigesteuert. Toinette streichelte mit den langen, zartfleischigen Händen ihre Libanon-Zeder, und mit Stolz machte sie den Prinzen Karl darauf aufmerksam, wieviel schöner ihre Tuberosen seien als die seinen in „Bagatelle".

Die ironischen, spottsüchtigen Damen und Herren ließen sich anstecken von Toinettes strahlender, naiver Freude. Der freche Prinz Karl vergaß seine Frechheit, der dicke, säuerliche Prinz Xavier seine Bosheit, Vaudreuil seinen gewalttätigen Hochmut. Am innigsten vergnügt war Louis. Dieses Trianon war großartig geraten. Was waren die andern berühmten Gärten, die Parks des Horace Walpole, des Prinzen de Ligne, des Herzogs von Orléans, vor dem Wunderwerk, das seine schöne Frau da hingestellt hatte? Er freute sich, daß offenbar auch die andern so dachten. Und ein wenig war es ja auch sein Erfolg; denn wer zahlte?

Besonders stolz war Toinette auf ihre neue Orangerie. Triumphierend rechnete sie vor, wieviel Geld sie damit verdienen werde. Aus dem Verkauf der Orangenblüten allein wird man dreihundert bis vierhundert Livres herausschlagen, in guten Jahren bis zu tausend. Louis überlegte. „Wirklich, Teuerste?" fragte er zweifelnd. „Aber gewiß", antwortete Toinette. „So ist es im Voranschlag. Ist es nicht so, Monsieur?" wandte sie sich an d'Angivillers. Der sagte ehrerbietig: „Nicht ganz, Madame", flüsterte mit einem Beamten und berichtete: „Wir rechnen mit einem Ertrag von fünfzehn Livres, der vielleicht in guten Jahren bis zu vierzig gesteigert werden kann." – „Das ist besser als nichts", sagte gutmütig Louis und beschloß, aus der Ausstellung und der Auktion seines Sèvres-Porzellans mindestens dreihundertfünfzigtausend herauszuholen.

Man bewunderte, wie natürlich der Lauf des Baches war, gewunden und lieblich, das Wasser war mittels langer Röhren aus weiter Entfernung herbeigeleitet. Der Bach murmelte freundlich und mündete in den künstlichen See, in dessen Mitte sich eine künstliche Insel erhob; Schwäne reckten und tauchten die Hälse. Jenseits des Ufers wurde eine Bergpartie sichtbar, künstlicher Fels und künstliches Moos. „Alles sieht aus", anerkannte Prinz Xavier, „als stünde es hier seit den Zeiten des Vierten Pharao", und Louis stimmte bei: „Wahrhaftig, ich fühle mich hier in der Natur wie sonst nur auf der Jagd."

Es war erstaunlich, was alles man auf dem kleinen Raum untergebracht hatte, Brücken und Tempelchen und Pavillons und Grotten, ganz zu schweigen von den träumerisch romantischen Ruinen, welche mit feinem Geschmack der Maler Hubert Robert errichtet hatte. „Man wird Sie künftig den Ruinen-Robert nennen", lobte Vaudreuil, und der Maler Robert verneigte sich geschmeichelt.

Man kam an den Chinesischen Pavillon. Auch hier war alles gründlich erneuert. Von einem unsichtbaren Mechanismus bewegt, drehte sich ein Karussell, der Bildhauer Bocciardi hatte die Figuren entworfen, Drachen und Pfauen. Toinette schwang sich auf eine der hölzernen Figuren, lieblich und aberwitzig saß sie auf ihrem Drachen. Die andern taten es ihr nach, und zu einer dünnen, silbernen Musik begann man zu reiten. Louis selber, vergnügt und schwitzend, ließ sich auf einem Pfau nieder, der brach unter ihm zusammen, er lachte schallend, wohlgelaunt.

Vaudreuil stand in kühner, halsbrecherischer Position neben Toinette, sich mit Fuß und Hand an dem Strick festhaltend. Er war geübt in jeder Art Sport; im Jeu de paume, im Tennis tat es ihm keiner gleich in der Stadt Paris. Während er sich gefährlich mit Toinettes Drachen weiterdrehen ließ, sprach er unhörbar auf sie ein: „Heut ist der gegebene Tag. Es ist alles so geglückt. Sie sind schön und verlockend wie nie, Toinette. Er ist so guter Laune. Heute müssen Sie ihn dazu kriegen." – „Wozu?" fragte Toinette, ein leeres, glückliches Lächeln um die Lippen. „Daß er den alten Saint-Germain endlich wegschickt", antwortete leise und heftig Vaudreuil.

Es gab noch vieles zu sehen, zu vieles, man ermüdete. Eines aber mußte Toinette, bevor man zurück ins Haus ging, ihren Gästen noch zeigen: „das Dörfchen“, ihr wunderbares, liebliches, naturnahes, ganz und gar realistisches Dörfchen. Vorgeschwebt hatte ihr, als sie dies ihr Dörfchen anlegte, die pastorale Landschaft, in welche sich in der „Aline“ des Chevalier de Boufflers die Heldin flüchtet, die Königin von Golkonda. Und als der belesene Prinz Xavier erkannte: „Aber mein Gott, das ist ja die Landschaft Alines“, errötete Toinette vor Freude.

Ein jedes der acht Häuslein hatte sein Gärtlein, ein Gemüsegärtlein und eines von Fruchtbäumen. Scheunen gab es und Holzbänke, Tennen, einen Hühnerhof, eine Mühle, ein Haus für den Dorfpolizisten. Ein kleiner Marktplatz war da. Schafhürden gab es und Kuhställe.

Die Kühe wurden vorgeführt, außergewöhnlich saubere, gepflegte Kühe. Sie lebten in einem Stall, der von Sauberkeit blitzte, der Boden war mit Fliesen weißen Marmors belegt, doch die Mauern wiesen natürlich Sprünge auf, angefertigt nach Zeichnungen des Malers Hubert Robert. Toinette schickte sich an, ihre Lieblingskuh zu melken, die Kuh Brunette; der Eimer war aus edelstem Porzellan, angefertigt in Sèvres nach Entwürfen des Meisters Pourrat. Alle schauten zu, wie flink und geschickt ihre Finger an dem Euter der Kuh herumwerkten. „Niedlich, sehr niedlich“, sagte Prinz Karl, und der gebildete Prinz Xavier zitierte Verse aus den „Eklogen“ des Vergil. Louis aber hatte eine glückliche Idee. Er schlug vor, die Milch zu versteigern. Man bot hoch, und schließlich steigerte Louis selber die Milch ein, für fünfundzwanzig Louisdor; er lachte. „Es lebe die Königin“, rief er, verneigte sich plump vor Toinette, trank.

Monsieur d'Angivillers mittlerweile erzählte Interessierten von den Kosten, welche das „Dörfchen“ verursacht hatte. Es waren weniger die Baulichkeiten selber als die Insassen. Madame, in bekanntem Wohltätigkeitssinne, hatte in ihrem Dörfchen bedürftige Landleute ansiedeln wollen. Aber es war schwer gewesen, passende Bauern aufzutreiben. Wenn man einen gefunden hatte, mit dessen Kopf der Maler Robert einverstanden war, dann schienen dem Architekten Mique die Hände nicht stilgerecht, und der Bauer mußte entschädigt und zurückgeschickt werden; an dem neuen Bauern wurden neue Mängel entdeckt, und wenn die Künstler befriedigt waren, war es Madame noch lange nicht.

Toinette führte ihre Bauern vor. Besonders stolz war sie auf den Bauern Valy aus dem dritten Haus, den Dorfschulzen, und schaute nicht der Dorfpolizist Vercy wunderbar echt aus? Weiter fand hohe Anerkennung der Schulmeister Lepain; man hatte ihn in das Dörfchen versetzt, weil er verblüffende Ähnlichkeit hatte mit dem „Dorfschulmeister" des Greuze, einem Gemälde, das im Salon Sensation erregt hatte. Auch der kleine Schützling Toinettes interessierte, Pierre Machard. Man hatte ihn aus seinen prunkvollen Hofkleidern herausgeschält und in Bauerntracht gesteckt; es fiel ihm sichtlich nicht leicht, sich an den langen, schweren Rock und an die plumpen Holzschuhe zu gewöhnen. Toinette erzählte, sie habe ihren lieben Kleinen dem Schulmeister besonders ans Herz gelegt. Er werde nun nach der letzten Mode erzogen, naturnahe, gemäß den Prinzipien, die in Rousseaus „Emile" niedergelegt seien. Louis hob den Knaben hoch. Dabei entfiel dem einer der Holzschuhe, er war sehr unglücklich, Louis gab ihm Naschwerk.

„Wo aber bleibt unser guter Ulrich Schätzli?" fragte Toinette, und alle horchten auf. Die Geschichte dieses Ulrich Schätzli hatte das ganze Königreich interessiert. Ulrich Schätzli aus Uznach hatte der Schweizer Garde angehört, er war ein braver Soldat gewesen und hatte Disziplin gehalten. Nun hingen aber die Schweizer mehr als andere an ihrer Heimat – die Encyclopédie definierte „Patriotismus" geradezu als eine Schweizer Nationalkrankheit –, und einmal, an einem Urlaubsabend, nachdem er sich einsam in der Kneipe „Zur heikeln Kathrin" ungeheuer besoffen, hatte sich der Schweizer Gardist Ulrich Schätzli auf die Place Louis le Grand hingestellt und zur Belustigung der Passanten einige Lieder seiner Heimat zum besten gegeben, zum Schluß auch das schwermütige Lied: „Zu Straßburg auf der Schanz". Es war aber den Schweizer Leibgardisten der Allerchristlichen

Majestät das Singen ihrer heimatlichen Lieder und insbesondere das Singen dieses letzten Liedes, welches man in Paris „Ranz des Vaches“ nannte, aufs strengste verboten, weil man fürchtete, der Vortrag dieser Lieder könnte das Heimweh der Schweizer steigern und sie zu Desertionen veranlassen; ja, für das Absingen des „Ranz des Vaches“ hatte eine alte, noch nicht aufgehobene Verordnung sogar die Todesstrafe festgesetzt.

Nun hatte Louis natürlich nicht daran gedacht, den Schweizer Ulrich Schätzli exekutieren zu lassen. Aber was er mit ihm anfangen sollte, hatte er auch nicht gewußt, vor allem da sein Kriegsminister Saint-Germain streng darauf hielt, Verstöße gegen die Disziplin zu ahnden. So war es dem ratlosen Louis beinahe gelegen gekommen, als ihn Toinette bat, ihr den Mann für ihr Dörfchen zu überlassen. Ulrich Schätzli war mit Schmach und Schande aus der Leibgarde ausgestoßen und mit Ehren im Trianon als „Schweizer“ aufgenommen worden.

Er hatte sich geschämt, sich heute, am Geburtstag seines Königs, sehen zu lassen, kein Zureden des Dorfschulzen hatte geholfen, jetzt aber wurde er gnadenlos herbeigeholt. Er kam, zerwühlt von Schande, weil er so furchtbar gegen die Disziplin verstoßen hatte. Er trug sein Schweizer Kostüm, einen langen, grauen Tuchrock, sehr kurze Hosen; der Maler Hubert Robert hatte das Kostüm entworfen nach Schilderungen in den Alpen-Romanen des großen Romanschriftstellers Claris de Florian. So, sehr groß, in steifer militärischer Haltung, stand Ulrich Schätzli vor den Herren und Damen, und sie beschauten ihn. Prinz Karl ging ganz um ihn herum. Louis aber blickte ihn an mit kurzsichtigen, blinzelnden Augen, blickte hinauf in sein hölzernes, starres Gesicht und sagte: „Aber ja ... Nun also ... Dieses Problem wäre gelöst.“ Er betonte aber das „dieses“. Noch als die Gesellschaft sich entfernt hatte, verharrte der Schweizer Ulrich Schätzli in militärischer Haltung.

Toinettes Gäste gingen daran, das Innere des Hauses zu besichtigen. Die ersten Maler und Bildhauer Frankreichs hatten sich zusammengetan, das Vestibül, die Treppe, den Vorraum, das Speisezimmer, den Kleinen und den Großen Salon, die winzige Bibliothek und das geräumige Ankleidezimmer, das Boudoir und das Schlafzimmer zu schmücken.

Interesse fand vor allem das Schlafzimmer. Es waren nicht die erlesen geformten Möbel in blauer Seide, es war nicht der Kamin mit der herrlichen Uhr, es waren nicht die Bilder von Pater und Watteau, welche die Gäste anzogen; es waren vielmehr jene drei Gemälde, die man Toinette aus Schönbrunn geschickt hatte. Denn nicht nur die Bilder waren gekommen, die Maria Theresia der Tochter versprochen hatte; auch Josef hatte es sich nicht nehmen lassen, Toinette ein Gemälde zu schenken.

Die beiden Bilder, welche Maria Theresia gestiftet hatte, waren noch hübscher als in Toinettes Erinnerung. Sie stammten von dem Maler Wertmüller, und sie stellten Toinette in sehr früher Jugend dar. Toinette war damals zehn Jahre alt gewesen, und die kleinen Erzherzoginnen hatten Oper und Ballett gespielt anläßlich der Hochzeit Bruder Josefs. Auf dem einen der Bilder tanzte Toinette mit ihren Brüdern Ferdinand und Maximilian, sie schaute sehr kindlich aus in ihrem roten Leibchen und in dem Rock von weißem, beblumten Satin. Viel seltsamer indes und wohl auch anziehender war sie auf dem andern Bild; da tanzte sie ernst und beflissen mit einem ihrer Brüder und einer der Schwestern ein mythologisches Ballett vor einer zarten Landschaft, die halb klassisch war und halb englisch. Sie gefiel sich sehr auf diesem strengen und dennoch zierlichen Gemälde, und offenbar gefiel sie auch den andern.

Das Merkwürdigste aber blieb das dritte Bild. Es stellte dar den Onkel Karl und den Großonkel Maximilian und den alten Erzherzog Josef Maria, alle in mönchischer Tracht und sich ihre Gräber grabend. Toinette erinnerte sich nicht, dieses Bild je in Wien gesehen zu haben, ihr Bruder Josef hatte es ihr wohl in einer bösartig skurrilen Laune geschickt, und während ihr die beiden andern Gemälde von Mercy präsentiert worden waren, hatte ihr dieses der Abbé Vermond überbracht. Zuerst hatte sich Toinette über den makabern Scherz geärgert, aber dann hatte sie gelacht, auch Vaudreuil hatte an dem sonderbaren Bild seinen Spaß gehabt. So hatte sie sich zuletzt entschlossen, auch dieses Bild in ihrem Schlafzimmer aufzuhängen, gegen den Rat ihrer Maler, die das Werk nicht künstlerisch genug fanden. Da hing es jetzt, und ihre lustigen, eleganten Gäste standen davor, ein bißchen unbehaglich, interessiert, amüsiert.

Das frühe Abendessen verlief angeregt. Der Tisch war versenkbar und hob sich, gedeckt mit den Speisen, stumme Diener taten das übrige, man kam ohne Lakaien aus. Toinette erklärte, sie habe sparen wollen, darum habe sie dieses Arrangement des hochseligen Großvaters, Ludwigs des Fünfzehnten, beibehalten. Auch sonst habe sie aus Spargründen möglichst viel von dem alten Mobiliar verwertet; selbst ihr Bett sei schon von einer Vorgängerin benutzt worden, und flüsternd erzählte sie Gabriele, es sei das Bett der „Hure" gewesen, der Dubarry. Monsieur d'Angivillers, als die Geschichte herumging, konnte sich nicht enthalten, seinesteils zu flüstern, daß dieses aus Spargründen beibehaltene Bett wohl das kostbarste des Königreiches sei; allein die neuen Bettpfosten, die Madame befohlen habe, kosteten zweitausend Livres. Übrigens sei es nicht das Bett der „Hure", sondern das des hochseligen Großvaters Louis, was freilich nicht ausschließe, daß Madame Dubarry zuweilen darin geschlafen habe.

Louis aß mit ungeheuerm Appetit und forderte auch die andern immerwährend auf, zuzulangen. „Hier sind wir nicht Edelleute, Messieurs et Mesdames", sagte er, „hier sind wir schlechthin Menschen, ja, Bauern, also laßt uns essen."

Vaudreuil hatte eine Idee. Auf Louis' gute Laune eingehend, schlug er vor, die Musiker der Oper, welche zur Tafel aufspielten, wegzuschicken und den Schweizer herbeizuholen, Ulrich Schätzli. „Als Intendant Madames", meinte er, „bin ich dafür verantwortlich, daß die Geburtstagsfeier Seiner Majestät ihr einmaliges Gepräge hat." Louis, zuerst verblüfft von dieser Kühnheit, nahm sie dann mit guter Miene. „Also gut", sagte er.

Der Schweizer wurde herbeigeholt. „Jetzt sind Sie nicht mehr im Dienste der Garde, guter Mann", sagte Vaudreuil.

„Wie wäre es, wenn Sie uns Ihr berühmtes Lied vorsängen?" Ulrich Schätzli stand steif da, in militärischer Haltung, und begriff nicht. „Was meinen der Herr?" fragte er. „Was befehlen der Herr?" – „Der Herr befehlen", antwortete Vaudreuil, „daß Sie Ihren ‚Ranz des Vaches' singen, Ihren famosen Kuhreigen." – „Das ist verboten", antwortete Ulrich Schätzli. „Unsinn, mein Lieber", sagte Vaudreuil. Er zog eine Münze heraus. „Schau dir diesen Kopf an", sagte er, „und schau dir diesen Kopf an", und er wies auf Louis. „Hier steht der Mann, der verbietet und erlaubt. Frag ihn!" Der Schweizer stand schwitzend, immer stocksteif. „Ist es nicht verboten, Sire, mein General?" fragte er Louis. „Es war verboten, aber es ist nicht mehr", antwortete in seiner sachlichen Art Louis. Es reizte ihn selber, das berühmte Lied zu hören; auch wollte er ausprobieren, ob er wohl den deutschen Text verstehe. „Also sing schon, mein Sohn", sagte er zu dem langen Schweizer.

Ulrich Schätzli stand da in seinem grauen, rotbetreßten Tuchrock und in seinen sehr kurzen Hosen. Er stand in streng dienstlicher Haltung, die Beine gespreizt, stramm, lang, sehr aufrecht, den Arm mit dem Hut hölzern ausgestreckt. Er war aber sichtlich bewegt, er atmete stark, auf seinem harten Gesicht arbeitete es, und plötzlich sagte er, stramm und sehr laut: „Zu Befehl, Sire, mein General."

Und dann begann er zu singen, mit grober, großer Stimme, bäuerlich und mit starken Kehllauten. „Zu Straßburg", sang er,

„Zu Straßburg auf der Schanz,
Da fing mein Trauren an,
Das Alphorn hört ich drüben wohl anstimmen,
Ins Vaterland mußt ich hinüberschwimmen,
Das ging nicht an."

Und er sang das ganze, schlichte, schwermütige Lied, wie sie ihn im Strom wieder einfangen und wie sie ihn vors Regiment stellen und ihn zum Tod verurteilen. „Ihr Brüder", sang er,

„Ihr Brüder allzumal,
Heut seht ihr mich zum letztenmal;
Der Hirtenbub ist doch nur schuld daran,
Das Alphorn hat mir solches angetan,
Das klag ich an.

Ihr Brüder alle drei,
Was ich euch bitt, erschießt mich gleich;
Verschont mein junges Leben nicht,
Schießt zu, daß das Blut rausspritzt,
Das bitt ich euch.

O Himmelskönig, Herr,
Nimm du meine arme Seele dahin,
Nimm sie zu dir in den Himmel ein,
Laß sie ewig bei dir sein,
Und vergiß nicht mein."

Es gelang dem Ulrich Schätzli, die militärische Haltung zu wahren während des ganzen Liedes, aber die Tränen liefen ihm über die Backen. Auch Louis war sehr gerührt. Er hatte zwar nicht alles verstanden, aber doch ziemlich viel, und jetzt ließ er sich von dem Schweizer einiges wiederholen und fragte ihn nach der Bedeutung. Dann erzählte er den andern den Inhalt. „Ich hab es ja immer gesagt", erklärte befriedigt und mit Bedeutung Toinette, „diese Republikaner sind gar nicht so schlimm; es sind weichmütige Leute mit Sinn für Musik." Und: „Jetzt geht es Ihnen aber gut, mein Lieber?" erkundigte sie sich bei Ulrich Schätzli. „Fühlen Sie sich nicht zu Haus in meinem Dörfchen? Ist es nicht die ganze Schweiz?" Ulrich Schätzli begriff nicht und schaute verstört ringsum. „Zu Befehl, Madame", antwortete er dann eilig. Louis hielt ihm gutmütig ein Glas Wein hin. „Trink, mein Sohn", sagte er, „und stärke dich. Du hast es nicht schlecht gemacht", und er gab ihm einen Louisdor.

Die Schauspieler des Théâtre Français, die den „Barbier" spielen sollten, hatten ihr Diner um die gleiche Zeit. Es war ein mit Sorgfalt vorbereitetes Diner, Monsieur d' Angivillers hatte ihnen im Auftrag Toinettes mitgeteilt, die Königin selber habe das Menü zusammengestellt, die Speisenfolge war auf eine besonders hübsche Karte gedruckt; da aber das Schloß sehr wenig Platz bot und es nicht anging, daß die Schauspieler zusammen mit den Gästen des Königs aßen, nahmen sie das Mahl zusammen mit den Lakaien.

Das war nicht kränkend und nicht weiter aufregend. Es waren nur reinblütige Aristokraten geladen, solche, die bis zurück ins vierzehnte Jahrhundert keinen Bürgerlichen in ihrer Ahnenreihe aufwiesen, und man hielt sie, wie das üblich war, streng getrennt von den Gemeinen. Trotzdem und wiewohl sie nicht davon sprachen, empfanden es die Herren und Damen vom Théâtre Français als einen Stachel, daß man sie zu den Lakaien verwies.

Diese Lakaien waren im übrigen gescheite Burschen, frech und gewitzt. Wenn ihre Herren nicht aus noch ein wußten, wandten sie sich an sie; sie, die Lakaien, waren vertraut mit ihnen und erledigten ihnen viele geheime politische, finanzielle und amouröse Geschäfte. Sie wußten genau Bescheid in der großen und in der kleinen Politik und in Finanzdingen, sie spekulierten selber, liehen ihren Herren Geld und hatten gute Einnahmen. Sie nannten einander bei den Namen ihrer Herren, Vaudreuil, Provence und Artois. Sie ließen sich nichts vormachen, sie waren pariserisch hell, sie hatten ihren scharfen Witz. Es war sicherlich amüsanter, mit ihnen zu Tisch zu sitzen als mit den Gästen Toinettes. Trotzdem aßen die Schauspieler mit den kostbaren Speisen ein Körnlein Gift.

An dem Tische der Schauspieler und Lakaien saß auch Pierre Beaumarchais. Er war Vaudreuil dankbar, daß er den „Barbier" heute hier spielen ließ; diese Aufführung war ein erster Schritt auf dem Weg zur Aufführung des „Figaro". Gleichwohl empfand auch er die Mahlzeit mit den Lakaien als Demütigung und ärgerte sich über Vaudreuil.

Da keine Gefahr mehr war, daß sie den Reinblütigen begegnen könnten, lud d'Angivillers die Damen und Herren ein, Schloß und Gärten zu besichtigen, bevor sie sich für die

Komödie zurechtmachten. So gingen denn jetzt die Schauspieler durch den Park, lauschten dem Gemurmel des Baches, ruderten auf dem See, ritten auf den Fabeltieren des Chinesischen Ringelspiels. Auch sie liebten die „Natur", und insbesondere Désirée begriff, was Toinette gewollt und was sie erreicht hatte. Aber das hinderte die Schauspieler nicht, bösartige Witze zu machen, und Pierre fiel ein Wort ein, von dem er wußte, daß es schnell durch das ganze Königreich gehen werde: er nannte das Trianon „Petit Schönbrunn".

Aber er und die Schauspieler mußten zugestehen, daß sie in einem hübscheren Theater niemals gespielt hatten als in dem des Trianon. Das kleine Haus war gebaut wie ein Tempel mit ionischen Säulen, es war in Weiß und Gold gehalten, Logen und Gestühl waren mit blauem Samt bezogen, Pfeiler mit Löwenköpfen trugen den Balkon; alles war mit Liebe und Geschmack gemacht. Auch die Bühne wies alle Vorrichtungen und Maschinerien auf, die das Herz der Akteure sich wünschen konnte.

Bei der Aufführung vermißten die Schauspieler den dick prasselnden Beifall, der im Théâtre Français ihr Spiel an gewissen Stellen zu unterbrechen pflegte. Zwar ersetzte die dröhnende Lache Louis' die Lache eines ganzen Hauses; doch hatte er keinen schnellen Verstand und lachte manchmal verspätet oder gar nicht. Im übrigen fand er das Stück, nun es gespielt wurde, nicht so schlimm wie bei der Lektüre. Das sagte er auch Pierre. „Recht gut, Monsieur", sagte er. „Ich habe mich amüsiert, ich habe gelacht, das werden Sie ja gehört haben. Machen Sie nur so weiter, Monsieur." — „Das werde ich, Sire", antwortete Pierre und verneigte sich tief. Dann hatten er und die Schauspieler sich zurückzuziehen.

Toinette aber und ihre Gäste tanzten auf dem Marktplatz des Dörfchens. Man hatte die Bauern herbefohlen, und wenn bei Tafel die ausgesuchten Musiker des Königs weggeschickt worden waren, um dem Schweizer und seinem „Ranz des Vaches" den Platz zu räumen, so hatten sie jetzt Gelegenheit, zum bäuerlichen Tanz aufzuspielen. Toinette tanzte mit dem Dorfschulzen Valy, Gabriele mit dem Polizisten Vercy, Louis selber aber machte schwitzend und lachend eine Runde mit der Tochter des Polizisten, einem drallen, steifen, verlegen kichernden Mädchen.

Geplant war, daß Toinette diese erste Nacht in ihrem Trianon allein verbringen sollte, während sich Louis mit den andern zurück nach Versailles begab. Allein er war angeregt durch das Lied des Schweizers und durch den Tanz mit dem Bauernmädchen, und als die andern gingen, blieb er. Verlegen stammelte er etwas Schwerverständliches, doch Toinette verstand ihn sogleich. Sie wäre diese erste Nacht gern allein in ihrem Trianon gewesen, aber sie wollte sich die gute Gelegenheit nicht entgehen lassen, den Sturz Saint-Germains durchzusetzen.

Sie hieß also Louis warten und ging in ihr Schlafzimmer.

Er watschelte herum, schnaufend, schwitzend, schwerfällig, in den edel zierlichen Räumen. Kratzte, nachdem gebührend Zeit verstrichen war, an der Tür des Schlafzimmers. „Treten Sie ein", rief sie gedämpft.

Im Licht der Kerzen sah das blaue Schlafzimmer noch schöner und einladender her als bei Tage; breit und kostbar einfach stand das Bett, in welchem der hochselige Fünfzehnte Louis und zuweilen auch die Dubarry geschlafen hatten. An den Wänden hingen die Bilder; steif und sehr zierlich tanzte die kleine Toni mit den Geschwistern vor ihrer klassischen Landschaft.

„Wollen wir nicht die Kerzen löschen?" schlug Toinette vor. „Wollen wir?" zögerte Louis. „Also schön, also ja", gab er nach und ging daran, einige der Kerzen auszublasen und mit den Fingern auszuputzen. „Lassen Sie schon", sagte Toinette, als es zu lange dauerte. Ein paar Kerzen blieben brennen und schickten flackerndes Licht über die erlauchten alten Verwandten, die sich, verkleidet, damit erlustigten, ihr Grab zu schaufeln. Umständlich zog sich Louis aus und legte sich, ehe er damit ganz zu Rande gekommen war, zu Bett. Toinette zog die Bettvorhänge zu.

Später, hinter den Vorhängen, erzählte ihm Toinette, daß sie jetzt, nach der Vollendung des Trianon, mit einem viel niedrigeren Budget auskommen werde. Sie habe nicht vergessen, daß er mehrmals ohne Vorwurf ihre Schulden bezahlt habe, sie wisse das zu schätzen und danke ihm. Von nun an aber werde dergleichen nicht mehr nötig sein. Mit der Vollendung des neuen Trianon seien ihre Wünsche erfüllt. Jetzt werde sie nicht mehr Pharao spielen und nicht mehr Lansquenet und überhaupt alle unnötigen Ausgaben vermeiden. Sie legte den Kopf auf seine Brust und schmiegte sich an ihn. Er brummte freundlich und schaute zufrieden zu, wie die schwachen Schatten der flackernden Kerzen über die Bettvorhänge tanzten.

Sie schwieg eine Weile. Dann nahm sie wieder das Wort und sagte: „Da ich Ihnen auf diesem Gebiete entgegenkomme, Sire, nehme ich an, Sie werden auch mir einen Gefallen tun wollen." Er schnaufte, unbehaglich, murmelte Undeutliches. Und nun forderte sie geradezu: „Schicken Sie doch endlich diesen verderblichen Mann fort, den alten Trottel, den Saint-Germain. Wer war schuld an unserer letzten Auseinandersetzung? Einzig und allein er. Immer ist er die Ursache unserer Zwistigkeiten."

Louis wälzte sich unlustig. Jedesmal kam es so, jedesmal verdarb sie das Hernach. Jedesmal hinterher verlangte sie etwas. Vage ging ihm durch den Kopf, daß die Dubarry in diesem Bett geschlafen hatte und daß, was Toinette da und wie sie es machte, nicht königlich sei. Er brummelte, gab unverständliche Worte von sich. Er dachte vielerlei, an die Armee-Reform, an die Disziplin, an den Finanzminister Turgot und daß er morgen im Plutarch nachlesen werde über Antonius und Kleopatra.

„Warum antworten Sie denn nicht?" fragte Toinette. „Ist es so schlimm, wenn einmal ich etwas von Ihnen verlange?" Er brütete weiter und schwieg. Die schwere Dämmerung in dem Alkoven bedrückte ihn, er zog die Vorhänge zurück, friedlich und reizend lag das Schlafzimmer. „Es war besonders freundlich von Ihrer Frau Mutter", sagte er, „Ihnen diese Bilder zu schicken. Es ist allerliebst, wie Sie da tanzen. Es freut mich, daß wir diese schönen Erinnerungen hier haben." – „Sie selber haben zugegeben", sagte Toinette, „daß Saint-Germain seiner Aufgabe nicht gewachsen ist. Er hat die Reformen nicht durchführen können, um derentwillen er mich und den ganzen Adel beleidigt hat." – „Finden Sie nicht", sagte Louis, „daß auch ich mich bei der Frau Mutter bedanken sollte?" Toinette hatte sich halb aufgerichtet; blond, weiß, hübsch, saß sie und zwang seinen abirrenden Blick zurück auf sie. „Bitte, weichen Sie nicht aus, Sire", sagte sie. „Geben Sie mir klaren Bescheid. Werden Sie Saint-Germain wegschicken?" – „Also schön, also dann", sagte Louis. „Ich bitte um ein klares Ja, Sire", bestand Toinette. „Also ja", sagte brummig Louis.

Er stand auf, zog sich an, nachlässig, die Gedanken woanders, er vergaß einige Bestandteile seiner weitläufigen Kleidung. Dann verließ er das Haus.

Es war sehr still in den Gärten, ein kleiner Mond schien, das Bächlein und die Brunnen rauschten. Wohlig atmete Louis die reine Nachtluft, während er langsam zurück nach Versailles ging. Er war froh, mit sich allein zu sein. „Zu Straßburg auf der Schanz, da fing mein Trauren an", summte er vor sich hin durch den stillen Park, und: „Das Alphorn hat mir solches angetan." Dann dachte er an Saint-Germain, wie sich der kleine Herr immer stramm aufrecht hielt, er dachte an das erdfarbene, scharf zerfurchte Gesicht des Alten, und während er noch mehrmals vor sich hin summte: „Das Alphorn hat mir solches angetan", erwog er, wie viele unanständige Menschen es an seinem Hof gab und daß Saint-Germain einer der wenigen anständigen war.

So kam er nach Versailles. Er rührte den schweren Klopfer, der wachehabende Schweizer schaute durch den Spion, sah den unordentlich angezogenen Höfling, sagte barsch: „Nichts da, machen Sie sich fort." Louis erinnerte sich, daß er selber den Auftrag gegeben hatte, nach Anbruch der kleinen Morgenstunden niemand mehr einzulassen, und er lachte seine grobe Fuhrmannslache. Da erkannte der Soldat den König und erschrak. „Du bist ein guter Soldat, mein Sohn", sagte Louis.

In seinem Schlafgemach sah er mit Vergnügen, daß er noch hinlänglich Zeit hatte vor dem offiziellen Lever. So legte er sich nicht in sein Staatsbett, sondern auf sein angenehm schmuckloses Lager. Zufrieden reckte er sich, legte sich auf die linke Seite, wälzte sich auf die rechte, schlief ein.

Träumte. Er hatte neues Werkzeug, es war gut und handsam, aber es war ihm zu schwer, er nahm die alte Zange, auch mit der kam er nicht zurecht, das Schloß funktionierte nicht, es war fertig, er hatte es mit Monsieur Laudry und mit Gamain überprüft, aber es funktionierte nicht, und wie er den Schlüssel hineinstecken wollte, paßte der Schlüssel nicht, nichts funktionierte. Die Rechnung lag vor ihm, sie war viel zu hoch, die Zahlen verwirrten sich ihm. Er war ein guter, sicherer Rechner, aber er wurde mit der Rechnung nicht fertig, er holte sich d'Angivillers und de Laborde, es kam immer eine andere Summe heraus, er schwitzte, nichts stimmte, und das Schloß funktionierte nicht.

Und als der Kammerdiener ihn weckte und ihn respektvoll mahnte: „Sire, es ist Zeit, sich ins Bett zu legen", war er froh, daß er sein geliebtes einfaches Lager verlassen und sich in sein verhaßtes Staatsbett legen konnte.

Nach dem Lever, das er in besonders schlechter Laune abhielt, ging er hinüber in die Gemächer seines Mentors. Da er die Sache mit Saint-Germain nun einmal auf sich genommen hatte, war es das beste, sie sogleich zu erledigen.

Sowie Maurepas seines Louis ansichtig wurde, vermutete er, weshalb der kam. Da Toinette ihn, Maurepas, nicht zu der Geburtstagsfeier ins Trianon geladen hatte, hatte er sogleich geargwöhnt, daß sie bei diesem Anlaß aus Louis gewisse Versprechungen und Vorteile herausholen wollte. Der Klüngel hatte aus seiner Absicht, Saint-Germain zu stürzen, niemals ein Geheimnis gemacht. Als jetzt Louis unglücklich hereinschleifte, war es Maurepas klar, daß diesmal Toinette ihr Ziel erreicht hatte.

Maurepas sah es nicht gern, daß sein alter Freund Saint-Germain weggeschickt wurde. Hätte nicht der gesamte Hofadel dem sehr fähigen Manne immer wieder Knüppel zwischen die Beine geworfen, dann hätte man jetzt die Armee, die man brauchte, und könnte ganz anders gegen England auftreten. Aber Maurepas hatte schon vor Monaten eingesehen, daß er Saint-Germain nicht werde halten können. Nicht nur die Österreicherin und ihr Klüngel wollten ihn weghaben, sondern vor allem auch seine eigene, Maurepas', Frau. Sie hatte, die Gräfin, ihrer lieben Freundin und Kusine, der Montbarey, das Kriegsministerium für ihren Mann zugesagt. Maurepas hielt den Prinzen Montbarey nicht für geeignet, aber er hatte seiner Frau versprochen, nach Saint-Germains Rücktritt ihrem Günstling sein Amt zu übertragen. Toinette war eine erklärte Feindin Montbareys, und es machte Maurepas Freude, ihr an Stelle Saint-Germains wenigstens den Montbarey vor die Nase zu setzen.

Maurepas fühlte sich nicht sehr frisch an diesem Morgen, und es war gut, daß Louis ihn nicht zu sich hinübergebeten hatte, sondern selber gekommen war. So brauchte er sich nicht umständlich umzukleiden, sondern konnte behaglich Schlafrock und Pantoffeln anbehalten.

Louis fand, nun er das Entscheidende sagen und tun sollte, die Aufgabe noch schwerer, als er sich's vorgestellt hatte. Ihn quälte die Erinnerung an die Entlassung Turgots und die peinlichen Vorgänge, die sich abgespielt hatten, als er diesen zwar unverschämten, aber grundanständigen, kühnen und höchst fähigen Mann davongejagt hatte. Auch Saint-Germain war grundanständig und sehr fähig, und auch ihm hatte Louis starke Versprechungen gegeben.

Louis drückte herum. Erkundigte sich nach der Gesundheit seines Mentors, bedauerte naiv, daß der nicht im Trianon gewesen sei, berichtete von dem „Ranz des Vaches" und von seinem Tanz mit dem Bauernmädchen. Dann endlich, zögernd, erzählte er, er habe eine schlechte Nacht gehabt, und in seiner Schlaflosigkeit habe er sich die vielen Klagen durch den Kopf gehen lassen, die gegen Saint-Germain eingelaufen seien. Er wisse genau, daß die meisten der Anwürfe keine sachlichen Grundlagen hätten. Aber ein Mann, der das Mißgeschick habe, sich, wohin immer er trete, Feinde zu machen, ein solcher Mann sei an einem solchen Platz vielleicht doch nicht der Rechte. Und aus seinem guten Gedächtnis zählte er auf, was alles man seinem Kriegsminister vorwarf. Da war die Verordnung, die den Bürgerlichen die Laufbahn des höheren Offiziers öffnete, da waren die „teutonischen Verordnungen“ des Alten, die Einführung der Prügelstrafe vor allem, da war die Geschichte mit den Invaliden und die Affäre mit den Jesuiten. Es war eine lange Liste.

Der alte Zyniker Maurepas hatte seinen Spaß daran, wie sich Louis vor ihm und vor sich selber zu rechtfertigen suchte. Louis hatte alle die Verordnungen, welche er jetzt seinem Kriegsminister vorwarf, ausdrücklich gebilligt, und er hatte ihm immer wieder versprochen, ihn gegen jedermann zu halten. Besonders aber erfreute es Maurepas' spottsüchtiges Herz, daß Louis sogar die Geschichte mit den Invaliden erwähnte und die Affäre mit den Jesuiten.

Die Sache mit den Invaliden war folgendermaßen gewesen. Das Hôtel des Invalides war bestimmt als Heim für Veteranen, insbesondere für solche, die in den Kriegen Frankreichs verwundet worden waren. Allmählich aber hatte man diese Bestimmung aufgeweicht und hatte auch Leute aufgenommen wie Lakaien und Köche; wenn nur ein großer Herr einen Offizierstitel trug, fühlte er sich berechtigt, seine Angestellten im Hôtel des Invalides zu versorgen. Da saßen denn in dem schönen Hause kräftige, vierzigjährige Kerle herum, mästeten sich, spielten Karten, kegelten und spreizten sich als Helden. Der redliche Saint-Germain hatte diesem Mißbrauch ein Ende machen wollen. Er hatte die „Invaliden“ durchgekämmt und ihrer tausend aus ihren angenehmen Ruhestellungen verwiesen. Da war er aber bei den großen Herren, den Patronen dieser Invaliden, schön angekommen. Sie hatten die Ausschaffung der Invaliden zu einem tragischen Volksschauspiel gemacht. Mehrere Lastwagen mit Invaliden hatten auf der Place de Victoire angehalten, die Invaliden hatten sich mit Tränen in den Augen vor der Statue Louis' des Großen niedergeworfen und ihren toten „Vater“ angefleht, sie zu schützen vor den barbarischen Maßnahmen Saint-Germains. Louis wußte genau Bescheid um die Invalidensache, er hatte damals sehr grobe Worte gehabt für die Unverschämtheit der hocharistokratischen Drahtzieher.

Und auch um die Sache mit den Jesuiten wußte er genau

Bescheid. Saint-Germain, der es mit seiner Frömmigkeit ernst nahm, hatte die schlechten Bauernpfarrer, die man gewöhnlich als Militärkaplane anstellte, durch besser geschulte Geistliche ersetzen wollen und zu diesem Zweck eine Hochschule für Militärgeistliche gegründet. Diesmal waren es die Freigeister gewesen, die Philosophen und die Herren von der Encyclopédie, die gegen den Minister loszogen. Sie hatten gestichelt und gewettert, Saint-Germain wolle die Armee den Jesuiten ausliefern. Maurepas war der rechte Mann, die Würze zu schmecken, die darin lag, daß sich jetzt der fromme Louis vor ihm, dem Freigeist, über den frommen Saint-Germain beklagte.

Mit teilnahmsvollem Gesicht hörte er zu. Dann fing er an, seinen Freund Saint-Germain zu verteidigen. Da der Freund geopfert war, verteidigte er ihn auf zweideutige Art. Jetzt, führte er aus, da man durch den amerikanischen Konflikt jederzeit in den Krieg geraten könne, sei es bedenklich, einen so guten Organisator und großen Soldaten wie Saint-Germain wegzuschicken. Andernteils habe dessen starres, unkonziliantes Wesen alle Welt gegen ihn aufgebracht. Der Gute habe ungewöhnlich viel Kunst entfalten müssen, um alle Gruppen, die sich untereinander befehdeten, die Prinzen königlichen Geblütes, den Hof, den kleinen Adel, die gemeinen Soldaten, die Damen der Salons, die Philosophen, zu vereinigen, aber er habe es zuwege gebracht; sie stünden wie *ein* Mann gegen ihn. Er, Maurepas, müsse zugeben, es sei nachgerade schwierig für die andern Minister, mit Saint-Germain zu arbeiten. Auch begreife er, daß es Louis allmählich müde werde, sich immer wieder vor einen Mann zu stellen, gegen den die Königin so viele Einwände habe. Immerhin bedeute es angesichts der sehr realen Kriegsgefahr einen Entschluß, auf die Dienste eines so tüchtigen Organisators zu verzichten.

Louis schwieg, brummte. In seinem Innern summte es: Das Alphorn hat mir solches angetan. Er sagte: „Er ist ein treuer Diener und hat sich Verdienst erworben." – „Kein Zweifel", antwortete Maurepas. „Andernteils, Sire, brauchen Sie wenigstens nach einem Nachfolger nicht lange zu suchen. Staatssekretär Montbarey ist gut eingearbeitet."

Louis sah hoch. Er kannte die Zusammenhänge. Er wußte, daß hinter Maurepas' Vorschlag Madame de Maurepas stand, und ein wenig freute es ihn, daß also auch Maurepas, der Débrouillard, gezwungen war, seiner Frau Konzessionen zu machen. Keinesfalls dürfe man, fuhr Maurepas jetzt fort, in diesen gefährlichen Zeiten den verantwortlichen Posten auch nur einen Tag lang unbesetzt lassen. Man müsse die Geschäfte sogleich einem andern übergeben, am besten eben Montbarey. Louis, wiewohl er Montbarey nicht leiden konnte, fand diese Lösung nicht schlecht. Wenn er schnell handelte, dann nahm er Toinette und dem Fliederblauen Klüngel die Möglichkeit, einen eigenen Kandidaten zu präsentieren. Er sagte also: „Hm, hm, ja."

Maurepas legte ihn fest. „Sie werden also, Sire, Monsieur de Saint-Germain seine Entlassung mitteilen und noch heute seinen Nachfolger bestellen?" – „Können nicht Sie's ihm mitteilen, mein alter Freund?" fragte Louis. „Ich glaube", antwortete Maurepas, „es sollte doch wohl hinter der Entlassung Saint-Germains die Krone sichtbar in Erscheinung treten." – „Sie meinen wirklich, ich muß selber ...?" fragte unglücklich Louis. „Wenn Sie es befehlen, Sire", half ihm Maurepas, „dann werde ich zugegen sein." – „Ich danke Ihnen, mein Mentor", sagte Louis. „Ich bestelle also Saint-Germain", sagte Maurepas. „Wäre drei Uhr eine genehme Stunde?" – „Sagen wir vier Uhr", entschied Louis. „Ihre Befehle werden ausgeführt werden", antwortete Maurepas, „und das Dokument der Ernennung Montbareys lege ich Ihnen zur Unterschrift vor, ehe Saint-Germain kommt."

Als sich Louis entfernt hatte, machte sich Maurepas daran, die Pointe eines Epigramms zu schärfen, das ihn während des ganzen zweiten Teils der Unterredung beschäftigt hatte. Der alte Herr hatte große Freude an der Prägung und Ausfeilung von Epigrammen. Ein Epigramm war es gewesen, das Epigramm gegen die Pompadour, was ihn damals in die Verbannung getrieben hatte, in eine Verbannung von einem Vierteljahrhundert, aber es war ein gutes Epigramm, und er versicherte sich und seinen Freunden, es sei ein Vierteljahrhundert Exil wert gewesen. Jetzt war er vorsichtiger geworden, er war fest entschlossen, im Amt zu sterben, und er hütete sich, seine Stellung ein zweites Mal durch ein Epigramm zu gefährden, und sei dieses noch so geglückt.

Das Epigramm, an dem er jetzt arbeitete, war geglückt. Es handelte von jenem Körperteil Louis', den funktionieren zu machen Josef damals von Wien herbeigeeilt war. Es war ein scharfes, treffendes Epigramm, ein gutes Pendant zu jenen Versen über die Pompadour, so funkelnd bösartig, daß er nicht einmal wagen wird, es seinem Sekretär oder seiner Frau oder seinen Memoiren anzuvertrauen. Ein Jammer. Aber wenigstens machte ihm selber die Arbeit Spaß. Er schrieb mit zitternder Hand, hielt das Geschriebene weit vor seine weitsichtigen Augen, las, lächelte, lachte, strich, verbesserte, meckerte, verbesserte von neuem. Feilte, meckerte, schärfte so lange, daß er darüber beinahe vergaß, die Ausfertigung des Dokuments für die Ernennung Montbareys anzuordnen.

Gegen vier Uhr saß Louis in der Bibliothek. Er hatte sich richtig den Plutarch geben lassen und las in der Biographie des Marcus Antonius; aber seine Gedanken waren nicht bei der Lektüre.

Die Vorstellung, wie nun sehr bald der alte Saint-Germain seine treuen Hundeaugen fragend auf ihn richten wird, verstörte ihn. Der Alte hatte sich seinerzeit gesträubt, das Amt anzunehmen, er hatte es jedermann, auch ihm, Louis, vorausgesagt, wieviel Widerstand seine Reformen finden würden, doch er, Louis, war entschlossen gewesen, diese Reformen durchzuführen, und er hatte ihm wiederholt stärkste Versprechungen gegeben, er werde ihn gegen jeden Widerstand halten. „Ich stehe zu Ihnen", hatte er ihm versichert, immer wieder, „fürchten Sie nichts, ich halte Sie gegen jedermann."

Warum wurde gerade ihm, Louis, die Erfüllung seiner Pflicht immer so erschwert? Wenn er Toinette bei gutem Willen halten, wenn er ihr den Dauphin machen wollte, dann mußte er das mit immer neuen, peinlichen Konzessionen bezahlen, dann mußte er zum Beispiel jetzt den guten, alten, tapfern Saint-Germain fortschicken. Das waren seltsame Zusammenhänge, aber so war es nun einmal.

Er suchte sich zu seinem Plutarch zurückzuzwingen, zur Geschichte des Antonius und der Kleopatra. Es gelang ihm nicht. Vor den Plutarch drängte sich jener Brief, den ihm damals, vor seiner Entlassung, der Minister Turgot geschrieben hatte. Er hatte den Brief fest weggesperrt und seit langer Zeit nicht mehr gelesen. Trotzdem sah er ihn deutlich vor Augen, jeden T-Strich und jeden I-Punkt und jeden Schnörkel. „Man hält Sie für schwach, Sire." Unsinn. Es ist natürlich peinlich, daß er Saint-Germain wegschicken und sein Versprechen brechen muß. Aber steht nicht der König über dem gemeinen Gesetz? Seine Konflikte sind anders, sind schwieriger. Schließlich ist es wichtiger, daß Frankreich einen Dauphin erhält, als daß sich Monsieur Saint-Germain behaglich fühlt, und Louis hat die vage Vorstellung, daß Toinette, wenn sie ihm zürnt, wenn sie ihm nicht wohlwill, nicht von ihm empfängt.

Er gab die Lektüre endgültig auf, er ließ das Buch liegen, aufgeschlagen, wie es war, und erhob sich. Schwerfällig ging er hin und her, schnaufte, setzte sich in den Erker, blinzelte hinaus über die Höfe und Einfahrtsalleen, ob er Saint-Germain erspähen könnte.

Aber noch vor Saint-Germain kam Maurepas. Er war in voller Gala, hager, aufrecht, elegant. Aus seiner Mappe nahm er umständlich ein Dokument, es war die Bestallung, mittels derer Alexandre-Marie-Léonor de Saint-Maurice, Graf von Montbarey, Fürst des Heiligen Römischen Reiches, Generalleutnant, Kommandant der Schweizer Garde Monsieurs, Staatssekretär im Kriegsministerium, zum Amtierenden Kriegsminister und Mitglied des Kronrats Seiner Allerchristlichsten Majestät ernannt wurde. Louis, mit seinen kurzsichtigen Augen, überlas das Edikt, schob es zurück, sagte: „Ja, ja." Maurepas mahnte sanft: „Die Krone würde es sich leichter machen, wenn sie jetzt unterschriebe." Die Krone seufzte, zögerte, Maurepas hielt der Krone die Feder hin, die Krone, die Feder in der Hand, schaute ihn an, Maurepas nickte ermutigend, die Krone seufzte nochmals, schüttelte den Kopf und unterschrieb.

Saint-Germain kam. Der ziemlich kleine Herr war heute

besser in Form als seit langem und voll Erwartung; er hoffte, Louis werde die beiden Memoranden mit ihm durchsprechen, die er ihm in der vorigen Woche unterbreitet hatte.

Louis drückte herum. So sprach Saint-Germain zunächst von einer minder wichtigen Angelegenheit. Er bitte, sagte er bescheiden, die Majestät um Rat in Sachen des Obersten Esterhazy. Der Oberst sei kein schlechter Soldat, aber er kenne keine Subordination. Er habe zweimal Strafmaßnahmen gegen ihn anordnen müssen, doch zweimal sei Ihre Majestät die Königin für den Oberst eingetreten und habe den Erlaß der Strafe bewirkt. Diesmal aber habe der Oberst sich etwas zuschulden kommen lassen, was unmöglich ungeahndet bleiben könne. Er habe in großer Öffentlichkeit geäußert, er, Saint-Germain, wolle die Armee den Jesuiten ausliefern. Wie solle er Disziplin aufrechthalten, wenn seine eigenen Offiziere mit solchen Lügen seine Autorität unterwühlten? Er bitte also den König um dessen gnädige Zusicherung, daß er, Louis, ihn unterstützen werde, falls wiederum, wie zu befürchten stehe, Ihre Majestät zugunsten des Obersten interveniere.

Louis schaute den Alten nicht an. Vielmehr glitten seine Augen über die Seiten des Plutarch, der noch aufgeschlagen vor ihm lag. „Antonius kehrte daher", las er, „in die Stadt zurück und schrie, er sei von Kleopatra an diejenigen verraten worden, mit denen er um ihretwillen Krieg geführt habe." Aber er las mechanisch, er nahm nichts auf von dem, was er las, er überlegte nur, wie er sich zornig machen könne gegen den Mann, der da vor ihm stand.

„Und damit kommen Sie mir, Herr Graf?" sagte er langsam, mit seltsam schleppender Stimme. „Mit solchem Kleinkram spülen Sie meine Zeit weg?" Er steigerte sich in Zorn. „Was soll ich mit einem Kriegsminister anfangen, der nicht einmal mit seinen eigenen Offizieren fertig wird? Ich muß damit rechnen, daß England von neuem über uns herfällt. Wie wollen Sie mit der englischen Armee fertig werden, wenn Sie nicht einmal mit Ihrem Oberst Esterhazy fertig werden?" Jetzt hatte er sich da, wo er sich haben wollte. Die kurzsichtigen Augen richtete er auf den Alten, sein kleines Doppelkinn zitterte, er sprach laut in der Fistel.

Saint-Germains erdfarbenes, hartfaltiges Gesicht hatte alle Festigkeit verloren. „Ich verstehe nicht, Sire", sagte er mit zuckenden Wangen. „Sie hatten mir so viele Beweise Ihres Vertrauens gegeben. Sie hatten zu mir gesagt ..." Er wiederholte nicht, was Louis zu ihm gesagt hatte. „Wenn Sie mit mir unzufrieden sind ..." Er vollendete auch diesen Satz nicht.

Louis packte eine der kleinen Porzellanfiguren, die auf seinem Tische standen, packte sie sinnlos, ungewohnt heftig, als ob er sie zerdrücken oder zerschmettern wollte, und stellte sie dann unerwartet sanft wieder zurück. „Natürlich bin ich nicht zufrieden", sagte er, sehr still, immer ohne den Alten anzuschauen. „Von allen Seiten kommen Klagen. Es mögen ungerechtfertigte Klagen sein, aber ich muß von meinen Herren verlangen, daß sie untereinander auskommen. Sie kommen mit keinem Menschen aus, Monsieur, nicht mit dem Adel, nicht mit den Soldaten, mit niemand. Die Königin ist höchst ungehalten. Was soll ich mit einem Manne anfangen, der sich alle zu Feinden macht?" Er zuckte die Achseln und wiederholte: „Natürlich bin ich nicht zufrieden."

Saint-Germain, heiser, auch er auffallend leise, erwiderte: „Heißt das, Sie schicken mich fort, Sire?" Louis hielt den Blick beharrlich von ihm abgewandt. Er erwartete, Saint-Germain werde weitersprechen, er hoffte, er werde etwas sagen, das ihm, Louis, die Möglichkeit geben werde, einzulenken. Doch Saint-Germain sagte nichts weiter, und durch sein Schweigen zwang er Louis, ihm den dicken Kopf zuzuwenden. Und Louis sah, was zu sehen er sich gefürchtet hatte, das zuckende Gesicht seines Ministers mit den braunen Hundeaugen, und er wußte, was hinter der Stirn des Mannes vorging.

Es dachte aber der Alte daran, wie er sein Leben lang davon geträumt hatte, gewisse Reformen, seinen Dekalog, durchzusetzen, und wie er diese „Zehn Gebote Militärischer Zucht" veröffentlicht hatte, und wie er, am Ende seines Lebens, von Louis aufgefordert worden war, seine Theorien zu realisieren. Und wie er in all seiner Seligkeit sich trotzdem gesträubt hatte, die Aufgabe zu übernehmen, weil er, Soldat und kein Höfling, gefürchtet hatte, mit den Kabalen Versailles' nicht fertig zu werden. Und wie der junge König voll glühenden Eifers ihm jede Hilfe zugesagt hatte. Und wie er, Saint-Germain, bemüht gewesen war, die schamlosen und törichten Wünsche der verfluchten Österreicherin zu erfüllen. Und wie Louis seine Versprechungen erneut hatte, oft und abermals. Und da saß Louis, dieser junge Mensch, König der Franzosen, und richtete ein abgleitendes Auge auf ihn und brachte nicht einmal den Mut auf, das Ja zu sagen, zu dem er doch entschlossen war, das: Ja, Monsieur, Sie sind entlassen.

Louis aber spürte alles, was in dem Alten vorging, und er hatte ein beinahe unerträgliches Mitleid mit ihm und einen beinahe unerträglichen Unmut über sich selber. Und er konnte das Ja nicht über die Lippen bringen, aber auch kein Nein. Und er zürnte Maurepas, weil der ihm nicht zu Hilfe kam.

Er zürnte ihm zu Unrecht. Auf Maurepas war Verlaß, Maurepas kam ihm zu Hilfe. Maurepas wandte sich seinem Kollegen Saint-Germain zu und sagte leicht und liebenswürdig: „Ich fürchte, mein Alter, Sie haben die Worte Seiner Majestät richtig gedeutet. Oder nicht, Sire?"

Und Louis, brummig, sagte: „Nun schön, also dann. Wenn alle es so wollen, was soll man da machen?"

Da verneigte sich Saint-Germain tief und sagte: „Dann darf ich wohl um Urlaub bitten, Sire", und ging rückwärts, wie es die Vorschrift war, zur Tür. Louis schaute nicht auf. Als er aufschaute, war kein Saint-Germain mehr da.

Maurepas sagte: „Ich darf mich wohl auch entfernen, Sire." Louis aber bat schnell und ängstlich: „Nein, lassen Sie mich nicht allein." Dann schwieg er, eine lange Weile, in sich versunken.

Wenn man ihn nicht gezwungen hätte, dieses Gespräch mit Saint-Germain zu führen, dann wäre er jetzt im Wald von Fontainebleau, auf der Jagd. Er ging gerne auf die Jagd. Man trieb ihm das Wild zu, und er schoß, und des Abends notierte er in sein Tagebuch, was alles er geschossen hatte, ansehnliche Ziffern zumeist. Doch so viele Tiere er erlegt hatte, es zog ihn immer wieder von neuem, zuzuschauen, wie das getroffene Wild hochschnellte und zusammensackte. Dabei hatte er Mitleid mit den Tieren. Es war eine sonderbare Verbindung da zwischen ihm und dem gejagten Wild, er war Jäger und Gejagtes in einem.

Als er aus seiner Versunkenheit hochtauchte, stand da Maurepas, hager, aufrecht, in respektvoller Haltung, die trockenen Lippen in einem dünnen Lächeln verzogen. „Sind Sie noch immer da?" fragte Louis, erstaunt.

Doch als Maurepas, empfindlich, gehen wollte, hielt er ihn zurück. „Nein, verzeihen Sie mir", sagte er und faßte ihn am Rock. Er brachte sein Gesicht ganz nahe an das seines Ministerpräsidenten. „War es nicht schrecklich", fragte er, „wie der Alte wegging? Ich glaube, er hatte Tränen in den Augen. Ein so ausgezeichneter Minister und solch ein tapferer Soldat. Wir haben ihm unrecht getan, mein Mentor. Sie hätten ihm nicht so harte Worte geben dürfen."

Mit all seinem Zynismus war Maurepas empört, daß nun sein junger Schüler und Monarch ihm die Schuld zuschob. Aber er stand höflich da, liebenswürdigen, ja tröstenden Gesichtes, entschlossen, im Amt zu sterben.

Louis indes, eifrig, fuhr fort: „Wir müssen das gutmachen. Er kann natürlich seine Wohnung im Arsenal beibehalten. Und wir setzen ihm sein ganzes Gehalt als Pension aus. Und eine Indemnität geben wir ihm auch." — „Ich bewundere Ihre Großmut, Sire", antwortete Maurepas, „ich werde alles mit Monsieur Necker besprechen." Louis war schon halb getröstet. „Tun Sie das, mein Lieber, Guter", sagte er beflissen. „Ich will nicht, daß man meinen Saint-Germain knapphält. Sagen Sie das Ihrem Monsieur Necker, diesem knickerigen Schweizer. Und ich werde Saint-Germain selber schreiben", beschloß er, „und ihm danken für die großen Dienste, die er mir und Frankreich geleistet hat."

Franklin hätte gern den größern Teil der Post, die gestern aus Amerika eingetroffen war, vor der Ankunft Arthur Lees und Silas Deanes erledigt. Doch der unzuverlässige William blieb wieder einmal viel länger fort, als verabredet war.

Aber als William kam, konnte er seine Verspätung triftig begründen. Er brachte aus Paris mit die Meldung eines wichtigen Ereignisses, über das er soviel wie möglich hatte erfahren wollen. Es waren nämlich der Leutnant Dubois und der Major de Mauroy nach Paris zurückgekehrt, zwei von jenen Offizieren, die, versehen mit Anstellungspatenten von Silas Deane, in Begleitung Lafayettes nach Amerika gegangen waren. Und zwar waren die Herren vom Kongreß sehr übel aufgenommen und schließlich mit Schimpf und Schande zurückgeschickt worden. Der Marquis de Lafayette selber schien in Philadelphia einen mehr als kühlen Empfang gefunden zu haben. Jetzt gingen die beiden Offiziere in Paris herum und schimpften maßlos über die Undankbarkeit der Amerikaner, ihre Manierlosigkeit, ihren Geiz, ihre Überheblichkeit. William hatte von der Sache zuerst durch den jungen Herzog de la Rochefoucauld erfahren, später durch Condorcet. Die ganze Stadt sprach davon.

Franklin hörte zu, unbewegten Gesichtes. Doch er war verdrossen, mehr als das, betrübt. Der Kongreß machte einem die Arbeit für Amerika nicht leicht. Daß die Offiziere in Philadelphia nicht willkommen sein würden, hatte Franklin geahnt, aber nicht erwartet hatte er, daß man sie so übel aufnehmen werde. Schließlich hatten sie gültige Anstellungsdokumente von dem Vertreter des Kongresses.

Franklin selber hatte hier in der letzten Zeit gut und glücklich gearbeitet und war vorangekommen. Die Begegnung mit Toinette schien günstige Folgen zu haben; es hieß sogar, Toinette habe von dem König bestimmte Versprechungen erlangt. Und gerade da mußte denen drüben die alte Feindschaft gegen Frankreich durchgehen, und sie stießen, aus purer Gedankenlosigkeit und schlechter Laune, den Hof und die Stadt so plump vor den Kopf.

William brachte noch andere Neuigkeiten. Er hatte gehört, daß Maurepas und Vergennes der Eröffnung des Salons beiwohnen würden. Jedermann spreche von dem Franklin-Porträt des Duplessis, das dort gezeigt werden sollte und wie es allein schon durch seinen Gegenstand die andern zum Teil sehr ansehnlichen Werke überschatten werde.

Franklin freute sich darauf, dem Porträt gegenüberzustehen und zu spüren, wie die Pariser ihn und das Porträt verglichen. Das mochte Eitelkeit sein, aber war nicht Eitelkeit eine der angenehmsten Eigenschaften, welche das höchste Wesen dem Menschen mitgegeben hatte? Und sicherlich konnte ein Erfolg seines Porträts der Sache Amerikas nur nutzen.

Freundlich blickte er auf William. Der Junge war ein wenig leichtsinnig, gewiß, aber er war auch geschickt und begriff, worauf es ankam. Er konnte zum Beispiel genau abmessen die Bedeutung dessen, was jetzt wieder der Kongreß angerichtet hatte.

Während Franklin auf die beiden andern wartete, beschloß er, seine Absicht durchzuführen und William fest anzustellen. Wenn der Junge erst ein Amt und ein Honorar haben wird, dann wird ihm das mehr Verantwortungsgefühl geben. Noch heute wird Franklin mit seinen beiden Kollegen die Sache durchsprechen. Mochte Arthur Lee opponieren und über Nepotismus maulen, Franklin glaubte, für sein Land genug getan zu haben, um auch für seine Angehörigen sorgen zu dürfen. Er hatte die Mühen der Pariser Gesandtschaft auf sich genommen, er war alt, die Wahrscheinlichkeit, daß er hier, im fremden Lande, sterben werde, war größer als die seiner Rückkehr. Er wollte jemand um sich haben, der ihm die Augen zudrücken könnte, und er wollte diesen Jemand nicht müßig und sinnlos herumhocken lassen.

Silas Deane kam. Der wohlhäbige Mann sah nicht mehr so gesund aus wie früher, die Backen waren weniger puffig, die Nase stach schärfer heraus. Der giftige Arthur Lee setzte wohl dem imposanten Herrn schwer zu. Arthur Lee war mittlerweile in diplomatischer Mission in Berlin gewesen, mit dem gleichen Mißerfolg wie in Madrid; das hatte ihn noch bitterer gemacht, seinen Geltungsdrang noch krankhafter. Hinter allem, was man tat und ließ, witterte er Übles, und auf Silas Deane hatte er's besonders abgesehen.

Kaum war Arthur Lee eingetroffen, so begann Silas Deane

von dem Empfang der französischen Herren im Kongreß zu reden. Leutnant Dubois und Major de Mauroy hatten ihn aufgesucht und sich bei ihm beklagt. Ihr Bericht klang leider sachlich und genau. Lafayette und seine fünfzehn Begleiter, die Offiziere, waren nach ihrer gefährlichen Ausreise und mancherlei Mühen in Philadelphia angelangt und hatten sich beim Kongreß gemeldet. Sie hatten nach all den Wagnissen und Schwierigkeiten auf einen herzlichen Empfang gerechnet. Empfangen wurden sie von einem Mr. Moose; es dürfte Robert Morris gewesen sein, meinte Silas Deane. Mr. Moose nahm ihnen ihre Papiere ab, um sie zu prüfen, und forderte sie auf, ihn am nächsten Tag vor der Tür der Kongresses zu erwarten. Dort, am andern Tag, überantwortete er sie einem andern Mitglied des Kongresses, einem Herrn, der französisch sprach und dessen Name mit einem L begann; es dürfte James Lowell gewesen sein, meinte Silas Deane. Auch der fertigte sie vor der Türe ab, auf der Straße. Es sei richtig, erklärte ihnen der Herr, man habe Mr. Deane beauftragt, französische Pionieroffiziere herüberzuschicken. Er habe auch bereits einige gesandt, die vorgegeben hätten, Pioniere zu sein, aber keine gewesen seien, desgleichen einige Artillerieoffiziere, die offenbar noch nie Dienst getan hätten. Es scheine, erklärte der Herr mit L, französische Offiziere kämen gern uneingeladen nach Amerika, und damit ließ er sie auf der Straße stehen. Die Offiziere hatten einander angeschaut, als sie da vor dem roten Ziegelhaus des Kongresses standen in der prallen Sonne. Lafayette, als er die Küste Amerikas betrat, hatte den Boden geküßt und geschworen, er werde mit der Sache Amerikas siegen oder untergehen. Jetzt, auf der Straße, vor der Tür des Kongresses, hatte auch er nichts anderes zu sagen gewußt als: „Donner noch eins."

Das also erzählte Silas Deane seinen Kollegen. Er war erregt. Er war es gewesen, der den Offizieren die Patente ausgestellt hatte. Er betrachtete, was geschehen war, als persönliche Kränkung.

Franklin saß unbewegten Gesichtes und kratzte sich; um Arthur Lees dünne Lippen war ein kleines Lächeln. Da beide schwiegen, konnte sich Silas Deane nicht enthalten, bitter und anklägerisch zu erläutern: „Man kann nicht sagen, daß wir von den Franzosen hierhergebeten worden wären. Aber meines Wissens hat noch niemand unserm Doktor erklärt, er sei uneingeladen gekommen. Im Gegenteil, ganz Paris spricht von den Ehrungen, die man ihm bei der Eröffnung des Salons zu bereiten gedenkt." – „Ja", sagte Arthur Lee, „hier geben sie uns schöne Worte und Leinwand."

Franklin versuchte, das Verhalten des Kongresses zu entschuldigen. Offenbar seien doch die andern Franzosen in Philadelphia geblieben. Jetzt müsse längst seine, Franklins, Empfehlung des jungen Marquis drüben angekommen sein, und sicher habe in der Zwischenzeit General Washington die Ungeschicklichkeiten der Herren Morris und Lowell gutgemacht.

„Der Kongreß hat uns alle desavouiert", wütete Silas Deane. „Er hat die Anstellungsdiplome nicht anerkannt, die wir in seinem Namen ausgefertigt haben." – „Die Sie ausgefertigt haben", korrigierte Arthur Lee. „Auch ich hatte Auftrag", sagte Franklin, „Artillerieoffiziere hinüberzuschikken."

Arthur Lee stand am Kamin, die Arme übereinandergeschlagen, starr aufrecht, das Kinn gegen den Hals gedrückt, so daß die Stirn vorstieß. Man solle, sagte er finster und herausfordernd, aus dem Verhalten des Kongresses die Lehre ziehen, daß nichts damit getan sei, wenn man ein paar Gewehre hinüberschicke oder ein paar windige Franzosen mit schönklingenden Namen. Man müsse mit viel mehr Energie auf das wahre Ziel losgehen, auf die Allianz. Müsse den Ministern viel schärfer zusetzen, müsse sie bedrohen. So wie man's bisher getrieben habe, komme man nicht weiter. Silas Deane sagte: „Wenn mir recht ist, verehrter Mr. Lee, dann haben Sie in Madrid und in Berlin Ihre Methoden angewendet. Ich sehe nicht, daß Sie damit große Erfolge erzielt hätten. Wohl aber ist hier einiges erreicht worden, gerade in der letzten Zeit. Denken Sie an die Begegnung des Doktors mit der Königin, denken Sie an sein Porträt im Salon." – „Verlieren wir uns nicht in Allgemeinheiten, meine Herren", mahnte Franklin. „Fragen wir uns lieber, was wir tun können, um in Philadelphia ähnliche Mißgriffe zu verhüten. Ich schlage vor, wir richten ein gemeinsames Schreiben an das Auswärtige Komitee des Kongresses. Setzen wir den Herren auseinander, daß man hier in Frankreich erwartet, ein Nein wenigstens überzuckert serviert zu bekommen." – „Ich bin Amerikaner", sagte Arthur Lee, „und denke nicht daran, das zu verleugnen."

Franklin, mit einem kleinen Seufzer, ließ das Thema fallen und stellte zur Debatte, was man jetzt mit diesem Preußen anfangen solle, mit Herrn von Steuben.

Mit dem Baron von Steuben hatte es folgende Bewandtnis. Er war Adjutant des Preußenkönigs Friedrich gewesen und hatte sich im Siebenjährigen Krieg ausgezeichnet. Jetzt war Friede in Europa, er sehnte sich nach Tätigkeit und bot den Amerikanern seine Dienste an. Sein Organisationstalent wurde von zuverlässigen Freunden Franklins sehr gerühmt, der Mann selber hatte auf Franklin einen günstigen Eindruck gemacht. Er trat ohne Prätensionen auf, und das Gehalt, das er forderte, war mäßig. Ein solcher Mann mußte dem General Washington willkommen sein, um der Armee die Disziplin beizubringen, deren sie ermangelte.

Franklin war willens gewesen, Herrn von Steuben anzustellen, doch jetzt machte ihn die übellaunige Aufnahme der französischen Offiziere bedenklich. Silas Deane befürwortete nach wie vor die Anstellung Herrn von Steubens. Arthur Lee indes erklärte bissig, man möge doch endlich gewitzt sein und davon absehen, verdiente amerikanische Offiziere durch Anwerbung ausländischer Vorgesetzter zu kränken. „Früher, Mr. Lee", warf der verärgerte Silas Deane ihm vor, „ereiferten Sie sich nur gegen die Anstellung von Franzosen. Seitdem Sie in Berlin waren, wettern Sie auch gegen die Anstellung von Deutschen. Wenn Sie noch länger in der Welt herumreisen, werden Sie die Anstellung jedermanns zu verhindern suchen, der nicht im Umkreis der Familie Lee aufgewachsen ist." – „Ich gestehe Ihnen offen, mein Herr", antwortete kämpferisch Arthur Lee, „daß ich Mitglieder der Familie Lee hier lieber sähe als gewisse andere Leute." – „Ich möchte nicht lesen, mein Herr", gab Silas Deane zurück,

„was Sie über mich nach Philadelphia berichten." – „Das kann ich mir denken", antwortete Arthur Lee, „daß Sie Scheu tragen vor einem solchen Bericht." – „Nun aber hören Sie gefälligst auf, Herr", griff Franklin ein. „Sie sind überreizt. Sie sollten sich Ruhe gönnen. Wenn Sie auf einen alten Mann hören, dann begeben Sie sich in ärztliche Behandlung." – „Ich sehe nichts Krankhaftes darin", knurrte Arthur Lee, „daß ich prinzipiell von der Einstellung fremder Offiziere abrate."

Franklin kehrte zur Sache Steuben zurück. Nach dem Vorgefallenen, meinte er, könne man dem General ein Honorar nicht zugestehen, und sei es auch das bescheidenste. Man könne ihm höchstens eine Anweisung auf Land geben, auf etwa zweitausend Acres, für die Zeit nach erfochtenem Sieg. „Ich fürchte", bemerkte Silas Deane, „das wird den General nicht sehr locken." – „Wenn sich der Herr nur von Profitgier leiten läßt", höhnte Arthur Lee, „dann können wir wahrhaftig auf ihn verzichten."

Wenn der General nicht binnen kürzester Frist zu einem Abschluß gelange, berichtete Silas Deane, dann wolle er nach Deutschland zurückkehren. „Es wäre mir leid", sagte Franklin, „wenn wir ihn verlören." Silas Deane schlug vor, sich an Monsieur Beaumarchais zuwenden, ob der nicht Rat wisse. Franklin seufzte innerlich; wenn man nicht auf Herrn von Steuben verzichten wollte, blieb wohl nichts anderes übrig.

Damit war diese Sache erledigt, und Franklin kam auf sein Projekt zu sprechen, William Temple als Sekretär einzustellen. Die Last der Geschäfte werde immer schwerer, erklärte er und wies auf den mit Papieren überdeckten Schreibtisch. Wenn man schon jemand anstelle, protestierte Arthur Lee, dann doch einen erfahrenen, geschulten Beamten, keinen siebzehnjährigen jungen Herrn. Aber darauf wußte Franklin eine gute Antwort. Sooft man bisher sachverständige Sekretäre eingestellt habe, sagte er, habe der Kollege Lee die politische Zuverlässigkeit dieser Männer angezweifelt. Von William werde wohl auch Mr. Lee nicht behaupten, daß er ein Spion sei. Arthur Lee schluckte etwas hinunter. Dann sagte er feindselig, die Finanzlage erlaube nicht, neue Posten in den Etat einzufügen. „Ich habe an ein Gehalt von hundertzwanzig Livres gedacht", erläuterte Franklin. „Achtzig Livres würde ich dem Kongreß in Rechnung stellen, vierzig trüge ich aus eigener Tasche." – „Ich halte die Anstellung des jungen Mr. Franklin für eine ausgezeichnete Idee", sagte Silas Deane, „und es kann natürlich keine Rede davon sein, daß der Doktor etwas aus eigener Kasse zusteuert." – „Also abgemacht", sagte abschließend Franklin. „Ich bitte zu den Akten zu nehmen", sagte Arthur Lee, „daß die Anstellung gegen meinen Einspruch erfolgt."

Franklin kam zurück auf den Empfang Lafayettes und seiner Offiziere in Philadelphia. „Sie sind ein Mann von Einsicht", redete er Arthur Lee freundlich zu, „der die Folgen politischer Geschehnisse überblicken kann. Sie wissen, daß das Vorgehen der Herren Morris und Lowell unsere Sache hier schädigt. Wollen Sie nicht doch unsere Vorstellungen bei dem Kongreß durch Ihre Teilnahme und Unterschrift dringlicher machen?" – „Es ist unverantwortlich", empörte sich Silas Deane, „was die in Philadelphia angestellt haben. Und geradc jetzt müssen diese Offiziere zurückkommen, da man sich anschickt, unsern Doktor im Salon zu feiern. Nun wird jeder Franzose hinter dem großen Bild Franklins den jungen Lafayette sehen und seine Offiziere, wie sie auf der Straße stehen vor der zugeschlagenen Tür des Kongresses, in der Sonne."

Arthur Lees Gesicht war verpreßt. „Franklin, Franklin", hieß es immer und überall, und niemals „Amerika". Der Doktor h. c. benutzte sein Amt ausschließlich dazu, sein persönliches Rühmlein zu wässern. Und morgen also oder übermorgen wird er in den Louvre gehen, in den Salon, und sich hinstellen vor sein idealisiertes Porträt und auf sein Haupt den Ruhm einsammeln, den Richard Henry Lee und General Washington gesät haben und jene Tausende, die für die Freiheit gestorben sind.

Der weise Franklin ahnte, was in dem bittern Menschen vorging. Er lächelte freundlich. So, dachte Arthur Lee, wird er lächeln, wenn er vor seinem Bilde steht. Aber Franklin sagte: „Nach der Demütigung unserer jungen französischen Freunde in Philadelphia scheint es mir nicht angebracht, daß wir die Pariser durch den Kontrast verärgern. Es ist wohl klüger, wenn ich der Eröffnung des Salons fernbleibe." Silas Deanes kleine Augen wurden groß und töricht. „Sie wollen wirklich auf die Ehrung verzichten?" fragte er. „Man hat uns in Versailles Zurückhaltung anempfohlen", sagte Franklin.

Arthur Lee atmete stark. „Wenn Sie an den Kongreß schreiben", sagte er schließlich, finster, „bin ich bereit, mit zu unterzeichnen." – „Ich wußte, daß sich ein Arthur Lee überwinden wird, wenn es um die Sache geht", sagte Franklin, und Arthur Lee legte eine hölzerne Hand in die hingestreckte des Alten.

Auch nach der Entlassung Saint-Germains erschienen Graf Mercy und Abbé Vermond gemeinsam bei Toinette. Die Herren wußten natürlich genau, daß sie den Ministerwechsel bewirkt hatte. Aber sie stellten sich unwissend und beschränkten sich darauf, zu beklagen, daß sie die Entfernung des begabten und von Wien hochgeschätzten Saint-Germains so wenig habe verhindern können wie die Bestallung des unfähigen, wegen seiner Geldgier berüchtigten Montbarey. Toinette hatte für diese Klagen nur ein hochmütiges Achselzucken. Aber ihre erste Freude über die Entlassung Saint-Germains war sehr kurz gewesen. Es war ihr kein angenehmer Gedanke, daß sie in Zukunft, wenn sie für ihre Freunde Offiziersstellen zu haben wünschte, in Wettbewerb treten sollte mit Mademoiselle de Violaine von der Oper, durch welche Montbarey seinen Stellenhandel betrieb, und nun wurde ihr vollends klar, daß sie in jenen Minuten in ihrem Alkoven im Trianon einen sehr zweifelhaften Sieg errungen hatte.

Graf Mercy und der Abbé kamen dann auf eine andere peinliche Sache zu sprechen. Ehrerbietig machten sie darauf aufmerksam, daß sie leider recht gehabt hätten mit ihren trüben Voraussagen über die Folgen, welche die Konversation mit dem Rebellen für das Ansehen Ihrer Majestät bei den Parisern haben werde. Gewisse Freunde Madames mochten angenommen haben, die Popularität der Königin werde steigen nach den Freundlichkeiten, die sie dem Amerikaner bezeigt habe. Leider war davon nichts zu verspüren. Im Gegenteil. Die Verschwendung Toinettes, behaupte man in den Kneipen und Kaffeehäusern von Paris, habe den Staatsschatz so erschöpft, daß man jetzt nicht imstande sei, den Amerikanern im Kriege gegen den Erbfeind Frankreichs beizustehen. Es seien die maßlosen Ausgaben Toinettes, welche Frankreich zu einem falschen, schwächlichen politischen Kurs nötigten. Und als Toinettes Miene immer ungläubiger und ablehnender wurde, brachte Graf Mercy ein Pamphlet zum Vorschein, eines von vielen, die in den letzten Wochen erschienen waren. Mit spitzen Fingern hielt er die Broschüre und las daraus vor. Phantastische Summen waren da genannt, welche die Verschwendung des Trianon, des „Petit Schönbrunn", den Staatshaushalt koste, und in dunkeln Farben wurde der unheilvolle Einfluß der Österreicherin auf das Schicksal des holden Frankreich gemalt.

Toinette tat auch diese Mahnungen spöttisch ab. Aber sie wußte, daß sie nicht unbegründet waren. Der Mut, den sie durch die Zusammenkunft mit dem Rebellen bewiesen hatte, war vergessen oder nicht genügend gewürdigt; sie selber mußte jetzt, wenn sie durch die Straßen von Paris fuhr, wahrnehmen, daß das Volk, das sie früher mit Jubel begrüßt hatte, in feindseligem Schweigen verharrte.

Allein die unbehaglichen Gedanken gingen unter in der Beschäftigung mit einem neuen Projekt.

Es war ihr vorgekommen, als ob sich in ihrem wunderbaren Theater im Trianon die Komödie des Monsieur Beaumarchais zehnmal lustiger und delikater ausgenommen hätte als auf der Bühne des Théâtre Français. Mehrmals während der Vorführung hatte sie selber Lust gehabt, an Stelle Mademoiselle Mesnards oder Mademoiselle Dumesnils zu agieren, und ihr war gewesen, als ob sie den oder jenen Satz hübscher hätte bringen können, spitzer, liebenswürdiger als jene gerühmten Künstlerinnen. Liebhaberaufführungen waren Mode unter den großen Damen und Herren. Wäre es nicht ein Jammer, wenn sie nicht auch auf ihrer Bühne aufträte, der schönsten des Königreichs?

Vaudreuil war an ihrem Plan sehr interessiert. Er war selber ein begabter Schauspieler und ein leidenschaftlicher Regisseur; nirgendwo besser als bei der Leitung einer Liebhaberaufführung konnte er die andern seine Überlegenheit in Dingen der Bildung und des Geschmacks spüren lassen und seiner Neigung zur Despotie frönen. Er erklärte Toinette, als ihr Intendant werde er ihr, gerade weil sie begabt sei, ein Auftreten erst dann erlauben, wenn sie ihre Sache besser mache als jede andere. Noch immer zeige ihr Französisch eine Spur von Akzent, insbesondere ihre Aussprache des R lasse zu wünschen übrig; das sei reizvoll in der Konversation, doch nicht auf der Bühne. Sie müsse lernen und nochmals lernen. Toinette sagte eifrig ja. Man beschloß, sie solle bei den Herren Michu und Caillot vom Théâtre Français Schauspielunterricht nehmen.

Im übrigen hielt Toinette an ihrem Vorsatz fest, dem Lande einen legitimen Dauphin zu gebären, und ließ Vaudreuil warten. Mit seiner Ungeduld stieg seine Herrschsucht, und er versuchte immer wieder, sie in Konflikte mit Louis hineinzutreiben.

Anklägerisch eines Tages fragte er, warum eigentlich sie dieses Jahr den Salon nicht besuche. „Ich habe Louis versprochen“, gestand sie offen, „den Rebellen gegenüber äußerste Zurückhaltung zu zeigen.“ – „Ich kenne jemand“, antwortete Vaudreuil, „der sich bitter darüber beklagt hat, daß eine Königin von Frankreich weniger Freiheit habe als ein Fischweib in den Hallen. Ich sehe nicht ein, warum Sie nicht sollten in den Salon gehen dürfen.“ – „Es wird als neue Herausforderung angesehen werden“, beharrte Toinette. Vaudreuil lächelte frech, antwortete nichts.

Wenige Tage später besuchte Toinette den Salon. Die Künstler, die ausgestellt hatten, waren beinahe alle anwesend; sie hofften auf ein Wort der Anerkennung aus dem Munde der Königin.

Toinette stand, ohne viel Anteilnahme, vor den edeln Büsten Voltaires, Molières und Rousseaus, die Houdon geschaffen hatte. Sie beschaute die hübschen Landschaften ihres Malers Hubert Robert und seine Ruinen. Sie interessierte sich für das bunte Getriebe des „Asiatischen Marktes“ von Leprince und für das große, tumultuöse Bild von der Hand des Malers Vincent, welches den Präsidenten Molé inmitten der aufrührerischen Menge zeigte. Dann stand sie lange vor dem riesigen Gemälde, welches der Maler Robin im Auftrag der Stadt Paris ausgeführt hatte. Dargestellt war der junge Louis, wie er in die Stadt Paris einzog, um deren Privilegien zu bestätigen. Louis war sehr idealisiert – wenn man's ihr nicht gesagt hätte, sie hätte ihn nicht erkannt –, und er war umgeben von einigen Tugenden, der Gerechtigkeit, der Wohltätigkeit, der Eintracht und der Wahrheit, lauter sehr bekleideten Tugenden.

Und nun kam man in den Saal, in welchem die Porträts des Malers Duplessis hingen. Sogleich fiel Toinette das Bild des Amerikaners auf, doch sie bezähmte sich, sie schaute nicht hin, sie ließ sich erst vor die andern Porträts führen. Duplessis war anwesend, er hatte sich lächerlicherweise in Gala geworfen, sein gutmütiges, bäuerliches Gesicht kam schüchtern aus dem prunkvollen Anzug heraus. Sie dankte gnädig seiner Verbeugung.

Sie beschaute zunächst das Porträt des Doktors Lassone, ihres Arztes, des Mannes, der die Operation an Louis vorgenommen hatte. Doktor Lassone pflegte seine Weisungen mit Entschiedenheit zu geben, er duldete keinen Widerspruch, und wenn sich Toinette und der Fliederblaue Klüngel auch gerne lustig machten über seinen Dünkel, seine Liebesaffären und seine Geldgier, so hatte sie gleichwohl eine geradezu abergläubische Angst vor den kalten, prüfenden Augen des großen Arztes und vor seinen geübten, geschickten Händen. Duplessis hatte dem Doktor die leicht schwabbeligen Wangen gelassen, aber der Mund war hart, die Augen scharf und herrschsüchtig und die rechte Hand, die groß und knochig mit ausgestrecktem kleinem Finger auf den Büchern lag, bedrohlich. Der Doktor Lassone, der sie da von der Leinwand her beschaute, flößte ihr fast noch mehr Unbehagen ein als der wirkliche Lassone, dessen Untersuchungen sie ersehnte und fürchtete.

Sie riß sich los, ging zu dem nächsten Bild, dem Porträt

der Herzogin von Penthièvre. War das wirklich die Herzogin von Penthièvre? Toinette hatte sie doch ziemlich oft gesehen, da war sie ihr nie hübsch vorgekommen. Hier war sie höchst anziehend. Dabei hatte Duplessis nicht einmal sehr geschmeichelt. Offenbar war es vorteilhaft, sich so malen zu lassen, im Grase sitzend und die Füße nackt, in Sandalen. Sie mußte sich das merken. „Hübsch, sehr hübsch, reizend", sagte sie zu Duplessis.

Und dann, endlich, stand sie vor dem Porträt Doktor Franklins. Der Raum war dicht gefüllt, bis hinaus in den Hof drängten sich die Neugierigen, aber es war vollkommen still, als sie vor dem Bilde stand.

Der da aus seinem Rahmen auf sie schaute, war der Mann, den Toinette gesehen hatte, und dennoch ein sehr anderer. Der lange, gebieterische Mund war geschlossen und sah keineswegs so aus, als ob galante Worte aus ihm hervorkommen könnten. Streng, prüfend, höchst gerecht, schauten die Augen unter der mächtigen Stirn. Schauten sie einen an? Schauten sie über einen weg? Schauten sie durch einen hindurch? Toinette wunderte sich, daß sie sich auf einen Kampf mit diesem Manne eingelassen hatte, ja, ein wenig fürchtete sie sich; dabei war sie trotzdem wieder von ihm angezogen, und sie war stolz darauf, daß sie die Zusammenkunft mit ihm gesucht hatte.

Der Maler Duplessis stand schräg hinter ihr, bemüht, den Eindruck zu erspähen, den sein Werk auf die Königin machte. Er sah jetzt mit einemmal, zum erstenmal, ihr Gesicht, wie es war, hübsch, nicht gescheit, doch keineswegs leer, sehr lebendig, sehr hochmütig, sehr königlich. Wenn er noch einmal Gelegenheit haben sollte, sie zu malen, wird es ein gutes Bild werden. Aber diese Mächtigen konnte man ja niemals dazu bekommen, daß sie einem die paar Sitzungen geben, die man brauchte. Mit dem Amerikaner war es ein erfreuliches Arbeiten gewesen, und das Porträt war geglückt. Es war in Wahrheit ein großer Mann, der da auf einen schaute, und er war, soviel Würde er ihm gegeben hatte, nicht geschmeichelt. An den Augen hatte er lange herumgemalt, und er war zufrieden. So schaute der lebendige

Franklin, er schaute einen an und schaute über einen hinweg.

Toinette stand noch immer vor dem Bild, schweigend, eine lange Weile schon stand sie so, es dünkte sie eine Ewigkeit, es waren zwei Minuten. Es war still, beklemmend still, und sie wußte, daß sie nun wieder einmal etwas sagen mußte, und es mußte etwas sein, das auch der böseste Wille zu mißdeuten nicht imstande war. „Ausgezeichnet", sagte sie schließlich inmitten der lautlosen Stille und wandte sich mit einer sehr hübschen Bewegung dem Maler Duplessis zu. „Wahrhaftig ein ausgezeichnetes Porträt, würdig unseres Duplessis", und sie war froh, daß sie nicht gesagt hatte: „Würdig unseres Franklin."

Sie löste sich von dem Gemälde. „Was gibt es sonst noch zu sehen, Messieurs?" wandte sie sich an die Künstler, die sie führten, und man beschaute das sehr gute Bildnis des alten, berühmten Pflanzenforschers Karl Linné, das Alexandre Roslin voriges Jahr auf seiner schwedischen Reise gemalt hatte. „Sie wissen, meine Herren", erklärte Toinette, „ich bin sehr interessiert an allem, was Botanik anlangt."

Am Abend ging sie in die Oper, man gab Glucks „Iphigenie". Sie ging die kurze Strecke zu Fuß, und auf dem ganzen Weg rief man ihr huldigend zu. Die letzten Male, da sie sich im Theater gezeigt, hatte sich das Publikum bei ihrem Erscheinen schweigend erhoben; an diesem Abend brachte man ihr eine lange Ovation. Und als im zweiten Akt die Arie anhob: „Singet Lob und Preis eurer Königin", trat Achilles an die Rampe und sang die Arie hinauf zur Loge Toinettes. Das Publikum aber erhob sich und verlangte die Arie ein zweites und ein drittes Mal.

Toinette hatte in ihrem jungen Leben oft und abermals einer jubelnden Menge gedankt. Niemals aber hatte sie das so beglückt getan wie an diesem Abend. Ein kleines Rot wölkte ihr langes, ovales Gesicht, während sie den Kopf mit dem getürmten, herrlichen, aschblonden Haar dreimal neigte, nach links, nach rechts und nach der Mitte, wie das Zeremoniell es vorschrieb. Sie war selig wie ein Kind. Jetzt soll mir der Abbé nochmals sagen, die Pariser mögen mich nicht, dachte sie, die edle, einfache Melodie Glucks klang in ihr, und sie bedauerte, daß sie in ihrer Frisur nicht ein Bild Benjamin Franklins trug.

Als Louis hörte, daß Toinette das Porträt Franklins besichtigt hatte, durchschwemmte ihn dumpfe Wut. Hatte sie ihm nicht versprochen, sich von jeder Sympathiekundgebung für Amerika zurückzuhalten? Und wenn ihr die Pariser hinterher eine Ovation gebracht hatten, so bestätigte das nur, daß dieser Besuch im Salon allgemein als ein Gnadenbeweis für den Rebellen aufgefaßt worden war, als ein Bekenntnis zur Meuterei. Der Geist der Rebellion war es gewesen, der da Toinette in der Oper gefeiert hatte, und es war erbitternd, daß er, Louis, untätig zuschauen mußte.

Denn er konnte nichts tun als schweigen und sich grämen, des war er sich von Anfang an bewußt. Wenn er hinginge und ihr vorhielte, sie habe die Meuterer gehätschelt, dann hätte sie nichts für ihn als verständnislose Ironie. Was hatte sie denn getan? Sie hatte die Bilder des Hofmalers Duplessis besichtigt. Hätte sie es nicht tun sollen? Er sah im Geiste ihren höhnisch-unschuldigen Blick. Hatte nicht Louis gewünscht, daß sie sich von Duplessis malen lasse? Hatte er sich nicht selber von ihm malen lassen?

Prinz Xavier kam. Sprach vom Salon. „Es ist ja auch ein Gemälde von Ihnen dort", sagte er, „dieser Riesenschinken von Robin. Sie sind da sehr idealisiert, mein lieber Louis, sagt man mir; das müssen Sie ja wohl auch sein, als König. Es wäre ein Spaß gewesen, wenn wir beide hingegangen wären und uns den Schinken angeschaut hätten, gemeinsam. Aber das geht wohl nicht, nachdem dort der Rebell hängt. Es gibt freilich Leute, die keine solche Skrupel kennen. Es bleibt Geschmackssache."

Louis tobte in seinem Innern, doch er erwiderte nichts.

Ein paar Tage später wurde ihm ein Stich vorgelegt, der das Duplessis-Porträt Franklins wiedergab. Feindselig beschaute Louis die Züge des Mannes. Natürlich, Duplessis hatte alles Niederträchtige, das in dem Rebellen stak, unterschlagen. Und diesen Duplessis hatte er zum „Maler des Königs" ernannt. Er war ein guter Maler, er hatte es mit seinem, Louis', Bilde bewiesen. Schade, daß Kunst und Tugend so selten vereinigt waren.

Louis las die Unterschrift, die dem gestochenen Porträt beigefügt war. Es waren Verse. „Hier ist der Ruhm und die Kraft der Neuen Welt. Die Fluten des Ozeans verstummen vor seiner Stimme. Er lenkt den Donner und heißt ihn schweigen nach seinem Willen. Wer die Götter entwaffnet, braucht der die Könige zu fürchten?" Louis las die Verse zweimal. So weit war es gekommen. Das wagte man zu veröffentlichen in seiner Hauptstadt. Das war mehr als Majestätsverbrechen, das war Gotteslästerung, Blasphemie. „Er lenkt den Donner und heißt ihn schweigen nach seinem Willen." Ein zorniger, häßlicher Laut kam aus Louis' Kehle, er läutete, befahl den Polizeipräsidenten vor sich, dringlich, sogleich.

Als Monsieur Lenoir erschien, hielt ihm Louis den Stich vors Gesicht. „Haben Sie das gesehen?" fragte er. „Es ist der Franklin des Monsieur Duplessis", sagte der Polizeipräsident. „Die Kritiken sind gut, ausgezeichnet, der Stich geht ab wie frische Austern." – „Haben Sie die Verse gelesen?" fragte Louis weiter, und: „Lesen Sie", schrie er plötzlich. „Es sind schlechte Verse", sagte Monsieur Lenoir. „Und so was lassen Sie verkaufen", schrie Louis. „So was wird verkauft wie frische Austern, an allen Ecken von Paris. Wo haben Sie Ihre Augen, Monsieur? Schlechte Verse. Das ist Majestätsverbrechen, das ist Gotteslästerung. ‚Er heißt den Donner schweigen.' Seid ihr denn verrückt geworden allesamt?" Monsieur Lenoir war blaß. Doch er beherrschte sich und sagte mit Ruhe: „Der Stich ist bei Monsieur Rouault verlegt, wie ich sehe. Ich werde dem Manne Weisung geben, den Vers sogleich zu entfernen." – „Einstampfen die Gotteslästerung", schrie Louis, „den Mann einsperren!" – „Ich bitte Eure Majestät, in Ruhe zu erwägen ...", wandte der Polizeipräsident ein. Doch: „Ich habe erwogen", unterbrach ihn Louis. „Ihr hättet erwägen sollen, vorher. ‚Heißt den Donner schweigen.' Gehen Sie!" schrie er. „Führen Sie meine Weisungen aus!"

Monsieur Lenoir ging, aber zunächst zu Maurepas und Vergennes. Dann ließ er dem Verleger Rouault mitteilen, daß er Auftrag habe, ihn zu verhaften, und erst als sich Monsieur Rouault in Sicherheit gebracht hatte, schickte er seine Agenten.

Maurepas mittlerweile stellte Louis vor, daß jetzt, nachdem Franklins Porträt so ungeheures Aufsehen erregt habe, die Verhaftung des Verlegers als feindseliger Akt nicht nur gegen Amerika, sondern auch gegen die Pariser Bevölkerung empfunden werden würde. Louis, nach einigem Zögern, zog knurrend den Verhaftsbefehl zurück. „Aber die gottlosen Verse müssen verschwinden, sie müssen aus der Welt", verfügte er wütend und entschlossen.

Es wurde denn auch fortan der Stich des Franklin-Porträts ohne die Verse verkauft, doch mit viel freiem Raum darunter, und die Pariser schrieben die Verse mit der Hand.

Louis sprach mit Toinette kein Wort über ihren Besuch im Salon und über die Ereignisse, die dieser Besuch zur Folge hatte. Toinette hatte ihre Freude an den Geschehnissen, und sie hatte ihre Freude an Louis' Schweigen.

Aber diese Freude vermochte die Enttäuschung nicht zu betäuben, die tief in ihrem Innern wurmte. Sie war ruhelos, gejagt von bittern, demütigenden Gedanken. Nun waren Wochen und Wochen und Monate und Monate vergangen, und nichts hatte sich geändert, und Louis war nicht imstande, ihr den Dauphin zu machen. Aus allen Briefen der Mutter, aus ihren Vorwürfen über die Begegnung mit Franklin und über die Verschwendung des Trianon, hörte Toinette heraus den Kummer der alten Frau über die fehlgeschlagene Hoffnung.

Um die ständig nagende, demütigende Erbitterung zu betäuben, stürzte sie sich mit Hitze in ihre Schauspielstudien. Unermüdlich arbeitete sie an der Verbesserung ihres R, und sie scheute nicht die Gefahr, ihren berühmten schwebenden Gang zu verderben, indem sie schreiten lernte wie die Damen des Théâtre Français. Die Herren Michu und Caillot stellten verwundert fest, daß sie arbeitete, als wollte sie Berufsschauspielerin werden; sie hunzten sie ehrerbietig und mit Vergnügen, und Toinette bat sie: „Nur so fort, meine Herren."

Auch das half ihr nicht viel. Ihre Zänkereien mit Vaudreuil häuften sich. Er fragte höhnisch, wie lange noch sie sich von dem Dicken etwas erwarte. Sie hieß ihn zornig gehen und ließ ihn zwei Tage nicht vor; doch im Innern gestand sie sich, es sei töricht und lächerlich, wie sie François hinhalte.

Dieser, vielleicht nur, um Toinette eifersüchtig zu machen, schloß sich enger an Gabriele an. Toinette durchschaute sein Spiel, aber ihre Erkenntnis nutzte ihr nichts, sie wurde immer nervöser. Da bittere Reden und Klagen auf Vaudreuil keinen Eindruck machten, begann sie die sanfte, lässige Gabriele zu quälen.

Nun hatte Jules Polignac einer Tante, die ihr Vermögen verloren hatte, einer Baronin d'Andlau, Hilfe versprochen. In seiner herrischen Art verlangte er von Gabriele, sie solle bei Toinette eine Rente für die Baronin erwirken. „Ein Trinkgeld", erläuterte er, „sagen wir, sechstausend Livres." Gabriele willigte ohne weiteres ein, und als sie das nächste Mal mit Toinette zusammen war, brachte sie das Anliegen vor, träg, beiläufig, der Gewährung gewiß.

Toinette hatte schlecht geschlafen, und als Gabriele mit ihrer Bitte kam, fiel ihr ein, daß man in Paris einen Zusammenhang herstellte zwischen ihren Ausgaben und der Zögerpolitik Versailles' in der amerikanischen Frage. Auch sah sie im Geiste ihren Bruder Josef, wie er bitter und bösartig genau die lange Liste der Pfründen hersagte, welche sie den Polignacs hingeworfen hatte. „Ich entsinne mich nicht eurer Tante Andlau", sagte sie. „Um wieviel handelt es sich?" – „Um fünfhundert Livres monatlich", antwortete Gabriele, die Summe klang in ihrem Mund lächerlich gering. „Ich glaube", sagte versonnen Toinette, „ich werde ihr die Rente nicht geben." – „Es handelt sich um fünfhundert Livres", sagte verwundert Gabriele, und ein wenig ratlos fügte sie hinzu: „Wenn mir recht ist, hat Jules ihr das Geld bereits versprochen." Dann, da Toinette schwieg, schloß sie mit trägem Achselzucken: „Schön, da muß die Tante Andlau eben warten, bis Jules oder ich im Spiel gewinnen."

Es verstimmte Toinette, daß ihre Weigerung Gabriele nicht mehr erregte. „Ich werde übrigens", erklärte sie, „demnächst doch wohl bekanntgeben, daß an meinen Spielabenden kein höherer Einsatz erlaubt ist als zehn Louis. Ich habe es dem König versprochen." – „Dann kommst du eben zu mir", sagte fröhlich harmlos Gabriele, „wenn du Lust hast, höher zu spielen." – „Ich weiß nicht", antwortete schleppend und bösartig Toinette. „Seitdem ich mein Trianon bezogen habe, hab ich keine Lust mehr an deinem Marquis de Dreneux und an deinem Mr. Smith aus Manchester." Gabriele schüttelte den Kopf. „Als ich diese Leute bat, die Bank zu halten", meinte sie, immer eher erstaunt als gekränkt, „waren sie dir doch sehr willkommen. Die Unsern waren alle ausgeblutet." Toinette, in plötzlicher kalter Wut, erwiderte: „Sie werden der Königin von Frankreich nicht sagen, Madame, daß sie Sie veranlaßt hat, das Gelichter einzuladen." – „Aber was in aller Welt haben Sie denn, Toinette?" fragte verblüfft Gabriele. „Was ist denn los?" – „Alle kränken mich", brach Toinette aus, „alle beleidigen mich. Weil ich gut zu allen bin, glauben alle, sie dürfen auf mir herumtreten." – „Aber wer tritt denn auf dir herum, Toinette?" versuchte Gabriele sie zu beschwichtigen. Doch das bewirkte nur, daß sich Toinettes ganzer, hilfloser Zorn entlud. „Alle wollt ihr mich ausbeuten", ereiferte sie sich. „Hast du nicht gerade erst sechstausend Livres für deine Tante verlangt?"

Gabriele begriff, daß Toinette über sie herfiel, weil ihre Sarkasmen und Wutausbrüche an Vaudreuil abprallten. Gabriele war gutmütig, ließ sich viel gefallen und hatte Toinette sehr gern. Aber gerade ihr lag wenig an den äußern Vorteilen, die sie aus der Freundschaft mit Toinette zog, und deren Ungerechtigkeit kränkte sie. „Ich begreife deine Nervosität", sagte sie. „Aber ich lasse mir von niemand vorschreiben, wer in meinem Hause verkehrt, auch von dir nicht." Toinette antwortete nicht, ihr Gesicht war von eisigem Hochmut. Die beiden trennten sich, ohne sich versöhnt zu haben.

Zwei Stunden lang war Toinette vergnügt, daß sie Gabriele einmal die Wahrheit gesagt hatte. Aber dann bereute sie's. Schon am Morgen darauf vermißte sie Gabriele, und als sich diese auch am nächsten Tag nicht blicken ließ, sondern unter einem Vorwand von durchsichtiger Nichtigkeit ihrem Hofdienste fernblieb, wäre Toinette am liebsten zu ihr hingegangen und hätte sie um Verzeihung gebeten. Aber das konnte sie ihrem Stolz nicht abgewinnen.

Sie horchte Diane aus und erfuhr, daß Gabriele an einem großen Spielabend bei der Prinzessin Rohan teilnehmen werde. Es war eine Demütigung, wenn Toinette nach allem, was sie Gabriele gesagt hatte, an diesem Abend zur Rohan ging. Sie ging hin.

Bei der Prinzessin Rohan gab es, wie immer, viele Menschen und schlechte Luft, es gab die Hunde, den Papagei, die leise klirrenden Münzen des Spieltisches, die gedämpften Rufe der Spielenden. Gabriele war mitten im Spiel. Als sie Toinette kommen sah, lächelte sie erfreut, ohne Stolz, verträglich. Toinette setzte sich neben sie. Sie schwatzten über Kleider, klatschten. Es war, als wäre ihr Streit nie gewesen.

Toinette begann zu spielen, nicht sehr hoch. „Wenn ich gewinne“, sagte sie beiläufig, „werde ich der Tante Andlau die Pension aussetzen. Wenn ich verliere, übrigens auch.“ – „Danke, Toinette“, sagte Gabriele.

Man spielte weiter. Toinette machte höhere Einsätze, verlor.

Plötzlich wurden beide Flügel der Tür aufgerissen. „Der König“, rief der Lakai an der Tür. Eintrat, schnaufend, Louis.

Louis hatte im Lauf der letzten Woche, außer bei den mancherlei offiziellen Anlässen, Toinette kaum gesehen. Der Stich des Franklin-Porträts, die Verse, sein Verbot und die Vorgänge, die diesem Verbot gefolgt waren, hatten seinen Groll gegen Toinette gesteigert. Aber er war sich seiner Ohnmacht bewußt und hatte geschwiegen. Auch als er hörte, daß Toinette entgegen ihren Versprechungen ihre gehetzte, kostspielige Jagd nach Vergnügungen wieder aufgenommen, hatte er geschwiegen. Eine einzige Maßnahme hatte er getroffen. Seinerzeit, nach jener Nacht im Trianon, hatte er im Einverständnis mit Toinette die alte Verordnung in Erinnerung gebracht, daß innerhalb des Schlosses von Versailles

Spieleinsätze im Betrag von mehr als einem Louisdor nicht erlaubt seien. Jetzt, nachdem sich Toinette wiederum als unzuverlässig und unbotmäßig erwiesen, hatte er den Polizeipräsidenten beauftragt, ihn durch seine Geheimagenten benachrichtigen zu lassen, sowie im Schloß eine Spielpartie stattfinde, bei der gegen seine Verordnung verstoßen werde.

Daß an diesem Abend eine solche Spielpartie im Gange sei, und zwar in Gegenwart der Königin, hörte er, als er gerade über einem Bande der „Allgemeinen Geschichte der Interessanten Reisen" des Abbé Prévost saß; es hatte aber in seinem Auftrag Monsieur de Laharpe von der Akademie eine Neuausgabe dieses sehr umfangreichen Sammelwerkes veranstaltet, und Louis nahm an dem Fortgang der Arbeit lebhaften Anteil. In den achtzehnten Band also der „Interessanten Reisen", der von Kamtschatka und von Grönland handelte, war er vertieft, als ihn die Botschaft von dem Spielabend bei der Prinzessin Rohan erreichte. Neben sich stehen hatte er eine silberne Platte mit einem Stück kalten Hasenbraten und eine kostbare Sauciere mit einem Preiselbeergelee. Mit seinen kurzsichtigen Augen las er, dabei tunkte er das Fleisch mechanisch in das Gelee, er biß und riß und schlang und las.

Den Polizeiagenten, der ihm in strammer Haltung den Rapport erstattete, hörte er an, ihm auf den Mund starrend, das Stück Fleisch noch in der Hand. „Es ist gut", sagte er. Dann, noch während sich der Beamte rückwärts zur Tür bewegte, schmiß er das Stück Fleisch zurück auf die Platte und schlug heftig das Buch zu.

Eine wilde Genugtuung füllte ihn. Er stand auf, und ohne jemand was zu sagen, ohne Begleitung, ging er hinüber zu den Gemächern der Prinzessin Rohan. Mehrmals auf diesem Gang wischte er sich die Hände an den Schößen seines Rokkes, und wiewohl es ein langer Weg war, hielt er seine Wut fest.

Auch jetzt noch, da er vor Toinettes Spieltisch stand, erfüllte ihn willkommener Zorn. Die Herren waren aufgesprungen und hatten sich tief verneigt. Louis sah sie nicht, er sah nur, was auf dem Tische lag, Spielkarten, Haufen von

Münzen und etwas beschriebenes Papier, Gläser und Becher mit Getränken und kleine Teller mit Konfekt.

„Guten Abend, Sire", sagte Toinette. „Guten Abend, Madame", erwiderte mit hoher, erregter Stimme Louis. „Ich wollte eine Stunde ruhiger Unterhaltung genießen mit Ihnen und Ihren Damen." Er atmete stark, er konnte den Satz nicht vollenden. „Das war ein guter Einfall, Sire", sagte höflich die Prinzessin Rohan. Louis aber, mit überschlagender Stimme, schrie: „Und nun muß ich das hier sehen!" – „Was müssen Sie denn sehen, Sire?" fragte Toinette; unter dem Tisch, keinem sichtbar, wippte sie mit dem Fuß. Louis trat ganz nahe an den Tisch heran, raffte einen kleinen Haufen Goldmünzen in die dicke Hand und hielt sie der Prinzessin Rohan vors Gesicht. „Was ist das, Madame?" fragte er, und da die Rohan schwieg, schrie er: „Sind das Livres? Sind das Sous oder Ecus? Das sind Louis, Madame. Das ist nicht ein Louisdor, das sind zehn, elf, dreizehn Louisdor." Er schmiß das Gold zurück auf den Tisch. „Was da liegt", schrie er, „das ist das Budget einer Provinz." – „Sie übertreiben, Sire", sagte ehrerbietig, doch entschlossen Diane Polignac. „Mit einem so niedrigen Budget käme auch Ihre ärmste Provinz nicht aus." – „Schweigen Sie, Madame", schrie in der Fistel Louis. „Das ist nicht der Moment, geistreich zu sein. Was hier auf dem Tisch liegt", befahl er, „gehört den Armen von Paris." Und in die Luft hinein gab er Weisung: „Man stelle mir eine Liste auf, wer hier anwesend war, und eine zweite Liste, wieviel Geld sich hier vorfand. Ich möchte die genauen Ziffern haben, geordnet nach Münzsorten. Die Liste hat um acht Uhr früh auf meinem Tisch zu liegen. Guten Abend, Madame. Guten Abend, meine Herren und Damen." Und er zog sich zurück, schweren Schrittes, schnaufend, befriedigt.

Am nächsten Morgen suchte ihn Toinette in der Bibliothek auf. Er glaubte, sie wolle sich entschuldigen, und war bereit, Großmut zu zeigen.

„Es war freundlich, Sire", sagte sie, „daß Sie sich einmal wieder die Mühe nahmen, mich in meinem Kreise zu besuchen. Aber gekränkt hat mich die Heftigkeit, mit der Sie mich und meine Damen an die Pflicht der Wohltätigkeit mahnten. Ich glaube, ich habe es in diesem Punkte selten an mir fehlen lassen. Ich erinnere Sie an die armen Landleute, denen ich in meinem Dörfchen im Trianon Dach und Brot gebe. Es hätte Ihres – lassen Sie es mich beim rechten Worte nennen – groben Hinweises nicht bedurft."

Louis starrte auf das Buch, in dem er gelesen hatte, es war noch immer der achtzehnte Band der „Interessanten Reisen". Aufgeschlagen war die Seite neunundachtzig. „Dialekt der Kurilen", und nebeneinander in zwei Reihen standen französische und kurilische Worte:

Oreilles	Ksar
Nez	Etou
Lèvres	Tchaatoi
Bouche	Tchar
Parties naturelles de l'homme	Tchi
Idem de la femme	Tchit

Mechanisch schaute er auf die Worte, er war außer Fassung über soviel Unschuld; oder war es Dreistigkeit?

„Ich weiß nicht", stammelte er, „also schön . . ." – „Sie hätten aber wissen müssen, Sire", sagte Toinette. „Ich hatte den ganzen Abend zu tun, meine Damen zu trösten." – „Sie geben dem Hof und der Stadt kein gutes Beispiel", raffte sich Louis auf, „wenn Sie an einem Abend Summen verspielen, die hinreichten . . ." – „Das Budget einer Provinz", spöttelte Toinette, „das sagten Sie gestern schon. Seien Sie gerecht, Louis", bat sie. „Sie müssen zugeben, ich habe gespart in der letzten Zeit. Ich führe ein schlichtes, ländliches Leben in meinem Trianon. Ich trage nur elsässische Leinenkleider. Ich höre, daß sich die Seidenfabrikanten von Lyon beklagen, weil mein Beispiel den Umsatz ihrer Stoffe verringert. Ich habe mein Bestes getan, es Ihnen recht zu machen. Ich war sogar im Salon, wiewohl ich mich für Bilder nicht sonderlich interessiere; aber ich wollte die Künstler nicht beleidigen, Ihrethalb, Louis. Ich habe auch zu spüren bekommen, daß die Pariser mein Verhalten würdigen. Hat man Ihnen erzählt, wie herzlich und einfallreich man mich in der Oper begrüßt hat?"

Louis starrte wortlos auf sein kurilisches Vokabular; er gab es auf, ihrem Geschwätz zu folgen. „Übrigens Künstler, Gemälde", sprach sie weiter, „ich muß endlich die Decke meines Theaters ausmalen lassen. Lagrenée hat schon einen Entwurf gemacht, Apollo und einige Grazien, etwas ganz Einfaches. Aber die Künstler nehmen jetzt ihre Preise. Ich habe den Auftrag noch nicht gegeben. Ich weiß, ich habe Ihnen versprochen, zu sparen. Wenn Sie es also wünschen, dann bleibt das Theater kahl."

Als sie ging, hatte Louis ihr weitere hunderttausend Livres für das Trianon bewilligt.

Die beiden aus Amerika zurückgeschickten Offiziere, Major de Mauroy und Leutnant Dubois, waren sogleich zu Pierre gegangen, um ihm von ihren übeln Erfahrungen zu berichten. Pierre war betroffen. Nicht nur verdroß es ihn, daß man die Herren, für deren Entsendung er sich mitverantwortlich fühlte, in Philadelphia so schlecht aufgenommen hatte, sondern es mehrte auch dieser Empfang seine Sorge, daß die Firma Hortalez noch viele Schwierigkeiten werde überwinden müssen, ehe sie die Bezahlung ihrer Forderungen erreichte.

Zwei Stunden später traf die amerikanische Post ein, und sie enthielt genaue, sachliche Mitteilungen über den Empfang Lafayettes und seiner Offiziere, denn dieser Kurier brachte endlich den sehnlich erwarteten Brief Pauls.

In seinem Arbeitszimmer, bei versperrter Tür, allein mit der Hündin Caprice, las Pierre das ausführliche Schreiben.

„Wiewohl mir schärferes Nachdenken das hätte verwehren sollen", schrieb Paul, „so hatte ich mir doch in Paris den Kongreß der Vereinigten Staaten so vorgestellt, wie die antiken Schriftsteller den Römischen Senat in seiner besten Zeit schildern, als eine Versammlung von Königen. Dem entspricht die Wirklichkeit von Philadelphia keineswegs. Um es Ihnen offen zu sagen, mein sehr verehrter Freund, der Kontinentale Kongreß der Vereinigten Staaten kann sich an äußerer und innerer Würde nicht einmal mit einem französischen Provinzlandtag vergleichen. Es gibt da ein ewiges, jämmerliches Gezänk um winzige Rechtchen und Pflichtchen, die Dreizehn Staaten hadern jeder mit jedem, ihre Vertreter haben immer nur das Einzelinteresse ihres Staates im Aug und sind überdies untereinander nochmals gespalten in Konservative und in Progressive. Schiebung und Korruption blüht wie unter dem Despotismus, nur in plumperer Form. Die Anhänger des Königs von England sind an Zahl und Einfluß viel stärker, als man in Paris annimmt, und tief eingewurzeltes Vorurteil macht selbst progressive Amerikaner zu fanatischen Franzosenfeinden."

In diesem Zusammenhang berichtete Paul ausführlich über den schmählichen Empfang Lafayettes und seiner Offiziere. General Washington freilich, konnte er hinzufügen, habe, wie man höre, mittlerweile einen Empfehlungsbrief Franklins für Lafayette bekommen und sei bemüht, das unziemliche Verhalten des Kongresses wiedergutzumachen.

Dann verbreitete sich Paul eingehend über die Aussichten der Firma Hortalez, vom Kongreß Zahlung zu erhalten. Mr. Arthur Lee habe mehrmals und dezidiert erklärt, das „Darlehn" der französischen Krone an Pierre sei selbstverständlich ein Geschenk des Königs nicht für Pierre, sondern für den Kongreß. Mr. Lee führe unter anderm als Beweis an, Monsieur de Gérard habe den amerikanischen Delegierten gelegentlich vorgehalten, sie hätten doch jetzt bereits vier Millionen bekommen. Da sie aber de facto nur drei Millionen bekommen hätten, sei unter der vierten eben jene verstanden gewesen, welche Pierre erhalten habe. Er, Paul, versuche mit allen Mitteln, die Entstellungen und Verdrehungen Mr. Lees zu entkräften. Aber die Herren vom Kongreß wollten nicht hören, sie mißverstünden mit Absicht und Beharrlichkeit.

Er bemühe sich, schrieb Paul weiter, wenigstens die unbestrittenen Forderungen durchzusetzen. Aber auch da machten die Herren immer neue Manöver, die man schwerlich anders bezeichnen könne denn als Winkelzüge. Unter ihren fadenscheinigen Ausflüchten sei die schäbigste die, daß den Herren, solange nicht die Stichhaltigkeit jedes einzelnen Postens geklärt sei, ihr Verantwortungsgefühl verbiete, irgend etwas zu zahlen. Solche Winkelzüge seien wohl eines großen, freiheitlichen Volkes nicht würdig, doch die berghohen finanziellen Schwierigkeiten des Kongresses machten sie begreiflich. Um nicht die ganze Sache zu gefährden, drücke man sich von den Verpflichtungen, die man gegen den einzelnen habe.

Pierre las die Stelle zweimal. Er spürte grimmige Hochachtung vor der Sachlichkeit seines jungen Freundes Paul. Begreiflich, dachte er bitter, die Winkelzüge der Amerikaner sind begreiflich. Das ist sehr richtig. Aber wer unter die Räder kommt, das bin ich.

Um gerecht zu sein, schloß Paul, und ein objektives Bild der Lage zu geben, müsse er betonen, daß im Kongreß neben manchem engstirnigen Krämer auch Männer von Weitblick und großer Rechtlichkeit säßen. Er habe denn auch erreicht, daß er gleichzeitig mit seinem Brief eine Ladung von Tabak und Indigo im Betrag von siebenundzwanzigtausendzweihundertfünfzig Livres als eine Art symbolischer Zahlung abgehen lassen könne, und er glaube zuversichtlich, er werde zuletzt die Anerkennung der gesamten Forderung des Hauses Hortalez erwirken. Wie denn überhaupt sein Glaube an den Erfolg des heroischen Unternehmens durch seine neuen, Geduld und Nerven erfordernden Erlebnisse nicht im leisesten getrübt sei.

Pierre stützte den Kopf in beide Hände, und eine halbe Minute war er mutlos. „Da haben wir uns ja schön hereinlegen lassen", erzählte er der Hündin Caprice, „da wären wir ja schön hereingefallen." Dann überkam ihn Zorn. Das also war das Ergebnis: Tabak und Indigo im Betrag von siebenundzwanzigtausendzweihundertfünfzig Livres. Dafür war Paul hinübergefahren, dafür hatte er sein Leben aufs Spiel gesetzt. Lumpen, schäbige Wortbrüchler, das waren die Freiheitshelden, wenn man sie in der Nähe besah. Für solche Leute opferte er, Pierre, sein Geld, seine Nerven, sein Leben. Für solche Leute war der junge, schwärmerische Lafayette übers Meer gefahren. Für Winkelzügler. Wenn ein Posten nicht stimmt, dann zahlen wir gar nichts. Und *einen* Posten werden wir immer finden. Pfui Teufel!

Pierres frisches, fleischiges Gesicht mit der klaren, leicht zurückfliehenden Stirn und dem vollen, schön geschwungenen Mund verzog sich angewidert. Er schämte sich nicht seiner Leichtgläubigkeit, er schämte sich der Leute, für die er arbeitete.

Dann, noch einmal und sehr genau, überlas er Pauls Schreiben. Aber schon war sein Unmut verflogen, und jetzt rückte er sich ins Licht, was Zuversichtliches in dem Briefe stand. Auch dachte er daran, daß sich in der Zwischenzeit hier alles geändert hatte und daß nun er und Franklin Freunde waren. Er überlegte sich, was er Paul antworten sollte. Er wird ihm mitteilen, was er hier erreicht hat, wie er die Zusammenkunft Franklins mit der hochgestellten Persönlichkeit herbeigeführt hat, und er wird ihm Weisung geben, schleunigst zurückzukommen. Pierre war ein passionierter Briefschreiber, und der Gedanke an den zu schreibenden Brief beschwingte ihn.

Nein, nicht im geringsten ließ er sich die große Sache verleiden durch die Kleinlichkeit einzelner Kongreßmitglieder.

Bald hatte er Gelegenheit, das zu beweisen, als ihm nämlich Silas Deane von der Affäre des Generals Steuben erzählte. Denn dieser war, wie er sich's vorgenommen hatte, nach Deutschland zurückgekehrt, und Amerika hatte endgültig die Gelegenheit verpaßt, sich die Hilfe des bewährten Soldaten und Organisators zu sichern.

Endgültig? Nein. War da nicht noch er, Pierre de Beaumarchais? Sogleich setzte er sich hin und beschwor Steuben in einem feurigen Brief, nach Paris zurückzukehren. Seine, Beaumarchais', Mittel stünden dem General zur Verfügung, und ein Schiff für seinen Transport liege bereit in Marseille. Sollte Amerika und die große Sache der Freiheit wirklich genötigt sein, auf die Mitwirkung eines so bedeutenden Mannes zu verzichten, bloß weil er infolge eines dummen Zufalls während seines Pariser Aufenthalts nicht mit ihm, Pierre, zusammengetroffen sei? Nein, einen solchen Zufall lasse Pierre de Beaumarchais nicht gelten.

So überredend war der Brief, daß Steuben in der Tat nach Paris zurückkehrte.

Und binnen vierundzwanzig Stunden dann bewirkte Pierre, daß sich der General auch ohne Vertrag bereit erklärte, in der Armee Washingtons zu dienen. Pierre sorgte für seine Equipierung und für seinen Transport. In seiner eigenen komfortabeln Reisekutsche ließ er ihn nach Marseille befördern, und er gab ihm außer einer ansehnlichen Summe Geldes zwei Briefe mit, einen an Paul, einen an den Kongreß. Keine Mühe scheute Pierre, um, gerade nach dem Mißgeschick Lafayettes, Herrn von Steuben eine ehrenvolle Aufnahme in Philadelphia zu sichern. „Bitte, tun Sie, was Sie können", schrieb er Paul, „für diesen verdienten General, den meinen Freund zu nennen ich stolz bin. Falls er Geld benötigt, geben Sie es ihm reichlich. Es ist gut angelegtes Geld. Wenn es sollte verloren sein, verlier ich es gerne, wenn nur dieser große Mann an seinen großen Platz im Freiheitskampf Amerikas gestellt wird. Keine schönere Verzinsung meines Kapitals kann ich mir denken als seine Taten. Helfen Sie ihm, mein lieber Paul." Den Kongreß aber belehrte Pierre: „Die Kunst, erfolgreich Krieg zu führen, ist eine Verbindung von Tapferkeit, Umsicht, theoretischem Können und praktischer Erfahrung. Über alles das verfügt der große Soldat, den Ihnen zu schicken ich die Ehre habe. Er war ein Waffenkamerad Friedrichs von Preußen, er stand ihm zweiundzwanzig Jahre hindurch auf verantwortlichem Posten zur Seite. Ein solcher Mann wird auch Ihnen geeignet erscheinen, Monsieur Washington zu helfen."

Versehen also mit diesen beiden Briefen, ging Herr von Steuben zu Schiff nach Amerika. Die Dienste dieses Offiziers der Sache Amerikas zu sichern, kostete Pierre an zwölftausend Livres, beinahe die Hälfte dessen, was ihm Paul bisher aus Amerika hatte schicken können.

Daß Pierre durch Pauls Brief die letzte begründete Hoffnung verlor, vom Kongreß in absehbarer Zeit Zahlung zu erlangen, hinderte ihn nicht, mehr und mehr Geld an das Haus zu wenden, an dem er baute. Wiederholt machte ihn der Architekt Le Moyne darauf aufmerksam, daß er infolge der immer mehr ausschweifenden Wünsche Pierres den Voranschlag unmöglich werde einhalten können. Pierre erwiderte großartig: „Dann überschreiten wir ihn eben, Ihren Voranschlag." Und er freute sich, wenn Monsieur Le Moyne stolz und sorgenvoll erklärte, seit Jahren habe in Paris kein Privatmann ein so anspruchsvolles Bauwerk in Angriff genommen.

Therese, für welche Pierre das Haus baute, bezeigte dem Unternehmen verletzend geringes Interesse. Sie hatte nur einen Wunsch: die Räume, die sie und die kleine Eugénie bewohnen würden, sollten so einfach gehalten sein wie möglich, ähnlich denen in Meudon. Das gestand ihr Pierre nach einigem Mäkeln zu.

Julie hingegen nahm leidenschaftlichen Anteil am Bau und an der Ausstattung des Hauses. Wiewohl beleidigt darüber, daß es Pierre über sich bekam, in Zukunft einen Teil seines Lebens ohne sie zu verbringen, redete sie eifrig ein in alles, was der Architekt tat und ließ, und als Pierre leise andeutete, er wolle aus dem Hause an der Rue de Condé einige Dinge, an denen ihm das Herz hing, Möbel und Bilder, mit hinübernehmen in das neue Haus, geriet sie in wilde Empörung. Was er vor allem mitnehmen wollte, war der Schreibtisch seines Arbeitszimmers, dann die paar unansehnlichen Möbel des kleinen Kabinetts nebenan, die Truhe und das breite Sofa, die Stätte der Erinnerung an so manche Freuden, und schließlich die Porträts Duvernys und Désirées, sowie die Nachbildung der Galion des „Seeadlers". In dem großen, alten Haus hätte die Wegnahme dieser Dinge kaum merkbare Lücken geschaffen, doch Julie schrie Raub und Verrat bei jedem einzelnen Möbelstück; selbst gegen die Entfernung des Porträts der Désirée, welches ihr immer ein Ärgernis gewesen war, sträubte sie sich. Er habe keinen Familiensinn, warf sie ihm vor; wenn Vater Caron sähe, wie Pierre sie auf ihre alten Tage im Stich lasse, drehte er sich im Grabe um. Schließlich blieb der prunkvolle Schreibtisch des Meisters Pluvinet in dem alten Haus; für das neue ließ Pierre einen noch kostspieligeren anfertigen von Meister Lalonde mit Zeichnungen von Salembier. Auch die Nachbildung der Galion des „Seeadlers" beließ er Julie. Das andere aber nahm er trotz ihres Zeterns mit ins neue Haus.

Noch heftiger tobte der Kampf darüber, welche von Pierres Menschen im alten Haus bleiben und welche ins neue übersiedeln sollten. Julie fand es keineswegs selbstverständlich, daß Pierre den Kammerdiener Emile in dem neuen Haus wohnen lassen wollte. „Diese Teilung geht durch mein Herz", rief sie.

Mit noch mehr Wildheit focht sie um den Neffen Félicien. Es war nämlich an dem, daß Félicien Lépine zu alt geworden war für das Collège Montaigu; wiewohl nicht der älteste unter den Schülern, wirkte der Sechzehnjährige als der am meisten Erwachsene, und man konnte ihn nicht wohl länger in dem Collège lassen, wo er sich ohnedies keineswegs behaglich fühlte. Es war für Pierre, obgleich er sich mit dem Jungen nicht recht verstand, selbstverständlich, daß er ihn unter sein Dach nahm. Doch unter welches Dach? Unter das an der Rue de Condé oder unter das an der Rue Saint-Antoine? Hier griff Therese ein, sie wollte den Jungen gern im Haus haben, und Pierre verfügte nach ihrem Wunsch. Für Julie aber kaufte er bei den Juwelieren Boehmer et Bassenge ein Armband, das der Prinzessin Rohan zu teuer gewesen war.

Es ging in Paris viel Gerede um über das kostbare Palais, welches der unsichere Monsieur de Beaumarchais errichtete. Die Firma Hortalez, hieß es, schaukle und schlingere wie ein Schiff im Sturm, und viele erklärten, woran man da hinter dem riesigen Bretterzaun an der Rue Saint-Antoine werkele, das seien wohl eher Theaterkulissen als ein richtiges, steinernes Haus. Der Journalist Métra verzeichnete in seinen „Vertraulichen Nachrichten", man erzähle sich vielerlei erstaunliche Dinge über den Prunk des neuen Palais, an welchem der „Barbier von Sevilla" baue; unter andern werde auf dem Giebel des Hauses ein goldenes Nest für den Pleitestorch errichtet. Pierre ließ sich das alles nicht anfechten; wenn das Gebäude erst fertig sein wird, dann werden die Herren ja selber sehen.

Die ersten, welche sahen, waren die Freunde des Kammerdieners Emile. Der treuergebene Bursche nämlich hatte von seinen Kollegen viele Sticheleien zu erdulden und fragte seinen Herrn, ob er dem einen oder andern das Haus zeigen dürfe. Pierre, wissend, welchen Einfluß auf Hof und Stadt die Urteile der Kammerdiener ausübten, stimmte ohne weiteres zu. Mit dreien seiner Freunde also, Dienern des Herzogs von Richelieu, des Marquis de Vaudreuil und des Prinzen Montbarey, fuhr Emile im Wagen seines Herrn in die Rue Saint-Antoine.

Der Ausschnitt des Bretterzauns tat sich vor ihnen auf, und großartig auf der breiten, gewundenen Auffahrtstraße fuhren sie durch den Park. Es hatte aber Pierre im Grund nebenan hinzugekauft, Terrassen aufwerfen lassen und dem Gelände durch Hügelung und Talung den Anschein größerer Weite gegeben.

Man stieg aus, und Emile führte seine Freunde stolz und bescheiden herum. „Das sind unsere Kaskaden", erläuterte er, „und das ist unsere Chinesische Brücke. Erst wollten wir einen Schweizer Steg über unsern Bach führen, so wie Sie ihn haben, Richelieu, aber dann war uns das nicht modern genug. Unser Architekt meint, jetzt sei wieder das Chinesische das einzig Wahre, so wie vor fünfzehn Jahren." Weiß schimmerten überall Standbilder und Büsten, teils von antiken Gottheiten, teils von Verwandten und Freunden Beaumarchais'. Man ruderte auf dem kleinen See, man setzte sich in die zierlichen Lauben, die geschaffen waren für Liebende; übrigens waren auch sie geschmückt mit Büsten des Vaters und der Schwestern Beaumarchais'. Der Montbareysche erging sich in Betrachtungen, wie sich in diesen Lauben Emile amüsieren werde im Angesicht der Familie seines Herrn.

Die sichtbarste Zierde des Parks aber war auf einem kleinen Hügel ein kleiner Tempel. Man erstieg die Stufen, die zu ihm hinaufführten. „Das ist unser Voltaire-Tempel", erklärte Emile. Im Innern hob sich marmorn, gescheit und enorm häßlich die Büste des Philosophen, auf der Kuppel des Tempels aber leuchtete groß und golden die Erdkugel, und durch ihren Pol stieß ein gewaltiger, goldener Federkiel. „Sehr hübsch, Beaumarchais", anerkannte der Vaudreuilsche, „sehr beziehungsreich, da habt ihr wirklich einen guten Einfall gehabt." Emile setzte auseinander, daß das Symbolhafte noch viel weiter gehe; heute, da es vollkommen windstill sei, könne man es leider nicht sehen, aber der Federkiel, Voltaires und Beaumarchais' Wahrzeichen, drehe sich im Wind und bewege die Erdkugel. „Allerhand", gab der Richelieusche zu. Man las die Inschrift: „Fort von den Augen der Welt riß er die Binde des Irrtums." – „Ist das von dem deinen?" erkundigte sich der Vaudreuilsche. „Nein", gab Emile Bescheid, „das ist von dem andern".

Von dem Tempel wie von allen Aussichtspunkten sah man jenseits des Platzes mächtig und düster die Bastille aufragen. „Das gefällt mir nun weniger", sagte der Montbareysche. „Das verstehen Sie nicht", belehrte ihn Emile. „Gerade das ist das Bedeutungsvolle. Gerade darum haben wir uns hier angesiedelt. Wir finden, dieses Haus und dieser Anblick, das ist ein Gleichnis." – „Aha", sagte der Vaudreuilsche.

Dann ging man durch ein vergoldetes Gitter in den großen Hof, der sich, ein weiter Halbkreis, vor der gerundeten Fassade des Hauses dehnte. Die Fassade war geschmückt mit Säulen und Arkaden, in der Mitte des Hofes stand auf wuchtigem Sockel in Kampfstellung ein Gladiator mit starkem, eigenartigem Gesicht. „Er sieht Ihnen verteufelt ähnlich", meinte der Montbareysche, und Emile grinste bedeutend.

Er zeigte den Freunden das Haus, die unterirdischen Küchen, die ungeheuern Keller, das geheimnisvolle gastronomische Laboratorium, worin man mit sachverständigen Freunden zu kochen und zu brauen beabsichtigte. Dann, durch die hohe Halle, führte Emile die Freunde die kühn und elegant geschwungene Treppe hinauf und zeigte ihnen die fünfzehn Räume, den Speisesaal, den Billardsaal und vor allem den weiten, runden Gesellschaftssaal, der gekrönt war von einer riesigen Kuppel. Gemälde von Hubert Robert und Vernet schmückten ihn, den Mantel des Kamins trugen Karyatiden aus karrarischem Marmor. „Dafür allein haben wir vierzigtausend Livres bezahlt", verkündete Emile.

„Nichts zu bewundern", das war ein Grundsatz, zu dem sich die Kammerdiener und ihre Herren bekannten. Aber der Reichtum und der Glanz des Hauses machten ihnen Eindruck, und sie verbreiteten seinen Ruhm.

Als Pierre am ersten Morgen in seiner neuen Wohnstätte

erwachte, fanden sich zu seinem Lever diejenigen ein, die er sich wünschte, der Baron de Trois-Tours, der Chevalier de Clonard, Monsieur Regnier vom Höchsten Gericht, alle. Die Geschäftsfreunde und Geldgeber Pierres erklärten, sie ließen sich nichts weismachen, das Haus sei mit ihrem Geld und auf Borg errichtet. Trotzdem imponierte ihnen der Bau, nun er so golden und überreich dastand, und sie waren bereit, weiteres Geld zu investieren. Man machte böse, schlagende Witze über den unmäßigen, barbarischen Prunk, und man beneidete den Mann, der, wiewohl im Grunde seit seiner Geburt bankrott, die Fähigkeit besaß, sich solche Häuser zu bauen.

Unbewegten Gesichtes, still und trocken ging der Sekretär Maigron durch die prächtigen Räume. Er hatte auf seine leise, behutsame Art, mehr durch sein Wesen als durch Worte, Pierre davor gewarnt, die neue, gewaltige Last auf sich zu nehmen, und er betrachtete den ganzen überflüssigen Tand mit Feindschaft. Er wußte auf den Sou, was jeder einzelne Gegenstand kostete, und überlegte mißmutig, daß man für das Geld, das man zum Beispiel für diese Ariadne-Statue hatte hinlegen müssen, die Zuckerlieferungen der Firma Roche hätte bezahlen können. Doch der grundsolide Monsieur Maigron fühlte sich der Firma Hortalez und ihrem Chef nur um so enger verbunden, je unsolider sie wurde. Er verwünschte die Seitensprünge Pierres, deren Kosten seine, Maigrons, mühseligen Berechnungen immer von neuem umwarfen, aber er hätte ohne diese ewigen Erregungen nicht leben wollen. Gewisse Geschäftsleute hatten ihm angedeutet, daß eine höchst angesehene und solvente Firma interessiert sei an der Anstellung eines Mannes von seinen Gaben, und Monsieur Maigron hatte Grund zu der Vermutung, daß hinter dem Angebot Monsieur Lenormant stehe. Es wäre reizvoll gewesen, in den gewaltigen Unternehmungen Monsieur Lenormants einen einflußreichen Posten zu bekleiden; es war nicht reizvoll, solange man Monsieur de Beaumarchais' vertrauter Helfer war.

Monsieur Lenormant selber war einer der ersten, die Pierre in seinem neuen Hause aufsuchten. Die kleinen, tiefliegenden Augen des dicklichen Herrn schauten melancholisch auf den überladenen Prunk. Es war erstaunlich, wie dieser Bursche Pierrot seinen geborgten Reichtum genoß, unangefochten von Sorgen und von geschmacklichen Bedenken; am liebsten hätte wohl dieser Pierrot das ganze Haus zu seinem übergroßen Brillanten am Finger getragen. Selbstverständlich waren unter den Schätzen, die Pierre angehäuft hatte, einige wirklich begehrenswerte, und Monsieur Lenormant begehrte sie. Der Kaminmantel zum Beispiel mit den Karyatiden würde sich im Musiksaal seines Pariser Palais gut ausnehmen, und das Porträt Désirées von Quentin de Latour würde in seinem Ankleideraum in Etioles besonders gut hängen. Mit seiner leisen, fettigen Stimme gratulierte er Pierre, daß dessen Unternehmung nun offenbar doch besser prosperiere, als er, Charlot, es je für möglich gehalten hätte. Nur für den Bruchteil eines Augenblickes, während er auf die Bastille schaute, war um seine Mundwinkel das kleine, fatale Lächeln.

Diejenige, für die alle diese Pracht errichtet war, Therese, schien davon nicht sehr berührt. Ihre eigenen Räume, schlicht, wie sie es gewünscht hatte, waren wie eine Insel inmitten des schimmernden Schwalles, und sie selber wirkte fremd, wenn sie mit Pierre und seinen Gästen bei Tisch saß. Doch Pierre sah mit Freuden, wie alle gerade diese Schlichtheit und schöne Ruhe bewunderten.

Julie, als sie mit Pierre einen Rundgang durch das vollendete Haus machte, erging sich zuerst in bittern Witzen. Dann, hingerissen durch den Prunk und die Üppigkeit, fiel sie plötzlich dem Bruder um den Hals und rief, lachend und weinend in einem: „Du bist doch der Größte, der Beste, Pierrot. Natürlich hast du dieses herrliche Haus bauen müssen. Du verdienst es. Und natürlich macht Therese in diesem Haus eine bessere Figur als ich.“ Sie war großmütig ohne Maß, sie wollte durchaus Therese das Armband aufdrängen, das Pierre ihr geschenkt hatte, und: „Das wenn Papa noch erlebt hätte, dieses Haus“, klagte sie mehrmals, bewundernd.

Pierre ging strahlend herum und spürte das dringende

Verlangen, allen von seiner Freude mitzuteilen. Er bat seine hübsche, fröhliche Schwester Tonton, sich bei Mademoiselle Bertin ein neues Kleid machen zu lassen. Und seinem treuen Philippe Gudin schenkte er nicht nur einen Schreibtisch, gefertigt aus kostbarem Holz von den Inseln, mit einer weiten Rundung für seinen Bauch, sondern auch einen wunderbaren chinesischen Schlafrock. Außerdem schickte er ihm eine ganze Wagenladung umfänglicher wissenschaftlicher Werke, darunter übrigens auch die vielbändige „Allgemeine Geschichte der Interessanten Reisen" von Prévost-Laharpe. Gerührt von soviel Freundeseifer, eingehüllt in den Schlafrock, umrundet von dem Schreibtisch, arbeitete Gudin mit doppelter Beflissenheit an seiner „Geschichte Pierre Beaumarchais'". Mit dem Inhalt des Werkes wurde auch sein Titel immer umfänglicher. Jetzt hieß er bereits: „Treuliche Aufzeichnungen über das Leben und die Meinungen des Schriftstellers und Politikers Pierre-Augustin Caron de Beaumarchais".

Im stillen hatte Pierre gehofft, auch Maurepas und Vergennes würden sich einstellen, das Haus an der Rue Saint-Antoine zu besichtigen. Sie kamen nicht. Wohl aber kam die Gräfin Maurepas, sie war in Begleitung des Ehepaars Montbarey, und auch Véronique war in der Gesellschaft. Sie hatte, das geschah selten, gebeten, mitgenommen zu werden. Madame Maurepas schaute sich alle die Herrlichkeiten an, mit einigem Wohlgefallen und viel Ironie, und sie war gekränkt, daß ihr Toutou nicht auch ihre Büste in seinem Park aufgestellt hatte. Der Kriegsminister Montbarey seinesteils erwog angesichts der Fülle, ob er nicht seine Freundin Mademoiselle de Violaine veranlassen sollte, Pierre in Zukunft höhere Provisionen aufzurechnen.

Anläßlich des Besuches der Gräfin Maurepas zeigte sich gegen seine Gewohnheit auch Félicien. Er überwand seine Schüchternheit und bat um die Ehre, Véronique den Park zeigen zu dürfen. Die jungen Menschen saßen auf den Stufen des Voltaire-Tempels. Sie ergingen sich in Betrachtungen darüber, daß Voltaire zwar der klügste aller Menschen, daß aber Jean-Jacques Rousseau gleichwohl noch größer sei;

denn er vereinige mit erhabener Vernunft tiefstes Gefühl. Sie fragten sich, wann wohl die Binde des Irrtums gänzlich von den Augen der Welt gerissen sein werde. Sie schwärmten von dem Zeitalter der Freiheit und Vernunft, das angebrochen sei mit der Befreiung Amerikas. Wie glücklich war Félicien, daß er die Blüte des Zeitalters bestimmt noch erleben, wie glücklich, daß er sie zusammen mit Véronique erleben werde. Sie saßen und schwärmten und schwiegen und hielten sich an den Händen und träumten, bis der Lakai meldete, die Frau Prinzessin sei im Begriff, aufzubrechen.

Désirée war unter Pierres Freunden eine der letzten, sein neues Erreichnis zu bestaunen. Sie wollte es zusammen mit ihren Kollegen besichtigen. Denn Pierre war abgekommen von seiner ursprünglichen Idee, anläßlich des Umzugs in sein neues Haus eine Feier für ganz Paris zu geben. Er hatte sich, angeregt von Gudin, etwas Würdigeres ausgedacht. Er wollte das Haus einweihen, indem er den Schauspielern des Théâtre Français den „Figaro" vorlas.

Da kamen sie denn allesamt, diese stolzesten Künstler der Welt, sich das neue Stück ihres Lieblingsschriftstellers anzuhören. Zunächst machten sie einen Rundgang durch das Haus. Sie waren sehr unterschieden in jedem Betracht, einigen imponierte der Prunk, aber die meisten hatten Urteil und Geschmack, und sie hielten mit ihrer Meinung nicht zurück.

Der Abend drohte frostig zu werden, und Pierre wollte schon die Lesung aufgeben. Doch dann beschloß er: „Nun gerade." Zunächst gelang ihm der Vortrag seiner Komödie nicht recht, dann aber geriet er in Schwung, und wenn ihn das leicht beeindruckbare Volk der Schauspieler vorher hochmütig belächelt hatte, so ließen sie sich jetzt willig mitreißen von seiner Kunst. Es kam, wie sich's Pierre gewünscht hatte. Sie konnten nicht still sitzen, die Herren und Damen vom Théâtre Français, sie sprangen auf, über die Schulter schauten sie ihm ins Manuskript, sie riefen: „Nochmals, Pierre, diesen Satz nochmals", sie erregten sich, es wurde ein großer Abend.

Aber alle waren sich einig darüber, daß es unmöglich sein

werde, diese Komödie zu spielen. „Sie wird gespielt werden“, erklärte mit ruhiger Zuversicht Pierre. „Sie wird nicht gespielt werden“, sagte der Schauspieler Préville. „Eher verliest der Erzbischof von der Kanzel von Notre-Dame die Memoiren des Casanova.“ – „‚Die Hochzeit des Figaro‘ wird gespielt werden, Monsieur“, erwiderte Pierre, „und Sie werden den Figaro spielen. So gewiß die Unabhängigkeit Amerikas von Versailles anerkannt werden wird, so gewiß wird die ‚Hochzeit des Figaro‘ gespielt werden. Das sage Ihnen ich, Pierre de Beaumarchais.“ – „Bravo“, rief überzeugt der treue Gudin.

„Wollen wir wetten, Monsieur?“ schlug mit der unnachahmlichen Leichtigkeit, für die er berühmt war, der Schauspieler Préville vor. „Mit Vergnügen, Monsieur“, antwortete Pierre; „was gilt es?“ Der Schauspieler überlegte. „Sagen wir: eine Porträtbüste von Houdon“, antwortete er; es war aber der Bildhauer Jean-Antoine Houdon bekannt dafür, daß er Aufträge unter fünfundzwanzigtausend Livres nicht annahm. Und der Schauspieler fuhr fort: „Ich denke mir’s so. Wenn der ‚Figaro‘ gespielt wird, dann bestelle ich eine Porträtbüste von Ihnen bei Houdon. Wenn aber das Stück nicht gespielt wird, dann lassen Sie eine Büste von mir herstellen.“ – „Gemacht“, sagte Pierre. Und: „Meine Damen und Herren“, verkündete er, „Sie haben gehört, daß sich unser Préville verpflichtet hat, eine Büste von mir herstellen zu lassen. Ich schenke diese Büste dem Théâtre Français fürs Vestibül.“ – „Bravo“, rief begeistert Philippe Gudin.

Dann aß und trank man. Pierre hatte sich seit zwei Wochen mit der Zusammenstellung und Bereitung dieses Mahles befaßt. Es wurde eine lange Nacht, und man sagte sich zwischen vielen Weinen viele Wahrheiten.

Gegen Morgen dann, als man ermüdete, zog Pierre von dem riesigen Fenster die Vorhänge zurück. Herauf dämmerte langsam und wuchtig die Bastille. Zuerst war man überrascht und machte lahme Witze. Dann aber verstummten die Schauspieler; sie standen und saßen im schalen Dunst der Weinreste, im verflackernden Licht der herabbrennenden Kerzen, und schauten auf das graue, finstere

Gebäude, dessen Umrisse im steigenden Morgen deutlicher wurden.

„Das hilft mit beim Schreiben", sagte Pierre.

Doktor Franklin fuhr nach Paris, ins Hôtel d'Hambourg, um sich mit seinen Kollegen Silas Deane und Arthur Lee ins Außenministerium zu begeben, ins Hôtel Lautrec am Quai des Théatins, zu Monsieur Vergennes. Der Kongreß hatte die Pariser Delegierten beauftragt, die französische Regierung um eine neue, möglichst hohe Anleihe zu ersuchen, und der Zeitpunkt schien günstig. Die letzten Nachrichten aus Amerika waren eher befriedigend. General Washington war mit seiner Armee großartig durch Philadelphia gezogen, die Soldaten waren mit Laubreisern geschmückt gewesen, die Bevölkerung hatte ihnen zugejubelt. Auch französische Offiziere, insbesondere Lafayette, hatten an dem Durchmarsch teilgenommen, die Sache mit den Franzosen schien also beigelegt, und alles hatte einen freundlicheren Aspekt.

Aber leider hatten sich in den zwei Tagen, seitdem die Vereinbarung mit Vergennes getroffen worden war, die Dinge verändert, und als Franklin jetzt in seinem bequemen Wagen in die Stadt fuhr, bedachte er mit Sorge die Meldungen, die vorgestern aus Amsterdam und gestern aus London herübergekommen waren. Es hieß, General Washington habe in der Nähe von Philadelphia eine Niederlage erlitten; Gerüchte wollten wissen, Philadelphia sei bereits gefallen. Überdies war der englische General Burgoyne von Kanada aus tief ins Gebiet der Vereinigten Staaten eingedrungen und drohte, Neu-England von den andern Kolonien abzuschneiden.

Als Franklin im Hôtel d'Hambourg eintraf, sah er schon an den Mienen der beiden andern, daß die übeln Gerüchte neue Nahrung erhalten hatten. So war es auch. Soeben hatte Monsieur de Gérard die Herren wissen lassen, Graf Vergennes halte es für richtiger, die geplante Zusammenkunft zu verschieben. Es seien nämlich soeben neue Depeschen aus Amerika eingetroffen, und der Minister wolle die umfängliche Post erst prüfen. Wären diese Nachrichten gut gewesen, dann hätte schwerlich Vergennes den Aufschub verlangt.

Trüb saß man zusammen. Es war zweifelhaft, ob unter diesen Umständen eine Audienz bei Vergennes überhaupt noch Sinn hatte. Franklin hielt es für angebracht, die Zusammenkunft auf unbestimmte Zeit zu vertagen. Arthur Lee indes fand, nun gerade solle man die Anleihe verlangen. Silas Deane schlug vor, mit dem Minister zwar zusammenzukommen, doch statt der beabsichtigten fünf Millionen nur drei zu verlangen. Arthur Lee widersprach heftig. Wenn man sich bescheiden gebe, so erwecke man den Anschein, als halte man die amerikanische Sache für verloren. Man müsse im Gegenteil jetzt doppelt stolz auftreten und nicht drei oder fünf Millionen fordern, sondern die ganzen vierzehn Millionen, welche der Kongreß von dem König von Frankreich geliehen oder geschenkt zu erhalten wünschte. Silas Deane erwiderte erregt, wenn man einem Realisten vom Range Vergennes' mit solchen Utopien komme, mache man sich nur lächerlich. Arthur Lee entgegnete ebenso heftig, wenn man von den Herren in Versailles Kleinigkeiten verlange wie drei oder fünf Millionen, dann betrachteten sie einen als Bettler und würden frech. Es verhandelten schließlich nicht die Herren Franklin, Deane und Lee mit dem Grafen Vergennes, sondern die Großmacht Amerika mit der Großmacht Frankreich. „Das sind leere Worte", ereiferte sich Silas Deane. „Wenn wir jetzt drei Millionen verlangen, dann bekommen wir vielleicht eine Million. Fordern wir Ihre vierzehn Millionen, dann bekommen wir gar nichts und werden nur ausgelacht." – „Ich hätte mir von vornherein sagen müssen", entgegnete bitter Arthur Lee, „daß ich nur einen Vorschlag zu machen brauche, um sicher zu sein, daß er abgelehnt wird." Er redete sich in Wut. „Es macht mich krank, wie man mich hier behandelt. Man sendet Berichte an den Kongreß ab, ohne sie mir vorher zu zeigen. Man mutet mir zu, Abrechnungen zu bestätigen, die nachzuprüfen man mir keine Gelegenheit gibt. Man tritt nicht für mich ein, wenn ich in Versailles unwürdig behandelt werde. Aber diesmal lasse ich mich nicht beiseite schieben. Ich bestehe darauf, daß wir die ganzen vierzehn Millionen fordern." – „Ich halte das für aussichtslos, Herr Kollege", sagte sehr ruhig Franklin. „Aber wenn Sie darauf bestehen, dann gehe ich mit Ihnen zu Vergennes."

Die Audienz nahm den unangenehmen Verlauf, den Franklin befürchtete. Der behagliche, liebenswürdige Minister war heute durchaus nicht liebenswürdig, er war verärgert und aggressiv. „Sie brauchen mir Ihr Anliegen nicht erst vorzutragen, meine Herren", sagte er. „Ich weiß es bereits, ich weiß alle Details. Und zwar durch den englischen Gesandten." Und da die Delegierten verblüfft zurückwichen, fuhr er fort, in einem schärferen Ton, als sie ihn je von ihm gehört hatten: „Ich muß Ihnen offen sagen, meine Herren, ich bin erstaunt über Ihre Nachlässigkeit. Immer wieder haben wir Sie verwarnt, Sie möchten nicht jedermann in Ihre Geschäfte hineinschauen lassen. Aber nach wie vor betreiben Sie offenbar alle Dinge, die zu verheimlichen Ihr und unser Interesse erfordert, so achtlos, daß jeder, der will, darüber genau Bescheid weiß. Seine Majestät ist aufs höchste aufgebracht. Ich muß es offen sagen, meine Herren: ich verstehe es nicht, wie Sie uns und sich selber immer wieder in derart peinliche Situationen bringen können. Sie spielen ja Ihre Geheimnisse den Engländern geradezu in die Hände. Von Ihrem Plan mit der in Rotterdam liegenden ‚Robert Morris' habe ich auch bereits gehört, auch das von englischer Seite." Franklin schaute den Minister und seine Kollegen erstaunt an. „Was ist das für ein Plan?" fragte er. „Da haben Sie es", entrüstete sich Vergennes und wandte sich an Deane und Lee. „Die Engländer erfahren schneller von Ihren Absichten als Ihr Doktor Franklin. Die Herren", erklärte er, beinahe mitleidig vor Verachtung, dem Doktor, „wollen den amerikanischen Schoner ‚Robert Morris' dem König von Frankreich zum Geschenk machen, damit das Schiff unter anderm Namen unbehelligt aus Rotterdam auslaufen kann." – „Keine schlechte Idee", anerkannte Franklin. „Aber so was schreit man doch nicht vorher auf der Straße aus", sagte entrüstet Vergennes.

„Wir geben Nachlässigkeiten zu, Herr Minister", sagte

finster Arthur Lee, „wir bekennen uns schuldig. Aber bedenken Sie, bitte, auf der andern Seite dies. Wir sind anständige Männer, wir sind nicht gewohnt, uns verschwörerisch zu verhalten und gleich Dieben, wie man das hier von uns erwartet." Franklin fiel schnell ein: „Seien Sie versichert, Exzellenz, wir werden in Zukunft unser Bestes tun, vorsichtig zu sein." – „Dafür wären wir Ihnen sehr verbunden", sagte brüsk der Minister.

Franklin kam auf den Zweck der Unterredung zu sprechen. „Da Sie von unserm Ansuchen wissen, Exzellenz", meinte er mit einem kleinen Lächeln, „brauchen wir es Ihnen nicht erst umständlich zu begründen." Arthur Lee begründete gleichwohl. „Der Kongreß", sagte er, „benötigt die Hilfe Frankreichs jetzt mehr als je. Es ist nicht so, daß wir uns ohne fremde Hilfe nicht halten könnten. Aber es wird in unserm Krieg mit England keinen Zeitpunkt geben, zu dem uns Hilfe erwünschter käme. Wenn wir Hilfe jetzt erhalten, so spart das Zehntausenden das Leben, es spart unsern Siedlungen Brand und Zerstörung, unserm Lande viele Millionen Pfund." Franklin, da er es Lee versprochen hatte, sprang ihm bei und sagte in seiner sachlichen Art: „Eine Kanone, die uns Frankreich jetzt schickt, ist so viel wert wie fünf übers Jahr."

Vergennes spielte mit seinem Federkiel. „Ich würde mich freuen, Messieurs", antwortete er, „Ihnen ausgiebig zu helfen, trotz unserer gespannten Kassenlage. Nun aber haben Sie leider durch Ihre Unbesonnenheit den König aufs äußerste verstimmt. Ich darf gar nicht daran denken, ihn jetzt um Geld für Sie anzugehen. Helfen Sie mir, Messieurs, den König durch Zurückhaltung und Vorsicht zu versöhnen. Vielleicht dann können wir Ihnen nach einiger Zeit zwar nicht die vierzehn Millionen, aber eine Million anweisen. Voraussetzung bleibt, daß Sie größte Diskretion wahren."

Arthur Lee, auf dem Nachhauseweg, erging sich in wütenden Ausbrüchen gegen die Franzosen, die Froschesser. „Gespannte Kassenlage", empörte er sich. „Woher kommt sie denn, diese gespannte Kassenlage? Die Despotin, Ihre Despotin, Doktor Franklin, von der Sie sich soviel versprochen haben, verbraucht unser Geld für Toiletten, Schlösser und wollüstige Zerstreuungen, und dann ist nichts mehr da für Amerika und die Freiheit." – „Ich habe es Ihnen vorausgesagt, Mr. Lee", erklärte Silas Deane, „daß es Wahnsinn ist, in dieser Situation soviel Geld zu verlangen." – „Ich konnte nicht voraussehen", entgegnete giftig Arthur Lee, „daß Ihre Spione meinen Plan sogleich nach England verkaufen würden." – „Meine Spione?" erhitzte sich Silas Deane. „Wer hat die Einzelposten für die vierzehn Millionen mit dem Bankier Grand durchgesprochen? Sie oder ich? Sie tragen die Schuld, da ist doch nicht der leiseste Zweifel. Sie haben wieder einmal durch Ihre ewige Betriebsamkeit Amerika unendlich geschadet." – „Auf Monsieur Grand ist Verlaß", gab finster Arthur Lee zurück. „Aber kein Verlaß ist auf Ihren Monsieur Caron, den Schwätzer, das Großmaul." – „Hören Sie doch auf, meine Herren", bat Franklin. „Nach den schlechten Nachrichten aus London hätte uns Vergennes kein Geld gegeben, auch wenn kein Hauch von unserm Anliegen verlautet wäre. Es war doch nur ein Vorwand." Und sie legten den Rest der kurzen Fahrt in verdrossenem Schweigen zurück.

Am andern Tag, mit der amerikanischen Post, erhielt Franklin amtliche Nachricht über die Ereignisse. Die Armee des Kongresses war am Flusse Brandywine geschlagen worden. Philadelphia war gefallen, der Kongreß hatte sich nach Yorktown geflüchtet. Obwohl Franklin vorbereitet war, traf ihn die Nachricht hart.

Es war sein Philadelphia, welches der Feind genommen hatte. In seinem schönen Hause an der Market Street saßen also nun die Engländer. Es war ein Jammer, daß Sally seine Bücher und Bilder, die schon in Sicherheit gewesen waren, wieder zurückgeschleppt hatte. Nun rekelte sich also wohl, umgeben von seinen Büchern, in seinen Möbeln ein rotröckiger Lümmel von einem englischen Offizier, und die vielen sinnreichen Erfindungen, durch die er den Komfort seines Hauses vermehrt hatte, wurden mißbraucht von diesen Leuten. Und da war sein Porträt, der Maler Benjamin Wilson hatte es gemalt, es mochte kein großes Kunstwerk sein, aber er hatte es gern, und es war eine unangenehme Vorstellung, daß jetzt ein englischer Offizier grinsend vor diesem Porträt saß.

Franklin fühlte sich müde und sehr einsam. Wenn er wenigstens Dubourg da gehabt hätte. Doch mit dem ging es zu Ende, er konnte nicht mehr kommen, der Gute, Treue, er konnte sein Haus nicht mehr verlassen.

Franklin spürte starkes Verlangen, ihn zu sehen. Er ließ anspannen, fuhr nach Paris.

Dubourg lag zu Bette, den Kopf in der Zipfelmütze, auf vielen Kissen. Die kleinen, freundlichen Augen in dem sackig eingefallenen Gesicht leuchteten auf, als Franklin eintrat. „Nächste Woche", erklärte er, „werde ich sicher wieder so weit sein, daß ich nach Passy hinauskommen kann." Franklin erzählte bereitwillig, wie sehr man ihn vermißte, nicht nur menschlich, sondern auch beruflich. „Nun ja, nun ja", antwortete Dubourg, „ich bin ja nicht etwa müßig, auch wenn ich ein wenig zu Bett liegen muß. Ich beherzige die Mahnung des Bonhomme Richard: ‚Da du der Minute nicht sicher sein kannst, wirf die Stunde nicht weg.' Was sagen Sie zu meinem Einfall, die ‚Robert Morris' dem König zu schenken?" – „Von Ihnen kommt dieser Einfall?" sagte Franklin. „Ich hätte mir's denken können." – „Ja", freute sich Dubourg. „Aber Ihnen hab ich nichts davon gesagt, lieber Doktor. Sie sind ein großer Mann, doch für die kleinen Finessen haben Sie nicht den rechten Geschmack. Es war gar nicht einfach, mein Projekt an den Mann zu bringen. Ich mußte viele Umwege machen; denn mit den Herren Lee und Deane stehe ich ja nicht zum besten." Jetzt wußte Franklin, wieso der Plan den Engländern so schnell verraten worden war.

Er sprach von seinem eigenen Kummer, von der Bedrängnis des Landes, vom Verlust seines Hauses, und wie sein Herz an seinen Büchern und den mannigfachen andern persönlichen Dingen gehangen habe. Das waren Schmerzen, die Dubourg voll mitspürte, er nahm solchen Anteil, daß schließlich Franklin ihn trösten mußte. „Wenigstens", meinte er, „kann die Niederlage unsere Position hier in Versailles nicht ernstlich gefährden; denn dank Ihrer guten Idee haben wir ja die Königin zur Freundin." – „Ja", antwortete Dubourg, „daß mir das rechtzeitig eingefallen ist, das ist ein starker Trost auf meinem Schmerzenslager."

Franklin erzählte ihm auch von all der Spionage ringsum. „Wissen Sie, wer schuld daran ist?" empörte sich Dubourg und streckte eine große, blasse, welke Hand anklagend in die Luft. „Immer der gleiche, immer unsere Mouche au coche." – „Wohl möglich", meinte Franklin.

Und Dubourg hatte Mitleid mit seinem großen, vertrauensseligen Freund Franklin, und Franklin hatte Mitleid mit seinem guten, wackern, temperamentvollen Dubourg.

Während auf dieser Seite des Ozeans alle, denen die amerikanische Sache am Herzen lag, voll Sorge waren über den Fall Philadelphias und die Niederlagen bei Germantown und am Brandywine, hatten die amerikanischen Soldaten längst einen Sieg errungen, der diese Niederlage auslöschte und die Waage entscheidend zugunsten der Vereinigten Staaten senkte. Es war aber ein Teil dieses Sieges zu danken dem amerikanischen General Gates, ein größerer dem amerikanischen General Benedict Arnold, doch der größte Teil der Unfähigkeit der fünf englischen Führer: des Königs Georg, des Kriegsministers Lord Germain und der Generale Howe, Clinton und Burgoyne.

König Georg war am 13. Dezember 1776, und zwar nach seinen Aufzeichnungen, des Nachmittags um fünf Uhr drei, mit einem Plan niedergekommen, der die englische Kampagne in Amerika für den Lauf des Jahres 1777 regelte. General Burgoyne sollte sich den Weg von Kanada nach dem Süden erzwingen, General Howe sollte von New York aufbrechen und ihm entgegenziehen, die beiden Armeen sollten sich vereinigen und so Neu-England von den übrigen Kolonien abschneiden. Nun hatte aber der Kriegsminister Lord Germain, weil er auf die Jagd gehen wollte, die Instruktionen für General Howe beiseite gelegt und dann vergessen, sie abzusenden. Infolgedessen zog General Howe dem General Burgoyne nicht entgegen, und als dieser mit seiner Armee nach höchst beschwerlichen Märschen und Siegen weit nach Süden vorgestoßen war, sah er sich allein vor einer großen amerikanischen Übermacht.

John Burgoyne, leidenschaftlicher Soldat, leidenschaftlicher Dramatiker, leidenschaftlicher Hasardspieler und leidenschaftlicher Liebhaber schöner Frauen, hatte sich in Portugal militärisch ausgezeichnet, hatte die Tochter Lord Derbys entführt und geheiratet, hatte eine sehr erfolgreiche Komödie geschrieben: „Das Mädchen von Oldworth Oaks", hatte Vermögen am Spieltisch gewonnen und verloren. Jetzt war er von Kanada aufgebrochen mit dem Kern der britischen und deutschen Truppen, einer ausgezeichnet trainierten Armee, die überdies unterstützt war von einer großen Anzahl kanadischer Matrosen, einem starken Kontingent von Arbeitssoldaten und einer ansehnlichen indianischen Hilfstruppe. Er hatte Ticonderoga und Fort Edward genommen und war durch höchst schwieriges Terrain weit nach Süden vorgestoßen, wo er die zweite englische Armee zu treffen erwartet hatte.

Statt dessen also traf er nur eine ungeheure amerikanische Übermacht und sah sich in einer gefährlichen Situation. Die Verbindungen mit Kanada hatte er verloren, seine Hilferufe an die Generale Howe und Clinton blieben ohne Wirkung, er hatte Proviant für höchstens noch vierzehn Tage.

Er versuchte einen Durchbruch, aber er wurde von General Arnold mit starken Verlusten zurückgeschlagen. Er verschanzte sich auf den Höhen von Saratoga und hielt einen Kriegsrat ab. In gepflegter Rede stellte er seinen Herren die hoffnungslose Lage dar und fragte, ob ihnen aus der Kriegsgeschichte ein Fall bekannt sei, in dem in einer ähnlichen Situation eine Armee nicht kapituliert hätte. Hier pfiff eine Kanonenkugel über den Beratungstisch, und General Burgoyne teilte seine Frage in zwei Unterfragen. Erstens, ob etwas anderes übrigbleibe als Kapitulation. Nein, sagten die Herren. Zweitens, ob eine solche Kapitulation im Einklang sei mit den Gesetzen militärischer Ehre. Die Herren sagten: Ja.

Daraufhin schrieb Burgoyne dem amerikanischen General Gates folgendes: „Nachdem Ihnen Generalleutnant Burgoyne zwei Schlachten geliefert, hat er einige Tage in seiner gegenwärtigen Position abgewartet, entschlossen, auch einem dritten Zusammenstoß nicht auszuweichen. Er ist sich bewußt, daß Sie die Übermacht haben und Ihre Truppen in der Lage sind, seine Verproviantierung zu verhindern und seinen Rückzug zu einem Schauspiel blutigster Metzelei auf beiden Seiten zu machen. In dieser Lage fühlt er sich durch humanitäre Erwägungen veranlaßt zu dem Vorschlag, das Leben tapferer Männer zu schonen, falls die Bedingungen ehrenvoll sind; er glaubt diesen Vorschlag durch heilige Prinzipien der Moral und der Geschichte gerechtfertigt. Sollte Generalmajor Gates den Ideen Generalleutnant Burgoynes Verständnis entgegenbringen, so ersucht ihn dieser, ihm seine Bedingungen mitzuteilen."

Der englische Parlamentär, Major Kingston, traf den amerikanischen Hauptmann Wilkinson an einem vereinbarten Platze. Die beiden Herren ritten zum Quartier des Generals Gates; unterwegs unterhielten sie sich über die Landschaft am Hudson, die sich in dieser lieblichen Herbstzeit besonders reizvoll präsentiere.

Gates las das Schreiben seines Gegners und formulierte seine Bedingungen in sieben Paragraphen, von denen der ritterliche General Burgoyne zwei ausgesprochen unritterlich fand. Der erste unritterliche Paragraph lautete: „General Burgoynes Armee ist durch wiederholte Niederlagen und durch Desertionen und Krankheiten zusammengeschmolzen, ihre Munition ist erschöpft, ihr Proviant und Gepäck genommen oder zerstört, der Rückzug ist ihr abgeschnitten. Unter diesen Umständen kann den Soldaten General Burgoynes die Übergabe nur als Kriegsgefangenen zugestanden werden." Hierzu hatte Burgoyne zu bemerken: „Generalleutnant Burgoynes Armee, wenn auch noch so zusammengeschmolzen, wird, solange sie noch Waffen hat, niemals zugeben, daß ihr der Rückzug abgeschnitten sei." Der andere unritterliche Paragraph lautete: „Die Truppen Seiner Exzellenz des Generals Burgoyne haben, bevor sie ihr Lager verlassen, ihre Waffen abzulegen." Burgoyne kommentierte: „Dieser Artikel ist ganz und gar unannehmbar. Ehe es General Burgoynes Armee über sich bringt, waffenlos zu kapitulieren, wird sie sich auf den Feind stürzen, entschlossen, Pardon weder zu geben noch zu nehmen."

Die Kapitulation – Burgoyne bestand darauf, sie „Konvention" zu nennen – enthielt schließlich dreizehn Artikel, alle sehr ehrenvoll. Sie wurde unterzeichnet. Am 17. Oktober, morgens zehn Uhr, rückten die englischen Truppen aus ihren Verschanzungen, dem Vertrag zufolge bewaffnet und unter Trommelschlag und Trompetenklang. Burgoyne, in reicher Uniform und mit federgeschmücktem Hut, und Gates, in einfachem blauem Rock, trafen sich am Eingang von Gates' Stellung. Hauptmann Wilkinson, Gates' Adjutant, stellte die Herren einander vor. Burgoyne hob seinen schönen Hut und sprach: „Das Kriegsglück, General Gates, hat mich zu Ihrem Gefangenen gemacht." Gates erwiderte: „Ich bin jederzeit bereit, zu bezeugen, daß die Schuld nicht bei Eurer Exzellenz liegt."

Am gleichen Tag schrieb Gates seiner Frau: „Die Stimme des Ruhms wird Dir schon, bevor Dich dies erreicht, erzählt haben, wie glücklich ich war. Generalmajor Phillips, der gleiche, der mir voriges Jahr den frechen Brief schrieb, ist jetzt mein Gefangener, ebenso Lord Petersham, Major Acland und seine Gemahlin, Tochter von Lord Ilchester. Wenn Alt-England nach dieser Lektion nicht bescheiden wird, dann ist die verblödete alte Hure verurteilt zum Untergang." Und in einer Nachschrift fügte er hinzu, er hoffe, Mrs. Gates werde jetzt Rüschen für ihre Schürze gefunden haben.

Seinen Gefangenen Burgoyne behandelte General Gates sehr großherzig. So primitiv die Verhältnisse waren, der siegreiche Feldherr veranstaltete für den besiegten und für dessen Stab ein Essen. Es gab Schinken, eine Gans, Rinderbraten und Hammelbraten, dazu Rum und Apfelwein. Gläser waren freilich nur zwei vorhanden, eines für den siegreichen, eines für den besiegten General. Gates trank auf das Wohl seiner britannischen Majestät, der ritterliche General Burgoyne auf den General Washington. Dann wurde, das war üblich, ein unanständiger Toast ausgebracht, der jedes Mannes herzhafte Zustimmung fand.

Auch im übrigen behandelte Gates die gefangene englische Armee mit viel Rücksicht. Keinem amerikanischen Soldaten wurde verstattet, zuzuschauen, als die englischen Truppen ihre Waffen ablegten.

Später wurde General Burgoyne und sein Stab in dem schönen Hause des Generals Schuyler in Albany einquartiert. Mrs. Schuyler wies den Herren das beste Zimmer zum Schlafen an und ließ ihnen ein ausgezeichnetes Abendessen servieren, bei dem sie mit viel Anmut die Wirtin machte. Es hatte aber leider General Burgoyne das Landgut General Schuylers niederbrennen müssen. Es kamen ihm also Tränen in die Augen über soviel Herzensgüte, und mit einem tiefen Seufzer sprach er: „Fürwahr, Madame, Sie bemühen sich zu sehr um einen Mann, der Ihr Land verwüstet und Ihr Haus niedergebrannt hat." Am Morgen darauf rannte, angeregt durch die seltenen Gäste, Mr. Schuylers siebenjähriger Sohn durch die Zimmer, er schaute hinein in den großen Raum, in dem General Burgoyne und seine Herren schliefen, und er lachte und freute sich und rief kindlich-stolz: „Ihr seid alle meine Gefangenen." Da weinte General Burgoyne noch mehr als am vorigen Abend.

Alle Englischgesinnten waren traurig. Die beste englische Armee hatte aufgehört zu existieren, ungeheure Beute war den Amerikanern in die Hände gefallen. Überall aber in den Dreizehn Staaten war die Bevölkerung mit Grund der festen Zuversicht, daß nun nichts mehr den endgültigen Sieg der großen Sache werde verhindern können.

Durch volle sieben Wochen aber wußte man auf der andern Seite des Ozeans nichts von alledem. Die letzten Nachrichten, die man dort gehört hatte, waren, daß General Washington bei Germantown und am Brandywine eine schwere Niederlage erlitten hatte und daß Philadelphia verlorengegangen war. Nun waren also die beiden größten Städte Amerikas, New York und Philadelphia, in den Händen der Engländer, und ein hoffnungsloser Winter lag über dem Lande. Die Amerikaner in Paris aber und ihre Freunde waren bedrückt und voll Sorge.

Auch Pierre hatte über die Niederlage am Brandywine und die Räumung Philadelphias einen genauen und anschaulichen Bericht erhalten, und zwar von Paul. Einen großen Teil der Schuld an der Niederlage, berichtete Paul, schiebe man Rangstreitigkeiten zu zwischen dem amerikanischen General Sullivan und dem französischen General de Borre. In der unglücklichsten Stunde habe jeder der beiden für sich das Kommando des rechten Flügels beansprucht, und während ihres Streites hätten sie sich vom Feind überraschen lassen. Habe der alte de Borre eine klägliche Rolle gespielt, so hätten sich dafür andere Franzosen in der Schlacht am Brandywine ausgezeichnet. Gerühmt wegen besonderer Tapferkeit werde der Baron Saint-Quary, er sei schwer verwundet worden und werde kaum mit dem Leben davonkommen. Auch Hauptmann Louis de Fleury – ein Verwandter Pierres – habe solche Tapferkeit gezeigt, daß der, wie man wisse, nicht eben generöse Kongreß beschlossen habe, ihm das Pferd zu ersetzen, das ihm in der Schlacht getötet worden sei. Besonders bewährt aber habe sich der Marquis de Lafayette. Er und sein Adjutant Gimat hätten, keine Gefahr scheuend, ihr Bestes getan, die in Panik fliehenden Truppen General Sullivans zum Stehen zu bringen. Lafayette sei, verwundet, nicht aus der Schlachtlinie wegzubringen gewesen, bis General Washington strenge Order gegeben habe, den Verbandplatz aufzusuchen. „Behandeln Sie ihn, als wäre er mein Sohn“, habe der General zu den Ärzten gesagt.

Überhaupt, berichtete jetzt Paul weiter, bemühe man sich jetzt allerorten, die üble Behandlung gutzumachen, die man den französischen Offizieren habe zuteil werden lassen. Er, Paul, sei auf bestem Wege gewesen, auch für die Firma Hortalez größere Zahlungen durchzusetzen. Leider gebe nun die Niederlage dem Kongreß einen neuen Vorwand, sich zu drücken. Jetzt gehe es ums Ganze, erkläre man, da müsse eine Kleinigkeit wie die Forderung der Firma Hortalez zurückstehen. Bei alledem sei seine, Pauls, Überzeugung sowohl vom schließlichen Sieg der amerikanischen Sache wie von der Begleichung der Forderung der Firma Hortalez unerschütterlich.

Den Mitteilungen Pauls zufolge schien die Niederlage

nicht so schlimm, wie es die Londoner Meldungen hatten erwarten lassen. Trotzdem machte der Bericht Pierre nachdenklich. Er und Maigron werden viele Listen ausdenken müssen, um die Firma in den nächsten Monaten über Wasser zu halten.

Wennschon nicht Zahlungen, so wollte Pierre für seine Leistungen wenigstens ideelles Entgelt haben, er wollte Anteilnahme zeigen und empfangen. Pauls Bericht gab ihm einen guten Vorwand, Doktor Franklin aufzusuchen, um seine eigenen Nachrichten mit denen der Emissäre zu vergleichen. Er fuhr nach Passy.

Die Niederlage der Amerikaner hatte den Enthusiasmus der Pariser und vor allem die Begeisterung Versailles' abgekühlt. Die Freiheitshelden waren über Nacht wieder zu Rebellen geworden. Wer gestern noch seine Sympathie vielwortig bekundet hatte, hielt sich jetzt ängstlich zurück. Unter diesen Umständen war dem Doktor der Besuch Pierres sehr willkommen.

Wie auf Verabredung erzählten sich beide Männer aus ihren Berichten nur das Gute, Tröstliche. Pierre schilderte, wie sich die Franzosen am Brandywine ausgezeichnet hätten. Franklin seinesteils erzählte mit gelassen ironischer Genugtuung, daß man in Philadelphia noch Zeit gefunden habe, gewisse Parteigänger Englands in Haft zu nehmen und mit nach Yorktown zu führen; auf diese Art sei man im Besitz von Geiseln, die man gegen Männer der eigenen Partei austauschen könne, welche den Engländern in die Hände gefallen seien.

Pierre hatte erwartet, einen klein gewordenen, trostbedürftigen Franklin vorzufinden. Franklin, das wußte man, hatte ein Haus und andern immobilen Besitz in Philadelphia, er mußte durch den Fall der Stadt persönliche Verluste erlitten haben, freilich nicht so schwere wie er, aber er, Pierre, hätte an seiner Stelle diese Verluste doch wenigstens erwähnt Der Gleichmut des Doktors imponierte ihm und erweckte in ihm große Gedanken. „Gemeinhin", sagte er, „stehen die Menschen vor dem geschichtlichen Geschehen so wie Kinder, die zum erstenmal eine Uhr sehen. Sie starren fasziniert auf die Bewegung des Sekundenzeigers, aber nicht wahrnehmen sie die Bewegung des Minuten- oder gar des Stundenzeigers. Wir, Doktor Franklin, Sie und ich, sind anders. Wir lassen uns dadurch, daß uns eine Begebenheit persönlich trifft, nicht dazu verleiten, sie losgelöst aus ihrem Zusammenhang zu betrachten. Wir treten zurück, gewinnen die rechte Distanz und beschauen das Bild als Ganzes. Wir wissen, daß eine einzelne Schlappe, wie die an diesem Flusse Brandouin, den Krieg nicht entscheidet."

Franklin fand den Vergleich mit dem Sekundenzeiger nicht schlecht, auch amüsierte ihn die Aussprache des Flußnamens. Er freue sich, entgegnete er, daß Pierre seine Zuversicht teile. Wenn Frankreich, das in Amerika viel Geld, Geist und Gefühl investiert habe, in Zukunft noch mehr investiere, so handle es nicht nur großmütig, sondern auch klug; denn es werde sein Kapital nicht nur nicht einbüßen, sondern es mit guten Zinsen zurückerhalten.

Pierre deutete diese Worte dahin, daß ihn Franklin in Zukunft bei der Durchsetzung seiner Forderungen unterstützen wolle. Ja, antwortete er mit Schwung, Frankreich und Amerika gehörten zusammen; wenn Frankreich der Geist der Freiheit sei, so sei Amerika ihre Faust.

Dieser Vergleich gefiel Franklin weniger. Aber er wollte einen Mann nicht verstimmen, auf den man sich in dieser schlimmen Situation verlassen konnte, und als sich Pierre verabschiedete, bat er ihn, am Sonntag zum Mittagessen wiederzukommen.

Dieser Sonntag, es war der 4. Dezember, war nebelig und sehr kalt, doch Franklins Räume in Passy waren warm und gemütlich.

Er hatte nur aufrichtige Freunde Amerikas eingeladen. Es waren das unter den Franzosen nicht viele, doch waren es Männer von Namen und Leistung, Turgot, der Akademiker Leroy, Monsieur de Chaumont, Condorcet, de la Rochefoucauld, der Abbé Morellet. Pierre war stolz, daß ihn Franklin in diese Gesellschaft geladen hatte. Selbst die Anwesenheit Arthur Lees vermochte seine Freude nur wenig zu trüben.

Ja, auch Arthur Lee hatte sich heute eingestellt. An dem reizbaren, aufgeregten Menschen zehrte die Sorge, und er ertrug es nicht, allein im Hôtel d'Hambourg zu sitzen unter lauter Franzosen, die an der Niederlage seines Landes und der Freiheit doch nur ihre Schadenfreude hatten. Er wußte, daß er in Passy Leute finden werde, die zwar leichtsinnig waren und allen Versuchungen zugänglich, denen aber trotzdem die Niederlage zu Herzen ging.

Seine Erwartung wurde nicht getäuscht. Franklin spürte, daß sich alle Zuspruch von ihm erhofften, und er legte dar, wie er über die Situation dachte. Wer den Beginn dieser Revolution mitgemacht habe, führte er aus, der begreife nicht, wie es damals menschenmöglich gewesen sei, der ungeheuern Schwierigkeiten Herr zu werden. Alles habe man aus dem Nichts heraus schaffen müssen, Gesetze, Regierungen für die einzelnen Staaten, eine Armee, eine Flotte, Arsenale. Dabei sei nicht nur die starke englische Militärmacht mitten im Lande gestanden, sondern man habe auch zu tun gehabt mit den zahllosen offenen oder verborgenen Gegnern im Innern, mit den furchtsamen Neutralen, mit den lauwarmen Freunden. Ein Wunder sei es gewesen, daß die Revolution damals nicht in Chaos und Anarchie erstickt sei. Wenn aber die improvisierte Armee Amerikas unter solchen Umständen ihren ersten schlimmen Winter habe überstehen und das Feld behaupten können, dann unterliege es nicht dem geringsten Zweifel, daß die Vereinigten Staaten jetzt, organisiert und stark, imstande seien, eine vereinzelte Schlappe ohne ernsthafte Gefahr zu überkommen.

Franklin hielt keine Rede, er erzählte Erlebtes, er war in dieser Runde der einzige, der die Anfänge der Revolution mitgemacht hatte. Er war schlicht im Wort und schlicht im Tonfall, und er übertrug auf die andern die Überzeugung, die ihn selber erfüllte, daß das, was noch zu tun blieb, geringfügig war, verglichen mit dem Erreichten. Selbst Arthur Lee war bewegt.

Man sprach nicht weiter von Amerika, man aß und trank und sprach von Essen und Trinken, und man sprach von französischer Literatur und von französischem Theater, und

Pierre erzählte allerlei lustige und bösartige Anekdoten und Franklin die eine oder die andere von seinen Kalendergeschichten. Doch die fröhlich neutrale Stimmung hielt nicht lange vor. Die alten Sorgen schlichen wieder an, man redete nicht davon, aber immer wieder entstanden Pausen, und das Nichtgesagte übertönte das Gesprochene. Bald war das Zusammensein mehr eine Last als eine Erleichterung, und man schickte sich an, auseinanderzugehen, früher als sonst.

Da fuhr noch ein verspäteter Gast ein, in einer Mietskutsche. Es schien, als ob Monsieur Finck, der Butler, einen Disput mit dem Zuspätgekommenen hätte. Dann aber kam der herauf, Monsieur Finck hatte gerade noch Zeit, anzukündigen: „Monsieur Austin", und eintrat, noch in Reisekleidung, ein Fremder, ein junger Mann.

Sein Blick suchte unter der Gesellschaft. Er wandte sich an Franklin und sagte: „Mein Name ist John Loring Austin, ich komme von Nantes, oder, richtiger, von Boston, ich bin herübergefahren mit der Brigantine ‚Perch', ich bringe Nachrichten vom Kongreß." Franklin, ungewohnt hastig, sagte: „Ist Philadelphia wirklich gefallen, Herr?" – „Ja", antwortete Mr. Austin. „Aber ich bringe Wichtigeres", fügte er schnell hinzu, und er verkündete: „General Burgoyne hat kapituliert." Und in den Unglauben hinein erzählte er, sich überstürzend. „Saratoga", sagte er, und er sagte: „General Gates und General Arnold." Und er sagte: „Auf englischer Seite gefallen der General Fraser und der deutsche Oberstleutnant Breymann. Und gefangen außer dem General Burgoyne die Generale Hamilton und Phillips und der braunschweigische General Riedesel. Und gefangen Lord Petersham und der Earl von Balcarras und ein halbes Dutzend Parlamentsmitglieder. Und fünftausendachthundert Offiziere und Soldaten und zweitausendvierhundert Hessen gefangen. Und erbeutet zweiundvierzig Kanonen und fünftausend Musketen und ungeheure Massen Kriegsmaterial und Munition."

Sie starrten ihm auf den Mund, die Amerikaner, die ihn verstanden, und die Franzosen, die ihn nicht verstanden. Arthur Lee ging auf ihn zu, faßte ihn am Arm und sagte heiser:

„Was sagen Sie? Wer sind Sie? Fünftausendachthundert Mann gefangen, sagen Sie? General Burgoyne gefangen, sagen Sie?“

Aber Franklin sagte: „Ruhe, bitte. Erzählen Sie noch einmal, Mr. Austin, und langsam. Und haben Sie nichts Schriftliches?“ Mr. Austin, der immer nur zu Franklin gesprochen hatte, sagte: „Hier ist meine Beglaubigung, Doktor Franklin. Und hier ist ein Schreiben des Kongresses. Es ist aber nur sehr kurz, man wollte die Abfahrt der Brigantine nicht verzögern, das Wetter war gut. Doch kann ich Ihnen vieles mündlich berichten, ich habe Hauptmann Wilkinson selber gesprochen, der General Gates' Meldung an den Kongreß überbracht hat.“

Franklin las das Schreiben des Kongresses. Jetzt hatten alle begriffen, unter den Franzosen als erster Pierre. Er jubelte. Er erzählte jedem einzelnen: „Wir haben gesiegt. Saratoga, welch schöner Name. Meine Waffen, unsere Waffen haben gesiegt. Welch ein Glück, daß keine noch so widrigen Umstände mich haben abhalten können, die Schiffe und die Waffen zu schicken. Jetzt haben sie gesiegt, diese Waffen, unsere Waffen, die Waffen der Freiheit, Saratoga.“ Er genoß das klingende, fremdartige Wort, er betonte es auf der letzten Silbe.

Silas Deane und der junge William, glücklich und erregt, fragten Mr. Austin aus, und es ergab sich, daß dieser in der Tat eine Menge Einzelheiten wußte, lauter erfreuliche Einzelheiten.

Doktor Franklin hatte sich nicht gesetzt, er stand groß und still da. Mit der einen Hand stützte er sich auf die Stuhllehne, mit der andern hielt er das Schriftstück mit dem kurzen Bericht des Kongresses, und er las es durch die eisengerahmte Brille. Dann ließ er es sinken, ein ganz klein wenig schwankte der schwere Mann, aber er setzte sich nicht. Die andern mittlerweile umdrängten Mr. Austin und befragten ihn, immer mehrere gleichzeitig, und der junge William übersetzte den Franzosen, und es war Lärm und glückliche Erregung. Mr. Austin aber, durch die Fragen und den Lärm der andern, sprach immer nur zu Franklin.

Der hörte nur mit halbem Ohr hin. Er dachte daran, daß also auch jetzt wieder Tausende gestorben waren, Amerikaner, Engländer, Deutsche, sinnlos gestorben an dem Eigensinn des Königs Georg und einiger seiner Lords. Aber dieses Bild der Verwundeten und Sterbenden ging unter in dem Klang: Sieg, Sieg! Er hatte sehr zuversichtlich gesprochen, vorhin, als er bewiesen hatte, daß Amerika siegen müsse, aber hinter der Zuversicht seines Verstandes waren Sorgen und Zweifel seines Gemütes gestanden. Jetzt waren alle diese Zweifel verweht, und der alte Mann, der Krieg und Schlachten von ganzer Seele haßte, dachte nur mehr *eines*: Sieg, Sieg, Triumph, Sieg! Und es wäre seinem Herzen lieb gewesen, wenn noch mehr Deutsche und Engländer getötet worden wären. Und weiter dachte er daran, daß er mit einer Dame, die eine blaue Maske trug, eine galante und freundlich hinterlistige Unterredung gehabt hatte und daß, wie ihm Monsieur de Gérard erzählt, diese Dame nach jener Unterredung von ihrem Mann ein Versprechen erhalten hatte. Als ihm Monsieur de Gérard vertraulich von diesem Versprechen erzählt hatte, war es ein Versprechen mit einem großen Wenn gewesen, ein blasses, nichtssagendes Versprechen, eben weil es ein so großes Wenn in sich schloß. Jetzt auf einmal hatte sich dieses Wenn erfüllt, und es war somit diese glückliche Schlacht von Saratoga mehr als ein Sieg im Felde. Jetzt, durch diese Schlacht, waren die Allianz und der Endsieg gesichert. Amerika und die Freiheit waren aus einer Idee eine Wirklichkeit geworden. Das war ein Großes, Ungeheures, und über dem alten, ausgedehnten Gesicht Franklins lag Glanz, eine stolze, von innen kommende Freude.

Arthur Lee stand ein wenig abgesondert von den andern, am Kamin, die Arme übereinandergeschlagen, starr aufrecht, das Kinn gegen den Hals gedrückt. Er sagte nichts, er fragte nichts. Er mußte sich aber so starr halten, um nicht auf jungenhafte, höchst unwürdige Art herumzuspringen und um sich zu schlagen. Denn mit dem Bericht Mr. Austins war eine ungeheure Last von ihm abgefallen, er fühlte sich jung und leicht und glücklich wie kaum je vorher in seinem Leben. Er schaute hinüber zu Franklin. Ganz unten in seinem Innern war ein leiser Verdruß, daß der Doktor h. c. ihn so gar nicht beachtete, und er nahm es auch Mr. Austin übel, daß sich dieser, wiewohl doch bestimmt an die drei Kommissare gesandt, ausschließlich an Franklin wandte. Aber diese Erwägungen gingen schnell unter in der großen Freude. Er schaute auf das still strahlende Gesicht Franklins, und er war nicht neidisch, und er war nicht eifersüchtig. Dieser Franklin, dachte er, und: Jetzt hat er es geschafft, dieser Franklin, jetzt hat er es für uns alle geschafft.

Franklin setzte sich wieder in den bequemen, großen Stuhl, von dem aus er dem Mahle präsidiert hatte; auf dem Tische stand noch Dessert und Kaffee. „Das ist ein guter Tag, meine Freunde", sagte er englisch, und dann wiederholte er's französisch. „Das ist ein guter Tag, meine Freunde, nicht wahr?" Und alle schüttelten sich die Hände und umarmten sich, und sie sprachen viel fröhlichen Unsinn. Der hochgewachsene Jacques-Robert Turgot aber, nun es schien, als ob die gute Sache trotz allem siegen werde, trat auf Franklin zu und umarmte ihn linkisch und scheu, Tränen in den Augen.

Dann wandte sich Franklin an den Kurier. „So, und nun setzen Sie sich, Mr. Austin", sagte er, „und trinken Sie etwas und verschnaufen Sie. Von Boston geradewegs nach Passy, das ist eine lange Reise und im Winter nicht angenehm." Und Franklin schickte Monsieur Finck in den Keller, um vom besten Champagner zu holen, und man schenkte ein, und Franklin stieß mit jedem einzelnen an.

Einer aber war schon nicht mehr da, Pierre. Der war offenbar schnellstens nach Paris zurückgefahren. „Er arbeitet schon, unser Débrouillard", sagte Silas Deane. Arthur Lee aber dachte: Er wird die Nachricht für seine Spekulationen ausnützen wollen.

Die französischen Herren sagten sich, daß sich die drei Emissäre bestimmt sogleich ans Werk zu machen wünschten, um die Nachricht auszunutzen, und sie brachen auf. Doch Franklin hielt den jungen Marquis de Condorcet, den er besonders gern hatte, zurück. „Warten Sie doch, bitte, noch eine ganz kleine Weile, mein Freund", sagte er. „Ich möchte

Ihnen eine Botschaft für Paris mitgeben.“ Und bevor er mit seinen Kollegen an die Arbeit ging, setzte er sich hin und schrieb mit eigener Hand seinem Freunde Dubourg und teilte ihm die glückliche Nachricht mit und siegelte und bat Condorcet, die Botschaft sogleich zu überbringen.

Viertes Kapitel

Gezeichnet und gesiegelt

Am Morgen nach diesem Sonntag, am 5. Dezember also, saß Louis in seiner Bibliothek, fröhlicher Laune. Er war in aller Frühe zur Jagd gefahren, hatte sich, heimgekehrt, nicht erst die Mühe genommen, sich umzuziehen, und arbeitete nun an der Übersetzung eines Kapitels aus Humes „Geschichte von England“. Gewissenhaft übertrug er Wort um Wort und Satz um Satz, schlug nach, meditierte, verbesserte, überlas und hatte eine gute Zeit. Er hatte nach der Jagd stark gefrühstückt, und während er saß und schrieb, rumorte es angenehm in seinen Eingeweiden.

Seit langem nicht war er so gut gelaunt gewesen. Die Jagd hatte ihm Spaß gemacht, der Gedanke an die große Ausstellung der Kunstwerke seiner Porzellanmanufaktur, die in wenigen Tagen hier im Schloß beginnen wird, machte ihm Spaß, die Übersetzung seines Hume machte ihm Spaß. Schade nur, daß er nicht lange dabei wird bleiben können; er erwartete Vergennes zum Vortrag.

Vergennes kam nicht allein, Maurepas war mit ihm, und obgleich beide freudig bedeutende Gesichter aufgesetzt hatten, verflog Louis’ heitere Stimmung bei ihrem Anblick; er wußte, es kündigte nichts Gutes an, daß die beiden gemeinsam kamen.

„Was bringen Sie mir, Messieurs?“ fragte er. „Sieg, Sire, Sieg“, meldete mit ausgreifender Geste Maurepas, und: „Sieg, Victoire“, wiederholte Vergennes. Großartig, unglaubhaft pathetisch kam das Wort aus dem alten, trockenen

Mund des zynischen Maurepas und aus dem runden, vollen des Weltmannes Vergennes. Und sie berichteten von Saratoga und von den Tausenden von Gefangenen und von den großen englischen Herren, die sich ergeben hatten. Einer nahm dem andern das Wort vom Munde. „Es sind französische Waffen, Sire", erläuterten sie, „die diesen Sieg erfochten haben. Jener Beaumarchais, den wir Ihnen empfohlen haben, Sire, hat sie geliefert, und nun hat sich also das Geld verzinst, das wir in den Burschen gesteckt haben. Hier sind die Berichte unseres Agenten in Amerika, des Chevaliers d'Annémours, und hier der ausführliche Report Ihres Londoner Gesandten, des Marquis de Noailles. Sie sehen, Sire, in England hat die Meldung wie ein Donnerschlag gewirkt. Die Herren in London begreifen es nicht, wie ihre beste Armee und ihr ritterlicher General Burgoyne so traurig haben kapitulieren können. Sie sind vor den Kopf geschlagen in Saint James."

Auch Louis war vor den Kopf geschlagen. Dieser Sieg versetzte ihn in tiefe Bestürzung, und seine Verdauung, vorher so warm und wohlig, begann ihn zu bedrängen. Gewiß, der Erbfeind hatte eine empfindliche Niederlage erlitten, und das war schön und gut. Aber vom ersten Augenblick an dachte er an die leidigen Folgen, welche dieser Sieg mit sich bringen mußte, daß er nämlich jetzt um die verhaßte Allianz schwerlich werde herumkommen können. Und sogleich auch, schlau und böse, beschloß er, sein Bestes zu tun, den Abschluß des Bündnisses mit den Rebellen zu vereiteln oder doch wenigstens nach Kräften hinauszuzögern.

Die Nachrichten, sagte er, dürften übertrieben sein, wie so oft. Die Rebellen verstünden sich auf Propaganda. Er könne sich nicht vorstellen, daß die zusammengelaufenen Haufen der Meuterer einen wirklichen Sieg sollten errungen haben über eine trainierte englische Armee. „Unglaubhaft, Messieurs", sagte er, „unausdenkbar." Er läutete den Bibliothekaren; Monsieur Campan und Monsieur de Sept-Chênes mußten ihm geographische Werke herbeischleppen, Landkarten der englischen Kolonien in Amerika, er selber half und schleppte. Und während ihm die Minister weiter aus den

Berichten vorlasen, suchte er auf der Karte die Namen, Saratoga, Bemis Height – was das schon für Namen waren, und natürlich standen sie nicht auf den Karten. Und wahrscheinlich handelte es sich um kleine Gefechte, um Scharmützel, welche die Rebellen zu historischen Ereignissen aufzubauschen suchten, um ihre Niederlage bei Germantown und den Fall Philadelphias vergessen zu machen.

„Die Depeschen, Sire“, antwortete Vergennes, „beweisen über alle Zweifel hinaus, daß es sich nicht etwa um Gerüchte handelt, sondern daß die Kapitulation des englischen Heerführers mit seiner ganzen Armee eine eindeutige Tatsache ist.“ Und er sprach von der Notwendigkeit, den Vertrag mit den Amerikanern so schnell wie möglich abzuschließen. Wieder einmal zählte er die Gründe auf, die für die Allianz sprachen, starke Gründe und viele, und jeder einzelne hätte genügt. Jetzt war die Zeit gekommen, den Traum wahr zu machen, der Louis beseelte, seitdem er die Herrschaft angetreten, den Traum, ein Zeitalter der Gerechtigkeit, der Freiheit und der menschlichen Würde herbeizuführen unter französischem Protektorat. Jetzt war Gelegenheit, das französische Prestige wiederherzustellen, das durch den Frieden von dreiundsechzig so sehr gelitten hatte. Maurepas griff ein. Auch den französischen Finanzen könne man aufhelfen durch die Allianz. Bestimmt werde man neue Märkte erobern können, und wenn man halbwegs Glück habe, dann war selbst eine leise Hoffnung gerechtfertigt, Kanada zurückzugewinnen. Wieder nahm Vergennes das Wort. Wenn man aber diese Gelegenheit versäume, wenn der Pakt nicht in allernächster Zeit zustande komme, dann bestehe Gefahr, daß die kriegsmüden Kolonien Frieden mit dem Mutterland schlössen, und dann könne vielleicht sogar Französisch-Westindien verlorengehen.

Die Herren warfen einander die Gründe zu. Sie kamen ihm schon wieder mit Argumenten, er hatte es gewußt. Es waren gute, unwiderlegliche Argumente, aber seine Intuition, seine innere Stimme, die Stimme Gottes in ihm, sagte ihm: Hör nicht darauf, Louis, hör nicht auf sie, König von Frankreich.

Er hockte dumpf und mürrisch. Dann, jäh, brach er los:

„Sie haben Ihr Wort nicht gehalten, Messieurs, Sie haben mich im Stich gelassen. Sie hatten mir versprochen, die Amerikaner so zu unterstützen, daß sie sich halten, aber keinen Sieg erringen können. Jetzt haben wir es. Die Rebellen fangen einen englischen General mit seiner ganzen Armee. Wohin soll das führen? Was soll sich mein Volk dabei denken?" – „Ihr Volk, Sire", antwortete kühn Vergennes, „freut sich, daß England eine so ungeheure Schlappe erlitten hat." Der alte Maurepas wackelte zustimmend mit dem Kopf, und Vergennes fuhr fort: „Ihr Volk, Sire, würde es nicht verstehen, wenn man jetzt noch länger zögerte, den Pakt abzuschließen."

In seinem Innern mußte Louis das zugeben. Alle werden sie denken wie diese Herren. Wie Toinette.

Toinette. Sie wird kommen, sehr bald, wahrscheinlich noch an diesem Morgen, und ihn an die Einlösung seines Versprechens mahnen. „Wenn die Rebellen einen militärischen Erfolg haben", hatte er ihr versprochen. Ein militärischer Erfolg, das war ein weiter Begriff. Das Scharmützel bei diesem Saratoga war kein Sieg, es durfte keiner sein, auf alle Fälle mußte man erst genauere Nachrichten abwarten.

Er beugte sich wieder über die Karte. Alle freuen sie sich, dachte er, auch mein Mentor. Narren sind sie, blind wie die Nacht sind sie, sie begreifen nicht, worum es geht. Er konstatierte grimmig und endgültig, daß kein Saratoga auf der Karte zu finden war: „Sie sind schuld an dem Unglück, Messieurs", schimpfte er. „Die Revolution ist eine ansteckende moralische Erkrankung. Wir hätten diesen Aussätzigen, diesen Franklin, nicht hereinlassen sollen. Ich habe Bedenken gehabt, ich habe gezögert, aber Sie haben mich überredet. Dabei hätten Sie sich der Gefahr noch viel tiefer bewußt sein sollen als ich, Messieurs. Sie sind älter."

Die Minister ließen sich von dem königlichen Zorn nicht bange machen. Louis hatte ihre amerikanische Politik sanktioniert, es stand in den Protokollen. „Wir müssen handeln, Sire", drängte Vergennes. „Sie werden mich nicht überrumpeln, Messieurs", wehrte sich Louis. „Sie tun, als hätte sich die Lage Frankreichs und der Welt über Nacht geändert." – „Sie hat sich geändert", antwortete Maurepas. Louis ereiferte sich: „Bestehen vielleicht die Gründe nicht mehr, die früher gegen die Allianz gesprochen haben? Ist meine Armee heute besser gerüstet als gestern? Sind meine Kassen heute weniger leer?" – „Ihre Armee, Sire", erwiderte Vergennes, „ist heute nicht besser als gestern, aber Englands Armee ist schlechter, und Englands Kredit ist schlechter." – „Ich begebe mich in kein Abenteuer", beharrte Louis, „ich gehe so in keinen Krieg hinein." – „Kein verantwortlicher Staatsmann", begütigte Maurepas, „wird Maßnahmen befürworten, die den sofortigen Ausbruch von Feindseligkeiten herbeiführen könnten." – „Was wir vorschlagen, Sire", ergänzte Vergennes, „ist dies. Wir übersenden Franklin Glückwünsche zu dem Sieg und legen ihm nahe, die Diskussionen wiederaufzunehmen über den seinerzeit von ihm angeregten Freundschaftsvertrag. Von da bis zum Abschluß des Paktes und bis zum Beginn des Krieges vergehen Wochen, und wir haben Zeit, unsere Rüstung nach Kräften zu fördern."

Doch Louis griff aus dem Vorschlag seines Ministers ein einziges Wort heraus. „‚Nahelegen'?" fragte er zurück, grimmig. „Ich soll den Rebellen etwas ‚nahelegen'?" Er trat dicht an Vergennes heran und schaute ihm blinzelnd und zornig mit seinen vorstehenden Augen ins Gesicht. „Wollen Sie Ihrem König im Ernst zumuten, Monsieur", schrie er in der Fistel, „daß er Ihrem Doktor Franklin nachläuft? Ich denke nicht daran." Vergennes rötete sich und schwieg. Auch Maurepas schwieg. Und sogleich war es Louis leid, daß er seine treuen Ratgeber gekränkt hatte. „Glückwünsche meinethalb", lenkte er ein. „Aber nichts weiter. Jeder Schritt weiter verstieße gegen unsere Würde."

Die Herren blickten einander an und verständigten sich stillschweigend. Sie hielten es für geraten, sich mit dem Erreichten zu begnügen. Man konnte ja dem Doktor Franklin vertraulich zu verstehen geben, daß jetzt der rechte Zeitpunkt gekommen war, die Vertragsvorschläge von früher zu erneuern. Der Doktor war ein Mann, mit dem sich reden ließ. Die Herren nahmen Urlaub, entfernten sich.

Louis hatte den Unmut über die Auseinandersetzung mit seinen Ministern noch nicht verwunden, als Toinette kam.

Sie strahlte. Dieser Sieg war eine Bestätigung des Himmels. Er zeigte, wie klug sie daran getan hatte, den Rebellenführer durch ein freundliches Gespräch für Frankreich zu gewinnen. Jetzt erwies sich dieser Alte als ein wichtiger Alliierter, mit dessen Hilfe man den Erbfeind endgültig wird aufs Haupt schlagen können. Ihre Intuition, ihre habsburgische innere Stimme hatte ihr das Rechte geraten.

„Ich gratuliere Ihnen, Sire", rief sie. „Ist das nicht das größte, glücklichste Ereignis seit unserer Thronbesteigung?" – „Es kommt natürlich erwünscht", sagte ohne Schwung Louis, „daß die Engländer gedemütigt sind. Aber man darf nicht vergessen, daß ein solcher Sieg auch die meuterischen Geister meines Reiches noch übermütiger machen wird. Sie werden das Haupt heben, die Mißvergnügten, überall in Europa. Vorausgesetzt, daß es ein Sieg ist", fuhr er fort, streitbar. „Denn das ist noch keineswegs ausgemacht, Madame."

Toinette erkannte sofort, was diese Sätze sollten. Louis wollte nicht zugeben, daß die Vorbedingungen seines Versprechens erfüllt waren. „Auf alle Fälle", sagte sie, „scheint es mir an der Zeit, Sire, Sie an ein gewisses Versprechen zu erinnern." – „Nichts liegt mir ferner", antwortete Louis, „als der Einlösung meines Wortes auszuweichen. Aber es ist meine Pflicht, nachzuprüfen, ob die Vorbedingungen erfüllt sind." Er sprach mit mehr Entschiedenheit, als sie erwartet hatte; sie mußte sich wohl zufriedengeben.

Doch kaum war er allein, so sackte er zusammen. Er wußte, daß es für ihn ein Hinzögern, aber keinen Ausweg mehr gab. „Principiis obsta", im Anfang hätte er widerstehen sollen. Aber er hatte sich hineinziehen lassen in die böse Straße, einen Schritt und noch einen Schritt, und jetzt war er überdeckt mit Schuld, und die Gnade war von ihm gewichen. In Reims, anläßlich seiner Salbung, hatte er dreihundert Kranken die Hand aufgelegt, und mehr als die Hälfte waren genesen. Solcher Segen würde ihm jetzt bestimmt nicht mehr zuteil. Der Schatten Franklins war über sein Land und über ihn selber gefallen und hatte alles dunkel gemacht.

Und er hatte keinen, dem er sein Herz ganz hätte öffnen können. Nur seinen Mentor. Der war ein kluger Mann und meinte es gut. Aber leider hatte er keine Seele. „Bei meiner Seele, wenn ich eine habe." Louis schauderte, wenn er daran dachte. Doch wenn er ehrlich sein wollte, trug die Hauptschuld er selber. Er hatte sich wider sein besseres Wissen immer von neuem zum Schlechten überreden lassen. Und dann hatte er Toinette das sinnlose, ruchlose Versprechen gegeben. Und er konnte ihr es nicht einmal übelnehmen, daß sie es verlangt hatte. Sie wußte es nicht besser. Sie war blind. Blind waren sie alle, und an ihm, dem Sehenden, zerrten sie, und es waren ihrer so viele, und sie waren stärker als er, und sie zerrten ihn zum Abgrund.

Seit langem hatte er sich daran gemacht, zusammenzustellen, was er bei den großen Schriftstellern zum Lobe der Ordnung und der Autorität fand. Jetzt nahm er diese Aufzeichnungen vor. Vornean geschrieben hatte er den klingenden Vers des Homer: „Nicht gut ist Vielherrschaft, *einer* soll Herr sein, *einer* der König." Und mehrere Aussprüche aus dem Plato hatte er sich notiert. Wie sich da zum Beispiel Sokrates zum Glaukos äußert über die notwendige Entartung aller Demokratien: „Keiner kann sich keinem mehr unterordnen, und am Ende beachten sie dann die Gesetze nicht mehr, weder die geschriebenen noch die ungeschriebenen, es soll keiner in irgendeinem Sinn ihr Herr sein." Und sogar aus dem gefährlichen „Geist der Gesetze" des Montesquieu hatte er einen Satz aufgeschrieben: „Das Volk ist immer zu rasch oder zu langsam. Zuweilen wirft es mit hunderttausend Armen alles über den Haufen, und zuweilen kriecht es mit hunderttausend Beinen wie die Raupen." In diesem Büchlein seiner Zitate las er, und es wuchs sein Zorn und sein Unmut. Mit solchen Leuten soll er sich verbinden, mit einem solchen Volk, mit einer „Republik", mit einer „Demokratie", einem Staate also, der durch sein Wesen zum Untergang bestimmt ist.

Aber er brauchte nicht die Weisheit der Früheren zu Rate zu ziehen, um zu erkennen, wie widernatürlich das Bündnis war, in das man ihn zwingen wollte. Die Amerikaner selber hatten ja ihre Prinzipien offen herausgesagt mit der ganzen Kraft und Frechheit des Bösen. In ihrer Unabhängigkeitserklärung hatten sie sich nur gegen einen König gewandt, gegen seinen Vetter von England; aber sie meinten es anders, sie wollten alle göttliche Autorität von der Erde wegfegen. Und einer hatte es ausgesprochen, und sie hatten ihm zugejubelt und sein giftiges Buch andächtiger studiert als das Wort Gottes. Louis schellte Monsieur de Sept-Chênes herbei und gab ihm Auftrag, das Buch des Thomas Paine herauszusuchen, das „Common Sense" betitelt und im Giftschrank verwahrt war.

Finsteren Gesichtes, mit widerwilligen Händen, blätterte er in dem Grund- und Lehrbuch des Volkes, mit dem er sich verbinden sollte. „Königsherrschaft", las er, „war des Teufels geschickteste Erfindung zur Förderung des Götzendienstes. Wir haben das Übel der Monarchie noch vergrößert, indem wir es erblich machten, und wenn wir durch die Monarchie als solche nur uns selber degradieren, so versündigen wir uns durch die Vererbung der Monarchie an unserer Nachkommenschaft. Denn wie oft gibt da die Natur der Menschheit an Stelle eines Löwen einen Esel. Was hat ein König anderes zu tun, als Krieg zu machen und Ämter zu vergeben? Und dafür kriegt er achthunderttausend Pfund Sterling pro Jahr und göttliche Verehrung als Dreingabe. Ist nicht ein anständiger Mann für die Gesellschaft mehr wert als alle gekrönten Lumpen zusammen?" Nein, man konnte dem Allerchristlichsten König nicht zumuten, mit einem Volke, das sich zu solchen Prinzipien bekannte, ein Bündnis auf Leben und Tod zu schließen. Er strich sich die Sätze an. Schellte Monsieur de Sept-Chênes. „Stellen Sie das Buch zurück", sagte er grimmig, „und schließen Sie gut zu. Dieses Buch ist eine Destille alles Übels." Er prüfte nach, ob der Schrank gut verschlossen war.

Das Schloß hielt; er hatte es selber angefertigt. Er stand vor dem Schrank, kummervoll. Den Paine konnte er wegsperren: aber wenn seine Soldaten aus Amerika zurückkehren, werden sie dann das niederträchtige Buch nicht mitbringen und seine giftigen Ideen verbreiten?

Ihm kam ein Einfall; das tückische, teuflische Buch hatte ihn reifen lassen. Nicht mit den Rebellen will er sich verbinden, sondern mit seinem Vetter in England gegen die Rebellen. Sie werden sie gemeinsam niederschlagen, und England gibt ihm dann zum Entgelt Kanada zurück. Eine Heilige Allianz wird er zustande bringen; er und die beiden andern Herrscher, die noch nicht angekränkelt sind von den modernen Ideen, Georg und Maria Theresia werden sich zusammenschließen in einem Bündnis, gegen das keine Revolution aufkommt. Man wird Englands amerikanische Kolonien zurückzwingen auf den rechten Weg. Wenn man sich vereinigt, kann man es ohne Mühe. Und es wird ein lehrreiches Beispiel sein für künftige Meuterer.

Er straffte sich. Vor seinem geistigen Auge sah er sich selber, so wie ihn Duplessis gemalt hatte. Sein Plan war groß, würdig des Königs von Frankreich, würdig seiner Vorfahren.

Aber war er, Louis, wirklich der Mann dazu? War er in seinem Innern so, wie ihn Duplessis gemalt hatte? Er fürchtete, der Maler hatte ihn idealisiert. Er fürchtete, in seinem Innern war er sehr anders. Und vielleicht waren auch seine Vorfahren sehr anders gewesen als auf ihren Bildern, vielleicht waren auch sie von ihren Malern idealisiert worden.

Unsinn. Ludwig der Große hatte es gewagt, so zu sein, wie er auf seinen Bildern aussah. Hatte den Mut gehabt, das Edikt von Nantes zu widerrufen und die Ketzer auszutreiben. Er hingegen, der heutige Louis, hatte, von Turgot überredet, schon aus dem Krönungseid das Gelöbnis weggelassen, die Ketzer auszutilgen mit Feuer und Schwert.

Er war schwach gewesen von Anfang an. Er hatte nicht die Faust, diesen Dreibund aufzurichten gegen die Rebellen. Er stellte sich vor, wie es wäre, wenn er Maurepas von dem gewaltigen Projekt erzählte. Er sah den Alten grinsen und hörte ihn freundlich und beschwichtigend sagen: „Das sind edle Träume, Sire, Alexanderträume."

An diesem gleichen Montag kamen auch die amerikanischen Delegierten wieder zusammen, und sie berieten, was man tun könne, um aus dem Sieg von Saratoga hier in Versailles Nutzen zu ziehen.

Arthur Lee schlug vor, man solle Vergennes deutlich erklären, man sei jetzt in der Lage, von England alle gewünschten Bedingungen zu erlangen, und wenn Versailles die Allianz nicht sofort abschließe, dann werde es das Nachsehen haben. Franklin riet ab. Er wollte solche Drohungen nur im äußersten Falle anwenden. Es sei klüger, meinte er, die französischen Minister an sich herankommen zu lassen, als sie zu bedrängen. Je weniger beflissen man sich zeige, so bessere Bedingungen werde man erhalten können.

Lee widersprach. Man habe durch Phlegma viel verdorben, man dürfe nicht auch diese große Gelegenheit vorbeigehen lassen.

Franklin erwiderte nichts, sah hinüber zu Silas Deane. Der hatte bisher geschwiegen; der große, dicke, imposante Mann sah heute grau und verfallen aus. Das Schiff, mit dem der junge Austin und seine frohe Botschaft nach Frankreich gekommen waren, hatte für ihn üble Post mitgebracht. Er war abberufen, nach Amerika zurückberufen. Er hatte nach den Treibereien Arthur Lees den Schlag erwarten müssen, trotzdem wühlte er ihn auf. Er war unter den Amerikanern der erste gewesen, der auf diesem Kontinent die Interessen seines Landes vertreten hatte, er hatte sie gut vertreten, er hatte die glückliche Verbindung mit Monsieur de Beaumarchais hergestellt und auf diese Art einen ständigen Strom von Waffen und Kriegsmaterial nach Amerika geleitet. Statt allen Dankes kam dieses üble Schreiben, das ihn zurückrief und sich kaum mühte, das Mißtrauen und die Unzufriedenheit des Kongresses zu verbergen.

Nun also, auf Franklins stumme Aufforderung, nahm er das Wort und äußerte sich zu der Frage, ob man die Minister anspornen oder besser abwarten solle. Während er aber sonst voll höchsten Respektes für Franklins Ansichten war und ihm kaum je widersprach, pflichtete er heute Arthur Lee bei. Auch er war der Meinung, man solle das Versailler Kabinett antreiben durch den Hinweis, der Kongreß werde die nun sehr günstigen Friedensbedingungen Englands ernstlich bedenken. Es war Silas Deane eilig. Er wollte nicht zurück nach Amerika, ohne seine Unterschrift und sein Siegel auf dem so heiß ersehnten Vertragsdokument zu sehen. Er konnte sich nicht bezähmen und warten. Er hatte keine Zeit.

Franklin wußte aus seiner Post Bescheid um die Abberufung Silas Deanes. Es war ihm leid um den Mann, und er begriff seine Hast und Dringlichkeit. Aber er war sich klar darüber, daß versteckte Drohungen vorläufig nicht am Platz waren. Sie hatten, die Delegierten, die Nachricht von dem Sieg dem Ministerpräsidenten und dem Grafen Vergennes amtlich mitgeteilt. Franklin bat seine Kollegen, vorerst doch wenigstens die Antwort der Herren abzuwarten. Lee und Deane fügten sich schließlich, nur halb überzeugt.

Franklins Gelassenheit kam tief aus seinem Innern. Er begriff kaum mehr, daß er sich früher, vor dem Eintreffen der Siegesnachricht, von der Unruhe der andern hatte anstecken lassen. Nachdem Lee und Deane gegangen waren, saß er, die Augen halb geschlossen und entspannten Gesichtes, in seinem bequemen Sessel, müde und zufrieden, etwas leer, bereit, Wochen, ja Monate zu warten.

William fragte, ob man sich an die Arbeit machen solle; die Post hatte vieles mitgebracht, was erledigt werden wollte. Doch der Doktor schüttelte den großen Kopf. „Heute nicht, mein Junge“, sagte er, und William zog sich zurück.

Franklin, allein, genoß seine Trägheit. Er stöberte in der großen Masse der Briefschaften, schob alles Geschäftliche zur Seite und suchte nur solche Berichte heraus, die ihm Spaß machten. Vive la bagatelle, dachte er.

Da hatte man zum Beispiel die zahlreichen Aufrufe mitgeschickt, mit denen der jetzt gefangene General Burgoyne seinen Feldzug von Anfang an begleitet hatte. Mit Behagen studierte Franklin ein langes Manifest an die Bevölkerung Amerikas. Der General bot denjenigen, die zu ihrem König zurückkehren wollten, volle Gnade und Hilfe an; diejenigen aber, die ihren wahnsinnigen, aussichtslosen Widerstand fortsetzten, bedrohte er mit Vernichtung. Er werde seine Indianer gegen sie aussenden, und es seien ihrer Tausende, und er werde sich vor den Augen Gottes und der Menschen berechtigt fühlen, die ganze Rache des Staates auf die hartnäckigen Bösewichter herniedersausen zu lassen, die sich selber außerhalb der Menschheit gestellt hätten. Auch einen Aufruf Burgoynes an die Indianer fand Franklin in seiner Post. Darin erklärte der General: „In Übereinstimmung mit euern Bräuchen, die solchen Siegestrophäen einen ehrenvollen Charakter verleihen, soll es euch erlaubt sein, den gefallenen Feinden die Skalpe abzuziehen." Und in der Antwort der Indianerhäuptlinge hieß es: „Wir lieben unsern Vater jenseits des großen Wassers, und diese Liebe und Treue hat unsere Kriegsbeile geschärft."

Franklin, in der lieblichen Stille von Passy, las mit Aufmerksamkeit die literarischen Erzeugnisse des Generals Burgoyne und der Indianer. Dann setzte er sich seinesteils hin und schrieb. Schmunzelte grimmig und schrieb. Verfaßte einen Zeitungsbericht.

Ein Hauptmann Gerrish von der amerikanischen Miliz, hieß es in seinem Zeitungsbericht, habe bei einem Überfall auf eine englische Abteilung viel Beute gemacht, darunter auch acht große Kisten, welche Skalpe von Amerikanern enthielten. Es seien aber diese Skalpe auf dem Wege gewesen zum Gouverneur von Englisch-Kanada, damit dieser sie nach London weitersende. Den Brief des englischen Offiziers, der den Transport begleitete, gab Doktor Franklin im Wortlaut wieder. Er schrieb:

„Auf Verlangen des Häuptlings der Senneka-Indianer schicke ich Eurer Exzellenz acht Kisten mit Skalpen, gehörig geräuchert, getrocknet, auf Reifen gespannt und mit Triumphzeichen bemalt. Liste und Erklärung liegt bei. Kiste Nr. I enthält 43 Skalpe von Soldaten des Kongresses, erlegt in verschiedenen Scharmützeln. Sie sind auf schwarze Reifen aufgezogen, die Innenseite ist rot bemalt mit einem schwarzen Fleck, zum Zeichen, daß sie mit Kugeln getötet wurden. Desgleichen 62 Skalpe von Bauern, getötet in ihren Häusern, die Reifen rot, die Innenseiten braun bemalt und bezeichnet mit einer Hacke, ein schwarzer Kreis rundum, um anzudeuten, daß sie in der Nacht überrascht wurden. Kiste Nr. 4 enthält 102 Skalpe von Bauern, darunter 18 markiert mit kleiner gelber Flamme, um anzudeuten, daß sie als Gefangene lebendig verbrannt wurden. Es sind alles in allem nur 67 vollgraue Skalpe darunter; die weitaus meisten der Bauern waren der Haarfarbe nach jüngere Männer, was die Dienstleistung noch wertvoller macht. Kiste Nr. 5 enthält 88 Skalpe von Weibern, langes Haar, Reifen blau, Haut gelber Grund, markiert mit schwarzem Messer oder einem Beil, um anzuzeigen, daß sie jeweils mit diesem Instrument getötet wurden. Kiste Nr. 7 enthält 211 Skalpe von Mädchen, kleine, gelbe Reifen, weißer Grund, Beil, Keule, Skalpiermesser.

Mit diesen Kisten schicken die Häuptlinge Eurer Exzellenz folgende Botschaft: Vater, wir senden dir hierdurch viele Skalpe, damit du siehst, wir sind keine faulen Freunde, und wir bitten dich, diese Skalpe über das Wasser zu schicken zu dem großen König, daß er sie beschaue und sich daran ergötze und sich überzeuge, daß seine Geschenke nicht an Undankbare gegeben sind."

Franklin überlas, was er geschrieben hatte, fand es gut und druckte es mit eigener Hand als einen Artikel aus dem „Boston Independent Chronicle". Dann schickte er den Artikel an die Zeitschrift „Affaires de l'Angleterre et de l'Amérique", an den „Courrier de l'Europe", an die „Gazette de Leyde", an die „Gazette Française d'Amsterdam" und an den „Courrier du Bas-Rhin".

Im übrigen erwies sich, daß seine Meinung, Versailles werde schon von allein kommen, richtig war. Schon zwei Tage nach Erhalt der Siegesnachricht stellte sich in Passy Monsieur Gérard ein und überbrachte feierlich die Glückwünsche der Grafen Maurepas und Vergennes zu dem großen Sieg. Damit, erklärte er, sei sein amtlicher Auftrag erledigt. Er persönlich, fügte er hinzu, hielte es für keine schlechte Idee, wenn die Delegierten jetzt ihre Vertragsvorschläge erneuerten. Solche Vorschläge fänden jetzt bestimmt wohlwollende Augen, Ohren und Herzen.

Franklin dankte für Monsieur Gérards Rat und setzte sogleich das gewünschte Schreiben auf. Er erinnerte daran, daß die Vereinigten Staaten schon einmal einen Freundschaftspakt mit dem König von Frankreich angeregt hätten, daß sie, die Delegierten, vom Kongreß bevollmächtigt seien und daß sie sich freuen würden, wenn der Hof von Versailles über einen solchen Vertrag mit ihnen verhandelte.

Als sich am Nachmittag die andern Delegierten in Passy einfanden, teilte ihnen Franklin lächelnd mit, es sei also jetzt Versailles nach Passy gekommen und nicht Passy nach Versailles. Dann zeigte er ihnen den Entwurf seines Briefes. Arthur Lee mäkelte daran herum, er fand den Text zu servil. Franklin versprach, den Brief gemäß den Wünschen Arthur Lees neu zu entwerfen. Arthur Lee bestand darauf, den Brief dann nochmals zu sehen, und verlangte, daß das Schreiben nicht abgehe ohne Silas Deanes und seine Unterschrift. Das verzögerte die Absendung des Briefes um zwei Tage.

Dann aber konnte William Temple das Schreiben nach Versailles bringen.

Pierre war, nachdem er die Nachricht des amerikanischen Sieges gehört, als erster unter Franklins Gästen von Passy nach Paris zurückgefahren. Er befahl dem Kutscher, zu eilen. Wie er der erste gewesen war, der den Franzosen die Unabhängigkeit Amerikas verkündet hatte, so wollte er auch der erste sein, die Nachricht von dem großen Sieg von Saratoga auszuläuten. Außerdem war er sich bewußt, daß dieses Ereignis an den Börsen von Paris, London und Amsterdam Wirkung tun werde, und je schneller er seine Kenntnis des Sieges kaufmännisch auswertete, so reicher mußte sein Gewinn sein. Er trieb den Kutscher zu immer größerer Eile.

Es war aber der Winter in diesem Jahr sehr früh eingefallen, es war Abend, und Teile der Straße waren vereist. Der Kutscher entschuldigte sich, er müsse vorsichtig fahren. „Zum Teufel deine Vorsicht", rief Pierre. „Ich habe Geschichte zu machen, da kann ich nicht vorsichtig sein." Der erschreckte Kutscher biß die Lippen zusammen und gab den Pferden die Peitsche. Bald kippte denn auch der Wagen um, und Pierre wurde hinausgeschleudert. Er tat einen schweren Fall, er konnte den Arm nicht bewegen, sein Gesicht war blutüberströmt. Der nächste Wagen, der vorbeikam, fuhr ihn nach Hause.

Man brachte ihn zu Bett. Therese schickte nach Ärzten. Es erwies sich, daß er den Arm gebrochen und auch sonst Verwundungen erlitten hatte, ungefährliche, doch schmerzhafte. Er wurde verbunden. Noch während die Ärzte an ihm arbeiteten, verlangte er ungestüm nach Maigron, nach Gudin. Fiebernd, behindert durch die Verbände, gab er Weisungen, diktierte Briefe. Manchmal verzog er das Gesicht zu einem glücklichen Lachen; dann aber schmerzten ihn seine Risse und Abschürfungen, daß er stöhnte.

Dem Grafen Vergennes schrieb er: aus der Tiefe seines Schmerzenslagers teile er ihm mit, er habe den edeln Auftrag, den ihm die Regierung des Königs erteilt, auf solche Art ausgeführt, daß jetzt die Amerikaner einen Sieg errungen hätten, der auf alle Zeiten neben den großen Siegen der Weltgeschichte verzeichnet bleiben werde. „Unsere Kinder und Enkel“, schloß er, „werden sich den Namen einprägen: Saratoga.“

Julie stürzte aufgeregt herbei von ihrer Rue de Condé, sie jammerte, der Kranke dürfe sich nicht überanstrengen. Aber: „Schweig, meine Liebe“, bedeutete ihr Pierre. „Dies ist ein historischer Tag; da würde ich noch aus dem Grabe aufstehen, um mitzumarschieren“, und er diktierte weiter.

Therese sorgte in ihrer stillen, tüchtigen Art für den Kranken. Sie war froh, daß ihr Pierre dazu hatte beitragen dürfen, diesen Sieg zu erringen. Aber Julie schien Thereses Pflege nicht beflissen genug, sie übersiedelte in das Haus an der Rue Saint-Antoine, damit sie Tag und Nacht um den Bruder sein könne, und Therese ließ es geschehen.

Pierre war ein ungeduldiger Patient. Er zankte sich mit den Ärzten, weil sie ihm nicht erlauben wollten, hinüberzugehen in die Rue Vieille du Temple und selber ein Aug auf den Geschäften zu haben. Und nicht verbieten ließ er sich, Besuche zu empfangen.

Unter den ersten, die kamen, war Monsieur Lenormant. Pierre war großmütig und deutete nur leise an, daß also Charlots Besorgnis, die Amerikaner könnten sich nicht halten, grundlos gewesen sei. Für einen winzigen Augenblick war um Charlots Lippen das fatale Lächeln; es sei schon vorgekommen, meinte er, daß sich Sieger gerade im Gefühl ihrer Kraft als schlechte Zahler erwiesen hätten.

Pierre lachte nur. Trotzdem, inmitten seines Glückes, stieg eine heimliche Sorge in ihm hoch. Er hatte sich nach besten Kräften bemüht, die Allianz herbeizuführen; sowie aber diese Allianz jetzt zustande kommt, braucht Monsieur de Vergennes keinen geheimen Agenten mehr, dann können die Arsenale des Königs vor aller Augen an Amerika liefern, dann werden sich Hunderte an die Ämter herandrängen, um Kriegslieferungen zu erhalten, und mit der Firma Hortalez in einen Wettkampf treten.

Fürs erste indes lagen strahlende Tage vor ihm, und die leise Befürchtung, die Charlots bösartige Anmerkung in ihm hatte hochwölken lassen, zerlöste sich rasch in der allgemeinen Anerkennung.

Denn alle kamen sie, ihn zu bemitleiden wegen seines Unfalles und ihn zu beglückwünschen; es war, als ob er persönlich die Kapitulation des Generals Burgoyne erwirkt hätte. Es sei ehrenvoll, meinte Madame de Maurepas, daß ihr Toutou, wiewohl dreitausend Meilen entfernt, in der siegreichen Schlacht Wunden davongetragen habe.

Auch der scheue Félicien kam in das Zimmer des Oheims und schaute mit bewundernden Augen auf den Mann, dem es vergönnt gewesen war, der Freiheit einen solchen Dienst zu erfechten. Und die Verehrung des Jünglings tat Pierre wohl.

Dann gar stellte sich ein Besucher ein, den Pierre als letzten erwartet hatte: François Vaudreuil. Ja, der hochmütige Herr ließ sich herab, den Uhrmachersohn aufzusuchen. In eleganten Wendungen sprach er ihm sein Bedauern aus über den Unfall, und wenn er auch vom Sieg der Amerikaner mit leiser Ironie redete, so glaubte Pierre trotzdem, aufrichtige Anerkennung durchzuspüren für seine, Pierres, Leistung. Sichtlich war Vaudreuils Besuch mehr als ein Höflichkeitsakt. Er blieb lange, ließ sich in ein weitläufiges Gespräch über die politische Lage ein, und Pierre freute sich, mit welcher Aufmerksamkeit der große Herr seinen Ausführungen zuhörte.

Es hatte nämlich der Sieg von Saratoga Vaudreuil neuen Ansporn gegeben. Nicht nur empfand auch er den Erfolg der Amerikaner als persönlichen Triumph – denn hatte nicht er sich beizeiten für Franklin eingesetzt und die Begegnung mit Toinette herbeigeführt? –, sondern es war ihm auch Saratoga aus andern Gründen willkommen. Das Spiel mit Toinette zog sich ihm zu lange hin, er begann die Lust daran zu verlieren, das goldene Einerlei Versailles' ödete ihn mehr und mehr an, er sehnte sich nach neuen Sensationen. Der Sieg von Saratoga hatte ihn daran erinnert, daß die Vaudreuils von jeher ein kriegerisches Geschlecht waren; sie hatten sich in den Seekriegen des Königreichs ausgezeichnet, Vaudreuils Großvater hatte als Gouverneur von Kanada Ruhm erworben, ein anderer Vaudreuil, ein Onkel François', wurde als einer der Kriegshelden der französischen Armee gefeiert. Jetzt, durch Saratoga, fühlte sich François Vaudreuil berufen, diese Tradition fortzusetzen und an dem Krieg gegen England in entscheidender Stellung teilzunehmen.

Zunächst galt es, den Dicken weiter vorzustoßen, auf daß der Krieg endlich Wirklichkeit werde. Louis war stumpf und zäh und fest entschlossen, nicht zu handeln; doch Vaudreuil war noch viel fester entschlossen, ihn durch Toinette zum Handeln zu zwingen.

Mit Vergnügen hörte Vaudreuil die feurigen und geschliffenen Argumente, welche Pierre vorbrachte, um zu erweisen, daß der sofortige Abschluß der Allianz dringendste politische Notwendigkeit sei. Er merkte sich diese Argumente gut und gab sie an Toinette weiter. Er wich nicht von ihrer Seite in diesen Tagen und redete unermüdlich auf sie ein, daß sie endlich von Louis die Erfüllung seines Versprechens erzwinge.

Toinette, von ihm gehetzt, verbiß sich denn auch immer tiefer in die amerikanische Angelegenheit. Ja, sie verbündete sich mit Maurepas und Vergennes, und als die Minister nach dem Erhalt des Briefes, in dem die amerikanischen Delegierten ihre Vertragsvorschläge erneuerten, den zögernden, zurückhaltenden Louis um eine Konferenz ersuchten, drängte sie darauf, daran teilzunehmen.

Die Minister erklärten dem König, sein Einwand, er wolle nicht als erster an die Amerikaner herantreten, sei nun, nachdem Franklin um Verhandlungen gebeten habe, hinfällig geworden; wenn man die Amerikaner auf Antwort warten lasse, laufe man ernstlich Gefahr, daß sie sich mit England verständigten. Er habe zuverlässige Nachricht, berichtete Vergennes und wies auf eine Reihe dicker Aktenstücke hin, daß England den Doktor Franklin mit Friedensangeboten überschwemme. Louis schaute unbehaglich auf die Aktenstücke und rührte sie nicht an. „Längeres Zögern, Sire", erklärte energisch Toinette, „heißt die Amerikaner den Engländern in die Arme treiben."

Doch Louis hatte einen neuen Einwand gefunden. „Sie vergessen, Madame, und Sie, meine Herren", erwiderte er mit Würde, „daß wir die Hände nicht frei haben. Bevor wir etwas unternehmen, was die Gefahr eines Krieges heraufbeschwören könnte, müssen wir die Zustimmung unserer Alliierten einholen. Soll ich meinen Vertrag mit Spanien brechen?" fragte er böse. „Ich begebe mich in kein Abenteuer. Ich schließe keinen Pakt mit den Rebellen, ehe ich klipp und klar und schwarz auf weiß die Zustimmung meines Vetters in Madrid habe. Ich breche mein Wort nicht. Das werden Sie nie von mir erreichen, Messieurs, und auch Sie nicht, Madame."

Toinette wippte mit dem Fuß, tat den Mund auf zu einer Erwiderung, besann sich anders. Maurepas meinte, niemand habe daran gedacht, einen so wichtigen Vertrag zu unterschreiben, ehe man der Billigung Spaniens sicher sei. Er bitte den König um die Erlaubnis, sogleich einen Kurier nach Madrid absenden zu dürfen. „Nun ja", brummte Louis.

Aber Toinette bestand: „Unmöglich können wir den Doktor Franklin warten lassen, bis Bescheid aus Madrid kommt." – „Ich bin Spanien im Wort", erwiderte finster Louis. „Er wird sich gedulden müssen, Ihr Doktor Franklin." – „Darf ich einen Vorschlag machen, Sire?" griff geschmeidig Vergennes ein. „Können wir mit den Amerikanern nicht offen reden? Können wir ihnen nicht wahrheitsgemäß erklären, die Regierung habe sich entschlossen, den Allianz-Vertrag zu unterschreiben, vorausgesetzt, daß Spanien keinen Einwand erhebt?" Und da Louis mürrisch und bedrängt dahockte, sagte Toinette stark: „Das ist das Richtige, genau das." Und Maurepas bekräftigte: „Ich sehe keinen andern Weg, Amerika zu verhindern, mit England zum Frieden zu kommen."

Louis schwieg schwer und unwirsch. „Ich danke Ihnen, Messieurs", sagte er unvermittelt. „Ich weiß jetzt Bescheid über Ihre Ansichten", und nun blieb wohl den Herren nichts übrig, als unverrichteterdinge abzuziehen. Hilfesuchend blickten sie auf Toinette. „Lassen Sie uns nicht so auseinandergehen, Sire", sagte denn auch Toinette mit Nachdruck. „Geben Sie den Herren Auftrag, den Amerikanern die Antwort zu erteilen, die wir ihnen schuldig sind. Bitte, erklären Sie sich, Sire", sagte sie, liebenswürdig, doch entschieden.

„Nun ja, also schön", sagte Louis.

Kaum aber hatte er sich das entringen lassen, so setzte er eilig und böse hinzu: „Aber schärfen Sie den Rebellen ein, daß diese unsere Erklärung vor den Engländern streng geheimzuhalten ist. Falls durch die Schuld der Rebellen irgend etwas durchsickern sollte, dann breche ich die Verhandlungen ab und erkläre in London, daß alles erstunken und erlogen ist. Nehmen Sie das zur Kenntnis, Messieurs, und bringen Sie es den Rebellen zur Kenntnis. Dann breche ich ab, dann halte ich mich nicht mehr für gebunden." Er hatte sich in wüsten Zorn hineingesteigert. „So", schrie er in der Fistel, „und von jetzt an werde ich mich unter keinen Umständen mehr mit dieser Angelegenheit befassen, bevor der Bescheid aus Spanien da ist. Ich verbitte mir, daß irgendwer" – er schaute aber Toinette nicht an – „von nun an in meiner Gegenwart die Amerikaner auch nur erwähnt. Ich will jetzt Ruhe haben. Ich will meine Porzellan-Ausstellung in Ruhe durchführen."

Die Minister entfernten sich, eilig und befriedigt. Toinette blieb zurück. „Es tut mir leid, Louis", sagte sie nicht ohne Ironie, „daß Sie soviel Stimme haben aufwenden müssen." –

„Ihr wißt nicht, was ihr tut", sagte er müde. „Diese Herren wissen es nicht, und du weißt es schon gar nicht." Und da sie nur ausdrucksvoll und höhnisch die Achseln zuckte, fragte er weiter: „Haben Sie sich übrigens klargemacht, Madame, was für Sie und für mich die erste Folge sein wird, wenn der Pakt wirklich zustande kommt?" Sie wußte nicht, wohinaus er wollte. „Die nächste Folge wird sein", führte er rachsüchtig aus, „daß wir, Sie und ich, uns werden einschränken müssen. Der Pakt bedeutet Krieg. Krieg bedeutet höhere Steuern. Und wenn wir vom Volk höhere Steuern verlangen, so müssen wir selber mit königlichem Beispiel vorangehen. Ich werde Sie deshalb zu meinem Bedauern bitten müssen, in Ihrem Etat Streichungen vorzunehmen."

Toinette war betroffen. Sie hatte sich vorgestellt, nun, da sie so energisch für Amerika eintrete, müsse ein jeder ihre Begeisterung für die Sache des Volkes klar erkennen, und deshalb könne sie sich eher eine Steigerung ihrer Ausgaben erlauben. Aber sie sah ein, daß jetzt eine solche Beweisführung fehl am Platze wäre, und sie erwiderte mit schöner Entschlossenheit, selbstverständlich sei sie bereit, mit Freuden jedes Opfer auf sich zu nehmen im Interesse der Sache Frankreichs und der Schwächung des Erbfeinds.

Louis meinte, noch sei ja nichts entschieden. Wochen würden vergehen, ehe die Antwort Spaniens eintreffe. Er habe, fuhr er dann fort, als er ihr jenes Versprechen gegeben, nicht bedacht, auf was für einen bösen Kreuzweg er dadurch gerate. Denn nun sei er nicht nur ihr im Wort, sondern auch dem König von Spanien. Er habe die Angelegenheit mit seinem Beichtvater nach allen Seiten hin erörtert. Ein Versprechen einem ganzen Königreich gegenüber sei gewichtiger als ein Versprechen einem einzelnen gegenüber. Und wenn Spanien nicht mit einem bedingungslosen, unumwundenen Ja antworte, dann befinde er sich in einem schweren Konflikt der Pflichten und müsse es mit sich selber und mit Gott ausmachen, welchen Weg er einschlagen solle.

Da erkannte Toinette noch deutlicher als bisher, was für ein aufregendes Spiel die hohe Politik war, daß da ein Ja noch lange kein Ja war, und ihr Entschluß, diesen dumpfen und bösartigen Mann zu der Anerkennung der Vereinigten Staaten und zum Krieg mit England zu zwingen, festigte sich.

Am gleichen Tage noch forderte Vergennes den Doktor Franklin zu einer Konferenz auf. Da er aber dem zögernden Louis unter keinen Umständen einen Vorwand geben wollte, seine Einwilligung wieder zurückzunehmen, betrieb er die Verhandlungen in größter Heimlichkeit. Er bat die Emissäre nicht in seine Amtsräume in Versailles oder in Paris, sondern er ersuchte sie, sich in Versailles an einem bestimmten Platz zu einer bestimmten Stunde einzufinden. Von da wurden sie durch einen Beauftragten Monsieur Gérards in einer Mietskutsche abgeholt und nach einem Hause gebracht, das eine kleine Meile von Versailles entfernt sein mochte. Dort warteten Graf Vergennes und Monsieur de Gérard.

Der Minister erging sich zunächst über eine Reihe von Einzelheiten. Er betonte, daß Frankreich nicht an einen Eroberungskrieg denke; sein junger König wünsche weder, daß die Amerikaner für sich oder für Frankreich Kanada erobern sollten, noch wünsche er, seinen westindischen Besitzungen neue zuzufügen. Vielmehr werde er, wenn er die Vereinigten Staaten anerkenne und in den Krieg einträte, das aus rein ideellen Motiven tun.

Franklin versuchte, sich eine Antwort auf diese geschwollenen Wendungen abzuquälen. Wenn nicht der Kongreß, sagte er, von der Menschenfreundlichkeit des Königs überzeugt wäre, dann hätte er nicht sie, die Emissäre, nach Paris geschickt.

Vergennes verneigte sich. Dann, feierlich, teilte er den Delegierten mit, daß sich der Kronrat entschlossen habe, die Vereinigten Staaten von Amerika anzuerkennen und in Verhandlungen mit ihnen einzutreten. Der König müsse aber aus Rücksicht auf die Abmachungen mit Spanien die Unterzeichnung der Verträge verschieben, bis eine Erklärung aus Madrid eingelaufen sei, daß Spanien gegen einen solchen Pakt nichts einzuwenden habe.

Eine kleine Weile war es sehr still. Dann sagte Franklin

gelassen: „Wir danken Ihnen, Herr Graf, für diese sehr erfreuliche Mitteilung." Und alle verneigten sich.

„Ich muß Sie aber nochmals darauf hinweisen, Messieurs", sagte Vergennes, „daß Frankreich, solange es sich nicht mit Spanien verständigt hat, keinen endgültigen Schritt zu tun in der Lage ist. Ich bitte Sie also dringlich, die Allianz als noch im Mutterschoße befindlich zu betrachten und äußerste Heimlichkeit zu wahren." – „Das versprechen wir", sagte Franklin.

Arthur Lee, nachdem die Delegierten allein waren, murrte, daß die Franzosen ihre prinzipielle Zustimmung zu dem Vertrag auf so unwürdige Art verknüpft hätten mit der Bedingung der Heimlichkeit. „Immer werden wir hier behandelt wie Diebe und Verschwörer", raunzte er. Doch die beiden andern ließen sich die Freude durch seine sauern Bemerkungen nicht verderben.

Es machte aber Graf Vergennes den Amerikanern seine Mitteilung am 17. Dezember, einem Samstag, das heißt, noch ehe zwei Wochen abgelaufen waren seit dem Eintreffen der Siegesnachricht.

Franklin lag daran, die Versailler Regierung festzulegen, soweit dies irgend möglich war. Er schrieb an Maurepas, er nehme mit Freuden zur Kenntnis, daß Seine Majestät entschlossen sei, die Unabhängigkeit der Vereinigten Staaten anzuerkennen und einen Allianz-Vertrag für Krieg und Frieden mit ihnen abzuschließen, und er bat den Ministerpräsidenten, dem König den Dank der Delegierten auszusprechen für seine freundliche Gesinnung.

Maurepas, als er Franklins Brief las, schüttelte den Kopf. Zugegeben, der Brief erfüllte seinen Zweck, er legte in gewisser Weise den König und die Regierung fest. Aber wie kalt, wie strohtrocken, wie wassernüchtern war das Schreiben abgefaßt. Diese Leute aus dem Westen hatten keine Manieren, sie wußten nicht, was Eleganz und Anmut ist. Dabei hätte dieser Brief des Rebellenführers an die Allerchristlichste Majestät ein historisches Dokument werden können, ein Muster und ein Beispiel.

Er überlegte, wie er selber an Stelle des Amerikaners geschrieben hätte. Ja, er setzte sich hin und entwarf den Brief, wie er hätte sein sollen: „Die außerordentliche Weisheit, mit welcher Eure Majestät die Interessen Ihres Landes den Geboten höchster Menschlichkeit zu vermählen wissen, sichert dem Bilde Eurer Majestät einen Platz nicht nur über dem Kamin jedes Amerikaners, sondern auch im Herzen der Bewohner der westlichen Hemisphäre. Ganz abgesehen von den großen materiellen Erfolgen, welche die Vorsehung diesem Bündnis der beiden fortschrittlichsten Nationen der Welt sicher nicht versagen wird: schon die ewige Liebe aller Freiheitsfreunde ist ein Entgelt, wie ihn sich ein Monarch edler nicht wünschen kann. Wenn Sie, großer König, auch den Bewohnern unseres Erdteils viele tausend Meilen fern sind, so ist diesen Bewohnern gleichwohl niemand näher als Sie. Der Prediger Salomonis hat sich geirrt: es ist nicht alles eitel. Nicht eitel ist die Liebe und Dankbarkeit Amerikas für Eure Majestät." So hätte der Alte in Passy schreiben können. Und wie hat er geschrieben? „Ich bitte Sie, Herr Ministerpräsident, dem König den Dank der Delegierten auszusprechen für seine freundliche Gesinnung." Ein Barbar.

Die Verwunderung über die ungehobelte Simplizität des Mannes ließ Maurepas nicht los. Vergennes, immer in Angst, das lange Zögern des Königs könne Franklin doch noch den Anerbietungen Englands geneigt machen, legte seinem Kollegen nahe, mit Franklin zusammenzukommen und ihn höflich zu vertrösten. Maurepas griff diese Anregung mit Freuden auf.

Die Begegnung wurde mit dem gleichen umständlichen Zeremoniell der Heimlichkeit arrangiert wie die Begegnung der Amerikaner mit Vergennes.

Der Minister war in Begleitung seines Sekretärs Sallé. Er gratulierte zunächst Franklin zu seinem Erfolge; denn wenn diese Allianz zustande komme, und das werde sie, dann sei das ausschließlich sein, Doktor Franklins, Verdienst. „Es war Ihre Popularität", erklärte er, „die es uns ermöglichte, den König von der Notwendigkeit der Allianz zu überzeugen. Ohne Ihr Meisterstück, sich in das Herz unserer liebenswürdigen Königin zu stehlen, hätten wir den Pakt nie zustande gebracht." – „Danke", sagte Franklin.

„Was ich vor allem an Ihnen bewundere", fuhr der unermüdliche Wesenskünder fort, „ist die Art, wie Sie Ihren Ehrgeiz sublimiert haben. Was schreiben wir doch darüber in meinen Memoiren, mein lieber Sallé?" wandte er sich an den Sekretär. „Doktor Franklin", zitierte dieser schollerig und farblos, „ist nicht eitel im gewöhnlichen Sinne. Wir, Maurepas, hätten es zum Beispiel nicht über uns gebracht, uns die Besichtigung des gefeierten Porträts im Salon zu versagen. Franklins Eitelkeit ist höherer Art. Er hat den, nennen wir es, sportlichen Ehrgeiz, schwierigste Experimente durchzuführen. Jetzt, zuletzt, dieses schwierigste, in unser Jahrhundert eine lebensfähige Republik hineinzustellen."

Franklin erwiderte geduldig: „Sie nennen es sportlichen Ehrgeiz, andere vielleicht nennen es Überzeugung." – „Nennen Sie es, wie Sie wollen", antwortete konziliant Maurepas, „es bleibt ein sehr persönliches und sehr kapriziöses Bravourstück. Sie haben ja nicht mit einer kleinen Schweiz gearbeitet oder mit einem kleinen Holland. Einen ganzen Kontinent zu einer Republik zu machen, das ist allerhand. Meinen Respekt", sagte er und deutete mit den welken Händen ein Klatschen an.

„Natürlich wird sie nicht bleiben, Ihre Republik", fuhr er fort, beiläufig und autoritativ. „Ein Staat ohne König, das ist wie eine Hose ohne Gürtel, das hält nicht. Von uns beiden wird es ja keiner mehr erleben, aber ich bin sicher, es wird nicht lange dauern, dann wird sich Ihr Amerika zurücksehnen nach den Fleischtöpfen Ägyptens und entweder Ihren Pharao oder den unsern anflehen, er möge es unter die Schwingen eines seiner Wappentiere nehmen." – „Davon sollten Sie besser nicht reden, Herr Graf", ging Franklin scherzhaft auf den Ton des Ministers ein. „Unser Pharao wünscht sich heute nichts sehnlicher, als mit uns zum Frieden zu kommen." – „Ich weiß", sagte lächelnd Maurepas, „jetzt ist er zu Kompromissen bereit. Vielleicht täten Sie nicht schlecht daran, mit ihm abzuschließen statt mit uns. Vielleicht täten auch wir nicht schlecht daran, uns mit König

Georg zu verständigen. Er ist im Verlieren, da sind leicht Konzessionen aus ihm herauszuholen. Es ist nicht ausgeschlossen", meinte er träumerisch, „daß er uns sogar Kanada zurückgäbe."

„Wenn Ihr Herz so sehr an Kanada hängt, Herr Ministerpräsident", erwiderte freundlich Franklin, „warum haben Sie da nicht früher die Allianz mit uns geschlossen, voriges Jahr, als uns Ihre Hilfe soviel notwendiger war? Wir hätten damals vielleicht sogar über Kanada mit uns reden lassen." – „Mit euch reden lassen, mag sein", grinste Maurepas. „Aber gegeben hättet ihr uns Kanada niemals. Niemals hättet ihr uns an euern Grenzen geduldet. Was erzählte doch da ein gewisser Doktor Franklin in größter Öffentlichkeit über uns Franzosen?" wandte er sich an Sallé. Und der Sekretär zitierte: „Ich denke mir, dieser ränkesüchtigen Nation wird es keineswegs unangenehm sein, sich in unsere Angelegenheiten einzumengen und das Feuer zwischen Großbritannien und seinen Kolonien zu schüren." – „Sieh mal an", sagte Franklin nachdenklich, „das hab ich also gesagt. Ist es lange her?" – „Nicht sehr lange", antwortete Maurepas, und der Sekretär stellte fest: „Herr Doktor Franklin hat die Äußerung am 14. August 1767 getan, also vor zehn Jahren und drei Monaten."

„Mittlerweile", erklärte sehr gelassen der Doktor, „habe ich mein Frankreich besser kennengelernt. Ich sage ‚mein Frankreich'; denn mein Name weist ja darauf hin, daß ich französischen Ursprungs bin. Mittlerweile habe ich gelernt, auf diesen Ursprung stolz zu sein. Ich lege übrigens wenig Wert darauf, meine Äußerungen immer in der gleichen Tonart zu halten. Als ich jung war, handelte ich unter anderm mit Sklaven; später habe ich, als erster in meinem Erdteil, Bücher gegen die Sklaverei herausgebracht." – „Wenn man nicht sehr jung stirbt", gab höflich Maurepas zu, „muß man sich wohl zuweilen widersprechen."

„Sie sagten: Kanada", kam Franklin auf das Thema zurück. „Graf Vergennes versicherte mir, Seine Majestät weise es weit von sich, Eroberungen zu machen." – „Der König ist sehr tugendhaft", konstatierte Maurepas. „Aber wenn es der

Himmel so fügte, daß uns unser Kanada wieder in den Schoß fiele, dann, glaube ich, würde es Vergennes und mir gelingen, den Monarchen zur Annahme zu überreden."

Franklin, mit einem ganz kleinen Lächeln, fragte interessiert: „Sagen Sie, Exzellenz, haben Sie noch Hoffnung auf den Erwerb Kanadas?" – „Mein lieber Doktor Franklin", antwortete Maurepas, „der Mensch hofft, solange er atmet, und noch darüber hinaus. Sie sind ein Freigeist, ich bin auch einer. Trotzdem werden wir vermutlich nichts dagegen haben, Sie sowenig wie ich, daß auf unsern Gräbern ein Kreuz errichtet wird, das Symbol der Hoffnung auf Auferstehung im Fleische. Warum sollte ich mir da keine Hoffnung auf Kanada machen?"

Doktor Franklin hatte wohl selber manchmal seine Freude an einer zynischen Äußerung. Aber er glaubte an die Vorsehung, er glaubte, die Menschheit gehe einen Weg, der Sinn und Zweck habe, und dieser französische Minister, der so alt war und so leer und ohne Überzeugung, ein übertünchtes Grab, flößte ihm Abneigung ein. Mit seiner leisen Stimme erwiderte er: „Ich bin überzeugt, Herr Ministerpräsident, eine Allianz mit uns wird auch ohne Kanada dem Interesse Frankreichs entsprechen. Amerika ist auf die Dauer ein soliderer Partner als England, es ist fleißiger, einfacher, geschickter, sparsamer, tüchtiger." Maurepas fand diese Sätze banal und keine würdige Antwort auf seine Äußerung. Gleichwohl rührten Franklins Worte ihn an. Der Franklin nämlich, der sie sprach, war der Franklin des Porträts, er hatte die strengen, prüfenden Augen, den langen, entschlossenen Mund, das gewaltige Kinn, er war „ein Mann".

Doch noch während er sprach, sagte sich Franklin, sein Ernst sei vor Maurepas nicht angebracht, und er vollendete seine Rede scherzend. „Ich möchte hundert Jahre in einem Faß Madeira liegen", sagte er, „und dann auferstehen und mich umschauen, was aus unsern Ländern geworden ist." – „Das möchte ich keineswegs", sagte entschieden Maurepas. „Ich möchte durchaus nicht wissen, was nach mir geschieht. ‚Nach uns die Sintflut', hat eine Dame gesagt, auf die ich ein gutes und sehr kostspieliges Epigramm verfaßt habe. Das hübsche Wort stammt natürlich nicht von ihr, ich habe es schon bei Cicero gelesen, auch bei Seneca, die haben es von einem griechischen Autor. Aber es bleibt richtig, lateinisch, griechisch oder französisch. ‚Wenn ich tot bin, mag die Erde in Feuer aufgehen'", zitierte er lateinisch.

„Mit einem Realisten wie Ihnen", antwortete Franklin, „ist gut verhandeln, und ich freue mich, daß wir es mit Ihnen zu tun haben. Aber wenn Sie so gar nicht an den Nutzen staatsmännischer Tätigkeit glauben, warum dann ziehen Sie sich nicht lieber still zurück? Warum dann begnügen Sie sich nicht, die Geschehnisse mit Ihren Anmerkungen zu verbrämen?" – „Was wollen Sie, mein Freund", antwortete Maurepas. „Wir alten Männer müssen wohl in den Sielen sterben. Sowie wir erst aus dem Amte sind und nichts mehr zu tun haben, klappen wir zusammen."

Franklin, als sich Maurepas verabschiedet hatte, blieb in trüber Stimmung zurück. Der Gedanke, wie er und der andere alte Mann zusammengesessen waren, umwegig redend über die Verbreiterung des bösen Krieges, die herbeizuführen sie sich beide bemühten, kratzte und quälte ihn. Von ganzem Herzen haßte er den Unsinn des Krieges. Vor kurzem hatte er eine Fabel geschrieben, da wurde ein junger Engel von Distinktion zum erstenmal auf die Erde geschickt mit einem alten, routinierten Kuriergeist als Führer. Sie kamen auf das Schlachtfeld bei Quebec, mitten hinein in das Gemetzel und das Gestöhne und das Blut und das Elend, und der distinguierte Engel sagte zu seinem Führer: „Was hast du Trottel denn da angestellt? Du hast mich doch auf die Erde führen sollen, zu den Menschen, und jetzt hast du mich in die Hölle geführt." – „Aber nein, Monsieur", erwiderte der Führer. „Das ist schon die Erde, und das sind Menschen. Teufel gehen nicht so wüst miteinander um." Und dies alles wissend und spürend, war er zusammengehockt mit dem andern, zwei alte Männer kurz vor dem Tode, und sie hatten die Erweiterung des Krieges vorbereitet. Er, Franklin, tat es nicht so verantwortungslos wie der andere, ihm war die Politik kein Spiel. Aber das Wort des andern: „Wenn wir nichts mehr zu tun haben, verrecken wir", hatte sich in ihn eingefressen und nagte an ihm.

Es war aber in diesem Jahre der Winter sehr hart. Die vereisten Straßen behinderten die Zufuhr; Fleisch, Brot und Milch wurden teuer und spärlich in Paris, auch Holz. Kälte und Hunger war in den Elendsvierteln. Der König und mehrere große Herren gaben Erlaubnis, daß in ihren Wäldern Bruchholz aufgelesen werde, man holte sich Holz auch ohne Erlaubnis, und die glitschigen Straßen waren voll von Leuten, die mit Handkarren und Schubkarren und Hucken Holz sammelten.

Dem Hofe und der Gesellschaft bot der Winter Gelegenheit zu manchen Vergnügungen. Man trieb Eislauf auf den Seen und kleinen Gewässern, man holte die Schlitten aus den Remisen und unternahm fröhliche Fahrten.

Toinette, getrieben von Unrast, genoß diese Schlittenausflüge von Herzen. Dahinzurasen durch die strenge, fröhliche Kälte, lautlos gleitend, tat wohl. Der ganze Fliederblaue Klüngel hielt mit. Einer wollte den andern übertreffen durch die Schönheit des Gefährtes und den Schmuck der Pferde. Toinette selber wollte ihre Schlitten immer prunkvoller haben. Goldglitzernd jagte sie dahin, das Innere ihres Schlittens war ausgemalt von Boucher, der Sitz war bezogen mit rotem, schwerem Leder, kostbar gestickte Schabracken schaukelten um die Rücken der Pferde, Straußenfedern nickten von ihren Köpfen.

Die Pariser, die hungernd und frierend, von den Waldhütern argwöhnisch beobachtet, Reisig suchten, schauten der glitzernden Kavalkade scheu und böse nach. So verpulverte die Österreicherin das Vermögen Frankreichs. Zu Ende war es mit der Popularität, welche ihr die Kundgebungen für Franklin gebracht hatten. Wieder erschienen Pamphlete. Die Schlittenfahrten, hieß es, seien ein Laster der entarteten Habsburgischen Gesellschaft, und um ihres Trianon, um ihres „Klein-Schönbrunn" willen lasse die Österreicherin das große Amerika vor die Hunde gehen.

Elend und Erbitterung, begründete und unbegründete,

stiegen. Hungernde rotteten sich zusammen, schrien nach Brot, plünderten die Bäckerläden. Man bot Polizei auf, Militär, um die Demonstranten mit Gewalt von der Straße zu jagen.

Da war ein Chevalier d'Avelan, ein junger Leutnant, der Order hatte, die demonstrierende Menge zu zerstreuen, gegebenenfalls mit der Waffe. Er ließ seine Leute antreten, galoppierte vor die Front, schwenkte in der einen Hand seinen Hut, in der andern seine Order. „Messieurs et Mesdames", rief er, „ich habe Befehl, auf ‚die Canaille' zu feuern. Ich bitte die anständigen Leute, sich zurückzuziehen." Man lachte, die Fischweiber, die Damen der Halle, riefen dem jungen Leutnant Liebeserklärungen zu, die Menge zog sich zurück.

Toinette riefen die Fischweiber keine Liebeserklärungen zu. Als sie sich ein nächstes Mal in Paris zeigte, hielten sie ihren Wagen auf und machten Gebrauch von ihrem alten Privileg, den Königinnen Frankreichs ihre Meinung zu sagen. In derben Worten mahnten sie Toinette, endlich ihre Pflicht zu tun und ein Junges zu werfen, wie sich das für eine anständige Frau und besonders für eine Königin schicke.

Toinette suchte mit guter Miene aus dem bösen Spiel herauszukommen und erwiderte mit ein paar gezwungenen Scherzworten. Im Innern war sie erfüllt von kaltem Grimm. Daß man von ihr den Dauphin erwartete, verstand sie. Aber den Haß, den diese Weiber offenbar darüber hinaus gegen sie trugen, den Haß, der sie aus den bösen Augen der Menge und aus den Pamphleten anfletschte, den begriff sie nicht. Was eigentlich wollte man von ihr? Hatte sie nicht dem Volk zuliebe mit dem Amerikaner gesprochen? War sie nicht dem Volk zuliebe in den Salon gegangen? Hatte sie nicht aus allen Läden in Paris die Puppen zusammengekauft, um sie den Kindern der Armen zu schicken?

Das Volk war ihr fremd; im Grunde, ohne sich's einzugestehen, verachtete sie die fünfundzwanzig Millionen, deren Herrscherin sie war. Aber sie brauchte ihre Huldigung, ihre Liebe. Als sie das erstemal, ein Kind noch, als Dauphine feierlich in Paris eingezogen war, umdonnert vom Salut der

Geschütze, zwischen Blumen, Fahnen, Triumphbögen, hatten Hunderttausende die Straßen gesäumt und ihr zugejubelt. Niemals wird sie vergessen, wie sie damals auf dem Balkon der Tuilerien gestanden war, bewegt von der Begeisterung der Menge. „Wie glücklich ist man doch in unserm Stande", hatte sie damals der Mutter geschrieben, „daß man so leicht Freundschaft und Liebe gewinnen kann. Und dabei ist das etwas so Kostbares. Das habe ich gespürt, begriffen und werde es nie vergessen."

Jetzt, schien es, hatte sie die Liebe ihrer Untertanen wieder einmal verspielt. Es verlangte sie sehr danach, von neuem jene wunderbare Erhebung zu spüren, die sie emporgetragen, da sie dem gemalten Franklin ins Auge geschaut und in der Oper die Ovationen der Menge empfangen hatte. Sie sind albern, die Damen der Halle, sie sind albern, alle diese Pariser, aber man friert, wenn sie einem nicht zujubeln. Sie wird den Dicken zur Erfüllung seines Versprechens zwingen. Sie wird die Allianz und den Krieg durchsetzen, und dann werden auch diese albernen Pariser wieder umschwenken und begeistert sein.

Immer mußte sie warten. Die Fischweiber hatten ganz recht, es war schon lächerlich. Der Dicke machte sie lächerlich. Auch vor Vaudreuil. So lange und so oft hatte sie François vertröstet; es war begreiflich, wenn er zornig wurde. Sie setzte sich einen Termin. Wenn sie nicht binnen zwei Monaten schwanger war, dann wird François' Warte- und Schmachtezeit vorbei sein.

Louis befahl, ihm täglich Bericht zu erstatten über die Lebensmittel- und die Holznot in Paris. Er brütete. Die Zeit Louis' des Sechzehnten wird keine gute Zeit genannt werden in den Annalen Frankreichs, die Tacitusse des nächsten Jahrhunderts werden ihn als einen erfolglosen, der Gnade baren Herrscher bezeichnen. Ein großes Unglück reihte sich an das andere. Es hatte begonnen bei seiner Hochzeitsfeier, da auf der Place Louis Quinze Panik entstanden und so viele Menschen umgekommen waren, zertreten und erstickt. Und zu Beginn seiner Regierung waren die Brotunruhen gewesen, und jetzt war diese neue Hungersnot in dem fruchtbaren Frankreich, und die Zeiten seines Unbehagens waren Wochen und Monate, und die Zeiten seines Friedens und Behagens nur die wenigen Stunden, da es ihm vergönnt war, über seinen Büchern zu sitzen oder in seinen Wäldern zu jagen oder in seiner Werkstatt zu schmieden.

Er bemühte sich, den Elenden zu helfen. Schickte Geld, schickte Holz. Als er wahrnahm, wie sich die Holzsammler mit ihren ungenügenden Körben und Hucken abmühten, wie sie ausglitten und humpelten und sich abschleppten, stellte er ihnen seine Schlitten zur Verfügung. Es war seltsam anzuschauen, wenn die Bettler und Zerlumpten mit ihrem Holz in den Schlitten des Königs von seinen livrierten Kutschern zu ihren elenden Unterkünften gefahren wurden. Doch wenn sich die Pariser über ihn lustig machten, taten sie es gutmütig, sie sagten: „Unser guter Dicker", und Ziel ihres Hasses blieb weiter die Österreicherin.

Louis las die Schmähschriften gegen Toinette, er wußte, wie verhaßt sie war, es bedrückte ihn. Er trug die Schuld; er ließ sie warten auf den Dauphin. Immer, bei allem guten Willen, geriet er in Schuld; er blieb dem Lande den Dauphin schuldig, und er verknüpfte die Sache der Monarchie mit der der Rebellen.

Doch da war inmitten all seiner Sorge und Betrübnis *ein* großes Labsal. Die Porzellan-Ausstellung begann.

Louis' Mutter, die Kurprinzessin von Sachsen, hatte Erzeugnisse der Porzellanmanufaktur von Meißen in großer Menge in Versailles eingeführt, Louis hatte schon als Knabe Freude an den zierlichen Dingen gehabt, und er setzte seinen Ehrgeiz darein, daß sein Sèvres jenes Meißen übertreffe. Vom Antritt seiner Regierung an veranstaltete er immer gegen Jahresende in seinen eigenen Räumen eine Ausstellung von Sèvres-Porzellan, das er verkaufte für Zwecke der Wohltätigkeit.

Vierzehn Tage lang stand in den Appartements des Königs alles auf dem Kopf. Seine sämtlichen Privaträume wurden für die Ausstellung verwandt. Die Zeremonien, die Kleine Tafel und das große Schauessen, das Coucher und das Lever wurden in andere Säle verlegt; unberührt von dem großen Wirrwarr blieben nur die Bibliothek und die Schmiede.

Er selber pflegte vieles zu stiften und erwartete, daß alle Mitglieder der königlichen Familie und des Hofes zu der Ausstellung beitrügen.

Beglückt schaute er zu, wie da die sorgsam eingewickelten Zierlichkeiten ausgepackt wurden. Auffallend zart und zärtlich mit seinen dicken Händen nahm er das Porzellan, betastete es, streichelte es. Er hatte innigen Spaß an den Formen des Porzellans, dem Dekor, den schönen Farben, dem tiefen Königsblau, dem leuchtenden Gelb, dem satten Rosa. Jeder Gruppe und jeder Figur suchte er den Platz, auf dem sie sich am besten ausnahm, und bei jedem einzelnen Stück überlegte er, welchen Preis man wohl dafür verlangen könne.

Dann, durch die Vorhänge, spähte er, wie die Käufer kamen, und belauschte, was sie sagten. Er war unglücklich, wenn dieses oder jenes Stück nicht gefiel. Aber manchmal auch freute er sich über das Unverkaufte; denn so hatte er Ware für die große Auktion, welche die Ausstellung beschließen sollte.

Unter denen, die kamen und kauften, war Monsieur de Beaumarchais. Er war hübsch angezogen, passend zu der Gelegenheit; Louis konnte nicht umhin, wahrzunehmen, daß dieser freche, aufsässige Monsieur de Beaumarchais, den er nicht leiden konnte, so anmutig unter den Porzellanfiguren herumging, als wäre er selber eine von ihnen.

Er kaufte vieles, der Name Beaumarchais stand weit oben auf der Liste. Louis ärgerte sich ein wenig, andernteils freute er sich der viertausendzweihundertfünfzig Livres.

An einem andern Tag ging Monsieur Lenormant d'Etioles zwischen den Figuren herum, traurig und kennerisch. Er liebte Porzellan. Seine Jeanne, die Pompadour, war vernarrt gewesen in Porzellan, sie hatte sich in Bellevue ein Gewächshaus mit Porzellanblumen einrichten lassen, eine Million hatte sie dafür ausgegeben. Sie hätte ihre Freude gehabt an den Fortschritten, welche die Technik mittlerweile gemacht hatte. Sie ist nicht alt geworden, seine Jeanne. Es war eine

Last von ihm gefallen, als sie starb, eine Menge von Konfliktstoffen wurde dadurch aus seinem Leben getilgt, aber leid war es ihm doch gewesen, bestimmt mehr leid als jenem Louis, der sie ihm weggenommen hatte. Nicht einmal an ihrer Beerdigung hatte er teilgenommen, der alte, geile Schuft von einem König, nur aus dem Fenster hatte er dem Leichenzug nachgeschaut, wahrscheinlich sehr froh, daß er sie los war; denn sosehr er sie brauchte, ihre starke Persönlichkeit hatte ihn bedrückt.

Und plötzlich nahm Charlot wahr, daß der Raum, in dem er eben jetzt zwischen dem ausgestellten Porzellan herumging, das Schlafzimmer war der hochseligen Majestät, des Schurken Louis des Fünfzehnten. Ja, hier in diesem Raum war er verreckt an den Blattern, die er sich geholt hatte, als er mit einem kleinen Mädchen schlief. Gräßlich aufgeschwollen, übersät mit Pusteln, Gestank weithin durch das riesige Schloß verbreitend, war er bei lebendigem Leibe verfault, der Lump, der Allerchristlichste König. Seine letzte Geliebte, die Dubarry, hatte trotz des Gestankes bei ihm ausgehalten, man hatte sie mit Gewalt wegbringen müssen. Wenn er, Charlot, auf solche Art stürbe, würde vermutlich von den Frauen, mit denen er galante Worte und die Genüsse des Leibes austauschte, keine bei ihm aushalten, und bestimmt nicht Désirée. Solche Gedanken gingen ihm durch den Kopf, während er die Porzellanfiguren musterte; er suchte, was er Désirée schenken könnte. Schließlich wählte er eine Uhr, die getragen wurde von einem chinesischen Gott; es war das aber wohl ein Gott des Glückes und des Reichtums, ein ungeheuer dicker, nackter Mann, satt und traurig, ein weises Sinnbild des Glücks.

Und dann war es soweit, der Tag der Auktion war da.

Geladen waren zu dieser Veranstaltung nur die Mitglieder der königlichen Familie und ihre nächsten Freunde.

Zunächst wurde groß getafelt. Die Küche Versailles' war die berühmteste der Welt, und für diesen Abend hatten Louis' Küchenchefs auf sein Verlangen sehr hohe Leistungen vollbracht. Selbst Madame Josephine, Prinz Xaviers Frau, war angeregt von der Köstlichkeit der Speisen. Madame Josephine war häßlich, spießig und zeigte sich selten bei Hofe. Doch da sie ausgezeichnet kochte und es gewisse italienische Gerichte nur in ihrem Hause gab, und da beide Brüder, Louis und Xavier, sehr genäschig waren, speisten sie manchmal bei ihr, um sich diese Gerichte vorsetzen zu lassen. Gut gelaunt heute versicherte Louis der Schwägerin, sein Diner entbehre eines letzten Reizes, da seine Chefs ihre Pasticcie nicht herzustellen vermöchten. Madame Josephine lachte plump und geschmeichelt. „Die Rezepte kriegen Sie nicht, Sire", sagte sie, „nicht für Frankreich."

Prinz Xavier runzelte die Stirn und schnaufte. Jedermann wußte, daß er sich Hoffnungen auf den Thron machte, den er ganz anders geziert hätte als sein Bruder Louis, und nachdem dessen Operation offenbar nicht gefruchtet hatte, waren seine Hoffnungen höchst berechtigt. Gerade deshalb war die Äußerung seiner dummen Pute von Frau doppelt ungehörig. Das Geschick hatte ihm Frankreich bestimmt, auch ohne daß sie ihr albernes Rezept hergab. „Man gönnt Ihnen das Geheimnis Ihrer Pasticcie, Madame", sagte er ungnädig. „Louis' Küche ist untadelig. Hierin ist er uns ebenbürtig, das kann niemand bestreiten", und er betonte das „hierin". Doch Louis ließ sich durch seine Stichelei die Laune nicht verderben. „Schweig, iß und freue dich des Lebens", sagte er gutmütig.

Bald nach der Tafel begann die Auktion. Zuerst machte Monsieur d'Angivillers den Auktionator. Der würdige Hofmann bestrebte sich, Louis zu gefallen und seine Anpreisungen mit allerlei Witzen zu verbrämen. Es gelang ihm nicht recht, aber die Stimmung blieb fröhlich, die andern halfen ihm freundlich nach. Louis selber machte grobe Späße und war dankbar für jede humoristische Anmerkung.

Da ihm ein paar Sätze Vaudreuils besonders gefielen, bat er ihn, die Versteigerung der nächsten Gruppen zu übernehmen.

François Vaudreuil träumte immer ungeduldiger von dem bevorstehenden Kriege. Er träumte sich an der Spitze eines Geschwaders, er träumte sich an der Spitze eines Heeres, das in England einfiel, in Harwich oder in Portsmouth, und er fand es abstrus und erbitternd, daß die Zeit und die Ausführung seiner Pläne abhingen von den Entscheidungen dieses dicken, plumpen, kindischen, phlegmatischen, vulgären Louis. Aber Vaudreuil war klug und zielbewußt, und da nun einmal der Dicke der Monarch war, trachtete er, ihm zu gefallen. Er war ein begabter Schauspieler, und es glückte ihm, beim Ausbieten des Porzellans ein Jahrmarktschreier zu sein und gleichzeitig der große Herr, der er war. Vor allem die Damen wußten das zu würdigen, Gabriele, Diane, Toinette.

Man amüsierte sich sehr bei dieser Auktion und gab sich so jung und kindisch, wie man war. Louis war vierundzwanzig Jahre alt, Xavier dreiundzwanzig, Prinz Karl einundzwanzig, ihre Frauen waren noch jünger. Man ließ sich gehen und überbot einander in mehr oder minder albernen Witzen. Louis hatte humoristische Gruppen herstellen lassen; ihr derber, erotischer oder fäkalischer Humor kam zu besonderer Geltung durch den Kontrast des zarten und delikaten Stoffes, in dem sie ausgeführt waren. Diese Gruppen hatte Louis hinter einem Vorhang aufgestellt, und immer wieder verschwanden die Damen hinter diesem Vorhang und kamen kichernd und gekitzelt zurück. Man lachte über alles und über nichts.

Ein einziges Mal entstand ein Mißton. Das war, als eine Gruppe versteigert wurde, mit der Prinz Xavier Louis zu überraschen gedacht hatte. Es war aber eine seltsame Gruppe: auf einem merkwürdigen Tier, einer Art Einhorn, ritt Pantalon. Unbehaglich beschaute Louis die Gruppe; was wollte sein Bruder damit? Pantalon, der betrogene Ehemann, und das Einhorn, war es etwas Anzügliches, Unzüchtiges? „Gibt es eigentlich solch ein Tier, wie Sie es da haben modellieren lassen, Xavier?“ fragte er. Xavier geriet sogleich in Ärger. Der dumme Louis schien es gar nicht zu merken, daß er selber Pantalon war, der betrogene Ehemann. Und solch ein Mensch hatte die Entscheidungen zu treffen über die Anerkennung der Vereinigten Staaten und den Krieg mit England. Vorgeschwebt hatte ihm, Xavier, ein Tier, das, wiewohl ein Fabelwesen, dennoch denkbar und glaubhaft sein sollte; allzu pedantisch durfte man es natürlich nicht anschauen. Aber nun Louis die Denkbarkeit und Glaubhaftigkeit seines Einhorns in Frage stellte, antwortete er hochmütig, er habe mit Buffon, dem großen Naturforscher, über das Tier gesprochen, und dieser sowohl wie andere Autoritäten hätten ihm bestätigt, die Existenz solch eines Tieres sei möglich, ja, wahrscheinlich. Louis grinste breit. „Das ist pure Erfindung von dir", sagte er, „und zwar hast du es erst gerade jetzt erfunden, in diesem Augenblick." Daß das stimmte, brachte den Prinzen Xavier noch mehr auf, und er widersprach heftig. Streitbar standen sich die Brüder gegenüber, sie schauten aus wie riesige Säuglinge, einander sehr ähnlich mit ihren fetten Gesichtern, die merkwürdig gemischt waren aus Zügen von bourbonischer Kraft und aus kindisch unentwickelten Zügen.

Prinz Karl hatte seine Freude an dem Zank und schürte. Xavier schrie in der Fistel, Louis schrie in der Fistel. Bis Xavier, das dicke Gesicht verzerrt vor Wut, sein Einhorn mit dem Pantalon packte und die Gruppe auf den Boden schmiß, daß sie in Stücke splitterte. „Wenn Ihnen meine Geschenke nicht passen, Sire", sagte er, blaß, höflich und herausfordernd, „dann muß ich mich eben damit abfinden." Betretenes Schweigen war. Aber: „Armer Pantalon", sagte Vaudreuil, glitt gewandt über die Peinlichkeit weg und begann, eine Gruppe zu versteigern, welche den Titel führte: „Buen Retiro" und einen Bauernburschen zeigte, der schlafend lag, den Kopf auf der dicken Hüfte einer Schäferin.

Die Auktion dauerte lang und verlief sehr glücklich. Als man zu Ende war, forderte Louis Monsieur d'Angivillers auf, das Resultat zusammenzurechnen. „Es muß ein großer Erfolg gewesen sein", sagte er strahlend, und da sich die Errechnung der Endsumme hinzog, suchte er sie aus dem Kopf zu errechnen. „Die Auktion muß an die 140000 Livres gebracht haben", stellte er fest.

Sie hatte 138226 Livres gebracht. „Was habe ich gesagt?" freute er sich. „In Kopfrechnen bist du nicht schlecht", anerkannte Prinz Xavier. „Mit der Auktion zusammen", konstatierte Louis, „hat die Ausstellung 382749 Livres abgeworfen, 121215 Livres mehr als voriges Jahr." – „382700 Livres", sagte Prinz Xavier. „Da können wir ja mit Ruhme in den Krieg hineingehen."

Pierre hatte recht gehabt, der Sieg von Saratoga hatte sein persönliches Ansehen sehr erhöht, doch nicht das Ansehen der Firma Hortalez. Zwar halfen ihm die unmittelbaren Gewinne, die ihm jetzt, nach Saratoga, aus seinen Spekulationen zuflossen, über Dringlichstes hinweg, aber offenbar teilten die Geschäftsleute seine Meinung, daß mit dem Eintritt Frankreichs in den Krieg die wichtigste Funktion der Firma Hortalez beendet sein werde; man brauchte dann für die Lieferungen nach Amerika keinen geheimen Agenten mehr. Es hatte also der Triumph der Waffen, welche die Firma Hortalez geliefert hatte, zur Folge, daß die Gläubiger der Firma auf rascheste Befriedigung ihrer Forderungen drängten. Und eines Tages erschien Maigron bei Pierre und erklärte wieder einmal in seiner trockenen Art, er wisse keinen Weg, die in der nächsten Woche fälligen Wechsel zu zahlen.

Pierre lachte, amüsiert und zornig. Vor Désirée – denn niemand verstand das besser als sie – erging er sich über das Lustig-Bittere seiner Situation. Er hatte den Amerikanern die Waffen geliefert, die ihnen die Losreißung ihrer Staaten von dem tyrannischen Mutterland ermöglichten. Und wie hatten sie ihm das gelohnt? An diesem 20. Dezember hatte er an den Kongreß Forderungen für mehr als sechs Millionen Livres, und erhalten hatte er während dieser ganzen eineinhalb Jahre Waren im Betrag von knapp hundertfünfzigtausend Livres. Heute, da nicht zuletzt dank seiner Intervention die amerikanische Sache siegreich war, drückten ihn seine läppischen Sorgen um flüssiges Geld empfindlicher als je.

„Das alte Lied", sagte Désirée. Sie tätschelte freundlich seine Hand, verständnisvoll, doch schien sie nicht weiter bewegt. Aber sie war bewegt. War empört. Empört vor allem über *einen* Mann, über Pierres Freund, über Charlot.

Auf dem Sofa ihres Boudoirs lag sie, die Beine angezogen, auf dem Rücken schaukelnd, eine senkrechte Falte zwischen den Brauen, ihre Augen schielten nachdenklich nach ihrer Nase, ihr krauses, spitzbübisches Gesicht war ungewohnt ernsthaft. Ihr gegenüber auf der Konsole tickte die Uhr, welche ihr Lenormant geschickt hatte, und der dicke, nackte Gott, der sie trug, schaute auf sie satt und traurig und, wie ihr schien, höhnisch.

Mademoiselle Désirée Mesnard war eine der großen Schauspielerinnen des Théâtre Français, das wurde man nicht, ohne durch viele Erlebnisse weltklug geworden zu sein. Désirée war realistisch, lustig und gescheit. Es wunderte sie nicht weiter, daß Amerika Pierres Verdienste mit Undank lohnte; verwunderlich wäre es gewesen, wenn er dafür bedankt würde. Aber maßlos zornig war sie über diesen Gott des Reichtums, diesen chinesischen Mammon, ihren Freund Charlot.

Sie fuhr nach Etioles. Auf der Fahrt überlegte sie. Für einen Mann wie Charlot, der auf lange Sicht rechnen konnte, bedeutete es kein Risiko, Pierre einen Kredit auf Jahre hinaus zu geben. Wenn er das nicht tat, so war es einfach eine Gemeinheit, verursacht wahrscheinlich durch Eifersucht. Sie hatte die querköpfigen, menschenfeindlichen Launen Charlots satt. Sie wird ihm andeuten, daß sie von ihm Hilfe für Pierre erwarte. Wenn er dann Pierre weiter hängenließ, so wird sie ihm den Abschied geben.

Beiläufig warf sie Lenormant hin, Pierre sei in Verlegenheit und bedürfe freundschaftlicher Hilfe. „Wann täte er das nicht?“ meinte Lenormant. Désirée schilderte mit ein paar Sätzen, wie Pierre, ein zweiter Tantalus, mitten in der Fülle verdurste. „Verdurstet er?“ fragte Charlot. „Ja“, antwortete Désirée, „und inmitten der Fülle“, und da sie eine geübte Schauspielerin war, betonte sie diese letzten Worte kaum merklich und doch so, daß sich Lenormant darüber klarwerden mußte: ihr Hinweis war ein Ultimatum.

Der scharfsichtige Geschäftsmann Lenormant hatte erwartet, daß die Firma Hortalez gerade durch den amerikanischen Sieg in Verlegenheit geraten war. Er hatte das Seine dazu getan, diese Verlegenheit noch enger zu machen, und wenn man Pierre überall Kredit verweigerte, so war das nicht zuletzt auf Monsieur Lenormant zurückzuführen.

Als ihm jetzt Désirée eröffnete, es sei soweit, Pierrot stehe wieder einmal vor dem Bankrott, reifte in ihm ein Projekt, wie er den Wunsch Désirées erfüllen, sich großmütig zeigen, ein riesiges Geschäft machen und Pierrot für immer an die Wand drücken könnte.

Er ging zu Pierre und legte ihm dar, wie er über die Situation der Firma Hortalez dachte. Die Firma hatte hohe, kurzfristige Verpflichtungen. Die amerikanischen Guthaben konnten, wenn überhaupt, keinesfalls vor Ende des zu erwartenden Krieges eingetrieben werden. Kredite waren jetzt, da man sich von Investierungen hohe und schnelle Gewinne versprach, für die Firma Hortalez nicht zu haben. Der Bankrott war somit nur eine Frage der Zeit.

Was er, Charlot, an seiner Stelle täte, fragte Pierre.

Er habe sich, antwortete langsam und leise Lenormant, einen Ausweg ausgedacht, bei dem Pierre bestimmt auf seine Rechnung kommen und er, Lenormant, bei einigem Glück nicht einmal allzuviel verlieren werde. Wert hätten die Guthaben der Firma nur für Leute, die lange warten könnten, Einfluß hätten und bereit seien, ein Risiko einzugehen. Solcher Männer gebe es wahrscheinlich im ganzen Königreich Frankreich kein halbes Dutzend, und bei den verlockenden Gewinnmöglichkeiten des bevorstehenden Krieges werde sich schwerlich einer dieser Männer für seine Investierungen gerade die Firma Hortalez aussuchen. „Und da sitze ich nun“, fuhr Charlot mit seiner fettigen Stimme fort und wurde noch leiser, „und fühle in mir die Verpflichtung vor der Begabung und den Idealen meines Freundes Pierrot und mache ihm folgenden Vorschlag: ich übernehme die Firma Hortalez, wie sie steht und liegt, mit Guthaben und mit Schulden, und ich zahle Monsieur Pierre Caron de Beaumarchais eine Million Livres in bar.“

Pierre schwieg, beinahe betäubt von diesem Angebot.

Lenormant, nach einer kleinen Weile, fuhr fort: „Ich brauche einem Manne von Ihrem Witz nicht zu sagen, welche Geschäfte man angesichts des bevorstehenden Krieges mit einer Million bar machen kann. Eine Million Livres in diesem Dezember 77 ist soviel wert wie drei Millionen im April 78. Aber Ihre Freundschaft ist mir mehr wert als diese

Million beziehungsweise diese Millionen. Ein paar Dinge aus Ihrem Privatbesitz möchte ich auch gern als Dreingabe haben, als Beweis Ihrer Freundschaft, zum Beispiel den Gladiator auf Ihrem Hof und den Kaminmantel hier, und wenn Sie großzügig sein wollen, dann überlassen Sie mir dazu das Porträt unserer Freundin Désirée."

Pierre war blaß geworden vor soviel Frechheit und soviel Generosität. Was Charlot über die geschäftliche Lage der Firma geäußert hatte, war hart ausgedrückt, aber es stimmte. Und ohne Schulden zu sein und eine runde, bare Million Livres zur Verfügung zu haben in dieser Zeit, da sich ein Livre, wenn man ihn nur hatte, im Handumdrehen in fünfe verwandelte, das war eine große Verlockung.

Lenormant war aufgestanden, mit jäher Bewegung, und die Hündin Caprice richtete sich hoch und knurrte; das geschah kaum je sonst. „Couche, Caprice", sagte Pierre.

„Überlegen Sie meinen Vorschlag, Pierrot", sagte freundlich Lenormant und schaute ihn ruhig aus seinen schleierischen Augen an. „Meinen Preis bietet Ihnen kein anderer, das wissen Sie. Und auf *eines* muß ich Sie aufmerksam machen. Wenn Sie jetzt nicht zugreifen und wenn Sie dann in zwei oder in vier Wochen zu mir kommen und mir die Firma Hortalez für hunderttausend Livres anbieten oder für fünfzigtausend oder auch nur für eine Olive, dann verdenken Sie mir's, bitte, nicht, wenn ich Ihnen die Olive nicht gebe. Freundschaftliche Impulse von solcher Tragweite hat man nicht alle Tage." Pierre dachte: Den Gladiator will er haben und das Porträt Désirées, und er sah im Geiste seinen Kamin, nackt, ohne den karrarischen Mantel, und es stand in ihm eine ungeheure Wut auf, und es lüstete ihn, Charlot mit einem unflätigen und schmissigen Satze hinauszuwerfen. Aber gleichzeitig dachte es in ihm: Alle Schulden los sein, es ist weit mehr als eine Million, und dazu eine Million in bar. Nein, wenn so viel auf dem Spiele stand, konnte sich auch ein Beaumarchais keinen Wutausbruch und keine noch so glänzende Antwort leisten.

Mit heiterer Miene, doch etwas farblos, erwiderte er: „Ihr Vorschlag kommt überraschend, Charlot, und Sie müssen mir erlauben, etwas zu tun, was ich von Ihnen gelernt habe: ihn eine Nacht zu überschlafen." – „Tun Sie das, mein Alter", sagte Lenormant und ging.

Pierre, allein, saß und dachte. „Ein Problem", erzählte er der Hündin Caprice, „ein Dilemma." Wenn er annahm, wird es ein Sieg für Charlot sein. Sogar sichtbare Trophäen hatte sich Charlot ausbedungen, den Gladiator, Désirées Porträt. Anderenteils hatte er, Pierre, sein ideelles Ziel erreicht, die Anerkennung der Vereinigten Staaten, die Sicherung ihrer Unabhängigkeit. Er hatte seine Sendung erfüllt, sein historisches Verdienst stand fest, er hatte das Recht, die Firma Hortalez aufzugeben. Die Mitwelt hatte doch nur Undank für ihn, und aus einer Million Livres bar konnte man in dieser Zeit schnell fünf Millionen machen. „Ein Problem, Caprice", sagte er, „eine große Verlockung", und war auf einmal furchtbar müde. Wie schön wäre es, sich auf seinen soliden Holzhandel zu beschränken, auf die Politik, auf ein paar sichere Geschäfte mit Kriegslieferungen und auf die Literatur. Auch ein bißchen reisen könnte er, mit seinem guten Philippe. Wie war ihm wohl gewesen, als er noch Muße hatte, sich mit der Natur zu befassen, bei seinen Geschäftsreisen in der Touraine zum Beispiel. Wie froh und erhoben hatte er sich in Forst und Wald gefühlt, wenn er hingefahren war nach Chinon, um den Holzschlag in seinen Wäldern zu beaufsichtigen. Wahrhaftig, er hatte das Recht, Amerika sich selber zu überlassen und der eigenen Seele zu leben.

Désirée indes, als er ihr Lenormants Angebot mitteilte, sah dahinter nichts als bösen, menschenfeindlichen Spott. So hatte sie sich Charlots Hilfe nicht gedacht. Pierre, vor ihrem entschiedenen Zorne, vergaß, daß er den Vorschlag ernstlich erwogen hatte, und spürte nur mehr Wut.

Désirée fuhr hinaus nach Etioles, im Schlitten. Sie war eine große Schauspielerin, sie war Verschwendung ihrem Rufe schuldig, ihr Schlitten konnte es mit dem Toinettes aufnehmen. So, golden klingelnd und voll Empörung, fuhr sie nach Etioles.

Alle waren wir zynisch, das war selbstverständlich. Aber Lenormants Menschenhaß und Hohn war mehr, als sie zu ertragen willens war. Das Allerniederträchtigste war, daß er seine Rache und Eifersucht auch noch mit Rechenhaftem mischte und daraus Profit zu brauen suchte. Nein, lieber sollte Pierre großartig zugrunde gehen, als seine Leistung so schmählich an Charlot verkaufen. Pierrot hatte auf diesem Kontinent mehr getan als irgendwer sonst, der Sache der Vereinigten Staaten zum Sieg zu verhelfen; Saratoga war undenkbar ohne Pierre. Und daß nun Charlot ihn nicht nur um den materiellen, sondern auch um den ideellen Ertrag seines Mutes und seiner Mühe prellen wollte, das war zuviel. Denn wenn die Firma Hortalez Charlot anheimgefallen wäre, dann hätte es dieser fertiggebracht, so eins mit der Firma zu werden, daß schließlich die Waffensendungen und Saratoga und das ganze geschichtliche Verdienst ihm zugeschrieben worden wären.

Der Schlitten glitt dahin, die Schellen klingelten, der Kopfputz der Pferde nickte, Désirée saß in Pelze gehüllt, klein, zierlich, entschlossen und böse. Sie hatte mit Charlot geschlafen, sie hatte seine sonderbaren, zerklüfteten, bösartigen Launen hingenommen. Er war fähig, gefährlich, interessant, er hatte ihr oft gefallen. Es war töricht, mit ihm zu brechen. Trotzdem wird sie es tun. Daß er Pierre aus purem, launischem Haß, weil er auf ihn eifersüchtig war, bestehlen und verderben wollte, das ließ sie ihm nicht durchgehen.

Sie fuhr durch das Portal mit der Aufschrift: „Vanitas, vanitatum vanitas." Stand vor Charlot. Er schälte sie aus ihren Pelzen. „Sie haben sich Ihrem Freunde Pierre gegenüber benommen wie ein Schuft, Monsieur", sagte sie. Lenormant war erblaßt, aber er lächelte. „Ich weiß durchaus nicht, was Sie wollen, meine Freundin", sagte er. „Ich habe unserm Pierre angeboten, ihn vor dem Bankrott zu retten und ihm eine Million zu schenken." – „Sie wissen auf den I-Punkt genau, was ich meine", sagte mit ihrer geübten, entschiedenen Stimme Désirée. Lenormants runde, traurige, tiefliegende Augen schleierten sich noch mehr. „Ich weiß, daß ich mißverstanden werde", sagte er, und sehr leise setzte er hinzu: „Das wurde ich mehrmals in entscheidenden Situationen."

Diese Worte und wie Charlot sie sagte, rührten Désirée

an. Aber gerade weil sie spürte, daß er ehrlich war und daß die Erinnerung an Jeanne ihn nicht losließ und schuld war an seinem zerspaltenen Wesen, sagte sie: „Wenn Ihnen an mir liegt – und ich glaube in der Tat, daß Sie mich mögen –, dann haben Sie allerdings Ursache, diese Situation mit einer gewissen andern zu vergleichen. Es ist nämlich das letztemal, daß Sie mich hier sehen."

Monsieur Lenormant zweifelte nicht, daß es Désirée ernst meinte. Da stand sie, frech, jung und überlegen, hatte ihn in der Hand und wußte es. Zorn und Rachsucht waren in ihm, und es verlangte ihn, dieses kleine, hübsche, unverschämte Reptil zu zertreten. Gleichzeitig aber wurmte in ihm der alte Schmerz, die Erinnerung jener bittern, zermalmenden Minute, da er erfuhr, daß Jeanne ihn verlassen hatte und nach Versailles übergesiedelt war. Diese Désirée hatte ihn noch nicht verlassen, da stand sie noch in seiner Atemnähe, aber sie hatte ihm gedroht, daß sie ihn verlassen werde, und sie wird es tun. Jeanne war wenigstens nach Versailles gegangen, zum König, zu einem Lumpen von König, der aber großartig aussah und bereit war, ihr zu geben, was ihr Herz begehrte, Macht, Glanz, Reichtum. Diese Désirée ging zu Pierrot, dem eiteln, lächerlichen Pierrot, der sich vermaß, Dinge anzufangen, die seine Kraft berghoch überstiegen, zu dem Schlucker und Großsprecher. Er hatte sich überwunden und sie geteilt mit dem Schlucker, jetzt wollte sie ihm nicht einmal mehr diesen Teil lassen, jetzt ging sie zu dem Schlukker ganz und für immer. Aber das sollte sie nicht. Er hatte, als Jeanne zu ihm zurück wollte, sie abgewiesen aus Würde. Er wollte kein zweites Mal den großen, ungeheuern Fehler machen, das, woran sein Leben hing, zu opfern für Würde. Was war Würde? Ein Schatten, ein Dreck. Diese Désirée war keine Jeanne, aber auch sie war etwas großartig Lebendiges, Strahlendes. Ein Vers klang in ihm hoch, ein lateinischer Vers: „Ver vide. Ut tota floret, ut olet, ut nitida nitet. – Der Frühling ist sie. Wie sie blüht über und über, wie sie duftet, wie sie glänzend glänzt."

„Bleiben Sie bei mir, Désirée", bat er, heiser. Désirée, sachlich, fragte: „Wollen Sie ihm helfen?" Keinen Augenblick überlegte er. „Nein", schoß es aus ihm heraus, „niemals." Und dann, nach noch nicht zwei Sekunden, sagte er: „Aber ich will Sie heiraten."

Eher hätte sie erwartet, daß er sich auf sie stürzen, auf sie einschlagen werde mit dem nächsten harten Gegenstand. „Ich will Sie heiraten", er bot es ihr an mit den kürzesten Worten. Es wäre Triumph, auf Schloß Etioles einzuziehen als Madame Lenormant d'Etioles, hofzuhalten, die Kollegen auf ihrer Bühne spielen zu lassen zu ihrer und ihrer Gäste Unterhaltung, gleichberechtigt zu sein mit François Vaudreuil. Und Charlot war kein junger Mann, sie würde nicht lange mit ihm zusammen leben müssen, und wenn er sie erst geheiratet hat, dann wird er sich aufzehren in Genuß, Wut und Trauer. Es war ein blauer Gipfel, der da vor ihr aufragte.

Ich will es mir überlegen, wollte sie sagen. Da sah sie sich selber, wie sie, noch kaum drei Stunden war es her, es für selbstverständlich gehalten hatte, daß ihr Freund Pierre auf Reichtum und Sorglosigkeit verzichte, weil Reichtum und Sorglosigkeit zu bezahlen gewesen wären mit einer großen Demütigung. Sie hätte ihre Herrschaft auf Schloß Etioles bezahlen müssen mit einem kleinen Verrat an Pierre.

Aber Etioles war ein großer Glanz, und was ist schon ein kleiner Verrat? Ich will es mir überlegen, setzte sie an zu sagen. Da war vor ihr das frische, schlaue, naive, gescheite Gesicht ihres Freundes Pierre, und: „Nein, Charlot", sagte sie, „danke, Charlot", sagte sie und ging.

Als Pierre vor Silas Deane über seine Enttäuschung klagte und über die schweren Nöte, in welche das bösartige Phlegma des Kongresses ihn versetze, gestand Silas Deane zum erstenmal offen und kummervoll ein, er könne ihm nicht helfen, er sei machtlos vor den Intrigen Arthur Lees. Er ereiferte sich über die Undankbarkeit, die auch er vom Kongreß zu erfahren habe. Er schüttete Pierre sein Herz aus. Heiß wünsche er, seinen Namen unter den Vertrag zu setzen, an dessen Zustandekommen er soviel Mühe und Herzensnot gewandt habe. Nun aber müsse er von einem Tag zum andern fürchten, es werde ein neuer Kommissar des Kongresses eintreffen, um ihn abzulösen, und dann sei ihm auch diese Ehre verloren.

So bitter klagte der enttäuschte Mann, daß schließlich Pierre ihn trösten mußte. Der tiefste Punkt sei für sie beide erreicht, erklärte er, dafür habe er ein sicheres Gefühl. Der große Tag des Vertragsabschlusses stehe unmittelbar bevor. Bestimmt werde Silas Deane es sein, dessen Unterschrift das welthistorische Dokument tragen werde. Und dann werde es ihm leichtfallen, vor dem Kongreß die Anklagen seines erbärmlichen Gegners als das zu enthüllen, was sie seien, als giftige Verleumdungen. Schade nur, daß vermutlich auch Arthur Lee den Allianzvertrag unterzeichnen und so die edle Urkunde entstellen werde.

Mitten in seinen beredten Erörterungen unterbrach sich Pierre. Eine Idee war ihm gekommen. Wenn er schon, meinte er, vom Kongreß kein Geld erhalten könne, so habe er doch zumindest Anspruch darauf, dem feierlichen Akt der Unterzeichnung beizuwohnen, zu dessen Gelingen ja auch er einiges beigetragen habe. „Der Bürger Beaumarchais", schloß er mit Schwung, „wünscht Zeuge zu sein, wenn der Bürger Franklin den Vertrag zwischen Frankreich und Amerika unterzeichnet."

Silas Deane, durch Pierres Zuspruch erleichtert, erwiderte, was da Pierre wünsche, sei nicht mehr als recht und billig, und er versprach, bei Franklin zur gegebenen Zeit Beaumarchais' Anregung zur Sprache zu bringen.

Übrigens schienen sich Pierres Dinge in der Tat zum Bessern wenden zu wollen. Schon am Tag nach seiner Unterredung mit Deane erhielt er aus Amerika Nachricht, die über Erwarten günstig war. Es habe sich, schrieb Paul, die Aussicht der Firma, Zahlung zu erhalten, durch den Sieg von Saratoga sehr verbessert. Schon mit dem nächsten Schiff werde er imstande sein, Waren im Werte von 180000 bis 200000 Livres zu schicken. Vor allem aber habe er erwirkt, daß der Kongreß die Verdienste Monsieur de Beaumarchais' voll anerkenne und damit im Prinzip wohl auch seine Rechnungen; Pierre werde das ersehen aus einem amtlichen

Schreiben, das vermutlich schon mit dem gleichen Schiff an ihn abgehe.

Es traf denn auch am nächsten Tag ein Brief ein, der gezeichnet war von John Jay, dem Präsidenten des Kongresses. Er lautete: „Sehr verehrter Herr, der Kongreß der Vereinigten Staaten von Amerika anerkennt die außerordentlichen Leistungen, die Sie für ihn vollbracht haben, spricht Ihnen Dank aus und versichert Sie seiner höchsten Achtung. Der Kongreß bedauert das Mißgeschick und die Ungelegenheiten, die Ihnen widerfuhren dadurch, daß Sie die Vereinigten Staaten unterstützten. Unglückliche Umstände haben den Kongreß bis jetzt verhindert, seine Verpflichtungen zu erfüllen, doch wird er rascheste Maßnahmen treffen, um die Schulden zu bereinigen, die er bei Ihnen hat auflaufen lassen. Die edeln Gefühle und die großherzigen Anschauungen, die allein einer Haltung wie der Ihrigen zugrunde liegen können, gereichen Ihnen zur höchsten Zierde. Sie haben sich durch Ihre seltenen Talente die Wertschätzung dieser aufsteigenden Republik erworben und die ungeteilte Anerkennung der Neuen Welt."

Hoch schlug Pierres Herz. Er strahlte Triumph, daß er sich nicht von Charlot hatte breitschlagen lassen.

Dann, da kein Sou in seinen Kassen war, machte er sich daran, den Brief des Präsidenten John Jay für seine Finanzen auszuwerten.

Ging zu Vergennes, um ihn mit Hinweis auf den Brief um eine letzte kleine Million zu ersuchen.

Vergennes empfing ihn liebenswürdig. Er hatte in den Unterredungen, in denen er Louis zur Allianz zu bewegen suchte, Argumente verwandt, die aus Pierres Denkschriften zur amerikanischen Frage stammten, und er war dem findigen, schreibgewandten Manne dankbar. Wie also Pierre um ein neues Darlehn bat, antwortete der Minister, nun ja, man werde einen alten Freund nicht sitzenlassen. Pierre überreichte Vergennes das Schreiben John Jays, um zu beweisen, daß er sehr bald nicht mehr genötigt sein werde, Geld aus den Kassen des Königs zu verlangen. Vergennes las, und Pierre betrachtete stolz und gespannt sein liebenswürdiges, leicht ironisches Gesicht.

Aber mit Überraschung und mit Schreck sah er, wie sich dieses Gesicht verwandelte, je länger Vergennes las. Da war nichts mehr von Liebenswürdigkeit und Ironie, da war nur eisig befremdende Ablehnung.

Bestürzt erkannte Pierre, welch unverzeihlichen Fehler er gemacht hatte. Natürlich hatte Vergennes erwartet, er, der verantwortliche Minister, werde vom Kongreß einen solchen Brief erhalten und nicht sein Agent, sein Handlanger, sein Werkzeug. Wie konnte er, Pierre, der Menschenkenner, die ungeheure Eselei begehen, dem Manne, von dem er abhängig war, zu zeigen, daß die Neue Welt als ihren verdienstvollsten Helfer in Europa ihn ansah, Pierre, und nicht den Außenminister des Allerchristlichsten Königs.

Vergennes gab ihm den Brief zurück. „Nun ja", sagte er, „da gratulier ich Ihnen, Monsieur. Da brauchen wir uns ja nicht anzustrengen, Ihnen zu helfen", und seine Worte und sein Wesen zeigten jene hochmütige Höflichkeit, welche Pierre an den Aristokraten so heiß haßte und bewunderte.

Er suchte in allen Winkeln seines Hirns, wie er den Mißgriff gutmachen könnte. Er habe eine große Bitte, sagte er schließlich, die er dem Minister schon lange habe vortragen wollen; ob er von seinen Schiffen das nächste, das von Stapel laufe, „Graf Vergennes" nennen dürfe. „Ich glaube", antwortete der Minister, „die Leute, mit denen Sie zu tun haben, werden es besser zu würdigen wissen, wenn Sie dieses Schiff nach sich selber oder nach einem Ihrer Geschäftsfreunde heißen."

Es blieb Pierre nichts übrig, als zu gehen. Schon stehend, kam er auf den Zweck seines Besuches zurück. Wenn er den Grafen recht verstanden habe, sagte er, dann dürfe er für die Übergangszeit, bis die vom Kongreß versprochenen Zahlungen einträfen, auf eine weitere Unterstützung von seiten der Regierung Seiner Majestät rechnen. „Wie hoch haben Sie sich denn die Summe gedacht?" fragte kühl Vergennes. Pierre hatte beabsichtigt, ein oder zwei Millionen zu verlangen. „Vierhunderttausend Livres", sagte er. „Sie scherzen, Monsieur", antwortete Vergennes. „Ich werde Ihnen hunderttausend Livres anweisen lassen. Aber ich rechne allen

Ernstes damit, daß Sie in Zukunft die geheimen Fonds Seiner Majestät nicht mehr in Anspruch nehmen werden."

Den schönen, ehrenvollen Brief John Jays in der Tasche, rotglühenden Ärger gegen die großen Herren im Herzen, fuhr Pierre zurück.

Halben Weges ließ er umdrehen und fuhr nach Passy.

Franklin, als er den Brief las, nickte anerkennend mit dem großen Kopf. „Sieh mal an", sagte er, „das muß Ihnen aber eine Freude gewesen sein." Im stillen dachte er, wenn der Kongreß dem Manne so schöne Worte gab, dann werde er das als eine Art Abschlagszahlung betrachten, und die Aussichten, daß Monsieur Caron in den nächsten Monaten Bargeld werde zu sehen bekommen, schienen ihm trüb.

Pierre kam auf seine Sorgen zu sprechen. Er habe sich, um die Waffen für Saratoga zu liefern, so gut wie ruiniert und brauche Kredit, bis die in dem Briefe des Kongresses angekündigten Gelder einträfen. Ob ihm nicht Franklin auf die vom Kongreß versprochenen Waren und Wechsel eine Anzahlung leisten könne, fragte er. Er trug seine Nöte halb humoristisch vor. Er nahm an, das werde auf den alten Anekdotenerzähler und Spaßmacher am ehesten wirken, und mit gutgespielter Bettlergeste schloß er: „Date obolum Belisario."

Nun sagte sich Franklin, daß Monsieur Caron nicht ganz zu Unrecht den Aufruf: „Gebt dem Belisar ein Almosen", zitierte, daß sich der Mann wie der große Belisar gewissermaßen durch seine Verdienste um den Staat zum Bettler gemacht hatte. Aber das Schauspiel des gut, beinahe stutzerhaft gekleideten Mannes, der auf so würdelose Art um sein Geld bettelte, war dem Doktor widerwärtig. Er hätte es vor dem Kongreß verantworten können, wenn er Pierre eine nicht allzu hohe Anzahlung für den Kongreß geleistet hätte, aber war man nicht selber ständig in Schwierigkeiten? Und es war schließlich nicht seines Amtes, dem Manne zu seinem Geld zu verhelfen.

„Ich habe Verständnis für Ihre Lage, mein verehrter Freund", sagte er. „Aber sehen Sie, wir Kommissare der Vereinigten Staaten sind nun einmal keine Bankiers. Wir verstießen gegen unsere Instruktionen, wenn wir uns auf solche Funktionen einließen. Und nach dem erfreulichen Briefe des Kongresses haben Sie ja ohnedies begründete Hoffnung, daß Sie in Bälde für alle Ihre Mühen entlohnt werden." Franklin sprach verbindlich, mitfühlend, doch seine Sätze klangen abschließend. Pierre verabschiedete sich.

In seinem riesigen Hause saß er, in seinem wunderbaren Arbeitszimmer, vor sich den ehrenvollen Brief. „Worte, Worte, Caprice", sagte er zu der Hündin und sperrte den Brief fort in seine Truhe, zu den Manuskripten, den Quittungen, den Dokumenten, den Liebesbriefen.

Der Bescheid des Hofes von Madrid traf schneller und bündiger ein, als es Louis lieb war. Zwar werde sich Spanien, ließ Karl erklären, vorläufig nicht an einer Allianz mit den englischen Kolonien Amerikas beteiligen; doch sei ihm ein Pakt Frankreichs mit den Amerikanern nicht nur nicht unwillkommen, sondern erwünscht.

Nun war Louis' wichtigster Einwand hinfällig geworden, und Toinette bestürmte ihn, endlich sein Versprechen zu erfüllen. Wiederum mußte er eine Konferenz einberufen und sie teilnehmen lassen.

Es bestehe hohe Gefahr, setzte Maurepas auseinander, daß die Amerikaner, wenn man sie zu lange hinhalte, die englischen Vorschläge schließlich doch annähmen. „Wir sollten", meinte Vergennes, „von Doktor Franklin sogleich ein bindendes Versprechen verlangen, daß er alle Angebote Englands ablehnen werde, die eine Wiedervereinigung der Kolonien mit dem Mutterlande vorsehen." – „Warum sollte Monsieur Franquelin uns ein solches Versprechen geben?" fragte mit überlegenem Achselzucken Toinette. „Es wäre da wohl ein Weg", meinte Maurepas. Und Vergennes erläuterte: „Wenn wir den Amerikanern mitteilen dürften, der König verpflichtete sich, die Allianz abzuschließen, dann wird Doktor Franklin sicherlich bereit sein, sich auch seinesteils zu binden."

Er hatte zu Toinette hinübergesprochen. Die schaute jetzt auf Louis. Alle schwiegen. „Kann man dem Wort eines Rebellen trauen?" fragte schließlich Louis, unbehaglich. „Es ist kein Königswort", meinte Maurepas, „aber Doktor Franklin gilt der ganzen Welt als zuverlässig." – „Es gibt in der Tat keinen andern Weg", wiederholte Vergennes. „Sie hören, Sire", sagte Toinette, und: „Bitte, äußern Sie sich", drängte sie.

Louis rückte auf seinem Stuhl herum, schnaufte. Mummelte: „Nun schön, nun ja." Die andern atmeten groß auf.

Er, dies wahrnehmend, setzte eilig hinzu: „Aber ich binde mich an keine Zeit, hören Sie, Messieurs. Es ist ein allgemeines, unbefristetes Versprechen. Und daß Sie mir vorsichtig sind in den Verhandlungen mit den Rebellen. Es darf nichts überstürzt werden. Behalten Sie das immer im Sinn, Messieurs. Es muß Klausel für Klausel reiflich erwogen werden." – „Verlassen Sie sich auf uns, Sire", besänftigte ihn Maurepas. „Ihre Minister sind nicht die Männer, etwas zu überstürzen."

Sie machten sich aber, Maurepas und Vergennes, noch am gleichen Tag ans Werk.

Wiederum traf Monsieur Gérard die drei Kommissare verschwörerisch hinter verschlossener Tür. Denn, sich der bösartigen Dringlichkeit erinnernd, mit der Louis ihnen Geheimhaltung der Verhandlungen eingeschärft hatte, befleißigten sich die Minister auch diesmal größter Heimlichkeit. Ja, bevor er die Verhandlungen begann, verlangte Gérard das Ehrenwort der Herren, daß sie tiefste Verschwiegenheit wahren würden über das, was er ihnen zu eröffnen habe. Arthur Lee erwiderte, es sei in Amerika nicht üblich, ein Ehrenwort zu geben, ein Wort genüge. Doktor Franklin aber meinte: „Wenn Ihnen daran liegt, mein Ehrenwort haben Sie."

Dann erklärte Monsieur Gérard, er habe den Herren drei Fragen zu stellen. Die erste: Was müsse der Hof von Versailles tun, um den Kommissaren seine aufrichtige Ergebenheit für die amerikanische Sache zu beweisen und sie abzuhalten, den Vorschlägen Großbritanniens Gehör zu geben? Die zweite: Was müsse geschehen, um Kongreß und Volk der Vereinigten Staaten von dieser Ergebenheit zu überzeugen und Kongreß und Volk abzuhalten, Vorschläge Großbritanniens anzunehmen? Die dritte: Welche praktische Hilfe erwarteten sich die Vereinigten Staaten von der französischen Regierung?

Franklin lächelte freundlich und schickte sich an zu erwidern. Doch Arthur Lee erklärte hastig und streng, die Beantwortung so gewichtiger Fragen erfordere reifliche Überlegung. Monsieur de Gérard meinte, eigentlich hätten die Herren ja nun ein volles Jahr Zeit gehabt, die Fragen zu überdenken. „Eine Stunde mehr", erklärte unerbittlich Arthur Lee, „müssen wir unter allen Umständen verlangen." Monsieur Gérard erklärte, er werde sich erlauben, sich in einer Stunde Antwort zu holen, und entfernte sich.

Doktor Franklin setzte sich hin und begann, die Antwort auf die drei Fragen niederzuschreiben, während Silas Deane und Arthur Lee in einen heftigen Wortwechsel gerieten. Franklin bat: „Ein wenig leiser, meine Herren", und schrieb.

Monsieur Gérard kam zurück, und Franklin las ihm die Antworten vor: Zu eins: Die Delegierten hätten seit langem einen Freundschafts- und Handelsvertrag vorgeschlagen. Schnellster Abschluß eines solchen Vertrages würde ihre Ungewißheit beseitigen, ihnen genügendes Vertrauen in die Freundschaft Frankreichs geben und es ihnen ermöglichen, alle Friedensvorschläge Englands abzuweisen, die nicht die vollkommene Freiheit und Unabhängigkeit Amerikas zur Grundlage hätten. Zu zwei: Ein ansehnliches Darlehn würde dem Kongreß und dem Volk der Vereinigten Staaten ein hinreichend kräftiger Beweis sein für die Freundschaft des Hofes von Versailles. Zu drei: Die sofortige Entsendung von acht Kriegsschiffen würde die Vereinigten Staaten instand setzen, ihre Küsten und ihren Handel zu schützen, und die Neigung beseitigen, auf Friedensvorschläge von seiten Englands zu hören.

Mr. Lee wollte einiges beifügen. Aber Franklin wandte ihm das Gesicht zu und winkte ihm mit der Hand ab, höflich, doch so, daß Lee verstummte.

Monsieur Gérard sagte, er sei von diesen Antworten befriedigt. Dann, ohne Pause, fuhr er fort: „Ich habe die Ehre, meine Herren, Ihnen mitzuteilen, daß meine Regierung willens ist, die gewünschten Verträge mit Ihnen zu schließen." Er erhob sich, aber er sprach auch das Folgende leichthin, als spräche er vom Wetter. „Ich bin bevollmächtigt, Messieurs", sagte er, „Ihnen das Wort Seiner Majestät zu geben, daß wir diese Verträge abschließen werden, den Freundschafts- und Handelsvertrag sowohl wie den Angriffs- und Verteidigungspakt, der Ihre Unabhängigkeit garantiert. Voraussetzung ist, daß Sie sich Ihresteils verpflichten, keinen Sonderfrieden mit England zu schließen und Ihre Unabhängigkeit nicht selber preiszugeben."

Es gelang Franklin, seine Erregung zu unterdrücken. Die beiden andern aber waren aufgesprungen. Wieder wollte Arthur Lee sprechen, wieder genügte eine Kopfwendung Franklins, ihn zur Ruhe zu verweisen.

Dann, ohne Eile, erhob sich Franklin, und über den Tisch hin, ruhig, sagte er: „Wir geben Ihnen diese Versicherung, Monsieur."

„Ich danke Ihnen, Doktor Franklin", sagte Monsieur Gérard. „Es bleibt mir nur übrig, Ihnen und Ihren Kollegen zu gratulieren, daß nun diese Sache zu einem guten Ende gelangt ist. Ich hoffe, die Verbindung zwischen unsern Ländern wird dauerhaft sein und beiden Parteien zum Segen." Er verneigte sich tief vor Franklin, weniger tief vor den beiden andern und ging.

Erst jetzt atmete Franklin groß und glücklich auf. Er drückte Silas Deane die Hand, ungewohnt herzlich, und dann, etwas zögernd, auch Arthur Lee. Lee wollte sprechen. Aber: „Schweigen Sie", sagte Franklin, väterlich, wie zu einem ungebärdigen Kinde.

Es geschah dies am 8. Januar, am fünfunddreißigsten Tage nach dem Eintreffen der Nachricht von Saratoga.

Nun es soweit war, gedachte Silas Deane des Monsieur de Beaumarchais und seines Wunsches, der Unterzeichnung des Vertrages beizuwohnen. Er hatte bisher Bedenken getragen, Franklin davon zu berichten. Aber nun der Tag des Abschlusses in solche Nähe gerückt war, mußte er wohl Monsieur de Beaumarchais' Verlangen zur Sprache bringen.

Franklin verfinsterte sich. Eine wesentliche Bedingung des Paktes, erklärte er, sei seine Geheimhaltung. Wenn man Monsieur Caron zulasse, dann könne man den Abschluß der Allianz ebensogut durch Herolde verkünden. Der eingeschüchterte Silas Deane wagte nicht mehr, auf Pierres Bitte zurückzukommen.

Es brachte aber Pierres freches Ansinnen den Doktor auf eine Idee. Wenn sich unter seinen französischen Freunden einer in Wahrheit Verdienst erworben hatte um das Zustandekommen des Vertrags, dann sein Freund Dubourg. Er war es gewesen, der seine Unterredung mit der Königin angeregt hatte. Wenn man einen Franzosen einlud, dem Akte der Unterzeichnung beizuwohnen, dann Dubourg.

Franklin holte sich die zögernde Einwilligung Gérards und fuhr zu Dubourg. Er hatte den Freund eine ganze Woche lang nicht gesehen. Er fand ihn in vielen Kissen liegend, halb hochgerichtet, abgezehrt und stark schnaufend, schwitzend, die Zipfelhaube überm Schädel, betreut von einem alten Diener und einem Pfleger. Es war ihm sichtlich ein Labsal, daß Franklin kam, er hatte ihn seit langem erwartet. Ungeduldig mit der abgewelkten Hand winkte er seinen Leuten, sie sollten ihn mit dem Freunde allein lassen.

Wie Franklin ihn so liegen sah, erkannte er sogleich, er hatte sich nicht getäuscht, als er damals hippokratische Züge an ihm wahrzunehmen glaubte. Nun mußte ein jeder sehen, daß Dubourg nur mehr kürzeste Zeit zu leben hatte.

„Alles geht großartig, mein Alter", verkündete er ihm. „Ihre ausgezeichnete Idee hat Erfolg gehabt. Ich bin nicht umsonst mit der Königin zusammengekommen. Jetzt ist es so gut wie gewiß, daß der Vertrag unterzeichnet wird." Dubourg, sehr erfreut, schnaufte noch stärker, dann röchelte er ein lateinisches Zitat, einen Horaz-Vers: „‚Hoc erat in votis – So hab ich mir's gewünscht.'"

Nun hatte sich Franklin eine Freundlichkeit für Dubourg ausgedacht. Der maßgebliche Text des französisch-amerikanischen Abkommens sollte, wie bei allen Staatsverträgen, der französische sein. Die Kommissare hatten jedes Wort und jede Nuance ihres Französisch sorgfältig überprüft, Doktor

Franklin seinesteils hatte seine Vertrauensleute, Madame Brillon und den Abbé Morellet, um die genaue Bedeutung einzelner Wendungen befragt. Doch er wußte, ein wie leidenschaftlicher Übersetzer sein Freund Dubourg war, und so zog er jetzt den Vertragsentwurf heraus und sagte, er müsse Dubourg wieder einmal um einen Dienst bitten, nämlich um seinen sachkundigen Rat über die Fassung verschiedener Artikel in dem Entwurf des Paktes.

Dubourg reagierte, wie sich's Franklin gewünscht hatte; er lebte auf. Franklin begann vorzulesen. Dubourg versuchte, freilich vergeblich, sich noch etwas höherzurichten, röchelte weniger und hörte angespannt zu. Einmal, heftig mit der Hand winkend, unterbrach er Franklin und brachte mühsam hervor: „De quelque nature qu'ils puissent être, et quelque nom qu'ils puissent avoir", welcher Natur immer sie sein mögen und welchen Namen immer sie tragen mögen, und Franklin notierte gefällig und beflissen diesen Zusatz, wiewohl er ihn überflüssig fand. „Les États du Roi", die Staaten des Königs, unterbrach ein andermal Dubourg, noch ungeduldiger, und Franklin begriff, daß er diese Worte haben wollte an Stelle der Worte „les dits États", die genannten Staaten; die ihm offenbar nicht klar genug waren. So machte er noch einige Vorschläge, und alle nahm Franklin zur Kenntnis, und für alle bedankte er sich, und von allen fand er, sie seien unwesentlich, und keinen gedachte er zu berücksichtigen.

Dann machte er sich laute Vorwürfe, daß er den Freund trotz seiner Krankheit so sehr in Anspruch genommen habe. Aber Dubourg habe ja selber den Eindruck, daß es mit ihm wieder schnell bergauf gehe, und so hoffe er, die Mühe habe ihm keinen zu großen Schaden getan. Auf alle Fälle müsse sich Dubourg zusammennehmen; denn der Tag der Unterzeichnung des Vertrages stehe unmittelbar bevor, und selbstverständlich müsse Dubourg zugegen sein, wenn die Allianz, die sein Plan gewesen sei, Wirklichkeit werde.

Franklin hatte erwartet, seine Mitteilung werde entweder den sofortigen freudigen Tod Dubourgs zur Folge haben oder aber eine erhebliche Besserung seines Befindens. Dies zweite traf ein. Dubourg hörte zu röcheln auf, es gelang ihm, sich höherzurichten, er strich sich mit zitternder Hand die Zipfelhaube zurück. „Ist das Ihr Ernst?“ fragte er. „Ich alter Botaniker soll dabeisein, wenn Sie und der König von Frankreich . . .?“ – „Der wird wahrscheinlich nicht selber kommen“, meinte Franklin, „aber seine Anwesenheit scheint mir nicht so wichtig wie die Ihre.“ Dubourg suchte Franklins Hand, er drückte sie, drückte sie mit aller Kraft, aber der Druck blieb schwach.

Als wenige Tage später Franklin zum Frühstück kam, fand er den Tisch geschmückt. Es war sein zweiundsiebzigster Geburtstag. William war doch ein guter Junge und voll von Aufmerksamkeit um den Großvater. Auch ein paar Geschenke hatte er ihm hingestellt, kleine, liebevolle Gaben, Schreibpapier, Federkiele, Bleistifte, so, wie sie Franklin liebte und wie sie hierzulande nicht leicht aufzutreiben waren.

Übrigens hätte William auch dieses Jahr den Geburtstag vergessen, wenn ihn nicht Silas Deane darauf hingewiesen hätte. Silas Deanes Verehrung für den Größten seiner Landsleute war noch gestiegen, seitdem Franklin vom Hof von Versailles die bindende Zusage erreicht hatte, daß der Vertrag geschlossen werden wird. Außerdem lag Deane daran, in der übeln Sache mit dem Kongreß, in die ihn die Intrigen Arthur Lees verwickelt hatten, die Unterstützung Franklins zu gewinnen. Es war ihm lieb, daß er, bevor er nach Amerika zurückfuhr, noch eine Gelegenheit hatte, seine Ergebenheit für den Doktor an den Tag zu legen, und er hatte alle mit freundschaftlichem Eifer auf den Geburtstag des großen Mannes aufmerksam gemacht.

Bald nach dem Frühstück – es gab heute Pfannkuchen aus Buchweizenmehl, und Franklin aß mit Vergnügen und ohne Maß – stellte er sich denn auch selber ein, würdig und schalkhaft, und erklärte, in diesem Jahre, da ihr großer Kollege einen so außerordentlichen diplomatischen Erfolg erzielt habe, ließen es sich die Kommissare nicht nehmen, ihm zu seinem Geburtstag ein Geschenk zu überreichen. Und starke Männer schleppten zwei umfangreiche Kisten herein und packten sie aus, und zum Vorschein kamen stattliche, schwarzbraune Lederbände, fünf, zehn, zwanzig, immer mehr, und es war die „Encyclopédie", der „Dictionnaire Raisonné des Sciences, des Arts et des Métiers", alle achtundzwanzig Bände, dazu die drei Supplementbände und die drei Bände mit Kupferstichen.

Franklins weites Gesicht beglänzte sich. „Das ist wirklich eine Überraschung und eine Freude", sagte er und drückte Silas Deanes Hand. „Die Encyclopédie, ich habe sie mir lange gewünscht, aber ich hätte nicht im Traume gewagt, sie mir anzuschaffen." Es war aber die Encyclopédie ein sehr kostspieliges Werk; zwar war sie geduldet, doch blieb sie offiziell verboten, und man mußte im Schleichhandel tausendzweihundert bis zweitausend Livres dafür bezahlen.

Freundlichen Auges, nachdem die andern gegangen waren, betrachtete Franklin die schweren, blockigen Bände. Nachdenklich, beinahe zärtlich, strich er mit der Hand darüber. Manche seiner Freunde besaßen das große Werk, er hatte oftmals darin nachgeschlagen, er war darin zu Hause. Männer, die ihm nahestanden, zählten zu den Mitarbeitern, Helvetius, Turgot, Marmontel, Raynal, Necker, dann andere, von denen er nur die stolzen Namen kannte, Voltaire, Rousseau, Montesquieu, Buffon. Der Geist Frankreichs, Europas, alles, was, seitdem es eine Geschichte des Geistes gab, gedacht und erforscht worden war, lag eingeschlossen zwischen diesen schwarzbraunen Deckeln. Ungeheure Schwierigkeiten hatten die Herausgeber des Werkes, d'Alembert und Diderot, zu überwinden gehabt. Jedem war bekannt, wie seinerzeit der Generaladvokat des Pariser Parlaments alle diejenigen, die sich als Autoren oder als Hersteller an dem Werke beteiligten, Atheisten, Rebellen und Jugendverderber gescholten und mit schwerster Strafe bedroht hatte; wie dann d'Alembert behutsam zurückgetreten war; wie aber Diderot zäh weitergearbeitet und es schließlich erreicht hatte, daß das Werk, von der Regierung stillschweigend geduldet, gedruckt und verbreitet wurde.

Mit einem kleinen Schmunzeln gedachte Franklin der Begegnung, die er vor Jahren mit Diderot gehabt hatte. Er hatte ihm einen Besuch abgestattet. Der große Schriftsteller lebte, verheiratet mit einer lärmenden, vulgären Frau, inmitten wüster Unordnung. Er hatte ihn herzlich begrüßt und ihn Stunden hindurch festgehalten, ihm unermüdlich erzählend von seiner Arbeit. Die Frau hatte ab und zu den Kopf hereingesteckt und gerufen, er möge doch endlich Schluß machen und zum Essen kommen, vorher aber gefälligst seinen Besucher fortschicken. Diderot hatte sich durch das Geschrei der Vettel nicht abhalten lassen, ihm das Manuskript vorzulesen, an dem er gerade schrieb, einen Essay über den Philosophen Seneca. Vier Stunden hindurch hatte Diderot erzählt und vorgelesen, Franklin hatte kaum gesprochen, und als die Frau ein letztes Mal wütend und bedrohlich zum Essen rief, hatte ihn Diderot mit den Worten verabschiedet: „Es war mir ein Vergnügen, Doktor Franklin, Ihre Ansichten kennenzulernen."

Franklin hatte damals schon und hatte seither noch besser begriffen, daß Diderot besessen war von seiner Arbeit. Nützlichere und erregendere Arbeit konnte man sich aber auch nicht vorstellen. Diderot war während seiner ganzen Tätigkeit für die Encyclopédie mit einem Fuß in der Bastille gestanden, er hatte seine Sicherheit, sein Behagen, sein Leben darangesetzt. Er hatte sein Werk erkämpft gegen die Kirche, die Behörden, die Sorbonne, gegen den vereinten Ansturm aller Dunkelmänner, und hier, vor Franklin, lag sie, die Encyclopédie, vollendet, greifbar, das Grundbuch der Zeit, ihre Bibel, die Summe ihres Wissens. Ein Stapelplatz aller kämpferischen, fortschrittlichen Ideen, ein riesiges Arsenal, aus dem sich die Vernunft immer neue Waffen gegen Aberglauben und Vorurteil holen konnte. Diese Bände waren Geschütze, aus denen der Verstand die große Festung der privilegierten Dummheit beschoß, die toten Gedanken und die abgelebten Institutionen der Vergangenheit. Recht gehabt hatte jener Generalstaatsanwalt, der dem Pariser Parlament die Mitarbeiter des Werkes denunziert hatte als Spießgesellen, die sich verschworen hätten, den Materialismus aufzurichten, die Religion zu zerstören, die Sitten zu korrumpieren und überall in der Welt den Geist der Unabhängigkeit zu entfesseln und zu schüren. Die Unabhängigkeit Amerikas hätte nicht erkämpft werden können ohne das Rüstzeug der Ideen, die gesammelt und geordnet waren in dieser Encyclopédie.

Mechanisch glitten Franklins Augen über die schöngedruckten Seiten. Er dachte nicht an das, was er las; ihn bewegte der Gedanke an die Allmacht der Vernunft. Der Schriftsteller Benjamin Franklin fühlte Stolz vor der ungeheuern schriftstellerischen Leistung, die da handgreiflich vor ihm lag und die wirksam eingegriffen hatte in die Geschichte des Erdballs und täglich tiefer darin eingriff. Benjamin Franklin war ein nüchterner Mann; nun aber sang es in ihm: die Vernunft, die Vernunft, die Vernunft. Was da vor ihm lag, war ein Monument der Vernunft, dauernder als Erz.

Seine Augen leiteten französische Worte in sein Hirn, aber seine Gedanken waren englisch. Leicht amüsiert bedachte er, daß die Grundprinzipien des großen Werkes englisch waren. Daß Wissen Macht war, hatten als erste seine Landsleute ausgesprochen, die Engländer, der Engländer Francis Bacon. In der Luft Englands waren die Ideen von der Nützlichkeit des Wissens entstanden und gewachsen.

Aber was die Franzosen aus den englischen Ideen gemacht hatten, das war bewundernswert. Ihre scharfe, konsequente Logik, ihre Emanzipation von den Autoritäten der Vergangenheit, das blitzend Kämpferische ihrer geistigen Haltung, das gehörte ganz ihnen. Einen Voltaire werden wir so bald nicht ans Licht stellen, dachte er, wir müssen uns schon mit einem Franklin begnügen. Aber dafür sind wir die ersten, die diese Ideen nicht nur gedacht, sondern sie in Wirklichkeit umgesetzt haben. Wir wissen die rechte Stunde abzuwarten und die rechte Stunde wahrzunehmen. Tiefklingende Verse aus der Bibel tauchten in ihm hoch: „Ein Jegliches hat seine Zeit, und alles Vorhaben unter dem Himmel hat seine Stunde. Es ist eine Zeit geboren zu werden, und eine Zeit zu sterben, eine Zeit zu säen, und eine Zeit zu roden, eine Zeit zu töten, und eine Zeit zu heilen, eine Zeit zu schweigen, und eine Zeit zu reden, eine Zeit des Krieges und eine Zeit des Friedens." Wie er als Junge die vieldeutigen Verse zum erstenmal gehört, hatten sie ihn aufgerührt, sie hatten sich eingesenkt in ihn, waren eins geworden mit seinem Wesen.

Ob englisch oder französisch, ob Theoretiker oder Mann der Aktion, er fühlte sich denen, die dieses Werk geschaffen hatten, verwandt. Sie waren Kosmopoliten allesamt, sie bildeten, durch die Nationen hindurch, die Republik der Gelehrten, und er, mit Stolz und Demut, war ein Bürger dieser Republik.

Die Vernunft, die Vernunft, die Vernunft.

Und verbunden auch fühlte er sich diesen Männern, weil er ein so himmlisches Behagen empfand an ihren stillen, listigen Methoden. Denn viel Geduld und List hatten Diderot und die Seinen aufbringen müssen, um die Zensoren einzuschläfern, damit diese schließlich trotz der wüsten Angriffe des Klerus und trotz des Bannes des Staatsanwalts ein Auge zudrückten und die Encyclopédie erscheinen ließen. Zugeständnisse freilich hatten sie machen müssen. Franklin blätterte in den Artikeln, in denen die Zensoren sicherlich am eifrigsten nach Anstößigem gesucht hatten, in Artikeln wie „Christentum", „Seele", „Willensfreiheit". Da war alles so, daß auch der orthodoxeste Theolog kein Ärgernis hätte nehmen können. Dafür wurden an anderen Stellen, unter harmlosen Stichworten, anstößige Wahrheiten mit triftigen Argumenten bewiesen. Wer hätte unter dem Stichwort „Juno" wissenschaftliche Einwände gegen die jungfräuliche Empfängnis gesucht? Und wer unter dem Stichwort „Kapuze" Argumente gegen Mönche und Klöster? Und wer unter dem Stichwort „Adler" Argumente gegen die geoffenbarten Religionen?

Irgendwo in den vielen Bänden mußten sich Instruktionen finden, wie man aus ihrer Lektüre den höchsten Nutzen ziehen könne. Franklin suchte in seinem großen Gedächtnis. Bestimmt nicht stand diese Gebrauchsanweisung in Diderots Vorrede und bestimmt nicht in der Einleitung d'Alemberts. Nun hatte er es: sie war zu finden unter dem Stichwort „Encyclopédie".

Franklin schlug nach. „Gewiß", hieß es da, „muß in allen Hauptartikeln achtungsvolle Rücksicht genommen werden auf politische und religiöse Vorurteile. Dafür kann dann auf andere Artikel verwiesen werden, die an weniger sichtbaren Stellen stehen, und in ihnen können gediegene Argumente der Vernunft gegen die Vorurteile beigebracht werden. Auf solche Art bietet sich Gelegenheit, das Gebäude von Kot einzustoßen und den nichtigen Staub und Plunder zu zerstreuen. Diese Methode, die Menschen über ihre Irrtümer aufzuklären, erregt kein Ärgernis, tut gleichwohl ihre unfehlbare Wirkung auf die Verständigen und beeinflußt heimlich und unmerklich auch die andern. Wird diese Methode geschickt und planmäßig angewandt, dann gibt sie einer Encyclopédie die Kraft, die Denkart der Epoche zu verändern."

Franklin war sehr einverstanden mit dieser Strategie. Langsam mußte sich die Vernunft einwurmen in die Gehirne der Intelligenteren, um von da aus sacht und allmählich um sich zu greifen. Den frommen Aberglauben der Massen von heut auf morgen zerstören zu wollen war sinnlos; es erschütterte höchstens die Grundlagen der Gesellschaft. Er selber, Franklin, hatte jenem Stürmer, der mit seinem aggressiven Buch über die Vernunft allen Kirchenglauben von der Erde wegfegen wollte, mit ganz ähnlichen Motiven abgeraten, wie sie Monsieur Diderot vorbrachte. „Wenn auch Ihre Argumente", hatte er jenem übrigens recht begabten Schriftsteller geschrieben, „scharf sind und einige Leser beeinflussen mögen, so können sie doch nicht die gemeine Ehrfurcht der Menschheit vor Gott und der Religion verändern. Und wenn Sie Ihr Werk drucken lassen, so werden Sie sich nur ungeheuer verhaßt machen und sich selber den größten Schaden tun, ohne irgendwelchen Gewinn für die andern. Wer gegen den Wind spuckt, spuckt nur sich selber ins Gesicht. Der weitaus größte Teil der Menschen besteht aus Schwächlingen und Dummköpfen, die Massen brauchen Religion, um dem Laster fern und bei der Tugend zu bleiben. Entfesseln Sie also nicht den Tiger, lassen Sie niemand Ihr Manuskript sehen, sondern verbrennen Sie es. Wenn die Menschen schon mit Religion so schlecht sind, wie schlecht erst müßten sie werden ohne Religion."

Franklin schmunzelte. Schlau waren die Franzosen, die

Voltaire und Diderot. Aber er, der alte Benjamin, war schlauer. Es war nicht leicht gewesen, die Allianz unter Dach zu bringen. Der junge, dumpfe König hatte von Anfang an gemerkt, daß es gefährlich für seine Monarchie war, ein Bündnis einzugehen mit den Männern, welche ihren Staat auf den Prinzipien der Encyclopédie gegründet hatten. Die Maurepas und Vergennes sahen nur die Vorteile, welche ihnen die Allianz heute und übers Jahr bringen mochte; nicht aber bei aller Geschmeidigkeit ahnten sie, auf was für ein gefährliches Unternehmen sie sich da eingelassen hatten. Sie hatten in Wahrheit den Tiger entfesselt. Und der alte Doktor spürte ein inniges, roßtäuscherisches Behagen, daß er also mit viel Geduld und List den jungen König dazu vermocht hatte, die Allianz abzuschließen. Jetzt trat, was in diesen gefährlichen Bänden eingeschlossen war, ans Licht. Jetzt wurde es Leben, Politik, Geschichte.

Die Vernunft, die Vernunft, die Vernunft.

Er holte sich her die Bände mit den Illustrationen. Sachverständig und mit Vergnügen beschaute er die neunzehn Kupferstiche, welche die Werkzeuge und die Hantierungen der Buchdruckerkunst wiedergaben. Seiner Kunst. Einer gefährlichen Kunst. Und gute Illustrationen waren es. Und sauber und gründlich stellten sie alles dar.

Dann reihte er die Bände der Encyclopédie unter seine übrigen Bücher ein. Lange und mit Vorbedacht wählte er den Platz, wo sie am handlichsten stünden. Nahm, um Raum frei zu machen, andere Bücher heraus, schleppte, stieg hinauf und hinunter, bückte sich, ordnete ein. So verschaffte ihm die Encyclopédie auch noch eine nützliche Leibesübung.

In seinem bequemen Sessel dann saß er, leicht ermüdet, die Augen geschlossen. Manchmal blinzelte er hinüber zu den neu eingestellten Bänden. Das war ein angenehmer Geburtstag. Die Allianz war gesichert und stand vor dem Abschluß, hier auf seinem Büchergestell reihten sich schön, würdig, nützlich die Bände der Encyclopédie, und vor ihm lag ein Geburtstagsmahl bei seiner lieben Freundin Marie-Félicité Helvetius.

Louis, wissend, daß diese Hoffnung unvernünftig war, hoffte gleichwohl in seinem Herzen, es werde noch in letzter Minute ein Ereignis eintreten, das ihn davor rette, die verhaßte Allianz zu unterzeichnen. So versuchte er, den formalen Abschluß so lang hinauszuzögern wie möglich, und versteifte sich darauf, an Quisquilien herumzumäkeln. Er fand in den Vertragsentwürfen immer neue Wendungen, an denen er etwas auszusetzen hatte, und sein böser Wille sah hinter harmlosen Worten tückische Absichten der Vertragspartner.

Ohne es zu wissen, wurde er bei seinen Verzögerungsmanövern unterstützt von einem der amerikanischen Delegierten. Wenn nämlich Louis mäklerisch und argwöhnisch war, so war Arthur Lee noch pedantischer und mißtrauischer. Beide quengelten sie an jedem Wort des Vertrags herum.

Der Vertrag enthielt eine Reihe von Bestimmungen, die das Ausmaß der Hilfeleistungen regelten, welche die französische Regierung den Amerikanern gewähren sollte während der Zeit, da diese den Krieg allein zu führen hätten. Da es, sowie England von der Ratifizierung der Verträge erfuhr, in kürzester Frist zu Feindseligkeiten kommen mußte, waren diese Klauseln im Grunde überflüssig. Aber sie gaben sowohl Louis wie Arthur Lee gute Gelegenheit, ihren Scharfsinn zu üben.

Täglich fuhr Arthur Lee hinaus nach Passy. Jeden zweiten Tag ärgerte er sich, daß Franklin ihn nicht sogleich empfing. Einmal fand er eine Abschrift des Vertrags offen herumliegen in einem Raum, in dem ein französischer Besucher auf Franklin wartete. Empört beklagte er sich über die ungeheure Sorglosigkeit des jungen Sekretärs William Temple. Franklin, einen Augenblick außer Fassung, verteidigte den Enkel. Dann aber, allein mit William, sagte er diesem mit nackten Worten, er sei gewissenlos, ein Nichtsnutz, und verdiene, mit Schande entlassen zu werden. William versuchte, sich auf die gewohnte liebenswürdige Art zu verteidigen. Doch Franklin sagte: „Schweig“, und schaute ihn mit so harten Augen an, daß William erblaßte und mitten im Satz abbrach.

Die endlosen, bösartigen Nörgeleien Arthur Lees brachten Silas Deane zur Verzweiflung. Mit aller Kraft seines Herzens begehrte er, wenigstens seinen Namen auf das Dokument des Allianz-Vertrages zu setzen, und immer stärker, beinahe krankhaft, peinigte ihn die Angst, sein Nachfolger werde eintreffen, bevor der Vertrag gezeichnet sei, und es werde der Name des neuen Mannes auf dem Schriftstück stehen. Mit Wut hörte er an, wie der magere, saure Arthur Lee immer andere läppische Einwände vorbrachte.

Auch Franklin hätte den Vertrag gerne so bald wie möglich unter Dach gesehen. Der Eindruck des Sieges von Saratoga begann zu verblassen, der rasche Abschluß des Paktes war eine politische Notwendigkeit. Mit Spannung und Gier wartete man in Amerika darauf, wann endlich die militärischen und ökonomischen Mittel der großen französischen Nation den Amerikanern zur Verfügung gestellt würden. Franklin redete freundlich auf Arthur Lee ein und bat ihn, doch nicht so viele Punctilios zu machen. Er gebrauchte aber das altmodische Wort „Punctilio“, weil es ihm sanfter, höflicher schien. Doch wurde gerade dadurch Arthur Lee noch mehr erbittert. „Wer macht hier Punctilios?“ begehrte er auf. „Der Vertrag wäre längst fertig, wenn Sie beide nicht prinzipiell jedem Wort widersprächen, das ich vorzubringen habe.“

Einmal aber riß auch dem ruhigen Franklin die Geduld. Er hatte eine Klausel durchgesetzt, in welcher Frankreich einen klaren Verzicht aussprach auf die Gesamtheit des amerikanischen Kontinents sowie auf sämtliche Inseln in der Sphäre des Kontinents, welche im Laufe der bewaffneten Auseinandersetzung mit Großbritannien von den Alliierten erobert werden sollten. Genannt waren die Inseln von Neufundland, Cape Breton, Saint John, Anticosti und die Bermudas, ausgenommen waren die Westindischen Inseln. Den Tag darauf hatte Arthur Lee die Fassung nicht deutlich genug gefunden und verlangt, es solle eine genaue Liste aller in Betracht kommenden Inseln aufgestellt werden. Auch das hatte Monsieur Gérard ohne weiteres zugestanden, er hatte indes mit einem Schatten von Ärger gefragt, ob damit der Artikel IX in Ordnung sei, und Franklin hatte sich beeilt zu erwidern: „Ja." Nun aber, wieder den Tag darauf, erklärte Arthur Lee, die Fassung des Artikels IX sei noch immer nicht befriedigend. Es werde da das Wort „erobern" gebraucht, und das sei der Würde und der Tugend der Vereinigten Staaten abträglich. Es gehe nicht um Eroberungen; vielmehr seien die zu besetzenden Inseln heute schon als potentielle natürliche Bestandteile der Vereinigten Staaten anzusehen. Er schlug also eine neue, sehr komplizierte Fassung des Artikels IX vor.

Aber: „Jetzt wird es zuviel", wütete Silas Deane. Und diesmal kam ihm der Doktor zu Hilfe. Er erhob sich, riesig und breit stand er vor dem schmächtigen Arthur Lee und sagte: „Was stellen Sie sich eigentlich vor, junger Mann? Vorgestern hat uns Monsieur Gérard eine wichtige Konzession gemacht, zu welcher seine Regierung nach den Vorbesprechungen keineswegs genötigt war. Gestern haben wir eine Erweiterung dieser Konzession verlangt, sie wurde uns zugestanden, und wir haben uns mit eindeutigen Worten zufrieden erklärt. Und heute kommen Sie mit neuen Punctilios. Wollen Sie uns lächerlich machen vor Frankreich mit Ihrem Wankelmut und Ihrer Pedanterie?" – „Ich wußte es voraus", antwortete Arthur Lee, „daß Sie beide wieder gegen mich zusammenstehen würden. Punctilios. Und wenn wir unsere Inseln verlieren durch Ihre Sorglosigkeit?" Die andern schwiegen finster. „Schön, ich füge mich", sagte schließlich Arthur Lee. „Aber die Verantwortung liegt voll und ganz auf Ihnen." – „Sie liegt", sagte Franklin.

Vergennes mittlerweile hatte mit Selbstüberwindung allen Einwänden Louis' Rechnung getragen, und nachdem er ihm den Entwurf der Verträge ein siebentes Mal, immer mit vielen Änderungen, vorgelegt hatte, hoffte er, Louis werde in allen Quisquilien zufriedengestellt sein. Louis aber, als er ihm die Verträge in dieser letzten Fassung überbrachte, erklärte behaglich: „So, und jetzt will ich mich einmal drei Tage hinsetzen und alles in Ruhe überprüfen." Und als der erschreckte Minister nach drei Tagen wiederkam, hatte Louis denn auch säuberlich dreiundzwanzig neue Punkte aufgezeichnet, die er geändert wünschte.

Toinette, gespornt von Maurepas und Vergennes, bestürmt von Vaudreuil, stellte ihn. Verlangte mit Schärfe, er solle die Unterzeichnung der Verträge nicht länger hintertreiben, sondern endlich sein Versprechen erfüllen. Louis schaute sie an, sein junges, feistes Gesicht war böse, schlau und traurig. „Es ist ein Pakt mit dem Teufel, Madame“, sagte er, „den ich da eingehe. Ich habe es Ihnen versprochen, und ich halte mein Wort. Aber ein solches Bündnis ist keine Kleinigkeit, da will jeder I-Punkt und jeder T-Strich überdacht sein, vom politischen, vom juristischen und vom moralischen Standpunkt.“ – „Sie überdenken jetzt seit Wochen und Wochen, Sire“, ereiferte sich Toinette. „Sie machen Ausflüchte. Sie mäkeln herum an jeder Bagatelle. Sie kommen mit immer neuen Futilitäten, Vetilen, Babiolen“, sie warf ihm alle französischen Wörter an den Kopf, die sie wußte, um seine Kleinkrämerei anzuklagen.

Er fühlte sich getroffen. „Das verstehen Sie nicht, Madame“, sagte er so streng wie möglich und suchte königlich auszusehen wie auf dem Gemälde des Duplessis. „Dieser Ihr Doktor Franklin ist ein ausgekochter Advokat und Betrüger. Er sucht mich mit allen Mitteln hereinzulegen. Wenn es nur um mich ginge, hätte ich längst nachgegeben, zermürbt von seinem Gequengel. Aber es geht um mein Volk. Die Amerikaner haben von meinen Westindischen Inseln eine zu erwähnen vergessen, obgleich sie auf jeder Karte steht. Dafür haben sie unter den Inseln, die sie dem König von England wegnehmen wollen, eine genannt, die ich auf keiner Karte finden kann. Nennen Sie das Futilitäten? Soll ich so was unterschreiben? Ferner ist in dem Bündnis-Vertrag zweimal die Rede von dem ‚ganzen Lauf des Mississippi‘. Der Lauf dieses Flusses soll die Grenze bilden zwischen den Rebellen und Spanien. Dabei hat man die Quelle dieses Mississippi überhaupt nicht entdeckt. Wenn ich so was durchgehen ließe, dann nähme ich vielleicht mit einem leichtsinnigen Federstrich unserm Vetter in Madrid Länder weg, die so groß sind wie ganz Österreich. Futilitäten, Babiolen. Sie wissen nicht, was Sie sagen, Madame. Nein, so was unterschreibe ich nicht. Das kann ich vor Gott und meinem Gewissen nicht verantworten." Sein kleines Doppelkinn zitterte.

Da traf eine Nachricht ein, welche die politische Lage von Grund auf änderte. Der Kurfürst von Bayern war gestorben. Die Frage seiner Nachfolge bewegte Europa.

Der österreichische Botschafter Graf Mercy erschien bei Vergennes. Kaiser Josef besaß Ansprüche auf die größere Hälfte Bayerns. Doch diese Ansprüche waren auf zweifelhafte Art erworben, sie standen auf dem Papier, und jedermann wußte, daß Friedrich von Preußen nicht zusehen werde, wenn sich Habsburg Bayerns bemächtigte. Graf Mercy hatte in Gesprächen mit Vergennes damals betont, daß sein Monarch bei der Durchsetzung seiner Ansprüche auf die Hilfe Frankreichs rechne, doch hatte er bisher lediglich auf die verwandtschaftlichen Beziehungen Schönbrunns mit Versailles hingewiesen und auf den Allianz-Vertrag. Jetzt, da die Frage Ernst wurde, ließ der Realist Josef durch Mercy dem König Louis für dessen Hilfe sehr handgreifliche Kompensationen bieten: die Österreichischen Niederlande.

Die flandrischen Provinzen, die gedüngt waren mit französischem Blut, ihrem Reiche zuzufügen, war ein alter Traum der französischen Könige, und Vergennes mußte in seinem Innern dem Habsburger zugestehen, daß sein Angebot geschickt und großzügig war. Aber Josef verlangte dafür einen ungeheuern Einsatz: das Risiko eines höchst unpopulären Krieges mit Preußen. Vergennes war denn auch vom ersten Augenblick an entschlossen, Josefs Angebot abzulehnen. Da man einen Zweifrontenkrieg nicht führen konnte, so mußte man, wenn man Josefs Angebot annahm, England durch hohe Konzessionen friedlich halten und alles aufgeben, was man mit soviel Mühe aufgebaut hatte. Man mußte auf die Schwächung Englands und auf die Unterstützung Amerikas verzichten; man mußte es geschehen lassen, daß die amerikanischen Kolonien sich wiederum mit dem Mutterland vereinigten und daß man einem gestärkten Großbritannien gegenüberstand. Vergennes dachte nicht daran, solche Opfer und solche Gefahren auf sich zu nehmen, und ließ sich durch Mercys neues Angebot nicht in Versuchung führen.

Wie aber stand es mit Louis? Der hatte bisher der österreichischen Politik seiner Minister von Herzen zugestimmt. Aber wird er jetzt nicht irre werden? Wird er der Verlokkung des flandrischen Angebots, wird er dem Drängen Toinettes widerstehen können, die tags und vor allem nachts auf ihn einreden wird?

Maurepas teilte die Zweifel seines Kollegen Vergennes. Vor allem aber fürchteten beide Minister, Louis werde die bayrische Frage zum Vorwand nehmen, die Unterzeichnung des amerikanischen Pakts in eine möglichst ferne Zukunft hinauszurücken. Er werde versuchen, sich vor einer klaren Entscheidung in der Frage der Intervention für Habsburg zu drücken, und werde erklären, solange er sich darüber nicht schlüssig geworden sei, könne er natürlich auch die Allianz mit den Amerikanern nicht abschließen. Die Herren mußten also aus Louis ein rasches und entschiedenes Nein in der österreichischen Frage herausholen; dann war er von selber gezwungen, zum amerikanischen Pakt ja zu sagen.

Alles in allem war Maurepas zuversichtlich. Er konnte sich gut in Louis einfühlen. Der Pakt mit den Rebellen war Sünde, aber die Unterstützung des gottlosen Josef in seinem verbrecherischen Krieg gegen Friedrich war auch Sünde. Und Friedrich saß weitab in seinem Potsdam und ließ einen ungeschoren, England aber hockte einem gefährlich gegenüber, bedrohte einen in Indien und auf den Inseln und hatte seinen Kommissar frech in Dünkirchen sitzen. Wennschon Sünde, dann lieber durch einen Krieg gegen England als durch einen Krieg gegen Preußen. Und überdies hielt Maurepas, wie er dem Kollegen schmunzelnd und geheimnisvoll anvertraute, für Louis noch ein kleines Druckmittel bereit, auf dessen Wirkung er sich verlassen konnte.

Die Minister fanden Louis in trüber Stimmung. Er begann sogleich zu sprechen von den Verpflichtungen, welche ihm sein Vertrag mit Habsburg auferlege, und es war klar, daß er Josef nicht eindeutig nein sagen, sondern seine Entscheidung hinausziehen wollte.

Vergennes machte geltend, der Bündnisfall sei nicht gegeben, denn es handle sich um keinen Verteidigungskrieg. Wenn Josef seine sehr künstlichen Ansprüche auf Bayern mit Gewalt durchsetzen wolle, so sei das ein Eroberungskrieg, ein verbrecherischer Krieg. Maurepas führte aus, nicht nur vom moralischen, sondern auch vom Standpunkt der Nützlichkeit aus sei ein Krieg gegen Preußen verwerflich. Flandern hin, Flandern her, das Risiko sei zu groß, und überdies sei ein solcher Krieg höchst unpopulär.

Louis erwiderte, im großen ganzen gebe er den Herren recht, und nichts liege ihm ferner, als sich in einen Krieg gegen Preußen hineinziehen zu lassen. Andernteils wolle er seinem Schwager Josef, der offenbar sein Herz an die Gewinnung Bayerns gehängt hat, nicht sogleich grob und unbrüderlich nein sagen. Schließlich seien da auch die Verpflichtungen des Habsburgischen Paktes zu erwägen, und es widerstrebe ihm, mit Josef darüber zu feilschen, ob es sich um einen Verteidigungskrieg handle. Man solle also dem Grafen Mercy mit Bedenken kommen und mit immer neuen Bedenken den Bescheid hinzögern.

Die beiden Minister fanden das nicht ratsam. Wenn man nicht jegliche Hilfeleistung an Josef von vornherein und entschieden ablehne, erklärten sie, dann werde dieser sehr energische Fürst Bayern ohne weiteres besetzen, und dann sei der Krieg da. Und dann werde Josef nicht zu Unrecht behaupten, gerade die halben Zusagen Frankreichs hätten ihn zum Einmarsch in Bayern verleitet. „Sagen Sie unzweideutig nein, Sire“, bat Vergennes. „Geben Sie uns Erlaubnis, die Vorschläge Mercys höflich und unzweideutig abzulehnen.“

Louis schnaufte und druckste herum. Da blinzelte Maurepas seinem Kollegen zu und nahm seine Zuflucht zu jenem kleinen Druckmittel. Die Zögerpolitik, erklärte er, die Louis einschlagen wolle, sei genau das, worauf der erlauchte Herr Schwager rechne. Wer zögere, den könne man gewinnen. Er, Maurepas, habe Grund zu der Annahme, daß Josefs ganze Politik ausgehe von der Überzeugung, Louis sei ein Werkzeug in seiner Hand. Und da Louis erstaunt und stirnrunzelnd hochsah, kramte der Minister aus seiner Aktenmappe die Kopie eines Briefes heraus, und mit einem Lächeln, das teils triumphierend war, teils die Schlechtigkeit der Welt bedauerte, überreichte er sie Louis.

Es war das aber die Kopie jenes Briefes, in welchem seinerzeit Kaiser Josef der Mutter seine Eindrücke vom Wesen Louis mitgeteilt und welchen die Pariser Polizei aufgefangen hatte. Ja, das war ein guter Einfall gewesen, daß damals Maurepas dieses Schreiben nicht sogleich verwertet, sondern für eine bessere Gelegenheit aufgespart hat. So bekam denn Louis jetzt erst, im rechten Moment, zu lesen, was sein Schwager Josef über ihn dachte.

„Unser Louis", las er, „ist schlecht erzogen und sieht höchst unvorteilhaft aus. Ich vermag nicht zu erkennen, welchen Nutzen sein totes, aufgespeichertes Wissen ihm bringen könnte. Er leidet an einer bedenklichen Unfähigkeit zu Entschlüssen und ist schwach vor solchen, die ihn einzuschüchtern wissen."

Louis las mehrmals, er lächelte bitter und schmerzhaft, doch blieb er bemüht um Sachlichkeit. „Vielleicht hat mein Schwager Josef recht", sagte er, „und ich bin nicht sehr gescheit. Aber so viel weiß ich, daß ich mich in seinen Eroberungskrieg nicht hineinziehen lassen darf. Und wenn ich unfähig zu Entschlüssen bin, so wird er erleben, daß diesmal weder er noch irgend jemand, den er vorschickt, mich einzuschüchtern vermag. Verlassen Sie sich darauf, meine Herren."

Vergennes fragte schnell, ob er also Mercys Vorschläge ablehnen dürfe. Louis zauderte einen Augenblick, schnaufte, antwortete: „Nun ja, also schön."

Die Österreicher waren indessen nicht müßig geblieben. Gemeinsam hatten Graf Mercy und der Abbé Vermond bei Toinette vorgesprochen. In Jahrzehnten, vielleicht in Jahrhunderten, mahnten sie, werde sich keine zweite so günstige Gelegenheit bieten, die Macht der katholischen Reiche zu verstärken. Jetzt sei die Stunde da, die lang ersehnte, da Toinettes Heirat mit Bourbon Früchte tragen müsse. Jetzt müsse Toinette schicksalhaft eingreifen in die Geschichte Europas zur größeren Ehre Gottes, Habsburgs und Bourbons. Und sie sprachen ihr von Josefs großzügigem Angebot, Louis die flandrischen Provinzen zu überlassen.

In Toinette, während die Herren auf sie einredeten, stieg die Erinnerung hoch an jene letzte, bittersüße Unterredung mit dem Bruder, da er ihr von den Pflichten gesprochen hatte, die ihre Geburt ihr auferlege. Damals hatte sie ihn nicht recht verstanden; in der Zwischenzeit war sie gewachsen und hatte Geschmack gefunden an dem berauschenden Spiel der hohen Politik. Und jetzt wird sie ihm zeigen, dem stolzen Herrn Bruder, wer sie ist. Sie hat Amerika durchgesetzt, jetzt wird sie Josef Bayern verschaffen.

Sie ließ sich von den beiden Herren alle Argumente auseinandersetzen, die geeignet sein konnten, Louis zu überreden, und machte sich begeistert ans Werk.

Sie stellte Louis vor, Friedrich von Preußen werde, wenn Frankreich nicht eingreife, Österreich verwehren, von seinem verbrieften Recht Gebrauch zu machen und sein Gebiet abzurunden. Friedrich werde sich als Diktator ganz Deutschlands aufspielen. Seit siebzehn Jahren sei er durch seinen Despotismus und seine gewalttätige Natur das Unglück Europas. Ihn niederzuhalten sei Sache Louis' nicht weniger als Josefs.

Louis war gereizt von dem Moment an, da Toinette zu sprechen begonnen hatte. Es war ihr gelungen, ihn in der amerikanischen Angelegenheit zu überrumpeln: in dieser österreichischen Sache war er gut vorbereitet, da wird sie kein Glück haben.

Trocken erwiderte er, Friedrich werde wohl in seinem Widerstand nur bestärkt werden, wenn Frankreich Josefs Ansprüche unterstütze. „Im Gegenteil", ereiferte sich Toinette. „Wenn Sie sich jetzt für meinen Bruder erklären, Sire, so ist das das einzige Mittel, Friedrich angst zu machen und den Krieg zu verhindern. Wenn Sie aber die Hände in den Schoß legen, so fallen Sie uns in den Rücken." – „Uns", sagte bitter Louis. „Uns, uns", wiederholte er. „Sie sprechen von Friedrichs Despotismus, Madame, von seinem gewalttätigen Charakter. Uns, uns. Wie steht es denn um euch Wiener? Erst ist Ihre Familie über Polen hergefallen, und jetzt will Ihr Bruder

Bayern vergewaltigen. Ich habe es immer gewußt, Madame, und ich sage es Ihnen glatt ins Gesicht: unser Bruder Josef hat die Gelüste eines Machtmenschen und Eroberers. Aber niemals hätte ich vermutet, daß seine gewalttätigen Pläne in der Königin von Frankreich eine Fürsprecherin finden könnten." Er geriet in Wut. „Schweigen Sie, Madame", schrie er plötzlich, „widersprechen Sie mir nicht. Diesmal werden Sie mich nicht schwach machen. Diesmal nicht", schrie er in der Fistel, grimmig, verzweifelt, mehrere Male. Es blieb Toinette nichts übrig, als sich unverrichteterdinge zu entfernen.

In jener ersten Konferenz über eine Unterstützung der österreichischen Ansprüche hatten Maurepas und Vergennes die amerikanische Allianz wohlweislich nicht erwähnt. Nun indes Louis das Angebot Josefs abgelehnt hatte, hofften die Herren, sie könnten den König gerade durch Hinweis auf die österreichisch-bayrischen Verwicklungen endlich zur Unterzeichnung des amerikanischen Paktes bewegen.

Wiederum erschienen sie gemeinsam zum Vortrag. Vergennes führte aus: daß Louis die Unterzeichnung des amerikanischen Paktes immer von neuem hinauszögere, müsse den Doktor Franklin auf die Vermutung bringen, Louis erwäge ernstlich eine Intervention zugunsten Habsburgs und wünsche also, auf die bewaffnete Auseinandersetzung mit England zu verzichten. Eine solche Annahme aber zwinge Franklin geradezu, mit England zum Frieden zu kommen, solange noch günstige Bedingungen zu haben seien.

Louis schaute die Herren nicht an und erwiderte nichts. Mechanisch streichelte er die Porzellan-Statuetten der großen Schriftsteller, die auf dem Schreibtisch standen zwischen ihm und seinen Ministern.

Maurepas nahm das Wort. Die Zurückweisung der habsburgischen Vorschläge, sagte er, und seine alte Stimme klang dringlicher als sonst, sei doch nun beschlossen. Louis möge somit nicht länger in seinem gefährlichen Zaudern verharren, sondern den Pakt mit den Amerikanern unterzeichnen.

Was ihm seine Herren da vorstellten, hatte Louis längst selber bedacht. Aber nun er endgültig ja sagen sollte zu dem

Pakt mit den Rebellen, waren ihm Herz und Zunge wie gelähmt. Er stand auf, und sogleich, ehrerbietig, erhoben sich auch die Minister. „Bleiben Sie doch sitzen, meine Herren", bat Louis. Er selber aber ging hin und her. Machte schließlich halt vor dem Kamin, streichelte mit merkwürdig zarter Bewegung der fetten ungeschlachten Hand das kunstvoll feine Eisenwerk des Mantels. „Wollten Sie noch etwas sagen, meine Herren?" fragte er die hinter ihm Sitzenden.

Die beiden Minister zählten zum hundertsten Male die Gründe her, welche die schleunige Unterzeichnung des Abkommens notwendig machten. Er ließ sie reden und hörte nur mit halbem Ohr hin. Dann aber kehrte er zurück an den Tisch, setzte sich, räusperte sich. Er wollte jetzt sprechen, er wollte seine Bedenken in Worte fassen, seine Ängste und Hemmungen. Wenn das amerikanische Abenteuer schlecht ausging – und er war sicher, daß es zuletzt schlecht ausgehen werde –, dann wollte er wenigstens vor Gott und vor sich selber behaupten können, er habe zur rechten Zeit geredet und gewarnt.

Zögernd erst, doch allmählich immer fließender sprach er. Zunächst, guter Hausvater, der er war, führte er an die enormen Kosten, die ein Krieg mit England bringen müsse. Er hatte Monsieur Necker beauftragt, ihm eine Schätzung dieser Kosten vorzulegen, und da lag sie, und es waren beinahe tausend Millionen. „Tausend Millionen", sagte er mit schwerer Zunge. Wieder erhob er sich; beinahe heftig winkte er den Herren, sitzen zu bleiben. Vor den Globus trat er, langsam rollten ihm die Worte von den dicken Lippen: „Stellen Sie sich das vor, meine Herren: tausend Millionen. Welch ein Strom von Gold. Ich habe versucht, zu errechnen, wie lang sich eine Linie hinziehen würde, gebildet aus den Sous solcher tausend Millionen. Sie würde zwölfeinhalbmal um den Äquator führen. Stellen Sie sich das vor, meine Herren. Und all das Geld soll ich aus meinem Lande herausziehen, für die Rebellen. Stellen Sie sich vor, wieviel Hunger und Entbehrung das bedeutet für meine Untertanen, für meine Söhne. Und wenn sie darüber murren, wenn sie mich verwünschen, was kann ich ihnen erwidern? Tausend Millionen für den Doktor Franklin."

Die Herren glitten sänftigend über diese schwarzseherischen Worte hinweg. Erklärten, Monsieur Necker sei ein übervorsichtiger Herr, und das gehöre sich auch für sein Amt. Aber die Summe sei wahrscheinlich übertrieben, die Kriegsdauer vermutlich überschätzt, und im übrigen werde ja England alles bezahlen. Nicht nur werde Frankreich ökonomisch ungeschwächt aus diesem Krieg hervorgehen, es werde sogar aufblühen aus dem Ertrag der neuen Märkte, welche das große Unternehmen erschließe.

Louis ging darauf nicht ein. Er kehrte zurück an den Tisch, setzte sich plump auf seinen Sessel, und, sich überwindend, begann er zu reden von seinen inneren Hemmungen. Sich rötend, die Herren nicht anschauend, sprach er sie aus, seine ständige, heimliche Furcht, es könne das Bündnis mit den Rebellen Rebellion in Frankreich selber herbeiführen. Die Offiziere und Soldaten, wenn sie für die Sache der sogenannten Freiheit gekämpft hätten, könnten mit vergifteten Herzen zurückkommen und die Seuche der Meuterei auch in Frankreich verbreiten. Es kam ihn hart an, so kleinmütige Gedanken laut werden zu lassen. Ihm war, als entblöße er sich vor diesen Herren am hellen Mittag.

Die Herren, nachdem er geendet hatte, schwiegen betreten. Schließlich nahm Vergennes das Wort und setzte mit umständlichen juristischen Argumenten auseinander, die Anerkennung der Vereinigten Staaten bedeute keineswegs die Anerkennung der in der Unabhängigkeitserklärung niedergelegten Prinzipien. Maurepas ging so weit, mit gewandten Worten zu versichern, nicht nur werde der Krieg mit England die rebellische Gesinnung in Frankreich nicht schüren, es sei vielmehr solch ein populärer Krieg das beste Mittel, das Volk von aufsässigen Gedanken abzubringen.

Louis hockte trübe da. Es war alles gesagt, was für die Allianz zu sagen war, es war oft und abermals gesagt und zerkaut, und es waren gute Argumente. Aber er wußte, daß diese Argumente nicht stimmten und daß dieses Bündnis ein Fluch war, und nun hatte er es vor diesen Herren aus sich herausgepreßt, warum. Aber sie wollten nicht hören, seine Herren, sie zerrten an ihm und zerrten und schleiften ihn, wie einer ein Kalb zur Schlachtbank schleift, dachte es in ihm, und sie schleiften und zerrten, und er mußte nachgeben. Dabei wußte er, daß er nicht nachgeben durfte, daß er von Anfang an diesen Franklin nicht hätte in sein Land hereinlassen dürfen. Und Gott schickte ihm Zeichen und Züchtigungen, weil er so schwach war. Es war wegen dieser seiner Schwäche, die Sünde war, daß Toinette nicht schwanger wurde, und wahrscheinlich war es ihm wegen seiner Sünde bestimmt, der Letzte der Bourbonen zu sein. Aber wenn er sich jetzt stark machte und nein sagte, dann stand am andern Ende der Habsburger und zog ihn hinein in seinen verbrecherischen Krieg. Josef schrieb und Toinette redete, und sie zogen ihn hinein. Und da kein Ausweg war, und da er dazu verdammt war, selber am Sturz der Bourbonen mitzuwirken, und da diese Herren hier vor ihm saßen und hungrig auf sein Ja warteten, so wird er also jetzt gleich nachgeben und ja sagen zu diesem Pakt mit den Rebellen, obgleich er es doch besser weiß. Vorläufig zögerte er noch und brachte das Ja nicht aus der Brust. Er hockte da, und es war ein langes, schweres Schweigen.

„Es ist jetzt beinahe einen Monat her, Sire“, sagte bittend und verbindlich Maurepas, „daß Sie dem Doktor Franklin Ihr Wort gegeben haben, den Vertrag zu unterzeichnen.“

„Ich glaube“, antwortete Louis, „wir handeln übereilt. Aber da Sie beide und da die Königin und da meine Stadt Paris solche Hast befürworten, verzichte ich auf die Richtigstellung jener fünfzehn Punkte, die noch immer nicht in Ordnung sind.“ – „Ich darf also den amerikanischen Delegierten mitteilen, Sire“, legte Vergennes ihn fest, „daß die Verträge unterzeichnet werden können in der Form, in welcher sie jetzt vorliegen?“

„Nun ja, nun schön“, sagte Louis.

Doch schnell fügte er hinzu: „Ich will aber die Originaldokumente sehen, bevor Sie unterzeichnen. Überhaupt“, entschied er, „unterzeichnen nicht Sie, Graf Vergennes, sondern Monsieur de Gérard. Wir wollen der Sache nicht den

Anschein zu großer Wichtigkeit geben. Und schärfen Sie den amerikanischen Herren ein: Nichts darf verlauten von der Allianz, kein Hauch, bevor die Verträge von dem sogenannten Kongreß der Rebellen ratifiziert und zurückgeschickt sind."

„Wie Sie befehlen, Sire", sagte Vergennes.

Noch am gleichen Tag kündigte Monsieur Gérard den Emissären im Auftrag Seiner Majestät an, daß die Verträge in der jetzt vorliegenden Form unterzeichnet werden könnten. Er habe den Text bereits Monsieur Paillasson, dem Kalligraphen Seiner Majestät, übergeben, damit dieser die beiden Dokumente in je zwei Exemplaren ausfertige. Graf Vergennes werde sie dem König ein letztes Mal vorlegen, und dann – er nehme an, übermorgen – könne die Signierung stattfinden. „Ausgezeichnet", sagte Franklin, und Silas Deane atmete tief und hörbar auf.

Sogleich aber griff Arthur Lee ein. Es müsse da ein Mißverständnis sein, erklärte er finster. Er erinnere sich nicht, daß sie, die Delegierten, den letzten Entwurf gebilligt hätten. Er jedenfalls habe seine Zustimmung nicht erteilt. Peinlich überrascht antwortete Monsieur Gérard, wenn er Doktor Franklin recht verstanden habe, dann hätten doch die Herren ihr Einverständnis mit der letzten Fassung erklärt. Dann müsse Doktor Franklin ihn mißhört haben, entgegnete Arthur Lee. Silas Deane schnaufte empört. Das sei bedauerlich, meinte Monsieur Gérard und verhehlte nicht seinen Unmut. Seine Majestät zur Annahme der Verträge in der vorliegenden Fassung zu bewegen sei nicht leicht gewesen. Er fürchte, wenn man dem König in so später Stunde mit neuen Änderungsvorschlägen komme, so bedeute das eine Gefährdung des ganzen Paktes. „Es ist nicht meine Schuld", sagte in eine unbehagliche Stille hinein Arthur Lee. „Bitte, äußern Sie Ihre neuen Wünsche und Einwände, Herr Kollege", sagte trocken Doktor Franklin.

Während die drei andern verdrossen zuhörten, legte Arthur Lee in längerer Rede dar, wenn man die Artikel XII und XIII des Handelsvertrages genau studiere, dann entsprächen sie nicht den Grundsätzen absoluter Reziprozität, auf welchen die Verträge nach dem ursprünglichen Übereinkommen aufgebaut sein sollten. Die Artikel legten den Vereinigten Staaten die Verpflichtung auf, keinen Ausfuhrzoll zu erheben auf irgendein Produkt, das aus ihren Häfen nach Westindien gehe. Frankreich indes verpflichte sich lediglich, keinen Ausfuhrzoll zu erheben auf Melasse; es war aber und ist dies jenes süße, zähflüssige Produkt, welches bei der Herstellung des Zuckers entsteht. „Wo bleibt da die Reziprozität?" fragte Arthur Lee.

„Wir selber", erklärte Franklin, „haben diese Fassung der beiden Artikel vorgeschlagen. Ich wüßte kein anderes wesentliches Ausfuhrprodukt, das Westindien nach Amerika liefern könnte." – „Das mag heute so sein", erwiderte Arthur Lee, „aber niemand kann garantieren, daß das auf ewig so bleiben wird. Und ich denke, der Vertrag soll Dauer haben."

Der gelassene, diplomatisch höfliche Gérard wurde böse. „Ich mache Sie nochmals darauf aufmerksam, Monsieur", sagte er, „daß die Änderungswünsche, die Sie in so später Stunde vorbringen, den Vertrag gefährden. Es ist keineswegs ausgeschlossen, daß Seine Majestät der ganzen Sache überdrüssig wird, wenn Sie auf einmal wieder neue Zusätze zu der Melasse-Klausel haben wollen, und ich muß Ihnen ehrlich sagen, auch die Grafen Vergennes und Maurepas haben das ganze kleberige Gefeilsche gründlich satt." Arthur Lee stand da, die Arme übereinandergeschlagen, das Kinn zur Brust gepreßt, die Stirn vorgestoßen. „Es geht nicht um die neuen Zusätze zu der Melasse-Klausel", sagte er, „es geht um das Prinzip der Reziprozität, es geht um die Souveränität der Vereinigten Staaten." – „Entschuldigen Sie, Monsieur", entgegnete Gérard, „ich glaube, der König von Frankreich hat genug getan, indem er sich bereit erklärt hat, die Souveränität der Vereinigten Staaten mit seiner Armee und seiner Flotte zu verteidigen. Ich kann Ihnen versichern, der König hat nicht die Absicht gehabt, die Souveränität Amerikas in Frage zu stellen durch die Klausel über die Gegenleistung für die Ausfuhr der Melasse."

Franklin, mit außerordentlicher Selbstüberwindung, sagte: „Es ist meine Schuld, Monsieur Gérard. Ich hätte Mr. Lee Gelegenheit geben sollen, seinen Einwand vorher mit uns zu erörtern. Der Einwand wäre dann vermutlich nicht gemacht worden." – „Da irren Sie, Doktor Franklin", bestand Mr. Lee. „Aber sei dem wie immer", fuhr er fort, „niemals werde ich die Verträge in dieser Form unterzeichnen. So, wie die Klausel mit der Melasse jetzt lautet, ist sie – und ich spreche für den Kongreß der Vereinigten Staaten – unannehmbar."

Monsieur Gérard schaute auf Franklin voll Bedauern und Respekt. Keinesfalls wollte er den Pakt, das Ergebnis von soviel Mühe, Geduld und List, scheitern lassen an der Unvernunft dieses hysterischen Menschen, mit dem der offenbar nicht sehr staatsmännische Kongreß den ehrwürdigen Doktor Franklin zusammengespannt hatte. „Mir fällt ein Ausweg ein", verkündete er. „Sie befürchten", wandte er sich an Arthur Lee, „der Kongreß könnte Anstoß nehmen an der Klausel über die Melasse?" – „Allerdings, Monsieur", sagte streitbar Mr. Lee. „Würde es Ihnen genügen", fragte Monsieur Gérard, „wenn ich Ihnen in einem den Vertrag ergänzenden Brief im Namen des Grafen Vergennes mitteilte, daß, falls der Kongreß die Klausel wegen der Melasse nicht ratifizieren sollte, die andern Klauseln der Verträge gleichwohl in Geltung bleiben sollen?" – „Sie wären dann bereit", fragte Arthur Lee, „über die Melasse einen Sondervertrag zu schließen?" – „Das wären wir", antwortete Monsieur Gérard. „Sie übernehmen dafür die Verantwortung?" fragte dringlich Arthur Lee. „Ich übernehme sie", antwortete Gérard. „Und Sie erklären in Ihrem Brief", fragte Arthur Lee, „daß der Brief ein integrierender Bestandteil der Verträge sein soll?" – „Ich erkläre", sagte Gérard. „Ich verstehe Sie recht, Monsieur?" faßte Arthur Lee zusammen. „Auch wenn der Kongreß, wie ich befürchte, sich weigern sollte, für Ihren Verzicht auf den Ausfuhrzoll auf die Melasse seinerseits die Ausfuhrzölle auf alle unsere Produkte preiszugeben, so sollen die übrigen Klauseln des Handelsvertrages davon nicht berührt werden, ganz zu schweigen von dem Vertrag über das Offensiv- und

Defensiv-Bündnis, der dann trotz des Wegfalls der Artikel XII und XIII des Handelsvertrags, eben der Melasse-Klauseln, in Geltung bleiben soll, wie er ist? Das meinen Sie doch, Monsieur?" – „Genau das, Monsieur", antwortete Gérard, und ein klein wenig ungeduldig setzte er hinzu: „Gebilligt, einverstanden, genehmigt." – „Das genügt mir", sagte Arthur Lee und entfaltete die Arme. „Damit wäre auch dieser Punctilio erledigt", sagte Franklin.

Monsieur Gérard versprach nochmals, er werde es die Herren wissen lassen, sowie die Dokumente unterschriftsfertig vorlägen, und bat sie, sich für übermorgen bereit zu halten. Dann verabschiedete er sich.

„Sie sehen, meine Herren", sagte, als sie allein waren, Arthur Lee, „man kann auch über die größten Schwierigkeiten wegkommen mit etwas Geduld und Ausdauer."

Zwei Tage später, am 5. Februar, holte Franklin seinen schweren, blauen Anzug aus Manchestersamt hervor. Das war der Rock, den er damals, vor nunmehr vier Jahren, im Geheimen Kronrat getragen hatte, als der Kronanwalt Wedderburn ihn so wüst beschimpfte und keiner von den fünfunddreißig Herren des Kronrats ihn verteidigte.

In diesem Rocke fuhr er, begleitet von William, nach Paris, zunächst zu Dubourg. Er hatte gestern William geschickt, um Erkundigungen einzuziehen, ob der Kranke in der Tat werde imstande sein, aufzustehen und ins Ministerium zu fahren. Der Arzt hatte ein bedenkliches Gesicht gemacht, doch Dubourg hatte herrisch auf seinem Vorhaben bestanden. Und da saß er jetzt wirklich, umgeben von Arzt, Pfleger und Diener, jämmerlich verfallen zwar, doch den wackeligen Körper in Galakleider gehüllt.

Der Anblick des blauen, feierlichen Franklin erregte ihn, er fragte, und Franklin erzählte. „Man muß sich bemühen", setzte er auf seine behagliche Art auseinander, „für Gelegenheit und Umgebung den jeweils rechten Rock zu wählen. Das habe ich von Karl dem Großen gelernt. Als der nach Rom ging zu seiner Krönung, verwandelte er sich aus einem simpeln Franken in einen römischen Patrizier." Und dann berichtete er die Geschichte seines blauen Rockes, und freundlich über den schwergesteppten Samt streichend, sagte er: „Sie sehen, mein Freund, ich war dem Rock eine Genugtuung schuldig.“ Dubourg lächelte, nickte eifrig mit dem Kopf und verfiel in einen Hustenanfall, der ihn sehr schwächte.

Nochmals warnte der Arzt, Dubourg solle nicht in den bösen Wintertag hinausfahren. Doch Dubourg winkte nur ärgerlich ab, und man schickte sich an, das Haus zu verlassen.

Da aber kam, abgehetzt, ein Bote Monsieur Gérards. Der Bote war hinaus nach Passy gefahren und dann eiligst hierher. Monsieur Gérard ließ Franklin mitteilen, die Unterzeichnung müsse auf den nächsten Tag verschoben werden, aus Gründen, die der Doktor in dem mitgesandten Schreiben finde. Man zog den enttäuschten Dubourg wieder aus, brachte ihn zu Bett, und Franklin versprach, ihn am nächsten Tag abzuholen. Doch war allen klar, daß Dubourg nach der Anstrengung von heute am nächsten Tage unmöglich werde aufstehen und mitkommen können.

Daß aber die Unterzeichnung hatte verschoben werden müssen, war durch folgendes verursacht. Monsieur Paillasson hatte die beiden Dokumente in je zwei Exemplaren ausgefertigt. Er hatte das edle Pergament verwendet, auf das Staatsverträge geschrieben zu werden pflegten, und die Schriftstücke mit der Sorgfalt hergestellt, für die er geschätzt war. Als indes Louis die Dokumente aufmerksam durchlas, hatte er gefunden, daß in dem Handels- und Freundschaftsvertrag auf Seite 3, Zeile 17, ein Punkt so ausgefallen war, daß er für ein Komma hätte angesehen werden können. Louis verlangte, daß die Seite nochmals geschrieben und ihm dann die Dokumente nochmals vorgelegt würden. Auf diese Art gewann er einen Tag, und er hoffte wohl, es könne sich im Laufe dieses Tages etwas ereignen, was ihn der endgültigen Unterzeichnung doch noch überhöbe.

Es ereignete sich nichts. Vielmehr schrieb Monsieur Paillasson geduldig seine Seite nochmals und so, daß auch das kritischste Auge den Punkt auf Zeile 17 für einen Punkt ansehen mußte und für nichts sonst. Und geduldig mit den beiden Dokumenten und mit den zu unterzeichnenden Vollmachten erschien noch einmal Monsieur de Vergennes vor Louis. Dieser seufzte, sagte: „Nun ja, nun schön", und unterschrieb. Und eilig übergab Vergennes alle Schriftstücke Monsieur Gérard und dazu eine Vollmacht, in seinem und somit in des Königs Namen die Staatsverträge 1778/32 und 1778/33 zu unterzeichnen und zu siegeln.

Am 6. Februar, pünktlich um fünf Uhr nachmittags, fanden sich dann die drei Kommissare in Begleitung William Temples im Hôtel Lautrec ein, im Arbeitszimmer Monsieur Gérards. Doktor Franklin trug auch heute seinen blauen Rock; Doktor Dubourg aber hatte nicht mehr mitkommen können.

Die Verträge lagen vorbereitet auf dem Tisch, daneben lag das Siegel des Königs. An einem zweiten, kleineren Tisch wartete Monsieur Gérards Sekretär. „Ja, Doktor Franklin", sagte Monsieur Gérard und schien sehr guter Laune, „nun ist es soweit. Und wenn es Ihnen recht ist, schreiten wir sogleich zur Unterzeichnung."

Doch Arthur Lee hielt ihn mit starker Handbewegung auf. Er schaute auf Franklin, und da dieser schwieg, sagte er: „Ich denke doch wohl, wir sollten vorher unsere Vollmachten und Beglaubigungen austauschen, unsere Kreditive." – „Haben wir Kreditive?" fragte halblaut Franklin, und William Temple begann zu suchen. Monsieur Gérard, sehr kühl, sagte zu dem Sekretär: „Zeigen Sie dem Herrn meine Bevollmächtigungen, Pêcheur." Arthur Lee las die Vollmachten sorgfältig durch. Dann überreichte er ihm seine Beglaubigungen. „Danke", sagte, ohne hinzuschauen, Monsieur Gérard. Arthur Lee aber, ziemlich streng, erklärte: „Ich gestatte mir, darauf hinzuweisen, Herr Staatssekretär, daß ich im Besitz zweier Vollmachten bin. Ich bin hier sowohl in meiner Eigenschaft als bevollmächtigter Gesandter des Kongresses beim Hofe von Versailles wie in meiner Eigenschaft als bevollmächtigter Gesandter beim Hofe von Madrid. Halten Sie es für richtiger, Monsieur, daß ich meine Unterschrift, nachdem ich die Verträge als Ganzes unterzeichnet habe, neben die Geheimklausel über den allenfallsigen Eintritt Spaniens in das Bündnis setze oder daß ich mich begnüge, die Verträge zu unterzeichnen und meiner Unterschrift auf dem Bündnisvertrag meinen zwiefachen Charakter beizufügen?" – „Fügen Sie den zwiefachen Charakter bei", riet freundlich Franklin. „Tun Sie das", meinte Gérard. „Das wäre also geregelt", sagte Arthur Lee. „Aber nun erhebt sich die Frage, wie ich meinen Titel ‚Vollgraduierter Rechtsrat' am besten ins Französische übersetze. Ich finde, ein schlichtes ‚Conseiller des Droits' dürfte der Bedeutung des Englischen am nächsten kommen." – „Erlauben Sie mir, Ihnen zu versichern, Monsieur", antwortete Gérard, „daß die Allerchristlichste Majestät den Vertrag nicht anstreiten wird, wie immer Sie unterzeichnen." – „Danke", sagte Arthur Lee. „Es bliebe dann nur noch ein letztes Präliminarium zu erledigen. Ich bitte, jenes Schreiben vorzuweisen, das gemäß unsern Vereinbarungen die Verträge als integrierender Bestandteil ergänzt, ich meine das Schreiben bezüglich der allenfalls herzustellenden Reziprozität in der Regelung der Zölle auf die Ausfuhr der Melasse und so weiter." – „Bitte, weisen Sie vor, Pêcheur", sagte Monsieur Gérard.

Während Arthur Lee das Schreiben studierte, sagte Monsieur Gérard zu den beiden andern Herren: „Ich muß die Herren im Auftrag des Grafen Vergennes nochmals dringlich ersuchen, nichts von dem Abschluß des Paktes verlauten zu lassen, bevor er vom Kongreß ratifiziert ist. Wir zögern dadurch den Krieg um einige Wochen hinaus, die uns für die Vollendung unserer Rüstung unbedingt notwendig sind. Ich darf nochmals wiederholen, daß die Zusicherung Ihres Stillschweigens Voraussetzung des Vertrages war und ist. Graf Vergennes verlangt nichts Schriftliches. Ihm genügt Ihr Wort, Doktor Franklin." Franklin machte eine kleine Neigung mit dem Kopf. Arthur Lee sagte nichts, trat an den Kamin, schlug die Arme übereinander.

„Wenn es Ihnen also jetzt genehm ist, Messieurs", sagte Monsieur Gérard, „dann unterzeichnen wir." Es war ein nicht großer Tisch, auf dem die Dokumente lagen. Monsieur Gérard setzte sich in den kleinen Sessel an der Schmalseite, Doktor Franklin stand ihm gegenüber, beide Hände auf den Tisch gestützt, Arthur Lee stand am Kamin, Silas Deane neben ihm. William Temple hielt sich bescheiden neben dem Sekretär Pêcheur. Der wärmte den Siegellack und ließ ihn auf das erste Dokument träufeln. Monsieur Gérard drückte sein Siegel auf und unterschrieb die erste Kopie.

Franklin sah nach der Uhr auf der Wandkonsole. Sie zeigte 5 Uhr 22 Minuten.

Er stand an der einen Schmalseite des Tisches, die großen, roten Hände leicht aufgestützt, das schüttere Haar fiel auf den kostbaren blauen Rock, und er schaute auf die Hand Monsieur de Gérards, eine weiße, gepflegte Hand, wie sie viermal siegelte und viermal unterschrieb. Eine große Freude schwellte Franklins Herz. Diese, genau die war die Minute, auf die er so lange gewartet hatte. 6. Februar, 5 Uhr 22. Draußen war ein Gemisch von Regen und Schnee, hier innen brannte ein gutes Feuer im Kamin, freundliche Kerzen leuchteten, der Sekretär Pêcheur wärmte den Siegellack, und Monsieur Gérard siegelte und schrieb. Um dieser Minute willen hatte er, Franklin, die schwierige Reise über See gemacht, um dieser Minute willen hatte er vierzehn Monate hindurch die Komödie des bäuerlichen Philosophen aus dem Wilden Westen gespielt, mit Pelz und braunem Rock, hatte geduldig tausend alberne Fragen beantwortet, hatte in Gennevilliers mit der hübschen, törichten Frau in der blauen Maske eine schlaue und törichte Unterredung geführt. Und jetzt also unterschrieb dieser Mann, und dann wird er, Franklin, unterschreiben, und dann werden viele französische Schiffe in See stechen mit vielen Kanonen und vielen Menschen, und viele Franzosen werden sterben, damit England die Unabhängigkeit Amerikas anerkenne. Der König, in dessen Auftrag dieser elegante französische Herr die Verträge unterschrieb, war nicht sehr gescheit, aber er hatte eingesehen, daß es gefährlich war, den Pakt zu unterzeichnen mit der jungen Republik, welche die Feindin war aller despotischen Autorität. Und er hatte sich, dieser dicke, junge Louis, mit Händen und Füßen dagegen gesträubt, das Abkommen zu unterzeichnen, er wollte nicht die Unabhängigkeit der Dreizehn Staaten anerkennen, ihre Bewohner galten ihm als Rebellen, er hatte nein gesagt und immer wieder nein. Er war ein absoluter Monarch, der König von Frankreich, keinem Parlament verantwortlich, er konnte tun, was er wollte. Aber offenbar konnte er doch nicht tun, was er wollte, und mußte tun, was er nicht wollte. Das, was man gemeinhin Weltgeschichte nannte, war stärker als er und zwang ihn. Und es stak also Sinn in der Weltgeschichte und trieb die Menschen, sich in einer bestimmten Richtung zu bewegen, ob sie wollten oder nicht. Und der alte Doktor schaute zu, wie die weiße Hand Monsieur Gérards schrieb und siegelte und schrieb und siegelte, und er war sehr glücklich. Und wußte in all seinem Glück, daß es Unsinn war, wenn ein Mann glaubte, er mache Geschichte, und daß einem jeden seine Funktion vorgeschrieben war. Und daß zuletzt ein großer Mann das gleiche tun mußte wie ein kleiner, nur vielleicht schneller oder langsamer, und ein unwilliger das gleiche wie ein williger.

Monsieur Gérard war zu Ende mit seiner Arbeit. Er sagte höflich: „Bitte, Doktor Franklin", und wies auf den großen Sessel an der Breitseite des Tisches. Doch Franklin setzte sich in den kleinen Sessel, in welchem Monsieur Gérard gesessen hatte. Monsieur Pêcheur wärmte den Siegellack und schickte sich an, ihn auf das Dokument zu träufeln. Aber da drängte sich eifrig der junge William Temple hinzu, er wollte bei der Unterzeichnung helfen, wofür wäre er sonst mitgekommen? Und Franklin siegelte und schrieb. Er schrieb säuberlich: B Franklin, und aus dem B ging er kunstvoll über in das F, und er schrieb mit vielen Schnörkeln, und er siegelte mit seinem Ring; es war ein zierliches Siegel mit Ähren und zwei Löwen und zwei Vögeln und einem Fabeltier. Ihm gegenüber stand Monsieur Gérard und schaute zu, und am Kamin standen die Herren Deane und Arthur Lee und schauten zu.

Dann unterzeichnete Silas Deane. Behaglich und eilig ging er zu dem Tisch und ließ sich nieder in den Sessel. Der junge Temple ging ihm beflissen zur Hand, wärmte ihm den Lack, reichte ihm den Federkiel. Und Silas Deane sagte: „Danke", herzlich und immer wieder. Er siegelte, und er setzte dick und deutlich seinen Namen neben das Siegel: Silas Deane, und er beschaute verliebt und selig das Dokument und seine Unterschrift. Er hatte viel Bitteres hinunterschlukken müssen in dieser letzten Zeit, aber es wurde ihm reichlich vergolten durch die Süßigkeit dieser Minute. Der böse Mensch dort drüben, der ihm so finster auf die Finger sah, hatte ihn gehetzt wie zehn Teufel und ihn mit giftiger Tinte verleumdet; aber er hatte doch nicht verhindern können, daß er nun hier saß als Vertragspartner der Allerchristlichsten Majestät und sein Siegel und seine Unterschrift hinsetzte unter diesen wichtigsten Vertrag seines Landes und seines Jahrhunderts. Und er schrieb und siegelte, und da stand es, und jeder konnte es lesen: Silas Deane.

Nun aber, gemessenen Schrittes, begab sich Arthur Lee zum Tisch. Düsteren, entschlossenen Gesichtes nahm er Platz, starr aufrecht. William Temple wollte ihm helfen, doch Lee sagte streng: „Danke, Herr Franklin, ich mache das schon selber." Es dauerte eine ganze Weile, bis er sein Siegel, seinen Namen, seinen Titel, seinen zwiefachen Charakter auf den vier Schriftstücken niedergelegt hatte. Er tat es mit Sorgfalt, die Franzosen waren schlüpfrige Bundesgenossen, er traute ihnen nicht über den Weg, und er wenigstens wollte das Seine getan haben, ihnen Ausflüchte aus dem Vertrag zu verlegen. Die andern, seine Amtsgenossen, statt dem Akte der Unterzeichnung zuzuschauen, wie es ihre Pflicht gewesen wäre, schwätzten mit dem Franzosen, und der einzige, der sich für seine Tätigkeit zu interessieren schien, war der wichtigmacherische Bengel William. Nicht nur schauten sie nicht her, die andern, sie störten ihn bei der Unterzeichnung durch ihr müßiges, halblautes Gerede.

Gegen seinen Willen mußte er hinhören. „Sie haben einen langen Weg hinter sich, Doktor Franklin", sagte Monsieur Gérard, „einen harten Weg, Sie und Ihre Amerikaner, und ich freue mich, daß Sie Ihr Ziel erreicht haben und daß dieses Dokument gezeichnet und gesiegelt ist." Franklin aber erwiderte: „Nicht ich habe das Dokument zustande gebracht, Monsieur, sondern der Sieg von Saratoga." Arthur Lee, während er hinschrieb: Conseiller des Droits, verbiß die Lippen voll Verachtung für soviel falsche Bescheidenheit.

Monsieur Gérard mittlerweile erklärte: „Nein, nein, Doktor Franklin, ohne Ihre kluge Zurückhaltung und ohne das außerordentliche taktische Geschick, mit welchem Sie das Gespräch mit der Königin führten, wäre es uns nie geglückt, unsern Monarchen zur Zustimmung zu bewegen." Arthur Lee schrieb den T-Strich härter und schärfer. Immer setzten diese Franzosen Amerika gleich mit Franklin. Als ob dieser alte Wüstling die junge, tugendhafte Republik repräsentierte. Wenn *ein* Amerikaner für das ganze Land stehen sollte, wer anders dann als Richard Henry, sein Bruder Richard Henry Lee, der den Antrag auf die Unabhängigkeitserklärung eingebracht hatte? So aber wurde ihm, Arthur Lee, auch dieser Augenblick, da er für sein Land den glücklichen Vertrag unterzeichnen sollte, vergällt durch die Anmaßung des Doktor h. c. und das Mißurteil der Franzosen.

Man war zu Ende. Schweigend schauten alle zu, wie Monsieur Pêcheur umständlich und gewissenhaft den Dokumenten das große Siegel des Königs anheftete.

Gérard überreichte Franklin die beiden für den Kongreß bestimmten Kopien. Franklin gab sie achtlos an William Temple weiter. Arthur Lee hätte die über alle Vorstellung hinaus kostbaren Urkunden lieber in eigene Verwahrung genommen, aber er mußte sie wohl dem leichtsinnigen Jungen überlassen. „Das Schreiben", mahnte er mit heiserer Stimme. Und da ihn die andern verständnislos ansahen, erläuterte er: „Das Schreiben über die Artikel XII und XIII." Ohne seine Mahnung hätten sie wahrhaftig den wichtigen Brief vergessen.

Dann verabschiedete man sich von Monsieur Gérard.

Es waren viele Leute auf den Korridoren des Hôtels Lautrec; doch ohne Rücksicht auf das Aufsehen, das er erregte, nahm Silas Deane, kaum hatte man das Zimmer Monsieur Gérards verlassen, Franklins Hand und schüttelte sie lange. „Ein großer Tag, ein weltgeschichtlicher Tag", sagte er, und: „Ich danke Ihnen, Doktor Franklin, ganz Amerika ist Ihnen unendlich verpflichtet", er war sichtlich bewegt, er hatte Tränen in den Augen. Arthur Lee, angewidert von der falschen Sentimentalität des Mannes, brachte es nicht über sich, länger mit den andern zusammen zu sein. Er lehnte Franklins Angebot, seinen Wagen zu benutzen, ab und zog es vor, zu Fuß zu gehen.

Franklin brachte zunächst Silas Deane nach Hause. Dann aber fuhr er nicht zurück nach Passy, sondern zu Doktor Dubourg. Er ließ sich von William die Verträge geben und hieß ihn warten.

Es hatte sich aber Dubourg seit dem gestrigen Tage erschütternd verändert. Augenscheinlich hatten Anstrengung und Erregung seine letzte Kraft erschöpft. Er konnte kaum mehr reden, es kostete ihn Mühe, den Kopf mit den matten Augen dem Freunde zuzuwenden.

Franklin trat sacht an das Bett heran. „Wir haben es geschafft, mein Alter", sagte er und reichte ihm die Dokumente. Dubourg streckte eine wächserne, behaarte Hand aus, aber er konnte die Papiere nicht halten, sie fielen auf die Decke. Franklin brachte ihm den Bündnisvertrag nahe vor die Augen. Dubourg griff danach, lesen konnte er wohl nicht mehr, doch betastete er das große Siegel des Königs.

Franklin mußte so gut wie allein reden. Er rühmte den Freund; dessen Werk vornehmlich sei diese segensreiche Allianz. Mit seiner leisen Stimme sprach er, sehr deutlich, nahe am Ohr Dubourgs, und damit dieser besser verstehe, sprach er französisch. Aber: „Sprechen Sie englisch", befahl mühsam Dubourg.

Dann, da er sah, wie sehr sein Besuch an Dubourgs letzten Kräften zehrte, nahm Franklin die Verträge, um sie wegzustecken und zu gehen und den Freund in Ruhe eindämmern zu lassen. Dubourg aber, mit ungeduldiger Gebärde, hielt ihn zurück. Nochmals betastete er die Verträge, und: „Quod felix faustumque sit – Was Glück und Segen bringen möge", sagte er mit schauriger Eindringlichkeit.

Dann noch immer nicht ließ er Franklin gehen. Offenbar hatte er ihm noch etwas zu sagen. „Eulogium Linnaei", stammelte er. Franklin verstand. Dubourg, dessen Lieblingsbeschäftigung von je die Botanik gewesen war, hatte ihm davon gesprochen, daß er an einem Aufsatz über den vor kurzem verstorbenen Linné arbeite, den größten Botaniker der

Epoche. „Soll ich den Aufsatz an mich nehmen? Soll ich ihn übersetzen?“ fragte Franklin. Dubourg brachte etwas wie ein Nicken zustande. „Das mache ich gerne“, sagte Franklin. Der Freund hatte viel von ihm und mit Beflissenheit übersetzt. Franklin freute sich, es ihm vergelten zu können. „Sowie es Ihnen besser geht“, sagte er, „geben Sie mir den Aufsatz. Dann sprechen wir ihn durch, Wort für Wort, und übersetzen ihn.“ Er war gewiß, daß es dazu nicht kommen werde, aber er nahm sich vor, unter allen Umständen den Aufsatz englisch zu veröffentlichen.

Doch Doktor Dubourg wußte in seinem Innern, daß er Franklin zum letzten Male sah, und wollte sichergehen. Wieder mit Gebärden hielt er Franklin zurück, und dieser, der Diener und der Pfleger mußten sich daranmachen, das Manuskript zu suchen. Erst als er das „Eulogium“ in der Hand Franklins wußte, beruhigte sich Dubourg.

Franklin blätterte in dem Manuskript. „Es ist sehr deutlich geschrieben“, versicherte er, und er versprach: „Ich werde dieses ‚Eulogium‘ selber drucken, englisch und französisch.“ Da ging ein Leuchten über das gelbe, verfallene Gesicht, von dem Franklin wußte, er werde es nicht mehr sehen.

Die beiden Verträge und die Lobrede auf Linné in seinem blauen, gesteppten Rock, fuhr Franklin zurück nach Passy.

AtV

Band 5011 **Lion Feuchtwanger**
Die Brüder Lautensack
Roman

328 Seiten
16,90 DM
ISBN 3-7466-5011-9

Das Treiben um den Telepathen, den Magier Oskar Lautensack, dem mit Hilfe der Nazis ein schwindelhafter Aufstieg gelingt, bis er von ihnen auf übliche Art – durch Mord – beseitigt wird, offenbart eine besondere Seite des faschistischen Systems: Die Naziführung bedient sich des Okkulten, des Mystischen, um ihre Macht in den Köpfen und Herzen der Massen zu festigen, eine Macht, die Rausch, Irrationalismus und Verbrechen an die Stelle von Vernunft, Gewissen und Gerechtigkeit gesetzt hat. Vorbild für die Hauptfigur ist der Hellseher Hanussen.

AtV

Band 5007 **Lion Feuchtwanger**

Erfolg

Drei Jahre Geschichte einer Provinz

Roman

816 Seiten
24,90 DM
ISBN 3-7466-5007-0

Der Münchner Museumsdirektor Martin Krüger hat sich unbeliebt gemacht. Eine Menge Leute wären ihn gern los. Der Meineidprozeß, den man ihm anhängt, geht deshalb auch nicht gut für ihn aus. Aber er hat Freunde, die seine Unschuld zu beweisen versuchen. Die vielfältigen Bemühungen für und gegen Krüger sind Drehpunkt eines grandiosen Zeitromans über die politischen und kulturellen Ereignisse in der Stadt München, im Land Bayern, zur Zeit der Inflation und der ersten Versuche der Nationalsozialisten, an die Macht zu gelangen.

»Erfolg« ist der erste Teil der »Wartesaal«-Trilogie.

AtV

Band 5008

Lion Feuchtwanger
Die Geschwister Oppermann
Roman

368 Seiten
16,90 DM
ISBN 3-7466-5008-9

Sie sind mit sich und der Welt zufrieden: der jüdische Fabrikant und Schriftsteller Gustav Oppermann und seine Brüder. Bis die Nazis sie zu Verfemten, Gejagten, Vertriebenen machen und zu Entscheidungen auf Leben und Tod zwingen.

Der zweite Teil der »Wartesaal«-Trilogie ist ein großartiges Dokument der faschistischen Gewaltherrschaft und ihrer Folgen für den einzelnen.

AtV

Band 5009

Lion Feuchtwanger
Exil

Roman

856 Seiten
24,90 DM
ISBN 3-7466-5009-7

In jener Nacht, in der das Auto über die Schweizer Grenze rast, ist der Schlagbaum auf deutscher Seite nicht geschlossen: Die Entführung des Journalisten Friedrich Benjamin geschieht im Auftrag deutscher Behörden. Sie ist Teil einer Kampagne der Nationalsozialisten gegen die Emigrantenpresse. Ein Tauziehen beginnt zwischen der NS-Parteizentrale und den in Paris lebenden Exulanten um das Leben des Mannes Benjamin, um die Existenz der Zeitung »Pariser Nachrichten«.

»Exil« ist der dritte Teil der »Wartesaal«-Trilogie.

AtV

Band 5012 **Lion Feuchtwanger**

Simone

Roman

253 Seiten
14,90 DM
ISBN 3-7466-5012-7

Abends, vor dem Einschlafen, liest Simone Bücher über das Leben der Jeanne d'Arc. Und einmal geschieht etwas Merkwürdiges: Im Traum erteilt ihr der tote Vater einen Auftrag. Sie soll dem Herrscher Frankreichs zeigen, wer die wirklichen Feinde des Landes sind – die Zweihundert Familien, die bereit sind, mit den deutschen Besatzern zu kollaborieren. Simone handelt, und jedesmal trägt sie dabei Männerkleidung wie Jeanne d'Arc.
Feuchtwanger über seinen Roman: »Es ist das ewig gleiche, große und erbärmliche Schicksal der Naiv-Gläubigen, die auszieht, ihrem Land zu helfen, die dafür von den Ihren verraten und verkauft und ins Verderben gestürzt wird, aber auch ewigen Ruhm erntet.«

AtV

Band 5017 **Lion Feuchtwanger**
Jefta und seine Tochter
Roman

270 Seiten
16,90 DM
ISBN 3-7466-5017-8

Was Jefta sich erträumte, als er voll Zorn seine Familie verließ, wurde wahr: Überall rühmt man seine Taten, und als das Land von Feinden bedroht wird, rufen ihn die Brüder zurück, als Richter und Kriegsherrn. Er, nur er allein, will den Sieg erkämpfen, und so läßt er sich hinreißen zu dem unseligen Schwur: Jahwe denjenigen zum Opfer zu bringen, der ihm nach siegreichem Feldzug zu Hause als erster entgegenkommt. Das aber ist seine schöne, von ihm so sehr geliebte Tochter. Für seinen letzten Roman griff Feuchtwanger auf eine Geschichte des Alten Testamentes im Buch der Richter zurück, um, so schrieb er seinem amerikanischen Verleger, »einen Mann zu zeigen, der allmählich aus einem Nur-Krieger ein verantwortungsbewußtes menschliches Wesen wird«.

AtV

Band 5000

Lion Feuchtwanger
Jud Süß

Roman

476 Seiten
19,90 DM
ISBN 3-7466-5000-3

Der ehrgeizige, in die Intrigen am württembergischen Fürstenhof verstrickte Finanzmann Jud Süß gehört zu den schillerndsten Figuren aus Feuchtwangers historischen Romanen. Sein in ein großartiges Kultur- und Sittenbild des 18. Jahrhunderts eingebettetes Schicksal ist ein Gleichnis für die Sinnlosigkeit allen Machtstrebens. Das mehrfach verfilmte Buch wurde ein Welterfolg.

AtV

Lion Feuchtwanger wurde 1884 in München geboren. Nach vielseitigen Studien gab er die Kulturzeitschrift „Der Spiegel" heraus, schrieb Theaterkritiken und arbeitete an Siegfried Jacobsohns „Schaubühne" mit. Bei Ausbruch des ersten Weltkrieges wurde Feuchtwanger in Tunis interniert, konnte jedoch fliehen. In München vom Wehrdienst suspendiert, nahm er die Übersetzung und Bearbeitung indischer, griechischer und spanischer Dramen wieder auf, zudem entstanden eigene Stücke und Antikriegsdichtung. 1918/19 begann die freundschaftliche Zusammenarbeit mit Brecht. Die historischen Romane „Die häßliche Herzogin" und „Jud Süß" brachten Feuchtwanger Weltruhm. 1925 siedelte er nach Berlin über. Als die Nazis die Macht übernahmen, befand er sich auf einer Vortragsreise in den USA. Seine Bücher wurden verboten, Haus und Vermögen konfisziert. Sanary-sur-mer, Feuchtwangers neuer Lebensort, war zeitweilig ein Zentrum deutscher Emigranten. Hier vollendete er u. a. die „Wartesaal"- und die „Josephus"-Trilogie. 1940 internierten ihn die Franzosen. Ab 1941 lebte er in Kalifornien, wo weitere große historische Romane, Erzählungen, Stücke und Essays entstanden. Feuchtwanger starb 1958 in Pacific Palisades.

Der ursprüngliche Romantitel war einfacher, eindeutiger – und deshalb mißverständlich. „Waffen für Amerika" – gleichlautend mit dem Titel des ersten Romanteils – stand auf der Erstausgabe des Querido Verlages 1947. Das klinge wie eine Propagandaschrift aus dem Kriege, hatte Alfred Döblin an Feuchtwanger geschrieben und zu einer Titeländerung geraten. Heftige politische Einwände kamen aus der Sowjetunion, in der Feuchtwanger bis dahin ein vielbeachteter Autor war. Man betrachtete den Roman – lediglich auf Grund seines Titels – als eine Parteinahme für den mächtigsten „Repräsentanten des Imperialismus". Feuchtwanger entschloß sich zu einer Umbenennung. Der neue Titel geht auf das Hohe Lied Salomos, 2, 15 zurück: „Fahet uns die Füchse, die kleinen Füchse, die die Weinberge verderben; denn unsere Weinberge haben Blüten gewonnen."

Lion Feuchtwanger

Die Füchse im Weinberg

Roman

Erster Teil: Waffen für Amerika

Aufbau Taschenbuch Verlag

Feuchtwanger, Füchse 1–3
ISBN 3-7466-5013-5

1. Auflage 1997
Aufbau Taschenbuch Verlag GmbH, Berlin

Umschlaggestaltung Torsten Lemme
Druck Elsnerdruck GmbH, Berlin
Printed in Germany

Inhalt

Vorspruch

Hier beginnt der Roman „Die Füchse im Weinberg", auch genannt „Waffen für Amerika".

Es wird darin erzählt von der witzigen Torheit, der schlauen Dummheit und der übergesitteten Verderbtheit einer untergehenden Gesellschaft.

Sie werden darin finden liebenswürdige Frauen und brillante, windige Männer und Geist, verbunden mit leeren Herzen, und volle Herzen, verbunden mit ungeschickter Hand,

Und einen großen Mann inmitten von Laffen

Und Theater und Politik und Feindschaft und Geilheit und Freundschaft und Liebelei und Geschäft und Liebe

Und das ewig Gleiche im ewig wechselnden Ablauf.

Auch finden Sie in diesem Buch Männer, welche an die Möglichkeit glauben, immer mehr zu erkennen von den Gesetzen des Werdens,

Und an die Möglichkeit, sich den Gesetzen anzupassen und so zu errichten eine immer beseeltere Welt.

Des weiteren sagt der Roman von dem Kampf der Männer, der Worte und der Ideen rings um eine ökonomische Umwälzung.

Und nicht vergißt dieses Buch zu berichten von der Blindheit der Menschen vor dem Fortschreiten der Geschichte

Und von der unlöslichen, doch von wenigen erkannten Verbundenheit aller mit allen

Und von dem Glauben an ein langsames, langsames, doch sicheres Wachsen menschlicher Vernunft zwischen der letzten Eiszeit und der kommenden.

Gehen Sie mir mit dem „Schicksal".
Die Politik ist das Schicksal.

Napoleon

Schicksal? Der Begriff ist Mystik, Nonsens.

Stalin

Die künstlerische Darstellung der Geschichte ist wissenschaftlicher und ernsthafter als die exakte Geschichtsschreibung.
Die Dichtkunst nämlich geht auf Kern und Wesen, während der exakte Bericht nur Einzelheiten aneinanderreiht.

Aristoteles

Wir wollen aus der Vergangenheit das Feuer übernehmen, nicht die Asche.

Jean Jaurès

Erster Teil
Waffen für Amerika

Erstes Kapitel

Beaumarchais

Der Weg von Versailles nach Paris führte durch anmutige, grüne Landschaft. Vormittags hatte es geregnet, doch jetzt hatten sich die Wolken zerteilt, Sonne kam durch, und Pierre genoß die feuchte Frische des schönen Maitages.

Noch gestern, von London zurückkommend, war er voll von Zweifeln gewesen, ob nicht durch den Wechsel im Kabinett sein ganzes sorgsam ausgeklügeltes und mit soviel Mühe gefördertes Geschäft für immer gescheitert sei. Er hatte solches Mißgeschick öfter erlebt. Aber diesmal fügten sich die Dinge. In der langen, freimütigen Aussprache mit dem Minister hatte sich gezeigt, daß Versailles auf seine Vorschläge angebissen hatte. Graf Vergennes hatte seinen Plänen viel tieferes Interesse entgegengebracht, als seine vorsichtigen Schreiben hatten vermuten lassen. Die Zusagen, die ihm die Regierung heute gemacht hatte, übertrafen weit seine Hoffnung; das große Geschäft war so gut wie unter Dach.

Pierres Wagen war an dem Kreuzweg angelangt, wo die Straße nach Clamart abbog. Pierre wies den Kutscher an, langsamer zu fahren. Er lehnte sich zurück, ein kleines Lächeln um die Lippen, und überdachte, was alles er erreicht hatte.

Pierre Caron de Beaumarchais hatte seine letzte Zeit in London zugebracht als Geheimagent der französischen Regierung. Die Geschäfte, für die man den schnellen, gewandten Herrn gebraucht hatte, waren dunkel, etwas schmutzig, nicht sehr bedeutend. Sie hatten nur einen kleinen Teil seiner Zeit in Anspruch genommen und ihm Muße gelassen, ein wichtigeres Projekt auszuarbeiten.

Seitdem der große Streit ausgebrochen war zwischen dem König Georg dem Dritten von England und seinen amerikanischen Kolonien, hatte Pierre Caron de Beaumarchais leidenschaftlich Partei ergriffen für die Amerikaner, für die Aufständischen. Gleich vielen andern Intellektuellen in Paris und selbst in London hatte er die „Boston-Leute", die „Insurgenten", begrüßt als Männer, welche darum kämpften, die großen Ideen der französischen und englischen Philosophen in die Wirklichkeit umzusetzen. Sie waren entschlossen, diese Männer, ein einfaches, naturnahes Leben zu führen an Stelle des durch Konvention, Vorurteil und despotische Willkür verkrüppelten Daseins, wie man es in London und Paris lebte. Die Männer der Neuen Welt wollten ihre staatliche Ordnung aufbauen auf Freiheit, Vernunft, Natur. Und diese Männer wollte der König von England mit Feuer und Schwert zwingen, von ihrem edlen Vorhaben abzustehen.

Pierre trat für die Amerikaner nicht nur mit Herz und Mund ein, er förderte ihre Sache durch die Tat. Er war in allen Kreisen der Londoner Gesellschaft wohlgelitten, er war befreundet mit Führern der Konservativen und der Liberalen, er hatte Gelegenheit, sich Kenntnis zu verschaffen über mannigfache Einzelheiten des Konflikts mit den Kolonien. Er trug reiches Material zusammen, ordnete es, zog Folgerungen, und ohne daß ihn jemand dazu beauftragt hätte, sandte er Louis dem Sechzehnten und seinen Ministern Berichte, die sich auszeichneten durch Sachkenntnis, Klarheit, Weitblick. Wenn Pierre heute diese seine Berichte und Denkschriften überdachte, dann durfte er sich schmeicheln, er, der Geheimagent ohne Auftrag, habe das Wesen des englisch-amerikanischen Konflikts von Anfang an besser durchschaut als der beamtete Botschafter des Königs. Seine Voraussagen waren durch die Ereignisse bestätigt worden.

Die Schlußfolgerung aber, die er am Ende all seiner Berichte an das Kabinett von Versailles gezogen hatte, war die dringliche Aufforderung gewesen, durch Unterstützung der Aufständischen England zu schwächen. Der Konflikt der Engländer mit den Kolonien bot Frankreich eine einzigartige

Gelegenheit, den elenden Frieden aus der Welt zu schaffen, den ihm England vor zwölf Jahren aufgezwungen hatte.

Es war Pierre natürlich bekannt gewesen, daß die französische Regierung nicht offen für die amerikanischen Rebellen Partei ergreifen konnte. Das hätte Krieg mit England bedeutet, und dazu waren Flotte und Heer noch nicht stark genug, ganz abgesehen von dem kläglichen Zustand der Finanzen. Doch Pierre hatte einen Ausweg aus dieser Schwierigkeit gewußt.

Er lächelte zufrieden. Er hatte seine Berichte abgefaßt und seine Ratschläge gegeben in der ehrlichen Absicht, den Amerikanern zu helfen, die Sache der Freiheit und der Vernunft zu fördern. Aber manchmal geschah es, daß ideale Bestrebungen auch materiellen Gewinn abwarfen. Die Leute, die es anrüchig fanden, mit einer guten Sache Geschäfte zu machen, waren Narren. Er, Pierre, war kein Narr. Mit dem Spürsinn des gewitzten Geschäftsmannes und des an Intrigen gewöhnten politischen Agenten hatte er von Anfang an gewittert, daß sachgemäßes Schüren des Freiheitskampfes nicht nur ideellen, sondern auch materiellen Nutzen bringen werde.

Bedenkend also, daß es sich Frankreich noch nicht leisten konnte, einen kriegerischen Konflikt mit England heraufzubeschwören, hatte Pierre angeregt, die französische Regierung möge die Amerikaner zunächst nur heimlich unterstützen, ohne sich selber zu kompromittieren. Private Geschäftsleute sollten den Insurgenten Waffen und andern Bedarf liefern, nach außen hin auf eigene Rechnung und Gefahr, im geheimen aber von der französischen Regierung subventioniert und von ihr auf jede Art gefördert.

Nach vielem Hin und Her, nachdem Pierre schon geglaubt hatte, er werde dem Grafen Vergennes, dem Außenminister, seinen Plan niemals schmackhaft machen können, war es schließlich doch so gekommen, wie er sich's errechnet hatte. Heute hatte der Minister sich festgelegt, heute hatte er ihn beauftragt, ein Unternehmen zu organisieren, wie er es vorgeschlagen. Von heut an durfte sich Pierre, wenn er den Insurgenten Waffen und sonstiges Material anbot, als den

Geheimen Bevollmächtigten des Königs von Frankreich bezeichnen.

Er war mit sich zufrieden. Wie er die schwierige Unterredung mit dem Minister durchgeführt, das hatte seine erfinderisch ausgedachten Vorbereitungen würdig gekrönt.

Was die Aufständischen benötigten, war viel. Ihre Ausrüstung war erbärmlich, die Leistungsfähigkeit ihrer spärlichen Fabriken gering. Was sie verlangten, war der volle Bedarf für dreißigtausend Mann. Der Minister hatte ihn befragt, ob er und seine Geschäftsfreunde auch wirklich imstande seien, eine solche Fülle von Material zu beschaffen und über See zu transportieren. „Ja, ja, ja", hatte Pierre erwidert, kühn und sogleich, um dann fortzufahren: „Natürlich unter der Voraussetzung, daß die Arsenale des Königs uns Waffen zu günstigen Bedingungen herausgeben und daß man uns finanziell nicht zu knapp hält." Graf Vergennes hatte erklärt, er werde sich mit dem Kriegsminister in Verbindung setzen, und dann war er auf den kitzligsten Punkt zu sprechen gekommen, er hatte Pierre gefragt, wie hoch er sich denn die Subvention denke, die er von der Regierung erwarte.

Nun hatte sich Pierre entschlossen, er werde das Unternehmen wagen, wenn er von der Regierung einen Zuschuß erhalte von mindestens einer Million Livres. Aber jetzt, als ihm der Minister ernsthaft die ungeheure Lieferung anvertrauen wollte, wußte er, daß er bisher mit dem ganzen Plan nur gespielt hatte, und gleichzeitig mit dem Entzücken über die gewaltige und ehrenvolle Aufgabe überkam ihn Angst, ob seine Finanzen und sein Kredit dem riesigen Unternehmen gewachsen sein würden. Eine Million Livres, das war eine lächerlich geringe Grundlage, wenn man den Bedarf von dreißigtausend Mann liefern sollte. Wenn er aber mehr verlangte, wenn er zuviel verlangte, dann war vielleicht alles gescheitert.

In rasender Eile, während er in scheinbarer Ruhe das lächelnd erwartungsvolle Gesicht des Ministers beschaute, überlegte er von neuem, welche Summe er fordern sollte. „Ich denke mir", sagte er, „drei Millionen werden genügen." Eine ganz kleine Pause war gefolgt, in welcher die beiden

Männer einander anschauten. Jetzt entscheidet sich das Schicksal Amerikas und das meine, dachte Pierre. „Wir können Ihnen zwei Millionen versprechen“, hatte schließlich der Minister gesagt. „Eine Million geben wir, die zweite verschaffen wir Ihnen von den Spaniern.“

Fast betäubt von diesem übergroßen Erfolg fuhr jetzt Pierre durch den schönen Mainachmittag zurück nach Paris. Der Wagen, in dem er durch die grüne, liebliche Landschaft rollte, war etwas zu prächtig; vorne saßen der reich livrierte Kutscher und der kleine Negerbediente, hinten gaffte dummstolz ein noch reicher livrierter Lakai in die Luft. Pierre selber sah ein bißchen zu prächtig aus in seinem übermodischen Anzug und mit dem riesigen Brillanten am Finger.

Er hätte ein Recht gehabt, müde zu sein. Diese letzten Tage waren anstrengend gewesen, die Liquidierung seiner Geschäfte in London, die schnelle Reise, die Unterredung mit dem Minister. Doch Pierre war nicht der Mann, sich gehenzulassen. Obwohl er mit seinen Vierundvierzig zur Fülle neigte, wirkte er jung, man mochte ihn für fünfunddreißig halten. Das fleischige Gesicht sah frisch aus, die Stirn, leicht zurückfliehend, war klar, die braunen Augen ausdrucksvoll und gescheit, unter der scharfen, geraden Nase lächelte ein voller, schöngeschwungener Mund. Das durch ein Grübchen geteilte, etwas schwache Kinn und das kleine Doppelkinn, das aus dem kostbaren Rock herauskam, verliehen dem schlauen Antlitz etwas Gutmütiges.

Man war jetzt in Issy, und je mehr man sich Paris näherte, um so schneller arbeiteten in Pierres Kopf die Gedanken.

Die Firma, die er gründen wollte, mußte auch äußerlich repräsentieren. Sein Geschäftshaus an der Rue Vieille du Temple, das Hôtel de Hollande, an sich baufällig, war während seines Aufenthalts in London sehr vernachlässigt worden. Er wird es gründlich umbauen und neu ausstatten. Auf einmal wußte er auch den Namen für die zu gründende Firma. Ein spanischer Name sollte es sein, er liebte Spanien, Spanien hatte ihm immer Glück gebracht, Rodrigue Hortalez soll die Firma heißen. Er lächelte. Von jetzt an war er also Señor Rodrigue Hortalez. Zum Geschäftsführer bestellen wird er natürlich Paul Theveneau. Freilich war Paul sehr jung und zudem behindert durch seine Krankheit. Aber Paul war wieder und wieder erprobt, er hing an ihm und blickte zu ihm auf, er war eingeweiht in seine verwirrten Finanzmachenschaften und vertrackten Heimlichkeiten, er war überaus fähig, er hatte das Talent, Ordnung zu schaffen, wenn er, Pierre, sich nicht mehr zurechtfand.

Zwei Millionen Livres, das klang sehr groß. Aber es ging um die Ausrüstung für dreißigtausend Mann und um die Schiffe, diesen Berg von Fracht hinüber nach Amerika zu transportieren. Ein Glück nur, daß sein Holzhandel ihm die besten Beziehungen zu den großen Reedereien verschafft hatte. Mochte dem sein wie immer, er wird seinen Kredit aufs äußerste anspannen müssen. Fünf bis sechs Millionen wird er zuerst einmal in die Sache stecken müssen. Und wann und wie werden die Amerikaner zahlen? Für einen Augenblick überfröstelte es ihn. Es war ein sehr hohes Spiel, auf das er sich da eingelassen hatte. Doch sogleich machte er sich frei von dieser Anwandlung. Was auch dabei herauskam, es war reizvoller, mit Weltgeschichte zu handeln als mit Holz.

Schade nur, daß alles so heimlich wird geschehen müssen. Er möchte reden, er möchte es in die Welt hinausschreien, mit was für einer Aufgabe er betraut ist. Aber Vergennes hatte ihm auf die Seele gebunden, reinen Mund zu halten. Die Fiktion eines privaten Unternehmens, das mit eigenem Kapital harmlose Geschäfte betrieb, mußte mit allen Mitteln aufrechterhalten bleiben. Auch so werden die Engländer hundert Schwierigkeiten machen und den Außenminister mit Noten überschwemmen. Wenn Pierre Unvorsichtigkeiten beging, durfte er unter keinen Umständen auf Deckung von seiten Versailles' rechnen, im Gegenteil, man wird ihn rücksichtslos preisgeben; das hatte ihm der sonst so höfliche Minister mit unhöflich dürrer Sachlichkeit klargemacht. Pierre wird also von seiner weltwichtigen Mission mit niemand sprechen dürfen außer mit seinen paar Geschäftsfreunden und leitenden Angestellten. Er wird herumgehen müssen als ein von vielen angefeindeter und belächelter Monsieur de Beaumarchais, und es wird ihm nicht erlaubt sein, den Spöttern und Widersachern seine Trümpfe hinzuschlagen.

Doch diese unbehagliche Erwägung wurde sogleich weggespült von der beglückenden Vorstellung, welch ungeheure Rolle ihm zugefallen war. Jedermann wußte, daß ohne französische Hilfe die aufständischen Amerikaner verloren waren. Er nun, er allein, Pierre de Beaumarchais, durch seinen Eifer, seine Glut, seine Beredsamkeit, seine Menschenkenntnis, seine Geschmeidigkeit hatte den schwachen König Louis und seine eiteln Minister dazu vermocht, diese Hilfe im Prinzip zuzusagen. Und allein von seiner Geschicklichkeit jetzt hing es ab, ob und in welchem Ausmaß die versprochene Hilfe die Amerikaner erreichen wird. Das Schicksal der Neuen Welt dort drüben, der Fortschritt der Menschheit hing ab von seiner Klugheit und List.

Mit schneller Phantasie malte er sich die Zukunft. Sah in den Vorratshäusern der Häfen Frankreichs Gewehre und Uniformen sich stapeln, sich immer höher schichten. Sah die bauchigen Schiffe der Firma Hortalez und Compagnie in See stechen, beladen mit Kanonen für die Insurgenten, sah sie zurückkommen, beladen mit Indigo und Tabak für ihn, Pierre. Genoß im voraus das Gelingen seines Planes. Ja, das Unternehmen, das er da begonnen hatte, war die Aufgabe höchsten Maßes, nach der er sich von jeher sehnte, eine Aufgabe, würdig eines Beaumarchais.

Er wird seiner Aufgabe gewachsen sein. Er hat Dinge vollbracht, die nicht so wichtig, aber vielleicht noch schwieriger waren. Und während ihn jede Drehung der Räder seiner Stadt Paris und seiner neuen, erregenden Tätigkeit näher brachte, zog in seinem Innern in schneller Folge vorbei die bunte Fülle abgelebten Glückes und Unglücks.

Es war eine Fülle unglaubhaften Mißgeschicks, doch eine noch reichere Fülle abenteuerlicher Erfolge. Er ist, der Uhrmachersohn und Uhrmacherlehrling, zu Hof gegangen, um die Uhren der verstorbenen Majestät, des Fünfzehnten Louis, aufzuziehen, und ist dem alten König durch seine Geweckheit und seine angenehme Art aufgefallen. Die ältlichen Töchter des Königs mochten ihn gern und bestellten ihn zu ihrem Harfenlehrer. Der sehr gescheite, schrullige, mit allen Wassern gewaschene Finanzmann Duverny wurde auf ihn aufmerksam, weihte ihn ein in die Tricks der hohen Finanz und machte ihn zu seinem Teilhaber. Der anstellige Pierre mit seinem gesellschaftlichen Talent und seiner Begabung zur Intrige förderte die Geschäfte der Firma Duverny und seine eigenen, kaufte sich Titel und Hofämter, blühte prächtig auf, erwarb sich die Freundschaft vieler Männer, die Liebe vieler Frauen und durch seine rasche, freche, witzige, unbeherrschte Zunge manche Feindschaft.

Dann kamen seine beiden ersten Stücke, er schrieb sie zwischen viel Liebe und vielen Geschäften mit der linken Hand, doch während er schrieb, wurde die linke Hand zur rechten. Und dann kamen seine beiden Ehen, beide glücklich, beide Frauen waren schön und reich; doch beide starben bald, und was von ihnen blieb, war nichts als der Wald von Chinon, der große Holzhandel, in dem er einen Teil ihres Geldes investiert hatte, und eine Flut von Verleumdungen.

Und dann starb Duverny, der große Finanzmann, Pierres verehrter Lehrer, und Pierres Leben wurde noch wilder, wirbelnder. Wüste Prozesse wurden ihm angehängt, eine Hochflut von Unrecht schwemmte sein Vermögen fort, trieb ihn ins Gefängnis, raubte ihm seine teuer erkauften Ämter und Titel, seine bürgerlichen Rechte.

Aber dieses Unrecht wurde ihm zum Segen. Dieses Unrecht wurde ihm der Anlaß, seine brillanten, höchst witzigen politischen Broschüren zu schreiben. Und diese Flugschriften, noch mehr als seine Komödie von Figaro, dem Barbier von Sevilla, verbreiteten seinen Ruhm über die ganze Erde.

Auch die Freundschaft vieler großer Herren brachten ihm die Streitschriften, und einer dieser Freunde hatte ihm, da er nach seinem Prozeß ein öffentliches Amt nicht mehr bekleiden durfte, eine Anstellung im Geheimdienst des Königs verschafft. Er war von neuem hochgeklettert und schließlich hinauf zu diesem höchsten Gipfel, hinauf zu der Mission, mit der man ihn heute betraut hatte.

Ja, dies Heute war ein Wendepunkt und gab ihm die

Möglichkeit, endgültig aufzuräumen mit den bösen Dingen, die aus der Vergangenheit in sein jetziges Leben hereinlangten. Jetzt wird er das freche Urteil jenes Prozesses und jenes Spruches zunichte machen.

Denn noch ist das alberne Urteil rechtskräftig, welches damals das höchste Pariser Gericht gegen ihn gefällt hat. Er, Pierre, der hier in seinem prächtigen Wagen, in seinem kostbaren Anzug, im Besitz des höchsten Vertrauens der Regierung Seiner Majestät, berufen zu der schwierigsten Aufgabe, welche Frankreich, ja, die Weltgeschichte heute zu vergeben hat, seiner Stadt Paris zufährt, er ist auch heute noch seiner Ehrenrechte beraubt durch feierlichen Gerichtsspruch, er ist behaftet mit einer „Rüge", er ist „bemakelt". Das muß anders werden, so beschließt er jetzt. Er wird das Kabinett zwingen, ein Appellverfahren zuzulassen und ihn wieder einzusetzen in seine Rechte. Wenn die Regierung das nicht tut, dann mag sie sich nach einem andern umsehen, ihre heikeln, verwickelten Geschäfte zu betreiben. Sie werden keinen andern finden, die Herren. Nur Beaumarchais kann das Geschäft zu Ende führen, das Beaumarchais ausgedacht hat.

Jetzt fuhr sein Wagen in Paris ein. Mit flinken, glücklichen Augen betrachtete er Menschen und Dinge. Immer, wenn er zurückkam nach Paris, war er stolz darauf, ein Sohn dieser größten und schönsten Stadt der Welt zu sein. Doch kaum je hatte ihn so unbändige Freude geschwellt wie heute. So hoch und blau wie sein neues Ziel war noch niemals ein Gipfel vor ihm aufgeglänzt.

Da fährt er hin, Pierre Caron de Beaumarchais, ein großer Politiker, Geschäftsmann, Theaterdichter. Er ist gutmütig, zuweilen mehr als das: edelmütig, hochherzig, und er ist komödiantisch, voll von grenzenloser, lächerlicher Geltungssucht. Er hat ein rasches, sicheres Urteil über Menschen und Dinge und sieht niemals in ihre Tiefen. Er ist ein glänzender Schriftsteller und amüsanter Gesellschafter, er verfügt über hinreißendes Pathos und schnellen, vernichtenden Witz. Er ist sehr klug und gar nicht weise. Er ist gierig nach Genuß, aber er kann Unglück und Entbehrung tapfer tragen. Er ist aufgetan allen großen Ideen der Zeit, auch wenn sie einander widersprechen. Viele nennen ihn berühmt, manche ihn berüchtigt. Wo immer er ist, sind Neid, Bosheit und verletzte Interessen um ihn und greifen ihn an, oft mit giftigen Waffen. Aber Zahllose, Männer und Frauen, und nicht die schlechtesten, sind ihm freund, und welche sind, die ihn lieben und bereit wären, auch das Letzte für ihn zu opfern.

Er hat viel erlebt, er ist bis zum Rande angefüllt mit Vergangenheit, aber er ist nicht blasiert, er ist heute mit seinen Vierundvierzig genauso neugierig und erwartungsvoll auf das, was vor ihm liegt, wie damals, als er, ein Sechzehnjähriger, seinem Vater aus der Lehre lief, um sich herumzutreiben in den Straßen von Paris. Nach wie vor wirft er sich mit seinem ganzen Selbst hinein in jedes äußere und innere Erlebnis. Er spart nicht. Er ist verschwenderisch mit seiner Zeit, seinem Geld, seinem Talent, seinem Leben.

Sein Wagen hat die menschenvollen Straßen der innern Stadt erreicht. Pierre richtet sich noch ein wenig höher auf und setzt sich anmutig zurecht. Halb Paris kennt ihn, jeder zehnte grüßt ihn. Er ist sich bewußt, daß Zahllose ihm nachschauen und einander sagen: „Das ist Monsieur de Beaumarchais, der große Finanzmann, der große Schriftsteller, der seine Hand in allen Geschäften des Staates hat.“ Dabei haben sie noch nicht einmal eine Ahnung, was für eine neue, ungeheure Mission ihm jetzt aufgetragen ist, der Welt zum Gewinn. Schade, dreimal schade, daß er seinen Parisern nichts erzählen darf.

Ach, und auch seinen Schwestern darf er nichts erzählen, und nichts seinem Vater. Sie hängen an ihm und er an ihnen, aber sie sind zu lebendig, zu temperamentvoll, sie könnten das Geheimnis nicht für sich behalten.

Gleich wird er sie sehen, gleich werden sie um ihn sein, zärtlich, neugierig, besorgt, hoffnungsvoll, liebevoll. Er lächelt stärker, sein schönes, gescheites, frischfarbiges Gesicht strahlt, wie er einfährt in die bunte, lärmende Rue de Condé, an der sein Haus liegt.

Das Abendessen verlief fröhlich. Es hatte sich herumgesprochen, daß Pierre aus London zurück sei, und außer den

Hausgenossen hatten sich Verwandte und intime Freunde eingestellt. Pierres nahe Bekannte waren in seinem Haus jederzeit willkommen; Julie, Pierres Schwester und Wirtschafterin, hielt offene Tafel.

Da saß man in dem großen Speisesaal, von vielen Leuchtern schienen viele Kerzen, die Diener trugen viele Schüsseln ab und zu, Keller und Küche in dem Haus an der Rue de Condé waren wohlversorgt.

Man war unter sich, nur unter Vertrauten, die Familie Caron war eine laute, lustige, neugierige Gesellschaft, die Laune Pierres, heute noch fröhlicher als sonst, steckte alle an. Die Carons sahen bewundernd auf zu ihrem Pierre, der nächst der Königin die meistbesprochene Persönlichkeit des Landes war. Nun war er also aus London zurückgekehrt, er war sogleich in Versailles empfangen worden. Sicherlich hatte er etwas ganz Großes, Weltbewegendes ausgekocht. Aber wenn man ihn fragte, schmunzelte er nur und antwortete höchstens: „Ja, Julie, wenn du noch einen Wagen anschaffen oder ein paar Leute mehr für den Haushalt einstellen willst, so steht dem nichts im Wege."

Mehr verriet er nicht. Statt dessen schwatzte er vielerlei über seinen Aufenthalt in London. Das Klima war scheußlich, doch es bekam den Frauen, es machte ihre Haut weiß und zart; Rothaarige gab es dort, die hatten es in sich. Und unbekümmert um die Anwesenheit des fünfzehnjährigen Félicien, seines Neffen, berichtete er von allerhand Liebesabenteuern.

Julie hing an den Lippen des Bruders. Sie war eine lebhafte, angenehme Dame von Vierzig, sie sah ihrem Bruder ähnlich, sie hatte das gleiche frischfarbige Gesicht, die gerade, große Nase, die gescheiten, braunen Augen. Sie liebte den Bruder abgöttisch; um mit ihm zusammen zu leben, hatte sie eine Reihe von Heiratsanträgen ausgeschlagen. Sie redete in alle seine Angelegenheiten hinein. Oft stritten sie heftig, um sich am gleichen Tage leidenschaftlich zu versöhnen, sie hatten beide ihre Freude am Streit und an der Versöhnung.

Tonton, die jüngere Schwester, noch hübscher als Julie,

saß neben ihrem Manne, dem schweigsamen Gerichtsrat de Miron, und schwatzte darauflos. Sie habe sich, erzählte sie, ein Kleid machen lassen wollen von Mademoiselle Bertin, der Schneiderin der Königin. Mademoiselle Bertin habe ihr aber mitteilen lassen, sie könne Aufträge nicht vor zwei Monaten entgegennehmen, und der niedrigste Preis, den sie einer bei Hofe nicht zugelassenen Dame berechnen müsse, sei zweitausend Livres für die Fasson.

Hier kam endlich Philippe zu Wort, Philippe Gudin, der Gelehrte, unter den Treuen Pierres der Treueste. Philippe sprach gern in gewählten, umständlichen Sätzen. Der behäbige Herr, ein starker Esser, hatte sich unter dem breiten, langen Rock die Hose aufgeschnallt, und er hatte die Spitzenmanschetten in die Ärmel gesteckt, damit sie ihn beim Essen nicht störten. So saß er jetzt da, zurückgelehnt, den Sessel füllend, und erging sich in langen Auslassungen über den Lebensstandard der verschiedenen Klassen. Er stellte, aus dem Gedächtnis genaue Ziffern zitierend, Betrachtungen an, was alles man mit den zweitausend Livres anfangen könne, die Mademoiselle Bertin für die Fasson des Kleides fordere. Aus dem Kopf, mit staunenswerter Präzision, errechnete er, wie viele Jahre etwa ein Holzfäller zu arbeiten habe, um diesen Betrag zu erwerben, und wie viele Holzfäller ein Jahr davon leben könnten, es waren $7\frac{9}{16}$ Holzfäller. Doch Pierre, leichtsinnig und versöhnlich, sagte: „Mademoiselle Bertin ist die erste Putzmacherin der Welt, vielleicht aller Zeiten, eine Künstlerin. Warum soll sie nicht ihre Preise nehmen? Ich sag dir was, Tonton, laß dir das Kleid auf meine Kosten machen." Tonton strahlte, bedankte sich stürmisch.

Der Sekretär Maigron berichtete, es hätten sich im Laufe des Tages über hundert Personen bei dem Türhüter gemeldet, um dem zurückgekehrten Monsieur de Beaumarchais ihre Aufwartung zu machen. „Ja", sagte der alte Vater Caron, er hatte eine hohe Stimme, doch klang sie nicht greisenhaft, er hatte noch alle Zähne, „die Stadt merkt, daß unser Pierre wieder da ist." Pierre klopfte dem Vater die Schulter, lächelnd, ein bißchen ironisch und sehr vergnügt. Es hatte sich schnell herumgesprochen, daß er im Aufsteigen war; jetzt kamen sie angerannt. Aber er wollte nicht ungerecht sein. Sie waren gekommen, auch als er keinen Erfolg hatte; er war in Glück und Unglück von vielen bewundert worden.

Er war sich dieser Bewunderung jederzeit bewußt und dessen, daß solche Bewunderung verpflichtete. Da alles, was er tat, im hellsten Licht geschah, wurde der kleinste Flecken sogleich sichtbar. Er durfte sich keine Schwäche erlauben, er mußte immer in Bereitschaft sein, mußte Zweifler stets von neuem überzeugen.

Da war zum Beispiel der Junge, Félicien Lépine, der Sohn seiner ältesten Schwester Madeleine. Nachdem Féliciens Eltern gestorben waren, hatte es Pierre übernommen, den Knaben erziehen zu lassen, er schickte ihn in das vornehme Collège Montaigu. Das Collège war streng, der Lernstoff umfänglich, und wenn auch Félicien keineswegs dumm war, so kostete es den langsamen, schwerfälligen Jungen viel Mühe, mitzukommen. Noch ungeschickter erwies er sich in der Erlernung der höfischen Künste, die den Zöglingen beigebracht wurden, des Fechtens, Reitens, Tanzens und der umständlichen Manieren. Da bekam er denn zuweilen von seinen aristokratischen Kameraden unter die Nase gerieben, daß er der Sohn des bürgerlichen Uhrmachers Lépine war; auch quälte man ihn dann und wann mit bösartigen Neckereien über seinen Onkel Pierre und dessen übelriechende Affären. Félicien beklagte sich mit keinem Wort, aber er litt. Er war, der Fünfzehnjährige, keineswegs jungenhaft; er war schwerfälliger, nachdenklicher als die übrigen Carons, ernsthafter, erwachsener als der vierundvierzigjährige Pierre. Zweifellos war er dem berühmten Onkel dankbar für die Guttaten, die er ihm erwies. Trotzdem, und wiewohl sich Pierre mit Kindern gut verstand, blieb ihm Félicien fremd, es glückte ihm nicht, ihn vertraut zu machen. Félicien beobachtete mit Aufmerksamkeit alles, was Pierre tat, doch Pierre wurde sich nicht klar darüber, ob diese Aufmerksamkeit Bewunderung war oder Kritik. Auch heute fühlte er sich unbehaglich unter den großen, ernsthaften Augen des Jungen.

Er wandte den Blick ab und schaute nach der andern Seite

des Tisches, wo Paul Theveneau saß. Er lächelte Paul zu, und der gab sein Lächeln glücklich zurück. Pauls Anhänglichkeit tat Pierre wohl nach der leisen Enttäuschung, die er stets beim Anblick Féliciens verspürte. Er war stolz darauf, daß er sich diesen Menschen gefischt hatte. Paul war ihm zuerst als Feind begegnet in einem bösen Handel, den Pierre mit Pauls Bruder hatte; doch Pierres Wesen hatte ihm rasch die bewundernde Freundschaft des jungen Menschen erobert.

Äußerlich ließ sich mit Paul nicht viel Staat machen. Wie er dasaß, das war ein bedauernswerter Anblick. Der Rock hing um ihn herum; mit kleinen, entfleischten Händen, immer ein wenig zappelnd, führte er die Speisen zum Mund. Doch über den fallenden Schultern hob sich hübsch und sehr jung das volle Gesicht mit großen, strahlenden, braunen Augen. Und er war brauchbar, der Junge, höllisch gescheit. Ein Jammer, daß er, wiewohl erst sechsundzwanzig, mit seinem kranken Kehlkopf nur mehr wenige Jahre vor sich hatte.

Mittlerweile hatte man von einem eben erschienenen Buch über Westindien zu sprechen begonnen, und der Alleswisser Philippe Gudin verbreitete sich in einem gelehrten Vortrag über die bedeutsame Rolle, welche die Inseln im Haushalt des Königreiches spielten. Aus dem Gedächtnis zitierte er die Ziffern, die Mengen an Zucker, Tabak, Indigo, Baumwolle, Kakao, Pfeffer, Kaffee, die man von Westindien erhielt, imponierende Ziffern.

„Wir hätten“, griff Pierre ein, „aus diesen Besitzungen noch ganz andere Vorteile herausholen können, wenn man auf mich gehört hätte. Ich habe da einmal ein Projekt ausgearbeitet, das uns großartige Monopole gesichert hätte auf den Handel mit Negersklaven. Hätte Versailles den westindischen Sklavenhandel monopolisiert, wie ich es vorschlug, dann wäre Geld genug in den Kassen der Regierung, dann hätte der König die fortschrittlichen Reformen Turgots durchführen können, dann wäre mehr Freiheit und Gerechtigkeit im Lande.“ Und mehr Geld für Amerika, dachte er im stillen. Laut schloß er: „Wenn endlich der neue Handelsvertrag mit Spanien perfekt wird, dann wird man vielleicht auf mein Projekt zurückgreifen."

Alle sprachen jetzt von Spanien. Die Monate, die Pierre in Madrid verbracht hatte, waren seine beste Zeit gewesen, heiß und wild. Vielleicht war unter den vielen Szenen, die sein Leben so dramatisch machten, die großartigste jene gewesen, in der er den Verführer seiner Schwester Lisette, den feigen, hinterhältigen Clavigo, gezwungen hatte, die Ehre der Schwester wiederherzustellen. Ja, Pierre hatte sein Leben in Madrid zu einem wunderbar komplizierten, hinreißenden Spektakel gemacht, gemischt aus Leidenschaft, Witz, Musik, aus Geld, großer Politik, Versen, Theater und hübschen, willfährigen Frauen. Dabei hatte er, Familienmensch, der er war, inmitten des wilden Betriebes noch Zeit gefunden, dem Vater und den Schwestern ausführlich zu schreiben, vergnügt, spannend und so anschaulich, daß sie sein Leben hatten mitleben können. Jetzt, da er wieder einmal von einer langen, erfolgreichen Ausfahrt zurückgekehrt war, zitierten sie diese frühen Briefe; sie erinnerten sich gegenseitig an Einzelheiten, lachten, waren glücklich.

Julie bat, er möge doch Félicien spanische Lieder vorsingen, Seguedillas und Sainetes, auch die andern bedrängten ihn. Félicien belebte sich, es war ein Fest, den Onkel singen zu hören. Man brachte die Gitarre.

Aber bevor er beginnen konnte, kam ein neuer Gast, Monsieur Lenormant d'Etioles.

Man erhob sich, ging ihm entgegen, freudig und geehrt. Monsieur Lenormant begrüßte Julie mit langsamer, zeremoniöser Anmut. Er war sorgfältig gekleidet, kostbar, doch unauffällig, etwas altfränkisch; es störte ihn nicht, daß seine Kleidung seine sechzig Jahre unterstrich.

Er wurde denjenigen unter den Gästen vorgestellt, die er noch nicht kannte. Mit besonderer Neugier betrachtete Tonton den mächtigen Herrn, von dem sie soviel gehört hatte und der ihres Bruders Pierre Freund war. Monsieur Lenormant war dicklich. Kleine, tiefliegende Augen schauten melancholisch aus einem fleischigen Gesicht, von der Nase zogen sich starke Falten zu den Winkeln des vollen Mundes. Es war das Gesicht eines Genießers, der Enttäuschungen erlebt hat und mißtrauisch geworden ist, doch nicht daran denkt, vom Genuß zu lassen.

Pierre hatte Monsieur Lenormant noch von London geschrieben, er werde in sehr wichtigen Geschäften nach Paris zurückkehren und freue sich herzlich darauf, ihn, Charlot, so bald wie möglich zu sehen. Leise hatte er gehofft, Lenormant werde schon an diesem Abend kommen, aber er hatte sich diese Hoffnung kaum selber einzugestehen gewagt; zuweilen ließ Lenormant sogar den Ministerpräsidenten tagelang warten. Daß er zu ihm schon heute kam, war Pierre die schönste Krönung dieses glücklichen Tages.

Der sechzigjährige Charles-Guillaume Lenormant d'Etioles war von altem Adel, er hätte jedes Hofamt und jeden großen Titel haben können. Aber er legte Gewicht darauf, daß man in der breiten Öffentlichkeit wenig von ihm höre, und begnügte sich, schlicht „Sekretär des Königs" zu heißen; Pierre, als er noch im Besitz seiner Ehrenrechte war, hatte sich zu diesem Titel klingendere zugekauft. Lenormant hatte die Steuern zweier Provinzen gepachtet und hatte seine Hand in manchen andern Unternehmungen. Er galt als ungewöhnlich klug und umsichtig, sein Glück war sprichwörtlich, er liebte die Welt der Geschäfte. Da er als Mitglied des alten Geburtsadels kaufmännische und industrielle Unternehmungen nicht betreiben konnte, zog er Strohmänner heran; sehr gerne verband er sich mit Pierre.

Pierre hatte den einflußreichen Herrn im Hause seiner Freundin Désirée Mesnard kennengelernt. Pierre täuschte sich nicht darüber, daß Lenormant seine Freundschaft zuerst nur deshalb gesucht hatte, weil er in Désirée verliebt war und fürchtete, Pierre könnte ihm bei Désirée schaden. Allmählich aber hatten die beiden Männer mehr und mehr Gefallen einer am andern gefunden, aus ihrer Verbindung wurde wahre Freundschaft, sie nannten sich Charlot und Pierrot. Beaumarchais bewunderte in Lenormant den genialen Geschäftsmann, er suchte seinen Rat, und Lenormant freute sich des gelehrigen Schülers. Er half ihm in seinen schwärzesten Zeiten; er, Lenormant, war es gewesen, der ihm, als er durch seinen großen Prozeß Vermögen und Ämter verloren hatte, durch seine Beziehungen zu dem Ministerpräsidenten die Anstellung als Geheimagent in London verschafft hatte.

Lenormant seinesteils wußte Pierres gesellschaftliche Talente zu schätzen, seine Frische, seinen Witz, seine schnelle Auffassung, sein literarisches Werk und nicht zuletzt seine tiefe Kenntnis des Theaters. Lenormant veranstaltete auf seiner Privatbühne im Schloß Etioles anspruchsvolle Aufführungen, Pierres Rat und Mitwirkung waren ihm unentbehrlich.

Julie nötigte Monsieur Lenormant an die Tafel; geschäftig bemühte sie sich um ihn, setzte ihm Konfekt vor, Wein. Während er höflich an seinem Stückchen verzuckerten Ingwers knabberte, sprach man weiter über Spanien. Philippe Gudin, der glaubte, Pierre einen Gefallen zu tun, erinnerte ihn an sein Versprechen, Félicien spanische Lieder vorzusingen.

Doch mit dem Eintritt Lenormants war für Pierre Spanien versunken, er dachte nur mehr an Amerika. Er rechnete damit, daß sich Charlot an der Firma Hortalez und Compagnie beteiligen werde, er brauchte fünf bis sechs Millionen Livres, er war auf Charlots Hilfe angewiesen, und wenn Monsieur Lenormant mit im Geschäft war, dann kamen die andern von selber. Darüber hinaus war Pierre gespannt, was Charlot zu dem großen Unternehmen sagen werde, er brannte darauf, ihm zu erzählen. Mann des Augenblicks, der er war, wollte er das so bald wie möglich tun, jetzt, sogleich.

Liebenswürdig, doch energisch vertröstete er die Gesellschaft, daß er die spanischen Lieder ein andermal singen werde, bat Julie, die Tafel aufzuheben, und zog sich mit Lenormant, Paul Theveneau und dem Sekretär Maigron in sein Arbeitszimmer zurück.

Die Kerzen im Arbeitszimmer wurden angezündet, langsam aus dem Dunkel tauchte das weite, überreiche Gemach. In den Ecken standen Büsten des Aristophanes, des Molière, des Voltaire und des Hausherrn. Auch an den Wänden gab es Bilder und mannigfachen Zierat, doch in der Mitte der Längswand war ein großer, leerer Raum. Ausgespart war dieser Raum für ein Bild des verstorbenen Duverny, ein sehr gutes Porträt von der Hand des geschätztesten Porträtmalers, von der Hand Duplessis'. Duverny hatte Pierre das Porträt vermacht, allein in jenem übeln Prozeß war das Testament angestritten und das Porträt den andern Erben zugesprochen worden. Pierre hatte sich darein verbissen, sein Erbteil zu erobern, und der kahle Fleck in dem reichen Zimmer sollte ihm ständige Mahnung sein.

Charlot, auf Pierres Bitte, setzte sich an den Schreibtisch. Es war aber dieser Schreibtisch ein mächtiges, mit viel Kunst geschmücktes Stück. Gebaut hatte ihn der Meister Pluvinet aus edeln Hölzern, die zu diesem Zweck von Übersee verschrieben waren, die Schnitzereien waren von Dupin, und wenn der Schreibtisch nicht der schönste im Königreich war, so war er bestimmt der kostspieligste.

Da war man also zu vieren. Charlot saß am Schreibtisch, aus tiefliegenden Augen unter halbgesenkten Lidern vor sich hin schauend. Der Sekretär Maigron nahm Papier zur Hand und eines jener modernen Schreibwerkzeuge, die Lenormant nicht leiden konnte, da sie als plebejisch galten, einen Bleistift. Maigron war seit Jahren Pierres vertrauter Sekretär. Sicherlich wartete er mit Interesse auf das, was Pierre zu eröffnen hatte. Doch er war schweigsam, er pflegte selten eine Meinung, niemals ein Werturteil zu äußern, auch jetzt verriet sein Gesicht keine Spannung. Paul Theveneau indes verbarg nicht seine Erregung; auf dem Rand seines Stuhles saß er, die großen, fiebrigen Augen auf Pierre gerichtet.

Der, stehend, zuweilen auf und ab gehend, erzählte. In fließender, beschwingter Rede, Wirkung kunstvoll auf Wirkung bauend, berichtete er von seinen Memoranden an den König und an die Minister, von seiner Unterredung mit Vergennes. Erklärte, wie er zwar drei Millionen Livres gefordert, sich aber ausgerechnet habe, daß ein Zuschuß von einer Million allenfalls genügen werde. Schloß dann mit bescheidener Beiläufigkeit, die Regierung habe ihm zwei Millionen in bindender Form zugesichert.

Selbst der unbeteiligte Sekretär Maigron schaute hoch bei der Nennung dieser Ziffer. Und Paul Theveneau zeigte unbeschränkte Begeisterung; aus dem jungen, geröteten Gesicht des Schwindsüchtigen strahlten die großen, schönen Augen, es hielt ihn nicht auf seinem Stuhl, er ging auf Pierre zu, ergriff seine Hand und sagte bewegt: „Endlich macht einer mehr als Worte. Endlich packt einer die Sache an. Ich bewundere Sie, Pierre."

Pierre wußte, daß Paul Theveneau bei all seiner Jugend ein sachlicher Geschäftsmann war, und es freute ihn, daß ihn sein Bericht dermaßen erregte. Aber das Wesentliche blieb die Wirkung auf Monsieur Lenormant.

Der schwieg. Er hielt das rundliche, traurige Gesicht unbewegt, und die schleierigen Augen unter der großen, runden Stirn verrieten nichts. Endlich konnte sich Pierre nicht länger beherrschen, er fragte geradezu: „Was denken Sie, Charlot?"

Alle schauten auf Monsieur Lenormant. Der, mit seiner leisen, fettigen Stimme, fragte sachlich, nachdenklich: „Und wer zahlt, wenn die Amerikaner geschlagen werden?" – „Sie werden nicht geschlagen", erwiderte stark Pierre, „das habe ich in meinen Berichten an den König mit guten Gründen bewiesen." Monsieur Lenormant ging nicht darauf ein. „Soviel scheint gewiß", sagte er, „die Aufständischen haben kein Geld." – „Aber sie haben Waren", antwortete eifrig Pierre, „Indigo, Tabak, Baumwolle." – „Wer sagt Ihnen", fragte Charlot zurück, „daß sie diese Waren gerade Ihnen schicken werden?" – „Sie kämpfen für die Freiheit", entgegnete feurig Pierre, „sie sind erfüllt von den Idealen Montesquieus, Rousseaus, solche Leute zahlen ihre Schulden."

Charlot entgegnete nichts. Er sah nur Pierre an, und seine gekrümmten Mundwinkel krümmten sich um ein weniges mehr. Die andern nahmen es vermutlich gar nicht wahr, aber Pierre kannte dieses Lächeln Charlots seit langem, er fürchtete es. Es kam aus dem Innern, dieses Lächeln, aus vielen Erfahrungen, die Gefühl und Überzeugung geworden waren, und vor diesem Lächeln verwelkte Glaube, und Zuversicht entblätterte. Pierre hatte erwartet, diesmal werde das Lächeln fernbleiben. Nun es doch da war, stieg in ihm von neuem groß und deutlich die Gefahr auf, die er mit seinem Unternehmen heraufbeschwor. Für einen Augenblick, mit schärfster Helle, erkannte er das ganze Risiko seines amerikanischen Geschäftes. Doch im nächsten Augenblick sagte er sich: Und trotzdem. Geschäft hin, Geschäft her: Amerika. Ich wag es.

Auch von Monsieur Lenormants Gesicht war das winzige Lächeln sogleich wieder geschwunden. Aber er schwieg noch immer. „Andernteils", sagte er endlich, „andernteils sind zwei Millionen Regierungszuschuß nicht schlecht."

„Nein, zwei Millionen Zuschuß sind nicht schlecht", mischte sich jetzt Paul Theveneau ein, voll beinahe bösartigen Triumphes. Sonst hielt sich in Gegenwart des Generalpächters der junge Mensch bescheiden zurück, doch heute riß die Größe des Unternehmens ihn hin. „Zwei Millionen Zuschuß sind gar nicht schlecht", wiederholte er und lief in dem großen Raum auf und ab, unbeherrscht. Er war ein bißchen grotesk, wie er so hin und her schlenkerte, sehr mager, der Rock hing um ihn herum, die Waden in den anliegenden Strümpfen waren bedauernswert. Doch Pierre sowohl wie Charlot schauten freundlich auf den glücklich erregten jungen Menschen, nicht einmal der Sekretär Maigron mißbilligte seinen Überschwang.

Von früher Jugend an hatte Paul Theveneau gesucht nach einem Manne, den er verehren, nach einer Sache, an die er glauben könnte. Dann hatte er Pierre gefunden. Er war begeistert von den raschen, genialen Einfällen des Älteren, er hörte ihm mit Hingabe zu, wenn er aus der Luft große Dinge zauberte, weltumspannende Pläne, und er war überzeugt, Pierre sei vom Schicksal zu einer historischen Rolle ausersehen, es fehle ihm nur der Anlaß. Jetzt hatte Pierre den Anlaß gefunden: Amerika.

„Ich hatte gehofft, Charlot", wandte sich Pierre von neuem sehr höflich an Monsieur Lenormant, „es werde Ihnen vielleicht nicht unangenehm sein, sich an diesem Geschäft zu beteiligen."

„Nichts ist ausgeschlossen", antwortete Monsieur Lenormant, mit seinen tiefliegenden Augen melancholisch vor sich hin schauend, „und es war jedenfalls freundlich von Ihnen, mein lieber Pierrot, mich als ersten in diese wichtige Angelegenheit einzuweihen. Machen Sie mir doch die Freude, morgen mit mir zu Abend zu essen. Bis dahin habe ich die Sache überschlafen."

Pierre kannte Charlot und sein Mißtrauen. Trotzdem war er enttäuscht, daß er nun wieder eine Nacht durch und wieder einen Tag durch werde warten müssen.

Es war spät geworden, Charlot verabschiedete sich. Einen leuchtertragenden Bedienten voran, ging er die große Treppe hinunter, und Pierre ließ es sich nicht nehmen, ihn bis vors Haus zu begleiten.

Als Pierre zurückkam, erwartete ihn oben auf der Treppe Julie. Sie fiel ihm um den Hals, halb lachend, halb weinend. „Du hast gehorcht?" fragte Pierre. „Natürlich", antwortete Julie. Es war neben dem großen Arbeitszimmer Pierres ein kleines, intimes Kabinett, in welches er manchmal Damen bat, die in geschäftlichen Angelegenheiten zu ihm kamen. Von dort pflegte Julie seine Konferenzen zu belauschen. „Es ist eine Gemeinheit", sagte sie zärtlich, „daß du deinem Charlot von deinen Erfolgen erzählst, aber nicht mir. Ich bin dir ganz böse, und ich bin so glücklich", und sie umhalste ihn von neuem. „Beruhige dich", redete er ihr zu und führte sie sacht zurück in das kleine Kabinett.

Es enthielt aber dieses Kabinett nichts als zwei Stühle, ein großes Sofa und eine Truhe. In dieser Truhe hielt Pierre seine teuersten Erinnerungen verwahrt. Es war dort der Plan der Erfindung, die er in frühen Jahren gemacht hatte und die jetzt von der Uhrenindustrie weit über die Grenzen Frankreichs hinaus akzeptiert war. Es waren dort die Manuskripte der Broschüren aus seinem großen Prozeß, die ihm Weltruhm gebracht hatten, und die Urschrift des „Barbier von Sevilla", es waren dort die Quittungen über die Summen für den Erwerb seines Adelstitels und seiner Hofämter, es lagen da die schönsten Liebesbriefe, die er erhalten hatte. Jetzt wird er in Bälde so weit sein, diesen Dokumenten ein neues, weltwichtiges zuzufügen.

Im Angesicht dieser Truhe also erzählte Pierre der Schwester. Er hatte beschlossen, ihr nichts zu sagen, er hätte sich gegen ihr Lauschen sichern sollen, bevor er mit Charlot sprach, und es war unklug, ihr noch mehr zu erzählen. Aber er hatte vor Charlot Zurückhaltung wahren und geschäftlich trocken berichten müssen, jetzt konnte er sich nicht länger zähmen. Feurig schwärmte er der Schwester vor, wie großartig alles werden wird. Mit glänzenden Augen schauten sie einander an, bauten ihre Träume immer höher. Dann band er ihr auf die Seele, keinem Menschen was zu sagen, auch dem Vater nicht; Alter mache geschwätzig, und es komme darauf an, daß die Sache in Heimlichkeit betrieben werde.

Sie sagten sich gute Nacht, küßten sich.

Emile, Pierres Kammerdiener, war noch auf, um ihn zu Bett zu bringen. Während er ihm schnell und geschickt aus den umständlichen Kleidern half, fragte er mit ehrerbietiger Vertraulichkeit: „Monsieur haben heute einen guten Tag gehabt?“ – „Einen sehr guten“, antwortete Pierre. „Ich wünsche allen guten Franzosen solche Tage.“

Emile schlug die schweren Vorhänge zurück, hinter denen auf einer Estrade das prunkvolle Bett stand. Pierre ließ sich noch eine kandierte Frucht reichen, nippte an seinem Nachttrunk, dann legte er sich zurück, Emile deckte ihn zu und schloß die Vorhänge, so daß das Licht der Nachtlampe nur matt in den Alkoven drang. Pierre gähnte laut und glücklich, legte sich auf die Seite, zog die Beine hoch, machte die Augen zu.

Doch noch bevor er einschlief, wurde das Licht wieder stärker, offenbar wurden die Vorhänge zurückgeschlagen. „Was ist denn noch, Emile?“ fragte Pierre, ohne die Augen zu öffnen.

Der da kam, war aber nicht Emile, es war Pierres Vater. Er setzte sich auf das breite, niedrige Bett, und er sah nun, der alte Caron, in Schlafrock, Pantoffeln und mit Nachtmütze recht gebrechlich aus. „Jetzt sag mir, mein Sohn“, fing er an, „was eigentlich los ist. Ich begreife, daß du es vor den Mädchen nicht sagen wolltest, Weiber sind geschwätzig. Aber nun sind wir ja allein.“

Pierre blinzelte. Die Beine des Alten kamen dürr und behaart aus dem Schlafrock hervor, doch die Augen, die er voll zärtlicher, neugieriger Erregung auf den Sohn richtete, waren lebhaft und jung.

Pierres Beziehungen zu seinem Vater waren zwiespältig. Der alte Caron entstammte einer Hugenottenfamilie, er war als Protestant zum Militärdienst gepreßt worden, er hatte dann seinen Glauben abgeschworen, war Hofuhrmacher geworden und sehr katholisch. Es hatte Zusammenstöße gegeben zwischen Vater und Sohn wegen Pierres Lebenswandel. Pierre war ihm aus der Lehre gelaufen, war dann nach einigen vergeblichen Versuchen zu den Fleischtöpfen des Vaters zurückgekehrt, der Vater aber, ehe er den Reuigen wieder in Gnaden aufnahm, hatte ihm einen umständlichen, schriftlichen Vertrag abgezwungen, der Rechte und Pflichten des Sohnes genau festsetzte. Bei diesem Anlaß und mehrmals in der Folge prophezeite der Alte dem Sohn ein schlechtes Ende. Doch der Sohn nahm kein schlechtes Ende, vielmehr hatte er es so weit gebracht, daß er sich ein Adelspatent und hochklingende Ämter kaufen konnte. Damit sein Adel gültig werde, hatte er von dem Alten verlangen müssen, daß er sein bürgerliches Gewerbe aufgebe. Vater Caron hatte sich empört geweigert, auf sein geliebtes Handwerk zu verzichten, und Pierre hatte ihn daran erinnern müssen, daß er, als er seinen Protestantismus aufgegeben, weder äußerlich noch innerlich schlecht gefahren sei. Der Alte hatte sich schließlich gefügt, aber er blieb stolz.

Pierre liebte den Vater. Pierre glaubte, wenn er Stücke und politische und geschäftliche Intrigen bauen konnte, in denen hundert Rädchen sich zweckvoll genau ineinanderfügten, so habe er das Lehren und Erfahrungen seiner Uhrmacherzeit zu danken, und er vergaß das dem Alten nicht. Er nahm ihn ins Haus und wies ihm eine Rente an. Der Alte nahm die Rente, wies sie zurück, nahm sie wieder. Zog zu Pierre ins Haus, verließ es, zog wieder zurück. Als Pierre seinen Prozeß und mit ihm Titel und Würden verlor, hatte der Alte ihn verhöhnt: wofür habe er nun sein gutes, ehrliches Handwerk aufgeben müssen? In den letzten Jahren lebten die beiden ausgezeichnet zusammen, sie lachten zusammen über sich selber und über die dumme Welt. Wiewohl es immer noch vorkam, daß sie aufeinander einstichelten und sich treffende, bösartige Dinge sagten, wußten sie gut, daß sie einander liebten und zueinander gehörten. Zuweilen wohl führte Pierre den Vater im Park von Versailles spazieren und stellte ihn seinen hocharistokratischen Freunden vor. „Mein guter, alter Vater“, sagte er zärtlich, und der Alte, sehr aufrecht in seinem bürgerlichen Rock, verneigte sich, anständig, nicht zu tief.

Jetzt also saß der alte Caron auf dem Bett des vergötterten Sohnes, dem er vorausgesagt hatte, daß er's zu nichts bringen werde, und wollte voll glücklicher Neugier von ihm hören, um welch ungeheures Stück weiter er es schon wieder gebracht habe.

Es war für Pierre ein Erlebnis gewesen, seinem Freund Charlot von seinem Erfolg zu berichten. Glück war es gewesen, mit Julie davon zu reden. Höchste Seligkeit war es, dem Vater zu erzählen.

Den Alten riß es hoch; mit flatterndem Schlafrock, erregt, lief er im Zimmer hin und her, gestikulierte, sprach vor sich hin, lief ans Bett zurück, streichelte den Sohn. Und der vergaß den Rest seiner Müdigkeit, richtete sich auf, vor dem Vater kannte er keine Scheu, vor ihm verstieg er sich noch höher als vor der Schwester. In das Dämmerlicht der Nachtlampe starrend, ein vor Seligkeit beinahe törichtes Lächeln überm Gesicht, breitete er vor sich und den Alten seine Visionen hin. Wie die Flotte des Hauses Hortalez und Compagnie, seine, des kleinen Pierrot, des Monsieur Pierre-Augustin de Beaumarchais Flotte, in See stechen werde, Berge von Kanonen, Gewehren, Pulver mit sich tragend, und wie diese Waffen, seine, Pierres Waffen, Englands Tyrannei zerschmettern und Freiheit in der Welt verbreiten würden. Ganz zu schweigen von den ungeheuern Reichtümern, den Schätzen an Indigo, Kattun, Tabak, welche diese Flotte der Familie Caron de Beaumarchais zurückbringen wird.

Vater Caron war gebildet, er hatte viel gelesen, und er war ein guter Franzose. Er war stolz auf den ungeheuern Anteil, welchen Frankreich an der Erforschung und Kolonisierung der Neuen Welt gehabt hatte, und er war erbittert über die

Engländer, welche sein Land um seinen Anteil gebracht und gute, christliche Franzosen gezwungen hatten, so scheußliche Mittel zu gebrauchen wie die, sich zu verbinden mit Rothäuten, um Weißen die Schädelhaut abzuziehen. Jetzt also half sein Sohn dem Volke der Vernunft, den wackeren Boston-Leuten, den naturnahen Quäkern, auf daß diese es den Engländern gründlich heimzahlten.

In seinem heimlichsten Innern war Vater Caron niemals ganz losgekommen von der Vorstellung, sein Abfall vom hugenottischen Glauben sei Sünde gewesen, und für diese Sünde werde Gott ihn heimsuchen an Kindern und Kindeskindern. Wenn in seinem Leben etwas schiefgegangen war, hatte sich in ihm ein Schuldgefühl geregt wegen seines Verrates am Glauben. Jetzt zeigte sich, daß Gott Verständnis hatte für die Lage eines armen, zum Soldatendienst gepreßten Hugenotten. Gott billigte es, daß einer lieber ein anständiger, in Gottes Namen katholischer Uhrmacher sein wollte als ein hugenottischer Dragoner. Gott begriff, Gott verzieh. Sonst hätte er nicht seinen Sohn Pierre mit dieser welthistorischen Sendung betraut.

André-Charles Caron, zum erstenmal jedes Schuldgefühles ledig, streichelte die Hand seines Sohnes. „Amerika“, sagte er vor sich hin. „Mein Pierre befreit Amerika.“

Einen großen Teil seiner Arbeit pflegte Pierre im Schlafzimmer zu erledigen, des Morgens, unmittelbar nach dem Aufstehen, während er Toilette machte. Es war das eine Mode der großen Welt, die seinen Neigungen entgegenkam. Es schmeichelte ihm, wenn sich die Leute in seinem Haus versammelten, um ihm, während er sich ankleiden ließ, Bitten, Klagen, Angebote vorzutragen. Eine bunte Menge pflegte sich da einzustellen und ein wirres Gemisch von Ehrgeiz, Elend, Profitgier, Verehrung, Frechheit und Geltungsdrang vor ihn hinzubreiten.

Diesmal, da man sich erzählte, Pierre sei im Begriff, ein neues, ganz großes Unternehmen zu gründen, waren noch mehr Menschen da als sonst; bis hinaus auf den Korridor drängten sie sich.

Es hatte Pierre von jeher Vergnügen gemacht, Wohltaten zu spenden, Gnaden auszuteilen; jetzt durfte er's in reichem Maße. Die Firma Hortalez und Compagnie brauchte Agenten in allen Hafenstädten, sie brauchte Schreiber, Buchhalter, Laufburschen, betreßte Diener. Pierre konnte Manna vom Himmel regnen lassen.

Er saß an seinem Toilettetisch, der Kammerdiener Emile und der Friseur waren um ihn beschäftigt, er winkte, grüßte, tauschte freundliche, scherzhafte Worte aus, war sehr gnädig; wenn er nicht sogleich gewährte, dann gab er zumindest Aussicht, Hoffnung.

Da war der Schiffskapitän Adelon. Falls Pierre ein Schiff über den Atlantischen Ozean zu schicken haben sollte, der Kapitän hatte die Reise hundertdreiundzwanzigmal gemacht, er war ausgerüstet mit besten Empfehlungen; es war der Mühe wert, daß sich Monsieur Maigron seinen Namen notierte.

Da war Madame Chaix. Vor Jahren, Jahrzehnten hatte Pierre etwas mit ihr gehabt. Jetzt brachte ihm die immer noch appetitliche Frau in Erinnerung, daß sie mit dem Inhaber einer Schreinerwerkstatt verheiratet war. Pierre zweifelte nicht daran, daß er anläßlich der Neueinrichtung seines Geschäftshauses, des Hôtels de Hollande, mit dieser Werkstatt gute Erfahrungen machen werde, und Monsieur Maigron notierte sich die Adresse.

Pierre genoß den Wirbel ringsum, das Gefühl, geehrt zu sein, Macht zu haben. Alle kamen sie, Freunde jeder Art, Feinde jeder Art. In dieser ersten Nacht schon mußte es sich in der ganzen, großen Stadt herumgesprochen haben, daß Monsieur de Beaumarchais wieder in Fahrt sei, und Leute, die vorher selten ihren Weg zu ihm gefunden hatten, entdeckten plötzlich, daß sie mit ihm befreundet, mit ihm verwandt waren. Da war ein Sohn eines Vetters der zweiten Frau seines Vaters. Da war ein Neffe des Mannes seiner Schwester Tonton.

Solche, die Geschäft rochen, stellten sich ein, und solche, die sich den einflußreichen Schriftsteller nicht zum Feind machen wollten, große Herren unter ihnen. Da war der Baron de Trois-Tours, der Geld investiert hatte in der angesehensten Werft des Nordens, in der Werft Pelletier, da war Monsieur Gaschet von der Reederei Testard und Gaschet in Bordeaux. Und Pierre schwoll das Herz, als sich gar der Chevalier de Clonard einfand, der Syndikus der allmächtigen Compagnie des Indes.

Auch Monsieur Clairval war da von den Comédiens Italiens. Es bestand zwischen Pierre und dem großen Schauspieler eine alte, latente Feindschaft. Pierre hatte sein Stück „Der Barbier von Sevilla" zuerst den Leuten vom Théâtre des Italiens vorgelesen, sie waren entzückt, aber dann war die Aufführung doch nicht zustande gekommen. Monsieur Clairval, der die Rolle des Barbiers hätte spielen sollen, war selber Barbier gewesen und wünschte nicht, daß man an seine Vergangenheit erinnert werde. Dann war „Der Barbier" der große, ungeheure Erfolg der Konkurrenzbühne geworden, des Théâtre Français; Monsieur Clairval erinnerte sich nicht mehr, die Rolle je abgelehnt zu haben, und keineswegs wollte er verfehlen, seinen lieben Freund Pierre gleich nach seiner Rückkehr zu begrüßen.

Auch den Journalisten Métra sah man, der Pierre mehrmals besonders bösartig angegriffen hatte. „Wie teuer verkaufen Sie sich zur Zeit, mein Bester?" fragte ihn freundlich Pierre, und: „Ein Kollege wie Sie", erwiderte der Journalist, „hat immer höchsten Rabatt."

Aber Pierre hörte schon nicht mehr hin. Triumphierend sah er hinter dem Journalisten den würdigen, markanten Kopf Monsieur Regniers auftauchen. Der angesehene Herr, Richter am Höchsten Gericht, scheute sich nicht, ihm, dem Mann mit der „Rüge", dem „Bemakelten", seine Aufwartung zu machen.

Und immer wieder Bittsteller, Bittsteller, Pierre übersah keinen. Er verstand es, Menschen zu nehmen, und selbst wenn er für einen nur wenige Worte hatte, sprach er diese Worte so, daß ihn der Angeredete mit dem Gefühl verließ, Pierre habe ihn besonders beachtet.

Pierre war glücklich inmitten des wirbelnden Betriebes, und er hätte wohl seine Morgenaudienz noch lange fortgesetzt. Da meldete man ihm, eine Dame erwarte ihn in seinem Arbeitszimmer, Mademoiselle Mesnard.

Das sah Désirée ähnlich. Sie lief ihm schlankweg ins Haus, sie kümmerte sich um keine Form. Kümmerte sich nicht darum, daß ihr die sonst gutmütige Julie ihre Abneigung bei jeder Gelegenheit bezeigte.

Julie sah in Désirée Mesnard den Urgrund alles Bösen, das Pierre betroffen hatte. Désirée war seinerzeit die Ursache gewesen einer Schlägerei zwischen Pierre und dem eifersüchtigen Herzog de Chaulnes, und der Herzog hatte durchgesetzt, daß der schuldlose Pierre ins Gefängnis kam. Das hatte sich ereignet in den entscheidenden Tagen seines großen Prozesses, so daß er seine Interessen nicht nach Gebühr hatte wahrnehmen können. Nach der Meinung Julies trug somit Désirée Mesnard und niemand sonst die Schuld, daß der Prozeß verlorengegangen war und in seinen Folgen Pierre soviel Unglück gebracht hatte. Julie begriff nicht, wie es Pierre nach alledem über sich brachte, Désirées Porträt in seinem Hause hängenzulassen; sie könne das Gesicht der Dame nicht mehr sehen, erklärte sie manchmal, und immer von neuem drängte sie, Pierre möge das Bild, ein sehr schönes Porträt von der Hand Quentin de Latours, entfernen. Pierre lachte nur; es war ein großartiges Bild, und Désirée war ein großartiges Mädchen, und er hielt fest an seiner Freundschaft mit Désirée und an dem Porträt.

Er verabschiedete seine morgendlichen Gäste und ging in sein Arbeitszimmer. Dort saß Désirée. Nicht auf einem der feierlichen, unbequemen Stühle; vielmehr hatte sie Akten und Ziergegenstände beiseite geschoben und sich auf dem mächtigen Schreibtisch Platz gemacht. Dort saß sie, rotblond, nicht groß, sehr schlank, frech und bequem. Sie lachte, als sie Pierre sah. „War es eine gute Idee, daß ich gekommen bin?“ fragte sie. Er beschaute fröhlich ihr hübsches, lausemädelhaftes Gesicht mit der etwas nach oben gebogenen Nase. „Es tut wohl, einen vernünftigen Menschen zu sehen, der nichts von einem will“, sagte er und küßte ihr Hand, Hals und Nacken. „Na, alter Gauner“, sagte sie, „man hört, du kochst etwas Großes zusammen. Ich sehe schon, wie ich dich wieder aus Fort l'Evêque herausholen muß." Das war das Gefängnis.

Pierre und Désirée kannten einander seit langem. Sie waren beide Kinder der Pariser Straße, sie liebten Paris, sie liebten leidenschaftlich das Theater. Sie hatten durch viele schmutzige Erfahrungen gehen müssen, um hochzukommen, sie wußten Bescheid, sie nahmen und liebten das Leben, wie es war, sie machten sich selber und machten einander nichts vor. Désirée war eine Schauspielerin von Ruf, in ihrem Haus verkehrten angesehene Schriftsteller, einflußreiche Männer des Hofes und der Geschäftswelt. Sie hielt sich an die Mächtigen, weil das nützlich war, doch die großen Namen der Aristokratie und der Wirtschaft blendeten sie nicht, sie sah, mit wie wenig Weisheit Frankreich regiert wurde, aus der Höhe ihres guten Verstandes schaute sie auf die Herren herunter. Ähnlich hielt es Pierre. Beide hatten sie sich tief hineingebohrt in den Kreis der Privilegierten. Beide hatten sie für die Privilegierten die gleiche, abgründige, leicht neidische Verachtung. Die ersten stürmischen Zeiten ihrer Leidenschaft waren lange vorbei, geblieben war eine feste Freundschaft. Es kam vor, daß sie sich, auch wenn sie beide in Paris waren, wochenlang, monatelang nicht sahen, doch beide wußten sie, daß sie aufeinander zählen konnten.

Désirée war vom Tisch gesprungen. Sie öffnete die Tür zu dem kleinen Kabinett, schaute nach, ob nicht Julie lausche. Ihr spitzbübisches Gesicht verzog sich kraus. „Die Luft ist rein", sagte sie, „schieß los."

Pierre erzählte von dem amerikanischen Unternehmen, sachlich, pathetische Worte wären vor ihr lächerlich gewesen. Désirée hörte aufmerksam zu. Sie bekannte sich, wie das ganze fortschrittliche Paris, herzhaft zu der Seite der Amerikaner, zu dem großen Experiment, einen Staat aufzurichten auf Grundlage der Freiheit, der Vernunft, der Natur. „Ich fürchtete schon", meinte sie, „du habest wieder was zusammengebraut wie ein Monopol auf den Sklavenhandel oder die Beschaffung einer neuen Mätresse für den König von Spanien, die für dich spionieren soll. Amerika", schloß sie mit Wärme, „das ist eine gute Sache."

„Und es ist angenehm“, erläuterte verschmitzt Pierre, „daß sich diesmal die Begeisterung für die gute Sache auch bezahlt machen wird. Es ist ein ungeheures Geschäft, Désirée, du wirst sehen. Die Compagnie des Indes wird ein kleiner Weißfisch sein vor meiner Firma Hortalez.“ – „Mir ist“, antwortete Désirée, „dergleichen hör ich nicht zum erstenmal.“ – „Aber heute“, versicherte Pierre, „sag ich es nicht nur, heute ist es so.“ – „Meine besten Wünsche begleiten Sie, Monsieur de Beaumarchais“, höhnte Désirée, „aber ich habe es oft erlebt, daß du die Idee hattest, und andere haben dann den Rahm abgeschöpft.“ – „Diesmal schöpfe ich“, beharrte Pierre. „Diesmal fall ich nicht herein. Ich denke gar nicht daran. So ungeheure Aussichten hab ich noch nie gehabt.“ – „Jedenfalls ist es erfreulich, Pierrot“, sagte warm Désirée, „daß es diesmal eine so unzweideutig gute Sache ist.“

Daß es eine gute Sache war, wußte Pierre von allein; was er hören wollte, war ein tröstliches Wort über die geschäftlichen Aussichten. Schon gestern, noch bevor er mit Lenormant gesprochen, hatte er sich gefragt, ob er nicht vorher Désirée ins Vertrauen ziehen solle. Charlot war verliebt in Désirée, und Pierre hatte niemals Bedenken getragen, Frauen für seine Zwecke einzuspannen. Trotzdem hatte er in diesem Fall gezögert. Die Freundschaft Charlots und Désirées war verwickelt; er konnte, wenn er Désirée vorschob, seine Geschäfte ebenso leicht verderben wie fördern. Da sie indes von selber zu ihm gekommen war und er ihr so viel erzählt hatte, bedachte er sich nicht länger, ihr auch von seinen Hoffnungen auf Lenormant zu berichten.

Désirées krauses Gesicht, als er Lenormant nannte, verzog sich, eine senkrechte Falte erschien zwischen den Brauen, ihre Augen schielten nachdenklich nach ihrer Nase.

Désirées Freundschaft mit Lenormant war in ihrem sonst so klaren Leben das Wirre, Ungeklärte. Der kühle und leidenschaftliche Herr, der melancholische Genießer, der die Romantik verachtete und sich nach Romantik sehnte, war unterschieden von den übrigen Männern, die sie kannte. Er hatte auch für sie manchmal bösartige, ironische Worte; aber sie sah, wie tief er für sie entbrannt war und wie er diese Neigung zu bekämpfen suchte. Charlot zog sie an und stieß sie ab, sie schätzte und sie verachtete ihn. Sie hätte es rücksichtslos ausnützen sollen, daß er vor ihr schwach war. Mit jedem andern hätte sie's so gehalten; mit ihm hielt sie's anders. Sie wußte nicht genau, was sie von Charlot wollte, was sie mit ihm wollte. Sie hatte sich nie kostbar gemacht, sie war niemals sparsam umgegangen mit ihrem Leib und mit ihrer Liebe; das konnte man nicht, wenn man es in Paris zu etwas bringen wollte. So schlief sie denn auch dann und wann mit Charlot. Doch sie behandelte ihn schlechter als andere Männer. Sie ließ ihn merken, daß sie ihn nicht liebte, und wenn er mehr von ihr wollte, wenn er andeutete, sie solle ihre Unabhängigkeit aufgeben und seine erklärte Geliebte werden, dann zuckte sie die Achseln, machte ein koboldhaftes Gesicht, antwortete nicht.

Das Zerklüftete an ihm zog sie an. Gelockt schaute sie zu, wie er unversehens aus einer menschenfeindlichen Stimmung in eine zärtliche, sentimentale fiel. Sonst war sie sich klar darüber, welchen Verlauf eine Freundschaft nehmen werde. Mit Charlot war alles möglich, daß er sie umbrachte oder daß er sie heiratete.

Charlot war gut Freund mit Pierre. Aber sie war gewiß, Charlot war, auch wenn er's nicht merken ließ, eifersüchtig auf Pierre, und immer war in ihr leise Angst, er werde einmal furchtbar gegen ihn losschlagen. Keinesfalls war es geraten, daß sich Pierre mit dem unberechenbaren Manne in ein so riesiges Geschäft einließ. Charlot wird, wenn sie zusammen diese gewaltigen Lieferungen unternehmen, den schwächeren Pierre bald in seiner Hand haben, und dieser Gedanke machte ihr Unbehagen. Pierre war inmitten all seiner Intrigen ein harmloser, lustiger Junge, er konnte keine Feindschaft festhalten, er trug niemand was nach, er wollte vom Leben nichts als seine Freude. So einer war der bittern Bosheit nicht gewachsen, die manches Mal im Herzen Charlots aufstand.

„Ich an deiner Stelle würde mir's zweimal überlegen", warnte sie, „ehe ich Charlot in das Geschäft hineinnähme." –

„Er ist mein Freund“, sagte Pierre. „Gerade deshalb“, erwiderte rätselhaft Désirée, und: „Er ist so groß“, fuhr sie fort. „Am Ende verschlingt er alles, was mit ihm in Berührung kommt.“ Aber: „Keine Angst, meine Kleine“, lachte unbekümmert Pierre. „Wer diesen Jonas verschlingt, wird ihn schnell wieder ausspeien müssen.“

Lenormant, nach dem Abendessen, ließ Pierre noch eine ganze Weile zappeln, bevor er anhub, von dem Geschäft zu reden.

Monsieur Lenormant mochte Pierre auf seine Art gut leiden. Er sah wohl, wie eitel und oberflächlich Pierre war, doch er schätzte seine Gewandtheit und seinen anmutigen Witz, und wenn er ihn um seiner Leerheit willen ein wenig verachtete, so beneidete er ihn um seine Leichtigkeit, um sein Glück bei Frauen, um die Mühelosigkeit seiner Arbeit.

Charles-Guillaume de Lenormant hatte es trotz seiner hohen Geburt und seines Reichtums immer schwer gehabt. Er hatte seinerzeit – das war jetzt siebenunddreißig Jahre her – ein sehr junges, sehr schönes Mädchen geheiratet von anmutigster Geistigkeit, doch ohne Geld und ohne Verbindungen, Jeanne-Antoinette Poisson. Er war schwerblütig und hatte lange gezögert, ehe er sich zu dieser Heirat entschloß; während der ersten Jahre seiner Ehe indes freute er sich tief seines Entschlusses, und er hatte sich immer leidenschaftlicher in Jeanne verliebt. Dann, unversehens, hatte Jeanne ihn verlassen, um als anerkannte Geliebte des Königs unter dem neuen Namen Marquise de Pompadour Frankreich zu regieren. Es war für Lenormant ein Schlag gewesen, von dem er glaubte, er werde ihn nicht überleben. Später dann hatte die Frau ihm alles angeboten, einen Gesandtenposten, selbst ihre Rückkehr, aber er war stolz und würdevoll gewesen und hatte alles und sie selber abgelehnt.

Jetzt war er seit langem wieder heraufgetaucht aus den Tiefen seines Leides, doch als ein veränderter Lenormant, melancholisch, bitter, sarkastisch, genießerisch, auf hinterhältige Art abenteuerlustig. Hatte er früher mit Umsicht die schwierigen Geschäfte wahrgenommen, die mit seiner

Steuerpacht zusammenhingen, so ließ er sich jetzt mit verbissener Freude in immer neue, verwickelte wirtschaftliche Unternehmungen ein, leitete sie mit souveräner Gewandtheit und außerordentlichem Glück und häufte so, trüb und verächtlich, ungeheures Vermögen. Bei aller Bitterkeit jagte er nach stets neuen Genüssen. Zwar stand über dem Hauptportal seines Schlosses Etioles in edeln Lettern der Spruch: „Vanitas, vanitatum vanitas, omnia vanitas." Aber der Besitzer von Etioles war stets umgeben von schönen Frauen, seine Feste waren berühmt um ihrer Pracht und ihres Geschmackes willen, und voll müder Gier raffte Monsieur Lenormant immer mehr Reichtum, Ansehen, Pracht, Geschäft, Einfluß, Politik, Theater, Frauen, Intrigen.

In Désirée Mesnard hatte sich Lenormant verliebt auf dem Umweg über ein Bild von ihr. Es war nicht das Porträt, das bei Pierre hing, es war vielmehr ein Pastell von Perronneau. Es war das gute Porträt eines hübschen, fröhlichen, natürlichen Mädchens. Aber als Lenormant die wirkliche Désirée kennengelernt hatte, war er erstaunt gewesen, wie weit das Porträt zurückblieb hinter dem Urbild. Lenormant, aus seiner vielen Kunst und Künstelei heraus, sehnte sich manchmal nach Kraft und Einfachheit; auf seiner Privatbühne ließ er gerne Possen spielen von saftigster Volkstümlichkeit. Jetzt, als er entdeckte, wieviel derber, gesunder Menschenverstand hinter Désirées liebenswerter Zartheit stak, wieviel Unbekümmertheit um Ruf und Gerede, wieviel frecher, realistischer, Pariser Witz, fand er das zum Entzücken. Es waren an ihr Züge, die er an der toten Jeanne geliebt hatte. Jeanne war auf ganz ähnliche Art lustig und gescheit gewesen, sie hatte die gleiche Mischung gehabt von Nüchternheit und Romantik und die gleiche Gabe, über dem Schmutz des Lebens seinen fröhlichen Glanz nicht zu vergessen.

Lenormant war siebenundfünfzig gewesen, als die einundzwanzigjährige Désirée in sein Leben trat. Er sah mit Vergnügen, daß seine Eigenart, die Mischung aus Trübsinn und Genießertum, sein Geschmack, sein Verständnis fürs Theater, seine bitter witzige Philosophie die junge Schauspielerin anzog; doch er täuschte sich nicht darüber, daß er ohne seinen

Reichtum und seinen großen Namen kaum im Kreis der vielen jüngeren, amüsanteren Freunde Désirées bestanden hätte. Vielleicht wird es ihm gelingen, sie an sich zu binden; aber wenn dann ein anderer, Mächtigerer kommen wird, dann wird ihn diese Désirée genauso verlassen, wie seinerzeit Jeanne ihn verlassen hat um des Schloßherrn von Versailles willen.

Trotzdem betrachtete er es als ein großes Glück, daß diese junge Frau in sein Leben getreten war und daß er jetzt, da seine Süchte matter wurden, nochmals das Glück hatte, verliebt zu sein wie ein Junger. Wohl litt er, wenn er sah, wie unbekümmert Désirée sich diesem oder jenem Manne hingab, aber er war gewitzt, er wollte kein zweites Mal sein Glück durch Stolz und Würde gefährden, und er versuchte nicht, an ihre Unabhängigkeit zu rühren.

Er wußte, daß sein einziger ernsthafter Rival Pierre war. Er durchschaute genau die Beziehungen der beiden, er hielt ihre feste, auf eine Verwandtschaft im Geiste gegründete Freundschaft für gefährlicher als irgendeine romantische Neigung, und er beneidete Pierre heiß um Désirées Anhänglichkeit. Ihn, Lenormant, der so tief an den Menschen litt und dem sich die Dinge so gar nicht fügten, verdroß es, daß diesem Pierre Menschen und Dinge von selber zuflogen, daß ihm alles so gut hinausging, daß er Widerwärtiges von sich abschüttelte wie ein Hund Wassertropfen. So gut er Pierre leiden mochte, er hätte es ihm gegönnt, daß auch er einmal zu spüren bekam, was Undank ist, Verrat, Leiden.

Jetzt also war ihm Pierre gekommen mit diesen Lieferungen für Amerika. Die Idee Pierres, die Insurgenten als privater Unternehmer, in Wahrheit aber als Agent der französischen Regierung zu beliefern, blendete, sie war ein Fund. Wollte man aber aus dem Unternehmen mehr machen als eine Bühnenintrige, wollte man die Insurgenten so ausrüsten, daß sie regulären englischen Armeen standhalten konnten, dann benötigte man andre Summen als die lächerlichen drei oder vier Millionen, von denen Pierre sprach. Der Mann, der ein solches Geschäft durchführen wollte, mußte über unbegrenzten Kredit verfügen, er mußte auf Zahlung warten können, er mußte langen, langen Atem haben.

Seine, Lenormants, Hand war kräftig genug, diesen Bogen zu spannen, und die fetten Gewinne waren eine starke Lockung. Aber war Pierre der rechte Mann, um mit ihm zusammen ein so riesiges Unternehmen anzupacken? Wird er nicht die Geschäfte viel zu phantastisch und romantisch betreiben wollen? Gewiß, die Chancen waren verführerisch, aber Lenormant hatte hohes Spiel genug in seinem Leben, und dicke Profite wogen die Gefahr nicht auf, mit Pierre Streit zu bekommen. In seinem Innern, ohne daß er's Gedanke werden ließ, war die Vorstellung, wie Pierre vor Désirée prahlte und sich spreizte: Jetzt also rüste ich die Amerikaner aus, jetzt mache ich Geschichte. Nein, er, Lenormant, wird Pierre nicht den Sockel der Millionen aufbauen, der dafür nötig war.

Mit seiner fettigen Stimme, in der Stille seines Arbeitszimmers, setzte er Pierre auseinander, das Geschäft biete hohe Gewinnchancen, doch sei das Risiko enorm. Nicht nur müsse man damit rechnen, daß jedes zweite Schiff von den Engländern genommen werde, auch die Aussicht, Zahlung zu erlangen, sei zu vag. Sosehr er, Lenormant, den Freiheitsdrang der Insurgenten bewundere, diese rühmliche Begeisterung sei keine genügende Sicherheit für ihre Zahlungsfähigkeit. Im günstigsten Fall werde man Jahre und Jahre warten müssen, ehe man Geld zu sehen bekomme. Nach flüchtigem Überschlag nehme er an, daß ein Grundkapital von etwa zehn Millionen nötig sei, wenn man durchhalten wolle. Er richtete, als er die hohe Summe nannte, die schläfrigen, tiefliegenden Augen bekümmert auf den andern.

Pierre, betroffen, antwortete schwunglos: „Ich dachte, die außerordentlichen Gewinnchancen, die Sie ja noch besser sehen als ich, würden Sie reizen, sich an der Firma Hortalez zu beteiligen." – „Ich habe soeben versucht, mein lieber Pierre", sagte mit gutgespielter, freundlicher Geduld Lenormant, „Ihnen klarzumachen, daß das Risiko des Geschäftes noch höher ist als seine Chancen. Ich stehe an der Schwelle des Alters, meine Freude an großen, gefährlichen Unternehmungen nimmt ab." – „Aber haben Sie nicht soeben erst die Steuerpacht Ihrer zwei Provinzen erneuert?" fragte Pierre.

„Wo ist da", fragte mit aufreizender Ruhe Lenormant zurück, „für einen Mann, der warten kann, das Risiko? Der König hat Büttel und im Notfall Soldaten, die säumigen Schuldner zu zwingen. Kann die Firma Hortalez Soldaten gegen die Aufständischen vorschicken, wenn sie im Verzug sind?"

„Ich hatte geglaubt", sagte nicht ohne Bitterkeit Pierre, „mein Freund Charlot werde sich mit Freuden an dieser großen Unternehmung beteiligen. Ich hatte geglaubt, mein Freund Charlot werde der erste sein, mir und den Amerikanern zu helfen." – „Aber seien Sie doch nicht so ungestüm, mein Pierrot", beschwichtigte ihn liebenswürdig Lenormant. „Wer sagt Ihnen, daß ich Ihnen nicht helfen werde?"

Die Art, wie Charlot mit ihm spielte, brachte Pierre auf, andernteils wußte er aus Erfahrung, daß Charlot großzügig war und ihm freund. „Ich brauche Geld ja nur für die erste Zeit", sagte er unsicher, „wenn ich es überhaupt brauche."

Genauso hatte es Lenormant gewollt. Ein Darlehn wollte er Pierre gern zur Verfügung stellen. Wie er Pierre kannte, wird der bald in der Klemme sein und um Stundung bitten. Dann kam er, Charlot, unter allen Umständen auf seine Rechnung. Selbst wenn er zuletzt das Geld oder doch einen Teil des Geldes verlieren sollte, wird das Gespräch, in welchem Pierrot bittet und sich windet, diesen Verlust wert sein.

„Sehen Sie", erwiderte er, „so kommen wir leicht zusammen. Geld, insbesondere auf kurze Sicht, können Sie von mir ohne weiteres haben. Wieviel wünschen Sie?" – „Ich denke", sagte, immer unsicher, Pierre, „mit einer weiteren Million komme ich aus." – „Die Summe steht zu Ihrer Verfügung", erwiderte ohne Zögern Lenormant.

Pierre atmete auf und war zu gleicher Zeit bestürzt. Es war ein wichtiger Dienst, daß ihm Charlot die ungeheure Summe vorstreckte, aber hielt er das Risiko wirklich für so groß, daß er das Geld nicht in der Sache selber anzulegen wagte und die einmalige Chance nicht nützte? „Ich danke Ihnen, Charlot", sagte er, „ich danke Ihnen herzlich." In seiner Stimme war ungewohnte Verwirrung. „Es ist mir eine Freude, Ihnen zu helfen, mein Freund", wehrte liebenswürdig Lenormant ab. „Sie werden mich sehr entgegenkommend finden in allem, was den Zinsfuß anlangt." Er machte eine kleine Pause und schaute Pierre freundlich an. „Aber", sagte er dann und drohte ihm scherzhaft mit dem Finger, „halten Sie das Geld zusammen, Pierrot." Und ganz leicht schloß er: „Ich leihe auf kurze Frist, und ich treibe ein, mein Lieber. Ich mache Sie darauf aufmerksam. Ich bin bekannt dafür, daß ich eintreibe."

Das waren Scherze, wie Charlot sie liebte, unangenehme Scherze. Aber Pierre schüttelte das Unbehagen ab, noch bevor es ihn überkam. Er hatte die Zusage Charlots, das war das Wesentliche. War er nicht entschlossen gewesen, das Geschäft zu machen, auch wenn er alles in allem nur *eine* Million erhalten hätte? Jetzt bekam er zwei Millionen von der Regierung und eine von Charlot. „Nochmals schönen Dank, Charlot", sagte er ebenso leicht und freundlich, wie Lenormant gesprochen hatte. „Schönen Dank im Namen Amerikas, Frankreichs und in meinem eigenen."

Jetzt war schon eine Nacht vergangen und ein Tag und noch eine Nacht, und Pierre hatte seine Freundin Therese noch immer nicht aufgesucht. Gestern morgen hatte er sie in einem Billett auf den Abend vertröstet, gestern abend auf heute morgen. Er hatte eben zu viele Menschen auf seinem Boot; er kam niemals dazu, das zu tun, wonach es ihn gelüstete.

Wenigstens konnte man mit Therese reden. Sie verstand es, wie schwer es hielt, seine Zeit zu teilen zwischen der Befreiung Amerikas und der Liebe zu der Frau, die man heiraten wollte.

Denn von der ersten Begegnung an hatte er gewußt, daß dieses Mädchen für ihn die rechte sei, und immer wieder während der Jahre ihrer Verbindung hatte er mit dem Entschluß gespielt, sie jetzt zu heiraten, morgen, heute. Aber da war Julie. Sie war von Anfang an auf Therese eifersüchtig gewesen, und als Pierre einmal eine Andeutung gemacht hatte, er wolle Therese heiraten und ins Haus bringen, hatte es zwischen den Geschwistern heftigen Zank gegeben, und

Julie hatte gedroht, das Haus zu verlassen. Dann freilich hatte sie mit stürmischer Reue dem Bruder erklärt, Therese sei reizend, jung und in jeder Hinsicht viel besser als sie selber, und selbstverständlich werde sie, Julie, mit ihr auskommen. Allein es war Pierre klar, daß, wenn er Therese ins Haus brachte, die leidenschaftliche Julie sich nach kurzer Zeit grollend zurückziehen werde, und er konnte Julie nicht entbehren. Nicht nur war sie die ideale Wirtschafterin für sein großes Haus, er brauchte auch gerade sie, um sich vor ihr zu spreizen, er brauchte ihre ständige, laute, schwärmerische Bewunderung. Therese aber, auch wenn er sie nicht formell band, wird ihn nie verlassen; ihrer fühlte er sich sicher.

Er legte den Weg zu ihrem Haus zu Fuß zurück. Es war ein kurzer Weg. Lächelnd bedachte er, wie oft und wie gern er diesen kurzen Weg gegangen war. Seine Interessen umspannten die ganze Erde, mehrmals war er um eines Geschäftes willen über weite Strecken des Erdteils gejagt; doch sein wahres Leben spielte sich ab innerhalb des kleinen Dreiecks zwischen seinem Wohnhaus, seinem Geschäftshaus und dem Haus Thereses. Dieser wilde Abenteurer war ein Familienmensch; nach wilden Tagen und wilden Nächten brauchte er eine bürgerlich-behagliche Stunde im Kreis der Familie, bestehend aus Vater, Schwestern, Neffen, Nichten, Onkeln, Vettern, Basen.

Er läutete an Thereses Wohnung. Die Magd öffnete. Aber da war auch schon Therese in der Tür ihres Zimmers, sie war im Negligé, so hatte er sich's, im stillen, erhofft, und keine kleinste Wolke Vorwurf wegen der Verzögerung war auf ihrem Gesicht. Er eilte auf sie zu, in seinen beiden Händen hielt er ihren Kopf, ihn leicht schräg nach hinten biegend; sie war groß, beinahe ebenso groß wie er selber. Tief schaute er in ihre lebendigen Augen. Langsam, gründlich küßte er ihre Stirn, folgte mit den vollen Lippen ihren hohen, kühnen Brauen, bis sie die Lider mit den langen Wimpern schloß, küßte ihren geschwungenen Mund, ließ die Hände heruntergleiten um ihr volles, starkes Kinn, ihren Hals, ihre Brust.

Therese, die Augen geschlossen, ruhte glücklich aus in der lang ersehnten Umarmung.

Vom ersten Augenblick an, da sie mit Pierre in Berührung gekommen war, hatte sie gespürt, dieser Mann war der Sinn ihres Lebens. Als sie damals, vor drei Jahren, kaum siebzehnjährig, seine Flugschriften las, hatte die klingende, funkelnde Attacke gegen die Ungerechtigkeit sie aufgerührt in ihren Tiefen. Daß jemand so kühn sein konnte und gleichzeitig so leicht, so elegant, so beschwingt. Es ging einem ins Blut, riß einen mit. Sie war, die sonst Vernünftige, Zurückhaltende, unter einem Vorwand zu dem fremden Mann gegangen, und er war gewesen wie seine klingenden Sätze, und er hatte auf sie eingesprochen mit seiner biegsamen Stimme, schmeichlerisch, frech, gescheit, und sie hatte erkannt: diesen Mann liebte sie, für immer.

Therese war von ruhigem, sicherem Urteil. In den Jahren seither hatte sie herausgefunden, was alles an Pierre leer, eitel, frivol war; doch was sie an ihm liebte, war stark genug, sie das andere hinnehmen zu lassen. Es war seine Sache, für die er in jenen Streitschriften eingetreten war, aber es war auch die Sache aller derer, denen ein dreistes und hochmütiges System unrecht tat. Es war seine Sache, für die er kämpfte, wenn er sich lustig machte über die Adeligen, sie hatten ihn beleidigt, und sie versuchten ihn niederzuhalten, aber was ihn trieb, war auch ein anderes, es war mehr, es war eine tiefe, erkennerische Kampflust, gegen alle dummen Vorurteile in der Welt. Hinter seiner Prahlsucht und Schauspielerei stand Sinn fürs Große; und wenn er Unrecht und Mißbrauch sah, ob es ihn anging oder andere, trat er ohne Überlegen zum Streit an. So sah ihn Therese, so liebte sie ihn.

Jetzt, da er so lange fort gewesen war, hatte er ihr viel zu erzählen. Er hielt sie auf seinem Schoß, streichelte sie. Mehrmals schon hatte er jetzt erzählt, Charlot, der Schwester, dem Vater, es war das gleiche gewesen und doch immer anders; vor Therese nahm sein Erleben und sein Projekt eine wiederum neue Farbe an. Ihr setzte er auseinander die politische Bedeutung des Unternehmens. Alles hatten die Insurgenten: Menschen zur Genüge, das weite Land, ihre gute Sache, ihre Begeisterung, die moralische Unterstützung der ganzen

Welt. Das einzige, was ihnen fehlte, waren Waffen. „Und die liefern wir ihnen jetzt“, schloß er.

Thereses graue Augen leuchteten; sie hatte von Anfang an Partei genommen für die Insurgenten. Immer neue Details mußte er ihr berichten über die Aussichten der Amerikaner, und es freute ihn, daß sie nur Anteil daran nahm, nicht an den Aussichten seines Geschäftes. Seine Frau sollte in ihm den Schriftsteller sehen, den Kämpfer für die Freiheit, für die Vernunft. Er wärmte sich an ihrer Begeisterung, die frei war von der manchmal albernen Überschwenglichkeit Julies. Therese verlor auch in der Begeisterung niemals den Sinn fürs Reale. Sie ergänzte ihn großartig; sie konnte ihn zurückholen, wenn er sich verstieg.

Er verstummte. Wieder einmal, im stillen, überlegte er, ob er die Heirat nicht beschleunigen sollte.

Therese merkte, was in ihm vorging. Es war nicht angenehm, nur Pierres Freundin zu sein, nicht seine Frau, sie hätte sehr gewünscht, ihre Verbindung zu legalisieren. Aber sie kannte Pierre, sie besorgte, er werde, wenn er ihrethalb Julie verlieren sollte, den Verlust schwer verwinden, und seine Neigung könnte abnehmen. Das Gerede scheute sie nicht, sie war unabhängig, hatte etwas Geld. Sie drängte nicht. Auch jetzt wartete sie, schwieg.

Ihm, derweilen, tauchte wieder die Vorstellung auf, was für ein Gesicht Julie machen werde, wenn er ihr mitteilte: In einer Woche heirate ich Therese. Es war keine angenehme Vorstellung. Zu oft ließ er sich hinreißen von Regungen des Augenblicks. Er hatte so lange gezögert, er konnte gut noch ein wenig länger warten.

Er sagte: „Jetzt, da ich soviel Glück gehabt habe und in dieses neue, große Unternehmen hineingehe, mußt du mir erlauben, dir eine Freude zu machen. Mein Haus in Meudon, das kleine, mit dem verwilderten Garten, das du so gern hast, darf ich es dir schenken? Selbstverständlich laß ich es herrichten, und gründlich. Wir könnten manchmal hinausfahren und ein oder zwei Tage Ruhe haben und Natur.“

Die folgenden Wochen verbrachte Pierre in wilder Tätigkeit. Er traf sich mit Reedern, mit Lieferanten, mit Finanzleuten aller Art, er hatte Konferenzen mit Herren vom Außenministerium, von der Marine, vom Arsenal. Es galt, Kanonen zu beschaffen, Gewehre, Munition, Uniformen, Wäsche, Schuhe, Decken, Zelte. Es galt, die Schiffe bereitzustellen, um all das, die Ausrüstung für dreißigtausend Mann, über den Ozean zu transportieren. Pierre hatte den Herren in Versailles in Aussicht gestellt, er werde einen großen Teil dieser Transporte noch im Herbst, bestimmt aber vor Jahresende auf den Weg bringen.

Wenn sich Pierre mit noch wilderem Eifer als sonst in diese Geschäfte stürzte, so geschah es, weil er eine Sorge übertäuben wollte, die immer höher in ihm aufstieg. Er hatte, wenn er rechtzeitig liefern wollte, sogleich große Zahlungen zu leisten. Seine eigenen Mittel und der von Lenormant eingeräumte Kredit erschöpften sich schnell, die Million Livres aber, die ihm Vergennes zugesagt hatte, kam nicht und kam nicht. Wenn Pierre im Außenministerium leise Andeutungen machte, wie sehr er die Zahlung benötige, dann gab man ihm zu verstehen, daß die Summe geheimen Fonds entnommen werden müsse und daß lediglich Schwierigkeit der Buchung und unumgängliche bürokratische Routine die Zahlung verzögerten. Das klang glaubhaft. Aber Pierre hatte nichts in der Hand, die Regierung konnte in dieser delikaten Angelegenheit keine schriftlichen Zusagen geben, und er wurde die Furcht nicht los, man werde ihn schließlich sitzenlassen und erstaunte Augen machen, wenn er an die gegebenen Versprechungen erinnere.

Dabei zeigte sich rasch, daß die Lieferanten und Reeder genau wußten, wie sehr er auf sie angewiesen war, und ihre Preise erhöhten. Wenn Pierre wenigstens jene Waffenbestände aus den königlichen Arsenalen erhalten könnte, die man ihm im Außenministerium in Aussicht gestellt hatte. Dann wäre er einen Teil seiner Sorgen los und könnte den privaten Lieferanten zeigen, daß er auch ohne sie auskam.

Es wäre für das Arsenal ein leichtes gewesen, ihm zu helfen. Monsieur de Saint-Germain, der das Kriegsministerium vor einem Jahr übernommen hatte, war darangegangen, die Rüstung umzustellen; dadurch wurden viele Modelle von Geschützen und von Gewehren außer Gebrauch gesetzt. Es kam darauf an, daß er, Pierre, dem Kriegsminister seine Pläne schmackhaft zu machen wußte; dann wird er die alten Waffen zu sehr billigen Preisen, vielleicht zum bloßen Metallwert erstehen können. Voraussetzung dafür war, daß der Außenminister seinen Kollegen im Arsenal in einer nachdrücklichen Unterredung ins Bild setzte. Doch auch da wollte man im Außenministerium nicht begreifen, daß Eile geboten war, und Vergennes schob sein vertrauliches Gespräch mit dem Kriegsminister immer wieder hinaus.

Endlich erhielt Pierre Nachricht, Monsieur de Saint-Germain sei informiert und erwarte seinen Besuch. Schon am andern Tag stellte sich Pierre im Arsenal ein, wo der Kriegsminister residierte.

Pierre mußte den Wagen am Eingang des Arsenals zurücklassen und den Weg zum Büro des Kriegsministers zu Fuß machen. Das Arsenal war eine kleine Stadt für sich. Da waren Fabriken für jede Art von Waffen, Stapelplätze für Waffen, Bürogebäude, eine Kaserne. Pierre liebte das Arsenal. Er war Romantiker und Geschäftsmann, Waffen regten ihn an sowohl zu heroischen Gefühlen wie zu kaufmännischen Kalküls.

Heute indes hatte Pierre kein Interesse für die Dinge ringsum. Er war ausgefüllt von Gedanken an die bevorstehende Unterredung.

Pierre hatte den Minister seit beinahe einem Jahr nicht mehr gesehen. Damals hatte der Siebzigjährige den Eindruck eines auffallend jungen, straffen Mannes gemacht. Als Pierre jetzt vorgelassen wurde, war er überrascht, wie sehr Saint-Germain während der kurzen Zeit seiner Amtstätigkeit gealtert war. Der ziemlich kleine Herr in seiner schlichten Uniform hielt sich nach wie vor stramm aufrecht, doch man sah ihm die Anstrengung an, und sein erdfarbenes Gesicht war zerfurcht.

Der Minister hatte Grund zum Kummer. Paris hatte gejubelt, als im vorigen Jahr der junge König den strengen, redlichen, fortschrittlichen General, der als großer Soldat und guter Organisator galt, berufen hatte, um die Armee zu reformieren. Monsieur de Saint-Germain war mit Energie ans Werk gegangen. Er hatte die Bestände der Truppen und die Qualität der Rüstung erhöht und dabei die Ausgaben seines Amtes eingeschränkt. Doch er hatte, um das zu erreichen, viele einträgliche Stellen, die dem Hofadel vorbehalten waren, abschaffen und außerdem Offiziere von niedriger Geburt zu hohen Kommandostellen zulassen müssen. Dadurch hatte er sich viele Feinde bei Hofe gemacht, und man nahm an, der gutwillige, doch schwache König werde seinen Minister auf die Dauer nicht halten können. Pierre verstand gut das vergrämte Aussehen des alten Generals.

Er rechnete damit, daß Saint-Germain nach den Erfahrungen, die er hatte machen müssen, auch hinter seinem Vorschlag Intrigen wittern und ihm mit Mißtrauen entgegenkommen werde. Er sprach also vorerst nicht von den Kanonen und Gewehren, die er ihm entlocken wollte, sondern bemühte sich, ihm Vertrauen einzuflößen. Er wußte, mit welcher Leidenschaft Saint-Germain an seinen revolutionären militärischen Theorien hing, überall wollte er sie durchsetzen, überall wollte er experimentieren. Pierre ging ein auf diese Neigung des Alten. Was die Insurgenten vor allem benötigten, erklärte er, sei Belehrung, Organisation, Instruktion. Er, Pierre, der vorläufig sozusagen der einzige Repräsentant der Amerikaner in Frankreich sei, bitte also im Namen dieses Landes der Natur und der Vernunft den Minister um Rat. Nirgendwo seien die reformatorischen Prinzipien Saint-Germains besser am Platz als drüben in Amerika. Dort habe man nicht gegen eingewurzelte Vorurteile zu kämpfen. Dort könne man eine Armee organisieren streng nach den zehn Grundregeln, die der Minister in seinem „Lehrbuch der Kriegskunst“ aufgestellt habe.

Saint-Germain hörte angeregt zu. Dieser Monsieur de Beaumarchais schien nicht der skrupellose Schieber zu sein, als der er ihm geschildert worden war. Der Minister ließ sich mit ihm in eine Diskussion ein. Pierre hatte sich gut informiert und zeigte Sachkenntnis. Mit Geduld und Verständnis hörte er zu, wie ihm Saint-Germain Einzelheiten seiner Reformen des langen und breiten erläuterte. Der Alte hatte eine gute Stunde.

Dann erst, allmählich, kam Pierre auf das Geschäft zu sprechen, auf die Bewaffnung seiner Insurgenten. Es handle sich da, führte er aus, nicht etwa um die Ausrüstung einer regulären Truppe, sondern um die Equipierung einer Miliz. Diese Miliz benötige simple Waffen, deren Bedienung kein langes Training voraussetzte. Mit den neuen Waffen, welche der Minister für die französische Armee vorgesehen habe, sei den Amerikanern wenig gedient; denn die wirksame Handhabung dieser neuen Waffen erfordere eine lange Lehrzeit. Und Pierre machte ein bekümmertes Gesicht.

Monsieur de Saint-Germain belebte sich und trug als eigene Idee vor, was ihm Pierre suggeriert hatte. Gerade unter diesen Umständen könne er, der Minister, Monsieur dienen und den Insurgenten unschätzbare Hilfe zukommen lassen. Durch die Umstellung der Rüstung seien Modelle von Geschützen und von Gewehren in großer Zahl für die Armee des Königs unbrauchbar geworden. Für eine Miliz aber, wie Monsieur sie schildere, stellten diese alten Modelle eine geradezu ideale Ausrüstung dar, und er wolle ihm, was an ausrangierten Beständen vorhanden sei, mit Vergnügen für die Zwecke der Insurgenten überlassen. Über die Details möge sich Monsieur mit seinem Ersten Sekretär, dem Prinzen Montbarey, ins Benehmen setzen.

Pierre atmete auf. Vor Geschäften mit naiven, redlichen Männern, wie der Minister einer war, hatte er stets ein gewisses Unbehagen, sie waren so unberechenbar. Mit dem Prinzen Montbarey wird er viel leichter fertig werden. Prinz Montbarey nämlich war ein wüster Spieler, immer in Schulden, und er trug kein Bedenken, sein Amt zur Regelung seiner verwickelten Finanzen zu benutzen. Er bediente sich zu diesem Zweck einer Freundin, der Opernsängerin de Violaine. Sooft ein höherer Posten in der Armee frei wurde, legte Mademoiselle de Violaine eine Liste von Anwärtern vor, die bereit waren, für diesen Posten zu zahlen, und es gelang dem Prinzen in den meisten Fällen, bei dem arglosen Saint-Germain seinen Kandidaten durchzudrücken.

Durch die Art, wie Pierre den Minister genommen hatte, waren ihm zwar die Waffenbestände gesichert. Aber Prinz Montbarey konnte, wenn er übeln Willens war, sehr hohe Preise ansetzen, er konnte die Transaktion mit dem Hause Hortalez und Compagnie komplizieren und endlos verzögern. Dagegen gab es nur ein Mittel: dem Prinzen in einer eleganten Form eine Kommission zukommen zu lassen. Pierre war nicht knauserig in diesen Dingen.

Die Firma Hortalez, setzte er Monsieur de Montbarey auseinander, habe eine große Sorge, das sei die Auswahl der Waffen, die man den Insurgenten schicken solle. Der Auftrag der Amerikaner laute zu allgemein, und bis sie Sachverständige herübergesandt hätten, vergehe eine viel zu lange Weile. Er selber und die andern Herren der Firma Hortalez seien Geschäftsleute und leidenschaftliche Anhänger der Insurgenten, doch nicht eigentlich militärische Sachverständige. Er wäre deshalb dem Prinzen sehr verbunden, wenn ihm der einen kundigen Berater nennen könnte. Natürlich verlange die Firma Hortalez solche Dienste nicht umsonst, die Firma sei gegründet auf geschäftsmäßiger Basis.

Lächelnd, aus schlauen, flinken, schwarzen Augen, beschaute Prinz Montbarey den lächelnden Pierre. Dann nannte er Namen, verwarf sie wieder und sagte schließlich, sich an den Kopf schlagend: „Jetzt habe ich Ihren Mann." Es war aber dieser Mann, wie es Pierre erwartet hatte, ein Herr aus dem Kreis von Montbareys Freundin, Mademoiselle de Violaine.

Pierre dankte dem Prinzen herzlich für seinen liebenswürdigen Rat und versprach, ihn zu befolgen. Dann trennte er sich wie von dem Minister so auch von seinem Ersten Sekretär im besten Einvernehmen und verließ das Arsenal sehr getröstet.

Seitdem der Konflikt zwischen der Krone von England und ihren amerikanischen Kolonien ausgebrochen war, hatte es in Paris Leute gegeben, die sich Hoffnung gemacht hatten, als Parteigänger für die Amerikaner eine Rolle zu spielen. Als diese Männer von den Verhandlungen Monsieur de

Beaumarchais' Wind bekamen, wurden sie eifersüchtig und begannen zu stänkern.

Da war besonders ein gewisser Doktor Barbeu Dubourg. Er war Arzt, Politiker, Geschäftsmann, Schriftsteller, Philanthrop und der Übersetzer des Doktor Benjamin Franklin, jenes Mannes, der in Europa unter allen Repräsentanten der Insurgenten den höchsten Ruf genoß. Doktor Dubourg rühmte sich, auf dieser Seite des Ozeans als erster für die Sache der Amerikaner eingetreten zu sein. Er hörte von den Verhandlungen Monsieur de Beaumarchais' und suchte Pierre auf.

Da saß er, der behagliche, bürgerlich fette Herr, und setzte Pierre auseinander, er habe gehört, auch er, Pierre, interessiere sich für die Sache der Insurgenten. Es sei Pierre bestimmt nicht unbekannt, daß er, Doktor Dubourg, die Auszeichnung habe, den großen Benjamin Franklin seinen Freund zu nennen. So komme er nun, um zu hören, ob vielleicht Monsieur de Beaumarchais irgendwelche nützlichen Vorschläge zu machen habe, die er, Doktor Dubourg, an Franklin und die Amerikaner weiterleiten könnte.

Der schwere Mann, fleischiges Gesicht, kleine, freundliche Augen, vorgewölbter Mund, bürgerliche Tracht, mit seinem Stock spielend, schnupfend, viel schmatzend, war Pierre vom ersten Augenblick an zuwider. Seine selbstgefällige Bescheidenheit, seine geschwätzige Wichtigmacherei, seine naiv verschwörerische Art, alles reizte Pierre. Zwar sagte er sich, der Mann komme in allen Salons herum, er habe Einfluß, und es sei geraten, sich mit ihm zu verhalten; doch Pierre war gewohnt, seinen Sympathien und Antipathien freien Lauf zu lassen. Gegen seine bessere Erkenntnis erwiderte er mit hochmütiger Höflichkeit, er danke Monsieur Dubourg für seine freundlichen Absichten, aber er habe selber Mittelsmänner, die seine Ratschläge auf schnellem, sicherm Wege nach Philadelphia gelangen ließen. Doktor Dubourg, ein wenig aus dem Konzept, wiederholte vielwortig sein Anerbieten, Pierre seine Ablehnung. Man trennte sich kühl.

Doktor Dubourg war gutmütig, aber es war ihm kaum jemals vorgekommen, daß jemand ihn so hatte abfahren lassen wie dieser Monsieur de Beaumarchais. Doktor Dubourg setzte sich hin und schrieb einen Brief, er schrieb gern Briefe. Diesmal schrieb er an den Grafen Vergennes. Die Einfallskraft Monsieur de Beaumarchais', schrieb er, seine Redlichkeit, sein Eifer für alles, was gut und groß sei, stünden über allen Zweifeln. Trotzdem sei kaum jemand weniger geeignet für geschäftliche Verhandlungen als er. Monsieur de Beaumarchais liebe es, Prunk zu entfalten, auch heiße es, er halte Weiber aus. Kurz, er gelte für einen Verschwender, und kein ernsthafter Geschäftsmann in Frankreich wolle mit ihm zu schaffen haben. Graf Vergennes möge es nochmals überdenken, ehe er seine Absicht wahr mache, die amerikanischen Geschäfte durch die Hände Monsieur de Beaumarchais' gehen zu lassen.

Der Minister las. Was Doktor Dubourg vorbrachte, war ihm nicht neu. Aber Doktor Dubourg hatte bisher immer nur unbrauchbare Ratschläge erteilt, Beaumarchais sich in vielen Fällen bewährt. Vergennes las den Brief ein zweites Mal, lächelte, schickte eine Abschrift an die Firma Hortalez und stellte Monsieur de Beaumarchais anheim, selber das Schreiben zu erwidern.

Pierre erwiderte. „Mein sehr verehrter Doktor Dubourg", erwiderte er, „was hat es mit den Angelegenheiten der Amerikaner zu tun, daß ich als verschwenderisch gelte und als ein Mann, der Weiber aushält? Ich tue das übrigens schon seit zwanzig Jahren. Erst hielt ich ihrer fünfe aus, vier Schwestern und eine Nichte. Jetzt sind von diesen ausgehaltenen Weibern leider zwei gestorben, ich halte ihrer also nur mehr dreie aus, zwei Schwestern und eine Nichte, freilich immer noch eine Verschwendung für einen Mann ohne Rang und Titel. Was aber würden Sie erst sagen, wenn Sie erführen, daß ich den Skandal so weit treibe, auch Männer auszuhalten, einen Neffen, jung und gut anzuschauen, und dazu den unseligen Vater selber, der diesen skandalösen ergebenst unterfertigten Wollüstling in die Welt gesetzt hat? Noch schlimmer bestellt ist es mit dem Luxus, den ich entfalte. Das kostspieligste Tuch ist mir nicht zu elegant, zuweilen, wenn es sehr heiß ist, treibe ich den Aufwand so weit, reine Seide zu tragen. Aber um Gottes willen, Monsieur, teilen Sie das nicht dem Grafen Vergennes mit, der könnte sonst die gute Meinung verlieren, die er von mir hat."

Von dem Tage an, da ihm der Minister durch die Übersendung des Briefes sein Vertrauen bewiesen hatte, ging es mit Pierres Geschäften aufwärts.

Mit dem Kriegsministerium kam ein Vertrag zustande, wie er ihn sich besser nicht hätte wünschen können. Das Arsenal lieferte ihm zweihundert Kanonen zum reinen Metallwert, nämlich für vierzig Sous pro Pfund; Gußeisen wurde der Firma Hortalez mit neunzig Francs für je tausend Pfund berechnet. Auch die Gewehre wurden erfreulich niedrig in Rechnung gestellt. Trotz der hohen Gratifikation für den Prinzen Montbarey hatte niemals noch in Frankreich ein Waffenlieferant Material zu so geringem Preis erstanden.

Und dann, endlich, kam auch das Geld, auf welches Pierre so sehnlich gewartet hatte, die Million des Außenministeriums, eine Million Livres Tournois, in Gold und in Wechseln.

Auf seinen riesigen Schreibtisch schüttete Pierre das Gold aus den Säcken, daß die Platte des Tisches ganz überdeckt war von den Münzen. Sie trugen die Züge vieler Fürsten, diese Goldmünzen, sie zeigten die Gesichter der verschiedenen Louis, des Vierzehnten, des Fünfzehnten, des Sechzehnten, auch die Gesichter Maria Theresias von Österreich, Friedrichs von Preußen, Karls von Spanien. Pierre genoß den Glanz und die Fülle, er sog in sich den Anblick der Wechsel, unterschrieben von dem Grafen Vergennes und gegengezeichnet von dessen Erstem Sekretär Conrad-Alexandre de Gérard. Er lächelte tief.

Was die Geschäftspartner jenseits des Ozeans anlangte, für welche die Firma Hortalez und Compagnie arbeitete, so wußten sie noch nichts vom Bestehen dieser Firma und ihrer Tätigkeit. Bisher hatte da Pierre ein wenig ins Blaue hinein gewirtschaftet. In London hatte sich ihm als Vertreter der Kolonien vorgestellt ein gewisser Mr. Arthur Lee, ein jüngerer Herr, begeistert von der Sache seines Landes und von sich selber. Man hatte Mr. Lee zugeraunt, nicht der offizielle Botschafter, sondern Monsieur de Beaumarchais sei der wahre Repräsentant Versailles', Pierre hatte nichts getan, ihn in dieser Meinung zu beirren, Mr. Lee hatte sich sehr um ihn bemüht, Pierre hatte ihm in geheimnisvollen Worten die volle Hilfe Frankreichs zugesagt und ihm in Aussicht gestellt, er werde ihn mit dem Grafen Vergennes zusammenbringen. Als indes Pierre, nach Paris zurückgekehrt, dem Minister von Mr. Lee sprach, wollte der vorsichtige Diplomat nichts von ihm hören, er hatte es abgelehnt, einen Mann zu empfangen, der in London als Vertreter der Aufständischen bekannt war. Jetzt glaubte der empfindliche Mr. Lee, Pierre habe es an dem notwendigen Eifer fehlen lassen, und war beleidigt. Er sagte seinen Pariser Besuch ab und war für weitere Verhandlungen mit der Firma Hortalez nicht zu haben.

Währenddessen aber hatte sich der Kongreß in Philadelphia entschlossen, einen Sonderbevollmächtigten für Frankreich zu ernennen, und bald erschien denn auch dieser Agent in Paris. Es war ein gewisser Silas Deane.

Noch bevor Pierre ihn aufsuchte, fand Mr. Deane seinen Weg in das Hôtel de Hollande. Er war ein gut bürgerlicher, etwas fremdartig angezogener Herr, er trug über dem dikken Bauch eine mit vielen Blumen bestickte Atlasweste. Es zeigte sich sogleich, daß er ein Geschäftsmann war, mit dem man Geschäfte geschäftlich bereden konnte. Im übrigen sprach er nur englisch, hatte keine Ahnung von den Pariser Verhältnissen, war sehr dankbar für die Dienste, welche die Firma Hortalez ihm anbot, und schon nach wenigen Tagen kam er mit allem, was ihn drückte, zu dem gefälligen Monsieur de Beaumarchais.

Doktor Dubourg versuchte, sich dazwischenzudrängen. Doch in Versailles erklärte man Mr. Deane unzweideutig, der Vertrauensmann der französischen Regierung sei Monsieur de Beaumarchais. Das war dem Amerikaner recht, Pierre gefiel ihm besser als Doktor Dubourg.

Monsieur de Beaumarchais und der Agent der Amerikaner

verständigten sich mühelos, und rasch kam ein förmlicher Vertrag zustande. Die Firma Hortalez und Compagnie, vertreten durch Monsieur de Beaumarchais, verpflichtete sich, dem Kongreß der Vereinigten Kolonien, vertreten durch Mr. Silas Deane, die vollständige Ausrüstung für dreißigtausend Mann zu liefern; eine Aufzählung dessen, was die Firma als Minimum zu liefern sich verpflichtete, bildete einen Bestandteil des Vertrages. Der Kongreß der Vereinigten Kolonien seinesteils verpflichtete sich, die Lieferung jeweils binnen längstens acht Monaten zu bezahlen, und zwar zu mindestens fünfundvierzig Prozent in Wechseln, den Rest in Waren.

Bis in den Hals schlug Pierre das Herz vor Freude, als er diesen Vertrag unterschrieben und gesiegelt in Händen hielt. Sogleich fuhr er zu Monsieur Lenormant. Nun, was sagte Charlot jetzt? Auf und ab lief Pierre, triumphierend. Was alles hatte er in dieser kurzen Zeit erreicht. Die französische Regierung hatte ihre Million bezahlt, die spanische die ihre in bindender Form zugesichert. Das Arsenal des Königs lieferte den Großteil des nötigen Materials zu billigsten Preisen, und jetzt war da dieser herrliche Vertrag mit dem Bevollmächtigten des Kongresses. Hielt Charlot das Geschäft noch immer für riskant?

Der, mit schleierigen Augen, folgte dem Freund, wie er hin und her lief und stolz seine Erfolge herzählte. Dann, langsam, sorgfältig, überlas er das Dokument. „Binnen längstens acht Monaten, fünfundfünfzig Prozent in Waren, fünfundvierzig in Wechseln. Ein sehr guter Vertrag", sagte er. Er schaute hoch. „Wer ist dieser Mr. Deane?" – „Der Vertreter des Kongresses", erwiderte leicht befremdet Pierre. „Ich weiß", sagte freundlich mit seiner fettigen Stimme Lenormant, „das hat er ja ausdrücklich vermerkt. Aber wer ist der Kongreß? Wer oder was steht hinter dem Kongreß?" Und er schaute Pierre melancholisch an. „Dahinter steht", antwortete stürmisch Pierre, „ein arbeitsames Volk von drei Millionen, ein Land mit ungeheuern, ungehobenen Schätzen, dahinter steht . . ." – „Ich weiß", sagte Lenormant. „Aber wem gehören die Schätze? Sie können Unterschriften haben von den Rebellen, und Sie können Unterschriften haben von den Loyalisten.“ Er betrachtete nachdenklich die Unterschrift. „Mr. Silas Deane“, er zuckte die Achseln.

„Hören Sie, Charlot“, sagte Pierre, „man kann Zweifel haben an der Güte jeder Unterschrift. Aber Sie wissen ganz genau, hinter diesem Abkommen steht der entschlossene Wille, es zu halten. Dieser Vertrag wird erfüllt werden, von beiden Partnern. Auf alle Fälle werden Sie zugeben, daß die Firma Hortalez heute auf festeren Beinen steht als damals, da wir ihre Chancen zum erstenmal untersuchten. Sie haben mir damals Kapital zur Verfügung gestellt, großmütig und zu vernünftigen Zinsen. Ich fände es schäbig, wenn ich Sie jetzt, da die Chancen so ungeheuer gestiegen sind, nicht nochmals bäte: beteiligen Sie sich an dem Geschäft.“ Er sprach dringlich, mit Wärme.

Lenormant schaute vor sich hin, den runden Kopf mit der gewölbten Stirn gesenkt. Der Vertrag war nicht schlecht. Der Vertrag war sogar sehr gut, vorausgesetzt, daß ein starker Mann dahinterstand, der notfalls auf dem Umweg über die französische Regierung Druck auf die Amerikaner ausüben konnte. Wenn er, Charlot, sich an der Sache beteiligte, dann wird sehr viel dabei herausschauen, und ein Teil des Gewinns, der Löwenanteil, wird für ihn abfallen. Aber der Urheber dieser großen Sache wird der kleine Pierrot sein, ihm wird für immer die Idee gehören, ihm der Ruhm.

„Mein lieber Pierre“, sagte er auf seine langsame, verbindliche Art, „die Dinge haben sich nicht ungünstig entwickelt, das gebe ich Ihnen zu, und es ist besonders liebenswürdig von Ihnen, mir unter diesen Umständen eine Änderung unserer geschäftlichen Beziehungen vorzuschlagen. Aber ich bin nun einmal ein Pedant. Ich halte gern an Verträgen fest und lasse es darauf ankommen, daß sich das in einzelnen Fällen schädlich erweist. Ich ziehe es vor“, schloß er freundlich, „es bei unserm Abkommen zu belassen und bei den darin vorgesehenen Zinsen und Sicherheiten.“

Pierre war betroffen. Er hatte angenommen, Charlot werde mit beiden Händen zugreifen. Er hatte geglaubt, mit dem amerikanischen Vertrag könne er jeden Teilhaber finden, den er wollte; er hatte es für Großmut gehalten, daß er nochmals zu Charlot kam. Dessen Haltung war ihm unverständlich. Sollte er sich geirrt, sollte er trotz allem das Risiko unterschätzt haben? Charlot hatte eine gute Witterung.

Voll von Sorge und Unmut fuhr er zurück ins Hôtel de Hollande.

Als er aber dieses sein Geschäftshaus betrat, als er die schönen Räume durchschritt, verflog seine üble Laune. Die Frechheiten, die Doktor Dubourg in jenem Brief an Vergennes geäußert, hatten Pierre angespornt, das Hôtel de Hollande nun gerade besonders üppig auszustatten. Auch heute, wie so oft, freute er sich des Prunkes, den er darüber verstreut hatte. Er hatte recht daran getan, dieses stolze Haus hinzustellen als Beweis für seinen Glauben an die gute Sache und das gute Geschäft.

Nochmals überlas er den Vertrag mit dem Kongreß. Schüttelte den Kopf, lächelte. Unsinn, die Bedenklichkeiten Charlots waren nichts als eine skurrile, trübsinnige Anwandlung.

Er rief Maigron, und strahlend, beschwingt diktierte er ihm einen Brief an den Kongreß der Vereinigten Staaten.

„Sehr verehrte Herren", diktierte er, „die außerordentliche Achtung, die mich erfüllt vor jenem tapferen Volk, das unter Ihrer Leitung seine Freiheit so großartig verteidigt, hat mich veranlaßt, an Ihrem edeln Unternehmen mitzuarbeiten. Ich habe ein großes Geschäftshaus gegründet, um Sie mit allem zu versorgen, was Ihnen in Ihrem gerechten Kriege dienlich sein kann. Ich habe förmliche Abmachungen mit Ihrem Pariser Bevollmächtigten getroffen und werde noch in diesem Jahre folgende Lieferungen an Sie abgehen lassen."

Er war auf und ab gegangen beim Diktieren, während der Sekretär Maigron mit einem seiner neumodischen Bleistifte stenographierte. Jetzt blieb er stehen, und langsam, damit der Sekretär mitkomme, las er von einer Liste:

„216 Kanonen
290 000 Rationen Pulver
30 000 Gewehre

200 Kanonenläufe
27 Mörser
13 000 Granaten
8 Transportschiffe

weiter: die vollständige Montur für 30000 Soldaten, bestehend aus

30 000 Decken
30 000 Paar Schuhen
30 000 Paar Schuhschnallen und Strumpfbändern
60 000 Paar Wollstrümpfen
30 000 Taschentüchern
120 000 Knöpfen

weiter:

95 000 Ellen Tuch für Waffenröcke
42 000 Ellen Unterfutter
180 000 Ellen Leinwand für Soldatenhemden
15 000 Pfund Zwirn
1 000 Pfund Seide
100 000 starke Nähnadeln"

Es war eine endlose Liste, Pierre genoß sie ganz aus. Dann ließ er sie sinken, und: „Was meinen Sie, Maigron?" sagte er. „Ich hätte nie gedacht, daß wir das würden schaffen können."

Dann nahm er sein Diktat wieder auf. „Ihre Vertreter, meine sehr verehrten Herren", diktierte er großartig, „werden in mir einen zuverlässigen Freund finden, in meinem Hause eine Heimstätte, Geld in meinen Truhen und jede Art Förderung ihrer Tätigkeit, mag diese offen sein oder geheim. Ich werde nach Möglichkeit in den Kabinetten Europas alle Widerstände wegräumen, die Ihnen im Wege stehen könnten. Ich werde in jeder Hafenstadt Frankreichs und Spaniens einen Agenten unterhalten, der bei der Ankunft Ihrer Schiffe dem Kapitän seine Aufwartung machen und ihm in jeder Weise behilflich sein wird. Der König von Frankreich und seine Minister werden genötigt sein, offiziell einzuschreiten gegen diese Verletzungen der Handelsverträge mit dem Ausland. Aber verlassen Sie sich darauf, meine Herren: mein unermüdlicher Eifer wird alle Schwierigkeiten aus dem Weg räumen. Ich werde dafür sorgen, daß die Verbote umgangen oder ganz beseitigt werden. Ich werde alle für unsere Geschäfte nötigen Operationen ermöglichen.

Betrachten Sie also von nun an, meine sehr verehrten Herren, mein Haus als das Zentrum aller Ihnen nützlichen Tätigkeit in Europa und mich selber als einen der glühendsten Anhänger Ihrer Sache, als einen Mann, dem nichts anderes am Herzen liegt als Ihr Erfolg und der bis ins Innerste erfüllt ist von der Ehrfurcht und der Achtung, mit welcher ich die Ehre habe zu zeichnen

Ihr ergebener

Rodrigue Hortalez und Compagnie."

„Nun, Maigron", schloß er, „ist das nicht ein außerordentlicher Brief?" – „Sicher werden die Herren in Philadelphia noch keinen solchen Geschäftsbrief bekommen haben", erwiderte trocken der Sekretär.

Pierre aber, nachdem Maigron gegangen war, überlas nochmals sein Abkommen mit Mr. Silas Deane, Vertreter des Kongresses der Vereinigten Kolonien. Dann, befriedigt, legte er das Schriftstück in die Truhe neben die Zeichnung seiner Erfindung, neben das Urmanuskript des „Barbiers", neben seine Liebesbriefe.

Doch sein Enthusiasmus wurde immer von neuem angewölkt von den Zweifeln Lenormants, und Pierre wurde das Bedürfnis nicht los, sich mit einem vernünftigen Menschen auszusprechen. Paul Theveneau war nicht der rechte, er war voreingenommen wie er selber. Pierre ging zu Désirée.

„Du kommst wie gerufen", empfing ihn Désirée. „In zwei Tagen beginnen die Proben." Das Théâtre Français hatte eine Neueinstudierung des „George Dandin" beschlossen, der Komödie von dem reichen Tölpel, der die arme Angélique heiratet um ihres Adels willen; sie betrügt ihn nach Strich und Noten, er entdeckt es, er überrascht sie, er hat stichhaltige Beweise, aber er ist hilflos, sie, Angélique, ist ihm zehnmal überlegen, sie setzt ihn ins Unrecht, und, im Bund mit ihren hochadeligen Eltern, zwingt sie ihn, auf den Knien Abbitte zu tun für das, was er von ihr zu erleiden hat. Désirée sollte die Angélique spielen, das war in Anbetracht ihrer Beziehungen zu Charlot eine gepfefferte Sache. Pierre, als sie ihm jetzt mitteilte, sie werde es tun, lächelte; er freute sich auf das Gesicht, das Charlot machen wird. „Du hast's gewollt, George Dandin."

Als man Désirée die Rolle angeboten, hatte sie zunächst mehr an Charlot gedacht als an George Dandin. Aber von dem Augenblick an, da sie sich entschlossen hatte zu spielen, war sie interessiert nur mehr an der Rolle. Désirée war besessen von ihrer Kunst, sie war Schauspielerin von innen her, schon war sie nicht mehr Désirée, sie war Angélique. Es bestand am Théâtre Français eine geheiligte Tradition über die Darstellung Molières; wieweit konnte sie diese Tradition lockern? Alle die Tage her hatte sie darüber gegrübelt, diskutiert, sich entschieden, verworfen, sich von neuem entschieden.

Jetzt kam da Pierre, einer der sehr wenigen, die was vom Theater verstanden. Sogleich bemächtigte sie sich seiner, schüttete vor ihn die Fragen hin, die ihr aufgetaucht waren, spielte ihm diese Szene vor, jene. Theatermensch, der er war, ließ er sich mitreißen, bald hatte er vergessen, weshalb er gekommen war. Sie disputierten über Gesten, über Betonungen, ereiferten sich, zerstritten sich, einigten sich, gingen auf in ihrer Arbeit.

Nach drei Stunden – er hatte *eine* Stunde bei ihr bleiben wollen – erklärte sie, atemholend: „So, jetzt machen wir eine Pause." Er, seufzend und vergnügt, erwiderte: „Gut, Désirée, ich esse bei dir zu Abend, und dann, in Gottes Namen, probieren wir weiter."

Sie waren angeregt von der gemeinsamen Arbeit, es wurde ein fröhliches Abendessen. Sie schwatzten vom Théâtre Français, was gut an seiner Tradition war, was schlecht, sie schwatzten über die Schauspieler und über die Möglichkeit von Reformen. Pierre liebte den „George Dandin", er verstand besser als jeder andere seinen saftigen, grausamen Humor, die Komödie ging sie beide an, ihn und Désirée nicht minder als Charlot. Mit kundigem Wort zeigte er Désirée die Technik, durch die Molière seine Wirkungen erzielte, und was von dieser Technik heute noch erlaubt war, was nicht. Désirée hörte angeregt zu. Pierre war, wenn er vom Theater sprach, noch gescheiter, glänzender, als wenn er sich für die Freiheit ereiferte.

Allmählich aber kehrten seine Gedanken zurück zu seinem amerikanischen Geschäft. Gewandt lenkte er über, erzählte, und schließlich, zwischen zwei Weinen, las er Désirée seinen Brief an den Kongreß vor. Spielte ihn ihr vor; der Triumph seiner Ziffern, der Schwung seiner Sätze riß ihn mit. Désirée, dankbar und anständig, vergalt seine Hingabe für ihre Angélique mit ungeteilter Aufmerksamkeit für seine Geschäfte.

Aber ihr Gesicht, während er las, verzog sich mehr und mehr. „Kennst du die Männer", fragte sie, „aus denen sich dieser amerikanische Kongreß zusammensetzt?" – „Ich kenne sie nicht", erwiderte leicht verärgert Pierre. „Ich kenne Namen, aber es sind natürlich nur Namen. Näheres weiß ich von ihrem Franklin und ihrem Washington und ihrem Thomas Paine. In London kenne ich einen gewissen Arthur Lee; der ist nicht angenehm, aber erfüllt von Begeisterung und bestimmt ehrlich. Und dieser Silas Deane, den sie mir hierhergeschickt haben, für den lege ich die Hand ins Feuer." Désirée saß da, nicht groß, nachdenklich, vernünftig. Sie bestand: „Also du kennst sie nicht, die Leute, denen du diesen Brief geschrieben hast?" – „Nein, ich kenne sie nicht", gab Pierre zu, gereizt. „Aber ich weiß, daß sie, indem sie diesem Kongreß angehören, ihr Vermögen aufs Spiel setzen, mehr als ihr Vermögen. Das genügt mir."

Désirée stellte ihre Augen nach innen. „Ich bemühe mich", sagte sie, „mir vorzustellen, was das für Leute sind, die Mitglieder deines Kongresses. Es werden wohl zumeist ältere Männer sein, solche, die sich gewisse Stellungen und das Vertrauen ihrer Mitbürger errungen haben, Geschäftsleute, Rechtsanwälte, Männer solcher Art." – „Und?" fragte Pierre herausfordernd. „Können Geschäftsleute keine Idealisten sein?“ – „Das ist durchaus möglich“, gab Désirée zu. „Aber so viel ist gewiß: Geschäftsleute werden erstaunt sein über einen Brief wie den deinen.“ – „Man kann nicht über Waffen für die Freiheit so schreiben wie über Heringe“, antwortete unwirsch Pierre. „Du hast für Pariser geschrieben“, gab Désirée zurück, „für die Leser deiner Flugschriften. Ich fürchte, die wackeren Männer in Philadelphia werden dich nicht für einen seriösen Geschäftsmann halten.“ – „Für was denn sollen sie mich halten mit meinen Uniformen und meinen Kanonen?“ fragte aufgebracht Pierre. Désirée antwortete: „Vielleicht zum Beispiel für jemand, der lediglich den Geschäftsmann spielt, um gratis gelieferte Beiträge der französischen Regierung weiterzuleiten.“

„Du meinst, sie werden nicht zahlen?“ fragte Pierre auffallend leise jetzt, betreten. Er dachte an Charlot, er dachte an die Anmerkung seines Sekretärs Maigron. Vielleicht hätte er wirklich besser statt eines aus dem Herzen quellenden Briefes an die Männer in Philadelphia ein trockenes Schreiben richten sollen. Vielleicht waren sie wirklich Leute, die nicht gerne zahlten und sich von einem Brief wie dem seinen in der Vorstellung bestärken ließen, was da über den Ozean komme, sei ein Geschenk des Königs von Frankreich. Aber sogleich tat er diesen Gedanken wieder ab. „Ach was“, sagte er. „Ich habe meinen guten Vertrag mit dem sicheren Mr. Deane. Der Kongreß zahlt, da habe ich nicht den leisesten Zweifel. Ich habe es mit den Repräsentanten einer tugendhaften Nation zu tun.“ –

„Hoffen wir's“, sagte trocken Désirée. Dann sprach sie wieder von „George Dandin“, und sie arbeiteten weiter. Aber Pierre war nicht mehr so bei der Sache wie vorher, und er entfernte sich bald.

Wenn der Auftrag der Versailler Regierung Pierre finanziell vorläufig nur Verluste brachte, so wollte er ihn zumindest dazu nützen, die „Rüge“ loszuwerden, jenen durch Gerichtsbeschluß verfügten „Makel“, demzufolge es ihm verwehrt war, irgendein Ehrenamt zu bekleiden. Drei Jahre waren es jetzt, daß er herumging in diesem grotesken Zwielicht, der erfolgreichste Theaterdichter des Landes, berühmt in ganz Europa um seiner Flugschriften willen, wohlgelitten bei Hof, von den Ministern mit wichtigen Funktionen betraut, verhätschelt von den Frauen, populär in den Salons der großen Welt ebenso wie in den Kneipen und Cafés der Stadt Paris, und zu gleicher Zeit anrüchig, durch Richterspruch „bemakelt".

Alle die Jahre hindurch hatte er's mit Gleichmut, ja mit einem Witzwort hingenommen, wenn man auf diesen seinen zweideutigen bürgerlichen Zustand hinwies. Doch sein Gleichmut war gespielt. Er hatte es satt, ein Hofnarr zu sein, den man beklatschte und verachtete.

Schon mehrmals hatte er dem Grafen Vergennes angedeutet, sein schwieriges Unternehmen verlange den ganzen Mann, der Gedanke aber an jenes schmachvolle Urteil und die umständlichen Bemühungen, ein Appellverfahren zu erreichen, hinderten ihn an der Entfaltung seiner vollen Kraft. Der Minister hatte seine Andeutungen nicht verstehen wollen. Jetzt aber, da er auf den klingenden Entgelt seiner Mühen so lange wird zu warten haben, duldete es Pierre einfach nicht, daß man ihm auch noch die Rehabilitierung verschleppte. Er ging zu dem Minister mit dem festen Vorsatz, das Zimmer nicht zu verlassen, ehe er die Wiederaufnahme jenes Verfahrens erreicht habe.

Resolut und mit Feuer erklärte er, wenn die Regierung des Allerchristlichsten Königs einen Mann mit einem so wichtigen und ehrenvollen Auftrage betraue wie ihn, dann müsse sie ihn endlich auch befreien von der „Rüge", die ein voreingenommenes Gericht ihm aufgedrückt habe. Das sei die RegierungihremeigenenAnsehenschuldig.

Graf Vergennes betrachtete Pierre aus runden, wohlwollenden, nachdenklichen Augen. Der Minister war ein Patriot, ein Philosoph und der Sache des Fortschritts zugetan. Seit langem war er entschlossen gewesen, den amerikanischen Insurgenten Hilfe zukommen zu lassen; denn er fürchtete, daß diese, wenn ihre Lage hoffnungslos werde, sich schließlich mit dem Mutterlande versöhnen könnten, und dann hatte Frankreich ein für allemal die günstige Gelegenheit verpaßt, England die Schmach von 1763 heimzuzahlen. Andernteils aber hatte der Minister viel besser noch als Pierre gewußt, daß es eine lange Weile dauern werde, ehe man einen Krieg werde riskieren können. So war ihm Pierres Vorschlag der heimlichen Hilfeleistung sehr zupaß gekommen, und der fähige, erfindungsreiche Beaumarchais schien ihm für dieses Geschäft der rechte Mann. Graf Vergennes verspürte also für Pierre Wohlwollen und eine gewisse Dankbarkeit.

Aber er durchschaute auch sehr gut die Schwächen Pierres. Er selber war leise, ironisch, geneigt, sich vorsichtig auszudrücken; das laute, komödiantische, geltungssüchtige Wesen Pierres war ihm unangenehm. Er nahm es nicht recht ernst, daß Pierre „bemakelt" war; es war mehr lächerlich als tragisch, so etwa wie wenn ein übertrieben elegant angezogener Herr hinten auf dem Rocke einen Schmutzfleck hatte.

Zudem war Graf Vergennes langsam und pflegte sacht vorzugehen. Auch jetzt antwortete er: „Sie sind immer so stürmisch, mein Lieber. Ich habe Ihnen schon erklärt, ich bin bereit, Ihnen zu helfen. Aber muß das jetzt sein? Muß es gleich sein?"

„Ja, ja, ja", erwiderte Pierre, „es muß gleich sein. Ich fürchte", fuhr er fort, bösartig, frech und liebenswürdig, „ich fürchte, solange ich nicht von dieser ‚Rüge' befreit bin, werde ich nicht so arbeiten können, wie man es von mir erwartet. Ich fürchte, die Amerikaner werden weniger Kanonen und Munition bekommen, solange ich ‚bemakelt' bin."

Graf Vergennes war nicht der Mann, sich von einer so plumpen Drohung einschüchtern zu lassen. Aber er gewahrte den entschlossenen, ja finstern Ausdruck über Pierres Gesicht. Zum erstenmal hatte für ihn dieser Mann durchaus nichts Lächerliches an sich. Der Minister erkannte, wie tief jener ungerechte Spruch Pierre getroffen, welche Tapferkeit dazu gehört hatte, die angetane Unbill die drei langen Jahre hindurch mit Witzworten wegzuscherzen.

Vergennes spielte mit seinem Schreibkiel, seine Augen verschleierten sich nachdenklich. „Finden Sie nicht selbst, Monsieur de Beaumarchais", sagte er, „es müßte den Engländern auffallen, wenn die Regierung gerade jetzt die Wiederaufnahme Ihres Verfahrens anordnete? Und Aufsehen wollen wir doch unter allen Umständen vermeiden."

Pierre, ein wenig unwirsch, erwiderte: „Ich bin nun einmal auffällig von Natur. Jeder Begabte ist auffällig, weil es ihrer nämlich nicht sehr viele gibt." – „Danke für die Belehrung", erwiderte, ohne Empfindlichkeit, Vergennes. Pierre indes, und jetzt sehr liebenswürdig, sagte: „Verzeihen Sie, Herr Graf, wenn ich meine Haltung sollte verloren haben. Doch diese ganze Sache rührt mich tiefer auf, als Sie vielleicht denken. Im übrigen", fuhr er lachend, leichtsinnig und resigniert fort, „wird es ja doch Monate, vielleicht Jahre dauern, bis alle Formalitäten erfüllt sind und der Prozeß steigt."

Der Minister schmunzelte. „Da mögen Sie recht haben", meinte er. Und: „Gut", versprach er, „ich werde mit dem Kollegen von der Justiz reden. Die Amerikaner sollen ihre Kanonen und ihre Gewehre bekommen", schloß er lächelnd.

Pierre bedankte sich ausführlich. Aber er wollte diesmal ganz sichergehen. „Sie haben, Herr Graf", erwiderte er, „so zahlreiche Geschäfte im Kopf, daß es von mir unbescheiden wäre, Ihnen in meiner Sache noch weitere Tätigkeit zuzumuten. Die Regierung hat mich bisher unter vielen Titeln beschäftigt. Das hat mich ermutigt, einmal auch auf kurze Zeit die Funktion Ihres Sekretärs zu übernehmen. Ich habe mir erlaubt, Ihren Brief an den Herrn Generalstaatsanwalt vorzubereiten", und mit dreistem, liebenswürdigem Lächeln reichte er dem Grafen das Schriftstück hin. Es lautete: „Dringliche Geschäfte des Königs verlangen, daß Monsieur de Beaumarchais in allernächster Zeit mehrere längere Reisen macht. Er hat aber Bedenken, das zu tun, bevor über die Wiederaufnahme seines Prozesses entschieden ist. Wenn Sie daher in diesem Sinne wirken wollten, Herr Generalstaatsanwalt, würden Sie sehr verbinden Ihren immer ergebenen . . ." – „Sie brauchen nur zu unterschreiben, Herr Graf", sagte spitzbübisch Pierre.

Der Minister fragte sich, ob er dem unverschämten Burschen über den Mund fahren solle. Entschied sich, es nicht zu tun. Lachte. „Sie sind noch frecher als die Menschen Ihrer Komödien", sagte er und unterschrieb.

„Ich wußte, daß Sie Verständnis haben würden für meine Lage“, sagte voll ehrlicher Dankbarkeit Pierre und nahm das Schreiben an sich, um es selber und sogleich zu bestellen.

Er freute sich darauf, den Seinen von dem neuen Erfolg zu erzählen. Therese vor allem, die so leidenschaftlichen Anteil nahm an seinem Kampf für sein Recht, wird noch glücklicher sein als er selber. Es traf sich gut, daß er gerade ein Billett von ihr erhalten hatte, er möge doch bald zu ihr nach Meudon herauskommen.

Es geschah selten, daß ihm die zurückhaltende Therese solche Botschaften schickte, gewöhnlich nur dann, wenn sie etwas mit ihm zu besprechen hatte. Jetzt freilich wird das vermutlich anders werden. Sie wohnte nicht mehr so nahe, sie hatte das Haus in Meudon bezogen, das er ihr geschenkt hatte. Dieses Haus sah übrigens anders aus, als er sich's vorgestellt hatte. Er hatte Umbau und Einrichtung ganz Therese überlassen, und sie, zu seiner Verblüffung, hatte alles überaus einfach gehalten. Als er zum erstenmal das umgebaute und neu eingerichtete Haus sah, hatte er Mühe gehabt, seine Verstimmung zu verbergen, und es war ihm durch den Kopf gegangen, es habe auch sein Gutes, daß er nicht mit Therese zusammen lebte.

Heute indes, da er erfüllt war von seiner großen Neuigkeit, war es ihm willkommen, daß sie ihn aufgefordert hatte, sie zu besuchen. Er machte sich sogleich auf den Weg nach Meudon, er war vergnügt und voll Erwartung, der Wagen fuhr ihm nicht schnell genug. Als er des Hauses ansichtig wurde, fand er, im Grunde sei es gar nicht so übel. Waren schlichte Einrichtungen nicht große Mode? Therese, mit ihrem guten Geschmack, hatte sich den rechten Rahmen gebaut.

Sie kam ihm entgegen, und er merkte sogleich, daß sie anders war als sonst; zwar schien sie vergnügt, doch ungewohnt befangen. Kaum im Innern angelangt, sagte sie denn auch: „Ich muß dir was mitteilen, Pierre.“ Aber die sonst so ruhige, sichere Therese fand nicht die rechten Worte, sie lächelte, machte halbe Sätze, war verlegen und glücklich.

Pierre verstand nicht gleich. Dann, als er verstand, war er

stürmisch froh. Ein Kind, er wird von Therese ein Kind haben. Seine erste Ehe war kinderlos geblieben, die Kinder aus der zweiten gestorben. Wahrscheinlich wuchs ihm in Spanien ein Kind heran, doch die Mutter hatte sich im Zorn von ihm getrennt, er hatte Näheres nie erfahren können. Ein Kind von Therese, das war großartig.

Und zur gleichen Zeit kam diese fröhliche Botschaft, beinahe am gleichen Tag, da er das Appellverfahren durchgesetzt hatte.

Mein Gott, Therese wußte ja noch gar nicht von seinem Erfolg. Er erzählte. Begeisterte sich. Therese ließ sich mitreißen von seiner Begeisterung. Sie hatte teilgenommen an seinem langen Kampf, jetzt also, durch seine Zähigkeit, seine Geschmeidigkeit, seine Energie, seine List, seine Geduld, hatte er gesiegt. Sie spürte die gleiche Erhöhung wie damals, da sie seine Flugschriften zum erstenmal gelesen, und mehr als das: Erfüllung. Eine leise Röte wölkte ihr großes, schönes Gesicht, ihr Mund öffnete sich ein wenig, lächelnd, glücklich. „Das ist ein guter Tag heute, Pierre", sagte sie, sie sprach sehr leise, aber ihre Stimme klang noch voller, tiefer als sonst.

Jetzt erst, da jemand seine stolze Freude so ganz mitspüren konnte, vollendete sich Pierres Glück. Ja, Therese verstand ihn, besser als jede andere, sie war in Wahrheit die Bestimmte. Sie gehörten zusammen, jetzt mehr als je. „Ja", nahm er ihre Worte auf, „das ist wahrhaftig ein großer Tag." Und mit Feuer fuhr er fort: „Und jetzt wird geheiratet, Therese, jetzt dulde ich keinen Einwand mehr." Aber er hatte den Satz noch nicht vollendet, da begann ihm das Haus von neuem zu mißfallen. „Sowie ich rehabilitiert bin", schloß er, „wird geheiratet."

Ihre großen, grauen Augen unter den hohen Brauen wurden eine Spur dunkler im Nachdenken. „Wenn du meinst, Pierre", sagte sie, auch dies leise und nicht so sicher wie sonst. „Wie lange", fuhr sie fort, „wird es dauern bis zu deiner Rehabilitierung?" – „Das kann sehr kurz dauern, zwei, drei Monate", antwortete er.

Das war richtig. Es konnte aber auch lange dauern bei der

Willkür der Gerichte, und ein kleines Unbehagen war in ihm, daß er seinen Heiratsvorschlag befristet hatte. Doch nun war es einmal geschehen, und es war gut, daß sie es dabei bewenden ließ. Sie sprachen nicht länger darüber, dafür machte er ihr mit um so fröhlicherem Eifer Vorschläge über den Namen des Kindes. Sie kamen überein, ein Knabe solle Alexandre, ein Mädchen Eugénie heißen. „Da werde ich also", erklärte stürmisch Pierre, „das erste meiner Schiffe für Amerika ‚Alexandre', das zweite ‚Eugénie' nennen, damit für alle Fälle vorgesorgt ist."

Auf Schloß Etioles, der Besitzung Monsieur Lenormants, feierte man seinen einundsechzigsten Geburtstag. Monsieur Lenormants Feste waren berühmt, jedermann kam gerne.

Der schöne englische Park des Schlosses eignete sich zur Geselligkeit. Das Wetter war strahlend, ein leichter Wind wehte, es war nicht zu heiß. Die Damen waren zumeist in bunten Kleidern, mit großen, hellen Hüten. Zelte waren da, auf den Rasen waren Tischtücher gebreitet, man lagerte sich, aß, trank, trieb naive Spiele. Für jene, die aufregendere Spiele liebten als Blindekuh und Kricket, gab es Spieltische im Freien sowohl wie im Innern. Für die Zeit der größten Hitze waren Lager hergerichtet im Schatten der Bäume, auf den Terrassen, im Hause selber.

Jetzt, da es kühler wurde, war der ganze, große Park voll von Menschen. Man machte einander aufmerksam auf die vielen Damen und Herren vom Hofe. Der Herzog d'Ayen war da, Graf und Gräfin de Noailles, der junge Herzog de la Rochefoucauld, auch Madame de Maurepas, die Gemahlin des Ministerpräsidenten. Viel Aufsehen erregte Désirée Mesnard. Die Proben zu „George Dandin" ließen ihr wenig Zeit; doch Monsieur Lenormant, vielleicht gerade wegen der Angélique, hatte ungewohnt dringlich gebeten, sie möge kommen. Da war sie also; hell, zierlich, rothaarig, sehr sicher, ein klein wenig frech ging sie über den Rasen, umgeben von vielen Herren.

Madame de Maurepas war, wie häufig, in Gesellschaft ihrer intimsten Freundin, der Prinzessin Montbarey. Sie saßen, sie und die Montbarey, auf der Terrasse, tranken eisgekühlte Limonade und machten muntere, bösartige Anmerkungen über die andern Gäste. Madame de Maurepas sagte etwa, mit den Augen auf Désirée weisend: „Wie dünn das Räupchen ist. Dabei frißt es an einem so fetten Blatt."

Viele sehr junge Leute waren da, Kinder geradezu, Monsieur Lenormant liebte Jugend um sich. Auch die Prinzessin Montbarey hatte ihre Tochter mitgebracht, die vierzehnjährige Véronique, ein ernsthaftes Mädchen. „Es sind schlechte Zeiten für die Kinder", klagte Madame de Montbarey. „Wir Alten wurden noch richtig fürs Leben vorbereitet, wir wurden zur Lebenslust erzogen von unsern Klosterdamen. Aber jetzt. Schauen Sie meine Véronique an, Liebste. Wie sauertöpfisch hat man sie mir gemacht. Seitdem man uns die Religion weggenommen hat, werden unsere Kinder fad und moralisch. Und was ist das für ein Junge, mit dem sie sich ergeht? Sieht nicht auch er verdammt sauertöpfisch aus?"

Es war aber der Junge, mit dem sich Véronique unterhielt, Félicien Lépine, Monsieur Pierre de Beaumarchais' Neffe. Der junge Mensch mit dem eckigen, harten Gesicht und den großen, nachdenklichen Augen trug seinen langen, tabakbraunen Rock ungelenk durch die bunte, belebte Menge spazieren. Der etwas knochige Kopf des Mädchens neben ihm kam groß heraus über den magern, entblößten Schultern, die Taille über dem ungeheuern, geblümten, weißen Rock war rührend schmal. So, über ihre Jahre erwachsen und nachdenklich, wandelten die beiden Kinder herum unter dem lauten, fröhlichen Schwarm, als wären sie allein. Véronique hatte Félicien bei der Vorstellung prüfend und doch freundlich angeschaut, und er, der sonst, verstört durch die Neckereien seiner Kameraden, selten aus sich herausging, hatte sogleich Vertrauen zu ihr gefaßt. Scheu jetzt, in linkischen Sätzen, suchte er ihr von seinen innern Erlebnissen zu berichten. Das war für Véronique der rechte Ton. Aus großen, gefühlvollen Augen sah sie ihn an und gestand ihm, daß sie sich selber häufig einsam und fremd fühle inmitten ihrer Kameradinnen.

Am Eingang einer künstlichen Grotte ließen sie sich nieder. Da saßen sie auf wenig komfortabeln Felsensitzen, und während ein Springbrunnen plätscherte, bekannte Félicien dem Mädchen stolz und verlegen, daß er zuweilen verbotene Bücher lese. Sogar von dem vielgeschmähten und von den Behörden verfolgten Philosophen Jean-Jacques Rousseau hatte er zwei Bücher gelesen. Er sei aber, berichtete er Véronique, ein anderer geworden, seitdem er diese Schriften kennengelernt habe. Es erscheine ihm seither die Existenz der Menschen ringsum künstlich, frivol, verwickelt und sündhaft. Wir lebten unter lauter verrenkten Vorurteilen, weit entfernt von dem natürlichen Zustand, für den uns das höchste Wesen bestimmt habe, das uns geschaffen. Viel besser als unser Leben sei das der wahren Söhne der Natur, der sogenannten Wilden. Ob sie das nicht auch finde, fragte er Véronique und schob, verlegen, eifrig und melancholisch, die langen Ärmel seines Rockes zurück.

Véronique erwiderte, gehört habe sie schon von Jean-Jacques Rousseau. Félicien aber sei der erste, der ihr ein klares Bild gegeben habe von Rousseaus Ideen. Diese Ideen gingen ihr sehr zu Herzen. Auch sie habe wenig Freude an Festen wie diesem, auch sie sehne sich nach Einsamkeit und Natur.

Dann erzählte Félicien von seinem Onkel, Monsieur de Beaumarchais. Der stecke tief in der lauten Welt der Zivilisation, aber er habe Sinn auch für das andere, er sei allen großen Ideen aufgeschlossen. Geheimnisvoll fügte er hinzu, Monsieur de Beaumarchais sei wahrscheinlich sogar beteiligt an der Aufrichtung jenes Reiches der Freiheit, der Vernunft und der Natur, an dem man zur Zeit in der Neuen Welt baue. Trotzdem könne er, Félicien, seine Scheu nicht überwinden, mit Monsieur de Beaumarchais über das zu reden, was ihn zutiefst bewege. Sie, schloß er ungeschickt und glücklich, sei die einzige, mit der er davon sprechen könne.

Paul Theveneau kam zu ihnen. Er sah gerötet und erregt aus. Immer, mit der Gier des Kranken, vor dem nur mehr eine kurze Spanne liegt, sehnte er sich nach Menschen, nach Freundschaft, nach Liebe, nach Sensation, und die Gegenwart so vieler hübscher, junger, festlicher Frauen belebte ihn. Die strenge, etwas hochmütige Einfachheit Véroniques gefiel ihm sehr. Er begrüßte die beiden, setzte sich zu ihnen, versuchte mit ihnen in ein Gespräch zu kommen. Aber sie waren einsilbig, er begriff, daß er störte, ließ betrübt ab, entfernte sich.

Er ärgerte sich über seine Ungeschicklichkeit. Von Félicien, von einem kleinen Jungen, ließ er sich ausstechen. Wie ganz anders hätte sich Monsieur de Beaumarchais an seiner Stelle betragen. Sicher hätte er liebenswürdig und ohne Anstrengung Félicien zur Seite gedrängt und bewirkt, daß diese kleine Montbarey nur Augen für ihn selber gehabt hätte. Von jeher bewunderte er Pierre um der Leichtigkeit willen, mit welcher er sich Freundschaften schuf und Frauen gewann.

Er selber, Paul, konnte eigentlich nicht darüber klagen, daß er Unglück bei Frauen gehabt hätte. Aber wenn ihn eine Frau, um die er sich bemühte, nicht beachtete, dann wurde er sogleich schüchtern, mutlos, und tiefe Niedergeschlagenheit erfüllte ihn. Vielleicht kam diese seine Scheu aus dem Gefühl seiner traurigen Körperlichkeit. Dabei war er sich bewußt, daß sein Gesicht leidenschaftlich, gescheit und wohl auch anziehend genug war, um eine Frau seinen jämmerlichen Körper vergessen zu machen.

Er sah ein großes Mädchen allein auf einer Bank sitzen. Sie hatte lebendige, langbewimperte Augen, hohe, kühne Brauen, ein volles, starkes Kinn, Brust und Schultern kamen matt glänzend, blaßbräunlich aus einem kostbaren, malvenfarbigen Kleid von höchster Schlichtheit. Paul war oft mit Therese zusammen gewesen, aber nie hatte er sie so gesehen; ihm war, als sähe er sie das erstemal.

Pierre erschien ihm als ein Mann des Glückes. Sein Leben war ein ununterbrochener Strom atemraubender Ereignisse gewesen, und dieser Strom wurde immer breiter, rauschender. Er hingegen, Paul, wird nur mehr kurze Zeit zu leben haben, und was hatte er vom Leben gehabt? Und Pierre war sich vermutlich nicht einmal bewußt, wie glücklich er war. Er nahm, was ihm zufloß, hin als etwas Selbstverständliches.

Therese lächelte Paul entgegen. Der knabenhafte, eifrige und offenbar verliebte Mensch gefiel ihr, sie wußte um seine

Krankheit, sie hatte Mitleid mit ihm. Pierre pflegte Pauls Tüchtigkeit mit starken Worten zu rühmen, und Therese spürte die Ergebenheit, mit der Paul an Pierre hing.

Sie rückte auf ihrer Bank ein wenig zur Seite, hieß ihn sich neben sie setzen. Sie sprachen von Pierres großem Unternehmen, er stellte ihr dar den Umfang dieser neuen Geschäfte, ihre Verlockung und ihre Gefahr. Therese war nicht sehr interessiert an den geschäftlichen Details, aber ihr wurde warm, wenn sie bedachte, daß Pierre ihr nur von der politischen Bedeutung des Unternehmens gesprochen und ihr sein persönliches Risiko verschwiegen hatte.

Sie wunderte sich, daß Pierre noch nicht da war. Auch Paul war erstaunt. Alle vermißten Pierre; er war die Seele der berühmten Feste, die Monsieur Lenormant gab.

Endlich kam er. Er umarmte Charlot und entschuldigte seine Verspätung. Als er schon habe abfahren wollen, sei der Kurier mit der überseeischen Post eingetroffen, und er habe der Versuchung nicht widerstehen können, sie sogleich zu lesen. Es habe sich auch gelohnt, fuhr er fort mit geheimnisvoll strahlendem Gesicht. Es sei Nachricht da aus Amerika von höchster Wichtigkeit, und er bat Monsieur Lenormant um Erlaubnis, ihm und seinen Gästen diese Nachricht mitteilen zu dürfen.

Auf eine kleine Erhöhung stellte er sich unter einen alten Ahornbaum, während sich die Gäste neugierig versammelten. Da stand er, um ihn herum geschmückt und erwartungsvoll die Herren und Damen aus Paris und aus Versailles, und während es still und immer stiller wurde, verkündete er:

„Meine Herren und Damen. Es ist soeben ein Dokument eingetroffen, welches der Kongreß der Vereinigten Kolonien von Amerika oder vielmehr der Kongreß der Vereinigten Staaten von Amerika zu Anfang Juli einstimmig angenommen und verkündet hat. Ich habe hier in meinen Händen den Wortlaut dieser Erklärung in Englisch. Erlauben Sie mir, ihn Ihnen zu übersetzen. Diese Übersetzung wird freilich flüchtig sein und nicht erreichen können die Wucht des ursprünglichen Textes, der gleichzeitig ruhig und beschwingt ist."

Und er verlas, übersetzend, das Dokument: „Wenn der

Ablauf menschlicher Ereignisse ein Volk zwingt, die politischen Bande zu lösen, welche es mit einem andern Volk verbunden haben, um unter den Mächtigen der Erde die gesonderte und ebenbürtige Stellung einzunehmen, zu welcher die Gesetze der Natur es berechtigen, dann erfordert die gebührende Achtung vor der Meinung der Menschheit, daß dieses Volk die Gründe auseinandersetze, die es zu einer solchen Trennung zwingen.

Wir halten dafür, daß die nachfolgenden Wahrheiten keines weiteren Beweises bedürfen: daß nämlich alle Menschen gleich geschaffen sind, daß sie von ihrem Schöpfer ausgestattet sind mit gewissen unveräußerlichen Rechten, als da sind Leben, Freiheit und Streben nach Glück. Wir halten dafür, daß Regierungen unter den Menschen eingesetzt sind, nur um diese Rechte zu sichern, und daß die Rechte und Vollmachten dieser Regierungen abhängig sind von der Zustimmung der Regierten. Das heißt, daß es, wenn immer ein Regierungssystem diese Zwecke gefährdet oder zerstört, das Recht des Volkes ist, das Regierungssystem zu ändern oder abzuschaffen und eine neue Regierung einzusetzen, die auf solchen Prinzipien basiert und deren Formen und Befugnisse darauf abzielen, die Sicherheit und das Glück des Volkes zu fördern."

Pierre, sie lesend, begeisterte sich von neuem an diesen Sätzen. Es ging ihm nicht darum, das Dokument möglichst treu zu übertragen, vielmehr wollte er seinen Hörern die Wirkung übermitteln, welche das Schriftstück auf ihn gehabt hatte. Das gelang ihm. Selber hingerissen, riß er die andern hin. Da stand er auf der kleinen Erhöhung unter dem weiten Geäst und Gezweig des alten Ahorns, und zu ihm hinauf schauten die vielen erregten Gesichter. Einer der Hunde Lenormants war herangekommen, eine große, schwarzweiß gefleckte Dogge; Pierre, in der einen Hand sein Manuskript, streichelte mit der andern den Kopf des Hundes. So stand er da, gereckt, strahlenden Gesichtes, den zutraulichen Hund an seiner Seite. Manchmal machte Erregung seine klingende Stimme heiser, er bestrebte sich nicht, schön zu reden, er scheute sich nicht, Sätze abzubrechen, wenn ihm die

Übertragung nicht sogleich glückte, und sie nochmals zu beginnen. Gerade dadurch wirkte, was er sprach, unmittelbar, als entstünde es jetzt erst.

„Vorsicht und Klugheit", las er, „erfordern, daß Regierungen, die sich lange Zeit gehalten haben, nicht verändert werden aus geringfügigen, vorübergehenden Ursachen. Es hat denn auch alle Erfahrung bewiesen, daß die Menschen mehr geneigt sind, Übel zu ertragen, solange sie ertragbar sind, als sie zu korrigieren durch Abschaffung der Formen, an die sie gebunden sind. Allein wenn eine lange Folge von Mißbrauch und Willkür unentwegt dem gleichen Ziele zustrebt, nämlich dem, einem Volk eine absolute Despotie aufzuzwingen, dann ist es dieses Volkes Recht und Pflicht, eine solche Regierung umzustürzen und neue Garantien zu schaffen für seine künftige Sicherheit. Solcherart war die leidende Geduld dieser Kolonien. Und solcherart ist jetzt die Notwendigkeit, welche sie zwingt, ihr früheres Regierungssystem zu ändern."

Was Pierre da las, war seinen Hörern nicht neu. Es waren Ideen, ihnen vertraut aus den Büchern des Montesquieu, des Helvétius, des Voltaire, des Rousseau. Doch während bisher diese Ideen lediglich aufgetaucht waren als Spiele des Witzes und Verstandes, wurden sie nun auf einmal Taten, politische Wirklichkeit, da sie nicht aus den Seiten von Büchern aufklangen oder aus dem Munde von Philosophen, sondern da sie verkündet wurden als die Leitsätze von Männern, die einen neuen Staat aufzubauen sich anschickten.

Tiefe Stille war. Selbst die Lakaien, die gewohnt und angewiesen waren, unermüdlich zu servieren, ließen ab; am Rande des Wiesenplanes standen sie, ihre Speiseplatten in den Händen, in steifer Haltung, die Köpfe vorgestreckt, zuhörend. So still war es in dem menschenvollen Park, daß man die Stimmen der Vögel vernahm und den leisen Wind. Alle schauten auf Pierre, gespannt, die meisten mit Bewunderung, einige voll Unmut, als wäre er selber der Urheber dieser Erklärung. Zahlreiche wußten, daß er Geschäfte hatte mit den Insurgenten, viele hatten gelächelt über diese Geschäfte des überrührigen Geschäftsmannes. Jetzt lächelte keiner mehr. Jetzt spürten alle, wußten alle, daß dieser Pierre Caron de Beaumarchais einen weltwichtigen Auftrag hatte, daß er darstellte den Anteil Frankreichs an dem gewaltigen Unternehmen, das die dort drüben begonnen hatten.

Und Pierre las: „Die Geschichte des derzeitigen Königs von Großbritannien ist eine Geschichte immer wiederholter Unbill und Willkür, eine Chronik von Taten, die alle zum eindeutigen Zweck haben die Schaffung einer absoluten Tyrannei über unsere Staaten. Dies zu beweisen, unterbreiten wir einer unvoreingenommenen Welt die folgenden Tatsachen. Er hat seine Zustimmung verweigert zu Gesetzen, die höchst nützlich und höchst notwendig waren für die öffentliche Wohlfahrt, er hat durch seine Gouverneure dringliche Gesetze suspendiert bis zur Einholung seiner Zustimmung und seine Pflicht, sich mit den vorgelegten Gesetzentwürfen zu befassen, aufs äußerste vernachlässigt. Er hat gesetzgebende Körperschaften einberufen nach Plätzen, wo sie nie vorher getagt hatten, die ungeeignet waren, unbequem, weit entfernt von der Niederlegungsstelle der öffentlichen Urkunden, zu dem einzigen Zweck, diese Körperschaften zu schikanieren und zu behindern."

Aus seinen großen, braunen, leuchtenden Augen starrte Paul Theveneau auf seinen Herrn und Freund. In unschöner Haltung stand Paul da, schlaff, mit kläglich fallenden Schultern, doch den schönen, begeisterten Kopf streckte er gierig vor, um einzusaugen, wie da Pierre die Anklage verlas, welche der Kongreß der Vereinigten Staaten erhob gegen den König von England. Paul vergaß die Frauen ringsum, er vergaß seine Krankheit, in ihm klang und läutete, was da verkündet wurde, die Absetzung des unwürdigen Königs, Freiheit, Amerika, der große Krieg, Waffen für Amerika, die große Sendung, und sein Freund war auserwählt, und er selber war berufen.

Auch die Gräfin Maurepas, die Frau des Ministerpräsidenten, hörte jetzt zu, still und gespannt. Als Pierre zu reden begonnen, hatte sie ihrer Freundin, der Montbarey, eine Witzelei zugeraunt. Aber da war etwas geschehen, was ihr noch niemals widerfahren war. Der junge Herzog de la Rochefoucauld hatte ihr scharf zugeflüstert: „Bitte, stören Sie nicht, Madame“, und erstaunt mehr als gekränkt hatte sie mitten im Satz abgebrochen.

Für Therese hatte jemand ein Plaid über einen kleinen Rasenhügel gebreitet. Da saß das Mädchen, und ihr großes, lebendiges Gesicht schaute auf zu ihrem Freund und Geliebten. Versunken in sich, hörte sie auf die Worte, die aus seinem Munde kamen, sie trank sie in sich ein, sie sah sein von schöner Erregung glühendes Antlitz, sie liebte ihn sehr. Er hatte ihr die geschäftlichen Gefahren verschwiegen, die verbunden waren mit seinem Unternehmen. Es war die Sache, um die er kämpfte, die edle Sache der bürgerlichen Freiheit. Was er da verkündete und wie er's verkündete, das war von der gleichen Art wie jene Worte, die sie zu ihm hinübergerissen hatten, jene Sätze in den Flugschriften aus der Zeit seines übeln Prozesses, da er gekämpft hatte nicht nur für sich, sondern um Recht und Gerechtigkeit für alle, da er geführt hatte die Sache der Bürger aller Welt gegen die Aristokratie, gegen die Privilegierten.

Und Pierre las: „Der König von England hat Repräsentantenhäuser aufgelöst mehrere Male, weil sie sich mit Kraft und Mannheit widersetzten seinen Angriffen auf die Rechte des Volkes. Er hat eine Menge neuer Ämter errichtet und Schwärme von Beamten hierhergesandt, unser Volk zu schikanieren und unser Vermögen aufzuzehren. Er hat unter uns in Friedenszeiten stehende Heere gehalten ohne die Erlaubnis unserer gesetzgebenden Körperschaften.“

Das starke, ausdrucksvolle Gesicht zur Maske erstarrt, hörte der Schauspieler Préville vom Théâtre Français zu. Die Worte der Kundgebung bewegten ihn, gleichzeitig aber war er ergrimmt über diesen Caron de Beaumarchais, der einem immerzu das beste Teil der wohlverdienten Wirkung wegstahl. Nicht nur schrieb man diesem Beaumarchais den Hauptanteil zu an dem Erfolg des „Barbiers von Sevilla“, den er doch nur verfaßt, während sie, die Schauspieler, und vor allem er, Figaro-Préville, ihm den Sieg errungen hatten, sondern jetzt klaute er einem auch so relativ geringfügige Dinge weg wie den Erfolg bei dem heutigen Fest. Da bereitete man Wochen hindurch die kleine Farce vor, die nach dem Abendessen gespielt werden sollte, da hatte man jahrzehntelang die Technik der Rede und des Vortrags studiert, und dann kam so ein Dilettant, stellte sich unter einen Baum, kraulte einem Hunde den Kopf, las ohne viel Kunst, ohne Vorbereitung und sich verhaspelnd von einem Fetzen Papier ab, und für unsereinen war dann der Tisch leer.

Verklärt, strahlend, blickte Vater Caron auf seinen Sohn. Stramm aufrecht stand der Alte, stolz auf seinen bürgerlichen Rock. Der Priester, den er predigen gehört hatte, als er zum letztenmal einem hugenottischen Gottesdienst beiwohnte, war ihm erschienen als das höchste Symbol eines großen, gerechten, strafenden Zornes. Jetzt errichtete da einer ein noch gewaltigeres Monument der Empörung. Die Erinnerung an den Priester löste sich auf vor dem Bild des Mannes, der da unter dem Baume stand, den Tyrannen von England anklagte, die Freiheitsglocke läutete.

Und Pierre las weiter von den Untaten des Königs von England: „Er hat uns einer Rechtsprechung unterworfen, fremd unserer Konstitution und nicht anerkannt von unsern Gesetzen. Er hat Massen bewaffneter Truppen unter uns einquartiert. Er hat unsern Handel mit der übrigen Welt abgeschnitten. Er hat uns Steuern auferlegt ohne unsere Zustimmung. Er hat uns übers Meer geschafft, um uns wegen angeblicher Verbrechen zu prozessieren. Er hat unsere gesetzgebenden Körperschaften aufgehoben und sich selber das Recht und die Macht angemaßt, für uns Gesetze zu geben, wann immer es ihm beliebte. Er hat selber seiner Regierung hier entsagt, indem er uns außerhalb seines Schutzes stellte und Krieg gegen uns führte."

Unter denen, die, während Pierre solche Botschaft von der amerikanischen Freiheit verkündete, zu ihm hinaufstarrten, war auch ein behäbiger Herr, bürgerlich, etwas fremdartig angezogen, eine mächtige, geblümte Atlasweste über dem runden Bauch. Es war Mr. Silas Deane, der Vertreter der Vereinigten Amerikanischen Kolonien. Aufmerksam sah er dem Redner auf den Mund. Er merkte die Erregung der Menge, er merkte, daß es um Amerika ging, aber er verstand nicht Französisch, er verstand kein Wort. Er war unter den Hunderten der einzige, der nicht begriff, daß er jetzt nicht mehr Vertreter der Vereinigten Kolonien war, sondern Vertreter der Vereinigten Staaten.

Weit getrennt von ihm, hinten in der Menge, stand der Doktor Dubourg. Er hatte sich mit Absicht nicht weiter vorn hingestellt. Was wird schon dieser Windhund und Wichtigmacher Pierre Caron groß zu sagen haben? Als es sich dann ergab, daß er Allerwichtigstes zu sagen hatte, war in ihm für einen Augenblick Ärger darüber, daß es nicht er selber war, der dieser erlesenen Gesellschaft die Botschaft brachte, sondern Monsieur Caron. Natürlich, der konnte sich einen Spezialkurier von Le Havre leisten, während ihn selber die Nachricht wohl erst morgen erreichen wird. Dann aber, in der nächsten Minute, dachte Doktor Dubourg nicht mehr an seine Feindschaft gegen Pierre Caron, er dachte nur mehr an den Inhalt der Botschaft, er ließ sich hinreißen von den edeln Worte, und im Geiste sah er seinen großen Freund, den Doktor Benjamin Franklin. Jetzt also hatte der es gewagt. Jetzt also hatte der es geschafft. Und in seinem Innern übersetzte Doktor Dubourg die schmissigen, schwungvollen Worte Pierre Beaumarchais' zurück in die gemessenen, getragenen seines verehrten Freundes.

Und Pierre las: „Der König von England hat unsere Meere geplündert, unsere Küsten heimgesucht, unsere Städte verbrannt, viele von uns umgebracht. Er schafft eben jetzt große Heere fremder Söldner herüber übers Meer, um das Werk von Tod, Raub und Tyrannei zu vollenden, das er begann mit einer Grausamkeit und Treulosigkeit, die selbst in den barbarischsten Zeitaltern kaum ihresgleichen hatte. Er hat Indianer gegen uns herangeführt, erbarmungslose Wilde, deren Kriegführung ein wahlloses Morden ist ohne Rücksicht auf Alter und Geschlecht. Während all seiner Unterdrückung haben wir in der ehrerbietigsten Weise um Zurücknahme der willkürlichen Maßnahmen ersucht. Die Antwort auf unsere wiederholten Bitten waren nur neue Kränkungen. Ein Fürst, der so gekennzeichnet ist durch alle Wesenszüge eines Tyrannen, eignet sich nicht zum Herrscher eines freien

Volkes. Notgedrungen müssen wir uns deshalb in unsere Trennung schicken und unsere britischen Brüder ansehen als das, wofür wir den Rest der Menschheit ansehen, als Feinde im Krieg, als Freunde im Frieden."

Désirée saß auf einem Taburett, den Oberkörper vornübergeneigt, die Wange in die Hand gestützt, das hübsche, kecke Gesicht erstarrt in Nachdenken, die Brauen zusammengezogen. Sie hörte der Vorlesung zu wie der großen Szene eines Stückes von aufregend neuer Art. Es war merkwürdig, daß sie diese schlichten Sätze hoher Würde, die man bestimmt noch lange und noch oft hören wird, zum ersten Male aus dem Munde ihres leichtsinnigen, eleganten, witzigen Pierre vernahm. Sie sah, daß Pierre keinerlei Kunstmittel anwandte, daß er nicht posierte, sondern bis ins letzte erfüllt war von dem, was er da las. Sichtlich hatte er vergessen, daß dieses große Manifest auch etwas zu tun hatte mit seinem Geschäft. Sie spähte hinüber nach Charlot. Dessen Gesicht war mürrisch, etwas leer, so wie wohl die Gesichter von Leuten sind, welche Musik hören. Diesem Gesicht ließ sich nichts ablesen, und es war sehr wohl möglich, daß sein Träger in seinem Innern Beziehungen herstellte zwischen der Verkündigung der Menschenrechte und Pierres und seinem Geschäft.

Völlig benommen aber, hinaufgerissen ins Blaue waren die beiden Kinder, Félicien und Véronique. Sie hatten es seit langem geahnt, daß es das geben mußte in der Welt, daß es dasein *mußte*: die Reinheit, die Freiheit, die Wahrheit, das Ideal; doch es war nur Ahnung gewesen, nur Gefühl. Jetzt aber wurde diese Ahnung zum Wissen, zur Gewißheit. Jetzt erlebten sie die Freiheit, die Wahrheit, das Ideal. In sich ein tranken sie die Worte der Verkündigung, mit entrückten Gesichtern. Ohne es zu wissen, faßten sie sich bei den Händen, ihre Augen hingen gebannt an dem Munde des Mannes, aus dem die begeisternden Worte kamen.

Der aber, aufrecht stehend, triumphierend, rief hinaus unter die lautlose Menge die Schlußsätze seiner Erklärung: „Wir, die Repräsentanten der Vereinigten Staaten von Amerika, versammelt in Gemeinem Kongreß, anrufend den höchsten Richter der Welt für die Ehrlichkeit unserer Absichten, erklären somit und verkünden feierlich in Vollmacht und im Namen des guten Volkes dieser Kolonien: Diese Vereinigten Kolonien sind und sollen rechtens sein freie und unabhängige Staaten. Sie sind entbunden aller Zugehörigkeit zur britischen Krone. Alle politische Verbindung zwischen ihnen und dem Staate Großbritannien ist und soll sein völlig aufgelöst. Und zur Durchführung dieser Erklärung, fest vertrauend auf den Schutz der göttlichen Vorsehung, setzen wir gegenseitig zum Pfand unser Leben, unser Vermögen, unsere Ehre.“

Beinahe eine Minute noch, nachdem Pierre geendet, war lautlose Stille. Dann aber klatschten sie in die Hände, sie stürmten vor, auf Pierre zu, sie umdrängten ihn, umarmten ihn, redeten sinnlos auf ihn ein, die geschmückten, festlichen, zierlichen, zeremoniösen Herren und Damen von Paris und von Versailles. Wilde Begeisterung war, so als ginge es nicht um Ereignisse, die sich vor Wochen abgespielt hatten und in einer Entfernung von mehreren tausend Meilen, sondern als ob diese Erklärung sie unmittelbar anginge, als ob sie selber sie erlassen hätten, als ob dieser Mann da in ihrer Mitte sie abgefaßt hätte in ihrem Namen.

Einige allerdings spürten bald, daß solche Begeisterung nicht ganz schicklich sei und nicht allzulange vorhalten dürfe. Madame de Maurepas zum Beispiel meinte zu ihrer Freundin Montbarey: „Wer noch kann um seine Geschäfte eine solche Sauce von Begeisterung herummachen wie unser Toutou?“ Sie pflegte aber Pierre ihren Toutou zu nennen.

Auch der Gastgeber, das Geburtstagskind, Monsieur Lenormant, teilte nicht den allgemeinen Enthusiasmus. Wohl hatte, sowie Pierre zu Ende war, sein Gesicht jenen Ausdruck mürrischer Versunkenheit verloren, und wenn man ihn aufforderte, die Erklärung der Insurgenten bewundernswert zu finden, dann nickte er höflichmit dem großen Kopf; aber in seinem Innern war er keineswegs einverstanden mit dem Ton der Kundgebung. Er war fortschrittlich, er sympathisierte mit der Sache der Insurgenten und gönnte den Engländern jede Niederlage. Doch er war ein überzeugter Anhänger der autoritären französischen Monarchie, er hielt aufgeklärten Despotismus für die beste Regierungsform, und er fürchtete, ein zu klarer Sieg der Insurgenten könnte den Geist der Rebellion und Anarchie auch im Königreich Frankreich schüren. Gewiß war das, was sich in Philadelphia ereignet hatte, begrüßenswert. Aber Monsieur Lenormant liebte kein Pathos, er hielt es für richtiger, alles Pathetische mit sich allein abzumachen und vor der Welt dem Unrecht mit Ironie zu begegnen. Die wackeren Leute im Westen mochten ihre Vorzüge haben, aber Geschmack hatten sie keinen, soviel war gewiß, und Pierre hätte etwas Vernünftigeres tun können, als ihre pathetische Erklärung mit soviel Rhetorik zu verlesen. Monsieur Lenormant war ein wenig verstimmt darüber, daß in seine Geburtstagsfeier durch die pathetische Szene ein falscher Ton gekommen war.

Er trat an Pierre heran, der noch immer dastand, umdrängt von Festgästen. Der freundliche, große Hund hatte ihn nicht verlassen, er schmiegte sich an ihn, Pierre kraulte ihm zuweilen den Kopf. Pierre verstand es, mit Hunden umzugehen, er liebte Hunde, seiner Hündin Caprice hatte er ein Halsband umgehängt mit der Inschrift: „Ich heiße Caprice, Pierre de Beaumarchais gehört mir, wir wohnen in der Rue de Condé." Jetzt also trat Monsieur Lenormant an ihn heran, um seinen vollen Mund war jenes winzige Lächeln, und er sagte: „Eine kraftvolle Erklärung, die Sie da verlesen haben, mein Freund. Jetzt haben also die Insurgenten wahrhaftig alles aufs Spiel gesetzt, ihr Leben und ihr Vermögen. Dazu gehört Mut, dazu gehört Tapferkeit." Er drückte Pierre die Hand – war es Glückwunsch? War es Beileid? – und entfernte sich.

Die zugegen waren, hatten höflich und verständnislos gelächelt. Pierre war betreten. Aber er verscheuchte rasch den kleinen Ärger. Er begriff Charlot; da dieser heute der zu Feiernde war, verdroß es ihn, daß ihn Pierre aus dem Mittelpunkt verdrängt hatte. Pierre nahm sich vor, ihn zu versöhnen.

Die Gelegenheit ergab sich, als man, nach üppigem Souper und Feuerwerk, hinüberging in den großen Theatersaal, zur Komödie.

Monsieur Lenormant, so gezirkelt und ausgesucht seine Manieren waren, liebte es, wenn auf seiner Privatbühne nicht nur höchst anspruchsvolle moderne Tragödien gespielt wurden, sondern zuweilen auch Schwänke, sogenannte „Paraden", von allerderbstem Naturalismus. Man sprach in diesen Possen mit größter Offenheit von den Dingen der Verdauung und des Geschlechtes, es wurde das Gröbste vom Groben geboten, das Äußerste an dem, was man aristophanische Natürlichkeit nannte. Die Herren und Damen des Hofes von Versailles und der Pariser Salons, nach der überfeinerten Geselligkeit und dem ausgeklügelten Zeremoniell ihres Alltags, hatten ihren Spaß an dieser vulgären Kost. „Man muß es verstehen", hatte einmal der Ministerpräsident Maurepas geäußert, „bald ein Gott zu sein, bald eine Sau, aber immer mit Anmut."

Pierre schrieb dergleichen Szenen mit leichter Hand, er war, wenn er wollte, Meister im Vulgären. Für diesen Abend hatte er drei kleine Possen vorbereitet; am meisten versprach er sich von der letzten. Zum Inhalt hatte dieser letzte Schwank den Kampf zweier Damen der Halle, Mesdames Séraphine und Héloise, zweier Fischweiber, die Entschädigung haben wollen für die Ware, die ihnen verlorenging, als der Karren mit ihrer Tonne umgeworfen wurde. Die beiden streiten untereinander, sie streiten mit den Passanten, sie streiten mit den Polizisten, sie streiten mit dem Richter, sie verfügen über einen unerschöpflichen Vorrat saftiger, anschaulicher, starkduftender Wendungen, und sie sind damit nicht geizig. Das Ganze mündete in einen Tanz und in eine Lobpreisung Monsieur Lenormants, des einzigen, bei dem Mesdames Séraphine und Héloise schließlich Gehör und Entschädigung finden.

Dargestellt werden sollte Madame Séraphine von Monsieur Préville, der in der Aufführung des Théâtre Français Pierres Figaro spielte. Madame Héloise sollte gespielt werden von Monsieur Monvel, dem Don Basile der gleichen Aufführung. Nun aber hatte Pierre ein wenig getrunken, er war gehoben von dem Erfolg seiner großen Verkündigung, er hatte Freude an Gegensätzlichem, es kam ihm ein Einfall.

Er entschloß sich, Madame Héloise selber zu spielen. Das war nicht nur ein Riesenspaß, es war auch eine Ehrung für Charlot, dazu angetan, dessen Verdruß zu sänftigen.

Weder Monsieur Préville noch Monsieur Monvel waren sehr entzückt von dieser Idee. Doch sie wußten, daß sie nicht aufkommen konnten gegen den allmächtigen Autor des „Barbiers". Sauren Gesichtes fügten sie sich, und in den Rock und in die Holzschuhe Madame Héloises stieg Pierre. Gewaltige Brüste, in aller Eile, stopfte er sich; schnell, mit kunstvoller Grobschlächtigkeit, schminkte ihn der Friseur. Da klopfte auch schon der Stock auf, und sie betraten die Bühne.

Wenn Pierre die beiden Herren vom Théâtre Français nicht für immer auf den Tod kränken wollte, dann mußte er erreichen, daß die improvisierte Aufführung besser wurde als die ursprünglich vorgesehene. Er nahm sich zusammen. Bald sah der Schauspieler Préville, daß er an Pierre einen Partner hatte, der dem Schauspieler Monvel zumindest nichts nachgab. Beide, nach den ersten paar Sätzen, waren in Fahrt, und sie steigerten sich in eine immer wildere Fastnachtslaune hinein. So, streitbar, klagend und schimpfend im saftigsten Argot, gingen Mesdames Séraphine und Héloise durch alle Stationen ihres Leidensweges.

Die Hörer aber, sowie sie ihre Lieblinge Beaumarchais und Préville erkannten, genossen die Überraschung und ergötzten sich an dem derben Verkleidungsspiel. Sie lachten, lachten immer mehr. In ihren Wespentaillen, die Gesichter unter der Schminke gerötet, bogen sich die Damen vor Lachen, sie erstickten beinahe, wild applaudierten sie. Und Monsieur Lenormant strahlte, er umarmte Pierre und verzieh ihm den Ärger, den er ihm bereitet hatte.

Erschreckend aber war die Wirkung des kleinen Schwankes auf die Kinder, auf Félicien und Véronique. Entsetzten Auges schauten sie auf den Mann, der sich dort oben auf der Bühne abarbeitete, gemeine Reden ausstieß, wüst tanzte, clownhaft schrie und grölte. War das der gleiche, der vor wenigen Stunden ihre Herzen hinaufgerissen hatte zum höchsten Gipfel? Oh, wären sie gegangen, ehe sie das mitansahen. Sie schämten sich seiner, schämten sich ihrer selbst. Ist der Mensch so beschaffen, daß er immer wieder aus der Bläue so schmählich hinunterstürzt in den Schlamm?

Pierre, umringt, gefeiert, gewahrte die beiden jungen Menschen am Rande des Saales. Er sah ihre Haltung, ihre Gesichter, er ahnte, was sie spürten, ein kleines Mißbehagen fröstelte ihn an. Er ärgerte sich. Er selber hatte es, als er so alt war wie Félicien, bereits mit Mädchen getrieben; dieser Junge, mit seinen Fünfzehn, war immer noch ein kleines Kind und gleichzeitig ein überheblicher Moralprediger. Und während Pierre weiter lächelnde Konversation machte, dachte es in ihm: Was für ein prüdes, sauertöpfisches Geschlecht wächst da heran. Sie haben keine Toleranz, sie haben keinen Sinn fürs Menschliche.

Mr. Silas Deane fortan ging beleibt, würdig und eifrig herum und vertrat die Vereinigten Staaten. Pierre zog ihn klug für seine Geschäfte heran, Mr. Deane verhandelte mit Reedern, mit Lieferanten aller Art und fühlte sich hilfreich.

Pierre brachte ihn mit einigen großen Herren zusammen, die erklärte Freunde der amerikanischen Sache waren, unter anderem mit dem Grafen de Broglie, Marschall von Frankreich, einem Manne von uraltem Adel und gewaltigem Reichtum. Der achtundfünfzigjährige Feldmarschall, dessen Kriegstaten ihm Ruf über die ganze Welt verschafft hatten, machte auf den Geschäftsmann aus Connecticut starken Eindruck. Graf de Broglie war bereit gewesen, sich, falls ihn die Amerikaner darum bitten sollten, zu ihnen zu begeben und als „Statthalter" die Leitung des Heeres und der Regierung zu übernehmen. Er hatte einen Mann nach Amerika entsandt, der ihm in der Schlacht von Roßbach das Leben gerettet hatte und der sein Freund und Faktotum war, einen gewissen Oberst de Kalb, um mit den Insurgenten Fühlung zu nehmen. Dieser Monsieur de Kalb, ein guter Militär und verständig, hatte von drüben viel wissenswertes Material mitgebracht. Freilich auch mußte er berichten, daß die Amerikaner vorläufig zögerten, das Anerbieten des Marschalls anzunehmen. Dieser Bescheid minderte aber nicht den Eifer Monsieur de Broglies für die Sache der Insurgenten.

Nun hatte Silas Deane Auftrag, einige fähige Offiziere, insbesondere Artillerie- und Pionieroffiziere, für das amerikanische Heer zu verpflichten. Er erzählte dem Marschall davon, und dessen Freund, der Oberst de Kalb, war willens, eine solche Verpflichtung einzugehen; da Monsieur de Kalb kein Geburtsaristokrat war – selbst das „de" seines Namens war fragwürdig –, war sein weiteres Avancement in der französischen Armee ausgeschlossen, auch die Ernennung zum Oberst war nur durch den Einfluß des Marschalls und unter Schwierigkeiten zuwege gekommen. Mr. Silas Deane war stolz und froh, den verdienten Militär im Auftrag des Kongresses als Generalmajor in den Dienst der amerikanischen Armee zu nehmen. Der neue General stellte Silas Deane andere Herren vor, die bereit waren, sich für die amerikanische Armee anwerben zu lassen, jüngere Offiziere zumeist, und Silas Deane, glücklich über soviel Enthusiasmus und Bereitwilligkeit, engagierte die Herren allesamt; er sagte ihnen einen Rang zu, jeweils einen Grad höher, als sie ihn in der französischen Armee bekleideten.

Doch als der amerikanische Delegierte Handgeld bezahlen und ihnen Überfahrt und erste Ausrüstung beschaffen sollte, ergaben sich Schwierigkeiten. Mr. Deane hatte vom Kongreß nur eine geringe Summe mitbekommen, man hatte ihn vertröstet auf den Erlös von Prisen, welche amerikanische Kapitäne in französische Häfen einbringen würden. Es kamen aber keine solchen Prisen, Mr. Deanes Mittel gingen zu Ende, und er konnte fällige Beträge an die Reeder, Lieferanten, Offiziere nicht bezahlen. Er schrieb Brief um Brief an den Kongreß, drängte darauf, daß man Geld und Waren zur Begleichung der Lieferungen Monsieur de Beaumarchais' bereitstellen, daß man ihm selber Geld schicken solle. Vom Kongreß kam keine oder nichtssagende Antwort.

Silas Deane war ein Patriot, ergeben der Sache der Freiheit. Um dieser Sache zu dienen, hatte er sein blühendes Geschäft in Connecticut im Stich gelassen, und er war stolz darauf, Vertreter der Vereinigten Staaten zu sein. Er war verständig und kannte die Welt. Er wußte, daß der Kongreß Geld zu beschaffen hatte für unmittelbare, dringlichste Nöte, daß kein Geld da war, daß der Krieg nicht gut ging. Sosehr er dadurch in Verlegenheit kam, er begriff, daß man die Bitten des weitab in Paris sitzenden Vertreters beiseite schob.

Was Mr. Deane nicht wußte, war, daß der Kongreß in seiner ablehnenden Haltung bestätigt und bestärkt wurde durch jenen Mr. Arthur Lee, den Pierre in London kennengelernt hatte. Gekränkt schon dadurch, daß ihm Monsieur de Beaumarchais die zugesagte Audienz in Versailles nicht verschafft hatte, war Mr. Lee doppelt erzürnt, daß der Kongreß nicht ihn zum bevollmächtigten Pariser Delegierten erwählt hatte. Von Natur mißtrauisch, hielt er nach den Reden, die Beaumarchais in London geführt hatte, die Firma Hortalez für eine Scheingründung, für Fassade. Mr. Lee trug keinen Anstand, diese seine Meinung seinen einflußreichen Brüdern in Philadelphia und dem Kongreß zu übermitteln. Was die Firma Hortalez liefere, schrieb er, sei ein Geschenk des Königs von Frankreich an die Vereinigten Staaten; wenn Beaumarchais und Deane es anders darstellten, dann wollten sie unerlaubte Profite für sich selber herausschlagen. Der Kongreß las diese Briefe, der Kongreß hatte kein Geld, der Kongreß hielt sich für berechtigt, Glauben zu schenken den Berichten seines Londoner Vertreters Arthur Lee und taub zu bleiben vor den immer dringlicheren Vorstellungen seines Pariser Vertreters Silas Deane.

Als dieser am Ende seiner Mittel war und nicht einmal mehr die Kosten seines Aufenthalts im Hôtel d'Hambourg bestreiten konnte, blieb ihm nichts übrig, als sich an den gefälligen Monsieur de Beaumarchais zu wenden. Dick, verlegen, schwitzend in seiner geblümten Weste, erzählte er von seinen Schwierigkeiten. Pierre war betroffen. Wenn die Herren in Philadelphia ihrem Vertreter nicht einmal die paar hundert Dollar zur Verfügung stellten, die er fürs nackte Leben brauchte, wie wird das werden, wenn sie die Millionen bezahlen sollten, die sie der Firma Hortalez schuldeten? Im Geiste sah Pierre das winzige Lächeln Charlots, hörte er seine liebenswürdigen, fettigen Worte: „Jetzt haben also die

Insurgenten alles aufs Spiel gesetzt, ihr Leben und ihr Vermögen." Aber Pierres Miene verriet nichts von seinen Sorgen. Vielmehr erklärte er lächelnd und großzügig, die Firma Hortalez freue sich, Mr. Deane die gewünschten Beträge vorzuschießen.

Mr. Deanes behäbiges Gesicht glänzte. Was für ein Glück, daß es hier in Paris einen Mann gab wie diesen Monsieur de Beaumarchais, der die Rüstung der Amerikaner aus der Erde stampfte, der Englisch sprach, der geduldig wartete auf Bezahlung dessen, was er dem Kongreß lieferte. Der noch Geld hergab, wenn man persönlich in Nöten war.

Für zwei oder drei Wochen war Mr. Deane gerettet. Aber was dann?

Die nächste Post aus Amerika brachte ihm Trost. Geld zwar sandte der Kongreß nicht, aber die Nachricht, man habe einen weiteren Vertreter für Paris ernannt, den Doktor Benjamin Franklin. Wenn dieser hochberühmte Mann hier die Leitung der Geschäfte übernahm, dann hatte er, Silas Deane, nichts mehr zu befürchten. Es werden freilich noch Monate vergehen, ehe Doktor Franklin in Paris eintreffen wird; aber es war tröstlich, zu wissen, daß die Zeit der Not befristet war.

Pierre war bei all seinem Temperament, seiner Eitelkeit und Verspieltheit ein unermüdlicher Arbeiter und glänzender Organisator. Die Vorratshäuser der Firma Hortalez füllten sich mit Waffen, Uniformen, Waren jeder Art, auf den Werften von Le Havre, Cherbourg, Brest, Nantes, Bordeaux, Marseille erstanden Schiffe zum Transport dieser Waren, Kapitäne und Matrosen wurden angeheuert, diese Schiffe übers Meer zu führen.

Die Firma Hortalez unterhielt Agenten in allen größeren französischen Hafenplätzen. Da waren, um nur die wichtigsten zu nennen, in den nördlichen Häfen die Herren Emmery, Vaillant und d'Ostalis, in den südlichen die Herren Chassefierre und Peyroux. Einige dieser Männer waren wakker und subaltern, andere gerissen und nicht zuverlässig. Es war an der Zeit, daß man da einmal nach dem Rechten sah.

Nun aber wurde die Tätigkeit der Firma Hortalez in den französischen Seestädten vom englischen Geheimdienst scharf überwacht, und der Staatssekretär Gérard legte Pierre stets von neuem äußerste Heimlichkeit ans Herz. Besonders die nördlichen Häfen wimmelten von Spionen. Pierre schickte also Paul Theveneau nach dem Norden, er selber begab sich, begleitet von seinem Freunde Philippe Gudin, inkognito, als Monsieur Durand, auf eine „Studien- und Vergnügungsreise" nach dem Süden.

Pierre reiste gern. Er hatte Aug und Herz offen für die Fremde, freute sich an neuen Städten, neuen Menschen. Und der behagliche, beschauliche, genießerische Gudin war ein Begleiter, wie er ihn besser sich nicht hätte wünschen können. Dem Freunde bis ins letzte ergeben, nicht gekränkt, daß ihn Pierre aus seinen verwirrten und manchmal dunkeln Geschäften völlig ausschloß, war der treue Philippe immer zur Stelle, wenn ihn Pierre haben wollte, und hielt sich fern, wo er ihn hätte stören können. Auch war Philippe Gudin ein guter Tischgenosse, dessen Freude an Speis und Trank die Freude des andern erhöhte, er hatte Humor und tat mit bei jedem Spaß. Dazu verfügte er über ein ungeheures, immer gegenwärtiges Wissen, das er auf Wunsch gerne vor Pierre hinbreitete.

So zogen die beiden kreuz und quer durch die mittäglichen Provinzen Frankreichs. Reich und reif im späten Herbst lag das Land. Sie ließen es sich wohl sein in den guten Herbergen, genossen die Landschaft, den Wein, die Frauen.

Genossen darüber hinaus den Duft der Geschichte. Philippe Gudin war ein begeisterter Altertumsforscher. Er war zu Hause in altem Mauerwerk, für ihn wandelten sich die Ruinen zurück in das, was sie gewesen waren, und belebten sich mit ihren früheren Insassen.

Pierre war empfänglich für solche Erinnerungen und schmückte gerne die Erzählungen des Freundes mit Witz und Phantasie aus. Der stimmte dann wohl sein altes Lied an: „Was für ein Jammer, Pierre, daß du nicht studiert hast. Was für ein Wissenschaftler wäre aus dir geworden. Was für ein Genie hat die klassische Tragödie der Franzosen an dir verloren." – „Ach, laß mich zufrieden", sagte dann leichtsinnig Pierre, „ich bin froh, wie es ist." Er selber vermeinte, er habe das Zeug in sich, ein tragischer Dichter vom Range Corneilles oder Racines zu werden, unter andern Umständen wäre er's wohl geworden, nun wird er im besten Fall den Ruhm eines Molière erreichen. Trotzdem war er im Grunde dem Schicksal dankbar, daß es ihm den Lebenslauf eines großen Geschäftsmannes bestimmt hatte. Er glaubte zu erkennen, daß, wie das Privileg der Geburt, so auch das des Geistes zu erblassen begann vor dem neuen Privileg des Geldes. Er aber, Pierre, besaß sie nun alle drei, die großen Privilegien. Mitbekommen hatte er den Geist; Geld und Adel hatte er sich erobert.

Zuweilen trennte er sich seiner Geschäfte wegen auf Stunden oder auch auf Tage von Gudin. Der widmete sich dann seinem Studium, schrieb, las und stellte Betrachtungen darüber an, wie er selber gleich einem Schatten, der um Gräber und Ruinen irrt, Tote heraufbeschwor zur Belehrung kommender Geschlechter, indessen sein großer Freund, um das Wohl seiner Mitmenschen besorgt, Reeden und Werften besuchte, tausend fleißige Hände in Bewegung setzte, tausend Köpfe schöpferisch, organisatorisch leitete. Und er verglich Pierre mit einem Wiking, einem Seekönig, der da auszog, seinem Stamme neue Reiche zu erobern.

Manchmal auch, wenn man in Gesellschaft war und Pierre durch seine Laune und seinen Geist unbekannte Zechgenossen hinriß, konnte Philippe Gudin seinen Enthusiasmus nicht zügeln, er ließ durchblicken, daß Monsieur Durand eigentlich der berühmte Monsieur de Beaumarchais sei. Wenn man dann Pierre befragte, bestritt er es lebhaft und so, daß jeder erkennen mußte, er war es.

Auf solche Art schlitterte Pierre in der schönen Stadt Bordeaux in ein Ereignis hinein, das ihm zunächst viel Spaß, später aber mancherlei Ärger bereitete. In Bordeaux nämlich wurde auf der Werft der Herren Testard und Gaschet ein großes, altes Schiff für Pierre von Grund auf umgebaut. Pierre ging aus und ein im Kontor der Firma Testard und Gaschet, doch nur Monsieur Gaschet selber durfte wissen, wer er war. Nun war aber in Bordeaux ein neues, großes Theatergebäude errichtet worden, es sollte eröffnet werden mit dem „Barbier von Sevilla", man probierte das Stück. Pierre ging täglich mehrmals an dem Theater vorbei, die Versuchung war groß, auf die Bühne zu gehen und den Schauspielern, die dort seine Menschen und seine Sätze probten, zu sagen: „Ich bin's, ich bin Beaumarchais." Doch er widerstand der Versuchung, er forderte auch den guten, schwatzhaften Gudin dringlich auf, sein Inkognito zu wahren, und der nickte eifrig und verschwörerisch: „Verlaß dich auf mich."

Als aber am Abend, im Gasthof, einer am Nebentisch erklärte, das Gesicht des Herrn komme ihm bekannt vor, konnte sich Gudin nicht enthalten, breit und verräterisch zu grinsen. Am Tag darauf war es herum, daß der berühmte Monsieur de Beaumarchais in der Stadt sei, um Amerika zu befreien und der Aufführung seines Stückes beizuwohnen. Wieder einen Tag später erschien eine Deputation der Schauspieler bei Monsieur Durand und bat ihn, sie bei den Proben des „Barbiers" zu unterweisen. Monsieur Durand fragte lächelnd und höflich, wieso ein einfacher Monsieur Durand erfahrenen, bewährten Künstlern Ratschläge sollte geben können. Die Schauspieler lächelten zurück und erwiderten, wenn Monsieur Durand darauf Gewicht lege, Monsieur Durand zu bleiben, so seien sie die ersten, diesen Wunsch zu achten; aber an den Proben möge er teilnehmen. Monsieur Durand nahm teil, sehr angeregt, und gab nützliche Weisungen, die ehrerbietig befolgt wurden. Die Aufführung wurde ein Triumph, die Schauspieler wiesen auf Monsieur Durand, der in einer Loge saß, das Publikum bereitete Monsieur Durand eine Ovation, und Pierre hob in lächelnder Abwehr die Hand und rief: „Aber, meine Freunde, ich bin Monsieur Durand."

Vergnügt nach diesen Erlebnissen kehrte er nach Paris zurück. Da aber, sogleich, bekam er zu spüren, daß sein Trank am Grunde des Bechers einen bittern Satz hinterlassen hatte.

Als er sich nämlich bei dem Grafen Vergennes meldete, empfing ihn nicht der Minister, sondern Monsieur de Gérard. Pierre verhandelte nicht gerne mit Monsieur de Gérard. Der war korrekt, aber er hatte nichts von der philosophisch-humoristischen Freundlichkeit Vergennes'. Heute war Gérard von besonderer Kälte.

„Es ist Ihnen nicht unbekannt, Monsieur", fuhr er bald nach der ersten Begrüßung auf Pierre los, „daß Lord Stormont mehrmals persönlich im Außenministerium vorgesprochen hat, um an der Hand von Dokumenten hinzuweisen auf die verdächtige oder vielmehr nicht mehr verdächtige Tätigkeit des Hauses Hortalez und Compagnie. Wir haben Sie, Monsieur, von Anfang an darauf aufmerksam gemacht, daß wir Ihrethalb Schwierigkeiten mit England haben werden, und wir haben Sie dringlich ersucht, sich jeder Unvorsichtigkeit zu enthalten. Statt dessen hat jetzt in Bordeaux, während dort verdächtige Arbeiten an zwei größeren Schiffen vorgenommen wurden, ein Monsieur Durand einer Aufführung des ‚Barbiers von Sevilla' beigewohnt, und jedermann hat gewußt, wer dieser Monsieur Durand war. Was stellen Sie sich eigentlich vor, Monsieur, wenn Sie sich solche Streiche leisten? Ist Ihnen nicht die Idee gekommen, daß es die Regierung des Königs ist, die dafür einzustehen hat?"

Pierre, sich die Lippe zerbeißend vor Ärger, antwortete, wenn die Engländer auf die Firma Hortalez aufmerksam geworden seien, dann nur dadurch, daß andere, Unverantwortliche, unverantwortliches Geschwätz gemacht hätten, und er nannte den redlichen, wohlmeinenden, geschwätzigen Wichtigmacher Barbeu Dubourg.

Aber der Staatssekretär wies diese Entschuldigung scharf zurück. „Bitte, Monsieur", sagte er, „halten Sie uns nicht für dümmer, als wir sind. Wir wissen Bescheid, über Sie sowohl wie über Doktor Dubourg, und wir haben Ihre Unvorsichtigkeiten satt. Sie müssen sich entscheiden, ob Sie sich in Zukunft als Beauftragten dieses Ministeriums betrachten und entsprechend benehmen wollen, oder als einen Privatmann, der sich jede Laune erlauben darf." Ohnmächtigen Unmutes voll entfernte sich Pierre.

Nicht nur in Paris, auch im Norden gab es Schwierigkeiten. Dort lagen, berichtete Paul, drei Schiffe abfahrbereit, aber die Engländer suchten ihr Auslaufen mit allen Mitteln zu verhindern, sie legten täglich neue Proteste beim Marineminister ein, und die französischen Behörden, wiewohl entgegenkommend, mußten strenge Untersuchungen simulieren. Unter diesen Umständen wagte Paul nicht, die Geschäfte den Herrn Emmery und Vaillant zu überlassen, sondern er wollte im Norden bleiben, bis die Schiffe ausgelaufen waren.

Am liebsten wäre Pierre selber hingefahren. Er traute sich Erfindungsgabe und Geistesgegenwart genug zu, um an Ort und Stelle mit den Intrigen der Engländer fertig zu werden und in der rechten Stunde, ob mit oder ohne formale Erlaubnis der Hafenbehörden, Order zur Ausfahrt zu geben. Auch hätte er brennend gern mitangesehen, wie seine ersten Schiffe in See stachen. Aber er dachte grimmig an Monsieur de Gérard, es war leider ausgeschlossen, daß er selber nach Brest ging.

Im übrigen war es verdammt anständig von Paul, daß er so lange im Norden blieb. Pierre wußte genau, wie sehr Paul sein Paris liebte; Pauls Leidenschaft für die wunderbare Stadt wurde verstärkt durch das innere Wissen, daß seine Jahre befristet waren, und er wollte sich vollstopfen mit Leben. Zudem ging es in den Winter, und der Aufenthalt am Atlantischen Meer konnte Paul nicht bekömmlich sein.

Pierre erzählte Therese von den drei Schiffen, die, beladen mit Waren, in Brest und Le Havre auf die Abfahrt warteten. Das eine hieß „Alexandre“, das andere „Eugénie“, das dritte „Victoire“. Wenn man abergläubisch war, konnte man Meditationen darüber anstellen, was es bedeute, wenn dies oder wenn jenes der drei Schiffe zuerst auslaufen werde. Therese fragte, ob denn der lange Aufenthalt am nördlichen Meer nicht schädlich für Pauls Gesundheit sei. „Auch ich mache mir Sorge“, erwiderte Pierre, „und habe es ihm angedeutet. Aber er will durchaus bleiben, und er schreibt, es könne nicht mehr lange dauern.“

Wirklich schickte eine Woche später Paul Nachricht, er werde nun in den allernächsten Tagen zurückkehren. Die „Victoire“ sei in See gestochen, und wenn nicht in der Zwischenzeit neue unvorhergesehene Hindernisse einträten, dann seien jetzt, da Pierre diesen Brief lese, auch die beiden andern Schiffe auf See, die „Alexandre" und die „Eugénie".

An seinem großen Schreibtisch saß Pierre, vor sich den Brief, tief lächelnd. Er starrte auf den leeren Fleck an der Wand, der bestimmt war für das Porträt Duvernys, das man ihm in jenem Prozeß gestohlen hatte. Aber er sah nicht den Fleck. Nichts sah er als die Schiffe, seine Schiffe, wie sie seine Waffen übers Meer trugen nach Amerika zum Kampf für die Freiheit und zur Gründung einer besseren Welt.

Zweites Kapitel
Franklin

Der alte Mann stand an der Reling, gut eingehüllt in seinen Pelz, es war in diesem frühen Dezember sehr kalt; auch den großen, schweren Schädel hielt er wohlverwahrt in der Pelzkappe. Unter der Kappe fielen schütter und lang die weißen Haare auf den Kragen des Mantels.

Ein sehr kräftiger Wind blies, selbst hier in der ruhigen Bucht von Quiberon tanzte das Schiff gewaltig auf und ab. Der Alte, während er durch die große, eisengerahmte Brille auf die Küste schaute, klammerte sich unwillkürlich mit beiden Händen fest ans Geländer.

Es war keine lange Fahrt gewesen, die Überfahrt nach Europa, kaum fünf Wochen hatte sie gedauert, aber angenehm war sie nicht gewesen. Nicht als ob ihm der ewige starke Wind zu schaffen gemacht hätte, er litt niemals unter Seekrankheit, der alte Benjamin Franklin; aber schon als er die Reise antrat, hatte er sich infolge der langen Sitzungen im Kongreß und des Mangels an Bewegung müd und erschöpft gefühlt, und die unzuträgliche Schiffskost hatte ihn noch mehr heruntergebracht. Da das frische Geflügel für seine Zähne zu hart war, hatte er sich im wesentlichen nähren müssen von Pökelfleisch und Schiffszwieback und hatte so etwas wie leichten Skorbut bekommen; Schorf auf seinem kahler werdenden Kopf quälte ihn und Ausschlag an andern Stellen seines Körpers.

Doch das schlimmste wohl war das ständige Bewußtsein der Gefahr gewesen. Vor seinen beiden Enkeln zwar, vor dem siebzehnjährigen William und dem sechsjährigen Benjamin, hatte er sich gleichmütig gegeben wie immer. Hatte Tag für Tag die Temperatur der Luft und des Wassers gemessen, hatte seine Studien über den Golfstrom weitergeführt, hatte mit den beiden Enkeln methodisch an der Vervollkommnung seines und ihres Französisch gearbeitet. Aber hinter dieser gespielten Ruhe war immer der unbehagliche Gedanke gestanden: Hoffentlich überrascht uns kein englisches Kriegsschiff. Denn dann hing sein Leben an einem Faden.

Nun, es war alles gut abgelaufen, sehr gut, die „Reprisal" hatte zuletzt sogar zwei kleine feindliche Handelsschiffe kapern können, eines mit einer Ladung von Holz und Wein, das andere mit einer Ladung von Flachssamen und Alkohol, und jetzt war die Küste in Sicht, die Gefahr war vorbei.

Da stand er am Geländer, ein wenig schwach in den Beinen, in den Knien vor allem, und vor ihm lag Frankreich, das Land, das er für Amerika und seine Sache gewinnen wollte.

Der Kapitän, Lambert Wickes, trat zu ihm, ein lärmender, fröhlicher Mann. „Wie geht es heute, Doktor?" schrie er ihm zu durch den Wind. „Danke", antwortete Franklin, „fein wie immer." – „Ich fürchte", schrie der Kapitän, „wir werden's auch heute noch nicht schaffen können." Man hatte vorgehabt, die Loire-Mündung hinaufzufahren nach Nantes. Franklin schaute die Küste auf und ab, die vor ihm lag. „Wie heißt der Ort?" fragte er. „Auray", erwiderte der Kapitän. „Dann gehe ich hier an Land, wenn das möglich ist", entschied Franklin. „Gewiß", antwortete Kapitän Wickes. „Ich treffe die Vorbereitungen. Es wird ein paar Stunden dauern bei diesem Wind." Und er entfernte sich.

Franklin blieb. Der Anblick des lebendigen Meeres, der kräftige Anhauch des Windes taten ihm wohl. In wenigen Stunden also wird er an Land sein, in dem Land, wo er seine nächsten Jahre, vermutlich seine letzten, verbringen wird;

denn er war ein alter Mann, nur wenige Wochen fehlten ihm zum vollendeten einundsiebzigsten Jahre.

Er war kein alter Mann. Daß er jetzt in ein neues Unternehmen hineinging, ins gänzlich Unsichere, das den ganzen Mann erforderte, machte ihn jung. Er war ein Staatsmann und ein Forscher von Weltruf; doch im Grunde war er nicht weiter voran als damals, mit siebzehn, da er, aus der Lehre gelaufen, nach London gekommen war, ohne Mittel, angewiesen allein auf sich selber und das bißchen, was er gelernt hatte. Genauso kahl wie damals England betrat er heute Frankreich. Seine Frau war gestorben, sein einziger Sohn hatte sich zu den Engländern geschlagen, ins Lager der Gegner, und war in den Vereinigten Staaten mit Recht als Verräter geächtet. Er, der Alte, hatte alle seine flüssigen Mittel dem Kongreß als Darlehn zur Verfügung gestellt, das war eine schlechte Vermögensanlage für die kurze Zeit, die ihm noch zu leben blieb. Da war das Beste, was er hatte, das einzige, die Aufgabe, die vor ihm lag, die harte, vertrackte, beinahe unlösbare. Die notwendige, gesegnete Aufgabe, Frankreich für die Sache der Amerikaner zu erobern.

Vorhin, als er mit dem Kapitän Wickes erwogen hatte, ob er hier an Land gehen solle, war sein Gesicht unter der Pelzmütze das eines schlauen, alten Mannes gewesen, die Augen hatten scharf, geradezu mißtrauisch durch die eisengerahmte Brille geblickt, der lange Mund sich gedehnt in einem leisen, verschlagenen Lächeln. Jetzt, allein, nahm er die Brille und die Pelzmütze ab, er bot sein Gesicht dem Winde dar, und es war, wiewohl es sich kaum veränderte, das Gesicht eines anderen Mannes. Die großen, besinnlichen Augen waren frisch und jung, die hohe, weite Stirn, von welcher der Wind das dünne Haar zurückblies, war gebieterisch, das ganze, gerötete Antlitz mit den tiefen Falten quer über die Stirn und entlang der Nase und mit dem schweren, mächtigen Kinn war überaus kräftig, erfahren, entschlossen, kämpferisch.

Er sah das Land seiner Zukunft, er spürte geradezu leibhaft die gewaltige Aufgabe, die nun unmittelbar vor ihm lag, und er fuhr ihr entgegen, fuhr in sie hinein, bereit, ja begierig.

Die beiden Jungen kamen herauf, der siebzehnjährige William Temple Franklin und der sechsjährige Benjamin Bache Franklin. Lachend, sich einer am andern festhaltend, durch die Bewegung des Schiffes bald auf die eine Seite getrieben, bald auf die andere, kamen sie auf ihn zu. Sie waren erfreulich anzusehen, seine beiden Enkelkinder. Der Kleine, Benjamin Bache, der Sohn seiner Tochter, war ein frisches Kind mit einem zarten, blond beflaumten Gesicht. Und was gar den andern anging, William, den Siebzehnjährigen, sah er nicht zum Entzücken aus, der Junge? Wie hübsch und vorwitzig er die große, gerade Nase hinausreckte in den Wind. Und was für einen netten, lustigen, lebensfrohen, roten Mund er hatte über dem etwas schweren Kinn. Das hat er von ihm, dem Großvater, das schwere Kinn. Sonst hat er leider ziemlich viele Eigenschaften des Vaters, darüber darf man sich nicht täuschen lassen durch die Hübschheit und Nettigkeit des Bengels.

Die beiden Knaben waren sehr angeregt. Sie hatten von den Matrosen erfahren, daß keine Aussicht bestand, so bald nach Nantes zu kommen, und sie fragten eifrig, ob man sich nun hier ausbooten lassen werde. Sie freuten sich sehr, als der Doktor ja sagte und sie beauftragte, sich sogleich ans Packen zu machen. „Hast du mein Bad richten lassen?" fragte er William. Der, bestürzt, antwortete, er habe es vergessen. Er vergaß vieles; dafür hatte er eine Reihe anderer Eigenschaften, die sehr liebenswert waren. Auch jetzt zeigte er seine Reue so stürmisch, daß der Großvater seinen Ärger sogleich vergaß.

Das Baden auf dem schwankenden Schiffe war anstrengend. Der Doktor hatte darauf verzichtet, viel Gepäck mitzunehmen, doch nicht verzichtet hatte er auf die Badewanne, die er für seine Sonderbedürfnisse sorgfältig konstruiert hatte; sein langes, heißes Bad war ihm wichtig. Die Wanne war gebaut aus sehr festem, edelm Holz, und sie hatte eine hohe, muschelförmig geschwungene Rückenlehne, so daß man bequem in ihr saß. Auch konnte sie mit einem Deckel verschlossen werden, dergestalt, daß nur Schultern, Hals und Kopf des Badenden herausragten. Auf diese Weise spritzte das Wasser nicht, und es konnten Leute, mit denen sich der Alte während seines langen Bades unterhalten wollte, auf der Wanne sitzen.

Heute hatte der Badende keine andere Gesellschaft als die seiner Gedanken; seine Enkel waren mit dem Packen beschäftigt. Er saß in der Wanne, seine müden Glieder freuten sich des warmen Wassers, sacht und vorsichtig kratzte er an seinem Schorf und ließ die Gedanken spazierengehen.

Nein, sehr gewissenhaft ist er nicht, William, der Junge. Sowie ihm etwas anderes, Angenehmeres in den Sinn kommt, vergißt er, was ihm aufgetragen ist. Seinem Vater, William, dem Verräter, kann man das nicht nachsagen. Der, bei aller Genußsucht, vergißt nie die Karriere. Er sieht gut aus, der ältere William, er hat nicht das Schwere, Langsame, das ihm eignet, dem alten Benjamin. Er ist viel eleganter, er hat etwas Gewinnendes. Der junge William hat sich dagegen gesträubt, aus der Nähe des Vaters fort und mit ihm, dem Alten, nach Frankreich zu gehen. Aber da hat er zugegriffen, der Alte. Da gab es keinen Augenblick des Zögerns. Der Junge mußte mit herüber, nach Paris. Der Junge soll aufwachsen in einer gesunden Atmosphäre, fern dem mißratenen Vater, der sich durch die Lockungen und Gelder der Londoner Regierung hat verführen lassen und der jetzt in Litchfield sitzt, im Gefängnis, mit Recht. Aber man muß sehr aufpassen auf den kleinen William. Die böse, rücksichtslose Rechenhaftigkeit des Vaters hat er nicht, wohl aber eine gedankenlose Lebenslust. Und er weiß genau, daß man ihm vieles, alles nachsieht, weil er ein so hübscher Bengel ist. Ja, lebenslustig sind wir, wir Franklins. Ich habe den älteren William nicht im Ehebett gezeugt, der hat seinen William nicht im Ehebett gezeugt, und es sieht nicht aus, als ob dieser kleine William in Frankreich nur eheliche Kinder zeugen wird. Das hat sich vererbt, meine Lebenslust. Viele meiner Eigenschaften haben sich vererbt auf Sohn und Enkel, und es ist sonderbar, wie verschieden wir gleichwohl sind, alle drei, bei so großer Ähnlichkeit. Eine Winzigkeit genügt, und das Wesen eines Menschen ist von Grund auf anders.

Der Doktor schellte, ließ sich heißes Wasser nachgießen.

Auch die Eltern des kleinen Benjamin sind nicht gerade bedeutend. Die Mutter, Sally, ist eine nette, wohlmeinende Frau, er, der Doktor, hat sie sehr gern, sie hat ihren gesunden Menschenverstand, aber bedeutend ist sie nicht. Und ihr Mann, Richard Bache, ist ein wackerer Mann, genau das, aber auch nicht ein Quentchen mehr. Natürlich war es den Eltern nicht recht, daß er ihnen den kleinen Benjamin wegnahm. Doch es ist keine Frage, daß er in Frankreich, unter seiner Aufsicht, besser erzogen werden wird als in Philadelphia unter der Leitung von Mr. und Mrs. Bache. Überdies hat er ja seinen Schwiegersohn entschädigt, er hat ihn zu seinem Stellvertreter im Postministerium gemacht. Da kann nicht viel verdorben werden, da ist der wackere Richard gut am Platz. Seine, des alten Benjamin, Feinde werden natürlich Geschrei erheben über jede Maßnahme, die Richard trifft und nicht trifft. Sollen sie. Er hat weiß Gott für Amerika und die amerikanische Sache genug geopfert; es muß ihm erlaubt sein, auch den Seinen ein bißchen weiterzuhelfen.

Es sind viele in Philadelphia, die froh sind, wenn sie gegen ihn losknurren können. Auch als er mit seinem Vorschlag kam, Sondergesandte nach Frankreich zu delegieren, haben sie immer neue, mißtrauische Einwände gehabt. Die alte, tiefe Feindschaft vom Französisch-Indianischen Krieg her ist nicht tot. Nach wie vor betrachten viele die Franzosen als Erbfeinde, als Götzendiener, als Sklaven einer absoluten Monarchie, als leichtsinnige Burschen, denen man nicht trauen kann. Es hat Mühe gekostet, die Kollegen in Philadelphia zu bekehren. Sie haben es schließlich begriffen, daß Frankreich in dem Krieg gegen den König von England der gegebene Bundesgenosse ist und daß man ohne Frankreichs Hilfe nicht siegen kann. Aber viel Hoffnung haben sie ihm nicht mit auf den Weg gegeben, als sie ihn herüberschickten. Es ist auch beinahe aussichtslos, die französische Allianz zustande zu bringen. Sei dem wie immer, er hat schon mancherlei Aussichtsloses unternommen, und es ist geglückt. Der Mann im Bade dehnte sich, die Lippen verpreßt, daß sie noch schmaler wurden. Auch dies wird glücken.

Geld hat man ihm auch keines mitgegeben, der Kongreß hat kein Geld, er wird seine Not haben, den eigenen Unterhalt halbwegs würdig zu bestreiten. Dreitausend Dollar, damit soll er die Vertretung der Vereinigten Staaten einrichten und aufrechterhalten. Die „Reprisal" hat noch eine Ladung Indigo, die er verkaufen und verwenden kann. Üppig ausgestattet ist er nicht, der Vertreter der Neuen Welt. Er muß ins Blaue hinein leben.

Dabei weiß er das Geld zu schätzen und ist auf seinen Vorteil bedacht. Ist auch nicht allzu ängstlich in der Wahl der Mittel, wenn es darum geht, sich den Sack zu füllen. Aber es gibt Grenzen, und er kennt sie. Da haben zum Beispiel die Engländer ihm Geld, Ämter und hohe Titel angeboten, wenn er für eine Verständigung einträte. Der Mann im Bad verfinstert sich. Es gibt Leute in Philadelphia, die ein solches Angebot sehr ernsthaft bedenken würden. Sein Sohn William zum Beispiel hat dergleichen Angebote sehr ernsthaft bedacht. Er aber, der Mann im Bade, kennt die Grenze und würde, bevor er einer solchen „Verständigung" das Wort redete, bedenkenlos einen Strick um seinen alten Hals nehmen.

Die in Philadelphia werden ihm wenig Dank wissen für die Mühe, die er in Paris haben wird. Nirgendwo in der Welt schaut man auf den alten Benjamin Franklin mit so kritischen Augen wie in Philadelphia. Nicht nur die vielen Tories dort hassen ihn, die Loyalisten, die Shippen, die Stansbury, die Kearsley und wie sie alle heißen, sondern auch unter den Republikanern, sogar im Kongreß hat er seine Gegner, die „Aristokraten", die ihn nicht mögen, und der Beschluß, gerade ihn als Gesandten nach Paris zu schicken, ist nur nach langem Hin und Her zustande gekommen. Der Mann im Bade lächelt, ein weises, grimmiges, mildes und bitteres Lächeln. Da sind welche, denen ist er nicht repräsentativ genug für Paris. Zwar ist er, abgesehen von dem General Washington, der einzige Amerikaner von Weltruf, aber er ist und bleibt der Sohn eines Seifensieders, er kann es nicht aus der Welt schaffen, daß er eine Zeitlang kein Geld gehabt hat, und er ist nur Doktor honoris causa und hat nicht regulär studiert.

Nein, er wird aus Philadelphia wenig Anerkennung zu hören bekommen und wenig guten Rat, dafür viele dringliche Aufforderungen, mehr aus der französischen Regierung herauszuholen, und viele bittere Vorwürfe, daß er nicht mehr herausgeholt hat. Er wird sich nicht darüber ärgern. Er ist älter geworden, weiser, er kennt die Menschen.

In London sagen sie ihm nach, nur aus verletzter Eitelkeit habe er die Versöhnung der Kolonien mit dem König zu Fall gebracht, nur um sich zu rächen für jene schmachvollen Vorgänge im Geheimen Kronrat.

Wenn er an jene Vorgänge dachte, dann kam dem Alten bei aller Abgeklärtheit noch immer das Blut ins Wallen. Gut, es war nicht ganz korrekt gewesen, daß er, ein Beamter des Königs, jene Briefe des Königlichen Gouverneurs veröffentlicht hatte, welche die Scharfmacherei und den bösen Willen der Regierung klärlich bewiesen. Aber die Lage war so gewesen, daß die Veröffentlichung der Briefe ein erlaubtes Mittel war, und jeder der Herren, die an jener Sitzung teilnahmen, hätte sie an seiner Stelle genauso veröffentlicht; daran war kein Zweifel. Trotzdem behandelten sie ihn, da sie ihn einer formalen Ungehörigkeit überführen konnten, wie den niedrigsten Lumpen. Wie er dagesessen war, eine Stunde lang, und die wüsten Beschimpfungen des Kronanwalts hatte über sich ergehen lassen müssen. Wie sie sich zugelächelt hatten, der Erste Minister und alle die Lords, wie sie genickt hatten und die Köpfe zusammengesteckt und ihn angestarrt, als wäre er ein Monstrum verbrecherischer List und Gemeinheit. Seinen guten, schweren, blauen Manchesteranzug hatte er angehabt, der Anzug war neu damals, und er war neben dem Kamin gesessen, was ihn noch mehr hatte schwitzen machen. Aber gezeigt hat er es nicht, wie es in ihm wütete. Nicht verzogen hat er sein Gesicht, kein Wort erwidert hat er. Schweigen war noch die vernünftigste Antwort auf die Verdrehungen und albern frechen Beschimpfungen des Kronanwalts und inmitten dieser feindseligen Lords. Wie der Mann gedonnert hat, wie er auf den Tisch gehauen hat. Es war widerwärtig, es war von den übeln Erfahrungen seines Lebens die übelste. Achtundsechzig Jahre alt war er damals, ein Wissenschaftler von Weltruf, der Vertrauensmann seines Landes, und mußte sich herunterputzen lassen wie ein Schulbub, der seinem Vater Geld aus der Lade gestohlen hatte.

„Zorn ist eine zeitweilige Verrücktheit", das hat er oft geschrieben, und das hat er sich auch vorgesagt damals, und er hat sein Gesicht ruhig gehalten. Aber innerlich hat er gekocht vor Zorn, und soviel ist gewiß, es ist, als er damals am Kamin saß, reglos, schwitzend, und den Beschimpfungen des Kronanwalts zuhörte, eine Veränderung in ihm vorgegangen und eine tiefe Erkenntnis: daß nämlich keine Verständigung möglich war und möglich sein wird mit den Lords des Königs von England. Siebzehn Jahre lang war er zu Gast gewesen in den Häusern dieser großen Herren, er war dort ein und aus gegangen, sie hatten sich liebenswürdig mit ihm unterhalten, hatten seiner Gelehrsamkeit, seinem Forschergeist, seiner Philosophie jede Anerkennung gezollt; jetzt aber saßen sie da und hörten sich grinsend an, wie dieser Schreier von einem Kronanwalt ihn gassenjungenhaft verleumdete. Jetzt kam es an den Tag. Jetzt zeigte es sich, wie sie sich freuten, ihn verhöhnen zu können. Sie verhöhnten ihn, weil er nicht einer ihresgleichen war, kein Adeliger, sondern ein einfacher Bürger aus dem Mittelstand, der Sohn des Seifensieders, der es gewagt hatte, aufzutreten und den Mund aufzutun für die andern kleinen Leute.

Tief eingebrannt hat sich ihm diese Stunde. Und wenn der Zorn von damals verraucht sein sollte, nicht verraucht ist die Erkenntnis.

Und nicht verraucht auch ist der Grimm über das, was jener Verhandlung folgte, der Grimm über das Verhalten seines Sohnes William. Er hat William damals sachlich berichtet und ihm geraten, sein Regierungsamt aufzugeben. „Du weißt nun, wie man mich behandelt hat", hat er ihm geschrieben, „ich überlasse es Dir, darüber nachzudenken und Deine Folgerungen zu ziehen." Der Junge hat nachgedacht und seine Folgerungen gezogen. Er hat seinen Freunden in England erklärt, daß er die politischen Ansichten seines Vaters keineswegs teile. Darüber kann er jetzt im Gefängnis von Litchfield nachdenken.

Das Wasser in der Wanne wurde lau. Soll er klingeln und sich ein zweites Mal heißes Wasser zugießen lassen? Es lohnt nicht mehr. Er muß sich bald zurechtmachen für die Ausbootung. Noch zwei Minuten will er in der Wanne bleiben.

Es hat keinen Sinn, ergrimmt zu sein. Man muß das Leben nehmen, wie es ist, dumm, großartig, gescheit, schlecht, verrückt und sehr, sehr angenehm. Man muß die Schwächen der Menschen hinnehmen als etwas Gegebenes, man muß sie in seine Rechnung einsetzen und aus ihnen Vorteile für die gute Sache ziehen.

So hat er's gehalten, so wird er's weiter halten. Verzagt hat er nie, auch in den übelsten Situationen nicht. Er glaubt an sein Land, er glaubt an die Vernunft, er glaubt an den Fortschritt. Er weiß, was ihm eignet, und er weiß, was ihm fehlt, und er glaubt, daß er auch heute noch zu diesem Fortschritt beitragen kann. Er ist alt, etwas wackelig trotz seines robusten Aussehens, behindert durch die Gicht und einen lästigen Ausschlag, behaftet mit einem zweifelhaften Sohn, einem reaktionären Opportunisten. Aber er fühlt sich mit alledem noch kräftig genug, in dieses Frankreich zu gehen und es zu gewinnen für sein Amerika.

Langsam, vorsichtig, stieg der Greis aus der Badewanne, leise ächzend, nicht ohne Wohlbehagen. Da saß er, triefend, groß, dicklich, vornübergeneigt, an dem durch ein Eisengitter gesicherten Kohlenbecken und trocknete sich behutsam ab, das dünne Haar klebte an dem mächtigen Schädel.

Dann, völlig nackt, ging er hinüber zu der Lade, in welcher er seine wichtigsten Dokumente verwahrte, sein Beglaubigungsschreiben, Instruktionen des Kongresses, andere geheime Papiere. Er entnahm dieser Lade ein Dokument: „Vorschläge eines Friedens zwischen England und den Vereinigten Staaten, welche der sehr ehrenwerte Herr Benjamin Franklin der Regierung Seiner Majestät des Königs von England zu unterbreiten beauftragt ist", und es folgten die Bedingungen eines solchen Friedens. Es hatte sich aber Franklin dieses Dokument mitgeben lassen für den Fall, daß sein Schiff und er von den Engländern sollten gefangen werden. Für diesen Fall wollte er ein Dokument bei sich haben, das ihm die geheiligte Eigenschaft eines Friedensabgesandten verleihen und ihn so vielleicht vor dem Strick bewahren sollte. Jetzt, im Angesicht der Küste Frankreichs, brauchte er das Dokument nicht mehr; im Gegenteil, in Frankreich kann es ihm nur hinderlich sein. Er nahm das umständliche Schriftstück aus der Lade, zerschnitt es in kleine Fetzen, warf die Teile in das Kohlenbecken, sah zu, wie sie verbrannten.

Das kleine Boot mit Benjamin Franklin, William Temple Franklin und Benjamin Franklin Bache tanzte über die spritzenden, graugrünen, weißbeschäumten Wellen und erreichte beschwerlich das Ufer. Erstaunte, mißtrauische, dörfliche Bretonen nahmen die Reisenden in Empfang. Man beschaffte umständlich eine schäbige Kutsche. Die alten Gäule setzten sich in einen armseligen Trab, die „Reprisal" feuerte zum Abschied eine Salve, und Franklin fuhr hinein in das Land seiner Aufgabe und seiner Hoffnung.

In Nantes wohnte er im Hause des Agenten Gruet, der mit dem Kongreß handelte. Franklin war erschöpft und hätte gern ein paar Tage Rast gehabt. Es gab aber wenig Ruhe. Zwar hatte der Kongreß die Bestallung der Vertreter für Frankreich nicht bekanntgegeben, und Franklin ließ nichts von seiner politischen Sendung verlauten. Aber er war ein Forscher von Weltruf, und man schrieb ihm die Loslösung seines Landes von der Krone zu. Es kamen viele, ihm ihre Aufwartung zu machen.

Man überhäufte ihn mit Fragen, aus denen er ersah, wie abgründig tief die Unwissenheit der Frager über sein Land war. Er hörte mit ruhiger Freundlichkeit zu, antwortete karg und entschuldigte seine Einsilbigkeit mit seinem armseligen Französisch.

Sein Wirt, der Geschäftsmann Gruet, war redselig und hielt es für seine Pflicht, seinen Gast über die Zustände Frankreichs zu unterrichten. Mit Erstaunen erfuhr der Fremdling, daß die Geschäfte Amerikas in Paris und Versailles nicht, wie er vermutet hatte, von seinem Freund und Übersetzer Dubourg betrieben wurden, sondern von einem gewissen Rodrigue Hortalez, alias Caron de Beaumarchais.

Von Beaumarchais hatte Franklin natürlich gehört. Er hatte auch Streitschriften in der Hand gehabt, welche dieser Mann anläßlich eines Rechtsfalles veröffentlicht hatte. Sie waren ihm zu brillant, diese Pamphlete, zu schnell, zu oberflächlich, zu rhetorisch, sie entbehrten der Weisheit. Monsieur de Beaumarchais, fand Franklin, war ein Sensationsjournalist, und es war ihm nicht angenehm, daß in Frankreich gerade dieser Mann als der wichtigste und tatkräftigste Vertreter der amerikanischen Sache angesehen wurde.

Die Kaufleute der reichen Stadt Nantes ließen es sich nicht nehmen, Franklin einen großen Ball zu geben. Nun hatte der Doktor zwar ein Staatskleid mit, den kostbaren, blauen Manchesteranzug, den er damals in London in jener schmachvollen Sitzung getragen hatte. Doch dieser Anzug lag wohlverpackt in einem vielfach verschnürten Koffer, und eigentlich wollte ihn Franklin nicht vor seiner Ankunft in Paris herausnehmen. Er beschloß, einen schlicht bürgerlichen, braunen Rock anzuziehen.

Der braune Rock schien den Bewohnern der Stadt Nantes die rechte Tracht für einen selbstgenügsamen Weisen aus dem naturnahen Westen. Franklins Erscheinen wurde ein großer Erfolg. Seine freundlichen, langsamen, betrachtsamen Manieren stachen wirkungsvoll ab von der hurtigen, skeptischen, blitzend galanten Art, wie sie nach dem Vorbild der Pariser Salons bei einheimischen Gesellschaften üblich waren. Insbesondere die Frauen waren hingerissen von der altfränkischen, gravitätischen Liebenswürdigkeit des berühmten Mannes. Die ganze Stadt sprach von nichts anderm als von ihm. Wo er sich zeigte, huldigte man ihm, und die Pelzmütze, die eisengerahmte Brille wurden zum Symbol.

Unter den vielen Besuchern, die dem Doktor während seines Aufenthaltes in Nantes ihre Aufwartung machten, war ein junger Mensch, knabenhaft, sehr mager, mit fallenden Schultern, mit großen, braunen, ungewöhnlich strahlenden Augen in dem hübschen, vollen Gesicht, ein gewisser Paul Theveneau.

Paul war an der Küste geblieben, um Franklin sogleich nach seiner Ankunft seinen Respekt zu bezeigen. Jetzt also stand er vor ihm und strahlte ihn an, sichtlich ergriffen von dem Gefühl, in der Atemnähe des verehrten Mannes zu sein. Franklin, bewegt von soviel naivem Enthusiasmus, lächelte ihm freundlich zu. Als indes der Junge erklärte, er sei hier, um als Vertreter der Firma Hortalez und ihres Chefs, des Monsieur de Beaumarchais, Franklin zu begrüßen, verschwand das Lächeln und die Freundlichkeit, und bestürzt nahm Paul wahr, wie das fleischige, massige Antlitz auf einmal keineswegs mehr das eines gütigen Weisen war. Aus großen, strengen Augen sah der Alte ihn an, die Brauen schienen sich noch höher zu wölben, der lange Mund war verschlossen, die Furchen der hohen Stirn vertieft; mächtig, verwittert, drohend saß der Kopf auf den breiten Schultern. „Und sie sind schon auf See, sagen Sie, diese Transporte des Monsieur de Beaumarchais?" fragte Franklin; die nicht laute Stimme klang höflich, Abneigung, Argwohn waren kaum merklich.

Paul hatte bisher englisch gesprochen, nicht ohne Mühe, jetzt fiel er in sein gewohntes Französisch zurück. Da er sich in der Verteidigung fühlte, rühmte er mit doppelter Wärme die Leistung seines bewunderten Freundes Pierre. Die drei Schiffe „Victoire", „Alexandre", „Eugénie" seien auf See, erklärte er, sie brächten nach Amerika achtundvierzig Kanonen, sechstausendzweihundert Gewehre, zweitausendfünfhundert Granaten, dazu Uniformbedarf in größtem Umfang. Außerdem warteten in den Lagerhäusern Monsieur de Beaumarchais' auf den Transport Waffen und Monturen für insgesamt dreißigtausend Mann, und aus dem Kopf zählte er die einzelnen Posten auf.

Franklin hörte zu, das große Gesicht unbewegt. Was der junge Mensch da ankündigte, das war eine Dienstleistung von beträchtlicher Bedeutung für Kongreß und Armee. Aber er konnte den Widerwillen nicht loswerden, den ihm der Name Beaumarchais erregt hatte, und nicht den Unmut, daß sein Freund, der wackere, würdige Dubourg, ausgeschaltet schien. „Ich darf wohl annehmen", sagte er, „die französische Regierung hat Monsieur de Beaumarchais nach Kräften unterstützt." – „Ja und nein, Herr Doktor", erwiderte Paul.

„Gewiß war man in Versailles daran interessiert, daß Kriegsbedarf nach Amerika geliefert werde, aber ebenso bemüht war man, dem englischen Gesandten keinen Anstoß zu geben. Lassen Sie's mich sagen, wie es ist, Doktor Franklin", fuhr er mit Wärme fort. „Diese Waffen für Ihr Land hat mit Einsatz seines ganzen Talentes und mit Übernahme großen Risikos Monsieur de Beaumarchais allein beschafft, mein Freund, aus eigenem Antrieb und unter Überwindung ungeheurer Schwierigkeiten." Franklin betrachtete aus seinen weiten, gewölbten, ruhigen Augen den Erregten. „Es ist sehr erfreulich", sagte er gemessen, „daß Waffen für unsere Soldaten unterwegs sind. Wir können sie gut brauchen. Wir sind unser nicht viele, und auf die Dauer wird es schwerhalten, allein den Kampf für die Sache der Menschheit zu führen. Ich danke Ihnen für Ihre Mitteilung, Monsieur", schloß er, auch er sprach jetzt französisch, ein langsames, abgehacktes, hölzernes Französisch.

Paul sah, daß er entlassen war. Er war betreten. Er hatte dieser Zusammenkunft mit hoher Erwartung entgegengesehen, und nun behandelte ihn Franklin wie einen faulen Lieferanten. Er konnte es nicht fassen, daß dieser Mann, der für seine Sache Amt, Vermögen, Leben eingesetzt hatte, so kalt war, so zweiflerisch überlegen; doch Paul bemühte sich, kein voreiliges Urteil zu fällen. Er zog sich bescheiden zurück und beschloß, ein zweites Zusammensein mit ihm zu suchen.

Die Gelegenheit ergab sich, als Monsieur Gruet drei Tage später zu Ehren Franklins ein Abendessen für einen kleinen Kreis von Freunden veranstaltete.

Mit freudigem Erstaunen nahm Paul wahr, wie anders sich der Doktor dieses Mal gebärdete. War Paul bei jener ersten Begegnung bestürzt gewesen über die ablehnende Starrheit des Mannes, heute begriff er, warum sich alle Welt von ihm bezaubern ließ. Er selber ließ sich gerne bestricken von Franklins gravitätischer Anmut. Es war seltsam, wie die umständlichen kleinen Scherze und etwas hausbackenen Anekdoten, die der Doktor in die Unterhaltung einstreute, wie alles, was er sagte, auch wenn es weiter keine Bedeutung hatte, auf besondere Art durchtränkt schien von seinem Wesen.

Man sprach an diesem Abend viel von religiösen Dingen. Die freigeistigen Anschauungen der Pariser Gesellschaft hatten abgefärbt auf die Tafelrunde, die sich hier in Nantes versammelt hatte. Man amüsierte sich über die abergläubischen Vorstellungen der Bauern in der Umgebung, man witzelte bösartig über die Verwandtschaft dieser Vorstellungen mit denen der katholischen Kirche und erzählte frivole Anekdoten über die Geistlichen.

Franklin hörte freundlich und reserviert zu. Man erwartete wohl, daß auch er sich äußern werde, doch er schwieg. Schließlich fragte ihn einer geradezu, wie denn nun er über die Geistlichen denke. „Ich möchte da nicht verallgemeinern", antwortete er in seinem langsamen Französisch. „Es gibt unter den Geistlichen ernsthafte Männer, die sich bemühen, ihren Glauben mit den Erkenntnissen der Wissenschaft in Übereinstimmung zu bringen. Es gibt auch andere, die ihre Freude daran haben, gegen die Wissenschaft loszudonnern." Und behaglich erzählte er von Erfahrungen, die er selber gemacht hatte, als er seinen Blitzableiter installierte. Hatte da zum Beispiel ein Geistlicher erklärt, solche Tätigkeit heiße Gott versuchen; wenn man sich daran mache, die Artillerie des Himmels zu kontrollieren, so sei das ein Unternehmen, dem die Kraft eines Sterblichen nicht gewachsen sei. Ein anderer hatte gepredigt, der Blitz sei eines der Mittel, die Menschheit für ihre Verbrechen zu strafen und sie vor der Verübung weiterer Verbrechen zu warnen; der Versuch, die volle Auswirkung des Blitzes zu verhindern, bedeute somit einen Eingriff in die Rechte der Gottheit und sei Sünde.

Aber die Freigeister ließen nicht locker; sichtlich wollten sie aus Franklin ein unzweideutiges Bekenntnis herausholen, das sie verwerten könnten. „Man hat uns berichtet, Doktor Franklin", sagte einer, „Sie hätten in einem Traktat über ‚Freiheit und Notwendigkeit, Lust und Pein' das Fortleben der Seele nach dem Tode angezweifelt und den theologischen Unterschied zwischen Mensch und Tier bestritten." – „Hab ich das?" sagte freundlich Franklin. „Ja, ja, ich habe in meiner Jugend manches geschrieben, was ich besser nicht geschrieben hätte, und ich bin nur froh, daß diese Traktätchen keinen Erfolg hatten und also auch keine Verbreitung fanden." Und er trank von seinem Wein, einem guten Burgunder, den der Hausherr seinem kennerischen Gast vorgesetzt hatte.

Paul nahm an, jetzt müßten die Zudringlichen endlich gemerkt haben, daß der Doktor dafür hielt, das seien Fragen, die jeder mit sich allein abzumachen habe. Aber die Freigeister ließen sich nicht einschüchtern, und ihr Wortführer fragte dreist und geradezu: „Würden Sie uns darüber belehren, Doktor Franklin, wie Sie jetzt über diese Dinge denken?" Der Alte schaute den Sprecher an, voll und gelassen, und schwieg so lange, daß die andern schon betreten wurden. Dann aber tat er den Mund auf und sagte freundlich: „So wie damals denke ich nicht mehr, das ist gewiß. Jetzt, im Gegenteil, frage ich mich zuweilen: wozu eigentlich sollte man die Möglichkeit der Existenz eines höchsten Wesens und der Unsterblichkeit der Seele schlechthin leugnen?" Der Freigeist biß sich auf die Lippen. „Trotzdem, verehrter Doktor Franklin", bestand er, „gehören Sie zu uns. Sie haben niemals durch irgendeine Äußerung, die hätte mißdeutet werden können, dazu beigetragen, den Aberglauben auf dieser Erde zu vermehren." – „Ich fürchte, Monsieur", antwortete lächelnd Franklin, „ich muß Sie enttäuschen. Ich war nämlich immer darauf bedacht, die Freude anderer an ihren religiösen Gefühlen nicht zu stören, auch wenn mir ihre Meinungen schwer erträglich oder geradezu absurd erschienen. Ich bin in diesem Bestreben ziemlich weit gegangen. Sie müssen wissen, wir haben in meinem Philadelphia Sekten jeder Art, auch solche, die einander scharf widersprechen. Ich habe allen ohne Unterschied Freundlichkeit bezeigt und jeder Sekte für die Errichtung oder Erneuerung ihrer Kirche was beigesteuert. Wenn ich heute sollte sterben müssen, bin ich im Frieden mit allen. Ich finde nämlich, Monsieur, wenn man schon tolerant ist, dann soll man nicht gerade gegen die Gläubigen intolerant sein." Er sagte das aber freundlich und ohne jede Schärfe, so daß nicht einmal die Freigeister aufgebracht waren.

Immerhin wollten sie das letzte Wort behalten. „Könnten

Sie uns darüber aufklären", fragte ihr Sprecher, „warum Sie sich niemals öffentlich zum Glauben an ein höchstes Wesen bekannt haben?" Franklin, mit einem kleinen Schmunzeln, erwiderte: „Ich kann mir nicht vorstellen, daß ein höchstes Wesen auf ein solches öffentliches Bekenntnis sollte Gewicht legen. Wenigstens habe ich niemals wahrgenommen, daß es einen Unterschied gemacht hätte zwischen Gläubigen und Ungläubigen, indem es etwa die Ungläubigen durch besondere Kennzeichen seines Mißfallens brandmarkte."

Paul mischte sich ein. Ehrerbietig fragte er: „Würden Sie uns ein Wort darüber sagen, Doktor Franklin, ob und wieweit Ihr Glaube an Gott Ihre praktischen Handlungen bestimmt?" – „Ich denke", antwortete Franklin, „wir verehren das höchste Wesen am besten dadurch, daß wir uns anständig verhalten zu den andern Geschöpfen, die es hervorgebracht hat. Um solche Anständigkeit habe ich mich zeitlebens bemüht."

Der Freigeist seinesteils, der sich noch immer nicht geschlagen geben wollte, drängte: „Aber Sie bezweifeln doch wenigstens die Göttlichkeit des Jesus von Nazareth? Oder auch das nicht?" fragte er herausfordernd, da ihm Franklin nachdenklich das große Gesicht zuwandte. „Diese Frage habe ich nicht studiert", antwortete der Doktor, „und ich halte es für überflüssig, mir jetzt noch darüber den Kopf zu zerbrechen. Sehen Sie, junger Herr, ich bin alt und werde wohl in absehbarer Zeit Gelegenheit haben, die Wahrheit ohne viel Mühe zu erfahren."

So, umwegig und halb ironisch, in seinem unbeholfenen Französisch, antwortete Franklin den naseweisen Freigeistern. Paul freute sich. Was der Alte da geäußert hatte, besagte alles und besagte gar nichts, und Paul bewunderte die überlegene Klugheit und Schelmerei, mit welcher er die lästigen Frager abgeführt hatte.

Andern Tages reiste Franklin ab, nach Paris. Paul wäre ums Leben gern mitgefahren. Er war zuzeiten schüchtern und zuzeiten frech, und er konnte, wenn er sich was in den Kopf gesetzt hatte, sehr beharrlich sein. Jedem andern hätte er seine Begleitung angetragen, doch Franklin mit einem solchen Vorschlag zu kommen, scheute er sich.

Wohl aber fand er sich ein, seiner Abfahrt beizuwohnen.

Unten im Hof stand angeschirrt die große, bauchige Reisekutsche Monsieur Gruets, man traf die letzten Vorbereitungen. Franklin war noch oben im Zimmer, um ihn ein paar Leute. Man brachte ihm den Pelzmantel, die Pelzmütze, die mächtigen Handschuhe, den aus Holz vom Apfelbaum geschnitzten Stock.

Der Doktor, während man ihm in den Mantel half, sprach mit Paul in seiner ruhigen, freundlichen Art. „Ich danke Ihnen, mein Freund“, sagte er, „für die wertvollen Informationen, die Sie mir gebracht haben.“ Paul errötete tief vor Stolz, daß ihn der Alte seinen Freund nannte. Franklin war jetzt fertig, massig stand er in seinen Pelzen, mächtig unter der Kappe schaute das Gesicht her mit dem vorgeschobenen, schweren Kinn und den starken Brauen, Paul war dünn und winzig neben dem gewaltigen Greis. „Es ist eine harte Nuß, die ich da in Paris zu knacken habe“, sagte er, beschwerlich atmend in seinen Pelzen, leicht ächzend, so leise, daß nur gerade Paul ihn hören konnte. Sie standen jetzt am Fenster, drunten in dem verschneiten Hof luden kräftige Packer die letzten Stücke in den Wagen. Es waren Kisten, umspannt mit eisernen Rahmen, Behältnisse, in denen Franklin die wichtigsten seiner Akten und Bücher mit sich führte. Einer der Männer hob an, ein zweiter half, die schwere Kiste wollte nicht hoch. Ein dritter kam dazu. Aber der erste winkte ab. „Laß nur“, kam eine keuchende Stimme vom Hof herauf durchs Fenster, „laß nur, es geht schon, ça ira“, und er hob die Kiste krachend in den Wagen.

„Ça ira, mon ami, ça ira“, sagte mit seiner ruhigen, freundlichen Stimme der Alte zu Paul, und ein ganz kleines Lächeln war um seinen langen Mund, während er, sich stützend auf Paul, etwas mühsam hinunterging zu der Reisekutsche, wo seine Enkel ihn erwarteten.

Letzte Station machte man in Versailles. Man hätte nach Paris durchfahren können, doch Franklin fühlte sich zu müde. Er nahm Zimmer im Gasthof „De la Belle Image“.

Noch vor dem Abendessen kam Besuch aus Paris, ein großer, dicker, imposanter Herr, über dem Bauch eine mit vielen Blumen bestickte Atlasweste, Silas Deane. Er war freudig erregt, leuchtete übers ganze Gesicht, wollte die Hand Franklins nicht loslassen. Sogleich stürzte er sich ins Erzählen, wußte nicht, wo anfangen, wo aufhören. Die komplizierten Verhandlungen mit dem Grafen Vergennes, der Spionagedienst und die ständigen Beschwerden des englischen Botschafters, die Schiffe, die immer wieder zurückgehalten wurden, die Offiziere, die er angeworben hatte und nicht zahlen und nicht transportieren konnte, der Kongreß, der ungenügende Antwort und kein Geld schickte. Was für eine Erleichterung, daß endlich Franklin da war, um ihn der schweren Verantwortlichkeit zu entheben. Alle seine Sorgen schüttete der redselige Mann sogleich vor den schweigsamen Franklin hin. Dann, ohne Übergang, kichernd, berichtete er, der englische Botschafter habe, als die bevorstehende Ankunft Franklins ruchbar wurde, darauf gedrängt, Vergennes müsse ihm den Aufenthalt in Paris verbieten. Vergennes habe das auch zugesagt, aber auf den Rat des findigen Monsieur de Beaumarchais habe man den Kurier mit der Weisung, Franklin möge nicht nach Paris kommen, nach Le Havre beordert, wo diese Weisung Franklin nicht erreichen konnte. Und jetzt, da er einmal hier sei, werde man ihn natürlich nicht ausweisen. Ja, wenn wir unsern Monsieur de Beaumarchais nicht hätten!

Während Mr. Deane seinen berühmten Amtsgenossen so ins Bild setzte, kam ein aufgeputzter, kleiner Negerbote mit einem Brief für Franklin. Monsieur Caron de Beaumarchais teilte dem großen Mann aus dem Westen vielwortig mit, er würde sich glücklich schätzen, wenn er ihm noch heute seine Aufwartung machen dürfte. Franklin sah mit Unbehagen auf das schön geschriebene, leicht parfümierte Billett. Ließ dann höflich erwidern, er fühle sich zu müde, Monsieur de Beaumarchais heute zu empfangen.

Die Reise und das Gerede Mr. Deanes hatten ihn wirklich erschöpft, und er war froh, als sein Besucher sich empfahl. Da aber traf ein neuer Gast ein, den er nicht abweisen wollte, Doktor Barbeu Dubourg.

Doktor Dubourg umarmte Franklin, klopfte ihm den Rükken; die beiden alten, schweren Männer füllten das kleine Zimmer des Gasthofs „De la Belle Image" beinahe ganz aus. Wieder und wieder versicherte Doktor Dubourg, wie jung und wohlerhalten Franklin, und Franklin, wie jung und wohlerhalten Dubourg aussehe. In ihrem Innern waren beide betrübt, wie alt der andere geworden sei, und Franklin sagte sich melancholisch: Da lüg ich wieder einmal, zehn Grabsteine können's nicht besser.

Dubourg war das Herz voll, und der Mund ging ihm über. Lustig und wirr durcheinander erzählte er. Erzählte von den gemeinsamen Freunden, von der Akademie, von neuen Werken über die Prinzipien der Physiokraten, von der Entlassung des Finanzministers Turgot, von seinen eigenen Übersetzungen der Werke Franklins, von dem traurigen Zustand der Staatsfinanzen, von dem neuen Finanzdirektor Necker, von Vergennes, von Intrigen des Hofes. Er sprach englisch, er sprach es nicht schlecht, aber in der Erregung geriet er immer wieder ins Französische.

Ein dutzendmal wiederholte er, was es für ein Segen sei, daß man endlich Franklin hier habe. Nichts gegen den beflissenen, patriotischen Silas Deane, aber der habe denn doch nicht das Format, das revolutionäre Amerika zu vertreten. Da sei es kein Wunder, daß sich ein sensationslüsterner Komödienschreiber wie dieser Monsieur de Beaumarchais vor Hof und Stadt als *der* Anwalt Amerikas habe aufspielen können, so als ob alle europäische Tätigkeit für die Dreizehn Staaten in seinem Hause zusammenliefe.

Franklin selber, als ihm vorhin Silas Deane enthusiastisch von den Geschäften Monsieur de Beaumarchais' berichtet, hatte Unbehagen verspürt, und er begriff sehr gut den Zorn seines Freundes Dubourg, der sich beiseite geschoben fühlte. Aber er dachte auch an den Enthusiasmus, mit dem der junge Paul Theveneau seinen Chef rühmte. „Man erzählt mir", sagte er, „dieser Beaumarchais habe ansehnliche Lieferungen bereits auf See gebracht, einige sechstausend Gewehre, ich habe die Ziffern nicht im Kopf." – „Ja, gewiß", gab Dubourg zu, „aber wenn man das Arsenal des Königs und den Geheimfonds des Außenministeriums hinter sich hat, dann ist das keine Kunst." – „Stammt das ganze Geld von der Regierung des Königs?" erkundigte sich Franklin. „Ein weniges haben natürlich auch andere beigesteuert", räumte unwirsch Doktor Dubourg ein. „Aber mag er's herhaben, woher er will", ereiferte er sich, „das schlimme bleibt, daß Paris gerade diesen Menschen als Repräsentanten Amerikas ansieht. Er ist so unernst", und er wiederholte es auf französisch, „er ist so durch und durch unseriös. Nun", tröstete er sich, „das hört jetzt auf. Da Doktor Franklin da ist, hat natürlich dieser Beaumarchais ausgespielt." Und er klopfte Franklin zärtlich den Rücken.

Dann, beim Abendessen, sprach man von literarisch-geschäftlichen Dingen. Monsieur Rouault, der Verleger, wollte Franklins volkstümliches Büchlein „Der Weg zum Wohlstand" in Dubourgs Übersetzung in einer großen Auflage herausbringen unter dem Titel: „La Science du Bonhomme Richard." Doktor Dubourg glaubte, die Übersetzung sei ihm besonders geglückt, der behagliche Ton liege ihm. Und während man reichlich und mit sehr gutem Appetit aß, las Doktor Dubourg Franklin dessen Kalendergeschichten und Sprüche auf französisch vor.

Andern Tages, begleitet von den Herren Deane und Dubourg, fuhr Franklin nach Paris. Dort installierte man sich im Hôtel d'Hambourg, wo Mr. Deane bisher gewohnt hatte. Man war sehr beschränkt im Raum, und William, der die Akten auspacken und ordnen sollte, kam in der Enge nicht zurecht. Es war alles sogleich in heller Unordnung, und der Junge stand mit einem hübschen, hilflosen, doch keineswegs schuldbewußten Lächeln davor.

Das Gerücht war Franklin von Nantes nach Paris vorausgeeilt. Kaum hatte sich die Nachricht von seiner Ankunft verbreitet, so stellten sich Bewunderer ein, um ihm ihre Aufwartung zu machen. Unter den ersten Pierre de Beaumarchais. Franklin empfing ihn nicht allein, sondern zusammen mit zwei andern Besuchern. Er war zu ihm sehr höflich, sprach auch anerkennend von Beaumarchais' Leistung für Amerika, blieb aber unpersönlich und hörte freundlich hinweg über Pierres Anregung, er hoffe, er werde bald Gelegenheit haben, sich mit dem Doktor gründlich auszusprechen. Pierre war verblüfft. Doch mit seiner gewohnten Leichtherzigkeit tröstete er sich schnell. Hatte nicht schon Paul ihm erzählt, Franklin habe zuerst auch ihn sehr kühl behandelt, dann aber seine Haltung geändert? Pierre zweifelte nicht daran, daß er den Amerikaner bald für sich gewinnen werde.

Der empfing indessen andere Besucher, es war ihrer eine Reihe, die nicht enden wollte. Man verbeugte sich vor ihm, schüttelte ihm die Hand, umarmte ihn, sprach mit flinkem Französisch auf ihn ein. Er saß da, massig, freundlich, ehrwürdig, das dünne, weiße Haar fiel ihm über die Schulter, er verzog manchmal den breiten Mund zu einem liebenswürdigen Lächeln, hörte viel, sprach wenig.

Vor der Tür des Hôtel d'Hambourg wartete eine große Menge, um den Vertreter Amerikas, der Philosophie und der Freiheit zu Gesicht zu bekommen. Er erschien und war so, wie ihn das Gerücht beschrieben hatte. Er trug die eisenumrahmte Brille und die berühmte Pelzmütze. Man war begeistert. Eigentlich hatte er ausfahren wollen, der Wagen stand bereit. Jetzt, obwohl behindert durch die glitschige Straße und die Kälte, legte er seinen Weg zu Fuß zurück, von dem hübschen, jungen William anmutig unterstützt. Überall begrüßte man den großen Mann ehrerbietig und gerührt. Der lächelte heiter und verschmitzt. Wenn er seinem Lande auf so billige Art einen Dienst leisten konnte, dann wird er den Parisern zu Gefallen seine Pelzmütze gern bis hinein in den Mai tragen.

In den nächsten Tagen widerhallten die Zeitungen, die Salons der Gesellschaft, die Kaffeehäuser von dem Namen Franklin. Lord Stormont war empört, sprach bei Vergennes vor. Der Polizeiminister dachte daran, die Erwähnung des Namens Franklin in der Öffentlichkeit unter Strafe zu stellen, doch Graf Vergennes fürchtete das Lächerliche einer solchen Verordnung, sie unterblieb.

Die Begeisterung wuchs. Was für ein Mann, dieser Erfinder des Blitzableiters, Begründer der Unabhängigkeit Amerikas, Autor von philosophischen und physikalischen Werken höchsten Ranges! Wo gab es einen zweiten, der so große Leistungen mit solcher Schlichtheit verband? So und nur so, patriarchalisch, bepelzt und bebrillt, konnte der wahre Weise ausschauen, der Naturphilosoph, der Bonhomme Richard, der die edelsten Lehren des Altertums mit neuzeitlicher Wissenschaft organisch mischte. Mit der Schnelligkeit, die den Parisern eignete, verbreiteten sie den Ruhm ihres „Franquelin". Monsieur Léonard, der Friseur der Königin, der erste Haarkünstler der Welt, erfand eine neue Haarmode für die Damen, einen hohen, gekrausten Aufputz, der Franklins Pelzmütze nachahmte, und er nannte diese Haartracht „Coiffure à la Franquelin". Über den Kaminen der Pariser Salons erschien Franklins Bild, an den Wänden der Kaffeehäuser, auf Schnupftabakdosen, Taschentüchern. An allen Straßenecken wurde es verkauft, die Schnellmaler hatten zu tun.

Doktor Dubourg brachte seinem Freund ein solches Porträt von der Straße mit. Lächelnd betrachteten die beiden Männer das Bild. Franklin war dargestellt mit der Pelzmütze, der eisengerahmten Brille, dem Stock, gefertigt aus dem Holz des Apfelbaums, jeder Zoll des massigen Körpers ein Biedermann, in Wahrheit ein Bonhomme. Umrahmt war das Porträt von einem lateinischen Vers, der besagte: „Dem Himmel entriß er den Blitz, dem Tyrannen das Zepter." Beinahe immer war Franklins Bild umrahmt von diesem klingenden, antikischen Vers. Es stammte aber der Vers von dem Baron Turgot, dem früheren Finanzminister, einem der Führer der Physiokraten, einem Freunde Franklins.

„Es ist ein guter Vers", sagte, noch das Bild betrachtend, Franklin. „Ja", antwortete Dubourg, „wenn einer ein Freund und Bewunderer von Ihnen ist, dann Turgot." – „Ein Jammer, daß sie ihn gestürzt haben", sagte Franklin. „Aber ich hatte von Anfang an gefürchtet, er werde nicht geschmeidig genug sein für Versailles. Ein Staatsmann darf die Geduld nicht verlieren, er muß sich darein fügen, Umwege zu machen." – „In der amerikanischen Sache jedenfalls", sagte der immer polternde Dubourg, „hat Turgot Geduld genug gezeigt. Keinen Sou hat er hergegeben für Amerika, solang er Finanzminister war. Ich habe ihm zugeredet wie ein Geistlicher einem Sterbenden. Er hat immer die gleiche Antwort gehabt: ‚Die Sache Amerikas liegt in der Linie des Fortschritts, also wird sie siegen auch ohne unser Geld. Und wir brauchen unser Geld für unsere eigenen Reformen.'" – „Hatte er da von seinem Standpunkt aus nicht recht?" fragte Franklin zurück. Doktor Dubourg schaute ihn vorwurfsvoll an.

Immer wieder versetzte diese Sachlichkeit Franklins seine Freunde in Staunen. Doktor Dubourg und die vielen Pariser Intellektuellen, die mit Amerika sympathisierten, konnten zwar begreifen, daß der Hof kühl blieb vor ihrem demokratischen Eifer: aber mußte nicht auch Versailles einsehen, welch ungeheure Chance der amerikanische Krieg bot, den Engländern die Niederlage und den Friedensvertrag von 1763 heimzuzahlen? Diese Intellektuellen wüteten gegen die Zögertaktik der mattherzigen französischen Minister. Die sollten, zum Teufel, endlich die Vereinigten Staaten anerkennen und einen Handelsvertrag mit ihnen schließen.

Franklin hingegen fand die Haltung der französischen Regierung sehr verständig, ja, es war die einzig mögliche. Der Zustand der französischen Finanzen war beängstigend; ein Krieg, auch ein siegreicher, müßte zum Zusammenbruch führen. Aus solchen Gründen hatte sogar ein so glühender Anhänger der amerikanischen Ideen wie Turgot sich mit Händen und Füßen dagegen gesträubt, durch Unterstützung Amerikas einen Krieg mit England heraufzubeschwören. Des weiteren konnte Frankreich Krieg nur führen im Einverständnis mit seinen Alliierten, Spanien und Österreich. Das absolutistische Österreich aber war an einem Sieg des republikanischen Amerika nicht interessiert, und Spanien besorgte, seine eigenen Kolonien könnten sich durch einen solchen Sieg zum Aufstand hinreißen lassen.

Franklin also überschaute diese Sachlage, er teilte nicht die empörte Ungeduld der Dubourg und ihresgleichen, sondern fügte sich darein, abzuwarten und die Minister nicht durch Demonstrationen in Verlegenheit zu bringen.

Wenn aber die französische Regierung vorsichtig sein mußte, so war dem Volke keine derartige Beschränkung auferlegt. Bei den Parisern um Unterstützung für seine Sache zu werben, blieb Franklin unbenommen. Und die öffentliche Meinung zu erobern, das hatte er gelernt von frühauf, als Drucker, als Verleger, als Schriftsteller, als Staatsmann. Ein Ingenieur der Seelen zu sein, das war sein Beruf, dafür war er geboren. Wenn ihn der Hof nicht als Gesandten Amerikas anerkennen konnte, nun, so war er eben Gesandter beim französischen Volk. Das war nicht wenig, und das machte Spaß.

Leider aber war Franklin nicht der einzige Vertreter der Vereinigten Staaten in Paris. Der Kongreß hatte, als er ihn ernannt, Silas Deane mit gleichen Rechten und Pflichten ausgestattet und ebenso Arthur Lee, jenen übelnehmerischen, intriganten Herrn in London.

Mit Silas Deane verstand sich Franklin nicht schlecht. Freilich war der gutmütige, patriotische Mann zu subaltern für große Politik, er sah in der amerikanischen Revolution nichts als ein weitverzweigtes Handelsunternehmen. Aber er war wenigstens brauchbar für kaufmännische Dinge. Er beschränkte sich auf das, was er verstand, und anerkannte freimütig und ehrerbietig Franklins Überlegenheit.

Arthur Lee indes kam nach Paris mit der Absicht, alles, was Franklin tat und sagte, zu bemäkeln und zu sabotieren. Er half nicht, er störte nur.

Arthur Lee entstammte einer angesehenen Familie Virginias. Er war eine Art Wunderkind gewesen und hatte schon vor vollendetem zwanzigstem Jahr glänzende politische Broschüren veröffentlicht. Die ganze Familie Lee war fortschrittlich, radikal, und es war Arthurs Bruder, Richard Henry Lee, gewesen, der den Antrag formuliert und im Kongreß eingebracht hatte, die Kolonien für unabhängig zu erklären; Arthur Lee selber, jetzt siebenunddreißig, hatte seit Jahren für Amerika in Europa gewirkt.

Es war ihm eine große Genugtuung, daß ihn der Kongreß nach Paris entsandt hatte. Aber zu seiner Enttäuschung und Erbitterung mußte er schnell erkennen, daß er hier verschwand im Schatten des Doktor Franklin.

Es war nicht das erstemal, daß sich sein Weg und der Benjamin Franklins kreuzten. Schon in London hatten die beiden gemeinsam oder, richtiger, nebeneinander gewirkt als Agenten der Kolonie Massachusetts. Schon damals erschien es dem jungen, fanatischen, grelle Worte und Gesten liebenden Arthur Lee schwer erträglich, zusammengespannt zu sein mit dem alten, ruhig wägenden Doktor honoris causa – er nannte ihn niemals anders –, und er hatte sehnsüchtig darauf gewartet, daß ihm der Alte endlich Platz mache. Statt dessen sah er sich jetzt, in Paris, in den Jahren, da sich das Schicksal seines Vaterlandes entschied, von neuem beengt und überall behindert durch den phlegmatischen, maßlos überschätzten Greis.

Hager, mit düstern Augen, ging Arthur Lee durch die vollgestopften Räume des Hôtel d'Hambourg, mißtrauisch, streitsüchtig, gab Ratschläge, mißbilligte. Er hatte die Kränkung nicht vergessen, die ihm Beaumarchais angetan, er hielt ihn für einen Schwindler und glaubte, immer neue Beweise zu entdecken für seinen Argwohn, er unterschlage die Gelder, welche Versailles für Amerika bestimmt habe. Er warnte Silas Deane vor Beaumarchais, und als Deane für Beaumarchais eintrat, wurde ihm sein Verdacht auch gegen Deane zur Gewißheit. Er warnte Franklin vor Beaumarchais und Deane, und als Franklin erklärte, er habe sich noch kein Urteil über Beaumarchais gebildet, war Lee überzeugt, es sei also auch der Doktor honoris causa mit Deane und Beaumarchais im Geschäft.

Immer tiefer wurde in Arthur Lee der Groll gegen Franklin. Was war schon an dem? Er hatte ein paar Erfindungen gemacht, die vielleicht nützlich waren, darüber hatte er, Arthur Lee, kein Urteil. Aber was er verstand, das war, daß der Alte eine überaus lässige, schwächliche Politik trieb, und was war auch anders zu erwarten von einem Manne, der zeitlebens unzuverlässig gewesen war und überdies einen Tory zum Sohn hatte? Er war ein Heuchler, dieser Benjamin Franklin. Was für ein billiger Trick, immer den braunen Rock zu tragen und die Pelzmütze und schamlos und verschlagen vor den naiven Franzosen den genügsamen Philosophen zu mimen. Dabei hatte Arthur Lee mit eigenen

Augen gesehen, wie der listige Alte sich in den Salons der großen Herren von London und Philadelphia genauso elegant getragen hatte wie die andern, und auch das Leben, das er hier führte mit üppiger Küche und alten Weinen und jungen Frauen und Kutsche und Dienerschaft, war nicht gerade das eines Diogenes.

Es waren also Franklin seine beiden Kollegen mehr Behinderung als Hilfe.

Offen zutage trat das, als die drei Emissäre der Vereinigten Staaten empfangen wurden von dem Außenminister Charles Grafen Vergennes.

Franklin hatte daran gezweifelt, daß man sie in Versailles empfangen werde, und es war ihm eine Erleichterung gewesen, als ein höflicher Sekretär des Außenministeriums im Hôtel d'Hambourg vorsprach mit der Botschaft, es werde dem Grafen Vergennes eine Ehre sein, die drei amerikanischen Herren zu sehen. Allerdings, fügte dieser Sekretär sogleich hinzu, wisse Graf Vergennes nichts davon und wolle nichts davon wissen, daß die Herren im Auftrag des Kongresses von Philadelphia kämen; er empfange sie lediglich als Privatleute.

Arthur Lee schäumte. Das sei eine ungeheure Beleidigung, und selbstverständlich müsse man es daraufhin ablehnen, den Minister zu besuchen. Es kostete die beiden andern Mühe, den ungebärdigen Herrn eines Besseren zu überreden. Franklin aber wußte, daß Vergennes die heimliche Hilfeleistung für Amerika nur mit größter Mühe bei dem widerstrebenden König durchgesetzt hatte, und er schätzte es als ein Zeichen mutigen Wohlwollens, daß er die drei Kommissare empfing.

Mit großen, freundlich prüfenden Augen schaute er auf den Minister. Der war so, wie er ihn sich gedacht hatte, behaglich, liebenswürdig, gewandt, höflich, häufig leicht ironisch und immer auf der Hut; das waren Eigenschaften, für die Franklin Verständnis hatte.

Vielwortig und offenbar ehrlich gab Graf Vergennes seiner Freude Ausdruck, dem großen Philosophen, mit dessen Werk er wohlvertraut sei, zu begegnen. Das waren keine leeren Komplimente. Graf Vergennes hatte Franklins Schriften gelesen, ohne die Übersetzungen Doktor Dubourgs abwarten zu müssen; er las mühelos Englisch.

Der Minister, bei aller Wohlerzogenheit, wandte sich vornehmlich an Franklin. Silas Deane fand das selbstverständlich; er saß da, fett, schweigend, und freute sich der Wirkung seines großen Kollegen. Arthur Lee aber war ergrimmt, daß er für den Grafen Vergennes nicht zu existieren schien. Er versuchte manchmal einen geistreichen Satz ins Gespräch einzuwerfen, der Minister hörte höflich hin und wandte sich sogleich wieder an Franklin.

Vergennes stellte eine Frage über gewisse Befugnisse des Kongresses. Setzte aber, noch bevor Franklin antworten konnte, hinzu, er stelle diese Frage natürlich nur als Privatmann, der an Staatsphilosophie interessiert sei. In seiner Eigenschaft als Minister des Allerchristlichsten Königs könne er keine Kenntnis nehmen von der Existenz der Dreizehn Vereinigten Staaten; für ihn existierten sie nach wie vor nur als Kolonien des Königs von England, die sich in einem bedauerlichen Konflikt mit ihrem Souverän befänden. „Wenn aber“, fuhr er fort, „der Minister Vergennes die Haltung der Kolonien tief beklagt, so versteht Monsieur de Vergennes durchaus die Stellungnahme des Kongresses. Monsieur de Vergennes hat von Anfang an eine gütliche Lösung des Konflikts für unmöglich gehalten. Ich kenne die englische Regierung, ich kenne ihre harte Selbstsucht. Grimm erfüllt mich, wenn ich an den Schmachfrieden denke, den die Engländer uns im Jahre dreiundsechzig aufgezwungen haben. Jeder Franzose, wenn von Dünkirchen die Rede ist und von dem englischen Kontrollkommissar, der Frankreich zum Hohne dort sitzt, ballt die Faust.“ Es war seltsam, wie der heftige Inhalt dieser Worte kontrastierte mit der Haltung des Ministers; der sprach leise, im Konversationston, mit seinem Federkiel spielend.

Franklin, während er den Grafen Vergennes so reden hörte, mußte daran denken, daß ohne die Siege der Amerikaner England schwerlich in der Lage gewesen wäre, so harte Friedensbedingungen zu stellen und einen kontrollierenden Kommissar nach dem geschleiften Dünkirchen zu entsenden. Er selber, Franklin, hatte in jenem Krieg Waffen geliefert gegen Frankreich, und es war in diesem Krieg gewesen, daß General Washington, den sie jetzt hier in Paris so feierten, seine praktischen Kenntnisse und seinen Ruhm erworben hatte.

Im späteren Verlauf des Gespräches erklärte der Minister, wenn er sich erlauben dürfe, den Herren einen Rat zu geben, so empfehle er ihnen, von größeren Kundgebungen vorläufig abzusehen. In Paris ließen es sich sowieso eine Menge Leute angelegen sein, für Amerika mit flammenden Worten einzutreten. Seiner Überzeugung nach werde die bloße Gegenwart eines Mannes wie Franklin stärker wirken als die stärksten Worte.

Arthur Lee, in seinem Innern, wütete. Was erfrecht sich dieser fette Froschesser, dachte er. Statt uns die Anerkennung und die Allianz anzubieten, auf die wir Anspruch haben, speist er uns mit niederträchtigen Ratschlägen ab. Wir sollen still in der Ecke sitzen. Das könnte ihm passen.

Franklin indes, zu Arthur Lees zornigem Erstaunen, saß massig und liebenswürdig und sagte in seinem langsamen Französisch: „Es gibt bestimmt niemand, der in der Lage wäre, unsere Situation in diesem Lande besser zu überschauen als Sie, Herr Graf. Das macht uns Ihre Ratschläge doppelt wertvoll."

Vergennes lächelte. „Ich denke", antwortete er, „es wird Ihnen nicht unangenehm sein, wenn aus unserer Zusammenkunft mehr herausspringt als bloße Ratschläge. Vielleicht unterhalten Sie sich nach Beendigung unseres Gespräches noch mit Monsieur de Gérard."

Man verabschiedete sich. Vergennes versicherte, ihm liege viel daran, sich des öftern mit Doktor Franklin auszusprechen. Er schlage aber vor, solche Zusammenkünfte nicht in dem offiziellen Versailles stattfinden zu lassen, sondern in Paris und privat. Wenn die Regierung, im Gegensatz zu den Wünschen Lord Stormonts, die Anwesenheit Monsieur Franklins in Paris nicht beanstande, dann deshalb, weil ja Doktor Franklin, wie man ihm, dem Minister, berichtet habe, sich dort aufhalte, um als Mitglied der Akademie mit seinen Kollegen Gedanken auszutauschen und um seine Enkel der Wohltat französischer Erziehung teilhaftig werden zu lassen.

Arthur Lee richtete die großen, düster glühenden Augen seines hageren Gesichtes gespannt auf Franklin. Wird der Alte auch noch diese gemeine Beleidigung hinnehmen, ohne zurückzuschlagen? Wird er seinen niedrigen Opportunismus so weit treiben? Erregt starrte er auf Franklins mächtiges, fleischiges Gesicht. Es zeigte keinerlei Empörung, dieses Gesicht, im Gegenteil, etwas wie liebenswürdige Amüsiertheit, und: „Ich verstehe durchaus, Herr Graf", erwiderte der alte Mann. „Es redet sich sowieso besser am Kamin eines angenehmen Wohnzimmers als im offiziellen Empfangsraum." Da aber konnte sich Arthur Lee nicht länger zähmen. „Ich finde es bedauerlich", sagte er mit seiner scharfen, flackerigen Stimme, „daß die Vertreter der Dreizehn Vereinigten Staaten von Amerika den Außenminister des Königs von Frankreich nur über die Hintertreppe sollen aufsuchen dürfen."

„Aber Monsieur, Monsieur ...", sagte Graf Vergennes, er suchte den Namen des eifrigen jungen Herrn, er hatte ihn offenbar vergessen. Aber schon sagte begütigend Franklin: „Monsieur Lee, mein verehrter junger Kollege, hat offenbar Ihr Französisch nicht ganz verstanden, Herr Graf. Er weiß so gut wie ich, daß es bei einem ernsthaften Gespräch auf den Inhalt ankommt und nicht auf die Stühle, auf denen die Teilnehmer sitzen."

Man trennte sich, und die amerikanischen Herren begaben sich ins Zimmer Monsieur de Gérards. Dort sprach man von Ziffern und Fakten. Es ergab sich, daß der Staatssekretär Weisung hatte, den Herren Emissären ein Darlehn von zunächst zwei Millionen zur Verfügung zu stellen, unbefristet und unverzinslich.

„Großartig", sagte Silas Deane. „Ein schäbiges Trinkgeld", sagte Arthur Lee. Benjamin Franklin sagte nichts.

Franklin hatte von Kind auf durch angenehme und bittere Erfahrungen gelernt, wie sehr die Handlungen der einzelnen und der Gemeinschaft durch Ökonomisches bestimmt werden. „Ein Mann ohne Geld", pflegte er zu sagen, „hat es schwer, anständig zu bleiben; ein leerer Sack steht nicht aufrecht." Er war sich klar darüber, daß die letzten Ursachen der amerikanischen Revolution ökonomische waren. Ihm selber, nun er in leidlichem Wohlstand lebte, war das Ökonomische nur Mittel, nie wurde es ihm zum Zweck. Wenn man die Beweglichkeit des Besitzes steigerte, so schuf man dem Bürgertum die Möglichkeit schnelleren Gelderwerbs und gab ihm eine wirksame Waffe an die Hand, dem Feudaladel Privilegien zu entwinden, welche dem Aufstieg der Menschheit im Wege standen. Nur als Waffe interessierte ihn das Ökonomische, im übrigen schob er es an die Peripherie seines Denkens und seiner Politik.

Leider aber wurde in diesen Pariser Tagen der größte Teil seiner Zeit aufgefressen von Geschäften, bei denen es um Ökonomisches ging. Die drei Bevollmächtigten wußten, daß sie auf Geldsendungen vom Kongreß nicht rechnen durften. Sie sollten eine repräsentative Gesandtschaft unterhalten, sie sollten Lieferungen nach Amerika schicken, und das Geld für alles das mußten sie in Frankreich aufbringen. Da gab es zwei Wege. Der eine war ständiges Betteln bei der französischen Regierung, der andere die Ausstellung von Kaperbriefen für Reeder, die es riskierten, unter amerikanischer Flagge gegen Gewinnbeteiligung Kaperei zu treiben.

Es war indes nicht leicht, die gekaperten Schiffe und Waren zu verwerten. Da war zum Beispiel der Kapitän Lambert Wickes, Franklins geräuschvoller Seebär. Er hatte außer den beiden ersten Prisen zwei weitere aufgebracht und wollte nun seine Beute stolz in größter Öffentlichkeit verkaufen. Da aber mischten sich die französischen Behörden ein; Frankreich hatte den Engländern in feierlichen Verträgen zugestanden, es werde keinem fremden Schiff, das unter der Flagge einer mit England verfeindeten Macht segelte, Erlaubnis geben, seine Häfen anzulaufen, geschweige denn dort Beute zu veräußern. Der Seebär verstand nicht, was man von ihm wollte. Er beging Heldentaten, und statt ihn zu feiern, verlangten die französischen Federfuchser, er solle sich verkriechen und seine Beute heimlich verklopfen wie ein

Dieb. Er schimpfte gewaltig. Er reiste nach Paris und erfüllte die engen Räume des Hôtels d'Hambourg mit derber Seemannssprache, mit Flüchen und Klagen.

Franklin redete dem Empörten gut zu. Erklärte ihm, die französische Regierung habe nun einmal Verträge mit England, und es sei Neutralitätsbruch, wenn sie Wickes erlaube, von ihren Häfen aus friedliche englische Schiffe zu überfallen. Der Seebär wollte von solchem bürokratischen Geschwätz nichts wissen. Er verlangte von Franklin, daß er den Herren in Versailles den Kopf zurechtsetze.

Franklin machte bei den französischen Behörden milde Vorstellungen; im Prinzip schien es ihm absurd, um so geringfügiger Dinge willen Versailles zu verärgern. Doch seine Kollegen widersprachen. Der Seebär hatte auch vor ihnen gebrüllt und geklagt. Sie wollten, daß Franklin dem Minister schärfer zusetze. Arthur Lee fragte höhnisch, wo da die Freundschaft des Monsieur de Vergennes bliebe, wenn er nicht einmal Mittel finde, den heldischen Kapitän vor England zu schützen.

Nicht einmal Franklins Freund und Bewunderer Dubourg teilte seinen Standpunkt. Vielmehr reizte es ihn selber, sich an Kaperunternehmungen zu beteiligen. Geld und Schiffe für solche Zwecke waren leicht zu haben; selbst der vorsichtige Monsieur Lenormant war nicht abgeneigt, Kapital in einem solchen Geschäft zu investieren. Und als Franklin mild spottete über die Seeräuberromantik des Freundes, war dieser gekränkt. Warum ein so großartiges Mittel verschmähen, Geld für die Freiheit und Amerika zu beschaffen?

Auch jene von Silas Deane für den Dienst in der amerikanischen Armee angeworbenen Offiziere bereiteten Franklin allerlei Kopfzerbrechen. Die Versailler Regierung untersagte ihnen die Ausreise; anders wäre es Neutralitätsbruch gewesen. Franklin, der befürchtete, die Überschwemmung der amerikanischen Armee mit hohen französischen Offizieren werde die amerikanischen Militärs verstimmen, hätte gerne die Gelegenheit wahrgenommen, die Verträge loszuwerden. Silas Deane indes war stolz darauf, daß er die Herren mit ihren großklingenden Namen und Titeln für Amerika gewonnen hatte, und er lag dem Doktor in den Ohren, er möge sein Bestes tun, ihnen die Ausreiseerlaubnis zu erwirken.

Mit derartigen Geschäften war Franklins Tag ausgefüllt. Dabei war er überzeugt, daß diese ganze Tätigkeit mehr schade als nütze. Zweifellos war Vergennes wohlmeinend und wußte von allein, wann der rechte Moment gekommen war, bei seinen Ministerkollegen und beim König die Anerkennung der Vereinigten Staaten und die Allianz durchzudrücken. Man durfte ihn nicht immer stoßen und drängen. Die amerikanisch-französische Freundschaft war ein zartes Gewächs, das die Berührung durch übereifrige, täppische Hände nicht vertrug.

Daß Franklin, wie es ihm Vergennes vorausgesagt hatte, durch seine bloße Gegenwart wirkte, konnte er aus mancherlei Symptomen ersehen. Der Herzog von Choiseul, des alten Königs Ministerpräsident, der unter dem jungen in Ungnade gefallen war, bemühte sich um Franklin, bat, ihm seine Aufwartung machen zu dürfen, lud ihn in sein Haus. Selbst der Herzog Louis-Philippe de Chartres, Großvetter des Königs, der die alte Familienfeindschaft gegen den Hof eifrig betrieb, suchte Franklin in seinen Kreis zu ziehen und in den seiner schönen und begabten Freundin, der Schriftstellerin Madame de Genlis. Der Doktor war höflich, doch zurückhaltend; er hielt es für falsch, sich mit der Opposition einzulassen. Arthur Lee hingegen wollte dem König und der Regierung beweisen, daß man eine Macht sei; ihm schien es das Gegebene, sich mit der Opposition zu verbünden und dem König und den Ministern die Faust zu zeigen. Franklin hatte seine liebe Not, mit sanfter Schlauheit Ungeschicklichkeiten zu verhüten.

Auch der Rahmen, in dem sich seine wenig erfreuliche Tätigkeit abspielte, war unbehaglich. Die Räume, welche die amerikanische Delegation innehatte, waren sehr eng, und wenn die Registratur des jungen William immer in Unordnung war, so konnte er sich mit einigem Recht auf diese Enge berufen. Von Anfang an hatte Franklin gefunden, daß das Hôtel d'Hambourg nicht das Richtige für ihn sei. Mit den Wochen wuchs in ihm die Überzeugung, daß er besser daran tue, nicht in der Stadt Paris selber zu residieren, sondern irgendwo in der Umgebung. Auch dort würde mancher lästige Besucher ihn aufzufinden wissen, aber doch nicht jeder.

Doktor Dubourg, als ihm Franklin von seinen Nöten und Erwägungen erzählte, fand eine Lösung. Sein Freund Ray de Chaumont, ein eifriger Anhänger der amerikanischen Sache, besaß ein schloßartiges Landhaus in der Nähe von Paris, in Passy, das Hôtel Valentinois. Monsieur de Chaumont, berichtete Doktor Dubourg, fühle sich verlassen und verloren in dem riesigen Besitz. Der eine Flügel des Hauses liege so gut wie abgetrennt vom Hauptgebäude mitten in einem wunderbaren Garten. Wenn Franklin dort seinen Wohnsitz nehmen wollte, würde sich Monsieur de Chaumont glücklich schätzen.

Franklin fuhr nach Passy. Der Flügel, um den es sich handelte, erwies sich als ein geräumiges, wohlgebautes, guteingerichtetes Landhaus, so eingebettet in den weiten Garten, daß, wer es innehatte, in Wahrheit im Garten wohnte. Diesen Garten liebte Franklin vom ersten Augenblick an, da er ihn sah. Es war ein strenger Ziergarten, der zwanglos überging in einen englischen Park. Terrassen führten hinunter zum Fluß, überall öffneten sich Blicke auf die Stadt Paris, die schön und weit am andern Ufer lag. Alleen und eine Auffahrtsrampe führten an das Tor des Gartenhauses; doch der wohlbeleibte und von der Gicht geplagte Franklin beschloß sogleich, den Weg über die Stufen der Terrassen zu nehmen, wann immer es ihm gelingen sollte, seinen Hang zur Bequemlichkeit zu überwinden.

Mehr und mehr während der Besichtigung verliebte er sich in Haus und Garten. So hatte er sich's geträumt. Hier wohnte er in der Stadt – denn Passy lag unmittelbar vor Paris – und gleichwohl auf dem Lande, hier hatte er Platz für seine Bücher und für all den Krimskrams, den er liebte, hier konnte er eine Werkstatt einrichten, um nach Belieben zu basteln, hier stand es ihm frei, sich abzuschließen vor den Silas Deane und Arthur Lee und andern Lästigen.

Ein wenig zaghaft fragte er Monsieur de Chaumont nach dem Mietpreis. Der erwiderte, es werde ihm eine Ehre sein, dem großen Mann das Haus, das er ohnedies nicht benötige, mietefrei zur Verfügung zu stellen.

Eine kleine Weile zögerte Franklin. Monsieur de Chaumont besorgte Lieferungen für Amerika und rechnete sicherlich auf Gegendienste für sein Angebot. Dann aber, sitzend in dem kleinen Aussichtsturm, die liebliche, friedliche Landschaft überblickend, denkend an den Lärm und die Enge des Hôtels d'Hambourg, nahm er das Angebot an. Mochte Arthur Lee an seine Freunde in Amerika berichten, was er wollte.

Den Tag darauf, als Franklin aufwachte, fiel ihm ein, daß heute sein Geburtstag war. In Philadelphia hatte die Familie aus diesem Tag viel hergemacht, es gab Kuchen, Geschenke, großes Familienessen, die Enkel sagten Verse auf. Der Doktor war neugierig, ob wohl William an seinen Geburtstag denken werde.

Er lag in dem breiten Bett, abgeschlossen unter den Vorhängen des Alkovens; einen Spalt des Fensters hatte er trotz der Januarkälte aufgelassen, er hielt auf frische Luft. Er steckte den Fuß aus dem Bett, die Kälte, fand er, tue ihm gut.

Einundsiebzig Jahre. Da sollte er anfangen, ein bißchen auf sich achtzugeben. Noch viel zu häufig ist ihm sein Behagen wichtiger als seine Gesundheit. Er sollte mehr zu Fuß gehen, er sollte sich den Wein nicht so oft nachschenken lassen. Das Leben hier in Frankreich ist verführerisch. Offenbar gefällt er den Frauen, trotz seiner Einundsiebzig. Vielleicht wird er noch einmal heiraten, die Franklins sind ein kräftiges Geschlecht.

Wahrscheinlicher ist, daß William nicht an seinen Geburtstag denkt. Er denkt an seine Vergnügungen, der Junge, für andere Gedanken hat er keine Zeit. Er ist nett, gutmütig, geweckt. Vielleicht entwickelt er doch noch irgendeine Begabung.

Es hielt den Doktor nicht länger im Bett. Er stand auf, schwer, ein wenig ächzend. Er pflegte lange vor den andern aufzustehen und vor dem Frühstück noch eine Stunde zu lesen oder zu arbeiten.

Im Schlafrock ging er hinüber in den Wohnraum, wo die Bücher untergebracht waren. Das Zimmer war warm, aber voll Rauch, man verstand hier nicht zu heizen. Franklin machte sich am Kamin zu schaffen. Dann warf er den Schlafrock ab und saß nackt da, wie er es des Morgens liebte.

Viel zu dicht in dem engen Raum standen die Bücher, zwei Reihen hintereinander, unübersichtlich. In Passy wird das anders werden. Sechs, sieben Wochen wird es noch dauern bis zu seiner Übersiedlung, schneller läßt sich das Haus nicht instand setzen. Er hat noch einen anstrengenden Winter vor sich hier in Paris.

Er schob den Stuhl an das Gestell, aus dem er Bücher benötigte. Es war ein geräumiger Stuhl, konstruiert für des Doktors Bequemlichkeit, er hatte ihn aus Philadelphia mitgebracht; der Sitz ließ sich umschlagen, dergestalt, daß man ihn auch als Leiter benutzen konnte. Er holte sich Bücher her, häufte sie um sich, begann zu lesen. Er wird sich heute viel Zeit lassen; vielleicht werden sie dann, er und seine Kollegen, eine Viertelstunde zu spät bei Monsieur de Gérard eintreffen. Das darf sich ein Mann leisten an seinem einundsiebzigsten Geburtstag.

Um acht Uhr frühstückte man, wie immer. William begrüßte ihn laut und fröhlich und machte Scherze darüber, daß heute einmal nicht er, sondern der Großvater sich verspätet habe. Im stillen gestand sich Franklin, er habe wahrscheinlich durch seine Verspätung den Jungen auf seinen Geburtstag aufmerksam machen wollen; es betrübte ihn, daß William trotzdem nicht daran dachte.

Um sich zu entschädigen, ließ er sich Pfannkuchen aus Buchweizenmehl servieren, das tat er sonst nur des Sonntags, er hatte das Mehl aus Amerika mitgebracht. Er aß langsam, mit Behagen, und sah im Geiste sein Philadelphia, die Christkirche, die Akademie, Markt und Rathaus, die Deutsche Kirche, das Haus der Regierung, der Zimmermanns-Gilde, die große Werft, Sassafras Street, Chestnut Street, Mulberry Street.

Nach dem Frühstück machte er sich an die Arbeit. Diktierte. Er ging dabei hin und her, er hielt darauf, wenn nicht in der freien Luft, so doch im Zimmer mindestens drei Meilen jeden Tag zu gehen, das Zimmer also sechshundertmal auf und ab zu laufen.

Die Post, die ihm vorlag, war ausgiebig, mannigfach und im ganzen wenig erfreulich. Da bat ein Chevalier de Neuville um einige Louis, die ihn vom Hungertode retten sollten. Doktor Ingenhousz, Leibarzt der Maria Theresia, wollte von seinem Freund Franklin Auskünfte über gewisse wissenschaftliche Experimente haben. Eine Madame Hérissant bat den Doktor, ausfindig zu machen, wo sich ihr Sohn befinde, sie habe Grund, anzunehmen, er sei in Amerika. Mr. Arthur Lee erklärte kalligraphisch und umständlich, nachdem Franklin auf seine mündlichen Proteste nicht reagiere, gebe er hierdurch zu den Akten, daß er von den Herren im Außenministerium ständig ignoriert und beleidigt werde; falls Franklin nicht endlich einschreite, behalte er, Arthur Lee, sich vor, selber geeignete Schritte zu tun. Eine unleserliche Unterschrift setzte gehässig auseinander, wie falsch und laienhaft gewisse Theorien Franklins über den Blitz seien. Ein Mr. Russel aus Boston, der aus verwickelten Gründen aus Marseille nicht weiterkam, bat seinen großen Landsmann um Rat und Hilfe. Ein Abbé Lecombe hatte Geld im Spiel verloren und beschwor Franklin, ihm auszuhelfen, er seinesteils werde für den Sieg der amerikanischen Waffen beten. Vierzehn Matrosen von der „Reprisal" beschwerten sich über die unerträgliche Behandlung, die sie von dem Seebären Wickes erführen, der Seebär fluchte in schlechter Orthographie, doch in farbigen Worten über die Unbotmäßigkeit der vierzehn Matrosen. Ein Monsieur Philippe Gueffier teilte mit, er habe ein Epos gegen die Engländer vollendet, das auf seine Freunde starken Eindruck mache, und er bat um finanzielle Unterstützung zu Zwecken der Veröffentlichung.

Mit diesen Briefen also hatte sich der Doktor an seinem einundsiebzigsten Geburtstag zu befassen. Dann aber hatte er dennoch seine Überraschung und sein Geschenk. Es war nämlich auch Post aus England eingetroffen. Freunde auf der Insel hatten trotz des englischen Geheimdienstes Mittel gefunden, Botschaften an ihn gelangen zu lassen.

Da war ein Brief von Georgiana Shipley, der Tochter des Bischofs Jonathan Shipley, eines guten Freundes. Georgiana mochte jetzt achtzehn sein oder höchstens neunzehn. Ihr Vater, schrieb sie, halte es angesichts des Krieges für sehr unvorsichtig, daß sie mit ihrem Sokrates in Verbindung trete, aber sie könnte seinen Geburtstag nicht vorbeigehen lassen, ohne ihm zu sagen, wie innig sie seiner gedenke. Weder ihre Gefühle noch die ihrer Familie seien durch die Ereignisse im geringsten verändert. „Ich kann", schloß sie, „meinen Neid nicht bezähmen auf Ihren Enkel, dem es freisteht, Ihnen Aufmerksamkeiten und Liebe zu beweisen." Mehr als einmal las Franklin den in großen, kindlichen Zügen geschriebenen Brief.

Dann waren da Berichte der Londoner Vertrauensleute. Die englische Regierung, teilten sie mit, sei durch Franklins Ankunft in Paris sehr beängstigt. Der König habe ausdrücklichen Befehl gegeben, jeden Schritt scharf zu überwachen, den der „hinterlistige Mann aus Philadelphia" in Paris tue. Lord Rockingham aber, der ja die Politik der englischen Regierung gegen die Kolonien von Anfang an mißbilligt habe, verkünde jedem, wie sehr die Chancen der Amerikaner durch Franklins Wirksamkeit in Paris erhöht würden. Der Berichterstatter habe mit eigenen Ohren gehört, wie sich der Lord vor einer größeren Gesellschaft ungefähr folgendermaßen ausgelassen habe. Die widerwärtigen Vorgänge damals im Geheimen Kronrat hätten Franklin nicht abgehalten, über den Ozean zu fahren. Er habe die Gefahr auf sich genommen, gefangen und ein zweites Mal vor ein ähnliches Tribunal geschleift zu werden. Wenn die Herren, die in jener scheußlichen Gerichtsszene mitgetan hätten, sich Franklin jetzt in Versailles vorstellten, dann müßten sie ein Gefühl haben wie Macbeth vor Banquos Geist. Zwei jener Herren seien in der Gesellschaft gewesen, vor welcher sich Lord Rockingham so geäußert habe. Sie hätten geschwiegen.

Franklin war noch bei der Lektüre seiner Briefe, als Silas Deane und Arthur Lee eintrafen, um ihn zu der Konferenz mit Monsieur de Gérard abzuholen. Arthur Lee mahnte zänkisch, es sei höchste Zeit. „Entschuldigen Sie", sagte freundlich der Doktor. „Ich hatte zu tun. Ich habe das, was Sie zu den Akten gegeben haben, zu den Akten legen müssen." Er erhob sich. „Aber jetzt sind wir bereit, meine Pferde und ich", sagte er. Arthur Lee schaute ihn an, peinlich erstaunt; Franklin trug den gewohnten, braunen Rock und machte keine Miene, ihn zu wechseln. „Finden Sie, ich sollte mich umziehen?" fragte er mit einem ganz kleinen Lächeln. „Offen gestanden, ja", antwortete Arthur Lee. „Aber", fügte er bitter hinzu, „wie ich Sie kenne, werden Sie es ja doch nicht tun." – „Sie haben es getroffen", sagte Franklin, und man brach auf.

Der fatale Monsieur Beaumarchais hatte jeden zweiten Tag bei Franklin angefragt, wann er Gelegenheit haben werde, sich mit dem verehrten Mann über die amerikanischen Dinge auszusprechen. Silas Deane hatte wieder und wieder erklärt, daß man der Hilfe Monsieur de Beaumarchais', welcher der amerikanischen Sache größere Dienste geleistet habe als irgendwer sonst, auch in Zukunft nicht werde entraten können, und er hatte seinem Erstaunen Ausdruck gegeben, daß Franklin die Begegnung so lange hinauszögerte. Er hatte leider recht. Franklin mußte seine Abneigung gegen diesen Monsieur bezähmen, er durfte sich nicht länger sträuben, ihn zu empfangen. Er schickte ihm Botschaft, er erwarte ihn andern Tages um halb zwölf.

Am frühen Morgen dieses andern Tages saß Franklin, wie so häufig, nackt in seinem Arbeitszimmer, lesend, schreibend. Aber er hatte keine Freude an seinen Büchern und an seinen Papieren. Er litt an diesem Morgen an seiner Gicht mehr als üblich, auch war ihm, als jucke ihn sein Ausschlag stärker. Er beschloß grimmig, sich für diesen Monsieur nicht erst groß und beschwerlich anzuziehen, sondern ihn einfach im Schlafrock zu empfangen.

Pierre seinesteils war den ganzen Morgen ausgefüllt von der Erwartung der bevorstehenden Unterredung, von Hoffnungen und Sorgen. Es gab auf dieser Seite des Meeres keinen zweiten, welcher der amerikanischen Sache so wertvolle Dienste geleistet hatte wie er. Drei Schiffe des Hauses Hortalez waren auf See, wahrscheinlich war ihre Ladung schon in den Händen der Amerikaner. Weitere riesige Vorräte stapelten sich, neue Schiffe waren im Bau, neue Verträge unterzeichnet, bald wird die Flotte, welche das Haus Hortalez für die amerikanischen Lieferungen erworben und gebaut hat, lediglich den Geschwadern des Königs und der Indischen Compagnie nachstehen. Es war rätselhaft, warum ihm Doktor Franklin nicht nur nicht entgegenkam, sondern sich geradezu vor ihm zurückzog. Daß er selber, sein Wesen, sein Verhalten, seine Tätigkeit, seine Schriften, daran sollte schuld sein können, war ihm unvorstellbar. Wahrscheinlich hatte man diesem Fremdling seine Tätigkeit in falschem Licht geschildert oder Äußerungen von ihm verdreht. Er kannte das. Er war ganz sicher, er werde, sowie er nur Gelegenheit habe, den Amerikaner von Angesicht zu Angesicht zu sehen, dessen Scheu vor ihm sogleich zerstreuen.

Groß fuhr er vor dem Hôtel d'Hambourg auf, in seiner Staatskutsche, höchst sorgfältig angezogen. Er war verblüfft über den einfachen Rahmen, innerhalb dessen der Amerikaner lebte, und über die Schlampigkeit der Einrichtung; sie erinnerte ihn an die Umwelt einiger seiner literarischen Freunde. Besonders erstaunt war er über Franklins Schlafrock; er wußte nicht, sollte er diese nachlässige Tracht für ein Zeichen mangelnder Achtung nehmen oder für ein Symptom von Vertraulichkeit.

Da saßen sie einander gegenüber. Der schwere Mann mit dem zerfalteten Greisengesicht, dem gewaltigen Kinn und den großen, kalten, prüfenden Augen wirkte trotz seines nachlässigen Aufzuges überlegen, ja gebieterisch. Pierre aber, mit all seiner ausgeklügelten Eleganz und seinen sichern, lockern und doch gezirkelten Manieren, saß da wie ein Bittsteller. Franklin, vielleicht um die Bedeutung der Zusammenkunft zu mindern, hatte seinen Enkel zugezogen, den jungen William. Der musterte aufmerksam die prächtige, allen Regeln letzter Mode entsprechende Tracht des Besuchers, er prägte sich sichtlich jede Einzelheit ein, und dieses respektvolle Studium entschädigte Pierre ein wenig für die Kühle des Alten.

Pierre begann in schnellem, wohlklingendem Französisch Franklins Verdienste zu rühmen. Unter Heranziehung vieler Vergleiche pries er die Kraft und List, mit welcher der große Mann dem Thron des englischen Tyrannen die Stützen entzogen habe. Der Doktor hörte unbewegt zu, und Pierre zweifelte, ob er sein erlesenes Französisch auch verstehe.

Franklin aber, nach einer Weile, erwiderte langsam, die Worte suchend: „Wenn man ein Ereignis von so großer historischer Bedeutung betrachtet, wie es der Kampf der Vereinigten Staaten von Amerika um ihre Unabhängigkeit ist, dann soll man die Verdienste des einzelnen nicht überschätzen." Für einen winzigen Augenblick erwog Pierre, ob nicht diese sententiöse Antwort auf seine, Pierres, Tätigkeit gemünzt sei, ob nicht der Alte ihm zu verstehen geben wolle, er überschätze seine eigene Wichtigkeit. Doch sogleich wies er diesen Gedanken von sich und erwiderte ehrerbietig, solche philosophische Haltung füge sich trefflich in das Bild des hervorragenden Gelehrten. Man konversierte in der Landessprache, und das mühevolle, fehlerhafte Französisch Franklins stach seltsam ab von dem hurtigen, beschwingten Pierres; trotzdem klangen die wenigen Worte, die der Greis äußerte, bedeutender als die zahlreichen, schönen und originellen des Jüngeren.

Der Doktor hatte sich vor Beginn der Unterredung zurechtgelegt, was er dem Herrn sagen wollte. Der wird noch eine lange Weile warten müssen, bevor er für seine Lieferungen irgend etwas wie Zahlung erhalten wird. Doktor Franklin kannte seinen Mr. Arthur Lee und kannte seinen Kongreß. Er war also gewillt, dem Herrn ein paar schöne Worte zu geben; die kosteten nichts, und er sah, wie der andere danach dürstete. Allein der seltsame Widerwille, den er beim ersten Hören des Namens verspürt hatte, steigerte sich, nun er Pierre leibhaft vor sich sitzen sah, überelegant angezogen, weithin wohlduftend, sichtlich ausgefüllt vom Gefühl seiner Bedeutung. Der Doktor konnte seine Antipathie nicht überwinden und begnügte sich, trocken zu erklären: „Es ist erfreulich, Monsieur, daß sich auch auf dieser Seite des Ozeans so viele wackere Männer für unsere Sache einsetzen. Es ist mir ein Vergnügen, wieder einen dieser Männer kennenzulernen."

Es war Pierre nicht angenehm, daß ihn der Alte als einen von vielen ansah. Er erwiderte mit einer kleinen Schärfe: „Meine Bestrebungen, der amerikanischen Armee die Bekleidung und die Waffen zu schaffen, ohne die man ja nicht kämpfen kann, waren mir eine besonders ehrenvolle Beschäftigung. Ich darf sagen, daß mir angesichts der großen Sache auch die Gefahren, welche meine Tätigkeit mit sich brachte, wie Nebel vor der Sonne erschienen."

„Gefahren?" fragte der Doktor zurück, er wußte nicht, ob er das französische Wort richtig verstanden habe. „Sie meinen das Risiko?" erkundigte er sich dann, etwas lebhafter als früher. „Sie dürfen es auch Risiko nennen", räumte Pierre höflich ein, er sprach jetzt englisch, „ich kann die Nuancen des Wortes nicht genau abwägen. Aber ich denke, die meisten Ihrer und meiner Landsleute werden es als eine ernsthafte Gefahr bezeichnen, wenn man einen Gegner vor sich hat, der allgemein als rauflustig, rachsüchtig und rücksichtslos bekannt ist." – „Ein Duell, Monsieur de Beaumarchais?" fragte angeregt der junge William. „Sie haben für unsere Sache ein Duell ausgefochten?" – „Mehrere", antwortete Pierre. „Das letzte mit dem Marquis de Saint-Brisson, einem naseweisen Lümmel, der mir frech kam, als ich die amerikanische Freiheit ausspielte gegen die mannigfachen Übelstände, welche die Überheblichkeit unseres Geburtsadels mit sich bringt."

Es verdroß den Doktor, daß dieser Bürger und Schriftsteller Pierre Caron auf so läppische Art die Unsitten der Aristokratie mitmachte. „Und haben Sie ihn überzeugt", fragte er also gemütlich, „Ihren Marquis de Saint-Brisson? Haben Sie ihn mit Ihrem Florett von der Richtigkeit unserer Prinzipien überzeugt? Glaubt er jetzt an unsere Sache?" Und da Pierre, etwas überrascht, schwieg, fuhr er fort: „Wenn man in meinem Alter ist, Monsieur, glaubt man nicht mehr an die Nützlichkeit von Duellen", und behaglich begann er eines jener Geschichtchen zu erzählen, die er liebte. „Saß da einmal ein Monsieur in einem Kaffeehaus und verlangte von einem

Monsieur am Nebentisch, der möge sich weiter wegsetzen. ‚Warum das, Monsieur?' – ‚Weil Sie stinken, Monsieur.' – ‚Das ist eine Beleidigung, Monsieur, und dafür müssen Sie mir mit dem Degen Genugtuung geben.' – ‚Wenn Sie darauf bestehen, Monsieur, dann werde ich Ihnen mit dem Degen Genugtuung geben. Aber ich sehe nicht, was wir dabei gewinnen könnten. Denn wenn Sie mich umbringen, Monsieur, dann stinke ich auch, und wenn ich Sie umbringe, dann stinken Sie, wenn möglich, noch mehr als jetzt.'"

Pierre fand es übel angebracht, wie ihn der Alte durch diese hausbackene und abgeschmackte Geschichte zurechtzuweisen suchte. In Frankreich, erklärte er ablehnend, müsse man wohl den Kampf gegen die Privilegien eines übermütigen Adels auf andere Weise führen als in Philadelphia. Und dann, mit jähem Übergang, sprach er davon, wie außerordentlich schwierig es sei, Waffen für Amerika aufzubringen und zu transportieren. Er sprach offen von dem ungeheuern Risiko, welches dieses Geschäft für den Unternehmer bedeute, und er beklagte die Wortkargheit des Kongresses, der Briefe entweder überhaupt nicht erwidere oder aber Silas Deane und ihn selber mit nichtssagenden Antworten abspeise.

Franklin meinte, die Verträge Monsieurs seien ja wohl vor der Zeit seiner Ankunft abgeschlossen. Er glaube, es werde Versailles nicht angenehm sein, wenn über diese Verträge viel gesprochen und korrespondiert werde. Ihm scheine es angemessen, daß Monsieur diese Dinge weiter wie bisher mit Mr. Deane abmache, einem ausgezeichneten Kaufmann und verdienten Patrioten. Damit machte er einen großen Punkt, schloß bedeutend den Mund und schaute Pierre voll, höflich und nichtssagend an.

Der begriff. Franklin glaubte offenbar, aus Rücksicht auf Vergennes sei äußerste Vorsicht geboten, und darauf, nicht etwa auf Mißbilligung seiner Person, war die Reserviertheit des Alten zurückzuführen. Das war tröstlich. Pierre sprach also nicht mehr von dem Geschäft, sondern machte Konversation über die Freiheit wie vorher. Wenn auch, meinte er, die Formen des Kampfes verschieden seien in Amerika und in Frankreich, im Grunde sei es trotzdem der gleiche Kampf. „Auf so verschiedene Gebiete sich meine Tätigkeit erstreckte“, sagte er, „ich glaube, Herr Doktor, ich habe mich auf jedem als Soldat im Kampf für die Freiheit bewährt. Ich hoffe, man wird einmal selbst scheinbar Abliegendes, sagen wir zum Beispiel meine Komödie ‚Der Barbier von Sevilla‘, als eine erfolgreiche Schlacht in diesem Kampfe bezeichnen.“

Franklin sah dem schwatzhaften Mann immer mit dem gleichen, höflich prüfenden Ausdruck ins Gesicht. „Ich kenne leider Ihre Komödie nicht“, erwiderte er.

Pierre fuhr zurück, verblüfft. Er hatte noch niemals einen Menschen getroffen, der diese Komödie, doch wohl das berühmteste Lustspiel der Epoche, nicht kannte. Er lächelte ein wenig verzerrt und sagte, es werde ihm eine Ehre sein, Franklin zur nächsten Aufführung des Werkes im Théâtre Français Karten zur Verfügung zu stellen. Ohne seine Hilfe werde es schwer sein, eine Karte zu erhalten, da man sich um den Eintritt nächtelang anstellen müsse. Franklin dankte höflich, meinte indes, er fürchte, in diesen Wintermonaten werde ihm seine Gesundheit nicht erlauben, des Abends auszugehen, außer in dringlichen Fällen. Der junge William hingegen erklärte eifrig, wenn Monsieur de Beaumarchais ihm die Karte verschaffen wolle, so wäre er ihm besonders verbunden.

Man sprach noch eine Weile Gleichgültiges. Dann erhob sich der Doktor, die Audienz sichtlich beendigend, und erklärte formell, Amerika wisse die Dienste der französischen Freiheitsfreunde wohl zu würdigen. Aber es klang frostig, und Beaumarchais, obwohl er's nicht zeigte, konnte schwerlich befriedigt sein, als er ging.

Franklin bereute denn auch seine Kälte. Der Mann war unsympathisch, gewiß, aber man brauchte ihn nun einmal. Er hätte sich bezähmen und die Komplimente des Herrn mit Komplimenten erwidern müssen.

Nun er's einmal falsch gemacht hatte, wollte er wenigstens *einen* Vorteil aus seinem Fehler ziehen. Offen erklärte er seinem Enkel William, er hätte sich das Vergnügen, Monsieur de Beaumarchais zu zeigen, was er von ihm hielt, versagen sollen. Man müsse in jeder Situation höflich sein, kluge Höflichkeit trage Zinsen, und er erzählte ihm die Geschichte von der Egge.

„Wurden da zwei Knechte ausgesandt, eine schwere Egge zu transportieren. Sagte der eine, der sich von der harten Bürde drücken wollte, ein Schlaukopf: ‚Was hat sich unser Herr eigentlich gedacht, daß er nur uns zwei beide allein geschickt hat, diese Egge zu schleppen? Zwei Mann sind da doch viel zuwenig.' – ‚Unsinn', sagte der andere, der sehr stolz war auf seine Stärke. ‚Zwei Mann? Ich allein kann sie tragen. Hilf mir sie aufheben, und du wirst sehen.' Der Schlaukopf aber, als der andere die Last auf den Schultern hatte, fuhr fort: ‚Donnerwetter, was für eine Kraft du hast, der reine Simson. So gibt es keinen zweiten in Amerika. Aber jetzt ist's genug. Laß sie mich mitschleppen.' Der andere indes war durch dieses Lob mehr erhoben als durch die Last beschwert. ‚Nichts da', sagte er, ‚ich trag sie weiter, ich trag sie allein nach Haus.' Und so tat er.

Ich hoffe", schloß Franklin, „Monsieur de Beaumarchais wird uns die Egge weiterschleppen. Wenn er's tut, ist es nicht mein Verdienst. Ich hätte lügen sollen", bekannte er reuig. „Ich hätte dem Herrn sagen sollen, daß wir ohne seine Lieferungen und ohne seine schöne Beredsamkeit die Waffen längst hätten strecken müssen. Ich hätte höflich sein sollen. Mach's also du klüger, mein Junge, und nimm dir kein Beispiel an deinem Großvater."

Die Wintertage Franklins blieben erfüllt von lästigen Geschäften. Silas Deane schickte Lieferanten und Reeder, die ihre Dienste anboten, und drängte darauf, daß Franklin engere Verbindung mit Beaumarchais halte. Doktor Dubourg schickte Lieferanten und Reeder, die ihre Dienste anboten, und drängte darauf, daß man sich von Beaumarchais unabhängig mache. Beide schickten Leute, die Empfehlungen für Amerika haben wollten. Arthur Lee mäkelte herum an jedem Wort, das Franklin sprach oder schrieb. Franklin hörte Doktor Dubourg, Silas Deane und Arthur Lee an, erwiderte Freundliches, Unverbindliches, und ließ die Dinge treiben.

Graf Vergennes hatte ihm nahegelegt, vor der Öffentlichkeit wissenschaftliche Ziele zu verfolgen, nicht politische. Das tat er gerne. Er besuchte die zahlreichen Bibliotheken, die Königliche, die von Sainte-Géneviève, die Bibliothek Mazarin, überall mit höchster Verehrung empfangen.

Dann zeigte er sich in der Akademie. Er war Mitglied dieser exklusiven Vereinigung, der anzugehören alle Gelehrten der Welt als höchste Ehre anstrebten. Nur sieben ihrer Mitglieder waren Nicht-Franzosen, Franklin war der einzige Amerikaner.

Franklin war schon während eines früheren Aufenthalts in Paris in der Akademie erschienen. Diesmal, nachdem er seine Philosophie in die Tat umgesetzt hatte, erregte sein Besuch noch mehr Aufsehen. Eingeführt wurde er von den Doktoren Leroy und Le Veillard. Einunddreißig von den vierzig Mitgliedern waren anwesend, alle baten sie darum, ihm vorgestellt zu werden, und hatten für ihn Worte der Ergriffenheit und der Ehrfurcht.

Dann trat man in die Tagesordnung ein. Zunächst hielt d'Alembert einen Vortrag über die Entwicklung der Sitten, nicht ohne Franklin mehrere Male ehrenvoll zu erwähnen. Dessen Französisch war noch nicht gut, und es gelang ihm nur mit Mühe, den Einzelheiten des Vortrages zu folgen. Immerhin passierte ihm diesmal kein Mißgeschick wie bei seinem letzten Pariser Aufenthalt. Damals hatte er es aufgegeben, solche Vorträge zu verstehen, er hatte blind das Vorbild der andern befolgt, gelacht, wann sie lachten, applaudiert, wann sie applaudierten, und so war es denn geschehen, daß er einmal, als der Vortragende ihn rühmte, ebenso kräftig und überzeugt in die Hände klatschte wie die andern. Im übrigen interessierten ihn die Vorträge nicht sehr. Sedaine sprach über Fénélon, La Harpe rezitierte aus dem Epos „Pharsalia", Marmontel sprach über Wanderungen der Kelten. Franklin hörte allen mit würdiger Aufmerksamkeit zu, wiewohl es ihm nicht leichtfiel, die großen Augen aufzuhalten, und er mehrmals heftige Lust verspürte, sich zu kratzen. Die Mühe lohnte insofern, als sich jeder der Vortragenden bestrebte, Franklins Persönlichkeit und sein Werk in Verbindung zum Thema des Vortrags zu bringen, was vielerlei Verrenkungen nötig machte, deren sich Franklin geschmeichelt erfreute. Dann, am Ende der Sitzung, beantragte der Vizepräsident, Monsieur Turgot, der große Nationalökonom, Franklins Anwesenheit in dem Sitzungsbericht zu verzeichnen, und demgemäß wurde beschlossen.

Alle diese Geschäfte Franklins, die wenigen erfreulichen und die vielen unerfreulichen, spielten sich ab in dem feuchtkalten Pariser Winter, und die Enge und Unbehaglichkeit des Hôtels d'Hambourg trugen dazu bei, ihm seine Tätigkeit zu verleiden. Er fühlte sich erschöpft, er sehnte sich, nach Passy überzusiedeln, schon nannte er es „sein" Passy. Doch die Installierung und die Einrichtung des Hôtels Valentinois wurde und wurde nicht fertig.

Wenigstens waren die Nachrichten, die von jenseits des Meeres kamen, erfreulich. General Washington hatte die Offensive ergriffen, den Delaware überschritten und bei Trenton einen Überraschungssieg über eine starke feindliche Truppe erfochten. Wenige Tage später hatte er bei Princetown den englischen General Mawhood geschlagen und dessen Rückzug nach New York erzwungen.

Franklin, der geschickte Propagandist, wußte aus der glücklichen Botschaft höchsten Nutzen zu ziehen. In allen Zeitungen erschienen Artikel, von ihm inspiriert, die den Sieg feierten und stolze Prophezeiungen daran knüpften.

Überall war man enthusiasmiert, und der Doktor bekam bald die angenehmen Folgen zu spüren. Arthur Lee, der sich in Paris an allen Ecken und Enden durch Franklin behindert fühlte, hielt es nach diesem Sieg für an der Zeit, nach Spanien zu gehen und dort, unabhängig von anderen, für die Sache der Vereinigten Staaten zu wirken. Franklin beeilte sich, seinem Kollegen Pässe und Empfehlungen zu verschaffen; dann drückte er Arthur Lee kräftig die Hand, wünschte ihm gute Reise und einen langen, erfolgreichen Aufenthalt in Madrid und sah aufatmend seinem Wagen nach.

Auch Franklins Stellung zu dem Grafen Maurepas, dem Ministerpräsidenten, wurde durch die Siegesnachricht erfreulich verändert. Madame de Maurepas hatte es Franklin nicht vergessen, daß er, als er vor zehn Jahren zum erstenmal nach Paris gekommen war, sie und den Grafen aufgesucht hatte. Damals nämlich war Maurepas noch nicht der allmächtige Staatsmann gewesen, sondern er hatte auf seinem Schlosse Pontchartrain gelebt, dorthin in milde Verbannung geschickt von dem alten König wegen eines bösartigen Epigramms gegen die Pompadour; Franklin aber hatte den Gestürzten, dem er sich durch liberale Ideen verbunden fühlte, in seiner Verbannung aufgesucht.

Maurepas machte aus seiner freundschaftlichen Verehrung für Franklin kein Hehl. Aber die Politik, die er in der amerikanischen Frage trieb, war und blieb unentschieden.

Das hatte gute Gründe. Die letzte Ursache seiner Ernennung war ein Mißverständnis gewesen. Louis' des Sechzehnten Vater, der bigotte Dauphin, hatte in dem freigeistigen Ministerpräsidenten Choiseul einen Feind gesehen, der junge Louis, kaum zur Macht gelangt, hatte Choiseul weggeschickt und ihn durch seinen erbittertsten Gegner ersetzt, durch Maurepas. Der junge Louis war fromm wie sein Vater, überzeugt von der unmittelbaren Verbindung des Königtums mit Gott und der Kirche. Der alte Maurepas jedoch war in seinem tiefsten Wesen genauso freigeistig wie Choiseul, tolerant in religiösen Dingen und liberalen Ideen aufgetan.

Nun aber war Maurepas sechsundsiebzig Jahre alt, und die Jahre hatten ihn immer zynischer gemacht. Jetzt hatte er nur mehr *einen* Ehrgeiz, den, im Amt zu sterben. So nahm er denn jede Rücksicht auf die fromme Grundstimmung seines jungen Monarchen; auf der andern Seite indes trachtete er, den Ruf eines fortschrittlichen Mannes zu wahren, und nahm also, wo immer es anging, Rücksicht auf die Meinung der fortschrittlichen Pariser Salons. In der amerikanischen Frage war es sehr schwierig, diese beiden Rücksichten zu verbinden, da die Meinung der Pariser und die des Königs einander entgegenstanden.

Maurepas' eigene Meinung in der amerikanischen Frage schillerte. Wäre er Privatmann gewesen, so hätte er sich mit leicht ironischem Wohlwollen zur Seite der Insurgenten bekannt. Ein Gemeinwesen aufzubauen auf den Prinzipien der

Vernunft und der Naturreligion, das war ein reizvoller Versuch, besonders, wenn dieses Experiment jenseits des Ozeans unternommen wurde, so daß eine Nachahmung hierzulande frühestens lange nach seinem, Maurepas', Tode zu befürchten war. Die Stellung des Staatsmannes Maurepas war nicht so eindeutig. Gewiß mußte man jede Aktion unterstützen, die England schwächte; doch konnte der Sieg von Rebellen welcher Art immer der absoluten Monarchie Frankreich nicht erwünscht sein. Versailles war mit seiner eigenen Rüstung noch nicht fertig. Versailles' Ziel mußte sein, den Konflikt zwischen Amerika und England so lange zu schüren, bis sich Versailles selber stark genug fühlte, den alten Streit mit England auszutragen. Versailles war also in dem Krieg Englands mit den amerikanischen Kolonien gegen England, aber nicht für die Rebellen. In diesem Sinne beriet der alte Minister den jungen König. Er empfahl, den Rebellen zu helfen, doch nur in sehr engen Grenzen. Er zeigte volles Verständnis für Louis' tiefen Widerwillen gegen die Insurgenten und für seine Besorgnis, ein Sieg der Rebellen im Westen könnte den aufsässigen Geist im eigenen Lande schüren.

Maurepas also war den Rebellen gegenüber sorglich neutral geblieben. Da, eines Morgens, ein wenig unerwartet, schlug die Gräfin vor, einen Empfang für Franklin zu veranstalten. Maurepas überlegte eine kleine Weile. Es war kühn, wenn man im Hause des Ministerpräsidenten den amerikanischen Emissär empfing, den Versailles offiziell nicht anerkannte. Anderntei1s lebte Doktor Franklin in Paris als Privatmann, er war ein Wissenschaftler von Weltruf und ein guter, alter Bekannter, dem man Höflichkeit schuldete. Nachdem der Ministerpräsident Maurepas den Amerikaner aus Gründen hoher Politik nicht empfangen konnte, stand zu vermuten, daß es die öffentliche Meinung dem Privatmanne Maurepas hoch anrechnen würde, wenn er dieses Versäumnis gutmachte, besonders jetzt, nach den militärischen Erfolgen der Insurgenten.

Im Grunde also kam dem Minister der Vorschlag Madame de Maurepas' sehr gelegen. Sie saßen, er und die Gräfin, beim Frühstück, im Palais von Versailles, in einem der kleinen, doch sehr komfortabeln Räume, welche, in der Nähe seiner eigenen Gemächer, der junge König seinem Mentor angewiesen hatte. Der Minister, sonst sehr formell, hatte bei der Gräfin Erlaubnis eingeholt, im Schlafrock zu erscheinen; der ausgedörrte, sechsundsiebzigjährige Herr hatte sich an diesem kalten Wintertag behutsam in viele Tücher einpacken lassen. Mit auffallend schnellen, lebendigen Augen, aus seinen Schals heraus, schaute er auf die Gräfin; sie war ihre guten fünfundzwanzig Jahre jünger als er, hübsch gewachsen und sah, mit ihren schwarzen, unsteten Augen in dem ovalen Gesicht, noch recht anziehend aus. „Ein Empfang für unsern Franquelin", meinte er und klopfte an seinem Ei herum. „Eine liebenswürdige Idee, nicht ganz unbedenklich, aber liebenswürdig. Und wie stellen Sie sich die Einzelheiten vor?" – „Ich denke mir", antwortete Madame de Maurepas, „daß die Einladungen nur von mir ausgehen, nicht von Ihnen: de part Madame de Maurepas. Der Doktor Franquelin ist ein alter Freund von mir; ein kleiner Empfang, das ist das wenigste, was ich für ihn tun kann. Natürlich würde ich meine Gäste in die Rue de Grenelle bitten." In der Rue de Grenelle lag das Pariser Stadtpalais der Maurepas, das große, altertümliche, wenig benutzte Hôtel Phélypeau. „Eine liebenswürdige Idee", wiederholte der alte Minister. „Das Hôtel Phélypeau ist freilich ein ungewöhnlich scheußlicher Rahmen für ein Fest, und es heizt sich so schlecht. Aber schließlich ist Franquelin der Vertreter eines primitiven Volkes, und er wird sich schon keinen Rheumatismus holen. Und vielleicht", seufzte er, „werden auch andere verschont bleiben." – „Wenn ich Sie recht verstehe, Jean-Frédéric, werden Sie also erscheinen?" fragte sie. Maurepas legte behutsam den Eilöffel auf die Untertasse und küßte ihr lebhaft die Hand. „Es wird mir ein Vergnügen sein, Madame", erwiderte er, „unsern Freund Franquelin zu begrüßen."

So beschloß man den Empfang für Franklin. Madame de Maurepas stellte die Liste der Einzuladenden mit Sorgfalt zusammen; geladen wurden alle Angehörigen des Hochadels, soweit sie als liberal galten. Die geschmäcklerischen Salons von Versailles und Paris fanden es eine besonders würzige Idee der Gräfin, inmitten der stolzesten Aristokratie den braunröckigen Repräsentanten republikanischer Freiheit auftreten zu lassen.

Der Doktor durchschaute das Wesen der Veranstaltung von Anfang an; er wußte, daß er vorgeführt werden sollte wie ein Tanzbär. Doch er wußte auch, daß es nicht in unfreundlicher Absicht geschah. Noch stand Paris unter dem Eindruck der Erfolge von Trenton und Princetown, und man mußte das Eisen schmieden, solange es heiß war. Er wäre lieber in modischer Tracht erschienen wie jedermann, aber es wäre zu unhöflich gewesen, die Gesellschaft zu enttäuschen, die ihn im braunen Rock des Quäkers erwartete.

Es waren erlesene Gäste, die Madame de Maurepas zu seinen Ehren versammelt hatte. Niemals während seiner früheren Monate in Frankreich hatte der Doktor so viele Träger altberühmter Namen um sich gesehen. Da war jener junge Herzog de la Rochefoucauld, der von Anfang an glühend für die Sache der Amerikaner eingetreten war. Da waren die Gräfinnen Polignac und die Prinzessin Rohan, vom Hofe der Königin, mit ihnen der Marquis de Vaudreuil; Marie-Antoinette selber war von äußerster Reserve den amerikanischen Rebellen gegenüber, doch manche der Herren und Damen ihres nahen Freundeskreises ließen es sich nicht nehmen, die modische Schwärmerei für die Sache der Insurgenten mitzumachen. Da waren mehrere Mitglieder der Familie Noailles; eine Tochter dieser Familie war verheiratet mit einem Marquis de Lafayette, einem sehr jungen Herrn, der mit Silas Deane verhandelte, um in die amerikanische Armee einzutreten. Da war der Feldmarschall de Broglie, der es Franklin nicht nachtrug, daß die Amerikaner noch immer zögerten, ihn zu ihrem Statthalter zu machen.

Franklin, in Begleitung seines Enkels William Temple, war kaum erschienen, als man ihm schon von allen Seiten zu den Siegen General Washingtons gratulierte. Er dankte würdig und erklärte, der Enthusiasmus, mit dem man in Paris die Nachricht der amerikanischen Siege aufgenommen habe, werde dem Kongreß und der Armee eine wertvolle Ermunterung sein.

Die Gesellschaft, die sich seinerzeit in der Stadt Nantes um Franklin versammelt hatte, war solid und bürgerlich gewesen, die hier im Salon der Gräfin Maurepas war hoch-aristokratisch und überfeinert. In Nantes waren die Frisuren fünf- bis siebenmal so hoch gewesen wie der Kopf der Trägerin; hier waren sie, wie der an diesen Dingen interessierte junge William bald herausfand, kaum eineinhalbmal so hoch. Aber die Trägerinnen dieser Frisuren bildeten um Franklin genau den gleichen neugierigen und begeisterten Kreis, den jene in Nantes um ihn gebildet hatten, sie stellten Fragen, deren Beantwortung genausoviel Geduld erforderte, und die Aristokratinnen im Hôtel Phélypeau waren genauso hingerissen von der altfränkischen, gravitätischen Liebenswürdigkeit des Doktors wie jene Damen der Provinz. „Ist er nicht entzückend", sagten sie, „unser Philosoph aus dem wilden Westen? Man braucht ihn nur anzuschauen, und man hat ein deutliches Gefühl von der Einsamkeit der großen Wälder."

Ein älterer Mann wandte sich an Franklin. Der Herr, sehr sorgfältig, etwas altmodisch gekleidet, hatte ein fleischiges Gesicht und einen vollen, genießerischen Mund, die Mundwinkel aber waren gekrümmt und mißtrauisch; tiefliegende, etwas schläfrige Augen tauchten in die braunen, gewölbten Franklins. Dem war Monsieur Lenormant schon früher vorgestellt worden, und er hatte sogleich erkannt, daß dieser Herr mit Vorsicht zu behandeln war.

Monsieur Lenormant fehlte selten bei Gesellschaften, die im Hôtel Phélypeau gegeben wurden. Er gehörte zu den Intimen des Hauses. Nicht als ob der Ministerpräsident geschäftliche Verbindungen mit ihm unterhalten hätte; Graf Maurepas war an Gelddingen uninteressiert, er benutzte sein Amt nicht, sich finanzielle Vorteile zu verschaffen, ganz Paris wunderte sich, daß der sonst so intelligente Mann so töricht war. Vielmehr hatte er Charlot um seiner selbst willen gern; er teilte mit ihm viele Neigungen, Geschmack, Genußsucht und die Freude an überfeinertem und an sehr derbem Theater.

Charlot war erstaunt gewesen, als er hörte, daß man den amerikanischen Rebellen ins Hôtel Phélypeau gebeten hatte. Gewiß, es war große Mode, mit den Insurgenten zu sympathisieren, und es war der Mühe wert, sich den Mann anzuschauen, der den Brand im Westen angefacht hatte. Aber Jean-Frédéric de Maurepas war nun einmal keine Privatperson, er blieb auch im Hôtel Phélypeau der Erste Minister des Allerchristlichsten Königs, und als solcher sollte er sich's versagen, aus purem Snobismus mitzusäen an dem bedenklichen Westwind. Freilich war er alt, Jean-Frédéric, und er rechnete wohl damit, daß erst seine Nachfolger den Sturm ernten würden.

Auf alle Fälle wollte Monsieur Lenormant die Gelegenheit wahrnehmen, dem amerikanischen Geschäftsträger etwas auf den Zahn zu fühlen. Mit harmloser Hinterhältigkeit fragte er, wie sich denn nun jetzt, nach den Siegen, im Kopf eines so maßgebenden Herrn wie des Doktor Franklin die militärische Lage der Insurgenten male. Er erwartete, Franklin werde, wie das unter zehn Diplomaten neun getan hätten, in stürmische Zuversicht ausbrechen. Doch Franklin schaute sich seinen Mann an und erklärte vag, die Folgen dieser Schlachten ließen sich von hier aus nicht überblicken; bei der außerordentlichen militärischen Begabung seines verehrten Freundes, des Generals Washington, brauche man sich aber um den letzten Ausgang des Krieges nicht zu sorgen.

Charlot gab im stillen zu, daß solche Zurückhaltung sehr klug sei. Sie hatten den rechten Mann herübergeschickt, die Meuterer, einen durchtriebenen Fuchs, einen falschen Biedermann, gewillt und fähig, den Hof und die Pariser Geschäftswelt hereinzulegen. Er war ein bißchen clownhaft angezogen, der Vertreter der Rebellen. Er selber, Charlot, hätte sich nicht um die Krone Frankreichs so zur Schau gestellt wie dieser schamlose Greis mit seiner eisenumrahmten Brille und dem nackten, dünnen, von keiner Perücke versteckten Haar. Aber unleugbar hatte diese Komödianterei Effekt. Und dem gelehrten Charlatan selber schien es weiter nichts auszumachen, wenn er sich so prostituierte. Er hatte ein beneidenswert glückliches Temperament. Ein Geschäftsmann mußte vorsichtig sein mit einem so ausgeglichenen Alten.

Nun endlich kam auch Maurepas, absichtlich verspätet; er wollte zeigen, daß er diesen Empfang nicht sehr ernst nehme. Er umarmte Franklin, der dürre, nicht große, sorgfältig angezogene und hergerichtete Franzose und der mächtige, massige Amerikaner klopften einander die Schulter. Dann erzählte Maurepas jedermann, wie angenehm es sei, keine Hausherrenpflichten zu haben, er weile hier nur als Gast seiner Frau. Er hörte sich die Loblieder an, die man auf Franklin sang, und zu den Herren sagte er: „Ja, er ist ein Seneca und ein Brutus in einem; hoffentlich hat er mehr Glück als diese beiden Politiker." Zu den Damen aber sagte er: „Ich liebe ihn auch, unsern Franquelin; aber wahrhaftig, Frau Marquise, wenn Sie so weiterschwärmen, machen Sie mich noch eifersüchtig."

Später erklärte er, für eine kleine Weile wolle er jetzt seinen Freund Franklin für sich allein haben. Begleitet von seinem Sekretär, Monsieur Sallé, führte er den Doktor in seine Privaträume. Da der Minister als seinen eigentlichen Wohnsitz die Gemächer betrachtete, welche ihm im Schloß von Versailles zur Verfügung standen, hatte er in dem alten, verwinkelten und während seiner langen Verbannung vernachlässigten Pariser Stadtpalais nur diejenigen Zimmer mit Liebe ausgestattet, in denen er selber wohnte und schlief.

„Ich muß Ihnen doch", sagte er, „den Raum zeigen, der mir in diesem Haus der liebste ist", und er führte Franklin in ein nicht großes, mit zierlichen Möbeln eingerichtetes Kabinett, dessen Wände mit schweren Seidenvorhängen bedeckt waren. „Bitte, machen Sie sich's bequem", forderte er ihn auf. Dann, lächelnd, zog er die Vorhänge zurück.

Es hingen aber an den Wänden delikat gemalte Bilder nackter oder zumeist nackter Frauen, Bilder zeitgenössischer Meister. Da war Venus, eben den Wellen entstiegen, die Arme anhebend, den rosigsilbrigen, blond beflaumten Schoß ein bißchen vorgestreckt, und jeder in Paris wußte, wer Venus war; da war zweimal eine der Freundinnen des alten Königs, Miß O'Murphy, nackt, auf einem Ruhelager, die zarte Wölbung ihres Hintern dem Beschauer zukehrend. „Als wir, der junge König und ich", erzählte Graf Maurepas seinem Besucher, „uns die bisher verschlossenen, kleinen Gemächer der alten Majestät zum erstenmal anschauten, stießen wir auf diese Bilder. Der junge König ist nicht eben ein passionierter Kunstfreund, die Zeichnungen und Bilder, die ihn am meisten interessieren, sind die Landkarten; er fürchtete, die Nähe dieser Gemälde könnte ihn in der Arbeit stören. Er bat mich, sie wegbringen zu lassen. Deshalb hängen sie bis auf weiteres hier, als Leihgabe, zugänglich nur den Kennern unter meinen Freunden", und die Augen des alten Kunstliebhabers Maurepas glitten zärtlich die kostbaren Leinwände hinauf und hinunter.

Der alte Franklin war Wissenschaftler, für Kunst hatte er nicht allzuviel Verständnis. Die Lehre vom Schall interessierte ihn mehr als der Streit, ob Gluck oder Piccini bessere Musik mache, und Newtons Farbenlehre war ihm wichtiger als die malerischen Gesetze des Tizian oder des Rembrandt. Er hatte Freude am Anblick und wohl auch am Kuß einer gesunden, hübschen, wenn möglich etwas drallen Frau; für die zarte Verderbtheit, für die überfeinerte Sinnlichkeit dieser Gemälde hatte er kein Organ. Aber er sah, wie stolz und verliebt Maurepas die Bilder betrachtete, und er sagte höflich: „Außerordentlich. Welches Licht, welche Fleischtöne. Es ehrt mich, daß Sie mich des Anblicks Ihrer Schätze würdigen." Der Minister nahm mit Bedauern wahr, wie geringes Verständnis der Mann aus Philadelphia der Kunst entgegenbrachte, doch er verbarg seine Enttäuschung.

Jovial ging er zu der Sache über, die er mit Franklin bereden wollte. „Ich liebe es nicht sehr", sagte er, „mich amtlich zu geben, und hier gar, in diesen Räumen, fällt alles Amtliche von mir ab. Hier bin ich nichts als Mensch." Und, vertraulich, fuhr er fort: „Darf ich Sie als Privatmann fragen, mein lieber Doktor, wie kommen Sie mit meinem Freund und Kollegen Vergennes zurecht?" – „Ausgezeichnet", erwiderte ohne Zögern Franklin. „Graf Vergennes ist mir gegenüber völlig aufrichtig, und ich weiß das zu schätzen." –

„Es ist mir eine große Freude", sagte Maurepas, „daß wir bei Ihnen auf Verständnis stoßen. Wir sind uns, Vergennes und ich, über die Richtlinien unserer amerikanischen Politik einig."

Franklins große, gewölbte Augen betrachteten nachdenklich und abwesend die obszönen Bilder, den Schoß der Venus, die zarten Hüften Miß O'Murphys. Wenn ihn Maurepas vor diese Malereien geführt hatte, so war das zweifellos nur geschehen, um Gelegenheit zu einer vertraulichen politischen Aussprache zu haben. Er, Franklin, durfte sich nicht auf leere Höflichkeit beschränken, er mußte vorstoßen. „Offen gestanden", klagte er, „fällt mir das untätige Warten, zu dem Versailles mich verurteilt, nicht leicht. Passiv zu bleiben ist hart für den Vertreter eines Volkes, das, aufs äußerste gereizt, einen Kampf um seine Existenz führt. Ich muß damit rechnen, daß meine Zurückhaltung in meiner Heimat mißdeutet wird, ganz abgesehen davon, daß meine Kollegen mit einer solchen Politik keineswegs einverstanden sind." Maurepas lächelte. „Ja, ja", meinte er, „wir Alten haben zuweilen unsere Not mit den jüngeren Herren. Es dauert Jahrzehnte, ehe man lernt, daß Politik mit dem Verstand gemacht sein will, nicht mit dem Herzen", und mit einem kleinen Seufzer zog er die schweren Seidenvorhänge wieder vor die Bilder.

Franklin war froh, die ärgerlichen, verwirrenden Darstellungen, die ihm überdies anatomisch nicht zu stimmen schienen, nicht mehr sehen zu müssen. Er schwieg, wartete ab, was Maurepas weiter sagen werde. Der, nach einer kleinen Weile, fragte geradezu: „Sie finden, das Opfer Ihrer Zurückhaltung ist mit unsern zwei Millionen nicht hoch genug bezahlt?" Das fand Franklin, und er antwortete: „Es ist, wie ich sagte. Die Zögerpolitik der Regierung macht unsere Situation hier ein bißchen lächerlich." – „Ein Doktor Franklin", erwiderte höflich Maurepas, „wirkt niemals lächerlich. Noch niemals hat sich Paris vor einem Weisen aus der Fremde so tief verneigt wie vor Ihnen." – „Wir sind dankbar", antwortete Franklin, „für die Liebe und Begeisterung, die unsere Sache bei den Parisern findet. Aber wir hatten gehofft, die offenbare Gemeinsamkeit unserer Interessen werde intimere

Beziehungen herstellen auch zwischen Versailles und den Repräsentanten der Dreizehn Staaten."

Maurepas verzog die trockenen Lippen zu einem dünnen Lächeln. Der Mann aus dem Westen war bekannt für seine Simplizität; aber er konnte, wenn er wollte, auch anders, und es war ungehörig, ein Gespräch mit ihm, Maurepas, durch derart gemeinplätziges Zeug herunterzudrücken. Zwinkernden Auges betrachtete er sich seinen Amerikaner. Der saß da, massig, voll von bauernschlauer, rechenhafter Aufrichtigkeit, Vertreter einer Sache, die der Welt vielleicht nützlich, aber der französischen Monarchie bestimmt nicht ungefährlich war. Maurepas mußte es diesem falschen Biedermann zeigen, daß er ihn und seine Politik durchschaute.

„Ich werde alt", sagte er, „und halte es für an der Zeit, meine Erfahrungen zum Nutzen der Welt niederzulegen. Ich schreibe an meinen Memoiren, das heißt", verbesserte er sich, auf den Sekretär weisend, „mein guter, verlässiger und schweigsamer Sallé schreibt meine Memoiren. Sallés Bestreben ist, meine aufrichtige Meinung zu äußern. Ich habe vor meinem alten Freunde Franklin keine Geheimnisse. Berichten Sie, mein lieber Sallé, was schreiben wir in unsern Memoiren über die Beziehungen Versailles' zu den aufständischen Kolonien?"

Franklin hatte von diesen Memoiren schon gehört. Der sechsundsiebzigjährige Maurepas machte kein Hehl aus seiner Absicht, ungeschminkte Denkwürdigkeiten zu hinterlassen, die gleich nach seinem Tode veröffentlicht werden sollten. Wollte er einen Freund oder einen Feind einschüchtern, dann drohte er schelmisch: „Sehen Sie sich vor, mein Teurer, Sie könnten eine ungünstige Figur in meinen Memoiren machen", und beobachtete mit Vergnügen das etwas verzerrte Lächeln des Angeredeten.

Franklin hatte sich von Anfang an gefragt, wozu der Minister den Sekretär mitgebracht habe. Jetzt, durch seine eisenumrahmte Brille, beschaute er sich den Mann, der bisher dagesessen war, farblos, schweigsam, wie nicht vorhanden. Die beiden, der Minister, der einen andern zu seinem Schatten entkörperte, und der andere, der sich so entwesen ließ, waren ein lehrreiches Beispiel dessen, was der Despotismus aus den Menschen machte. Und nun tat Monsieur Sallé den Mund auf, und die Stimme war, wie Franklin vermutet hatte, erloschen und schollerig. „Wir sind alt“, sagte diese Stimme her wie die eines Schreibers, der Akten herunterliest, „und haben mancherlei gesehen. Wir haben Menschen sich drehen und wenden sehen mit so unverschämter Schnelle, daß wir solchen Wechsel und solche Schwankungen nicht glaubten, wenn wir sie nicht selber erlebt und manchmal auch selber gemacht hätten. Da haben zum Beispiel erst vor kurzem die englischen Kolonisten in Amerika einen blutigen Krieg gegen uns geführt. Sie sind barbarisch eingefallen in Territorien, die wir besiedelt und zivilisiert hatten. Und vor noch kürzerer Zeit, als sich England gezwungen sah, einem Teile Kanadas französische Lebensart zu belassen, haben diese englisch-amerikanischen Kolonisten das französische Regime, die französischen Sitten, die katholische Kirche mit wüstesten Beschimpfungen verfolgt. Und jetzt kommen diese gleichen englisch-amerikanischen Kolonisten zu uns und fragen harmlos lächelnd: ‚Sind wir nicht Freunde? Haben wir nicht dieselben Interessen?‘“

Der alte Benjamin Franklin, mit seinem großen, breiten Mund, lächelte und sagte: „Sind wir nicht Freunde? Haben wir nicht die gleichen Interessen?“ Und er legte einen ganz kleinen Ton auf das „Sind“ und das „Haben“. Dann fuhr er liebenswürdig fort: „Aber ich darf das Lob, daß wir diese Erkenntnis als die ersten gehabt hätten, nicht ohne weiteres annehmen. Wenn mich nicht alles trügt, dann kam, bevor wir uns mit Paris ins Benehmen setzten, von dort jemand zu uns, ein Mann, entsandt vom Grafen Vergennes, ein gewisser Monsieur Achard de Bonvouloir, und erklärte uns, wir dürften auf jede Unterstützung von seiten Frankreichs rechnen, wenn wir uns von England lossagten.“

„Hatte er etwas Schriftliches, Ihr Monsieur de Bonvouloir?“ fragte der Minister. Und da Franklin schwieg, setzte er liebenswürdig belehrend hinzu: „Nun also. Dann existiert er doch nicht. Dann tritt er in Erscheinung doch nur, wenn wir ihn brauchen können. Können wir ihn brauchen?" fragte er den Sekretär.

Aus dem Munde Monsieur Sallés erscholl es farblos: „Das französische Reich und die englischen Kolonien Amerikas haben zwei gemeinsame Interessen: England zu schwächen und miteinander Handel zu treiben. Darüber hinaus sehen wir nur Gegensätze. Die absolute Monarchie Frankreich hat kein Interesse daran, ihren Untertanen das Schauspiel einer siegreichen Empörung vorzuführen."

Nun also wußte Franklin, zu welchem Zweck der alte Diplomat ihn allein hatte sprechen wollen. Er wollte ihm auf seine verschnörkelte Art klarmachen, daß es rein persönliches Wohlwollen war, wenn er und Vergennes ihn unterstützten, er wollte ihm vorführen, daß er, Franklin, ein Mann war, der nichts zu bieten hatte und sehr viel verlangte. Aber so simpel lag die Sache nun doch nicht. Wenn Frankreich es geschehen ließ, daß Amerika sich England unterwerfen mußte, dann war es nur eine Frage der Zeit, daß England und Amerika vereint herfielen über Frankreichs westindische Besitzungen, über die reichen Zuckerinseln. Das war kein starkes Argument, aber, richtig präsentiert, ließ es sich hören.

Doch Maurepas glaubte, dem andern jetzt zur Genüge gezeigt zu haben, daß er sich nicht dumm machen ließ. Noch bevor Franklin erwidern konnte, sagte er: „Aber ich habe Sie lange genug den Gästen der Gräfin entzogen", und sie schickten sich an, in den Empfangssaal zurückzukehren.

Dort hatte sich, während Franklin weg war, die allgemeine Aufmerksamkeit dem hübschen Jungen zugewandt, den der Alte mitgebracht hatte, seinem Enkel. Der hatte rasch herausgefunden, daß er in Gegenwart des Großvaters am besten daran tat, den zärtlichen, ehrfürchtig bemühten Enkel zu spielen. Sobald aber der Alte aus dem Weg war, wurde William aktiv. Er trug sich sorgfältig, modisch, er hatte gelernt, den Damen Komplimente zu sagen, und er hatte die Erfahrung gemacht, daß sein schlechtes Französisch diese Komplimente nur würzte. So hatte er jetzt eine gute Zeit.

Noch ein anderer Herr war mittlerweile gekommen, der Madame de Maurepas' Gäste interessierte: Monsieur de Beaumarchais. Es war erstaunlich, ihn, einen Mann von gekauftem Adel und so zweifelhaftem Ruf, inmitten dieser erlesenen Versammlung zu finden. Aber die Gräfin hatte bedacht, daß der Name ihres Toutou mit der amerikanischen Sache so verknüpft war, daß es ihn tief hätte kränken müssen, wenn sie ihn heute ausgeschlossen hätte.

Die Einladung hatte Pierres Selbstgefühl erhöht. Trotzdem hatte er geschwankt, ob er kommen solle. War es nicht falsch, wenn er nach der höflichen Nichtachtung, die ihm Franklin bezeigte, jetzt den Eindruck erweckte, als liefe er dem Alten nach? Davon abgesehen konnte Pierre den Abend schwer frei machen. Nicht nur war er überhäuft mit Geschäften, er brauchte auch Zeit für seine Leute. Viel zuwenig kümmerte er sich um Therese, die Mutter seines zukünftigen Kindes. Auch der Zustand seines alten Vaters machte ihm Sorge; wohl war Vater Caron noch immer frisch und munter, doch diese Frische kostete ihn Anstrengung, man sah, wie er verfiel.

Trotzdem hatte sich Pierre zuletzt entschlossen, zu kommen; gerade weil sie so schwierig war, reizte ihn die Aufgabe, Franklins Widerstand zu überwinden. Er war Meister in der Kunst, Menschen zu fischen; es wäre lächerlich gewesen, die Werbung um seinen Mann so schnell aufzugeben.

Im übrigen kam auch Pierre nicht allein. Er war in Begleitung seines jungen Neffen Félicien Lépine. Der Junge war sonst sehr zurückhaltend; doch als er gehört hatte, Franklin werde dasein, hatte er sich überwunden und den erstaunten Onkel gebeten, ihm eine Einladung zu diesem Abend zu erwirken. Es trieb ihn, den bewunderten Mann aus der Nähe zu sehen.

Vielleicht auch hatte er gehofft, die Prinzessin Montbarey werde dasein und ihre Tochter Véronique. Er hatte richtig gerechnet. Und da Franklin vorläufig nicht sichtbar war, so näherte er sich scheu dem Mädchen. Véronique begrüßte ihn ernsthaft, und sie blieben beieinander. Sie warteten auf Franklin, und daß sie gemeinsam warteten, war Freude.

Auch Pierre wartete. Er war sehr zuversichtlich, er war gut in Form, und weit im Umkreis hörte man zu, wenn er sprach. Er erzählte von den Siegen bei Trenton und Princetown und erging sich mit Sachkenntnis über die militärische Lage. Er sprach mit Wärme.

Unter denen, die ihm zuhörten, war Charlot. Jener geheime Wetteifer, wer von ihnen beiden in der amerikanischen Sache recht behalten werde, dieser leise, unterirdische Wettstreit hatte sich verschärft und gab ihren geschäftlichen und menschlichen Beziehungen eine besondere Farbe. Die militärischen Siege der Amerikaner erhöhten Pierres geschäftliche Chancen, und daß jetzt Charlot unter seinen Zuhörern war, verlieh seinen Worten noch mehr Witz und Glanz. Charlot hörte eine Weile still und freundlich zu, wie das seine Art war. Aber er merkte wohl die leise Herausforderung in Pierres Worten. „Ihre Zuversicht ist erfreulich, mein lieber Pierrot“, sagte er schließlich. „Ich habe vorhin Gelegenheit gehabt, mit Doktor Franklin zu sprechen. Er ist nicht ganz so optimistisch.“ Um Charlots Lippen war jenes fatale Lächeln, und ein kleines Frösteln überkam Pierre. Aber es verging schnell, er sprach mit doppelter Überzeugung weiter, und er hatte das Ohr seiner Zuhörer. Von neuem verfielen Véronique und Félicien dem Zauber, der von ihm ausging. Sie wußten, für diesen Mann hatte es nicht erst der Ankunft Franklins und nicht erst des modischen Anreizes bedurft, ihn zum Anwalt Amerikas zu machen. Gläubig hörten sie seine Worte und begannen zu zweifeln, ob sie ihm nicht an jenem Abend in Etioles unrecht getan hätten.

Mittlerweile waren Franklin und Maurepas zurückgekehrt.

Der Doktor war nicht darauf gefaßt gewesen, Monsieur de Beaumarchais hier zu sehen; sein Freund Dubourg zum Beispiel hätte schwerlich in dieser exklusiven hocharistokratischen Gesellschaft Zutritt gefunden. Aber er bezwang sich und begrüßte Pierre mit besonderer Herzlichkeit. Der war erstaunt und freute sich, daß der launische Alte seine unverständliche Haltung jetzt offenbar bereute. Er gratulierte ihm zu den Siegen bei Trenton und Princetown mit solchem

Schwung, als ob Frankreich sie persönlich errungen hätte. Ein Gespräch kam zustande, die andern sammelten sich um die beiden, Pierre war erfüllt von Genugtuung, zusammen mit Franklin Mittelpunkt zu sein.

Von neuem, gerade um es Charlot zu zeigen, erging er sich über die militärischen Chancen der Amerikaner. Er hatte diese Frage studiert, er hatte darüber in seinen Memoranden an den König und an die Minister ausführlich berichtet. Die Amerikaner, setzte er auseinander, seien unbesieglich durch die Weite ihres Raumes. Die trainierten Truppen der Engländer könnten zwar die Städte nehmen, Washingtons Abteilungen aber hätten die Möglichkeit, sich immer weiter in das grenzenlose Hinterland zurückzuziehen, in die weglosen, unzugänglichen Wälder, um von dort aus durch ständige Vorstöße einen Aufreibungskrieg zu führen gegen die englischen Generale.

Franklin hörte freundlich und aufmerksam zu, wie das seine Art war. Er hatte sich vorgenommen, Geduld und Verständnis für diesen Monsieur aufzubringen, er anerkannte sein rhetorisches Talent, seinen Witz, seine Leichtigkeit, die Gewandtheit seiner Übergänge. Auch war, was er vorbrachte, nicht ganz unrichtig. Es war natürlich gefärbt mit der Romantik, mit der man nun einmal hierzulande die amerikanischen Dinge ansah, aber nicht abzustreiten war die Möglichkeit, daß man schließlich wirklich genötigt sein könnte, einen schlimmen Rückzug in siedlungsloses Hinterland anzutreten. Doch wiewohl sich der Doktor dies alles vorhielt, fand er es schwer erträglich, den aufgeputzten, wohlduftenden Herrn in seinem geschwinden Französisch von diesen bösen, herzdrückenden Dingen reden zu hören, und trotz seines Willens zur Geduld kehrte seine alte Gereiztheit zurück.

„Es wäre bitter, Monsieur", sagte er, „wenn wir zu dieser Methode der Kriegführung gezwungen würden. Es wäre eine kostspielige Methode. Ein großer Teil unserer Bevölkerung wohnt in Städten. Wir haben da Boston, Baltimore, New York, Philadelphia, welche Stadt nach London die größte ist unter allen englisch sprechenden Städten. Stellen

Sie sich vor, wenn Sie den Aufenthalt in Paris vertauschen sollten mit einem Leben in den Wäldern."

Pierre war enttäuscht, erbittert. Es war sein überzeugtes Herz gewesen, das da sprach, und was er gesagt hatte, ließ sich rechtfertigen vor dem Verstand. Und nun hatte dieser Franklin ihn beschämt vor Charlot. Er schaute Charlot nicht an; es fiel ihm schwer, seinen Unmut zu verbergen.

Da aber richtete Franklin den Blick voll auf ihn, ein freundliches Lächeln ging über sein ausgedehntes Gesicht, und er sagte: „Im übrigen haben Sie recht, Monsieur. England hat dreimal mehr Menschen als wir, es hat trainierte Armeen, eine große Flotte und viele gemietete Söldner, aber es hat keine Chance, weder politisch noch militärisch. England wird unsere Unabhängigkeit anerkennen müssen, es wird zugeben müssen, daß wir aus diesem Konflikt stärker herausgehen, als wir hineingegangen sind." Und er erzählte eine seiner Geschichten: „Erspähte da einmal ein Adler ein Kaninchen, tauchte hinunter, packte es und riß es hinauf in die Luft. Aber das Kaninchen war eine Katze und krallte sich ihm in die Brust. Der Adler öffnete seine Fänge und wollte die Katze fallen lassen. Doch der Katze war der Sturz zu gefährlich, sie krallte sich fester und sagte: ‚Wenn du mich los sein willst, Adler, dann mußt du mich gefälligst da niedersetzen, wo du mich hergeholt hast.'"

Das war eine hausbackene Fabel für die Herrschaften, die großgeworden waren mit den Fabeln und frivolen Geschichten Lafontaines. Aber sie ging ihnen ein, sie lächelten beifällig, nachdenklich. Sie spürten, daß hinter den schlichten, altväterlichen Worten eine große Überzeugung stand und daß der Alte, wenn er nur gewollt hätte, seine Meinung auf eine ihnen mehr gemäße, geistreiche Art hätte ausdrücken können.

Pierre hätte eigentlich zufrieden sein müssen, daß ihm Franklin nun doch noch recht gegeben hatte. Er lächelte auch beifällig, ja, er klatschte leicht in die Hände. Doch es überfiel ihn, während er mit seinem Nachbar witzig und überlegen weiterplauderte, mit einemmal ein Gefühl der Hilflosigkeit. Was ihn bedrückte, war die Erkenntnis, daß dieser Mann soviel größer war als er selber und daß er, Pierre, vor ihm versank.

Für einen Augenblick war ihm, als erlebe er einen Sturz, einen Zusammenbruch wie nie vorher. Da war er sein ganzes Leben lang überzeugt gewesen, es komme nicht darauf an, zu sein, sondern zu scheinen. Pas être, paraître. Auf diese Überzeugung hatte er seine innere und seine äußere Existenz gestellt. Nicht die Gedanken, die einer dachte, zählten, sondern diejenigen, die er von sich gab. Nicht das Geld, das einer besaß, zählte, sondern das, welches er in der Gegenwart anderer springen ließ. Nicht die Ideale, die einer in der Brust trug, zählten, sondern diejenigen, zu denen er sich vor der Welt bekannte. Das war Pierres Credo gewesen. Und nun saß da vor ihm ein Mann, strengte sich nicht an, war nicht geistreich, redete wenig, und was er redete, war hausbacken von Inhalt und hölzern im französischen Wort. Und trotzdem wirkte durch seine bloße, schlichte, freundliche, ehrwürdige Gegenwart dieser Mann mehr als er selber durch das prasselndste Feuerwerk des Geistes. Wozu eigentlich hatte da er, Pierre, sein Leben lang seine anstrengende Rolle gespielt, die Rolle des Mannes, der selbst in der widerwärtigsten Situation überlegen lächelt und alle Gefahren mit einem Witz abtut?

Doch die Verzweiflung dieses Erlebnisses dauerte nur einen Augenblick, sie verdichtete sich kaum zu Worten, und das Gesicht Pierres, während das Bewußtsein seiner inneren Leere ihn überschlich, blieb das gleiche, höflich lächelnde. Es mochte sein, daß er trotz seiner aufmerksamen Miene nicht alles gehört hatte, was sein Gesprächspartner, der junge Chevalier du Buysson, zu ihm sagte, aber das Wesentliche hatte er aufgefaßt, daß nämlich dieser Offizier einer aus der Gruppe jener jungen Aristokraten war, die hinüber nach Amerika wollten, um aktiv an dem Freiheitskriege teilzunehmen. Pierre verscheuchte vollends die schreckhaften Empfindungen, mit denen ihn Franklins Gegenwart erfüllt hatte, er tat, als habe sein Ohr und sein Herz ganz dem Chevalier gehört, er beglückwünschte ihn vielwortig und erklärte mit Schwung, er werde dem Chevalier mit Freuden bei der Einschiffung und der Überfahrt behilflich sein.

Franklin saß da, massig, freundlich, ruhevoll, der junge William lehnte in anmutiger Haltung an seinem Sessel; Pierre, der Chevalier du Buysson, eine Reihe anderer Gäste standen und saßen herum. Der Chevalier hatte so gesprochen, daß Franklin ihn hören mußte, wahrscheinlich waren seine Worte mehr für Franklin bestimmt gewesen als für Beaumarchais. „Auch ich", sagte jetzt der Doktor, „finde Ihr Vorhaben höchst löblich, Chevalier. Trotzdem bitte ich Sie, die Meinung eines alten Mannes, der die Verhältnisse drüben kennt, zu bedenken, ehe Sie einen endgültigen Entschluß fassen. Monsieur de Beaumarchais hat recht gehabt, als er vorhin auseinandersetzte, dieser Krieg werde anders geführt als europäische Kriege. Man hat mir erzählt, daß vor einer Schlacht des letzten Feldzuges der Befehlshaber Ihrer Armee den englischen Kommandanten aufforderte: ‚Sie haben den ersten Schuß, Monsieur.' Von solchen Höflichkeiten kann in unserem Kriege nicht die Rede sein. Unser Krieg ist keine Folge glänzender, farbiger, heroischer Schlachten, er ist vielmehr und wird wohl auch weiter sein eine endlose Folge von höchst unheldischen Strapazen, von kleinlichen, widerwärtigen, zermürbenden Schwierigkeiten und Übeln. Bedenken Sie das, Chevalier, ehe Sie hinübergehen. Die Sache, auf die Sie sich da einlassen wollen, ist hart, bitter, trokken und langwierig."

Ringsum war man verstummt. Der Alte hatte ohne viel Ton gesprochen wie immer, doch seine Sätze waren so eindringlich gewesen, daß der glänzende Saal und die geschmückte Gesellschaft versanken; statt dessen sah man vor sich Ödnis, Schmutz, Verlassenheit, Hunger, Krankheit, erbärmliches Sterben. Der Alte erkannte, daß er weit gegangen war. Er drückte die Schultern ein wenig zurück, schüttelte den mächtigen Kopf, daß die schüttern Haare tiefer auf den Rock fielen, hob um ein winziges die Stimme. „Aber es wird *doch* gehen", sagte er. „Es wird gehen. Ça ira."

Félicien und Véronique, bei weitem die Jüngsten in der Gesellschaft, saßen da, schauten, hörten. Sie hatten Bilder Franklins gesehen, sie kannten den Spruch: „Dem Himmel entriß er den Blitz, dem Tyrannen das Zepter." Er war genauso wie seine Bilder und war ganz anders. Seine leibhafte, atmende Gegenwart hob einen hoch und erdrückte einen. Sie spürten brustschnürende Angst, als er von dem jämmerlichen und gefährlichen Einerlei des Krieges sprach und von dem kahlen Tod am Ende. Und sie atmeten auf, als er die Trübsal abschüttelte. Sie hatten alles aufgetrieben, was sie über Amerika lesen konnten, sie hatten alle aufgesucht, die ihnen darüber berichten konnten. Aber jetzt zum erstenmal wurde ihnen Amerika wirklich. Jetzt zum erstenmal spürten sie: diese neue, freie Welt war da. Sie hob sich herauf, die alten Mächte kämpften gegen sie, allesamt, aber sie wird nicht mehr unterzukriegen sein. Auf die beiden jungen Menschen überging die ruhige Zuversicht, die gesammelt war auf dem weiten Antlitz des alten Mannes.

Drittes Kapitel

Louis und Toinette

Hell, heiter, feierlich bewegte sich der Zug durch die Spiegelgalerie. Voran Gardeoffiziere, dann Louis und Toinette, dann die Herren und Damen des Dienstes, so wandelte der farbige Schwarm dahin zwischen Reihen tief sich Neigender, und die Spiegel gaben den Glanz hundertfach wider. Es war nicht einfach, an dem Zuge teilzunehmen, das Parkett war schlüpfrig, man konnte nur vorsichtig gleiten, die Füße heben durfte man nicht; zudem war man behindert, die Herren durch ihre Degen, die Damen durch die ungeheuer weiten Röcke. Aber die diesen Zug bildeten, hatten keine Mühe, sie hatten Übung, und alles war leicht, festlich, königlich, mit Ausnahme des Königs selber, der sich dick, ungelenk, watschelnd vorwärtsschob. Er hatte, der junge Louis, diesen Weg unzählige Male zurückgelegt, zur Messe und von der Messe, doch immer noch bereitete er ihm sichtliche Schwierigkeiten. Er lächelte verlegen über das ganze, fette, knabenhafte Gesicht und setzte linkisch die schweren Füße, so daß die spalierbildenden Höflinge Sorge ankam, der König möge im nächsten Augenblick hinfallen und die um ihn in seinen Fall mit hineinreißen.

Um so leichter und anmutiger wirkte an seiner Seite Toinette. Manche unter den Zuschauern hatten wohl des öftern bösartig Spöttisches geäußert über das hochmütige, verspielte, lasterhafte Geschöpf, über die Fremde, die dahergekommen war aus ihrem Wien, nicht zum Nutzen des holden Frankreich. Doch jetzt, vor dem Angesicht Toinettes, vor dem mädchenhaft liebenswürdigen Anblick dieser dünnen, großen, strahlend jungen und höchst damenhaften Frau, verstummten Spott und Bosheit, und es blieb nur Schauen. Blendend weiß und edel kamen Hals, Schultern, Arme, Büste aus den Spitzen des Kleides, zart und hoch hob sich die Gestalt, die starkblauen Augen unter den geschwungenen, dunkelblonden Brauen leuchteten heraus aus dem langen, ovalen Gesicht, über der sehr hohen Stirn glänzte getürmt das herrliche, aschblonde Haar; die leicht gekrümmte Nase und die volle, etwas hängende Unterlippe störten nicht, sie bewahrten das Gesicht davor, harmonisch-langweilig auszuschauen. So, wunderbar leichten Ganges, schritt Toinette dahin, sie schritt nicht, sie schwebte, groß, zierlich, kindhaft freundlich und doch sehr hochmütig, ganz die Tochter der Maria Theresia, die Schwester des Kaisers Josef, die Frau des Königs von Frankreich.

Lächelnd neigte sie den Kopf nach dieser Seite, nach jener, anmutig und hoch über der Menge der Höflinge zog sie einher, die liebliche, strahlende, junge Königin.

Doch die Gedanken, die hinter der heitern Stirn auf und nieder gingen, waren keineswegs angenehm. Toinette hatte heute nacht wenig geschlafen. Sie hatte teilgenommen an einer Gesellschaft der Prinzessin Rohan, sie hatte gespielt, lange gespielt und hoch verloren. Sicherlich hatten Graf Mercy und der Abbé Vermond, die Berater, welche ihre Mutter ihr auf den Nacken gesetzt, schon davon erfahren. Sie werden ihr Vorwürfe machen, werden wahrscheinlich auch der Mutter nach Wien darüber berichten. Überdies wird es jetzt, nach diesem Verlust, bestimmt schlecht um ihre

Kasse stehen, und sie wird Louis wieder um Geld angehen müssen.

Es sind viele Leute bei der Prinzessin Rohan gewesen, zu viele, und darunter manche, die nicht hingehörten, darin haben Graf Mercy und der Abbé recht. Es ist viel Gesindel unter den Leuten, mit denen sie da an einem Tisch gesessen und gespielt hat. Diese Marquis de Dreneux und de la Vaupolière, die abwechselnd die Bank hielten, haben sich vermutlich ihre Titel wirklich nur angemaßt, dieser Mr. Smith aus Manchester ist ein indischer Emporkömmling, eine sehr zweifelhafte Persönlichkeit, und wenn der Herzog de Fronsac behauptet, die Herren verbesserten zuweilen ihr Glück durch ihre Geschicklichkeit, so mag er nicht ganz unrecht haben.

Sie hätte um Mitternacht aufhören sollen. Sie hat es auch gewollt, sie war schon aufgestanden. Aber dann hat sie sich von dem Prinzen Karl, ihrem Schwager, doch bewegen lassen, sich wieder hinzusetzen und ihren Verlust einzuholen. Erst da, nach Mitternacht, hat sie dann ganz groß verloren. Aber aufregend war es, wenn sie ganz ehrlich sein will, war es herrlich, und wenn es das Schönste auf der Welt ist, sehr hoch zu gewinnen, dann ist es das Zweitschönste, sehr hoch zu verlieren.

Aber sie darf doch nicht so weitermachen, es wäre unvernünftig, sie ist jetzt einundzwanzig, da darf sie sich nicht mehr so gehenlassen. Sie hat sich auch fest vorgenommen, sie wird heute abend nicht spielen. Sehen lassen wird sie sich im Kreis ihrer Freunde, sie würden sich lustig machen, wenn sie nicht käme. Aber wenn ihr Schwager Karl ihr noch so heftig zusetzen wird, sich Revanche zu holen, und wenn er sie noch so sehr aufziehen wird, sie wird fest bleiben, keine Macht der Welt wird sie an den Spieltisch bringen.

Man war vor den Gemächern der Königin angelangt, das Cortège löste sich auf. Toinette ließ sich auskleiden. Dann, allein, atmete sie auf, tief, sehr jung, streckte sich, gähnte laut.

Drei Stunden hatte sie jetzt vor sich, ehe sie sich fürs Souper ankleiden lassen mußte. Vorgesehen war für diese Zeit eine Beratung mit dem Architekten Mique, mit dem sie gründlich die Neuanlage der Gärten ihres Trianon hatte durchsprechen wollen. Außerdem hatte sich der Abbé Vermond angesagt; der kam bestimmt, um ihr im Auftrag der Mutter die Leviten zu lesen. Wenn es viel war, blieb ihr dann noch eine Stunde, sich auszuruhen. Nein, sie wird weder den Abbé empfangen noch den Architekten. Sie wird schlafen, sie wird die ganzen drei Stunden schlafen, um heute abend frisch zu sein und der Versuchung des Spieltisches zu widerstehen.

Da saß sie in ihrem weiten, feierlichen Schlafzimmer, und hinter schweren, kostbaren Vorhängen stand mächtig das Bett. Sie saß da, im Negligé, eine einundzwanzigjährige Frau, sehr gesund, leichten Herzens, leichten, sehr hübschen Kopfes, voll von Lebenslust, im Augenblick außerordentlich müde. Sie schaute auf das mächtige Staatsbett, voll Widerwillen. Sie dachte an die Zeremonien, die sich des Morgens und des Abends rings um dieses Bett abspielten, wenn sie aufstand und wenn sie sich niederlegte, an die Damen ihres Dienstes, die ihr da nach strenger Etikette das Hemd reichten und die Strümpfe und die Waschschüssel, jede etwas anderes, und für jede mußte sie ein freundliches Gesicht haben und ein freundliches Wort, und hundert Augen folgten jeder ihrer Bewegungen.

Lächelnd, spitzbübisch, in ihren Pantoffeln, auf den Zehen verließ Toinette ihr feierliches Schlafzimmer. Lief über einen der dunkeln Korridore, die sich dahinter verwinkelten, lief über einen zweiten, sie kannte sich aus im Labyrinth des unendlich großen Gebäudes. Lief in eines der vielen „Nebenzimmer"; es war ein Zimmer, nie benutzt, nur dafür bestimmt, daß, falls Toinette einmal schwanger sein sollte, eine Dame ihres Dienstes dort übernachten könnte. Nur wenige wußten von diesem Zimmer, niemand vermutete sie dort. Toinette lief hinein, schlug die Tür zu, verriegelte sie. Warf das Negligé ab, legte sich, völlig nackend, in das schmale Bett, das keineswegs prunkvoll war. Streckte sich, gähnte gewaltig, legte sich auf die andere Seite, zog die Beine hoch. Fiel in einen tiefen, traumlosen, herrlichen Schlaf, während im Vorzimmer des feierlichen Raumes der Architekt und der Abbé warteten.

Als sich Toinette in den Gemächern der Prinzessin Rohan einfand, wurde sie, wie immer, begrüßt vom Gekläff der kleinen Hunde und vom Geschrei des Papageis. Die Prinzessin trennte sich niemals von ihren Hunden Chérie, Aimée und Joujou, und sie ließ sich nicht stören durch das Krächzen ihres Papageis Monsieur. „Les amants arrivent – Die Liebespaare treffen ein“, pflegte der Papagei zu rufen, das war alles, was er gelernt hatte; er war uralt, es hieß, er stamme noch aus der Zeit des Regenten, er sei damals großgezogen worden in einem berühmten Absteigequartier der Hocharistokratie, daher seine Ankündigung.

Es war spät, die Gäste waren alle versammelt, am Pharao-Tisch war die Partie bereits im Gang. Aber man unterbrach sie nicht, Toinette hatte sich im Kreis ihrer Freunde, des Fliederblauen Klüngels, jedes Zeremoniell verbeten.

Prinzessin Rohan und Gabriele Polignac, Toinettes nächste Freundin, kamen ihr entgegen. Gabriele, mit ihrer sanften, warmen, lässigen Stimme, sagte: „Da bist du ja, Toinette.“ Die Prinzessin Rohan aber machte ihr wortreiche Vorwürfe, daß sie nicht früher gekommen sei; sie habe viel versäumt. Ihre blassen Augen schauten noch hysterischer als sonst, und klagend, doch gleichzeitig triumphierend erzählte sie, sie habe wieder eines ihrer Gesichte gehabt. Angekündigt zunächst durch das jammervolle Heulen und Bellen ihres Hündchens Aimée, habe einer ihrer großen Toten sie besucht. Diesmal sei es der Kardinal Richelieu gewesen, und sie habe auch mit ihm gesprochen. Alle hätten die Anwesenheit des toten Kardinals wahrgenommen, für die weniger Scharfsichtigen sei das Benehmen ihrer drei Hunde, ihre Angst, wie sie dem Toten ausgewichen seien, wie sie sich geduckt und die Schwänze eingeklemmt hätten, ein deutliches Zeichen gewesen. Auch der Papagei sei verstummt, mit gesträubten Federn. Sie verlangte das Zeugnis ihrer Gäste. „War es nicht, als wäre der Kardinal leibhaft unter uns, meine Herren?“ fragte sie. „Es war angenehm unheimlich“, rief vom Spieltisch her mit seiner kräftigen Stimme Graf Jules Polignac, Gabrieles Mann. Und der Marquis de Vaudreuil bestätigte: „Zweifellos hat die Prinzessin mit dem Kardinal gesprochen. Aber", fuhr er fort, und er versteckte die Ironie unter gutgespieltem Nachdenken, „ganz so bedeutend war die tote Eminenz nicht wie die lebendige."

Toinette pflegte, wie der ganze Fliederblaue Klüngel, nachsichtig zu lächeln über die Eigenheiten der Prinzessin Rohan, über ihre Menagerie und über ihre Visionen. Trotzdem waren die freigeistigen Herrschaften merkwürdig angezogen von diesen Visionen, sie beschäftigten sich mit ihnen, sie diskutierten die Aussprüche der Toten, und in aller Mokerie war ein Körnchen Glauben.

Die Prinzessin Rohan hatte ein hübsches, etwas hageres, zerarbeitetes Gesicht mit großen, fahrigen Augen; in ihren Worten und Gesten war etwas Brennendes, Fanatisches. Sie wurde von ihrem Mann, den sie leidenschaftlich liebte, grob vernachlässigt, sie flüchtete zu den Toten. Sie war reich, sie gab, immer inmitten ihrer Hunde und Katzen, große Empfänge. Sie konnte verblüffend gescheite Dinge sagen, sie verschwendete Geld und Zeit für ihre Freunde, die bösartige Gesellschaft von Versailles und Paris nahm ihre Anwandlungen mit gutmütiger Ironie in Kauf.

Prinz Karl begrüßte Toinette. „Das haben Sie gut gemacht, Schwägerin", sagte er, „daß Sie meinem Rat gefolgt sind. Also los, holen wir uns Revanche." Prinz Karl, der jüngste Bruder des Königs, war kaum zwanzig. Während Louis und Prinz Xavier, die älteren, übermäßig dick waren, sah Karl schlank und hübsch her; er war ein richtiger Lausbub, lustig, für jeden Streich zu haben, ein willkommener Teilnehmer, ja der Urheber vieler von Toinettes Vergnügungen.

Toinette schielte hinüber nach dem Spieltisch, hörte das leise Klirren der Münzen, das matte Aufschlagen der Karten. Doch sie beherrschte sich. „Nein", sagte sie, „ich spiele heute nicht. Ich bin nur gekommen, euch zu sehen. Ich hatte einen angestrengten Tag, die Messe, den Empfang der Gesandten. Aber hier bin ich", und sie schaute strahlend um sich.

Auf die Dauer indes konnte sie das verlockende Bild des Spieltisches nicht ertragen. Sie nahm ihre Freundin Gabriele um die Schulter und führte sie in das kleine Kabinett nebenan.

Der Marquis de Vaudreuil, der ansehnlichste unter den Herren des Fliederblauen Klüngels, saß, ein wenig abgesondert von den übrigen, auf einem Sofa mit Diane Polignac, der Schwester des Grafen Jules, der Schwägerin Gabrieles. Einen Augenblick dachte er daran, den beiden Damen, wie sie langsam und anmutig, umschlungen, durch den großen Raum gingen, ein freundlich ironisches Scherzwort zuzurufen; aber es wäre geschmacklos gewesen. Er unterließ es und begnügte sich, ihnen mit den Augen zu folgen, begehrlich, mit einem kleinen, spöttischen Lächeln. Wieder, wie häufig, während er mit Diane Polignac gewandt weiterschwatzte, verglich er, der Kenner, Toinette und Gabriele. Toinette war jung, lebhaft, fröhlich, ihr Gesicht zeigte kindlich unbekümmert jede Regung; angezogen und doch beinahe ergrimmt nahm Vaudreuil wieder einmal wahr, wie seltsam hochmütig im Rahmen dieses kindlichen Antlitzes die habsburgischen Merkmale wirkten, die Unterlippe, die ein bißchen hing, die kühne Nase. Gabriele ihresteils hatte die gleiche hohe Stirn wie Toinette, doch ihre weit auseinanderliegenden Augen waren viel tiefer blau unter den schwarzen Brauen, die Nase bog sich auf reizvolle Art ein wenig nach oben, das Gesicht der Achtundzwanzigjährigen mit den leicht verschlafenen Augen strahlte weiß unter dem heftig schwarzen Haar. Die zahllosen Bewunderer Gabrieles rühmten die „himmlische Reinheit“ dieses Antlitzes, und Vaudreuil lächelte, daran denkend, was alles sich hinter der engelhaften Miene versteckte.

Toinette setzte sich mit Gabriele in das kleine Kabinett. Der Vorhang, der das Kabinett von dem Empfangsraum trennte, war zurückgeschlagen, so daß, was in dem Kabinett vorging, außen sichtbar blieb. Toinette hielt also ihr Antlitz beherrscht, freundlich lächelnd; doch aus dem lächelnden Munde kamen Worte unbeherrschter Klage. Schön, da man es von ihr verlangte, brachte sie Vernunft genug auf, sich des

Spielens zu enthalten. Aber war es nicht schmählich, daß sie, die Königin, so gar keine Freiheit hatte? Auf Schritt und Tritt war sie behindert durch eine blöde Etikette, nicht einmal in ihren wenigen freien Stunden durfte sie tun, war ihr Freude machte, und für all den Zwang und die Entbehrung erntete sie nichts als Vorwürfe. Wahrhaftig, jedes Fischweib der Halle hatte es besser als die Königin von Frankreich.

Gabriele Polignac streichelte zärtlich den schönen Arm und die lange, zart fleischige, sehr weiße Hand Toinettes. „Möchtest du tauschen mit einem Fischweib?" fragte sie mit ihrer trägen, dunkeln Stimme. Toinette lachte, jung, kindlich. „Auf was für Ideen du kommst, Gabriele", sagte sie.

Durch den Ausschnitt der Tür sahen sie Vaudreuil. Er schwatzte noch immer mit Diane Polignac. Gabrieles Schwägerin hatte ein hageres, dunkles Gesicht mit einer scharfen Nase, sie war eher häßlich, doch bei weitem die Klügste, nicht nur unter den Polignacs, sondern im ganzen Fliederblauen Klüngel. „Warum gibt er sich eigentlich soviel mit ihr ab?" fragte Toinette. Gabriele erwiderte nicht, langsam glitten ihre großen Augen über Vaudreuil und Diane. Toinette wußte, jedermann wußte es, daß Vaudreuil Gabrieles Liebhaber war, doch kaum je sprachen die beiden Frauen darüber. Heute, unvermutet, fragte Toinette: „Bist du eigentlich niemals eifersüchtig, Gabriele?" Gabriele, immer mit den Augen auf Vaudreuil und Diane, streichelte langsam und stärker Toinettes Arm. „Mir liegt an niemand außer an dir, Toinette", sagte sie.

„Aber warum wirklich redet er nur mit Diane?" fragte nochmals Toinette. Gabriele, nach einem ganz kleinen Schweigen, erwiderte: „Ich denke, er hat Sorgen. Uns läßt er nichts merken, dazu ist er zu stolz, aber mit Diane kann er darüber reden, weil sie nicht schön ist."

Toinette wußte, was das für Sorgen waren, auf welche Gabriele anspielte. François Vaudreuil war reich, doch das Geld zerrann ihm unter den Händen. Nun hatte Diane Polignac angeregt, Toinette möge ein altes Hofamt wiederaufleben lassen, die Stelle eines „Intendanten der Schauspiele und Vergnügungen der Königin". Toinette brauchte einen solchen Intendanten, der Marquis de Vaudreuil war dafür geeignet wie kein zweiter, und das Amt war mit einem hohen Gehalt verbunden.

Nachdenklich schaute Toinette. Eine solche Bestallung Vaudreuils würde ihren Haushalt mit neuen sechzigtausend Livres belasten. Louis und der Finanzminister Necker werden saure Gesichter ziehen; auch ihre österreichischen Berater, der Botschafter Mercy und der Abbé Vermond, werden ihr neue Vorhaltungen machen, wie überaus kostspielig ihre Freundschaft mit Gabriele sei. Dabei war das Sonderbare, daß Gabriele niemals etwas für sich selbst verlangte; sie hatte keine Bedürfnisse. Als Toinette sie entdeckt hatte, sogleich hingerissen von der himmlischen Anmut dieses sanften Gesichtes, war Gabriele arm gewesen, so arm, daß sie den weitaus größten Teil des Jahres auf ihrem traurigen, dürftigen Landsitz hatte verbringen müssen, fern in der Provinz, und nur auf zwei, drei Wochen nach Versailles hatte kommen können, um sich bei Hofe zu zeigen. Doch Gabriele hatte sich aus dieser Armut nichts gemacht, Toinette hatte List und Mühe aufwenden müssen, um sie zur Annahme der Gelder zu überreden, die ihr und den Ihren ein Leben in Ver sailles ermöglichten. Es war freilich eine zahlreiche und eine ausgehungerte Familie, die der Polignacs, und so bedürfnislos Gabriele für sich selber war, sie konnte nicht nein sagen, wenn Graf Jules, ihr Mann, und seine Schwester Diane sie bestürmten, der Freundin von den Nöten der Familie zu erzählen. Da ging sie denn schließlich zu Toinette, das sanfte, lässige Gesicht leicht überrötet, die schläfrigen, verwirrenden Augen noch größer und mädchenhafter als sonst, und deutete an, ihre Leute seien wieder einmal in der Klemme. Toinette aber war die Vorstellung unerträglich, daß irgendwo im Bereich ihrer liebenswerten Gabriele Geldsorgen sein sollten, und es war ein Kitzel, ein ungeheures Vergnügen, die Freundin zu trösten und ihren Leuten zu helfen. Renten von mehr als einer halben Million Livres jährlich habe sie so über die Polignacs ausgeschüttet, hatte Mercy ihr jüngst vorgerechnet. Das klang nach Leichtsinn und Verschwendung. Aber sollte sie dulden, daß sich alberne Ziffern einmischten in das einzige Glück ihres Lebens, in die Freundschaft mit Gabriele?

„Du hast recht", sagte sie, „man muß etwas für unsern Freund François tun. Aber er wird es nicht annehmen, wenn ich ihn bitte, mein Intendant zu werden. Er ist so unheimlich hochmütig." – „Wenn irgendein anderer ihm dergleichen vorschlägt", antwortete Gabriele, „wird er's mit Hohn zurückweisen. Nur Sie können mit ihm reden, Toinette."

Vaudreuil hatte sich mittlerweile von Diane verabschiedet und kam jetzt quer durch den Saal auf das Kabinett zu. Kein anderer hätte die Vertraulichkeit der Königin und ihrer Freundin zu stören gewagt, aber er trat ein mit lässiger Selbstverständlichkeit. Er setzte sich zu den Damen. Er bewundere Toinette, sagte er, daß sie sich so lange und so standhaft des Spielens enthalte.

Es war er, François Vaudreuil, der in Wahrheit den Fliederblauen Klüngel beherrschte. In den Salons von Versailles und von Paris galt der junge Prinz Karl für die Seele des Kreises: aber Vaudreuil lenkte den Prinzen. Er tat es klug, er ließ es ihn nicht merken, auch niemand sonst, er blieb im Schatten. Doch er fiel auf, ob er's wollte oder nicht. Das volle, starke Gesicht des Dreißigjährigen mit dem üppigen, frechen Mund, mit den braunen, etwas finstern Augen unter den dicken, tiefschwarzen Brauen und mit der kühnen, schöngewölbten Stirn war überaus männlich. Vaudreuil war interessiert an geistigen Dingen, er hatte beinahe alle Pariser Schriftsteller von Namen zu Freunden; in den Liebhaberaufführungen des Hochadels war er der beste und der am meisten gesuchte Darsteller. Unzählige Gerüchte hefteten sich an seinen Namen. Weit über Paris hinaus erklärte man, unter den Männern Frankreichs wirkten auf die Phantasie der Frauen am meisten der Schauspieler Lekain, der Schriftsteller Beaumarchais und der Marquis de Vaudreuil.

„Sie haben recht, François", sagte Toinette, „es ist verwunderlich, daß ich nicht spiele. Es bleibt einem nichts anderes übrig als das Spielen, so monoton sind unsere Vergnügungen. Meine Feste und Veranstaltungen kommen mir noch dilettantischer vor als diejenigen, die ich als Kind in Schönbrunn gesehen habe. Meine gute Campan und auch die Lamballe haben keine Einfälle. Wir haben soeben davon gesprochen, Gabriele und ich. Ich möchte das Amt eines Intendanten wieder einführen", schloß sie beiläufig und tapfer.

Vaudreuil saß da, elegant, lässig, doch seine starken Brauen hatten sich um ein kleines mehr zusammengezogen. Er schaute von einer der beiden Damen zur andern, und es war erstaunlich, wie gewalttätig mit einemmal sein Gesicht aussah. Die braunen Augen waren erschreckend düster, die dicken Brauen drohend, gefährlich; Vaudreuil war gefürchtet um seiner jähen, heftigen Zornesausbrüche willen.

Gabriele erhob sich eilig. „Ich denke, ich sollte wieder zu den andern gehen", sagte sie und entfernte sich.

„Ernstlich, François", sagte Toinette, als sie allein waren, „ich brauche einen Intendanten, das werden Sie zugeben. Und es gibt keinen außer Ihnen."

Wer vom Hauptsaal in das kleine Kabinett hineinblickte, der gewahrte einen Vaudreuil, der in vorbildlicher Haltung dasaß und mit der Königin eine ehrerbietig galante Konversation führte. Toinette indes sah, wie leidenschaftlich es über sein bemüht lächelndes Gesicht wetterte. Toinette kannte ihren François. Ihre Beziehungen waren kompliziert und erregend. Louis war ein Mann bloß dem Namen nach; ein körperlicher Fehler hinderte ihn, die Ehe zu vollziehen. Die Behinderung hätte durch eine einfache Operation, eine Art Beschneidung, behoben werden können; doch der junge Louis, schwerfällig und gehemmt, lehnte es ab, diese Operation vornehmen zu lassen. Sechs Jahre jetzt war Toinette mit ihm verheiratet. Die Kaiserin Maria Theresia und der alte König Louis hatten ihr unter der Anteilnahme ganz Europas mit feierlichen Zeremonien den Dauphin ins Bett gelegt, aber damit hatte es auch sein Bewenden gehabt, nichts weiter war erfolgt in diesen sechs Jahren. Das französische Volk, voll untertäniger Ehrfurcht vor dem gesalbten König, schob den Vorwurf auf Toinette, die dem Lande den Thronfolger schuldig blieb. Die Damen der Halle, die Fischweiber, sangen derbe, unflätige Spottverse, die Literaten verbreiteten elegante, obszöne Epigramme. Bei Hofe aber, und besonders im Kreise des Fliederblauen Klüngels, wußte man Bescheid. Die Galanterien der Herren wurden dringlicher, bedeutungsvoller, und der verwöhnte Vaudreuil setzte sich das ehrgeizige Ziel, mit der Königin von Frankreich, der Tochter der Cäsaren, zu schlafen. Die ungeweckte Toinette ließ sich die Huldigungen der Herren gerne gefallen, sie flirtete mit Eifer, und die dreisten, kennerischen Schmeicheleien Vaudreuils machten sie neugierig auf einen Mann, der sich so zu seinem Vorteil von Louis unterschied. Sie duldete seine streichelnden Hände, seine geübten Zärtlichkeiten. Gewährte ihm vieles. Aber das Letzte gewährte sie ihm nicht. Auf seine bald sanften, bald gewalttätigen Bitten und Forderungen hatte sie immer nur *eine* Antwort: sie sei fest entschlossen, dem König von Frankreich nur einen legitimen Dauphin zu gebären, sie setze sich nicht der Gefahr aus, ein Kind von einem andern zu empfangen.

Es gab unter den Freunden Vaudreuils keinen einzigen, der es abgelehnt hätte, Intendant der Königin zu werden. Ihm war das Angebot wie ein Schlag. Auf und ab mit seinen schönen, finstern, gefährlichen Augen schaute er Toinette. Sie sah, welche Anstrengung es ihn kostete, sein höfliches Lächeln festzuhalten, und sie mußte daran denken, wie er ihr einmal in böser Laune in Gegenwart vieler die Hand geküßt und dabei ihr Gelenk so gewalttätig gepackt hatte, daß ein blauroter Streif tagelang sichtbar blieb.

„Sie wollen mich mit einer Rente abspeisen?" fragte er, die tiefe, geschmeidige Stimme dämpfend. „Mit einem Almosen? Das ist Ihr verdammter habsburgischer Hochmut. Aber so entkommen Sie mir nicht. Ich will nicht Ihre Intendanz, Toinette, ich will etwas ganz anderes." Es klang bitter, es klang höhnisch, es klang drohend, es klang erregend. „Nehmen Sie Vernunft an, François", bat sie. „Was ist gewonnen, wenn eines schönen Tages Ihre dummen Gläubiger Sie zwingen, Bankrott anzusagen? Das einzige ist, daß Sie in Versailles nicht mehr empfangen werden und ich Sie nicht mehr sehen kann." – „Dann werden Sie mich eben in Gennevilliers besuchen", erwiderte Vaudreuil. „Die eine oder andere meiner Klitschen wird man mir wohl lassen." – „Aber das ist doch alles Tollheit", ereiferte sich Toinette. „Ich sage Ihnen, ich bin fest entschlossen, einen Intendanten einzusetzen. Wenn Sie das Amt nicht nehmen, dann nimmt es eben Besenval oder d'Adhémar oder wer weiß ich. Und die sind alle Stümper." – „Hören Sie, Toinette", sagte Vaudreuil, „ich arrangiere Ihnen gern einmal eine Aufführung oder auch ein Fest. Aber kommen Sie mir nicht mit Ihrem Amt." – „Sie sind ungeheuer eingebildet, François", sagte Toinette; „der Marquis de Vaudreuil läßt sich von der Königin Frankreichs nichts schenken, aber die Königin soll sich von ihm was schenken lassen. Ich bitte Sie", sagte sie dringlich und rückte ihm ohne Rücksicht auf die draußen ein wenig näher, „nehmen Sie das Amt an, lassen Sie mich nicht im Stich."

Vaudreuil war in Gelddingen von großartiger Unbekümmertheit. Irgendwoher kam immer Geld, ein François Vaudreuil ohne Geld war nicht denkbar. Es lag ihm wirklich nichts an dem Amt, das ihm Toinette aufdrängen wollte. Aber sie war sehr liebenswert, wie sie so auf ihn einredete, er begehrte sie sehr. „Schön, Toinette", sagte er. „Ich werde mir's überlegen. Vielleicht werde ich der Intendant Ihrer Schauspiele und Vergnügungen. Aber das sage ich Ihnen gleich: wenn ich das Amt übernehme, dann muß ich machen dürfen, was ich will. Wenn ich einen meiner Literaten vorschicke, meinen Chamfort oder Marmontel oder Beaumarchais, dann sagen Sie mir nicht: ‚Das kann ich Louis nicht zumuten.' Ich sag es Ihnen voraus: wenn ich Ihr Intendant bin, dann werden Ihre Schauspiele und Feste anders ausschauen als jetzt. Dann wird Ihnen der Dicke eins knurren." – „Ich kann Ihnen nicht erlauben", sagte Toinette, „den König den ‚Dicken' zu nennen", aber sie lächelte.

Sie ließ sich von ihm zurück in den Hauptsaal führen. „Les amants arrivent", krächzte der Papagei Monsieur. Doch niemand achtete darauf, man war seine Ankündigung gewohnt.

Vom Spieltisch her rief Prinz Karl: „Jetzt haben Sie Ihre Beharrlichkeit lange genug bewiesen, Schwägerin. Seien Sie doch nicht so entsetzlich tugendhaft." Und da sie zögerte, drängte er weiter: „Ich muß sowieso zu Louis dem Strengen und ihn um Geld bitten. Wenn Sie Pech haben, dann bitte ich gleich für Sie mit.“ Vom Spieltisch her kam das liebliche, leise Klirren des Goldes und die gedämpften Rufe der Spielenden. Langsam trat Toinette näher, sogleich sprangen Prinz Karl und Jules Polignac auf, ihr Platz zu machen. Noch immer zögerte Toinette, aber auf ihrem Gesicht war Kampf. „Nehmen Sie meinen Platz, Madame“, forderte Graf Jules sie auf, „er hat mir Glück gebracht.“ – „Ich setze jetzt für Sie“, rief Prinz Karl, „zwanzig Louis zu Beginn.“ – „Hören Sie doch auf mit Ihren Späßen, Karl“, antwortete Toinette, aber sie trat näher an den Tisch und wartete gespannt, was herauskomme. Karl gewann, es waren jetzt hundert Louis. „Es ist Ihr Geld, Schwägerin“, sagte er leichtsinnig. „Nein, nein“, erwiderte Toinette. Dann, zögernd, sagte sie: „Aber Sie können mir fünfzig Louis leihen. Ich habe nichts mitgenommen, um nicht in Versuchung zu geraten“, und sie setzte sich hin und begann zu spielen.

Nachdem man eine Weile gespielt hatte, rief plötzlich die Prinzessin Rohan: „Die Hunde, sehen Sie die Hunde, sehen Sie Joujou.“ Es war eigentlich nichts weiter an den Hunden zu sehen, sie kläfften ein wenig, doch das taten sie oft. Wohl aber hatte die Rohan ihre starren Augen, ihr ganzes Gesicht war verkrampft, verstört. „Sehen Sie sie nicht?“ fragte sie mit einer erstickten, todängstlichen Stimme. „Pikzehn“, sagte Toinette. Aber: „Hört doch auf mit euerm Spiel“, rief Diane, und Gabriele, leise und liebenswürdig, fragte: „Wer ist es denn jetzt?“ – „Aber seht ihr sie denn nicht?“ rief heftig flüsternd die Rohan. „Seht ihr denn nicht, daß es Adrienne ist?“

Es war aber Adrienne eine große Schauspielerin der kaum abgelebten Epoche gewesen, die größte ihrer Zeit, sie hatte, wiewohl sanft und ruhig, wilde Schicksale gehabt, sie war schließlich von einer Gegnerin aus der Aristokratie auf tückische Art beseitigt worden, und der Erzbischof von Paris hatte der Toten ein ehrliches Begräbnis verweigert. Zahllose Streitschriften waren damals erschienen, eine besonders berühmte, die ganz Frankreich und Europa aufgewühlt hatte, aus der Feder Voltaires.

Diese Adrienne also war es offenbar, von welcher die Rohan sprach, und obwohl die meisten hier im Saal spottsüchtig waren und schwach im Glauben an Gott, so glaubten sie doch ein wenig an die Gegenwart der toten Adrienne. Leicht überfröstelt standen sie. Der Herzog de Fronsac fragte flüsternd: „Was sagt sie denn, die Tote?“, und eine Dame, ein bißchen ängstlich, erkundigte sich: „Ist sie sehr erbittert gegen uns?“ – „Sie ist nicht erbittert“, gab die Rohan Bescheid, „sie ist nicht rachsüchtig, sie ist eher traurig.“ – „Aber was sagt sie denn?“ bestand Gabriele. „Sie ist traurig über uns“, erwiderte die Rohan. „Sie sagt, es hat übel begonnen, und es wird nicht gut enden.“

Ein kleines Schweigen war. Dann sagte Prinz Karl: „Ich denke, jetzt können wir mit dem Spiel fortfahren, meine Herren und Damen.“ – „Pikzehn“, sagte Toinette, und man spielte weiter.

Am Tag darauf, beim Lever, verabschiedete Toinette die Hofdamen des Dienstes noch schneller als gewöhnlich. Die Verabschiedeten entfernten sich ehrfurchtsvoll mit sauern Gesichtern und empörtem Geflüster. Zweiundvierzig Damen hatten Toinette beim Aufstehen geholfen, hundertundelf andere ihre Aufwartung gemacht; für alle diese, wiewohl sie doch der Blüte der Aristokratie angehörten, hatte Toinette genau neunzehn Minuten gehabt. Für die Schneiderin – und niemand zweifelte, daß Toinette jetzt im Begriff war, mit der Schneiderin zu konferieren –, für die Schneiderin wird sie wieder zwei bis drei Stunden haben. Dabei hatte Rose Bertin nicht einmal Zutritt zu den königlichen Gemächern, und man mußte das Zeremoniell drehen und wenden, um ihr Eintritt zu verschaffen in eines der „Nebenzimmer“.

Wenn die Damen an diese „Nebenzimmer“ dachten, steigerte sich ihre Erbitterung. Wer weiß, wie viele solche „Nebenzimmer“ Toinette sich erschlossen hatte in dem riesigen, kaum übersehbaren Labyrinth des Schlosses von Versailles, und wer weiß, was in diesen „Nebenzimmern“ vorging. Rundum erzählte man sich von einem Erlebnis des Obersten der Schweizer Garde, des alten, wackeren Besenval, der doch selber zum Fliederblauen Klüngel gehörte und nicht eben ein keuscher Josef war. Es war darum gegangen, ein Duell zu verhindern zwischen zwei feurigen jungen Herren des Fliederblauen Klüngels, und Toinette hatte den Obersten zu sich gebeten. Er war geführt worden über einen Korridor und eine Treppe hinauf und über einen andern Korridor und eine Treppe hinunter, und so entfernt und sturmfrei wie das „Nebenzimmer", in welchem Toinette ihn schließlich empfangen hatte, gab es kein zweites in Paris.

Toinette war wirklich gleich vom Lever weg, aufatmend, in eines dieser „Nebenzimmer" gegangen. Da war sie jetzt mit Gabriele und mit der Putzmacherin Bertin. Sie war strahlender Laune. Sie hatte gestern nacht gewonnen. Wenn sie verlor, war das Tücke des Schicksals; wenn sie gewann, war es persönliches Verdienst und eine starke Bestätigung. Sie war also heute noch frischer und heiterer als sonst. Vergnügt sah sie im Spiegel, wie wenig der kurze Schlaf ihrem Aussehen hatte anhaben können; sie war sehr gnädig zu Rose Bertin.

Da saßen die beiden Damen, und die Bertin breitete ihre Schätze vor sie hin. Eine Flut von Spitzen, Hüten, Bändern, Federn, Handschuhen, Fächern, Stoffen, von Flitter und Schmuck aller Art ergoß sich über den kleinen Raum und glänzte zehnfach zurück aus den vielen Spiegeln. Toinette und Gabriele, angeregt und fröhlich, wühlten in dem kostbaren Tand, die kleine, dickliche Bertin, deren rundes, stupsnäsiges, aufgewecktes Bauernmädelgesicht in drolligem Gegensatz stand zu ihrem mondän überfeinerten Geschmack, gab sachkundigen Rat, es waren zwei angenehme Stunden.

Im Vorzimmer warteten mittlerweile der Abbé Vermond und der Architekt Mique. Eigentlich hätte Toinette zuerst den Abbé empfangen sollen. Doch die Besprechung mit dem Architekten lag ihr am Herzen, und sie wollte sich nicht die Laune verderben durch die sicherlich unerquickliche Unterredung mit dem Abgesandten ihrer Mutter.

Der Architekt Mique trat ein, und sogleich vertiefte man sich in Pläne und Aufstellungen.

In den Umbau ihres Schlosses Klein-Trianon und seiner Gärten hatte Toinette ihr ganzes Herz gelegt. Von dem Augenblick an, da sie den zierlich strengen Bau zum erstenmal gesehen, hatte die damals Fünfzehnjährige beschlossen, dieses kleine, weiße, einfache, kostbare Schloß müsse ihr gehören. Überall sonst mußte sie sich der Etikette fügen: dieses Haus sollte sich ihr anpassen. Hier in diesem Trianon wollte sie nicht Königin von Frankreich sein, sondern Toinette, eine junge Frau, die leben wollte nach ihren Wünschen.

Sie hatte sich denn auch, gleich nachdem Louis König geworden war, das Schloß von ihm schenken lassen und angefangen, es nach ihrer Manier umzubauen und einzurichten. Sie bekannte sich mit ihrem ganzen Wesen zu der neuen Richtung, die den Pomp der vorigen Generation ablehnte und schlichte, der Antike nachgebildete Linien bevorzugte. Es war eine elegante, raffinierte Einfachheit, und es war kostspielig, das Leichte, scheinbar Gebrechliche, solid zu machen. Toinette aber hängte ihr Herz daran, ihr Trianon nach diesen Richtlinien umzubauen, und die Architekten, Maler, Gartenkünstler erkannten sofort, daß sie mit einer Frau zu tun hatten, die genau wußte, was sie wollte. Toinette hatte Ideen, sie nahm nichts unbesehen hin, sie duldete keine Abweichung von dem, was ihr vorschwebte, sie redete den Künstlern ein, und die meisten ihrer Ratschläge waren gut.

Mit dem Hause selber war man fertig, es ging jetzt um die Gärten. Toinette verabscheute den steifen Prunk der gezirkelten Parks, welche das Schloß von Versailles umgaben, sie wollte Natur, einen vorbildlichen englischen Garten. Er sollte auf kleinstem Raum enthalten alles, was zur „Natur" gehörte, Fluß und Inseln und Brücken und Bäume und Blumen und Tal und Hügel und selbstverständlich auch ein Dörfchen mit lebendigen Landleuten und lebendigem Getier, mit einer Mühle und einem Kuhstall und auch mit einem Marktplatz für ländliche Feste.

Jetzt also vertiefte sich Toinette in die Einzelheiten des Planes. „Schade", unterbrach sie sich plötzlich, „daß das Modell noch nicht da ist, das Sie mir versprochen haben." Es liege nicht an ihm, entschuldigte sich Monsieur Mique; es liege daran, daß das Geld für das Modell noch nicht genehmigt sei. Die ganzen vorbereitenden Arbeiten könnten viel weiter sein, wenn es nicht immer neue Schwierigkeiten gäbe wegen der Genehmigung der Mittel.

Toinette empörte sich, sie schickte sogleich nach Monsieur d'Angivillers, dem Intendanten der königlichen Bauten. Während man auf ihn wartete, sprach sie weiter mit dem Architekten, liebenswürdig und angeregt. Sowie indes der Intendant erschien, wurde sie ganz erzürnte Herrscherin. Sie wäre ihm besonders verbunden, erklärte sie mit beißender Liebenswürdigkeit, wenn er sie darüber belehren wollte, warum eigentlich ihre Befehle nicht ausgeführt würden. Der Intendant erblaßte vor ihrer bitteren Höflichkeit. „Ich habe mir mehrmals erlaubt", antwortete er, „Madame in aller Untertänigkeit darauf aufmerksam zu machen, daß mein Budget erschöpft ist. Ich habe strenge Anweisung, weitere Beträge nur auszuhändigen nach ausdrücklicher Genehmigung des Herrn Finanzministers. Monsieur Necker hat bisher seine Zustimmung nicht erteilt." – „Hat da nur Monsieur Necker zu bestimmen", erkundigte sich Toinette, „oder vielleicht auch der König?" Und: „Stellen Sie die verlangten Summen bereit", herrschte sie den Intendanten an, leise, doch so, daß kein Widerspruch möglich war. Monsieur d'Angivillers verneigte sich, ging. „Sie sehen, Monsieur", sagte Toinette und lachte fröhlich, „es ist ganz einfach. Man braucht nur klar und französisch zu sprechen."

Jetzt aber konnte sie's nicht länger hinausschieben, jetzt mußte sie sich dem Gespräch mit Abbé Vermond unterziehen. Mit Bedauern verabschiedete sie den Architekten und ließ den Abbé bitten.

Vermond war verbittert, daß ihn Toinette gestern überhaupt nicht empfangen und heute so lange hatte warten lassen, und obwohl er sich mühte, versteckte er schlecht seinen Ärger. Abbé Vermond stammte aus bescheidener Familie, es war ein unerwarteter Glücksfall gewesen, daß ihn damals seine Obern der Kaiserin Maria Theresia als Erzieher ihrer Tochter empfohlen hatten. In Wien dann hatte sich Vermond nicht nur die Schätzung der alten Kaiserin, sondern auch das etwas widerwillige Vertrauen seiner jungen Schülerin erworben. Er war Toinettes Berater auch in Versailles geblieben, und ihre Mutter hielt darauf, daß sie nichts Wesentliches unternehme, ohne es vorher mit dem Abbé zu bereden.

Dessen Amt war nicht leicht. Toinette pflegte seine behutsamen Ermahnungen mit kleinen Scherzen abzutun. „Einmal", so etwa sagte sie, „wird auch die Zeit kommen, wo ich vernünftig werde, Herr Abbé, aber lassen Sie mir bis dahin meine Amüsements." Im Grunde mußte er sich darauf beschränken, ihr fehlerhaftes Französisch zu verbessern und der Kaiserin nach Wien treulich Bericht zu erstatten über alles, was das liebenswerte und ach so leichtsinnige Kind anrichtete.

Doch brachte dem Abbé sein Amt auch manche Freude. Bescheiden und geschickt wußte er das Gerücht zu verbreiten, die eigentliche Regentin Frankreichs sei Toinette und der Regent Toinettes er. Viele glaubten das, es sammelte sich ein kleiner Hofstaat um den Abbé, und häufig wärmte er sich an der Wahrnehmung, daß er, der Sohn des Handelsmannes Vermond in Sens, bei seinem Lever eine Reihe von Würdenträgern um sich sah, die Anliegen jeder Art vor seine Füße streuten.

Freilich hatte die Position Abbé Vermonds auch ihre schwache Stelle. Der sonst so umgängliche junge König Louis hatte ihn vom ersten Augenblick an nicht ausstehen können. Der Abbé war dem Wiener Hof von dem Ministerpräsidenten Choiseul empfohlen worden, er gehörte zur Partei dieses Politikers, und Louis, ohne darüber zu sprechen, konnte sich von dem Verdacht nicht frei machen, sein Vater, der Dauphin, sei von den Leuten dieses Choiseul aus dem Weg geräumt worden. Der Dauphin war unter merkwürdigen Umständen gestorben, es hieß, man habe ihn vergiftet, und Louis hielt es für sehr wohl möglich, daß der Abbé Vermond mit im Komplott gewesen war. Jedenfalls hatte er, kaum zur Macht gelangt, Choiseul ungnädig entlassen und durch Maurepas ersetzt, und dem Abbé Toinettes bezeigte er bei jedem Anlaß seine Antipathie. Niemals richtete er das Wort an ihn, und hätte nicht der Abbé an Maria Theresia eine starke Stütze gehabt, so hätte ihn sicher Louis längst fortgeschickt.

Der Abbé, sehr häßlich, riesiger Mund mit wilden, gelben Zähnen, hatte heute seine Aktenmappe bei sich. Toinette sah diese Aktenmappe mit Mißbehagen; was daraus kam, pflegte unerquicklich zu sein. Vorläufig indes ließ Vermond die Mappe ungeöffnet und machte höfische Konversation. Beugte sich über die Pläne des Trianon, die noch auf dem Tisch lagen, zeigte sich interessiert, rühmte den Erfindungsgeist Toinettes, ihren Geschmack.

Sie aber wußte, daß er nachträgerisch war, immer gekränkt, und daß er ihr's bestimmt nicht verzieh, daß sie ihn hatte warten lassen. Bald denn auch fragte er besorgt, ob denn diese neuen Umbauten nicht sehr kostspielig seien, und als Toinette nur mit einem leichtherzig hochmütigen Achselzucken erwiderte, wies er hin auf das viele mißgünstige Gerede, das über ihre Verschwendung in Paris umgehe. Sie indes antwortete unschuldig: „Mein lieber Abbé, wo ist derjenige, über den kein Gerede umgeht?“, und sie lächelte ihm ins Gesicht; vielleicht dachte sie an jenes Geschwätz über die Vergiftung ihres hochseligen Schwiegervaters, des Dauphins.

Doch Vermond fühlte sich heute stark, er hatte wirklich in seiner Aktentasche ein Schriftstück, geeignet, seinen Worten Nachdruck zu geben, er wagte sich einen Schritt weiter. Wenn sie nur Königin von Frankreich wäre, meinte er, dann hätte sie gewiß das Recht, das Gerede zu verachten. So aber habe ihr Gott die schwere und segensreiche Pflicht auferlegt, Verbindungsglied zu sein zwischen den beiden großen katholischen Herrscherhäusern der Welt, zwischen Habsburg und Bourbon. Sie müsse also auch bei ihren harmlosesten Handlungen an die Folgen denken, die sie auf die Politik der Geheiligten Majestät ihrer Mutter haben könnten. Immer feindseliger spreche Paris von der „Fremden“, immer höher häuften sich die Pamphlete gegen die „Österreicherin“. Toinette, mit reizend gespielter Bestürzung, meinte, sie habe wirklich nicht daran gedacht, daß es Paris erregen und die habsburgische Politik stören könnte, wenn sie im Trianon ein paar Bäume verpflanzen lasse. Aber sie verstehe nichts von Politik. Und ob denn nun also der Abbé ihr rate, endgültig auf ihr Klein-Trianon zu verzichten.

Vermond wäre ihr am liebsten streng gekommen, aber er wagte es nicht. Zweimal, bei ähnlichen Anlässen, hatte er mit seinem Rücktritt gedroht. Das zweitemal hätte man ihn um ein Haar gehen lassen, und er hatte sich peinvoll winden und drehen müssen, um die Sache wieder einzurenken. Er hatte es schwer, Gott hatte ihm eine harte Prüfung auferlegt. Dieser verdammte junge König verstand seine Verdienste nicht zu würdigen und suchte nur nach einem Vorwand, ihn wegzujagen. Und diese nette, junge Königin, die er so gerne auf den rechten Weg geführt hätte, war leider geschlagen mit dem Übel des Leichtsinns und verderbt durch die Gesellschaft der Spötter. Wenn es um ihr Pläsier ging, konnte sie überaus verbockt sein. Diesmal war sie es, und es blieb ihm nichts übrig, als den Rückzug anzutreten. Aus seinem bösen, gewaltigen Mund mit den wilden Zähnen kamen also sänftigende Worte. Er erklärte, er habe ihr nur im Sinne ihrer Frau Mutter allgemeine Ratschläge geben wollen; im übrigen wünsche er herzlich, ihr Schlößchen möge so hübsch geraten, wie sie sich's träume.

Dann aber, und nicht ohne kleine Schadenfreude, holte er wirklich aus der gefürchteten Aktentasche sein Schriftstück heraus. „Ich habe die Ehre", erklärte er sehr förmlich, „Ihnen wieder einmal einen Brief Ihrer Frau Mutter zu überreichen", und er gab ihr das versiegelte Schreiben.

Vor diesen Briefen hatte Toinette Angst. Sie wußte, ihre Mutter hatte sie mit einem Spionagedienst umgeben, und was immer sie tat, wurde der Kaiserin auf schnellstem Wege berichtet. Man wußte in Wien um ihre Eskapaden, ihre Toiletten, ihre Frisuren, ihre Bälle, ihre Flirts, ihre Spielverluste, um alle ihre Amüsements, und ein ständiger Regen freundlicher und strenger Ratschläge und Vorwürfe ging auf sie nieder.

Nun hegte Toinette tiefen Respekt vor der Mutter; unter allen Lebendigen war Maria Theresia nicht nur dem Range nach die Erste, sie war auch die Bedeutendste. Was sie ihr schrieb, war weise und richtig und kam aus dem Herzen. Toinette fürchtete die Mutter, schätzte sie, liebte sie. Manchmal, häufig, kam sie sich hier in Versailles verlassen vor, verkauft und verraten inmitten der Fremde und der Etikette. Sie war überzeugt, der einzige Mensch, dem sie ganz vertrauen konnte, war die Mutter. Voll von widerstrebenden Gefühlen also nahm sie den Brief, den ihr Vermond überreichte. Sie erbrach das Siegel und beschaute, bevor sie es las, das dicht beschriebene Blatt als Ganzes. Der erste Teil zeigte die Hand des Sekretärs, der zweite aber die Schriftzüge ihrer Mutter. Es mußte etwas Bedeutungsvolles sein, das ihr dieser Brief eröffnen wird.

Sie las. Zunächst langsam. Dann konnte sie sich nicht bezähmen und überflog das Ende des Briefes. War überrascht. Las nochmals, das Ganze, gründlich. Ließ das Blatt sinken, schaute vor sich hin, das Gesicht verwirrt, tief nachdenklich.

Was in dem Briefe stand, erfüllte sie mit Schreck und Freude. Ihr Bruder kommt, Josef, der Römische Kaiser. Josef, der hochbegabte Herrscher, der Freigeist, vorläufig nur Mitregent Maria Theresias, auf dessen Regierungsantritt aber ganz Europa voll Furcht und voll Hoffnung wartet. Josef, von dessen glänzendem Äußern und von dessen Geist sie ihren Freunden unzählige Male vorgeschwärmt hat. Josef, der ewige Schulmeister, der sie schon, als sie noch ein Kind war, um ihrer Blödheit willen gescholten und verhöhnt hat und der ihr jetzt alle paar Monate ungeduldige, vorwurfsvolle, sarkastische Briefe schickt. Josef, der Seppl, zu dem Toinette voll Liebe, Respekt, Schuldbewußtsein und Ärger aufsieht.

Auf alle Fälle wird es ihre Stellung in Versailles stärken, wenn sich der glänzende Bruder hier zeigt. Wenn man dann in Paris von Habsburg spricht, wird man viel mehr an den intellektuellen, freigeistigen, bürgerlich bescheidenen Josef denken als an die vergnügungssüchtige, verschwenderische Toinette. Andernteils wird sie peinliche Auseinandersetzungen mit ihm zu überstehen haben. In seinen Briefen behandelt er sie wie ein kleines Mädchen, das seine Aufgabe nicht gelernt hat; dabei hat er häufig recht, er ist so unangenehm gescheit, er hat auch nur ihr Bestes im Auge. Er ist großartig und unerträglich, und sie weiß im voraus, seine scharfe, höhnische Art wird sie bis aufs Blut reizen.

Sie sah hoch, hinüber zu dem Abbé, der sie mit freundlichem Grinsen beobachtete. „Sie wissen um den Inhalt des

Briefes, Herr Abbé?“ fragte sie. „Ja, Madame“, erwiderte er. „Weiß wohl der König davon?“ fragte sie weiter. „Ich denke, noch nicht“, antwortete der Abbé. „Ich denke, man wird ihn wohl erst später benachrichtigen. Ihr erlauchter Bruder, Madame, kommt inkognito. Ich denke, er kommt nicht in offizieller Mission“, und der Abbé grinste noch freundlicher.

Eine heiße Welle stieg plötzlich in Toinette hoch. Wenn Josef nicht in offizieller Mission kam, was dann konnte er hier in Versailles wollen? Offenbar nur *eines.* Offenbar nur das, was sie am tiefsten anging. Ganz sicher war es so. Josef wird Louis zureden, endlich jene kleine Operation vornehmen zu lassen, die es ihm ermöglichen soll, seine ehelichen Pflichten zu erfüllen im Interesse Habsburgs und Bourbons. Das ist keine offizielle Mission, das ist eine private Mission, das ist die wichtigste, heiligste Mission, die es gibt.

Josef pflegt durchzusetzen, was er sich vorgenommen hat; Josef hat selbst der Mutter, dem stärksten Menschen der Welt, einiges abgetrotzt. Josef wird den schwankenden, gleitenden Louis sicherlich dazu bringen, das Hindernis beseitigen zu lassen. Und dann? Dann wird sie dem Lande den Erben gebären, den man von ihr fordert. Dann wird sie alles geleistet haben, was Habsburg und Bourbon und Gott füglich von ihr verlangen können. Dann wird sie in Wahrheit Königin sein. Dann wird sie frei sein und leben dürfen, wie sie will.

Eine Flut verwirrender Vorstellungen überschwemmte Toinette. Sie raffte sich zusammen. „Ich danke Ihnen, Herr Abbé“, sagte sie, sehr damenhaft. „Sie begreifen sicher, daß ich nach dem Inhalt dieser Nachricht allein bleiben möchte.“ Und der Abbé zog sich zurück, sehr ehrerbietig, nur leicht grinsend.

Louis saß an dem kleinen Tisch im Erker seiner Bibliothek. Dieser Erker war sein Lieblingsplatz in dem riesigen Gebäude. Da saß er und blinzelte hinunter mit seinen kurzsichtigen Augen auf die Höfe und Einfahrtsalleen – das Fenster gewährte einen weiten Blick – und bestrebte sich, zu erraten, wer da komme und gehe.

Heute waren seine Gedanken weitab von solchem Spiel. Er saß an dem kleinen Tisch, das junge, feiste Gesicht in beide Hände gestützt, in sich versunken. Er war in Grün gekleidet, er hatte auf die Jagd gehen wollen. Er ging gern auf die Jagd, Reiten und Jagen war eine der wenigen Beschäftigungen, die ihm Freude machten; auch rieten ihm die Ärzte, möglichst oft auf die Jagd zu gehen, da ohne Bewegung die Fülle seines Leibes seine Gesundheit gefährde. Gerade heute brauchte er Bewegung. Er hatte zuviel gegessen, das unterlief ihm des öftern; wenn er in Gedanken war, stopfte er unwillkürlich mehr und mehr in sich hinein.

Trotzdem hatte er die Jagd aufgegeben. Monsieur Sallé, der Sekretär des Ministerpräsidenten, hatte für diesen um eine sofortige Audienz gebeten. Und wenn der alte Maurepas, sein Mentor, ihn trotz ernstlicher Erkältung zu sprechen wünschte, dann handelte es sich um Wichtiges, dann mußte er, Louis, auf sein Vergnügen verzichten und ihn anhören.

Was Maurepas will, wird sicher Unerfreuliches sein. Was man von ihm will, ist immer Unerfreuliches. Die Entschlüsse, die man von ihm will, sind beinahe stets solche, gegen welche sein Instinkt sich sträubt. Aber es ist so lästig, sich immer zu wehren, immer nein zu sagen. Und die andern haben immer Argumente an der Hand. Es sind falsche Argumente, aber es kostet Mühe, sie zu widerlegen. Am Ende läßt er sich lieber breitschlagen und unterschreibt.

Der junge, plumpe, schwerfällige Mensch stand auf und ging hin und her. Die Bibliothek war umfangreich, Louis las gerne, vor allem Geographisches, Historisches, Politisches. Er hatte diesen Raum umbauen lassen und ihn vollgestopft mit Dingen, die ihm gefielen. Da waren Globen, Landkarten, Uhren, Kunstwerke aller Art. Porzellan vor allem; in Sèvres, in seiner Porzellanfabrik, hatte er sich Statuetten der großen toten Dichter herstellen lassen, der Lafontaine, Boileau, Racine, La Bruyère. Des weiteren hatte er seine Bibliothek mit allerlei Bronze- und Schmiedewerk geschmückt. Davon verstand er was; er beschäftigte sich selber mit Metallarbeit und hatte sich oben im Schloß, unterm Dach, eine Werkstätte eingerichtet.

Vor dem Kamin machte er halt. Er streichelte das kunstvoll feine Gitter, es war merkwürdig, wie zart seine fetten, ungeschlachten Hände an das Eisenwerk rührten. Blicklos glitten seine Augen den Kamin entlang. Wieviel lieber hätte er sich mit seinen Büchern beschäftigt als mit den Dingen, die ihm sein Mentor vorsetzen wird. Was für eine mühsame, unbehagliche und niemals endende Aufgabe war es, zu regieren. Warum war er nicht geboren zum Beispiel als ein einfacher Landedelmann? Wie schön wäre es, wenn er nach Belieben auf die Jagd gehen könnte, schreiben, lesen, ein bißchen aus dem Englischen übersetzen, sich mit Geographie und mit Geschichte abgeben, Zeitungen studieren, besonders die verbotenen, englischen. Statt dessen mußte er regieren, Entscheidungen treffen, mußte sich wehren gegen Habgierige und Ehrgeizige, mußte immerfort handeln nach der kleineren Vernunft gegen die größere, gegen sein besseres Wissen und seinen Instinkt.

Seine Meditationen wurden unterbrochen durch die Ankunft des Prinzen Karl. Louis' Beziehung zu seinem jüngsten Bruder war zwiespältig. Der gutmütige Louis fühlte sich nach dem Tode des Vaters als Oberhaupt der Familie und verpflichtet, seinen Brüdern ein Helfer zu sein. Das wurde ihm aber von den beiden schwer gemacht. Von frühester Jugend an hatten sie den ungelenken ältesten Bruder verhöhnt, Prinz Xavier aus dem Hinterhalt, der höchst respektlose Karl offen und vor andern.

„Ich erwarte Maurepas", sagte Louis, als Karl jetzt eintrat. „Ich habe nicht viel Zeit. Fassen Sie sich, bitte, kurz. Was wünschen Sie?"

„Geld", sagte Karl.

Nun hatte Prinz Karl aus Louis während der knappen drei Jahre, da dieser regierte, außer seiner Apanage ein Schloß mit großem, rententragendem Landbesitz erpreßt und sich zudem von ihm mehrmals beträchtliche Schulden zahlen lassen, das letztemal vor kaum vier Monaten. Es war zu stürmischen Auseinandersetzungen gekommen, Karl hatte Louis empfohlen, sich nicht Roi de France et de Navarre zu nennen, sondern Roi de France et l'Avare. Louis hatte schließlich die Summe gezahlt, doch hatte ihm Karl das feierliche Versprechen geben müssen, in Zukunft haushälterischer zu sein.

Finster und unglücklich schaute Louis auf den Bruder. „Du hast mir doch versprochen ...", er beendete den Satz nicht, in seiner Stimme war Kummer, Teilnahme, hoffnungsloser Groll. „Dann habe ich eben gelogen", erwiderte schlicht Prinz Karl; „das ist eine Angelegenheit, die ich mit dem lieben Gott auszumachen habe. Gib mir schon das Geld", fuhr er fort. „Was bleibt dir sonst übrig? Sperr dich nicht lange. Spiel nicht Louis den Strengen, es steht dir nicht." Als Dreizehnjähriger hatte einmal Louis erklärt, sein Ehrgeiz werde sein, als Louis der Strenge in der Geschichte weiterzuleben, und Karl hatte Freude daran, ihm das ins Gedächtnis zurückzurufen.

Louis raffte sich auf. „Ich werde dir das Geld nicht geben", erklärte er mit schriller Stimme. „Ich werde dir einen Vormundschaftsrat bestellen aus meinen Ministern." – „Eine ausgezeichnete Idee", höhnte Karl. „Ganz Paris wird dann fragen, wann du einen Vormundschaftsrat bestellen wirst für Toinette."

Nun aber war Louis überzeugt, daß es Karl war, der Toinette in ihre Streiche und Vergnügungen hineinhetzte und in ihre leichtsinnigen Schulden. Niemals, bis an sein Ende nicht, wird Louis Karls freche Wette vom vorigen Jahr vergessen. Damals, anläßlich des langwierigen Umbaus des Trianon, hatte Karl mit Toinette um hunderttausend Livres gewettet, er werde sein Schlößchen Bagatelle binnen sieben Wochen niederreißen und völlig neu aufbauen. Das Schloß war wirklich in der festgesetzten Zeit abgetragen und völlig neu gebaut worden. Neunhundert Mann hatten Tag und Nacht daran gearbeitet, und als Baumaterial fehlte, hatte Karl sein Regiment Schweizer Garden beordert, auf den Straßen in und rings um Paris alle Wagen mit Baumaterial festzuhalten und nach Bagatelle zu schaffen. Im ganzen Land war Empörung gewesen. Prinz Karl hatte sich gerühmt, er habe hunderttausend Livres verdient, um die er also den Bruder nicht anzugehen brauche, und er, Louis, hatte Toinette die hunderttausend Livres für Karl zahlen müssen. Und da saß dieser gleiche Karl, verlangte, daß er, Louis, für neue, sinnlose Ausschweifungen zahle, und verhöhnte ihn obendrein.

„Ich verbiete Ihnen", empörte er sich, „die Königin Toinette zu nennen." – „Schön", fügte sich Karl, frech lächelnd, „ganz Paris wird also fragen, wann du einen Vormundschaftsrat bestellen wirst für die Königin. Oder auch: für die Österreicherin", setzte er hämisch hinzu.

Louis war des sinnlosen Gezänkes müde. „Wieviel ist es denn?" fragte er. „Fünfhundertsiebenundachtzigtausend und einige hundert", antwortete Karl, „ich begnüge mich aber mit fünfhunderttausend." Louis saß trüb und schlaff. „Ich schicke dir den de Laborde", sagte er; de Laborde war sein Intendant, „damit er sich mit deinen Gläubigern auseinandersetze." – „Das sieht dir ähnlich", sagte Karl, „dieses kleinliche Mißtrauen." – „Und wenn er mir berichtet hat", schloß Louis, „dann werde ich mit Necker überlegen, was zu tun ist." – „Aber nicht zu lange, wenn ich bitten darf", sagte Karl. Beide wußten, daß Louis die Summe genehmigen werde.

Louis, allein, seufzte, schnaufte, fühlte sich bedrückt. Er knöpfte sich das Wams auf und ein bißchen auch die Hose, um sich's leichter zu machen. Immer war er unordentlich anzuschauen, häufig schmutzig, Kammerdiener und Friseur hatten ihre liebe Not mit ihm.

Es war ein verpatzter, unglücklicher Tag. Und nun stand ihm noch Maurepas bevor. Wahrscheinlich wird es wieder um Amerika gehen. Sie ließen ihm keine Ruhe mit diesen verfluchten Meuterern. Man hätte den Doktor Franklin nicht nach Paris lassen sollen. Es gab schon Freigeister und Atheisten genug in der Stadt; man brauchte keinen neuen von Übersee zu holen. Und er, Louis, sollte den Rebellen auch noch Geld geben. Es war nicht recht, es war bestimmt nicht recht. Aber wenn er seinen Herren das sagte, dann deckten sie ihn zu mit Gründen, mit Gründen.

Seufzend zog er den Atem durch die dicken Nüstern der gekrümmten Nase und stieß ihn geräuschvoll wieder aus.

Alle wollen Geld von ihm, Karl, Toinette, die Amerikaner. Eine wulstige Masse jungen Fleisches, hockte er an dem mächtigen Schreibtisch, unbehaglich wartend.

Endlich kam Maurepas. Louis, beflissen, höflich, ging ihm entgegen, auffallend schnell mit seinen schaukelnden Schritten. Der alte Herr hatte sich trotz seiner Erkältung sorgfältig zurechtgemacht. Die Gräfin hatte ihm dringlich geraten, er solle sich schonen, er solle Louis zu sich herüberbitten oder doch wenigstens den kurzen Weg hinüber zu Louis im Schlafrock zurücklegen. Aber der Ministerpräsident ließ es sich nicht nehmen, das Zeremoniell zu wahren. Wenn es sich um amtliche Besprechungen handelte, hielt er darauf, den Monarchen in dessen eigenen Räumen aufzusuchen, im Staatskleid, wie es die höfische Sitte verlangte.

An dem großen Tisch, auf dem zwischen Papieren und Schreibzeug die kleinen Porzellanstatuen der Dichter standen, saßen sie, der junge Louis unordentlich angezogen, in schlechter Haltung, infolge seiner Fettheit weit älter aussehend als seine zweiundzwanzig Jahre, Maurepas, hergerichtet, hager, viel zu jugendlich für seine sechsundsiebzig, bemüht, sich gerade zu halten. Seine Aktenmappe lag vor ihm, Louis' weit auseinanderstehende, braune Augen schielten nach ihr, kurzsichtig.

Er habe, begann Maurepas, einen Brief erhalten von seinem österreichischen Kollegen. Kaunitz gebe eine ausführliche und sehr lichtvolle Darstellung des habsburgischen Standpunkts zu allen schwebenden Fragen. Wenn es aber nur das wäre, dann hätte er, Maurepas, den König nicht bemüht. Der Alte setzte sich anmutig zurecht und lächelte Louis an, als brächte er eine freudige Überraschung. „Ich falle mit der Tür ins Haus, Sire“, sagte er. „Ihr erlauchter Schwager, der Römische Kaiser, ist auf dem Weg nach Versailles.“

Louis' gern wandernde Augen standen jäh still, er hielt den Mund ein wenig offen, blöde vor Überraschung. Hinter seiner schrägen, fliehenden Stirn dachte es, langsam, doch nicht ohne Logik. Er hatte ja gewußt, daß ihm Maurepas Unangenehmes werde zu sagen haben. Wenn Josef kam, dann wird er, Louis, eine Menge unerquicklicher Dinge mit ihm durchsprechen müssen, vor allem diese widerwärtige Sache wegen der bayrischen Erbfolge. Der Kurfürst von Bayern war alt, die Angelegenheit wird bald aktuell werden, Maria Theresia hatte zwar erklärt, sie erhebe keinerlei Ansprüche, doch um so bedrohlichere Äußerungen lagen vor von seiten Schwager Josefs. Louis' Herren hatten seit Monaten darauf gedrängt, er möge Josef unmißverständlich klarmachen, daß Österreich in dieser Angelegenheit auf französische Unterstützung in keiner Weise zu rechnen habe. Wenn Josef jetzt kommt, wird er, Louis, gezwungen sein, ihm das ins Gesicht zu sagen. Seine Herren, Maurepas und Vergennes, werden von ihm erwarten, daß er noch weitergeht, daß er Josef zurechtweist wegen seiner unvorsichtigen Äußerungen. Er, der Jüngere, der langsam von Wort ist, soll dem sehr viel älteren Schwager, der berühmt ist wegen seiner schnellen, blitzenden, wehrhaften, sarkastischen Diktion, scharfe und energische Dinge sagen, Aug in Aug. Louis' runde, schwere Schultern wurden noch schlaffer.

Maurepas sah ihn immerzu an, freundlich und erwartungsvoll, als hätte er ihm eine wunder wie angenehme Mitteilung gemacht. Louis' dicke Wangen zuckten, seine Hände zupften nervös an den Ärmeln, er knöpfte am Wams, aber er schwieg und wartete, man hörte nichts als das Ticken der Uhren. Maurepas erriet, was in ihm vorging. Er räusperte sich umständlich, zog sein Schnupftuch, schneuzte sich, ach, wie war er behindert durch seine Erkältung. „Ich glaube, Sire", sagte er, „dieser Besuch wird eine reine Freude werden, unbeschwert von politischen Auseinandersetzungen. Der Kaiser besucht uns inkognito, er reist als Graf Falkenstein und hat sich jedes Zeremoniell verbeten. Es ist also lediglich eine Familiensache. Ich nehme an, die Römische Majestät reist diesmal sogar mit der Erlaubnis und dem Segen der erlauchten Frau Mutter. Schwager Josef besucht Schwager Louis und sagt seiner Schwester Toinette guten Tag."

Louis wendete das Auge von Maurepas. Mechanisch streichelte er die Porzellanfiguren des Schreibtisches. Dann, den Kopf in die Arme gestützt, brütete er. Sein mühevoll, doch gut arbeitender Verstand erspürte den Grund, aus dem der Schwager inkognito kam. Doch Louis wollte es nicht wahrhaben, er drückte sich vor der Erkenntnis. Schließlich, mit Anstrengung, fragte er den Alten: „Warum kommt Josef? Was will er?“ Und da der Minister nur leicht grinste, schrie Louis plötzlich unerwartet schrill: „Was will er?“

Maurepas war nicht erschreckt über den plötzlichen Ausbruch. Er kannte Louis und vermochte sich vorzustellen, was in ihm vorging. Der schüchterne, gehemmte junge Mensch hatte über die Schwierigkeiten, welche der Vollziehung seiner Ehe im Wege standen, mit niemand gesprochen außer mit ihm und mit dem Arzt. Es war nicht Mangel an Mut, wenn Louis vor der Operation zurückscheute, sondern eine Mischung von frommen oder, wie es der Freidenker Maurepas in seinem Innern bezeichnete, abergläubischen Vorstellungen und einer kindlichen Scham. Und diese Dinge sollte er jetzt bereden mit dem hart zupackenden, rationalistischen Josef. Der alte Zyniker hatte beinahe Mitleid mit seinem Schüler. In leisen, höflichen Worten setzte er Louis auseinander, höchstwahrscheinlich unternehme Josef die Reise, um den Schwager zu jener kleinen Operation zu bewegen, von welcher Doktor Lassone gesprochen habe; vermutlich erhoffe sich Maria Theresia von einer solchen Operation Segen für Frankreich und für Österreich.

„Wissen denn alle ...?“ fragte bedrückt Louis. Er hockte unglücklich da, eine trübe, traurige Masse. In ihm wallten dunkel durcheinander die vielen Vorstellungen und Gefühle, welche sein körperliches Versagen all die Zeit her in ihm aufgerührt hatte.

Louis war verheiratet worden als Fünfzehnjähriger von seinem Großvater, dem alten Louis dem Fünfzehnten, damit durch seine Ehe eine Allianz geschaffen werde zwischen Frankreich und Österreich, ein „Familienpakt“. Es war das geschehen auf den Rat von Ministern, welche Feinde seines Vaters, des Dauphins, gewesen waren. Louis hatte seinen früh verstorbenen Vater geliebt und verehrt, und daß seine Ehe gestiftet worden war von Männern, die seinen Vater gehaßt und wahrscheinlich ums Leben gebracht, hatte ihn von vornherein mit verdrossenem Mißtrauen erfüllt gegen alles, was mit dieser Ehe zusammenhing. Er war tief gläubig, überzeugt von der Existenz einer göttlichen Vorsehung und bedrückt von der Angst, die von den Gegnern seines Vaters gestiftete Ehe könnte dem Himmel nicht wohlgefällig sein. Vielleicht hatte ihn Gott gerade deshalb auf solche Art, mit diesem Mangel geschaffen. Wenn dem aber so war, hatte dann er, Louis, das Recht einzugreifen? Wenn er die Operation vollziehen ließ, war das nicht ein Versuch, Gott ins Handwerk zu pfuschen?

Anderntcils war nun die Ehe geschlossen, und es handelte sich nicht mehr um ihn allein. Wenn er sich dem Messer des Arztes verweigerte, beging er dann nicht ein Unrecht an Toinette? Er fühlte vor ihr große Schüchternheit. Sie war weggerissen worden aus ihrer Heimat, war hergekommen aus weiter Ferne, um von ihm begattet zu werden, um einen Dauphin zu gebären aus dem Blute Habsburgs und Bourbons. Er konnte ihr nicht geben, was ihr zukam, und wenn jetzt Josef zürnend für die Rechte seiner Schwester eintrat, wenn er Bourbon anklagte, Habsburg betrogen zu haben, so war das nur recht und billig, und er, Louis, hatte nichts, was er hätte erwidern können.

Wiederum aber mußte es einen Sinn haben, daß Gott, der ihn begnadigt und gesalbt, ihm ein solches Fleisch gegeben hatte. Es war ein Konflikt der Pflichten, und da er schwer von Entschluß war, ließ er die Dinge treiben. Beharren war besser als verändern, nichts tun besser als tun.

Trüb und schlaff inmitten von solchen Gefühlen und Erwägungen saß er an dem mächtigen Tisch, zupfte mechanisch an seinen Ärmeln, schwieg. Schließlich fragte Maurepas, ob er einen untertänigen Vorschlag machen dürfe. Louis, gierig, sagte: „Ja, sprechen Sie, mein Mentor." Es gebe vielleicht, meinte Maurepas, ein Mittel, aus dieser Reise Josefs Prestige für Versailles herauszuschlagen. Und da Louis gespannt hochsah, fuhr er mit kleinem, schlauem Lächeln fort, Louis möge sich noch vor der Ankunft des Grafen Falkenstein mit Doktor Lassone verständigen und die Operation vornehmen lassen. Dann bleibe der Römischen Majestät nichts übrig, als zu gratulieren, nach Wien zurückzukehren und der Frau Mutter zu berichten, man hätte sich nicht zu bemühen brauchen.

Louis gab zu, daß das ein vortrefflicher Rat sei. Aber ein König, erklärte er errötend, dürfe nicht immer dem Verstand folgen, sondern müsse achten auf gewisse tiefere Regungen in seinem Innern. Der Minister wußte, daß das nicht nur Gerede war, sondern Louis' innerste Meinung. Louis glaubte an sein Gottesgnadentum und hielt seine Regungen und Wallungen für Weisungen des Himmels, denen zu widerstreben ihm nicht erlaubt sei. Wenn Louis wollte, war er vernünftigen Ratschlägen zugänglich; berief er sich indes auf sein Gottesgnadentum, dann war es angezeigt, nicht weiter in ihn zu drängen. Maurepas hatte erst vor kurzem wieder seinem jungen Monarchen Anlaß gegeben zu der betrübten Feststellung, daß er, der Erste Minister, lax im Glauben sei. Er hielt es für klüger, sich heute zu bescheiden.

Ohnedies fühlte er sich heute erschöpft. Er dachte an den Rat der Gräfin, sich nicht zu überanstrengen, und hätte sich am liebsten zurückgezogen. Leider war das unmöglich. Denn da war ein anderes. Sowie Maurepas die Nachricht von Josefs geplanter Reise erhalten, hatte er überdacht, welche Folgen dieser Besuch für ihn selber haben könnte. Toinette liebte ihn nicht, Mercy und Vermond wiesen immer wieder von neuem darauf hin, daß er kein Freund einer allzu engen Verbindung mit Österreich war, der Fliederblaue Klüngel trachtete, ihn zu stürzen. Wenn jetzt Josef sein Ziel erreichte, wenn nach vollendeter Operation die Verbindung Louis' mit Toinette enger wurde, wenn gar ein Kind zur Welt kam, dann stiegen die Chancen Mercys und Vermonds, dann war er selber bedroht. Zwar bestrebte sich Louis, seine Politik vor den schönen, weißen Händen Toinettes zu wahren; aber er war schlaff, und keinesfalls wollte Maurepas, entschlossen, im Amte zu sterben, ein Risiko laufen. Er hatte sich vorgenommen, in der gleichen Audienz, da er Louis Josefs Besuch ankündigte, einen Vorstoß gegen Toinette zu unternehmen.

Der Minister bekämpfte also seine Schwäche, tupfte sich

mit dem kostbaren Schnupftuch das Gesicht, hustete, räusperte sich. Richtete sich hoch; hager, aufrecht, elegant saß er dem bäurischen, schlaff dahockenden Louis gegenüber.

Da er nun einmal, erklärte er, die Ehre habe, dem König Vortrag zu halten, möchte er sich erlauben, eine zweite schwebende Angelegenheit zu berühren. Monsieur d'Angivillers habe dem Finanzminister eine neue Forderung überreicht für die Umgestaltung des Trianon. Nun habe, im Einverständnis mit der Königin, Louis den Hofämtern Weisung gegeben, unter keinen Umständen die einmal angesetzten Budgets zu überschreiten. Monsieur Necker möchte demzufolge die Summe nicht anweisen ohne ausdrücklichen Befehl des Königs.

Louis schnaubte unbehaglich durch die Nase. Er selber war sparsam. Es war ihm bekannt, daß Toinettes Aufwand böses Blut in Paris machte, und nun verging kaum eine Woche, ohne daß er dem höflichen, beflissenen und mißbilligenden Necker, den er nicht ausstehen konnte, Order geben mußte, gegen den Plan für den Haushalt der Königin Sonderbeträge anzuweisen. Anderseits verstand er, daß Toinette gewisse Entschuldigungsgründe hatte, wenn sie mit Geld um sich warf. Er begriff, daß die wilde Hetzjagd der Vergnügungen, die sie sich leistete, nichts war als Ersatz für die Freuden und Rechte des Ehebettes, die er ihr schmählicherweise nicht verschaffte. Selber schuldbewußt, brachte er ihr äußerste Nachsicht entgegen, und während er für sich jeden einzelnen Franc sparte, war er beinahe froh, wenn er Toinette mit Geld entschädigen konnte für jenes andere, was er ihr versagen mußte.

„Wieviel ist es denn diesmal?" fragte er. „Dreihunderttausend Livres", antwortete Maurepas.

„Dreihunderttausend Livres", sagte Louis vor sich hin. Er nahm den Federkiel, und auf eines der zahlreichen Blätter, die auf dem Schreibtisch lagen, malte er säuberlich: 300000, und machte allerlei Spielereien und schrieb hin: 60000 × 5; 50000 × 6; 25000 × 12. Er dachte an die frechen Äußerungen gegen Toinette, die sein Bruder Karl vorhin gemacht hatte, er fragte sich, ob Karl wohl schon gewußt habe um diese neue Forderung Toinettes. Sicherlich hatte er darum gewußt, und die Vertraulichkeit des Bruders mit Toinette verdroß Louis. „Dreihunderttausend Livres", wiederholte er. Nochmals dreihunderttausend Livres für das Trianon. Es war ein Skandal, und es wird viel Gerede geben.

Maurepas, sich der Wirkung freuend, die seine Worte hatten, trieb den Keil weiter. Wenn er sich einen Rat erlauben dürfe, meinte er, immer sehr leise und verbindlich, dann möge Louis die Summe für das Trianon zwar bewilligen, aber die Königin ersuchen, ihre Ausgaben ein wenig einzuschränken. „Dreihunderttausend Livres", sagte Louis vor sich hin, „fünfundzwanzigtausend mal zwölf." – „Dreihundertsiebzehntausendsechshundertvierunddreißig Livres, Sire", sagte Maurepas, „falls Sie die genaue Ziffer wissen wollen. An sich ist die Summe nicht übermäßig hoch. Aber der Lebensstandard, besonders auf dem Lande, sinkt, und es ist begreiflich, daß man die Ausgaben des Fliederblauen Klüngels vergleicht mit den Ausgaben, die man selber nicht machen kann. Freche Literaten nennen alles, was die Königin tut, auch ihre privatesten Angelegenheiten, österreichische Politik. Wir versuchen gerade, ein Pasquill zu unterdrücken, in dem es heißt, es seien die enormen Ausgaben der Königin, welche die Regierung verhinderten, die notwendige Hilfe für Amerika aufzubringen. Faktum ist, daß trotz der Künste Neckers die finanzielle Situation gespannt bleibt. Mein Kollege Vergennes trägt Bedenken, Sire, Sie um Ihre Genehmigung zu ersuchen für die zwei weiteren Millionen, um welche die Amerikaner gebeten haben."

Es kam Louis zupaß, daß Maurepas die Rede auf einen andern Gegenstand gebracht hatte, an dem er seine Wut auslassen konnte. „Eure Amerikaner", sagte er grimmig mit hoher Stimme, und sein kleines Doppelkinn zitterte. „Immer eure Amerikaner. Immer eure Rebellen. Und wer soll ihre Rebellion bezahlen? Ich."

Nun hatte der Ministerpräsident die amerikanische Frage mit Louis viele Male durchgesprochen, er fühlte sich am Rande seiner Kräfte, er war nicht gewillt, sich auf eine überflüssige Diskussion einzulassen. Er beschränkte sich darauf, die Grundzüge der amerikanischen Politik zu resümieren, zu deren Annahme er Louis bewogen hatte. „Ich hoffe, Sire", sagte er etwas schärfer als sonst, „daß ich Ihre Meinung in der amerikanischen Frage richtig verstanden habe. Sie und Ihre Räte sind dahin übereingekommen, daß es unser Interesse ist, den Konflikt Englands mit seinen amerikanischen Kolonien möglichst lange aufrechtzuerhalten, um sowohl die Rebellen wie vor allem England zu schwächen. Sie haben Ihren Ministern eine entsprechende Politik vorgeschrieben. Sie haben Ihre Räte dahin instruiert, Sire, die Rebellen durch bescheidene Unterstützung am Leben zu erhalten, bis wir selber so weit sind, unsern alten Streit mit England auszutragen."

Louis mußte zugeben, daß das stimmte. Maurepas und Vergennes hatten ihm mit ihren Argumenten, mit ihren „guten Gründen", so lange zugesetzt, daß er schließlich ja gesagt hatte. Doch in seinem Innern wußte er, daß das alles Sophisterei war, daß er und sein königlicher Widerwille gegen die Rebellen das Richtige war und daß diese Hilfeleistung an die Amerikaner ein schlechtes Ende nehmen werde. Aber was sollte er machen? Verdrossen saß er da, die Lider über die Augen ziehend, so daß die Augen beinahe verschwanden in den Fleischmassen des Gesichtes. „Wieviel wollt ihr denn schon wieder haben für eure Amerikaner?" fragte er unmutig. „Vergennes schlägt vor: zwei Millionen", wiederholte geduldig Maurepas. „Er will sie aus seinem Geheimfonds anweisen." – „*Eine* Million", sagte Louis böse. „Eine Million, nicht zwei. Mehr als eine Million gebe ich den Rebellen nicht. Das wäre gegen mein Gewissen." – „Gut, *eine* Million", schloß konziliant Maurepas. „Und er soll sie in drei Raten geben", befahl Louis zanksüchtig. „Er ist so zudringlich, euer Doktor Franklin, er ist nie zufrieden, er kommt immer wieder." – „Wie Sie befehlen, Sire", erwiderte der Minister. Er raffte seine Akten zusammen. „Und nun erlauben Sie mir", bat er, „daß ich Urlaub nehme. Und Sie geruhen, Sire", vergewisserte er sich noch, „mit der Königin zu reden wegen der Beschränkung weiterer Ausgaben?" – „Ja", stieß Louis heraus.

Er sah, welche Mühe es Maurepas bereitete, sich aufrecht zu halten. „Ich sollte mich bei Ihnen bedanken, mein Mentor", sagte er reumütig, „aber ihr macht es mir nicht leicht." – „Ich weiß, ich weiß", tröstete der Alte. „Aber nun haben Sie mich hinter sich, Sire, und nun wünsche ich Ihnen fröhliche Jagd." Er verabschiedete sich, gekrampft jugendlich, unter vielen Zeremonien.

Im Vorzimmer brach er beinahe zusammen. Sein Sekretär Sallé und sein Kammerdiener nahmen ihn in Empfang, schleppten ihn hinüber in seine Räume. Madame de Maurepas eilte herbei, machte dem Hustenden, Krächzenden, sich Räuspernden sanfte, bekümmerte Vorwürfe. Man brachte ihn zu Bett, versorgte ihn mit Wärmflaschen, mit Bouillon.

Auch Louis fühlte sich mitgenommen von der Unterredung. Die Freude an der Jagd war ihm vergangen. Wieder hockte er sich in den Erker vor das Aussichtsfenster und schaute hinaus über die Zufahrtsalleen des Schlosses, aber er sah nichts vom Kommen und Gehen. Dreihunderttausend für die Österreicherin, überlegte er, eine Million für den Rebellen, fünfhunderttausend für den Lausejungen, und er brütete über das mühevolle Los, das ihm auferlegt war.

Den Morgen darauf, gleich nach dem Erwachen, fiel ihm ein, daß heute etwas besonders Schwieriges und Unbehagliches auf ihn wartete. Langsam drehte er seine Gedanken an; dann wußte er, es war die Unterredung mit Toinette, es waren jene Vorhaltungen, die Toinette zu machen er seinem Mentor versprochen hatte.

Eine Weile noch blieb er liegen, dösend, durch die Nase schnaubend. Dann zog er die Schnur, die am Arm des Lakaien befestigt war, damit der jederzeit herbeigerufen werden könne. Der Lakai kam eilig, und umständlich begab sich Louis aus dem Bett, in dem er geschlafen hatte, in das Staatsbett, in dem er zeremoniell zum Lever erwachte. Er ließ sich anziehen, in Gegenwart von hundert Hocharistokraten. Wechselte mit ihnen automatisch die üblichen nichtssagenden Worte. Frühstückte viel, abwesenden Geistes, beschäftigt mit der bevorstehenden Unterredung.

Vorgesehen war für diesen Morgen ein Empfang des Kriegsministers Saint-Germain. Louis hatte Saint-Germain gern und war überzeugt von den Verdiensten seiner Reformen. Aber in der letzten Zeit beschwor man ihn von allen Seiten, den Alten wegzuschicken. Nun verspürte Louis noch immer Gewissensbisse, wenn er daran dachte, wie er seinerzeit auf Drängen Toinettes und des Fliederblauen Klüngels seinen großartigen Finanzminister Turgot unrühmlich entlassen hatte, und er war entschlossen, Saint-Germain zu halten. In seinem Innern indes war er nicht ganz sicher, ob ihm das gelingen werde. Erquicklich wird die Unterredung mit Saint-Germain auf keinen Fall sein. Der Greis wird ihm mit lauter Klagen und Beschwerden kommen, er wird ihn aus seinen treuherzigen Hundeaugen anschauen und darauf warten, daß er, Louis, ihm Hilfe gegen seine Feinde zusagt. Nein, das konnte er heut nicht brauchen. Er wollte nicht abgespannt sein, wenn er in die schwierige Unterredung mit Toinette hineinging. Er wird Saint-Germain nicht empfangen. Aber entschädigen wird er ihn und endlich das Hôtel des Invalides besichtigen. Das ist ein alter Wunsch des Ministers; er ist stolz darauf, wie er dort umgebaut und Ordnung geschaffen hat. Ja, Louis wird sich das Hôtel des Invalides anschauen, und er wird auch Toinette bitten, mitzukommen.

Befriedigt von dieser Lösung, beschloß er, die so gewonnene Zeit in seiner Bibliothek zu verbringen. Er liebte es, sein ausgezeichnetes Gedächtnis mit Fakten und Details vollzustopfen; die Beschäftigung mit seinen Büchern verschaffte ihm eine wohltuende Ruhe.

Die beiden Bibliothekare, Messieurs de Campan und de Sept-Chênes, begrüßten ihn; sie waren stille, unauffällige Männer, zur Stelle, wenn man sie brauchte, nicht vorhanden, wenn sie störten.

Louis ließ sich zunächst die neuesten Gazetten geben. Mehrere brachten eine Anekdote über den Historiker Edward Gibbon, die Louis sehr interessierte. Dieser Mr. Gibbon hatte vor einem Jahr den ersten Teil eines großen Geschichtswerkes erscheinen lassen: „Verfall und Sturz des Römischen Reiches", Louis hatte das Werk mit Wohlgefallen studiert und sich daran gemacht, es ins Französische zu übersetzen. Zur Zeit war Mr. Gibbon in Paris, und es hatte sich nach dem Bericht der französischen Gazetten gefügt, daß er und Benjamin Franklin sich zur gleichen Stunde in der populären Kneipe „Zur heikeln Kathrin" eingefunden hatten. Franklin hatte am Tisch Gibbons anfragen lassen, ob er nicht zu ihm herüberkommen wolle. Gibbon aber, immer nach dem Bericht der Zeitungen, hatte erwidert, er wolle nicht mit einem Aufrührer gegen seinen König an *einem* Tische sitzen. Woraufhin Franklin Mr. Gibbon habe wissen lassen, wenn er ein neues Werk schreiben wolle über Verfall und Sturz eines großen Imperiums, dann könne er, Franklin, reichliches Material beisteuern. Louis fand diese Erwiderung Monsieur Franklins etwas salzlos; es war lächerlich, anzunehmen, daß England zusammenbrechen werde am Aufruhr seiner Kolonien.

Unzufrieden legte er die Journale beiseite. „Sind englische Zeitungen eingetroffen?" fragte er, er pflegte stets die verbotenen englischen Zeitungen durchzuschauen. Sept-Chênes brachte sie eilig herbei. „Und haben Sie auch nicht selber hineingeguckt, Sept-Chênes?" fragte Louis schelmisch und drohte dem Bibliothekar mit dem Finger, laut lachend; er hatte eine grobe, schallende Lache, „wie ein Fuhrknecht", sagte man im Fliederblauen Klüngel. Monsieur de Sept-Chênes ging freundlich auf den altgewohnten Scherz ein.

Louis vertiefte sich in die englischen Zeitungen. Sie waren voll von Berichten über den Konflikt mit den amerikanischen Kolonien. Auch sie schrieben viel über Doktor Franklin. Sie fanden es verwunderlich, daß der Rebellenführer Zuflucht in Paris gefunden hatte. Louis seufzte: sie hatten recht. Mit Vergnügen las er die bösartigen Bezeichnungen, mit welchen einige der englischen Journalisten den alten Meuterer bedachten. Ein „siebzigjähriges Chamäleon" nannten sie ihn, einen „profitgierigen Utopisten", einen „Scharlatan". Louis klatschte sich die Schenkel, rief die beiden Bibliothekare herbei, zeigte ihnen die Stellen, las sie ihnen englisch vor. Er sprach das Wort „Chamäleon" nicht ganz richtig aus;

Monsieur de Sept-Chênes korrigierte ihn untertänig,Louis, lernbeflissen, wiederholte mehrmals die richtige Aussprache.

Er ließ sich Bücher herbeischleppen, er liebte es, in mehreren Büchern gleichzeitig zu schmökern. Rings um ihn häuften sich englische Geschichtswerke, Horace Walpoles Untersuchung: „Sind die gängigen Berichte über Leben und Regierung Richards des Dritten historisch zuverlässig?", James Andersons Berichte über den Prozeß der Maria Stuart, die dicken Bände von David Humes „Geschichte von England".

Es war den beiden Bibliothekaren aufgefallen, daß Louis, wiewohl er sich stets alle sechs Bände von Humes Werk bringen ließ, immer nur in *einem* Bande las. Offenbar wollte der König sie nicht merken lassen, daß er gerade an diesem Band interessiert war. Der Band aber, an dem er solchen Anteil nahm, war jener, welcher die Geschichte Karls des Ersten enthielt.

Es geschah seit etwa einem Jahr, daß Louis so interessiert war an dem Geschichtswerk David Humes, um genau zu sein, seit der Entlassung des Finanzministers Turgot im Mai des vergangenen Jahres. Louis' Interesse hing zusammen mit einem Brief, den dieser Turgot ihm geschrieben hatte unmittelbar vor seiner ungnädigen Entlassung. Der Unverschämte hatte ihn daran gemahnt, daß er umgeben sei von zweideutigen Ratgebern, daß er mit seinen Zweiundzwanzig keine Erfahrung und keine Menschenkenntnis haben könne, daß er in Gefahr sei, daß er vor einem Abgrund stehe. „Vergessen Sie nicht, Sire", hieß es in dem Brief, „daß, was das Haupt Karls des Ersten auf den Block gebracht hat, Schwäche war. Man hält Sie für schwach, Sire." Louis hatte den Brief keinem Menschen gezeigt, er hatte ihn versiegelt und ihn versperrt in der Truhe, in welcher er seine geheimsten Dokumente verwahrt hielt. Aber am gleichen Tage noch hatte er sich das Geschichtswerk Humes heraushoten lassen, und seither, mit immer neuem, zornigem Staunen, las er, wie damals die englischen Verbrecher sich gegen ihren König empört, ihm den Prozeß gemacht, ihn hingerichtet hatten, und er freute sich an den ruhigen, wissenschaftlichen und doch so freundlichen Worten, in welchen der große Gelehrte

Hume diesen Märtyrer Karl würdigte. Eifrig, auch heute, studierte Louis die Details, und er versah die Seiten mit immer neuen Anmerkungen, Fragezeichen, Ausrufezeichen.

Nein, nein. Und wenn ihm Vergennes und Maurepas noch so viele gute Gründe anführten, es war nicht richtig, daß der König von Frankreich das siebzigjährige Chamäleon und seine Rebellen unterstützte, und es konnte nicht gut ausgehen.

Louis klappte seine Bücher zu, dehnte sich, rekelte sich, knöpfte sich auf. Er fühlte sich wieder so voll. Es war ein Jammer, daß er nun schon den zweiten Tag nicht auf die Jagd gehen konnte. Aber Bewegung mußte er sich machen. Er hatte noch eine Viertelstunde, bevor er hinüber zu Toinette mußte. Er ging hinauf, unters Dach, in seine Mechanikerwerkstatt.

Es traf sich gut, daß er hier nicht nur den wackern, vierschrötigen François Gamain vorfand, sondern auch Monsieur Laudry, der die schwierigen Feinmechanikerarbeiten in Versailles kontrollierte. Louis, nicht zufrieden mit dem Verschluß seiner Dokumententruhe, hatte zusammen mit Gamain an einem neuen Geheimschloß gearbeitet; doch es war nicht ganz das geworden, was er sich erhofft hatte, Gamain war nicht findig genug. Der ausgezeichnete Meister Laudry indes entdeckte sogleich, woran es fehlte. Louis war begeistert, zu dreien machten sie sich an die Arbeit, und siehe, es gelang: das Schloß wurde fertig.

Doch die Viertelstunde war weit überschritten, nun war es beinahe zu spät geworden. Eilig steckte Louis das umfangreiche Schloß in die Tasche des Rockschoßes, wischte sich flüchtig die fettig beschmutzten Hände und machte sich auf den Weg zu Toinette.

Mit seinem schleppenden, schaukelnden Schritt schleifte er durch Säle und Gänge; das schwere Schloß in der Rocktasche schlug ihm gegen das Gesäß. Die Korridore waren belebt von Lakaien, Garden, Hofherren in glänzenden Uniformen. Sie alle nahmen Haltung an, wenn Louis vorbeikam, und verneigten sich tief. Einigen freilich konnte man die Verachtung, die sie für den unköniglichen König im Herzen trugen, geradezu vom Gesicht ablesen. Louis wußte genau, daß diese Herren, wenn sie durch den Thronsaal gingen, die vorgeschriebene tiefe Verbeugung vor dem leeren Thron mit mehr Überzeugung vollzogen als jetzt die Verbeugung vor dem lebendigen König, und wieder einmal dachte er bekümmert darüber nach, warum ihm wohl die göttliche Vorsehung für sein heiliges Amt ein so wenig würdiges Gehäuse mitgegeben hatte.

So segelte er dahin über das Parkett der Gänge und Säle, durchwatschelte den Raum mit dem Rundfenster, dem „Œil de Bœuf", und gelangte in den Flügel der Königin. Hier kam unerwartet neben dem großen Gemälde, das Jupiter, die Gerechtigkeit und den Frieden darstellte, aus einem Seitengang herausgeschossen ein etwa achtjähriger Junge. Er war sorgfältig angezogen, und seine schnellen, lausbubenhaften Bewegungen standen im Gegensatz zu seiner reichen, würdigen Kleidung. Louis wußte, wer der Kleine war, es war Pierre, der Sohn des Gärtnergehilfen Machard, den Toinette vor einem Jahr, einer Laune folgend, adoptiert hatte. Der Junge, den König erblickend, hielt mitten im Lauf inne, stellte sich an die Wand, den König passieren zu lassen, und verneigte sich tief, wie er's gelernt hatte. Louis ging vorbei, ihm freundlich zulächelnd; das Schloß schlug ihm immerzu gegen Gesäß und Schenkel.

Auf einmal hörte er hinter seinem Rücken ein helles Gelächter, der kleine Pierre hatte es offenbar nicht unterdrükken können.

Louis war ein gutmütiger junger Mensch, der sich gemeinhin so verhielt wie jeder andere. Aber er war auch Urenkel Louis' des Vierzehnten, Enkel Louis' des Fünfzehnten, König von Frankreich und Navarra. Er dachte daran, wie sein hochseliger Großvater einherzuschreiten pflegte, höchst königlich, so daß bei seinem Anblick jedermann das Flüstern über seine Ausschweifungen verging, und er dachte daran, wie von der Erscheinung Toinettes trotz ihres wilden Hasardierens, ihrer Vergnügungen, ihrer Opernbälle, ihres Fliederblauen Klüngels jenes Königliche ausstrahlte, das den Spott auch von der frechsten Lippe scheuchte. Und plötzlich überkam Louis eine rasende Wut. Er drehte sich um, packte den kleinen Pierre mit seinen gewaltigen Händen, schüttelte den käseweißen Jungen und schrie mit einer schrillen, sich überschlagenden Stimme: „Wache!“ Lakaien eilten herbei, Schweizer Garden. Louis, im Angesicht Jupiters, der Gerechtigkeit und des Friedens, übergab ihnen den kleinen Pierre und befahl, man solle ihn in Verwahrung halten, bis er weitere Ordern erteilen werde.

Dann, viel gehaltener und entschlossener, ging er zu Toinette.

Als er, zwei Stunden später, Toinette verließ, hatte er das Ansehen eines Mannes, der einer schweren Bürde ledig ist. Breite Befriedigung über dem dicken Gesicht, kehrte er zurück in seine Räume.

Dort machte er sich zunächst daran, den neuen Verschluß in die Dokumententruhe einzusetzen. Es war eine langwierige Arbeit, das alte Schloß herauszubohren und durch das neue zu ersetzen. Aber dann saß das neue Geheimschloß fest und gut in der schönen Truhe. Louis öffnete es, schloß es, wischte sich den Schweiß ab, freute sich des vollendeten Werkes.

Öffnete das Schloß von neuem, hob den Deckel der Truhe. Beschaute mit zärtlichem Blick die Dinge, die darin verwahrt waren, sehr persönliche Dinge zumeist, Tagebücher, Briefe, Souvenirs jeder Art. Jetzt war das alles gesichert. Er kramte in der Truhe, ein etwas törichtes Lächeln überm Gesicht, mit dem Spaß des Sammlers. Geriet an den versiegelten Brief des ehemaligen Finanzministers Turgot. Unwillkürlich schob er ihn unter andere Schriftstücke, immer tiefer, bis er ganz unten lag. Kramte weiter.

Da war ein kleines Buch. Er hatte es selber geschrieben, als Dreizehnjähriger, und auch selber gedruckt; beides hatte ihm von Kind an Freude gemacht, zu schreiben und mit seinen Händen zu arbeiten. Es trug aber das Büchlein den Titel: „Über eine gemäßigte Monarchie. Moralische und politische Maximen, basierend auf dem Télémaque, zusammengestellt von Louis-Augustus, dem Dauphin.“ Nachdenklich blätterte er in dem Buch; er hatte es sich niemals leicht gemacht. Er las: „Der Herrscher ist auch nur ein Mensch. Als solcher hat er mit seinen Mitmenschen die christlichen Pflichten gemein. Aber da er durch die Hand des Schöpfers erhöht ist über alle andern Menschen, hat er die Pflicht, sich zu betragen als ein Beispiel der Tugend und der Religion, als Vorbild der Frömmigkeit und des Eifers.“ Seine vorstehenden Augen starrten blicklos auf die Seiten. Er erinnerte sich, wie er, der Dreizehnjährige, stolz zu seinem Großvater gelaufen war und ihm das kleine Buch gezeigt hatte. Es war eine Enttäuschung geworden. Der alte höchstselige Louis der Fünfzehnte – wahrscheinlich kam er gerade von der Dubarry – hatte in dem Büchlein gelesen, eine Minute oder zwei. Dann hatte er dem beflissenen Enkel freundlich die Wange geklopft und gesagt: „Schön und gut, Monsieur le Dauphin, alles schön und gut. Aber Übereifer schadet nur. Werfen Sie das Büchlein ins Feuer.“

Den schweren Kopf schüttelnd über seine damalige Naivität, sich freuend über seinen Ungehorsam, legte Louis das Büchlein zurück. Kramte weiter. Fischte heraus einen Brief seiner Schwiegermutter Maria Theresia. Sie hatte ihn geschrieben vor sieben Jahren, damals, als sie Toinette nach Versailles gesandt hatte. Ernsthaft, langsam, mit seinen kurzsichtigen Augen überlas Louis den Brief. Er lautete: „Ihre Gemahlin, mein lieber Dauphin, hat sich soeben von mir verabschiedet. Sie war meine Freude, und ich hoffe, sie wird Ihr Glück sein. Zu diesem Zweck habe ich sie großgezogen, denn seit langem war ich mir bewußt, daß sie Ihre Bestimmung teilen wird. Ich habe in ihr großgezogen die Liebe für ihre Pflichten Ihnen gegenüber, eine zärtliche Neigung und die Fähigkeit, die Mittel zu wissen und anzuwenden, Ihnen zu gefallen. Meine Tochter wird Sie lieben, dessen bin ich sicher, denn ich kenne sie. Leben Sie wohl, mein lieber Dauphin, seien Sie glücklich, machen Sie sie glücklich. Ich schwimme in Tränen. Ihre Sie liebende Mutter Maria Theresia.“

Louis hielt den Brief in der Hand. Es war ein guter Brief. Er hatte damals nicht gewußt, was er erwidern sollte; es war nicht einfach für einen Fünfzehnjährigen. Schließlich hatte er zusammen mit seinem Hofmeister eine nichtssagende Antwort abgefaßt, in Deutsch, etwas fehlerhaft, damit es echter klinge. Übrigens schrieb die österreichische Majestät auch kein gutes Französisch. Louis zählte; es waren in dem kurzen Brief vier Verstöße gegen die Grammatik und neun gegen die Orthographie.

„Seien Sie glücklich, machen Sie sie glücklich." In Wien die erlauchte Frau Mama hat leicht reden. Jetzt also schickt sie ihm den Josef. „Machen Sie sie glücklich."

Es ist ein schöner Brief. Die Kaiserin hat nicht nur einen überlegenen Verstand, sie hat auch Gefühl. „Meine Tochter wird Sie lieben, dessen bin ich sicher, denn ich kenne sie."

Toinette ist sehr freundlich zu ihm gewesen, jetzt, während dieser Unterredung. Wiewohl sie beide nichts gesprochen haben über den Zweck, den Josef mit seinem Besuch verfolgen könnte, ist ihre Unterredung anders gewesen als sonst; es war ein Ton von Verbundenheit darin wie niemals vorher.

Die Pläne, die Toinette für ihr Trianon hat entwerfen lassen, sind übrigens wirklich großartig. Geschmack hat sie, Ideen hat sie. Und schön ist sie. Daß sie ihm selber gefällt, will wenig sagen, er versteht nichts von Frauenschönheit. Aber jener Walpole, der Autor des ausgezeichneten Buches über Richard den Dritten, der doch als guter Schriftsteller etwas verstehen muß, hat sie die schönste Frau Europas genannt. Wenn sie nur nicht einen so schnellen Witz hätte und so lachlustig wäre; er hat immer ein wenig Angst vor ihrem Lachen.

Hinausgeworfenes Geld sind sie nicht, die dreihunderttausend Livres für das Trianon. Dreihundertsiebzehntausendsechshundertvierunddreißig Livres sind es genau, auf sein Gedächtnis kann er sich verlassen. Er hat ihr die Summe auf vierhunderttausend aufgerundet, schweren Herzens. Aber die begonnenen Arbeiten müssen sinngemäß weitergeführt werden, damit hat sie recht, es wäre Verschwendung, eine halbe Sache zu machen. Dafür hat sie ihm versprochen, daß sie im nächsten Jahr das Budget für das Trianon bestimmt nicht überschreiten wird. So kann er sich wenigstens auf eines berufen, wenn er Necker die Order geben muß.

In der Sache mit Saint-Germain hat er freilich weniger Erfolg gehabt. Toinette hatte sich glatt und entschieden geweigert, an der Besichtigung des Hôtels des Invalides teilzunehmen. Nicht nur das; sie hat von neuem darauf gedrängt, er solle den Alten doch endlich wegschicken. Sie kann ihn nun einmal nicht ausstehen. Louis muß froh sein, daß er mit dem Versprechen davongekommen ist, nun auch selber das Hôtel des Invalides nicht zu besichtigen.

Im übrigen hat sich Toinette wirklich vernünftig und zugänglich gezeigt. Sie hat sich ernstlich vorgenommen, ihr Budget nicht zu überschreiten. Über *eine* Angelegenheit freilich hat sie nicht mit sich reden lassen. Sie möchte ihren eigenen Intendanten haben für ihre Schauspiele und Vergnügungen. Nachdem er ihr zugestanden hat, daß das Trianon ganz allein ihre Sache sein soll, entbehrt es nicht einer gewissen Folgerichtigkeit, wenn sie dort einen eigenen Intendanten haben will. So unangenehm es ihm ist, dem Finanzminister die Anweisung zu geben, in diesem Punkt hat er Toinette entgegenkommen müssen.

„Ich habe in ihr großgezogen die Liebe für ihre Pflichten Ihnen gegenüber ... Leben Sie wohl, mein lieber Dauphin, seien Sie glücklich, machen Sie sie glücklich." Er streicht über das Blatt, mit seiner schweren Hand, auffallend zart, faltet es wieder zusammen, legt es säuberlich zurück in die Truhe.

Nimmt heraus sein Tagebuch. Sitzt davor. Denkt nach, was von den Erlebnissen des heutigen Tages eintragenswert sei. Schreibt hin: „Empfang des Kriegsministers abgesagt wegen schwieriger persönlicher Unterredung. Gespräch mit Toinette glimpflich abgelaufen. Ein Geheimschloß angefertigt. Sehr gut. Nicht auf die Jagd gegangen." Er legt das Tagebuch zurück in die Truhe, läßt den Verschluß zuklappen, steht davor, breit lächelnd.

Mit einemmal erstirbt sein Lächeln, es ist ihm etwas eingefallen. Er läutet stürmisch, befiehlt vor sich den diensthabenden Offizier der Garde. „Man hat da", gibt er Weisung,

„einen Jungen in Verwahrung genommen, einen gewissen Pierre Machard, Schützling der Königin. Er ist sofort freizulassen. Und geben Sie ihm für zwei Francs Süßigkeiten. Nein, für fünf Francs", korrigiert er sich.

Viertes Kapitel
Josef

Wenige Wochen später war Kaiser Josef auf dem Weg nach Paris.

Josef, der Zweite seines Namens, war Beherrscher des Römischen Reiches Deutscher Nation nur dem Titel nach. Seine Mutter hatte ihn zum Mitregenten erhoben, aber in Wahrheit regierte die alte Kaiserin allein, voll von Leben und sehr entschieden in ihren Urteilen. Diese Urteile waren nach der Meinung ihres Sohnes und Mitregenten oftmals Vorurteile. Maria Theresia war voll von tiefer Frömmigkeit und fühlte sich wohl nur im Schoß der Kirche. Josef war aufgetan allen Strömungen der Zeit, erfüllt von Mißtrauen gegen die Kirche, die Hegerin und Beschützerin finsteren Aberglaubens, brennend interessiert an der Neuordnung der Werte, wie das aufgeklärte Jahrhundert sie vornahm.

Er hatte es nicht leicht, der junge Kaiser, der gar nicht mehr so jung war, sechsunddreißig Jahre war er alt. Er brannte von dem Wunsch, seine Ansichten in Taten zu übersetzen und die Welt zu verändern. Er verkündete das der Welt, die Welt horchte auf, vor allem die Jugend, er war die Freude und die Hoffnung der Jugend überall im Römischen Reiche Deutscher Nation. Aber er hatte die Macht nur dem Namen nach. Er, der Mitregent, konnte nur reden; das Handeln, das Regieren mußte er der Mutter überlassen. So wurde er mit den Jahren immer bitterer.

Da er die Welt vorläufig nicht ändern konnte, wollte er die unfreiwillige Muße benutzen, sie gründlich kennenzulernen. Er reiste. Reiste mehr als jeder andere Fürst. Reiste gern inkognito, überzeugt, daß das die beste Möglichkeit sei, ein ungefärbtes Bild von Land und Leuten zu erhalten. Er legte großes Gewicht darauf, nicht als Herrscher behandelt zu werden, wohnte in einfachen Hotels und führte das Soldatenbett mit, das er auf seinen Feldzügen benutzt hatte. Aber er war geltungssüchtig und wünschte, daß man von diesen seinen Bemühungen, die wahren Verhältnisse zu studieren, auch erfahre. Er lächelte wohlgefällig, wenn man den Kaiser erkannte, der als Graf Falkenstein herumreiste, und es war ihm recht, wenn die Zeitungen von diesen Reisen berichteten.

Umständliche Vorkehrungen waren getroffen worden, um das Inkognito des Kaisers auf seiner Reise nach Paris und während seines dortigen Aufenthaltes zu wahren. Die Fürsten, deren Länder Graf Falkenstein zu durchreisen hatte, waren darauf aufmerksam gemacht worden, daß sich der Graf jegliches Zeremoniell verbitte und als einfacher Tourist behandelt werden wolle. Doch einigen der Fürsten war dieser Gedanke unerträglich. Der Herzog von Württemberg zum Beispiel brachte es nicht über sich, den Römischen Kaiser in einem einfachen Hotel schlafen zu lassen. Seine Polizei nahm sämtlichen Gasthäusern die Schilder ab, die Einwohner der Residenzstadt Stuttgart erhielten Befehl, nicht zu wissen, wo sich ein Gasthaus befinde, es blieb dem Grafen Falkenstein nichts übrig, als im Palais des Herzogs Unterkunft zu suchen.

Wohl aber war es dem Kaiser vergönnt, in der Stadt Paris in einem einfachen Fiaker einzufahren. Er stieg ab in dem simpeln Hôtel de Tréville und ließ dort sein Feldbett aufschlagen. Monsieur Grandjean, der Besitzer des Hotels, behandelte ihn nicht serviler als andere Touristen. Während dann Josef einen ersten, gründlichen Rundgang durch die Stadt machte, zeigte Monsieur Grandjean ehrfürchtig und gegen hohe Trinkgelder das Feldbett des Römischen Kaisers, der so einfach lebte wie seine Soldaten.

Andern Tages fuhr Josef nach Versailles. Toinette, wie sich das gehörte, erwartete ihn inmitten ihres Hofstaates. Doch sie konnte ihre Ungeduld nicht zähmen, immer wieder rannte sie ans Fenster. Und als er die Treppe heraufkam, lief sie ihm entgegen, und vor den präsentierenden Garden umarmte sie ihn und küßte ihn ab.

Sie sahen sich ähnlich, die Geschwister. Josef hatte, genau wie Toinette, ein offenes, ausdrucksvolles Gesicht, eine hohe Stirn, lebendige, blaue Augen, einen kleinen Mund mit etwas hängender Unterlippe, eine leicht gekrümmte Nase. Er war schlank und groß, seine Bewegungen schön und beherrscht. Trotzdem war Toinette, als sie ihn näher betrachtete, enttäuscht. Sie hatte ihn in Erinnerung, wie sie ihn vor sieben Jahren in Schönbrunn gesehen hatte, den großen Bruder, dessen Ernst und Lehrhaftigkeit ihr immer Furcht, dessen Wissen und Brillanz ihr immer Bewunderung eingeflößt hatte; hundertmal hier in Versailles hatte sie ihren Freunden vorgeschwärmt, wie ihr Bruder schon durch seinen bloßen Anblick alle Welt hinreiße. Und nun kam da ein unscheinbarer, schlicht angezogener Herr, ein bißchen schäbig in jeder Hinsicht, geradezu ältlich mit seiner beginnenden Glatze.

Dennoch verlief das erste Zusammensein der Geschwister angenehm. Josef hatte sich vorgenommen, die Schwester nicht gleich durch Tadel einzuschüchtern. Er unterdrückte die mancherlei pädagogischen Bemerkungen, die er gerne gemacht hätte; statt dessen rühmte er Toinettes hübsches Aussehen, berichtete von den andern Geschwistern und vor allem von der Mutter. Sie sprachen französisch, doch sie gerieten immer wieder ins Deutsche. Häufig fehlte Toinette das richtige deutsche Wort, Josef mußte ihr aushelfen. Lächelnd, doch ohne Tadel, meinte er, sie spreche jetzt weder richtig deutsch noch richtig französisch. Er selber war stolz darauf, deutsch, französisch, italienisch fließend zu sprechen und sich mit den Angehörigen der meisten Völker, die er beherrschte, in ihrer eigenen Sprache unterhalten zu können.

Er hielt Toinettes Hand. Er sagte: „Na, Toni, ist es nicht angenehm, einmal wieder beieinander zu sein?“, und ihr wurde ganz warm beim Klang seiner Stimme und bei dem milden Glanz seiner Augen.

Auch vor seinem Schwager Louis zähmte Josef die Lust, Vorträge zu halten und zu belehren, Louis bemühte sich, seiner Schüchternheit Herr zu werden, und es lief alles besser ab, als beide erwartet hatten. Louis zeigte dem Schwager seine Bücher und einige der Schmiedearbeiten, die er angefertigt hatte, er versuchte, ein wenig deutsch zu sprechen, lachte gutmütig über seine Unbeholfenheit und korrigierte seinesteils mehrmals das Französisch des Schwagers. Der, leicht verstimmt, bestand darauf, seine Aussprache sei die rechte. Der genaue Louis ließ nicht locker, er rief die Autorität seines Bibliothekars Sept-Chênes an und wollte sogar ein Gutachten der Akademie einholen. Josef konnte nicht umhin, die philologischen Interessen des Schwagers und seine klare, nüchterne Vernünftigkeit anzuerkennen. Der Botschafter Mercy hatte mehrmals respektvoll, doch unmißverständlich angedeutet, der Allerchristlichste König sei etwas beschränkt.

Die nächste Woche benutzte Josef, sich Versailles und Paris anzuschauen. Im Grunde war ihm französisches Wesen zuwider; allein er war gewissenhaft und wollte Frankreich nicht verwerfen, ohne es gründlich studiert zu haben. Geschäftig lief und fuhr er herum in der Stadt Paris, sich interessierend für das Größte wie für das Kleinste. „Verlieren Sie sich nicht in Bagatellen“, hatte der alte Preußenkönig Friedrich, sein bewunderter Gegner, ihm geraten; die Worte hatten sich Josef tief eingeprägt, ihr Sinn und der scharfe, gehackte, befehlerische Tonfall, in dem sie gesprochen waren, aber er konnte nicht an gegen seine betriebsame Natur. Gerade die kleinen Dinge lockten ihn. In alle Winkel der Stadt Paris steckte der kaiserliche Tourist die habsburgische Nase. Besuchte die Hospitäler, kostete die Armensuppen, wohnte Verhandlungen der Gerichte bei, besichtigte Fabriken aller Art, ließ sich mit zahlreichen Hausierern in Gespräche ein, notierte sich Wendungen aus dem geschwinden Argot der Fischweiber, suchte Handwerker in ihren Werkstätten auf, ließ sich ihre Verrichtungen erklären. Alles inkognito und überall erkannt. Die Zeitungen brachten enthusiastische Berichte über die unauffälligen Studien des Grafen Falkenstein, sein demokratisches Auftreten machte Sensation, er wurde große Mode, und viele hängten neben das Porträt des weisen Bürgers Franklin das des leutseligen Kaisers Josef.

Vor allem ließ sich's Josef angelegen sein, mit den großen Geistern Frankreichs zusammenzutreffen. Er gab sich diesen Gelehrten, Schriftstellern, Philosophen gegenüber durchaus als Intellektueller, als Kollege und bedauerte, daß seine Beschäftigung als Herrscher ihm so wenig Zeit lasse für wissenschaftliche Tätigkeit. Er besichtigte die Bibliotheken, auch einer Sitzung der Akademie wohnte er bei und ließ sich in ein langes Gespräch ein mit ihrem Vizepräsidenten, dem gestürzten Minister Turgot. Mehrmals kam er zusammen mit den Akademikern Condorcet und Leroy, und der dicke Mr. Gibbon, der große Historiker, der es abgelehnt hatte, mit dem Rebellen Franklin an *einem* Tisch zu speisen, nannte den Grafen Falkenstein wieder und wieder Majestät, wiewohl dieser darum bat, Monsieur genannt zu werden. Mit besonderem Eifer besuchte Josef die Salons der intellektuellen Damen. Er zeigte sich sogar im Salon der Madame Nekker, obwohl der Finanzminister Necker ein Ketzer, ein Bürgerlicher und ein Schweizer war. Mit spöttisch herabgezogenen Mundwinkeln hörte man im Fliederblauen Klüngel von diesen Besuchen des Kaisers im „Schweizer Häuschen".

Höchst eingehend betrachtete sich Josef Versailles, das gewaltige Schloß sowohl wie die Institutionen des Hofes. Er stöberte herum in den Korridoren und Winkeln des riesigen Labyrinths; nichts entging ihm, nicht die „Nebenzimmer" Toinettes, nicht die Schmiede Louis'. Er saß herum in den Vorzimmern der Minister Maurepas und Vergennes, unangemeldet, als gewöhnlicher Bittsteller. Er wohnte bei dem feierlichen Zug Louis' zur Messe und seinem öffentlichen Schau-Essen.

Auch dem Lever und dem Coucher Louis' wohnte er bei, versteckt in der Menge der Höflinge, ohne daß Louis darum wußte. Kopfschüttelnd sah der unscheinbare Römische Kaiser mit an, wie sich Louis schamlos in Gegenwart sehr vieler Menschen Hemd und Hose aus- und anziehen ließ, fett, umständlich, sichtlich gelangweilt und feierlich; die rechte und die linke Seite des Königs wurde von jeweils verschiedenen Adeligen bedient.

Josef beobachtete, wie Louis einmal, beim Zubettgehen,

den Kreis der Höflinge auf und ab schlenderte, mit herabhängenden Hosen, wie Louis haltmachte vor dem jungen Grafen Gramont, einem der Kammerherrn, nah auf ihn zutrat, so daß Gramont zurückwich bis an die Wand, wie Louis immer näher auf ihn zutrat, bis sein dicker Bauch den schlanken des Kammerherrn berührte, wie dann Louis in eine ungeheure Lache ausbrach und den Geängstigten stehenließ.

Mindestens zwanzig Minuten lang mußte Louis Abend für Abend seine Entkleidung zur Schau stellen. Wenn es ihm schließlich genug dünkte, gab er den Pagen einen Wink, sie zogen ihm die Stiefel aus und ließen sie mit Krach auf den Boden fallen. Dieser Krach gehörte zum Ritus, er war das Zeichen, daß der adelige Schwarm sich zurückzuziehen hatte; dann endlich durfte sich Louis ins Bett legen. Mit Stolz sagte sich Josef, wie weit fortgeschritten seine eigene schlichte Hofhaltung war, verglichen mit diesem läppischen, asiatischen Zeremoniell.

Im übrigen bestrebte sich Josef, allem, was gut war in Paris und in Versailles, gerecht zu werden. Er hatte Blick für die Großartigkeit des Schlosses und der Gärten von Versailles, er hatte Blick für die stolzen, imponierenden Gebäude der Stadt Paris und die Schönheit ihrer Brücken und ihrer Plätze. Doch mit noch schärferem Blick sah er die Spinnweben in den Winkeln der prunkvollen Gemächer von Versailles, die zerbrochenen Rahmen mancher Gemälde, die nichtreparierten Möbel, er sah die Händler, die auf den gewaltigen, edeln Rampen und Treppen mit wüstem Geschrei ihre Waren feilboten. Und mit schärfstem Blick sah er den Schmutz, den Lärm und das Durcheinander der Stadt Paris. Es machte ihm aber die Unordnung und die Schlamperei der Stadt und des Schlosses stärkeren Eindruck als der Glanz und die Herrlichkeit. Befriedigt mißbilligte er, was er sah, und fand das Urteil, das er den Berichten über Frankreich entnommen hatte, nun mit Vergnügen durch eigene Erfahrung bestätigt.

Befragt, wie ihm Paris und Versailles gefalle, mühte er sich, diplomatisch zu sein, und äußerte Worte höflicher Anerkennung. Manchmal indes konnte er seine Neigung zum Sarkasmus nicht unterdrücken und erging sich in bissigen, besserwisserischen Reden. Tadelte etwa die veraltete Einrichtung der Armee oder die mangelnde Ordnung des Pariser Verkehrs, die übertünchte Verrottung, die er überall zu entdecken glaubte. Solche gelegentlichen Äußerungen wurden eifrig herumgetragen.

Jeder seiner Schritte wurde kontrolliert, sowohl von den Agenten der Pariser Polizei wie von den Spionen des österreichischen Botschafters Mercy und des Abbé Vermond. Maria Theresia in ihrem Schönbrunn und Louis in seinem Versailles erhielten fortlaufend minutiöse Berichte über die unermüdlichen Bestrebungen des Grafen Falkenstein, sein Wissen um Welt und Menschen zu vermehren und an andere weiterzugeben.

Josef hatte literarische Neigungen; er liebte es, seine Eindrücke in wohlstilisierten Sätzen niederzulegen. Er wußte sich eines mit seinem Bruder Leopold, dem Großherzog von Toskana. „Alles in dieser Stadt Paris", schrieb er ihm, „ist auf Schein berechnet, die Gebäude sind großartig und machen starken Eindruck, aber näher hinschauen darf man nicht. Außen hui, innen pfui. Gespielte Größe ist alles. Weder kennt man in diesem Babylon die Gesetze der Natur noch die einer vernünftigen gesellschaftlichen Ordnung. Statt dessen überzieht man alles mit einem Firnis von Höflichkeit und Zeremoniell." Es wurde ein langer Brief; was Josef in den Gesprächen mit französischen Bekannten hatte unterdrücken müssen, teilte er in ungeschminkten Wendungen dem Bruder mit.

Er übergab den Brief seinem Botschafter Mercy, damit dieser ihn durch Sonderkurier dem Bruder nach dessen Hauptstadt Ferrara schicke. Das Schreiben fiel in die Hände des französischen Geheimdienstes; Monsieur Lenoir, der Pariser Polizeipräsident, kopierte es, bevor er es nach Ferrara weiterleitete, und teilte es dem König mit.

Louis saß lange über dem Schreiben und grübelte über die scharfen, ungerecht übertreibenden Urteile des Schwagers. Das kam davon, daß Josef soviel mit aufsässigen, gottlosen

Philosophen verkehrte; sogar mit diesem Turgot hatte er lange gesprochen, dessen Dreistigkeit an Meuterei grenzte. Und wenn Josef voll mitleidiger Verachtung heruntersah auf das sklavisch ekle Treiben um seinen fetten Schwager, so bedauerte dieser in seinem Herzen den Römischen Kaiser, der sich auf die Bank der Spötter setzte und das Heil seiner Seele vertat.

Kaiser Josef war ein leidenschaftlicher Verbesserer. Er glaubte sich dazu geboren, alle Dinge einzurenken, die nicht in Ordnung waren, die Welt als Ganzes sowohl wie die Lebensführung seiner Schwester und die Zeugungsfähigkeit seines Schwagers. Schon vor Jahren, als Graf Mercy anfing, nach Wien von dem etwas leichtsinnigen Treiben Toinettes zu berichten, hatte Josef erklärt: „Da werde ich einmal hinfahren und nach dem Rechten sehen." Und als dann der treue und gewissenhafte Botschafter voll ehrerbietiger Sorge von dem leiblichen Gebrechen des jungen Königs berichtete, hatte Josef sogleich erklärt: „Da fahre ich hin, das bringe ich in Ordnung, verlassen Sie sich auf mich, Mama."

Er mußte, da er es mit solchem Aplomb versprochen hatte, unter allen Umständen Erfolg haben. Er durfte nichts dem Zufall überlassen. Vor allem mußte er, bevor er in das große Männergespräch über die Operation hineinging, Louis' Wesen genau auskundschaften. Bisher war er aus dem Schwager noch nicht recht klug geworden. Der tat manchmal überraschend scharfsinnige Äußerungen, dann wieder war er von einer Stumpfheit, die an Kretinismus grenzte. Josef also verwickelte ihn, um seine Widerstandskraft zu erproben, in eine ausführliche politische Diskussion.

Zunächst verlief alles in Harmonie. Josef nämlich setzte seine Ideen auseinander über den englisch-amerikanischen Konflikt. Sehr entschieden erklärte er, er halte es für falsch, Amerika die geringste Sympathie zu bezeigen. In seinem Innern sagte sich Louis, der Schwager habe seine guten Gründe. Habsburg brauchte England für eine Allianz gegen die wachsende Macht Rußlands, Habsburg durfte also England unter keinen Umständen verstimmen. Aber was immer des Schwagers Motive waren, Louis teilte durchaus seine Meinung. In schwungvoller Rede verbreitete sich Josef darüber, daß wahre Freiheit nur in einer aufgeklärten Monarchie möglich sei, und er verhöhnte überzeugt und in geschliffenen Worten die Sportsleute der Freiheit in Philadelphia, deren Treiben zu nichts anderm führen werde als zur Anarchie. Louis hörte vergnügt zu, nickte zuweilen mit dem dikken Kopf, gab vage Laute der Zustimmung von sich und notierte sich innerlich einige der gut formulierten Wendungen Josefs, um sie gelegentlich gegen Maurepas und Vergennes auszuspielen.

Dann aber begann Josef zu reden von der bayrischen Erbfolge. Wortreich und mit Wärme sprach er von den Möglichkeiten, die sich für Habsburg aus dem bevorstehenden Ableben des bayrischen Kurfürsten ergaben. Hatte Habsburg nicht die heilige Pflicht, die Gelegenheit zu benutzen und sich durch die Übernahme strategisch wichtigen Gebietes gegen die zunehmende Bedrohung durch Preußen zu sichern? Dumpfer Unmut ergriff Louis. Galten denn dem Schwager die wohlbegründeten Ansprüche Zweibrückens gar nichts? Warf er, dieser sehr moralische, aufgeklärte, philosophische Herrscher, alle Moral einfach auf den Abfallhaufen? Maurepas und Vergennes hatten durchaus recht: Habsburg trug sich mit Kriegsplänen von wilder Hybris, und kein Familienpakt durfte Frankreich verleiten, sich da hineinreißen zu lassen. Mit einemmal enthüllte sich der Schwager, der so gerne Vernunft und Moral im Munde führte, als Romantiker, als Abenteurer, als gewissenloser Eroberer, der Habsburg die Weltherrschaft ersiegen wollte. Nichts da. Da machte er, Louis, der Allerchristlichste König, nicht mit. Nicht dazu war er von Gott eingesetzt.

Schwitzend, in steigender Bestürzung, hörte er die anmaßlichen, gottlosen Reden an. Mußte er nicht erwidern? Aber wie sollte er, der Jüngere, Unerprobte, dem großartigen Römischen Kaiser Moral predigen? Der würde ihm sicherlich mit zahllosen guten Gründen über den Mund fahren. Nein, er mußte es schon so machen, wie er sich's vorgenommen, mußte ausweichen, eine Diskussion ablehnen.

Er schwieg und hörte zu. Zog ein Blatt Papier heran, begann zu kritzeln. Dann, als Josef zu Ende war, reichte er ihm das Blatt mit seiner Kritzelei, und: „Sehen Sie, Sire", sagte er, „das hier ist Ihre und die bayrische Grenze. Hab ich sie nicht gut im Gedächtnis?" Josef wußte nicht, sollte er den fetten, mit naivem Stolz lächelnden jungen Menschen für einen Trottel halten oder für einen bösartigen Spaßvogel. Er betrachtete das Blatt, legte es auf den Tisch zurück und sagte gemessen: „Wie ist das, Sire? Stehen Sie auf dem gleichen Standpunkt wie wir? Dürfen wir bei der Verfechtung unserer Ansprüche auf Ihre Unterstützung rechnen?" – „Lassen Sie mich sehen", erwiderte nachdenklich Louis, „ob ich es zusammenbringe, aus dem Gedächtnis alle Orte mit über zweitausend Einwohnern herzuzählen, welche dem Kurfürsten von Bayern untertänig sind", und er begann sie herzuzählen.

Josef gab es auf, mit diesem Manne ernsthaft weiterzureden, sprach also von Belanglosem, verabschiedete sich bald.

Auf seine methodische Art überdachte er, welche Folgerungen sich für ihn aus der Unterredung ergaben. Es erfüllte ihn mit Zuversicht, daß der Schwager nur ausweichen, aber nicht geradezu nein sagen konnte. Andernteils wird es viel Schmiegsamkeit und Energie kosten, diesen weichen, dumpfigen, zähen Widerstand zu besiegen.

An Maria Theresia schrieb Josef: „Ihr Schwiegersohn Louis, teuerste Mutter, ist schlecht erzogen und sieht höchst unvorteilhaft aus. Aber er ist innerlich anständig. Auch hat er in einem erstaunlichen Gedächtnis viel Wissensstoff aufgespeichert. Zum Beispiel kann er alle bayrischen Orte mit mehr als zweitausend Einwohnern in alphabetischer Reihenfolge aus dem Gedächtnis hersagen. Freilich sehe ich nicht ein, welchen mittelbaren oder unmittelbaren Nutzen solche Künste einem Herrscher bringen können. Im übrigen leidet unser Louis an einer bedenklichen Unfähigkeit zu Entschlüssen. Er ist schwach vor solchen, die ihn einzuschüchtern wissen. Ich denke, teuerste Mutter, das Ziel meiner Reise wird erreicht werden."

Auch dieses Schreiben gelangte in die Hände des Pariser Polizeipräsidenten. Monsieur Lenoir machte nicht dem König selber Mitteilung, sondern zog es vor, die Abschrift dem Ministerpräsidenten zu überreichen.

Der alte Maurepas las den Text und wackelte mit dem Kopf. Dann zeigte er den Brief seinem Sekretär Sallé und fragte: „Was meinen Sie, mein lieber Sallé?“ Der Sekretär, mit seiner marklosen Stimme, erwiderte: „Für einen Römischen Kaiser ist der Römische Kaiser kein schlechter Menschenkenner.“

Maurepas beschloß, das Schreiben vorläufig aufzubewahren und es erst bei besonderem Anlaß zu verwenden.

Doktor Benjamin Franklin, in seinem stillen Haus und Garten in Passy, hörte viel vom Wesen und Treiben des freigeistigen Römischen Kaisers. Diejenigen seiner Freunde, die mit ihm zusammengekommen waren – und es waren ihrer nicht wenige –, rühmten das einfache Wesen des Monarchen, seine rasche, scharfe, sachliche und doch liebenswürdige Art. Sie fühlten sich, diese Akademiker und Dichter, geschmeichelt, daß er mit ihnen redete wie mit seinesgleichen, und begrüßten es als erfreuliches Symptom, daß selbst ein Kaiser es für angebracht hielt, sich für einen Intellektuellen und Freigeist zu erklären.

Franklin hätte es sehr begrüßt, wenn auch er Gelegenheit gehabt hätte, sich mit Josef zu unterhalten. Er hoffte, Josef zu überzeugen, daß die amerikanische Frage im Grunde eine rein angelsächsische Angelegenheit sei und daß den Dreizehn Staaten nichts ferner liege, als europäische Völker zur Rebellion zu veranlassen. Er traute sich die Fähigkeit zu, die Furcht Maria Theresias und ihres Sohnes zu zerstreuen, das Vorbild Amerikas könnte auch europäische Länder zur Meuterei anstacheln.

Es war ihm deshalb sehr erwünscht, als einer seiner Freunde, der Akademiker Condorcet, ihm mitteilte, er habe mit Josef über Franklin gesprochen und es wäre dem Kaiser nicht unwillkommen, den Doktor kennenzulernen.

Der Abbé Niccoli, Vertreter des Großherzogtums Toskana, in dem Josefs Bruder Leopold regierte, übernahm es, die Begegnung zwanglos zu arrangieren. Er fragte bei dem

Grafen Falkenstein und bei dem Doktor Franklin an, ob man nicht gelegentlich bei ihm eine Tasse Schokolade nehmen wolle. Durch Condorcet ließ er jeden der beiden Herren wissen, wen man bei ihm treffen werde.

Als Josef die Einladung erhielt, hatte er für den Bruchteil eines Augenblicks das Gefühl, er hätte vielleicht besser nicht den Wunsch geäußert, Franklin zu treffen. Bevor er Wien verlassen, hatte ihn seine Mutter ersucht, er möge, wenn er schon in das verderbte Paris fahre, es zumindest vermeiden, mit gewissen „wilden Gesellen" zusammenzukommen. Wen alles die Mutter als wilde Gesellen aufgezählt hatte, erinnerte sich Josef nicht mehr genau. Bestimmt waren Voltaire und Rousseau darunter gewesen, aber dunkel war ihm, als hätte sie auch Franklin genannt. Sei dem wie immer, schließlich konnte sich der Römische Kaiser nicht von der Frau Mama vorschreiben lassen, mit wem er reden durfte und mit wem nicht. Benjamin Franklin war, Rebell hin, Rebell her, einer der führenden Wissenschaftler der Epoche, ein Philosoph von Rang, seine Unterhaltung galt als besonders anregend. Was war weiter dabei, wenn Josef die Gelegenheit wahrnahm, sich mit einem solchen Manne auseinanderzusetzen? Er freute sich geradezu darauf, dem Rebellenführer höflich und sachlich zu beweisen, daß die Masse ihrer Natur nach nicht die Fähigkeit habe, ihr Bestes zu begreifen, und daß somit aufgeklärter Despotismus die vernünftigste Regierungsform sei.

Josef hatte schon mehrmals Begegnungen gehabt, welche das Staunen der Welt erregt hatten, die Begegnung zum Beispiel mit dem großen Feind seines Hauses, mit Friedrich von Preußen. Daß er, der Römische Kaiser, sich mit dem Führer der amerikanischen Rebellen von Mann zu Mann unterhalten wollte, erschien ihm noch kühner und origineller als seine bisherigen Zusammenkünfte, und, stolz auf seine demokratische Gesinnung, sprach er aller Welt von diesem seinem Vorhaben.

Der festgesetzte Tag kam. Des Morgens um neun, wie vereinbart, fand sich Franklin mit seinem Enkel William Temple bei dem Abbé Niccoli ein. Ein paar Minuten später kam auch Condorcet. Man trank Schokolade, man unterhielt sich. Franklin nahm eine zweite Tasse Schokolade, auch einige von den ausgezeichneten, gesüßten Brioches, die der Abbé servieren ließ. Man wartete und unterhielt sich. Es wurde zehn Uhr, es wurde elf Uhr. Der Abbé ließ Portwein servieren. Franklin nahm auch von dem ausgezeichneten Portwein. Man konnte nicht wissen, was Josef verhindern mochte, die festgesetzte Zeit einzuhalten. Franklin beschloß, noch eine Stunde zu warten. Es wurde Mittag. Länger zu bleiben, ging wohl nicht an. Man brach auf, Franklin fuhr zurück nach Passy.

Der junge William war sehr ärgerlich und schimpfte einen großen Teil der Fahrt über auf die Katholiken und die Aristokraten. Er hatte sich auf diese Begegnung sehr gefreut; zu gerne hätte er seinen Freundinnen beiläufig erzählt: „Hat mir da unlängst der Kaiser Josef gesagt . . .“ Franklin selber nahm die gescheiterte Zusammenkunft philosophisch. Vermutlich wäre es nicht schlecht für die amerikanische Sache gewesen, wenn er mit Josef hätte reden können. So wird er eben auf eine nächste Gelegenheit warten.

Was sich aber mittlerweile um Josef ereignet hatte, war dies: Graf Mercy hatte schon frühzeitig von Maria Theresia, die in dem alten Diplomaten einen ihrer besten Freunde sah, einen vertraulichen Brief erhalten, voll von Befürchtungen über die Reise ihres schwierigen Sohnes Josef in das Babylon an der Seine. Ihrem Brief hatte die fürsorgliche Kaiserin eine Liste beigefügt von bedenklichen Elementen, von Demokraten und Philosophen, von „Schlawinern“, von Lumpen, von deren Umgang sie den Römischen Kaiser unter allen Umständen ferngehalten wissen wollte. Und obenan auf der Liste waren Voltaire und Franklin gestanden.

Der alte Mercy war also tief erschrocken, als er Kunde bekam von dem unbesonnenen Plan seines jungen Monarchen, sich mit dem Rebellen zu treffen. Er hatte Maria Theresia sogleich geschrieben und ihr geraten, selber ihren Sohn zu beschwören, er möge von seinem Vorhaben abstehen. Ein Eilkurier Mercys jagte nach Wien, ein anderer Eilkurier jagte zurück, und früh am Morgen des Tages, da die Zusammenkunft mit Franklin stattfinden sollte, erhielt Josef ein Schreiben seiner Mutter. Es war deutsch, sie hatte es mit eigener Hand geschrieben, es war ein gutes, rührendes Schreiben. Sie zeigte Verständnis für seine Neugier, Bösewichter vom Schlage des gottlosen Voltaire und des meuterischen Franklin kennenzulernen, aber sie bat ihn, er möge an seine Verantwortung vor der Geschichte denken, und einige Worte des nicht sehr langen Briefes waren verwischt von Tränen.

Josefs Augen glitten langsam über die kindlich ungefügen, mühevollen Buchstaben. Er hatte sich dazu erzogen, Details nicht zu übersehen, nicht den Stil eines Schreibens, nicht das Grammatikalische, nicht das Orthographische. Aber diesmal wollte es ihm nicht glücken. Seine Gedanken und seine Gefühle waren bei dem Inhalt des Briefes, bei den Worten, die deutsch waren, streng, pflichtbewußt, mütterlich.

Der Römische Kaiser lehnte sich auf gegen die ewige Bevormundung. Er hatte sich entschlossen, mit diesem Doktor Franklin zusammenzutreffen. Er wußte schon, warum. War es nicht die Pflicht eines Regenten, Menschen jeder Art kennenzulernen und ihre Anschauungen zu prüfen, wie sie aus ihrem Munde herauskamen? Die Bedenken der Mutter waren nicht stichhaltig. Identifizierte er sich vielleicht mit den Meinungen aller Leute, die er traf? Doch abgesehen von Gründen und Gegengründen, wußte nicht bereits alle Welt, daß er mit Franklin zusammenkommen wollte, und wäre es nicht unfürstlich und seinem Ansehen schädlich, wenn er diesen seinen Entschluß änderte?

Josef überlas nochmals den Brief. Er hatte in Wien eine Menge Probleme unerledigt zurückgelassen. Da war die ewige Frage der böhmischen Protestanten, da war die Schulreform, da war die bayrische Erbfolge, da war die russisch-türkische Frage. Wenn er auch nur in *einer* dieser Angelegenheiten von der Mutter Konzessionen erlangen wollte, mußte er sich hüten, sie zu verstimmen. Was war wichtiger, die österreichische Schulreform oder seine Begegnung mit dem alten Doktor? Er seufzte. Durch diesen Brief Maria Theresias war aus dem privaten Wunsch des Grafen Falkenstein, Franklin zu sehen, eine Staatsaffäre der Habsburgischen Monarchie geworden.

Etwas mürrisch holte er den Rat des Grafen Mercy ein. Er sehe zu seinem Bedauern, sagte er ihm, daß die alte Kaiserin fürchte, ein Gespräch zwischen ihm und Franklin könnte mißdeutet werden. Er habe sich also im Prinzip entschlossen, seine private Wißbegier den politischen Skrupeln der Mutter zu opfern. Andernteils wolle er es vermeiden, vor dem Doktor Franklin unhöflich zu erscheinen. Ob er, Mercy, Rat wisse? Mercy atmete auf und wußte Rat. Niemand könne es Josef übelnehmen, fand er, wenn er infolge einer leicht zu schaffenden Verhinderung die genaue Stunde des Frühstücks bei dem Abbé Niccoli nicht einhalten könne. Er möge also die Verabredung nicht etwa absagen, wohl aber den Abbé Niccoli ein wenig warten lassen. Zwei Stunden, drei, vier Stunden. Die ausgezeichneten Agenten Mercys würden Josef rechtzeitig wissen lassen, wann er dem Abbé Niccoli den vereinbarten Besuch abstatten könne, ohne die alte Kaiserin in Wien zu verstimmen.

So kam es, daß Josef, als er zwanzig Minuten nach zwölf bei dem Abbé Niccoli eintraf, zu seinem großen Bedauern den Doktor Franklin nicht mehr vorfand.

Die Prinzessin Rohan hatte zu einer jener englischen Teegesellschaften eingeladen, die jetzt Mode wurden. Die wichtigsten Mitglieder des Fliederblauen Klüngels sollten kommen; auch Josef hatte seine Teilnahme zugesagt.

Nun hatte sich Josef mehrmals vor Toinette sehr abfällig über ihre Freunde ausgelassen. „Eine schöne Menagerie hast du dir zugelegt", hatte er gelegentlich gesagt, und er hatte Gabrieles Nonchalance als schlampig, hatte „tous ces messieurs" als Schlawiner bezeichnet; unter Schlawinern aber verstand man in Wien bedenkliche, zweideutige Gesellen, windig, geneigt zum Hochstaplertum. Sogar den Damen ins Gesicht hatte Josef bösartige, stachelige Dinge geäußert.

Um solche Taktlosigkeiten des Bruders zu verhindern oder doch zu mildern, ging Toinette sehr früh zur Prinzessin

Rohan. Als sie eintraf, fand sie nur François Vaudreuil und Diane Polignac vor.

Es hatte in diesen letzten Wochen scharfe Auseinandersetzungen zwischen François und Toinette gegeben. Josefs Aufenthalt in Paris machte den sonst so überlegenen Vaudreuil reizbar und nervös. Er sah in Frankreich nicht nur das mächtigste, sondern auch das höchst zivilisierte Land der Erde, und ihn verdroß die Haltung dieses Habsburgers, der zwar dies und jenes herablassend anerkannte, doch deutlich merken ließ, daß er Land und Stadt und Hof im ganzen als etwas Leeres, Verrottetes verwarf. Die Eigenschaften der Geschwister vermischten sich in François' Vorstellung. Josef war von der gleichen, naiven Überheblichkeit, die François häufig an Toinette so tief aufbrachte. Ohne daß Toinette jemals mit ihm darüber gesprochen hätte, wußte er, worauf sie so stolz war. Sie war aufgewachsen in der Vorstellung des Gottesgnadentums, für sie verkörperte sich ein Land in seinem König, und sie übertrug ihre mitleidige Verachtung des tölpischen, impotenten Louis auf das Land. Sie blickte herab auf Frankreich, dessen Königin sie war, sie, die Enkelin der Cäsaren, der Römischen Kaiser. Dieser eingeborene, ungeheure Stolz reizte den selber hoffärtigen, verwöhnten, maßlosen Vaudreuil, nun er ihn auch an Josef wahrnahm, und mehr als je dachte er mit Zorn und mit Lust daran, wie er Toinette in sein Bett reißen und sie demütigen werde.

Noch mehr verwirrt wurde François' Gefühl durch den Zweck, den Josef mit seinem Besuch verfolgte. Es erbitterte François, daß der König von Frankreich die Hilfe des Habsburgers brauchte, um seine Frau zu entjungfern.

So kränkte denn, wann immer er mit ihr allein war, der gewalttätige Mann Toinette, wie es noch keiner vorher und er selber nicht gewagt hatte. Beide jetzt sannen sie nur darauf, einander weh zu tun.

Heute, in Erwartung Josefs, war er zu ihr von einer zeremoniösen Höflichkeit, die sie mehr ärgerte als jeder Spott. „Was haben Sie, Vaudreuil?" fragte sie. „Warum benehmen Sie sich wie ein Gesandter bei der ersten Audienz?" – „Ich habe mir", antwortete Vaudreuil, „den Tadel des Grafen Falkenstein zu Herzen genommen. Die Römische Majestät wirft uns vor, unsere Höflichkeit sei Firnis, unter dem nichts stecke als Roheit und Schlamperei. Ich bin bemüht, den Anstrich zu verstärken."

Mittlerweile waren die meisten Gäste eingetroffen. „Hoffentlich", meinte Vaudreuil, „läßt uns Graf Falkenstein nicht so lange warten wie den Abbé Niccoli." Aber: „Warum sollte Graf Falkenstein *uns* warten lassen?" erwiderte Diane Polignac.

Toinette horchte auf. Als sie erfahren hatte, jene geplante Zusammenkunft des Bruders mit dem Rebellen Franklin sei nun doch nicht zustande gekommen, hatte sie sich nichts dabei gedacht. Jetzt, an dem Lächeln ihrer Freunde, merkte sie, daß man Josefs Verspätung als Absicht, seine Haltung als Feigheit auslegte. Jetzt auch, mit kleiner Bestürzung, nahm sie wahr, daß Gabriele und Diane Statuetten Franklins in ihren hohen Frisuren trugen. Zwar hatte, da Louis und Toinette dem Rebellenführer eine ablehnende Neutralität entgegenbrachten, auch die Hofgesellschaft bisher der Mode zum Trotz dem Doktor Franklin Zurückhaltung bezeigt. Doch beide Damen Polignac hatten immer das Vorrecht für sich in Anspruch genommen, jede politische Meinung zu bekunden, die ihnen beliebte, und besonders Gabriele betonte stets lässig und selbstverständlich ihre Unabhängigkeit. Somit wäre es nicht weiter auffällig gewesen, daß die Damen Polignac ihre Sympathie für Franklin an den Tag legten; es war üblich, daß man in der Frisur allerlei Embleme zeigte, die auf aktuelle Ereignisse anspielten. Aber daß die beiden Damen gerade heute ihren Franklin im Haar trugen und daß obendrein François jene Anspielung gemacht hatte, erfüllte Toinette mit unbehaglicher Spannung. Sie wäre weiter nicht verwundert gewesen, wenn die Herren und Damen des Fliederblauen Klüngels eine Gelegenheit gesucht hätten, Josef die teutonisch schroffen Äußerungen heimzuzahlen, mit denen er sie verfolgte. Sie fürchtete, der Bruder habe sich durch die Geschichte mit dem Amerikaner eine Blöße gegeben, und gekitzelt fragte sie sich, was ihre Freunde wohl vorhätten.

Den Grafen Jules, der nicht sehr gewandt war, hatten sie offenbar nicht in ihr Komplott eingeweiht. „Finden Sie nicht, Madame“, wandte er sich ein wenig täppisch an Toinette, „gar so liberal wie meine Damen brauchte man nicht zu sein?“ Er wies auf ihre Franklin-Statuetten. Und: „Ihr werdet mit eurer Schwärmerei noch bewirken“, sagte er, „daß euer Franklin uns Versailles überm Kopf in Brand steckt.“ Gemeinhin beschränkte sich Graf Jules darauf, am Spieltisch zu sitzen und den Damen sein schönes, leeres und brutales Gesicht vorzuführen; seine politischen Meinungen nahm man nicht sehr ernst. „Unser guter Jules“, war denn auch alles, was Diane erwiderte, und ihr ganzes, häßliches, gescheites Gesicht war ein mitleidiges Lächeln. Gabriele aber, mit träger Entschiedenheit, sagte: „Ich weiß nicht sehr viel von Amerika, aber den Doktor finde ich entzückend. Die beiden Male, da ich ihn getroffen habe, einmal bei Madame de Maurepas, einmal bei Madame de Genlis, war er einfach reizend. Wenn er einem Komplimente macht, fühlt man sich ordentlich bedeutend. Ganz unmoralisch kann die Sache der Amerikaner nicht sein.“

Toinettes Verwirrung nahm zu. Sie hatte bis jetzt noch keine Zeit gefunden, über den amerikanischen Konflikt nachzudenken. Mercy und Vermond hatten ihr nahegelegt, Äußerungen zu vermeiden, welche Sympathie für die Rebellen bezeugen könnten. So hatte sie's auch gehalten, und es war ihr nicht schwergefallen. Hätte sie sich vielleicht doch mehr um diesen Amerikaner kümmern sollen? War er so sehr die Mode? Erstaunt und ein wenig besorgt nahm sie wahr, mit welcher Wärme ihre Freunde für ihn eintraten.

Nun aber, in ihre Gedanken hinein, krächzte der Papagei: „Les amants arrivent“, und „Graf Falkenstein“, rief der Huissier in den Saal. Josef kam.

Tee, in dünnen neumodischen Schalen, wurde herumgereicht, und man erging sich in Urteilen über das ungewohnte Genußmittel. Ausführlich erörterte man die seltsame Vorliebe, welche die Engländer dafür hegten, man erwähnte die Zölle und Monopole und gab seiner Verwunderung Ausdruck, daß es dieses dünne, harmlose Getränk war, welches seinerzeit die amerikanischen Kolonien zur Meuterei veranlaßt hatte.

Prinz Karl, Unwissenheit vortäuschend, fragte Josef, welchen Eindruck denn nun er gehabt habe von dem berühmten Apostel der Freiheit mit seinem Pelz und seiner Brille. Josef, mit gekünsteltem Humor, erwiderte, der ungestüme Alte habe nicht die Geduld aufgebracht, ihn abzuwarten. Ringsum wunderte man sich; der Doktor war bekannt wegen seiner Milde und Ruhe. „Werden Sie nicht einen zweiten Versuch machen, Sire, mit ihm zusammenzukommen?" fragte unschuldig Gabriele Polignac. „Nennen Sie mich, bitte, erstens nicht Sire, Madame, und zweitens will ich nicht", antwortete Josef, und mit kleinem, sarkastischem Lachen fuhr er fort: „Schließlich kann Mr. Franklin nicht verlangen, daß ich ihm nachlaufe." Es klang abschließend.

Doch Gabriele, sanft und gelassen, beharrte. „Es scheint, Graf Falkenstein", sagte sie, „Sie teilen nicht unsere Verehrung für jenen weisen alten Herrn." – „Haben Sie es anders erwartet, Madame?" fragte trocken Josef zurück. „Schließlich bin ich Royalist von Beruf."

„Finden Sie es wirklich ungestüm, Graf Falkenstein", mischte sich jetzt, sehr höflich, der Marquis de Vaudreuil ein, „daß Doktor Franklin nach einigem Warten gegangen ist? Er hält auf Würde. Er vertritt ein Land, das unsere verkünstelten Zeremonien verschmäht, aber trotzdem seine Würde wahrt."

Josef hob die Brauen und schaute sich Vaudreuil an. Wollte der Mann ihm eine Lektion erteilen? Vaudreuil gab Josefs Blick zurück, ruhig, mit wohlgespielter Harmlosigkeit. „Es ist mir nicht unbekannt", sagte Josef scharf, streitbar, autoritativ, „daß die Pariser den Doktor Franklin überaus verwöhnen. Doch mag er nun persönlich Würde haben oder nicht, die Ideen, die er vertritt, sind aberwitzig und würdelos. Deshalb finde ich es bedauerlich" – und seine blauen Augen hefteten sich schulmeisterlich streng an die Frisuren der Damen Polignac –, „wenn kritiklose Schwärmerei für den Mann um sich greift im Kreise der Königin. Ich, bei aller Liberalität, würde diesen Benjamin Franklin nicht in mein Wien hereinlassen, und schon gar nicht würde ich dulden, daß Angehörige meines Hofes urteilslos sein Lob singen."

Josef hatte die Herrschaften des Fliederblauen Klüngels schon mehrmals brüsk angelassen, doch nie so schroff wie heute. Eine unangenehme Stille entstand. In diese Stille hinein sagte abrupt die Hausherrin, die Prinzessin Rohan: „Als dieser Franklin hier auftauchte, habe ich mich bemüht, mit Oliver Cromwell ins Gespräch zu kommen. Aber er ist nicht erschienen."

Niemand achtete auf sie. Toinette, peinlich erstaunt über Josefs Heftigkeit, hatte sich leicht überrötet, Gabriele lächelte ein kleines, spöttisches, lässig interessiertes Lächeln, Diane streichelte einen der Hunde der Prinzessin Rohan, Prinz Karl machte ein süffisantes Gesicht und sann, vergeblich, auf einen frechen Witz. Alle warteten gespannt, ob Vaudreuil die starken Worte der Römischen Majestät hinnehmen oder ob er die Frechheit haben werde, zu erwidern.

Er hatte sie. Es war ihm recht, daß der Habsburger so von oben her und gereizt zu ihm gesprochen hatte; er hatte es darauf angelegt. Vaudreuils kühnes, männliches Gesicht glänzte Überlegenheit, als er sich anschickte, es dem eingebildeten Österreicher heimzuzahlen. „Sehen Sie, Graf Falkenstein", sagte er, „Sie in Ihrem Wien führen ein einfaches Leben. Ihre Konflikte sind eindeutig und leicht zu überschauen. Wir hingegen hier in Versailles sind im Lauf unserer langen, sich immer verfeinernden Zivilisation so überzüchtet worden und so verkünstelt, daß wir uns nach allem sehnen, was Natur ist. In diesem alten, ehrwürdigen Mann Benjamin Franklin sehen wir jene naturhaften Prinzipien verkörpert, die unsern Philosophen vorschweben. Von unserm Jean-Jacques Rousseau haben ja auch Sie wahrscheinlich gehört. Daß dieser alte, schlichte Mann all dieses Naturhafte in sich vereinigt, das bewegt uns, das rührt uns, da klatschen wir Beifall."

Er hielt einen Augenblick inne, wartete auf Antwort. Josef indes erwiderte nichts. Toinette, unbehaglich und töricht, begann zu plappern. „Natur", rief sie mit gemachter Munterkeit. „In meinem Trianon werde ich euch so viel Natur hinstellen, daß euch die Lust auf euern Franklin vergeht.“ Sie lachte.

Aber niemand lachte mit. Alle, nach wie vor, sahen auf Josef und Vaudreuil. Und da Josef immer noch schwieg, fuhr Vaudreuil fort: „Sie mögen recht haben, Graf Falkenstein. Vielleicht verstößt es gegen unsere handgreiflichen Interessen, gegen die des Königs und gegen die unsern, wenn wir Franklin so grenzenloses Verständnis entgegenbringen und uns nach Kräften bestreben, ihm und seinen Rebellen zu helfen. Aber vielleicht liegt in diesem unserm Verhalten trotzdem tiefere Weisheit, als wenn wir schlicht schimpften und darauflos hauten. Da wir gegen den Zeitgeist nicht ankönnen, helfen wir dem Zeitgeist. Wir sägen an dem Ast, auf dem wir sitzen, weil wir wissen: es ist ihm bestimmt, zu fallen.“

Es sprach aber der Marquis de Vaudreuil diese Sätze nicht etwa belehrend, wie das die Römische Majestät getan hätte, sondern er sagte sie leicht, mit anmutiger Dreistigkeit, Josef ins Gesicht, und die Männer und Frauen des Fliederblauen Klüngels freuten sich, daß es diesem Vaudreuil geglückt war, so hübsch auszudrücken, was sie alle spürten. Gleichzeitig aber hielten sie den Atem an vor soviel Arroganz. Was wird Josef erwidern? Was konnte er erwidern?

Josef, in seinem Innern, war voll ratloser Wut. Er, der Römische Kaiser, die Apostolische Majestät, hat in edler Selbstbeschränkung freigeistige Ideen verkündet und verwirklicht, und viele preisen das, was er gesagt und getan hat, als das Kühnste seit Menschengedenken. Und nun stellt sich da einer vor ihn hin, ein armseliger Höfling, eine kümmerliche Kreatur seiner gedankenlosen Schwester, und kanzelt ihn ab und erklärt ihm stolz, was es bedeute, daß er, der kleine, leichtfertige Amüsierfranzose, sich zu Franklin bekennt und wahrheitsmutig an seinem Ast sägt. Und die andern gaffen und hören zu und tragen trotzig ihren Franklin auf der Zunge und in ihrer Frisur, und er steht kläglich vor ihnen, der Römische Kaiser, der es nicht gewagt hat, dem Rebellen ins Auge zu schauen. Aber er hat es so verdient. Er hätte hingehen müssen, damals, zu dem Abbé Niccoli. Er hätte sich nicht davor drücken, er hätte nicht feige sein dürfen. In einem Gespräch von historischer Bedeutung hätte er, der aufgeklärte Monarch, sich auseinandersetzen müssen mit dem Anarchisten aus dem wilden Westen und zeigen, wo die wahre Tugend und Verantwortung liegt.

Aber er konnte nicht länger so dastehen und schweigen. Er kämpfte seinen Zorn nieder, gab sich Haltung. „Das ist eine Gesinnung, Herr Marquis“, sagte er trocken, „die ich an meinem Hofe nicht dulden würde.“ – „Daran habe ich nie gezweifelt, Sire“, antwortete Vaudreuil, freundlich lächelnd, und seine Liebenswürdigkeit war so, daß Josefs Selbstbeherrschung zusammenbrach. „Wenn Sie, Monsieur“, sagte er scharf, „mit diesen Worten Ihren ‚wahren‘ Liberalismus ausspielen wollen geben meinen ‚falschen‘, dann haben Sie mich niemals verstanden. Liberalismus heißt nicht: weichlich sein und sich vom Schicksal treiben lassen. Liberalismus heißt: tätig sein, wirken. Nicht Meuterei und Anarchie sind die Ziele, die einem wahrhaft freien Geiste vorschweben, sondern Ordnung, Autorität, gegründet auf Vernunft.“ – „Kurz: aufgeklärter Despotismus“, ergänzte mit drolliger Trockenheit Diane, und der Kaiser, scharf, erwiderte: „Ja, Madame, aufgeklärter Despotismus.“

Vaudreuil indes, immer mit der gleichen, gewinnenden Liebenswürdigkeit, sagte: „Sie wissen es nicht, Sire, aber Sie mit Ihrem aufgeklärten Despotismus sägen genauso an dem von mir erwähnten Ast wie wir selber. Auch Sie geben Rechte auf, machen dem Zeitgeist Konzessionen. Nur tun Sie es mit grimmigem Ernst, während wir aus der Not einen Spaß machen.“ Zornig brach Josef aus: „Zynisch seid ihr, unernst, spielerisch. Kein Gefühl habt ihr für Würde und kein Pflichtbewußtsein“, und da er die Stimme gehoben hatte, wurden die Hunde unruhig und kläfften, auch der Papagei schrie. Josef aber, sie übertönend, schloß: „Sie sind ein schlimmerer Rebell, Monsieur, als Franklin.“

Toinette war überzeugt, daß Fürsten eingesetzt seien von Gott und daß dies ein Segen sei für die Welt. Wenn man die Schwärmerei für Franklin noch für eine harmlose, mondäne

Laune halten mochte, für so etwas wie die Geisterseherei der Prinzessin Rohan, für eine Laune, die morgen in ihr Gegenteil umschlagen konnte, so war das, was François zuletzt dahergeredet hatte, purer Unsinn, einfache Verrücktheit. Eher ging die Welt unter, eh daß die Monarchie unterging. Trotzdem war es ihr eine tiefe Genugtuung, daß jemand ihrem großen, allwissenden Bruder zu widersprechen wagte, und mit beinahe sinnlichem Vergnügen sah sie, genoß sie, wie sich Josef, obwohl er bestimmt recht hatte, ohnmächtig abarbeitete gegen die Eleganz und die Kühnheit ihres François. Jetzt, endlich einmal, war Josef, der ewige Schulmeister, selber derjenige, der abgekanzelt wurde.

Immerhin war es nun genug, und sie fragte sich, ob sie nicht eingreifen, etwas Leichtes, Begütigendes sagen sollte.

Doch bevor sie etwas äußern konnte, sagte bereits die Prinzessin Rohan: „Jetzt aber hören Sie auf, Messieurs. Wir sind hier nicht in Madame Neckers Debattierklub. Hier wird Tee getrunken und über Vernünftiges geredet.“ Und lachend gab man die Debatte auf.

Toinette hatte Josef zu einem intimen Essen gebeten. Anwesend sein sollten nur die nächsten Mitglieder der Familie, die beiden Brüder Louis' mit ihren Frauen.

Es war eine sehr jugendliche Gesellschaft. Louis war dreiundzwanzig Jahre alt, sein Bruder Xavier, der Graf de Provence, zweiundzwanzig, sein Bruder Karl, der Graf d'Artois, zwanzig. Unter den Frauen war die einundzwanzigjährige Toinette die älteste. Josef, mit seinen sechsunddreißig, kam sich in diesem Kreise alt vor.

Der pflichtbewußte Louis legte Gewicht darauf, innerhalb der Familie engste Gemeinschaft zu wahren. Er hatte seinen Brüdern die schönsten Appartements in Versailles angewiesen, und die drei waren viel zusammen. Aber es war eine seltsam quertönige Musik, welche sie miteinander machten. Denn die Beziehungen Louis' zu Xavier waren nicht minder zwielichtig als die zu Karl. Nicht als ob Xavier so große Summen verschwendet hätte wie Karl, auch gab er weniger öffentliches Ärgernis. Aber er hatte schon als kleiner Junge nur schwer den Gedanken ertragen, daß der dumme Louis zum König bestimmt war und nicht er selber, der mit Leichtigkeit viel Wissen in sich aufnahm und der sich würdig und fürstlich zu benehmen verstand. Dann freilich hatte sich zu seiner grimmigen Befriedigung herausgestellt, daß Louis Kinder zu erzeugen nicht imstande war. Mit Louis' Regierungsantritt hatte er, Xavier, Anwartschaft auf den Thron bekommen, er hatte den Titel „Monsieur" erhalten, und seither wurden alle kronprinzlichen Ehren ihm erwiesen. Aber er hatte zu warten, wahrscheinlich lange zu warten, und er vertrieb sich die Zeit, indem er bösartige Epigramme gegen Louis schrieb. Das alles wußte Louis, aber es verhinderte ihn nicht, brüderliche Beziehungen mit Xavier zu unterhalten. Ja, er verteidigte Xavier nach außen hin mit der ganzen Autorität des Königs. Einmal, als besonders tückische Verse gegen die „jungfräuliche Königin" im Umlauf waren, brachte der Polizeipräsident Lenoir schlüssige Beweise, daß der Urheber Prinz Xavier war. Doch Louis erwiderte trocken: „Sie irren, Monsieur." Untereinander freilich sagten sich die Brüder häufig Dinge, die spaßhaft klangen, aber voll bitterster Bosheit waren; zuweilen wußten sie selber nicht, zankten sie oder war es freundschaftliches Gespräch. Einmal, als in einer Liebhaber-Aufführung Prinz Xavier den Tartüff spielte, versicherte ihm Louis mit Nachdruck: „Ausgezeichnet, Xavier. Diese Rolle liegt Ihnen besser als jede andere."

Prinz Karl, weniger hinterhältig als Xavier, höhnte Louis ins Gesicht. Vater bereits von zwei Kindern, behandelte er den impotenten älteren Bruder mit offener Verachtung. Sein Verhältnis zu Toinette war jungenhaft kameradschaftlich, nichts weiter; aber um Louis zu ärgern, legte er's darauf an, daß jedermann in Paris glauben sollte, er ersetze der hübschen Schwägerin den ungeschlachten Bruder auch im Bett.

Jetzt, da Josef gekommen war, hatten sich die Beziehungen der Brüder zugespitzt. Karl machte zynische Witze. Prinz Xavier, dem alle Felle wegschwammen, wütete und schrieb giftige Verse.

Bande solcher Art verknüpften die drei jungen Männer, die, mit Josef vereint, an dieser intimen Familientafel saßen.

Man sprach von Josefs Wanderungen durch die Stadt Paris. „Wissen Sie auch, Louis“, fragte Josef den Schwager, „daß Sie das schönste Gebäude in Europa besitzen?“ – „Das wäre?“ fragte Louis zurück. „Das Hôtel des Invalides“, erwiderte Josef. „Ja“, stimmte Louis höflich bei, „man sagt mir allgemein, das sei ein schönes Gebäude.“ – „Was?“ brach entsetzt Josef aus. „Sie haben sich's niemals angeschaut?“ – „Hab ich Ihnen nicht erst unlängst vorgeschlagen, Toinette“, sagte gutmütig Louis, „wir sollten Saint-Germain den Gefallen tun und sein Hôtel des Invalides besichtigen? Er ist so stolz darauf.“

Toinette ärgerte sich. Wieder einmal sollte sie die Schuld daran tragen, daß man etwas verabsäumt hatte. Immer dieser Saint-Germain. Ihre Freunde setzten ihr seit langem zu, man solle endlich dem alten Trottel den Laufpaß geben. Er hatte verschiedene von ihnen gekränkt. Sie erinnerte sich, welchen Spaß man damals daran gehabt hatte, den Minister Turgot zu stürzen. Nein, sie duldete es nicht länger, daß man ihr immerzu diesen Saint-Germain vorhielt. Und während sie, plaudernd, von ihrem Gigot aß, faßte sie den festen und grimmigen Entschluß, diesen Saint-Germain wegzujagen.

Josef erzählte jetzt von seinen Entdeckungsfahrten durch Paris und Versailles. Er war nicht faul gewesen; er hatte sich das Schloß vom Keller bis zum Speicher angeschaut. „Da hast du ja einen mächtigen Kasten, Toni“, sagte er zu Toinette, deutsch. „Ja“, antwortete Toinette, „und schrecklich ungemütlich.“ Louis fragte: „Was bedeutet ‚Kasten‘?“ – „Kasten“, antwortete Josef, „bedeutet Versailles. Aber was ich sagen wollte, Schwager, Sie haben eine Menge herrlicher Dinge in Ihrem Versailles, die viel zuwenig beachtet werden. Ich habe in Speicherräumen, in Vorratsräumen wunderbare Gemälde gefunden, verstaubt, an die Wand gelehnt. Da sollte wirklich einmal jemand kommen und sichten und Ordnung schaffen.“ – „Ja“, entgegnete, nicht sehr interessiert, Louis, „es hat sich viel gestapelt seit den Zeiten Louis' des Großen. Übrigens auch ziemlich viel Unmoralisches. Ich habe Maurepas schon einmal Weisung gegeben, er solle was fortschaffen lassen.“

Prinz Karl, auf seine freche Art, meinte: „Für Bilder hat unser Louis nie viel übrig gehabt." Und, lebhafter, sich an seine beiden Brüder wendend, sagte er: „Erinnert ihr euch, wie wir, als Kinder, das Bild mit dem Teich und den Schwänen beschreiben mußten? Louis hat es ausgezeichnet beschrieben; nur hatte er leider nicht bemerkt, daß es der Teich war, an dem wir jeden zweiten Tag vorbeikamen." Louis lachte gutmütig. „Ganz so war es nicht", sagte er und aß ruhig weiter. Er aß sehr viel, es schmeckte ihm, er häufte sich den Teller von neuem. Die andern waren fertig, die Diener warteten darauf, die Teller wegzunehmen. Alle sahen zu, wie Louis aß, allein, behaglich, hingegeben, unmanierlich. „Louis", mahnte schließlich Toinette. „Ja, meine Liebe, was ist?" antwortete Louis, sah um sich, ließ den Teller wegnehmen und wischte sich die Hände ab. Lehnte sich zurück. „Erinnert ihr euch", fragte er – in seinem Ton war eine seltsame Mischung von Grimm und Behagen –, „wie einmal während der Geographiestunde des Herzogs von Vauguyon der Herzog auf das Parkett flog? Er nahm gerade die Flüsse der Iberischen Halbinsel durch. Nur ich wußte Bescheid, ihr hattet beide nichts gelernt. Dann wurden wir alle bestraft, weil er hinflog." Louis machte eine kleine Pause. „Du hattest ihm ein Bein gestellt, Karl", schloß er. „Aber nein doch", sagte Karl, spitzbübisch lächelnd. „Er ist einfach ausgeglitten, der alte Trottel." – „Du hast ihm ein Bein gestellt", wiederholte Louis, „aber wir haben dich nicht verpetzt."

Und auf einmal waren in Louis hundert Erinnerungen aus der Kindheit. Er war damals noch tölpischer gewesen als heute. Sehr oft hatte er gut gewußt, was tun oder sagen, doch er war zu schüchtern gewesen, es aus sich herauszubringen. Xavier und Karl aber, die schlechter lernten, waren schnell und lebendig, sie hatten als die Begabten gegolten, er als der Unbegabte, und alle, Xavier und Karl den andern voran, hatten sich über ihn lustig gemacht. Einmal – er hatte damals noch den Titel „Herzog von Berry" getragen – waren sie zu dreien bei Tante Adelaide gewesen. Die beiden hatten herumgetollt, er war hilflos in der Ecke gestanden. Da hatte die Tante ihn aufgefordert: „Steh doch nicht so herum. Rühr dich, Berry. Sag etwas, Berry. Mach Lärm", und ihr Ton war so mitleidig und verächtlich gewesen, daß er ihn niemals vergessen wird. Und dann, als sein Vater jenen jähen, bösen, geheimnisvollen Tod starb, war die Wendung gekommen. Die Wachen, als er durch die Korridore ging, präsentierten und riefen: „Es lebe der Dauphin." Er aber hatte sich umgeschaut, blöde, als gelte der Ruf einem andern, und hatte doch gewußt, daß er ihm galt. Und das süß und bittere Gefühl, daß der Vater gestorben war, der gefürchtete, geliebte, und daß jetzt er Herr war und berufen, hatte ihm beinahe das Herz abgedrückt. Seither, seitdem er an der Macht war, haßten ihn die beiden Brüder, der dicke und der schlanke, noch mehr. Xavier beschränkte sich wenigstens auf heimliche Verse. Aber dieser freche, geile, verschwenderische Karl, der alle zwei Wochen zu ihm kam, ihm Geld abzupressen, ging herum und erzählte jedermann, er, Karl, mache ihn zum Hahnrei.

„Ich sage dir, Karl", beharrte er, böse, beinahe drohend, „du hast dem Vauguyon damals ein Bein gestellt." – „Hör doch auf", mischte sich Xavier ein, und: „Laß den Unsinn", sagte herrisch Karl. Aber: „Ich sage nur, was ist", bestand Louis, und: „Willst du es leugnen?" sagte er, sprang auf, unerwartet, und packte den andern an den Handgelenken. Karl, lachend, doch voll Zorn, wehrte sich. Aber die plumpen Hände Louis' waren stark, Karl kam nicht los. „So laß ihn doch in Ruhe", verlangte Xavier. Louis packte nur fester zu. „Messieurs, Messieurs", mahnte Josef, die Frauen der beiden Prinzen kreischten leise.

Louis gab den Bruder frei. „Kraft habe ich", sagte er, mehr vor sich hin als zu den andern, mit einem dümmlichen, verlegenen Lächeln. Dann setzte er sich und aß weiter.

Um sich und den Parisern zu zeigen, daß er die Begegnung mit Franklin nicht etwa aus Vorurteil vermieden habe, suchte Josef nun gerade solche Persönlichkeiten auf, die am Hof von Versailles unwillkommen waren. Er verbrachte lange Stunden mit dem in Ungnade entlassenen Finanzminister Turgot und zeigte sich noch öfter als früher im Salon

Madame Neckers, im „Schweizer Häuschen". Ja, er fuhr hinaus nach Luciennes, um die Frau zu besuchen, die unter allen Frauen von Toinette am meisten gehaßt wurde, die Gräfin Dubarry, die „Hure", das „Stück Wegwurf". Die Dubarry hatte zu Lebzeiten des alten Königs durch diesen auf dem Umweg über Maria Theresia Toinette gezwungen, das Wort an sie zu richten. Das hatte ihr Toinette nie verziehen, und sogleich nach dem Regierungsantritt Louis' hatte sie durchgesetzt, daß die strahlend schöne, achtundzwanzigjährige Frau in die Einsamkeit von Luciennes verbannt wurde. Dort hinaus also fuhr jetzt Josef. Er ließ sich von der Geliebten des alten Königs ihren berühmten Park zeigen, ihre schönen Alleen und Gewächshäuser, er führte sie zu Tische, und, zurück in Paris, rühmte er jedermann die Anmut und Frische der von seiner Schwester verfolgten Favoritin.

Josef suchte noch eine andere Persönlichkeit auf, die in Versailles unpopulär war und deren Lebenswandel in Paris Gerede hervorrief, die Schriftstellerin Madame de Genlis. Sie war Hofdame der Herzogin von Chartres, Geliebte des Herzogs von Chartres, Erzieherin und Mutter der Kinder dieses Paares und Verfasserin fortschrittlicher Kinderbücher.

Im Salon der Madame de Genlis ging es nicht sehr förmlich zu. An drei Abenden in der Woche versammelten sich ihre Freunde, ohne lange eingeladen zu sein. Josef, der vor andern nichts voraushaben wollte, ging unangemeldet hin, und er fand dort vor den Schriftsteller Caron de Beaumarchais.

Nun hatte sich Pierre häufig über Josef mokiert. Der Römische Kaiser, pflegte er zu sagen, habe es leicht. Er sei nur das Mundstück der Monarchie, die Faust der Monarchie sei die alte Kaiserin. Sie regiere despotisch, und der junge Herr mache dazu liberale Musik.

Man konnte von Pierre nicht erwarten, daß seine Stellung zu den Habsburgern ganz sachlich sei. Pierre war vor Jahren, als Toinette noch Dauphine gewesen war, nach Wien geeilt, um der Kaiserin Maria Theresia eine gegen ihre Tochter gerichtete Schmähschrift zu unterbreiten. Feurig hatte Pierre am Wiener Hof erzählt, wie er nur mit größter Mühe und unter Überwindung gefährlicher Abenteuer diese

Schmähschrift ihrem Autor abgejagt habe. Aber hier war sie, er las sie der Kaiserin vor und erbot sich, den Verleumder zum Schweigen zu bringen; natürlich fordere der Bursche Geld. Da aber mischte sich die mißgünstige Wiener Polizei ein. Sie wollte ermittelt haben, die schlimmen Abenteuer seien fingiert, die Wunden aus seinem Kampf um das Manuskript habe sich Monsieur Caron selber mit dem Rasiermesser beigebracht, und wenn er die Schmähschrift so ausdrucksvoll vorgetragen habe, sei das weiter kein Wunder, denn er habe sie verfaßt. Die Kaiserin ließ Pierre in Haft nehmen. Dann aber besann sie sich eines Besseren und kam ihm lieber mit Milde. Sie stellte ihm eine größere Summe zur Verfügung und übersandte ihm einen kostbaren Ring. Den trug er jetzt, gelegentlich lässig hinwerfend: „Ein Souvenir der Kaiserin Maria Theresia."

Immerhin spürte er, sooft von Habsburg die Rede war, die Kränkung, die man ihm damals in Wien angetan hatte. Ein Zufall hatte es gewollt, daß er bisher niemals mit Kaiser Josef zusammengetroffen war. Aber oft hatte er sich im Geiste ausgemalt, wie er den affektierten Habsburger in blitzenden Sätzen demütigen werde. Nun also war Josef da, und Pierre wartete auf seine Gelegenheit.

Josef erinnerte sich dunkel dessen, was Monsieur de Beaumarchais in Wien angestellt hatte, und trug Bedenken, das Wort an den zweideutigen Herrn zu richten. Doch er hatte seine Flugschriften gelesen und die Komödie „Der Barbier von Sevilla" unlängst erst im Théâtre Français gesehen, beides mit widerwilliger Anerkennung. Überdies hatte er gehört, Monsieur de Beaumarchais gelte als der wichtigste Vorkämpfer der amerikanischen Insurgenten in Frankreich, und er wollte sich kein zweites Mal der Verdächtigung aussetzen, er wage es nicht, sich mit diesen Leuten einzulassen.

Er sagte Monsieur de Beaumarchais einige freundliche Worte über den „Barbier". Das machte den selbstgefällig kühnen Pierre noch kühner. Es erwachte vor diesem gekrönten Haupt sein ganzer bürgerlicher Hochmut, er sprach zu Josef als Gleicher zum Gleichen, als ein Intellektueller, dessen Leistung bereits anerkannt war, zu einem Intellektuellen, der sich erst zu erproben hatte. Mit geschmeidiger Frechheit erwähnte er die Hilfe, welche der alten Kaiserin zu leisten ein freundliches Schicksal ihm damals erlaubt habe. Er erging sich ausführlich über jene Schmähschrift; aus seinem guten Gedächtnis zitierte er dem Kaiser einige Stellen und bemerkte sachlich, im Formalen habe der Autor viel Witz gezeigt. Auf elegante Art rieb er Josef hin, daß er, Pierre, seine kaiserliche Mutter seinerzeit hineingelegt habe.

Josef hörte mit Haltung zu. Seit dem mißglückten Projekt der Zusammenkunft mit Franklin und seit dem Gespräch mit Vaudreuil war er vorsichtig geworden. Mit der Sachlichkeit, die ihm zuweilen eignete, gab er in seinem Innern zu, es stecke in der Schmähschrift, aus welcher dieser Monsieur de Beaumarchais zitierte, ein Körnchen Wahrheit; er selber hatte an der Schwester einige jener Eigenschaften bemerkt, die in dem Pasquill verhöhnt wurden.

Pierre, durch Josefs Zurückhaltung ermutigt, sich an der Situation ergötzend, ging weiter. Er führte aus, das sei nun einmal eine Schwäche seiner geliebten Pariser, daß sie einem Witz zulieb auch ohne zulängliche Beweise einem Menschen die schlimmsten Dinge nachsagten. Er selber habe da seine Erfahrungen machen müssen. Und eine Dame, die, wie die Königin, im Mittelpunkt des Weltinteresses stehe, sei unvermeidlich der Zielpunkt bösartiger Scherze. Diese Scherze fielen verschieden aus, einige seien grob und dumm, andere fein und um so tückischer. Das Harmloseste werde zum giftigen Argument. Da sei zum Beispiel jene sehr hohe Frisur, welche die Königin, die große Schöpferin der Mode, überall in Europa eingeführt und schmeichelhafterweise nach einer in seinen Flugschriften gebrauchten Wendung „Quès-a co“ genannt habe. Diese Frisur, behaupteten die Verleumder, kleide zwar ausgezeichnet die hohe Stirn und das lange Gesicht der Königin, aber sie entstelle das runde, mehr klassische Antlitz der Pariser Damen. Nur aus Eifersucht, aus Antipathie gegen alles Französische, nur um die Pariserinnen zu verunstalten, habe die Österreicherin diese Frisur eingeführt. Und Pierre war voll von Bedauern über die boshafte Klatschsucht der Welt.

Josef ärgerte sich über die Frechheit des Mannes. Er hätte das Gespräch vermeiden müssen, er machte viele Fehler in der letzten Zeit. Erst hatte er es mit Franklin verkehrt gemacht und jetzt von neuem mit diesem Beaumarchais. Er hatte eine unglückliche Hand in der amerikanischen Sache. Er fühlte sich hilflos, fühlte sich blind und von einer unsichtbaren Hand vorgestoßen auf einem gefährlichen Weg. Er hatte den ehrlichen guten Willen, das Richtige, Nützliche, das Große zu tun, er fühlte sich dazu berufen, und er wurde mit dem Nächsten, Einfachsten nicht fertig.

Und plötzlich, sehr schlicht, sagte er heraus, was ihn diesem Beaumarchais gegenüber erfüllte. „Sehen Sie, Monsieur", sagte er, „es ist leicht, Gewissen zu haben, wenn man von diesem Gewissen nur zu sprechen oder zu schreiben braucht. Wer aber handeln soll, der sieht sich immerzu vor der Notwendigkeit, wenn er dem einen recht tun will, dem andern unrecht zu tun." Das kam nicht heraus als ein geistreicher Satz, das kam aus dem Innern des Mannes, und Pierre spürte das und wußte nichts zu erwidern.

Nun aber, wieder eine Woche später, hatte sich Josef zur Genüge vorbereitet, um den Schwager in einem entscheidenden Gespräch zu stellen und seine Zustimmung zu der Operation zu erzwingen.

In Louis' Bibliothek saßen die beiden, ringsum waren die Bücher, die Globen, die Dichter aus Porzellan. Graf Falkenstein, bürgerlich und adrett angezogen, hielt sich sehr aufrecht; Louis hingegen saß mit runden Schultern da, er war, wie häufig, etwas schmutzig und unordentlich, er hatte vorher mit Gamain geschlossert, Josef hatte ihn überrascht und ihn gegen seinen Willen in diese Unterredung hineinmanövriert.

Josef konnte, wenn er es für angebracht hielt, sehr herzlich sein. Heute hielt er es für angebracht. Er sprach wie ein älterer Bruder. Er hatte sich bei dem Wiener Spezialisten Doktor Ingenhousz und bei Toinettes Leibarzt, Doktor Lassone, genau informiert. Mit wissenschaftlicher Präzision setzte er Louis auseinander, daß die Operation gefahrlos sei und sichern Erfolg verspreche.

Louis hörte gern auf Männer, die ihre Sache verstanden; Josefs gelehrte Sachlichkeit imponierte ihm. Von dem Augenblick an, da er von Josefs Absicht gehört hatte, nach Versailles zu kommen, war er sich klar darüber, daß er nicht länger werde ausweichen können, daß er Josefs Drängen werde nachgeben müssen. Anderntteils sträubte sich sein ganzes Wesen gegen den Eingriff. Ihn verlangte danach, die Dinge zu belassen, wie sie waren; quieta non movere – an Ruhendes nicht rühren, das war seine innerste Überzeugung. Schwer und dumpf saß er da, voll tiefer Unlust, zugesperrt. Er schaute den andern nicht an, wand sich hilflos, zupfte an den Ärmeln.

Als Josef zu Ende war, schwieg Louis eine lange Weile. Josef ließ ihm Zeit. Endlich raffte sich Louis auf, begann zu reden, brachte vor jene alten Argumente, die er schon Maurepas entgegengehalten hatte. Vor dem hatte er sich, sosehr er ihm vertraute, bei der Erörterung dieser intimsten, delikatesten Dinge scheu und behindert gefühlt. Josef hingegen war ein Fürst von Gottes Gnaden wie er selber, er mußte diese zarten und heiligen Regungen begreifen, vor ihm konnte Louis sprechen. Langsam redete er sich frei, und was er vorbrachte, wurde aus einer bloßen Ausflucht zu einer Offenbarung seines Heimlichsten.

Der Körper eines Königs war geheiligt. Wenn Gott ihn, Louis, so geschaffen hatte, wie er nun einmal war, mit dieser Hemmung, dann mußte darin doch wohl Absicht gelegen haben. Versündigte sich also nicht, wer da mit dem Messer einzugreifen versuchte, gegen Gottes Willen? Vielleicht hatte Gott ihm das Los des Zölibats bestimmt, so, wie er von seinen Priestern Enthaltsamkeit verlangte.

Josef erkannte gut, wie ehrlich und vom Herzen der andere sprach. Es war schwer, Argumente zu widerlegen, die so tief aus dem Innern kamen. Aber Josef war vorbereitet. Der schlaue Mercy hatte Maurepas ausgeholt, und auf dem Umweg über Mercy hatte Josef von Louis' Bedenken erfahren. Er war gerüstet, Louis' Zweifel zu zerstreuen.

An sich waren dem nüchternen, freigeistigen Josef theologische Rabulistereien, wie Louis sie vorbrachte, zuwider. Der

Kaiser haßte alles Pfäffische, und wenn ihm ein anderer mit abergläubischen Skrupeln gekommen wäre wie jetzt der Schwager, dann hätte Josef nur schärfsten Hohn dafür gehabt. Allein er war entschlossen zu diplomatischem Vorgehen. Er hatte sich von Abbé Vermond theologisch beraten lassen, er war gewillt, die läppischen jesuitischen Bedenken des Schwagers mit ebenso läppischen jesuitischen Gegengründen zu entkräften. Und wenn Josef vorhin erstaunliches Wissen auf medizinischem Gebiet an den Tag gelegt hatte, so erwies er sich jetzt als nicht minder beschlagen in der Gottesgelehrtheit.

Die Beschneidung, setzte er Louis auseinander, könne, so habe er sich sagen lassen, unter keinen Umständen als ein Akt gegen den Willen Gottes ausgedeutet werden. Nicht nur habe Gott sie seinem auserwählten Volk zum Gebot gemacht, sondern Gottes eingeborener Sohn selber sei beschnitten worden, wie zu lesen sei im Evangelium Lukas, Kapitel 2, Vers 21, und seine Vorhaut werde noch heute in einem gewissen italienischen Kloster aufbewahrt. Er, Josef, fügte er grimmig hinzu, halte freilich diese Reliquie für eine Fälschung, für einen Pfaffenschwindel, und die Zeit werde kommen, da er ihre Ausstellung verbieten werde. Aber sogleich sänftigte er sich und: „Lassen Sie die Operation vornehmen, Louis“, redete er ihm freundlich zu. „Nur so können Sie sich instand setzen, dem biblischen Gebot nachzukommen: ‚Seid fruchtbar und mehret euch.‘ Ja“, fuhr er schalkhaft fort, „wenn Sie die Operation vornehmen ließen zu Zwecken der Lust, wenn Sie etwa Ihrem seligen Großvater nachgeschlagen wären, dann vielleicht wären Ihre Bedenken gerechtfertigt. Aber so, wie Sie nun einmal sind, Sire, maßvoll, ruhig, keineswegs ein junger Hengst, können Sie doch mit Sicherheit darauf rechnen, daß Sie auch nach der Operation Anfechtungen der Wollust erfolgreichen Widerstand werden leisten können.“ Er lächelte.

Louis lächelte nicht mit. Er stellte sich vor, wie er, nach geglückter Operation, vor Toinette hintreten sollte. Wie sollte er ihr's beibringen? Wie überhaupt sollte er sich benehmen? Die bloße Vorstellung erfüllte ihn mit lähmender

Schüchternheit. Schnaufend hockte er da und schwieg mürrisch.

Josef stand auf, und da mußte wohl auch Louis sich erheben. Nachdem er die theologischen Bedenken des Schwagers besiegt, machte sich Josef daran, sein Hauptargument ins Feld zu führen, das Politische. Diesmal, das wußte er, werde seine Politik Louis zu Herzen sprechen; denn er hatte wohl bemerkt, wie gespaltene Gefühle Louis seinen Brüdern entgegenbrachte. Er faßte also den Schwager um die Schulter, auf und ab, mit einiger Mühe, schleifte er den schweren Mann und redete ihm von den Folgen, welche ein kinderloses Absterben Louis' mit sich bringen müßte. Die Krone fiele dann an den Prinzen Xavier. Er, Josef, könne nicht verhehlen, daß ihm dieser Prinz nicht sehr gefallen habe, und ihm wolle scheinen, daß auch Louis ihn nicht gern auf dem Throne sähe. Er, Josef, sei überzeugt, daß auf dem Familienpakt, auf den politischen und verwandtschaftlichen Bindungen zwischen den Herrschern Frankreichs, Österreichs und Spaniens, nicht nur das Heil dieser Länder beruhe, sondern die Wohlfahrt der ganzen Welt. Vielleicht denke Louis nicht so enthusiastisch über diese Allianz wie er selber, aber wegdenken aus der Politik der drei Länder lasse sich die Allianz nicht mehr. Besteige nun Prinz Xavier den Thron, so falle der Familienpakt zusammen, die Allianz der drei großen katholischen Mächte sei gefährdet, die Folgen seien unübersehbar. Louis dürfe das nicht geschehen lassen. Um der Sicherheit der Welt willen müsse er sich dem Doktor Lassone anvertrauen und sich dem kleinen Schnitt unterziehen. „Überwinden Sie sich", sagte mit Wärme Josef und hielt ihm die Hand hin. „Lassen Sie mich meiner, unserer Mutter mitteilen, daß Toinette endlich das Glück gefunden hat, das wir für sie erwarten durften."

Louis, auf solche Art an seine Schuldigkeit gemahnt, die ausgestreckte Hand des Kaisers vor sich, fand keine Worte weiteren Ausweichens. „Gut", sagte er schwunglos und legte matt die plumpe, etwas schmutzige Hand in die starke, schmale Josefs. „Ich habe also", faßte Josef sogleich das Ergebnis des Gesprächs in Worte, „Ihr festes, unzweideutiges

Versprechen, die Operation innerhalb der nächsten vierzehn Tage vornehmen zu lassen." Und er hielt die Hand Louis' weiter in der seinen.

„Ja, Monsieur", sagte schwach Louis. Er zog die Hand zurück. „Aber", fügte er schnell hinzu, „wir wollen nichts übereilen. Ich will es tun binnen, sagen wir, sechs Wochen."

Josef war ein wohlmeinender Mann, ehrlich bestrebt, den ihm Nahestehenden Wohltaten zu erweisen und seinen Völkern ein mustergültiger Herrscher zu sein. Aber er hatte erkennen müssen, daß die meisten der zu Beglückenden stumpf und böswillig waren, Kranke, die dem Arzt die Medizin aus der Hand schlugen. Kein Wunder, daß er rechthaberisch wurde, gallig und immer galliger, und jetzt war es so weit, daß er sich am wohlsten fühlte, wenn er den schroffen, unduldsamen Schulmeister herauskehren konnte.

Daß er vor Louis so lange die Rolle des gütigen, verständnisvollen älteren Bruders hatte spielen müssen, war ihm lästig gewesen. Dafür wird er sich vor Toinette Luft machen. Er wird ihr sehr deutlich hinreiben, daß sie die viele Mühe, die er sich ihrethalb genommen hat, eigentlich keineswegs verdient.

In beißenden Worten also, bevor er ihr das erfreuliche Resultat seiner Unterredung mit Louis mitteilte, hielt er ihr vor, was ihm an ihrer Lebensführung mißfiel. Das war nicht wenig. Da war ihre schamlose Gewohnheit, maskiert auf öffentliche Bälle zu laufen und sich mit Wildfremden in unziemliche, häufig frivole Gespräche einzulassen. Da waren ihre Toiletten, die den Spott und die Kritik ganz Europas herausforderten. Da war ihre Verschwendung, welche die Minister in Verzweiflung brachte. Da war ihr wüstes Hasardspiel, das den Unmut ganz Frankreichs hervorrief. „Ich habe Angst", sagte er, „vor der Stunde, da ich unserer Mutter werde Bericht erstatten müssen."

Toinette kannte Josefs rüde Art. Aber daß er so wüst gegen sie losfahren werde, damit hatte sie nicht gerechnet. Sie empörte sich. „Jetzt fühlen Sie sich", sagte sie, und ihr schönes Gesicht sah noch zorniger und hochmütiger drein als das seine. „Jetzt haben Sie mir's gegeben. Da stehen Sie und sind ganz der große, berühmte Monarch, der seine kleine Schwester zusammenschimpft, weil sie ihm durch ihren Leichtsinn Schande macht. Aber vielleicht sind Sie selber gar nicht so untadelig, wie Sie sich einbilden. Ich höre da mancherlei. Sie machen sich lustig über unsere Einrichtungen. Sie machen Witze über unsere Armee und unsere Flotte. Glauben Sie, daß das die Popularität Habsburgs in Frankreich erhöht? Glauben Sie, daß es unserer Mutter sehr angenehm sein wird, wenn sie erfährt von dem unmöglichen Geschimpfe, zu welchem Ihre unbändige Tadelsucht Sie hinreißt? Ich fordere Spott und Kritik heraus? Und Sie selber? Wer hat da erst neulich dieses traurige Beispiel von Wankelmut und Entschlußlosigkeit gegeben, Sie oder ich?" Und da Josef verblüfft hochsah, schloß sie triumphierend: „Wer hat erst groß aller Welt verkündet, daß er den Amerikaner sehen will, und hat dann den Schneid verloren und ist brav zu Haus geblieben?"

Niemand, Josef selber nicht, hätte sagen können, was größer war, sein Erstaunen oder seine Wut. Da war er hierhergekommen und hatte dem lahmärschigen Louis das Versprechen entrissen, sich zu ihr ins Bett zu legen und ihr endlich den Dauphin zu machen, den Österreich und sie so nötig brauchten. Und zum Dank stellte sie sich hin und meuterte. Gegen ihn, den apostolischen Kaiser, den älteren Bruder. Und wer war schuld an diesem Unerhörten? Ihr Umgang, ihre Freunde, der freche Zuhälter vor allem, dieser Vaudreuil. Daß Toinette recht hatte, daß in einem gewissen Sinn dieser Vaudreuil recht hatte, erbitterte ihn noch mehr. Der hatte leicht reden, der Herr. Er durfte sich's erlauben, dem amerikanischen Insurgenten Weihrauch zu streuen und seinen Huren sein Idol in die Frisur zu stecken. Danach krähte kein Hahn. Aber wenn er, der Römische Kaiser, dem Rebellen auf die Schulter klopfte, dann änderte das die Welt. Er hatte Verantwortungen. Er durfte nicht um eines sehr entfernten Zieles willen seine nächsten Ziele vergessen, die Schulreform, die böhmischen Protestanten.

„Du bist eine Gans", sagte er schlicht und verächtlich. „Du

sprichst von Dingen, von denen du keine Ahnung hast. Du sagst einfach nach, was deine saubern Freunde dir beibringen. Diese Freunde, auf die du schwörst. Hast du denn keine Augen? Siehst du denn nicht, was das für eine verantwortungslose, zynische Bande ist, dein Fliederblauer Klüngel? Merkst du denn nicht, daß sie dich nur ausbeuten wollen? Daß du nur der Knochen bist für diese Hunde? Ein Knochen mit noch recht viel Fleisch und Fett", sagte er höhnisch. Und bösartig genau begann er aufzuzählen alle die Pfründen, welche sie den Polignacs und ihren Freunden und Verwandten hingeworfen hatte. Dem Grafen Jules die Stellung ihres Ersten Hofmarschalls, dazu das Postministerium und die Zollverwaltung, die Überschreibung des Landgutes Fénetranges mit einem Ertrag von jährlich sechzigtausend Livres, und obendrein eine Überweisung von vierhunderttausend Livres zur Deckung der notwendigsten Schulden. Dem Vater des Grafen Jules den Gesandtenposten in der Schweiz. Dem Herzog von Guiche, dem Vetter der Polignacs, die Oberaufsicht über die Leibgarde. Dem andern Vetter das Amt eines Hofmarschalls beim Prinzen Karl. Dem dritten Vetter das des Ersten Almoseniers in ihrem eigenen Hofstaat. Die Liste nahm kein Ende. Mehr als eine halbe Million betrug die Jahresrente, welche jetzt die Familie Polignac aus den königlichen Kassen zog, ohne dafür etwas anderes zu leisten als Toinette Gesellschaft. Und das war noch nicht alles. Jetzt hatte Toinette aus dem armen Louis eine weitere Jahresrente herausgepreßt, weitere sechzigtausend Livres für diesen aufgeputzten Laffen, der ihr das blöde Gerede über den Doktor Franklin eingeblasen hatte, sechzigtausend Livres für ihren Vaudreuil.

Toinette, als er Vaudreuil nannte, bäumte hoch. „Jetzt ist es heraus", rief sie, „warum du mich so gemein beschimpfst. Du kannst es ihm nicht vergessen, daß du eine so traurige Figur vor ihm gemacht hast. Hättest du doch den Mut aufgebracht, wärest du doch zu diesem Amerikaner gegangen. Dann brauchtest du dich jetzt nicht vor mich hinzustellen und grobe Verleumdungen auszustoßen gegen Männer, die sicherlich viel mehr Anstand haben als alle die Schmeichler und Lecker um dich herum. François Vaudreuil ist der gescheiteste, witzigste Kopf in Paris. Die Literaten und Philosophen, die du aufgesucht hast, reißen sich darum, mit ihm zu verkehren. Ich bin stolz darauf, daß dieser Mann mein Freund ist. Wenn er mein Intendant wird, dann werde ich ein Theater haben, das sich sehen lassen kann. Aber leider ist es noch nicht soweit. Er hat mir nur ein halbes Ja gesagt. Er kümmert sich nicht um das Geld, das mir Louis für ihn angeboten hat. Die ganze Zeit her redest du auf mich ein, ich soll die Literatur pflegen und die Schönen Künste. Und wenn ich es tue, dann kommst du und verdrehst alles und überhäufst mich mit niedrigen Verdächtigungen. Pfui! Du bist sehr anders, als ich dich im Gedächtnis hatte."

Josef war verblüfft vor diesem Ausbruch. Das schlimmste war, daß sie wahrscheinlich glaubte, was sie daherredete. „Ich leugne nicht", gab er zu, „daß Monsieur Vaudreuil Geist hat. Doch dieser Geist ist nur die Tünche eines leeren, gesinnungslosen Wüstlings. Du wettest doch so gern. Wollen wir wetten, daß er sich am Schluß herbeiläßt, die sechzigtausend Livres einzustecken? Aber du bist ja blind. Dir ist ja nicht zu helfen. Man erschüttert ja nur die Luft, wenn man mit dir redet. Es ist doch nicht dieser Vaudreuil allein. Die ganzen Leute hier um dich, das ist doch alles Gesindel. Der Salon deiner Freundin Rohan, das ist doch nichts als eine Spielhölle oder ein Bordell. Wir haben dich nie für übermäßig klug gehalten, Mama und ich. Aber so viel mußt du doch begreifen, daß sich eine Erzherzogin von Österreich, die Königin von Frankreich, nicht aufführen kann wie ein Wiener Wäschermädel, wenn es das Große Los gewonnen hat."

„Das Große Los", sagte Toinette, spöttisch. „Das Große Los", wiederholte sie, bitter. Und mit einemmal stürzte ihr ganzer Stolz zusammen, und es kamen ihr die lang zurückgehaltenen Tränen. „Warum habt ihr mich hierhergeschickt?" klagte sie. „Wer bin ich hier? Was soll ich hier? Alle hassen mich. Alles, was ich tue, ist falsch. Warum habt ihr mir diesen Mann gegeben? Diesen Mann aus Holz", erläuterte sie voll Zorn und Verachtung. „Ich habe mich so auf dich gefreut", bekannte sie. „Nun wird endlich jemand dasein, hab ich geglaubt, mit dem kann ich reden. Ich hab geglaubt, du hilfst mir. Und jetzt bist du da, und jetzt trittst auch du auf mir herum."

Auf seine Art liebte Josef die Schwester. Er verstand, was sie tat und warum sie so lebte. Als Fünfzehnjährige war sie hierhergekommen, umschmeichelt, angefeindet, verwöhnt, bösartig belauert, ungeheuer enttäuscht von dem Versagen Louis'. Es war begreiflich, wenn sie Ausweg und Ersatz suchte und sich kopflos hineinstürzte in ihre läppischen Amüsements.

Er nahm ihre Hand. „Toni", sagte er ungewöhnlich herzlich, „ich bin nicht hierhergekommen, um dich zu beschimpfen, sondern um dir zu helfen. Ich glaube, ich habe dir geholfen."

Sie schaute hoch, eine kleine Röte stieg ihr das lange, schöne, weiße Gesicht hinauf. „Du hast mit Louis gesprochen?" fragte sie. „Ja", antwortete er. „Es wird alles gut werden, du darfst dich darauf verlassen. Binnen längstens sechs Wochen", fügte er hinzu, lächelnd.

Die Röte ihres Gesichtes vertiefte sich, ihre Augen wurden dunkler, der Mund stand ihr halb offen, sie atmete stark. Widerstrebende Empfindungen schwammen herauf, überschwemmten einander. Jetzt wird also Louis kommen, sich zu ihr ins Bett legen, Haut an Haut. Sie erinnerte sich, wie sie einmal beim Lever dagesessen war mit nacktem Oberkörper, wartend auf ihr Hemd; es hatte sich so gefügt, daß immer eine neue Dame jeweils höheren Ranges ihr Schlafzimmer betrat, das Hemd hatte zeremoniös von der niedrigeren Hand in die höhere zu wandern, sie aber mußte warten, fröstelnd und mit Scham, bis sie endlich ihr Hemd erhielt. Ein Gefühl ähnlicher Art überkam sie jetzt, wenn sie daran dachte, wie Louis zu ihr ins Bett steigen wird. Sie schämte sich. Und fühlte dennoch Stolz. Dergleichen mußte man nun einmal über sich ergehen lassen, wenn es einem beschieden war, Königin von Frankreich zu sein. Und mehr noch als Scham und Stolz spürte sie Kitzel, Neugier, einen Drang, herauszulachen wie ein kleines Mädchen. Im nächsten Bruchteil der Sekunde waren in ihrer Vorstellung anstatt

Louis' zahlreiche andere Männer, Herren des Fliederblauen Klüngels, Fremde, die auf Bällen zu ihr gesprochen, sie am Arm ergriffen, ihre Gesichter ihr ganz nah gebracht hatten. Sie stellte sich diese Männer vor, auch Gabriele stellte sie sich vor, dann wieder den Louis, der zu ihr ins Bett steigen wird, und alles schwamm ihr ineinander. Aus der Verwirrung heraus aber stieg, sie überstrahlend, eine ungeheure, erwartungsvolle Freude. Wenn das vorbei sein, wenn sie ein Kind haben wird, dann wird das dreiste Geschwätz ringsum verstummen, der üble Klatsch und Tratsch, dann werden die Fischweiber ihre frechen Mäuler halten und die Schreiber der Pasquille ihre Federn, dann wird sie in Wahrheit Königin sein. Königin sein und tun und lassen können, was sie will. Königin sein und ihr Vergnügen haben. Greifbar nahe jetzt, endlich, liegt das Leben vor ihr, das richtige Leben. Sie wird alles haben, was es auf dieser Erde gibt. Sie wird jung sein und Königin und schön und eine Frau, die von Unzähligen geliebt wird und sich aussuchen kann, wen sie liebt.

Ganz langsam trat sie auf Josef zu, das Gesicht ernst, erschüttert. „Warum hast du mir das nicht gleich gesagt?" fragte sie und legte ihm die Hände auf die Schultern. „Warum haben wir uns so böse Worte gegeben?" Sie umarmte ihn, küßte ihn. „Sepp", sagte sie, so hatte sie ihn als Kind genannt, und nochmals: „Sepp", und, sehr glücklich: „Wenn es Matthäi am letzten ist, dann bist immer noch du da."

Josef klopfte ihr den Nacken und sagte, halb ernsthaft, halb im Scherz: „Ja, Toni, jetzt hängt alles Weitere von dir ab." – „Jetzt kannst du mich auch noch ein bißchen schimpfen, wenn es dir Spaß macht", sagte sie.

Er bedauerte beinahe, daß er ihr Glück stören und noch Ernsthaftes mit ihr zu besprechen hatte. Aber er mußte ihre gelockerte Stimmung ausnützen, um ihr die Aufgabe einzuprägen, für die sie nun einmal da war. Louis war schwach und beeinflußbar, doch er war auch schlau. Er sagte zwar niemals geradezu nein, aber er wich aus, er leistete einen weichen, dumpfigen, zähen Widerstand, dessen Besiegung Mühe und Energie kostete. Er, Josef, hatte nicht die Zeit gehabt, aus Louis gewisse politische Zugeständnisse herauszuholen, welche Habsburg brauchte. Das mußte jetzt Toinette besorgen. Eine ganze Reihe ähnlicher Geschäfte wird sie in Zukunft zu besorgen haben. Einen erheblichen Teil ihres Lebens wird sie auf diese Geschäfte verwenden müssen. Aber schließlich hat man sie zu diesem Zweck hierhergeschickt. Und wenn er, Josef, einen Monat darauf verwandt hatte, den dicken jungen Menschen instand zu setzen, ihr einen Erben zu machen, dann mußte sie gefälligst auf ein paar ihrer albernen Vergnügen verzichten und sich die Zeit nehmen, die Politik ihres Louis der habsburgischen anzupassen.

Er setzte sich stockgerade, wie das seine Art war, wenn er zu einem längeren Vortrag ausholte. „Hören Sie, Toinette", sagte er, und jetzt sprach er wieder französisch, „ich muß noch etwas sehr Ernsthaftes mit Ihnen bereden. Es liegt nämlich, nun Sie in Wahrheit Königin von Frankreich werden sollen, auf Ihnen eine noch größere, eine ungeheure Verantwortung. Sie sind das Pfand und der Knoten des Bündnisses zwischen Habsburg und Bourbon, und auf dem Funktionieren dieser Allianz beruht die Wohlfahrt Europas. Der König ist umgeben von Räten, die Österreich nicht wohlwollen. Es ist Ihre Aufgabe, Madame, diese Einflüsse unschädlich zu machen."

Beinahe gekränkt erwiderte Toinette: „Das brauchen Sie mir doch nicht erst lange zu erklären. Hab ich das bisher vielleicht nicht getan?" – „Ich gebe zu", sagte belehrend, doch freundlich Josef, „daß Sie die Ratschläge, welche Ihnen Mercy und Vermond in unserm Namen überbrachten, nach bestem Können befolgt haben. Aber das genügt nicht. Sie müssen sich selber bemühen, ausfindig zu machen, was gespielt wird, Sie müssen zu begreifen suchen, worum es geht. Sie müssen lesen, Sie müssen sich mit seriösen Männern unterhalten, auch wenn diese nicht so gut anzuschauen sind wie Ihre Freunde. Sie müssen trachten, die Ratschläge zu begreifen, die wir Ihnen durch Mercy und den Abbé zukommen lassen. Vielleicht werden der König und seine Minister Ihnen dann und wann entgegenhalten, das, was wir in Wien verlangen, sei zwar in unserm Interesse, doch nicht in dem

Frankreichs. In gewissen Fällen wird das sogar richtig sein. Aber das dürfen Sie unter keinen Umständen zugeben, und Sie müssen Argumente parat haben, Louis und seine Herren zu widerlegen. Sie müssen sich immer bewußt sein, Toinette, daß die Wohlfahrt der Welt in erster Linie von Habsburg abhängt und erst in zweiter von Bourbon." – „Aber natürlich", erwiderte Toinette. Sie machte ein Gesicht wie ein braves, aufmerksames Schulmädchen, doch sie hörte nur mit halbem Ohr; in ihr waren noch immer die merkwürdigen, abscheulichen und anziehenden Vorstellungen von vorhin.

„Ich möchte Sie gerne dahin bringen, Toinette", fuhr Josef fort, „daß Sie das, was man Ihnen sagt, nicht mechanisch befolgen, sondern mit Leidenschaft und aus innerer Überzeugung." – „Aber das tu ich doch", ereiferte sich Toinette. „Ich bin habsburgischer als Sie. Schauen Sie meine Lippe an und meine Nase." – „Hör auf mit den Kindereien", erwiderte ungeduldig Josef. Und nun hielt er ihr den Vortrag, zu dem er sich zurechtgesetzt hatte. Er suchte ihr klarzumachen die Schwierigkeiten des russisch-türkischen Problems und die Chancen, die sich für Österreich aus dem Ableben des bayrischen Kurfürsten ergeben würden. Toinette hörte artig zu. Doch Josef sah, daß, was er sagte, ihrem Innern gleichgültig blieb. Er versuchte, sie stärker anzurufen. War Politik nicht ein tieferes, erregenderes Spiel als das Pharao am Tisch der Rohan? Wollte sie nicht die Gelegenheit nützen, da mitzuspielen? „Aber ja", stimmte sie schwungvoll zu. „Ich achte ja auch immer darauf, daß alle wichtigen Stellungen in die Hände meiner Freunde kommen." Josef schaute sie an, sie meinte es ernst, es war hoffnungslos, er gab es auf.

Aber Toinette ließ ihn nicht gehen. Nun hatte er soviel von seinen Dingen erzählt, von Bayern und von Rußland, jetzt wollte sie von ihren Dingen erzählen, vom Trianon. Er war der einzige, mit dem sie ganz frei von Herzen reden konnte. Sie führte ihn vor das Modell, das nun fertig geworden war; es präsentierte sich ungewöhnlich hübsch. Eifrig setzte sie ihm auseinander, wie alles werden würde. Kein Strauch durfte dort gepflanzt, kein Nagel eingeschlagen werden ohne ihre Zustimmung. Josef sah, daß sie genau wußte, was sie wollte, daß alles einheitlich war, ganz auf sie zugeschnitten und von bestem Geschmack. Nicht ohne innern Seufzer nahm er wahr, mit wieviel Talent und Begeisterung sie sich einer Sache hingeben konnte. Schade, daß ihr nicht Österreich am Herzen lag, nicht Frankreich, nur ihr Trianon.

. Sie, in der Zwischenzeit, schwärmte davon, daß hier im Trianon ihr wahres Reich sei, in dem sie regieren wollte ohne Zwang und Zeremonie. Im Trianon wollte sie allein den Ton angeben; die Dienerschaft sollte nicht die Livrée des Königs tragen, sondern die ihre, Rot und Silber, auf den Einladungen sollte es heißen: „Von der Königin", und wenn sie auf der Bühne ihres Trianon Vorstellungen gab, dann sollten nur Leute Zutritt haben, die sie gut leiden konnte.

Sie war sehr anmutig, wie sie von ihren Plänen schwatzte, verspielt, ein Kind und eine Frau. Sie gefiel Josef, und ihr Trianon gefiel ihm. Aber er dachte an die neuen Schwierigkeiten, die ihr dieses Trianon machen wird. Diejenigen, die dort keinen Einlaß finden, werden stänkern, Toinette wird sich neue Feinde schaffen. Auch werden sich der arme Louis und sein Monsieur Necker lange den Kopf zerbrechen müssen, wie sie die kostbare Einfachheit Toinettes bezahlen sollen.

Am Abend dieses Tages schrieb Josef seinem Bruder Leopold nach Ferrara: „Unsere Schwester Toni ist ungewöhnlich hübsch und reizvoll, doch sie denkt an nichts als an ihr Vergnügen. Sie hat sich anstecken lassen von der Verschwendungssucht dieses verderbten Hofes. Sie hat keine Spur von Liebe für den armen Louis und keine Ahnung von den Pflichten einer Gattin, noch von denen einer Königin. Ihre Freunde, eine Bande hohler, titel- und geldgieriger Gesellen und putzsüchtiger Huren, bestärken sie in ihrer besessenen Vergnügungssucht. Ich habe mein Bestes getan, ihr den hübschen, leeren Kopf zurechtzusetzen, aber ich fürchte, es ist mir nicht geglückt, und wenn das so weitergeht, dann sehe ich für unsere Schwester ein grausames Erwachen voraus."

Zwei Tage später, zur großen Erleichterung Louis' und zur Trauer und zum Aufatmen Toinettes, reiste Josef ab. Den letzten Abend verbrachte er mit Louis und Toinette in Versailles.

Man saß bei Tische. Louis war sehr verlegen, er aß viel, und um irgend etwas zur Stimmung beizutragen – „Mach Lärm, Berry" –, versuchte er, deutsch zu sprechen, und lachte dröhnend über seine Fehler. Gleich nach dem Abendessen zog er sich zurück. Stammelnd, errötend, bedankte er sich bei Josef für seine Ratschläge. Der, leichthin, erwiderte: „Hoffentlich geht alles gut."

Dann blieb Josef noch eine Weile allein mit Toinette. Die Geschwister, denen sonst das Wort leicht vom Munde floß, waren schweigsam, und sie sprachen in dieser letzten Stunde ihres Zusammenseins nur deutsch. Das Zimmer Toinettes, von kostbarer Schlichtheit, lag heiter und freundlich im matten Schein der Kerzen, doch Josef und Toinette waren bedrückt.

Josef streichelte der Schwester die Hand, unerwartet sanft, und im Gegensatz zu dem gewalttätigen Optimismus, den er sonst an den Tag legte, sagte er: „Wir haben es nicht leicht, Toni. Du auch nicht. Aber wir werden es schon schaffen." Er umarmte sie, fest, herzhaft, er küßte sie, auf die Stirn, auf die Wangen. Sie weinte. Dann, mit einem ungewohnt burschikosen: „Servus, Toni", riß er sich los. Sie war stürmisch unglücklich, daß sie nun wieder ganz allein war.

Josef hatte in dieser Stunde des Abschieds keine seiner Maximen zum besten gegeben, keinen seiner scharfen Witze, er hatte alle seine lehrhaften Neigungen unterdrückt. Dafür hatte am nächsten Morgen der Gesandte Graf Mercy die Ehre, Toinette im Namen des Römischen Kaisers ein Heft zu überreichen. Auf den Umschlag hatte Josef den Titel gesetzt: „Vademecum für meine Schwester, Prinzessin von Lothringen, Erzherzogin von Österreich, Königin von Frankreich." Es enthielt aber das Schriftstück Maßregeln und Weisungen, und es begann mit der Ermahnung, Toinette möge das Heft sooft wie möglich zu Rate ziehen.

Toinette war gerührt von der Mühe, die sich Josef ihret-

halb gemacht hatte. Sie dachte daran, wie nahe sie einander gestern gewesen waren, und sie begann sogleich zu lesen. Aber das Heft war sehr dick. Sie las in den ersten Seiten, in den letzten, ging wieder nach vorne, bestrebte sich, sorgfältig zu lesen. Doch sie konnte nicht verhindern, daß sich Gedanken einmischten an gewisse neue Schals und Hüte, von welchen die Bertin ihr gesprochen hatte. Auch dachte sie an das bevorstehende Rennen und daß sie diesmal bestimmt nicht auf das Pferd setzen werde, auf welches Prinz Karl wettete. Weiter dachte sie an die große, feierliche Messe, an der sie morgen wird teilnehmen müssen. Auch daran dachte sie, daß, wenn sich erst Louis der Operation unterzogen haben wird, sie dem eleganten und frechen Vaudreuil mit einer ganz andern Miene werde entgegentreten können.

Ihre Augen glitten noch immer über die sorgsam geschriebenen Zeilen des Vademecums. Aber sie nahm den Sinn nicht mehr auf. Sie schlug nach, wie lange sie noch zu lesen haben werde. Noch zweiunddreißig Seiten. Lange Seiten. Sie gähnte leicht. Las noch eine Seite. Dann klappte sie das Heft zu und schloß es in ihre Schublade.

AtV

Band 5004

Lion Feuchtwanger
Josephus-Trilogie

Der jüdische Krieg
Die Söhne
Der Tag wird kommen

1357 Seiten
3 Bände im Schuber
42,00 DM
ISBN 3-7466-5004-6

Mit den Freiheiten eines historischen Romans erzählt Lion Feuchtwanger das Leben des jüdischen Geschichtsschreibers Flavius Josephus (37–100 u. Z.). Im Hintergrund die Verhältnisse im damaligen Palästina und am römischen Hofe.
Im Zentrum Fragen der Gegenwart: Nationalismus oder Weltbürgertum.

AtV

Band 5010

Lion Feuchtwanger
Der falsche Nero

Roman

400 Seiten
16,90 DM
ISBN 3-7466-5010-0

Ein genialer Streich, ein hintergründiger Racheakt, viel mehr war es nicht, als Senator Varro in den römischen Ostprovinzen den Kaiser Nero, elf Jahre nach dessen Tod, auferstehen ließ. Und sein Coup gelingt. Terenz, der Töpfer, der aussieht wie Nero, spielt seine Rolle erfolgreich. Bis er, eitel und machtbesessen, angestachelt von seinen Vertrauten, Staatssekretär Knops und General Trebon, vergißt, daß er nur eine Marionette ist. Eine der großen politischen Betrugsaffären der Weltgeschichte wird für Lion Feuchtwanger – im dritten Jahr der Nazidiktatur – zur Vorlage für eine grandiose Parodie auf das Triumvirat Hitler, Göring, Goebbels.